KB266630

휠 오브 타임

드래건의 환생

THE WHEEL OF TIME BOOK 3: THE DRAGON REBORN

THE
WHEEL
OF
TIME

드래건의 환생
THE DRAGON REBORN

로버트 조던 장편소설

ROBERT JORDAN

강동혁 옮김

arte

제임스 올리버 리그니 경(1920-1988)에게 바칩니다.

아버지는 언제나 나에게 꿈을 좇으라 하셨고,
그 꿈을 붙잡았다면 그 삶을 살아가라고 가르쳐 주었습니다.

차례

　　그의 길은 여럿이니 누가 그의 이름을 알쏘냐. 과거에도 그랬고 앞으로도 영원히 그럴 것이듯 그는 끝없는 시간 동안 여러 차례에 걸쳐 우리 가운데에 여러 모습으로 태어날지니. 그의 출현은 쟁기의 날카로운 날과 같아 조용히 엎드려 있던 우리의 삶을 고랑으로 파 올리리라. 매인 것을 끊는 자여, 사슬을 만드는 자여. 미래를 만드는 자여, 운명을 해체하는 자여.

―『드래건의 예언에 대한 논평』
제3시대 742 AB,
알모렌 여왕의 오른손 유리스 도린

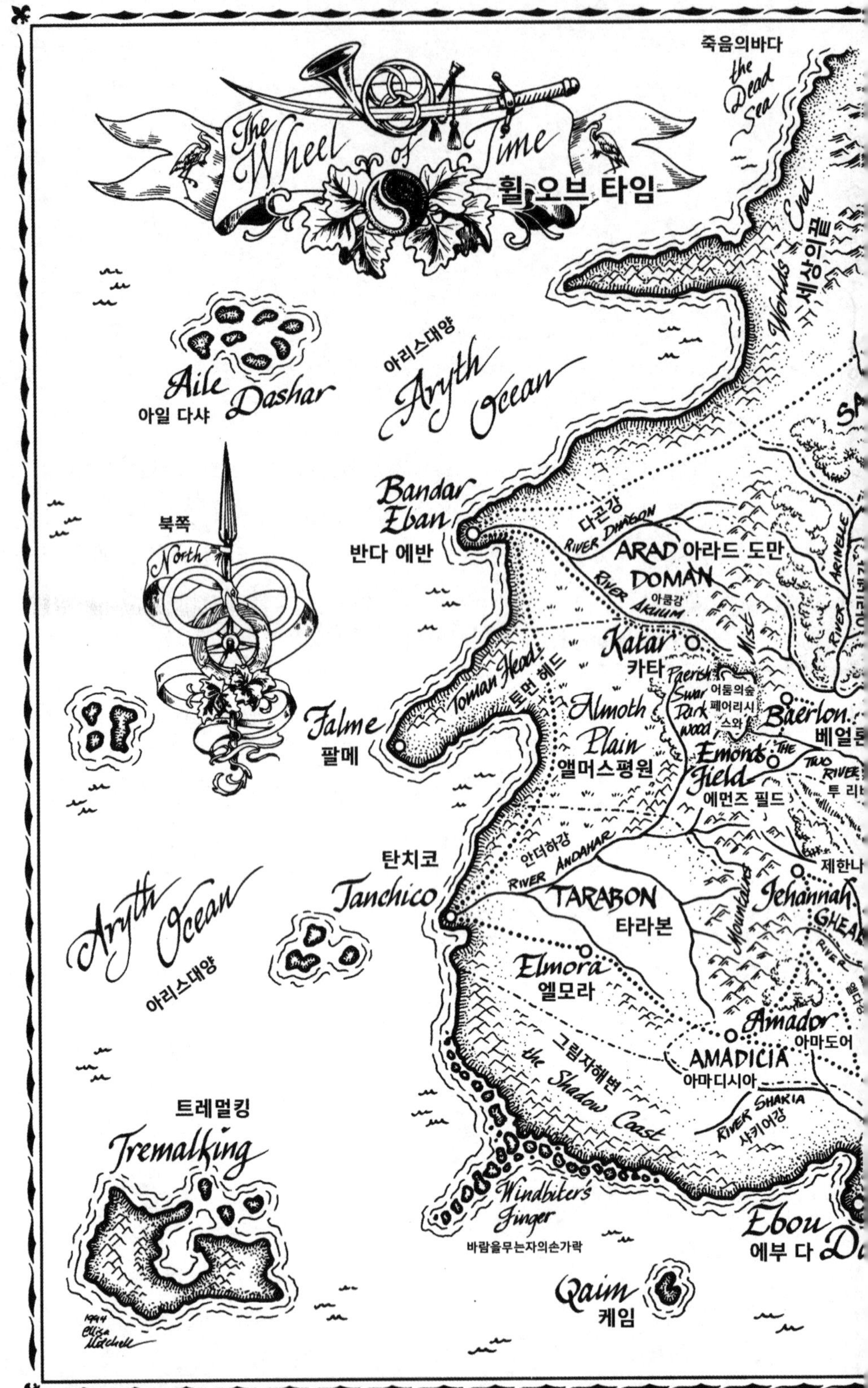
The Wheel of Time
휠 오브 타임

죽음의바다
the Dead Sea

Worlds End
메이샨즈 엔드

아리스대양
Aryth Ocean

Aile Dashar
아일 다샤

북쪽
North

다곤강
RIVER DHAGON

ARAD 아라드 도만
DOMAN

아쿰강
RIVER Akuum

Bandar Eban
반다 에반

Katar
카타

Paerish Swar Dark wood
어둠의숲
페어리시 스와

Baerlon
베얼론

Almoth Plain
앨머스평원

Emonds Field
에먼즈 필드

THE TWO RIVERS
투 리버

Toman Head
토먼 헤드

Falme
팔메

제한나
Jehannah
GHEAL

안더하강
RIVER ANDAHAR

탄치코
Tanchico

TARABON
타라본

Elmora
엘모라

Amador
아마도어

AMADICIA
아마디시아

RIVER SHAKIA
샤키아강

그림자해변
the Shadow Coast

Aryth Ocean
아리스대양

트레멀킹
Tremalking

Windbiter's Finger
바람을무는자의손가락

Ebou Da
에부 다

Qaim
케임

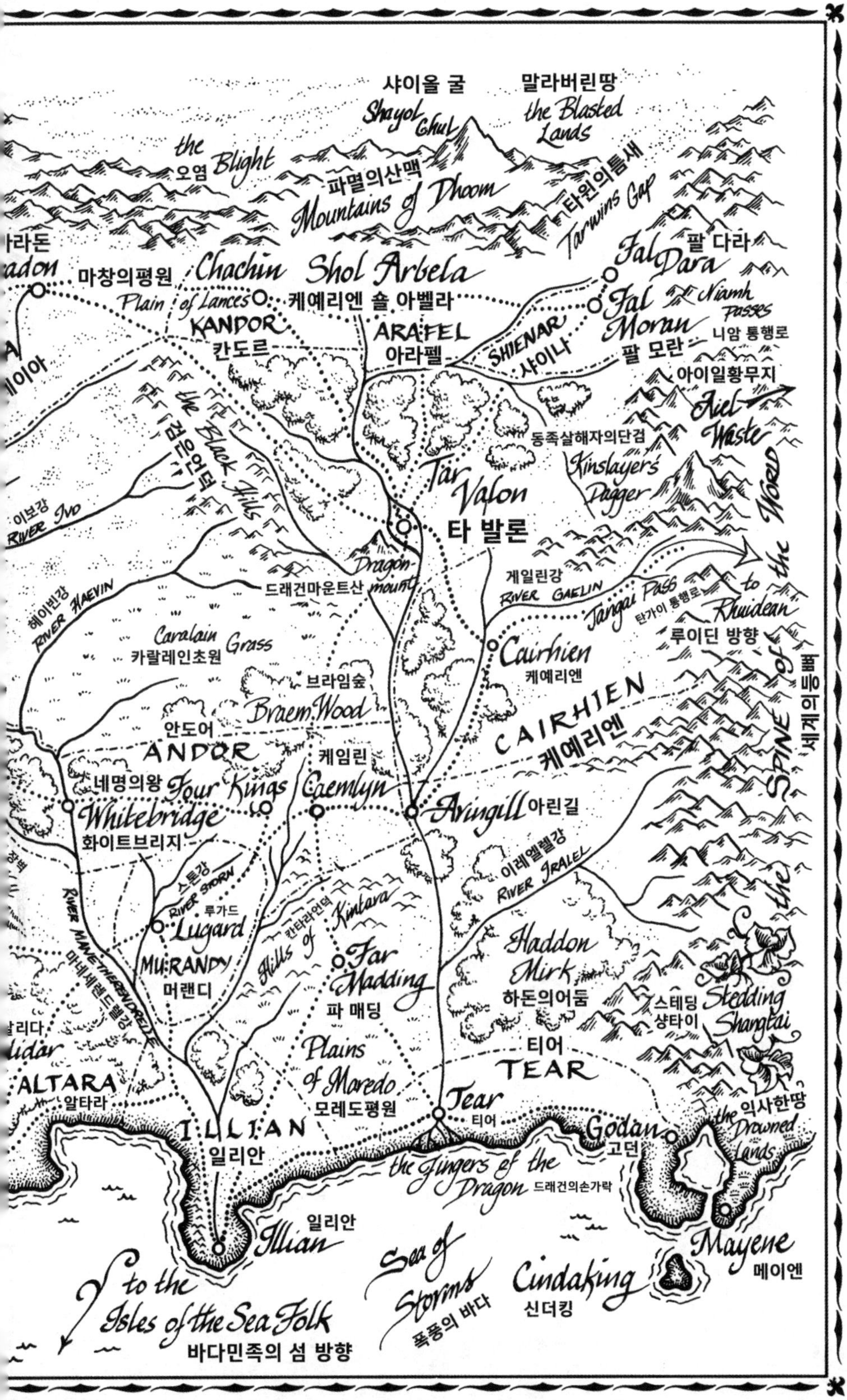

샤이올 굴
Shayol Ghul
말라버린땅
the Blasted Lands
the 오염 Blight
파멸의산맥
Mountains of Dhoom
타원의틈새
Tarwins Gap
라돈
adon
마창의평원
Plain of Lances
Chachin Shol Arbela
케예리엔 숄 아벨라
Fal Dara
팔 다라
Fal Moran
팔 모란
Niamh Passes
니암 통행로
KANDOR
칸도르
ARAFEL
아라펠
SHIENAR
샤이나
이아
아이일황무지
Aiel Waste
the Black Hills
동족살해자의단검
Kinslayer's Dagger
이보강
River Ivo
Tar Valon
타 발론
헤이빈강
River Haevin
Dragonmount
드래건마운트산
게일린강
River Gaelin
Tangar Pass
탄가이 통행로
Rhuidean
루이딘 방향
to the World
Caralain Grass
카랄레인초원
브라임숲
Braem Wood
Cairhien
케예리엔
CAIRHIEN
케예리엔
Spine of
the
안도어
ANDOR
케임린
Caemlyn
네명의왕
Four Kings
Whitebridge
화이트브리지
Avingill
아린길
스톰강
River Storm
이레엘렐강
River Iralel
River Manetherendrelle
마네세렌드렐강
루가드
Lugard
MU:RANDY
머랜디
칸타라언덕
Hills of Kintara
Far Madding
파 매딩
Haddon Mirk
하돈의어둠
스테딩 샹타이
Stedding Shangtai
리다
lidar
ALTARA
알타라
Plains of Moredo
모레도평원
TEAR
티어
Tear
티어
Godan
고던
익사한땅
the Drowned Lands
ILLIAN
일리안
the Fingers of the Dragon
드래건의손가락
일리안
Illian
Sea of Storms
폭풍의 바다
Cindaking
신더킹
Mayene
메이엔
to the Isles of the Sea Folk
바다민족의 섬 방향

일러두기

1. 외국 인명·지명·독음 등은 외래어표기법을 따르되, '휠 오브 타임' 시리즈 세계관과 관련된 용어의 경우 고유명사임을 나타내기 위해 의도적으로 띄어쓰기 없이 표기하였다.
2. 거리 단위는 '휠 오브 타임' 시리즈 세계관의 공식 위키(wot.fandom.com/wiki/Measurement)를 기준으로 계산하였으며, 독자의 이해를 돕기 위해 국내에 통용되는 미터법으로 환산한 후 표기하였다.
3. 책 제목은 『 』로, 노래는 〈 〉로, 이야기, 신화, 전설은 ' '로 묶어 표기하였다.
4. '용어 해설'의 경우 번역 후 국내 독자의 편의를 위해 가나다 순으로 옮겼다.
5. 원서에서 이탤릭체로 표기된 부분은 볼드체로 구분하여 표기하였다.

빛의 요새

세월이 깃든 페이드론 네예올의 시선이 알현실을 이리저리 헤매고 다녔다. 하지만 생각으로 흐려진 검은 눈은 아무것도 보지 못했다. 젊은 시절에 그와 싸웠던 적들의 적기였던, 너덜너덜한 벽 걸개들은 색이 바랜 나머지 돌벽을 덮은 짙은 나무 널빤지와 거의 구분되지 않았다. 이곳은 빛의 요새의 심장부인데도 벽이 두꺼웠다. 방 안에 단 하나밖에 없는, 묵직하고 등받이가 높아 거의 왕좌 같은 의자나 여기저기 흩어져 있는 몇 개의 탁자도 네예올의 눈에는 들어오지 않았다. 가구는 그게 전부였다. 바닥의 널찍한 널빤지에 새겨진 거대한 태양 무늬 위에 무릎을 꿇고 앉아 흥분을 감추지 못하는 하얀 망토의 남자조차 잠깐은 네예올의 머릿속에서 사라졌다. 그 남자를 그토록 가볍게 무시해 버릴 사람은 많지 않았다.

자렛 바이알은 네예올에게 불려 오기 전 몸을 씻을 시간이 있었다. 그러나 그의 투구와 흉갑은 모두 여행으로 무뎌지고 닳아 있었다. 남는 살을 모두 발라내 버린 것 같은 얼굴 속, 푹 꺼진 검은 눈이 열병에 걸린 듯 절박한 빛을 발했다. 바이알은 칼을 차지 않고 있었다. 네예올 앞에서는 누구도 칼을 찰 수 없었으니까. 하지만 그는 목줄이 풀어지는 순간만을 기다리는 사냥개처럼 폭력을 저지르기 일보 직전이었다.

방의 양 끝에 있는 기다란 난로에서 불이 타오르며 늦겨울 추위를 쫓았다. 그곳은 밋밋한 군인의 방으로, 모든 것이 잘 만들어져 있었으나 사치스러운 부분은 없었다. 태양 무늬만이 예외였다. 빛의 아이들의 총사령관 알현실은 총사령관이 공직에 오를 때 가져온 가구로 채워져 있었다. 금화처럼 보이는 이글거리는 태양은 여러 세대에 걸쳐 찾아온 탄원자들 때문에 표면이 반들반들해졌고, 종종 교체되었다가 다시 반들반들하게 닳았다. 그러기 위해서는 아마디시아의 모든 저택과 그 저택에 딸려 오는 귀족 신분을 살 수 있을 만큼 많은 황금이 필요했다. 네예올은 10년 동안 그 황금을 밟고 걸으면서도 별다른 생각을 해 본 적이 없었다. 흰 튜닉 가슴팍에 수놓인 태양 무늬를 생각하는 것과 비슷했달까. 페이드론 네예올에게 황금은 별다른 관심사가 아니었다.

그의 시선이 옆의 탁자로 향했다. 탁자 위는 지도와 흩어진 편지, 보고서 등으로 어수선했다. 헐겁게 말아 놓은 그림 세 장이 잡동사니 사이에 놓여 있었다. 네예올은 그중 하나를 마지못해 집어 들었다. 어느 두루마리인지는 중요하지 않았다. 그린 사람이 다를 뿐 모든 그림이 동일한 장면을 묘사하고 있었으니까.

네예올의 피부는 겉을 긁어낸 양피지처럼 얇았다. 오직 뼈와 힘줄로만 이루어진 것 같은 몸이 세월에 의해 팽팽하게 당겨진 그 피부로 덮여 있었다. 하지만 그에게서 약한 느낌은 전혀 느껴지지 않았다. 백발이 되기 전에 네예올의 자리에 오른 사람은 아무도 없었다. 진실의 돔보다 나약한 사람이 그 자리에 오른 적도 없었고. 그러나 네예올은 문득 그림을 들고 있는, 힘줄이 두드러진 자신의 손등을 의식했다. 서둘러야 했다. 시간이 부족했다. **그의** 시간이 부족해지고 있었다. 이걸로 충분해야 했다. 그가 그렇게 만들어야 했다.

네예올은 마음을 다잡고 두꺼운 양피지를 반쯤 펼쳤다. 관심을 끄는 부분이 간신히 보일 정도로만. 안장에 넣고 이동하느라 표면 일부가 분필에 번졌지만 그림은 깨끗했다. 불그스름한 머리카락에 눈동자가 회색인 젊은이. 키가 커 보였지만 확실하지는 않았다. 머리카락과 눈을 제외하면 어느 마을에 데려다 놓아도 신나는 이야깃거리가 되지는 않을 듯했다.

"이…… 이 **소년이** 자신을 드래건의 환생이라고 선언했단 말이냐?" 네예올이 중얼거렸다.

드래건. 그 이름에 네예올은 겨울과 세월의 한기를 느꼈다. 일원력을 채 널링할 수 있는 모든 남자를, 자신을 포함한 모든 남자 아이즈 세다이를 광기와 죽음에 몰아넣었을 때 루스 세린 텔라몬이 쓴 이름. 아이즈 세다이의 자만과 그림자 전쟁이 전설의 시대를 끝장내 버린 이후로 3천 년 이상이 흘렀다. 3천 년이나 흘렀지만 인간은 예언과 전설의 도움을 받아 그 시절을 기억했다. 자세한 내용까지는 아니더라도, 최소한 그 핵심은 말이다. 동족살해자 루스 세린. 세상을 움직일 수 있는 힘에 손을 댈 수 있는 광인들이 산맥을 평평하게 만들고 오래된 땅을 바다 밑으로 가라앉히던 시대, 지표면 전체가 바뀌고 살아남은 모든 자들은 들불 앞의 짐승처럼 도망치던 시대, 다른 이름으로 세계의 파괴를 시작한 남자. 그 시대는 최후의 남자 아이즈 세다이가 쓰러져 죽고서야 비로소 끝났다. 그 후에야 흩어진 인류는 잔해를 가지고 재건을 시작할 수 있었다. 그것도 잔해가 남은 곳에서나 가능한 일이었지만. 그 시대는 어머니가 아이에게 전해 주는 이야기로 기억 속에 낙인찍혔다. 그리고 예언에 따르면 드래건은 다시 태어날 것이다.

네예올의 말은 딱히 질문이 아니었지만 바이알은 그 말을 질문으로 받아들였다. "예, 총사령관님. 그렇습니다. 제가 여태껏 들어 본 어느 가짜 드래건보다도 심각한 광기입니다. 이미 수천 명이 그자를 따르겠다고 선언했습니다. 타라본과 아라드 도만은 서로 싸우고 있을 뿐 아니라 내전 중입니다. 앨머스평원 전체와 토먼 헤드에서도 싸움이 벌어지고 있습니다. 타라본 사람이 도만 사람과, 도만 사람이 드래건 때문에 울부짖는 어둠의 친구들과 싸우고 있습니다. 아니, 겨울이 오면서 이 모든 일이 소강상태에 빠져들 때까지 싸움이 벌어졌다고 해야겠지요. 총사령관님, 저는 이렇게 빨리 상황이 번져 가는 걸 본 적이 없습니다. 꼭 건초 더미에 등불을 집어던진 것 같습니다. 눈이 내려 기세가 떨어졌을지는 모르나 봄이 오면 불길은 그 어느 때보다 뜨겁게 솟아오를 겁니다."

네예올이 손가락을 들어 바이알의 말을 잘랐다. 네예올은 지금까지 이미 두 차례, 바이알에게 이 이야기를 처음부터 끝까지 전하도록 했다. 바이알의 목소리는 분노와 증오로 타올랐다. 네예올은 그런 감정의 일부가 다른 데 뿌리를 두고 있다는 걸 알았다. 감정의 근원 중에는 네예올이 바이알보다 잘 아는 분야도 있었다. 어쨌거나 이 이야기는 들을 때마다 새롭게 자극이 되었다. "제프람 본할드와 빛의 아이들 천 명이 죽었다고 했지. 아이즈 세다이의 소행으로. 틀림없는 사실이냐, 빛의 아이 바이알?"

"틀림없습니다, 총사령관님. 제가 팔메 진군 중에 급습을 당한 이후로 타발론의 마녀 두 명을 보았습니다. 아군이 화살꽂이로 만들어 놓긴 했지만, 그 마녀들은 그 전에도 50명의 사망자를 냈습니다."

"확신한다는 거지? 그들이 아이즈 세다이였다고?"

"아군의 발밑에서 땅이 폭발했습니다." 바이알의 목소리는 단호했고 신념으로 가득 차 있었다. 자렛 바이알에게는 상상력이 거의 없었다. 어떤 방식의 죽음이든, 바이알에게 죽음이란 군인의 인생을 이루는 한 부분일 뿐이었다. "맑은 하늘에서 벼락이 떨어져 아군 대열을 공격했습니다. 총사령관님, 그 여자들이 아이즈 세다이가 아니면 뭐였겠습니까?"

네예올은 심각하게 고개를 끄덕였다. 세계의 파괴 이후로 남성 아이즈 세다이는 존재하지 않았지만 지금까지도 그 호칭을 쓰는 여자가 있었다. 그것만으로도 나쁜 일이었다. 아이즈 세다이는 세 가지 맹세에 대해 떠벌여 댔다. 세 가지 맹세란 다음과 같았다. 사실이 아닌 말을 하지 않는다. 사람이 다른 사람을 죽이는 데 쓸 수 있는 무기를 만들지 않는다. 어둠의 친구들이나 그림자의 자식들을 상대할 때만 일원력을 무기로 사용한다. 하지만 아이즈 세다이는 이제 와서 그 맹세가 거짓이었다는 걸 드러내고 말았다. 창조주에게 도전하기 위해서가 아니면 그 누구도 아이즈 세다이가 휘두르는 것 같은 힘을 원할 수 없다는 것을 네예올은 예전부터 알고 있었다. 창조주에게 도전한다는 건 어둠의 존재를 섬긴다는 뜻이었고.

"팔메를 점령하고 내 군대 절반을 살해한 자들에 대해서는 아무것도 모르고?"

"본할드 사령관은 그자들이 자칭 손찬이라는 존재였다고 말했습니다, 총사령관님." 바이알이 무감정하게 말했다. "그들은 어둠의 친구라고 했습니다. 본할드 사령관이 돌격해 그들을 무너뜨렸습니다. 비록 놈들로 인해 목숨을 잃기는 했지만 말입니다." 바이알의 목소리가 열기를 띠었다. "도시를 떠나온 피난민들이 많았습니다. 제가 이야기를 나눠 본 모든 사람들은 낯선 자들이 무너져 도망쳤다고 입을 모았습니다. 본할드 지휘관이 그렇게 만든 겁니다."

네예올은 조용히 한숨을 쉬었다. 방금 이야기는 바이알이 난데없이 나타나 팔메를 점령한 군대에 대해 했던, 처음 한두 번의 이야기와 거의 토씨 하나 다르지 않았다. **좋은 군인이야.** 네예올은 생각했다. **제프람 본할드도 바이알에 대해 늘 그렇게 말했지. 하지만 스스로 생각하는 힘은 없어.**

"총사령관님," 바이알이 갑자기 말했다. "본할드 사령관은 제게 **사실상** 전장에서 몸을 피하라고 명령했습니다. 전황을 지켜보다가 총사령관님께 보고하라는 명령이었습니다. 또한 저는 본할드의 아들인 데인에게도 그의 죽음을 전해야 합니다."

"그래, 그래." 네예올이 조바심을 내며 말했다. 그는 두 뺨이 푹 꺼진 바이알의 얼굴을 잠시 살펴보고 덧붙였다. "네 정직함이나 용기를 의심하는 사람은 아무도 없다. 자신이 지휘하는 군대 전체가 죽을지도 모른다는 두려움을 느끼면서도 전투에 임하는 것은 그야말로 제프람 본할드가 할 만한 일이야." **너는 상상력이 부족해서 지어낼 수 없는 말이기도 하고.**

더는 바이알에게서 알아낼 내용이 없었다. "잘했다, 빛의 아이 바이알. 제프람 본할드가 죽었다는 소식을 그의 아들에게 전해도 좋다. 데인 본할드는 에아몬 발다와 함께 있다. 마지막 보고 지점인 타 발론 근처다. 그들과 합류해도 좋다."

"감사합니다, 총사령관님. 감사합니다." 바이알이 일어서서 깊이 허리를 숙였다. 하지만 그는 허리를 펴며 망설였다. "총사령관님, 우리는 **실제로** 배신을 당했습니다." 그의 목소리에 톱날처럼 날카로운 증오가 가득했다.

"네가 말한 어둠의 친구 얘기냐, 빛의 아이 바이알?" 네예올 역시 목소리에 선 날을 숨길 수 없었다. 빛의 아이 천 명이 시체가 되어 나뒹구는 가운데 1년의 계획이 망가져 버렸는데, 바이알은 단 한 명의 남자에 대해서만 이야기하려 하고 있다. "네가 겨우 두 번밖에 보지 못한 젊은 대장장이, 투 리버스 출신의 페린이라는 자 말이다."

"예, 총사령관님. 어째서인지는 모르겠지만, 저는 그자가 이 일의 원흉이라는 걸 알고 있습니다. 확실합니다."

"그자를 어떻게 할 수 있을지 알아보겠다, 빛의 아이 바이알." 바이알이 다시 입을 열려고 하자 네예올이 가냘픈 손을 들어 그를 막았다. "이제 가도 좋다." 바이알은 여윈 얼굴의 남자에게 다시 허리를 숙이고 떠날 수밖에 없었다.

바이알이 문을 닫고 나가자 네예올은 등받이가 높은 의자에 털썩 기댔다. 바이알이 페린이라는 자를 증오하게 된 이유가 뭘까? 특정한 어둠의 친구를 증오하는 데 에너지를 낭비하기에는 어둠의 친구의 숫자가 너무 많았다. 지위고하를 막론하고 너무 많은 어둠의 친구들이 그럴듯한 말솜씨와 노골적인 미소로 정체를 숨기고 어둠의 존재를 섬기고 있었다. 하긴, 그 명단에 한 명이 더 추가된다 해서 나쁠 건 없었지만.

네예올은 늙은 뼈를 편히 쉬게 할 방법을 찾아보려고 딱딱한 의자에 앉은 채 이리저리 움직였다. 처음도 아니지만, 의자에 쿠션을 대는 건 대단한 사치가 아닐지 모르겠다는 생각이 어렴풋하게 들었다. 처음도 아니지만, 네예올은 그 생각을 밀어냈다. 세상이 혼란 속으로 굴러떨어지는 중이었다. 세월에 굴복할 시간은 없었다.

네예올은 예견된 재앙의 모든 징조가 머릿속에 소용돌이치도록 놔두었다. 전쟁은 타라본과 아라드 도만을 사로잡았고, 케예리엔은 내전으로 찢겨 나갔으며, 오랜 숙적인 티어와 일리안 사이에도 전쟁의 열기가 고조되고 있었다. 이런 전쟁은 그 자체로는 아무 의미가 없을지 몰랐다. 원래 인간은 전쟁을 하게 마련이었다. 하지만 보통 전쟁은 한 번에 한 차례씩 벌어졌다. 게다가 앨머스평원 어딘가에서 나타난 가짜 드래건 말고도 또 다른 가짜 드래건이 살데이아를 엉망진창으로 만들었고, 세 번째 가짜 드래건이 티어를 병들게 했다. 한 번에 셋이라니. **전부 가짜 드래건이 틀림없어. 그래야만 해!**

십여 가지 자잘한 문제는 차치해도 좋을 것이다. 그중 일부는 아무 근거 없는 소문일 수도 있었다. 하지만 나머지 문제를 전부 모아 보면……. 머랜디와 칸도르처럼 먼 서부에서도 아이일 사람이 목격되었다고 했다. 한 곳에 겨우 두세 명이 나타났을 뿐이라지만, 세계의 파괴 이후로 오랜 세월 동안 아이일 사람이 황무지에서 나온 건 딱 한 번뿐이었다. 그들은 오직 아이일 전쟁 때만 그 비참한 황무지를 떠나왔다. 아사안 미에레, 일명 바다 민족은 무엇에 대한 것인지 정확히 말하지는 않았으나 어떤 징조와 조짐을 찾아 장사도 내팽개치고 반밖에 차지 않거나 아예 비어 있는 배를 탄다고 했다. 일리안은 거의 400년 만에 처음으로 위대한 뿔나팔 사냥대를 소집해 전설에 나오는 발리어의 뿔나팔을 찾도록 했다. 예언에 따르면 그 뿔나팔은 죽은 영웅들을 무덤에서 소환, 그림자에 맞서는 최후의 전투인 타몬 가이돈에서 싸우도록 한다고 했다. 대부분의 평범한 사람들이 전설 속 존재라고 생각할 만큼 은둔 생활을 즐기는 오기어들조차 머나먼 **스테딩** 간에 회의를 소집했다는 소문도 있었다.

네예올이 보기에 가장 의미심장한 사실은 아이즈 세다이가 대놓고 활동을 시작한 것으로 보인다는 점이었다. 전해지는 이야기로는 아이즈 세다이가 자매 몇 명을 살데이아로 보내 가짜 드래건 마즈림 타임과 대적하게 했다. 남자에게는 드물게 나타나는 일이지만, 타임은 일원력을 채널링할 수 있었다. 그 자체가 두렵고 경멸스러운 일이었다. 그러나 아이즈 세다이의 도움 없이 그런 자를 무찌를 수 있다고 생각하는 사람은 거의 없었다. 사람들은 타임이 미쳤을 때 불가피하게 벌어질 끔찍한 일을 마주하느니 아이즈 세다이의 도움을 허락하는 게 낫다고 생각했다. 그런 남자들은 미칠 수밖에 없으니까. 그런데 타 발론은 팔메에 있는 다른 가짜 드래건을 지지하기 위해 다른 아이즈 세다이를 보낸 듯했다. 어떤 사실도 서로 부합하지 않았다.

이런 패턴을 생각하자 네예올은 골수까지 한기가 스몄다. 혼란이 기하급수적으로 늘어났다. 들어본 적도 없는 일이 벌어지고 또 벌어졌다. 온 세상이 휘저어지며 끓어오르기 일보 직전인 것만 같았다. 네예올이 보기에는 분명히 그랬다. 최후의 전투가 정말로 다가오고 있었다.

모든 계획이, 앞으로 100세대에 걸쳐 빛의 아이들 사이에서 네예올의 명예를 지켜 줄 계획이 망가졌다. 하지만 혼란은 기회를 의미했고, 네예올에게는 새로운 목표가 딸린 새로운 계획이 있었다. 그 계획을 실행할 힘과 의지만 유지할 수 있다면. **빛이여, 제가 그때까지 목숨을 부지하게 해 주소서.**

경의 어린 노크 소리가 나는 바람에 네예올은 어두운 생각에서 벗어났다. "들어와라!" 그가 쏘아붙였다.

흰색과 황금색으로 이루어진 코트와 브리치스를 입은 하인이 허리를 숙이고 들어왔다. 그는 시선을 바닥에 고정한 채, 빛의 성유를 받은 자이자 빛의 손의 심문관인 야이힘 카리딘이 총사령관의 명을 받아 왔다고 알렸다. 카리딘은 네예올이 말하기를 기다리지 않고 남자 뒤에 나타났다. 네예올은 하인에게 떠나라고 손짓했다.

문이 완전히 다시 닫히기 전에 카리딘이 눈처럼 흰 망토를 화려하게 휘날리며 한쪽 무릎을 꿇었다. 망토의 가슴에 새겨진 태양 무늬 뒤쪽에는 많은 사람들이 질문자라고 부르지만 감히 면전에서 그렇게 부르는 경우는 거의 없는 자들, 즉 '빛의 손'을 상징하는 진홍색의 양치기 지팡이가 새겨져 있었다. "총사령관님께서 명령하셨기에," 그가 강한 목소리로 말했다. "타라본에서 돌아왔습니다."

네예올은 잠시 그를 살폈다. 카리딘은 키가 컸고 중년에 접어든 지 한참 되어 머리카락에 흰머리가 섞여 있었으나 건강하고 단단했다. 깊이 박힌 검은 눈은 언제나 그렇듯 무언가를 아는 듯한 분위기를 풍겼다. 게다가 그는 총사령관이 뚫어져라 살펴보는데도 눈 한 번 깜빡이지 않았다. 그렇게까지 깨끗한 양심이나 흔들림 없는 배짱을 가진 사람은 많지 않았다. 카리딘은 무릎을 꿇은 채, 아무 설명 없이 지휘하던 군대를 떠나 아마도어로 귀환하라는 퉁명스러운 명령을 받는 게 매일 벌어지는 일이라는 듯 침착하게 기다렸다. 하긴, 야이힘 카리딘이라면 돌보다도 오래 기다릴 수 있다고 사람들은 말했다.

"일어나라, 빛의 아이 카리딘." 카리딘이 허리를 펴자 네예올이 덧붙였다.

"팔메에서 신경 쓰이는 소식이 들어왔다."

카리딘은 대답하면서 망토의 주름을 폈다. 그의 목소리는 예의범절의 가장자리를 위태롭게 줄타기했다. 목숨을 걸고 복종하기로 맹세한 사람보다는 자신과 동등한 지위의 사람에게 이야기하는 듯했다. "최근 작고한 본할드 사령관의 부관인 빛의 아이 자렛 바이알이 가져온 소식 말이군요."

네예올의 왼쪽 눈이 살짝 떨렸다. 분노를 나타내는 오랜 전조였다. 바이알이 아마도어에 있다는 걸 아는 사람은 세 사람뿐이어야 했다. 그 셋 중 바이알이 어디에 있다가 왔는지 아는 사람은 네예올뿐이어야 했고. "너무 머리 굴리지 마라, 카리딘. 모든 것을 알려는 욕망 탓에 언젠가는 네가 이끄는 질문자들의 손아귀에 들어가게 될지 모른다."

카리딘은 자기 이름을 듣고 입에 살짝 힘을 주었을 뿐 아무 반응을 보이지 않았다. "총사령관님, 빛의 손은 빛을 섬기기 위해 모든 곳에서 진실을 추구합니다."

빛을 섬기기 위해서라. 빛의 아이들을 섬기기 위해서가 아니고. 모든 빛의 아이들은 빛을 섬겼지만, 페이드론 네예올은 질문자들이 정말 자신을 빛의 아이들의 일부라고 생각하기는 하는지 종종 의문이었다. "팔메에서 일어난 일에 관해, 내게 무슨 진실을 알리려 하느냐?"

"어둠의 친구들에 관한 진실입니다, 총사령관님."

"어둠의 친구들?" 네예올은 킬킬댔으나 그 웃음에 즐거운 기색은 없었다. "불과 몇 주 전, 너는 제프람 본할드가 네 명령을 어기고 토먼 헤드로 군대를 이동시켰다는 이유로 그가 어둠의 존재의 하수인이라고 보고했다." 네예올의 목소리가 위험할 만큼 조용해졌다. "이제는 내게 본할드가 어둠의 친구로서 다른 어둠의 친구들과 맞서 싸우다가 빛의 아이 천 명을 죽였다는 얘기를 하려는 것이냐?"

"제프람 본할드가 어둠의 친구였는지는 영영 알 수 없습니다." 카리딘이 단조롭게 말했다. "데려다 질문하기 전에 죽었으니까요. 그림자의 작전은 이해하기 어렵습니다. 빛 속을 걷는 자에게는 종종 미친 것처럼 보이지요. 하지만 팔메를 점령한 자들이 어둠의 친구라는 점에는 의심의 여지가 없습니다. 어둠의 친구들과 가짜 드래건을 지지하는 아이즈 세다이가 팔메를 점령한 겁니다. 본할드와 그 부하들을 파멸시킨 것이 일원력이었다는 점을 저는 확신합니다, 총사령관님. 팔메에 주둔한 어둠의 친구들과 대적하기 위해 타라본과 아라드 도만에서 파견한 군대 역시 일원력에 무너졌습니다."

"팔메를 점령한 자들이 아리스대양을 건너에서 왔다는 이야기도 있던데?"

카리딘이 고개를 저었다. "총사령관님, 사람들이야 온갖 소문을 전하게 마련입니다. 어떤 사람들은 그자들이 천 년 전에 아터 호크윙이 바다 건너로 보낸 군대로서 이 땅을 차지하러 돌아왔다고 주장합니다. 심지어 어떤 사람들은 팔메에서 다름 아닌 호크윙 본인을 봤다고 말합니다. 호크윙 곁에 전설 속 영웅의 절반이 있었다더군요. 타라본에서 살데이아까지 서부가 끓어오르고 있습니다. 매일 백 가지의 새로운 소문이 부글부글 수면으로 올라옵니다. 갈수록 터무니없어지고요. 소위 숀찬이라는 자들은 가짜 드래건을 지지하기 위해 모여든, 어둠의 친구들로 이루어진 또 하나의 오합지졸일 뿐입니다. 단지, 이번에는 아이즈 세다이가 그들을 대놓고 지지하는 것입니다."

"증거는?" 네예올은 일부러 의심스럽다는 목소리를 냈다. "포로라도 있나?"

"아닙니다, 총사령관님. 빛의 아이 바이알이 분명 말씀드렸겠지만, 본할드는 놈들에게 해산할 수밖에 없을 만큼 심한 타격을 입혔습니다. 당연한 일이지만, 저희가 질문을 던진 그 누구도 가짜 드래건을 지지했다고 인정하지 않으려 들었습니다. 증거라면…… 두 가지가 있는데요, 총사령관님께 말씀드려도 괜찮겠습니까?"

네예올이 조바심을 내며 손짓했다.

"첫 번째 증거로, 아리스대양을 건너려 시도했던 배 자체가 거의 없고 그중 대부분은 아예 돌아오지 못했습니다. 돌아온 배들은 음식과 물이 떨어지기 전에 방향을 튼 겁니다. 바다 민족조차 아리스대양을 건너려 들지는 않습니다. 그들은 무역이 있는 곳이라면 아이일황무지 너머의 땅까지 항해하는 자들인데도 그렇지요. 총사령관님, 대양 너머에 **실제로** 육지가 있다고 해도 그 땅은 너무 멀어 닿을 수 없는 곳입니다. 대양이 너무 넓습니다. 아리스대양 너머로 군대를 옮긴다는 건 하늘을 나는 것만큼 불가능한 일입니다."

"그럴지도 모르지." 네예올이 천천히 말했다. "확실히 어떤 의미가 숨겨져 있어. 두 번째 증거는 무엇이냐?"

"총사령관님, 저희가 질문한 수많은 사람들은 어둠의 친구들과 한편이 되어 싸운 괴물에 대해 이야기했으며 질문의 강도를 끝까지 올렸지만 그 주장을 굽히지 않았습니다. 괴물이라니, 트롤록을 비롯한 그림자의 자식들이 아니면 무엇이겠습니까? 그것들이 어떤 식으로든 거대한오염으로부터 불러온 것이지요." 카리딘은 그 말이 결정적이라는 듯 두 손을 쫙 폈다. "대부분의 사람들은 트롤록이 여행자들이 하는 이야기와 거짓말 속 존재일 뿐이라고 생각합니다. 그 외 사람들은 대체로 트롤록이 트롤록 전쟁 당시 전부 살해당했다고 여기고요. 그런 자들이 트롤록에게 괴물이라는 이름 말고 달리 어떤 이름을 붙이겠습니까?"

"그래. 그렇지, 네 말이 맞을지도 모른다, 빛의 아이 카리딘. 그럴지도 모른다고 나 역시 생각한다." 네예올은 카리딘에게 자신 역시 같은 생각이라는 걸 아는 만족감을 주고 싶지 않았다. **잠시 애를 쓰게 해야지.** "하지만 이 자는?" 네예올은 두루마리 그림을 가리켰다. 네예올이 아는 카리딘이라면 자기 방에도 이 그림의 사본을 두고 있을 터였다. "이 자는 얼마나 위험하냐? 일원력을 채널링할 수 있느냐?"

심문관은 어깨만 으쓱했다. "그럴지도 모르고 아닐지도 모릅니다. 아이즈 세다이야 자기들이 원한다면 고양이라도 채널링을 할 수 있다고 믿게 만들 자들이니까요. 그 자가 얼마나 위험한지에 대해서는……. 가짜 드래건은 누구나 진압당하기 전까지 위험합니다. 타 발론이 대놓고 뒤를 봐주는 가짜 드래건은 열 배쯤 위험하겠지요. 어쨌든 제지하지 않으면 6개월 안에 지금보다 더 위험해질 것입니다. 제가 질문한 포로들은 그자를 본 적도 없고, 그자가 현재 어디에 있는지도 몰랐습니다. 그자의 군대는 분열돼 있습니다.

한 장소에 200명 이상 모여 있는 곳은 없을 듯합니다. 타라본이나 도만 어느 쪽이든 서로 싸우는 데 정신이 팔려 있지만 않다면 놈들을 쓸어버릴 수 있겠지요."

"가짜 드래건이라도," 네예올이 건조하게 말했다. "타라본과 도만이 앨머스평원의 소유권을 놓고 400년 동안 다퉈 온 일을 잊게 할 수는 없지. 둘 다 그 평원을 지킬 힘도 없었는데." 카리딘의 표정은 바뀌지 않았고, 네예올은 그가 어떻게 그렇게까지 침착할 수 있는지 궁금했다. **그렇게 침착할 날이 길지는 않을 거다, 질문자.**

"중요한 일이 아닙니다, 총사령관님. 겨울이라 그들 모두가 야영지에 틀어박혀 있습니다. 산발적으로 작은 전투와 기습이 벌어질 뿐이지요. 군대가 움직일 수 있을 정도로 날씨가 따뜻해지면……. 본할드는 군대의 절반만을 토먼 헤드로 이끌고 가 전멸시켰습니다. 저는 나머지 절반으로 이번 가짜 드래건을 쫓아 죽이겠습니다. 시체는 누구에게도 위험하지 않으니까요."

"그러다 네가 본할드가 마주했던 것으로 추정되는 존재와 마주치면? 일원력을 활용해 살인을 저지르는 아이즈 세다이 말이다."

"마녀 짓거리로도 화살이나 어둠 속에서 날아든 칼을 막을 수는 없습니다. 그자들도 다른 모두가 그렇듯 빠르게 죽습니다." 카리딘이 미소 지었다. "약속드리지요. 저는 여름이 오기 전에 성공을 거둘 것입니다."

네예올이 고개를 끄덕였다. 카리딘은 자신하고 있었다. 지금은. 하긴, 뭐든 위험한 질문이 있다면 지금쯤 이미 던졌을 테니까. **기억했어야지, 카리딘. 나는 훌륭한 전략가로 알려져 있다.** "그런데," 네예올이 조용히 말했다. "너는 왜 팔메로 군대를 이끌고 가지 않은 것이냐? 토먼 헤드에 어둠의 친구들이 있고 놈들의 군대가 팔메를 점령하고 있다면 왜 본할드를 막으려 했느냐?"

카리딘은 눈을 깜빡였지만 목소리는 흔들리지 않았다. "처음에는 소문뿐이었습니다, 총사령관님. 너무도 터무니없는 소문이라 아무도 믿지 않았습니다. 제가 진실을 알게 되었을 때쯤에는 본할드가 전투에 가담한 뒤였습니다. 본할드가 죽고 어둠의 친구들은 흩어졌지요. 게다가 제 임무는 앨머스평원에 빛을 가져다주는 것이었습니다. 소문을 쫓겠다고 명령을 거역할 수는 없었습니다.”

“임무?” 네예올이 말했다. 그가 일어나면서 목소리도 커졌다. 카리딘은 네예올보다 머리 하나가 더 컸지만 물러났다. “임무라고? 네 임무는 앨머스평원을 점령하는 것이었다! 앨머스평원은 입으로 소유권을 떠들어 대는 자들이 있을 뿐 아무도 점유하고 있지 않은 빈 양동이였고, 네가 해야 할 일이라고는 그 양동이를 채우는 것뿐이었다. 그랬다면 앨머스라는 국가가 다시 살아나 빛의 아이들의 통치를 받게 됐을 것이다. 멍청한 왕에게 입바른 말을 할 필요도 없이! 아마디시아와 앨머스는 타라본을 옥죄는 강력한 틀이 되었을 것이다. 5년 후면, 우리는 이곳 아마디시아와 같은 영향력을 그곳에서도 발휘할 수 있었을 거야. 그런데 네가 그 계획을 엉망진창으로 만들었다!”

마침내 미소가 사라졌다. “총사령관님.” 카리딘이 항의했다. “제가 지금 일어난 일을 어떻게 예견할 수 있었겠습니까? 가짜 드래건이 하나 더 나타났습니다. 타라본과 아라드 도만은 서로 으르렁거리기만 하던 그 오랜 세월 끝에 드디어 전쟁에 돌입했습니다. 게다가 아이즈 세다이는 3천 년 동안 시치미를 떼더니 이제야 진짜 정체를 드러냈습니다! 하지만 그렇더라도 모든 걸 잃은 것은 아닙니다. 저는 이번 가짜 드래건의 추종자들이 단결하기 전에 그자를 찾아 파멸시킬 수 있습니다. 타라본과 도만이 알아서 약해지고 나면, 평원에서 놈들을 쓸어 낼 수 있을…….”

“아니!” 네예올이 쏘아붙였다. “네 계획은 끝장이다, 카리딘. 이제 내가 너를 너의 질문자들에게 넘겨야 할지도 모르겠다. 고위 심문관도 반대하지 않겠지. 지금 일어난 일에 대해 책임을 물을 사람을 찾느라 이를 갈아 대고 있으니까. 자기가 먼저 나서서 부하를 내놓지는 않겠지만 내가 네 이름을 지목하면 둘러대려 하지도 않을 거다. 며칠 질문을 받고 나면 넌 뭐든 고백하게 되겠지. 심지어 너 자신을 어둠의 친구라고 지목하게 될 거다. 넌 한 주가 채 못 되어 망나니의 도끼 아래에 있게 될 것이다.”

카리딘의 이마에 땀이 맺혀 갔다. “총사령관님…….” 그가 말을 멈추고 침을 삼켰다. "총사령관님께서는 다른 방법이 있다고 말씀하시는 듯합니다. 무엇인지 말씀만 해 주시면 맹세코 복종하겠습니다."

자. 네예올은 생각했다. **지금이 주사위를 굴릴 시간이다.** 전장에 나갔는데, 사방 91미터 안에 있는 모든 사람이 적군이라는 걸 알게 됐을 때처럼 소름이 쫙 끼쳤다. 총사령관은 절대 망나니의 도끼에 목이 잘리지 않는다. 하지만 갑자기, 예기치 못하게 죽은 총사령관은 여럿 있었다. 그런 사람들은 빠르게 애도의 대상이 되었다가 덜 위험한 사상을 품은 자들로 빠르게 교체되었다.

"빛의 아이 카리딘." 네예올이 단호하게 말했다. "너는 이번 가짜 드래건이 죽지 않도록 해야 한다. 어떤 아이즈 세다이가 그자를 지원하기보다는 대적하러 온다면, '어둠 속의 칼날'을 사용해라."

심문관의 입이 쩍 벌어졌다. 하지만 그는 재빨리 정신을 차리고 의심스럽다는 듯 네예올을 보았다. "아이즈 세다이를 죽이는 것이야 저희 의무이지만……. 가짜 드래건이 마음대로 돌아다니도록 놔두라는 말씀이십니까? 그건…… 그런 일은…… 반역입니다. 신성모독이기도 하고요."

네예올이 깊이 숨을 들이쉬었다. 어둠 속에서 기다리는, 보이지 않는 칼날이 느껴졌다. 하지만 이제는 돌아올 수 없는 강을 건넜다. "해야 할 일을 하는 건 반역이 아니다. 심지어 신성모독조차 명분이 있다면 참아 줄 수 있다." 그 두 문장만으로도 네예올은 목숨을 잃을 수 있었다. "너를 따르는 사람들을 단결시키는 방법을 아느냐, 빛의 아이 카리딘? 가장 빠른 방법 말이다. 모르느냐? 그 방법은 미쳐 날뛰는 사자를 거리에 풀어놓고 사람들이 공황에 빠지는 순간, 사자 때문에 모두의 배짱이 흐물흐물해지는 순간 네가 그 사자를 처리하겠다고 침착하게 말하는 것이다. 그런 다음 사자를 죽이고 사람들에게 모두가 볼 수 있는 곳에 시체를 걸어 놓으라고 명령하는 거야. 사람들에게 생각할 시간을 주지 말고 다른 명령을 내리면 다들 그 명령에 따른다. 계속해서 명령을 내리면 계속해서 복종하지. 네가 바로 그들을 구해 준 자가 될 텐데 과연 더 나은 지도자가 있겠느냐?"

카리딘은 잘 모르겠다는 듯 고개를 저었다. "총사령관님께서는…… 모든 걸 차지할 생각이십니까? 앨머스평원만이 아니라 타라본과 아라드 도만까지요?"

"내가 무엇을 할지는 나만 알면 된다. 너는 맹세한 대로 복종하기만 해라. 오늘 밤에는 전령들이 빠른 말을 타고 평원으로 떠났다는 이야기가 들려오기를 바란다. 누구도 해서는 안 될 의심을 하지 않도록 명령을 전하는 방법은 네가 분명히 알고 있을 것이다. 누군가를 약탈해야 한다면 타라본이나 도만 사람을 약탈해라. 그들이 내 사자를 죽이게 두어서는 안 된다. 그럼. 빛을 걸고, 우리는 타라본과 도만이 강제로 평화를 맺도록 해야 한다."

"총사령관께서 명령하시니," 카리딘이 술술 말했다. "듣고 따르겠습니다." 지나치게 자연스러웠다.

네예올이 차갑게 미소 지었다. "네 맹세가 충분하지 않을 수 있으니 이걸 알아 두어라. 내가 명령하기 전에 가짜 드래건이 죽거나 타 발론 마녀들의 손에 들어가면 너는 어느 날 심장에 단검이 꽂힌 채 발견될 것이다. 그리고 어떤…… 사고가…… 내게 일어난다면―내가 늙어서 죽는다고 하더라도―너 역시 한 달 안에 죽을 것이다."

"총사령관님, 저는 복종하기로 맹세를……."

"그랬지." 네예올이 그의 말을 잘랐다. "반드시 그 맹세를 기억해라. 자, 가라!"

"총사령관님께서 명령하시는 대로 하겠습니다." 이번에 카리딘의 목소리는 그리 안정적이지 않았다.

심문관이 나가고 문이 닫혔다. 네예올은 두 손을 비볐다. 추웠다. 주사위가 돌아가고 있었다. 멈췄을 때 어떤 눈금이 나올지 알 방법은 전혀 없었다. 최후의 전투가 정말로 다가오고 있었다. 어둠의 존재가 풀려나 드래건의 환생과 맞서는, 전설 속의 타몬 가이돈을 말하는 게 아니었다. 지금 다가오는 전투가 타몬 가이돈이 아니라는 것은 확실했다. 전설의 시대의 아이즈 세다이가 샤이올 굴에 있는 어둠의 존재의 감옥에 구멍을 뚫었다고 해도 동족살해자 루스 세린과 그를 따르던 100인의 동행이 그 구멍을 다시 봉인했다. 물론, 그 여파로 진정한 근원의 남성적 절반이 영원히 오염되어 그들을 광기로 몰아감으로써 세계의 파괴가 시작되긴 했다. 하지만 그 시절에는 오늘날 타 발론의 마녀 열 명이 힘을 합쳐도 할 수 없는 일을 고대의 아이즈 세다이 한 명이 해냈다. 그들이 만든 봉인은 버텨 줄 것이다.

페이드론 네예올은 차가운 이성을 가진 남자였고, 타몬 가이돈이 어떤 모습일지 생각해 두었다. 짐승 같은 트롤록 떼가 2천 년 전 트롤록 전쟁 당시에 그랬듯 거대한오염에서부터 남쪽으로 쏟아져 나올 것이다. 머드랄—반인—이 그들을 지휘할 테고. 아마 어둠의 친구들 중에서 새로운 인간 공포의 군주가 나타날지도 몰랐다. 여러 나라로 쪼개져 자기들끼리 다투는 인류는 그런 공격에 저항할 수 없었다. 하지만 그가, 페이드론 네예올이 빛의 아이들의 깃발을 앞세우고 인류를 단결시킬 것이다. 새로운 전설이, 페이드론 네예올이 타몬 가이돈에서 싸워 이겼다는 전설이 생겨날 것이다.

"먼저," 네예올이 중얼거렸다. "미친 사자를 길거리에 풀어놓는다."

"미친 사자라고요?"

네예올은 휙 돌아섰다. 깡마르고 왜소한, 코 대신 커다란 부리가 달린 남자가 벽에 걸린 깃발 중 하나의 뒤쪽에서 슬쩍 나왔다. 깃발이 다시 벽에 닿는 순간 회전하는 널빤지가 휙 돌아가는 모습이 언뜻 보였다.

"내가 너에게 그 통로를 알려 준 것은, 오르디스." 네예올이 쏘아붙였다. "내가 너를 부르면 요새 사람 절반에게 알리지 않고도 올 수 있게 하려던 것이지 나의 개인적인 대화를 엿들을 수 있게 한 것이 아니다."

오르디스는 방을 가로질러 오며 부드럽게 허리를 숙였다. "엿듣는다고요, 대공? 저는 절대 그런 일을 하지 않습니다. 방금 도착했는데, 대공의 마지막 말을 듣지 않을 수 없었던 것뿐입니다. 그게 전부입니다." 오르디스는 반쯤 조롱하는 미소를 짓고 있었다. 하긴, 네예올은 그 미소가 오르디스의 얼굴에서 지워지는 모습을 본 적이 한 번도 없었다. 오르디스로서는 누군가가 지켜보고 있다는 걸 알 리가 없을 때조차 그랬다.

한 달 전, 한겨울에 이 호리호리하고 왜소한 남자가 누더기를 걸치고 반쯤 언 채 아마디시아에 도착했다. 어떻게 그랬는지 겹겹으로 둘러선 경비병들을 모두 설득해 페이드론 네예올 본인에게까지 왔다. 그는 토먼 헤드에서 일어난 사건에 관해 아는 듯했다. 모호하긴 해도 방대한 카리딘의 보고서나 바이알의 이야기, 네예올의 귀에 닿은 다른 모든 보고서나 소문에는 들어 있지 않은 내용까지도. 물론 그가 쓰는 이름은 가짜였다. 고어로 오르디스는 "벌레나무"라는 뜻이었으니까. 네예올이 이 점에 대해 의문을 제기하자 그는 "우리의 과거 존재는 모든 인간에게 잊혔으며, 삶은 쓰디씁니다"라는 말만 했다. 하지만 오르디스는 영리했다. 사건에 나타나는 패턴을 보도록 네예올을 도와준 게 바로 오르디스였다.

오르디스는 탁자로 다가와 그림 하나를 집어 들더니 두루마리를 펼쳐 젊은이의 얼굴을 드러냈다. 그의 미소가 거의 인상을 찡그리듯 깊어졌다.

네예올은 이 자가 부르지도 않았는데 나타났다는 점이 여전히 거슬렸다. "가짜 드래건이 우스운 모양이구나, 오르디스. 아니면 겁을 먹은 게냐?"

"가짜 드래건이라고요?" 오르디스가 조용히 말했다. "네, 물론 그렇겠지요. 아니면 누구겠습니까." 그러더니 그는 네예올의 신경을 갉아 대는 날카로운 웃음을 터뜨렸다. 때로 네예올은 오르디스가 최소한 절반은 미쳤다고 생각했다.

하지만 미쳤든 아니든 영리하지. "무슨 말이냐, 오르디스? 꼭 이 자를 아는 것처럼 말하는구나."

오르디스는 총사령관이 그 자리에 있다는 사실을 잊고 있었다는 듯 움찔했다. "이 자를 아느냐고요? 아, 그럼요. 알지요. 이 자의 이름은 랜드 알소르입니다. 안도어의 시골에 있는 투 리버스 출신이고, 절반의 진실만 알아도 영혼이 움찔할 만큼 그림자에 너무 깊이 빠져 있는 어둠의 친구입니다."

"투 리버스라." 네예올이 생각에 잠겼다. "다른 누군가가 그곳 출신의 다른 어둠의 친구에 대해서, 다른 젊은이에 대해서 말했다. 어둠의 친구들이 그런 곳에서 출현한다니 이상하구나. 하긴, 어둠의 친구들이야 사방에 있지."

"다른 어둠의 친구라고요, 대공?" 오르디스가 말했다. "투 리버스 출신의 어둠의 친구 말입니까? 혹시 매트림 코손이나 페린 아이바라일까요? 그들도 랜드 알소르와 동갑이며, 사악한 정도도 거의 뒤지지 않습니다."

"이름이 페린이라더군." 네예올이 인상을 찡그리며 말했다. "셋이라고 했느냐? 투 리버스에서는 양털과 타박 말고는 아무것도 나지 않는다. 사람이 사는 곳 중 세상의 나머지 공간과 그렇게까지 고립된 공간은 없을 것 같은데."

"도시에서는 어둠의 친구들이 어느 정도 자신의 본성을 숨겨야만 합니다. 다른 사람들과 어울려야 하고, 그런 사람 중에는 다른 곳에서 왔다가 자기가 본 것에 대한 이야기를 가지고 떠나는 낯선 이들도 있으니까요. 하지만 세상으로부터 차단된 조용한 마을, 외부인들이 거의 가지 않는 곳이라니……. 어둠의 친구가 되기에 그보다 나은 곳이 있겠습니까?"

"너는 어떻게 그 세 어둠의 친구의 이름을 아는 것이냐, 오르디스? 그야말로 동떨어진, 머나먼 세상의 끝에서 온 세 어둠의 친구들을 말이다. 너는 너무 많은 비밀을 가지고 있구나, 벌레나무야. 소매에서 꺼내는 놀라운 것들이 방랑 시인보다도 많다."

"그 누가 자기가 아는 **모든** 것을 말할 수 있겠습니까, 대공." 왜소한 남자가 자연스럽게 말했다. "쓸모 있어지는 순간까지는 모든 이야기가 수다일 뿐이지요. 그러나 이것만은 말씀드리겠습니다, 대공. 랜드 알소르라는 이자, 드래건은 투 리버스에 깊이 뿌리 내리고 있습니다."

"가짜 드래건이다!" 네예올이 날카롭게 말하자 오르디스가 허리를 숙였다.

"그럼요, 대공. 제가 잘못 말했습니다."

문득 네예올은 오르디스의 두 손에 들려 있던 그림이 구겨지고 찢어졌다는 걸 알아차렸다. 오르디스의 얼굴은 특유의 비웃음을 짓고 있을 뿐 매끄러웠지만, 그 순간에도 양피지를 움킨 그의 두 손은 경련하듯 움찔거렸다.

"그만해라!" 네예올이 명령했다. 그는 오르디스에게서 그림을 낚아채 최대한 펼쳤다. "이자를 그린 그림이 많지 않아 망가지게 놔둘 수 없다." 그림 대부분은 문질러 놓은 자국과 마찬가지로 보였다. 청년의 가슴팍을 가로지르며 양피지가 찢겨 있었다. 그러나 기적처럼 얼굴은 아무 영향을 받지 않았다.

"용서하십시오, 대공." 오르디스가 깊이 허리를 숙였다. 그의 미소는 한 번도 사라지지 않았다. "어둠의 친구들이 싫어서요."

네예올은 분필로 그린 얼굴을 살펴보았다. **투 리버스의 랜드 알소르라.** "투 리버스에 대한 계획을 마련해야 할지도 모르겠다. 눈이 그칠 때쯤 말이다."

"대공께서 원하는 대로 하십시오." 오르디스가 단조롭게 말했다.

요새의 복도를 성큼성큼 나아가는 카리딘의 얼굴이 너무 험악해 보여 다른 사람들은 그를 피했다. 하긴, 그게 아니라도 질문자와 같이 있으려 하는 사람은 별로 없었다. 일을 하던 하인들은 서둘러 돌벽 속으로 스며들려 했고, 흰 망토에 계급을 나타내는 황금 매듭을 단 남자들조차 카리딘의 얼굴을 보고는 옆 복도로 사라졌다.

카리딘은 자기 방으로 들어가는 문을 홱 열고 들어가 쾅 닫았다. 풍성한 빨간색과 황금색, 파란색으로 만들어진 타라본과 티어의 훌륭한 카펫과 일리안에서 가져온 비스듬한 거울, 바닥 한가운데에 놓인 정교하게 세공된 긴 탁자 위의 황금 나뭇잎 조각으로부터 평소의 만족감을 전혀 느낄 수 없었다. 루가드 출신의 장인이 1년이나 고생해서 만든 조각이었는데. 그러나 이번만큼은 그 작품이 카리딘의 눈에 거의 들어오지 않았다.

"샤본!" 몸종은 나타나지 않았다. 방을 정돈하고 있을 터였다. "빛께서 태우실 자 같으니, 샤본! 어디에 있느냐?"

카리딘의 시야 가장자리에 어떤 움직임이 걸렸다. 그는 욕설을 퍼부어 샤본을 찌그러뜨릴 태세로 돌아보았다. 그러나 머드랄이 뱀처럼 구불구불한 우아한 동작으로 한 걸음 다가오자 욕설 자체가 찌그러 들었다.

머드랄은 인간의 형상을 하고 있었다. 대부분의 사람보다 크지 않았다. 하지만 인간과 닮은 점은 그게 전부였다. 죽은 듯한 검은 옷과 망토는 머드랄이 움직여도 거의 움직이지 않는 것처럼 보였다. 그것 때문에 구더기처럼 흰 놈의 피부가 더욱 창백해 보였다. 게다가 머드랄은 눈이 없었다. 눈 없는 시선이 카리딘 이전의 수천 명에게 그랬듯 카리딘을 두려움으로 가득 채웠다.

"무슨……." 카리딘은 침을 삼키고 목소리를 평소처럼 가라앉히려고 말을 멈추었다. "여기서 뭘 하는 거냐?" 그래도 목소리가 새되게 들렸다.

반인의 핏기 없는 입술이 미소를 짓느라 휘어졌다. "그림자가 있는 곳이라면 나는 어디든 갈 수 있다." 놈의 목소리는 죽은 낙엽을 지나는 뱀의 소리 같았다. "나는 나를 섬기는 모든 이들을 지켜보는 걸 좋아한다."

"내가 섬기는 건……."

쓸데없는 짓이었다. 카리딘은 매끄럽고 널찍하며 창백한 허연 얼굴에서 획 시선을 돌리며 돌아섰다. 머드랄을 등지고 있자니 척추를 따라 전율이 일었다. 눈앞의 벽에 걸린 거울을 통해 모든 것이 더 선명하게 보였다. 반인을 제외한 모든 것이. 머드랄은 선명하지 않은 흐린 자국이었다. 딱히 위안이 되는 모습은 아니었지만 놈과 시선을 마주치는 것보다는 나았다. 카리딘의 목소리에 약간 힘이 돌아왔다.

"내가 섬기는 건……." 카리딘이 말을 멈추었다. 그는 문득 자신이 어디에 있는지 의식했다. 빛의 요새의 심장부. 카리딘이 지금 하려는 말은, 그에 관한 속삭임에 대한 소문만 돌아도 카리딘을 빛의 손에 넘길 수 있는 말이었다. 이런 말을 들으면 빛의 아이들 중 가장 낮은 자라도 즉시 그를 쳐서 쓰러뜨릴 터였다. 그러나 머드랄을 제외하면 카리딘은 혼자였다. 어쩌면 샤본이 있을지도 모르지만. **그 빌어먹을 놈은 어디 있는 거지?** 다른 누군가와 반인의 시선을 나눠 받으면 좋을 것 같았다. 나중에 그 누군가를 제거해야겠지만. 카리딘은 목소리를 낮추었다. "나는 너와 마찬가지로 위대한 어둠의 군주를 섬긴다. 우리는 둘 다 그분을 섬기는 입장이다."

"그렇게 생각하고 싶다면야." 머드랄이 웃었다. 카리딘의 뼛속까지 떨리게 하는 소리였다. "그렇더라도 나는 네가 앨머스평원이 아닌 이곳에 있는 이유를 알아야겠다."

"나는…… 나는 총사령관의 명령에 따라 이곳에 왔다."

머드랄이 이를 갈았다. "네 총사령관의 말은 똥이나 마찬가지다! 너는 랜드 알소르라는 이름의 인간을 찾아 죽이라는 명령을 받았다. 다른 무엇보다도 그 명령이 우선이다. 다른 무엇보다도! 어째서 복종하지 않는 것이냐?”

카리딘은 심호흡을 했다. 등에 닿는 시선이 척추를 따라 그어 내리는 칼날처럼 느껴졌다. “상황이…… 바뀌었다. 몇 가지 문제가 전과는 달리 내 통제를 벗어났다.” 거칠게 긁는 듯한 소리에 그는 고개를 휙 돌렸다.

머드랄이 탁자 상판을 손으로 긋고 있었다. 덩굴처럼 생긴 가느다란 톱밥이 놈의 손톱에서 말려 나왔다. “바뀐 건 아무것도 없다, 인간. 너는 빛에 대한 맹세를 저버리고 새로운 맹세를 했다. **그 맹세는** 따르게 될 것이다.”

카리딘은 윤을 낸 목재에 난 흠집을 보고 움찔하며 거칠게 침을 삼켰다. “무슨 말인지 모르겠다. 갑자기 그자를 죽이는 문제가 왜 그토록 중요해진 거냐? 나는 위대한 어둠의 군주께서 그자를 이용하시려는 줄 알았다.”

“내게 질문하는 건가? 네 혀를 가져가야겠구나. 질문하는 건 네 역할이 아니다. 이해하는 것도. 네 역할은 복종하는 것이다! 너는 개들에게도 복종을 가르칠 수 있을 만큼 복종하게 될 것이다. **그 말은** 이해하나? 따라와라, 개야. 주인의 명령에 복종해라.”

분노가 공포에 꿈틀꿈틀 구멍을 뚫었다. 카리딘의 손이 옆구리를 더듬었다. 하지만 칼이 없었다. 칼은 지금 옆방에, 페이드론 네예올을 만나러 가면서 놔두었던 그 자리에 있었다.

머드랄이 덤벼드는 독사보다 빠르게 움직였다. 카리딘은 놈의 손이 으스러뜨릴 듯 센 힘으로 자신의 손목을 조여 오자 입을 열어 비명을 지르려 했다. 뼈가 서로 갈리며 팔을 따라 찌릿한 고통을 쏘아 올렸다. 그러나 비명은 카리딘의 입을 떠나지 못했다. 반인의 다른 손이 머드랄의 턱을 쥐고 억지로 입을 다물게 했다. 카리딘의 발꿈치가 들리고 발가락이 바닥에서 떨어졌다. 그는 끙끙대고 부글거리는 소리를 내며 머드랄의 손아귀에 대롱대롱 매달렸다.

“내 말을 들어라, 인간. 최대한 빨리 그 젊은이를 찾아 죽여라. 모른 체할 수 있을 거라는 생각은 하지 마라. 너의 **아이들** 중에는 네가 목표에서 벗어났을 경우 내게 알려올 자들이 있다. 하지만 용기를 북돋을 수 있도록 이것만은 알려 주지. 랜드 알소르가 한 달 안에 죽지 않으면 내가 네 혈족 중 하나를 데려가겠다. 아들이든, 딸이든, 누이이든, 삼촌이든 말이다. 선택된 자가 비명을 지르며 죽기 전까지 너는 그게 누구인지 알 수 없을 것이다. 랜드 알소르가 한 달을 더 살면 한 명을 더 데려가겠다. 그렇게 한 명 더, 한 명씩 더 데려갈 것이다. 너 자신을 제외하고 네 혈족이 한 명도 남지 않았는데 랜드 알소르가 여전히 살아 있다면, 내가 너를 다름 아닌 샤이올 굴로 데려갈 것이다." 머드랄이 미소 지었다. "네 죽음에는 몇 년이 걸릴 것이다, 인간. 이제 내 말을 이해하겠나?"

카리딘은 반은 신음이고 반은 훌쩍이는 듯한 소리를 냈다. 목이 부러질 것 같았다.

머드랄은 으르렁거리며 그를 방 반대편으로 내던졌다. 카리딘이 반대쪽 벽에 쾅 부딪혔다가 충격을 받아 깔개 쪽으로 미끄러졌다. 그는 고개를 숙인 채 숨을 헐떡였다.

"내 말 이해하겠나, 인간?"

"난…… 이해했다. 복종하겠다." 카리딘은 간신히 카펫에 대고 말했다. 답은 들려오지 않았다.

카리딘은 목에 느껴지는 통증으로 움찔거리며 고개를 들었다. 카리딘 자신을 제외하면 방은 비어 있었다. 전설에 따르면 반인들은 말을 타듯 그림자를 타고 다닌다고 했다. 옆으로 돌아서면 사라진다고. 그 어떤 벽도 반인을 막을 수는 없었다. 카리딘은 울고 싶었다. 그는 땅을 짚고 일어서며 손목에 번지는 고통에 욕설을 했다.

문이 열리며 샤본이 서둘러 들어왔다. 바구니를 두 팔로 안아 든 통통한 남자였다. 그가 멈춰 서서 카리딘을 빤히 보았다. "주인님, 괜찮으세요? 자리를 비워서 죄송합니다, 주인님. 드실 과일을 사러 가느라……."

카리딘은 멀쩡한 손으로 샤본이 들고 있던 바구니를 쳤다. 시들어 빠진 겨울 사과가 카펫으로 굴러갔다. 이어 그의 손등이 샤본의 얼굴을 후려쳤다.

"용서해 주세요, 주인님." 샤본이 속삭였다.

"종이와 펜과 잉크를 가져와라." 카리딘이 으르렁거리듯 말했다. "서둘러

라, 이 멍청한 놈! 명령을 내려야 한다." **하지만 어떤 명령을 내리지? 어떤
명령을?** 샤본이 허둥지둥 떠나고, 카리딘은 탁자 상판에 난 홈을 보며 몸을
떨었다.

1장 기다림

시간의 물레가 돌면 시대가 다가오고 또 지나가며 전설이 되는 기억을 남긴다. 전설은 희미해져 신화가 되고, 그 신화를 낳은 시대가 올 때면 신화조차 잊힌 지 오래가 된다. 제3시대라고 불리기도 하는 어느 시대에, 아직 다가오지 않은 시대이자 이미 오래전에 지나간 그 시대에 안개의산맥에서 바람이 불었다. 그 바람이 유일한 시작은 아니었다. 시간의 물레가 돌아가는 데는 시작도 끝도 없다. 그러나 그 바람이 **하나의** 시작이기는 했다.

바람은 긴 계곡을 휩쓸고 내려갔다. 공기 중에 아침 안개가 떠 있어 푸르게 보이는 계곡, 일부는 상록수 숲으로 덮여 있고 일부는 풀과 들꽃이 자라날 곳에 맨땅이 드러나 있었다. 바람은 반쯤 파묻힌 폐허와 망가진 기념물들을 가로질러 불어 가며 울어 댔다. 그 모든 것이 그것들을 지은 사람들만큼 잊힌 존재였다. 바람은 한 번도 녹은 적 없는 눈으로 덮인 봉우리 사이 닳아빠진 관통로에서 신음했다. 두꺼운 구름이 산꼭대기를 덮고 있어 눈과 흰 너울이 하나로 보였다.

저지대에서는 겨울이 떠나가고 있거나 이미 떠나간 뒤였다. 그러나 고도가 높은 이곳에서는 겨울이 잠시 버티며 산등성이를 넓고 흰 조각보로 때우고 있었다. 상록수만이 잎사귀나 바늘잎을 붙들고 있을 뿐 다른 모든 나뭇가지는 헐벗은 채 바위를 배경으로 한 갈색이나 회색으로 보였다. 땅에서는 아직 생명의 기운이 느껴지지 않았다. 바람이 눈과 바위 위로 몰아치는 바스락바스락 소리 말고는 아무 소리도 들리지 않았다. 땅은 기다리는 것처럼, 무언가가 터지기를 기다리는 것처럼 보였다.

진퍼리꽃나무와 소나무 덤불 바로 안쪽, 말에 앉아 있던 페린 아이바라는 몸을 떨며 모피로 안감을 댄 망토를 바짝 끌어당겼다. 한 손에는 긴 활을 들고 혁대에는 커다란 반달 도끼를 매달고 있었기에 쉬운 일은 아니었다. 도끼는 강철로 만들어져 있었으며 날이 잘 서 있었다. 루한 스승님이 그 도끼를 만들던 날, 페린이 직접 풀무질을 했다. 바람이 그의 망토를 잡아당기며 덥수룩한 곱슬머리를 덮고 있던 후드를 뒤로 젖히고 코트를 스쳤다. 페린은 온기를 얻으려고 장화 속의 발가락을 꼼지락거리며 높은 안장에 앉은 채 움직거렸다. 하지만 그의 관심사는 추위에만 머물러 있지 않았다. 그는 다섯 일행을 눈여겨보며 그들도 같은 걸 느끼는지 궁금해했다. 그들이 이곳에 파견된 건 무언가를 기다리기 위해서였다. 하지만 그 이상의 무언가가 느껴졌다.

페린의 말 스테퍼가 움찔거리며 고개를 젖혔다. 페린은 회갈색 수말에게 발이 빠르다는 이유로 스테퍼라는 이름을 붙였지만, 지금 스테퍼는 기수의 짜증과 조바심을 느끼는 듯했다. **난 이 모든 기다림이 싫증나. 모레인이 집게라도 된 것처럼 우리를 꽉 잡고 있는 내내 앉아 있는 게 싫증난다고. 태워 죽일 아이즈 세다이! 대체 언제 끝나는 거야?**

페린은 무의식적으로 바람의 냄새를 맡았다. 말의 냄새가 지배적이었다. 사람과 사람들이 흘린 땀의 냄새도. 방금 전에 토끼 한 마리가 저 나무들 사이로 지나갔다. 두려움이 녀석에게 달려갈 힘을 주었다. 하지만 토끼를 쫓던 여우는 그곳에서 토끼를 죽이지 않았다. 페린은 자신의 행동을 의식하고 멈추었다. **이렇게 바람이 많이 불다가는 코가 온갖 냄새로 꽉 막히겠어.** 페린은 코가 없었으면 좋겠다는 생각이 들 지경이었다. **여기에 대해서도 모레인이 뭔가 하게 놔두진 않을 거야.**

뭔가가 머릿속 한 구석을 간질였다. 페린은 그것을 인정하지 않으려 했다. 그는 일행에게 자기감정을 이야기하지 않았다.

페린 외의 다섯 사람은 각자 안장에 앉아 있었다. 짧은 기병용 활을 준비해 들고 나무가 듬성듬성 난 아래쪽의 비탈만큼 위쪽의 하늘도 살피는 중이었다. 그들은 망토를 깃발처럼 휘날리게 하는 바람에도 동요하지 않는 듯했다. 남자들 한 명 한 명의 어깨 위로, 망토에 난 실금을 통해 양손검의 칼자루가 삐죽 솟아 있었다. 맨 위의 상투를 빼고 밀어 버린 맨머리를 보자 페린은 더 추워졌다. 그들에게는 이 날씨가 봄이 된 지 한참 지난 것으로 느껴지는 듯했다. 이들의 모든 연약함은 페린이 아는 그 어느 용광로보다 가혹한 용광로에서 담금질되어 사라졌다. 이들은 샤이나 사람으로, 거대한오염을 따라 길게 자리 잡은 변방 출신이었다. 그곳에서는 어느 밤에든 트롤록의 기습이 이루어질 수 있었고 상인이나 농부라도 칼이나 활을 들 준비가 되어 있어야 했다. 게다가 이 남자들은 농부가 아니었다. 거의 태어난 순간부터 군인이었다.

그들은 페린에게 경의를 표하고 그를 따랐다. 페린은 문득문득 그 점이 의아하게 느껴졌다. 그들은 마치 페린에게 어떤 특별한 권리가, 그들에게는 숨겨진 일종의 지식이 있다고 생각하는 것 같았다. **아니면 그냥 내 친구들 때문이겠지.** 페린이 비꼬듯 생각했다. 샤이나 사람들은 페린만큼 키가 크지도 않았고 덩치가 크지도 않았다. 대장장이의 도제로 몇 년이나 보냈기에 페린은 웬만한 남자의 두 배는 되는 어깨와 팔을 갖게 되었으니까. 그런데도 페린은 그의 어린 나이에 대한 샤이나 사람들의 농담을 막으려고 매일 면도하기 시작했다. 친근한 농담이긴 했지만, 그래도 농담이었다. 페린은 괜히 어떤 예감이 든다는 이야기를 해서 그들이 다시 농담을 시작하게 하지는 않을 생각이었다.

페린은 움찔하며 자신도 망을 봐야 한다는 걸 떠올렸다. 그는 긴 활에 재운 화살을 확인하며 서쪽으로 이어지는 계곡을 내려다보았다. 계곡은 아래쪽으로 내려갈수록 넓어졌다. 땅에는 눈과 겨울의 잔해로 이루어진, 넓고 구불구불한 길이 줄무늬처럼 들어가 있었다. 아래쪽의 흩어진 나무 대부분은 지금도 헐벗은 겨울 가지로 하늘을 할퀴고 있었으나 상록수가—소나무와 진퍼리꽃나무, 전나무와 감탕나무, 심지어 높다란 초록나무도 몇 그루 있었다—산비탈과 계곡 밑바닥에 충분히 많이 있어서, 그것들을 활용할 줄 아는 사람에게는 엄폐물이 되어 주었다. 그러나 특별한 목적이 없다면 아무도 그곳에 있지 않을 터였다. 광산은 전부 저 멀리 남쪽이나 이곳보다도 더 북쪽에 있었다. 대부분의 사람들은 안개의산맥에 불운이 깃들어 있다고 생각했다. 이 산맥에 들어오지 않아도 되는데 들어오는 사람은 거의 없었다. 페린의 눈이 광을 낸 황금처럼 반짝였다.

간질거리던 느낌이 고통스러운 가려움으로 변했다. **안 돼!**

페린은 그 가려움을 가까스로 억눌렀다. 그러나 예감은 사라지지 않았다. 꼭 벼랑 끝에서 흔들거리는 기분이었다. 모든 것이 흔들리는 것만 같았다. 어쩌면 그 예감의 정체를 알 방법이 있을지도 몰랐다. 이런 곳, 사람이 거의 오지 않는 곳에는 대부분 항상 늑대가 있었으니까. 페린은 틈을 주지 않고 그 생각을 뭉개 버렸. **궁금해하는 게 나아. 그것보단 낮지.** 늑대들은 수가 많지 않았으나 정찰 담당을 두고 있었다. 저 바깥 어딘가에 뭔가가 있다면 정찰 늑대가 발견할 것이다. **이건 내 용광로야. 늑대들은 늑대들의 용광로를 돌보게 놔두고, 여긴 내가 돌볼 거야.**

페린은 다른 사람들보다 더 먼 곳까지 볼 수 있었으므로 타라본 방향에서 다가오는 기수를 가장 먼저 보았다. 하지만 페린이 보기에도 그 기수는 보였다가 가려졌다가 하며 저 멀리 숲 사이로 구불구불 다가오는, 말에 탄 밝은 색채의 점일 뿐이었다. 페린은 그 말의 털이 얼룩덜룩하다고 생각했다. **이제야!** 페린은 그 여자의 존재를 알리려고 입을 열었는데—이전의 모든 기수가 그랬듯 저 기수도 여자일 터였다—마시마가 갑자기 욕설이라도 하듯 "까마귀다!"라고 중얼거렸다.

페린은 홱 고개를 들었다. 커다란 검은색 새가 91미터도 떨어지지 않은 나무 위에 앉아 있었다. 놈은 눈에 묻힌 사체나 어떤 작은 동물을 사냥하려는 걸지도 몰랐다. 그러나 페린은 운을 걸어 볼 생각이 없었다. 까마귀는 그들을 보지 못한 듯했지만 다가오는 기수가 곧 놈의 눈에 띌 터였다. 까마귀를 본 순간 페린의 활이 위로 향했다. 그는 시위를 당기고 화살깃이 뺨에, 귀에 닿도록 했다. 그런 뒤 손을 놓았다. 그 모든 것이 매끄러운 한 번의 동작으로 이루어졌다. 페린은 옆에서 활시위 튕기는 소리를 어렴풋이 의식했지만 관심은 온통 검은 새에 쏠려 있었다.

페린의 화살에 맞자 까마귀는 갑자기 밤처럼 검은 깃털을 흩날리며 휙 돌았다가, 두 대의 화살이 놈이 있던 곳을 빠르게 관통하는 동시에 하늘에서 굴러떨어졌다. 활을 반쯤 당긴 다른 샤이나 사람들이 하늘을 살펴 놈에게 동료가 있는지 확인했다.

"까마귀가 보고를 하는 걸까?" 페린이 조용히 말했다. "아니면…… 놈이 보는 걸 **그자가** 보는 거야?" 누군가 들으라고 한 말은 아니었지만, 페린보다 열 살도 많지 않은, 샤이나 사람 중 가장 어린 라간이 짧은 활에 화살을 한 대 더 재우며 대답했다.

"보고를 해. 보통은 반인한테 하지." 변방에는 까마귀가 많았다. 그곳 사람 중 까마귀를 그냥 새일 뿐이라고 생각하는 사람은 없었고. "빛을 걸고, 갈까마귀가 보는 걸 심장의 죽음도 봤다면 우리 모두 산맥에 도착하기도 전에 죽었을 거야." 라간의 목소리는 태평했다. 샤이나의 군인에게는 일상적인 일이었으니까.

페린은 몸을 떨었다. 추위 때문이 아니었다. 머릿속 한 구석에서 무언가가 으르렁거리듯 죽음에 도전장을 던졌다. 심장의 죽음. 영혼의 죽음, 심장의 송곳니, 무덤의 주인, 황혼의 주인 등 다양한 지방에서 쓰이는 다양한 이름과 모든 곳에서 쓰이는 이름인 거짓말의 아버지 혹은 어둠의 존재. 사람들은 놈의 진짜 이름으로 놈의 관심을 끌지 않기 위해 그 모든 이름을 썼다. 어둠의 존재는 갈까마귀와 까마귀, 도시의 쥐들을 자주 이용했다. 페린은 엉덩이에 걸쳐 반대쪽의 도끼와 균형을 맞추고 있는 화살통에서 화살촉이 넓은 화살을 한 대 더 꺼냈다.

"그건 몽둥이로 써도 되겠는데." 라간이 페린의 화살을 힐끗 보더니 감탄하며 말했다. "쏠 수 있는 몽둥이 말이야. 갑옷 입은 사람한테 쏘면 어떤 꼴이 될지 보고 싶지 않다." 샤이나 사람들은 지금 아무 무늬 없는 코트 아래에 가벼운 사슬 갑옷만을 입고 있었으나 보통은 사람과 말이 모두 갑옷을 입고 싸웠다.

"말을 타고 쓰기에는 너무 길어." 마시마가 비웃었다. 검은 뺨에 난 삼각형의 흉터 때문에 경멸감 어린 미소가 더욱 뒤틀렸다. "가까이에서 쏘지 않는 한 괜찮은 흉갑으로는 말뚝 화살도 막을 수 있어. 게다가 첫 발이 맞지 않으면 표적이 됐던 남자가 네 창자를 파낼 거다."

"그만하면 됐어, 마시마." 하늘이 계속 비어 있자 라간이 조금 긴장을 풀었다. 까마귀는 혼자였던 게 틀림없었다. "투 리버스에서 가져온 이 활이면, 장담하는데 그렇게 가까이 갈 필요가 없을 거야." 마시마가 입을 열었다.

"너희 둘, 빌어먹을 혀 좀 그만 나불대라!" 우노가 쏘아붙였다. 얼굴 왼쪽에 긴 흉터가 나 있고 같은 쪽 눈이 없는 우노는 샤이나 사람치고도 험한 생김새였다. 그는 가을에 산으로 들어오던 중 눈이 그려진 안대를 구했다. 언제까지나 인상을 찡그리고 있는 불타오르는 빨간색 눈은 그의 시선을 편히 마주 보는 데 전혀 도움이 되지 않았다. "눈앞의 임무에 빌어먹을 집중을 할 수 없다면, 오늘 밤 태워 죽일 보초 임무를 더 줘서 빌어먹을 네놈들을 진정시킬 수 있을지 알아볼 거다." 라간과 마시마는 우노의 시선에 물러났다. 우노는 마지막으로 그들을 노려보았지만 페린에게 고개를 돌리면서는 그 사나움이 가셨다. "아직 아무것도 안 보이나?" 샤이나의 왕이나 팔 다라의 영주가 세운 지휘관에게 쓸 만한 말투에 비하면 조금 퉁명스러웠지만, 페린이 제안한 일이면 뭐든 하겠다는 일종의 각오가 들어 있었다.

샤이나 사람들은 페린이 얼마나 멀리까지 볼 수 있는지 알고 있었다. 그러면서도 페린의 시력과 눈 색깔을 당연하게 받아들이는 듯했다. 그들은 모든 것을 알지 못했다. 아니, 절반도 알지 못했다. 그러나 그들은 페린을 있는 그대로 받아들였다. 그들이 생각하는 그대로. 그들은 모든 것을, 뭐든지 받아들이는 듯했다. 그들은 세상이 변해 간다고 말했다. 모든 것이 우연과 변화의 물레에서 돌고 있다고. 누군가의 눈이 그 어떤 사람의 눈 색깔과도 같지 않다 한들, 지금 그게 무슨 상관이겠는가?

"오고 있어요." 페린이 말했다. "지금은 그냥 보일 거예요. 저기요." 페린이 손가락질을 하자 우노가 긴장하며 몸을 내밀었다. 그의 진짜 눈이 가늘어졌다. 마침내 그가 미심쩍다는 듯 고개를 끄덕였다.

"저 아래에서 빌어먹을 뭔가가 움직이고 있군." 다른 사람들도 몇 명 고개를 끄덕이며 웅얼거렸다. 우노가 그들을 노려보자 그들은 다시 하늘과 산맥을 살피기 시작했다.

페린은 먼 곳의 기수가 걸친 밝은 색깔 옷의 의미를 문득 깨달았다. 생생한 초록색 치마가 선명한 빨간색 망토 아래로 비어져 나왔다. "방랑자예요." 페린이 깜짝 놀라 말했다. 저렇게까지 밝은 색깔을 특이하게 조합해 입는 사람은, 그것도 일부러 그렇게 입는 사람은 페린이 듣기로 방랑자들뿐이었다.

그들이 이따금 만나 산맥 더 깊은 곳으로 안내해 준 여자들 중에는 온갖 사람들이 있었다. 눈보라를 헤치고 애써 걸어가던 누더기 차림의 거지. 짐을 가득 실은 짐말을 줄 세워 혼자 끌고 가던 상인. 비단과 고급 모피를 걸친, 말고삐에는 붉은 술이 달려 있으며 안장에는 금이 세공되어 있던 귀족 여자. 거지는 은화가 든 주머니를 가지고 떠났다. 페린은 그 정도 돈을 줄 여유는 없다고 생각했지만, 귀족 여자가 그보다도 통통한 금화 주머니를 남기고 갔다. 삶의 온갖 상황 속에 있는 여자들이 타라본에서, 기알단에서, 심지어 아마디시아에서 모두 혼자 찾아왔다. 하지만 투아사안을 보게 될 줄은 몰랐다.

"빌어먹을 팅커스라고?" 우노가 소리쳤다. 다른 이들도 우노처럼 놀랐다.

라간이 고개를 젓자 상투가 흔들렸다. "팅커스는 이번 일에 끼지 않을 겁니다. 저 여자가 팅커스가 아니거나, 우리가 만나야 할 팅커스는 아닐 겁니다."

"팅커스라니." 마시마가 툴툴댔다. "쓸모없는 겁쟁이들 같으니."

우노의 눈이 모루의 구멍처럼 가늘어졌다. 안대에 그려진 빨간 눈까지 있으니 악당처럼 보였다. "겁쟁이라고, 마시마?" 그가 조용히 말했다. "네가 여자였다면 여기까지 혼자서, 빌어먹을 무기도 들지 않고 말을 달려 올, 태워 죽일 배짱이 있었겠냐?" 저 여자가 투아사안이라면 무장하지 않았을 게 틀림없었다. 마시마는 입을 다물었다. 그의 뺨에 난 흉터가 힘이 들어가 하얗게 도드라졌다.

"태워 죽일, 나라면 못 하죠." 라간이 말했다. "태워 죽일, 너도 못 할걸, 마시마." 마시마는 망토를 홱 잡아당기더니 일부러 보여 주려는 듯 하늘을 탐색했다.

우노가 코웃음 쳤다. "빛을 걸고, 태워 죽일 시체 사냥꾼이 혼자였어야 할 텐데." 우노가 툴툴댔다.

털이 덥수룩한 갈색과 흰색의 암말이 널찍한 눈밭 사이의 깨끗한 땅을 고르며 천천히 구불구불 다가왔다. 밝은 색 옷을 입은 여자는 한 차례 멈춰 서서 땅에 있는 무언가를 바라보더니 망토에 달린 두건을 머리 위로 더욱 당겨 쓰고 말에 박차를 가해 천천히 앞으로 걸어갔다. **까마귀를 보는 거구나.** 페린이 생각했다. **그 새는 그만 쳐다보고 얼른 오라고, 이 여자야. 어쩌면 당신이 드디어 우리를 이곳에서 꺼내 줄 소식을 가져왔을지도 모르니까. 모레인이 우리를 봄이 오기 전에 여기서 떠나게 해 줄 생각이라면 말이지만. 태워 죽일!** 페린은 태워 죽일 사람이 아이즈 세다이인지, 시간을 끄는 것처럼 보이는 팅커스 여자인지 확신할 수 없었다.

지금처럼 계속 이동한다면, 여자는 덤불 한쪽에서 27미터는 족히 떨어진 지점을 지나게 될 터였다. 그녀는 얼룩무늬 말이 발을 디딘 곳에서 시선을 떼지 않았다. 나무 사이에 서 있는 그들을 보았다는 티는 전혀 나지 않았다.

페린은 발꿈치로 수말의 옆구리를 찼다. 회색 말이 불쑥 앞으로 뛰쳐나가며 발굽으로 눈을 흩뿌렸다. 페린 뒤에서 우노가 조용히 명령을 내렸다. "진진!"

스테퍼가 반쯤 다가가자 비로소 여자는 그들을 알아본 듯했다. 놀란 그녀가 암말의 고삐를 홱 당겨 멈추었다. 그녀는 페린 일행이 그녀를 가운데에 두고 호선을 그리는 모습을 지켜보았다. 눈이 아플 정도로 파란, 티어의 미로라 불리는 무늬의 자수 때문에 빨간 망토가 더욱 현란해 보였다. 그녀는 어리지 않았으나—두건으로 가려지지 않은 머리카락에 흰머리가 빽빽하게 드러났다—얼굴에는 그들의 무기를 살펴보면서 못마땅하다는 듯이 인상을 찌푸리면서 생겨난 주름을 제외하면 주름이 거의 없었다. 황량한 산맥 한복판에서 무장한 남자들을 만났건만 그다지 놀라지 않은 듯했다. 어쩌면 놀랐지만 티를 전혀 내지 않는 것인지도 몰랐다. 그녀의 손은, 닳아빠졌지만 잘 관리한 안장의 높은 안장머리에 편안하게 놓여 있었다. 겁먹은 냄새도 풍기지 않았고.

그만해! 페린이 자신을 타일렀다. 그는 여자를 겁주지 않으려고 목소리를 부드럽게 했다. "제 이름은 페린입니다, 부인. 도움이 필요하시다면 제가 할 수 있는 만큼 도와드리겠습니다. 그게 아니라면 빛과 함께 떠나십시오. 하지만 투아사안이 삶의 방식을 바꾼 게 아니라면, 당신은 수레에서 너무 멀리 떨어져 있군요."

여자는 잠시 그들을 살펴본 뒤에야 입을 열었다. 검은 눈에 온화함이 어려 있었다. 방랑자들에게서 그런 눈빛을 보는 건 놀랍지 않은 일이었다. "저는 어떤…… 여자를 찾고 있어요."

말이 끊긴 건 잠깐이었지만 그게 핵심이었다. 여자는 아무 여자나 찾는 게 아니라 아이즈 세다이를 찾고 있었다. "그 여자의 이름을 아시나요, 부인?" 페린이 물었다. 지난 몇 달 동안 이런 짓을 너무 여러 번 했기에 여자의 대답은 필요하지 않았다. 그러나 주의를 기울이지 않으면 담금질하던 쇠를 망치는 법이다.

"그 사람은…… 때로는 모레인이라고 불려요. 제 이름은 레야예요."

페린이 고개를 끄덕였다. "우리가 그 여자에게로 데려다 드리겠습니다, 레야. 우리에게는 따뜻한 불이 있고, 운 좋게도 먹을 만한 뜨거운 음식도 있습니다." 하지만 페린은 즉시 고삐를 당기지 않았다. "우리를 어떻게 찾으셨나요?" 페린은 전에도 이런 질문을 던졌다. 모레인이 어떤 장소를 지정하며, 틀림없이 올 거라는 여자를 기다리라고 그를 보냈을 때마다. 대답은 지금까지와 같을 테지만, 페린은 물어봐야만 했다.

레야가 어깨를 으쓱하며 머뭇머뭇 대답했다. "저는……. 이쪽으로 오면 누군가가 저를 발견하고 모레인에게 데려다줄 것임을 알았어요. 전…… 그냥…… 알았어요. 모레인에게 전할 소식이 있어요."

페린은 어떤 소식인지 묻지 않았다. 여자들은 가져온 정보를 오직 모레인에게만 전했다.

그리고 아이즈 세다이는 자기가 선택한 내용만을 우리에게 알려 주지. 페린은 생각했다. 아이즈 세다이는 절대 거짓말을 하지 않았다. 그러나 아이즈 세다이가 말한 진실이 언제나 상대가 생각한 진실은 아니라는 말이 있었다. **이제 와서 꺼림칙해하기엔 너무 늦었어. 안 그래?**

"이쪽입니다, 레야." 페린은 산 위를 가리키며 말했다. 샤이나 사람들은 우노를 선두로 한 채 산을 오르기 시작한 페린과 레야 뒤로 늘어섰다. 변방 사람들은 지금도 땅만큼 하늘을 꼼꼼히 살피고 있었다. 행렬 마지막의 두 사람은 일행이 지나온 길을 특별히 살폈다.

그들은 잠시 말발굽 소리와 오래전에 굳은 눈이 으스러지는 소리를 제외한 아무 소리도 들리지 않는 가운데 말을 달렸다. 때로는 눈으로 뒤덮이지 않은 땅을 가로질러 가며 돌을 튕겨 올렸다. 레야는 이따금 페린의 얼굴과 그의 활, 도끼를 힐끔거렸으나 말을 하지는 않았다. 페린은 자신을 살펴보는 시선에 불편한 듯 움직거리며 그녀를 보지 않으려 했다. 페린은 언제나 낯선 이들에게 그의 눈을 알아볼 기회를 주지 않으려고 최대한 노력했다.

마침내 그가 말했다. "방랑자를 보게 돼서 놀랐습니다. 당신들은 싸움이 있는 것을 피하는 줄 알았는데요."

"폭력을 쓰지 않고 악에 대항하는 것도 가능해요." 여자의 목소리에는 빤한 진실을 말하는 사람의 단순함이 깃들어 있었다.

페린은 퉁명스럽게 끙 소리를 냈다가 즉시 웅얼웅얼 사과했다. "그 말이 맞다면 얼마나 좋을까요, 레야."

"폭력은 당하는 사람만큼 행하는 사람을 해칩니다." 레야가 차분하게 말했다. "우리가 우리를 해치려는 사람에게서 도망치는 이유가 그거예요. 그들이 우리 자신의 안전을 해치지 못하게 하는 만큼 그들 자신을 해치지 못하도록 하는 것이죠. 악에 대항하겠다고 폭력을 저지르면 우리도 투쟁의 대상과 그리 다르지 않게 됩니다. 우리는 신념의 힘으로 그림자와 싸워요."

페린은 코웃음을 참을 수 없었다. "부인, 믿음의 힘으로 트롤록들과 싸워야 할 일은 없기를 바랍니다. 놈들의 칼에 담긴 힘이면 부인을 지금 이 자리에서 베어 버릴 수 있으니까요."

"죽는 게 차라리 나아요. 그런……." 레야가 말하려 했지만 페린은 분노 때문에 목소리를 누르고 말할 수밖에 없었다. 레야가 한사코 보지 않으려 한다는 점에 대한 분노. 아무리 사악한 상대라 해도 해치느니 차라리 죽겠다는 것이 레야의 진심이라는 걸 알기에 느끼는 분노.

"부인이 도망치면 놈들이 부인을 추적해 죽이고 시신을 먹을 겁니다. 아니, 시체가 **될** 때까지 기다리지 않을지도 모르죠. 어느 쪽이든 부인은 죽을 테고 승리를 거두는 건 악이 될 겁니다. 그만큼 잔인한 사람들도 있어요. 어둠의 친구도 있고 다른 사람들도 있죠. 1년 전만 해도 믿지 않았을 만큼 많아요. 하얀 망토들이 당신네 팅커스는 빛 속을 걷지 않는다고 생각하게 놔둬 보세요. 당신들 신념의 힘으로 몇 명이나 살아남을 수 있을지 보죠."

레야는 그를 꿰뚫어 보는 듯했다. "그런데도 당신은 무기를 쓰는 게 즐겁지 않군요."

그걸 어떻게 알았지? 페린은 짜증스럽게 고개를 저었다. 덥수룩한 머리카락이 흔들렸다. "창조주께서 이 세상을 만드셨습니다." 페린이 툴툴댔다. "제가 만든 게 아니고요. 저는 있는 그대로의 세상에서 최선을 다해 살아야 해요."

"이렇게 젊은 사람이 하기에는 너무도 슬픈 말이군요." 레야가 조용히 말했다. "왜 그렇게 슬픈가요?"

"수다를 떨지 말고 망을 봐야 하는데." 페린이 퉁명스럽게 말했다. "저 때문에 길을 잃으면 고마운 마음이 들지 않으실 겁니다." 페린은 스테퍼의 옆구리를 차 앞으로 나갔다. 더 이상의 대화를 차단할 수 있을 만큼 멀리. 그런데도 레야의 시선이 느껴졌다. **슬프다고? 난 슬픈 게 아니야, 그냥……. 빛을 걸고, 모르겠다. 그냥 더 나은 방법이 있을 게 틀림없어, 그게 다야.** 간지러움이 머릿속 한 구석에 다시 찾아왔지만 페린은 등에 닿는 레야의 시선을 무시하는 데 몰두하며 그 느낌마저 무시해 버렸다.

그들은 산비탈을 넘어 아래로 이동했다. 차갑고 넓으며 말들 무릎까지 잠기는 개울이 흐르는, 숲이 돋아 있는 계곡을 가로질러 달렸다. 멀리서 산비탈이 두 개의 높다란 조각상처럼 깎여 있었다. 페린은 그 형상이 남자와 여자로 보인다고 생각했다. 바람과 비 때문에 확인할 수 없게 된 지 오래였지만 말이다. 모레인조차 그게 누구의 형상인지, 혹은 화강암이 조각된 게 언제인지 잘 모른다고 했다.

양장갱이와 작은 송어들이 말발굽을 피해 빠르게 멀어지며 맑은 물에 은빛을 번쩍였다. 사슴이 고개 들어 주변을 둘러보다가 일행이 개울을 따라 달려 올라가자 망설이더니 숲속으로 뛰어 들어갔다. 회색 줄무늬와 검은 얼룩이 있는 커다란 고양잇과의 산짐승이 사냥감을 놓치고 짜증이 난 나머지 땅에서 일어섰다. 녀석은 말들을 잠시 눈여겨보고 꼬리를 휙 내젓더니 사슴을 따라 사라졌다. 하지만 아직 산맥에서는 생물들이 거의 보이지 않았다. 그저 몇 마리의 새가 나뭇가지에 걸터앉아 있거나 눈 녹은 땅을 쪼아 댈 뿐이었다. 몇 주가 지나면 더 많은 짐승들이 높은 곳으로 돌아오겠지만 아직은 아니었다. 다른 까마귀는 보이지 않았다.

페린이 그들을 가파른 산비탈 두 곳 사이로 이끌고 갔을 때는 늦은 오후였다. 눈 덮인 봉우리는 늘 그렇듯 구름에 감싸여 있었다. 그들은 방향을 틀어 비교적 작은 개울을 따라 올라갔다. 개울은 아주 작은 폭포들이 되어 회색 돌 위로 철퍽철퍽 흘러내렸다. 새 한 마리가 나무에서 지저귀자 다른 한 마리가 앞쪽에서 응답했다.

페린이 미소 지었다. 푸른되새의 울음소리였다. 변방의 새. 그 누구도 눈에 띄지 않고 이쪽으로 말을 달릴 수는 없었다. 페린은 코를 문지르되 첫 번째 '새'가 지저귄 나무를 돌아보지는 않았다.

키 작은 진퍼리꽃나무와 울퉁불퉁한 산참나무 몇 그루를 지나 말을 달리는 동안 길은 점점 좁아졌다. 개울 옆을 달려도 될 만큼 평평하던 땅은 말에 탄 사람이 간신히 지날 수 있을 정도의 넓이였고, 개울 자체도 키 큰 남자가 걸어서 건널 수 있는 깊이밖에 되지 않았다.

페린은 등 뒤에서 레야가 혼자 중얼거리는 소리를 들었다. 어깨 너머를 보니 그녀가 양옆의 가파른 비탈을 힐끔거리며 쳐다보고 있었다. 듬성듬성한 나무들이 머리 위에 위태롭게 걸쳐져 있었다. 샤이나 사람들은 태평하게 말을 달렸다. 그들은 이제야 긴장을 풀기 시작했다.

산 사이에 깊이 파인 타원형의 우묵한 공간이 갑자기 눈앞에 펼쳐졌다. 옆면은 가팔랐지만 좁은 통로에서만큼 깎아지른 듯하지는 않았다. 개울이 저쪽 끝의 작은 샘에서 솟아 나왔다. 페린의 날카로운 눈은 샤이나식 상투를 튼 남자를 알아보았다. 그가 왼쪽 참나무의 가지 위에 앉아 있었다. 푸른 되새가 아닌 붉은날개 어치가 울었다면 그는 혼자가 아니었을 테고 안으로 들어가는 길이 지금처럼 편하지도 않았을 것이다. 그 통로에서는 한 손에 꼽히는 수의 사람으로 군대도 막을 수 있었다. 군대가 온다면 한 손에 꼽히는 사람들로 충분해야 했다.

우묵한 공간 둘레의 나무 사이에 통나무 오두막이 서 있었다. 그 오두막들이 바로 보이지는 않았으므로, 우묵한 공간 맨 아랫부분의 모닥불 주위에 모여 있는 사람들은 지낼 곳이 없어 보였다. 눈에 보이는 사람의 수는 열두 명이 채 되지 않았다. 보이지 않는 사람의 수도 그리 많지는 않다는 걸 페린은 알고 있었다. 대부분 사람들은 말이 내는 소리에 주위를 둘러보았고 몇 명은 손을 흔들었다. 우묵한 공간이 사람과 말, 요리를 하고 나무를 태우는 냄새로 가득 찬 듯했다. 긴 흰색 깃발이 근처의 높은 막대에 느슨하게 걸려 있었다. 다른 사람보다 몸통 하나는 더 있어 보이는 키 큰 형상이 통나무 위에 앉아, 그 거대한 손에 들려 있으니 더욱 작아 보이는 책에 푹 빠져 있었다. 그 사람은 한 번도 집중력을 잃지 않았다. 상투를 틀지 않은 유일한 다른 사람이 "그럼 찾은 거야? 이번에는 밤새 나가 있을 줄 알았는데."라고 소리쳤을 때조차도. 그렇게 외친 사람은 젊은 여자의 목소리를 가지고 있으면서도 소년의 코트와 브리치스를 입고 머리를 짧게 자른 모습이었다.

바람이 휙 불어 우묵한 공간으로 소용돌이쳐 들어왔다. 망토가 펄럭이고 깃발이 물결치며 완전히 펼쳐졌다. 잠시 깃발의 생명체가 바람을 타는 것처럼 보였다. 다리가 넷이며 황금과 진홍색의 비늘이 있는, 사자처럼 황금색 갈기를 갖춘 데다 발끝마다 다섯 개의 황금색 발톱이 달린 뱀이었다. 전설의 깃발. 대부분의 사람들은 알아보지 못하겠지만 그 이름을 알면 겁에 질릴 깃발.

페린은 우묵한 곳으로 앞장서 내려가며 그 모든 것을 손짓으로 가리켰다.

"드래건의 환생의 야영지에 오신 것을 환영합니다, 레야."

2장 사이딘

투아사안 여자는 무표정한 얼굴로 다시 축 처진 깃발을 바라보더니 불가에 모여 있는 사람들에게로 관심을 돌렸다. 특히 페린보다 몸통 하나는 더 있고 덩치는 그의 두 배쯤 되는, 책을 보는 사람에게로. "오기어가 있군요. 이럴 줄은 몰랐는데……." 그녀가 고개를 저었다. "모레인 세다이는 어디에 있죠?" 레야에게 드래건의 깃발은 안중에도 없는 듯했다.

페린은 비탈 위 가장 먼 곳, 분지의 가장 먼 끝에 서 있는 조잡한 오두막을 가리켰다. 벽도, 비스듬한 지붕도 껍질을 벗기지 않은 통나무로 이루어진 그 오두막은 그리 크지는 않아도 이곳의 오두막 중에서는 가장 컸다. 겨우 오막살이를 면하고 오두막이라 부를 만한 크기였다. "저게 모레인의 오두막이에요. 모레인과 란의 오두막이죠. 란이 모레인의 수호자입니다. 일단 뜨거운 음료를 드시고……."

"아뇨. 모레인과 이야기해야겠어요."

페린은 놀라지 않았다. 이곳에 온 모든 여자들은 즉시, 단둘이서 모레인과 이야기하겠다고 고집을 부렸다. 모레인이 나머지 사람들과 나누기로 한 소식이 언제나 매우 중요해 보이지는 않았다. 그러나 이 여자들은 굶주리는 가족을 위해 이 세상에 마지막으로 남은 토끼를 사냥하는 사냥꾼처럼 격렬했다.

레야는 안장에서 미끄러져 내려와 페린에게 고삐를 건넸다. "먹이를 주시 겠어요?" 레야는 얼룩무늬 암말의 코를 어루만졌다. "피에사는 이렇게 험한 곳으로 나를 태우고 다니는 데 익숙하지 않거든요."

"사료가 많지는 않아요." 페린이 레야에게 말했다. "하지만 우리가 줄 수 있는 건 주겠습니다."

레야는 고개를 끄덕이더니 묵묵히 서둘러 비탈을 올라갔다. 이불도, 뜨거 운 스튜 한 그릇도 마다하고 쿵쿵대며 모레인의 오두막으로 걸어 올라갔다. 맨발로, 여전히 눈이 내리는 가운데 말이다. 선명한 초록색 치맛자락을 쥔 그녀의 등 뒤로 파란색 자수가 놓인 빨간 망토가 흔들렸다.

페린은 안장에서 휙 내려와 불가에 있다가 말을 데리러 다가온 남자들과 몇 마디를 나누었다. 활은 스테퍼를 데려간 사람에게 주었다. 아니, 까마귀 한 마리를 제외하면 산맥과 투아사안 여자 말고는 아무것도 보지 못했어. 응, 까마귀는 죽었어. 아니, 산맥 바깥에서 일어나는 일에 대해서 저 여자가 말해 준 건 하나도 없어. 아니, 곧 이곳을 떠나게 될지는 나도 몰라.

아예 안 떠날지도 모르고. 페린은 혼잣말로 덧붙였다. 모레인은 겨우내 그들을 이곳에 붙들어 놓았다. 샤이나 사람들은 명령을 내리는 사람이 모 레인이 아니라고 생각했다. 적어도 여기서는 말이다. 하지만 페린은 아이즈 세다이가 어떤 식으로든 언제나 원하는 걸 얻어 낸다는 걸 알고 있었다. 모 레인은 특히 그랬다.

기수들은 말들을 대충 만든 통나무 마구간으로 보내고 난 뒤 몸을 녹이러 갔다. 페린은 어깨 너머로 망토를 휙 젖히고, 고마운 마음으로 불꽃을 향해 두 손을 내밀었다. 보아하니 베얼론 물건으로 보이는 커다란 주전자에서 벌 써 꽤 오래전부터 군침이 돌게 하는 냄새가 흘러나왔다. 누군가가 오늘 사 냥 중에 운이 좋았던 모양이다. 근처의 다른 모닥불에서는 울퉁불퉁한 뿌리 들이 구워지며 순무와 비슷한 향을 내고 있었다. 페린은 코에 주름을 잡으 며 스튜에 집중했다. 그는 점점 더 다른 무엇보다도 고기를 원하게 되었다.

남자 옷을 입은 여자가 레야 쪽을 보고 있었다. 레야는 방금 모레인의 오두막으로 들어간 터였다.

"뭐가 보여, 민?" 페린이 물었다.

민이 페린 옆으로 다가와서 섰다. 그녀의 검은 눈이 혼란스러운 듯했다. 페린은 민이 왜 치마 대신 브리치스를 고집하는지 알 수 없었다. 어쩌면 페린이 그녀를 잘 알기 때문인지도 모르지만, 누군가가 민을 예쁘장한 젊은 여자가 아니라 지나치게 잘생긴 청년으로 볼 수 있다는 생각은 도저히 들지 않았다.

"팅커스 여자는 죽을 거야." 민이 조용히, 불가의 다른 사람들을 눈여겨보며 말했다. 그 말이 들릴 만큼 가까운 곳에 있는 사람은 아무도 없었다.

페린은 레야의 온화한 얼굴을 생각하며 가만히 있었다. **아, 빛이여! 팅커스는 절대 누구도 해치지 않습니다!** 페린은 모닥불의 온기에도 추웠다. **태워 죽일, 차라리 묻지 말걸.** 민이 하는 일에 대해 아는 몇 안 되는 아이즈 세다이조차도 그 현상을 제대로 이해하지는 못했다. 때로 민은 사람들을 둘러싼 형상과 기운을 보았고, 때로는 그 의미까지 알았다.

마스토가 다가와 기다란 나무 숟가락으로 스튜를 저었다. 샤이나 출신의 그는 페린과 민을 눈여겨보더니 긴 코 옆에 손가락을 두고 씩 웃어 보인 다음 떠났다.

"피와 재를 걸고!" 민이 툴툴댔다. "우리가 불가에서 서로 속삭이는 연인이라고 생각했을 거야."

"진짜야?" 페린이 물었다. 민은 그를 보고 눈썹을 치켜올렸고, 페린은 서둘러 덧붙였다. "레야 말이야."

"그 여자 이름이 레야야? 몰랐으면 좋았을걸. 알면서도 아무것도 할 수 없다는 게 언제나 더 나쁘게 느껴져. ……페린, 나는 레야의 얼굴이 피로 뒤덮이고 눈은 멍한 채로 레야의 어깨 위에 떠다니는 걸 봤어. 그 이상 분명해진 적은 없었어." 민은 몸을 떨더니 두 손을 세게 문질렀다. "빛을 걸고, 더 기분 좋은 것들이 보였다면 좋았을 텐데. 기분 좋은 것들은 전부 사라진 것만 같아."

페린은 레야에게 경고해 주자고 제안하려 입을 열었다가 이내 다물었다.

민이 보고 안 것은 좋은 것이든 나쁜 것이든 언제나 확실했다. 민이 확신한 다면 그 일은 이미 일어난 것이나 마찬가지였다.

"얼굴에 피가 묻었다니." 페린이 중얼거렸다. "폭력적으로 죽을 거라는 뜻이야?" 페린은 이런 말이 너무 쉽게 나와 움찔했다. **하지만 내게 뭘 할 수 있겠어? 레야한테 말해 주면, 어떤 식으로든 레야가 내 말을 믿게 되면, 레야는 남은 나날을 두려워하면서 보내게 될 테고 그래 봐야 아무것도 달라지지 않을 텐데.**

민이 짧게 고개를 끄덕였다.

레야가 폭력으로 죽을 거라면 야영지에 공격이 이루어진다는 뜻일지도 몰라. 하지만 매일 정찰병이 파견되었고 경비병들이 밤낮으로 자리를 지켰다. 게다가 모레인이 야영지에 수호 마법을 걸었다고 했다. 어둠의 존재의 피조물은 곧장 걸어 들어오지 않는 이상 이곳을 볼 수 없었다. 페린은 늑대들을 생각했다. **안 돼!** 정찰병들이 야영지에 다가오려는 사람이나 사람 아닌 것들을 찾아낼 것이다. "팅커스는 작은 언덕 너머로 수레를 끌고 들어오려 하지 않았을 거야. 여기랑 그 언덕 사이에서는 무슨 일이든 벌어질 수 있어."

민이 슬프게 고개를 끄덕였다. "게다가 우리는 수가 너무 적어서, 레야를 지켜 줄 만큼 남는 경비병이 없고. 경비병을 붙이는 게 무슨 도움이 된다고 해도 말이야."

민이 언젠가 페린에게 해준 말에 따르면, 그녀는 여섯 살인가 일곱 살 때 자기가 보는 것을 모두가 볼 수 있는 건 아님을 처음 깨닫고 사람들에게 나쁜 일에 관해 경고해 주려 했다고 한다. 민은 더 이상 말하려 하지 않았지만 페린은 그녀의 경고가 아예 받아들여지지 않거나, 누군가 그 경고를 믿었더라도 상황이 악화되었을 것이라고 생각했다. 증거가 나타나기 전까지는 민이 본 것을 믿기 위해 어느 정도 노력이 필요했다.

"언제야?" 페린이 말했다. 페린이 듣기에는 그 말이 차갑고 공구강처럼 단단하게 느껴졌다. **레야에 대해서 아무것도 할 수 없어도 우리가 공격을 당하게 될지는 알 수 있을지 몰라.**

그 말이 페린의 입에서 나오자마자 민이 두 손을 번쩍 들었다. 하지만 목소리는 낮게 유지했다. "그런 게 아니야. 나는 무슨 일이 **언제** 일어날지 결코 알 수 없어. 그냥 그런 일이 일어나리라는 걸 알 뿐이야. 내가 본 것의 의미를 알더라도. 넌 몰라. 예지는 내가 원할 때 떠오르는 게 아니야. 그 의미도 마찬가지고. 이건 그냥 벌어지는 일이야. 가끔은 내가 그 의미를 알 수도 있지만. 뭐든. 조금은. 그냥 벌어지는 일이라고." 페린은 위로의 말을 건네려 했지만 민은 페린이 도저히 막을 수 없는 홍수처럼 모든 것을 쏟아 내고 있었다. "어느 날에는 어떤 사람에 관한 것들이 보이는데 그다음 날에는 보이지 않아. 그 반대일 수도 있고. 대체로 나는 모든 사람에게서 아무것도 보지 못해. 물론 아이즈 세다이의 주변에는 언제나 형상이 떠올라. 수호자들도 그래. 그 사람들에게 떠오르는 형상의 의미를 알아내는 건 다른 사람들에 비해 언제나 더 어렵지만." 민은 눈을 반쯤 가늘게 뜨고 페린을 탐색하듯 바라보았다. "늘 형상이 떠오르는 다른 사람들도 몇 명 있긴 하지."

"날 봤을 때 뭐가 보이는지는 말하지 마." 페린은 거칠게 말해 놓고 묵직한 어깨를 으쓱했다. 어릴 때도 그는 대부분의 아이들보다 덩치가 컸다. 그래서 상대보다 클 때 실수로 남을 해치는 게 얼마나 쉬운 일인지 빠르게 알게 되었다. 그 때문에 페린은 신중하고 조심스러워졌으며 자신이 느끼는 분노가 드러날 때면 후회했다. "미안해, 민. 너한테 쏘아붙일 일이 아닌데. 상처 줄 생각은 없었어."

민이 놀란 눈으로 그를 보았다. "상처 안 받았어. 내가 보는 걸 알고 **싶어하는** 사람은 그야말로 소수인걸. 빛께서 아시겠지만, 이런 일을 할 수 있는 게 다른 사람이었다면 나도 알고 싶지 않았을 거야." 아이즈 세다이조차 민의 재능을 가진 다른 사람에 대해 들어본 적은 없었다. 민 자신은 그렇게 느끼지 않았지만, 아이즈 세다이는 이것을 '재능'으로 보았다.

"그냥 레야한테 해 줄 수 있는 일이 있었으면 좋겠어. 난 뭔가 알면서도 아무것도 할 수 없는 상황을 너처럼 견딜 수가 없어."

"이상하지." 민이 조용히 말했다. "네가 투아사안에게 이토록 많은 신경을 쓴다는 게. 투아사안은 전적으로 평화로운데, 나는 늘 그 사람들 주위에서 폭력을 보고…….”

페린이 고개를 돌리자 민이 뚝 말을 그쳤다.

“투아사안?” 거대한 호박벌이 내는 듯한 우렁우렁한 목소리가 들려왔다. “투아사안이 왜?” 오기어가 불가로 다가왔다. 커다란 소시지 크기의 손가락으로 책을 읽던 부분을 표시한 채였다. 다른 손에 들린 파이프에서 가느다란 타박 연기가 피어올랐다. 목깃이 높은 짙은 갈색 모직 코트는 단추가 끝까지 채워진 채 윗부분을 접어 내린 장화 위쪽의 무릎까지 늘어져 있었다. 페린의 키는 오기어의 가슴팍에 간신히 닿았다.

로이알의 얼굴을 보고 겁먹은 사람은 한두 명이 아니었다. 거의 주둥이라고 불러도 될 만큼 널찍한 코와 지나치게 큰 입 때문이었다. 눈은 접시처럼 컸고 짙은 눈썹이 두 뺨으로 콧수염처럼 늘어져 있었다. 또 귀는 긴 털 사이로 삐죽 튀어나와 있었으며 그 끝에는 술이 달려 있었다. 오기어를 본 적이 한 번도 없는 사람은 그를 트롤록으로 생각할지도 몰랐다. 트롤록들도 대부분의 사람에게는 오기어만큼이나 전설 속 존재였지만 말이다.

둘을 방해했다는 걸 깨닫자 로이알의 함박웃음이 흔들리고 눈이 깜빡였다. 페린은 누구라도 오기어를 오랫동안 겁낼 수는 없을 거라고 생각했다. **어떤 옛이야기에는 오기어가 사납고, 적이 되면 꺾기 어렵다고 적혀 있지만.** 페린은 그 말을 믿을 수 없었다. 오기어는 누구와도 적이 되지 않았다.

민은 로이알에게 레야가 도착했다고 말했으나 자신이 본 것을 전해 주지는 않았다. 그녀는 보통 자신의 예지에 대해 입을 다물었다. 특히 예지의 내용이 나쁠 때는 말이다. 대신 그녀는 “난 갑자기 아이즈 세다이와 투 리버스 녀석들에게 잡히고 말았어. 내 기분이 어떤지 알겠지, 로이알?”이라고 덧붙였다.

로이알은 애매한 소리를 냈지만, 민은 그 말을 동의한다는 뜻으로 받아들인 듯했다.

“맞아.” 그녀가 강조해서 말했다. “나는 베얼론에서 내 마음에 드는 인생을 살고 있었어. 그런데 갑자기 목덜미를 잡혀서, 빛만이 아실 곳으로 홱 내팽개쳐진 거야. 뭐, 그런 거나 마찬가지지. 모레인을 만난 뒤로 내 인생은 더 이상 내 것이 아니었으니까. 게다가 투 리버스에서 온 이 농부 녀석들도 그렇고." 그녀는 페린을 보며 눈알을 굴려 댔다. 입이 장난스럽게 뒤틀려 있었다. "내가 원한 건 그저 원하는 대로 살고, 내가 선택한 사람과 사랑에 빠지는 것뿐이었는데……." 갑자기 민의 두 뺨이 붉어졌다. 그녀는 목을 가다듬었다. "내 말은, 이 모든 소동 없이 인생을 살고 싶다는 게 뭐가 잘못이냐는 말이야."

"**타비렌**이잖아." 로이알이 입을 열었다. 페린은 손을 내저어 로이알의 말을 막았지만, 일단 로이알이 열정적인 관심사에 마음을 빼앗기고 나면 그의 말을 막는 것은커녕 느려지게 하는 것도 거의 불가능한 일이었다. 오기어의 관점에서 로이알은 극도로 성급한 성격으로 여겨졌다. 그는 코트 주머니에 책을 집어넣고 파이프를 휘둘러 가며 말을 이었다. "우리 모두가, 우리 모두의 인생이 다른 사람의 삶에 영향을 끼쳐, 민. 시간의 물레가 우리를 패턴에 짜 넣으면서 우리 각자의 삶의 실오리는 주변의 삶의 실오리들을 끌어당기지. **타비렌**도 마찬가지야. 그냥 그런 경향이 훨씬, 훨씬 강할 뿐이야. **타비렌**은 패턴 전체를—최소한 잠깐 동안은—끌어당겨서, 자신을 중심으로 형성될 수밖에 없도록 만들어. **타비렌**에 가까워질수록 개인적인 영향도 크게 받아. 아터 호크윙과 같은 방에 있었다면 패턴이 알아서 다시 만들어지는 걸 느낄 수 있었을 거라는 말이 있어. 그 말이 얼마나 사실인지는 모르겠지만 실제로 그랬다는 이야기를 읽었어. 하지만 그런 일이 일방적으로 일어나는 건 아니야. **타비렌** 자신은 나머지 우리보다 더 꽉 짜인 선에 얽혀 있어서, 선택지가 우리보다 적어."

페린이 인상을 썼다. **중요한 문제에 관해서는 빌어먹을 선택지가 거의 없지.**

민이 고개를 확 젖혔다. "난 그냥, 그 녀석들이 그렇게까지…… 그렇게까지 언제나 빌어먹을 **타비렌**은 아니었으면 좋겠다는 것뿐이야. **타비렌**이 한 쪽을 잡아당기고 아이즈 세다이가 다른 쪽에서 간섭을 해 대니. 나 같은 여자한테 무슨 가망이 있겠어?"

로이알이 어깨를 으쓱했다. "아마 거의 없겠지, **타비렌** 근처에 머물기로 한다면 말이야."

"누가 그러고 싶어서 그렇게 된 건가?" 민이 투덜댔다.

"네가 한 명이 아닌 세 명의 **타비렌**과 얽히게 된 건 행운이었어. 아니, 네 관점에 따라서는 불행이라고 할 수도 있겠지. 랜드와 맷, 페린 말이야. 나는 그걸 아주 큰 행운이었다고 생각해. 그 애들이 내 친구가 아니었더라도 말이지. 난 심지어……." 오기어는 갑자기 쑥스러운 듯 귀를 움찔거리면서 그들을 보았다. "웃지 않겠다고 약속해 줄래? 나는 이 일에 관해 책을 쓸 수 있을지도 모르겠다고 생각해. 메모를 남기고 있어."

민이 미소 지었다. 친근한 미소였다. 로이알의 귀가 다시 쫑긋해졌다. "그거 멋진데." 민이 로이알에게 말했다. "하지만 우리 중에는 이 **타비렌**들 때문에 꼭두각시처럼 춤을 추는 기분이 드는 사람도 있다고."

"나라고 되고 싶어서 그런 게 아니잖아." 페린이 불쑥 말했다. "내가 원한 일이 아니야."

민은 그의 말을 무시했다. "너한테 일어난 일이 그거야, 로이알? 그래서 모레인하고 여행하는 거야? 나는 너희 오기어가 거의 **스테딩**을 떠나지 않는다고 알고 있어. 이 **타비렌** 중 하나가 널 끌어당긴 거야?"

로이알은 파이프를 들여다보는 데 집중하기 시작했다. "난 그냥 오기어가 심은 덤불을 보고 싶었어." 그가 중얼거렸다. "그냥 덤불만 보고 싶었지." 그는 도와달라는 듯 페린을 힐끗 보았으나 페린은 씩 웃기만 했다.

편자가 네 발굽에 어떻게 맞아 들어가는지 보자고. 페린도 사정을 다 아는 건 아니었지만, 로이알이 도망친 이유만은 알고 있었다. 로이알은 90살이었으나 오기어의 기준으로는 원로들의 허락을 받지 않고 **스테딩**을 떠날—오기어는 이런 행위를 '외부로 간다'고 불렀다—나이가 되지 않았다. 오기어는, 인간의 시점에서 보면 아주 오랜 시간을 살았다. 로이알은 원로들이 다시 그를 잡게 되면 그리 기뻐하지는 않을 거라고 말했다. 그 순간을 최대한 미룰 생각인 듯했다.

샤이나 사람들 사이에 소란이 일었다. 남자들이 자리에서 일어났다. 랜드가 모레인의 오두막에서 나오고 있었다.

이 정도 거리에서도 페린은 랜드를 선명하게 알아볼 수 있었다. 불그레한 머리에 회색 눈동자를 갖춘 젊은 남자. 그는 페린과 같은 나이였으며 페린과 나란히 서 있었다면 머리 반 개는 더 컸을 것이다. 다만 랜드는 어깨가 넓긴 해도 페린보다 훨씬 날렵한 체형이었다. 목깃이 높은 붉은 코트 소매를 따라 수놓인 황금 가시 덩굴이 이어졌고 검은 망토의 가슴팍에는 깃발에 있는 것과 똑같은 생명체인, 황금 갈기가 달린 네 다리 뱀이 있었다. 랜드와 페린은 어린 시절 친구였다. **지금도 친구일까? 그럴 수가 있나? 이제 와서?**

샤이나 사람들은 한결같이 허리를 숙였다. 머리는 들고 있었으나 두 손은 무릎에 댄 채였다. "드래건 공." 우노가 소리쳤다. "저희는 준비됐습니다. 모시게 되어 영광입니다."

욕설 없이는 거의 한 문장도 말하지 못하는 우노지만, 지금은 가장 깊은 존경심을 담아 말하고 있었다. 다른 사람들도 그를 따라 했다. "모시게 되어 영광입니다." 평소에는 모든 것에서 단점을 찾아내는 마시마도 지금만큼은 절대적으로 헌신하겠다는 듯 눈을 빛내고 있었다. 랜드가 명령을 내릴 때만 기다리는 듯한 라간이 누구보다 눈에 띄었다.

랜드는 경사면에서 잠시 그들을 내려다보더니 돌아서서 숲속으로 사라졌다.

"또 모레인하고 다퉜어." 민이 조용히 말했다. "이번에는 하루 종일."

페린은 놀라지 않았지만, 지금도 조금은 충격이 느껴졌다. 아이즈 세다이와 말다툼하다니. 어린 시절에 들었던 모든 이야기가 떠올랐다. 여러 나라의 왕들을 숨겨진 실에 매달린 꼭두각시처럼 춤추게 하는 아이즈 세다이. 선물을 주면 그 안에 반드시 갈고리를 숨겨 놓는 아이즈 세다이. 그 선물의 대가는 언제나 믿을 수 없을 만큼 작지만, 알고 보면 상상할 수 없을 만큼 크다고 했다. 분노하면 땅을 갈라지게 하고 벼락을 불러올 수 있는 아이즈 세다이. 지금 페린은 그런 이야기가 전부 사실은 아니라는 걸 알고 있었다. 그러나 동시에, 그 이야기는 진실의 절반도 전하지 못했다.

"랜드한테 가봐야겠어." 페린이 말했다. "모레인과 싸우고 나면 언제나 말상대를 원하더라고." 게다가 모레인과 란을 제외하면, 랜드가 왕들 위에서 있는 존재라도 되듯 그를 바라보지 않는 사람은 세 사람―민, 로이알, 페린―밖에 없었다. 그 셋 중에서는 페린만이 랜드의 옛 모습을 알았고.

페린은 성큼성큼 비탈을 올라가며 잠깐 멈추어 닫혀 있는 모레인의 오두막 문을 힐끗 보았다. 레야가 그 안에 있을 터였다. 란도. 수호자는 아이즈 세다이의 곁에서 멀어지는 경우가 거의 없었다.

훨씬 작은 랜드의 오두막은 조금 더 아래에, 숲에 잘 숨겨져 있었다. 나머지 오두막 전부로부터 멀리 떨어진 곳이었다. 랜드는 다른 사람들 사이에 내려가 살려고 했으나 그들이 계속해서 경외감을 보이는 바람에 밀려났다. 요즘 랜드는 혼자서 지냈다. 페린이 생각하기에는 지나칠 만큼 혼자서. 하지만 페린은 랜드가 지금 오두막으로 간 게 아니라는 걸 알고 있었다.

페린은 우묵한 계곡의 한쪽 면이 갑자기 깎아지른 듯한 벼랑으로 변하는 곳으로 서둘러 갔다. 그 벼랑은 높이 46미터에, 여기저기 집요하게 매달려 있는 거친 덤불 몇 개를 제외하면 표면이 매끄러웠다. 페린은 회색 바위 벽에 균열이 난 부분을 정확히 알고 있었다. 그의 어깨보다 조금밖에 넓지 않은 틈새였다. 머리 위로 늦은 오후의 햇살 한 가닥밖에 들어오지 않는 그곳에 가면 땅굴을 따라 걸어가는 느낌이 들었다.

균열은 1킬로미터 정도 이어지다가 갑자기 탁 트여 좁은 계곡이 되었다. 계곡은 2킬로미터도 되지 않았고 그 바닥은 돌과 바위로 뒤덮여 있었다. 가파른 비탈조차 키가 큰 진퍼리꽃나무와 소나무, 전나무로 빽빽한 숲을 이루고 있었다. 기다란 그림자가 산꼭대기에 걸터앉은 태양으로부터 먼 쪽으로 길게 뻗어 있었다. 이곳의 벽은 균열이 있는 부분만 빼면 끊이지 않았고 거대한 도끼가 산 속에 파묻히기라도 한 듯 가팔랐다. 분지보다도 적은 사람으로 쉽게 방어할 수 있었지만 개울이나 샘은 없었다. 아무도 이곳에 오지 않았다. 모레인과 싸운 랜드만 빼면.

랜드는 입구에서 그리 멀지 않은 곳에 있는 진퍼리꽃나무의 거친 둥치에 기대서서 자기 손바닥을 보고 있었다. 페린은 그의 양쪽 손바닥에 낙인찍힌 왜가리가 한 마리씩 있다는 걸 알고 있었다. 랜드는 페린의 장화가 돌에 스치는 소리를 듣고도 움직이지 않았다.

갑자기 랜드가 손에서 고개를 들지 않은 채 조용히 읊기 시작했다.

그는 두 번에 두 번 표시되리니
두 번 살고 두 번 죽으리라
한 번은 왜가리로 그의 길을 놓고
두 번은 왜가리로 그가 진짜임을 알리니
한 번은 드래건으로, 잃어버린 기억을 위하여
두 번은 드래건으로, 그가 치러야 할 대가를 위하여.

랜드는 몸을 떨며 두 팔 아래에 손을 끼웠다. "하지만 아직 드래건은 아니야." 그가 거칠게 킥킥댔다. "아직은."

페린은 잠시 랜드를 보기만 했다. 일원력을 채널링할 수 있는 남자. 진정한 근원의 남성적 절반인 **사이딘**의 오염으로 미칠 수밖에 없는 운명을 갖고 있으며, 미쳐서 주변의 모든 것을 파괴할 것이 분명한 남자. 모두가 어린 시절부터 증오하고 두려워해야 한다고 배우는 사람. 아니, 존재! 다만……. 어린 시절을 함께 보낸 소년을 더 이상 보지 않기란 어려운 일이었다. **어떻게 그냥 친구가 아니게 될 수 있겠어?** 페린은 윗부분이 평평한 작은 바위에 앉아서 기다렸다.

잠시 후 랜드가 고개를 돌려 그를 보았다. "맷은 괜찮을까? 지난번에 봤을 때는 너무 아파 보였는데."

"지금쯤은 괜찮을 거야." **지금쯤은 타 발론에 있겠지. 거기서 맷을 치유해 줄 거야. 나이니브와 에그웨인도 그 녀석이 곤란을 겪지 않게 해 줄 테고.** 에그웨인과 나이니브, 랜드와 맷과 페린. 투 리버스, 에먼즈 필드 출신의 다섯 사람 모두. 가끔 들르는 행상인과 1년에 한 번 양털과 타박을 사러 오는 상인들을 제외하면 투 리버스에 오는 외부인은 거의 없었다. 투 리버스를 떠나는 사람은 거의 한 명도 없었고. 물레가 **타비렌**을 골라내 소박한 시골 사람 다섯 명이 더 이상 있던 곳에 머물 수 없게 되기까지는. 지금까지의 존재로는 더 이상 살 수 없게 되었을 때까지는.

랜드는 고개를 끄덕이고 입을 다물었다.

"요즘 들어," 페린이 말했다. "내가 지금도 대장장이였으면 좋겠다는 생각을 문득 하곤 해. 넌…… 넌 지금도 그냥 양치기였으면 좋겠어?"

"그게 의무인걸." 랜드가 중얼거렸다. "죽음은 깃털보다 가볍고 의무는 산보다도 무거워. 샤이나에서는 그렇게 말해. '어둠의 존재가 동요하고 있다. 최후의 전투가 다가오고 있다. 드래건의 환생은 최후의 전투에서 어둠의 존재와 맞서야 한다. 그러지 않으면 그림자가 모든 것을 뒤덮을 것이다. 시간의 물레는 망가질 것이다. 모든 시대가 어둠의 존재의 형상에 따라 다시 만들어질 것이다.' 나밖에 없어." 랜드는 전혀 즐겁지 않은 웃음을 흘리기 시작했다. 그의 어깨가 떨렸다. "나한테 그 의무가 있는 거야. 다른 사람이 없잖아. 안 그래?"

페린은 불편하게 움직거렸다. 랜드의 웃음에는 원초적이고 소름 끼치는 날이 서 있었다. "모레인과 다시 싸웠다며. 같은 문제야?"

랜드는 깊이, 고르지 못한 숨을 들이쉬었다. "우리야 언제나 같은 문제로 싸우잖아? 사람들이 저 아래, 앨머스평원에 있어. 또 어디에 있는지는 빛만이 아시지. 수가 수백이나 돼. 수천일지도 몰라. 그 사람들은 내가 깃발을 들었다는 이유로 드래건의 환생을 지지하겠다고 선언했어. 내가 드래건이라는 호칭을 방치해서. 내가 다른 선택지를 알지 못했기 때문에. 그렇게 그 사람들이 죽어 가고 있어. 싸우고 탐색하고 자신들을 이끌어 줘야 할 사람을 위해 기도하면서 죽어 가고 있다고. 그런데 나는 겨우내 이 산속에 안전하게 틀어박혀 있이. 나는…… 나는 그 사람들한테 빛이 있어."

"나라고 좋은 줄 알아?" 페린은 짜증스럽게 고개를 저었다.

"너는 모레인이 시키는 건 뭐든 받아들이잖아." 랜드가 이를 갈았다. "절대로 모레인과 맞서지 않지."

"모레인과 맞섰으면 너한테 퍽이나 도움이 됐겠다. 너랑 모레인은 겨우내 싸웠고 우리는 그 동안 내내 짐 덩어리처럼 여기 앉아 있었어."

"그야 모레인의 말이 맞으니까." 랜드가 다시 웃었다. 소름 끼치는 특유의 웃음이었다. "빛께서 나를 태우시길, 모레인 말이 맞아. 사람들은 평원 전체에, 타라본과 아라본 전역에 작은 무리로 나뉘어 있어. 내가 그중 한 무리에 합류하면, 하얀 망토들과 도만 군대와 타라본 사람들이 딱정벌레를 보고 달려드는 오리처럼 그 사람들에게 달려들 거야."

페린은 혼란스러워 자기도 웃을 뻔했다. "너도 모레인과 같은 생각이라면, 빛을 걸고 대체 왜 늘 싸우는 거야?"

"난 뭔가 해야 하니까. 그게 아니라면 난…… 난 썩은 멜론처럼 터져 버릴 거야!"

"뭘 할 건데? 모레인 말을 들으면……."

랜드는 페린에게 이곳에 영영 틀어박혀 있게 되리라는 말을 할 기회를 주지 않았다. "모레인 말! 모레인 말!" 랜드는 홱 일어서서 두 손으로 머리를 움켜쥐었다. "모레인은 모든 것에 대해 할 말이 있어! 모레인은 내 이름을 걸고 죽어 가는 사람들에게 가서는 안 된다고 해. 패턴에 따라 내가 할 수밖에 없는 다음 일을 알게 될 거라고 해. 모레인이야 온갖 소리를 하지! 하지만 내가 어떻게 알게 될지는 말하지 않아. 아, 그러시겠지! 그건 모른대." 랜드의 두 손이 옆으로 툭 떨어졌다. 그는 페린을 돌아보며 고개를 갸웃하고 눈을 가늘게 떴다. "때로는 모레인이, 티어의 잘난 수말이 발동작을 하듯 나한테도 미리 정해진 길을 밟아가게 만드는 것 같다고 느껴져. 너도 그런 적 있어?"

페린은 덥수룩한 머리카락을 손으로 헝클어뜨렸다. "난…… 우리를 밀거나 당기는 것이 뭔지는 몰라도 적이 누군지는 알아, 랜드."

"바알자몬이지." 랜드가 조용히 말했다. 어둠의 존재를 부르는 오래된 이름. 트롤록의 언어로, 그 말은 어둠의 심장이라는 뜻이었다. "나는 그자와 맞서야 해, 페린." 랜드가 인상을 쓰며 눈을 감았다. 반쯤은 미소 짓는 듯하고 반쯤은 고통스러워하는 듯한 표정이었다. "빛께서 도우시길, 절반은 지금 당장 그 일이 일어나서 다 끝나 버렸으면 좋겠고, 또 반쯤은……. 대체 몇 번이나 내가 간신히……. 빛을 걸고, 그게 날 너무 끌어당겨. 내가 만약에 못하면……. 만약에 내가……." 땅이 흔들렸다.

"랜드?" 페린이 걱정스럽게 말했다.

랜드가 몸을 떨었다. 추위에도 그의 얼굴에는 땀이 맺혀 있었다. 눈은 여전히 감은 채였다. "아, 빛이여." 그가 신음했다. "너무 심하게 끌어당겨."

갑자기 페린 아래의 땅이 들썩였고 계곡이 엄청나게 우르릉대며 울렸다. 누군가가 페린의 발밑에서 땅을 확 빼낸 것만 같았다. 페린은 넘어졌다—아니면, 땅이 불쑥 튀어 올라 그를 마중한 것인지도 몰랐다. 계곡은 거대한 손이 하늘에서 내려와 땅을 뽑아내기라도 하는 것처럼 흔들렸다. 땅이 페린을 공처럼 튀어 올리려 했다. 페린은 그 땅에 매달렸다. 눈앞에서 자갈이 튀어 오르고 굴러다녔다. 먼지가 파도처럼 일어났다.

"랜드!" 페린의 외침은 우르릉대는 소리에 묻혔다.

랜드가 고개를 뒤로 젖히고 눈을 꽉 감은 채 일어섰다. 그는 자신이 선 각도를 이리저리 바꿔 놓는 땅의 몸부림을 느끼지 못하는 듯했다. 어떻게 내팽개쳐져도 균형이 흔들리지 않았다. 페린 자신도 놀란 상태라 확신할 수는 없었지만, 그가 보기에 랜드는 슬픈 미소를 짓고 있는 것 같았다. 나무들이 마구 흔들렸고 진퍼리꽃나무가 갑자기 둘로 갈라졌다. 나무 둥치의 커다란 부분이 랜드에게서 3미터도 떨어지지 않은 곳에 쾅 쓰러졌다. 랜드는 나머지 일을 의식 못 하듯 그 사실도 의식 못 했다.

페린은 애써 숨을 잔뜩 들이쉬었다. "랜드! 빛에 대한 사랑을 걸고, 랜드! 그만해!"

상황은 시작했을 때처럼 갑작스럽게 끝났다. 약해진 나뭇가지가 시끄럽게 뚝 소리를 내며 덜 자란 참나무에서 갈라져 떨어졌다. 페린이 기침하며 천천히 일어섰다. 허공에 먼지가 떠다니며 지는 태양의 광선 속에서 반짝였다.

랜드는 이제 아무것도 보지 않고 있었다. 18킬로미터는 달린 것처럼 가슴을 들썩거렸다. 전에는 한 번도 이런 일이 일어난 적이 없었다. 이와 조금이라도 비슷한 일조차.

"랜드." 페린이 조심스럽게 말했다. "무슨……?"

랜드는 지금도 먼 곳을 보는 것만 같았다. "항상 존재하고 있어. 나를 불러. 나를 끌어당겨. **사이딘**이. 진정한 근원의 남성적 절반이. 때로는 **사이딘**

을 향해 손을 뻗고 싶은 마음을 참을 수가 없어." 랜드는 무언가를 허공에서 뽑아내는 동작을 하더니 꽉 쥔 주먹으로 시선을 옮겼다. "만지기 전부터 오염이 느껴져. 어둠의 존재의 얼룩이, 꼭 극도로 불쾌한 얇은 막이 빛을 감추려는 것만 같아. 그것 때문에 속이 뒤집어지지만 나도 어쩔 수 없어. 어쩔 수 없다고! 가끔이지만 손을 뻗으면 꼭 공기를 잡으려는 것 같아." 랜드의 빈 손이 확 펼쳐졌다. 그는 씁쓸하게 웃었다. "최후의 전투가 벌어졌을 때 그런 일이 벌어지면? 내가 손을 뻗었는데 아무것도 쥘 수 없으면?"

"뭐, 방금은 뭔가 잡았잖아." 페린이 쉰 목소리로 말했다. "뭘 한 거야?"

랜드는 처음으로 보게 된 사람처럼 주위를 둘러보았다. 쓰러진 진퍼리꽃나무와 부러진 가지들. 페린은 놀랍도록 피해가 없다는 사실에 놀랐다. 땅에 쩍 금이 가 있을 줄 알았는데. 나무들의 벽은 거의 온전해 보였다.

"난 이럴 생각이 없었어. 나무통의 꼭지를 돌리려 했는데 꼭지 전체가 뽑혀 나온 것만 같아. 그게…… 날 가득 채웠어. 그게 날 태워 버리기 전에 어딘가로 보내야 했지만……. 이럴 생각은 없었어."

페린은 고개를 저었다. **다시는 이런 짓을 하지 않도록 노력해 보라고 한들 무슨 소용이겠어? 랜드도 자기가 무슨 일을 하는 건지 거의 나만큼밖에 모르는데.** 페린은 이런 말을 하는 것으로 만족했다. "네가 대신 일처리를 해 주지 않더라도 네가—너랑 나머지 우리가—죽기를 바라는 사람은 많아."

랜드는 듣지 않는 듯했다. "야영지로 돌아가는 게 좋겠다. 곧 어두워질 텐데, 넌 어떨지 몰라도 난 배가 고프거든."

"뭐? 아. 넌 가, 페린. 나도 곧 갈게. 잠깐 다시 혼자 있고 싶어."

페린은 망설이다가 마지못해 계곡의 벽에 난 균열로 돌아섰다. 랜드가 다시 입을 열자 그가 멈춰 섰다.

"잘 때 혹시 꿈 꿔? 좋은 꿈 말이야."

"가끔은." 페린이 경계하듯 말했다. "내가 꾼 꿈의 대부분은 기억나지 않아." 그는 꿈을 지키는 방법을 터득한 터였다.

"늘 존재해, 꿈이." 랜드가 말했다. 너무 작아서 페린에게는 거의 들리지 않는 소리였다. "어쩌면 꿈이 우리한테 뭔가 말해 주는 걸지도 몰라. 진실을.” 랜드는 생각에 잠겨 조용해졌다.

“저녁밥이 준비돼 있어.” 페린이 말했지만 랜드는 혼자만의 생각에 깊이 빠져 있었다. 결국 페린은 돌아서서 랜드를 남겨 두고 떠났다.

3장 평원에서 온 소식

어둠이 균열의 일부를 감쌌다. 한 곳에서 일어난 진동이 벽의 일부를 무너뜨려 저 위쪽의 다른 부분을 막았기 때문이다. 페린은 경계하며 그 암흑을 쳐다본 뒤 서둘러 머리를 숙이고 그 벽 아래를 지나갔다. 석판은 그 자리에 단단히 박혀 있는 것처럼 보였다. 가려움이 다시 머릿속 한 구석으로 돌아왔다. 전보다 더 강한 느낌이었다. **아니야, 태워 죽일! 안 돼!** 느낌은 사라졌다.

페린이 야영지 위쪽으로 나왔을 때 분지는 가라앉는 태양이 드리운, 특이한 그림자들로 가득 차 있었다. 모레인이 자기 오두막 앞에 서서 균열을 올려다보고 있었다. 페린은 우뚝 멈춰 섰다. 모레인은 그의 어깨까지밖에 오지 않는 키에 날씬한 검은 머리 여성으로 예뻤장했으며 얼마간 일원력을 다루어 온 아이즈 세다이 모두가 그렇듯 나이를 가늠할 수 없는 이목구비를 지니고 있었다. 페린은 모레인을 그 어떤 나이와도 연관 지을 수 없었다. 나이가 많다기에는 얼굴이 너무 매끈했고, 젊다기에는 검은 눈이 지나치게 현명해 보였다. 짙은 푸른색 비단으로 만들어진 모레인의 드레스는 흐트러지고 먼지투성이가 되어 있었으며, 평소에는 잘 정돈되어 있는 머리에는 머리카락이 몇 올 빠져나와 있었다. 얼굴 전체에 먼지 얼룩이 묻어 있었다.

페린은 시선을 내렸다. 모레인은 페린에 대해 알았다. 이 야영지에서는 모레인과 란만이 그의 정체를 알고 있었다. 페린은 그녀가 자기 눈을, 그 노란 눈을 들여다볼 때 짓는 다 안다는 표정이 마음에 들지 않았다. 언젠가는 용기를 내 모레인에게 뭘 아는 거냐고 물을 수 있을지도 몰랐다. 아이즈 세다이는 이 눈에 대해 페린보다 많이 알 게 틀림없었다. 하지만 지금은 때가 아니었다. 적절한 때는 영영 없을 것만 같았다. "랜드는…… 랜드가 의도적으로 그런 건 아니고……. 실수였어요."

"실수라." 모레인이 단조로운 목소리로 말하더니 고개를 젓고 다시 오두막으로 사라졌다. 문이 조금은 시끄럽게 쾅 닫혔다.

페린은 깊이 숨을 들이쉬고 계속해서 모닥불 쪽으로 내려갔다. 오늘 밤이 아니면 내일 아침이라도 랜드와 아이즈 세다이 사이에 한 번 더 말다툼이 일어날 것이다.

분지의 경사면에는 나무 대여섯 그루가 쓰러져 있었다. 뿌리가 땅에서 뜯겨 나오며 호선으로 흙을 뿌렸다. 긁히고 휘저어진 땅의 자국이 개울 옆, 원래는 없었던 바위까지 이어졌다. 반대편 경사면의 오두막 중 하나는 진동으로 무너져 내렸고, 샤이나 사람 대부분은 그 주변에 모여 오두막을 다시 짓고 있었다. 로이알도 그들과 함께 있었다. 오기어는 네 사람이 힘을 써야 들 수 있는 통나무를 혼자서 들어 올릴 수 있었다. 우노의 욕설이 이따금 흘러나왔다.

민이 불가에 서서 언짢은 표정으로 솥을 젓고 있었다. 민의 뺨에는 작게 멍이 들어 있었고, 스튜가 타 버린 냄새가 희미하게 공기에 감돌았다. "난 요리가 싫어." 민이 선언하듯 말하더니 잘 모르겠다는 듯 솥을 들여다보았다. "이 스튜가 잘못되더라도 내 잘못은 아니야. 랜드가 스튜 절반을 불에 쏟아버렸다고, 그…… 그 짓으로. 랜드한테 무슨 권리가 있어서 우리를 곡식 자루처럼 튕겨 대는 거야?" 민은 바지 엉덩이 부분을 문지르며 움찔했다. "내 손에 들어오기만 하면 절대 잊지 못하도록 때려 줄 거야." 민은 페린부터 때리기 시작할 것처럼 그를 향해 나무 숟가락을 휘둘렀다.

"다친 사람도 있어?"

"멍든 것도 다친 것으로 치면." 민이 험악하게 말했다. "처음에는 다들 꽤 당황했어. 그러다가 모레인이 랜드가 숨는 구멍 쪽을 봤지. 사람들은 그 모습을 보고 이게 다 랜드가 한 일이라고 생각했어. **드래건**이 산을 휘저어 우리 머리 위로 무너뜨리고 싶어 한다면야 **드래건**한테는 그럴 만한 이유가 있는 거겠지. 랜드가 저 사람들한테 가죽을 벗어 던지고 뼈다귀가 되어 춤을 추게 해야겠다고 하면, 저 사람들은 그것도 괜찮다고 생각할 거야." 민이 코웃음 치더니 솥 가장자리를 숟가락으로 두드려 댔다.

페린은 모레인의 오두막을 다시 돌아보았다. 레야가 다쳤다면—죽었다면—아이즈 세다이가 그냥 안으로 들어가지는 않았을 것이다. 뭔가가 도사리고 있는 듯한 느낌은 여전히 남아 있었다. **무슨 일인지는 몰라도 그 일은 아직 일어나지 않았어.** "민, 넌 가는 게 좋겠어. 아침이 밝자마자. 나한테 여유가 좀 있으니까 은화를 줄게. 모레인도 네가 상인의 행렬을 따라 기알단에서 나가겠다고 하면 필요한 돈을 줄 거야. 넌 눈 깜짝할 사이에 베얼론에 돌아갈 수 있을 테고."

민은 페린을 빤히 보았다. 결국 페린은 자기가 뭔가 잘못된 말을 한 건지 궁금해졌다. 마침내 민이 말했다. "정말 다정하다, 페린. 근데 싫어."

"난 네가 떠나고 싶어 하는 줄 알았는데. 언제나 여기에 머물러야 한다고 투덜댔잖아."

"내가 어떤 일리안 할머니를 알았는데 말이야." 민이 천천히 말했다. "그 할머니가 어렸을 때, 할머니의 엄마가 한 번 만나보지도 못한 남자랑 그 할머니의 결혼을 주선했어. 일리안에서는 가끔 그렇게 한대. 할머니는 처음 5년을 그 남자한테 성질을 내면서 보냈고, 다음 5년은 그 남자가 누구를 탓해야 하는지도 모른 채 비참한 인생을 살아가도록 작전을 세우면서 보냈대. 할머니는 오랜 세월이 지나서 그 남자가 죽은 뒤에야 실은 그 남자가 자기 평생의 사랑이라는 걸 알게 됐다고 했어."

"그게 이번 일이랑 무슨 상관인지 모르겠는데."

민의 시선은 페린이 일부러 모르는 척하는 게 분명하다고 말하고 있었다. 그녀의 목소리가 지나칠 만큼 인내심을 띠었다. "네가 직접 뭔가를 고르는 대신 운명이 선택해 줬다고 해서 그게 꼭 나쁜 일은 아니라는 거야. 너 자신이라면 100년이 지나도 절대 선택하지 않을 일이라고 확신할 때조차도. '몇 년을 후회하느니 열흘이라도 사랑하는 게 낫다'고 하지." 민이 누군가의 말을 인용했다.

"더 모르겠다." 페린이 민에게 말했다. "원하지 않으면, 넌 여기 있지 않아도 돼."

민은 땅에 꽂혀 있는 길고 두 갈래로 갈라진 막대에 숟가락을 걸더니, 까치발을 짚고 페린의 뺨에 입을 맞추어 그를 놀라게 했다. "넌 정말 멋진 남자야, 페린 아이바라. 아무것도 모른다 해도."

페린은 어리둥절해 그녀를 보며 눈을 깜빡였다. 그는 랜드가 제정신이라고 확신할 수 있으면 좋겠다고, 아니면 맷이 여기에 있으면 좋겠다고 생각했다. 페린은 여자들과 자신의 상황에 확신을 품었던 적이 한 번도 없었지만, 랜드는 언제나 자신만의 방법을 아는 듯했다. 맷도 마찬가지였다. 고향 에먼즈 필드의 소녀 대부분은 맷이 영영 자라지 않을 거라고 느꼈지만, 맷에게는 그 소녀들을 대하는 나름의 방식이 있는 것처럼 보였다.

"넌 어때, 페린? 넌 집에 가고 싶은 적 없어?"

"늘 가고 싶어." 페린이 힘주어 말했다. "하지만 난…… 난 못 갈 것 같아. 아직은." 페린은 랜드의 계곡 쪽을 보았다. **우리는 서로 묶여 있는 것 같다. 그렇지, 랜드?** "아마 영영 돌아갈 수 없을지도 몰라." 페린은 민에게 들리지 않을 정도로 작게 그 말을 했다고 생각했지만, 민이 그를 바라보는 시선에는 연민이 가득했다. 공감도.

페린은 등 뒤에서 나는 희미한 발소리를 들었다. 모레인의 오두막이 있는 위쪽을 돌아보았다. 두 형체가 점점 깊어지는 황혼을 가로질러 내려가고 있었다. 한 명은 험한 경사로에서도 우아하게 움직이는 날씬한 여자였다. 일행에 비해 어깨 하나가 더 있는 키 큰 남자는 샤이나 사람들이 작업하는 곳을 향해 방향을 틀었다. 페린의 눈에도 그의 형체는 또렷하게 보이지 않았다. 어떨 때는 완전히 사라지는 것 같았다가 걷는 중에 다시 나타나는 식이었다. 그의 몸 일부가 어둠 속으로 흐려졌다가 바람이 불면 다시 희미하게 나타났다. 그런 일을 할 수 있는 건 수호자의 움직이는 망토뿐이었다. 그러니까 덩치 큰 사람은 란이고, 작은 사람은 확실히 모레인일 터였다.

모레인 일행과 한참 떨어진 곳에서는 더욱 어렴풋하게 보이는 다른 형체가 나무 사이로 미끄러지듯 움직였다. **랜드.** 페린은 생각했다. **자기 오두막으로 돌아가는 거야. 모두가 자기를 보는 시선을 견딜 수 없어서 오늘 밤도 아무것도 먹지 않으려는 거야.**

"넌 뒤통수에 눈이 달렸나 보다." 민이 다가오는 여자를 향해 인상을 찌푸리며 말했다. "아니면 내가 아는 사람 중 가장 예민한 청각을 가졌든지. 저거 모레인이야?"

조심성 없기는. 페린은 샤이나 사람들이 그의 뛰어난 시력을 알고 있다는 데 너무 익숙해진 나머지—최소한 낮에는 그랬다. 야간 시력에 대해서는 샤이나 사람들도 몰랐다—다른 단서도 흘리기 시작했다. **조심성 없게 굴면 죽을 수도 있어.**

"투아사안 여자는 괜찮아요?" 모레인이 불가로 다가오자 민이 물었다.

"쉬고 있어." 아이즈 세다이의 낮은 목소리는 평소처럼 음악적으로 들렸다. 꼭 언어가 절반쯤은 노래나 마찬가지라는 듯했다. 또한 그녀의 머리와 옷차림은 다시 완벽하게 정돈되어 있었다. 모레인은 불 위에서 두 손을 비볐다. 모레인의 왼손에는 자기 꼬리를 무는 뱀 형상의 황금 반지가 끼워져 있었다. 거대한 뱀. 시간의 물레보다도 오래된, 영원을 나타내는 상징이었다. 타 발론에서 수련한 모든 여자가 그 반지를 끼고 다녔다.

모레인의 시선이 잠시 페린에게 머물렀다. 지나치게 파고드는 것처럼 보였다. "레야는 넘어져서 머리가 찢어졌어. 랜드가……." 모레인의 입에 힘이 들어갔다. 하지만 다음 순간, 그녀의 얼굴은 다시 완전히 평온해졌다. "내가 치유해 줬단다. 그래서 지금은 자고 있어. 머리에는 아주 작은 상처만 나도 항상 피가 많이 흐르지만, 심각한 일은 아니야. 그 여자에 대해서 뭔가 봤니, 민?"

민은 잘 모르겠다는 표정이었다. "보긴 했는데……. 난 그 여자의 죽음을 봤다고 생각했어요. 그 여자의 얼굴이 피 칠갑 되어 있었거든요. 그게 무슨 뜻인지 확실히 안다고 생각했는데, 머리가 찢어진 거라면……. 괜찮은 거 확실해요?" 질문을 던졌다는 것 자체가 민이 얼마나 불편해하는지 알려 주는 지표였다. 아이즈 세다이는 치유할 수 있는 것을 치유하면서 실수를 저지르는 일이 없었다. 모레인의 이능은 이 분야에서 특히 강력했고.

민이 너무도 혼란스러워하는 목소리라 페린은 잠시 놀랐다. 그런 다음 페린은 혼자 고개를 끄덕였다. 민은 정말로 자신이 하는 일을 싫어했지만, 그 능력은 민의 일부였다. 민은 자신이 그 능력의 작동 방식을 최소한 일부는 안다고 생각했다. 만일 그 생각이 틀렸다면, 민은 지금껏 자기 손을 쓰는 방법을 모르고 있었다는 걸 알게 된 것과 비슷한 기분을 느낄 터였다.

모레인은 잠시 그녀를 바라보았다. 평온하면서도 냉정한 표정이었다. "너는 내게 읽어 줄 때 한 번도 틀린 적이 없어. 나로서는 알 도리가 없는 일을 읽어 줄 때도 마찬가지였지. 네가 틀렸다면 아마 지금이 처음일 거야."

"내가 뭔가 안다면 아는 거예요." 민이 고집스럽게 속삭였다. "빛이 도우시길, 난 안다고요."

"아니면 아직 그 일이 닥치지 않은 걸지도 몰라. 레야는 아직 갈 길이 멀단다. 수레가 있는 곳으로 돌아가야 하고, 불안정한 땅을 지나 말을 달려야 하지."

아이즈 세다이의 목소리는 무심하고도 냉정한 노래였다. 페린은 자기도 모르게 목구멍 깊은 곳에서 소리를 냈다. **빛을 걸고, 나도 저런 식으로 말했을까? 난 절대 죽음에 저렇게까지 무관심해지지는 않을 거야.**

페린이 큰 소리로 말하기라도 한 듯 모레인이 그를 보았다. "물레는 그 뜻대로 실을 잣는단다, 페린. 내가 오래전에 우리는 전쟁 중이라는 말을 해 줬지. 우리 중 일부가 죽을지도 모른다는 이유만으로 멈출 수는 없어. 일이 다 끝나기 전에 우리 중 누구든 죽을 수 있어. 너와 다른 무기를 쓰는 건 사실이야. 하지만 레야도 그 점을 알고 이번 일에 참여한 거란다."

페린은 시선을 떨어뜨렸다. **그럴 수도 있겠죠, 아이즈 세다이. 하지만 난 절대 당신과 같은 방식으로 그 일을 받아들이지는 않을 거예요.**

란이 모닥불 건너편에서 우노와 로이알과 함께 다가왔다. 불꽃이 수호자의 얼굴 전체에 일렁이는 그림자를 드리웠다. 그 바람에 란의 얼굴은 평소보다도 더더욱 돌을 조각한 것처럼, 전부 단단한 평면과 각으로 이루어진 것처럼 보였다. 불빛을 받아도 그의 망토를 보는 게 딱히 쉬워지지는 않았다. 때로 그 망토는 그냥 짙은 회색 망토나 검은색 망토로만 보였지만, 아주 가까이에서 들여다보면 회색과 검은색이 꿈틀거리며 변하는 것처럼 보였다. 그늘과 그림자가 망토 위를 미끄러지며 그 안에 스며들었다. 또는, 란이 어떻게든 어둠 속에 구멍을 뚫어 자기 어깨 주변에 어둠을 끌어당겨 놓은 것처럼 보였다. 지켜보기가 딱히 쉽지는 않았고, 그 망토를 걸친 남자도 도움이 되지는 않았다.

란은 키가 크고 다부졌으며 어깨가 넓었고 푸른 두 눈은 산속의 얼어붙은 호수 같았다. 그는 허리춤에 찬 칼과 한 몸이라도 된 듯 치명적으로 우아하게 움직였다. 란은 단지 폭력과 죽음을 일으킬 수 있는 존재처럼 보이는 데서 그치지 않았다. 이 남자는 폭력과 죽음을 길들여 주머니에 넣고 다니며, 모레인이 명령을 내리면 순식간에 그것들을 풀어놓거나 끌어안을 준비가 되어 있는 것 같았다. 란 옆에서는 우노조차도 덜 위험하게 보였다. 수호자가 꼬아 만든 가죽끈을 이마에 둘러 뒤로 넘긴 긴 머리카락에는 살짝 흰 머리가 섞여 있었다. 하지만 란보다 젊은 사람도 그와는 대결하지 않고 물러나기 마련이었다. 현명한 젊은 사람이라면 말이다.

"레야가 앨머스평원에서 평소와 같은 소식을 가져왔어." 모레인이 말했다. "모두가 모두를 상대로 싸우고 있다는 거야. 마을들이 불탔어. 사람들은 사방으로 도망치고 있고. 뿔나팔 사냥대가 평원에 나타나 발리어의 뿔나팔을 찾고 있다는구나." 페린이 움찔했다. 뿔나팔은 앨머스평원의 사냥대가 전혀 찾을 수 없는 곳에 있었다. 페린은 그러기를 바랐다. 모레인은 싸늘한 눈으로 그를 한 번 본 뒤에 말을 이었다. 모레인은 그들이 뿔나팔 이야기를 하는 걸 좋아하지 않았다. 물론, 자기가 이야기할 때는 예외였지만.

"다른 소식도 가져왔고. 하얀 망토들 5천 명이 앨머스평원에 주둔했어."

우노가 끙 소리를 냈다. "그건, 태워 죽일……. 어, 죄송합니다, 아이즈 세다이. 그 정도면 하얀 망토들의 절반은 될 텐데요. 전에는 놈들이 그렇게 많은 병력을 한 곳에 몰아넣은 적이 없습니다."

"그럼 랜드를 지지하기로 한 사람들이 전부 죽었거나 흩어진 거겠네요." 페린이 중얼거렸다. "아니면 곧 그렇게 되겠죠. 당신 말이 맞았어요, 모레인." 페린은 하얀 망토들을 생각하고 싶지 않았다. 그는 빛의 아이들을 전혀 좋아하지 않았다.

"그게 이상한 일이야." 모레인이 말했다. "적어도 처음 보기에는 이상해 보여. 빛의 아이들은 자신들의 목적이 평화를 가져오는 것이라고 선언했어. 그들로서는 특이한 일이 아니지. **특이한** 건, 놈들이 타라본과 도만 군대를 각자의 국경 너머로 다시 밀어내려 하면서도 드래건을 지지한다고 선언한 사람들을 상대로는 조금도 군대를 움직이지 않았다는 거야."

민이 놀라서 소리쳤다. "확실한 건가요? 내가 들은 하얀 망토들과는 전혀 다른 짓인데요."

"평원에 빌어먹……. 그러니까, 팅커스가 많이 남아 있을 리는 없겠군요." 우노가 말했다. 아이즈 세다이 앞에서 말조심을 하려고 애를 쓰느라 그의 목소리가 갈라졌다. 그의 진짜 눈이 그려 놓은 눈과 똑같이 인상을 썼다. "팅커스는 어떤 문제든 문제가 벌어지는 곳에 있는 걸 좋아하지 않으니까요. 그 문제가 싸움이라면 특히 그렇고 말입니다. 사방에서 벌어지는 일을 전부 살피기에는 팅커스의 숫자가 부족할 겁니다."

"내 목적을 이룰 만큼은 있지." 모레인이 단호하게 말했다. "대부분은 사라졌지만, 소수는 내 부탁에 따라 남았어. 레야는 꽤 확신하고 있고. 아, 드래건 군이 열 명 미만으로 모여 있던 곳에서는 빛의 아이들이 그들을 기습하기도 했어. 하지만 놈들은 **가짜** 드래건을 무너뜨리겠다고 선언하면서도, 오직 드래건을 사냥하는 일밖에 하지 않는다는 사람을 천 명이나 주둔시켰으면서도 드래건 군이 50명 이상 있는 곳에서는 접촉을 피하고 있어. 노골적으로 그러는 건 아니야, 그건 알아둬. 하지만 언제나 조금씩 작전이 지연되거나, 놈들이 쫓는 사람들이 도망칠 기회가 생겨."

"그럼 랜드가 원하는 대로 그 사람들한테 가도 되겠네요." 로이알은 잘 모르겠다는 듯 아이즈 세다이를 보며 눈을 깜빡였다. 야영지 사람들은 모두 모레인과 랜드의 말다툼에 대해 알고 있었다. "물레가 랜드를 위해 길을 만들어 주는 것 같은데요."

우노와 란이 동시에 입을 열었으나 샤이나 사람이 살짝 허리를 숙이며 물러났다. "그보다는," 수호자가 말했다. "하얀 망토들의 계략일 가능성이 크다. 빛을 걸고, 무슨 계략인지 알 수는 없지만. 어쨌든, 나는 하얀 망토들이 내게 선물을 주면 그 안에 숨겨진 독침을 찾는다." 우노가 음침하게 고개를 끄덕였다. "게다가," 란이 덧붙였다. "도만과 타라본 사람들은 지금도 서로를 죽이는 것만큼 드래건 군을 죽이는 데 열심이야."

"다른 문제도 있어." 모레인이 말했다. "레야의 수레가 지나친 마을에서 젊은 남자 세 명이 죽었어." 페린은 란의 눈꺼풀이 잠깐 떨리는 것을 보았다. 수호자에게 그 정도 동작은 다른 사람의 고함과 마찬가지로 심하게 놀랐다는 표시였다. 란은 모레인이 이 말을 꺼내리라고 예상 못했던 것이다. 모레인이 말을 이었다. "한 명은 독살됐고 둘은 칼로 죽었어. 세 명 모두 눈에 띄지 않고 가까이 다가갈 수 없는 상황이었는데 그렇게 죽은 거야." 모레인이 불꽃을 들여다보았다. "세 젊은이 모두 대부분의 남자보다 키가 컸고 옅은 색의 눈을 가지고 있었어. 앨머스평원에서 옅은 색 눈은 흔치 않지만, 지금 그곳에서 옅은 색 눈을 가진 키 큰 젊은 남자로 사는 건 아주 불행한 일인 것 같구나."

"어떻게 그럴 수가 있죠?" 페린이 물었다. "아무도 그 젊은이들에게 가까이 갈 수 없었다면, 대체 어떻게 살해당한 거예요?"

"어둠의 존재에게는 너무 늦을 때까지는 알아볼 수 없는 살인자들이 있지." 란이 조용히 말했다.

우노가 몸을 떨었다. "영혼 없는 자로군요. 전에는 변방 이남 지역에 놈들이 나타났다는 얘기를 들어본 적이 없습니다."

"그런 얘기는 이제 그만 하고." 모레인이 단호하게 말했다.

페린은 의문이 생겼지만—**빛을 걸고, 영혼 없는 자가 대체 뭐야? 트롤록이나 희미한 자인가? 뭐지?**—묻지 않고 넘겼다. 모레인은 뭔가에 대해 충분히 말했다고 생각하면 더 이상 그 이야기를 하지 않았다. 또 모레인이 입을 다물면 쇠막대기를 가져와도 그 입을 억지로 열 수 없었다. 샤이나 사람들도 모레인을 따랐다. 아무도 아이즈 세다이를 화나게 만들려 하지 않았다.

"빛을 걸고!" 민은 불안한 듯 주변의 짙어져 가는 어둠을 눈여겨보며 툴툴댔다. "**눈에 띄지** 않는다고요? 빛을 걸고!"

"그럼 아무것도 변하지 않은 거네요." 페린이 우울하게 말했다. "사실상 변하지 않는 거죠. 우리는 평원으로 내려갈 수 없고, 어둠의 존재는 우리가 죽기를 바라니."

"모든 게 변하기 마련이야." 모레인이 침착하게 말했다. "패턴은 그 모든 걸 받아들이고. 우리는 순간의 변화가 아니라 패턴을 따라 달려야 해." 모레인은 그들을 한 명 한 명 번갈아 보더니 말했다. "우노, 정찰병들이 수상한 걸 보고도 놓치지 않은 게 확실해? 사소한 것이라도?"

"드래건 공의 환생으로 확실성의 끈은 모두 풀렸습니다, 모레인 세다이. 머드랄과 싸울 때도 확실한 건 없지요. 하지만 정찰병들이 여느 수호자만큼 일을 잘 해냈다는 데는 제 목숨도 걸겠습니다." 페린이 들은 것 중에서는 우노가 욕설을 하지 않고 한 가장 긴 말이었다. 애를 쓰느라 우노의 이마에는 땀이 맺혀 있었다.

"우리 모두 정찰병들의 능력에 목숨을 걸어야 할지 모르겠구나." 모레인이 말했다. "랜드가 저지른 짓은 18킬로미터 안에 있는 모든 머드랄이 볼 수 있도록 산꼭대기에 불을 피운 것이나 다름없었어."

"이찌면……." 민이 머뭇거리며 입을 열었다. "어쩌면 놈들을 막을 수호 마법을 걸어야 할지도 몰라요." 란이 험악한 눈으로 그녀를 보았다. 란도 때로는 모레인의 결정에 의문을 표했지만, 다른 사람이 엿들을 수 있는 상황에서 그러는 경우는 거의 없었다. 또 그는 다른 사람들이 같은 행동을 하는 것을 탐탁지 않게 생각했다. 민이 곧바로 그에게 마주 인상을 썼다. "뭐, 머드랄과 트롤록도 충분히 나쁘지만, 최소한 그놈들은 보이잖아요. 나는 그…… 그 영혼 없는 자들 중 하나가 몰래 여기로 들어와, 내가 보지도 못하는 사이에 내 목을 그어 버린다고 생각하기 싫어요."

"내가 걸어둔 수호 마법은 다른 그림자의 자식들만큼 영혼 없는 자에게서도 우리를 숨겨 줄 거야." 모레인이 말했다. "지금의 우리처럼 약해져 있을 때는 최선의 선택이 숨는 것인 경우가 많지. 만약에 반인이 **정말로** 그렇게까지 가까운 곳에 있다면……. 글쎄, 놈들이 야영지에 들어오려 할 경우 놈들을 죽이는 수호 마법을 거는 건 내 능력을 벗어나는 일이다. 설령 그렇게 할 수 있대도 그런 수호 마법은 우리를 이곳에 가둬 둘 뿐이고. 두 종류의 수호 마법을 동시에 거는 게 불가능하기 때문에 나는 정찰병과 경비병, 그리고 란이 우리를 지키게 하고, 단 하나의 수호 마법은 도움이 될 만한 데 쓰겠어."

"제가 야영지 주변을 순찰하겠습니다." 란이 말했다. "정찰병들이 놓친 게 하나라도 있다면 제가 찾아낼 겁니다." 자랑이 아니라 그냥 사실을 진술하는 것이었다. 우노는 동의한다는 뜻으로 고개까지 끄덕였다.

모레인이 고개를 저었다. "나의 가이딘, 오늘 밤 당신이 필요한 곳이 있다면 바로 여기일 거예요." 그녀는 주변의 어두운 산 쪽으로 시선을 들었다. "공기에 어떤 느낌이 감도는군요."

"기다림이에요." 페린이 멈추기 전에 그 말이 입에서 튀어나왔다. 모레인이 그를 보자—그를 들여다보자—페린은 그 말을 다시 삼키고 싶어졌다.

"그래." 모레인이 말했다. "기다림이야. 오늘 밤에는 경비병들에게 특히 주의를 기울이라고 해, 우노." 병사들에게 무기를 가까이 두고 자라고 제안할 필요는 없었다. 샤이나 사람들은 늘 그렇게 했다. "잘 자거라." 모레인이 모두에게 덧붙였다. 이제 와서 잠을 잘 잘 수 있는 가능성이 조금이라도 있다는 듯이. 그러더니 그녀는 다시 오두막으로 돌아갔다. 란은 남아서 스튜 세 접시를 푼 다음 서둘러 그녀를 따라가더니 어둠 속에 빠르게 삼켜졌다.

어둠을 꿰뚫고 수호자를 쫓는 페린의 눈이 황금빛으로 빛났다. "잘 자라니." 그가 중얼거렸다. 요리한 고기의 냄새가 갑자기 역겹게 느껴졌다. "제가 세 번째로 보초를 서는 거죠, 우노?" 샤이나 사람이 고개를 끄덕였다. "그럼 모레인의 조언에 따르도록 노력해 볼게요." 다른 사람들이 불가로 다가오고 있었고, 웅얼대는 이야기 소리가 경사면 위까지 그를 따라왔다.

페린에게도 오두막이 있었다. 간신히 들어가서 설 수 있을 정도 높이의, 통나무로 만들어진 작은 오두막이었다. 나무 사이의 틈새는 마른 진흙으로 채워져 있었다. 담요 아래에 소나무 가지를 넣은 거친 침대가 오두막의 거의 절반을 차지했다. 누군지 모르지만 말안장을 내린 사람은 활도 문 바로 안쪽에 기대 놓았다. 페린은 도끼와 화살통과 함께 혁대를 못에 걸어 놓은 뒤 반바지만 남긴 채 옷을 벗고 몸을 떨었다. 밤은 여전히 추웠지만 추위 덕분에 너무 깊이 잠들지 않을 수 있었다. 깊이 잠들면 떨쳐낼 수 없는 꿈이 찾아왔고.

페린은 단 한 장의 담요를 덮은 채 잠시 누워 통나무 지붕을 올려다보며 몸을 떨었다. 잠시 후 잠이 찾아왔고, 잠과 함께 꿈도 찾아왔다.

4장 잠든 그림자

기다란 돌 난로에서 타오르는 불길에도 여관의 휴게실은 한기로 가득했다. 페린은 불길 앞에서 두 손을 비볐으나 온기를 얻을 수 없었다. 하지만 추위에서 이상하게도 위안이 느껴졌다. 꼭 추위가 방패라도 된 것 같았다. 무엇을 막을 방패인지는 생각나지 않았다. 무언가가 머릿속 한구석에서 중얼거렸다. 어렴풋하게만 들리는 희미한 소리가 머릿속 한구석에서 웅얼거리며 안으로 들어오려고 긁어 댔다.

"그럼 포기하려는 거군. 너한테는 최선이지. 들어와. 앉아라, 이야기하자."

페린은 고개를 돌려 말한 사람을 보았다. 방 이곳저곳에 흩어져 있는 둥근 탁자들은 구석의 그늘 속의 단 한 명의 남자가 앉아 있는 곳을 제외하면 비어 있었다. 방의 나머지 공간은 어쩐지 아른아른해 보였다. 장소라기보다는 어떤 느낌에 가까웠다. 특히 페린이 똑바로 보지 않는 것들이 그랬다. 페린은 불을 힐끗 돌아보았다. 불은 이제 벽돌 난로 안에서 타오르고 있었다. 어째서인지 페린은 그것들이 전혀 거슬리지 않았다. **당연히 저래야지.** 하지만 그 이유는 알 수 없었다.

남자가 손짓하자 페린은 그의 탁자로 다가갔다. 정사각형 탁자. 탁자들이 정사각형이었다. 페린은 인상을 찌푸리며 손을 뻗어 탁자 상판을 만져 보고는 손을 뒤로 빼냈다. 방의 그쪽 구석에는 등불이 없었다. 다른 곳의 빛에도 불구하고 남자와 그가 앉아 있는 탁자는 거의 숨겨진 채 어둑함에 뒤섞여 있었다.

페린은 그 남자를 안다는 느낌이 들었지만, 그 느낌도 시야 가장자리에서 보이는 사물처럼 애매했다. 남자는 중년이었고 잘생겼으며 시골 여관에는 어울리지 않을 정도로 옷을 잘 차려입고 있었다. 거의 까맣게 보이는 짙은 색 벨벳 옷의 목깃과 소맷부리에 흰 레이스가 달려 있었다. 그는 뻣뻣하게 앉아 때로는 손으로 가슴을 눌렀다. 움직이면 아픈 것 같았다. 그의 검은 눈이 페린의 얼굴에 고정되어 있었다. 그 눈이 그림자 속의 번들거리는 점처럼 보였다.

"뭘 포기했다는 거죠?" 페린이 물었다.

"당연히 그거지." 남자가 페린의 허리에 채워진 도끼를 고갯짓했다. 그 남자는 전에도 이런 대화를 나눈 적이 있다는 듯, 오래된 말싸움을 다시 시작했다는 듯한 목소리였다.

페린은 도끼가 그 자리에 있는 줄도 몰랐다. 혁대를 잡아당기는 도끼의 무게를 느끼지 못했다. 그는 반달 모양의 도끼날과 그 균형을 잡아 주는 두꺼운 창을 손으로 쓸어 보았다. 강철이…… 생생한 실체감이 느껴졌다. 그 무엇보다도 생생하게. 어쩌면 페린 자신보다도 실체감이 있었을 것이다. 페린은 뭔가 현실적인 것을 붙들기 위해 손을 그 자리에 두었다.

"생각해 봤어요." 페린이 말했다. "하지만 그렇게는 못 할 것 같아요. 아직은요." **아직이라고?** 여관 불빛이 깜빡이는 것처럼 보였다. 머릿속에서 다시 중얼거리는 소리가 났다. **안 돼!** 중얼거림이 희미해졌다.

"그래?" 남자가 미소 지었다. 차가운 미소였다. "너는 대장장이다, 아이야. 내가 듣기로는 솜씨도 좋다던데. 네 손은 도끼가 아니라 망치를 쥐기 위해 만들어졌다. 죽이기 위해서가 아니라 뭔가를 만들기 위해서. 너무 늦기 전에 그 일로 돌아가라."

페린은 자기도 모르게 고개를 끄덕였다. "네. 하지만 저는 **타비렌**이에요."

전에는 한 번도 큰 소리로 이 말을 해 본 적이 없었다. **하지만 저 사람은 이미 알고 있는걸.** 이유는 알 수 없었지만 페린은 확신했다.

잠시 남자의 미소가 찡그린 표정으로 변했다. 하지만 그 표정은 전보다 더 큰 힘이 담긴 미소로 돌아왔다. 차가운 힘이 담긴 미소. "상황을 바꾸는 방법이야 여럿 있다, 소년. 심지어 운명을 피할 방법까지 있지. 앉아라, 그 얘기를 해 보자." 그림자가 움직이며 두꺼워지는 것처럼, 팔을 뻗는 것처럼 보였다.

페린은 한 발짝 물러나며 빛 속에서 버텼다. "그건 싫은데요."

"최소한 나와 한잔하자. 지나간 세월과 다가올 세월을 위해서. 글쎄, 그런 다음에는 너도 더 선명하게 보게 될 것이다." 남자가 탁자 건너편으로 밀어 놓은 컵은 방금만 해도 없던 것이었다. 그 컵이 밝은 은색으로 빛났고, 짙은 색의 피처럼 붉은 와인이 찻잔에 넘칠 만큼 채워졌다.

페린은 남자의 얼굴을 바라보았다. 페린의 예리한 시력으로 보아도 그림자가 상대방의 얼굴을 수호자의 망토처럼 감싸고 있는 것만 같았다. 어둠이 애무하듯 남자의 형태를 만들어 냈다. 남자의 눈에는 무언가가, 열심히 노력하면 떠올릴 수 있을 것 같은 무언가가 있었다. 속삭이는 소리가 돌아왔다.

"안 돼." 페린이 말했다. 머릿속의 조용한 소리를 향해 한 말이었다. 하지만 남자의 입이 분노로 딱 다물리면서 번뜩인 분노가 나타났을 때만큼 빠르게 억눌리자 페린은 와인에 대해서도 똑같은 말을 해야겠다고 생각했다. "목이 안 말라서요."

페린은 돌아서서 문을 향해 걸어가기 시작했다. 난로가 둥글게 깎여 나간 강가의 바위처럼 보였다. 양옆에 벤치가 놓인 기다란 탁자 몇 개가 방을 가득 채우고 있었다. 페린은 문득 밖으로 나가고 싶었다. 이 남자로부터 멀리 떨어진 곳이라면 어디든 좋았다.

"기회가 많지는 않을 거다." 남자가 등 뒤에서 거친 목소리로 말했다. "한데 엮인 세 가닥의 실은 서로의 파멸을 공유한다. 그중 하나가 잘려 나가면 모두가 잘린다. 운명은 너를 죽일 수 있다. 그보다 나쁜 일을 할 수도 있고."

페린은 갑자기 등에 열기를 느꼈다. 거대한 용광로의 문이 확 열렸다가 다시 닫힌 것처럼, 열기는 솟아올랐다가 똑같이 빠르게 희미해졌다. 페린은 깜짝 놀라 다시 방을 돌아보았다. 방은 비어 있었다.

꿈일 뿐이야. 페린은 추위로 몸을 떨며 생각했다. 그 생각에 모든 것이 변했다.

그는 거울을 들여다보았다. 페린의 일부는 눈에 보이는 것을 이해하지 못했고 일부는 그 모습을 받아들였다. 사자의 머리처럼 만든 도금한 투구가, 마땅히 있어야 할 자리라는 듯 그의 머리에 씌워져 있었다. 황금 잎사귀가 정교하게 단련한 흉갑을 뒤덮고 있었으며 팔과 다리를 감싼 판금갑옷과 사슬갑옷도 황금 세공품으로 장식되어 있었다. 옆구리에 채워진 도끼만이 평범했다. 어떤 목소리가—페린 자신의 목소리가—머릿속에서 다른 어떤 무기보다도 그 도끼를 가져가라고, 이미 백 번의 전투에 천 번은 그 도끼를 들고 나가지 않았느냐고 속삭였다. **안 돼!** 페린은 도끼를 빼 버리고 싶었다. 던져 버리고 싶었다. **난 못 해!** 머릿속에서 어떤 소리가 들렸다. 중얼거리는 소리보다 큰 소리였다. 거의 이해할 수 있는 수준이었다.

"영광스러운 운명을 타고난 남자."

페린은 거울에서 휙 돌아섰다. 그는 여태까지 보았던 사람 중 가장 아름다운 여자를 보고 있었다. 페린은 그 공간의 다른 무엇도 알아보지 못했다. 그녀를 제외한 무엇도 굳이 보고 싶지 않았다. 그녀의 눈은 밤하늘이 고인 웅덩이 같았다. 피부는 크림처럼 희고 크림보다 부드러울 게 확실했으며 그녀가 입은 흰 비단 드레스보다 더 매끄러웠다. 페린은 그때까지 보았던 다른 모든 여자가 서툴게, 엉망으로 만들어져 있었다는 걸 깨달았다. 페린은 몸을 떨었다. 왜 한기가 느껴지는지 궁금했.

"남자라면 두 손으로 자신의 운명을 쥐어야지." 여자가 미소 지으며 말했다. 그 미소에 거의 온기가 느껴졌다. 그녀는 키가 컸다. 한 뼘만 더 컸어도 페린의 눈을 똑바로 들여다볼 수 있었을 것이다. 은색 빗이 갈까마귀의 날개보다도 검은 그녀의 머리를 고정하고 있었다. 페린이 두 손으로 감싸 쥘 수도 있을 것 같은 허리에 은 고리로 만든 널찍한 벨트가 둘려 있었다.

"네." 페린이 속삭였다. 마음속에서 놀란 마음과 여자의 말을 받아들이고 싶은 마음이 다투었다. 그에게 영광은 아무 쓸모가 없었다. 하지만 여자가 그 말을 하는 순간 그는 영광 말고는 아무것도 원하지 않게 되었다. "그러니까……." 중얼거리는 소리가 페린의 머리를 파고들었다. "안 돼!" 소리는 사라졌다. 잠깐이지만, 여자의 말을 받아들이고 싶다는 마음도 사라졌다. 완전히는 아니고, 거의. 페린은 머리에 한 손을 대고 황금 투구를 만지작거리다가 벗었다. "난……. 난 이걸 원하지 않는 것 같아요. 이건 내 것이 아니에요."

"원하지 않는다고?" 여자가 웃었다. "핏줄에 피가 흐르는 남자 중 영광을 원하지 않는 남자가 있나? 네가 발리어의 뿔나팔을 불었을 때와 마찬가지의 영광인데."

"난 원하지 않아요." 페린이 말했다. 그의 일부는 그게 거짓말이라고 소리치고 있었지만. 발리어의 뿔나팔이라. **뿔나팔이 울리자 거친 돌격이 시작됐어. 죽음이 그의 어깨에 타고 있었지만, 그녀도 앞에서 기다렸어. 그의 연인이. 그의 파괴자가.** "아니야! 난 대장장이야."

여자의 미소는 동정하는 듯했다. "너무 사소한 것을 바라는구나. 네가 운명을 등지게 만들려는 자들에게 귀 기울이면 안 돼. 그자들은 네 품위와 가치를 떨어뜨릴 거야. 널 파괴하겠지. 운명에 맞서 싸워 봐야 고통이 있을 뿐이야. 영광을 가질 수 있는데 왜 고통을 선택하니? 네 이름이 전설 속 그 모든 영웅과 함께 기억될 수 있는데?"

"난 영웅이 아니에요."

"넌 네가 누군지 절반도 모르고 있어. 네가 어떤 존재가 될 수 있는지에 대해서. 자, 나와 잔을 나누자. 운명과 영광을 위해." 그녀의 손에는 피처럼 붉은 와인으로 채워진, 반짝이는 은잔이 들려 있었다. "마셔."

페린은 인상을 쓰며 잔을 바라보았다. 뭔가…… 익숙해 보였다. 으르렁거리는 소리가 페린의 머릿속을 씹어 댔다. "안 돼!" 페린은 그 소리로부터 애써 벗어났다. 그 소리를 듣지 않으려 했다. "안 돼!"

여자가 페린에게 황금 잔을 내밀었다. "마셔."

황금이라니? 내가 알기로 이 잔은…… 이 잔은……. 나머지 생각이 떠오르지 않았다. 하지만 혼란스러운 가운데 그 소리가 안쪽에서 다시 들려왔다. 페린을 갉아 대며 자기 소리를 들으라고 요구했다. “안 돼.” 페린이 말했다. “안 돼!” 그는 두 손에 들린 황금 투구를 한쪽으로 팽개쳤다. “난 대장장이야. 나는…….” 머릿속 소리가 듣지 않으려는 페린과 격렬히 맞서 싸웠다. 페린은 그 소리를 막느라 두 팔로 머리를 감싸고 간신히 소리를 집어넣었다. “나는…… 인간이야!” 그가 소리쳤다.

어둠이 그를 감쌌지만 여자의 목소리가 따라오며 속삭였다. “밤은 언제나 존재하고 꿈은 모든 남자에게 찾아간단다. 특히 나의 야생 동물, 너에게. 내가 언제나 네 꿈속에 있을 거야.”

고요함.

페린은 팔을 내렸다. 그는 다시 코트와 브리치스를 입고 있었다. 밋밋하기는 해도 튼튼하게 잘 만들어진 옷이었다. 대장장이나, 그 외의 다른 시골 사람에게 어울리는 옷이었다. 그러나 페린은 그 옷을 거의 의식 못했다.

그는 꼭대기가 넓고 평평한 돌 첨탑에서 다른 돌 첨탑으로 호선을 그리고 있는, 난간이 낮은 돌다리 위에 서 있었다. 첨탑들은 페린의 시력으로도 꿰뚫어 볼 수 없을 만큼 깊은 곳에서 솟아올랐다. 페린이 아닌 다른 모두에게는 빛이 어슴푸레하게 느껴졌을 테고, 페린은 그 빛이 어디서 나오는 건지 알 수 없었다. 빛은 그냥 존재했다. 페린은 왼쪽과 오른쪽, 위쪽과 아래쪽 등 모든 곳을 보았다. 그 모든 곳에 더 많은 다리, 더 많은 첨탑, 난간 없는 경사로 들이 있었다. 끝도 없고, 어떤 패턴도 없어 보였다. 더 나쁜 건 그런 경사로 일부가 경사로의 출발점 바로 위에 있는 게 틀림없는 첨탑의 꼭대기까지 이어져 있다는 점이었다. 철벅거리는 물소리가 울렸다. 그 소리가 사방에서 동시에 들리는 것만 같았다. 페린은 추위에 떨었다.

갑자기 시야 가장자리에서 어떤 움직임이 보였다. 페린은 무의식적으로 돌난간 뒤에 웅크렸다. 눈에 띄는 건 위험한 일이었다. 이유는 알 수 없었지만, 그게 사실이라는 건 알았다. 그냥 알았다.

조심스럽게 난간 너머를 보던 페린은 자신이 찾던 것이 움직이는 모습을 보았다. 번쩍이는 흰 빛이 저 멀리 경사로에서 깜빡였다. 제대로 알아볼 수는 없었지만, 페린은 그게 어떤 여자라고 확신했다. 흰 드레스를 입은 여자가 어딘가로 서둘러 가고 있었다.

페린보다 살짝 아래, 여자가 있었던 경사로보다 훨씬 가까운 곳에서 한 남자가 갑자기 나타났다. 키가 크고 검고 날렵한 형상이었다. 그는 검은 머리에 은발이 몇 가닥 섞인, 특이한 모습이었다. 짙은 녹색 코트에는 황금색 잎사귀가 빽빽하게 수놓여 있었다. 황금 장식이 허리띠와 주머니에 들어가 있었고, 단검 칼집에서는 보석이 반짝였으며, 황금색 술이 장화 윗부분에 둘려 있었다. 저 사람은 어디에서 나온 걸까?

또 다른 남자가 반대쪽에서 다리를 건너오기 시작했다. 그 역시 첫 번째 남자처럼 갑작스럽게 출현했다. 검은 줄무늬가 붉은 코트에 달린 통통한 소매를 따라 이어져 있었고, 흰 레이스가 옷깃과 소맷부리에 늘어져 있었다. 장화에는 은색 장식이 너무 많이 들어가 있어 가죽이 거의 보이지 않았다. 그는 자기가 만나러 간 남자보다 키가 작았고 더 다부졌으며, 레이스만큼 흰 머리를 짧게 깎고 있었다. 하지만 나이가 많아도 약하지는 않았다. 그는 상대 남자와 똑같이 오만한 힘을 과시하며 성큼성큼 걸었다.

둘은 경계하며 서로에게 다가갔다. **상대가 병 걸린 암말을 가지고 있다는 걸 아는 말 장수들처럼.** 페린은 그렇게 생각했다.

남자들이 이야기를 나누기 시작했다. 페린은 귀를 쫑긋 세웠지만 메아리치는 텀벙텀벙 소리 때문에 웅얼대는 소리밖에 듣지 못했다. 그들은 인상을 찌푸리고 노려보았다. 상대를 공격하기 직전인 것처럼 보이는 날카로운 동작을 주고받았다. 서로를 믿지 않았다. 페린은 그들이 서로를 싫어하는 것일 수도 있겠다고 생각했다.

페린은 고개를 들어 여자를 찾았지만 여자는 사라지고 없었다. 다시 시선을 아래로 내리자 또 다른 남자가 처음 두 남자와 합류해 있었다. 그리고 어째서인지, 어디에서 봤는지는 몰라도 페린은 오랜 기억을 떠올리듯 어렴풋하게 그를 알아보았다. 중년의 잘생긴 남자가 거의 새까만 벨벳과 흰 레이스로 이루어진 옷을 입고 있었다. **여관.** 페린은 생각했다. **그리고 그 전에 뭔**

가가……. 뭔가가 있었어. 아주 오래전에 본 무엇인 듯했다. 하지만 기억이 떠오르지 않았다.

이제는 처음 두 남자가 나란히 서서, 새로 온 사람 때문에 불편한 동맹을 이루고 있었다. 새로 온 사람은 그들을 향해 소리를 지르며 주먹을 휘둘렀고, 두 사람은 불편한 듯 꼼지락거리며 그와 시선을 마주치지 않으려 했다. 둘은 서로를 증오했지만 새로운 남자를 더욱 두려워했다.

저 눈. 페린이 생각했다. **저 눈은 어디가 이상한 거지?**

키가 크고 검은 남자가 말대꾸하기 시작했다. 처음에는 느리게 말했지만 점점 더 열이 올랐다. 흰 머리 남자가 끼어들었다. 갑자기 그들의 일시적 연대가 깨졌다. 세 사람 모두가 동시에 소리쳤다. 모두가 다른 둘에게 번갈아가며 소리 질렀다. 갑자기 검은 벨벳 옷을 입은 남자가 그만하라는 듯 두 팔을 쫙 펼쳤다. 점점 커지는 불의 공이 그들을 둘러싸고 감추며 점점 더 멀리 퍼져 나갔다.

페린은 두 팔로 머리를 감싸고 돌난간 뒤에 털썩 엎드렸다. 바람이, 불처럼 뜨거운 바람이 불어와 그를 뒤흔들고 옷을 찢는 내내 웅크리고 있었다. 바람은 불 자체였다. 눈을 감고 있는데도 페린은 모든 것을 넘나들며 너울거리는 불길을, 모든 것을 뚫고 불어닥치는 불길을 볼 수 있었다. 불의 질풍이 페린마저 관통하며 기승을 부렸다. 페린은 느낄 수 있었다. 타오르고 잡아당기며, 그를 태워 버리고 재를 흩뿌리려는 그것을. 페린은 소리를 지르면서 자기 자신을 붙들고 있으려고 애썼다. 그걸로는 충분하지 않다는 걸 알았지만.

한 번 심장이 뛰는 사이에 바람이 사라졌다. 점점 잦아든 게 아니었다. 한 순간에는 불의 폭풍이 그를 두드려 대더니 다음 순간에는 절대적인 고요함이 찾아왔다. 떨어지는 물의 메아리만이 들려왔다.

페린은 천천히 일어나 앉아 자기 몸을 살폈다. 옷은 그을리지 않은 채 온전했고 드러난 피부도 화상을 입지 않았다. 그저 열기에 대한 기억만이 그 일이 실제로 발생했다고 믿을 만한 이유였다. 머릿속에만 존재하는 기억. 몸에는 전혀 남지 않은 기억.

페린은 조심스럽게 난간 너머를 보았다. 다리는 양쪽 끝부분, 남자들이 서 있던 반쯤 녹은 발디딤대 몇 미터만이 남아 있었다. 남자들의 흔적은 전혀 없었다.

목덜미의 털이 삐죽 서는 느낌에 페린은 고개를 들었다. 머리 위, 오른쪽 경사로에 털이 덥수룩한 회색 늑대가 서서 그를 보고 있었다.

"안 돼!" 페린이 허둥지둥 일어나 달렸다. "이건 꿈이야! 악몽이야! 깨어나고 싶어!" 페린은 달렸다. 시야가 흐려졌다. 흐릿한 형상들이 움직였다. 윙윙대는 소리가 귀를 채우더니 희미해지고, 그 소리가 사라지면서 눈의 아른거리는 느낌도 진정되었다.

페린은 한기에 몸을 떨며 처음으로 이게 꿈이라는 걸 알았다. 처음으로 확신이 섰다. 이번 꿈에 앞서 나타났던 어둑한 꿈은 어렴풋하게만 기억났다. 하지만 이번 꿈만은 확실히 알아보았다. 그는 전에도, 과거의 여러 밤에도 이곳에 와 본 적이 있었다. 이곳에 관해서는 아무것도 모르지만 이게 꿈이라는 것만은 알았다. 그러나 이번만큼은 안다고 해서 달라지는 게 아무것도 없었다.

광을 낸 홍석으로 이루어진 거대한 기둥이 페린이 서 있는 탁 트인 공간을 둘러싸고 있었다. 머리 위로는 46미터가 넘는 높이의 돔 천장이 있었다. 페린이 자신과 비슷한 덩치의 남자와 협력하더라도 두 팔로 그 기둥을 안을 수는 없을 터였다. 바닥은 거대한 연회색 석판으로 덮여 있었다. 단단하지만, 수 세대에 걸쳐 무수히 밟히며 닳아 버린 석판이었다.

그토록 많은 사람들이 이곳에 찾아온 이유가 돔 아래의 중앙에 자리 잡고 있었다. 칼자루를 아래로 해서 허공에 떠 있는 칼. 그 칼에는 지지대가 없는 것처럼 보였다. 누구든 손을 뻗어 그 칼을 가져갈 수 있을 것만 같았다. 칼은 누군가의 숨결에 걸리기라도 한 듯 천천히 회전했다. 그러나 진짜 칼은 아니었다. 칼날과 칼자루와 날밑까지 유리로, 어쩌면 수정으로 만들어진 것처럼 보였다. 그곳에 존재하는 모든 빛을 받아 천 개의 반짝임과 번뜩임으로 깨부수는 듯했다.

페린은 그리로 걸어가 손을 내밀었다. 전에도 매번 그렇게 했다. 페린은 이런 행동을 했던 게 선명하게 기억났다. 칼자루가 페린의 눈앞에, 쉽게 잡을 수 있는 곳에 떠 있었다. 빛나는 칼에서 한 발짝 떨어져 있던 페린의 손이 돌에 닿기라도 한 것처럼 허공을 짚었다. 페린도 그렇게 될 줄 알고 있었다. 페린은 더 세게 밀어 보았지만 벽을 떠미는 것이나 마찬가지였다. 칼은 회전하며 반짝였다. 한 발짝 떨어진 곳에 있는 동시에, 바다 건너편에 있는 것처럼 손이 닿지 않았다.

칼란도어. 페린은 그 속삭임이 머릿속에서 들린 것인지 밖에서 들린 것인지 확신할 수 없었다. 그 소리가 기둥 전체에 메아리치는 것 같았다. 바람처럼 조용하게, 모든 곳에서 동시에, 고집스럽게. **칼란도어. 나를 휘두르는 자는 운명을 휘두른다. 나를 가져가 마지막 여행을 시작해라.**

페린은 갑자기 겁이 나서 한 발짝 물러섰다. 그 귓속말은 전에 들어본 적이 없었다. 페린은 지금까지 네 차례 이 꿈을 꿨는데—지금 이 순간에도 그 사실이 기억났다. 그는 나흘 동안 연달아 같은 꿈을 꿨다—꿈속에서 뭔가 달라진 건 지금이 처음이었다.

뒤틀린 자들이 온다.

다른 속삭임, 페린이 아는 곳에서 들려온 속삭임이었다. 페린은 머드랄의 손길이라도 닿은 듯 펄쩍 뛰었다. 늑대 한 마리가 기둥 사이에 서 있었다. 키가 거의 페린의 허리까지 오고, 덥수룩한 털이 흰색과 회색으로 이루어져 있는 산山 늑대였다. 늑대는 페린의 눈만큼 샛노란 눈으로 골똘히 그를 바라보았다.

뒤틀린 자들이 온다.

"아니야." 페린이 헐떡거렸다. "안 돼! 네가 들어오게 놔두지 않을 거야! 나는…… 그렇게…… 안 해!"

페린은 발버둥 치며 깨어났다. 깨 보니 오두막에서 일어나 앉아 있었다. 두려움과 추위와 분노로 몸이 떨렸다. "난 그렇게 안 해." 페린은 쉰 목소리로 속삭였다.

뒤틀린 자들이 온다.

그 생각이 머릿속에 선명히 떠올랐다. 하지만 그 생각은 페린 자신의 것이 아니었다.

뒤틀린 자들이 온다, 형제여.

5장 걸어 다니는 악몽

침대에서 벌떡 일어난 페린은 도끼를 집어 들고 밖으로 달려 나갔다. 맨발에, 얇은 린넨 옷 말고는 아무것도 걸치지 않았다. 추위는 신경조차 쓰이지 않았다. 달빛이 창백한 흰색으로 구름을 적셨다. 페린의 눈에는 과도한 빛이었다. 그 정도 빛이면 사방에서 숲 사이로 은밀히 움직이는 형상들을 보고도 남았다. 그 형상들은 거의 로이알만큼 컸지만 얼굴이 주둥이와 부리 따위로 왜곡돼 있었다. 뿔과 깃털이 달린 볏이 있는, 절반만 인간인 얼굴들. 장화를 신은 놈들만큼 발굽이나 짐승의 발을 단 놈들도 많았다. 놈들이 몰래 접근하고 있었다.

페린온 소리처 경고하려고 입을 열었다. 그때 갑자기 모레인의 오두막 문이 벌컥 열리며 란이 달려 나왔다. 그는 칼을 손에 든 채 소리쳤다. "트롤록이다! 일어나라, 목숨을 걸고! 트롤록이다!" 사람들이 각자의 오두막에서 잠자던 차림 그대로 굴러 나오며 그에 응답해 고함을 질렀다. 잠자던 차림이란, 대부분의 사람이 아무것도 입지 않았다는 뜻이었다. 그러나 그들은 칼을 들고 있었다. 트롤록들이 짐승처럼 울부짖으며 달려들었다. "샤이나!" 혹은 "드래건의 환생을 위하여!" 같은 고함과 강철이 그들을 맞이했다.

란은 옷을 완전히 갖춰 입고 있었다. 페린은 수호자가 잠을 자지 않았다고 확신했다. 그는 모직 옷이 갑옷이라도 되는 듯 트롤록들 사이로 몸을 던졌다. 한 트롤록에게서 다음 트롤록에게로 춤추듯 움직였다. 사람도 칼도 물이나 바람처럼 흐르듯 움직였다. 수호자가 춤을 추는 곳에서는 트롤록들이 비명을 지르며 죽어 갔다.

모레인도 어둠 속에 나와 트롤록들 사이에서 자기만의 춤을 추고 있었다. 눈에 보이는 그녀의 무기는 회초리뿐이었지만, 그녀가 트롤록을 그으면 놈의 살에 불로 이루어진 선이 생겨났다. 모레인의 빈손은 허공에서 소환한 불의 공을 던져 댔고, 트롤록들은 불꽃에 잡아먹히며 비명을 지르고 땅에서 몸부림쳤다.

나무 한 그루가 뿌리에서 꼭대기까지 통째로 타올랐다. 그러더니 다른 나무가, 또 다른 나무가 연달아 타올랐다. 갑작스러운 빛에 트롤록들이 새된 비명을 질렀다. 그러나 놈들은 창이 달린 도끼와 낫처럼 휘어진 칼을 멈추지 않고 휘둘렀다.

페린은 문득 레야가 모레인의 오두막에서 머뭇거리며 나오는 모습을 보았다. 페린이 있는 자리에서는 분지를 반쯤 돌아가야 하는 곳이었다. 페린은 다른 모든 것을 잊었다. 투아사안 여자는 통나무 벽에 등을 바짝 붙이고 손을 목에 대고 있었다. 타오르는 나무의 빛으로 페린은 고통과 두려움의 표정을, 대학살을 지켜보는 레야의 얼굴에 떠오른 혐오감을 볼 수 있었다.

"숨어요!" 페린이 그녀에게 소리쳤다. "다시 안으로 들어가서 숨으라고요!" 싸우고 죽어 가는 소리가 점점 부풀어 오르며 그의 말을 삼켰다. 페린이 레야에게 달려갔다. "숨어요, 레야! 빛에 대한 사랑을 걸고, 숨으라니까!"

트롤록 한 마리가 다가와 그를 위압적으로 내려다보았다. 입과 코가 있어야 할 자리에 잔인한 갈고리처럼 생긴 부리가 달려 있었다. 검은 사슬갑옷과 가시가 놈의 어깨부터 무릎까지 뒤덮여 있었다. 놈은 이상하게 휘어진 칼을 휘두르며 매의 발톱이 달린 발로 움직였다. 놈에게서 땀과 흙과 피의 냄새가 났다.

페린은 놈이 그은 칼을 피해 몸을 웅크렸다. 도끼로 그 칼을 쳐내며 말없이 소리를 질렀다. 겁을 먹어야 마땅하다는 건 알았지만 긴급함에 두려움이 짓눌렸다. 중요한 건 레야에게 가야 한다는 것, 그녀를 안전한 곳으로 보내야 한다는 것, 그리고 이 트롤록이 길을 막고 있다는 것뿐이었다.

트롤록은 포효하고 발버둥 치며 쓰러졌다. 페린은 자신이 놈의 어디를 친 것인지, 또 놈이 죽어 가는 것인지 아니면 그냥 다친 것인지 알 수 없었다. 페린은 몸부림치는 놈을 그대로 뛰어넘고 재빨리 경사로를 달려 올라갔다.

타오르는 나무들이 작은 계곡 전체에 끔찍한 그림자를 드리웠다. 모레인의 오두막 옆에서 일렁이던 그림자가 갑자기 트롤록의 형상이 되었다. 염소 주둥이와 뿔이 달린 놈이었다. 놈은 사나운 창이 달린 도끼를 양손으로 꼬나쥔 채 싸움이 벌어지는 곳으로 달려 내려가려 했다. 그 순간, 놈의 눈이 레야에게 닿았다.

"안 돼!" 페린이 소리쳤다. "빛을 걸고, 안 돼!" 페린의 맨발 아래로 돌이 빠르게 흩어졌다. 페린은 멈드는 것을 느끼지 못했다. 트롤록의 도끼가 높이 솟았다. "레야아아아아!"

마지막 순간에 트롤록이 빙글 돌았다. 도끼가 페린을 향해 날아들었다. 페린은 강철이 자신의 등을 긋는 순간 소리를 지르며 몸을 날렸다. 절망적으로 손을 내뻗어 염소의 발굽을 잡고 온 힘을 다해 당겼다. 트롤록의 발이 끌려 나왔다. 놈이 쾅 하며 쓰러졌다. 하지만 놈은 비탈을 따라 미끄러져 내려가면서 페린의 손보다 두 배는 큰 손으로 그를 잡고 끌어당기며 구르고 또 굴렀다. 놈의 악취가 페린의 콧구멍을 가득 채웠다. 염소의 악취와 시큼한 사람의 땀 냄새였다. 거대한 팔이 페린의 가슴을 감으며 숨을 짜냈다. 페린의 갈비뼈가 부러지기 일보 직전이라는 듯 삐걱거렸다. 트롤록의 도끼는 넘어지는 와중에 사라졌지만, 뭉툭한 염소의 이빨이 페린의 어깨에 파고들었다. 강력한 주둥이가 그를 씹어댔다. 통증이 왼팔을 따라 번지자 페린이 신음했다. 그의 허파가 숨을 쉬려고 애썼다. 암흑이 시야 가장자리로 기어들었다. 하지만 페린은 어렴풋하게나마 자신의 다른 팔이 자유롭다는 걸, 어떻게든 자신이 도끼를 놓지 않았다는 걸 의식했다. 페린은 창날 부분을 앞으로 내밀고 망치를 쥐듯 도낏자루를 짧게 잡았다. 남은 숨을 모두 써서 고함을 지르며, 그는 트롤록의 관자놀이에 창을 박아 넣었다. 트롤록은 아무 소리도 내지 않고 경련했다. 놈의 팔다리가 거칠게 휘둘렸다. 그렇게 놈은 내던져졌다. 페린은 오직 본능만으로 도끼를 꽉 잡고, 여전히 움찔거리며 비탈 저 아래로 미끄러져 가는 트롤록에게서 뽑아냈다.

페린은 잠시 가만히 누워서 숨을 쉬려 애썼다. 등에 난 갈라진 상처가 타오르는 듯했다. 축축한 피가 느껴졌다. 땅을 짚고 일어나려는데 어깨가 말을 듣지 않았다. "레야?"

레야는 여전히 그곳에, 오두막 앞에 웅크리고 있었다. 언덕 위로 열 걸음도 떨어지지 않은 곳이었다. 레야가 페린으로서는 도저히 눈을 마주칠 수 없을 것 같은 표정을 짓고 그를 바라보고 있었다.

"동정하지 마!" 페린이 으르렁거리듯 말했다. "감히 날……!"

오두막 지붕에서 뛰어내리는 머드랄의 동작이 너무 오래 걸리는 것처럼 보였다. 놈의 죽은 듯한 검은 망토는 천천히 떨어지는 동안 가만히 떠 있었다. 반인은 마치, 이미 땅에 서 있는 것만 같았다. 눈 없는 자의 시선이 페린에게 고정되었다. 놈에게서 죽음의 냄새가 났다.

머드랄의 시선에 페린의 팔다리 전체로 한기가 스몄다. 가슴이 얼음덩어리처럼 느껴졌다. "레야." 페린이 속삭였다. 도망치지 않으려면 그가 할 수 있는 일은 그게 전부였다. "레야, 부탁이니까 숨어요. 제발."

반인이 천천히, 두려움으로 페린을 덫에 가두었다고 자신하며 다가오기 시작했다. 놈은 뱀처럼 움직이며 너무도 검어서 타오르는 나무의 불빛으로만 볼 수 있는 칼을 빼 들었다. "삼각대의 다리 하나를 자르면," 놈이 조용히 말했다. "전체가 쓰러지지." 놈의 목소리는 말라비틀어진 가죽이 부스러지는 소리처럼 들렸다.

갑자기 레야가 움직이며 몸을 앞으로 내던졌다. 그녀는 머드랄의 다리를 두 팔로 끌어안으려 했다. 머드랄은 거의 태평하게 보이는 동작으로 검은 칼을 뒤로 쳐들었다. 심지어 돌아보지도 않았다. 그러자 레야가 쓰러졌다.

페린의 눈가에 눈물이 고이기 시작했다. **내가 도왔어야 해……. 구했어야 해. 뭐라도…… 했어야 해!** 하지만 머드랄이 눈 없는 시선으로 그를 응시하는 동안에는 생각을 하는 것만으로도 힘들었다.

우리가 간다, 형제여. 우리가 간다, 젊은 황소여.

머릿속에 들려오는 말로 페린의 머리는 종처럼 울렸다. 반향이 온몸에 전율을 일으켰다. 그 말과 함께 늑대들이, 수십 마리가 다가와 머릿속으로 넘쳐흘렀다. 동시에, 페린은 그들이 분지처럼 생긴 계곡으로 쏟아져 들어오고 있다는 걸 알아차렸다. 키가 거의 사람의 허리까지 오는 산 늑대들이, 모두 흰색과 회색으로 이루어진 늑대들이 어둠 속에서 달려 나왔다. 그들은 쏜살같이 달려들어 뒤틀린 자들을 공격했다. 그들은 두 다리 동물들의 놀라움을 인식했다. 늑대들로 가득 차 있던 페린은 자신이 사람이라는 걸 간신히 기억해 냈다. 페린의 눈이 빛을 끌어들여 황금빛 노란색으로 빛났다. 반인은 갑자기 확신을 잃은 듯 전진을 멈추었다.

"희미한 자." 페린이 거칠게 말했다. 하지만 그때, 늑대들로부터 다른 이름이 들려왔다. 트롤록 전쟁, 다른 이름으로는 그림자 전쟁 당시의 일이었다. 그때는 인간과 동물을 섞어 만든 뒤틀린 자들도 나빴지만 머드랄은……. "태어나지 않은 자!" 젊은 황소가 내뱉었다. 으르렁거리듯 입술을 젖히며 머드랄을 향해 몸을 날렸다.

머드랄은 독사처럼 구불구불 치명적으로 움직였다. 검은 칼이 번개처럼 빨랐다. 하지만 페린은 젊은 황소였다. 늑대들이 그를 그렇게 불렀다. 두 손으로 휘두르는, 강철로 만들어진 뿔이 달린 젊은 황소. 그는 늑대들과 하나였다. 그가 늑대였다. 그리고 모든 늑대는 태어나지 않는 자가 쓰러지는 걸 볼 수만 있다면 백 번이라도 죽을 터였다. 희미한 자가 페린의 눈앞에서 뒤로 물러났다. 놈의 빠른 칼이 이제는 페린의 도끼질을 막으려 애쓰고 있었다.

힘줄과 목구멍. 늑대들은 그 둘을 사용해서 죽였다. 젊은 황소가 갑자기 한 방향으로 몸을 던지며 한쪽 무릎을 꿇고 도끼로 반인의 무릎 뒤를 벴다. 반인은 비명을 지르며 쓰러졌다. 다른 때였다면 페린의 털이 삐죽 섰을 만한 뼛속에 파고드는 소리였다. 놈이 한 손으로 자기 몸을 잡았다. 반인은—태어나지 않은 자는—여전히 칼을 단단히 잡고 있었지만, 젊은 황소의 도끼는 놈이 자세를 바로잡을 기회도 주지 않고 다시 날아들었다. 머드랄의 머리가 반쯤 쪼개진 채 뒤로 젖혀져 등 뒤에 늘어졌다. 그런데도 태어나지 않은 자는 한 손을 짚은 채 미친 듯이 칼을 휘둘렀다. 태어나지 않은 자를 죽이는 데는 언제나 오랜 시간이 걸렸다.

젊은 황소는 자기 눈만큼이나 늑대들을 통해서도 땅바닥에 뒹굴며 비명을 지르는 트롤록들을 느꼈다. 그들은 늑대와도, 인간과도 접촉하지 않았다. 아마 이 머드랄과 연결되어 있다가 머드랄이 죽을 때 죽도록 되어 있었을 것이다. 누군가가 놈들을 먼저 죽인다면 모르지만.

비탈길을 달려 내려가 형제들과 합류하고 싶은 충동, 뒤틀린 자들을 죽이고 남아 있는 태어나지 않은 자들을 사냥하는 데 끼고 싶은 충동이 강력하게 느껴졌다. 하지만 아직 인간성을 유지한 채 묻혀 있던 페린의 일부가 기억을 떠올렸다. **레야.**

페린은 도끼를 떨어뜨리고 가만히 레야를 뒤집었다. 그녀의 얼굴은 피 칠갑이 되어 있었다. 죽음이 덧씌워진 눈이 멀거니 페린을 올려다보았다. 페린이 보기에는 비난하는 눈초리였다. "노력했어요." 페린이 그녀에게 말했다. "당신을 구하려고 노력했어요." 레야의 시선은 변하지 않았다. "내가 또 뭘 할 수 있었는데요? 내가 놈을 죽이지 않았다면 놈이 당신을 죽였을 텐데!"

이리 와라, 젊은 황소. 와서 뒤틀린 자들을 죽여라.

늑대가 그에게 밀려들어 그를 둘러쌌다. 레야를 다시 내려놓은 페린은 도끼를 집어 들었다. 날이 축축하게 번들거렸다. 돌투성이 비탈을 빠르게 달려 내려가는 그의 눈이 빛났다. 그는 젊은 황소였다.

분지처럼 생긴 계곡 주변에 흩어진 나무들이 횃불처럼 타올랐다. 젊은 황소가 전투에 끼어드는 순간 높다란 소나무가 확 타올랐다. 밤공기가 번개처럼 화학적인 푸른빛을 내며 번쩍였다. 란이 다른 머드랄과 싸우고 있었다. 아주 오래된, 아이즈 세다이가 만든 강철이 샤이올 굴의 그림자에 있는 사칸다에서 만들어진 검은 강철과 맞부딪혔다. 로이알은 울타리 난간만 한 곤봉을 휘둘러 댔다. 몰아치는 몽둥이가 표시하는 공간 안으로는 그 어떤 트롤록도 쓰러지지 않고 접근할 수 없었다. 사람들은 춤추는 그림자 안에서 절박하게 싸웠다. 하지만 젊은 황소, 페린은 샤이나에서 온 두 다리 동물이 너무 많이 쓰러졌다는 걸 어렴풋이 알아차렸다.

형제와 자매 들은 세 마리나 네 마리씩 작은 무리를 이루어 싸웠다. 그들은 낫처럼 휘어진 칼과 창날이 달린 도끼를 피하며, 빠르게 달려들어 이빨로 상처를 내고 힘줄을 끊었다. 사냥감이 쓰러지면 덤벼들어 놈들의 목을 물어뜯었다. 그들이 싸우는 방식에는 어떤 명예도, 영광도, 자비도 없었다. 그들은 싸우러 온 것이 아니라 죽이러 왔다. 젊은 황소는 작은 무리 중 하나에 끼었다. 도끼날이 이빨 대신이었다.

그는 더 큰 전투에 대해서는 더 이상 생각하지 않았다. 존재하는 것은 페린과 늑대들이―형제들이―나머지 무리로부터 끊어 내어 쓰러뜨릴 트롤록뿐이었다. 그런 뒤에는 또 다른 트롤록이 나오고, 나오고, 또 나올 터였다. 놈들이 한 마리도 남지 않을 때까지. 여기에도, 그 어디에도. 페린은 도끼를 던져 버리고 치아를 쓰고 싶다는 충동을, 형제들처럼 네 발로 달리고 싶다는 충동을 느꼈다. 높다란 산의 통행로를 가로질러서. 가루눈에 배까지 파묻힌 채 사슴을 쫓아서. 차가운 바람이 털을 흩뜨리는 가운데 달리고 싶었다. 그는 형제들과 함께 으르렁거렸고, 트롤록들은 다른 늑대보다 페린의 노란 눈을 볼 때 더욱 두려워 울부짖었다.

문득 페린은 더 이상 분지 어느 곳에도 서 있는 트롤록이 없다는 걸 깨달았다. 다만 도망치는 놈들을 형제들이 쫓는 건 느껴졌다. 일곱 마리로 이루어진 늑대 무리가 어둠 속 저 멀리에서 다른 사냥감을 쫓고 있었다. 태어나지 않은 자 중 하나가 단단한 발이 달린 네 다리 짐승을―페린의 내면 어딘가에서 그게 놈이 타고 온 말이라고 말해 주었다―타고 달아났고, 페린의 형제들은 놈을 쫓아갔다. 놈의 냄새가, 죽음의 정수가 그들의 코를 가득 채웠다. 머릿속에서 페린은 그 늑대들과 함께였다. 그들의 눈으로 보았다. 늑대들이 달려들자 태어나지 않은 자는 돌아서서 욕설을 했다. 검은 칼과 검은 옷의 태어나지 않은 자는 그 밤의 일부인 것만 같았다. 하지만 밤은 페린의 형제자매가 사냥하는 곳이었다.

젊은 황소는 첫 번째 형제가 죽자 으르렁거렸다. 그가 죽는 고통이 페린을 꿰뚫었다. 그런데도 다른 늑대들이 다가들었고 더 많은 형제자매가 죽었다. 결국은 딱딱대는 주둥이가 태어나지 않은 자를 끌어내렸다. 이제는 태어나지 않은 자도 이빨로 맞서 싸우며 목을 물어뜯고, 두 다리 동물들이 가지고 다니는 단단한 발톱 대신 피부와 살점을 베어 내는 손톱을 휘둘렀다. 그러나 형제들은 죽어 가면서도 놈을 흉포하게 공격했다. 결국 한 마리밖에 남지 않은 자매가 여전히 움찔거리는 놈의 몸뚱이를 밀치고 나와 한쪽으로 비틀거리며 움직였다. 그녀는 아침 안개라고 불렸다. 하지만 늑대의 이름이 모두 그렇듯 이름의 의미는 그게 전부가 아니었다. 아직 내리지 않은 눈의 기운이 공기 중에 감도는 서리 어린 아침과 사냥 결과가 좋을 것을 약속하는 날카로운 바람과 함께 계곡에서 세차게 휘돌며 소용돌이치는 안개. 아침 안개는 고개를 들고 구름에 가려진 달을 향해 울부짖으며 죽은 형제들을 애도했다.

젊은 황소도 고개를 젖히고 그녀와 함께 울었다. 그녀와 함께 애도했다.

페린이 고개를 내리고 보니 민이 그를 보고 있었다. "너 괜찮아, 페린?" 민이 머뭇거리며 물었다. 민의 뺨에는 멍이 들어 있었고 코트는 한쪽 소매가 뜯겨 나간 채였다. 그녀는 한 손에는 곤봉을, 다른 손에는 단검을 들고 있었다. 둘 모두에 피와 털이 묻어 있었다.

이제 보니 모두가, 아직 쓰러지지 않은 모두가 페린을 보고 있었다. 로이알은 지친 듯 긴 지팡이에 기대 있었다. 샤이나 사람들은 쓰러진 자들을 모레인에게로 옮기고 있었다. 모레인이 그중 한 명의 위로 몸을 숙이고 있었고, 란은 그녀의 곁에 서 있었다. 아이즈 세다이조차 페린 쪽을 보았다. 거대한 횃불처럼 타오르는 나무들이 흔들리는 빛을 드리웠다. 죽은 트롤록이 사방에 있었다. 서 있는 샤이나 사람보다는 쓰러진 샤이나 사람이 더 많았고, 형제들의 시체가 그 사이에 흩어져 있었다. 너무도 많았다…….

페린은 문득 다시 울부짖고 싶어졌다. 그는 미친 듯이 늑대들과의 연결을 차단했다. 페린이 막으려 하는데도 형상들이, 감정이 스며들었다. 하지만 결국 페린은 더 이상 늑대들을, 그들의 고통이나 분노를, 뒤틀린 자들을 사냥하고 싶다는 욕망이나 달리고 싶은 욕망을 느낄 수 없게 되었다……. 페린은 고개를 저었다. 등의 상처가 불처럼 후끈거렸고 찢어진 어깨는 모루에 올려놓고 망치로 두들긴 것처럼 아팠다. 긁히고 멍든 맨발도 고통으로 욱신거렸다. 사방에서 피비린내가 났다. 트롤록과 죽음의 냄새.

"난…… 난 괜찮아, 민."

"잘 싸웠다, 대장장이." 란이 말했다. 수호자는 여전히 피투성이인 칼을 머리 위로 들어 올렸다. **"타이샤 마네세렌! 타이샤 안도어!"** 마네세렌의 진정한 혈통. 안도어의 진정한 혈통.

아직 서 있던 샤이나 사람들이—너무 적었다—칼을 들고 란과 함께했다. **"타이샤 마네세렌! 타이샤 안도어!"**

로이알이 고개를 끄덕였다. **"타비렌."** 그가 덧붙였다.

페린은 당황해 시선을 내렸다. 란은 페린을 대답하고 싶지 않은 질문으로부터 구해 주었다. 그러나 그에게 받을 자격이 없는 명예를 주고 말았다. 다른 사람들은 그에 관해 몰랐다. 페린은 진실을 알면 그들이 뭐라고 말할지 궁금해졌다. 민이 가까이 다가오자 페린이 중얼거렸다. "레야가 죽었어. 난 아무것도……. 거의 늦지 않게 레야에게 갔는데."

"그래도 달라질 건 없었을 거야." 민이 부드럽게 말했다. "너도 알잖아." 민이 허리를 숙여 그의 등을 보고는 움찔했다. "모레인이 치유해 줄 거야. 치유할 수 있는 사람들을 치유하고 있거든."

페린은 고개를 끄덕였다. 등이 허리 부분까지 말라 가는 피로 끈적끈적했지만, 통증에도 페린은 그 상처가 별로 신경 쓰이지 않았다. **빛을 걸고, 이번엔 거의 돌아오지 못할 뻔했어. 다신 그런 일이 일어나게 놔둘 수 없어. 그러지 않을 거야. 절대로!**

하지만 늑대들과 함께할 때는 모든 게 너무 달랐다. 그는 낯선 사람들이 단지 덩치가 크다는 이유로 그를 두려워할까 봐 걱정할 필요가 없었다. 조심스럽게 굴려고 노력한다는 이유만으로 그를 둔하다고 생각하는 존재도 없었다. 늑대들은 한 번도 만나본 적이 없을 때조차 서로를 알았고, 그들과 함께 있을 때는 페린도 그저 또 한 마리의 늑대일 뿐이었다.

안 돼! 페린의 두 손이 도낏자루를 꽉 잡았다. **아니야!** 이때 마시마가 갑자기 목소리를 높였다. 페린은 움찔 놀랐다.

"그건 표징이었습니다." 마시마는 모두를 돌아보느라 한 바퀴 빙 돌면서 말했다. 그의 두 팔과 가슴에는 피가 묻어 있었고―그는 브리치스만 입고 싸웠다―절름거렸지만, 눈빛만은 여느 때만큼 열렬했다. 여느 때보다 더. "우리의 믿음을 확인하기 위한 표징 말입니다. 늑대조차 드래건의 환생을 위해 싸우러 왔습니다. 최후의 전투에서는 드래건 공이 숲의 짐승들까지 소환해 우리 편에서 싸우도록 할 것입니다. 이건 우리에게 계속 나아가라는 표징입니다. 우리 편이 되지 못하는 건 어둠의 친구들뿐입니다." 샤이나 사람 두 명이 고개를 끄덕였다.

"빌어먹을 입 닥쳐라, 마시마!" 우노가 쏘아붙였다. 그는 멀쩡해 보였다. 하긴, 우노는 페린이 태어나기 전부터 트롤록들과 싸워 왔으니까. 그러나 그는 지쳐서 몸을 축 늘어뜨리고 있었다. 안대에 그린 눈만이 생생해 보였다. "우리는 드래건 공께서 빌어먹을 우리에게 시키실 때만 앞으로 나아갈 것이다. 그전에는 안 돼! 양 대가리를 달고 있는 너희 태워 죽일 농부들은 그 점을 기억해라!" 외눈의 남자는 점점 불어나는, 모레인이 돌봐 주는 사람들의 줄을 보더니 고개를 저었다. 모레인이 치유를 마친 뒤에도 일어나 앉지 못하는 사람이 태반이었다. "태워 죽일, 최소한 부상자들을 따듯하게 해 줄 늑대 가죽은 충분하겠군."

"**안 돼요!**" 샤이나 사람들은 페린의 격정적인 목소리에 놀란 듯했다. "늑대들은 우리를 위해 싸웠습니다. 죽은 사람들과 함께 묻어 줘야죠."

우노는 인상을 찡그리며 그 말에 반박할 것처럼 입을 열었으나 페린이 흔들리지 않는 샛노란 시선으로 그를 바라보았다. 먼저 시선을 떨어뜨리며 고개를 끄덕인 건 샤이나 사람이었다.

페린은 우노가 비교적 부상을 덜 입은 샤이나 사람들에게 죽은 늑대들을 모아들이라는 명령을 내리자 다시 민망한 마음에 목을 가다듬었다. 민이 뭔가 보일 때 그러듯 눈을 가늘게 뜨고 페린을 보았다. "랜드는 어디 있어?" 페린이 그녀에게 물었다.

"저기 어둠 속에." 민은 페린에게서 시선을 떼지 않은 채 비탈 위쪽을 고갯짓하며 말했다. "아무와도 말하지 않으려 해. 그냥 저기 앉아서, 가까이 오는 모든 사람에게 퉁명을 부리고 있어."

"나랑은 얘기할 거야." 페린이 말했다. 민은 페린을 따라오는 내내 모레인이 상처를 돌봐 줄 때까지 기다려야 한다고 항의했다. **빛을 걸고, 날 보면 뭐가 보이는 걸까? 알고 싶지 않아.**

랜드는 불타는 나무의 빛이 미치는 곳 바로 너머의 땅에 앉아 덜 자란 참나무 줄기에 등을 기대고 있었다. 그 무엇도 보지 않은 채 두 팔로 자기 몸을 감싸고 있었다. 춥기라도 한 것처럼 붉은 코트 밑으로 두 손을 집어넣은 채였다. 그는 페린과 민이 다가오는 걸 알아차리지 못한 듯했다. 민이 랜드 옆에 앉았지만 그녀가 팔에 손을 얹었는데도 랜드는 움직이지 않았다. 페린은 이곳에서도 피 냄새를 맡았다. 페린 자신의 피만은 아니었다.

"랜드." 페린이 말하려 했지만 랜드가 그의 말을 잘랐다.

"내가 전투 중에 뭘 했는지 알아?" 랜드는 여전히 먼 곳을 향해, 어둠을 향해 말했다. "아무것도 안 했어! 쓸모 있는 일은 하나도 하지 않았어. 처음에는 진정한 근원으로 손을 뻗었는데 그게 만져지지 않았어. 잡히지 않았어. 계속 빠져나갔어. 그러다가 마침내 그걸 붙들었을 때는 내가 놈들을 모두 태워 버리려 했어. 모든 트롤록과 희미한 자들을 말이야. 그런데 내가 할 수 있었던 일은 나무 몇 그루에 불을 붙이는 것뿐이었어." 랜드가 조용히 웃으며 몸을 떨다가 괴로운 듯 인상을 찡그리며 멈추었다. "내가 폭죽처럼 터져 버리고 말 거라는 생각이 들 때까지 **사이딘**이 나를 채웠어. 나는 그걸 어딘가로 채널링해야 했어. 그게 날 태워 버리기 전에 없애야 했어. 그러다가 나도 모르게 산을 끌어내려서 트롤록들을 묻어 버려야겠다고 생각했어. 하마터면 그렇게 할 뻔했다고. 그게 내가 한 싸움이야. 트롤록들에 대항한 싸움이 아니라 나 자신에 대항한 싸움. 우리 모두를 산 밑에 파묻어 버리지 않으려는 싸움."

민이 고통스러운 듯, 도와달라고 부탁하는 듯 페린을 보았다.

"우리가…… 놈들을 처리했어, 랜드." 페린이 말했다. 그는 아래쪽에 있는 수많은 부상자들을 생각하고 몸을 떨었다. 죽은 사람들도. **우리 위로 산이**

쏟아지는 것보다는 그게 낫지. "네가 필요하지는 않았어."

랜드가 나무에 머리를 턱 기대며 눈을 감았다. "난 뭔가가 다가오는 걸 느꼈어." 랜드가 거의 속삭이듯 말했다. "그런데 그게 뭔지는 알 수 없었어. 꼭 **사이딘**의 오염처럼 느껴졌어. **사이딘**은 언제나 존재하면서 나를 부르고 노래해. 내가 차이를 알았을 때쯤에는 란이 이미 소리쳐 경고하고 있었어. 내가 **사이딘**을 통제할 수만 있었어도 놈들이 가까이 오기 전에 경고할 수 있었을 거야. 하지만 나는 **사이딘**과 어쩌다 접촉하더라도 두 번에 한 번은 내가 뭘 하고 있는지 전혀 알지 못해. **사이딘**의 흐름이 그냥 나를 휩쓸어 가. 그래도 경고는 할 수 있었는데."

페린은 멍든 발을 불편하게 움직거렸다. "경고야 충분했어." 페린은 자기 목소리가 스스로를 속이려는 것처럼 들린다는 걸 알았다. **늑대들과 이야기했다면 나도 경고할 수 있었을 거야. 늑대들은 산에 트롤록과 희미한 자들이 있다는 걸 알았어. 내게 말해 주려 했어.** 하지만 페린은 의문스러웠다. 늑대들을 머릿속에서 내몰지 않았다면, 지금쯤 그는 늑대들과 함께 달리고 있지 않았을까? 페린처럼 늑대들과 말을 할 수 있는 남자가 있었다. 일라이아스 마치라. 그는 언제나 늑대들과 함께 달렸다. 자신이 사람이라는 건 기억할 수 있는 것 같았지만 말이다. 하지만 일라이아스는 페린에게 어떻게 그런 일을 해냈는지 말해 주지 않았고, 페린은 그를 오랫동안 보지 못했다.

돌에 장화가 닿아 으적거리는 소리가 두 사람의 접근을 알렸다. 소용돌이치듯 불어온 바람이 그들의 냄새를 페린에게 실어 날랐다. 하지만 페린은 란과 모레인이 평범한 사람의 눈에도 보일 만큼 가까워질 때까지 일부러 그들의 이름을 말하지 않았다.

수호자는 아이즈 세다이의 팔 아래에 손을 대고 있었다. 모레인 모르게 그녀를 부축하는 것 같았다. 모레인은 눈이 퀭했으며 한 손에는 세월에 검어진 작은 여자 상아 조각상을 들고 있었다. 페린은 그게 **앙그리알**이라는 걸 알았다. 아이즈 세다이가 혼자서 할 수 있는 것보다 더 많은 일원력을 안전하게 채널링하게 해 주는 전설의 시대의 유물. 모레인이 치유에 **앙그리알**을 사용했다는 것은 그녀의 피로도를 알려 주는 지표였다.

민이 일어서서 모레인을 부축하려 했지만 아이즈 세다이가 손을 내저었다. "다른 사람은 모두 돌봤어." 그녀가 민에게 말했다. "여기 일이 끝나면 쉴 수 있단다." 그녀는 란의 손길도 뿌리쳤다. 그녀는 페린의 피 흐르는 어깨를, 이어서 등에 난 상처를 서늘한 손길로 따라갔다. 그녀의 얼굴에 집중한 표정이 떠올랐다. 모레인의 손길에 페린은 피부가 얼얼해졌다. "그렇게 심하지는 않네." 모레인이 말했다. "어깨에 멍이 심하게 들긴 했지만 베인 상처는 얕아. 각오해라. 아프지는 않겠지만……."

페린은 뻔히 일원력을 채널링하는 사람 곁에 있으면서 편안하다고 생각했던 적이 한 번도 없었다. 더구나 일원력이 실제로 그에게 작용하자 훨씬 더 불편해졌다. 하지만 전에도 한두 번은 이와 비슷한 경험이 있었고, 페린은 채널링에 따르는 것이 무엇인지 어느 정도 안다고 생각했다. 단, 그때의 치유는 사소한 것이었다. 페린을 지치게 놔둘 여유가 없을 때 모레인이 그저 피로를 씻어 주었을 뿐이었다. 이것과는 전혀 달랐다.

아이즈 세다이의 눈이 갑자기 페린의 내부를 꿰뚫어 보는 것만 같았다. 페린은 헛숨을 들이키며 도끼를 떨어뜨릴 뻔했다. 등의 피부에 소름이 돋고 근육이 다시 맞춰지며 몸부림치는 것이 느껴졌다. 어깨가 주체할 수 없이 떨렸고 모든 것이 흐릿해졌다. 한기가 뼛속까지, 그보다 더 깊은 곳까지 그를 지져댔다. 페린은 움직이고 넘어지고 날아가는 느낌을 받았다. 그중에 어떤 느낌인지 정확하게는 알 수 없었다. 엄청난 속도로 영원히 어딘가로, 어떤 방식으로든 달려가는 기분. 영원 같은 시간이 흐르고 다시 세상에 초점이 맞았다. 모레인이 반쯤 비틀거리며 뒤로 물러났다. 결국 란이 그녀의 팔을 잡았다.

페린은 입을 쩍 벌린 채 어깨를 내려다보았다. 베인 상처와 멍이 사라지고 없었다. 작은 통증 하나 남지 않았다. 조심스럽게 몸을 비틀어 보았는데 등의 고통도 사라지고 없었다. 발도 더 이상 아프지 않았다. 돌아보지 않고도 멍과 긁힌 상처가 모두 사라졌다는 걸 알 수 있었다. 배 속에서 시끄럽게 꾸르륵대는 소리가 났다.

"최대한 빨리 뭘 먹어야 할 거다." 모레인이 그에게 말했다. "방금 들어간 힘의 상당 부분은 너한테서 나온 거야. 그 힘을 다시 채워 넣어야 해."

허기가—음식의 모습이—이미 페린의 머리를 가득 채우고 있었다. 피가 뚝뚝 떨어지는 쇠고기와 사슴 고기, 양고기, 그리고……. 페린은 애써 고기 생각을 멈추었다. 구우면 순무 냄새가 나는 그 뿌리를 좀 찾아봐야겠다는 생각이 들었다. 배 속이 항의하듯 꾸르륵댔다.

"거의 흉터조차 없구나, 대장장이." 란이 등 뒤에서 말했다.

"다친 늑대 대부분은 알아서 숲으로 돌아갔어." 모레인이 자기 등을 손마디로 문지르며 허리를 펴고 말했다. "하지만 내가 찾을 수 있었던 녀석들은 다 치유했단다." 페린은 날카로운 눈으로 그녀를 보았지만, 모레인은 그저 일상적인 대화를 하는 듯했다. "늑대들도 나름의 이유가 있어서 왔을지 모르지. 어쨌든 그들이 없었다면 우린 모두 죽었을 거야." 페린은 불편하게 움직거리며 시선을 떨어뜨렸다.

아이즈 세다이가 민의 뺨에 난 멍으로 손을 뻗었지만 민은 물러나며 말했다. "난 딱히 다친 게 아니에요. 당신은 지쳐 있고요. 걸어 다니다 넘어졌을 때도 이보다 심한 상처가 생겼는걸요."

모레인은 미소 짓더니 손을 내렸다. 란이 그녀의 팔을 잡아 주자 모레인은 그에게 잡힌 채로 휘청거렸다. "알겠어. 넌 어떠니, 랜드? 상처를 입었어? 머드랄의 칼날에 다쳤다면 조금 스친 상처조차 치명적일 수 있단다. 트롤록의 칼 중에도 그만큼 고약한 것들이 있고."

페린은 처음으로 무언가를 눈치챘다. "랜드, 너 코트가 젖어 있어."

랜드는 코트 밑에서 오른손을 꺼냈다. 손이 피로 뒤덮여 있었다. "머드랄 때문이 아니에요." 랜드는 멍하니 손을 보며 말했다. "트롤록 때문도 아니고요. 팔메에서 생긴 상처가 벌어졌어요."

모레인이 씁 소리를 내며 란에게서 팔을 홱 빼내더니 랜드 옆에 반쯤 털썩 꿇어앉았다. 모레인은 랜드의 코트를 젖히고 상처를 살펴보았다. 모레인의 머리에 가려져 있어서 상처가 보이지는 않았지만 피 냄새가 더 강해졌다. 모레인의 두 손이 움직이자 랜드는 고통스러워 인상을 썼다. "'드래건의 환생이 샤이올 굴의 바위에 흘린 피가 그림자로부터 인류를 해방하리라.'

드래건의 예언에 그렇게 쓰여 있지 않나요?”

“누가 말해 준 거지?” 모레인이 날카롭게 말했다.

“지금 나를 샤이올 굴로 데려다줄 수 있다면,” 랜드가 졸린 듯 말했다. “웨이게이트를 쓰든 관문석을 쓰든 말이에요. 그러면 다 끝날 수 있을지도 몰라요. 더 이상은 아무도 죽지 않고. 더 이상 꿈도 꾸지 않고요. 더 이상은.”

“그렇게 간단한 일이었으면,” 모레인이 험악하게 말했다. “어떤 수를 써서라도 그렇게 했겠지만 『카리아손 사이클』의 모든 내용을 액면 그대로 받아들일 수는 없어. 연대기의 내용 중 노골적인 게 하나라면 서로 다른 의미 백 가지가 담긴 내용은 열 개니까. 누군가가 예언 전체를 말해 주었다 하더라도 뭐가 어떻게 **되어야만** 한다는 생각은 절대 하지 말아라.” 모레인은 힘을 끌어모으는 듯 잠시 말을 멈추었다. **앙그리알**을 쥔 그녀의 손에 힘이 들어갔다. 빈손은 랜드의 옆구리가 피로 덮여 있지 않다는 듯 그 부위를 따라 미끄러졌다. “각오해라.”

랜드의 눈이 갑자기 활짝 뜨였다. 그는 똑바로 일어나 앉으며 헉헉대고 눈을 부릅뜬 채 몸을 떨었다. 페린도 모레인이 자신을 치유해 주었을 때 그 과정이 영원히 걸릴 거라 생각했었다. 잠시 후 그녀는 다시 랜드를 놓아주고 참나무에 기대게 했다.

“나는…… 최선을 다했어.” 모레인이 힘없이 말했다. “할 수 있는 한은. 조심해야 해. 상처가 다시 벌어질 수도 있어, 만약에…….” 목소리가 흐려지다가 모레인이 쓰러졌다.

랜드가 그녀를 잡아 주고 란이 순식간에 다가와 그녀를 안아 들었다. 그 순간 수호자의 얼굴에 어떤 표정이 스쳐 갔다. 페린이 란에게서 보리라고는 예상하지 못했던, 거의 아련한 표정이었다.

“지쳤군.” 수호자가 말했다. “모레인은 다른 모든 사람을 돌봐 주었지만 모레인의 피로를 덜어줄 만한 사람은 아무도 없다. 내가 침대에 눕히마.”

“랜드가 있어요.” 민이 천천히 말했지만 수호자는 고개를 저었다.

“네가 노력하지 않을 거라고 생각하는 건 아니다, 양치기.” 란이 말했다. “하지만 너는 아는 게 너무 없어서 모레인에게 도움이 되기보다는 모레인을 죽이고 말 거다.”

“맞아요.” 랜드가 쓸쓸하게 말했다. “날 믿으면 안 되죠. 동족살해자 루스세린은 자신과 가까운 모든 사람을 죽였으니까요. 끝장나기 전에 나도 그렇게 할지 몰라요.”

“정신 차려라, 양치기.” 란이 거칠게 말했다. “온 세상이 네 어깨에 달려 있다. 네가 남자라는 걸 기억하고 해야 할 일을 해라.”

랜드는 수호자를 올려다보았다. 놀랍게도 퉁명스럽던 기색이 전부 사라진 것만 같았다. “최선을 다해 싸우겠습니다.” 랜드가 말했다. “이건 해야만 하는 일이고 이 일을 할 다른 사람은 아무도 없으니까요. 이 의무는 내 것이니까요. 싸울게요. 하지만 내가 이런 존재가 된 걸 좋아할 필요는 없죠.” 랜드는 잠을 자려는 것처럼 눈을 감았다. “싸울게요. 꿈은…….”

란이 잠시 그를 내려다보다가 고개를 끄덕였다. 그는 고개를 들어 모레인 너머로 페린과 민을 보았다. “랜드를 침대로 데려다준 다음 너희도 좀 자라. 계획을 세워야 한다. 다음에 무슨 일이 일어날지는 오직 빛만이 아실 일이고.”

6장 사냥이 시작되다

페린은 도저히 잘 수 없을 것 같았지만 배 속이 차가운 스튜로 가득 차고—식물 뿌리를 먹겠다던 결심은 남은 저녁거리 냄새가 코에 닿기 전까지만 이어졌다—뼛속까지 피로가 스며들자 침대에 주저앉고 말았다. 꿈을 꾸었다 해도 기억나지는 않았다. 그는 란이 어깨를 흔드는 바람에 눈을 떴다. 열린 문 너머로 보이는 새벽빛에 수호자는 후광을 단 그림자처럼 보였다.

"랜드가 사라졌다." 란은 그 말 한마디만 남기고 달려 나갔다. 하지만 그게 전부가 아니었다.

하품을 하며 몸을 일으킨 페린은 이른 아침의 한기를 막으려 재빨리 옷을 입었다. 밖으로 나오니 샤이나 사람 대여섯 명이 보였다. 그들은 말을 이용해 트롤록 시체를 숲속으로 옮기고 있었는데, 대부분은 자기들부터 병상에 누워야 할 것 같은 모습이었다. 치유하는 데 들어간 체력이 다시 쌓이는 데에는 시간이 걸렸다.

페린의 배 속이 꾸르륵댔다. 누군가가 이미 요리를 시작했을지 모른다는 생각으로 바람 냄새를 맡아 보았다. 페린은 순무 비슷한 그 뿌리라도 먹을 준비가 되어 있었다. 필요하다면 날것으로라도. 그러나 바람 속에서 맡을 수 있는 것이라고는 죽은 머드랄의 악취와 죽은 트롤록의 냄새, 산 사람과 죽은 사람의 냄새, 그리고 말과 나무의 냄새뿐이었다. 죽은 늑대의 냄새도 있었고.

분지의 한쪽 면 높은 곳에 있는 모레인의 오두막이 활동의 중심지처럼 보였다. 민이 그곳으로 서둘러 들어갔고, 잠시 후에는 마시마가, 그다음에는 우노가 나왔다. 외눈의 남자는 종종걸음 쳐 숲속으로, 오두막 뒤쪽의 바위로만 이루어진 절벽을 향해 사라졌다. 다른 샤이나 사람들은 절뚝거리며 경사로를 내려왔다.

페린은 오두막을 향해 올라가기 시작했다. 얕은 개울을 철벅거리며 지나가던 중 마시마와 마주쳤다. 샤이나 사람의 얼굴은 퀭했다. 뺨의 흉터가 두드러지고 두 눈은 평소보다도 푹 꺼져 있었다. 마시마가 개울 한가운데에서 갑자기 고개를 들더니 페린의 코트 소매를 잡았다.

"네가 같은 마을 출신이지?" 마시마가 쉰 목소리로 말했다. "너라면 알 거야. 드래건 공이 왜 우릴 버리신 거지? 우리가 어떤 죄를 저질렀기에?"

"죄라뇨? 무슨 소리예요? 랜드가 왜 떠났는지는 모르지만, 그건 당신이 하거나 하지 않은 일과는 아무 상관이 없어요." 마시마는 그 대답에 만족 못 했다. 그는 페린의 소매를 놓지 않고 거기에 답이 있다는 듯 페린의 얼굴을 들여다보았다. 얼음장 같은 물이 페린의 왼쪽 장화로 스며들기 시작했다. "마시마." 페린이 조심스럽게 말했다. "드래건 공이 무슨 일을 했든 그건 드래건 공의 계획에 따른 일이에요. 드래건 공은 우리를 버리지 않아요." **아니, 버리려나? 내가 랜드 입장이었다면 난 버렸을까?**

마시마가 천천히 고개를 끄덕였다. "그래. 그래, 이제 그건 알겠어. 드래건 공께서는 자신이 왔다는 말을 퍼뜨리러 혼자 나가신 거야. 우리도 소식을 퍼뜨려야 해. 그렇지." 그는 혼자 중얼거리며 계속 절뚝절뚝 개울을 건너갔다.

페린은 한 발 한 발 내디딜 때마다 꿀쩍거리는 장화 발로 모레인의 오두막까지 올라가 문을 두드렸다. 대답이 없었다. 잠시 망설이다가 안으로 들어갔다.

란이 자는 바깥쪽 방은 페린의 오두막만큼 아무 장식이 없이 단순했다.

거친 침대가 한쪽 벽 안에 틀어박혀 있었고, 물건을 걸어둘 못이 몇 개 있었으며, 선반이 단 하나 있었다. 열린 문으로 볕이 거의 들지 않았다. 유일한 다른 빛은 선반에 놓인 조잡한 등불에서 나왔다. 기름 먹인 장작을 돌 조각 틈새에 끼워 놓은 것이었다. 거기에서 가느다란 연기가 피어올라 지붕 아래에 아른거리는 막을 만들었다. 그 냄새에 페린의 코에는 주름이 잡혔다.

낮은 지붕은 페린의 머리보다 조금밖에 높지 않았다. 로이알은 덩치를 작게 만들려고 무릎을 당긴 채 란의 침대 끝에 앉아 있었는데도 실제로 지붕에 머리가 스쳤다. 오기어의 술 달린 귀가 불안한 듯 움찔거렸다. 민은 모레인의 방으로 이어지는 문 옆의 흙바닥에 책상다리로 앉아 있었으며 아이즈 세다이는 생각에 잠겨 앞뒤로 오갔다. 어두운 생각이 틀림없는 듯했다. 어느 쪽으로든 모레인이 움직일 수 있는 공간은 세 걸음뿐이었지만 그녀는 그 공간을 잘도 활용했다. 그녀의 평온한 표정이 빠른 발걸음과 대조적이었다.

"마시마가 미쳐 가는 것 같아." 페린이 말했다.

민이 코웃음 쳤다. "마시마잖아. 미쳤는지 안 미쳤는지 어떻게 알겠어?"

모레인이 입을 꾹 다문 채 페린을 돌아보았다. 그녀의 목소리가 부드러웠다. 지나치게. "오늘 아침 머릿속에 떠오르는 가장 중요한 문제가 마시마니, 페린 아이바라?"

"아뇨. 저는 랜드가 언제, 왜 떠났는지 알고 싶어요. 랜드가 가는 걸 본 사람이 있나요? 랜드가 어디로 갔는지 아는 사람 있어요?" 페린은 용기를 내 모레인만큼 평온하고 단호한 눈으로 그녀를 마주 보았다. 쉽지 않았다. 키는 페린이 압도적으로 컸지만 모레인은 아이즈 세다이였다. "당신이 한 일인가요, 모레인? 랜드가 그냥 가만히 앉아 있는 걸 더 이상 못 참고 어디로든 가서 무슨 짓이든 할 만큼 조바심을 내게 하려고 당신이 랜드를 옥죄었던 거예요?" 로이알의 귀가 뻣뻣해졌다. 그는 손가락이 두꺼운 손으로 몰래 경고의 신호를 보냈다.

모레인은 한쪽으로 고개를 기울인 채 페린을 살펴보았다. 페린이 할 수 있는 건 시선을 떨어뜨리지 않는 것뿐이었다. "내가 한 일이 아니야." 모레인이 말했다. "랜드는 밤중에 떠났어. 언제, 어떻게, 왜 떠났는지는 나도 지금 알고 싶어.”

로이알의 어깨가 조용히 안도의 한숨을 내쉬느라 들썩였다. 오기어치고는 조용한 한숨이었지만, 빨갛게 달궈진 철을 식힐 때 쏟아져 나오는 증기 같은 소리였다. “절대 아이즈 세다이의 화를 돋우지 마.” 로이알은 혼잣말이었던 게 분명하지만 모두에게 들리는 소리로 속삭였다. “‘아이즈 세다이의 분노를 사느니 태양을 끌어안는 것이 낫다’고 하잖아.”

민은 손을 위로 뻗어 페린에게 종잇조각을 건네주었다. “어젯밤에 우리가 랜드를 잠자리로 데려다준 뒤에 로이알이 랜드를 만나러 갔는데, 랜드가 펜과 종이와 잉크를 빌려 달라고 했대.”

오기어의 귀가 움찔했다. 그는 긴 눈썹이 두 뺨으로 늘어질 때까지 걱정스럽게 인상을 썼다. “난 랜드가 무슨 계획이었는지 몰랐어. 진짜야.”

“우리도 알아.” 민이 말했다. “아무도 널 탓하지 않아, 로이알.”

모레인은 인상을 쓰며 종이를 보았지만 페린이 읽는 것을 막지는 않았다. 랜드의 손 글씨였다.

내가 이런 일을 하는 건 다른 방법이 없어서야. 놈이 다시 나를 쫓고 있고, 이번에는 우리 중 하나가 죽어야 할 것 같아. 내 주변 사람들까지 죽을 필요는 없어. 이미 너무 많은 사람이 나를 위해 죽었어. 나도 죽기 싫어. 할 수만 있다면 죽지 않을 거야. 꿈과 죽음에는 거짓말이 있지. 하지만 꿈에는 진실도 있어.

그게 전부였다. 서명은 없었다. 페린은 ‘놈’이 누구를 뜻하는 것인지 고민할 필요가 없었다. 랜드에게도 그들 모두에게도 그렇게 불릴 만한 자는 하나뿐이었다. 바알자몬.

“저 문에 끼워 놓고 갔어.” 민은 잔뜩 힘이 들어간 목소리로 말했다. “샤이나 사람들이 말리려고 내놓은 낡은 옷 몇 벌이랑 플루트, 말을 가져갔더라. 우리가 알아봤더니 약간의 식량 말고는 아무것도 더 가져가지 않았어. 경비병 중 랜드가 떠나는 걸 본 사람은 아무도 없어. 어젯밤에는 쥐 한 마리가 기어다니는 것도 보였을 텐데.”

“누가 봤다고 해서 무슨 소용이 있었겠니?” 모레인이 침착하게 말했다. “그중 한 명이라도 **드래건 공**을 막으려 들거나 문제를 제기할 수 있었을까? 그중 일부는—마시마도 그중 한 명이지—**드래건 공**이 시켰다면 자기 목이라도 그었을 거야.”

이번에는 페린이 모레인을 살펴볼 차례였다. “그러지 않았으면 좋겠다는 거예요? 그 사람들은 랜드를 섬기기로 맹세했어요. 빛을 걸고, 모레인. 당신이 아니었으면 랜드는 절대 드래건이라고 자칭하지 않았을 거예요. 저 사람들한테 뭘 기대하는데요?” 모레인은 말하지 않았고, 페린은 더 조용하게 말을 이었다. “정말로 그렇게 믿는 거예요, 모레인? 랜드가 진짜 드래건의 환생이라고 생각해요? 아니면 그냥 일원력으로 죽거나 미치기 전에 이용할 수 있는 사람이라고만 생각하는 건가요?”

“진정해, 페린.” 로이알이 말했다. “화내지 마.”

“모레인이 대답하면 진정할게. 자, 모레인?”

“랜드는 랜드야.” 모레인이 날카롭게 말했다.

“당신은 패턴이 결국 랜드를 올바른 길에 억지로 몰아넣을 거라고 했어요. 그 길이 이건가요? 아니면 랜드가 그냥 당신한테서 멀어지려고 애쓰는 거예요?” 페린은 잠시 선을 넘었다고 생각했지만 물러서지 않았다. 모레인의 검은 눈이 분노로 반짝였다. “어느 쪽이냐고요?”

모레인이 심호흡했다. “이게 패턴의 선택일 수도 있어. 다만 난 랜드가 혼자 떠나게 할 의도는 없었다. 그 모든 힘을 갖추었다고 해도 랜드는 여러 가지 면에서 갓난아기처럼 무방비 상태인 데다, 세상 물정도 몰라. 채널링을 하기는 하지만 일원력으로 손을 뻗었을 때 일원력이 다가오도록 통제하는 방법을 전혀 모르고, 일원력이 다가왔을 때조차 그걸로 할 수 있는 일을 거의 통제 못해. 그 통제법을 배우지 않는 한 랜드는 미칠 기회도 없이 일원력에 죽고 말 거야. 아직 랜드가 배워야 할 게 너무 많아. 지금은 걷는 법도 배우기 전에 뛰고 싶어 하는 거나 마찬가지야.”

“사소한 문제를 들먹이면서 엉뚱한 결론을 이끌어 내려 하는군요, 모레인.” 페린이 코웃음을 쳤다. “랜드가 당신이 말한 존재라면, 자기가 해야 할 일을 당신보다 잘 알 거라는 생각은 한 번도 안 해 봤어요?”

“랜드는 랜드야.” 모레인이 단호하게 되풀이했다. “하지만 랜드가 뭐라도 하려면 내가 랜드를 살려 둬야만 해. 랜드가 죽어서는 그 어떤 예언도 실현할 수 없어. 어둠의 친구들과 그림자의 자식들을 피하는 데 어찌어찌 성공한대도 랜드를 벨 준비가 되어 있는 손이 천 개는 더 있어. 랜드의 정체가 100분의 1만 드러나도 그렇게 될 거야. 하지만 랜드가 직면해야 하는 게 그것뿐이라면 나는 지금의 절반만큼도 걱정하지 않았을 거다. 그 외에도 랜드는 버려진 자들을 처리해야 해.”

페린이 움찔했다. 구석에서 로이알이 신음했다. “‘어둠의 존재와 모든 버려진 자들은 샤이올 굴에 매여 있다.’” 페린이 외운 말을 하려 했지만, 모레인은 그가 말을 마칠 시간을 주지 않았다.

“봉인이 약해지고 있어, 페린. 세상은 모르지만, 그중 일부는 이미 깨졌고. 세상 사람들은 알면 안 되지. 거짓말의 아버지는 풀려나지 않았어. 아직은 말이야. 하지만 봉인이 점점 더 약해지고 있지. 버려진 자들 중 누가 이미 풀려났을까? 랜피어? 사마엘? 아스모딘이나 벨랄이나 라빈? 다름 아닌 희망의 배신자 이샤마엘일까? 놈들은 다 합쳐서 열셋이었어, 페린. 그리고 봉인에 매여 있었지. 어둠의 존재를 가둬 둔 감옥에 있는 건 아닐지라도 말이야. 그들은 전설의 시대에 가장 강력했던 아이즈 세다이 열세 명이었어. 그중에서 가장 약한 자도 오늘날 살아 있는 아이즈 세다이보다 열 배는 강해. 그중에서 가장 무지한 자도 전설의 시대의 모든 지식을 갖추고 있지. 남녀를 가리지 않고, 그들 모두가 빛을 저버리고 그림자에 영혼을 바쳤어. 그들이 풀려나서 랜드를 기다리고 있으면? 난 놈들이 랜드를 차지하게 둘 수 없어.”

페린은 몸을 떨었다. 일부는 모레인의 마지막 말에 깃들어 있는 차가운 쇳덩이 같은 느낌 때문이었고 일부는 버려진 자들에 대한 생각 때문이었다. 버려진 자 중 하나라도 세상에 풀려난다는 생각은 결코 하고 싶지 않았다. 페린이 어렸을 때 그의 어머니가 버려진 자들의 이름으로 그를 겁주곤 했다. **이샤마엘은 어머니에게 거짓말을 하는 아이들을 잡으러 온다. 랜피어**

는 자러 갈 시간에 자러 가지 않는 아이들을 데려가려고 어둠 속에 기다리고 있다. 나이를 먹었다고 도움이 되지는 않았다. 그들 모두가 실제로 존재한다는 걸 알고 있었으니까. 그들이 풀려날지도 모른다고 모레인이 말했으니까.

"샤이올 굴에 매여 있다." 페린은 그렇게 속삭이며, 지금도 그 말을 믿을 수 있으면 좋겠다고 생각했다. 그는 심란해져 랜드의 편지를 다시 살폈다. "꿈이라니. 어제도 랜드가 꿈 얘기를 했어요."

모레인이 다가와 페린의 얼굴을 쳐다보았다. "꿈?" 그때 란과 우노가 들어왔고, 모레인은 그들에게 손을 내저어 조용히 하라고 했다. 오기어 외에도 다섯 사람이 있는 작은 방은 이제 붐비는 것 이상으로 붐볐다. "지난 며칠간 **너는** 어떤 꿈을 꿨지, 페린?" 모레인은 꿈에 잘못된 부분이 전혀 없었다는 페린의 항의를 무시했다. "말해." 모레인이 고집을 부렸다. "어떤 평범하지 않은 꿈을 꿨지? 말해라." 모레인의 시선이 대장장이의 집게처럼 페린을 꽉 쥐며 입을 열도록 했다.

페린은 다른 사람들을 보고—모두가, 민까지도 붙박인 듯 그를 지켜보고 있었다—그 자신에게는 범상치 않게 느껴졌던 한 가지 꿈에 대해 머뭇거리며 이야기했다. 매일 밤 꾸는 꿈 이야기였다. 만질 수 없는 칼이 나오는 꿈. 지난 밤 꿈에 나왔던 늑대 이야기는 하지 않았다.

"**칼란도어**로군요." 란은 페린이 이야기를 마치자 숨죽여 말했다. 돌처럼 단단한 얼굴마저 충격 받은 것처럼 보였다.

"그러게요." 모레인이 말했다. "하지만 철저히 확인해야 합니다. 다른 사람들에게도 전하세요." 란이 서둘러 나가자 모레인은 우노를 돌아보았다. "네 꿈은? 너도 칼 꿈을 꾸었나?"

샤이나 사람은 발을 바꿔 짚었다. 안대에 그려진 빨간 눈은 모레인을 곧장 마주 보았지만, 그의 진짜 눈은 깜빡이며 흔들렸다. "저는 태워 죽……. 어, 칼 꿈을 언제나 꿉니다, 모레인 세다이." 그가 뻣뻣하게 말했다. "지난 며칠도 칼 꿈을 꾼 것 같습니다. 여기 페린 공처럼 꿈을 기억하는 건 아닙니다."

모레인이 말했다. "로이알?"

"제 꿈은 언제나 같습니다, 모레인 세다이. 덤불과 위대한 나무, **스테딩** 꿈이죠. 우리 오기어들은 **스테딩**을 떠나 있을 때 늘 **스테딩** 꿈을 꿉니다."

아이즈 세다이가 다시 페린을 보았다.

"그냥 꿈이었어요." 페린이 말했다. "꿈일 뿐이었다고요."

"내 생각은 달라." 모레인이 말했다. "너는 마치 '티어의 바위'라는 요새에 있는 '칼의 심장' 전당에 서 있었던 것처럼 그곳을 묘사했어. 그리고 네가 말한 빛나는 칼은 칼이 아닌 칼, 만질 수 없는 칼인 **칼란도어**야."

로이알이 똑바로 일어나 앉았다가 지붕에 머리를 부딪쳤다. 그는 그런 줄도 모르는 듯했다. "드래건의 예언에 '티어의 바위는 드래건의 손이 **칼란도어**를 휘두를 때까지 절대 함락되지 않을 것'이라고 쓰여 있습니다. 티어의 바위의 함락이 드래건의 환생을 나타내는 가장 큰 표징 중 하나가 될 거예요. 랜드가 **칼란도어**를 들면, 온 세상이 랜드를 드래건으로 인정할 수밖에 없어요."

"그럴지도 모르지." 그 말이 고요한 물에 띄운 얼음 파편처럼 아이즈 세다이의 입술에 떠올랐다.

"그럴지도 모른다?" 페린이 말했다. "그럴지도 모른다뇨? 전 그게 결정적인 징표, 당신의 예언을 실현할 마지막 요소인 줄 알았는데요."

"**칼란도어**는 처음 요소도 아니고 마지막 요소도 아니야." 모레인이 말했다. "**칼란도어**는 『카리아손 사이클』이 실현되는 한 가지 방식일 뿐이야. 랜드가 드래건마운트산의 비탈에서 태어난 게 첫 번째 표징이었듯이. 랜드는 여러 나라를 무너뜨리고 세상을 부숴야 해. 평생 예언을 연구해 온 학자들조차 그 내용 전부를 어떻게 해석해야 할지 몰라. 랜드가 '평화의 칼로 사람들을 베고 나뭇잎으로 그들을 파멸시킬 것이다'라고 한 말은 무슨 뜻일까? 랜드가 '아홉 달을 엮어 자신을 섬기게 한다'는 건 또 무슨 뜻이고? 이런 내용은 『카리아손 사이클』에서 **칼란도어**와 동일한 비중으로 다뤄져. 다른 내용도 있어. 랜드가 어떤 '광기의 상처와 희망의 절단'을 치유했지? 랜드가 어떤 사슬을 끊었어? 누가 사슬에 매였고? 어떤 내용은 너무 모호해서 나조차 모르는 사이 랜드가 이미 실현했을지 몰라. 어쨌든, **칼란도어**는 절대 예언의 끝이 아니야."

페린은 불안해 어깨를 으쓱했다. 그는 예언을 파편적으로만 알았다. 모레인이 쥐여 주는 깃발을 랜드가 그대로 받아 든 뒤로는 예언 이야기를 듣는 게 더 싫어졌다. 아니, 그보다도 전의 일이었다. 관문석을 통한 여행으로 자신의 인생이 랜드에게 매여 있다는 걸 알게 된 이후였으니까.

모레인이 말을 이어 나갔다. "할랄의 아들 아렌트의 아들 로이알, 랜드가 그 칼에 손을 내밀기만 하면 된다고 생각한다면 너도 랜드와 똑같은 바보인 거야. 랜드가 그렇게 생각한다면 말이지만. 랜드가 살아서 티어에 도착한다 해도 티어의 바위를 손에 넣을 수는 없을지 몰라. 티어 사람들은 일원력을 전혀 좋아하지 않거든. 드래건을 자칭하는 사람은 더 싫어하고. 그곳에서는 채널링이 불법이고, 아이즈 세다이는 최선의 경우 채널링을 하지 않는다는 조건에서 참아 줄 대상이 될 뿐이야. 티어에서는 드래건의 예언에 관해 말하거나, 심지어 그 예언의 사본을 갖고 있는 것만으로도 감옥에 갇힐 수 있어. 게다가 대공들의 허락이 없으면 아무도 티어의 바위에 들어갈 수 없지. 칼의 심장에 들어가는 건 오직 대공들뿐이야. 랜드는 이번 일에 준비가 되어 있지 않아. 조금도."

페린이 조용히 끙 소리를 냈다. 티어의 바위는 드래건의 환생이 **칼란도어**를 쥐기 전까지 절대 함락되지 않을 것이다. **빛을 걸고, 요새가 함락되기도 전에 랜드가 어떻게 그 칼에 손을 뻗는단 말이야? 칼이 그 빌어먹을 요새 안에 있는데! 미친 소리지!**

"우린 왜 그냥 여기 앉아 있는 거죠?" 민이 불쑥 말했다. "랜드가 티어로 간다면 왜 랜드를 따라가지 않는 거예요? 랜드가 살해당할 수도 있고, 아니면…… 아니면……. 우린 왜 여기 앉아 있는 거죠?"

모레인이 민의 머리에 한 손을 얹었다. "확인해야 하니까." 모레인이 부드럽게 말했다. "물레의 선택을 받아서 위대한 존재, 혹은 위대함과 가까운 존재가 되는 건 편한 일이 아니야. 물레의 선택을 받은 자는 다가오는 일을 받아들이는 수밖에 없어."

"난 다가오는 일을 받아들이는 데 신물이 나요." 민이 한 손으로 눈가를 쓱 문질렀다. 눈물이 보인 것 같았다. "우리가 기다리는 동안 랜드가 죽을 수도 있다고요." 모레인이 민의 머리카락을 펴 주었다. 아이즈 세다이의 얼굴에는 거의 동정 어린 표정이 떠올라 있었다.

페린은 로이알의 맞은편, 란의 침대 끝에 앉았다. 사람 냄새가 방을 텁텁하게 채우고 있었다. 사람들과 걱정과 두려움의 냄새. 로이알에게서는 걱정만큼 책과 나무의 냄새도 났다. 주위에 벽이, 그것도 너무 가깝게 세워져 있으니 함정에 걸린 것처럼 느껴졌다. 타오르는 나뭇조각에서 악취가 났다. "제 꿈이, 랜드가 어디로 가는지를 어떻게 알려 준다는 거예요?" 페린이 물었다. "제 꿈이잖아요."

"일원력을 채널링할 수 있는 사람들은," 모레인이 조용히 말했다. "특히 영기가 강한 사람들은 이따금 다른 사람들에게 자기 꿈을 강제로 꾸게 할 수 있어." 모레인은 민을 달래던 손길을 멈추지 않았다. "특히…… 영향에 취약한 사람들에게 말이야. 랜드가 일부러 그랬다고 생각하지는 않지만, 진정한 근원과 접촉하는 사람들의 꿈은 강력할 수 있어. 랜드처럼 강력한 사람은 마을 전체나 심지어 도시 전체까지 사로잡을 수 있지. 랜드는 자기가 하는 일에 대해 거의 알지 못해. 그걸 통제하는 방법은 더 모르고."

"그럼 왜 당신도 같은 힘을 발휘하지 않은 거죠?" 페린이 물었다. "란도 그렇고요." 우노는 다른 곳으로 가 버리고 싶다는 표정으로 앞만 똑바로 보았고 로이알의 귀는 축 처졌다. 페린은 지치고 너무 배가 고파서 아이즈 세다이에게 적절한 존경심을 보일 수 없었다. 게다가 너무 화가 나 있기도 했다. "왜 그러냐고요?"

모레인이 침착하게 대답했다. "아이즈 세다이는 꿈을 보호하는 방법을 배워. 나는 잠들 때 별다른 생각을 하지 않아도 내 꿈을 지킬 수 있어. 수호자들은 아이즈 세다이에게 거의 비슷한 능력을 받고. 그림자가 몰래 꿈에 들어올 수 있다면 가이딘은 해야만 하는 일을 할 수 없으니까. 우리 모두는 잠들 때 취약해지고, 그림자는 밤에 기승을 부린단다."

"당신한테서는 늘 새로운 이야기가 나오네요." 페린이 으르렁거리듯 말했다. "사건이 일어난 다음에 설명하는 대신에, 가끔은 무슨 일이 벌어질지 말해 줄 수 없어요?" 우노는 떠날 핑계를 생각하는 듯한 표정이었다.

모레인이 무표정하게 페린을 보았다. "내가 평생 쌓은 지식을 한나절 만에 나눠 달라는 거니? 1년이라도 그게 될까? 이것만은 말해 줄게. 꿈을 조심해라, 페린 아이바라. 각별히 조심해."

페린은 모레인의 눈에서 시선을 뗐다. "조심하고 있어요." 그가 중얼거렸다. "조심하고 있다고요."

그 이후로는 침묵이 흘렀다. 아무도 그 침묵을 깨고 싶어 하지 않는 듯했다. 민은 앉아서 꼬고 있는 자기 발목을 내려다보고 있었으나 모레인의 존재에서 어느 정도 위안을 얻는 듯했다. 우노는 벽에 기대서서 누구도 보지 않았다. 로이알은 혼자만의 세계에 빠져들어 코트 주머니에서 책을 한 권 꺼내더니 어슴푸레한 빛에 비춰 읽으려 노력했다. 기다리는 시간은 길었고, 페린이 느끼기에는 전혀 편안하지 않았다. **내가 두려워하는 건 꿈에 나타난 그림자가 아니야. 늑대지. 난 늑대들이 내 안에 들어오게 놔두지 않을 거야. 절대로!**

란이 돌아왔고, 모레인은 기대감에 차서 허리를 폈다. 수호자는 모레인의 눈에 떠오른 질문에 답했다. "사람들 중 절반은 지난 나흘 동안 연속으로 칼 꿈을 꾸었던 것을 기억해 냈습니다. 어떤 사람들은 거대한 기둥이 있는 공간을 떠올렸고, 다섯 사람은 칼이 수정이나 유리로 되어 있었다고 말했습니다. 마시마는 어젯밤에 랜드가 그 칼을 들고 있는 걸 보았다고 합니다."

"그 사람이라면 그랬겠지." 모레인이 말했다. 그녀는 두 손을 힘주어 문질렀다. 갑자기 기운이 나는 듯했다. "이제는 **확실해.** 랜드가 어떻게 눈에 띄지 않고 떠났는지는 아직도 모르겠지만. 만일 랜드가 전설의 시대의 이능 일부를 재발견한 거라면……."

란이 우노를 보자 외눈 남자는 당황해 어깨를 으쓱했다. "빌어먹을, 잊어 버렸습니다. 이 모든 태워 죽일 이야기로……." 그는 목을 가다듬고 모레인을 한 번 힐끗 보았다. 모레인은 기대감에 차서 그를 마주 보았고, 우노는 말을 이었다. "그러니까…… 어……. 그게, 제가 드래건 공의 자취를 따라갔습니다. 지금은 그 폐쇄된 계곡으로 들어가는 길이 하나 더 있습니다. 그……. 그 지진으로 반대쪽 벽이 무너졌습니다. 기어 올라가기는 힘들지만 말을 타고 올라갈 수는 있습니다. 꼭대기에서 더 많은 흔적을 발견했는데, 거기에 산을 쉽게 우회할 수 있는 길이 있습니다.” 그는 말을 끝내고 길게 숨을 내쉬었다.

“좋아.” 모레인이 말했다. “최소한 랜드가 나는 방법이나 투명 인간이 되는 법, 뭐든 전설에 나오는 방법을 재발견한 건 아니네. 우린 지체 없이 랜드를 따라가야 해. 우노, 너와 네 부하들이 제한나까지 갈 금화를 주마. 거기 가서 만날 사람의 이름도 알려 주고. 그 사람이 돈을 더 줄 거야. 기알다닌들은 낯선 이들을 경계하지만, 너희끼리만 지낸다면 너희를 귀찮게 굴지는 않을 거다. 내가 소식을 전할 때까지 기다려라.”

“하지만 저희도 모레인 세다이와 함께 가겠습니다.” 우노가 항의했다. “저희는 모두 드래건의 환생을 따르기로 맹세했습니다. 몇 명 되지도 않는 저희가 어떻게 한 번도 함락된 적 없는 요새를 점령할 수 있을지는 모르겠지만, 드래건 공의 도움이 있다면 해야 할 일을 하겠습니다.”

“그래서, 이젠 우리가 ‘드래건의 백성’인 거네요.” 페린이 전혀 즐겁지 않은 웃음을 터뜨렸다. “‘티어의 요새는 드래건의 백성이 올 때까지 결코 함락되지 않으리라.’ 우리한테 새 이름이라도 지어준 거예요, 모레인?”

“말조심해라, 대장장이.” 란이 으르렁거리듯 말했다. 얼음처럼 차갑고 돌처럼 단단한 말이었다.

모레인은 두 사람 모두를 날카롭게 쏘아보았고, 그들은 조용해졌다. “미안하지만, 우노.” 모레인이 말했다. “랜드를 따라잡을 희망이라도 품으려면 최대한 빨리 움직여야 해. 힘들게 말을 달릴 정도로 건강한 샤이나 사람은 너뿐이고. 우리는 다른 사람들이 힘을 온전히 되찾는 데 필요한 며칠을 쓸 여유가 없어. 상황이 허락하는 대로 따라오라는 소식을 보내마.”

우노는 인상을 썼지만, 말없이 알았다는 뜻으로 허리를 숙였다. 모레인이 내보내자 그는 어깨를 쫙 펴고 다른 사람들에게 소식을 전하러 갔다.

“뭐, 난 당신이 뭐라 말하든 같이 갈 거예요.” 민이 단호하게 끼어들었다.

“넌 타 발론으로 갈 거야.” 모레인이 말했다.

“난 그런 존재가 아니에요!”

아이즈 세다이는 민이 아예 입을 열지 않았다는 듯 자연스레 말을 이었다. “아멀린 권좌께 무슨 일이 벌어졌는지 전해야 해. 전서구를 가진 믿을 만한 사람을 찾게 될 거라고는 확신할 수 없고. 아멀린 권좌께서 내가 비둘기로 보낸 메시지를 확인하시리라는 보장도 없어. 길고도 힘든 여정이야. 너와 함께 보낼 사람이 한 명이라도 있었다면 널 홀로 보내지는 않을 거야. 돈과 가는 길에 널 도와줄 만한 사람들에게 보내는 편지는 꼭 주마. 하지만 빨리 말을 달려야 해. 네 말이 지치면 다른 말을 사거라. 꼭 필요한 경우라면 훔치기라도 해. 어쨌든 빠르게 달려가.”

“당신 메시지는 우노가 전하게 하세요. 우노는 건강하잖아요. 당신이 그렇게 말했잖아요. 난 랜드를 따라갈 거예요.”

“우노한테는 나름의 임무가 있어, 민. 그리고, 남자가 그냥 화이트 타워의 정문으로 걸어가 아멀린 권좌를 만나겠다고 요구할 수 있겠니? 아무리 왕이라도 미리 알리지 않고 도착했다면 며칠은 기다려야 할 거야. 내 생각이다만, 샤이나 사람은 몇 주 넘게 그냥 방치될 거다. 영원히 그럴 수도 있고. 그렇게 이상한 일이 벌어지면 첫날 해가 지기도 전에 타 발론의 모든 사람에게 전해지리라는 건 말할 필요도 없어. 반면, 아멀린 권좌를 개인적으로 알현하고자 하는 여자들은 극소수긴 해도 존재하긴 해. 엄청난 뒷말이 나올 상황은 아니지. 아멀린 권좌께서 내 메시지를 받았다는 이야기는 아무에게도 알려지면 안 된다. 아멀린 권좌의 목숨이—또 우리의 목숨이—달려 있을지 모르는 일이야. 네가 가야 해.”

민은 가만히 앉아 입을 벌렸다 다물었다 했다. 다른 주장을 찾는 게 틀림없었다. 하지만 모레인은 이미 말을 잇고 있었다. “란, 랜드가 떠나면서 남긴 흔적을 기대 이상으로 많이 발견하게 될 것 같아서 무척 걱정되긴 하지만, 당신 추적을 믿겠습니다.” 수호자가 고개를 끄덕였다. “페린? 로이알? 나랑 같이 랜드를 따라갈래?” 민은 벽에 기대앉아 있다가 화가 나서 꽥 소리를 질렀지만, 아이즈 세다이는 무시했다.

"저는 가겠습니다." 로이알이 재빨리 말했다. "랜드는 제 친구예요. 덕분에 아무것도 놓치지 않게 되리라는 점도 인정해야겠죠. 그러니까, 제 책에 쓸 내용 말입니다."

페린은 로이알보다 늦게 대답했다. 앞으로 어떻게 변할지는 몰라도 랜드는 그의 친구였다. 둘의 미래가 얽혀 있다는 거의 확신에 가까운 느낌도 들었다. 할 수만 있다면 그런 관계는 없애 버리고 싶었지만. "해야만 하는 일이잖아요?" 결국 페린이 말했다. "갈게요."

"좋아." 모레인이 다시 두 손을 문질렀다. 일에 착수하는 사람 같은 분위기였다. "다들 즉시 준비해야 해. 랜드는 우리보다 한 시간 먼저 떠났어. 정오가 되기 전에 많이 따라잡을 생각이야."

모레인은 가냘팠지만 그녀의 존재감이 란을 제외한 모두를 문 쪽으로 몰아갔다. 로이알은 문을 지날 때까지 구부정하게 걸었다. 페린은 거위들을 몰아가는 주부를 떠올렸다.

일단 밖으로 나오자 잠시 뒤로 쳐진 민이 지나치게 달콤한 미소를 지으며 란에게 말했다. "당신이 전달하고 싶은 메시지는 없어요? 혹시 나이니브한테라든지?"

수호자는 무방비 상태로 당한 것처럼, 세 다리로 선 말처럼 눈을 깜빡거렸다. "누가 그 얘기를⋯⋯?" 란은 거의 즉시 평정심을 되찾았다. "나이니브에게 다른 소식을 전해야 한다면 직접 전하겠다." 란은 민의 면전에서 문을 쾅 닫았다.

"남자란!" 민이 문을 보며 투덜거렸다. "너무 눈이 멀어서 돌덩이조차 볼 줄 아는 걸 못 보고, 너무 고집스러워서 도저히 생각이라는 걸 할 줄 모른다니까."

페린이 깊은 숨을 들이쉬었다. 계곡의 공기 속에 죽음의 희미한 냄새가 여전히 걸려 있었지만, 그게 오두막 안의 답답함보다는 나았다. 어느 정도는.

"깨끗한 공기를 마실 수 있겠네." 로이알이 한숨을 쉬었다. "연기가 좀 거슬리던 참이야."

그들은 함께 비탈을 내려가기 시작했다. 아래쪽 개울 옆에 설 수 있는 샤이나 사람들이 우노 곁에 모여 있었다. 손동작을 보니, 외눈의 남자가 잃어버린 욕설 시간을 벌충하고 있는 듯했다.

"너희 둘은 어쩌다 특권을 누리게 된 거야?" 민이 불쑥 물었다. "모레인이 너희 둘에게는 **부탁을** 했잖아. 나한테는 물어보는 시늉조차 하지 않았는데."

로이알이 고개를 저었다. "모레인이 부탁한 건 우리가 좋다고 대답할 걸 알았기 때문이야, 민. 모레인은 페린과 나의 생각을 읽어 낼 수 있는 것 같아. 우리가 뭘 할지 아는 듯해. 하지만 너는 모레인한테 덮여 있는 책이나 마찬가지인 거지."

민은 조금밖에 진정 못하는 것 같았다. 그녀는 고개를 들고 그들을 보았다. 한쪽에는 그녀의 머리가 어깨밖에 닿지 않을 만큼 큰 페린이 있었고 다른 쪽에는 페린보다도 더욱 위압적인 키의 로이알이 있었다. "그게 무슨 소용이야? 어쨌든 나도 너희 두 마리 작은 양처럼 어디든 모레인이 원하는 곳으로 가는데. 그래도 넌 한동안 잘 버티더라, 페린. 모레인이 너한테 솔기 터진 코트를 판 것처럼 따지던걸."

"꽤 버티긴 했어, 그치?" 페린이 경이롭다는 듯 말했다. 그는 자신이 그런 일을 해냈다는 걸 실감 못 하고 있었다. "내 생각만큼 나쁘지는 않았어."

"네가 운이 좋았던 거야." 로이알이 낮은 목소리로 말했다. "아이즈 세다이를 화나게 하는 건 말벌 벌집에 머리를 집어넣는 것과 마찬가지라고."

"로이알." 민이 말했다. "페린이랑 애기 좀 해야겠어. 단둘이. 괜찮아?"

"아. 당연히 괜찮지." 로이알은 평소 걸음걸이로 보폭을 늘이더니 재빨리 그들을 앞질러 가며 코트 주머니에서 파이프와 타박 주머니를 꺼냈다.

페린은 경계하는 눈으로 민을 보았다. 민은 무슨 말을 해야 할지 고민하는 것처럼 입술을 깨물고 있었다. "저 녀석에 관해서도 뭔가 보여?" 페린이 오기어의 뒷모습을 턱짓으로 가리키며 물었다.

민이 고개를 저었다. "인간한테만 되는 것 같아. 하지만 네 주변에서는 네가 알아야만 할 것들이 보였어."

"전에도 말했지만……."

"필요 이상으로 바보같이 굴지 마, 페린. 아까 거기서 봤어. 네가 가겠다고 말한 직후에. 전에는 보이지 않던 거야. 이번 여행과 관련된 게 틀림없어. 최소한 네가 가기로 한 결정과 관련돼 있을 거야."

잠시 후 페린이 머뭇거리며 물었다. "뭘 봤는데?"

"철창에 갇힌 아이일 사람." 민이 빠르게 말했다. "칼을 든 투아사안 사람. 네 어깨에 걸터앉은 독수리와 매. 아마 둘 다 암컷이었을 거야. 물론, 늘 보이는 나머지 모습도 다 보였고. 네 주변을 휘도는 어둠과……."

"그 얘기는 하지 마!" 페린이 재빨리 말했다. 민이 말을 멈추었다는 확신이 들자 그는 생각에 잠겨 머리를 긁었다. 민이 한 이야기가 하나도 이해되지 않았다. "그게 다 무슨 뜻일까? 혹시 짐작하는 게 있어? 그러니까, 새로 보인 것들에 대해서 말이야."

"아니. 하지만 그게 중요하다는 건 분명해. 내가 보는 것들은 언제나 중요하거든. 인생의 전환점이나 정해진 운명이지. 언제나 중요해." 민은 잠시 망설이며 페린을 힐끗 보았다. "하나 더." 민이 천천히 말했다. "어떤 여자를 만나면…… 네가 여태 본 사람 중 가장 아름다운 여자를 만나면…… 도망쳐!"

페린은 눈을 깜빡였다. "아름다운 여자를 봤어? 내가 왜 아름다운 여자한테서 도망쳐야 해?"

"그냥 조언을 받아들일 수는 없어?" 민이 짜증스럽게 말했다. 그녀는 돌멩이를 걷어차더니 그것이 비탈을 따라 굴러 내려가는 모습을 지켜보았다.

페린은 비약을 통해 결론을 내리는 걸 좋아하지 않았지만—어떤 사람들이 페린을 둔하다고 생각하는 이유가 그래서였다—민이 지난 며칠 동안 했던 수많은 행동을 총합해 놀라운 결론에 이르렀다. 그는 우뚝 멈춰 서서 할 말을 찾았다. "어……. 민, 너도 알겠지만 난 널 좋아해. 널 좋아하지만…… 어……. 널 보면 뭐랄까, 내 여동생이 생각나. 내 말은, 너는……." 말이 드문드문 흘러나오다가 민이 고개를 들고 눈썹을 치켜올린 채 그를 보자 멈추었다. 민은 작게 미소 짓고 있었다.

"이런, 페린. 너도 내가 너를 사랑한다는 건 분명 알 텐데." 민은 그 자리에 서서 페린의 입이 움직이는 걸 지켜보더니 느리고도 조심스럽게 말했다. "오빠처럼 말이야, 이 나무 대가리 멍청아! 남자들의 오만함에는 언제나 놀라게 된다. 너희 남자들은 모든 일이 다 너희와 상관있고, 모든 여자가 너희를 탐내는 줄 알지."

페린은 얼굴이 뜨거워지는 걸 느꼈다. "난 절대……. 난 그게 아니라……." 페린이 목을 가다듬었다. "여자에 관해서 뭘 봤는데?"

"그냥 내 조언을 들어." 민은 그렇게 말하더니 걸음을 빨리 해 다시 개울로 내려가기 시작했다. "나머지는 다 잊더라도," 민이 어깨 너머로 소리쳤다. "그것만은 주의해!"

페린은 민의 뒷모습을 보며 인상을 찡그리다가 두 걸음 만에 그녀를 따라잡았다. 이번만큼은 페린의 생각이 알아서 빠르게 정돈되는 것 같았다. "랜드구나?"

민은 목구멍 깊은 곳에서 소리를 내더니 페린을 흘겨보았다. 하지만 발걸음을 늦추지는 않았다. "따지고 보면 너도 돌대가리는 아닌지 몰라." 민이 웅얼거렸다. 잠시 후 그녀는 혼잣말하듯 덧붙였다. "나는 나무통을 이루는 널빤지 하나하나가 그 통에 매여 있듯 확실하게 랜드한테 매여 있어. 하지만 랜드도 언젠가 나를 사랑할지는 모르겠어. 그런 여자가 나만 있는 것도 아니고."

"에그웨인도 알아?" 페린이 물었다. 랜드와 에그웨인은 어린 시절부터 미래가 약속된 사이였다. 마을의 여성 서클 앞에 무릎을 꿇고 약혼을 서약하는 것만 빼면 모든 것을 다 했다. 페린은 둘이 그 관계에서 멀어지긴 한 건지, 멀어졌다면 얼마나 멀어진 건지 알 수 없었다.

"에그웨인도 알아." 민이 딱 잘라 말했다. "그 편이 우리 둘 다한테 좋지."

"랜드는? 랜드도 알아?"

"아, 당연하지." 민이 속 쓰린 듯 말했다. "내가 말해 줬는걸. 아닌가? '랜드, 내가 너를 예지해 봤는데 내가 너와 사랑에 빠져야만 하는 것 같아. 게다가 너를 다른 사람과 나누기까지 해야 해. 별로 마음에 들진 않지만 그렇게 됐네.' 결국 넌 놀라운 나무 대가리구나, 페린 아이바라." 민은 화가 난 듯 한 손으로 눈가를 훔쳤다. "확실한 건, 내가 랜드와 함께함으로써 랜드를 도울 수 있다는 거야. 어떻게든. 빛을 걸고, 랜드가 죽는다면 내가 견딜 수 있을지 모르겠어."

페린이 불편한 듯 어깨를 으쓱했다. "저기, 민. 내가 최선을 다해서 랜드를 도울게." **얼마나 도와야 하든**. "약속해. 너는 타 발론으로 가는 게 좋겠어. 거기 가면 안전할 거야."

"안전하다고?" 민은 무슨 뜻인지 모르겠다는 듯 그 말을 반복했다. "타 발론이 안전하다고 생각해?"

"타 발론조차 안전하지 않다면 안전한 곳은 없어."

민이 큰 소리로 코웃음 쳤다. 둘은 떠날 준비를 하는 사람들 속에 조용히 합류했다.

7장 산에서 나가는 길

산에서 내려와 나가는 길은 험했지만, 아래로 내려갈수록 페린은 안감에 모피를 댄 망토를 입을 필요가 없어졌다. 한 시간이 지나며 산길은 겨울의 흔적에서 벗어나 초봄에 접어들었다. 눈의 남은 잔해가 사라지고 풀과 들꽃이—하얀 아씨바람과 분홍색 깡충풀이—그들이 지나는 높은 초원을 뒤덮기 시작했다. 잎이 풍성한 나무들이 더 많이 나타나기 시작했고 풀종다리와 지빠귀새들이 그 가지에 앉아 노래했다. 늑대들도 있었다. 눈에 보이지는 않았지만—란조차 늑대가 보인다는 말은 하지 않았다—페린은 알았다. 그는 늑대들에게 정신을 단단히 닫아걸었지만, 머릿속 한구석에서 비추는 깃털처럼 가벼운 손길 한 번에도 늑대들이 있다는 게 생각났다.

란은 대부분의 시간을 검은 전투마 만다브를 타고 일행의 앞길을 정찰하며 보냈다. 그가 랜드의 흔적을 찾으면 나머지 사람들이 수호자가 남긴 표시를 따라갔다. 바닥에 돌로 만들어 놓거나 갈림길의 돌벽에 가볍게 긁어놓은 화살 표시. 이쪽으로 돌아라. 저기 파인 곳을 건너라. 이 산길을 타라. 이 오솔길로 가라. 숲 사이를 지나 좁은 개울을 따라가라. 란의 표시 말고는 누군가 그리로 지나갔다는 걸 알려 줄 만한 흔적이 전혀 보이지 않았다. 왼쪽으로, 또 오른쪽으로 꺾으라는 걸 알려 주는 풀이나 잡초를 묶은 자리. 휘어진 나뭇가지. 험한 오르막길을 뜻하는 조약돌 더미. 가파른 내리막길을 의미하는 가시 사이에 걸린 나뭇잎 두 장. 수호자에게는 그런 표시가 백 가지는 있는 것 같았고, 모레인은 그것들을 잘 알았다. 란은 거의 일행이 야영지를 꾸릴 때만 돌아와 모레인과 조용히, 불가에서 멀리 떨어진 곳에서 상의했다. 동이 트고 보면 이미 몇 시간 전에 떠나 있기 일쑤였다.

모레인은 늘 란을 따라 가장 먼저 안장에 올랐다. 동쪽 하늘이 이제 막 분홍빛으로 물들기 시작할 때였다. 아이즈 세다이는 완전히 어두워지거나 그보다도 늦은 시간이 될 때까지는 자신의 흰 암말인 알딥에서 내리지 않았다. 단, 란은 해가 지기 시작하면 더 이상 랜드를 추적하지 않으려 들었다.

"말의 다리가 부러지면 속도가 더 느려집니다." 모레인이 불평하면 수호자는 그렇게 말했다.

모레인의 답은 거의 항상 똑같았다. "이보다 빨리 움직일 수 없다면 한 살이라도 더 먹기 전에 당신을 미렐에게 보내야겠어요. 뭐, 그건 나중에 하더라도 더 빨리 움직여야 합니다."

모레인은 반쯤은 속이 타서 진짜로 위협하는 것처럼, 반쯤은 농담을 하는 것처럼 말했다. 페린은 모레인이 그 말을 한 다음 미소를 지으며 손을 뻗어 위로하듯 란의 어깨를 토닥일 때조차 란의 입에 힘이 들어가는 것을 보고 그 말에 위협, 어쩌면 경고와 비슷한 무언가가 들어 있다고 확신했다.

"미렐이 누굴까?" 처음 그런 일이 일어났을 때 페린이 의심하며 물었다. 로이알은 고개를 저으며 아이즈 세다이의 일에 대해 꼬치꼬치 캐묻는 사람에게는 불쾌한 일이 일어난다고 중얼거렸다. 발에 털이 덥수룩한 오기어의 말은 듀린 수말처럼 키가 크고 육중했지만, 로이알의 긴 다리가 양옆에 늘어져 있으니 커다란 조랑말처럼 작아 보였다.

모레인이 재미있다는 듯 은밀한 미소를 지어 보였다. "그냥 녹색의 자매야. 언젠가 란의 무언가를 맡아줄 사람이지."

"가까운 시일 내에 벌어질 일은 아닙니다." 란이 말했다. 놀랍게도 그의 목소리에는 노골적인 분노가 깃들어 있었다. "가능하다면 절대 그런 일은 없을 겁니다. 당신이 나보다 훨씬 오래 살게 될 테니까요, 모레인 아이즈 세다이!"

모레인은 비밀이 너무 많아. 페린은 그렇게 생각했지만, 수호자의 철통같은 자제력에 금을 낼 수 있는 주제에 대해 더는 묻지 않았다.

아이즈 세다이는 담요로 감싼 꾸러미를 안장 뒤에 묶어 놓고 있었다. 드래건의 깃발이었다. 페린은 그 깃발을 가지고 다니는 게 불안했지만, 모레인은 페린의 의견을 묻지도 않았고 그가 의견을 냈을 때 듣지도 않았다. 페린은 누군가가 그 깃발을 알아보지 못하더라도 모레인이 그에게서 비밀을 지키듯 다른 사람들에게서도 비밀을 잘 지키면 좋겠다고 생각했다.

최소한 처음에는 지루한 여행이었다. 꼭대기에 구름이 걸려 있는 산은 서로 무척 비슷해 보였고, 이번 길이나 다음 길이나 다를 게 별로 없었다. 저녁 식사는 거의 페린이 새총으로 쏘아 죽인 토끼였다. 이처럼 험한 지형에서 토끼를 쏘는 모험을 할 만큼 화살이 많지 않았기 때문이다. 아침은 차가워진 토끼 고기인 경우가 많았고, 정오에 안장에 앉아서 먹는 음식도 마찬가지였다.

개울 근처에 야영지를 꾸렸다. 아직 주위가 보일 정도로 밝은 며칠은 페린과 로이알이 배를 깔고 엎드려, 차가운 물에 손을 팔꿈치까지 담그고 바위 밑에 숨어 있던 등이 초록색인 물고기를 맨손으로 잡았다. 산山 송어였다. 로이알의 손가락은 크기가 컸지만 페린보다도 이런 일을 더욱 민첩하게 해냈다.

출발한 지 사흘째 되는 날, 한번은 모레인이 그들과 합류해 개울가에서 몸을 쭉 뻗고는 어떻게 하는 기냐고 물으며 여러 줄의 비단 단추를 풀고 소매를 말아 올렸다. 페린은 로이알과 놀란 시선을 주고받았다. 오기어가 어깨를 으쓱했다.

"사실 그렇게 어렵지는 않아요." 페린이 모레인에게 말했다. "그냥 물고기 뒤쪽, 아래쪽에서부터 손을 끌어올리면 돼요. 물고기 배를 간질이려는 것처럼요. 그런 다음에 물고기를 꺼내세요. 연습은 좀 필요하지만요. 처음 몇 번은 아무것도 잡지 못할 수 있어요."

"저는 며칠이나 해 본 뒤에야 뭐라도 잡을 수 있었습니다." 로이알이 덧붙였다. 그는 이미 자신의 그림자에 물고기가 놀라 달아나지 않도록 조심하며 거대한 두 손을 물속에 서서히 집어넣고 있었다.

"그렇게 어렵다고?" 모레인이 중얼거렸다. 그녀의 두 손이 물속으로 슬쩍 들어가더니…… 다음 순간, 첨벙 소리와 함께 수면에서 몸부림을 치는 뚱뚱한 송어를 잡은 채 올라왔다. 모레인은 송어를 개울가로 던지며 즐거워 웃었다.

페린은 커다란 물고기가 희미해져 가는 햇빛을 받아 퍼덕이는 걸 보고 눈을 깜빡였다. 여차하면 2킬로그램은 넘을 것 같았다. "운이 아주 좋았네요." 페린이 말했다. "저렇게 큰 송어는 보통 이렇게 작은 바위 밑에 숨지 않는데. 상류로 조금 이동해야겠어요. 저 녀석들이 이 바위 밑에 다시 숨기 전에 주위가 어두워질 거예요."

"그래?" 모레인이 말했다. "너희 둘은 가라. 난 여기서 다시 해 봐야겠어."

페린은 잠시 망설이다가 다른 바위가 있는 곳으로 강둑을 따라 올라갔다. 모레인에게 무슨 꿍꿍이가 있는 듯했지만 뭔지 상상할 수는 없었다. 골치가 아팠다. 페린은 배를 아래로 하고 그림자가 물에 드리워지지 않도록 조심하며 바위 가장자리 너머를 보았다. 대여섯 개의 늘씬한 형체가 물속에 떠 있었다. 물고기들은 자리를 지키느라 지느러미 하나도 움직이지 않다시피 했다. 페린은 한숨을 쉬며 그 녀석들의 무게를 다 합쳐도 모레인이 잡은 물고기에는 못 미칠 것 같다고 생각했다. 운이 따라준다면 페린과 로이알이 각기 두 마리를 잡을 수 있겠지만, 저쪽 강둑에 드리워진 나무 그림자가 이미 물 위로 뻗어 오고 있었다. 뭐든 지금 잡는 게 마지막이 될 터였다. 게다가 로이알의 식욕은 그 자체로도 저 물고기 네 마리와 큰 물고기 대부분을 삼켜 버릴 정도였다. 그의 두 손이 이미 송어 한 마리의 뒤로 천천히 다가가고 있었다.

페린이 물속으로 손을 미끄러뜨려 넣기도 전에 모레인이 소리쳤다. "세 마리면 충분할 것 같구나. 뒤의 두 마리가 처음 녀석보다도 커."

페린은 놀라서 로이알을 보았다. "그럴 리가!"

오기어는 허리를 펴고 작은 송어들을 흘어 보냈다. "모레인은 아이즈 세다이잖아." 그가 간단하게 말했다.

아니나 다를까, 모레인에게 돌아가 보니 커다란 송어 세 마리가 강둑에 놓여 있었다. 그녀는 다시 단추를 채우는 중이었다.

페린은 누구든 물고기를 잡는 사람이 손질까지 해야 한다는 걸 알려줄까 했지만, 바로 그 순간 모레인이 페린과 눈을 마주쳤다. 그녀의 매끄러운 얼굴은 무표정했으나 검은 눈은 단호했다. 페린이 무슨 말을 하려는지 아는 듯했다. 이미 그 말을 거부한 듯했고. 모레인이 돌아서자 무슨 말을 하기에는 너무 늦었다는 기분이 들었다.

페린은 혼자 툴툴대며 허리띠에 차고 있던 칼을 꺼내 물고기의 창자를 빼고 대가리를 떼어 내기 시작했다. "내가 보기엔 모레인이 잡일을 나눠 해야 한다는 걸 갑자기 잊은 것 같네. 우리가 요리도 해 주기를 바랄 거야. 식사 후 정리도."

"당연히 그렇겠지." 로이알은 물고기 손질을 멈추지 않고 말했다. "모레인은 아이즈 세다이잖아."

"왠지 전에도 들은 말 같은데." 페린의 칼날이 물고기를 베었다. "샤이나 사람들이야 기꺼이 이리저리 뛰어다니면서 모레인한테 이것저것 가져다줄지 몰라도, 지금 우리는 넷뿐이야. 번갈아 일해야 한다고. 그래야 공평하지."

로이알이 크게 코웃음 쳤다. "모레인은 그렇게 생각하지 않을 것 같은데. 처음에는 늘 랜드가 말대꾸하는 걸 참아 줘야 했는데, 이젠 네가 랜드가 하던 걸 대신할 태세구나. 원칙적으로, 아이즈 세다이는 그 누구의 말대꾸도 허용하지 않아. 내 예상이지만, 모레인은 첫 번째 마을에 도착할 때쯤 우리에게 자기가 시키는 대로 하는 버릇을 되살려 줄 생각일 거야."

"좋은 버릇이지." 란이 망토를 휙 젖히며 말했다. 희미해져 가는 빛 속에서 난데없이 나타난 것만 같았다.

페린은 놀라 자빠질 뻔했다. 로이알의 귀도 충격에 뻣뻣해졌다. 둘 다 수호자의 발소리를 듣지 못했다.

"애초에 너희가 잃어서는 안 되는 버릇이었다." 란이 그렇게 덧붙이더니 모레인과 말들이 있는 곳으로 성큼성큼 걸어갔다. 그의 장화는 이 바위투성이 땅에서도 거의 소리가 나지 않았다. 그가 몇 발짝 멀어지자, 등에 늘어뜨린 망토 때문에 개울에서부터 몸통 없는 머리와 두 팔이 떠오르는 듯한 불안한 느낌이 다시 들었다.

"랜드를 찾으려면 모레인이 필요해." 페린이 조용히 말했다. "하지만 난 더 이상 모레인이 내 인생을 좌지우지하게 놔두지 않을 거야." 페린은 다시 격렬하게 생선 손질을 시작했다.

페린은 그 말을 지킬 생각이었지만—진심이었다—이어진 며칠 동안 그로서는 이해할 수 없는 방식으로 요리와 청소, 모레인이 생각한 다른 사소한 일들을 로이알과 함께 하게 되었다. 심지어 페린은 어째서인지 매일 밤 알딥을 돌보는 일까지 떠맡게 되었다. 모레인이 깊은 생각에 잠긴 듯 가만히 앉아 있는 동안 암말의 안장을 벗겨 주고 털을 쓸어 주게 된 것이다.

로이알은 그걸 불가피한 일로 받아들이고 포기했으나 페린은 아니었다. 페린은 거부하고 저항하려 했지만, 모레인이 합리적인 데다가 사소하기까지 한 제안을 하면 그러기가 힘들었다. 다만 그 제안 뒤에는 언제나 다른 제안이, 첫 번째 제안만큼 합리적이고 사소한 제안이 따라왔다. 그 뒤에는 또 다른 제안이 있었고. 그녀의 존재 자체에서 나오는 힘, 그녀의 눈길에 담긴 힘 때문에 항의하기가 어려웠다. 모레인의 검은 눈은 페린이 입을 열려는 순간 그를 마주 보았다. 페린이 무례하게 굴고 있다고 암시하는 듯 치켜올라간 눈썹, 페린이 그토록 작은 부탁을 거절할 수 있다는 게 놀랍다는 듯 크게 뜬 눈, 아이즈 세다이의 모든 것을 담고 있는 듯 평온한 시선. 이 모든 것이 페린을 머뭇거리게 만들었다. 일단 머뭇거리고 나면 잃어버린 입지를 되찾을 방법이 없었고. 페린은 모레인이 자신에게 일원력을 사용한다고 비난했으나 정말로 그렇게 생각한 건 아니었고, 모레인 역시 페린에게 바보처럼 굴지 말라고 했다. 페린은 낫을 만들려는 대장장이의 망치를 막겠다고 애쓰는 쇳조각이 된 기분이었다.

안개의산맥은 어느새 숲이 우거진 기알단의 작은 언덕에 길을 내주었다. 사방에서 오르막과 내리막이 반복되지만 아주 높은 곳은 하나도 없는 땅이었다. 산에 있을 때는 인간이 뭔지 잘 모르는 듯 경계하는 눈으로 그들을 지켜보곤 하던 사슴들이 이곳에서는 말을 보자마자 흰 꼬리를 살랑거리며 도망치기 시작했다. 이제는 페린의 눈에도 회색 줄무늬가 들어간 산의 고양잇과 동물들이 아주 희미하게만 보였다. 녀석들은 연기처럼 사라져 가는 것 같이 보였다. 일행은 인간의 땅에 접어들고 있었다.

란은 더 이상 색깔이 변하는 망토를 입지 않았으며 나머지 일행이 있는 곳으로 더 자주 돌아와 앞에 있는 것이 무엇인지 말해 주기 시작했다. 많은 곳에서 나무들이 완전히 베어지고 없었다. 머잖아 들판은 대충 만든 돌벽에 둘러싸였고, 농부들이 언덕 주변에서 쟁기질을 하는 모습 또한 그렇게까지 자주 보이지는 않아도 흔한 풍경이 되었다. 농부들이 갈아 놓은 땅을 따라 줄지어 움직이며 어깨에 멘 자루에서 씨를 꺼내 뿌리는 사람들의 모습도 마찬가지였다. 드문드문 흩어진 농가와 회색 돌로 만든 헛간들이 언덕 꼭대기와 등성이에 자리 잡고 있었다.

늑대들은 이곳에 있어서는 안 됐다. 늑대들은 인간이 있는 곳을 피했다. 하지만 페린은 여전히 그들을 느낄 수 있었다. 모습을 숨긴 채 말을 탄 일행을 둘러싸고 보호하며 호위하는 늑대들. 페린은 조바심이 났다. 촌락이나 마을 어디든 늑대들을 떠나게 만들 만큼 인간이 많은 곳에 가고 싶었다.

첫 번째 밭을 보고 하루가 지나서, 등 뒤로 태양이 지평선에 닿았을 때 그들은 자라라는 마을에 도착했다. 아마디시아와의 국경선에서 북쪽으로 그리 멀지 않은 곳이었다.

8장 자라

자라의 몇 안 되는 좁은 거리에는 석판 지붕을 얹은 회색 돌로 만든 집들이 모여 있었다. 그 집들은 나지막한 나무다리가 놓인 작은 개울 위쪽의 언덕에 매달린 듯한 모습이었다. 진흙투성이 거리는 비어 있었고 경사진 마을의 풀밭도 마찬가지였다. 보이는 사람이라고는 돌로 만들어진 마을의 유일한 마구간 옆 여관에서 계단을 쓸고 있는 남자뿐이었다. 하지만 얼마 전만 해도 마을 풀밭에 사람이 꽤 많이 있었던 것 같은 느낌이 들었다. 초록색 나뭇가지로 엮어 만든 아치 대여섯 개가 풀밭 한가운데에 원을 그리고 세워져 있었다. 이토록 이른 시기에 찾을 수 있는 얼마 안 되는 꽃이 아치들을 점점이 장식했다. 땅은 짓밟힌 것처럼 보였다. 사람들이 모여 있었던 다른 징후도 보였다. 여자의 빨간 스카프가 어느 아치의 아랫부분에 꼬여 있었고 뜨개질해서 만든 아이의 모자와 쓰러진 백랍 주전자, 반쯤 먹다 만 음식도 좀 보였다.

달콤한 와인과 향신료를 넣은 케이크 향기가 풀밭에 맴돌았다. 수십 개의 굴뚝에서 나온 연기와 요리 중인 저녁식사의 냄새가 그와 섞였다. 페린의 코에는 잠시 다른 악취도 걸렸다. 정체를 알 수 없는, 하도 고약해 목덜미 털을 삐쭉 서게 하는 희미한 냄새였다. 그 냄새는 이내 사라졌다. 하지만 페린은 무언가가 그쪽으로 지나갔다고 확신했다. 뭔가…… 잘못된 것이. 페린은 그 냄새의 기억을 문질러 닦으려는 것처럼 코를 문질렀다. **랜드일 리는 없어. 빛을 걸고, 아무리 랜드가 미쳤어도 저게 랜드의 냄새일 리는 없어. …… 아닌가?**

그림이 들어간 간판이 여관 문 위에 걸려 있었다. 두 팔을 허공으로 번쩍 들고 한 발로 서 있는 남자의 그림이었다. '하릴린의 도약'. 일행이 네모난 돌 건물 앞에서 고삐를 당기자 계단을 쓸던 남자가 허리를 펴고 크게 하품했다. 그는 페린의 눈을 보고 움찔했다. 로이알에게 시선이 닿았을 때는 이미 튀어나와 있던 눈이 더욱 휘둥그레졌다. 턱이라고 할 게 없어 보이는 남자가 입을 크게 벌리자 개구리와 닮아 보였다. 그에게서 오래 되어 시큼한 와인 냄새가 났다. 적어도 페린이 맡기에는 그랬다. 이 남자는 확실히 축제에 참여한 모양이었다.

남자는 몸을 부르르 떨더니 코트 앞섶에 이중으로 달린 나무 단추에 한 손을 대고 허리를 숙였다. 그의 눈이 일행을 한 사람 한 사람 빠르게 스치고 지나갔다. 시선이 로이알에게 닿을 때마다 눈이 점점 더 튀어나올 것 같았다. "어서 오세요, 아가씨. 빛께서 앞길을 비추시기 바랍니다. 어서 오십시오, 나리들. 음식과 방, 목욕을 원하십니까? 여기, '하릴린의 도약'에서는 그 모든 것이 가능합니다. 이곳의 주인인 하로드 씨는 여관을 훌륭하게 관리하지요. 저는 시미온이라 합니다. 뭐든 필요하시면 시미온을 불러 주세요. 그러면 시미온이 가져다드리겠습니다." 그는 다시 하품하더니 창피한 듯 입을 가리며 허리를 숙였다. "죄송합니다, 아가씨. 멀리서 오셨나요? 위대한 사냥대 이야기를 들으셨는지요? 발리어의 뿔나팔 사냥대 말입니다. 아니면 가짜 드래건 소식은요? 타라본에 가짜 드래건이 나타났다더군요. 아라드 도만일지도 모릅니다."

"그렇게 멀리서 오지는 않았소." 란이 안장에서 휙 내려오며 말했다. "당신이 나보다 많이 아는 게 틀림없군." 그들은 모두 말에서 내리기 시작했다.

"여기서 결혼식이 있었나요?" 모레인이 말했다.

"결혼식이요, 아가씨? 글쎄, 평생 할 결혼식을 다 했습니다. 결혼식이 득

시글거렸다고 할까요. 지난 이틀에 전부 몰렸어요. 약혼할 만한 나이인데 결혼하지 않은 여자는 한 명도 없습니다. 이 마을 전체는 물론 사방으로 2킬로미터 안에는 한 명도 없지요. 뭐, 심지어 남편을 잃은 조라스조차 늙은 바나스를 데리고 아치를 지났습니다. 둘 다 다시는 결혼하지 않겠다고 맹세했었는데요. 꼭 모두가 소용돌이에 휘말린 것 같다니까요. 직공의 딸인 릴리스가 대장장이 존에게 결혼해 달라고 한 게 시작이었습니다. 존은 릴리스의 아버지뻘도 더 된 나이인데 말이지요. 그 늙다리 바보가 그냥 앞치마를 벗어 버리고 좋다고 했다니까요. 그러자 릴리스가 바로 그 자리에 아치를 세워 달라고 했어요. 제대로 기다렸다가 하라는 말은 전혀 듣지 않았죠. 다른 여자들도 릴리스의 편을 들었고요. 그때 이후로, 저희는 밤낮으로 결혼식을 하고 있습니다. 아니, 잠을 조금이라도 잔 사람이 아무도 없어요."

"그거 아주 흥미롭네요." 시미온이 다시 말을 멈추고 하품하자 페린이 말했다. "그런데 혹시 젊은⋯⋯."

"아주 흥미롭군요." 모레인이 페린의 말을 자르며 말했다. "그 얘기는 나중에 더 들어 봐야 할지 모르겠어요. 지금은 방을 구하고 싶어요. 식사도." 란이 손을 밑으로 내리더니 입을 다물라는 듯 페린을 향해 작은 동작을 해 보였다.

"그럼요, 아가씨. 식사와 방이요." 시미온은 로이알을 눈여겨보며 머뭇거렸다. "침대를 두 개 붙여야 할 것 같은데, 어⋯⋯." 그는 모레인 쪽으로 허리를 숙이며 목소리를 낮추었다. "죄송합니다, 아가씨. 근데⋯⋯ 어⋯⋯. 저분은 정확히 뭔가요? 무례하게 굴려는 건 아닙니다." 그가 서둘러 덧붙였다.

로이알의 귀가 짜증스럽게 움찔거리는 걸 보면 그가 충분히 작은 목소리로 말하지는 않은 듯했다. "나는 오기어입니다! 내가 뭔 줄 안 거예요? 트롤록?"

시미온은 쩌렁쩌렁한 목소리에 한 발짝 물러났다. "트롤록이라고요, 어⋯⋯. 손님? 그럴 리가요, 저는 성인 남자입니다. 애들 이야기는 믿지 않아요. 어, 오기어라고 하셨나요? 아니, 오기어는 아이들의⋯⋯ 그러니까, 제 말은⋯⋯." 그는 절망적인 마음에 돌아서서 여관 옆 마구간을 향해 소리쳤다. "니코! 패트림! 손님이야! 와서 말을 돌봐 드려!" 잠시 후 머리카락에 지푸라기가 섞인 두 소년이 하품을 하고 눈을 비비며 마구간에서 굴러 나왔다. 소년들이 고삐를 잡자 시미온은 허리를 숙이며 계단 쪽을 가리켰다.

페린은 안장주머니와 말아 놓은 담요를 어깨에 메고 활을 든 채 모레인과 란을 따라 들어갔다. 시미온이 그들 앞에서 허리를 숙이며 고개를 끄덕거렸다. 로이알은 허리를 숙이고서야 문틀을 지날 수 있었다. 안쪽의 천장도 로이알의 머리보다 겨우 30센티미터밖에 높지 않았다. 그는 계속해서 왜 오기어를 기억하는 인간이 이토록 적은 것인지 모르겠다고 혼자 툴툴댔다. 목소리가 멀리서 울리는 천둥 같았다. 로이알 바로 앞에 있던 페린조차 그의 말을 절반밖에 이해 못했다.

여관에서는 맥주와 와인, 치즈와 피로의 냄새가 났다. 양고기 굽는 냄새가 뒤쪽 어딘가에서 풍겨 나왔다. 휴게실에 있던 몇 안 되는 남자들이 정말로 벤치에 누워 자고 싶다는 듯 머그잔을 내려다보며 축 처져 있었다. 통통한 여자 종업원 한 명이 휴게실 끝에 있는 나무통에서 맥주를 잔에 받고 있었다. 긴 흰색 앞치마를 입은 여관 주인도 구석의 높다란 의자에 앉아 벽에 기대 있었다. 새로운 사람들이 들어오자 그는 흐릿한 눈으로 고개를 들었다. 로이알을 본 그의 입이 쩍 벌어졌다.

"손님입니다, 해로드 씨." 시미온이 알렸다. "방이 필요하다고 합니다. 해로드 씨? 저분은 오기어입니다, 해로드 씨." 종업원 여자가 뒤로 돌았다가 로이알을 보더니 쨍그랑하며 머그잔을 떨어뜨렸다. 식탁에 앉은 지친 남자들은 고개조차 들지 않았다. 한 명은 탁자에 머리를 대고 코를 골고 있었다.

로이알의 귀가 격렬하게 움찔거렸다.

해로드 씨가 로이알에게 두 눈을 고정한 채 천천히 자리에서 일어났다. 그러는 내내 그는 앞치마 주름을 펴 댔다. "최소한 하얀 망토들은 아니네." 그가 마침내 말하더니 자기가 큰 소리로 말했다는 사실에 놀란 듯 움찔했다. "그러니까, 어서 오세요, 아가씨. 선생님들. 예의 없게 군 것을 용서해 주십시오. 피곤해서 그렇다는 말씀밖에는 드릴 수가 없네요, 아가씨." 그는 빠르게 로이알을 힐끗 보더니 못 믿겠다는 표정을 지으며 입 모양으로 "오기어?"라고 말했다.

로이알이 입을 열었지만 모레인이 그를 막았다. "해로드 씨, 종업원이 말했듯이 오늘 밤 우리 일행이 묵을 방과 식사를 주시면 좋겠군요."

"아! 그럼요, 아가씨. 그럼요. 시미온, 이 착한 분들께 최고의 방을 보여 드려라. 소지품을 두실 수 있게 말이야. 돌아오시면 좋은 음식을 준비해 놓겠습니다, 아가씨. 좋은 음식입니다."

"괜찮으시다면 따라오시죠, 아가씨." 시미온이 말했다. "선생님들." 그는 휴게실 한쪽에 있는 계단을 향해 허리를 숙였다.

뒤쪽 탁자에 앉아 있던 남자들 중 한 명이 갑자기 소리쳤다. "빛의 이름을 걸고, 저게 대체 뭐야?" 해로드 씨가 오기어에 대해 설명하기 시작했다. 자신은 오기어를 꽤 잘 안다는 듯한 말투였다. 말소리에서 멀어지기 전에 페린이 들은 내용은 대부분 틀린 것이었다. 로이알의 귀가 끊임없이 움찔거렸다.

2층에 올라오자 오기어의 머리가 거의 천장에 닿았다. 복도는 좁았고 빛이라고는 맨 끝의 문 옆에 있는 창문으로 들어오는 선명한 노을빛뿐이라 어두웠다.

"방에는 양초가 있습니다, 아가씨." 시미온이 말했다. "등불을 가져왔어야 하는데, 그놈의 결혼식 때문에 아직도 머리가 핑핑 도네요. 원하신다면 불을 켤 사람을 올려 보내겠습니다. 물론 씻을 물도 필요하시겠지요." 그가 문을 밀어 열었다. "여기가 가장 좋은 방입니다, 아가씨. 방이 많지는 않지만—보시다시피 외지인이 별로 없거든요—여기가 가장 좋습니다."

"내가 그 옆방을 쓰겠소." 란이 말했다. 그는 자기 것은 물론 모레인의 담요와 안장주머니, 드래건의 깃발이 들어 있는 꾸러미까지 어깨에 메고 있었다.

"아, 선생님. 옆방은 전혀 좋은 방이 아닙니다. 침대도 좁고요. 방도 비좁지요. 하인이나 쓸 만한 방입니다. 여기에 하인을 거느린 사람이 오는 것도 아닌데 말이지요. 양해 부탁드립니다, 아가씨."

"어쨌든 내가 옆방을 쓰겠소." 란이 단호하게 말했다.

"시미온." 모레인이 말했다. "해로드 씨는 빛의 아이들을 싫어하나요?"

"뭐, 그렇지요, 아가씨. 예전에는 안 그랬는데 지금은 싫어합니다. 우리처럼 국경이 가까운 곳에서 빛의 아이들을 싫어한다니 좋은 방침은 아니죠. 그들은 국경선이 아예 존재하지 않는 것처럼 늘 자라를 지나다니니까요. 하지만 어제 문제가 있었습니다. 약간의 문제였죠. 거기다가 결혼식도 벌어지고, 뭐 그랬으니까요."

"무슨 일이었나요, 시미온?"

남자는 날카로운 눈으로 모레인을 본 뒤에야 대답했다. 페린은 주위가 어두운 만큼 다른 사람들은 그 눈매가 얼마나 날카로웠는지 보지 못했을 거라고 생각했다. "빛의 아이들 약 스무 명이 그제 찾아왔습니다. 그때는 아무 말썽이 없었어요. 하지만 어제는…… 글쎄, 그중 세 명이 자리에서 일어나더니 자기들은 더 이상 빛의 아이들이 아니라고 선언하더군요. 망토를 벗더니 그냥 떠나 버렸습니다."

란이 끙 소리를 냈다. "하얀 망토들은 죽을 때까지 하얀 망토들이 되기로 서약한 자들이오. 그들의 지휘관은 어떻게 했소?"

"뭐, 지휘관이 있었다면 뭐든 했겠지요. 그건 확실합니다, 선생님. 하지만 그자들 중 다른 한 명이 지휘관은 발리어의 뿔나팔을 찾아 떠났다고 하더군요. 또 한 사람은 자기들이 드래건을 쫓아야 한다고 말했고요. 그자는 이곳을 떠나 앨머스평원으로 간다고 했습니다. 그런 뒤에는 빛의 아이들 중 몇 명이 거리의 여자들에게 해서는 안 될 말을 하고, 여자들을 잡아끌기 시작했어요. 여자들이 비명을 질렀고 다른 빛의 아이들이 여자들을 괴롭히는 자들에게 고함을 질렀습니다. 그런 소동은 본 적도 없습니다."

"당신들은 그자들을 막으려 하지 않은 겁니까?" 페린이 말했다.

"선생님, 선생님이야 도끼를 들고 다니는 걸 보니 그 도끼를 쓸 줄도 아시겠지만, 쓸 줄 아는 게 빗자루나 호미밖에 없는 사람에게는 칼에 갑옷까지 완전히 갖춘 남자들과 맞선다는 게 쉬운 일이 아닙니다. 나머지 하얀 망토들이, 떠나지 않은 자들이 소동을 마무리 지었습니다. 하마터면 칼을 뽑을 뻔했지요. 그게 전부가 아니었습니다. 그 외에도 두 사람이 그야말로 미쳐 버렸습니다. 다른 사람들은 미친 것도 아니라는 것처럼요. 그 둘은 자꾸가 어둠의 친구들로 가득하다고 헛소리를 하기 시작했습니다. 그자들이 마을을 불태워 버리려 했어요. 진짜 그러겠다고 했습니다! '하랄린의 도약'부터 말이죠. 밖에 나가 보면 여관 뒤쪽에 탄 자국이 보입니다. 놈들이 불을 지른 자리죠. 다른 하얀 망토들이 막으려 들자 그 둘은 그자들과도 싸웠습니다. 여기에 남은 하얀 망토들이 불 끄는 걸 도와주고 그 둘을 꽁꽁 묶더니 여기에서 나가 아마디시아로 돌아갔습니다. 말세죠. 놈들이 영영 돌아오지 않는다고 해도 아쉽지 않을 겁니다."

"거친 태도로군." 란이 말했다. "하얀 망토들로서도."

시미온이 동의한다는 뜻으로 고개를 끄덕였다. "제 말이 그 말입니다, 선생님. 전에는 아무리 하얀 망토들이라도 그런 식으로 군 적이 없었어요. 우쭐거리고 돌아다니긴 했죠. 사람을 흙먼지 보듯 보면서, 자기들이랑 상관없는 일에 오지랖을 부리기도 했고요. 하지만 전에는 말썽을 부린 적이 없습니다. 어쨌든, 그런 식으로는요."

"지금은 그들이 떠났지요." 모레인이 말했다. "그들과 함께 문제도 사라졌고요. 우리는 조용한 밤을 보내게 될 거예요."

페린은 입을 다물고 있었지만 마음속은 조용하지 않았다. **결혼식이 엄청나게 많이 열린 것도 하얀 망토들도, 다 좋다 이거야. 하지만 난 랜드가 여기에 들렀는지, 떠났을 때는 어디로 갔는지 빨리 알고 싶다고. 그 냄새가 랜드의 냄새였을 리는 없어.**

페린은 시미온의 안내를 받아 복도를 따라서 다른 방으로 갔다. 침대 두 개와 세면대, 의자 두 개 외에는 별다른 가구가 없는 방이었다. 로이알이 잠시 멈춰 서서 문틀로 머리를 집어넣었다. 좁은 창문으로는 빛이 조금밖에 들지 않았다. 침대 크기는 충분했다. 발치에 이불과 담요가 개어져 있었다. 다만 매트리스는 울퉁불퉁해 보였다. 시미온은 난로 위의 선반을 더듬거려 양초와 부싯깃 상자를 찾아 불을 켰다.

"침대 몇 개를 이어 붙이게 하겠습니다, 어…… 오기어 님. 네, 조금만 기다려 주세요." 하지만 그는 전혀 서두르는 기색을 보이지 않고, 양초를 딱 맞는 자리에 두어야만 한다는 듯 부산을 떨었다. 페린은 그가 불안해 보인다고 생각했다.

하얀 망토들이 에먼즈 필드에서 그런 짓을 했다면 나라도 저것보다 더 불안해하지. "시미온. 어제나 그제쯤 낯선 사람 한 명이 더 여기를 지나가지 않았나요? 젊은 남자요. 키가 크고 눈은 회색에 머리는 불그스름한데요. 밥값과 숙박료 대신 플루트를 연주했을지도 몰라요."

"기억합니다, 선생님." 시미온이 말했다. 그는 여전히 양초를 옮겨 대고 있었다. "어제 아침 일찍 왔었죠. 정말 배고파 보이더군요. 어제 결혼식에서 플루트를 연주했습니다. 잘생긴 청년이던데요. 여자들이 처음에는 그 청년을 눈여겨보았지만……." 그는 곁눈으로 페린을 보며 말을 멈추었다. "그 청년과 친구이신가요, 선생님?"

"아는 사람이에요." 페린이 말했다. "왜요?"

시미온이 망설였다. "별것 아닙니다, 선생님. 좀 이상한 사람이었을 뿐이에요. 때로는 혼잣말을 했고, 때로는 말한 사람이 아무도 없는데 웃었습니다. 어젯밤에 바로 이 방에서 잤습니다. 밤중에 잠깐 머물렀다고 해야 할까요. 그 청년이 한밤중에 소리를 질러 우리 모두를 깨우더군요. 그냥 악몽을 꾼 것이겠지만, 더는 여기 머물지 않으려 했습니다. 해로드 씨도 애써 그 청년을 설득하지는 않았습니다. 하도 시끄럽게 굴었으니까요." 시미온이 다시 말을 멈추었다. "떠날 때 이상한 말을 하더군요."

"무슨 말이요?" 페린이 물었다.

"누가 자기를 쫓는다고 했습니다. 그 청년 말이……." 턱이 거의 없는 남자는 침을 꿀꺽 삼키더니 더 천천히 말을 이었다. "자기가 떠나지 않으면 그 사람들이 자기를 죽일 거라고 했습니다. '우리 중 하나는 죽어야 해. 죽는 건 그놈이 될 거다. 내가 그렇게 만들 거야.' 바로 그렇게 말했습니다."

"우리 얘기는 아니에요." 로이알이 나지막한 목소리로 말했다. "우리는 그 녀석 친구입니다."

"그럼요, 어…… 오기어님. 당연히 그 청년도 선생님들을 말한 건 아닙니다. 저는…… 어……. 선생님들 친구에 대해서 이렇다 저렇다 말할 생각은 없지만, 저는…… 어……. 제 생각에 그 청년은 아픈 것 같더군요. 그러니까, 머리가 말입니다."

"우리가 돌봐 줄 거예요." 페린이 말했다. "그래서 따라가는 거예요. 어디로 가던가요?"

"그럴 줄 알았습니다." 시미온이 발을 굴러 대며 말했다. "선생님들을 보자마자 그 여자 분이 도와줄 수 있다는 걸 알았어요. 어느 쪽이냐고요? 동쪽입니다, 선생님. 어둠의 존재가 바짝 따라오기라도 하는 것처럼 동쪽으로 갔습니다. 아가씨가 저를 도와주실까요? 그러니까, 제 동생을 말입니다. 노암이 심하게 아픈데, 룬 어머니는 아무것도 할 수 없다고 합니다."

페린은 무표정한 얼굴을 유지한 채 구석에 활을 기대 놓고 담요와 안장주머니를 침대에 올려놓으며 생각할 시간을 벌었다. 문제는, 생각해 봐야 별 도움이 되지 않았다는 것이다. 그는 로이알을 보았으나 도움이 될 만한 건 보이지 않았다. 오기어는 깜짝 놀라 귀가 처져 있었고, 긴 눈썹이 두 뺨까지 늘어져 있었다. "어째서 그 아가씨가 당신 남동생을 도울 수 있다고 생각하는 거죠?" **바보 같은 질문이야! 동생을 어떻게 할 생각이냐고 물었어야지!**

"그게, 저는 예전에 제한나로 여행한 적이 있습니다, 선생님. 거기서 아가씨랑 비슷한…… 여자를 두 명 봤습니다. 그 이후로는 못 알아볼 수가 없게 됐죠." 그가 속삭이듯 목소리를 낮추었다. "**그 사람들은** 죽은 자도 일으킬 수 있다고 하던데요, 선생님."

"또 누가 이 얘기를 압니까?" 페린이 날카롭게 물었다. 동시에 로이알도 말했다. "당신 동생이 죽었다면 아무도 손쓸 수 없습니다."

개구리를 닮은 남자는 불안한 듯 페린과 로이알을 번갈아 보았다. 그가 헛소리하듯 말했다. "저밖에 모릅니다, 선생님. 노암은 죽지 않았습니다, 오기어 님. 그냥 아픈 거예요. 맹세하지만, 다른 사람은 아무도 그 아가씨를 알아보지 못했을 겁니다. 해로드 씨조차도 평생 이곳에서 37킬로미터 이상 벗어난 적이 없거든요. 노암이 너무 심하게 아픕니다. 제 무릎이 너무 후들거려 아가씨께 말씀드려 봐야 알아듣지 못하실 것 같았습니다. 그것만 아니었어도 제가 직접 부탁드렸을 겁니다. 그분이 불쾌하게 느끼고 제게 벼락이라도 떨어뜨리면 어쩌나 싶었어요. 게다가 제 생각이 틀렸다면요? 어떤 여자에게 이런 혐의를 씌웠다가는 반드시……. 제 말은…… 어…….” 그는 반쯤은 애원하듯, 반쯤은 변명하듯 두 손을 들었다.

“장담은 못 해요.” 페린이 말했다. “하지만 얘기는 해 볼게요. 로이알, 내가 모레인하고 얘기하고 올 때까지 시미온하고 같이 있어 줄래?”

“당연하지.” 오기어가 우렁우렁한 목소리로 말했다. 시미온은 로이알의 손이 자기 어깨를 삼킬 듯 움켜쥐자 움찔했다. “시미온이 나를 방으로 안내해 줄 거야. 우리는 이야기를 나눌 테고. 말해 봐요, 시미온. 나무에 대해 아는 게 있습니까?”

“나, 나, 나무요, 오, 오기어님?”

페린은 더 이상 기다리지 않았다. 그는 서둘러 어두운 복도를 지나 모레인의 문을 두드린 다음, 단호한 “들어와!” 소리가 나기 무섭게 안으로 들어섰다.

대여섯 개의 촛불 덕에 ‘하릴린의 도약’의 가장 좋은 방도 그리 좋지는 않다는 걸 알 수 있었다. 비록 침대에는 캐노피를 떠받치는 네 개의 기둥이 있었고, 매트리스는 페린의 것에 비해 덜 울퉁불퉁해 보였지만 말이다. 바닥에는 조그만 카펫이 깔려 있었고 걸상 대신 쿠션을 덧댄 의자 두 개가 놓여 있었다. 그 점을 제외하면 그 방도 페린의 방과 다르지 않아 보였다. 모레인과 란이 뭔가를 의논한 듯 불기 없는 난로 앞에 서 있었다. 아이즈 세다이는 방해를 받은 것이 기쁘지 않은 듯했다. 수호자의 얼굴은 조각상이라도 되는 것처럼 침착했다.

“랜드가 여기에 왔던 게 맞아요.” 페린이 입을 열었다. “아까 그 시미온이 랜드를 기억하고 있어요.” 모레인이 잇새로 씁 소리를 냈다.

“입을 다물라고 했는데.” 란이 위협적으로 말했다.

페린은 두 발을 딱 짚고 수호자를 마주 보았다. 모레인의 노려보는 시선을 마주 보는 것보다는 그편이 쉬웠다. “물어보지 않으면 랜드가 여기에 왔었는지 어떻게 알아요? 어디 말해 봐요. 혹시 관심이 있을까 봐 하는 말이지만, 랜드는 어젯밤에 떠나서 동쪽으로 갔어요. 누군가 자기를 따라오고 있다고, 자기를 죽이려 한다고 떠들어 댔대요."

"동쪽이라." 모레인이 고개를 끄덕였다. 그녀의 목소리에서 느껴지는 절대적인 평온함은 못마땅한 듯한 시선과 어울리지 않았다. "좋은 정보구나. 랜드가 티어로 가는 중이라면 그럴 수밖에 없겠지만. 어쨌든, 나는 하얀 망토들 이야기를 듣기 전부터 랜드가 여기에 왔을 거라고 확신했어. 하얀 망토들 때문에 그 확신이 더 굳어졌고. 한 가지 점에서는 랜드가 확실히 옳아, 페린. 나는 랜드를 찾으려는 게 우리만이라고는 믿을 수가 없구나. 놈들이 우리에 대해 알면 우리를 막으려 들 게 뻔하고. 그런 불상사 없이 랜드를 따라잡는 것만으로도 힘든 일이야. 넌 내가 말하라고 할 때까지 입을 다무는 법을 배워야겠다."

"하얀 망토들 때문에 확신이 굳어졌다고요?" 페린은 믿을 수 없어서 말했다. **입을 다물라고? 그러느니 타 죽는다!** "하얀 망토들을 통해서 어떻게……? 랜드의 광기 때문이군요. 그게 **옳는** 건가요?"

"랜드의 광기 때문이 아니야." 모레인이 말했다. "설령 광기 때문이라도 랜드가 벌써 미쳤다고 할 만큼 멀리 가 버렸을 때의 얘기고. 페린, 랜드는 전설의 시대 이후 그 누구보다도 강력한 **타비렌**이야. 어제, 이 마을에서 패턴이…… 움직였어. 주형에 넣고 떠낸 점토처럼 랜드를 중심으로 스스로 형성됐단다. 결혼식도, 하얀 망토들도 랜드가 여기에 왔다는 충분한 단서야. 그걸 알아볼 눈이 있는 사람한테는 말이지."

페린이 깊은 숨을 들이쉬었다. "랜드가 가는 곳이면 어디에서든 이런 일을 보게 되는 건가요? 빛을 걸고, 그림자의 자식들이 랜드를 쫓고 있다면 우리만큼 쉽게 랜드를 추적할 수 있겠어요."

"그럴지도 몰라." 모레인이 말했다. "아닐지도 모르고. 랜드만큼 강력한 **타비렌**에 관해 조금이라도 아는 사람은 아무도 없으니까." 잠시 그녀는 아무것도 모른다는 점이 괴로운 듯했다. "기록으로 남아 있는 가장 강력한 **타비렌**은 아터 호크윙이야. 호크윙마저 랜드만큼 강하지는 않았어."

"전해지는 이야기에 따르면," 란이 끼어들었다. "호크윙과 같은 공간에 있던 사람들은 거짓말을 하려 했는데도 진실을 말하고, 자신이 생각하고 있는 줄도 몰랐던 결정을 내렸다고 한다. 주사위를 던질 때마다, 카드를 섞을 때마다 호크윙의 뜻대로 됐던 때지. 늘 그랬던 건 아니지만."

"결국 아무것도 모른다는 뜻이잖아요." 페린이 말했다. "저 멀리 티어까지 결혼식과 미친 하얀 망토들을 따라서 랜드를 쫓자는 거예요?"

"나는 우리가 알 수 있는 모든 걸 알고 있어." 모레인이 날카롭게 말했다. 그녀의 검은 눈이 채찍처럼 페린을 꾸짖었다. "패턴은 **타비렌** 주위에 섬세하게 짜이고, 어디를 봐야 하는지 안다면 그 실오리의 형태를 추적할 수 있어. 네 혀로 네가 알 수 있는 것 이상을 풀어놓지 않도록 조심해라."

페린은 모레인이 진짜로 후려치기라도 한 듯 자기도 모르게 어깨를 움츠렸다. "뭐, 이번엔 제가 입을 연 걸 다행스럽게 여겨야 할 거예요. 당신이 아이즈 세다이라는 걸 시미온이 알고 있어요. 자기 동생 노암이 무슨 병에 걸렸는데, 당신이 치유해 주면 좋겠대요. 내가 시미온과 이야기를 나누지 않았다면 시미온은 결코 부탁할 용기를 끌어내지 못했을 거예요. 대신 친구들끼리 이야기하기 시작했겠죠."

란이 모레인과 눈을 마주쳤다. 잠시 그들은 서로를 빤히 보았다. 수호자에게서는 덤벼들기 일보 직전의 늑대 같은 분위기가 났다. 마침내 모레인이 고개를 저었다. "안 돼요." 그녀가 말했다.

"원하는 대로 하십시오. 그야 당신의 결정입니다." 란은 모레인이 잘못된 결정을 내렸다고 생각하는 목소리였지만, 긴장은 풀린 듯했다.

페린이 그들을 바라보았다. "당신들 설마…… 시미온을 죽여서 입을 다물게 하려는 거예요?"

"시미온이 내 행동으로 인해 죽는 일은 없을 거다." 모레인이 말했다. "하지만 언제까지나 그럴 거라고는 약속할 수 없고 약속하고 싶지도 않아. 우리는 랜드를 찾아야 해. 난 그 일을 망치지 않을 생각이고. 이 정도면 쉽게 설명됐니?" 페린은 모레인의 시선에 붙들린 채 대답할 수 없었다. 모레인은 페린의 침묵만으로 충분한 답이 되었다는 듯 고개를 끄덕였다. "이제 시미온에게 가자."

로이알의 방문이 열려서 복도로 둥글게 촛불 빛을 드리우고 있었다. 방

안에는 침대 두 개가 한데 붙어 있었고, 로이알과 시미온이 그중 한 침대의 가장자리에 앉아 있었다. 턱 없는 남자가 입을 쩍 벌리고 경이로워하는 표정으로 로이알을 쳐다보았다.

"아, 맞아요. **스테딩**은 훌륭합니다." 로이알이 말하고 있었다. "그곳에는, 위대한 나무 아래에는 크나큰 평화가 있어요. 당신네 인간들은 전쟁을 벌이고 고난을 겪을 수 있겠지만, **스테딩**이 어지럽혀지는 일은 절대 벌어지지 않아요. 우리는 나무를 돌보며 조화롭게 살고……." 로이알은 란과 페린을 거느리고 온 모레인을 보더니 말을 흐렸다.

시미온이 서둘러 일어나 허리를 숙이더니 반대쪽 벽에 등이 닿을 때까지 물러났다. "어…… 아가씨……. 어……. 어……." 그때까지도 시미온은 끈에 연결된 장난감처럼 고개를 끄덕이고 있었다.

"네 동생이 있는 곳으로 가자." 모레인이 명령했다. "그러면 내가 할 수 있는 일을 하마. 페린, 너도 가자. 여기 이 선량한 사람은 너와 먼저 이야기를 나눴으니까." 란이 한쪽 눈을 치켜올리자 모레인이 고개를 저었다. "우리 모두가 가면 관심을 끌지 모릅니다. 나한테 필요한 보호는 페린이 해 줄 수 있어요."

란은 마지못해 고개를 끄덕이더니 사나운 눈으로 페린을 보았다. "반드시 모레인 세다이를 보호해라, 대장장이. 모레인에게 어떤 해라도 닥친다면……." 그의 차가운 파란색 눈이 말을 대신 마쳤다.

시미온은 양초 하나를 집어 들고 서둘러 복도로 나섰다. 그러면서도 계속 절을 해 댔기에 촛불 빛에 그들의 그림자가 춤을 추었다. "이쪽입니다……. 어…… 아가씨. 이쪽이에요."

복도 끝 문을 열자 건물 바깥의 계단이 여관과 마구간 사이의 비좁은 골목으로 이어져 있었다. 어둠으로 인해 촛불은 깜빡이는 점으로 줄어들었다. 별이 점점이 찍힌 하늘에 반달이 떠 있었다. 페린의 눈에는 그 정도 빛이면 충분하고도 남았다. 그는 모레인이 언제쯤 시미온에게 계속 절할 필요는 없다고 말할지 궁금했지만, 모레인은 내내 그 말을 하지 않았다. 아이즈 세다이는 진흙이 묻지 않도록 치맛자락을 쥔 채 미끄러지듯 나아갔다. 어두운 통로는 마치 궁전의 복도이며 그녀는 여왕인 것만 같았다. 공기가 이미 차가워지고 있었다. 밤에는 여전히 겨울의 반향이 남아 있었다.

"이쪽입니다." 시미온이 그들을 마구간 뒤의 작은 헛간으로 데려가더니 서둘러 문의 빗장을 풀었다. "이쪽이요." 시미온이 가리켰다. "저기입니다, 아가씨. 저기요. 제 동생입니다. 노암이에요."

헛간의 반대쪽 끝은 널빤지로 막혀 있었다. 대강 보기에는 서둘러 막은 듯했다. 나무 널빤지로 만들어진 조잡한 문이 걸쇠에 매달린 튼튼한 무쇠 자물쇠로 잠겨 있었다. 그 널빤지 뒤에서는 한 남자가 지푸라기로 뒤덮인 바닥에 배를 깔고 사지를 쫙 뻗은 채 엎드려 있었다. 그는 맨발이었고 셔츠와 브리치스는 찢겨 있었다. 남자가 그 옷을 벗는 방법을 모르고 찢어버린 것만 같았다. 씻지 않은 몸에서 나는 악취가 났다. 시미온과 모레인도 맡았을 게 틀림없었다.

노암이 고개를 들고 조용히, 아무 표정 없이 그들을 바라보았다. 그가 시미온의 동생이라는 걸 알아볼 만한 단서는 아무것도 없었지만—예컨대 노암에게는 턱이 있었다. 게다가 그는 어깨가 묵직하고 덩치가 큰 남자였다—페린이 휘청거린 건 그래서가 아니었다. 그들을 바라보는 노암의 눈은 빛나는 황금색이었다.

"노암은 거의 1년 동안 말도 안 되는 소리를 해왔습니다, 아가씨. 자기가…… 자기가 늑대들과 이야기를 할 수 있다고. 거기다 노암의 눈이……." 시미온은 페린을 빠르게 힐끔거렸다. "그러니까, 노암은 술을 너무 많이 마시면 그런 얘기를 하곤 했습니다. 모두가 노암을 비웃었어요. 그러다가 한두 달 전, 노암이 마을에서 사라졌습니다. 무슨 일이 일어났는지 보려고 제가 마을 밖으로 나갔는데, 노암을 찾고 보니…… 이런 상태였어요."

페린은 조심스럽게, 마지못해 늑대에게 손을 뻗듯 노암 쪽으로 손을 뻗었다. **코에 차가운 바람을 머금은 채 숲을 달리는 느낌. 숨어 있던 곳에서 빠르게 달려 나와 힘줄을 물어뜯는 이빨. 혀에 진하게 느껴지는 피의 맛. 죽여.** 페린은 불을 건드렸을 때 그러듯 확 물러나며 정신을 차단했다. 그것들은 사실 생각과는 전혀 달랐다. 일부는 기억, 일부는 갈망인 욕망과 형상이 마구잡이로 뒤섞인 덩어리일 뿐이었다. 그 안에는 다른 무엇보다도 늑대가 있었다. 페린은 몸을 진정시키느라 손으로 벽을 짚었다. 무릎에 힘이 빠졌다.

빛이여, 저를 도우소서!

모레인이 자물쇠에 손을 댔다.

"열쇠는 해로드 씨가 가지고 있습니다, 아가씨. 저는 노암이 혹시……."

모레인이 한 번 잡아당기자 자물쇠가 튕기듯 열렸다. 시미온은 입을 쩍 벌리며 그녀를 보았다. 모레인은 걸쇠에 걸려 있던 자물쇠를 들어 올렸다. 턱 없는 남자가 페린을 돌아보았다.

"저래도 안전한 건가요, 선생님? 노암은 제 동생이지만, 룬 어머니가 도우려 했을 때는 그분을 물어뜯었습니다. 그리고…… 그리고 소도 죽였어요. 이빨로요." 그가 약한 목소리로 말을 마쳤다.

"모레인." 페린이 말했다. "그 사람 위험해요."

"남자는 다 위험해." 모레인이 서늘한 목소리로 대답했다. "이제 조용히 해라." 모레인이 문을 열고 들어갔다. 페린은 숨을 참았다.

모레인의 첫 발걸음에 노암의 입술이 뒤로 젖혀지며 치아가 드러났다. 그가 으르렁거리기 시작했다. 온몸이 떨릴 정도로 으르렁대는 소리가 깊어졌다. 모레인은 그 소리를 무시했다. 모레인이 다가오자 노암은 계속해서 으르렁거리며 지푸라기에서 움찔움찔 뒤로 물러나다가 구석에 몰렸다. 아니, 모레인이 그를 구석에 몰아넣었다.

아이즈 세다이는 천천히, 침착하게 무릎을 꿇고 두 손으로 남자의 머리를 잡았다. 노암의 으르렁거리는 소리가 고조되었다가, 페린이 움찔할 사이도 없이 낑낑대는 소리로 흐려졌다. 모레인은 길게만 느껴지는 한순간 노암의 머리를 잡고 있더니 똑같이 평온한 태도로 그 머리를 놓아주고 일어났다. 모레인이 노암을 등지고 우리에서 걸어 나오자 페린은 목구멍이 꽉 조였다. 하지만 노암은 그저 모레인의 뒷모습을 바라볼 뿐이었다. 모레인은 널빤지로 만들어진 문을 밀어 닫고 걸쇠에 다시 자물쇠를 끼웠다. 굳이 자물쇠를 잠그지는 않았다. 노암은 으르렁거리며 나무 빗장에 몸을 던졌다. 그는 빗장을 깨물고 어깨로 들이박으며 머리를 그 사이에 억지로 끼워 넣으려 했다. 그러는 내내 으르렁거리며 입을 딱딱거렸다.

모레인이 흔들림 없는 손길로 무표정하게 치마의 지푸라기를 쓸어 냈다.

"모험을 즐기시네요." 페린이 숨죽여 말했다. 모레인이 그를 보자—다 안다는 듯 안정적인 눈길이었다—페린은 시선을 떨어뜨렸다. 페린의 눈은 노란색이었다.

시미온은 동생을 보고 있었다. "동생을 도와주실 수 있나요, 아가씨?" 그가 쉰 목소리로 물었다.

"미안하구나, 시미온." 모레인이 말했다.

"아무것도 해 주실 수 없나요, 아가씨? 뭐라도요. 그……." 시미온의 목소리가 속삭이는 듯 잦아들었다. "아이즈 세다이가 하는 일은요?"

"치유는 단순한 문제가 아니다, 시미온. 치유하는 사람만큼이나 치유받는 사람의 내면으로부터 비롯하는 일이지. 이곳에는 노암으로 살았다는 걸 기억하는 존재가 없어. 인간으로 살았다는 걸 기억하는 존재가 없다. 노암에게 돌아갈 길을 보여 줄 지도가 남아 있지 않아. 그 길을 따라갈 존재도 없고. 노암은 사라졌어, 시미온."

"노암은…… 노암은 그냥 괴상한 이야기를 했을 뿐이에요, 아가씨. 술을 너무 많이 마셨을 때요. 노암은 그냥……." 시미온은 손으로 눈을 문지르며 눈을 깜빡였다. "감사합니다, 아가씨. 방법이 있다면 뭔가 해 주셨겠지요." 모레인이 그의 어깨에 손을 얹고 위로의 말을 건넨 뒤 헛간을 떠났다.

페린은 모레인을 따라가야 한다는 걸 알았지만, 나무 막대를 씹어 대는 남자가—예전에 남자였던 존재가—그를 붙들었다. 빠르게 다가간 페린은 걸쇠에 매달린 자물쇠를 제거하는 자신에게 놀라고 말았다. 자물쇠는 잘 만들어진 물건, 숙련된 대장장이의 작품이었다.

"선생님?"

페린은 손에 든 자물쇠를, 우리 속 남자를 바라보았다. 노암은 더 이상 널빤지를 씹어 대지 않았다. 경계하듯 페린을 마주 보며 헐떡거렸다. 그의 치아 일부가 삐뚤빼뚤 깨져 있었다.

"이 사람을 영원히 여기 둘 수도 있겠죠." 페린이 말했다. "하지만 나는……. 내 생각에 이 사람은 전혀 나아지지 않을 거예요.”

“선생님, 밖으로 나갔다가는 노암이 죽을 겁니다!”

“여기 있든 밖에 나가든 죽어요, 시미온. 저 밖에서는 최소한 자유롭다고 느끼겠죠. 최대한 행복하게 지낼 테고요. 이건 더 이상 당신 동생이 아니에요. 하지만 결정은 당신 몫입니다. 사람들이 구경하도록, 기운이 빠져 죽을 때까지 우리의 널빤지를 쳐다보도록 놔둘 수도 있어요. 하지만 늑대를 우리에 가두면 안 돼요, 시미온. 늑대를 가둬 놓고 녀석이 행복해질 거라고 기대할 수는 없어요. 오래 살 거라고 기대할 수도 없고요.”

“네.” 시미온이 천천히 말했다. “네, 알겠습니다.” 그는 망설이다가 고개를 끄덕이더니 헛간 문으로 홱 고개를 돌렸다.

페린에게 필요한 답은 그것뿐이었다. 페린은 널빤지로 만들어진 문을 홱 젖히고 옆으로 비켜섰다.

노암은 잠시 열린 틈을 빤히 보더니 우리에서 쏜살같이 달려 나와 네 발로, 그러나 놀라울 정도로 민첩하게 달렸다. 우리에서, 헛간에서 나가 어둠 속으로 달려갔다. **빛께서 우리 둘을 도우소서.** 페린은 생각했다.

“노암으로서는 자유롭게 사는 게 낫겠죠.” 시미온이 몸을 떨었다. “하지만 저 문이 열려 있고 노암이 사라진 걸 보면 해로드 씨가 뭐라고 말씀하실지 모르겠네요.”

페린이 우리 문을 닫고 커다란 자물쇠를 채웠다. 선명한 찰칵 소리가 났다. “그건 해로드 씨가 알아서 생각하게 두세요.”

시미온이 빠르게 껄껄 웃다가 우뚝 멈췄다. “하긴, 해로드 씨가 뭔가 지어내겠군요. 모두가 그러겠죠. 어떤 사람은 노암이 룬 어머니를 물었을 때 늑대로 변했대요. 털을 비롯해서 모든 걸 갖춘 늑대로! 사실이 아닌데도 그렇게 말하죠.”

페린은 몸을 떨며 우리 문에 머리를 기댔다. **털은 없을지 몰라도 노암은 늑대야. 노암은 늑대지 인간이 아니야. 빛이여, 저를 도우소서.**

“늘 노암을 여기 둔 건 아니에요.” 시미온이 말했다. “원래 룬 어머니의 집에 있었는데, 하얀 망토들이 온 이후 어머니 룬과 제가 해로드 씨에게 노암을 이리로 옮기자고 했어요. 하얀 망토들은 언제나 명단을 가지고 다니거든요. 자기들이 찾는 어둠의 친구들 명단이요. 아시겠지만, 문제는 노암의 눈이었어요. 하얀 망토들이 가지고 다니는 이름 중에는 대장장이 페린 아이바라라는 사람이 있었습니다. 하얀 망토들은 그 사람이 노란 눈을 가지고 있고 늑대들과 함께 다닌다고 했어요. 제가 왜 그 사람들이 노암에 대해서 모르기를 바랐는지 아시겠죠.”

페린은 어깨 너머로 시미온이 보일 만큼 고개를 돌렸다. “당신은 페린 아이바라라는 사람이 어둠의 친구라고 생각해요?”

“어둠의 친구라면 내 동생이 우리에서 죽든 말든 신경 쓰지 않았을 거예요. 아마 그 일이 일어나고 얼마 지나지 않아서 아까 그 여자 분이 당신을 발견했겠지요. 도울 수 있을 때 말입니다. 그분이 몇 달 전에 자라에 왔더라면 좋았을 텐데요.”

페린은 이 남자를 개구리와 비교했던 게 부끄러워졌다. “노암에게도 저여자가 뭔가 해 줄 수 있었다면 좋았을 겁니다.” **태워 죽일, 정말 그랬으면 좋겠어.** 갑자기 마을 사람 모두가 노암에 대해 알 게 틀림없다는 생각이 불꽃처럼 떠올랐다. 그의 눈에 대한 이야기가. “시미온, 내 방으로 먹을 걸 좀 가져다줄래요?” 아까는 해로드 씨와 나머지 사람들이 로이알을 쳐다보는데 정신이 팔린 나머지 눈치 못 챘을지 모르지만, 페린이 휴게실에서 음식을 먹는다면 그 모습이 모두의 눈에 띌 게 틀림없었다.

“그럼요. 아침에도 가져다드리죠. 말을 탈 준비를 하실 때까지는 아래층에 내려오실 필요 없습니다.”

“당신은 좋은 사람이에요, 시미온. 좋은 사람이요.” 시미온이 너무 기뻐하는 표정을 지었기에 페린은 또 한 번 새로운 부끄러움을 느꼈다.

9장 늑대 꿈

페린은 뒷길로 방에 돌아왔다. 잠시 후 시미온이 보자기로 덮은 쟁반을 가지고 올라왔다. 보자기로는 구운 양고기와 단콩, 순무, 이제 막 구운 빵의 냄새를 막지 못했지만 페린은 그 향이 식을 때까지 침대에 누운 채 회반죽을 칠한 천장만 쳐다보았다. 노암의 모습이 머릿속을 휩쓸고 또 휩쓸었다. 나무 널빤지를 씹던 노암. 어둠 속으로 달려 나가던 노암. 페린은 자물쇠 제작에 대해서, 강철을 조심스럽게 식히고 조형하는 과정에 대해서 생각해 보려 했지만 아무 소용이 없었다.

페린은 쟁반을 무시한 채 일어나 복도를 지나 모레인의 방으로 갔다. 페린이 문을 두드리자 모레인은 "들어와라, 페린."이라고 대답했다.

한순간은 아이즈 세다이에 관한 수많은 옛이야기가 다시 떠올랐지만, 페린은 그 이야기들을 일단 치워 두고 문을 열었다.

모레인은 혼자—페린은 이 점이 다행이라고 느꼈다—앉아서 무릎에 잉크병을 위태위태 올려놓은 채 작고 가죽으로 장정된 책에 무언가를 쓰고 있었다. 그녀는 페린을 보지 않은 채 잉크병에 마개를 끼우고 펜의 쇠 촉을 작은 양피지 조각에 닦았다. 난로에 불이 지펴져 있었다.

"널 기다린 지 좀 됐어." 모레인이 말했다. "전에 이 이야기를 한 적이 없는 건 네가 원하지 않는 게 너무 분명했기 때문이야. 하지만 오늘 밤 일을 겪었으니……. 알고 싶은 게 뭐니?"

"저도 저렇게 될 걸 예상해야 하나요?" 페린이 물었다. "저런 식으로 끝나는 거예요?"

"아마도."

페린은 그 이상의 말을 기다렸지만, 모레인은 그저 윤을 낸 장미나무로 만들어진 작은 통에 펜과 잉크를 집어넣고 글을 후후 불어 말릴 뿐이었다. "그게 다예요? 모레인, 요리조리 빠져나가는 아이즈 세다이식 대답은 하지 마세요. 뭔가 안다면 말해 줘요. 부탁이에요."

"내가 아는 건 거의 없어, 페린. 난 친구 두 명이 연구 목적으로 가지고 있는 책과 원고에서 다른 답을 찾던 중에, 전설의 시대로부터 전해지는 책의 사본 일부를 발견했단다. 그 책에…… 너와 비슷한 상황이 적혀 있었지. 아마 그게 세상에 있는 유일한 사본일 거야. 그 내용도 얼마 되지는 않았고."

"**있던** 내용은 뭔데요? 뭐든 내가 지금 아는 것보다는 많겠죠. 태워 죽일, 난 랜드가 미칠 걸 걱정해 왔어요. 내 걱정을 해야 하는 줄은 모르고!"

"페린, 전설의 시대에도 이런 현상에 관해서는 알려진 게 거의 없었어. 누군지는 몰라도 그 책을 썼던 사람은 이런 현상이 정말 있는 건지 아니면 전설일 뿐인 건지 확신 못 하는 것 같더구나. 게다가 내가 본 건 일부일 뿐이라는 점을 기억해야 해. 저자는 늑대와 이야기하는 사람 중 일부는 자신을 잃었고, 인간이었던 부분이 늑대에 잠식당했다고 적었어. 일부는 말이야. 저자가 말한 게 열 명에 한 명인지, 다섯 명이나 아홉 명에 한 명인지 나로서는 알 수 없어."

"저는 늑대들을 차단할 수 있어요. 어떻게 하는 건지는 모르겠지만 늑대들의 말을 거부할 수 있어요. 늑대들의 소리를 거부할 수 있다고요. 그러면 도움이 될까요?"

"그럴지도 모르지." 모레인은 조심스럽게 단어를 고르려는 듯 페린을 찬찬히 살폈다. "대체로 저자는 꿈에 관해 썼단다. 너한테는 꿈이 위험할 수 있어, 페린."

"전에도 그런 얘기를 했었죠. 무슨 뜻이에요?"

"저자에 따르면, 늑대들은 일부는 이 세계에, 일부는 꿈의 세계에 산다는구나."

"꿈의 세계요?" 페린은 믿을 수 없다는 듯 말했다.

모레인이 날카로운 눈으로 그를 보았다. "그래, 꿈의 세계라고 했어. 저자도 그렇게 적었고. 늑대들이 서로에게 말을 거는 방식, 너에게 말을 거는 방식이 어떤 식으로든 그 꿈의 세계와 연결되어 있어. 내가 그 방법을 안다고는 못 하겠지만." 모레인은 잠시 말을 멈추고 살짝 인상을 찡그렸다. "꿈이라는 이능을 가진 아이즈 세다이에 관해 내가 읽은 내용에 따르면, '꿈꾸는 자'들은 때로 꿈에서 늑대를 마주쳤다는 말을 하곤 했어. 그중에는 심지어 안내자 역할을 하는 늑대들도 있었다지. 유감이지만, 늑대들을 피할 생각이라면 깨어 있을 때만큼 잘 때도 주의하는 법을 배워야 할 거야. 늑대들을 피하기로 결정한다면 말이야."

"'결정한다면'이라뇨? 모레인, 나는 노암 같은 꼴이 되지 않을 거예요. 절대로!"

모레인이 기묘한 시선으로 그를 보더니 천천히 고개를 저었다. "넌 꼭 모든 선택을 직접 할 수 있다는 듯이 말하는구나, 페린. 너는 **타비렌**이야. 명심해." 페린은 모레인을 등지고 밤의 새카만 창문을 바라보았지만, 모레인이 말을 이었다. "어쩌면 랜드의 정체를 알고 랜드가 얼마나 강력한 **타비렌**인지 알았기에, 내가 랜드와 함께 발견한 다른 두 **타비렌**에게는 관심을 너무 적게 기울였는지도 몰라. 같은 마을에 **타비렌** 셋이, 서로 겨우 몇 주 차이로 태어나다니? 들어본 적도 없는 일이야. 어쩌면 너는—그리고 맷도—너나 내가 생각했던 것보다 패턴에서 더 큰 목적을 띠고 있을지 모르겠구나."

"난 패턴에서 어떤 **목적**도 띠고 싶지 않아요." 페린이 중얼거렸다. "내가 인간이라는 걸 잊어버리면 당연히 목적을 가질 수도 없겠지만요. 나를 도와줄 건가요, 모레인?" 하기 힘든 말이었다. **날 돕는다는 게 모레인이 일원력을 사용한다는 뜻이라면? 차라리 내가 인간이라는 걸 잊는 게 나을까?** "내가…… 나 자신을 잃지 않도록 도와줄 거예요?"

"너를 온전하게 지킬 수 있다면 그렇게 할게. 그것만은 약속하마, 페린. 하지만 그림자에 대항하는 투쟁을 위험에 빠뜨리지는 않을 거야. 그것도 알아 둬야 해."

페린이 돌아서서 모레인을 보았을 때 모레인은 눈 한 번 깜빡이지 않고 그를 보고 있었다. **당신의 투쟁이 내일 나를 무덤에 처넣는다는 뜻이면 그런 일도 할 건가요?** 페린은 모레인이 그렇게 하리라는 걸 차갑게 확신했다. "나한테 말하지 않은 게 뭐죠?"

"너무 많은 걸 가정하지 마라, 페린." 모레인이 냉정하게 말했다. "내가 적절하다고 생각하는 선 이상으로 나를 밀어붙이지 마."

페린은 잠시 망설이다가 다음 질문을 던졌다. "란한테 해준 일을 나한테도 해 줄 수 있어요? 내 꿈을 지켜 줄 수 있나요?"

"나한테는 이미 수호자가 있어, 페린." 모레인의 입술이 거의 미소를 짓듯 움찔거렸다. "앞으로도 한 명만 둘 테고. 나는 녹색의 아자가 아니라 청색의 아자니까."

"내 말이 무슨 뜻인지 알잖아요. 난 수호자가 되고 싶은 게 아니에요." **빛을 걸고, 남은 평생 아이즈 세다이에게 매인다고? 그건 늑대가 되는 것만큼 고약한 일이야.**

"그래 봐야 도움이 되지는 않을 거야, 페린. 그런 보호는 밖에서 다가오는 꿈을 막기 위한 거야. 하지만 네 꿈의 위험성은 네 안에 있어." 모레인이 다시 작은 책을 펼쳤다. "자렴." 그녀가 나가 보라는 뜻으로 말했다. "꿈은 조심하되 때로는 잠을 자야 한단다." 모레인이 책장을 넘겼고 페린은 방을 나섰다.

자기 방에 돌아온 페린은 그때까지 유지하던 자제력을 조금 늦추었다. 아주 조금만. 그렇게 그는 감각이 펼쳐지도록 놔두었다. 늑대들이 여전히 밖에, 마을 가장자리 너머에서 자라를 둘러싸고 있었다. 페린은 거의 즉시 엄격한 자제력을 되찾았다. "나한테 필요한 건 도시야." 페린은 중얼거렸다. 그러면 늑대들을 막을 수 있었다. **랜드를 찾은 다음에. 뭔지는 몰라도 랜드의 일을 끝마친 다음에.** 모레인이 그를 지켜 줄 수 없다는 사실을 정말 유감스럽게 여겨야 할까? 일원력 아니면 늑대라니, 그 어떤 사람도 해서는 안 될 선택이었다.

페린은 벽난로의 재받이돌에 불을 켜지 않은 채 창문을 둘 다 열어젖혔다. 차가운 밤공기가 밀려들었다. 페린은 담요와 이불을 바닥에 던지고 완전히 옷을 갖추어 입은 채 울퉁불퉁한 침대에 누웠다. 굳이 편한 자세를 찾지는 않았다. 잠들기 전에 마지막으로 떠오른 생각은, 깊이 잠들어 위험한 꿈을 꾸는 일을 막아 줄 게 있다면 바로 이 매트리스라는 생각이었다.

페린은 긴 복도에 있었다. 높은 돌 천장과 벽이 축축하게 번들거렸다. 벽에 줄무늬 같은 기이한 그림자가 드리워져 있었다. 그림자들은 왜곡된 띠처럼, 시작됐을 때만큼 갑작스럽게 끝났다. 사이사이의 빛에 비하면 지나치게 어두운 그림자였다. 빛이 어디에서 나오는 건지 알 수 없었다.

"안 돼." 페린이 말했다. 그런 뒤 소리를 높였다. "안 돼! 이건 꿈이야. 깨어나야 해. 눈을 떠!"

복도는 바뀌지 않았다.

위험. 그건 늑대의 생각이었다. 희미하게, 멀리서 들리는 생각.

"나는 일어날 거야. 반드시!" 페린은 주먹으로 벽을 쳤다. 아팠지만 잠에서 깨지는 않았다. 페린은 구불구불한 그림자 중 하나가 주먹질에 움직였다는 생각이 들었다.

도망쳐라, 형제. 도망쳐라.

"하퍼?" 페린은 의아해져 말했다. 방금 들린 생각을 한 늑대를 안다는 확신이 들었다. 독수리를 부러워하던 하퍼. "하퍼는 죽었어!"

도망쳐!

페린은 움찔하며 달리기 시작했다. 한 손으로는 다리에 부딪히지 않도록 도끼자루를 잡고 달렸다. 어디로, 왜 뛰는지는 알 수 없었지만 하퍼가 보낸 신호의 긴급함을 무시할 수 없었다. **하퍼는 죽었어.** 페린은 생각했다. **죽었다고!** 하지만 페린은 달렸다.

다른 복도들이 페린이 달려가는 복도와 기이한 각도로 교차했다. 때로는 내려가고, 때로는 올라가면서. 하지만 그중 어떤 통로도 페린이 달려가는 통로와 달라 보이지 않았다. 축축한 돌벽을 나눠 놓는 문은 없었다. 어둠으로 이루어진 띠뿐.

페린은 그렇게 교차하는 복도 중 한 곳에 이르러 미끄러지며 멈추었다. 한 남자가 그곳에 서서 어리둥절한 표정으로 그를 보며 눈을 깜빡이고 있었다. 그는 이상하게 마름질한 코트와 브리치스를 입고 있었다. 코트는 엉덩이 위에서, 브리치스의 아랫부분은 장화 위에서 펼쳐졌다. 둘 다 밝은 노란색이었다. 그가 신은 장화도 색깔이 조금 연할 뿐이었다.

"이건 선을 넘는데." 남자는 페린에게 말하는 대신 혼잣말했다. 억양이 특이했다. 빠르고 날카로웠다. "이젠 그냥 소작농도 아니고 외국 소작농이 꿈에 나오는군. 저 옷을 좀 봐. 내 꿈에서 나가라, 이 녀석아!"

"당신은 누구죠?" 페린이 물었다. 남자의 눈썹이 불쾌하다는 듯 치켜올려졌다.

주변의 그림자 띠가 몸부림쳤다. 어떤 그림자는 천장 한쪽 끝에서 떨어져 나와 둥실둥실 떠오더니 이상한 남자의 머리에 닿아 머리카락과 얽히는 것처럼 보였다. 남자의 눈이 휘둥그레졌다. 모든 일이 동시에 일어난 것만 같았다. 그림자가 머리 위 3미터 지점에 있는 천장으로 휙 다시 올라가더니 뭔가 허연 흔적을 남겼다. 축축한 물방울이 페린의 얼굴에 뚝뚝 떨어졌다. 뼛속을 뒤흔드는 날카로운 비명이 공기를 산산이 조각냈다.

페린은 얼어붙은 채 남자의 옷을 입고 있는 피투성이 형체를 바라보았다. 그 형체가 비명을 지르며 바닥에서 몸부림치고 있었다. 페린의 시선은 무의식적으로 천장에 매달려 있는, 빈 자루 같은 허연 것으로 향했다. 그것의 일부는 이미 검은 띠에 흡수된 뒤였다. 하지만 페린은 아무 문제없이 인간의 가죽을 알아볼 수 있었다. 겉보기에는 찢어진 데 하나 없이 온전해 보이는 가죽.

주변의 그림자들이 동요하듯 춤을 추었다. 페린은 도망쳤다. 죽어 가는 자의 비명이 그를 따라왔다. 그림자 띠를 따라 물결이 일어나며 그와 보조를 맞추었다.

"바꿔라고, 태워 죽일!" 페린이 소리쳤다. "난 이게 꿈이라는 걸 알아! 빛께서 태워 버리시길, 바꿔란 말이야!"

흰 바닥 타일과 보송보송한 구름이며 날아가는 멋진 새들이 그려진 천장을 밝히는, 수십 개의 촛불이 꽂힌 높은 황금색 받침대 사이의 벽에 알록달록한 태피스트리가 걸려 있었다. 움직이는 것이라고는 그 복도 전체에서 일렁이는 촛불뿐이었다. 복도가 시야 닿는 곳까지 뻗어 있었다. 아니면, 가끔 벽을 나누고 있는 흰 돌로 이루어진 뾰족한 아치들이 있는 곳까지.

위험. 신호는 전보다 더 약해져 있었다. 그리고 가능한 일인지는 모르겠지만, 더 긴박해졌다.

페린은 손에 도끼를 쥔 채 경계하며 복도를 걷기 시작했다. 그는 혼자 중얼거렸다. "일어나. 눈을 떠, 페린. 이게 꿈이라는 걸 안다면 꿈이 바뀌거나 네가 깨어날 거야. 눈을 뜨라고, 태워 죽일!" 복도는 페린이 걸어 본 그 어느 복도만큼 단단하게 남아 있었다.

페린은 뾰족한 흰색 아치 중 첫 번째 아치에 이르렀다. 그 아치는 거대한 공간으로 이어졌는데, 그 공간은 창문이 없는 것처럼 보였으나 궁전처럼 화려한 가구를 갖추고 있었다. 가구 모두가 조각되고 도금되고 상아로 상감되어 있었다. 여자 한 명이 그 방 한가운데에 서서, 탁자 위에 펼쳐진 너덜너덜한 원고를 보며 인상을 쓰고 있었다. 흰색과 은색으로 이루어진 옷을 입은, 검은 머리에 검은 눈을 가진 아름다운 여자였다.

페린이 막 그녀를 알아보았을 때 그녀가 고개를 들어 페린을 똑바로 보았다. 여자의 눈이 놀라서, 화가 나서 휘둥그레졌다. "너! 네가 여기서 뭘 하는 거지? 네가 어떻게……? 너는 상상조차 하지 못한 일들을 망치게 될 거야!"

갑자기 공간이 납작해지는 것처럼 보였다. 갑자기 그 방이 그림으로 변한 것만 같았다. 납작한 형상이 옆으로 회전하며 암흑 한가운데에 난 밝은 세로 줄로 변하는 듯했다. 그 선이 희게 번뜩이더니 사라지며 암흑보다 검은 어둠만을 남겼다.

페린의 장화 바로 앞에서 바닥 타일이 갑자기 끊겼다. 흰 모서리가 물에 씻겨 나가는 모래처럼 어둠 속으로 녹아들고 있었다. 페린은 서둘러 물러났다.

도망쳐.

페린이 돌아섰다. 하퍼가 그곳에 있었다. 흰 털이 섞여 있고 흉터가 있는, 덩치 큰 회색 늑대. "넌 죽었어. 네가 죽는 걸 봤어. 네가 죽는 걸 **느꼈다고!**" 신호가 페린의 머릿속에 흘러넘쳤다.

지금 도망쳐! 넌 지금 여기 있으면 안 돼. 위험. 엄청난 위험. 태어나지 않은 자들을 모두 합친 것보다 나쁘다. 가야 해. 지금 가라! 당장!

"어떻게?" 페린이 소리쳤다. "나도 떠나고 싶지만, 어떻게 가냐고?"

가! 하퍼가 이빨을 드러내며 페린의 목덜미를 향해 달려들었다.

페린은 목이 막힌 채 비명을 지르며 침대에 일어나 앉았다. 피를 막으려고 두 손이 목으로 향했다. 손은 찢어지지 않은 피부에 닿았다. 페린은 안도감에 침을 삼켰다. 그리고 다음 순간, 손가락이 축축한 부분에 닿았다.

페린은 거의 넘어질 뻔하며 허둥지둥 침대에서 일어났다. 비틀거리며 세면대로 다가가 주전자를 쥐고 대야를 채우다가 사방에 물을 튀겼다. 얼굴을 씻자 물이 분홍색으로 변했다. 이상한 옷을 입은 남자의 피 때문이었다.

페린의 코트와 브리치스에도 더 많은 검은 얼룩이 나 있었다. 페린은 옷을 잡아 뜯어 가장 먼 구석으로 던져 버렸다. 거기에 놔둘 생각이었다. 시미온이 태워 버리면 되겠지.

열린 창문으로 돌풍이 채찍처럼 들어왔다. 페린은 셔츠와 반바지만 입은 채 몸을 떨며 바닥에 앉아 침대에 기댔다. **이 정도로 불편하면 되겠지.** 음침함이 그의 생각을 물들였다. 걱정과 두려움도. 결심도. **이런 것에 항복하지는 않아. 절대로!**

마침내 잠이 다시 찾아왔을 때도 페린은 계속 떨고 있었다. 주변의 방에 대한 어렴풋한 인식과 추위에 대한 생각으로 가득한, 반쪽짜리 얕은 잠이었다. 하지만 이번에 꾼 악몽은 다른 악몽보다는 나았다.

랜드는 한밤중 나무 아래에 웅크리고서, 어깨가 튼튼한 검은 개가 그의 은신처로 다가오는 모습을 지켜보았다. 옆구리가 아팠다. 모레인이 제대로 치유해 주지 못한 상처 때문이었다. 하지만 랜드는 통증을 무시했다. 달에서 나오는 빛으로는 개를 간신히 알아볼 수 있을 뿐이었다. 개는 사람 허리까지 올라오는 키에 두꺼운 목과 거대한 머리를 갖추고 있었다. 이빨은 어둠 속에 젖은 은처럼 빛났다. 놈이 공기 냄새를 맡으며 랜드 쪽으로 종종걸음 쳐 왔다.

더 가까이. 랜드가 생각했다. **더 가까이 와. 이번에는 네 주인에게 경고하지 못할 거야. 더 가까이. 그렇지.** 개는 이제 겨우 9미터 떨어진 곳에 있었다. 놈의 가슴 깊은 곳에서 으르렁거리는 소리가 울리는 순간 놈이 갑자기 앞으로 펄쩍 뛰었다. 랜드를 향해 곧장.

일원력이 랜드를 가득 채웠다. 무언가가 내뻗은 그의 두 손에서 달려 나갔다. 랜드는 그게 무엇인지 확신할 수 없었다. 강철처럼 단단한, 흰빛으로 이루어진 막대. 액화된 불. 아주 잠깐, 그 무언가의 한가운데에서 개가 투명해지는 것 같더니 사라졌다.

흰빛은 랜드의 시야 전체에서 타오르는 잔영만을 남기고 사라졌다. 그는 가장 가까운 나무 둥치에 털썩 기댔다. 얼굴에 닿는 나무껍질이 거칠었다. 안도감과 조용한 웃음이 그를 뒤흔들었다. **통했어. 빛의 도움으로, 이번에는 통했어.** 늘 이 방법이 통하는 건 아니었다. 오늘 밤에는 다른 개들도 있었다.

일원력이 랜드 안에서 두근거렸다. **사이딘**을 오염시킨 어둠의 존재의 얼룩 때문에 배 속이 뒤틀렸다. 게워 내고 싶었다. 차가운 밤바람에도 얼굴에 땀이 맺혔다. 입에서는 토사물 가득한 맛이 났다. 랜드는 쓰러져 죽고 싶었다. 나이니브가 약을 주거나 모레인이 치유해 주거나, 아니면…… 뭔가가, 무슨 일이라도 일어나서 그를 질식시키는 이 역겨운 느낌을 막아 주기를 바랐다.

하지만 **사이딘**은 랜드를 생기로도 흘러넘치게 했다. 역겨움을 뚫고 나온 생기와 힘과 인식으로. **사이딘** 없는 삶은 창백한 복사본이었다. 다른 모든 것은 힘없는 모조품이었다.

하지만 내가 사이딘을 붙들고 있으면 놈들이 나를 찾을 수 있어. 놈들이 나를 추적해 발견할 거야. 티어에 가야 해. 거기서 알아낼 거야. 내가 드래건이라면 거기에 끝이 있겠지. 드래건이 아니라면…… 이게 전부 거짓말이라면 그 거짓말에도 끝이 있을 테고. 끝이야.

랜드는 마지못해, 무한히 느리게 **사이딘**과의 접촉을 끊고 삶의 숨결을 포기하듯 **사이딘**의 품을 포기했다. 밤이 단조롭게 느껴졌다. 그림자는 무한히도 선명하던 색조를 잃고 한데 합쳐졌다.

멀리, 서쪽에서 개 한 마리가 울부짖었다. 조용한 어둠 속에서 나는, 몸이 떨리는 울음소리였다.

랜드의 머리가 들렸다. 그는 열심히 노력하면 그 개가 보이기라도 할 것처럼 소리 나는 방향을 바라보았다.

두 번째 개가 첫 번째 개에게 응답했다. 그러더니 다른 개가, 또 다른 개 두 마리가 응답했다. 그 소리 전체가 랜드의 서쪽 어딘가로 번져 갔다.

“어디 덤벼 봐.” 랜드가 으르렁거리듯 말했다. “나를 사냥하라고. 난 쉬운 사냥감이 아니야. 더 이상은!”

랜드는 나무를 밀치고 일어나 얕고 얼음처럼 차가운 개울을 헤치고 나아간 뒤 안정적인 발걸음으로 동쪽을 향해 종종걸음 쳤다. 차가운 물이 장화를 가득 채웠고 옆구리는 아팠지만, 랜드는 둘 다 무시했다. 등 뒤의 밤이 다시 조용해졌지만, 랜드는 그것도 무시했다. **날 사냥해. 나도 사냥을 할 줄 알아. 난 쉬운 사냥감이 아니야.**

10장 비밀

에그웨인 알비어는 잠시 일행을 외면하며 등자를 딛고 일어섰다. 저 멀리 타 발론이 언뜻 보이기를 바랐지만 보이는 것이라고는 아침 햇살을 받아 불분명하게 아른거리는 흰색뿐이었다. 그곳은 섬 위의 도시가 틀림없었다. 꼭대기가 깨져 나간 드래건마운트산이 굽이치는 평원에서 외로운 모습을 처음으로 드러낸 건 늦은 오후의 일이었다. 그 산에서 에리닌강을 건너면 바로 타 발론이었다. 드래건마운트산은—굽이치는 평지에서 삐죽 솟은, 삐죽빼죽한 송곳니처럼 생긴 산이었다—몇 킬로미터 떨어진 곳에서도 쉽게 보이는 표지물이었다. 쉽게 피할 수 있는 표지물. 타 발론에 가는 사람을 포함해 모두가 그 산을 피했다.

드래건마운트산은 동족살해자 루스 세린이 죽은 곳이라고 전해졌다. 그 산에 관해 전해지는 다른 이야기도 있었다. 예언과 경고였다. 그 검은 산비탈과 거리를 둘 이유는 충분했다.

에그웨인에게는 그곳을 떠날 수 없는 이유가 있었고, 하나만이 아니었다. 에그웨인은 오직 타 발론에서만 자신에게 꼭 필요한 훈련을 받을 수 있었다. **다시는 목줄을 차지 않을 거야!** 에그웨인이 밀어내려 해도 그 생각은 방향만 바꾸어 돌아왔다. **다시는 자유를 잃지 않을 거야!** 타 발론에 가면 아나이야가 다시 그녀의 꿈을 시험하기 시작할 것이다. 아나이야는 예상과 달리 에그웨인이 꿈꾸는 자라는 진짜 증거를 찾아내지 못했지만 어쨌든 노력할 게 뻔했다. 에그웨인의 꿈은 앨머스평원을 떠난 이후로 계속 혼란스러웠다. 숀찬에 대한 꿈 말고도—그런 꿈을 꾸면 에그웨인은 지금도 땀을 흘리며 잠에서 깼다—랜드 꿈을 점점 더 많이 꾸었다. 달리는 랜드. 무언가를 향해, 하지만 동시에 무언가를 피해서 달리는 랜드.

에그웨인은 타 발론 쪽을 더욱 집중해서 바라보았다. 아나이야가 그곳에 있을 터였다. **아마 갈라드도 있겠지.** 에그웨인은 무의식적으로 얼굴을 붉혔다가 머릿속에서 그를 완전히 몰아냈다. **날씨 생각이나 해. 다른 뭐라도 생각해. 빛을 걸고, 그래도 따뜻하긴 하다.**

겨울이 겨우 어제의 기억일 뿐인, 지금처럼 이른 시기에는 드래건마운트 산의 꼭대기가 여전히 흰색으로 뒤덮여 있었다. 하지만 아래쪽에서는 눈이 녹았다. 이른 새싹이 납작해진 작년의 갈색 풀 사이로 고개를 내밀었고, 여기저기 나무가 돋아 있는 나지막한 언덕 꼭대기에서는 새로 난 나무의 첫 번째 붉은빛이 보였다. 일행은 폭풍 때문에 마을이나 야영지에 갇히기도 했고, 쌓인 눈이 말들의 배까지 차올라 있어 해 뜰 때부터 해 질 때까지 이동해도 날씨가 좋은 날 반나절 만에 걸을 만한 거리보다 적게 이동하기도 했다. 그런 식으로 겨우내 여행하고 나니 봄의 징후가 보기 좋게 느껴졌다.

에그웨인은 두꺼운 모직 망토를 뒤로 휙 젖히며 안장머리가 높은 안장에 털썩 주저앉아, 조바심 나는 동작으로 치마 주름을 폈다. 에그웨인의 검은 눈이 혐오감으로 가득했다. 그녀는 말을 타기 위해 자신의 바느질 솜씨로 직접 앞을 튼 드레스를 지나치게 오랫동안 입었다. 하지만 에그웨인의 다른 옷은 그보다도 지저분한 것뿐이었다. 게다가 색깔도 목줄에 매인 자가 입는 옷과 똑같은 짙은 회색이었다. 몇 주 전, 타 발론으로 출발했을 때는 그 짙은 회색 옷을 입거나 아예 아무 옷도 입지 않는 방법밖에 없었다.

"맹세하는데, 난 다시는 회색 옷을 입지 않을 거야, 벨라." 에그웨인은 털이 덥수룩한 암말에게 그렇게 말하며 녀석의 목을 쓰다듬었다. **화이트 타워에 돌아가면 선택지가 그리 많지는 않겠지만.** 에그웨인은 생각했다. 화이트 타워에서는 모든 신입이 흰옷을 입었다.

"다시 혼잣말하는 거야?" 나이니브가 거세된 구렁말을 타고 가까이 다가오며 물었다. 두 여자는 옷도, 키도 비슷했지만 타고 있는 말이 달라서 에먼즈 필드의 전직 현자가 에그웨인보다 머리 하나는 더 컸다. 나이니브는 이제 눈살을 찌푸리며 어깨 뒤로 늘어져 있는, 두껍게 땋은 검은 머리를 잡아당겼다. 걱정스럽거나 심란할 때, 아니면 이따금 나이니브치고도 유독 고집스럽게 굴어야겠다고 마음먹었을 때마다 나오는 버릇이었다. 나이니브가 손에 끼고 있는 거대한 뱀 반지는 그녀가 아직 아이즈 세다이는 아니지만 에그웨인보다는 한 발짝 더 나아가 있는 합격자라는 징표였다. "조심하는 게 좋을 거야."

에그웨인은 타 발론을 보고 있었다고 말대꾸하려다가 입을 다물었다. **내가 안장이 마음에 안 들어서 등자를 딛고 서 있었다고 생각하나?** 나이니브는 자신이 더 이상 에먼즈 필드의 현자가 아니며 에그웨인도 더는 아이가 아니라는 사실을 너무 자주 잊는 듯했다. **하지만 나이니브는 반지를 끼고 있고 나는 아니잖아, 아직은! 나이니브한테는 그게 아무것도 변하지 않았다는 뜻인 거야!**

"모레인이 란을 어떻게 대하는지 궁금하지 않아?" 에그웨인은 놀리듯 물었다가 나이니브가 땋은 머리를 세게 휙 잡아당기는 걸 보고 잠깐 즐거워했다. 하지만 그 즐거움은 빠르게 잦아들었다. 에그웨인은 상처가 되는 말을 자연스럽게 떠올리지 못했다. 게다가 그녀는 수호자에 대한 나이니브의 감정이 새끼 고양이가 헤집어 놓은 뜨개질 바구니처럼 마구 뒤엉켜 있다는 걸 알고 있었다. 하지만 란은 새끼 고양이가 아니었고, 나이니브는 란의 고집스럽고 멍청한 고결함에 화가 나 그를 죽이기 전에 무언가를 해야 할 터였다.

에그웨인 일행은 도합 여섯 명으로, 우연히 마주치는 촌락이나 작은 마을에서 튀지 않을 만큼 모두 수수한 옷을 입고 있었다. 그래 봐야 최근 카랄레인초원을 횡단한 일행 중 그들만큼 특이한 이들이 없었겠지만 말이다. 일행 중 네 명은 여자였고, 남자 중 한 명은 들것에 실린 채 말 두 필 사이에 매달려 있었다. 들것을 옮기는 말들은 가벼운 짐까지 지고 있었다. 이곳까지 오는 동안 마을 사이가 멀리 떨어져 있을 때를 대비한 보급품이었다.

여섯 사람이 있는데, 에그웨인은 생각했다. **비밀은 몇 가지나 될까?** 그들은 모두 하나 이상의 비밀을 공유하고 있었다. 아마 화이트 타워에서도 지켜야 할 비밀일 것이다. **고향에서는 삶이 더 단순했는데.**

"나이니브, 랜드는 괜찮을까? 페린도?" 에그웨인이 서둘러 덧붙였다. 그녀는 더 이상 랜드와 어느 날 결혼할 것처럼 굴 여유가 없었다. 이제는 그래봐야 시늉일 뿐이니까. 에그웨인은 그 점이 마음에 들지 않았지만—그녀는 이 사실을 완전히 받아들이지 않고 있었다—그게 사실이라는 걸 알았다.

"꿈 때문에 그래? 꿈 때문에 다시 괴로운 거야?" 나이니브는 걱정하는 듯했지만 에그웨인은 동정심을 받아들일 기분이 아니었다.

에그웨인은 최대한 일상적인 목소리를 냈다. "우리가 들은 소문으로는 무슨 일이 벌어지고 있는지 알 수 없잖아. 소문은 내가 아는 모든 일들을 지나치게 뒤틀어 놨어. 너무 잘못됐어."

"모레인이 우리 인생에 끼어든 뒤로는 모든 것이 잘못됐지." 나이니브가 퉁명스럽게 말했다. "페린과 랜드는……." 나이니브는 인상을 쓰며 망설였다. 에그웨인이 보기에, 나이니브는 랜드가 변해 버린 건 모두 모레인이 한 짓 때문이라고 생각하는 듯했다. "지금은 그 녀석들이 알아서 잘해야지. 유감이지만, 우린 우리 걱정을 해야 해. 뭔가 잘못됐어. 그게…… 느껴져."

"정확히 뭔지 알겠어?" 에그웨인이 물었다.

"느낌은 폭풍이랑 비슷해." 나이니브의 검은 눈이 맑고 푸른 아침 하늘을 살펴보았다. 하늘에는 흰 구름이 몇 점 흩어져 있을 뿐이었다. 그녀가 다시 고개를 저었다. "폭풍이 다가오는 것 같아." 나이니브는 예전부터 날씨를 예언할 수 있었다. 그 능력은 바람을 듣는 능력이라 불렸고, 모든 마을의 현자는 그런 일을 할 수 있다고 생각되었다. 실제로 그렇게 할 수 있는 사람은 많지 않았지만 말이다. 그러나 에먼즈 필드를 떠난 이후로 나이니브의 능력은 더 성장했다. 아니, 변했다. 요즘 나이니브가 느끼는 폭풍은 가끔 바람보다는 인간과 관련된 것이었다.

에그웨인은 아랫입술을 깨물며 생각했다. 이렇게 멀리까지 온 지금, 타발론과 이렇게까지 가까워진 지금 멈추거나 걸음을 늦출 여유는 없었다. 맷을 위해서도 그랬고, 에그웨인의 머리라면 촌 동네 청년 한 명, 어린 시절 친구 한 명의 목숨보다 더 중요하다고 말할지도 모르지만 그녀의 심장은 그렇게까지 높이 평가하지 못하는 이유 때문이기도 했다. 에그웨인은 그중 누군가가 무슨 눈치를 채지는 않았는지 다른 사람들을 살펴보았다.

키가 작고 통통하며 온몸에 갈색 옷을 걸친 베린 세다이는 생각에 잠긴 얼굴로 말을 타고 있었다. 망토의 후드가 그녀의 얼굴을 완전히 가릴 정도로 당겨져 있었다. 그녀는 선두에 서 있었으나 말이 알아서 속도를 조정하며 느릿느릿 걷도록 놔두었다. 그녀는 갈색의 아자에 속해 있었으며, 갈색의 자매들은 보통 주변 세상의 그 무엇보다도 지식을 추구하는 데에 신경을 썼다. 하지만 에그웨인은 베린의 거리두기에 대해 그렇게까지 확신하지 않았다. 베린은 그들과 함께 있는 것만으로도 세상사에 엉덩이까지 담그고 있는 셈이었다.

에그웨인과 동갑이며 그녀와 마찬가지로 신입이지만, 머리카락도 눈도 검은 에그웨인과는 달리 금발에 파란 눈을 가진 일레인은 뒤쪽, 맷이 정신을 잃고 누워 있는 들것 옆에서 말을 달렸다. 에그웨인이나 나이니브와 똑같이 회색 옷을 걸친 그녀는 모두가 그렇듯 걱정스러운 마음으로 맷을 지켜보고 있었다. 맷은 지금까지 사흘째 깨어나지 않았다. 들것의 반대쪽에서 말을 달리는 여윈 체격의 긴 머리 남자는 아무도 모르게 사방을 살피려는 듯했다. 얼굴 주름은 남자가 집중하면서 더 깊어졌다.

"휴린." 에그웨인이 말하자 나이니브가 고갯짓했다. 그들은 들것이 따라잡을 때까지 속도를 늦추었다. 베린은 느릿느릿 앞서 나아갔다.

"뭔가 느껴집니까, 휴린?" 나이니브가 물었다. 일레인은 갑자기 골똘한 표정이 되어 맷의 들것에서 눈을 들었다.

세 사람의 시선을 받은 여윈 남자는 안장에서 움직거리며 긴 코의 옆면을 문질렀다. "문제가 느껴집니다." 그가 말했다. 머뭇거리는 대답이었다. "제 생각에는 아마…… 문제가 있는 것 같습니다."

샤이나의 왕에게서 명령을 받아 도둑을 잡으러 다니는 휴린은 샤이나의 전사들과 달리 상투를 틀지 않았다. 하지만 그가 허리에 차고 있는 짧은 칼과 눈금이 들어간 소드브레이커는 많이 써서 닳아 있었다. 그는 여러 해의 경험으로 잘못을 저지른 자들, 특히 폭력을 저지른 자들의 냄새를 맡는 재능을 갖게 된 듯했다.

그는 여행 중 두 차례나 마을에 들어간 지 두 시간도 안 되어 일행에게 그곳을 떠나라고 조언했다. 처음에는 모두가 너무 피곤하다며 거부했지만, 밤이 다 가기도 전에 여관 주인과 마을의 남자 두 명이 침대에 누워 있는 그들을 살해하려 했다. 그들은 어둠의 친구가 아닌 단순한 도둑들로, 그저 말과 안장주머니와 짐에 들어 있는 것을 탐냈을 뿐이었다. 마을의 나머지 사람 모두가 그 사실을 알면서도 이방인들을 괜찮은 수집품으로 여긴 듯했다. 그들은 도낏자루와 쇠스랑을 휘두르는 폭도들로부터 어쩔 수 없이 도망쳤다. 휴린이 두 번째로 경고했을 때는, 그가 입을 열자마자 베린이 최대한 빨리 말에 오르라고 명령했다.

하지만 도둑 사냥꾼은 일행 중 누구에게든 말을 걸 때마다 조심했다. 맷만은 예외였다. 맷이 말을 할 수 있었을 때의 얘기지만 말이다. 휴린과 맷은 여자들이 너무 가까운 곳에 있지 않을 때면 농담도 하고 주사위 놀이도 했다. 아무리 실용적인 목적을 위해서라지만 아이즈 세다이 한 명, 그리고 자매가 되기 위해 수련 중인 여자 세 명과 함께 있는 걸 불안해하는 건지도 몰랐다. 어떤 남자들은 아이즈 세다이와 마주하느니 싸움을 벌이는 게 쉽다고 생각했다.

"무슨 문제요?" 일레인이 말했다.

그녀는 아무렇지 않게 말했지만, 그 질문에 즉각적이고도 자세한 대답이 있을 거라는 생각이 너무 확실하게 깃들어 있어 휴린도 입을 열고 말았다. "제가 맡은 냄새는……." 휴린은 말을 멈추고 놀란 듯 눈을 깜빡였다. 그의 시선이 여자들 사이를 빠르게 오갔다. "그냥 느낌입니다." 결국 그가 말했다. "어떤…… 육감이죠. 제가 어제도 오늘도 어떤 흔적을 봤습니다. 말들이 많았어요. 20~30마리는 이쪽으로, 20~30마리는 저쪽으로 갔습니다. 그걸 보니 궁금해지더군요. 그게, 느낌의 전부입니다. 그래도 문제가 있는 것 같습니다."

흔적이라고? 에그웨인은 그런 흔적을 보지 못했다. 나이니브가 날카롭게 말했다. "나는 그 흔적에서 걱정스러운 점을 전혀 보지 못했는데." 나이니브는 여느 남자만큼 추적에 능하다는 걸 자랑으로 여겼다. "며칠이나 지난 흔적이었소. 어째서 그 흔적이 문제가 될 거라고 생각하는 거요?"

"그냥 그런 생각이 들었습니다." 휴린은 더 많은 말을 하고 싶다는 듯 천천히 말했다. 그는 시선을 떨어뜨리고 코를 문지르며 깊이 숨을 들이쉬었다. "마을을 본 지 오래됐네요." 그가 중얼거렸다. "우리보다 먼저 팔메 소식이 들려왔을지 어떻게 알겠습니까? 우린 예상만큼 환영받지 못할지도 모릅니다. 저는 이 사람들이 강도나 살인자일지도 모른다고 생각합니다. 조심해야 한다고 생각하고 있어요. 맷이 걸을 수 있으면 제가 미리 정찰을 해 보겠지만, 여러분만 남겨 두고 가는 건 좋은 생각이 아닐 것 같아서요."

나이니브가 눈썹을 치켜올렸다. "우리가 제 한 몸 건사하지 못할 줄 아시오?"

"쓸 겨를도 없이 누군가가 여러분을 죽인다면 일원력은 별 도움이 되지 않을 겁니다." 휴린은 자기 안장의 높은 안장머리를 보며 말했다. "용서해 주세요, 하지만 제 생각에는……. 제가 잠시 베린 세다이와 함께 말을 달리겠습니다." 그는 박차를 넣으며, 그들 중 누구에게도 다시 말할 기회를 주지 않고 앞으로 달려갔다.

"저건 놀라운데." 휴린이 갈색의 자매와 조금 떨어진 곳에서 속도를 늦추자 일레인이 말했다. 베린은 다른 모든 것과 마찬가지로 휴린조차 의식하지 않는 듯했으며, 휴린은 그것만으로 만족한 것 같았다. "저 사람은 토먼 헤드를 떠난 이후로 최대한 베린과 거리를 뒀어. 언제나 베린이 무슨 말을 할지 몰라 걱정된다는 표정으로 베린을 봤다고."

"아이즈 세다이를 존경한다고 해서 두려워하지 않는 건 아니야." 나이니브는 그렇게 말하더니 마지못해 덧붙였다. "우리도 저 사람한테는 마찬가지고."

"휴린이 보기에 문제가 있다면 가서 정찰해 보라고 해야 해." 에그웨인이 심호흡하며 다른 두 여자를 최대한 침착한 눈으로 보았다. "우린 휴린이 백 명의 군인을 거느리고도 못할 만큼 우리 자신을 잘 보호할 수 있으니까."

"저 사람은 그걸 모르지." 나이니브가 딱 잘라 말했다. "나도 말해 줄 생각은 없고. 다른 사람한테도 마찬가지야."

"베린이 그 점에 대해 뭐라고 말할지 상상이 된다." 일레인은 불안한 목소리였다. "베린이 얼마나 아는지 좀 알고 싶어. 에그웨인, 아멀린 권좌께서 사실을 아시면 우리 어머니라 해도 도움이 안 될지 몰라. 너희 둘한테 도움이 될 가능성은 훨씬 낮고. 우릴 도우려는 시도조차 안 하실 수도 있어." 일레인의 어머니는 안도어의 여왕이었다. "어머니는 완전한 자매가 되기라도 한 것처럼 사셨지만, 일원력에 대해서는 화이트 타워를 떠나기 전에 조금밖에 배우지 못하셨어."

"무어게이즈에게 기댈 생각은 하지 마." 나이니브가 말했다. "무어게이즈는 케임린에 있고 우리는 타 발론에 있을 테니까. 그래, 우리는 그렇게 떠난 것만으로 이미 곤란한 상황에 빠진 걸지 몰라. 우리가 뭘 가지고 돌아왔는지와는 별개로 말이야. 납작 엎드려서 겸손하게 행동하고, 이미 끈 것 이상의 관심을 끌지 않도록 행동하는 게 최선이야."

다른 상황이었다면 에그웨인은 나이니브가 겸손하게 행동한다는 생각을 비웃었을 것이다. 겸손하게 굴다니, 아무리 일레인이라도 나이니브보다 나을 터였다. 하지만 지금은 웃고 싶은 마음이 들지 않았다. "휴린 말이 맞으면? 우리가 공격당하면? 스무 명이나 서른 명을 상대로 휴린이 우리를 지켜 줄 수는 없어. 베린이 뭔가 할 때까지 기다리다가는 우리가 죽을 수도 있고. 너도 폭풍이 느껴진다고 했잖아, 나이니브."

"폭풍이 느껴져?" 일레인이 말했다. 그녀가 고개를 젓자 불그레한 금발 곱슬머리가 찰랑거렸다. "베린이 좋아하지 않을 텐데, 우리가……." 그녀는 말을 흐렸다. "베린이 뭘 좋아하든 말든 우린 그 일을 해야 할지도 모르지."

"난 해야만 하는 일을 할 거야." 나이니브가 날카롭게 말했다. "해야만 할 일이 뭐라도 있다면 말이야. 그리고 너희 둘은 필요하다면 도망쳐. 화이트 타워 사람들이 너희 잠재력에 아무리 호들갑을 떨어도, 일단 아멀린 권좌나 탑의 전당에서 필요하다고 결정하면 너희를 순화시킬 거야."

일레인은 세게 침을 삼켰다. "그런 이유로 우리를 순화시킨다면," 그녀가 약한 목소리로 말했다. "너도 순화시킬 거야. 우리 모두가 도망쳐야 해. 같이 행동하든지. 전에는 휴린 말이 맞았어. 화이트 타워에서 문제가 생기더라도 살고 싶다면 우린 아마…… 해야만 하는 일을 해야 하게 될 거야."

에그웨인이 몸을 떨었다. 순화당한다니. 진정한 근원의 여성적 절반인 **사이다**에서 잘려 나간다니. 아이즈 세다이 중 그 벌을 받은 사람은 드물었지만, 화이트 타워에서 순화를 요구하는 행위는 존재했다. 신입들은 순화된 아이즈 세다이 모두의 이름과 그들이 저지른 죄에 대해 배워야 했다.

에그웨인은 현재 진정한 근원을 어디서나 느낄 수 있었다. 진정한 근원은 시야가 미치는 범위 바로 바깥에, 꼭 어깨 위에 떠 있는 정오의 태양으로 존재하는 것 같았다. 에그웨인은 **사이다**에 손을 대려 했으나 아무것도 잡지 못하는 때가 종종 있었다. 그래도 접촉하고 싶었다. 접촉하면 접촉할수록 언제나 더 접촉하고 싶어졌다. 신입 담당인 시리암 세다이가 일원력의 느낌을 너무 좋아하게 될 때의 위험성에 관해 뭐라고 말하든 상관없었다. 그런 진정한 근원으로부터 잘려 나간다는 건, **사이다**를 계속 느낄 수는 있으나 다시는 그와 접촉할 수 없다는 건…….

다른 둘도 그 이야기는 하고 싶지 않은 듯했다.

에그웨인은 몸이 떨리는 걸 막으려고 안장에 앉은 채 허리를 숙여 가만히 흔들리는 들것을 내려다보았다. 맷의 담요가 흐트러져 그의 한쪽 손에 쥐어진, 황금 칼집에 들어 있는 휘어진 단검이 드러났다. 칼자루 끝에는 비둘기 알만 한 루비가 박혀 있었다. 에그웨인은 단검을 건드리지 않으려고 조심하며 담요를 맷의 손에 다시 가만히 덮었다. 맷은 에그웨인보다 겨우 몇 살 위였지만 야윈 두 뺨과 누르께한 피부 때문에 더욱 나이 들어 보였다. 목이 쉰 채 숨을 쉬는 동안에도 그의 가슴은 거의 움직이지 않았다. 울퉁불퉁한 가죽 자루가 그의 발치에 놓여 있었다. 에그웨인은 담요를 움직여 그 자루도 덮었다. **우린 맷을 화이트 타워로 데려가야 해.** 에그웨인은 생각했다. **저 자**

루도 가져가야 하고.

나이니브도 허리를 숙이고 맷의 이마를 짚어 보았다. "열이 더 심해졌어." 걱정하는 목소리였다. "나한테 걱정해소 뿌리나 열꽃만 있었어도."

"베린이 다시 치유를 시도해 볼 수 있을지도 몰라." 일레인이 말했다.

나이니브가 고개를 저었다. 그녀는 맷의 머리카락을 뒤로 넘겨주며 한숨을 쉬더니 허리를 펴고 말했다. "베린은 지금 자기가 할 수 있는 일은 맷을 살려 두는 것뿐이라고 했어. 난 그 말을 믿어. 내가…… 내가 어젯밤에 직접 맷을 치유해 보려 했지만 아무 일도 일어나지 않았어."

일레인이 헛숨을 들이켰다. "시리암 세다이께서는 한 단계, 한 단계 백 번쯤 지도받을 때까지 치유를 시도하면 안 된다고 하셨어."

"너 때문에 맷이 죽을 수도 있었어." 에그웨인이 날카롭게 말했다.

나이니브가 큰 소리로 코웃음을 쳤다. "나는 타 발론에 가야겠다고 생각하기 한참 전부터 치유를 해 왔어. 의식적으로 한 건 아니지만. 근데 그 방법이 통하려면 약이 필요할 것 같아. 열꽃만 좀 있었어도. 내 생각에 맷한테는 시간이 별로 남지 않은 것 같아. 어쩌면 몇 시간밖에 없을지도 몰라."

에그웨인은 나이니브가 거의 맷만큼이나, 방금 말한 사실을 안다는 점에 대해서도, 그 사실을 어떻게 알게 되었는지에 대해서도 불쾌감을 느낀다고 생각했다. 나이니브가 애초에 왜 타 발론에 가서 수련받기로 한 건지 한 번 더 의아해졌다. 나이니브는 자기도 모르는 사이에 채널링하는 법을 익혔다. 채널링을 언제나 통제할 수는 없었지만 말이다. 게다가 나이니브는 아이즈 세다이의 지도 없이 채널링을 독학하는 여자 네 명 중 세 명이 죽게 되는 위기도 통과했다. 나이니브는 더 배우고 싶다고 말했지만, 양의혀 뿌리를 먹는 어린애처럼 꺼림칙한 태도를 보이는 경우도 그만큼 많았다.

"우리가 곧 화이트 타워에 데려다줄 거야." 에그웨인이 말했다. "화이트 타워에서는 맷을 치유할 수 있어. 아멀린 권좌께서 맷을 돌봐 주실 거야. 그분이 모든 걸 돌봐 주실 거야." 에그웨인은 맷의 담요에 덮여 있는, 그의 발치에 놓인 자루를 외면했다. 다른 두 여자도 일부러 그 자루를 보지 않고 있었다. 그곳에는 그들 모두 털어 버리면 안심하게 될 비밀이 들어 있었다.

"말을 탄 사람들이야." 나이니브가 갑자기 말했다. 에그웨인은 이미 그들을 보았다. 24명의 남자가 눈앞의 낮은 언덕 위에 나타났다. 그들이 일행 쪽으로 방향을 틀어 달려오자 흰 망토가 펄럭였다.

"빛의 아이들이야." 일레인이 욕이라도 하듯 말했다. "나이니브 네가 느낀 폭풍이자 휴린의 문제를 발견하게 된 것 같다."

베린이 고삐를 당기며 휴린의 팔에 손을 얹어 그가 칼을 뽑지 못하도록 했다. 에그웨인은 앞서가던 들것을 실은 말을 건드려, 녀석이 통통한 아이즈 세다이 바로 뒤에 멈추도록 했다.

"이야기는 내가 맡아서 하마, 얘들아." 아이즈 세다이가 차분하게 말하며 두건을 젖혀 흰머리를 드러냈다. 에그웨인은 베린의 나이를 제대로 알 수 없었다. 베린을 할머니 같은 노인처럼 생각했지만, 눈에 띄는 나이의 징표라고는 간간이 보이는 흰머리뿐이었다. "무슨 일이 있어도 저자들이 너희를 화나게 만들게 해서는 안 된다."

베린의 얼굴은 목소리만큼 침착했다. 하지만 에그웨인은 아이즈 세다이가 타 발론까지의 거리를 헤아리는 모습을 언뜻 본 것 같았다. 이제는 탑의 꼭대기와 강 위로 섬까지 이어지는 아치 형태의 높은 다리가 보였다. 왕복선이 아래로 지나갈 수 있을 만큼 높은 다리였다.

눈에 보일 만큼 가까워. 에그웨인은 생각했다. **하지만 조금이라도 도움이 되기에는 너무 멀어.**

잠깐이지만, 에그웨인은 다가오는 하얀 망토들이 그들에게 돌격할 거라고 확신했다. 그러나 대장이 손을 들자 그들 모두가 갑자기 일행과 겨우 37미터 떨어진 곳에서 고삐를 당기며 눈앞에 흙먼지를 피워 올렸다.

나이니브가 숨을 죽이고 화가 나서 툴툴댔다. 일레인은 똑바로, 자긍심에 가득 찬 모습으로 앉아 있었다. 무례하다며 하얀 망토들을 꾸짖을 것만 같았다. 휴린은 여전히 칼자루를 쥐고 있었다. 그는 베린이 뭐라고 말하든 여자들과 하얀 망토들 사이를 직접 막아설 준비가 된 모습이었다. 베린은 얼굴 앞에 가만히 손을 내저어 먼지를 떨쳤다. 하얀 망토를 입은 기수들이 호선을 그리며 대형을 벌리고 길을 단단히 막았다.

그들의 흉갑과 고깔처럼 생긴 투구는 윤을 내어 반짝였다. 팔을 감싼 사슬갑옷조차 밝게 빛났다. 모든 사람이 가슴에 일렁이는 황금색 태양을 달고 있었다. 일부는 활에 화살을 재웠다. 활을 들어 올리지는 않았지만 쏠 준비를 하고 있었다. 대장은 젊은 남자였다. 망토의 태양 무늬 아래에 계급을 나타내는 황금색 매듭 두 개가 달려 있었다.

"내 추측이 틀린 게 아니라면, 타 발론 마녀 둘이로군?" 그는 좁다란 얼굴에 인상을 찡그린 채 힘이 잔뜩 들어간 미소를 지었다. 오만함에 눈이 번쩍였다. 남들이 너무 멍청해서 알지 못하는 사실을 자기만 알고 있다는 눈빛이었다. "쓸모없는 것 둘, 병든 것 하나, 늙은 애완견 한 쌍." 휴린이 발끈했지만 베린이 손으로 그를 제지했다. "어디에서 온 거냐?" 하얀 망토가 물었다.

"서쪽에서 왔다." 베린이 평온하게 말했다. "우리가 계속 갈 수 있게 길을 비켜라. 빛의 아이들은 이곳에서 아무 권한이 없다."

"빛의 아이들은 빛이 존재하는 곳이라면 어디서든 권한을 가진다, 마녀. 빛이 없는 곳에는 우리가 빛을 전하지. 내 질문에 대답해라! 아니면, 너를 우리 야영지로 데려가 질문자들에게 대신 묻도록 해야 할까?"

맷에게는 화이트 타워에 가서 도움을 받기까지 시간을 지체할 여유가 조금도 없었다. 더 중요한 건—에그웨인은 이런 식으로 생각하고 나서 몸을 움찔했다—자루의 내용물이 하얀 망토들의 손에 들어가게 놔둘 수 없다는 점이었다.

"대답은 했다." 베린이 여전히 침착하게 말했다. "너로서는 받을 자격이 없는 예의 바른 대답이었다. 정말로 네가 우리를 막을 수 있다고 생각하는 거냐?" 하얀 망토들 몇 명은 베린이 위협이라도 한 것처럼 활을 들어 올렸지만, 베린은 한 번도 목소리를 높이지 않고 말을 이었다. "어떤 곳에서는 너희가 사람들을 위협해 영향력을 발휘할 수 있을지 모르지만, 타 발론이 보이는 이곳에서는 그렇지 않다. 정말로 이곳에서 네가 아이즈 세다이를 잡아갈 수 있다고 믿느냐?"

지휘관은 안장에 앉은 채 불안한 듯 움직거렸다. 자기 말을 뒷받침할 수 있을지 느닷없는 의구심이 생긴 듯했다. 자기 부하들을 힐끗 돌아본 그는—도와줄 사람이 있다는 걸 떠올리기 위해서든, 그들이 지켜보고 있다는 걸 떠올렸기 때문이든—자제하는 분위기로 말했다. "나는 어둠의 친구들인 너희의 방식을 두려워하지 않는다, 마녀. 내 말에 대답하거나 질문자들에게 대답해라." 하지만 그 목소리는 전만큼 강하지 않았다.

베린은 한담이라도 나누려는 듯 입을 열었지만, 그녀가 말을 할 겨를도 없이 일레인이 끼어들었다. 그녀의 목소리가 위압적으로 울렸다. "나는 안도어의 여왕 후계자, 일레인이다. 즉시 길을 비키지 않으면 무어게이즈 여왕의 추궁에 답해야 할 거다, 하얀 망토!" 베린이 짜증난다는 듯 씁 소리를 냈다.

하얀 망토는 잠시 놀란 듯했지만 웃음을 터뜨렸다. "그렇게 생각하느냐? 어쩌면 무어게이즈가 더 이상은 마녀들을 그리 좋아하지 않는다는 걸 알게 될지도 모르겠구나, 꼬마야. 내가 너를 마녀들에게서 빼내 무어게이즈에게 돌려준다면 무어게이즈는 고마워할 것이다. 에아몬 발다 지휘관은 안도어의 여왕 후계자와 무척이나 이야기를 하고 싶어 한다." 그가 한 손을 들어올렸다. 자기 부하들을 가리키려는 건지, 그들에게 신호하려는 건지는 알 수 없었다. 하얀 망토들 일부가 고삐를 쥐었다.

더는 기다릴 시간이 없어. 에그웨인은 생각했다. **난 다시 사슬에 매이지 않을 거야!** 그녀는 일원력에 몸을 개방했다. 간단한 행위였다. 오랫동안 연습해 온 뒤였기에 일원력은 처음 시도했을 때보다 훨씬 빠르게 다가왔다. 순식간에 머릿속에서 모든 것이 비워졌다. 허공에 떠 있는 단 한 송이의 장미를 빼고, 모든 것이. 그녀는 빛을 향해, 진정한 근원의 여성적 근원인 **사이다**를 향해 피어나는 장미였다. 일원력이 흘러넘치며 그녀를 휩쓸어 갈 듯 위협했다. 에그웨인은 빛으로, 그들이 따르는 빛으로 가득 채워지는 것만 같았다. 빛과 하나가 되는 듯한 영광스러운 황홀경이었다. 에그웨인은 압도당하지 않으려고 애쓰며 하얀 망토들의 지휘관이 탄 말 앞의 땅에 집중했다. 조그만 땅덩어리에. 에그웨인은 누구도 죽이고 싶지 않았다. **너희는 날 데려갈 수 없어!**

남자의 손이 여전히 위로 향하고 있었다. 우르릉대는 소리와 함께 땅이 그의 머리보다 높은 곳까지 흙과 바위로 이루어진 좁다란 분수를 뿜어냈다. 그의 말이 비명을 지르며 뒷다리를 들었다. 그는 자루라도 된 것처럼 안장에서 굴러떨어졌다.

지휘관이 땅에 부딪히기도 전에 에그웨인은 다른 하얀 망토들과 가까운 곳으로 초점을 옮겼다. 땅이 또 한 번 작은 폭발을 일으켰다. 벨라가 몸부림치며 옆으로 움직였지만, 에그웨인은 의식하지도 않은 채 고삐와 두 무릎으로 암말을 다스렸다. 공백에 감싸인 그녀는 세 번째 폭발에 놀랐다. 이번에는 그녀가 한 일이 아니었다. 네 번째 폭발도 일어났다. 에그웨인은 어렴풋하게 나이니브와 일레인을 의식했다. 둘 다 그들 역시 **사이다**를 포용했음을, **사이다**에 포용되었음을 나타내는 빛에 감싸여 있었다. 그 후광을 볼 수 있는 건 채널링을 할 수 있는 다른 여자뿐이었지만 그 결과는 모두에게 보였다. 폭발로 사방의 모든 하얀 망토들이 괴로워했다. 흙이 쏟아졌다. 소음이 그들을 뒤흔들었다. 그들의 말이 미친 듯이 날뛰기 시작했다.

휴린이 입을 쩍 벌렸다. 그는 하얀 망토들만큼 겁을 먹은 게 틀림없는 모습으로 주위를 둘러보며, 들것을 나르는 말들과 자신의 말이 날뛰지 않도록 애썼다. 베린은 놀라움과 분노로 눈을 휘둥그렇게 뜨고 있었다. 그녀의 입이 격렬하게 움직였지만, 무엇인지 모를 그 말은 천둥소리에 가려졌다.

하얀 망토들이 도망치기 시작했다. 일부는 당황해 활을 떨어뜨리고, 어둠의 존재가 직접 쫓아오기라도 하는 것처럼 내달렸다. 젊은 지휘관만이 예외였다. 그는 땅에서 일어서고 있었다. 그가 어깨를 웅크린 채 베린을 빤히 바라보았다. 흰자가 완전히 드러났다. 세련된 흰 망토와 얼굴이 먼지로 얼룩져 있었지만, 그는 눈치채지 못한 듯했다. "그렇다면 나를 죽여라, 마녀." 그가 떨면서 말했다. "어서. 내 아버지를 죽였듯이 나도 죽여라!"

아이즈 세다이는 그를 무시했다. 그녀의 관심은 모두 일행에게 향해 있었다. 도망치는 하얀 망토들마저 지휘관을 잊은 듯 처음 나타났던 언덕을 넘어 사라졌다. 한결같이, 단 한 번도 뒤를 돌아보지 않고서. 지휘관의 말도 그들과 함께 멀어져 갔다.

베린의 격노한 시선을 받으며 에그웨인은 **사이다**를 천천히, 마지못해 놓아 보냈다. 손을 놓는 건 언제나 힘들었다. 그보다도 느리게 나이니브 주변의 빛도 사라졌다. 나이니브는 일행 앞에 있는, 얼굴을 잔뜩 찡그린 하얀 망토를 보며 눈을 찌푸렸다. 그가 지금도 일종의 속임수를 쓸 수 있다고 생각하는 듯했다. 일레인은 자기가 한 일에 충격을 받은 표정이었다.

"너희가 한 짓은," 베린이 입을 열었다가 말을 멈추고 깊이 숨을 들이쉬었다. 그녀의 눈이 젊은 여자 셋 모두를 담았다. "너희가 한 짓은 혐오스러운 것이다. 혐오스러운 일이야! 아이즈 세다이는 그림자의 자식을 상대하는 경우나 자신의 목숨이 극도로 위험에 처해 있을 때가 아니라면 일원력을 무기로 쓰지 않아. 세 가지 맹세는……."

"놈들이 우릴 죽일 준비를 하고 있었습니다." 나이니브가 열을 내며 끼어들었다. "우리를 죽이거나 끌고 가 고문하려 했습니다. 저자가 명령을 내리고 있었습니다."

"방금…… 방금은 사실 일원력을 무기로 쓴 게 아니었어요, 베린 세다이." 일레인은 턱을 높이 들고 있었으나 목소리가 떨렸다. "우린 아무도 해치지 않았어요. 누군가를 해치려 하지도 않았고요. 당연히……."

"말꼬리 잡지 마라!" 베린이 쏘아붙였다. "완전한 아이즈 세다이가 되면―그럴 일이 있을지 모르겠다만!―너희는 세 가지 맹세에 따라야 한다. 하지만 아무리 신입이라도 이미 맹세에 매인 존재처럼 살려고 최선을 다해야 해."

"저자는요?" 나이니브가 하얀 망토 지휘관을 가리켰다. 지휘관은 여전히 그 자리에 서서 충격 받은 표정을 짓고 있었다. 나이니브의 얼굴은 북의 가죽처럼 팽팽하게 당겨져 있었다. 그녀는 거의 아이즈 세다이만큼 화가 난 듯했다. "저자가 우리를 포로로 잡으려고 작전을 세운 겁니다. 맷은 당장 화이트 타워에 가지 못하면 죽을 테고……. 그리고……."

에그웨인은 나이니브가 말하지 않으려 애쓰는 것이 무엇인지 알았다. 그리고 **우리는 저 자루가 아멀린 권좌가 아닌 다른 이의 손에 들어가도록 놔둘 수 없습니다.**

베린은 지친 표정으로 하얀 망토를 바라보았다. "저자는 그저 우리를 괴롭히려는 것뿐이었다, 아이야. 저자는 아무도 우리를 우리가 원치 않는 곳으로 가게 할 수 없다는 걸 아주 잘 알고 있어. 그런 짓을 하려면 도저히 받아들일 수 없을 만큼 큰 대가를 치르게 될 거다. 여기서는, 타 발론이 보이는 이곳에서는 말이다. 시간과 인내심만 조금 있다면 내가 저자를 설득해 지나갈 수 있었을 거야. 아, 숨은 채로 기습했다면 놈들이 우리를 죽이려 들 수도 있었겠지. 하지만 염소만큼이라도 머리가 있는 하얀 망토라면 모습을 드러낸 채 아이즈 세다이를 해치려 들지 않아. 너희가 무슨 짓을 했는지 봐라! 저자들이 무슨 이야기를 하겠느냐? 그걸로 어떤 피해가 생기겠느냔 말이야?"

베린이 숨는다는 말을 하자 지휘관의 얼굴이 붉어졌다. "세계를 파괴한 힘을 향해 돌격하지 않는 건 비겁함이 아니다." 그가 불쑥 말했다. "너희 마녀들은 다시 세상을 파괴하고 싶어 하지. 어둠의 존재를 섬기기 위해!" 베린은 피곤한 듯, 믿을 수 없다는 듯 고개를 저었다.

에그웨인은 자기가 저지른 잘못을 조금이라도 고칠 수 있으면 좋겠다고 생각했다. "정말 미안해요." 그녀가 지휘관에게 말했다. 그녀는 완전한 아이즈 세다이와 달리 사실이 아닌 말을 해서는 안 된다는 맹세에 매여 있지 않아 다행이라고 생각했다. 그녀가 한 말은 아무리 잘 봐 줘도 절반의 진실이었기 때문이다. "그렇게 하면 안 되는 거였는데, 사과하죠. 베린 세다이께서 당신의 멍을 치유해 주실 거예요." 그는 에그웨인이 산 채로 가죽을 벗기겠다고 위협하기라도 한 것처럼 뒤로 물러났다. 베린이 큰 소리로 코웃음 쳤다. "우린 멀리서 왔어요." 에그웨인이 말을 이었다. "저 멀리 토먼 헤드에서. 이렇게까지 피곤하지 않았다면, 난 절대……."

"조용히 해라, 얘야!" 베린이 소리치는 순간 하얀 망토가 이를 드러냈다. "토먼 헤드라고? 팔메로군! 너흰 팔메에 있었던 거야!" 지휘관은 휘청거리며 한 걸음 더 물러나더니 반쯤 칼을 뽑았다. 표정만 보면 공격하려는 건지 방어하려는 건지 알 수 없었다. 휴린이 하얀 망토에게로 말을 가까이 몰고 갔다. 손은 소드브레이커에 댄 채였다. 하지만 좁다란 얼굴의 남자는 계속해서 열변을 토했다. 격노에 침방울이 튀었다. "내 아버지가 팔메에서 돌아가셨다! 바이알이 말해 줬어! 너희 마녀들이 가짜 드래건을 위해 그분을 살해했다! 그 대가로 난 너희를 반드시 죽이고 말 거다! 너희가 불타 죽도록 만들겠다!”

“성급한 아이들 같으니.” 베린이 한숨을 쉬었다. “마음 내키는 대로 입을 놀리다니 거의 남자애들 같구나. 빛과 함께 가거라, 꼬마야.” 그녀가 하얀 망토에게 말했다.

그녀는 다른 말 없이 일행을 이끌고 남자를 돌아서 갔다. 지휘관의 고함이 뒤를 따라왔다. “내 이름은 데인 본할드다! 기억해라, 어둠의 친구들아! 너희가 내 이름을 두려워하게 만들 테니! 내 이름을 기억해라!”

그들은 본할드의 고함이 등 뒤에서 희미해지는 가운데 한동안 조용히 말을 달렸다. 결국 에그웨인이 딱히 상대를 정하지 않고 말했다. “그냥 잘해 보려던 것뿐인데.”

“잘해 본다고!” 베린이 툴툴댔다. “너는 모든 진실을 말해야 할 때와 네 혀를 다스려야 할 때가 있다는 걸 배워야 한다. 네가 알아야 할 교훈 중 가장 사소한 것이지만, 완전한 자매가 되어 숄을 걸칠 때까지 살고 싶다면 중요한 교훈이야. 팔메 소식이 우리보다 먼저 이곳에 이르렀을지 모른다는 생각을 한 번도 안 해 본 거냐?”

“에그웨인이 왜 그런 생각을 하겠습니까?” 나이니브가 물었다. “지금까지 우리가 만났던 사람들은 이야기를 아예 듣지 못했고, 들었다 해도 소문을 들었을 뿐이었습니다. 지난달에는 우리가 소문보다도 빨리 움직였고요.”

“모든 이야기가 우리가 타고 온 것과 같은 길로 전해진다는 말이냐?” 베린이 대답했다. “우린 천천히 움직였다. 소문은 백 가지 길을 따라 날개를 펴지. 항상 최악의 경우에 대비해라, 아이야. 그렇게 하면 놀라더라도 기쁜 일로만 놀랄 테니.”

“아까 그 사람이 우리 어머니에 대해서 한 얘기는 무슨 뜻이죠?” 일레인이 불쑥 말했다. “거짓말을 한 게 틀림없어요. 어머니는 절대 타 발론과 대적하지 않을 거예요.”

“안도어의 여왕은 언제나 타 발론의 친구였지만, 모든 것은 변하기 마련이다." 베린의 얼굴은 다시 차분해져 있었으나 그녀의 목소리에는 왠지 힘이 들어가 있었다. 그녀는 안장에 앉은 채 고개를 돌려 세 명의 젊은 여자와 휴린, 들것에 실린 맷을 돌아보았다. "세상은 이상한 곳이고, 모든 것이 변하기 마련이지." 그들은 산등성이에 올랐다. 이제는 눈앞에 마을이 하나 보였다. 노란 타일로 만든 지붕들이 타 발론으로 이어지는 거대한 다리 주변에 모여 있었다. "이제는 정말로 조심해야 한다." 베린이 말했다. "진짜 위험이 시작되니까."

11장 타 발론

데어린이라는 작은 마을은 타 발론이 섬을 점유한 것과 거의 비슷한 시기부터, 그렇게 오래전부터 에리닌강 옆에 자리 잡고 있었다. 데어린의 조그마한 빨간색과 갈색의 벽돌집, 가게, 돌로 포장한 거리는 영원히 존재해 온 것만 같은 느낌을 주었다. 하지만 사실 이 마을은 트롤록 전쟁 당시에 불타 버렸고 아터 호크윙의 군대가 타 발론을 포위했을 때는 소개(공습이나 화재 따위에 대비하여 한곳에 집중되어 있는 주민이나 시설물을 분산하는 일―옮긴이)당했으며 100년 전쟁 당시에는 여러 차례 약탈당했다. 아이일 전쟁 때에도 다시 한 번 불태워졌다. 20년도 되기 전의 일이었다. 작은 마을치고는 혼란스러운 역사였지만, 타 발론으로 뻗어 있는 다리 아래에 있었기에 아무리 여러 번 파괴되어도 언제나 다시 지어질 게 틀림없었다. 최소한 타 발론이 버티는 한은 말이다.

에그웨인이 처음 봤을 때, 데어린은 다시 전쟁을 기다리는 것처럼 보였다. 창병 부대가 거리를 따라 행진했다. 오와 열을 맞추어 창을 바짝 든 그들의 모습이 소모기(실을 잣기 전에 양털 등을 빗어 고르는 도구―옮긴이) 같았다. 그 뒤로는 납작하고 테두리가 있는 투구를 쓴 채 엉덩이에는 가득 채워진 화살통을 걸치고 가슴에 활을 비스듬하게 멘 궁수들이 따라갔다. 투구의 철창

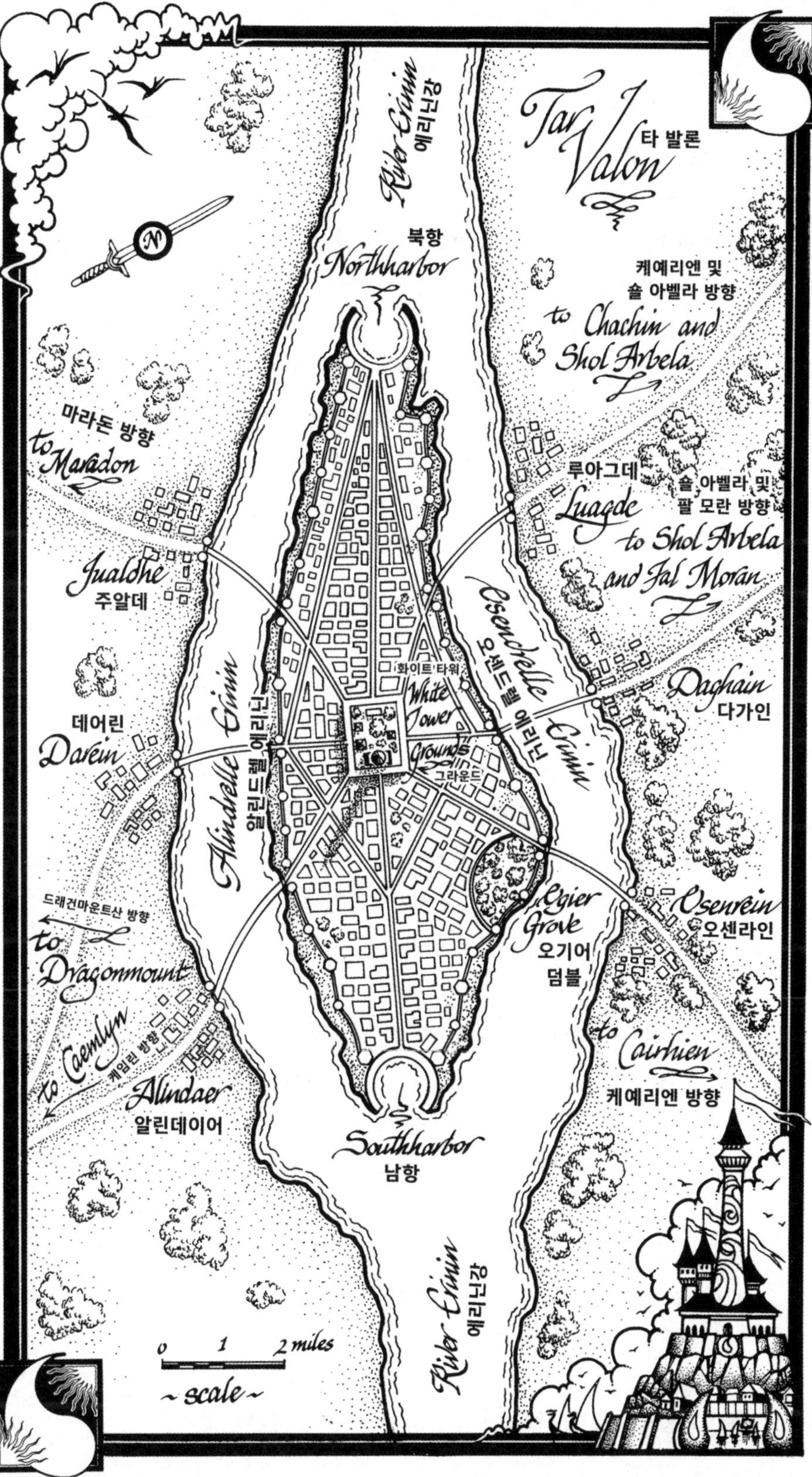

Tar Valon
타 발론
North Harbor
북항
River Erinin
River Erinin
케예리엔 및
숄 아벨라 방향
to Chachin and Shol Arbela
마라돈 방향
to Maradon
루아그데
숄 아벨라 및
팔 모란 방향
Luagde
to Shol Arbela and Jal Moran
Jualdhe
주알데
Daghain
다가인
Alindaelle Erinin
Osendrelle Erinin
오센드렐 에리닌
화이트 타워
White Tower Grounds
그라운드
데어린
Darein
드래건마운트산 방향
to Dragonmount
Egier Grove
오기어 덤불
Osenrein
오센라인
to Caemlyn
케임린 방향
to Cairhien
케예리엔 방향
Alindaer
알린데이어
South Harbor
남항
River Erinin
0 1 2 miles
~ scale ~
N

뒤로 얼굴을 감추고 갑옷을 입은 기병들은 장갑을 낀 지휘관의 손짓에 따라 베린 일행에게 길을 터 주었다. 모두가 흰 눈물방울처럼 생긴 타 발론의 흰 불꽃을 가슴에 달고 있었다.

그러나 마을 사람들은 겉보기에는 아무 걱정도 하지 않는 듯 각자 할 일을 하고 있었다. 꼭 행진하는 남자들이 오래전에 익숙해진 장애물이라도 된다는 듯 장터의 인파가 군인들을 주변으로 갈라졌다. 과일 쟁반을 들고 다니는 남녀 몇 사람은 군인들과 속도를 맞추며, 겨우내 지하실에 묵혔다가 꺼내 온 주름진 사과와 배로 그들의 관심을 끌어 보려 했다. 하지만 그런 사람 소수를 제외하면 대부분의 가게 주인과 행상인 들은 병사들에게 전혀 신경 쓰지 않았다. 베린도 그들을 무시하는 것처럼 보였다. 그녀는 에그웨인 일행을 데리고 마을을 지나 거대한 다리까지 갔다. 다리는 돌로 짠 레이스처럼 폭이 1킬로미터 정도 되는 강 위에 호선을 그리고 있었다.

다리 아랫부분에는 더 많은 병사들이 경비를 서고 있었다. 십여 명의 창병과 그 절반쯤 되는 궁수들이 다리를 건너고 싶어 하는 모두를 살피고 있었다. 그들의 지휘관인 대머리 남자는 칼자루에 투구를 걸어 놓은 채, 걸어 온 사람과 말을 타고 온 사람과 소나 말이나 주인이 직접 끄는 수레를 가지고 와서 줄을 서 있는 사람들에게 잔뜩 시달린 표정을 짓고 있었다. 줄은 겨우 91미터 길이였지만, 한 명이 다리에 올라갈 때마다 다른 한 명이 저쪽 끝에 합류했다. 그러든지 말든지 대머리 남자는 시간을 충분히 들여 가며 그 모든 사람들이 타 발론에 들어갈 권리를 가지고 있는지 확인한 뒤에야 그들을 통과시켰다.

베린이 일행을 데리고 줄의 맨 앞으로 나오자 그는 화가 난 듯 입을 열었다가, 그녀의 얼굴을 자세히 살피고는 서둘러 투구를 머리에 푹 눌러 썼다. 아이즈 세다이를 정말로 아는 사람이라면 거대한 뱀 반지 없이도 그들을 알아볼 수 있었다. "좋은 아침입니다, 아이즈 세다이." 그가 가슴에 손을 대고 허리를 숙이며 말했다. "좋은 아침입니다. 괜찮으시다면 바로 건너십시오."

베린이 그의 옆으로 말 머리를 틀었다. 기다리는 사람들 사이에서 웅성거리는 소리가 커졌지만 아무도 큰 소리로 불만을 말하지는 않았다. "하얀 망토들 때문에 문제가 있었나, 경비?"

우린 왜 여기 멈춘 거지? 에그웨인은 급한 마음에 궁금해했다. "베린은 맷을 잊어버린 거야?"

"딱히 그런 건 아닙니다, 아이즈 세다이." 지휘관이 말했다. "싸움은 없었습니다. 놈들이 강 건너편의 엘돈 시장으로 가려 했지만, 저희가 놈들에게 본때를 보여 줬습니다. 아멀린 권좌께서는 그들이 절대 다시는 시도하지 못하도록 하실 생각입니다."

"베린 세다이." 에그웨인이 조심스레 입을 열었다. "맷이…….."

"잠시 기다리거라, 아이야." 아이즈 세다이는 절반쯤 얼빠진 목소리로 말했다. "나는 맷을 잊지 않았다." 그녀는 바로 다시 지휘관에게 관심을 돌렸다. "외딴 마을들은?"

남자는 불편한 듯 어깨를 으쓱했다. "하얀 망토들의 진입 자체를 막지는 못했습니다, 아이즈 세다이. 하지만 저희 순찰대가 들어오면 놈들이 떠납니다. 놈들이 저희를 자극하려는 것 같습니다." 베린은 고개를 끄덕이며 계속 말을 타고 가려 했다. 하지만 지휘관이 다시 입을 열었다. "죄송하지만, 아이즈 세다이, 멀리서 오신 게 분명하군요. 새로운 소식이 있으십니까? 무역선이 들어올 때마다 새로운 소문이 강을 따라 올라옵니다. 서쪽 어딘가에 새로운 가짜 드래건이 나타났다고 하던데요. 아니, 심지어 그자가 아터 호크윙의 군대를 거느리고 있다고 합니다. 그 군대가 죽은 이들 가운데에서 깨어나 그자를 따른다더군요. 게다가 그자가 하얀 망토들을 엄청나게 많이 죽이고 티라본에 있는 어떤 도시를—사람들 말로는 팔메라던데—파괴했다고도 합니다."

"아이즈 세다이가 그 자를 도왔다고 하던데요!" 줄을 서 있던 사람들 사이에서 한 남자가 외쳤다. 휴린은 깊은 숨을 들이쉬고 폭력적인 사건이 발생할 거라 예상하는 움직임을 선보였다.

에그웨인은 주위를 둘러보았지만, 누군지는 몰라도 소리친 사람의 흔적은 보이지 않았다. 모두가 인내심 있게, 혹은 조바심을 내며 다리를 건널 차례가 오기를 기다리는 데만 관심을 두는 것 같았다. 상황이 바뀌었지만 나아진 건 아니었다. 에그웨인이 타 발론을 떠나던 때는 아이즈 세다이에게 대항해 말하는 사람은 누구든 그 말을 엿들은 사람에게서 코를 한 대 얻어 맞지 않고 탈출하는 것만으로도 다행이었다. 지휘관은 얼굴이 벌게진 채 늘어선 사람들을 노려보았다.

"소문이 사실인 경우는 드물지." 베린이 그에게 말했다. "팔메가 여전히 버티고 있다는 얘기는 확실히 해 줄 수 있네. 심지어 팔메는 타라본에 있지도 않아, 경비. 소문에 대한 관심은 줄이고 아멀린 권좌의 말씀에 더 귀 기울이게. 빛이 그대를 비추길." 베린은 고삐를 잡았고 경비병은 일행을 이끌고 지나가는 그녀에게 허리를 숙였다.

에그웨인은 다리를 보며 경이감을 느꼈다. 타 발론의 다리를 보면 늘 그랬다. 내비침세공이 된 벽은 레이스를 다루는 최고의 직공에게도 벅찰 만했다. 그런 일을 돌로 해냈다는 것도, 그 다리가 무게를 버티고 서 있을 수 있다는 것도 거의 불가능한 일로 보였다. 강이 45미터 이상 떨어진 아래에서 세차게 꾸준하게 흘렀다. 1킬로미터를 가로지르는 내내 다리는 강둑에서 섬까지 아무 지지대도 없이 이어지는 듯 보였다.

에그웨인에게 다른 의미로 더 경이롭게 느껴진 것은, 이 다리를 건너면 집이 나온다는 느낌이었다. 경이로울 뿐 아니라 충격적이기도 했다. **내 집은 에먼즈 필드야.** 하지만 에그웨인이 살아 있기 위해, 자유를 지키기 위해 배워야 하는 모든 것들은 타 발론에서만 배울 수 있었다. 어째서 꿈이 그토록 신경 쓰이는지, 왜 그 꿈들이 때로 에그웨인으로서는 알아낼 수 없는 의미를 담고 있는 것처럼 보이는지 타 발론에서 배울 수 있을 것이다. 아니, 반드시 배워야 했다. 이제 타 발론은 그녀의 삶이 매인 곳이었다. 만약 에그웨인이 언젠가 에먼즈 필드에 돌아가게 된다면—'만약'이라는 말이 아팠지만, 에그웨인은 솔직해져야만 했다—잠깐 부모님을 만나러 가는 것일 터였다. 에그웨인은 이미 여관 주인의 딸로 살아가는 인생을 넘어섰다. 그런 관계는 그녀를 붙들지 못할 터였다. 에그웨인이 싫어해서가 아니라 그런 결속을 넘어설 만큼 성장했기에.

다리는 시작일 뿐이었다. 그 아치가 섬을 둘러싼 성벽으로 곧장 이어졌다. 높은 벽은 은색 줄무늬가 들어간 빛나는 흰색 돌로 만들어져 있었으며 성벽 꼭대기는 높다란 다리를 내려다보고 있었다. 경비용 탑 여러 곳이 간격을 두고 성벽을 끊었다. 탑들도 똑같이 흰 돌로 만들어져 있었다. 그 거대한 기단이 강물에 잠겨 있었다. 성벽 위와 그 너머에는 타 발론의 진정한 탑들이, 이야기에 나오는 탑들이 솟아 있었다. 땅 위로 족히 91미터는 떨어져 있는 공중의 다리로 일부가 연결된, 뾰족한 첨탑과 원통형의 건물과 나선들. 그조차도 시작에 불과했다.

청동을 씌운 성문에는 경비병들이 없었고 그 넓이는 스무 명이 나란히 서서 통과할 만큼 넓었다. 성문은 섬을 이리저리 교차하는 널찍한 대로 중 하나를 향해 트여 있었다. 아직 봄이 찾아오지 않은 셈이었으나 공기에서는 이미 꽃과 향수와 향신료의 냄새가 났다.

도시를 본 에그웨인은 지금 처음 타 발론을 본 사람처럼 숨이 턱 막혔다. 모든 광장과 교차로에는 분수나 기념물이나 조각상이 있었다. 그중에는 탑만큼 높은 거대한 기둥 위에 세워진 것도 있었다. 그러나 에그웨인의 눈을 어지럽힌 것은 도시 그 자체였다. 형태 자체가 단순한 건물도 장식과 조각이 너무 많아 그 자체가 장식품으로 보였다. 장식이 없는 경우는 형태만으로도 웅장함이 전달되었다. 거대한 건물과 작은 건물들이 온갖 색깔의 돌로 만들어져 조개껍데기처럼, 파도나 바람에 깎인 절벽처럼 화려하게 이어지는 것 같았다. 자연이나 자유롭게 날아다니는 인간의 생각을 포착한 것처럼 보였다. 집도, 여관도, 마구간도 타 발론의 가장 무의미한 건물까지도 아름다움을 위해 만들어졌다. 오기어 서공들이 세계의 파괴 이후 오랜 세월 동안 이 도시의 대부분을 지었다. 이 건물들은 지금까지도 오기어 서공들의 가장 훌륭한 작품으로 남아 있었다.

온갖 나라에서 온 남녀가 거리를 몰려다녔다. 피부가 검은 사람도, 흰 사람도, 그 사이의 색깔인 사람도 있었다. 그들의 옷은 선명한 색깔과 무늬로 이루어져 있거나 단조롭지만 술과 땋은 실, 반짝이는 단추로 장식되어 있거나 아무 장식 없이 수수했다. 에그웨인이 생각하기에는 예의에 어긋날 정도로 맨살이 드러나 보이는 옷도 있었고, 눈과 손가락 끝만 드러나는 옷도 있었다. 의자처럼 생긴 가마와 들것 들이 인파 사이를 헤치고 지나갔다. 그것들을 들고 종종걸음 치는 사람들은 "길을 비켜라!"라고 소리쳤다. 문이 닫힌 탈것도 천천히 움직였다. 복장을 맞춰 입은 마부들이 걷는 속도 이상으로 나아갈 수 있으리라고 믿는 것처럼 "여어!"라거나 "어이!"라고 외쳐댔다. 거리의 악사들이 플루트나 하프나 파이프를 연주했다. 때로는 저글링 광대나 곡예사도 그들과 함께 있었다. 그런 사람들은 언제나 동전을 받을 모자를 내놓고 있었다. 떠돌아다니는 행상인들이 물건을 팔겠다고 소리쳐 댔고, 각자의 가게 앞에 서 있는 상점 주인들은 자기 상품이 얼마나 훌륭한지 외쳤다. 웅성대는 소리가 살아 있는 무언가의 노래처럼 도시를 가득 채웠다.

베린은 어느새 다시 두건을 당겨 얼굴을 가렸다. 에그웨인이 생각하기에 이런 인파 속에서라면 아무도 그들에게 관심을 두지 않을 것만 같았는데 말이다. 몇몇 사람이 서둘러 지나가며 피했을 뿐, 말에 연결된 들것에 실린 맷조차도 사람들의 시선을 두 번씩 끌지는 않았다. 사람들이 병자를 치유하려고 화이트 타워에 데려가는 일이 이따금 있는데, 뭐든 맷이 걸린 병도 옮는 것일 수 있었기 때문이다.

에그웨인은 베린 옆으로 다가가 가까이 몸을 숙였다. "정말 지금 말썽이 일어날 거라고 생각하세요? 우린 도시에 들어와 있어요. 거의 다 왔다고요." 이제는 화이트 타워가 뻔히 보였다. 지붕 위로 널찍하고 높다랗게 거대한 건물이 빛나고 있었다.

"나는 언제나 말썽이 일어날 거라고 생각한다." 베린이 평온하게 대답했다. "너도 그래야 해. 다른 어느 곳보다도 화이트 타워에서 특히 그렇지. 너희 모두 지금은 그 어느 때보다 조심해야 한다. 너희…… 장난질이," 평온함이 돌아오기 전, 잠시 그녀의 입에 힘이 들어갔다. "하얀 망토들을 쫓아 보내긴 했지만, 화이트 타워 안에서는 그로 인해 죽거나 순화당할 수 있다."

"화이트 타워 안에서는 그런 짓 안 해요." 에그웨인이 항의했다. "우리 중 누구도요." 나이니브와 일레인도 들것을 나르는 말들을 휴린에게 맡겨둔 채 다가와 고개를 끄덕였다. 일레인은 열정적으로 끄덕였지만, 에그웨인이 보기에 나이니브는 마지못해 그러는 것 같았다.

"다시는 그런 짓을 해서는 안 된다, 아이야. 절대로! 영원히!" 베린은 두건 가장자리 너머로 그들을 곁눈질하더니 고개를 저었다. "그리고 정말이지, 입을 다물고 있어야 할 때 말을 하는 것이 얼마나 어리석은 일인지 배웠기를 바란다." 일레인의 얼굴이 새빨개졌다. 에그웨인도 두 뺨이 뜨끈했다. "화이트 타워 부지에 들어가면 입을 다물고 뭐든 일어나는 일을 받아들여라. **무슨 일이** 일어나든! 너희는 화이트 타워에서 우리를 기다리는 게 무엇인지 전혀 모르고 있어. 안다고 해도 그 일에 대처하는 방법은 모를 거다. 그러니 침묵을 지켜라."

"시키시는 대로 하겠습니다, 베린 세다이." 에그웨인이 말하자 일레인도 그 말을 따라 했다. 나이니브는 코웃음을 쳤지만 아이즈 세다이가 노려보자 마지못해 고개를 끄덕였다.

거리가 드넓은 광장으로 탁 트였다. 광장은 도시 한가운데에 있었으며 그 광장의 한가운데에 햇빛을 받아 빛나는 화이트 타워가 서 있었다. 돔과 섬세한 첨탑, 화이트 타워의 부지로 둘러싸인 여러 형태로 이루어진 궁전 사이에서 하늘에 닿을 만큼 높이 솟아 있었다. 광장에는 놀라울 만큼 사람이 적었다. 볼일이 없는 한 아무도 화이트 타워에 범접하지 않는다는 생각이 불안하게 떠올랐다.

일행이 광장에 들어섰을 때 휴린이 들것을 나르는 말들을 데리고 앞으로 나왔다. "베린 세다이, 저는 이제 떠나야 합니다." 그는 한 차례 화이트 타워를 눈여겨보더니 간신히 다시 한 번 보았다. 하긴, 여기서 화이트 타워가 아닌 무언가를 본다는 건 힘든 일이었다. 휴린은 아이즈 세다이가 존경받는 지역에서 왔지만, 그들을 존경한다는 것과 그들에게 둘러싸인다는 건 상당히 다른 문제였다.

"너는 우리 여행에 아주 큰 도움이 되었다, 휴린." 베린이 말했다. "긴 여행이었지. 네가 여행을 계속하기 전에 머물러 쉴 곳이 화이트 타워에 있을 것이다."

휴린이 세차게 고개를 저었다. "저는 하루도 낭비할 수 없습니다, 베린 세다이. 한 시간도요. 저는 샤이나로 돌아가 이자 왕과 아겔마 공께 팔메에서 일어난 일의 진실을 전해야 합니다. 그분들께……" 휴린은 갑자기 말을 멈추고 주위를 둘러보았다. 엿들을 만큼 가까운 곳에는 사람이 아무도 없었지만, 그는 목소리를 더 낮추고 이렇게만 말했다. "랜드에 관해서 말씀드려야 합니다. 드래건이 환생했다고요. 상류로 가는 무역선이 있을 겁니다. 저는 다음에 출항하는 배를 탈 생각입니다."

"그렇다면 빛 속에 가거라, 샤이나의 휴린." 베린이 말했다.

"빛께서 여러분 모두를 비추시길." 휴린은 고삐를 쥐며 대답하더니 잠시 망설이다가 덧붙였다. "제가 필요하시면 언제라도 팔 다라로 소식을 전해 주십시오. 그러면 제가 올 방법을 찾겠습니다." 그는 민망한 듯 목을 가다듬고 말 머리를 돌려서 빠른 구보로 화이트 타워를 지났다. 그의 모습이 너무도 빠르게 사라졌다.

나이니브는 짜증스러운 듯 고개를 저었다. "남자들이란! 언제나 필요하면 부르라고 하지. 남자가 필요할 때는 당장 필요한 건데."

"우리가 지금 가려는 곳에서는 그 어떤 남자도 도움이 될 수 없다." 베린이 무미건조하게 말했다. "기억해라. 조용히 하고."

에그웨인은 휴린이 떠나자 상실감을 느꼈다. 휴린은 맷을 제외한 일행 중 누구에게도 거의 말을 걸지 않았다. 그리고 베린이 옳았다. 휴린은 그저 남자일 뿐이었고, 화이트 타워에서 그들을 기다리고 있을지 모르는 존재를 상대하기에는 아기처럼 무력했다. 어쨌거나 그가 떠나면서 일행의 숫자가 한 명 준 것은 사실이었다. 칼을 든 남자를 곁에 두는 건 유용한 일이라는 생각도 어쩔 수 없이 들었다. 게다가 휴린은 랜드에게 이어지는 고리였다. 페린에게도. **내 걱정이나 해야지.** 랜드와 페린은 돌봐 줄 모레인이 있으니 그런 대로 잘 지낼 것이다. **민이 확실히 랜드를 돌봐 줄 테고.** 에그웨인은 번뜩이는 질투를 느끼며 그렇게 생각하고는 그 질투심을 억누르려 애썼다. 그것은 거의 성공할 뻔했다.

에그웨인은 한숨을 쉬며 들것을 나르는 말의 고삐를 잡았다. 맷은 턱 밑까지 이불을 덮고 누워 있었다. 호흡이 메마른 헐떡임처럼 들렸다. **금방이야.** 에그웨인은 생각했다. **이제 조금만 있으면 치유될 거야. 우린 우리를 기**

다리고 있는 게 뭔지 알게 될 테고. 에그웨인은 베린이 그들을 겁주는 짓을 그만두었으면 좋겠다고 생각했다. 베린에게 그들을 겁줄 만한 타당한 이유가 있다는 생각이 마음에 들지 않았다.

베린은 그들을 데리고 화이트 타워의 그라운드를 빙 돌아 경비병 두 명이 서 있는, 열려 있는 작은 옆문으로 갔다. 아이즈 세다이는 잠시 멈춰 서서 두건을 젖히고 안장에서 몸을 숙여 그중 한 명에게 조용히 말을 건넸다. 그는 움찔하며 에그웨인 일행을 놀란 눈으로 보더니 빠르게 "분부대로 따르겠습니다, 아이즈 세다이"라고 말했다. 그러고는 화이트 타워 그라운드로 달려 들어갔다. 베린은 그가 말을 하는 순간 이미 성문을 넘어 서두를 것 없다는 듯 말을 몰았다.

에그웨인은 들것이 실린 말과 함께 그 뒤를 따르며 나이니브, 일레인과 시선을 주고받았다. 베린이 남자에게 무슨 말을 했는지 궁금했다.

회색의 돌로 만들어진 경비 초소가 성문 바로 안쪽에 있었다. 가지 여섯 개짜리 별이 옆으로 누워 있는 듯한 형태였다. 소수의 경비병들이 문 앞에 한가로이 모여 있었다. 베린이 지나가자 그들은 말을 끊고 허리를 숙였다.

화이트 타워의 그라운드 중 이 구역은 어느 귀족가의 정원처럼 보였다. 나무와 가지치기가 된 덤불, 자갈이 깔린 널찍한 오솔길이 있었다. 다른 건물이 나무 사이로 보였다. 화이트 타워 자체가 다른 모든 것을 위압적으로 내려다보았다.

오솔길은 일행을 나무 사이에 있던 마구간 앞뜰로 데려갔다. 그곳에서는 가죽조끼를 입은 마부들이 달려와 그들의 말을 데려갔다. 아이즈 세다이의 지시에 따라 마부 몇 명은 들것을 풀어 한쪽에 가만히 내려놓았다. 말들이 마구간으로 인도되는 동안 베린은 맷의 발치에 놓여 있던 가죽 자루를 집어 한쪽 팔 아래에 태평하게 끼웠다.

나이니브는 손마디로 허리를 문지르다 말고 아이즈 세다이에게 인상을 썼다. "맷에게 남은 시간은 몇 시간뿐일지도 모른다고 하셨는데요. 그냥 저렇게……."

베린이 한 손을 들었지만, 에그웨인으로서는 나이니브가 말을 멈춘 게 그

동작 때문인지, 아니면 자갈을 밟으며 다가오는 으적거리는 발소리 때문인지 알 수 없었다.

잠시 후 시리암 세다이가 나타났다. 합격자 세 명이 그 뒤를 따르고 있었다. 그들의 흰 드레스 자락 끝부분은 청색에서 적색에 이르기까지 모든 아자의 색깔로 장식되어 있었다. 일꾼의 거친 옷을 입은 건장한 두 남자도 함께 다가왔다. 신입 담당은 약간 통통한 여자로, 살데이아에서 자주 보이는 높은 광대뼈의 소유자였다. 불처럼 빨간 머리카락과 살짝 처진 맑은 초록색 눈 때문에 주름 하나 없는 아이즈 세다이의 얼굴이 더욱 인상적으로 보였다. 그녀는 침착하게 에그웨인 일행을 보았으나 입이 꽉 다물려 있었다.

"그래서, 도망자 세 명을 다시 데리고 왔군요, 베린. 그 모든 일이 벌어졌으니 차라리 당신이 이 아이들을 데리고 돌아오지 않았으면 좋았겠다는 생각이 들 지경입니다."

"저희는 도망친 게……." 에그웨인이 입을 열었지만, 베린이 날카롭게 그녀의 말을 잘랐다. **"조용히 해라!"** 베린은 강렬한 시선으로 입을 다물게 할 수 있다는 듯 그녀를—그들 셋을 하나하나—보았다.

에그웨인은 적어도 자신에게는 그 방법이 통했다고 확신했다. 그녀는 베린이 화를 내는 모습을 한 번도 본 적이 없었다. 나이니브는 가슴 아래로 팔짱을 낀 채 작은 소리로 툴툴댔지만 뭐라고 크게 말하지는 않았다. 시리암 뒤의 세 합격자도 침묵을 지켰다. 다만 에그웨인이 보기에는 그들의 귀가 열심히 듣느라 점점 커지는 것 같았다.

에그웨인 일행이 가만히 있으리라는 확신이 들자 베린은 다시 시리암을 돌아보았다. "저 소년을 다른 모두와 떨어진 곳으로 데려가야 해. 아파, 위험할 정도로. 자신뿐만 아니라 다른 사람들에게도 위험해."

"운반할 들것이 있다더니." 시리암은 두 남자에게 들것을 들라고 손짓하고 그중 한 명에게 조용히 한마디를 건넸다. 그렇게 맷이 어딘가로 옮겨졌다.

에그웨인은 맷에게 지금 당장 도움이 필요하다고 말하려 했지만 빠르고도 강렬한 베린의 시선에 다시 입을 다물었다. 나이니브는 땋은 머리를 뽑힐 만큼 세게 잡아당기고 있었다.

"내 생각이지만," 베린이 말했다. "지금쯤은 우리가 돌아왔다는 걸 화이트 타워의 모든 사람이 알겠지?"

"모르는 사람들도," 시리암이 그녀에게 말했다. "오래지 않아 알게 될 겁니다. 사람이 들고 나는 이야기야말로 제일가는 화제가 되었으니까요. 팔메에서 일이 일어나기 전, 케예리엔에서 전쟁이 일어나기 한참 전부터 말이죠. 비밀로 할 생각이셨나요?"

베린은 두 팔로 가죽 자루를 안았다. "나는 아멀린 권좌를 뵈어야 한다. 당장."

"저 셋은요?"

베린은 인상을 찡그리며 에그웨인과 친구들을 살펴보았다. "아멀린 권좌께서 보고 싶어 하실 때까지 철저히 붙잡아 놔야 한다. 과연 보고 싶어 하실지는 모르겠지만. 명심하고 철저히 붙잡아 둬. 저 애들 각자의 방에 잡아 두면 충분할 거야. 감옥에 넣을 필요는 없다. 누구에게도 말하지 말고."

베린은 시리암에게 말하고 있었다. 하지만 에그웨인은 마지막 말이 일행에게 기억하라고 하는 말임을 알았다. 나이니브의 눈썹이 아래로 축 처져 있었다. 그녀는 뭔가를 후려치고 싶은 듯 땋은 머리를 홱 잡아당겼다. 일레인의 파란 눈은 휘둥그렇게 뜨여 있었다. 얼굴이 평소보다도 하얬다. 에그웨인은 자신이 느끼는 분노와 두려움과 걱정 중 일레인이 함께 느끼는 게 어느 감정인지 잘 알 수 없었다. 아마 그 셋 모두를 조금씩 느끼고 있겠지.

베린은 세 일행을 마지막으로 탐색하듯 힐끗 보더니 자루를 가슴에 꽉 끌어안고 서둘러 떠났다. 그녀의 뒤로 망토가 펄럭였다. 시리암은 허리에 두 주먹을 대고 에그웨인을 비롯한 두 사람을 살펴보았다. 잠시 에그웨인은 긴장이 풀린다고 느꼈다. 신입 담당은 규칙을 어겼다는 이유로 잡일을 더 시킬 때조차 안정적인 기분과 공감 어린 유머 감각을 유지하는 사람이었다.

하지만 입을 연 시리암의 목소리는 험악했다. "베린 세다이가 아무 말도 하지 말라고 하셨으니 아무 말도 하지 말아야겠지. 너희 중 한 명이라도 입을 연다면—물론, 아이즈 세다이에게 대답할 때는 예외지만—너희가 회초리와 몇 시간 동안 바닥 닦을 일 말고는 걱정할 게 아무것도 없으면 좋겠다고 생각하게 만들어 주마. 알겠느냐?"

"네, 아이즈 세다이." 에그웨인이 말했다. 다른 둘도 똑같이 말하는 소리가 들렸다. 다만 나이니브의 말투는 도전장이라도 내미는 듯했다.

시리암은 목구멍 깊은 곳에서 역겹다는 소리를 냈다. 거의 으르렁거리는 듯한 소리였다. "요즘은 예전에 비해 수련을 받겠다고 화이트 타워를 찾아오는 소녀들이 줄었어. 그래도 오긴 오지. 대부분은 진정한 근원과 접촉하기는커녕 그 존재를 느끼는 법도 배우지 못한 채 떠나고, 몇몇은 자신을 해치지 않을 수 있을 만큼 배운 뒤에야 떠난다. 겨우 한 손에 꼽을 만한 사람들만이 합격자로 성장할 수 있다는 꿈을 꿀 수 있고 숄을 걸치게 되는 사람은 그보다도 적어. 힘든 삶, 가혹한 훈련이지만 모든 신입이 그 삶을 지키려고, 반지와 숄을 얻어 내려고 분투한다. 너무 겁이 나서 매일 밤 울다 잠들더라도 애써 그 삶을 붙들고 있어. 그런데 너희 셋은, 내가 살면서 꿈조차 꾸지 못했던 능력을 타고 태어났으면서 허락도 받지 않고 화이트 타워를 떠났다. 훈련을 절반도 받지 못한 채 무책임한 어린애처럼 도망쳐서 몇 달이나 자리를 비웠어. 그런데 이제는 아무 일도 없었다는 듯이 다시 돌아왔구나. 아침이 밝으면 바로 다시 훈련을 이어갈 수 있을 것처럼." 그녀는 그러지 않으면 폭발할 것 같은지 길게 숨을 내쉬었다. "파올레인!"

세 명의 합격자들은 엿듣다가 들키기라도 한 것처럼 움찔했다. 그중 검은 곱슬머리의 여자가 앞으로 나섰다. 그들은 모두 젊은 여자였으나 그래도 나이니브보다는 나이가 많았다. 나이니브처럼 빠르게 합격자가 되는 건 드문 일이었다. 일반적인 경우에는 신입이 합격자가 끼고 다니는 거대한 뱀 반지를 얻기까지 몇 년이 걸렸다. 그런 뒤 다시 몇 년이 흐른 뒤에야 완전한 아이즈 세다이로 승격되리라는 기대나마 품을 수 있었다.

"이 아이들을 각자의 방으로 데려가라." 시리암이 명령했다. "거기에 가둬 두거라. 아멀린 권좌께서 다른 명을 내리실 때까지 빵과 차가운 수프, 물은 줘도 된다. 이 중 한 명이 한마디라도 하면 주방으로 데려가 냄비를 닦게 해라." 시리암은 휙 돌아서서 성큼성큼 멀어져 갔다. 그녀의 등에서조차 분노가 엿보였다.

파올레인은 거의 기대감이 느껴지는 분위기로 에그웨인 일행을, 특히 나이니브를 눈여겨보았다. 나이니브는 가면이라도 쓴 것처럼 인상을 찡그리고 있었다. 파올레인의 둥근 얼굴에는 이렇게까지 대단하게 규칙을 어긴 사람들에 대한 사랑이 전혀 담겨 있지 않았다. 신입 생활은 아예 하지도 않고 반지를 얻어 낸 야생인, 타 발론에 들어오기 전부터 일원력을 채널링했던 나이니브 같은 사람에 대해서는 특히 그랬다. 나이니브가 혼자 분노를 삭이기로 작정했다는 게 분명해지자 파올레인은 어깨를 으쓱했다. "아멀린 권좌께서 누군가를 보내 너희를 부르시면, 너희는 아마 순화당할 거야."

"그만해, 파올레인." 다른 합격자가 말했다. 셋 중 가장 나이가 많은 그녀는 낭창낭창한 목에 구릿빛 피부를 가지고 있었으며 동작이 우아했다. "내가 널 데려갈게." 그녀가 나이니브에게 말했다. "난 시오드린이야. 나도 야생인이고. 시리암 세다이의 명령에 따라 널 잡아 두긴 하겠지만 괴롭히지는 않을게. 가자."

나이니브가 걱정스러운 눈으로 에그웨인과 일레인을 한 번 보더니 한숨을 쉬고 시오드린이 데려가는 대로 따라갔다.

"야생인들이란." 파올레인이 툴툴댔다. 그 말은 꼭 욕설처럼 들렸다. 파올레인은 에그웨인에게 시선을 돌렸다.

세 번째 합격자인 예쁘장하고 뺨이 사과처럼 붉은 젊은 여자가 일레인 옆에 자리 잡았다. 그녀의 입은 미소 짓기를 좋아하는 듯 입꼬리가 올라가 있었지만, 일레인을 바라보는 완고한 시선을 보면 지금은 헛짓거리를 허용하지 않을 것 같았다.

에그웨인은 최대한 침착하게 파올레인의 시선을 맞받아쳤다. 그 시선에 일레인의 오만하고도 조용한 경멸감이 어느 정도 섞여 있기를 바랐다. **적색의 아자**. 그녀가 생각했다. **이 사람은 적색의 아자를 선택할 게 확실해.** 어쨌거나 에그웨인 자신의 문제를 생각하지 않기란 힘들었다. **빛이여, 우리를 어쩌려는 걸까요?** 에그웨인이 걱정하는 건 이 여자들이 아니라 아이즈 세다이, 화이트 타워였다.

“자, 가자.” 파올레인이 쏘아붙였다. “여기 하루 종일 서 있지 않아도, 네 방 앞을 지키고 서 있어야 하는 것만으로도 나쁜 일이니까. 가.”

에그웨인은 깊이 숨을 들이쉬며 일레인의 손을 잡고 따라갔다. **빛을 걸고, 아이즈 세다이가 맷을 치유해 주고 있었으면 좋겠어.**

12장 아멀린 권좌

시우안 산체는 서재 전체를 어슬렁거리다가 가끔 멈추어, 통치자들조차 말을 더듬게 만드는 푸른 눈으로 방 한가운데에 놓인 긴 탁자 위, 조각된 밤夜나무 상자를 보았다. 그녀는 그 안에 들어 있는, 신중하게 작성한 문서들을 사용할 필요가 없기를 바랐다. 그 문서들은 십여 가지의 발생 가능한 결과에 대비해 그녀가 직접 준비하고 비밀리에 봉인한 것이었다. 그녀가 아닌 사람의 손이 상자를 열면 내용물이 즉시 타 올라 재가 되도록 수호 마법도 걸어 놓았다. 아마 상자 자체가 타 버릴 것이다.

"누군지는 모르겠지만 도둑질이나 하는 그 물총새 같은 인간도 태워 버리면 더 좋고." 시우안 산체가 중얼거렸다. 그녀는 베린이 돌아왔다는 말을 들은 이후로 백 번째, 무의식적으로 어깨에 두른 스톨을 바로잡았다. 허리 아래까지 늘어진 스톨은 폭이 넓고 일곱 아자의 색깔이 줄무늬로 들어가 있었다. 아멀린 권좌는 어떤 아자 소속으로 키워졌든 모든 아자에 속해 있으면서 그 어떤 아자에도 속해 있지 않았다.

서재는 여러 세대에 걸쳐 스톨을 둘렀던 여자들의 것이었으므로 화려하게 장식되어 있었다. 높고 널찍한 난로와 불이 피워지지 않은 널따란 난로 바닥은 모두 칸도르산 황금 대리석으로 조각되어 있었으며 다이아몬드 모양의 바닥 타일은 안개의산맥에서 가져와 윤을 낸 홍석으로 이루어져 있었다. 벽은 색깔이 희고 줄무늬가 들어가 있으며 돌처럼 단단하고 환상적인 동물과 믿을 수 없는 깃털을 가진 새들이 새겨진 널빤지로 이루어져 있었다. 아터 호크윙이 태어나기도 전, 바다 민족들이 아이일황무지 너머에서 가져온 것이었다. 높다랗고 아치로 이루어진 창문은 열린 채 신선하고 푸릇푸릇한 냄새를 받아들이고 있었으며, 그 뒤로는 아멀린 권좌의 조그만 개인 정원이 내려다보이는 발코니가 있었다. 아멀린 권좌에게는 그곳을 산책할 시간이 거의 없었지만 말이다.

그 모든 화려함이 시우안 산체가 이 방에 들여온 가구와 선명한 대조를 이루었다. 하나밖에 없는 탁자와 그 뒤에 놓인 튼튼한 의자는 세월에 반들반들해진 물건으로, 밀랍으로 윤을 내 놓기는 했으나 수수했다. 그 방에 단 하나밖에 없는 다른 의자도 마찬가지였다. 그 의자는 아멀린 권좌가 손님을 앉히고 싶을 경우 끌어다 놓을 수 있을 만큼 가까운 곳에 치워져 있었다. 티어에서 만든 작은 깔개가 탁자 앞에 놓여 있었다. 파란색과 갈색과 황금색의 단순한 무늬가 짜인 깔개였다. 갈대밭에 조그만 낚싯배들이 떠 있는 단 한 점의 그림이 난로 위에 걸려 있었다. 바닥에는 펼쳐진 책이 놓인 대여섯 개의 책장이 서 있었다. 그게 전부였다. 등불조차 농부의 집에 두어도 이상하지 않을 물건이었다.

시우안 산체는 티어의 가난한 집에 태어나, 드래건의손가락이라 불리는 삼각주에서 그림 속 낚싯배와 똑같은 아버지의 낚싯배를 타고 일했다. 타발론으로 가겠다는 꿈도 꾸기 전이었다. 아멀린 권좌로 승격되고 나서 거의 10년이 흘렀는데도 그녀는 지나친 사치에 편안함을 느끼지 못했다. 그녀의 침실은 서재보다도 더 수수했다.

스톨을 두른 지 10년이야. 그녀는 생각했다. **이 위험한 바다를 항해하기로 한 지 거의 20년이 됐어. 지금 미끄러지면, 차라리 그물질이나 하고 있을 걸 그랬다고 생각하게 될 거야.**

아멀린 권좌는 어떤 소리를 듣고 휙 돌아섰다. 다른 아이즈 세다이가 슬쩍 방에 들어와 있었다. 검은 머리를 짧게 자른 구릿빛 피부의 여자였다. 시우안 산체는 목소리가 떨리지 않도록 자제하며 아멀린 권좌에게 기대되는 말만을 했다. "그래, 리아네?"

연대기 기록자는 다른 사람들이 있을 때만큼 깊이 허리를 숙였다. 대부분의 남자만큼 키가 큰 그 아이즈 세다이는 화이트 타워에서 아멀린 권좌 바로 다음 서열이었다. 시우안은 함께 신입이던 시절부터 그녀를 알아왔지만, 아멀린 권좌의 위엄을 지켜 주겠다는 리아네의 고집스러운 태도만 봐도 때로는 비명을 지르고 싶어졌다.

"베린이 와 있습니다, 어머니. 어머니와 이야기를 나누기를 청하고 있습니다. 어머니께서 바쁘시다고 제가 말했지만, 베린은……."

"베린과 이야기도 못 할 만큼 바쁜 건 아니다." 시우안이 말했다. 그녀도 답이 너무 빨리 나왔다는 건 알았지만, 상관없었다. "들여 보내라. 너는 여기 있지 않아도 된다, 리아네. 단둘이 이야기하겠다."

눈썹을 움찔한 것만이 연대기 기록자가 표현한 놀라움의 전부였다. 아멀린 권좌는 연대기 기록자를 곁에 두지 않고 누군가를 만나는 일이 거의 없었다. 상대가 여왕이라도 그랬다. 하지만 아멀린 권좌는 아멀린 권좌였다. 리아네는 허리를 숙여 절하고 나갔다. 잠시 후에는 베린이 그녀가 있던 자리에서 무릎을 꿇고 시우안의 손가락에 끼워진 거대한 뱀 반지에 입을 맞추었다. 갈색의 자매는 팔 밑에 큼직한 가죽 자루를 끼고 있었다.

"만나 주셔서 감사합니다, 어머니." 베린이 허리를 펴며 말했다. "팔메에서 긴급한 소식을 가져왔습니다. 다른 것도 가져왔고요. 어디서부터 말을 시작해야 할지 잘 모르겠습니다."

"원하는 곳에서부터 시작해라." 시우안이 말했다. "이 방에는 수호 마법이 걸려 있다. 혹시 누군가 엿듣기라는 어린 시절의 잔재주를 피울지 모르니 말이야." 베린이 놀라서 눈썹을 치켜올렸다. 아멀린 권좌가 덧붙였다. "네가 떠난 이후로 많은 것이 바뀌었다. 말해라."

"그럼 가장 중요한 이야기부터 하겠습니다. 랜드 알소르가 자신이 드래건의 환생이라고 천명했습니다."

시우안은 가슴에 맺혔던 것이 탁 풀리는 느낌을 받았다. "랜드이기를 바랐다." 그녀가 조용히 말했다. "들은 이야기밖에 전하지 못하는 여자들의 보고와 무역선이나 상인의 수레가 들어올 때마다 함께 찾아오는 소문을 듣긴 했지만 확신할 수 없었지." 그녀는 깊이 숨을 들이쉬었다. "그렇지만 그 일이 일어난 날은 짐작할 수 있을 것 같구나. 두 명의 가짜 드래건이 더 이상 세상을 어지럽히지 않는다는 건 알고 있느냐?"

"그 이야기는 못 들었습니다, 어머니. 좋은 소식이군요."

"그래. 살데이아에서는 마즈림 타임이 우리 자매들의 손에 들어왔고, 하돈의어둠에 있던 그 가엾은 자는 티어 사람들에게 붙잡혀 현장에서 처형됐다. 빛께서 그의 영혼을 가엾게 여기시길. 아무도 그의 이름조차 모르는 것 같더구나. 둘 다 같은 날에 잡혔는데, 소문에 따르면 잡힌 상황도 같았다고 한다. 그들은 이기는 전투를 하고 있었는데, 갑자기 하늘에서 거대한 번개가 번쩍이며 어떤 환시가 아주 잠깐 나타났다는 거야. 환시의 내용에 관해서는 십여 가지 다른 이야기가 전해지지만, 두 경우 모두 결과는 똑같았다. 가짜 드래건의 말이 뒷다리를 짚고 서서 가짜 드래건을 내동댕이쳤지. 가짜 드래건은 기절했고, 추종자들은 그가 죽었다고 소리를 지르며 전장에서 도망쳤다. 그렇게 가짜 드래건이 잡힌 거야. 내가 받은 보고서 중에는 팔메의 하늘에 나타난 환시에 대한 것도 있다. 그 순간이 바로 랜드 알소르가 자신을 드래건의 환생이라고 선포한 순간이라는 데에 금화도 걸 수 있어. 상대가 1주일 묵은 민물 농어를 걸더라도 말이야."

"진짜 드래건이 환생했군요." 베린은 거의 혼잣말처럼 말했다. "그래서 패턴에는 더 이상 가짜 드래건이 설 자리가 없어진 겁니다. 우리가 드래건의 환생을 세상에 풀어놓았습니다. 빛께서 우리에게 자비를 베푸시길."

아멀린 권좌는 짜증스럽게 고개를 저었다. "우리는 해야 할 일을 했다." **하지만 막내 신입이라도 이 일을 알게 되면 나는 내일 해가 뜨기 전에 순화되겠지. 그전에 갈가리 찢기지 않는다면 말이야. 나도, 모레인도, 베린도, 우리 친구라고 생각되는 모든 사람도 마찬가지일 테고.** 비밀을 아는 사람이 셋밖에 없는데 계속 밀어붙이기에는 너무도 큰 작전이었다. 가까운 친구들조차 그들을 배신할지 몰랐다. 그러고서도 임무를 제대로 수행했을 뿐이라고 생각하겠지. **빛을 걸고, 나부터 그런 배신이 잘못이라고 확신할 수 있으면 좋겠군.** "최소한 랜드는 모레인이 안전하게 확보하고 있지. 모레인이 랜드를 안내하고 이루어져야만 하는 일을 할 거다. 또 무슨 말을 하려 했느냐, 딸아?"

베린은 대답 대신 가죽 자루를 탁자에 올려놓고, 벌어진 부분 주변에 은색 글자가 새겨진 똬리 형태의 황금 뿔나팔을 꺼냈다. 그녀는 뿔나팔을 탁자에 올려놓은 뒤 조용히 기대감을 담아 아멀린 권좌를 바라보았다.

시우안은 글자가 보일 만큼 가까이 다가가지 않고도 그 내용을 알 수 있었다. **티아 미 아벤 모리딘 이사인데 바딘.** "무덤은 나의 부름을 막지 못하니"라는 뜻이었다. "발리어의 뿔나팔?" 시우안이 헛숨을 들이켰다. "뿔나팔 사냥대가 이걸 찾아 사방을 뒤지고 있는데, 수백 킬로미터를 지나 여기까지 저걸 가지고 왔단 말이냐? 빛을 걸고, 베린. 뿔나팔은 랜드 알소르에게 남겨두어야 했다."

"저도 압니다, 어머니." 베린이 침착하게 말했다. "하지만 뿔나팔 사냥대는 모두, 어떤 위대한 모험을 통해 뿔나팔을 찾게 될 것으로 기대하고 있습니다. 아픈 젊은이를 데리고 가는 네 여자의 자루에 그게 들어 있을 거라고 생각하지는 않지요. 또 랜드에게는 뿔나팔이 전혀 도움이 되지 않았을 겁니다."

"그게 무슨 말이냐? 랜드 알소르는 타몬 가이돈에서 싸워야 한다. 뿔나팔이 무덤에서 죽은 영웅들을 깨워 최후의 전투에서 싸우도록 할 것이다. 모레인이 이번에도 나와 상의하지 않고 새로운 계획을 세운 것이냐?"

"모레인이 한 일이 아닙니다, 어머니. 우리가 계획을 세우더라도 시간의 물레는 그 뜻에 따라 패턴을 잣습니다. 처음으로 뿔나팔을 울린 사람은 랜드가 아니었습니다. 매트림 코손이었지요. 그리고 지금 맷은 저 아래에 누워, 샤다 로고스의 단검과 연결된 탓에 죽어 가고 있습니다. 여기에서 치유될 수 없다면 죽겠지요."

시우안은 몸을 떨었다. 트롤록조차도 두려워서 들어가지 못하는, 마땅히 그럴 만한 죽은 도시 샤다 로고스. 우연에 의해 그곳의 단검이 젊은 맷의 손에 들어와, 오래전 그 도시를 죽여 버린 사악함으로 그를 뒤틀고 오염시키고 있었다. 그를 죽이고 있었다. **우연일까? 아니면 패턴에 의한 것일까? 어쨌든 맷 역시 타비렌이니. 하지만…… 맷이 뿔나팔을 불었다는 건…….**

"맷이 살아 있는 한," 베린이 말을 이었다. "발리어의 뿔나팔은 다른 모든 사람에게 그저 뿔나팔일 뿐입니다. 물론 맷이 죽으면 다른 사람이 뿔나팔을 불어 인간과 뿔 사이의 새로운 연결을 맺을 수 있겠지요." 그 말의 함의에 비해 베린의 시선은 안정적이었다. 심란하지도 않은 듯했다.

"우리 일이 끝나기 전에 많은 사람들이 죽을 것이다, 딸아." **게다가 내가 다른 누구를 이용해 그 뿔나팔을 다시 불게 할 수 있을까? 지금 이걸 모레인에게 돌려주는 모험은 하지 않을 거야. 가이딘 중 누군가에게 맡길 수도 있겠지, 어쩌면. 어쩌면 말이야.** "패턴은 아직 맷의 운명을 밝히지 않았다."

"네, 어머니. 뿔나팔은요?"

"지금은," 아멀린 권좌가 마침내 말했다. "우리 둘만 아는 어딘가를 찾아 숨기자. 그 이후에 뭘 할지는 생각해 보겠다."

베린이 고개를 끄덕였다. "분부대로 따르겠습니다, 어머니. 물론, 몇 시간이면 한 가지 결정은 내려지겠지요."

"내게 할 말은 그게 전부냐?" 시우안이 쏘아붙였다. "만일 그렇다면 도망자 셋을 처리해야겠다."

"숀찬 문제가 있습니다, 어머니."

"숀찬이 왜? 내가 받은 모든 보고에 따르면, 그들은 다시 바다 건너든 어디든 왔던 곳으로 도망쳤다던데."

"그렇게 보이긴 합니다, 어머니. 하지만 제가 걱정하는 건, 우리가 그들을 다시 상대해야 할지도 모른다는 점입니다." 베린이 허리띠 뒤에 꽂아 두었던 작은 가죽 노트를 꺼내 휘리릭 넘기기 시작했다. "그자들은 자신들이 선구자, 즉 전에 왔던 자라고 하며 귀환에 대해서 이야기하고 이 땅을 되찾겠다고 합니다. 저는 그들에 대해 들은 모든 것을 기록해 두었습니다. 그들을 직접 보거나 그들과 상대해 본 사람들의 이야기만요."

"베린, 여기저기서 강꼬치고기가 우리 그물을 갈가리 찢어발기고 있는데 너는 폭풍의바다에나 나올 쏠배감팽을 걱정하는구나.”

갈색의 자매는 계속해서 페이지를 넘겼다. “쏠배감팽이라니 적절한 비유입니다, 어머니. 쏠배감팽에게 쫓겨 얕은 물로 내몰린 거대한 상어가 죽는 모습을 본 적이 있거든요.” 베린이 손가락으로 한 페이지를 톡톡 두드렸다. “그렇지. 이게 최악입니다. 어머니, 숀찬 사람들은 전투에서 일원력을 사용합니다. 일원력을 무기로 씁니다.”

시우안은 허리춤에서 두 손을 꽉 맞잡았다. 비둘기들이 가져온 보고서에도 그런 내용이 담겨 있었다. 대부분은 전해 들은 이야기였지만, 몇몇 여자들은 그 모습을 직접 보았다고 적었다. 무기로 활용되는 일원력이라니. 종이에 말라붙은 잉크에서도 그 단어를 썼을 때의 곤두선 신경증이 느껴졌다. “그 점은 우리에게 이미 문제를 일으키고 있다, 베린. 이야기가 퍼지고 퍼지면서 보태지면 더 많은 문제가 일어나겠지. 하지만 그건 내가 어쩔 수 없는 일이다. 나는 숀찬이라 불리는 자들이 떠났다고 들었다, 딸아. 그렇지 않다고 볼 다른 증거가 있느냐?”

“그게, 그건 아닙니다, 어머니. 하지만…….”

“그런 증거가 나올 때까지는 강꼬치고기가 우리 배에까지 구멍을 뚫기 전에 놈들을 그물에서 몰아내는 데 집중하도록 하자.”

베린은 마지못해 노트를 덮어 허리띠 뒤춤에 꽂았다. “말씀대로 하겠습니다, 어머니. 여쭤 봐도 될지 모르겠지만, 나이니브와 다른 두 아이는 어떻게 하실 생각인지요?”

아멀린 권좌는 망설이며 생각했다. “내가 손을 다 봐 주기 전에, 그 애들은 강으로 내려가 생선 밥이 될 수 있으면 좋겠다고 생각하게 될 거다.” 그건 단순한 사실이었지만, 사람에 따라 다르게 이해할 수 있는 말이기도 했다. “자. 앉아서 그 셋이 너와 함께 지내는 동안 했던 말과 행동을 모두 말해 다오. 전부 다.”

13장 처벌

에그웨인은 좁다란 침대에 누운 채 인상을 찡그리며 하나밖에 없는 등불이 천장에 드리운, 일렁이는 그림자를 바라보았다. 뭔가 행동할 계획을 세우거나, 앞으로 무슨 일이 닥칠지 추론할 수 있으면 좋겠다는 생각이 들었다. 아무 생각도 나지 않았다. 에그웨인의 머릿속보다는 차라리 저 그림자에 더 많은 패턴이 있었다. 심지어 맷을 걱정하는 것도 힘들었다. 그 점에 대해 느낀 부끄러움은 주변의 벽에 뭉개져 그리 크지 않았지만 말이다.

그곳은 모든 신입의 방이 그렇듯 황량하고 창문 하나 없는 방으로, 작고 각이 졌으며 희게 칠해져 있었다. 한쪽 벽에는 소지품을 걸어 둘 못이 박혀 있었고 다른 벽에는 침대가 붙박이로 달려 있었으며 세 번째 벽에는 아주 작은 선반이 있었다. 다른 때에는 에그웨인이 화이트 타워 도서관에서 빌려온 책 몇 권을 그곳에 놓아두곤 했다. 세면대와 다리 세 개짜리 걸상 하나가 가구의 전부였다. 바닥널은 하도 문질러 닦아대 거의 희게 보였다. 이곳에 사는 동안 에그웨인은 매일매일 직접, 무릎을 꿇고 앉아 두 손으로 그 일을 했다. 거기 더해 다른 잡일을 하고 수업도 받아야 했다. 신입들은 여관 주인의 딸이든, 안도어의 여왕 후계자든 소박하게 살았다.

에그웨인은 다시 신입의 민무늬 흰 드레스를 입고 있었지만—허리띠와 주머니조차 흰색이었다—그 증오스러운 회색 옷을 벗었다고 해서 기쁘지는 않았다. 그녀의 방은 너무도 감옥과 비슷해졌다. **날 여기 잡아 두려는 거면 어쩌지? 이 방에. 감방처럼. 꼭 목걸이를 찬 것처럼…….**

그녀는 문을 힐끗 보고—에그웨인은 검은 머리의 합격자가 지금도 문 반대편을 지키고 서 있다는 걸 알고 있었다—희게 회칠한 벽 가까이 몸을 굴렸다. 매트리스 바로 위에 작은 구멍이 있었다. 그 위치를 아는 게 아니라면 거의 보이지 않는 그 구멍은 오래전에 신입들이 옆방으로 통하도록 뚫어 놓은 것이었다. 에그웨인은 속삭이듯 목소리를 낮추었다.

"일레인?" 답이 없었다. "일레인? 자?"

"어떻게 자겠어?" 일레인의 대답이 들려왔다. 구멍 너머로 들려오는 새된 속삭임이었다. "뭔가 문제가 생길 거라고는 생각했지만 이럴 줄은 몰랐어. 에그웨인, 우리를 어떻게 하려는 걸까?"

에그웨인은 답할 말이 없었다. 그녀가 한 추측은 큰 소리로 말하고 싶어지는 내용이 아니었다. 생각조차 하기 싫었다. "난 솔직히 우리가 영웅이 될 줄 알았어, 일레인. 발리어의 뿔나팔을 안전하게 되찾아 왔잖아. 리안드린이 흑색의 아자라는 것도 알아냈고." 에그웨인의 목소리가 잠깐 끊겼다. 아이즈 세다이는 흑색의 아자, 그러니까 어둠의 존재를 섬기는 아자의 존재를 늘 부인해 왔으며 흑색의 아자가 실제로 존재한다는 말을 암시적으로나마 하는 사람에게는 화를 내는 것으로 알려져 있었다. **하지만 우리는 흑색의 아자가 진짜라는 걸 알아.** "우린 영웅이 되어야 해, 일레인."

"'다리를 지어야 한다고 말해 봐야 다리가 지어지는 건 아니다'라잖아." 일레인이 말했다. "빛을 걸고, 어머니가 이 얘기를 하실 때는 참 싫었는데, 맞는 말이네. 베린은 우리한테 자기나 아멀린 권좌를 제외한 누구에게도 뿔나팔에 대해서나 리안드린에 대해서 말하면 안 된다고 했어. 내 생각엔, 이번 일의 어떤 부분도 우리 생각대로 되지는 않을 거야. 억울해. 우린 정말 많은 일을 겪었는데. 네가 특히 그랬잖아. 이건 그야말로 공정하지 않아."

"베린이 어쨌다, 모레인이 어쨌다……. 왜 사람들이 아이즈 세다이한테 꼭두각시를 움직이는 자들이라고 하는지 알겠어. 내 팔과 다리에 연결된 실이 느껴질 지경이야. 아이즈 세다이가 무슨 일을 하든, 그건 자기들 생각에 화이트 타워에 좋을 일이지 우리한테 좋거나 공정한 일이 아닐 거야.”

“그런데도 넌 아이즈 세다이가 되고 싶어 하잖아?”

에그웨인은 망설였지만, 사실 그녀의 대답에는 의문의 여지가 없었다. “맞아.” 그녀가 말했다. “난 지금도 아이즈 세다이가 되고 싶어. 아이즈 세다이가 되는 것만이 우리가 안전해질 수 있는 유일한 방법이니까. 근데 이것만은 말할게. 난 절대 가만히 순화당하지 않을 거야.” 이건 새로운 생각이었다. 떠오르자마자 소리 내 말해 버린 생각. 하지만 에그웨인은 그 말을 취소하고 싶지 않다는 걸 알았다. **진정한 근원과의 접촉을 포기한다고?** 지금 이 순간에도 에그웨인은 어깨 바로 너머에 있는 빛을, 시야가 미치는 곳 바로 바깥에서 빛나는 그 존재를 느낄 수 있었다. 그녀는 진정한 근원을 향해 손을 뻗고 싶다는 욕망에 저항했다. **일원력으로 가득 차는 걸 포기한다고? 이전 어느 때보다도 살아 있는 느낌을 받는 걸? 그건 안 되지!** “싸우지 않고서는.”

벽 반대편에서 오래 침묵이 이어졌다. “네가 어떻게 막을 건데? 지금은 네가 다른 아이즈 세다이만큼 강할지 모르지. 하지만 너도 나도 우리를 진정한 근원과 접촉 못 하게 하려는 아이즈 세다이를 막을 방법을 모르잖아. 여기에는 아이즈 세다이가 수십 명이나 있고.”

생각에 잠겼던 에그웨인이 한참 만에 말했다. “도망치면 되지. 이번에는 진짜로 도망치는 거야.”

“우릴 쫓아올 거야, 에그웨인. 그건 확실해. 네가 조금이라도 능력을 보이는 순간 아이즈 세다이는 네가 알아서 죽을 때까지, 아니면 일원력으로 죽지 않을 만큼 많은 걸 배우기 전까지 널 놔 주지 않을 거야.”

“나는 더 이상 단순한 시골 소녀가 아니야. 나도 세상을 볼 만큼 봤어. 원한다면 아이즈 세다이의 손에서 벗어날 수 있어.” 에그웨인은 일레인을 설득하는 만큼 자신을 설득하기 위해 말했다. **하지만 내가 아직 알아야 할 걸 다 알지는 못하고 있다면? 세상에 대해서든, 일원력에 대해서든? 아직 채널링을 하는 것만으로도 죽을 수 있다면?** 에그웨인은 그 생각을 거부했다. **난**

아직 배워야 할 게 너무 많아. 아이즈 세다이가 나를 멈추게 놔두지는 않을 거야.

"어머니가 우리를 보호해 주실지도 몰라." 일레인이 말했다. "하얀 망토가 한 말이 사실이라면 말이야. 그런 게 사실이기를 바라게 될 줄은 몰랐는데. 하지만 그 말이 사실이 아니라면, 어머니는 우리 둘을 사슬에 묶어 돌려보내시겠지. 시골에서 사는 법 좀 가르쳐 줄래?"

에그웨인이 벽을 보며 눈을 깜빡거렸다. "나랑 같이 가겠다고? 그러니까, 그런 상황이 오면 말이야."

다시 긴 침묵이 흐르고 희미한 속삭임이 들려왔다. "나는 순화당하고 싶지 않아, 에그웨인. 순화당하지 않을 거야. 절대로!"

문이 홱 열려 벽에 부딪혔다. 에그웨인은 움찔하며 일어나 앉았다. 벽 반대편에서도 문이 쾅 부딪히는 소리가 났다. 파올레인이 에그웨인의 방으로 들어왔다. 그녀의 시선이 작은 구멍으로 향하며 미소가 떠올랐다. 비슷한 구멍들이 대부분 신입의 방에 연결되어 있었다. 신입 시절을 보낸 여자라면 모두 그 구멍에 대해 알고 있었다.

"친구랑 속닥거리고 있었나 봐?" 곱슬머리 합격자가 놀라울 정도로 따뜻하게 말했다. "뭐, 혼자 기다리자면 외로워지기 마련이지. 수다 재미있었니?"

에그웨인은 입을 열었다가 서둘러 다물었다. 에그웨인은 아이즈 세다이에게 대답할 수 있었다. 그게 시리암의 지시였다. 다른 사람에게는 대답할 수 없었다. 그녀는 무덤덤한 표정으로 합격자를 바라보며 기다렸다.

꾸며낸 동정심이 지붕을 따라 흘러내리는 물처럼 파올레인의 얼굴에서 미끄러져 내렸다. "일어서. 너희 같은 것들 때문에 아멀린 권좌께서 기다리시면 안 되지. 내가 너희 말을 들을 수 있을 때 들어오지 않은 걸 다행으로 알아라. 움직여!"

신입들은 거의 아이즈 세다이에게 복종하는 것만큼 빠르게 합격자에게도 복종해야 했지만, 에그웨인은 천천히 일어섰고 감당할 수 있을 만큼 시간을 끌며 옷 주름을 폈다. 그녀는 파올레인에게 살짝 무릎을 굽혀 보이며 아주 조금 미소 지었다. 합격자의 얼굴 전체에 번져 가는 사나운 표정에 에그웨인의 미소는 더욱 커졌다. 그런 뒤에야 에그웨인은 그 미소를 다스려야 한다는 걸 떠올렸다. 파올레인을 너무 심하게 밀어붙이는 건 의미 없는 짓이었다. 에그웨인은 무릎이 떨리지 않는 척 몸을 똑바로 세우고 합격자보다 먼저 방을 나섰다.

일레인은 이미 사과처럼 붉은 뺨의 합격자와 함께 밖에서 기다리고 있었다. 그녀는 용감하게 굴기로 단단히 결심한 표정이었다. 어째서인지 합격자가 일레인의 장갑을 들고 다니는 몸종이라도 된 것 같았다. 에그웨인은 일레인의 절반만큼이라도 해낼 수 있으면 좋겠다고 생각했다.

신입 숙소의 난간 달린 복도는 층층이 위로 솟으며 텅 빈 기둥을 이루고 있었다. 아래쪽으로도 신입 정원까지 그만큼 많은 복도가 이어졌다. 다른 여자들은 보이지 않았다. 하긴, 화이트 타워의 모든 신입이 이곳에 있었더라도 방은 4분의 1밖에 차지 않았을 것이다. 네 사람은 텅 빈 복도를 돌아 나선형의 경사로를 조용히 내려갔다. 아무도 감히 목소리를 내서 그 텅 빈 느낌을 더욱 강조하지는 못했다.

에그웨인은 화이트 타워 중 아멀린 권좌의 방이 있는 구역에는 한 번도 가본 적이 없었다. 그곳의 복도는 수레도 쉽게 지나갈 수 있을 만큼 폭이 넓었고, 높이는 그 폭보다도 높았다. 알록달록한 태피스트리가 벽에 걸려 있었다. 꽃무늬와 숲 그림, 영웅적 행위와 정교한 문양으로 이루어진 십여 가지 스타일의 태피스트리였다. 그중 일부는 너무 오래되어 건드리면 부스러질 것처럼 보였다. 일행의 신발이 일곱 아자의 색깔에 따라 반복되는 다이아몬드 문양의 바닥 타일에 닿아 시끄럽게 달칵거렸다.

다른 여자들은 거의 보이지 않았다. 이따금 지나가는 아이즈 세다이들은 합격자나 신입을 알은체할 시간은 전혀 없다는 듯 위풍당당하고 빠르게 지나갔다. 합격자 대여섯 명은 잘난 체하듯 각자의 일이나 연구를 하느라 서둘러 갔다. 여기에 양념이라도 뿌리듯 소수의 일하는 여자들이 쟁반이나 대걸레를 들고 다니거나 이불이나 수건을 한 아름 가지고 다녔다. 신입 몇 명은 하인들보다도 빠르게 움직이며 잡일을 했다.

나이니브와 그녀를 데려온, 목이 늘씬한 합격자 시오드린이 다가왔다. 둘 다 아무 말도 하지 않았다. 나이니브는 이제 흰색에 가장자리에는 일곱 가지 색깔의 띠가 둘린 합격자의 옷을 입고 있었다. 다만 허리띠와 주머니는 나이니브가 원래 가지고 다니던 것이었다. 나이니브는 에그웨인과 일레인에게 각기 안심이 되는 미소를 지어 보이고 그들을 한 번씩 끌어안았지만─에그웨인은 친근한 얼굴을 하나 더 보게 되어 너무 마음이 놓인 나머지 나이니브가 어린아이를 위로하듯 굴고 있다는 생각은 거의 못하고 그녀를 마주 끌어안았다─계속 걸어가는 동안 때때로 자신의 땋은 머리를 홱 잡아당겼다.

화이트 타워의 이 구역에 들어오는 남자는 극히 드물었다. 에그웨인은 두 명밖에 보지 못했다. 서로 이야기를 나누며 나란히 걷는 수호자들이었는데, 그중 한 명은 칼을 허리춤에 차고 있었고 또 한 명은 등에 메고 있었다. 한 명은 키가 작고 호리호리했다. 심지어 깡말랐다고 할 수도 있었다. 다른 한 명은 키가 큰 만큼 덩치도 좋았다. 그러나 둘 다 위험하게 느껴지는 우아한 걸음걸이로 걸었다. 색깔이 변하는 수호자의 망토 때문에 때때로 등 뒤의 벽으로 그들의 신체 일부가 희미하게 사라지는 것처럼 보였다. 그런 모습을 오래 보고 있으면 속이 메스꺼웠다. 에그웨인은 나이니브가 그들을 보는 걸 보고 고개를 저었다. **나이니브도 란을 어떻게든 해야 할 텐데. 우리 중 오늘이 지나도 뭔가 할 수 있는 사람이 있다면 말이지만.**

기다리는 사람을 위해 여기저기 놓아둔 의자는 수수해 보였지만, 아멀린 권좌의 서재 전실은 여느 궁전만큼 웅장했다. 그러나 에그웨인의 눈은 리아네 세다이에게만 머물렀다. 연대기 기록자는 관직을 나타내는 좁다란 스톨을 걸치고 있었다. 그녀가 청색의 아자 출신이라는 걸 보여 주는 푸른색 스톨이었다. 그녀의 얼굴은 매끄럽고 갈색이 도는 돌로 깎아 만든 것만 같았다. 다른 사람은 없었다.

"말썽을 부리더냐?" 앞뒤를 뚝 자르고 말하는 연대기 기록자의 말투에서는 분노도, 동정도 드러나지 않았다.

"아뇨, 아이즈 세다이." 시오드린과 사과처럼 뺨이 붉은 합격자가 일제히 말했다.

"이 아이는 목덜미를 잡고 끌고 나와야 했습니다, 아이즈 세다이." 파올레인이 에그웨인을 가리키며 말했다. 합격자는 분노한 목소리였다. "화이트 타워의 규율이 무엇인지 잊은 것처럼 훼방을 놓더군요."

"이끈다는 것은," 리아네가 말했다. "미는 것도, 당기는 것도 아니다. 마리스 세다이에게 가라, 파올레인. 가서 봄 정원의 오솔길을 갈퀴질하는 동안 이 문제에 대해 생각해 보게 해 달라고 청하거라." 그녀는 파올레인과 두 합격자를 내보냈고, 그들은 깊이 무릎을 굽혀 인사했다. 파올레인은 무릎을 굽힌 채 격분한 눈으로 에그웨인을 쏘아보았다.

연대기 기록자는 떠나는 합격자들에게 전혀 관심을 두지 않았다. 대신 그녀는 남아 있는 여자들을 찬찬히 살펴보며 검지로 입술을 톡톡 두드렸다. 결국 에그웨인은 자신들이 1센티미터, 1그램까지 측량되고 있다는 걸 알았다. 나이니브의 눈이 위험하게 번뜩였다. 그녀는 땋은 머리를 꽉 쥐고 있었다.

마침내 리아네가 한 손을 아멀린 권좌의 서재 문 쪽으로 들어 올렸다. 자기 꼬리를 문 폭 1미터짜리 거대한 뱀이 검은 문 양쪽에 새겨져 있었다. "들어가라." 리아네가 말했다.

나이니브가 재빨리 앞으로 나서 한쪽 문을 열었다. 덕분에 에그웨인도 움직일 수 있었다. 일레인이 에그웨인의 손을 꽉 잡았고, 에그웨인도 일레인의 손을 똑같이 세게 잡았다. 리아네가 그들을 따라 안으로 들어가서 한쪽 옆에 섰다. 세 사람과 서재 가운데에 있는 탁자의 중간 지점이었다.

아멀린 권좌가 탁자 뒤에 앉아서 서류를 살펴보고 있었다. 그녀는 고개를 들지 않았다. 나이니브가 한 차례 입을 열었으나 연대기 기록자의 날카로운 시선에 다시 다물었다. 세 사람은 아멀린 권좌의 탁자 앞에 일렬로 서서 기다렸다. 에그웨인은 안달복달하지 않으려고 애썼다. 오랜 시간이 지나간 끝에—꼭 몇 시간이 흐른 것 같았다—아멀린 권좌가 고개를 들었다. 하지만 그 푸른 눈이 세 사람에게 차례로 향하자 에그웨인은 더 오래 기다려도 괜찮았겠다는 생각이 들었다. 아멀린 권좌의 시선은 심장을 꿰뚫는 두 개의 고드름처럼 느껴졌다. 방은 서늘했지만 등을 따라 땀이 뚝뚝 떨어지기 시작했다.

"그래서!" 마침내 아멀린 권좌가 말했다. "도망자들이 돌아왔구나."

"저희는 도망간 게 아닙니다, 어머니." 나이니브는 흥분하지 않으려고 애를 쓰는 게 분명했지만, 목소리가 감정으로 흔들렸다. 에그웨인은 그 감정이 분노라는 걸 알았다. 나이니브의 강력한 의지에는 분노가 따라오는 경우가 너무 많았으니까. "리안드린이 저희에게 따라오라고 했고……." 아멀린 권좌가 탁자를 내리치는 시끄러운 쾅 소리에 나이니브의 말이 끊겼다.

"여기서 리안드린의 이름을 꺼내지 마라, 아이야!" 아멀린 권좌가 쏘아붙였다. 리아네는 엄격하고도 평온한 표정으로 그들을 지켜보았다.

"어머니, 리안드린은 흑색의 아자입니다." 일레인이 불쑥 말했다.

"그건 이미 알려진 사실이다, 아이야. 적어도 그런 의심이 있지. 이미 알려진 셈이야. 리안드린은 몇 달 전에 화이트 타워를 떠났고, 다른—**여자**—열두 명이 리안드린과 함께 갔다. 그 이후로 그들 중 모습을 드러낸 자는 아무도 없다. 떠나기 전에 그들은 **앙그리알**과 **사앙그리알**이 보관된 창고에 침입하려 했고, 비교적 작은 **티어앙그리알**이 보관되어 있던 방에는 실제로 들어가는 데 성공했다. 그들은 우리가 용처를 모르는 것을 포함해 수많은 **티어앙그리알**을 훔쳐 갔다."

나이니브는 경악하며 아멀린 권좌를 보았다. 일레인은 갑자기 추워진 듯 자기 팔을 문질렀다. 에그웨인은 자기도 몸을 떨고 있다는 걸 깨달았다. 그녀는 화이트 타워로 돌아와 리안드린과 맞서 그녀를 고발하고, 그녀가 어떤 형벌을 받는지 지켜보는 장면을 여러 차례 상상해 왔다. 그 인형 같은 얼굴의 아이즈 세다이가 저지른 일에 어울릴 만큼 강력한 벌은 도저히 생각나지 않았지만 말이다. 심지어 에그웨인은 화이트 타워에 돌아왔을 때 리안드린이 이미 도망쳤을 거라는 상상도 해 보았다. 보통은 에그웨인이 돌아온다는 사실에 두려움을 느끼고서 도망칠 거라고 생각했다. 하지만 이런 일은 상상해 본 적이 없었다. 리안드린을 포함한 아이즈 세다이들이—정말이지 다른 흑색의 아자가 있었다고는 믿고 싶지 않았다—전설의 시대가 남긴 유물을 훔쳐 갔다면, 그들이 그 유물을 가지고 무얼 할 수 있을지 알 방법은 없었다. **사앙그리알을 가져가지 않은 게 빛께 감사드릴 일이지.** 에그웨인은 생각했다. 물론 **티어앙그리알**만으로도 심각한 일이었다.

사앙그리알은 **앙그리알**과 비슷해서, 아이즈 세다이가 도움을 받지 않고 안전하게 채널링할 수 있는 것보다 많은 일원력을 채널링하게 해 주었다. 다만 **앙그리알**에 비해 훨씬 더 강력했고 희귀했다. **티어앙그리알**은 다른 물건이었다. 드물긴 하지만 **앙그리알**이나 **사앙그리알**보다 수가 많은 **티어앙그리알**은 일원력을 채널링하는 데 도움을 주기보다는 일원력을 통해 작용하는 물건으로, **티어앙그리알**을 정말로 잘 아는 사람은 아무도 없었다. 많은 **티어앙그리알**은 채널링을 할 수 있는 사람만이 쓸 수 있는 것으로, 실제로 일원력을 써야만 활용할 수 있었다. 반면 누구에게나 똑같은 효과를 내는 **티어앙그리알**도 있었다. 에그웨인이 들어본 바로 **앙그리알**과 **사앙그리알**은 전부 크기가 작았지만, **티어앙그리알**은 어떤 크기든 될 수 있는 것 같았다. 모든 **티어앙그리알**은 3천 년 전의 아이즈 세다이들에 의해 특정한 목적을 가지고, 특정한 일을 하기 위해 만들어진 것으로 보였다. 그리고 그 이후의 아이즈 세다이들은 도대체 그 목적이 무엇인지 알아보려다가 죽거나 채널링할 수 있는 능력이 소진되어 버렸다. **티어앙그리알**을 일생의 연구 대상으로 삼은 갈색의 아자 자매들도 있었다.

몇 가지 **티어앙그리알**은, 애초의 목적에 부합하지는 않을지 모르나, 지금도 사용되고 있었다. 합격자가 아이즈 세다이로 승격되면서 세 가지 맹세를 할 때 들고 있는, 튼튼한 흰 막대도 **티어앙그리알**이었다. 그 막대는 뼛속에 새겨지기라도 하듯 사람을 맹세에 단단히 묶어 놓았다. 또 다른 **티어앙그리알**은 신입이 합격자로 승격될 때 받는 마지막 시험 장소로 쓰였다. 아무도 작동시킬 수 없었던 것과 실용적인 쓰임새가 전혀 없는 것처럼 보이는 것 등 다른 **티어앙그리알**도 많았다.

아무도 쓸 방법을 모르는 물건을 왜 가져갔을까? 에그웨인은 궁금했다. **흑색의 아자는 방법을 아는 걸지도 몰라.** 그렇게 생각하자 배 속이 뒤틀렸다. 그건 어둠의 친구들의 손에 **사앙그리알**이 들어간 것과 마찬가지로 심각한 일이었다.

"도둑질은," 아멀린 권좌는 자신의 시선만큼이나 차가운 음성으로 말을 이었다. "그들이 저지른 짓 중 가장 약한 짓이다. 그날 밤 세 자매가 죽었다. 수호자 두 명, 경비병 일곱 명, 하인 아홉 명도 죽었고. 도둑질과 도주를 감추려고 살인을 저지른 거다. 그게 그들이 **흑색의 아자**라는 증거는 아니지만," 아멀린 권좌는 갈아내듯 그 단어를 말했다. "그렇지 않다고 생각할 수도 없다. 물속에 물고기 대가리와 피가 있다면 굳이 보지 않아도 강꼬치고기가 있다는 걸 알 수 있지."

"그럼 왜 저희를 범죄자 취급하시는 겁니까?" 나이니브가 물었다. "저희는…… 흑색의 아자에 속한 여자에게 속았습니다. 그렇다면 저희가 무슨 잘못을 저질렀든 소명되어야죠."

아멀린 권좌는 전혀 유쾌하지 않은 웃음을 터뜨렸다. "그렇게 생각하느냐, 아이야? 너희가 리안드린과 연관되어 있을 거라고 조금이나마 의심하는 사람이 화이트 타워에서 오직 베린과 리아네, 나뿐임을 다행인 줄 알아라. 덕분에 네가 살아 있는 것이니까. 이 사실이 알려지면, 너희가 하얀 망토들에게 보여 준 조그만 시범이 알려지지 않더라도—그렇게 놀란 표정 지을 것 없다. 베린이 전부 말해 줬으니—너희가 리안드린과 함께 떠났었다는 것만으로 탑의 전당에서는 너희 셋을 숨 쉴 겨를조차 주지 않고 순화시키자는 데 찬성표를 던질 거다."

"그건 옳지 않습니다!" 나이니브가 말했다. 리아네가 움찔했지만 나이니브는 말을 이었다. "억울합니다! 그건……!"

아멀린 권좌가 일어섰다. 그게 전부였지만, 그 동작만으로도 나이니브는 말을 멈추었다.

에그웨인은 나이니브가 침묵을 지킨 게 현명했다고 생각했다. 그녀는 늘 나이니브가 누구보다도 강하고 의지가 굳다고 생각해 왔다. 줄무늬 스톨을 걸친 여자를 만나기 전까지는 말이다. **제발 성질 다스려, 나이니브. 우리는 어머니를 마주한 어린이나—아기나—마찬가지고, 이 어머니는 우리를 때리는 것보다 훨씬 심한 일을 할 수 있어.**

에그웨인이 보기에 아멀린의 말에는 빠져나갈 방법이 이미 담겨 있는 것 같았지만, 그 방법이 무엇인지는 확실하지 않았다. "어머니, 입을 여는 저를 용서해 주십시오. 저희를 어쩌실 생각이신가요?"

"너희를 어떻게 할 거냐고 물었느냐, 아이야? 나는 너와 일레인에게 허락 없이 화이트 타워를 떠난 벌을 주고, 나이니브에게는 허락 없이 도시를 떠난 벌을 줄 것이다. 첫째, 너희는 각기 시리암 세다이의 서재로 불려 갈 거다. 내가 시리암 세다이에게, 다음 주 내내 깔고 앉을 방석을 갖고 싶다는 생각이 들 때까지 너희를 회초리로 때리라고 말해 두었다. 이 점은 신입들과 합격자들에게도 이미 알렸다."

에그웨인은 놀라서 눈을 깜빡거렸다. 일레인은 다 들리도록 끙 소리를 내며 허리를 뻣뻣하게 세우더니 작게 뭐라 중얼거렸다. 전혀 놀라지 않고 이 말을 받아들이는 것처럼 보이는 사람은 나이니브뿐이었다. 신입 담당과 그녀에게 불려 간 사람은 늘 추가적인 잡일 등의 처벌을 둘만의 비밀로 간직했다. 그렇게 불려 가는 사람들은 대체로 신입이었지만, 경계를 심하게 넘은 합격자들도 있었다. **시리암은 언제나 벌을 주는 건 자신과 벌 받는 사람 사이의 일로 남겨 둬.** 에그웨인은 으스스하게 생각했다. **모두에게 말했을 리 없어. 그래도 감옥에 갇히는 것보다는 낫지. 순화되는 것보다는 나아.**

"물론, 모두에게 알린 것도 벌의 일부다." 아멀린 권좌는 에그웨인의 마음을 읽기라도 한 듯 말을 이었다. "너희 셋 모두가 주방에 배치되어, 다른 지시가 있을 때까지 부엌데기들과 함께 일하게 되었다는 점도 알려 두었다. 그리고 '다른 지시가 있을 때까지'란 너희가 자연사할 때까지 남은 평생을 의미할지 모른다고 수군거리게 놔두었지. 반대 의견 있느냐?"

"아닙니다, 어머니." 에그웨인이 재빨리 말했다. 나이니브는 다른 사람들보다도 냄비 닦기를 더 싫어할 터였다. **그래도 최악은 아니잖아, 나이니브. 빛을 걸고, 이보다 훨씬 나쁠 수도 있었어.** 나이니브는 콧구멍이 커졌지만 세게 고개를 저었다.

"너는, 일레인?" 아멀린 권좌가 말했다. "안도어의 여왕 후계자는 이보다 부드러운 대접에 익숙할 텐데."

"저는 아이즈 세다이가 되고 싶습니다, 어머니." 일레인이 단호한 목소리로 말했다.

아멀린 권좌는 탁자에 놓인 종이를 손가락으로 건드리며 잠시 살펴보는 듯했다. 고개를 들었을 때 그녀가 지은 미소는 그리 유쾌하지 않았다. "너희 중 한 명이라도 다른 대답을 할 만큼 멍청했다면, 너희 아버지가 처음 도둑 키스를 하게 놔둔 너희 어머니를 저주하고 싶어질 만한 처벌을 추가했을 것이다. 너희 스스로 생각 없는 어린애들처럼 화이트 타워에서 파내지는 것이지. 갓난아기라도 그런 함정에는 빠지지 않았을 거다. 난 너희에게 생각하고 나서 행동하는 방법을 가르칠 거다. 그게 안 되면 너희를 수문 막는 마개로 써야겠지!"

에그웨인은 자기도 모르게 조용히 고맙다는 인사를 하고 있었다. 아멀린 권좌가 말을 잇자 온몸에 소름이 돋았다.

"자, 이제는 내가 너희를 데리고 하려는 다른 일에 대해 말하겠다. 너희 모두 화이트 타워에서 떠난 뒤 놀랄 만큼 채널링 능력이 좋아진 것으로 보이는구나. 많은 것을 배웠어. 그중에는," 아멀린 권좌가 날카롭게 말했다. "너희가 배운 것을 무효로 했으면 하는 것들도 있고!"

이어 나이니브가 한 말에 에그웨인은 깜짝 놀랐다. "저희가…… 해서는 안 되는…… 일을 한 것은 알고 있습니다, 어머니. 분명히 말씀드리지만, 저희는 세 가지 맹세를 한 것처럼 살고자 최선을 다하겠습니다."

아멀린 권좌가 끙 소리를 냈다. "두고 보자꾸나." 그녀가 무미건조하게 말했다. "할 수만 있다면, 나는 오늘 밤 너희 손에 맹세의 막대를 쥐여 줬을 것이다. 하지만 그건 아이즈 세다이로 승격될 때에만 하는 일이니 너희를 온전히 지켜 줄 너희의 상식을—상식이 있다면 말이지만—믿어야겠지. 그리고 너, 에그웨인과 너, 일레인은 합격자로 승격될 것이다."

일레인은 헛숨을 들이켰고 에그웨인은 놀라서 말을 더듬었다. "감사합니다, 어머니." 리아네가 서 있던 자리에서 움직거렸다. 에그웨인은 연대기 기록자가 그리 즐거워하는 표정은 아니라고 생각했다. 놀란 건 아니었지만—그녀는 이런 일이 생길 것을 미리 알았을 게 분명했다—그렇다고 기뻐하지도 않았다.

"내게 고마워하지 마라. 너희 능력은 계속 신입으로 남기에는 너무 커졌다. 너희가 저지른 짓을 생각했을 때 너희에게 반지를 주어서는 안 된다고 생각하는 사람도 있겠지만, 기름때투성이 냄비에 팔꿈치까지 집어넣고 있는 너희 모습을 보면 불만도 잠재워질 것이다. 그리고 **너희가** 이걸 일종의 상이라고 생각할까 봐 하는 말인데, 합격자가 되어 보내는 처음 몇 주는 생선 바구니에서 썩은 생선을 골라내는 데 쓰인다는 걸 기억해라. 신입으로서 보냈던 최악의 하루도 앞으로 몇 주 동안 하게 될 공부 중 가장 약한 것에 비한다면 달콤한 꿈처럼 느껴질 거다. 너희를 가르칠 자매 중에는 필요 이상으로 너희를 심하게 시험하는 자도 있을 거야. 하지만 그렇다고 불평하지는 않겠지?"

배울 수 있어. 에그웨인은 생각했다. **내가 공부할 걸 스스로 선택할 수 있어. 꿈에 대해서도 배울 수 있고, 이젠…….**

아멀린 권좌의 미소에 에그웨인의 생각이 끊겼다. 그 미소는 자매들이 할 수 있는 일 중 그 어떤 것도 그들이 살아 있기만 하다면 필요 이상으로 나쁜 것은 아니라는 뜻을 전달했다. 나이니브의 표정에는 깊은 연민, 그리고 그녀 자신이 합격자가 되었을 때의 처음 몇 주에 대한 경악스러운 기억이 뒤섞여 있었다. 그 조합만으로도 에그웨인은 침을 꿀꺽 삼켜야 했다. "불만 없습니다, 어머니." 일라인이 목이 쉰 듯 속삭였다.

"그럼 그건 됐다. 너희 어머니는 네 실종을 전혀 즐거워하지 않고 있다, 일레인."

"어머니가 아세요?" 일레인이 새된 소리로 물었다.

리아네가 코웃음 치자 아멀린 권좌는 눈썹을 치켜올리며 말했다. "너희 어머니에게 이 문제를 숨기기란 어려운 일이었다. 너는 어머니와 만날 날을 한 달 조금 못 되게 지나쳤어. 잘된 일이지. 그때 네 어머니를 만났다면 살아남지 못했을 테니. 네 어머니는 배 젓는 노라도 씹어 먹고 너와 나, 화이트 타워를 물어뜯을 기세로 화를 냈다."

"상상이 됩니다, 어머니." 일레인이 나직이 중얼거렸다.

"글쎄다, 아이야. 너 때문에 안도어가 **존재하기** 전에 시작된 전통이 끝날 뻔했다. 대부분의 법보다도 강력한 관습 말이야. 무어게이즈는 엘라이다를 다시 데려가지 않겠다고 했다. 사상 최초로 안도어의 여왕에게 아이즈 세다이 자문 위원이 없게 된 거야. 무어게이즈는 너를 발견되는 대로 케임린에 즉시 돌려보내라고 했다. 난 네가 여기서 조금 더 훈련받는 게 너한테도 안전한 일이라고 무어게이즈를 설득했다. 무어게이즈는 네 오빠 둘이 받고 있던 수호자 수련도 중지시킬 태세였어. 그건 그 아이들이 직접 설득해 냈다만. 지금도 방법은 모르겠구나."

일레인은 자기 마음속을 들여다보고 있는 듯했다. 어쩌면 분노를 있는 대로 터뜨린 무어게이즈를 보고 있는지도 몰랐다. 일레인이 몸을 떨었다. "가윈은 제 오빠지만," 그녀가 멍하게 말했다. "갈라드는 아닙니다."

"유치하게 굴지 마라." 아멀린 권좌가 그녀에게 말했다. "아버지가 같으니 갈라드도 네 오빠다. 네가 갈라드를 좋아하든 말든 상관없어. 유치함은 허락하지 않겠다, 아이야. 신입이야 어느 정도 멍청해도 참아줄 수 있지만 합격자는 그렇지 않다."

"네, 어머니." 일레인이 뚱하게 말했다.

"여왕이 네게 쓴 편지를 시리암에게 맡겨 두었다. 너를 호되게 야단치는 내용을 제외하면, 네가 안전해지는 대로 너를 집에 데려가겠다는 내용이 적혀 있을 거다. 네 어머니는 최대한으로 봐도 몇 달 뒤에는 네가 죽지 않고 채널링을 할 수 있을 거라고 확신하고 있다."

"하지만 저는 배우고 싶습니다, 어머니." 일레인의 목소리에 강철 같은 느낌이 돌아왔다. "저는 아이즈 세다이가 되고 싶습니다."

아멀린 권좌의 미소가 방금 전에 지었던 미소보다 더욱 험악해졌다. "그렇게 하는 것이 좋을 거다, 아이야. 나는 무어게이즈에게 너를 내줄 생각이 없으니까. 네게는 천 년 동안 나타났던 어떤 아이즈 세다이보다도 강력한 잠재력이 있어. 나는 네가 반지만이 아니라 숄을 얻어 낼 때까지 너를 놓아 주지 않을 것이다. 그렇게 하기 위해 너를 갈아서 소시지로 만들지라도 말이야. **난 너를 보내 주지 않을 거다.** 알아들었느냐?"

"네, 어머니." 일레인은 불안한 목소리였다. 에그웨인도 그녀를 탓할 수 없었다. 개 두 마리가 잡아당기는 천 조각 신세가 되어 무어게이즈와 화이트 타워 사이에 붙들려 있다니, 안도어의 여왕과 아멀린 권좌 사이에 붙들려 있다니. 일레인이 차지할 재산과 왕좌를 에그웨인이 부러워한 적이 있더라도 지금 이 순간만은 아니었다.

아멀린 권좌가 무뚝뚝하게 말했다. "리아네, 일레인을 데리고 시리암의 서재로 내려가라. 다른 둘에게는 몇 마디를 더 해야 한다. 이 애들이 듣고 좋아할 말은 아닌 것 같지만."

에그웨인과 나이니브가 놀란 시선을 주고받았다. 잠깐이지만, 걱정이 둘 사이의 긴장감을 녹였다. **일레인 없이 우리한테만 더 해야 하는 몇 마디 말이라니 뭐지?** 에그웨인은 궁금했다. **상관없어, 내가 배우는 걸 막으려는 것만 아니라면. 근데 왜 일레인한테는 말하지 않는 거야?**

일레인은 신입 담당의 방 이야기가 나오자 인상을 썼지만, 리아네가 다가오자 자세를 가다듬었다. "어머니께서 분부하셨으니," 그녀는 예의를 차려 완벽하게 무릎을 굽히고 치마를 펼치며 인사했다. "따르겠나이다." 그녀는 고개를 높이 들고 리아네를 따라 나갔다.

14장 가시의 이빨

아멀린 권좌는 즉시 입을 열지 않았다. 그녀는 아치로 이루어진 높은 창문으로 다가가 발코니 너머로 아래쪽의 정원을 내다보았다. 두 손은 단단히 뒷짐을 지고 있었다. 몇 분이 지나고서야 그녀가 입을 열었다. 여전히 두 사람에게는 등을 돌린 채였다.

"최악의 소문이 새어 나가는 건 내가 막아 두었지만, 그게 얼마나 가겠느냐? 하인들은 **티어앙그리알**을 도둑맞았다는 걸 모르고 있고, 사람들이 죽은 일을 리안드린 패거리가 떠났다는 사실과 연관 짓지 못하고 있다. 그 정도만으로도 쉽지 않았다. 뒷말이란 그런 거니까. 하인들은 사람들이 죽은 게 어둠의 친구들 때문이라고 믿는다. 실제로 그렇기도 하지. 도시에도 소문이 퍼지고 있다. 어둠의 친구들이 화이트 타워에 들어왔다는 소문, 그들이 살인을 저질렀다는 소문이다. 그걸 막을 방법은 없었다. 이런 소문은 우리 평판에 아무 도움이 되지 않지만, 적어도 진실보다는 낫다. 최소한 화이트 타워에 속하지 않은 사람 중에는 아이즈 세다이가 살해당했다는 걸 아는 자가 없다. 화이트 타워 내부에도 그 사실을 아는 자가 많지는 않고. 화이트 타워에 어둠의 친구들이 들어왔다니. 하! 나는 그 점을 부정하느라 평생을 보냈다. 그자들이 여기에 있도록 놔두지 않을 것이다. 놈들을 낚아 창자를 꺼내고 햇볕에 말릴 거다.”

나이니브는 잘 모르겠다는 눈으로 에그웨인을 보더니—에그웨인이 느낀 감정의 절반밖에 전달되지 않은 시선이었다—깊은 숨을 들이쉬었다. “어머니, 벌을 더 받아야 하는 건가요? 이미 내리신 벌보다 더 심한 벌을요?”

아멀린 권좌는 어깨 너머로 그들을 보았다. 그녀의 눈이 그림자에 가려져 보이지 않았다. “벌을 더 받는다고? 그렇게 말할 수도 있겠지. 어떤 사람들은 너희를 승격시켰으니 내가 너희에게 선물을 주었다고 할 거다. 이제는 장미 가시의 진짜 이빨을 느껴 보거라.” 그녀는 세차게 성큼성큼 자기 의자로 다가가 앉았다. 급박한 느낌이 다시 사라지는 것 같았다. 아니면 머뭇거리는 느낌이 커진 것이든지.

아멀린 권좌가 확신 없어 하는 모습을 보자 에그웨인은 배 속이 조여 오는 듯했다. 아멀린 권좌는 언제나 확신에 차 있었다. 언제나 차분하게 자신의 길에 집중했다. 아멀린 권좌는 인격화된 힘 그 자체였다. 탁자 맞은편에 앉은 여자는 크나큰 날것의 힘 외에도 남을 쉽게 조종할 만큼의 지식과 경험을 가지고 있었다. 그녀가 갑자기 흔들리는 것을 보니 에그웨인은—웅덩이가 얼마나 깊은지, 혹은 밑바닥에 바위나 진창이 있을지 모르고 머리부터 그 물에 뛰어들어야 하는 어린아이처럼—뼛속까지 차가워졌다. **장미 가시의 진짜 이빨이라니, 무슨 뜻이지? 빛이여, 아멀린 권좌가 우리를 어쩌려는 걸까요?**

아멀린 권좌는 앞의 탁자에 놓인 검은색의 조각된 상자를 만지작거렸다. 그 너머의 뭔가가 보이는 듯한 표정이었다. “이건 내가 누구를 믿을 수 있느냐 하는 문제다.” 그녀가 조용히 말했다. “최소한 리아네와 시리암은 믿을 수 있어야겠지. 하지만 그래도 되는 걸까? 베린은?” 빠르게, 조용히 웃느라 그녀의 어깨가 떨렸다. “나는 지금도 내 목숨 이상을 맡길 수 있을 만큼 베린을 믿는다. 하지만 그 신뢰를 어디까지 확장할 수 있을까? 모레인은?” 그녀는 잠시 침묵했다. “모레인이라면 믿을 수 있다고 언제나 생각해 왔는데.”

에그웨인이 불안하게 움직거렸다. 아멀린 권좌는 얼마나 많은 것을 아는 걸까? 아멀린 권좌에게 직접 물어볼 수는 없었다. **저와 같은 마을 출신의 청**

년이, 제가 언젠가 결혼하게 될 거라고 생각했던 남자가 드래건의 환생이라는 걸 아시나요? 당신의 아이즈 세다이 중 두 명이 그를 돕는다는 건 아세요? 적어도 에그웨인은, 아무리 아멀린 권좌라도 그녀가 어젯밤 랜드 꿈을 꾸었다는 걸 알지는 못할 거라고 믿었다. 그럴 것 같았다. 그녀는 침묵을 지켰다.

"무슨 말씀이십니까?" 나이니브가 물었다. 아멀린 권좌가 고개를 들어 그녀를 보자 나이니브는 목소리를 누그러뜨리고 덧붙였다. "용서하십시오, 어머니. 저희가 더 큰 벌을 받아야 하는 겁니까? 신뢰에 대한 말씀은 무슨 뜻인지 모르겠습니다. 제 의견을 원하시는 거라면, 모레인은 믿어서는 안 될 자입니다."

"그게 네 의견이다, 이거지?" 아멀린 권좌가 말했다. "네 마을을 떠나온 지 1년 만에 어느 아이즈 세다이는 믿어도 되고 어느 아이즈 세다이는 믿으면 안 되는지 고를 수 있을 만큼 세상을 알았다고 생각하는 거냐? 돛을 올리는 방법도 거의 배우지 못했지만 어쨌든 항해의 달인이라는 거야?"

"나이니브는 아무 뜻 없이 한 말입니다, 어머니." 에그웨인이 말했다. 하지만 그녀는 나이니브가 정확한 의도를 가지고 말했다는 걸 알고 있었다. 그녀가 경고하듯 쏘아보자 나이니브는 땋은 머리를 휙 잡아당겼을 뿐 입을 꾹 다물었다.

"글쎄, 누가 알 수 있겠느냐?" 아멀린 권좌가 생각에 잠겨 말했다. "신뢰란 때로 바구니 가득 담긴 뱀장어처럼 미끄러운 것이다. 중요한 건, 내가 가진 재료는 너희 둘뿐인 것 같다는 점이야. 너희가 아무리 가느다란 갈대라도 말이지."

목소리는 흔들리지 않았지만 나이니브의 입에는 힘이 들어갔다. "가느다란 갈대라고 하셨습니까, 어머니?"

아멀린 권좌는 나이니브가 아무 말도 하지 않았다는 듯 말을 이었다. "리안드린은 너희를 머리부터 둑에 처박으려 했다. 너희가 돌아와서 자기 정체를 드러낼 수 있다는 걸 알았기에 떠났을 가능성이 크지. 그래서 난 너희가…… 흑색의 아자가 아니라고 믿을 수밖에 없다. 차라리 비늘과 내장을 먹고 싶은 심정이다만," 아멀린 권좌가 툴툴댔다. "흑색의 아자라는 이름을 말하는 데도 익숙해져야겠지."

에그웨인은 놀라서 입을 쩍 벌렸지만—**흑색의 아자라고? 우리가? 빛이여!**—나이니브는 소리쳤다. "저희야 당연히 아닙니다! 어떻게 그런 소리를 하실 수 있습니까? 돌려서라도 그렇게 말할 수가 있습니까?"

"아이야, 내가 의심스럽다면 어서 말해라!" 아멀린 권좌가 거친 목소리로 말했다. "때로 네가 아이즈 세다이에 필적하는 힘을 보일지는 모르지만, 넌 아직 아이즈 세다이가 아니다. 한참 멀었지. 어쩌겠느냐? 할 말이 더 있다면 해라. 장담하는데, 용서해 달라고 흐느끼게 만들어 줄 테니! '가느다란 갈대'가 마음에 들지 않는다고? 나는 너를 갈대처럼 꺾을 것이다. 더는 인내심이 없으니까."

나이니브의 입이 움직였다. 하지만 결국 그녀는 고개를 저으며 진정하고자 숨을 들이쉬었다. 입을 연 나이니브의 목소리에는 여전히 날이 서 있었지만, 심하지는 않았다. "용서하십시오, 어머니. 하지만 어머니께서 그런 말씀을 하시면……. 저희는 아닙니다. 저희는 그런 짓을 하지 않습니다."

아멀린 권좌는 미소를 누르며 의자 등받이에 기댔다. "너도 성질을 다스릴 수는 있는 거로구나. 그걸 알아봐야 했다." 에그웨인은 지금까지 있었던 일 중 어느 정도가 시험이었는지 궁금했다. 아멀린 권좌의 눈가에는 힘이 들어가 있었다. 그녀의 인내심이 정말 바닥났다는 뜻일지도 몰랐다. "너를 숄을 두르는 자로 승격시킬 방법을 찾을 수 있으면 좋겠구나, 딸아. 베린은 네가 화이트 타워의 여느 여자만큼 강력하다고 하던데."

"숄을 두른다고요?" 나이니브가 헛숨을 들이켰다. "제가 아이즈 세다이가 된다는 겁니까?"

아멀린 권좌는 뭔가를 던져 버리면서도 그걸 잃게 되어 아쉽다는 표정으로 살짝 손짓했다. "이루어질 수 없는 일을 원해 봐야 의미 없지. 너를 완전한 자매로 승격시키는 동시에 너를 보내 냄비를 닦게 하는 건 거의 불가능한 일이다. 베린도 네가 격분하지 않는 한 의식적으로 채널링할 수는 없다고 하고. 나는 네가 **사이다**를 포용하는 것처럼 보이기만 해도 너를 진정한 근원에서 끊어 버릴 마음을 먹고 있었다. 숄을 두르기 위한 마지막 시험에는 압박감을 느끼는 상황에서도 완전한 평정심을 유지하면서 채널링을 하는 능력이 요구되지. 극단적으로 압박감이 드는 상황에서도 말이야. 나조차도 그런 조건을 무시할 수는 없다. 무시하고 싶지도 않고.”

나이니브는 충격 받은 표정이었다. 그녀는 입을 쩍 벌린 채 아멀린 권좌를 보고 있었다.

“무슨 말씀이신지 모르겠습니다, 어머니.” 잠시 후 에그웨인이 말했다.

“그야 당연하지. 내가 화이트 타워 전체에서 흑색의 아자가 아니라고 전적으로 확신할 수 있는 사람은 너희 둘뿐이다.” 그 말을 하는 아멀린 권좌의 입이 뒤틀렸다. “리안드린과 리안드린의 열두 패거리는 떠났지만, 그게 전부일까? 아니면 나룻배에 구멍이 뚫릴 때까지는 볼 수 없는, 얕은 물의 돌부리처럼 흑색의 아자 일부가 남았을까? 너무 늦을 때까지는 알 수 없을지도 모르지. 하지만 나는 리안드린 패거리가 그런 짓을 하고도 빠져나가게 두지 않을 거다. 도둑질도 그렇고, 살인은 특히 그래. 아무도 내 사람들을 죽이고 멀쩡하게 떠날 수는 없어. 나는 훈련받은 아이즈 세다이 열세 명이 그림자를 섬기게 놔두지 않을 거다. 그자들을 찾아 순화할 거야!”

“그게 저희랑 무슨 상관인지 모르겠습니다.” 나이니브가 천천히 말했다. 그녀는 마음에 들지 않는 생각을 하는 표정이었다.

“그것뿐이다, 아이야. 너희 둘이 내 사냥개가 되어 흑색의 아자를 사냥하는 거다. 아무도 너희가 그런 존재라고는 믿지 않겠지. 내가 공개적으로 망신을 준, 절반밖에 훈련받지 못한 합격자 한 쌍이라니.”

“말도 안 됩니다!” 아멀린 권좌가 ‘흑색의 아자’라는 말을 할 때, 나이니브의 눈은 휘둥그레져 있었다. 땋은 머리를 꽉 쥐고 있느라 손마디도 하얘졌다. 나이니브는 할 말을 삼키려다가 못 참고 내뱉었다. “그들은 모두 완전한 아이즈 세다이입니다. 에그웨인은 아직 합격자로 승격되지도 않았고, 어머니께서도 아시다시피 저는 화가 나지 않는 한 자유의지로 채널링해서는 촛불 하나 켤 수 없습니다. 저희한테 무슨 승산이 있겠습니까?”

에그웨인도 동의한다는 뜻으로 고개를 끄덕였다. 혀가 입천장에 달라붙었다. **우리더러 흑색의 아자를 사냥하라고? 차라리 회초리를 들고 곰을 사냥하지! 그냥 우리를 겁주려는 거야. 벌을 더 주려고. 틀림없어!** 아멀린 권좌가 하려는 일이 정말 그것이라면 벌을 준다는 목적은 지나치게 성공적으로 달성되고 있었다.

아멀린 권좌도 고개를 끄덕였다. "네가 한 모든 말이 맞다. 하지만 순전한 힘만 보면, 너희 둘은 각기 리안드린을 상대하고 남는다. 리안드린이 그들 중 가장 강력하고. 하지만 그들은 훈련을 받았고 너는 아니지. 그리고 너, 나이니브에게는 아직 한계가 있는 게 사실이다. 하지만 아이야, 노가 없으면 어떤 널빤지로든 배를 저어 뭍에 올라야 한다."

"하지만 저는 아무 쓸모가 없을 텐데요." 에그웨인이 불쑥 말했다. 새된 목소리가 나왔지만 너무 겁이 나서 부끄럽지도 않았다. **진심으로 하는 말이야! 아, 빛이여. 진심으로 하는 말이라니! 리안드린이 나를 숀찬에게 넘겨줬는데, 이젠 아멀린 권좌가 나한테 리안드린 같은 사람 열세 명을 상대하라는 거야?** "공부에, 수업에, 주방 일까지. 아나이야 세다이도 분명 제가 꿈꾸는 자인지 알아보는 시험을 계속하고 싶어 할 거예요. 잠자고 밥 먹을 시간도 거의 없을 겁니다. 뭐든 어떻게 사냥할 수 있겠어요?"

"시간은 네가 찾아야지." 아멀린 권좌가 말했다. 다시 한 번 냉정하고 평온해진 목소리였다. 흑색의 아자를 사냥한다는 게 그저 바닥을 쓰는 것과 같은 일이라는 듯했다. "합격자의 일원으로서, 한계는 있겠지만 넌 네가 공부할 내용과 공부할 시간을 스스로 선택할 수 있다. 그리고 합격자에게 적용되는 기준은 약간 더 편하지. 약간이지만 말이야. 시간을 찾아야 한다, 아이야."

에그웨인이 나이니브를 보았지만 나이니브는 이렇게 말할 뿐이었다. "일레인은 왜 여기 끼워 주지 않으시는 겁니까? 일레인이 흑색의 아자라고 생각해서 그러실 리는 없는데요. 일레인이 안도어의 여왕 후계자이기 때문입니까?"

"처음 그물을 던져서 고기를 잔뜩 잡았구나, 아이야. 할 수 있었다면 일레인도 너희와 함께하게 했을 것이다. 하지만 지금은 무어게이즈가 던지는 문제만으로도 충분하다. 내가 무어게이즈를 진정시키고 달래서 적당한 길로 되돌려 놓고 나면 일레인도 너희와 함께할지 모른다. 그때라면 말이지."

"그럼 에그웨인도 빼 주십시오." 나이니브가 말했다. "에그웨인은 성인 여자라고 하기에도 어려운 나이입니다. 당신의 사냥은 제가 대신 하겠습니다." 에그웨인이 항의하려 했지만─난 **여자가** 맞아!─아멀린 권좌가 먼저 말했다.

"나는 너를 미끼로 쓰려는 게 아니다, 아이야. 내게 너희 같은 사람 백 명이 있었대도 나는 만족하지 않았을 거다. 하지만 지금은 너희 둘밖에 없으니 너희 둘을 써야지."

"나이니브." 에그웨인이 말했다. "이해가 안 돼. 이 일을 하고 싶다는 거야?"

"하고 싶어서가 아니야." 나이니브가 지친 듯 말했다. "하지만 나를 가르치는 아이즈 세다이가 진짜 어둠의 친구인지 앉아서 고민하는 것보다는 그 자들을 사냥하는 게 나아. 그자들이 뭘 꾸미고 있는지는 모르지만, 그자들이 원하는 걸 할 준비가 될 때까지 기다리고 싶지도 않고."

결정을 내린 에그웨인은 여지없이 배 속이 뒤틀렸다. "그럼 나도 할게. 나도 너만큼 가만히 앉아서 궁금해하고 기다리는 건 싫어." 나이니브가 입을 열자 에그웨인은 순간 치밀어 오르는 분노를 느꼈다. 두려움을 느낀 뒤의 분노라는 감정은 크나큰 안도감을 주었다. "그리고 내가 너무 어리다는 얘기는 앞으로 하지 마. 최소한 나는 원할 때 채널링을 할 수 있어. 대부분은. 나는 더 이상 어린애가 아니야, 나이니브."

나이니브는 제자리에 서서 땋은 머리를 획 잡아당기며 아무 말도 하지 않았다. 마침내 그녀에게서 뻣뻣한 태도가 빠져나갔다. "정말 그러네? 네가 여자라는 말은 내가 직접 한 건데, 그러면서도 진심으로 믿지는 않았나 봐. 소녀로서…… 아니, 여자로서 나는 네가 나와 함께 피클 담는 솥에 기어 들어왔다는 걸 알았으면 해. 그 솥에 불이 붙을 수 있다는 것도."

"알아." 에그웨인은 자신의 목소리가 거의 떨리지 않는다는 게 자랑스러웠다.

아멀린 권좌는 기쁜 듯 미소 지었지만, 그녀의 푸른 눈에 깃든 무언가 때문에 에그웨인은 그녀가 처음부터 둘이 어떤 결정을 내릴지 알고 있었다는 생각이 들었다. 잠깐이지만, 에그웨인은 두 팔과 두 다리에 연결된 꼭두각시의 끈을 다시 느꼈다.

"베린……." 아멀린 권좌는 망설이다가 반쯤 혼잣말로 중얼거렸다. "누군가를 믿어야 한다면 아마 베린이겠지. 베린은 이미 나만큼 알고 있어. 그 이상을 알지도 모르고." 아멀린 권좌의 목소리에 힘이 들어갔다. "베린이 리안드린 패거리에 대해 알려진 모든 걸 말해 줄 거다. 빼앗긴 **티어앙그리알**과 그것들이 작동하는 방식이 적힌 목록도 전해 줄 거야. 우리가 아는 것에 대해서는 말이다. 아직 화이트 타워에 있는 흑색의 아자에 대해서는……. 잘 듣고, 귀 기울이고, 질문을 던질 때 신중하게 하거라. 쥐처럼 살도록 해. 조그마한 의구심이라도 들면 내게 알려라. 너희는 내가 직접 살피마. 아무도 그걸 이상하다고 생각하지는 않을 거다. 너희가 어떤 벌을 받고 있는지 알 테니 말이야. 보고는 내가 너희 방에 갔을 때 하면 된다. 잘 기억해라, 그자들은 전에도 사람을 죽인 적이 있다. 다시 쉽게 살인을 저지를 수 있어."

"그건 다 괜찮습니다." 나이니브가 말했다. "하지만 저희는 여전히 합격자이고, 저희가 쫓는 사람은 아이즈 세다이입니다. 완전한 자매라면 누구나 저희에게 가서 할 일을 하라고 지시하거나 저희를 보내 빨래를 시킬 수 있습니다. 저희에게는 그 말에 따르는 것 말고 다른 선택지가 없을 겁니다. 합격자에게는 가서는 안 되는 곳, 해서는 안 되는 일이 존재합니다. 빛을 걸고, 어떤 자매가 흑색의 아자라고 저희가 확신하더라도 그 자는 경비병들에게 저희를 잡아 방에 가두라고 명령할 수 있습니다. 그러면 경비병들이 그 말에 따르겠지요. 아이즈 세다이의 말을 무시하고 합격자의 말을 들을 리가 없습니다."

"대부분," 아멀린 권좌가 말했다. "너희는 합격자의 한계 안에서 일해야 한다. 관건은 아무도 너희를 의심하지 않게 하는 것이니까. 하지만……." 아멀린 권좌는 탁자에 놓인 검은 상자를 열고 망설이며, 지금도 정말 이런 일을 하고 싶은 건지 잘 모르겠다는 듯 다른 두 여자를 바라보더니, 접혀 있는 뻣뻣한 종이 여러 장을 꺼냈다. 그 종이들을 조심스럽게 분류한 아멀린 권좌는 다시 망설이다가 그중 두 장을 골랐다. 그녀는 남은 종이를 다시 상자에 넣고, 꺼낸 종이 두 장을 에그웨인과 나이니브에게 건넸다. "이것들을 잘 숨겨 둬라. 비상시에만 쓰는 것이다."

에그웨인은 두꺼운 종이를 펼쳤다. 종이에는 깔끔하고 둥근 글씨가 적혀 있었다. 종이 아랫부분은 타 발론의 흰 불꽃으로 봉인되어 있었다.

이 편지를 가진 자가 하는 일은 내 명령과 권위에 따른 것이다. 내 명에 따라 복종하고 침묵을 지켜라.

시우안 산체
봉인의 감시자
타 발론의 불꽃
아멀린 권좌

"이게 있으면 뭐든지 할 수 있겠군요." 나이니브가 감탄했다. "경비병들에게 진군하라고 명령할 수도 있고, 수호자들에게 명령을 내릴 수도 있고요." 그녀가 살짝 웃었다. "이것만 있으면 수호자에게 춤을 추라고도 할 수 있겠습니다."

"내가 그 사실을 알게 되기 전까지겠지." 아멀린 권좌가 무미건조하게 그 말에 동의했다. "네게 아주 설득력 있는 이유가 있는 게 아니라면, 나는 네가 차라리 리안드린에게 잡힐 걸 그랬다고 생각하게 만들 것이다."

"정말 그런 짓을 할 생각은 아니었습니다." 나이니브가 서둘러 변명했다. "그저, 이 편지가 주는 권한이 제가 상상했던 것보다 더 크다는 말이었습니다."

"너희는 그 편지를 최대한 활용해야 할지도 모른다. 하지만 이것만은 기억해라, 아이야. 어둠의 친구는 하얀 망토들만큼이나 그 편지에 따르지 않을 것이다. 그 둘은 너희가 편지를 가지고 있다는 이유만으로도 너희를 죽일 거다. 그 종이가 방패라면…… 글쎄, 종이 방패는 얇지. 이 종이에는 과

녁이 그려져 있을지도 모르고."

"네, 어머니." 에그웨인과 나이니브가 동시에 말했다. 에그웨인은 자신에게 주어진 종이를 접어 허리띠의 주머니에 집어넣었다. 그러고는 절대적으로 필요한 경우가 아니라면 이것을 꺼내지 않겠다고 다짐했다. **그런데 절대적으로 필요한 때가 언제인지는 어떻게 알지?**

"맷은요?" 나이니브가 물었다. "맷이 심하게 아픕니다, 어머니. 맷에게는 시간이 얼마 남지 않았습니다."

"내가 너희에게 소식을 전하겠다." 아멀린 권좌가 딱 잘라 말했다.

"하지만 어머니……."

"소식을 전하겠다고 했다! 자, 이제 가라, 아이들아. 화이트 타워의 희망이 너희 두 손에 달려 있다. 너희 방으로 가서 좀 쉬거라. 너희는 시리암과의, 또 냄비와의 약속이 있다는 걸 기억해야지."

15장 회색 인간

아멀린 권좌의 서재에서 나온 에그웨인과 나이니브는 일하는 여자 몇 명이 부드러운 슬리퍼를 신은 발로 바삐 일하고 있을 뿐 복도가 비어 있다는 걸 알았다. 에그웨인은 그 여자들이 있는 게 고마웠다. 그 많은 태피스트리와 돌 조각이 있는 복도가 갑자기 동굴처럼 느껴졌던 것이다. 위험한 동굴처럼.

나이니브는 의미심장하게 성큼성큼 걸으며 다시 발작하듯 땋은 머리를 잡아당겼고, 에그웨인은 서둘러 그녀와 보조를 맞추었다. 혼자 남겨지고 싶지 않았다.

"나이니브, 흑색의 아자가 **정말로** 아직 여기에 있고 우리가 하는 일이 뭔지 추측이라도 한다면……. 난 우리가 이미 세 가지 맹세에 매인 것처럼 행동할 거라던 네 얘기가 진심이 아니었기를 바라. 난 그 사람들이 나를 죽이게 놔둘 생각이 없어. 채널링으로 그런 일을 막을 수 있다면 말이야."

"흑색의 아자 중 한 명이 아직 여기에 있다면, 에그웨인. 그 사람들은 우리를 보자마자 우리가 뭘 하려는 건지 알 거야." 나이니브는 그런 말을 하면서도 딴 데 정신이 팔린 듯한 목소리였다. "아니, 최소한 우리를 어떤 위협으로 보겠지. 그것만으로도 그자들은 우리들에게 똑같은 짓을 할 테고."

"어떻게 그들이 우리를 위협으로 볼 수 있어? 아무도 자기가 이래라저래라 할 수 있는 상대에게 위협당하지는 않아. 아무도 냄비를 닦고 하루에 세 번씩 침 그릇을 비워야 하는 사람에게 위협당하지는 않는다고. 아멀린 권좌가 우리를 주방에서 일하게 하는 이유가 그거야. 어쨌든, 그런 이유도 있다는 거지."

"아멀린 권좌가 철저하게 생각해 보지는 않았을 거야." 나이니브가 멍하니 말했다. "생각해 봤을 수도 있겠지만. 아멀린 권좌가 한 말과 달리, 그 여자한테는 우리에게 바라는 다른 뭔가가 있을지도 몰라. 생각해 봐, 에그웨인. 우리가 자기한테 위협이 된다고 생각하지 않았다면 리안드린은 우리를 치워 버리려 들지 않았을 거야. 우리가 어떻게 위협이 된다는 건지, 또 무엇에 위협에 된다는 건지 전혀 모르겠어. 그렇다고 우리가 리안드린에게 위협이라는 사실이 바뀌는 건 아니야. 아직 여기에 흑색의 아자가 한 명이라도 있다면, 그자들은 우릴 똑같은 방식으로 바라볼 게 틀림없어. 우리가 하는 일을 의심하든 안 하든 간에."

에그웨인은 침을 삼켰다. "그 생각은 안 해 봤는데. 빛을 걸고, 내가 투명 인간이었으면 좋겠다. 나이니브, 그자들이 여전히 우리를 쫓고 있다면 나는 어둠의 친구로 인해 죽거나 그보다 끔찍한 일을 만나기 전에 차라리 순화당하는 모험을 할 거야. 너도 아멀린 권좌에게 한 말과는 상관없이, 그자들이 너를 잡아가게 놔두지는 않을 거라고 생각해."

"아멀린 권좌한테 한 말은 진심이었어." 잠깐이지만 나이니브는 생각에서 깨어나는 듯했다. 그녀의 발걸음이 느려졌다. 쟁반을 든 흰 금발의 신입이 서둘러 곁을 지나갔다. "모든 말이 진심이었어, 에그웨인." 그 신입이 엿들을 수 있는 거리에서 벗어나자 나이니브가 말을 이었다. "우리를 지킬 다른 방법들이 있어. 그런 방법들이 없었다면, 아이즈 세다이는 화이트 타워를 벗어날 때마다 살해당했을 거야. 우린 그냥 그렇게 벗어날 다른 이유를 생각해서 활용하기만 하면 돼."

"난 그런 방법을 이미 몇 가지 알고 있어. 너도 마찬가지고."

"그 방법은 위험해." 에그웨인은 누구든 그녀를 공격한 자에게나 위험한 방법이라고 말하려고 입을 열었지만, 나이니브가 그녀의 말을 무시하고 계속 말했다. "그걸 너무 좋아하게 될 수도 있어. 오늘 아침에 하얀 망토들에게 모든 분노를 쏟아 냈을 때는…… 기분이 너무 좋았어. 지나치게 위험해." 나이니브는 몸을 떨며 다시 발걸음을 빠르게 했다. 에그웨인은 그녀를 따라 잡으려고 더 활기차게 걸어야 했다.

"시리암처럼 말하네. 전에는 한 번도 그런 적 없잖아. 너는 존재하는 한계를 전부 밀어붙였어. 살아 있으려면 그 한계를 무시해야 하는 지금에 와서 그 한계를 받아들이려는 이유가 뭐야?"

"한계를 무시한 결과로 화이트 타워에서 쫓겨나면 그게 다 무슨 소용이야. 순화되든 안 되든, 그때 가서 무슨 쓸모가 있겠어." 나이니브의 목소리가 혼잣말이라도 하듯 낮아졌다. "난 할 수 있어. 해야만 해. 뭔가 배울 수 있을 만큼 여기에 남으려면 말이야. 그리고 난 반드시 배워야……." 그제야 그녀는 자신이 너무 큰 소리로 말하고 있었다는 걸 깨달은 듯했다. 그녀는 거친 시선으로 에그웨인을 쏘아보았다. 그녀의 목소리가 단호해졌다. "생각 좀 해 보자. 부탁이니까 조용히 해. 생각 좀 하게."

에그웨인은 입을 다물었지만, 마음속이 묻지 않은 질문으로 끓어올랐다. 나이니브가 화이트 타워에서 배울 수 있는 것을 더 배우고 싶어 하는 특별한 이유가 뭘까? 나이니브가 원하는 건 뭘까? 왜 나이니브는 그 이유를 에그웨인에게 비밀로 하는 걸까? **비밀이라니. 우린 화이트 타워에 온 이후로 너무 많은 비밀을 만들고 말았어. 아멀린 권좌도 우리한테 뭔가 감추고 있어. 빛을 걸고, 맷을 어떻게 하려는 걸까?**

나이니브는 합격자 숙소가 있는 곳으로 방향을 틀지 않고 신입 숙소가 있는 먼 곳까지 에그웨인과 함께 걸었다. 복도는 여전히 비어 있었다. 나선형 경사로를 올라가는 동안 그들은 아무와도 마주치지 않았다.

일레인의 방에 이른 나이니브가 멈춰 서서 문을 한 차례 두드리더니 즉시 문을 열고 머리를 안으로 집어넣었다. 그런 다음, 그녀는 흰 문이 휙 닫히게 놔두고 다음 방인 에그웨인의 방으로 성큼성큼 다가갔다. "일레인이 아직 안 왔어." 나이니브가 말했다. "너희 둘 모두와 할 얘기가 있는데."

에그웨인은 나이니브의 어깨를 잡아당겨 우뚝 멈춰 세웠다. "무슨……?" 무언가가 그녀의 머리카락을 당기고 귀를 찔렀다. 검고 흐릿한 자국이 그녀의 얼굴 바로 앞에 쏜살같이 그어지더니 벽에 쨍그랑하며 부딪혔다. 다음 순간, 나이니브가 난간 뒤쪽의 복도 바닥으로 그녀를 밀쳤다.

에그웨인은 눈을 휘둥그렇게 뜨고 사지를 뻗은 채 자기 방문 앞 돌바닥에 놓여 있는 것을 보았다. 쇠뇌의 화살이었다. 나이니브의 검은 머리카락 몇 가닥이 네 갈래로 갈라진 화살 끝에 얽혀 있었다. 갑옷을 뚫도록 만들어진 화살이었다. 나이니브는 떨리는 손을 들어 귀를, 아주 작은 상처를 만져 보았다. 그 자리가 핏방울로 축축했다. **바로 그때 멈추지 않았다면……. 그러지 않았으면…….** 화살은 에그웨인의 머리를 곧장 뚫고 갔을지 몰랐다. 아마 나이니브도 죽었을 것이다. "피와 재를 걸고!" 에그웨인이 헛숨을 들이켰다. "빌어먹을 피와 재를 걸고!"

"말조심해." 나이니브가 경고했지만 진심이 담겨 있지는 않았다. 에그웨인은 누운 채 복도 저쪽 끝, 흰 돌로 된 난간동자 사이를 보았다. 빛이 그녀를 감싸는 것만 같았다. 나이니브가 **사이다**를 포용한 것이다.

에그웨인도 서둘러 일원력을 향해 손을 뻗으려 했는데, 처음에는 서두르느라 실패했다. 성급함 때문이었고 계속해서 공백에 침입하는 어떤 장면 때문이었다. 그녀의 머리가 묵직한 화살에 썩은 멜론처럼 갈라지고 화살이 계속해서 날아가 나이니브의 몸에 박히는 장면. 에그웨인은 깊이 숨을 들이쉬고 다시 노력했다. 결국 허공에서 장미가 떠다니며 진정한 근원에 개방되었고 일원력이 그녀를 가득 채웠다.

에그웨인은 몸을 굴려 엎드리고 나이니브 옆에서 난간 너머를 보았다. "뭔가 보여? 남자야? 벼락으로 꿰뚫어 버릴 거야!" 에그웨인은 일원력이 쌓여 가며 방출되려는 압박감을 느꼈다. "남자 **맞지?**" 남자가 신입 숙소에 들어온다는 것은 상상할 수 없었다. 하지만 쇠뇌를 가지고 화이트 타워를 돌아다니는 여자를 떠올리는 것 역시 불가능했다.

"모르겠어." 나이니브의 목소리에 조용한 분노가 가득 찼다. 나이니브의 분노는 늘 그녀가 조용할 때 가장 심했다. "뭔가 보인 것 같았는데……. 그래! 저기야!” 에그웨인은 나이니브의 몸속에서 일원력이 맥동하는 걸 느꼈다. 그 순간, 나이니브는 서두르지도 않고 자리에서 일어섰다. 더 이상 걱정할 게 없다는 듯 드레스를 툭툭 털면서.

에그웨인이 그녀를 빤히 보았다. “뭔데? 뭘 한 거야? 나이니브?”

“‘다섯 권능 중에서,’” 나이니브가 강의하는 듯한 목소리로, 약간 비꼬듯이 말했다. “‘바람이라 불리는 공기의 권능이 가장 쓸모없다고 생각하는 자들이 있다. 이는 사실과 거리가 멀다.’” 나이니브는 힘이 들어간 웃음으로 그 말을 마무리했다. “우리를 지킬 다른 방법이 있다고 했지? 나는 공기를 썼어. 공기로 그놈을 잡아 뒀어. 남자인지 아닌지는 모르겠지만. 제대로 보이지 않았거든. 아멀린 권좌가 전에 한 번 보여 준 속임수야. 내가 그 속임수를 쓰는 방법을 알 줄은 몰랐겠지만. 근데, 넌 거기 하루 종일 누워 있을 거야?”

허둥지둥 일어선 에그웨인은 서둘러 나이니브를 따라 복도를 돌았다. 오래지 않아 휘어진 길 저쪽에 선, 어느 남자가 눈에 들어왔다. 그는 민무늬 갈색 브리치스와 코트를 입고 있었다. 반대쪽을 마주 보고 서서, 한쪽 발꿈치로 균형을 잡은 채, 다른 발은 도망치려다 말고 잡힌 것처럼 허공에 늘어뜨린 모습이었다. 아마 진득한 젤리에 파묻힌 기분일 터였다. 실제로는 남자의 주변 공기가 굳어졌을 뿐인데 말이다. 에그웨인도 아멀린 권좌의 속임수를 기억했지만 그걸 나이니브가 똑같이 따라 할 수 있으리라고는 생각 못 했었다. 하긴, 나이니브는 뭐든 그저 한 번 보기만 하면 그 일을 직접 해낼 방법을 알아냈다. 물론 조금이라도 채널링하는 방법을 배워야겠지만.

그들은 다가갔다. 놀란 에그웨인은 그만 일원력과의 합일이 풀리고 말았다. 단검 자루가 남자의 가슴에서 삐져나와 있었다. 남자의 얼굴이 축 늘어져 있었다. 죽음이 이미 반쯤 감긴 그의 눈에 덮여 있었다. 나이니브가 그자를 잡아 두었던 함정을 늦추자 그자가 복도 바닥에 털썩 쓰러졌다.

평범해 보이는 남자였다. 키도 체격도 보통이었고 얼굴도 너무 평범하게 생겨서 세 사람만 모여 있어도 알아보기 힘들 것 같았다. 하지만 에그웨인은 잠시 남자를 살펴본 뒤 있어야 할 뭔가가 없다는 걸 알았다. 쇠뇌였다.

에그웨인은 움찔하며 미친 듯 주위를 둘러보았다. "여기 다른 사람이 있을 게 틀림없어, 나이니브. 누군가가 쇠뇌를 가져갔어. 또 누군가가 이 사람을 칼로 찔렀고. 범인은 이미 밖으로 나가서 우리에게 다시 쇠뇌를 쏠 준비를 하고 있을지 몰라."

"진정해." 나이니브가 말했다. 하지만 그녀는 땋은 머리를 홱 잡아당기며 복도 양쪽을 돌아보았다. "일단 진정하고, 우리가 뭘 해야 할지 생각……." 그들의 층으로 이어지는 경사로를 따라 발소리가 들려왔고, 이어 나이니브의 말이 끊겼다.

에그웨인의 심장이 미칠 듯 뛰었다. 목구멍까지 심장이 튀어 오르는 것 같았다. 시선을 경사로의 맨 윗부분에 둔 채, 그녀는 다시 **사이다**와 접촉하고자 처절하게 노력했다. 하지만 그러려면 평정심을 찾아야만 했다. 요동치는 심장이 그 평정심을 깨뜨렸다.

시리암 세다이가 경사로 맨 위에서 멈추더니 인상을 찌푸렸다. "빛의 이름을 걸고, 대체 여기서 무슨 일이 있었던 거냐?" 그녀는 서둘러 앞으로 나왔다. 이번만큼은 그녀의 평온함이 사라졌다.

"저희가 이자를 발견했습니다." 신입 담당이 시체 옆에 무릎을 꿇자 나이니브가 말했다.

시리암은 남자의 가슴에 손을 대 보더니 그보다 두 배는 빠른 속도로 홱 물러서며 쓱 소리를 냈다. 그녀는 눈에 띄게 마음을 다잡으며 남자를 다시 만져 보고, 이번에는 접촉을 더 길게 유지했다. "죽었다." 그녀가 중얼거렸다. "죽을 수 있는 것 이상으로 죽었어." 그녀는 허리를 펴며 소매에서 손수건을 꺼내 손가락을 닦았다. "너희가 이자를 발견했다고? 여기서? 이런 상태로?"

에그웨인이 고개를 끄덕였다. 뭐라도 말하면 시리암이 그 목소리에서 거짓말의 기색을 읽어 낼 것 같았다.

"그렇습니다." 나이니브가 단호히 말했다.

시리암이 고개를 저었다. "남자가, 그것도 죽은 남자가! 신입 숙소에 들어와 있다는 것만으로도 충격적인 일인데, 이건……!"

"이자는 어떤 점에서 다른 겁니까?" 나이니브가 물었다. "어떻게 죽은 것 **이상으로** 죽을 수가 있습니까?"

시리암은 깊이 숨을 들이쉬더니 두 사람을 탐색하듯 바라보았다. "이 자는 영혼 없는 자 중 하나다. 회색 인간이야." 그녀는 무의식적으로 다시 손가락을 닦았다. 시리암의 시선이 다시 시신으로 향했다. 걱정스러운 눈길이었다.

"영혼 없는 자라고요?" 에그웨인의 목소리가 떨렸다. 동시에 나이니브가 물었다. "회색 인간이요?"

시리암은 그들을 힐끗 보았다. 잠깐이지만 그만큼 꿰뚫어 보는 시선이었다. "아직 너희가 배울 내용은 아니다만, 너희는 이미 아주 많은 방법으로 규칙을 넘어선 것 같구나. 게다가 너희가 이자를 발견했다는 걸 생각할 때……." 그녀는 시신을 손짓했다. "영혼 없는 자, 또는 회색 인간은 암살자가 되어 어둠의 존재를 섬기기 위해 영혼을 바친 자들이다. 그런 짓을 하고 나면 사실상 살아 있지 않은 상태가 돼. 딱히 죽은 것도 아니지만 정말로 살아 있는 것도 아니야. 회색 인간 중에는 여자도 있다. 매우 드물긴 하지만. 어둠의 친구들 중에도 그런 희생을 할 정도로 멍청한 여자는 손에 꼽거든. 사람들은 회색 인간이 있는 곳을 똑바로 보면서도 너무 늦기 전까지는 이자들의 존재를 눈치채지 못할 수 있어. 이자는 걸어 다니는 동안에도 거의 죽은 것이나 마찬가지였을 거다. 지금은 오직 내 눈만이 저기 누워 있는 자가 한때나마 살아 있었다는 걸 알려 주는구나." 그녀는 다시 한 번 두 사람을 오랫동안 바라보았다. "그 어떤 회색 인간도 트롤록 전쟁 이후 감히 타 발론에 들어오지 못했다."

"어떻게 하실 건가요?" 에그웨인이 물었다. 시리암이 눈썹을 치켜올리자 그녀가 재빨리 덧붙였다. "이런 질문을 해도 된다면 말입니다, 시리암 세다이."

아이즈 세다이는 망설였다. "질문은 해도 될 것 같구나. 이자를 발견하는 불운을 겪었으니까. 아멀린 권좌께서 결정하실 일이다만, 이미 일어난 모든 일을 생각했을 때 나는 아멀린 권좌께서 이 일을 최대한 조용하게 처리하기를 바라실 거라고 본다. 더 이상의 소문은 필요하지 않아. 너희는 나를 제외한 누구에게도 이 이야기를 해서는 안 된다. 아멀린 권좌께서 먼저 말씀하신다면 그분에게도 말해야겠지만.”

“네, 아이즈 세다이.” 에그웨인이 열띤 목소리로 말했다. 나이니브의 목소리는 그보다 냉정했다.

시리암은 그들의 복종을 당연하게 받아들이는 것 같았다. 그들의 목소리를 들었다는 티를 전혀 내지 않았다. 그녀의 관심은 온전히 죽은 남자에게 향해 있었다. 회색 인간. 영혼 없는 자. “여기에서 남자가 살해당했다는 사실을 숨길 방법은 없어.” 일원력의 빛이 갑자기 그녀를 휘감았다. 그와 마찬가지로 갑작스럽게, 길쭉하고 낮은 돔이 바닥의 시체를 가렸다. 돔이 잿빛인 데다 불투명해서 그 아래의 시신은 잘 보이지 않았다. “하지만 이렇게 해 두면 다른 사람이 이자를 만져 보고 이자의 본질을 알아볼 수 없을 거다. 신입들이 돌아오기 전에 이걸 치워야겠구나.”

그녀는 녹색 눈동자를 돌려, 눈앞에 에그웨인과 나이니브가 있다는 걸 방금 깨달은 사람처럼 그들을 보았다. “너희 둘은 이제 가거라. 내 생각에 너는 네 방으로 가야 할 것 같다, 나이니브. 네가 지금 마주하고 있는 문제를 생각할 때, 네가 조금이라도 이 사건에 연루되었다는 게 알려지면…….
가라.”

에그웨인은 무릎을 굽혀 인사하고 나이니브의 소매를 잡아끌었지만 나이니브는 말했다. “여긴 왜 올라오셨습니까, 시리암 세다이?”

잠깐이지만 시리암은 놀란 듯했다. 그러나 순식간에 그녀는 인상을 찌푸렸다. 그녀는 허리에 두 주먹을 얹은 채 신입 담당이라는 자리에 걸맞은 단호함을 한껏 담아 나이니브를 보았다. “이젠 신입 담당에게 신입 숙소에 올 핑계까지 필요한 거냐, 합격자 나이니브?” 그녀가 조용히 말했다. “이제는 합격자들이 아이즈 세다이에게 질문을 던지는 것이냐? 아멀린 권좌께서는 너희 둘을 뭔가로 만드실 생각이시다만, 그와 상관없이 나는 최소한 너희에게 버릇을 가르칠 거다. 자, 이제 너희 둘은 가라. 내가 너희 둘을 모두 내 방으로 끌고 내려가기 전에. 아멀린 권좌께서 이미 예약해 두신 벌로 끝나지 않을 거다."

에그웨인에게 문득 한 가지 생각이 떠올랐다. "용서하세요, 시리암 세다이." 그녀가 재빨리 말했다. "하지만 망토를 가져와야 합니다. 추워서요." 그녀는 아이즈 세다이가 무슨 말을 하기도 전에 서둘러 그 자리를 떠나 복도를 돌았다.

시리암이 에그웨인의 방 앞에서 쇠뇌의 화살을 발견한다면 너무 많은 질문이 뒤따르게 될 터였다. 그때는 에그웨인과 나이니브가 그저 그 남자를 발견했을 뿐이며 그 남자와 에그웨인 사이에는 아무 관계도 없다는 말이 통하지 않을 터였다. 하지만 문 앞에 도착해 보니 무거운 화살은 사라지고 없었다. 문 옆의 돌에 남은 삐죽빼죽한 자국만이 그곳에 화살이 있었다는 걸 알려 주었다.

에그웨인은 소름이 끼쳤다. **어떻게 우리 눈에 띄지 않고 화살을 가져갈 수 있었던 거지? ……회색 인간이 한 명 더 있는 거야!** 에그웨인은 자기도 모르게 **사이다**를 포용했다. 내면에서 느껴지는 일원력의 달콤한 흐름만이 그녀가 무슨 짓을 했는지 알려 주었다. 그렇게 했건만 문을 열고 방으로 들어가는 일은 지금껏 에그웨인이 해 온 어떤 일보다도 어려웠다. 방 안에는 아무도 없었다. 에그웨인은 못에 걸려 있던 흰 망토를 확 낚아채서 어쨌든 달려 나갔다. 다른 사람들이 있는 곳으로 반쯤 돌아온 뒤에야 **사이다**를 놓았다.

에그웨인이 자리를 비운 사이 두 여자 사이에는 더 많은 일이 벌어진 게 틀림없었다. 나이니브는 온순한 태도를 보이려 노력하고 있었지만, 배앓이를 하는 것 같은 표정이었다. 시리암은 허리춤에 두 주먹을 댄 채 짜증스럽게 발로 탁탁 소리를 내고 있었다. 그녀가 나이니브에게 던지는 시선은 보리를 갈 준비가 된 초록색 맷돌 같았다. 그 시선이 에그웨인에게 향했다.

"죄송합니다, 시리암 세다이." 에그웨인이 서둘러 말하며 무릎을 굽혀 인사하고, 동시에 어깨에 망토를 걸쳤다. "이게…… 죽은 남자를 발견하고 나니—그것도…… 회색 인간이라니요!—한기가 느껴져서요. 이제 가도 될까요?"

시리암이 가 보라는 뜻으로 짧게 고개를 끄덕이자 나이니브는 간신히 무릎을 굽혀 인사했다. 에그웨인이 그녀의 팔을 잡아끌었다.

"문제를 더 **만들려는** 거야?" 두 층을 더 내려갔을 때 에그웨인이 물었다. 시리암이 엿들을 수 있는 위치에서 충분히 벗어난 거리였으면 좋겠다는 생각이 들었다. "또 무슨 말을 했기에 시리암이 그런 식으로 노려봐? 더 무슨 질문을 했지? 시리암을 화나게 만들 가치가 있는 정보를 얻은 거였으면 좋겠네."

"시리암은 아무 말도 하지 않으려 했어." 나이니브가 중얼거렸다. "뭐든 쓸모 있는 일을 하려면 질문을 던져야만 해, 에그웨인. 어느 정도 운을 걸어 보지 않으면 아무것도 알아낼 수 없어."

에그웨인이 한숨을 쉬었다. "뭐, 좀 더 용의주도하게 해 봐." 나이니브의 표정을 보면, 쉽게 가거나 위험을 피할 생각은 전혀 없는 것 같았다. 에그웨인이 다시 한숨을 쉬었다. "쇠뇌 화살이 사라지고 없었어, 나이니브. 다른 회색 인간이 가져간 게 틀림없어."

"그래서 네가…… 빛을 걸고!" 나이니브는 인상을 찡그리며 땋은 머리를 홱 잡아당겼다.

잠시 후 에그웨인이 말했다. "시리암이 그…… 그 시체를 덮은 방법이 뭐였을까?" 에그웨인은 그 남자를 회색 인간으로 생각하고 싶지 않았다. 그 생각을 하면 다른 회색 인간이 한 명 더 있다는 생각이 떠올랐다. 지금 이 순간만큼은 그런 생각을 전혀 하고 싶지 않았다.

"공기야." 나이니브가 대답했다. "시리암은 공기를 사용했어. 깔끔한 수법이었지. 내 생각엔, 그걸로 쓸모 있는 뭔가를 만들 방법이 있을 것 같아."

일원력을 사용하는 방법은 땅, 공기, 불, 물, 영혼 등 다섯 가지 권능으로 나뉘었다. 여러 이능을 사용하려면 다섯 권능을 다양한 방식으로 조합해야 했다. "다섯 권능이 결합되는 방법 중에는 내가 잘 모르는 것도 있어. 치유를 생각해 봐. 영혼의 권능이 필요한 이유는 알겠어. 공기도 그럴 수 있을 것 같고. 그런데 물은 왜 쓰이는 거지?"

나이니브가 그녀를 돌아보았다. "대체 무슨 소리를 지껄이는 거야? 우리가 무슨 일을 하고 있었는지 잊었어?" 나이니브가 주위를 둘러보았다. 그들은 합격자 숙소에 이르러 있었다. 그곳은 신입 숙소보다 아래층에 층층이 쌓여 있는 회랑으로, 뜰이라기보다는 정원에 가까운 곳을 둘러싸고 있었다. 다른 층으로 서둘러 가는 또 한 명의 합격자 말고는 아무도 보이지 않았지만, 나이니브는 목소리를 낮추었다. "흑색의 아자에 대해서 잊은 거냐고?"

"잊으려고 노력 중이야." 에그웨인이 사납게 말했다. "어쨌든 잠깐은. 난 우리가 방금 죽은 남자를 놔두고 왔다는 걸 잊으려고 노력하고 있어. 그자가 나를 거의 죽일 뻔했고, 다시 그런 시도를 할지도 모르는 동료를 두고 있다는 것도 잊으려고 노력 중이야." 에그웨인이 귀를 만졌다. 핏방울은 말라붙었지만 상처는 여전히 아팠다. "지금은 우리 둘 다 죽지 않은 게 행운이고."

나이니브의 얼굴 표정이 누그러졌다. 하지만 다시 입을 열었을 때, 그녀의 목소리에는 에먼즈 필드의 현자였던 시절의 뭔가가 남아 있었다. 상대방을 위해서 해야 하는 말을 하는 목소리. "그 시체를 기억해, 에그웨인. 그자가 너를, 우리를 죽이려 했다는 걸 기억해. 흑색의 아자를 기억해. 언제나 그들을 기억해야 해. 단 한 순간이라도 잊어버리면 다음 순간 쓰러져 죽어 있는 건 네가 될지도 모르니까."

"알아." 에그웨인이 한숨을 쉬었다. "그렇다고 그런 기억을 좋아할 필요는 없잖아."

"시리암이 빼놓고 하지 않은 말, 눈치챘어?"

"아니. 뭔데?"

"시리암은 누가 그 사람을 찔렀는지 한 번도 궁금해하지 않았어. 이제 가자. 내 방이 바로 아래에 있어. 거기서 잠깐 쉬면서 이야기할 수 있을 거야."

16장 세 사냥꾼

나이니브의 방은 신입의 방에 비해 훨씬 컸다. 벽에 붙박이로 박혀 있는 침대가 아닌 진짜 침대가 있었고, 등받이 없는 걸상 대신 사다리처럼 생긴 등받이가 달린 안락의자 두 개, 옷을 넣어 둘 옷장도 있었다. 가구들 모두 어느 정도 성공한 농부의 집에 어울릴 만한, 수수한 것들이었다. 신입과 비교하면 합격자는 호화롭게 사는 셈이었다. 심지어 파란색 바탕에 노란색과 빨간색 두루마리 무늬가 들어간 작은 깔개도 있었다. 에그웨인과 나이니브가 들어갔을 때 방은 비어 있지 않았다.

일레인이 난로 앞에 서서 팔짱을 끼고 있었다. 그녀의 눈이 적어도 조금은 분노로 빨개져 있었다. 키가 크고 젊은 남자 두 명이 의자에 축 늘어져 있었다. 팔과 다리로만 이루어진 사람들 같았다. 눈처럼 흰 셔츠가 드러나도록 진녹색 코트를 풀어 헤친 한 사람은 일레인과 똑같은, 파란 눈과 불그스름한 금발의 소유자였다. 씩 웃는 얼굴을 보면 그가 일레인의 오빠라는 걸 쉽게 알 수 있었다. 나이니브와 비슷한 나이에 회색 코트의 단추를 깔끔하게 채우고 있는 다른 남자는 그보다 체형이 날씬했고 머리와 눈동자가 검었다. 에그웨인과 나이니브가 들어오자 그가 자리에서 일어섰다. 동작 전체에 분명한 자신감과 유연한 근육의 우아함이 배어 있었다. 처음도 아니지만,

에그웨인은 그가 여태 만나본 남자 중 가장 잘생긴 사람이라고 생각했다. 그의 이름은 갈라드였다.

"다시 만나서 반갑다." 그가 에그웨인의 손을 잡으며 말했다. "많이 걱정했어. 우리가, 걱정했지."

에그웨인의 심박이 빨라졌다. 그녀는 갈라드가 그 사실을 느낄까 봐 손을 뺐다. "고마워, 갈라드." 에그웨인이 중얼거렸다. **빛을 걸고, 정말 아름답잖아.** 그녀는 이런 식의 생각을 그만두라고 자신을 타일렀다. 쉽지는 않았다. 에그웨인은 자기도 모르게 드레스의 주름을 펴며 갈라드가 이 수수한 흰색 모직 옷이 아닌 비단옷을 입은 자신을 봤으면 좋겠다고 생각했다. 민이 이야기해 준 도만 사람들의 옷이어도 좋을 것 같았다. 몸에 달라붙는 데다 너무 얇아서 실제로는 투명하지 않은데도 투명하게 생각된다는 그 옷. 에그웨인은 격하게 얼굴을 붉히며 그 모습을 머릿속에서 지워 버리고 갈라드가 자신의 얼굴에서 시선을 돌리기를 바랐다. 부엌데기에서 아이즈 세다이에 이르기까지 화이트 타워 여자들의 절반이 같은 생각을 하며 그를 본다는 사실도 도움이 되지는 않았다. 갈라드의 미소는 오직 에그웨인만을 위한 것처럼 보인다는 사실도. 오히려 갈라드의 미소는 상황을 악화시켰다. **빛을 걸고, 내가 무슨 생각을 하는지 갈라드가 짐작이라도 한다면 난 죽고 말 거야!**

금발 청년이 의자에 앉은 채로 몸을 숙였다. "문제는 이거야. 어디 갔었어? 일레인은 주머니 가득 무화과를 넣고 있으면서 나한테는 하나도 주지 않으려는 것처럼 내 질문을 피해."

"말했잖아, 가원." 일레인은 힘이 들어간 목소리로 말했다. "네가 알 바 아니야. 내가 여기에 온 건," 그녀는 나이니브를 보며 덧붙였다. "혼자 있고 싶지 않아서야. 저 녀석들이 나를 보고 따라왔어. 싫다고 했는데도 듣지 않았고."

"그렇단 말이지." 나이니브가 무미건조하게 말했다.

"하지만 우리가 알 바가 맞잖아, 동생아." 갈라드가 말했다. "네 안전이라면 그야말로 우리가 알 바지." 그가 에그웨인을 보았고 그러자 에그웨인은 가슴이 철렁하는 걸 느꼈다. "너희 모두의 안전이 나한테는 아주 중요한 문제야. 우리한테는."

"난 네 동생이 아닌데." 일레인이 쏘아붙였다.

"친구가 필요하다면," 가윈이 미소 지으며 일레인에게 말했다. "우리도 친구 노릇은 얼마든지 할 수 있어. 그리고 단지 여기 오기 위해서 그 많은 일을 겪었으니, 우리에게도 너희가 어디에 갔었는지 어느 정도 설명을 들을 자격은 있지. 어머니와 1분이라도 더 만나느니 갈라드한테 훈련장 전체를 돌며 하루 종일 두들겨 맞겠어. 차라리 쿨린이 나한테 화를 내는 게 나아." 쿨린은 무술 담당으로 수호자가 되고 싶어 하거나 그저 수호자들에게서 배우고 싶어 하는, 화이트 타워로 와서 수련하는 젊은이들을 단단히 규율했다.

"마음대로 해. 어디 아무 상관없다고 해 봐." 갈라드가 심각한 목소리로 일레인에게 말했다. "그래 봐야 상관이 있으니까. 게다가 어머니는 네 안전을 우리 손에 맡기셨다고."

가윈이 인상을 찡그렸다. "일레인, 너한테 무슨 일이라도 일어나면 어머니는 우리 가죽을 벗기실 거야. 말을 얼마나 빨리 해야 했는지 몰라. 그러지 않았으면 어머니가 우리까지 끌고 집에 가셨을걸. 여왕이 자기 아들들을 망나니한테 보냈다는 얘기는 들어본 적 없지만, 어머니는 우리가 너를 안전하게 집으로 데려가지 못할 경우에는 기꺼이 예외를 둘 생각이신 것 같았어."

일레인이 말했다. "오빠가 빨리 말한 게 퍽이나 나를 위한 거였겠다. 여기 남아서 수호자들과 함께 공부하려고 한 건 아니고?" 가윈의 얼굴이 붉어졌다.

"네 안전이 우리한테는 가장 큰 관심사였어." 갈라드는 진심이라는 듯 말했고, 에그웨인은 실제로 그럴 거라 믿었다. "우린 네가 정말 여기로 돌아올 경우 널 돌봐 줄 누군가가 있어야 한다고 어머니를 간신히 설득했어."

"날 돌본다고!" 일레인이 소리쳤지만 갈라드는 태연히 말을 이었다.

"화이트 타워는 위험한 곳이 됐어. 불가사의한 죽음이, 살인이 일어났어. 비밀로 하려는 것 같지만, 아이즈 세다이도 몇 명 살해당했다고. 게다가 다름 아닌 화이트 타워에서 흑색의 아자에 관한 소문이 도는 것도 들었어. 어머니의 명령에 따라서, 네가 수련을 받지 않아도 안전해지면 우리가 너를 케임린으로 다시 데려가야 해."

대답 대신 일레인은 턱을 높이 들고 반쯤 등을 돌렸다.

가윈이 답답한 듯 자기 머리카락을 손으로 쓸었다. "빛을 걸고, 나이니브. 갈라드랑 나는 악당이 아니야. 우리가 하고 싶은 일은 돕는 것뿐이라고. 안 그래도 돕겠지만, 어머니가 명령까지 했으니 너희가 우리를 설득해서 그만두게 할 수는 없어."

"무어게이즈의 명령은 타 발론에서 아무 무게가 없어." 나이니브가 냉정한 목소리로 말했다. "돕겠다는 제안이야 기억해 두지. 혹시 우리한테 도움이 필요해지면 그 도움의 목소리를 너희가 가장 먼저 듣게 될 거야. 지금은 나가줬으면 좋겠다." 나이니브는 날카로운 얼굴로 문을 가리켰지만 가윈은 그녀를 무시했다.

"다 좋은데, 어머니는 일레인이 돌아왔다는 걸 알고 싶어 하실 거야. 일레인이 아무 말 없이 도망친 이유는 뭐고, 지난 몇 달 동안 한 일은 뭔지도. 빛을 걸고, 일레인! 화이트 타워 전체가 난리였어. 어머니는 걱정에 반쯤 미칠 뻔했고. 어머니가 맨손으로 화이트 타워를 무너뜨릴 줄 알았다니까." 일레인의 얼굴에 어느 정도 죄책감이 어른거렸다. 가윈은 유리한 순간을 놓치지 않고 밀어붙였다. "어머니한테 그 정도는 해 드려야지, 일레인. 나한테도 그렇고. 태워 죽일, 넌 돌멩이처럼 고집스럽게 굴고 있어. 네가 몇 달 동안 자리를 비웠는데, 내가 아는 거라곤 네가 시리암한테 맞았다는 것뿐이야. 그거라도 아는 건 네가 울면서 의자에 엉덩이를 붙이지 않으려 했기 때문이고." 일레인의 분노한 시선을 보니 가윈은 잠깐 얻었던 유리한 상황을 놓친 것 같았다.

"그만." 나이니브의 단호한 한 마디에도 갈라드와 가윈이 입을 열려 했다. 그러자 나이니브가 목소리를 높였다. "그만하랬어!" 그녀는 침묵이 이어질 게 분명해질 때까지 그들을 노려보더니 말을 이었다. "일레인한테는 너희 둘에게 **해 줘야만** 하는 일이 아무것도 없어. 일레인이 아무것도 말하지 않기로 했으니 그걸로 끝이야. 자, 여긴 내 방이지 여관 휴게실이 아니야. 난 너희가 나갔으면 좋겠고."

"하지만, 일레인……." 가윈과 동시에 갈라드도 말했다. "우리가 원하는 건 그냥……."

나이니브는 그들의 목소리가 묻힐 정도로 크게 말했다. "너희가 합격자 숙소에 들어가도 되는지 허락을 구했을 것 같지는 않은데." 그들은 놀란 눈으로 나이니브를 보았다. "그럴 줄 알았지. 내가 셋을 세기 전에 내 방에서 나가. 내 눈에 보이지 않도록 해. 안 그러면 이 일에 대해서 무술 담당에게 편지를 쓸 테니까. 쿨린 가이딘은 팔 힘이 시리암 세다이보다 훨씬 세지. 분명히 말하지만, 난 쿨린이 일을 제대로 하는지 확인하러 갈 거야."

"나이니브, 설마 그런……." 가윈이 걱정스럽게 입을 열었지만 갈라드는 그에게 조용히 하라고 손짓하더니 나이니브에게 다가갔다.

나이니브의 얼굴에서는 고집스러운 표정이 떠나지 않았다. 그러나 갈라드가 그녀를 내려다보며 미소 짓자 그녀는 무의식적으로 드레스 앞섶의 주름을 폈다. 에그웨인은 놀라지 않았다. 적색의 아자가 아니면서 갈라드의 미소에 영향을 받지 않을 여자는 에그웨인이 알기로 없었다.

"부르지도 않았는데 억지로 들어온 건 사과할게, 나이니브." 갈라드가 자연스럽게 말했다. "갈게, 당연히. 하지만 너희한테 필요하면 우리가 올 거라는 건 기억해 줘. 그리고 너희가 도망친 이유가 뭐든, 그 문제 역시 우리가 도와줄 수 있어."

나이니브가 그에게 마주 미소 지었다. "하나."

갈라드는 눈을 깜빡였다. 그의 미소가 흐려졌다. 그는 침착하게 에그웨인을 돌아보았다. 가윈이 일어나서 문으로 가기 시작했다. "에그웨인." 갈라드가 말했다. "특히 너는 언제든 나를 부를 수 있다는 걸 알 거야. 이유가 뭐든 간에. 그걸 알아주면 좋겠어."

"둘." 나이니브가 말했다.

갈라드는 짜증스러운 눈으로 나이니브를 보았다. "나중에 다시 얘기하자." 갈라드는 에그웨인의 손 위로 허리를 숙이며 말했다. 마지막으로 한 번 미소를 짓고, 그는 서두르지 않는 걸음으로 문을 향해 다가갔다.

"세에에……." 가윈은 쏜살같이 문을 빠져나갔다. 갈라드의 우아한 걸음조차 눈에 띄게 빨라졌다. "……엣." 그들이 떠나고 문이 쾅 닫히자 나이니브가 말을 멈췄다.

"와, 잘했어." 일레인은 즐거워하며 두 손으로 입을 틀어막았다. "정말 잘했어. 난 남자들이 합격자 숙소에도 들어오면 안 된다는 것조차 몰랐는데."

"그런 규칙은 없어." 나이니브가 무미건조하게 말했다. "근데 저 촌뜨기들 역시 그걸 몰랐지." 일레인은 다시 손뼉을 치며 웃었다. "그냥 가게 해 줄 생각이었는데," 나이니브가 덧붙였다. "갈라드가 저렇게까지 잘난 체하며 시간을 끌지만 않았어도. 저 녀석 자신을 위해서라도 얼굴이 덜 잘생겼어야 하는 건데." 에그웨인은 그 말을 듣고 웃을 뻔했다. 갈라드는 나이니브보다 어리다고 해도 겨우 한 살이 어릴 뿐이었고, 나이니브는 다시 드레스 주름을 펴고 있었다.

"갈라드 녀석!" 일레인이 코웃음 쳤다. "분명 우릴 다시 귀찮게 할 거야. 네 속임수가 한 번 이상 통할 것 같지는 않고. 갈라드는 자기가 옳다고 생각하는 일을 반드시 하고 말아. 그 바람에 누가 다치더라도 말이야. 심지어 자기가 다치더라도."

"그럼 다른 방법을 생각해 봐야겠다." 나이니브가 말했다. "저 녀석들이 늘 우리를 감시하게 놔둘 여유는 없으니까. 일레인, 괜찮다면 상처를 달래 줄 연고를 만들어 줄게."

일레인은 고개를 젓더니 두 손으로 턱을 괴고 침대에 엎드렸다. "시리암이 알면 우리 둘 다 기대감을 한껏 안고 시리암의 방에 재차 불려 가게 될걸. 넌 말이 별로 없네, 에그웨인. 누가 혀를 묶어 두기라도 한 거야?" 일레인의 표정이 험악해졌다. "혹시 갈라드가?"

에그웨인은 자기도 모르게 얼굴을 붉혔다. "난 그냥 그 녀석들이랑 말다툼하지 않기로 한 거야." 에그웨인이 최대한 위엄 있는 목소리로 말했다.

"그러시겠지." 일레인이 마지못해 말했다. "갈라드가 잘생겼다는 건 나도 인정해. 근데 끔찍한 녀석이야. 갈라드는 **언제나** 자기가 옳다고 생각하는 일을 한다고. 별로 끔찍하게 들리지는 않는다는 거, 나도 알아. 하지만 실제로는 끔찍해. 갈라드는 한 번도 어머니에게 거역한 적이 없어. 내가 아는 한은 엄청나게 사소한 거역도 한 적이 없어. 갈라드는 아주 작은 거짓말이라도 절대 거짓말을 하지 않아. 규칙을 어기지도 않고. 너희가 규칙을 어겼다는 이유로 갈라드가 고자질을 한대도 거기에 악의는 전혀 없어. 그 녀석이 뭐라도 느낀다면, 너희가 자기 기준에 맞춰 살지 못한 것에 대해 슬퍼하기나 하겠지. 하지만 그렇다고 해서 갈라드가 너희를 **고자질할** 거라는 점은 바뀌지 않아."

"그거…… 불편하겠네." 에그웨인이 조심스럽게 말했다. "그렇다고 끔찍한 것 같지는 않은데. 난 갈라드가 뭐든 끔찍한 일을 할 거라고는 상상할 수 없어."

일레인은 자기가 보기에는 확실한 일을 에그웨인이 왜 그렇게 이해하기 힘들어하는지 못 믿겠다는 듯 고개를 저었다. "누구한테든 관심을 쏟고 싶다면 가윈한테 쏟아 봐. 가윈 정도면 괜찮지. 아닐 때도 가끔 있지만. 그리고 가윈은 너한테 푹 빠져 있어."

"가윈이라고! 가윈은 날 두 번 본 적도 없는걸."

"당연하지, 이 바보야. 네가 눈알이 빠질 것처럼 갈라드를 보잖아." 에그웨인은 두 뺨이 뜨거워졌지만, 그 말이 사실일까 봐 걱정되기도 했다. "갈라드는 가윈이 어렸을 때 가윈의 목숨을 구해 줬어." 일레인이 말을 이었다. "갈라드가 어떤 여자한테 관심을 가진다면 가윈은 절대로 자기가 그 여자한테 관심이 있다는 걸 인정하지 않을 거야. 하지만 난 가윈이 네 얘기를 하는 걸 들어서 알아. 가윈은 절대 나한테서 뭔가 숨기지 못해."

"그거 좋은 정보네." 에그웨인이 말하더니 일레인이 씩 웃는 걸 보고 웃음을 터뜨렸다. "그런 말은 네가 아니라 가윈한테 듣고 싶은데."

"알겠지만, 넌 녹색의 아자를 선택할 수 있어. 녹색 자매들은 결혼하기도 해. 가윈은 정말로 너한테 푹 빠져 있고, 너는 가윈한테 좋은 사람이 될 거야. 거기다 나도 너랑 가족이 되고 싶고."

"너희 둘, 수다 다 떨었으면," 나이니브가 끼어들었다. "중요한 얘기를 좀 하자."

“응.” 일레인이 말했다. “아멀린 권좌가 나를 내보내고 너희한테만 해야 했던 말에 대해서라든지.”

“그 얘기는 안 하는 게 좋겠어.” 에그웨인이 어색하게 말했다. 일레인에게 거짓말하기는 싫었다. “기분 좋은 얘기는 안 했거든.”

일레인이 못 믿겠다는 듯 코웃음 쳤다. “사람들은 대부분 내가 안도어의 여왕 후계자라는 이유로 다른 사람들보다 쉽게 포기할 거라고 생각하지. 하지만 사실, 내가 왕위 계승자이기 때문에 다른 사람과 다른 게 있다면 오히려 더 집착이 심하다는 거야. 너희 둘이 한 일은 나도 다 한 거잖아. 아멀린 권좌가 너희를 심하게 나무랐다면 나한테는 두 배쯤 더 심하게 굴었어야지. 자, 뭐라고 했어?”

“이건 우리 셋만 알아야 해.” 나이니브가 말했다. “흑색의 아자가…….”

“나이니브!” 에그웨인이 소리쳤다. “아멀린 권좌께서는 일레인이 이번 일에서 빠져야 한다고 하셨어!”

“흑색의 아자라고!” 일레인은 허둥지둥 일어나 침대 한가운데에 무릎을 꿇으며 소리를 지르다시피 했다. “여기까지 말하고 나더러 빠지라고 할 수는 없지. 내가 가만히 있지 않을 거야.”

“난 처음부터 널 빼놓을 생각이 없었어.” 나이니브가 그녀를 안심시켰다. 에그웨인은 그저 놀란 눈으로 나이니브를 바라볼 수밖에 없었다. “에그웨인, 리안드린이 위협으로 본 사람은 너랑 나야. 거의 살해당할 뻔한 것도 너랑 나고…….”

“거의 살해당할 뻔했다고?” 일레인이 속삭였다.

“……그건 아마 우리가 지금도 위협적이기 때문이겠지. 우리가 아멀린 권좌와 독대했다는 걸 알고 있기 때문일지도 모르고. 어쩌면 아멀린 권좌가 우리한테 한 말까지 알 수도 있어. 우리한테는 놈들이 모르는 누군가가 필요해. 아멀린 권좌 역시 그 누군가를 모른다면 더 좋고. 난 흑색의 아자보다 아멀린 권좌를 더 믿을 수 있을지도 잘 모르겠어. 아멀린 권좌는 자기 나름의 목적으로 우리를 이용하려 해. 난 절대 아멀린 권좌가 우리를 끝까지 이용 못 하게 할 생각이고. 이해해?”

에그웨인은 마지못해 고개를 끄덕였다. 동시에 그녀는 말했다. "위험한 일이 될 거야, 일레인. 우리가 팔메에서 마주했던 일만큼 위험할 거야. 그보다 더 위험할 수도 있어. 이번에는 네가 낄 필요가 없어."

"알아." 일레인이 조용히 말했다. 그녀는 잠시 말을 멈추었다가 이어 나갔다. "안도어가 전쟁을 하면 검의 제1왕자가 군대를 지휘하게 돼. 하지만 여왕도 군대와 함께 출정하지. 700년 전, 쿠알린 덴의 전투에서 안도어 사람들이 지고 있을 때 모드렐린 여왕은 혼자서 무장도 하지 않고 사자 깃발을 든 채 티어 진영 한복판에 뛰어들었어. 안도어 사람들은 세를 규합해 여왕을 구하려고 다시 공격을 감행했고, 결국 그 전투에서 이겼지. 안도어 여왕한테 기대되는 용기는 바로 그런 거야. 내가 아직 두려움을 다스리는 방법을 배우지 못했다 해도, 어머니의 뒤를 이어 사자의 왕좌에 오르기 전에는 반드시 배워야 해." 갑자기 그녀의 엄숙한 분위기가 키득대는 웃음으로 변했다. "거기에다, 내가 냄비나 닦겠다고 모험을 놓칠 것 같아?"

"냄비 닦는 일은 어쨌든 하게 될걸." 나이니브가 말했다. "그리고 모두들 내가 하는 일은 냄비 닦는 것밖에 없다고 생각하는 게 좋아. 잘 들어."

일레인은 귀를 기울였다. 나이니브가 아멀린 권좌의 말과 그녀가 준 임무, 그들에 대한 암살 시도를 이야기하자 일레인의 입이 천천히 벌어졌다. 그녀는 회색 인간 이야기에 몸을 떨었고, 경이로워하는 눈으로 아멀린 권좌가 나이니브에게 준 서류를 읽었으며, 이렇게 중얼거리며 그 서류를 돌려주었다. "다음에 어머니를 만날 때 그 종이를 가져갈 수 있으면 좋겠다." 하지만 나이니브가 말을 마쳤을 때쯤 일레인의 얼굴은 분노 그 자체가 되어 있었다.

"아니, 그건 언덕에 올라가서 사자를 찾아오라는 얘기나 마찬가지잖아. 단지 너희는 사자가 정말 있는지도 모르고, 사자가 있다면 그 사자들이 너희를 쫓고 있을 수 있는 거야. 사자들이 덤불인 것처럼 변장하고 있을 수도 있고. 아, 게다가 사자를 찾으면 사자의 위치를 알리기 전까지 사자들한테 먹히지 않도록 노력하라니."

"겁이 나면," 나이니브가 말했다. "지금이라도 빠져도 돼. 일단 시작하면 너무 늦어.”

일레인이 고개를 뒤로 젖혔다. “당연히 겁나지. 나도 바보가 아닌데. 하지만 시작도 해 보지 않고 그만둘 정도로 겁이 나지는 않아.”

“다른 얘기도 있어.” 나이니브가 말했다. “난 아멀린 권좌가 맷을 죽게 놔둘지도 모른다는 걱정이 들어.”

“하지만 아이즈 세다이는 누구든 요청하는 사람을 치유해야 하잖아.” 여왕 후계자는 분노와 믿을 수 없다는 마음 사이에서 갈팡질팡하는 듯했다. “아멀린 권좌가 왜 맷을 죽게 놔둬? 못 믿겠어! 안 믿어!”

“나도 못 믿겠어!” 에그웨인이 헛숨을 들이켰다. **진심으로 하는 말은 아니겠지! 아멀린 권좌가 맷을 죽게 놔둘 수는 없어!** “여기까지 오는 내내 베린은 아멀린 권좌가 맷을 꼭 치유해 줄 거라고 했어.”

나이니브가 고개를 저었다. “베린은 아멀린 권좌가 ‘맷을 돌볼’ 거라고 했지. 똑같은 말이 아니야. 게다가 아멀린 권좌는 내가 물어봤을 때, 맞다고도 아니라고도 하지 않고 답을 피했어. 아마 결정을 못 내렸을 거야.”

“아니 **왜?**” 일레인이 물었다.

“화이트 타워는 나름의 이유에 따라 행동하니까.” 나이니브의 목소리에 에그웨인은 몸이 떨렸다. “나도 이유는 몰라. 화이트 타워에서 맷을 살릴지 죽게 놔둘지는 어느 쪽이 자기들 목표에 도움이 되는지에 달려 있어. 세 가지 맹세 중 아이즈 세다이가 맷을 치유해 주어야 한다는 내용은 없어. 아멀린 권좌가 보기에 맷은 그저 도구일 뿐이야. 우리도 그렇고. 아멀린 권좌는 우리를 이용해서 흑색의 아자를 사냥하겠지만, 도구가 고칠 수 없을 정도로 망가졌다고 해서 슬퍼하거나 울지는 않겠지. 그냥 다른 도구를 구하면 되니까. 너희 둘 다 그걸 기억해 두는 게 좋아.”

“맷은 어쩌지?” 에그웨인이 물었다. “우린 뭘 할 수 있어?”

나이니브가 옷장으로 다가가 그 뒤쪽을 뒤졌다. 다시 돌아서는 그녀의 손에는 약초가 담긴 줄무늬 천 가방이 들려 있었다. “내 약이 있으면—운도 따라야겠지만—내가 직접 치유할 수 있을지도 몰라.”

“베린도 못 고쳤는데.” 일레인이 말했다. “모레인이랑 베린이 힘을 합쳐도 고치지 못했어. 모레인한테는 **앙그리알**까지 있었는데. 나이니브, 일원력을 너무 많이 끌어다 쓰면 네가 잿더미가 될 수도 있어. 운이 좋으면 그냥 순화되는 데서 그치겠지. 그걸 운이 좋다고 할 수 있다면 말이야.”

나이니브가 어깨를 으쓱했다. “다들 나더러 천 년 만에 나타난 가장 강력한 아이즈 세다이가 될 잠재력을 가지고 있다잖아? 그 말이 맞는지 알아볼 시간이 된 건지도 모르지.” 나이니브가 땋은 머리를 홱 잡아당겼다.

나이니브가 아무리 용감하게 말하더라도 사실 겁을 먹고 있다는 건 분명했다. **나이니브는 자기 목숨을 거는 한이 있어도 맷이 죽게 내버려 두지 않으려는 거야.** “다들 우리 셋 모두가 너무도 강력하다고, 아니면 앞으로 강력해질 거라고 계속해서 말해. 우리 모두가 노력하면 일원력의 흐름을 우리 셋이 나눠서 채널링할 수 있을지도 몰라.”

“협력은 한 번도 안 해 봤는데.” 나이니브가 천천히 말했다. “우리 능력을 어떻게 결합할 수 있는지는 잘 모르겠다. 그런 시도는 너무 많은 일원력을 끌어다 쓰는 것만큼 위험할 수도 있어.”

“아, 어차피 할 거라면,” 일레인이 침대에서 내려오며 말했다. “그냥 해. 오래 얘기할수록 겁만 나지. 맷은 손님방에 있어. 어느 방인지는 모르겠지만, 그 정도는 시리암이 말해 줬어.”

일레인의 말에 종지부를 찍기라도 하듯 문이 쾅 열리며 아이즈 세다이 한 명이 들어왔다. 이곳이 그녀의 방이고, 세 사람이 침입자라도 된다는 듯이.

에그웨인은 얼굴에 떠오른 경악스러운 표정을 감추기 위해 깊이 무릎을 굽혔다.

17장 적색의 아자

　엘라이다는 아름답다기보다 잘생겼다는 편이 어울리는 여자였다. 완고한 표정에 아이즈 세다이 특유의 세월을 가늠하기 어려운 얼굴이 성숙해 보였다. 늙어 보이는 건 아니었지만, 에그웨인은 엘라이다에게도 어린 시절이 있었다는 걸 상상할 수 없었다. 대단히 공식적인 행사 때가 아니면 등에 타 발론의 불꽃이라 불리는 흰 눈물방울이 큼직하게 박힌, 덩굴 모양의 자수가 들어간 숄을 걸치고 다니는 아이즈 세다이는 거의 없었다. 그러나 엘라이다는 언제나 그 숄을 두르고 다녔다. 긴 붉은색 술이 그녀가 속한 아자를 나타냈다. 붉은색은 그녀가 입고 있는 크림색 비단에도 들어가 있었다. 그녀가 방 안에 들어왔을 때, 붉은 슬리퍼가 치맛자락 아래에서 삐죽 나왔다. 그녀의 검은 눈이 벌레를 보는 새의 눈처럼 그들을 지켜보았다.

　“그래서, 너희 모두 같이 있구나. 어째서인지 놀랍지 않은걸.” 그녀의 목소리도 태도만큼 모든 것을 노골적으로 드러냈다. 그녀는 힘을 가진 여자였다. 필요하다고 생각되면 얼마든지 그 힘을 휘두를 수 있는 여자였다. 자신이 상대보다 많은 것을 안다고 믿는 여자. 상대가 여왕이든 신입이든 별로 다를 건 없었다.

　“죄송합니다, 엘라이다 세다이.” 나이니브가 또 한 번 무릎을 굽히며 말했다. "하지만 지금 나가려던 참입니다. 따라잡아야 할 공부가 많아서요. 용서해 주신다면……."

"공부는 기다렸다가 해도 된다." 엘라이다가 말했다. "어쨌든, 이미 오래 기다리기도 했으니." 그녀는 나이니브의 두 손에서 천 가방을 빼내 끈을 풀었다. 그리고 안을 힐끗 본 뒤 바닥에 던져 버렸다. "약초로군. 너는 더 이상 촌구석의 현자가 아니다, 아이야. 과거를 붙들고 있으려 해 봤자 과거에 붙들릴 뿐이다."

"엘라이다 세다이." 일레인이 말했다. "저는……."

"조용히 해라, 신입." 엘라이다의 목소리는 차갑고도 부드러웠다. 꼭 강철을 감싸고 있는 비단 같았다. "너 때문에 천 년이나 이어져 온 타 발론과 케임린의 연대가 끊어질 뻔했다. 내가 말을 걸기 전까지는 입을 열지 마라." 일레인의 눈이 발 앞의 바닥을 살폈다. 그녀의 두 뺨에 붉은 자국이 떠올랐다. 죄책감 때문일까, 분노 때문일까? 에그웨인은 알 수 없었다.

엘라이다는 그들 모두를 무시하고, 조심스럽게 치마를 정리하며 의자에 앉았다. 나머지 사람들에게 앉으라는 신호를 하지는 않았다. 나이니브의 얼굴에 힘이 잔뜩 들어갔다. 그녀가 땋은 머리를 세게 조금씩 잡아당기기 시작했다. 에그웨인은 나이니브가 성질을 다스려, 허락받지 않고 다른 의자에 앉는 일을 저지르지 않기를 바랐다.

엘라이다는 나름대로 만족스러웠는지 조용히 그들을 살펴보았다. 표정을 읽기가 어려웠다. 마침내 그녀가 말했다. "우리 중에 흑색의 아자가 있다는 걸 알고 있었느냐?"

에그웨인은 나이니브, 일레인과 놀란 시선을 주고받았다.

"이야기는 들었습니다." 신중하게 말한 나이니브가 잠시 후에 덧붙였다. "엘라이다 세다이."

엘라이다가 눈썹을 치켜올렸다. "그래. 알 수도 있다고 생각했다." 에그웨인은 그녀의 말투에 깜짝 놀랐다. 그 말투에는 실제로 말해진 것보다 훨씬 많은 내용이 담겨 있었다. 나이니브가 화가 나서 입을 열었는데, 아이즈 세다이의 단호한 눈길에는 그녀의 혀도 잠잠해지고 말았다. "너희 둘은," 엘라이다는 아무렇지 않게 말을 이었다. "사라졌지. 안도어의 여왕 후계자도—내가 가죽을 벗겨 장갑 만드는 사람한테 팔지 않는다면 언젠가 안도어의 여왕이 될 저 아이도—데려갔다. 허락도 받지 않고, 아무 말도 하지 않고, 흔적하나 남기지 않고."

"저는 끌려간 게 아니에요." 일레인이 바닥을 보며 말했다. "제 의지로 갔습니다."

"복종하지 않을 셈이냐, 아이야?" 빛이 엘라이다를 감쌌다. 아이즈 세다이의 시선은 일레인에게 붙박여 있었다. "지금 여기서 내가 너를 가르쳐야 할까?"

일레인이 고개를 들었다. 그 표정을 오해할 수는 없었다. 분노. 일레인은 오랫동안 엘라이다의 눈을 마주 보았다.

에그웨인의 손톱이 손바닥을 파고들었다. 미칠 것 같았다. 그녀도, 일레인도, 나이니브도 지금 이 자리에서 엘라이다를 파멸시킬 수 있었다. 그러자면 엘라이다를 기습해야겠지만. 어쨌든 엘라이다는 완전한 훈련을 받았으니 말이다. **하지만 저 여자가 주는 대로 받아먹는 것 외에 무슨 행동을 하면 우린 모든 걸 잃게 돼. 지금 그런 짓을 하지는 말자, 일레인.**

일레인이 고개를 푹 숙였다. "죄송합니다, 엘라이다 세다이." 그녀가 웅얼거렸다. "제가…… 주제넘었습니다."

빛이 깜빡이며 꺼졌다. 엘라이다가 다 들리게 코웃음을 쳤다. "이 둘이 너를 어디로 데려갔는지는 모르지만 나쁜 습관이 들었구나. 너는 나쁜 습관을 들일 여유가 없다, 아이야. 너는 안도어의 여왕 중 처음으로 아이즈 세다이가 될 사람이다. 수천 년 동안 안도어뿐 아니라 어디에도 아이즈 세다이가 된 여왕은 없었어. 너는 세계의 파괴 이후로 우리 중 가장 강력한 자가 될 거다. 아마 세계의 파괴 이후로 자신이 아이즈 세다이라는 걸 세상에 드러내 놓고 말할 수 있을 만큼 강력한 첫 번째 통치자가 되겠지. 그 모든 걸 위험에 빠뜨리지 마라, 아이야. 지금이라도 그 모든 걸 잃을 수 있으니. 그 꼴을 보기에는 내가 너무 많은 걸 투자했다. 알겠느냐?"

"알 것 같습니다, 엘라이다 세다이." 일레인이 말했다. 전혀 알아듣지 못

한 말투였다. 에그웨인도 알아듣지 못하긴 마찬가지였다.

엘라이다는 화제를 돌렸다. "너희는 심각한 위험에 빠져 있을지도 모른다. 너희 셋 모두 말이야. 너희는 사라졌다가 돌아왔지. 그리고 그 사이에 리안드린과 그…… 일행이 우리를 떠났다. 사람들은 불가피하게 두 사건을 비교하게 될 거야. 우리는 리안드린이나 리안드린과 함께 떠난 자들이 어둠의 친구라고 확신한다. 그들은 흑색의 아자다. 나는 똑같은 혐의가 일레인에게 씌워지는 걸 두고 보지 않겠다. 그런데 일레인을 보호하자면 너희 모두를 보호해야 할 것 같구나. 왜 도망쳤는지, 지난 몇 개월 동안 뭘 했는지 말해라. 그러면 너희를 위해 할 수 있는 일을 하마." 그녀의 눈이 갈고리처럼 에그웨인에게 꽂혔다.

에그웨인은 아이즈 세다이가 받아들일 만한 답을 찾아 허둥댔다. 전하는 말에 따르면, 때로 엘라이다는 거짓말을 듣는 순간에 바로 알아챌 수 있다고 했다. "그게…… 맷 때문이었습니다. 맷이 무척 아픕니다." 그녀는 사실이 아닌 말은 하지 않으면서도 진실과는 거리가 먼 인상을 주고자 단어를 신중하게 골랐다. **아이즈 세다이는 늘 하는 일이야.** "저희가 떠난 건……. 저희는 맷을 치유하려고 데려왔습니다. 그렇게 하지 않았으면 맷이 죽었을 테니까요. 아멀린 권좌께서 맷을 치유해 주실 겁니다." **내 바람이지만.** 에그웨인은 용기를 내 적색의 아이즈 세다이와 계속 눈을 맞추고 죄책감을 느끼는 것처럼 발을 움직거리지 않으려고 애썼다. 엘라이다의 얼굴을 보니 그녀가 에그웨인의 말을 한 마디라도 믿는지 알 방법이 없었다.

"그거면 됐어, 에그웨인." 나이니브가 말했다. 엘라이다의 꿰뚫어 보는 시선이 그녀에게로 옮겨 갔다. 하지만 나이니브는 아무 영향을 받지 않은 듯했다. 그녀는 눈도 깜빡이지 않고 아이즈 세다이와 시선을 맞추었다. "끼어들어서 죄송합니다, 엘라이다 세다이." 그녀가 자연스럽게 말했다. "하지만 아멀린 권좌께서는 저희의 위반 행위를 그만 잊으라고 하셨습니다. 새 출발의 일환으로, 저희는 그에 관한 이야기조차 해서는 안 됩니다. 아멀린 권좌께서는 아예 그 일이 일어나지 않은 것처럼 하라고 하셨습니다."

"그랬단 말이지?" 엘라이다의 목소리와 표정은 여전히 그녀가 그 말을 믿는지 믿지 않는지, 아무런 티도 내지 않았다. "흥미롭구나. 너희가 받은 처벌이 화이트 타워 전체에 공표되면 뭔가를 완전히 잊기는 어려운데 말이야. 이런 식의 공표는 전례가 없지. 순화에 못 미치는 처벌이 공표되다니 들어본 적도 없는 일이다. 너희가 왜 이 일을 전부 뒤로 밀어 놓지 못해 안달인지 알겠구나. 난 네가 합격자로 승격될 예정이라는 걸 안다, 일레인. 에그웨인 너도. 그건 처벌이라고 하기 어렵지."

일레인은 말해도 좋다는 허락을 구하는 듯 아이즈 세다이를 힐끗 보았다. "어머니께서는 저희가 준비됐다고 하셨습니다." 그녀가 말했다. 그 목소리에 약간의 반항심이 어려 있었다. "엘라이다 세다이, 저는 배웠고 성장했습니다. 그렇지 않았다면 아멀린 권좌께서 저를 승격될 사람으로 지명하지 않으셨을 겁니다."

"배웠다?" 엘라이다가 생각에 잠겨 말했다. "성장했다? 그럴 수도 있겠지." 그녀의 목소리에는, 역시, 이 일을 좋다고 생각하는 건지 아닌지 알아볼 만한 단서가 전혀 없었다. 그녀의 시선이 다시 탐색하듯 에그웨인과 나이니브에게로 돌아갔다. "너희는 맷이라는 너희 마을 청년과 함께 돌아왔다. 너희 마을 출신 청년이 또 한 명 있지. 랜드 알소르 말이야."

에그웨인은 얼음장 같은 손길이 갑자기 배 속을 움켜쥐는 느낌이었다.

"랜드가 잘 지내고 있으면 좋겠습니다." 나이니브가 침착하게 말했다. 하지만 그녀의 손은 주먹을 쥔 채 땋은 머리를 움켜쥐고 있었다. "못 본 지 꽤 됐습니다."

"흥미로운 젊은이다." 엘라이다는 그렇게 말하며 세 사람을 살폈다. "한 번밖에 만나 보지 못했지만 내가 보기에는…… 대단히 흥미롭더구나. **타비렌**일 게 틀림없다. 그래. 수많은 질문에 대한 답이 그 청년에게 있을지 모른다. 너희 마을, 에먼즈 필드는 너희 둘을 배출한 것만으로도 범상치 않은 곳이야. 거기에 랜드 알소르까지."

"에먼즈 필드는 그냥 마을입니다." 나이니브가 말했다. "다른 마을과 똑같은 마을이요."

"그래. 그렇겠지." 엘라이다가 미소 지었다. 차갑게 뒤틀리는 그 입술에 에그웨인은 재차 배 속이 꼬이는 듯했다. "그자에 관해 말해 보거라. 아멀린 권좌께서 그자에 관해서까지 침묵을 지키라는 명령을 내리진 않으셨겠지?"

나이니브가 땋은 머리를 한 차례 잡아당겼다. 일레인은 중요한 것이라도 숨겨져 있는 듯 카펫을 보았고, 에그웨인은 답을 찾아 머릿속을 뒤졌다. **사람들은 엘라이다가 거짓말을 즉시 알아들을 수 있다고 하던데. 빛을 걸고, 정말로 엘라이다가 거짓말을 알아듣는다면**……. 그 순간은 나이니브가 마침내 입을 열 때까지 이어졌다.

그때 문이 다시 열렸다. 시리암이 약간 놀란 듯 방을 살펴보았다. "널 여기서 보게 되다니 잘 됐구나, 일레인. 너희 셋 모두를 원했다. 당신이 있을 줄은 몰랐는데요, 엘라이다."

엘라이다는 일어서며 숄을 정리했다. "이 애들에 관해서는 우리 모두 호기심을 느끼고 있으니까요. 왜 도망쳤는지, 떠나 있는 동안 어떤 모험을 했는지. 이 애들 말로는 어머니께서 그에 관해 이야기하지 말라고 명령하셨다는군요."

"안 하는 게 좋겠지요." 시리암이 말했다. "이 애들은 벌을 받아야 합니다. 그러면 끝이에요. 나는 예전부터 벌을 다 받고 나면 그 벌의 원인이 된 잘못도 지워져야 한다고 생각했습니다."

두 아이즈 세다이는 오랫동안 서서 서로를 마주 보았다. 둘 모두의 매끄러운 얼굴에는 아무 표정이 없었다. 그런 뒤에 엘라이다가 말했다. "그렇지요. 나중에 다시 이야기해 봐야겠습니다. 다른 문제에 관해서." 엘라이다가 흰옷을 입은 세 여자에게 던진 시선에는 경고가 담겨 있는 듯했다. 곧 그녀는 시리암을 지나쳐 갔다.

신입 담당은 문을 잡고서 엘라이다가 회랑을 따라 내려가는 모습을 지켜보았다. 시리암의 표정은 여전히 읽기 어려웠다.

에그웨인이 길게 숨을 내쉬었다. 나이니브와 일레인에게서도 같은 소리가 들려왔다.

"엘라이다가 저를 위협했어요." 일레인은 믿을 수 없다는 듯 반쯤 혼잣말을 했다. "제가…… **고집부리는 걸** 멈추지 않으면 순화시키겠다고 위협했어요!"

"네가 오해했을 거다." 시리암이 말했다. "고집을 부리는 게 순화까지 당해야 할 잘못이라면 순화당한 사람의 명단에는 너희가 외울 수 있는 것보다 훨씬 많은 이름이 적혀 있었을 거야. 온순하기만 한 여자가 반지와 숄을 얻어내는 경우는 거의 없다. 물론, 그렇다고 해서 필요할 때 온순하게 행동하는 법을 배우면 안 된다는 뜻은 아니다만."

"네, 시리암 세다이." 세 사람 모두가 거의 동시에 말하자 시리암이 미소지었다.

"봤지? 적어도 온순하게 보일 수는 있다. 다시 아멀린 권좌의 호의를 얻을 때까지 연습할 기회는 많을 거야. 내 호의도 그렇고. 내 호의를 받기가 더 어려울 거다."

"네, 시리암 세다이." 에그웨인이 말했다. 하지만 이번에는 일레인만이 그녀와 함께 말했다.

나이니브는 이렇게 말했다. "그…… 시체는요, 시리암 세다이? 그러니까…… 영혼 없는 자 말입니다. 누가 그자를 죽였는지 알아내셨습니까? 그자가 화이트 타워에 들어온 이유는요?"

시리암의 입에 힘이 들어갔다. "한 발 진전했는가 싶으면 한 발 퇴보하는구나, 나이니브. 일레인이 놀라지 않는 걸 보니 네가 일레인에게도 말한 게 분명하고. **내가 그 문제에 대해 말하지 말라고 이야기했을 텐데!** 지금 화이트 타워에 있는 사람 중 오늘 신입 숙소에서 한 남자가 살해당했다는 걸 아는 사람은 정확히 일곱 명이다. 그중 두 명은 그 이상의 사실을 전혀 모르는 남자들이야. 그들이 아는 건 입을 다물고 있어야 한다는 것뿐이다. 신입 담당의 명령은 너희에게 아무 무게가 없을지라도—만일 그렇다면 내가 손을 봐줘야겠다만—아멀린 권좌의 명령에는 복종하겠지. 너는 이 문제에 대해 어머니나 나를 제외한 누구에게도 말해서는 안 된다. 아멀린 권좌께서는 우리가 이미 맞서 싸워야 할 소문에 더해 더 많은 소문이 쌓여 가는 걸 좌시하지 않으실 거다. 이해했느냐?"

그녀의 목소리에서 느껴지는 단호함에 "네, 시리암 세다이"라는 합창이 나왔지만, 나이니브는 거기에서 멈추지 않으려 했다. "일곱 명이라 하셨는데요, 시리암 세다이. 거기에 더해 그 남자를 죽인 이도 있겠지요. 어쩌면 그자들이 화이트 타워에 들어오도록 도움을 준 사람도 있을지 모르고요."

"그건 네가 신경 쓸 일이 아니다." 시리암의 침착한 시선이 그들 모두에게로 향했다. "뭐든 그 남자에 대해 물어야 하는 질문은 내가 물을 것이다. 너희는 죽은 남자에 대해 아는 모든 것을 잊어라. 너희가 다른 일을 하고 있다는 걸 알게 되면⋯⋯. 글쎄, 너희 관심을 집중시킬 일 중에는 냄비 닦는 일보다 나쁜 것들도 있다. 핑계는 듣지 않겠다. 또 질문이 있느냐?"

"없습니다, 시리암 세다이." 에그웨인으로서는 다행스럽게도 이번에는 나이니브가 함께 대답했다. 그렇다고 큰 안도감이 든 건 아니었지만. 시리암이 감시하고 있다면 흑색의 아자를 찾는 일은 두 배로 어려워질 터였다. 잠깐이지만 에그웨인은 신경질적으로 웃음을 터뜨리고 싶어졌다. **흑색의 아자한테 잡히지 않으면 시리암한테 잡히겠어.** 웃고 싶은 충동이 사라졌다. **시리암 본인이 흑색의 아자라면 모르지만.** 에그웨인은 이 생각이 사라지게 만들 수 있으면 좋겠다고 생각했다.

시리암이 고개를 끄덕였다. "그럼 좋다. 나와 함께 가자."

"어디로요?" 나이니브가 그렇게 물었다가 덧붙였다. "시리암 세다이." 아이즈 세다이의 눈이 가늘어지기 직전이었다.

"잊었느냐?" 시리암은 힘이 들어간 목소리로 말했다. "화이트 타워에서는 우리에게 병자를 데려온 자가 있을 때 늘 치유가 이루어진다는 것 말이다."

에그웨인은 신입 담당이 그들에게 보여 주는 인내심의 재고가 소진되기 일보 직전이라고 생각했지만, 자제할 겨를도 없이 소리치고 말았다. "그럼 아멀린 권좌께서 맷을 **치유하시려는** 거군요!"

"다른 사람들도 있지만, 아멀린 권좌께서 주로 맷을 돌보실 거다." 시리암의 얼굴에서는 목소리에서처럼 아무것도 드러나지 않았다. "그러지 않을 거라 생각할 이유라도 있느냐?" 에그웨인은 고개를 저을 수밖에 없었다. "여기 서서 친구의 목숨이나 낭비할 생각이냐? 아멀린 권좌를 기다리게 해서는 안 된다." 하지만 시리암이 한 말과는 달리 에그웨인은 그녀가 전혀 서두르지 않는다고 느꼈다.

18장 치유

벽의 철 받침대에 걸린 등불이 화이트 타워 아래의 깊은 통로를 비추었다. 시리암이 일행을 데려간 곳이었다. 그들이 지나쳐 간, 몇 개 되지 않은 문은 꽉 닫혀 있었고 일부는 잠겨 있었다. 일부는 너무 교묘하게 만들어져 있어 코앞에 다가갈 때까지는 보이지 않았다. 어두운 틈새는 대체로 교차하는 다른 통로로 이어졌으나 일부 통로 저편에는 넓은 간격을 두고 배치된, 멀찍하고 어렴풋한 불빛만이 보였다. 다른 사람은 보이지 않았다. 아이즈 세다이조차 자주 오지 않는 곳이었다. 공기는 차지도 따뜻하지도 않았으나 에그웨인은 어쨌거나 몸이 떨렸다. 동시에 땀이 등을 타고 뚝뚝 떨어지는 게 느껴졌다.

바로 여기, 화이트 타워의 깊은 지하에서 신입들이 마지막 시험을 거쳤다. 그 시험을 치르고 나면 비로소 합격자로 승격되는 것이다. 시험에 통과 못 하면 화이트 타워에서 쫓겨나겠지만. 합격자들은 이 아래에서 최후의 시험에 통과한 뒤 세 가지 맹세를 했다. 에그웨인은 시험에 통과 못 한 합격자가 어떻게 되는지에 관해서는 누구에게서도 들어본 적이 없다는 걸 깨달았다. 이 아래 어딘가에는 화이트 타워의 몇 안 되는 **앙그리알**과 **사앙그리알**이 보관된 방과 **티어앙그리알**이 보관된 장소가 있었다. 흑색의 아자가 그 창고들을 습격했다. 흑색의 아자 일부가 저 어두운 옆 복도 가운데 한 곳에서 기다리고 있다면, 만일 시리암이 그들을 맷에게 데려가는 것이 아니라…….

아이즈 세다이가 갑자기 멈추자 에그웨인은 꺅 소리를 질렀다. 다른 사람들이 놀라서 그녀를 돌아보았고 그녀는 얼굴을 붉혔다. "흑색의 아자를 생각하고 있었어." 그녀가 나직이 실토했다.

"그 생각은 하지 마라." 시리암이 말했다. 이번만큼은 단호하긴 해도 친절하던 옛 시리암 같은 목소리였다. "흑색의 아자에 대해서는 앞으로 몇 년 동안 걱정할 일이 없을 것이다. 너희에게는 다른 사람들이 가지지 못한 것, 즉 문제를 처리해야 하는 순간까지의 시간이 있다. 아직은 많이 있지. 안에 들어가면 벽에 기대서서 침묵을 지켜라. 너희가 여기에 들어오도록 허락받은 건 은혜로운 일이다. 참관하라는 거지 주의를 흩뜨리거나 간섭하라는 게 아니야." 그녀는 돌처럼 보이도록 만들어진 회색 금속으로 덮인 문을 열었다.

네모난 방은 널찍했다. 흰 돌벽에는 아무것도 덮여 있지 않았다. 가구는 흰 천을 씌운, 방 한가운데의 긴 돌 탁자뿐이었다. 맷이 그 탁자에 누워 있었다. 코트와 부츠만 빼고 옷을 완전히 갖추어 입은 채였다. 그는 눈을 감고 있었다. 얼굴이 너무 여위어 에그웨인은 울고 싶어졌다. 힘겨운 숨소리가 목쉰 휘파람처럼 들렸다. 샤다 로고스의 단검이 칼집에 든 채로 그의 허리띠에 채워져 있었다. 흰 벽과 흰 타일이 깔린 바닥 때문에 십여 개의 등불이 몇 배는 밝아 보였는데, 칼자루 끝에 달린 루비는 빛을 끌어모으기라도 하듯 붉고 사나운 눈처럼 반짝였다.

아멀린 권좌가 맷의 머리맡에, 리아네는 그의 발치에 서 있었다. 아이즈 세다이 네 명이 탁자 한쪽을 따라 늘어서 있었고 반대쪽에도 세 명이 있었다. 시리암이 세 명에게 다가가 섰다. 그중 한 명은 베린이었다. 에그웨인은 다른 갈색의 아자인 세라펠과 녹색의 아자에 속한 알란나 모스반니, 그리고 청색의 아자인 아나이야를 알아보았다. 청색의 아자는 모레인이 속한 아자이기도 했다.

알란나와 아나이야는 각기 에그웨인에게 진정한 근원을 향해 자신을 개방하는 법, **사이다**에 굴복함으로써 **사이다**를 통제하는 법을 가르쳐 주었다. 화이트 타워에 처음 도착해 그곳을 떠날 때까지, 아나이야는 에그웨인이 꿈꾸는 자인지 알아보는 시험을 50번쯤 했을 것이다. 그 시험은 어떤 결론도 내지 못했지만, 수수한 얼굴에 친절한 아나이야는 그녀의 유일하게 아름다운 모습인 따뜻한 미소로 계속 에그웨인을 불러서 시험했다. 언덕을 굴러 내려가는 바위처럼 무자비했다.

나머지는 에그웨인이 모르는 사람이었다. 차가운 눈의 여자 한 명만이 예외였다. 아마 백색의 아자였을 것이다. 아멀린 권좌와 연대기 기록자는 당연히 스톨을 착용하고 있었으나 다른 사람들 중에는 거대한 뱀 반지와 세월을 모르는 아이즈 세다이의 얼굴 외에 다른 표식이 있는 사람이 없었다. 그중 누구도 에그웨인과 다른 두 여자의 존재를 알아보는 티를 내지 않았다. 눈길 한 번 주지 않았다.

탁자를 둘러싸고 선 여자들이 겉으로 보여 주는 침착함과는 다르게, 에그웨인은 머뭇거리는 기색이 보인다고 생각했다. 아나이야의 꽉 다물린 입. 검고 아름다운 알란나의 살짝 찌푸려진 얼굴. 차가운 눈의 여자는 자기가 뭘 하는지 모르는 듯 허벅지를 덮은 연파랑 드레스의 주름을 계속 펴고 있었다.

에그웨인이 모르는 아이즈 세다이 한 명이 아무 무늬 없이 광택이 나는 길고 좁다란 나무 상자를 탁자에 올려놓고 열었다. 붉은색 비단 안감을 댄 상자 안에서 아멀린 권좌가 아래팔 길이의, 희고 홈이 있는 막대를 꺼냈다. 뼈나 상아처럼 보였으나 둘 다 아니었다. 살아 있는 사람 중 그 물건이 무엇으로 만들어졌는지 아는 사람은 아무도 없었다.

에그웨인은 그 막대를 본 적이 한 번도 없었지만 아나이야가 신입들에게 해준 강의 덕분에 그 정체를 알 수 있었다. 그건 희귀한 **사앙그리알** 중 하나였다. 아마 화이트 타워에 있는 것 중 가장 강력한 것일 터였다. **사앙그리알** 자체에는 물론 아무 힘이 없었지만—**사앙그리알**은 그저 아이즈 세다이가 채널링할 수 있는 힘을 집중시키고 확대하는 장치일 뿐이었다—그 막대만 있으면 강력한 아이즈 세다이는 타 발론의 성벽도 무너뜨릴 수 있었다.

에그웨인이 한쪽 손으로 나이니브의 손을, 다른 손으로는 일레인의 손을 잡았다. **빛이여! 사앙그리알로도 맷을 치유할 수 있을지 모르는 거야. 저 사앙그리알을 가지고도! 우리한테 대체 무슨 가망이 있었겠어? 우린 아마 맷을 죽였을 거야. 우리도 죽었을 테고. 빛을 걸고!**

"내가 흐름을 결합하겠다." 아멀린 권좌가 말했다. "조심해라. 단검과의 연결을 끊고 단검으로 인한 피해를 치유하기 위해 필요한 일원력은 이 사람을 죽일 수 있는 힘과 매우 가깝다. 집중하겠다. 참관해라." 그녀는 두 손으로 막대를 쥐고 곧장 앞으로, 맷의 얼굴 위쪽으로 뻗었다. 맷은 여전히 정신을 잃은 채 고개를 저으며 단검 자루를 주먹으로 꽉 쥐고, 싫다는 것처럼 들리는 무슨 말을 중얼거렸다.

아이즈 세다이 한 명 한 명의 주변에 빛이 나타났다. 채널링을 할 수 있는 여자에게만 보이는 부드럽고 흰 빛이었다. 빛은 천천히 퍼져 나갔고, 결국 한 여자에게서 뿜어져 나온 빛이 그 옆의 여자에게서 뿜어져 나온 빛과 닿으며 합쳐졌다. 결국은 단 하나의 빛만이 존재하게 되었다. 에그웨인이 보기에는 등불 빛 정도는 아무것도 아닌 수준으로 퇴색시키는 빛이었다. 그 빛 가운데에 더욱 강한 빛이 있었다. 뼈처럼 흰 불의 막대였다. **사앙그리알**이었다.

에그웨인은 **사이다**에 자신을 개방하고 이곳에 흐름을 더하고 싶은 충동을 애써 참았다. 너무도 강렬한 유혹이라 획 달려 나갈 뻔했다. 일레인이 에그웨인의 손을 꽉 쥐었다. 나이니브가 탁자 쪽으로 한발 다가갔다가 화난 듯 고개를 저으며 멈췄다. **빛을 걸고**, 에그웨인이 생각했다. **나도 할 수 있어.** 하지만 에그웨인은 자신이 할 수 있는 게 무엇인지 알지 못했다. **빛을 걸고, 너무 강력해. 너무…… 경이로워.** 일레인의 손이 떨리고 있었다.

맷은 탁자 위 빛 한가운데에서 몸부림치며 이리저리 몸을 움찔거렸다. 알아들을 수 없는 말을 중얼거렸다. 하지만 그는 단검을 쥔 손에서 힘을 빼지 않았다. 눈은 계속 감겨 있었다. 맷의 등이 천천히, 점점 더 천천히 휘어지기 시작했다. 몸이 덜덜 떨릴 정도로 근육에 힘이 들어갔다. 그런데도 맷은 맞서 싸우며 몸부림쳤다. 마침내 맷의 발꿈치와 어깨만이 탁자에 닿았다. 단검을 쥔 손이 확 펼쳐지더니 떨리면서 슬금슬금 칼자루에서 물러났다. 맞서 싸우면서도 어쩔 수 없이 칼자루에서 멀어졌다. 입술이 으르렁거리듯 젖혀지며 치아를 드러냈다. 고통스러워 얼굴이 일그러졌다. 숨소리는 억지로 내는 신음처럼 들렸다.

"저러다 죽겠어." 에그웨인이 속삭였다. "아멀린 권좌가 맷을 죽이고 있어! 뭔가 해야 해."

똑같이 조용한 목소리로 나이니브가 말했다. "우리가 저 사람들을 막으면—그것도 막을 수 있을 때의 얘기지만—맷은 죽어. 난 저 일원력의 절반도 다루지 못할 거야." 나이니브는 자기가 방금 한 말을, **사앙그리알**을 가진 완전한 아이즈 세다이 열 명이 채널링하는 일원력의 절반을 채널링할 수 있다고 한 말을 되새기라고 하는 듯 잠시 입을 다물었다. 이어 그녀의 목소리가 더욱 약해졌다. "빛이 도우시길, 나도 그러고 싶어."

문득 나이니브가 조용해졌다. 과연 나이니브는 맷을 돕고 싶다는 걸까, 저 일원력의 흐름을 채널링하고 싶다는 걸까? 에그웨인도 자기 안에서 같은 충동을 느낄 수 있었다. 일원력은 춤을 출 수밖에 없도록 만드는 노래 같았다.

"우린 저 사람들을 믿어야 해." 결국 나이니브가 힘주어 귓속말했다. "맷한테는 다른 기회가 없어."

갑자기 맷이 시끄럽고 강한 목소리로 소리쳤다. "**무아드드린 티아 다 알렌데 카바드린 라디엠!**" 휘어진 채 몸부림치며, 눈을 꽉 감고서 그 말을 선명하게 외쳤다. "**로스 발다 쿠에비야리! 로스! 카라이 안 칼다자! 알 칼다자!**"

에그웨인은 인상을 썼다. 몇 단어 이상은 알아듣지 못했지만, 그 말이 고어라는 걸 알 수 있을 만큼은 배운 터였다. **카라이 안 칼다자! 알 칼다자!** "붉은 독수리의 영광을 위하여! 붉은 독수리를 위하여!" 트롤록 전쟁 당시에 사라진 국가인 마네세렌에서 쓰던, 오래된 전투의 함성이었다. 지금 투리버스가 있는 곳에 있던 나라에서 사용한 언어였다. 그 정도는 에그웨인도 알았다. 하지만 어째서인지, 잠깐은 나머지 말도 알아들을 수 있을 것만 같았다. 시야 바로 바깥에 맷이 한 말의 의미가 있어서 고개만 돌리면 알 수 있을 것 같았다.

가죽이 터지는 시끄러운 팡 소리와 함께 황금 칼집에 들어 있는 단검이 맷의 허리띠에서 솟아올랐다. 힘이 잔뜩 들어간 그의 몸 위 30센티미터 지점에 떠올랐다. 루비가 반짝이며, 자신도 치유력과 싸우고 있다는 듯, 진홍색 불꽃을 쏘아 내는 것 같았다.

맷이 눈을 떴다. 그는 주위에 서 있는 여자들을 노려보았다. **"미아 아옌데, 아이즈 세다이! 카발레인 미사인 예! 인데 무아그데 아이즈 세다이 미사인 예! 미아 아옌데!"** 그러더니 비명을 지르기 시작했다. 계속해서 이어지는 분노의 고함이었다. 그의 몸속에 공기가 남아 있긴 한 건지 궁금해질 지경이었다.

아나이야가 서둘러 허리를 숙이더니 탁자 아래에서 검은 금속 상자를 꺼냈다. 동작을 보니 상자가 무거운 듯했다. 아나야이갸 맷 옆에 상자를 내려놓고 뚜껑을 열었다. 상자 안쪽으로 최소 6센티미터 두께의 좁은 공간이 드러났다. 아나이야는 다시 허리를 숙이고, 주부가 주방에서 쓸 만한 집게를 집어 들었다. 그러고는 독사라도 집듯, 떠 있는 단검을 조심스럽게 잡았다.

맷의 비명이 미친 듯이 커졌다. 루비가 격렬하게 빛나며 피처럼 빨갛게 번쩍였다.

아이즈 세다이가 상자에 단검을 밀어 넣고 뚜껑을 탁 닫았다. 딸깍 소리와 함께 뚜껑이 닫히자 그녀는 크게 한숨을 쉬었다. "더러운 것." 그녀가 중얼거렸다.

단검이 숨겨지자마자 맷의 비명이 뚝 끊겼다. 근육과 뼈가 물로 변한 것처럼 그가 털썩 쓰러졌다. 다음 순간, 아이즈 세다이들과 탁자를 둘러싸고 있던 빛이 깜빡이다가 꺼졌다.

"다 됐다." 아멀린 권좌가 쉰 목소리로 말했다. 비명을 지르던 사람이 그녀였던 것만 같았다. "끝났어."

아이즈 세다이 몇 명은 눈에 띄게 축 처졌다. 이마에 땀이 맺힌 사람도 여럿이었다. 아나이야가 소매에서 아무 무늬 없는 리넨 손수건을 꺼내 대놓고 얼굴을 닦았다. 차가운 눈을 가진 백색의 아자는 루가드산 레이스 조각으로 두 뺨을 거의 비밀스럽게 쿡쿡 찍었다.

"매력적이군." 베린이 말했다. "오늘날의 사람에게 옛 피가 저렇게 강하게 흐를 수 있다니." 그녀와 세라펠은 머리를 맞대고 조용히, 그러나 여러 손짓을 섞어 가며 말했다.

"치유된 겁니까?" 나이니브가 말했다. "맷이…… 살 수 있을까요?"

맷은 자는 듯 누워 있었지만, 그의 얼굴은 여전히 뺨이 푹 꺼지고 야위어 있었다. 에그웨인은 **모든 것**을 고쳐 주지 않는 치유에 대해서는 들어본 적이 없었다. **단검을 맷에게서 떼어 놓는 것만으로 아이즈 세다이가 사용한 일원력이 전부 소진됐다면 모를까. 빛이여!**

"브렌다스." 아멀린 권좌가 말했다. "네가 저 아이를 다시 방으로 데려다 주겠느냐?"

"분부대로 하겠습니다, 어머니." 차가운 눈의 여자가 말했다. 무릎을 굽히는 그녀의 인사도 그녀 자신처럼 아무 감정이 없어 보였다. 그녀가 맷을 데려다줄 사람들을 부르러 가자 아나이야를 포함한 다른 아이즈 세다이 몇 명도 떠났다. 베린과 세라펠도 그 뒤를 따랐다. 그들은 에그웨인이 알아들을 수 없을 만큼 조용한 목소리로 여전히 대화를 주고받았다.

"맷은 괜찮은 겁니까?" 나이니브가 물었다. 시리암이 눈썹을 치켜올렸다.

아멀린 권좌가 그들을 돌아보았다. "지금 상태가 최선이다." 그녀가 차갑게 말했다. "시간이 지나야 알 수 있겠지. 샤다 로고스의 얼룩이 묻은 물건을 그렇게 오래 가지고 다니다니……. 그게 어떤 영향을 미칠지 누가 알겠느냐? 아무 영향이 없을 수도 있고, 영향이 클 수도 있다. 두고 봐야지. 하지만 단검과의 연결은 끊어졌다. 이제 맷에게는 휴식이 필요하다. 음식도 최대한 잘 먹어야 하고. 맷은 살아남을 거다."

"맷이 외친 말은 뭔가요, 어머니?" 일레인이 물었다가 서둘러 덧붙였다. "질문해도 된다면 말입니다."

"맷은 병사들에게 명령을 내렸다." 아멀린 권좌는 탁자에 누워 있는 젊은 이를 아리송하다는 듯 바라보았다. 맷은 쓰러진 이후로 움직이지 않았지만,

에그웨인이 보기에 호흡이 더 편해진 것 같았다. 가슴이 오르내리는 모습이 조금 더 규칙적이었다. "2천 년 전 전쟁에서 그런 것 같구나. 옛 혈통이 돌아오는 거지."

"모든 말이 전투에 관한 내용은 아니었습니다." 나이니브가 말했다. "맷이 아이즈 세다이라고 말하는 걸 들었습니다. 그건 전투가 아닌데요. 어머니." 그녀가 뒤늦게 덧붙였다.

아멀린 권좌는 잠시 생각하는 듯했다. 무슨 말을 해야 할지, 뭐라고 말을 해야 할지 생각하는 것 같았다. "잠깐이지만," 결국 그녀가 말했다. "과거와 현재가 하나가 되었던 것 같다. 맷은 그곳에도 있었고 이곳에도 있었으며 우리가 누구인지 알았다. 우리에게 자신을 놓으라고 명령했다." 그녀가 다시 말을 멈추었다. "'나는 자유인이다, 아이즈 세다이. 나는 아이즈 세다이의 고깃덩어리가 아니다.' 맷이 한 말이다."

리아네가 큰 소리로 코웃음을 쳤다. 다른 아이즈 세다이 몇 명은 화가 나서 작은 소리로 웅성거렸다.

"하지만 어머니." 에그웨인이 말했다. "맷이 그 말을 진심으로 했을 리는 없습니다. 마네세렌은 타 발론과 동맹이었는걸요."

"마네세렌이야 동맹이었지, 아이야." 아멀린 권좌가 말했다. "하지만 사람의 마음속을 누가 알 수 있겠느냐? 아마 맷 자신도 모를 거다. 인간은 목줄을 채우기 가장 쉬운 동물이면서, 계속해서 목줄을 매 놓기는 가장 어려운 동물이다. 자기가 선택한 목줄이라도 말이야."

"어머니." 시리암이 말했다. "시간이 늦었습니다. 조수가 오기를 요리사들이 기다리고 있을 텐데요."

"어머니." 에그웨인이 불안해서 물었다. "맷과 함께 있어도 될까요? 혹시 맷이, 아직 죽을 위험성이 있다면……."

아멀린 권좌의 시선은 침착했고, 그녀의 얼굴에는 아무 표정이 없었다. "너에게는 할 일이 있다, 아이야."

아멀린 권좌가 말한 할 일은 냄비 닦는 일이 아니었다. 에그웨인은 확신했다. "네, 어머니." 그녀는 허리를 굽혀 인사했다. 나이니브와 일레인도 인

사했다. 그들의 치맛자락이 서로 스쳤다. 에그웨인은 마지막으로 한번 맷을
본 다음 시리암을 따라 나갔다. 맷은 그때까지도 움직이지 않고 있었다.

19장 각성

맷은 천천히 눈을 뜨고 희게 회칠한 천장을 올려다보며 여기가 어디인지, 어떻게 이곳에 오게 됐는지 고민했다. 도금된 나뭇잎 모양의 정교한 가장자리 장식이 천장을 두르고 있었고, 등 밑의 매트리스는 깃털을 가득 채워 통통하게 만들어 둔 듯했다. 어느 부잣집인 것 같았다. 돈이 있는 곳. 하지만 이곳이 어디인지, 어쩌다 어떻게 여기에 왔는지에 대해서는 답이 떠오르지 않았다. 그 외에도 많은 것이 생각나지 않았다.

맷은 꿈을 꾸고 있었다. 그 꿈의 일부는 지금도 머릿속 기억과 함께 이리저리 굴러다녔다. 기억과 꿈을 구분할 수 없었다. 미친 듯 도망치고 싸우던 일, 바다 건너에서 온 이상한 사람들, 웨이와 관문석과 다른 인생의 파편들, 방랑 시인의 이야기에서 곧바로 튀어나온 것들. 그것들은 꿈이 틀림없었다. 최소한 맷은 그렇게 생각했다. 하지만 로이알은 꿈이 아니었다. 오기어긴 했지만. 대화의 토막이 맷의 머릿속을 떠다녔다. 아버지와, 친구들과, 모레인과, 아름다운 여자와, 배의 선장과, 현명한 조언을 해 주는 아버지처럼 그에게 말을 걸던 옷을 잘 차려 입은 남자와 나누던 대화. 그 대화는 아마도 진짜일 터였다. 하지만 모든 것이 조각난 파편이었다. 파편이 되어 흘러 다녔다.

"무아드드린 티아 다 알렌데 카바드린 라디엠." 맷이 중얼거렸다. 단어는 그저 소리에 불과했는데도 불꽃을 튕겼다. 무언가를 밝혔다.

그의 발밑에서 양옆으로 2킬로미터 이상 늘어선 빽빽한 창병의 대열. 그 대열에는 마을과 도시와 소규모 가문을 나타내는 삼각기와 사각기가 점점이 박혀 있었다. 좌측은 강이 있어 안전했고 우측에는 늪과 진창이 있었다. 맷은 언덕 비탈에서 창병이 대열을 뚫고 들어오려는 트롤록 무리와 맞서 싸우는 모습을 지켜보았다. 트롤록의 수는 인간의 열 배였다. 창이 트롤록의 검은 사슬갑옷을 꿰뚫었고 창날이 달린 도끼가 인간의 대열에 피투성이 흠집을 냈다. 비명과 고함이 허공을 침노했다. 구름 한 점 없는 하늘에서 태양이 뜨겁게 타올랐고 아른거리는 열기가 전투의 대열 위로 솟아올랐다. 그때까지도 적군의 화살이 비처럼 내리며 트롤록과 인간을 모두 쓰러뜨렸다. 맷은 궁수들을 불러들인 뒤였으나 공포의 군주들은 화살로 맷의 대열을 깰 수만 있다면 신경 쓰지 않았다. 등 뒤의 산등성이에서는 심장의 경비대가 그의 명령을 기다리고 있었다. 말들이 조바심 나는 듯 발을 굴러 댔다. 인간과 말의 갑옷이 모두 햇빛을 받아 은색으로 빛났다. 인간도, 말도 이 이상 오래 열기를 견딜 수 없었다.

여기서 이기거나 죽어야 했다. 그는 도박사로 유명했다. 이제는 주사위를 던질 시간이었다. 그는 휙 안장에 올라, 아래쪽의 소란을 누르며 전달되는 목소리로 명령했다. "보병, 기병대가 전진하도록 비켜서라!" 그의 기수가 가까이에서 말을 달렸다. 붉은 독수리 깃발이 머리 위에서 펄럭였다. 명령이 대열 양옆으로 전달되었다.

갑자기 아래쪽에서 창병들이 움직였다. 그들은 잘 훈련된 그대로 옆걸음질 치며 대형을 좁혀 넓은 틈을 만들었다. 그 틈으로 트롤록들이 쏟아져 들어가며 짐승처럼 고함을 질렀다. 검게 스며드는 죽음의 밀물 같았다.

맷은 칼을 뽑아 높이 들었다. "심장의 경비대, 전진!" 그가 박차를 가하자 말이 비탈을 달려 내려갔다. 등 뒤에서 돌격대의 발굽 소리가 천둥처럼 들렸다. "전진하라!" 그는 누구보다 먼저 트롤록들에게 공격해 들어갔다. 그의 칼이 솟았다가 떨어졌다. 기수가 뒤를 바짝 따라왔다. "붉은 독수리의 영광을 위하여!" 심장의 경비대가 창병 사이의 틈으로 쿵쿵거리며 들어와 밀물을 박살 내고 떠밀었다. "붉은 독수리를 위하여!" 반인들의 얼굴이 그를 보며 으르렁거렸다. 이상하게 휘어진 칼이 그를 찾았다. 하지만 그는 더 깊은 곳까지 길을 내고 들어갔다. 이기거나 죽거나. "마네세렌!"

맷이 떨리는 손을 들어 이마를 만졌다. "**로스 발다 쿠에비야리.**" 그가 중얼거렸다. 그 말의 뜻을 알 것 같다는 확신이 들었지만—'심장의 경비대, 전진'이나 '심장의 경비대는 전진하라'였을 것이다—그럴 리가 없었다. 모레인이 그에게 고어 몇 마디를 가르쳐 주긴 했지만, 맷이 아는 고어는 그게 전부였다. 나머지는 그에게 까치가 울어 대는 소리나 마찬가지였다.

"말도 안 돼." 맷이 거칠게 말했다. "고어조차 아닐지도 몰라. 그냥 헛소리야. 그 아이즈 세다이는 미쳤어. 그냥 꿈이야."

아이즈 세다이. 모레인. 맷은 문득 지나치게 가늘어진 손목과 뼈가 앙상한 손을 새삼 바라보았다. 맷은 아팠다. 어떤 단검과 관계된 일이었다. 칼자루에 루비가 박혀 있는 단검. 죽은 지 오래된, 샤다 로고스라는 이름의 오염된 도시. 모든 것이 흐릿하고 멀게 느껴졌다. 사실 말이 되지 않았다. 하지만 맷은 그게 꿈이 아니라는 걸 알고 있었다. 에그웨인과 나이니브가 그를 치유하려고 타 발론으로 데려왔었다. 그 정도는 기억났다.

맷은 일어나 앉으려다가 새로 태어난 새끼 양처럼 힘없이 다시 넘어졌다. 다기 애써 몸을 일으키고 한 장밖에 없던 양털 이불을 치웠다. 옷이 없었다. 아마 벽에 기대어 있는, 덩굴이 조각된 옷장 안에 들어 있을 터였다. 잠깐이지만 맷은 옷을 신경 쓰지 않았다. 그는 힘겹게 일어서서 비틀거리며 꽃무늬 카펫을 가로질러 등받이가 높은 안락의자에 매달렸다. 그런 뒤에는 휘청거리며 탁자로 갔다. 탁자의 다리와 가장자리에는 황금 두루마리가 새겨져 있었다.

높은 받침대마다 밀랍으로 만든 양초가 네 개씩 놓여 있고 불꽃 뒤에는 작은 거울이 설치되어서 방이 밝았다. 광을 잘 낸 세면대 위 벽에 걸린 커다란 거울이 맷의 모습을 비추었다. 여위고 삭아 버린 모습. 두 뺨은 텅 비고 검은 눈은 푹 꺼져 있으며 머리카락은 땀에 젖어 뒤엉킨 모습. 노인처럼 허리를 구부린 채 산들바람에 흔들리는 목초지의 풀 같은 모습. 맷은 애써 똑바로 섰지만 그렇다고 많이 나아지지는 않았다.

덮개를 덮은 커다란 쟁반이 그의 두 손 앞 탁자에 놓여 있었다. 코에 음식 냄새가 걸렸다. 맷은 천을 확 치웠다. 두 개의 커다란 은주전자와 얇은 녹색 도자기로 만든 그릇들이 드러났다. 맷은 바다 민족이 저 도자기 값으로 같은 무게의 은화를 매긴다는 말을 들은 적이 있었다. 쇠고기 죽이나 단 빵처럼 병자에게 억지로 먹이는 음식이 있을 줄 알았지만 그게 아니었다. 한 접시에는 갈색 머스터드와 홀스래디시 소스를 뿌린, 얇게 저며 구운 쇠고기가 두껍게 쌓여 있었다. 다른 접시에는 구운 감자, 양파를 곁들인 단콩, 양배추, 버터콩이 있었다. 피클과 노란 치즈 한 조각. 두껍게 썬 바삭바삭한 빵과 버터 한 접시. 우유로 채워진 주전자 하나는 겉면에 물이 송골송골 맺혀 있었다. 다른 주전자는 와인 향이 나는 뭔가로 채워져 있었다. 네 사람이 먹어도 충분한 양이었다. 군침이 돌았다. 배가 꼬르륵거렸다.

일단은 여기가 어디인지 알아야겠어. 하지만 그는 저민 쇠고기 한 조각을 둘둘 말아 머스터드에 찍은 뒤에야 탁자를 밀치며 세 개의 높고 좁다란 창문으로 갔다.

레이스 무늬로 조각한 나무 덧문이 창문을 가리고 있었는데, 구멍을 들여다보니 밖이 밤이라는 걸 알 수 있었다. 다른 창문에서 나온 빛이 어둠 속에 점점이 찍혀 있었다. 맷은 답답한 마음에 축 처져 흰 돌로 만들어진 창틀에 기댔다. 하지만 그런 뒤에는 생각하기 시작했다.

아버지는 늘 맷에게 생각만 하면 최악의 상황도 유리하게 바꿔 놓을 수 있다고 말했다. 확실히, 아벨 코손은 투 리버스 최고의 말 장사꾼이었다. 누군가 맷의 아버지를 이용한 것처럼 보일 때도 있었지만, 그때마다 알고 보면 막대의 미끄러운 쪽을 잡은 건 그들이었다. 아벨 코손이 부정직한 일을 했다는 건 아니다. 하지만 타렌 페리 사람들조차 그를 이용하지는 못했다. 그놈들이 얼마나 바가지를 씌우는지는 모두가 아는데도 말이다. 그게 모두, 아벨 코손이 존재하는 모든 각도에서 상황을 생각하는 덕분이었다.

타 발론. 여기는 타 발론이 틀림없었다. 궁전이라 해도 믿을 만한 방이었다. 꽃무늬가 들어간 도만산 카펫만으로도 농장을 하나 살 수 있을 터였다. 게다가 맷은 더 이상 아프지 않다고 느꼈다. 그가 들은 바에 따르면, 타 발론만이 그가 나을 수 있는 기회라고 했는데 말이다. 맷이 정말로 아팠던 적은 없었다. 그가 기억하기에는 그랬다. 베린이—또 다른 이름이 안개 속에서 꾸물거리며 떠올랐다—근처의 누군가에게 그가 죽어 간다고 말했을 때조차도. 지금은 아기처럼 약해지고 늑대처럼 배가 고픈 느낌이었지만, 어째서인지 치유가 이루어졌다는 확신이 들었다. **나는 온전해지고 괜찮아진 기분이 들어. 그게 다야. 난 치유됐어.** 맷은 덧문을 보며 인상을 썼다.

치유되다니. 그건 누군가가 그에게 일원력을 썼다는 뜻이었다. 그 생각을 하자 온몸에 소름이 돋았다. 하지만 맷은 이런 일이 이루어져야만 한다는 걸 알고 있었다. "죽는 것보다는 낫지." 그가 자신을 타일렀다. 아이즈 세다이에 대해 들었던 몇몇 이야기가 떠올랐다. "죽는 것보다는 나을 게 틀림없어. 나이니브조차 내가 죽을 거라고 생각했는걸. 어쨌든 이미 벌어진 일이니 이제 와서 걱정해 봐야 전혀 도움이 되지 않아." 맷은 자기가 쇠고기 조각을 다 먹고 손가락에 묻은 육즙을 핥고 있었다는 걸 깨달았다.

맷은 불안정하게 탁자로 돌아왔다. 탁자 밑에 걸상이 놓여 있었다. 걸상을 꺼내 놓고 앉았다. 굳이 칼이나 포크를 쓰지 않고 쇠고기 한 점을 더 말았다. **여긴 화이트 타워야. 틀림없어.** 타 발론에 왔다는 사실을 어떻게 이용할 수 있을까?

타 발론은 곧 아이즈 세다이였다. 확실히, 이곳에 한 시간이라도 머물 이유는 되지 못했다. 정확히 그 반대였다. 모레인과 보낸 시간, 또 이후에 베린과 보낸 시간에 대한 기억은 그리 오래 이어 갈 만한 게 못 됐다. 둘 중 누군가가 정말로 끔찍한 짓을 한 경우는 기억에 없었지만. 하긴 그 시기에 대해서는 별로 기억나는 게 없었다. 어쨌든 아이즈 세다이에게는 무슨 짓을 하든 나름의 이유가 있게 마련이었다.

"그 이유가 늘 내가 생각하는 이유는 아니지." 맷은 감자를 한 입 가득 물고 웅얼거리다가 꿀걱 삼켰다. "아이즈 세다이는 절대 거짓말을 하지 않지만, 아이즈 세다이가 말하는 진실이 늘 내가 생각하는 진실은 아니야. 그걸 기억해야 해. 안다고 생각될 때조차 아이즈 세다이에 관해서는 확신할 수 없어." 기운이 돋는 결론은 아니었다. 맷은 버터콩으로 입을 채웠다.

아이즈 세다이를 생각하니 그들에 대한 기억이 조금 떠올랐다. 일곱 아자. 청색, 적색, 갈색, 녹색, 황색, 백색, 회색. 그중 적색의 아자가 최악이었다. **다들 존재하지 않는다고 주장하는 흑색의 아자를 빼면 말이야.** 하지만 적색의 아자는 맷에게 위협이 될 리 없었다. 그들은 채널링을 할 수 있는 남자들에게만 관심이 있었으니까.

랜드. 태워 죽일, 어떻게 그걸 잊었지? 랜드는 어디 있는 거야? 무사한 거야? 맷은 아쉬운 마음에 한숨을 쉬며 아직 따뜻한 빵 조각에 버터를 펴 발랐다. **아직 안 미쳤나 모르겠네.**

답을 알더라도 맷이 랜드를 도울 방법은 없었다. 방법이 있더라도 돕고 싶은지 확신이 서지 않았다. 랜드는 채널링을 할 수 있었다. 맷은 채널링하는 남자들에 대한 이야기, 아이들을 겁주려고 하는 이야기를 들으며 자라 왔고. 그건 어른이 들어도 겁나는 이야기였다. 그중 일부는 진실이었으니까. 랜드가 할 수 있는 일에 관해 알게 된 건 가장 친한 친구가 작은 동물들을 고문하고 갓난아기를 죽인다는 걸 알게 된 것과 같았다. 결국 그 사실을 믿게 되면, 그를 더 이상 친구로 부르기가 힘들어진다.

"나나 몸조심해야지." 맷이 화를 내며 말했다. 은잔 위로 와인 주전자를 기울이던 그는 자신이 이미 주전자를 다 비워 버린 걸 알고 놀랐다. 그는 대신 우유로 잔을 채웠다. "에그웨인랑 나이니브는 아이즈 세다이가 되고 싶어 해." 큰 소리로 말할 때까지는 기억나지 않던 사실이었다. "랜드는 모레인을 따라다니면서 자기를 드래건의 환생이라고 부르고 있어. 페린이 뭘 하고 있는지는 빛만이 아실 일이고. 그 녀석은 눈이 이상하게 변한 뒤로는 계속 미친 사람처럼 굴었으니까. 난 조심해야 해." **태워 죽일, 조심해야 한다고! 우리 중 아직 제정신인 사람은 나뿐이야. 나밖에 없어.**

타 발론. 글쎄, 그곳은 세상에서 가장 부유한 도시라고 했다. 변방과 남부의 교역 중심지이자 아이즈 세다이 권력의 중심지이기도 했다. 맷은 아이즈 세다이를 설득해 그와 도박하게 만들 수는 없으리라고 생각했다. 그게 가능하더라도 아이즈 세다이와 도박하면서 주사위가 돌아갈 때나 카드를 돌릴 때 속임수가 없으리라고는 믿을 수 없었다. 하지만 이곳에도 상인들이 있을 게 분명했다. 은화와 금화를 가진 다른 사람들도 있을 것이다. 이 도시는 그 자체로 며칠쯤 머물 가치가 있었다. 맷은 투 리버스를 떠난 이후 멀리까지 여행해 왔다는 걸 알고 있었지만, 케임린과 케예리엔에 대한 어렴풋한 기억 몇 가지를 빼면 거대한 도시는 전혀 생각나지 않았다. 그는 예전부터 거대한 도시를 보고 싶었다.

"아이즈 세다이가 가득한 도시를 보고 싶었던 건 아니지만." 그가 시무룩하게 투덜거리며 남은 버터콩을 싹싹 긁었다. 그는 콩을 꿀꺽 삼키고 다시 쇠고기를 덜었다.

그는 별 뜻 없이, 아이즈 세다이가 샤다 로고스의 단검에 박혀 있던 루비를 갖게 해 줄지 생각했다. 단검은 아주 흐릿하게만 기억났다. 하지만 그것만으로도 끔찍한 상처를 기억하는 기분이 들었다. 배 속이 꼬이고 날카로운 통증이 관자놀이를 파고들었다. 그런데도 루비는 머릿속에 선명하게 남아 있었다. 엄지손톱만큼 크고 핏방울처럼 색이 진한 루비가 진홍색 눈처럼 반짝였다. 당연히 그 루비에 대한 소유권은 아이즈 세다이보다는 그에게 있었다. 집에 돌아가면 그걸로 농장을 열두 개는 살 수 있을 터였다.

그 루비도 오염됐다고 말할지 몰라. 실제로 그럴 가능성이 컸다. 그런데도 맷은 그 루비로 코플린 가족이 가진 가장 기름진 땅을 거래하는 상상을 잠시 했다. 코플린 가족 대부분은—그들은 날 때부터 말썽꾼이었다. 도둑이자 거짓말쟁이기도 했고—무슨 일을 당해도, 그 이상의 일을 당해도 싼 작자들이었다. 하지만 사실 아이즈 세다이가 루비를 돌려줄 거라는 생각은 들지 않았다. 만약 돌려준다 해도 그 루비를 가지고 에먼즈 필드처럼 먼 곳까지 간다는 생각은 즐겁지 않았다. 게다가 투 리버스에서 가장 큰 농장을 소유한다는 생각은 더 이상 예전처럼 신나게 느껴지지 않았다. 한때는 그게 맷의 가장 큰 꿈이었다. 말 장사꾼으로서 아버지에 맞먹는 존재로 알려지는 것과 함께. 지금은 그런 것이, 바라기에는 너무 작은 일로 느껴졌다. 온 세상이 눈앞에서 기다리고 있는데 꿈꾸기에는 너무도 작은 미래였다.

맷은 결정했다. 일단은 에그웨인과 나이니브를 찾을 것이다. **어쩌면 걔들은 정신을 차렸을지도 몰라. 아이즈 세다이가 되겠다는 멍청한 생각을 그만뒀을지도 모르지.** 정말 그랬을 거라는 생각은 들지 않았지만, 그들을 보지 않고 떠날 수는 없었다. 언젠가 떠나긴 할 것이다. 그건 확실했다. 둘을 찾아가 보고, 하루쯤 도시를 구경하고, 어쩌면 지갑을 빵빵하게 채워 줄 주사위 놀이를 한 판 할 수도 있다. 그런 다음에는 아이즈 세다이가 없는 어딘가로 떠날 생각이었다. 집에 돌아가기 전에—**언젠가는 집에 돌아갈 거야. 언젠가는**—세상 구경을 좀 할 생각이었다. 자신들의 노래에 맞춰 맷을 춤추게 하는 아이즈 세다이 없이.

더 먹을 게 없는지 접시를 뒤지던 맷은 음식 자국과 빵, 치즈 부스러기를 제외하면 아무것도 남지 않았다는 걸 알고 깜짝 놀랐다. 주전자는 둘 다 비어 있었다. 맷은 눈을 가늘게 뜨고 놀라운 마음에 자기 배를 내려다보았다. 그 모든 걸 먹었으니 귀까지 음식으로 빵빵해야 하는데, 거의 아무것도 먹지 않은 기분이었다. 그는 엄지와 검지로 남은 치즈 조각을 모았다. 반쯤 입으로 가던 손이 멈추었다.

내가 발리어의 뿔나팔을 불었어. 그는 노래 일부를 휘파람으로 조용히 불다가 가사가 떠오르자 우뚝 멈추었다.

> 나는 우물 밑바닥에 있다네
> 시간은 밤, 비까지 내리지
> 벽이 무너져 내리는데
> 타고 올라갈 밧줄은 없다네
> 나는 우물 밑바닥에 있다네

"빌어먹을, 타고 올라갈 밧줄이 있어야지." 맷이 속삭였다. 그는 치즈 부스러기가 쟁반에 떨어지게 놔두었다. 잠시 다시 아픈 기분이 들었다. 그는 생각을 해 내려고, 머릿속 모든 것을 감싸고 있는 안개를 꿰뚫으려고 애썼다.

베린은 타 발론으로 발리어의 뿔나팔을 가져가려 했다. 하지만 나팔을 분 사람이 맷이라는 걸 그녀가 아는지는 기억나지 않았다. 베린은 그런 생각이 들 만한 말을 한 적이 없었다. 그건 확실했다. 확실한 것 같았다. **혹시 알면? 그럼 다들 어떻게 할까? 내가 모르는 무슨 짓을 베린이 한 게 아니라면, 아이즈 세다이가 뿔나팔을 가지고 있을 거야. 그 사람들한테는 내가 필요하지 않고.** 하지만 아이즈 세다이가 뭘 필요하다고 생각하는지 누가 알겠는가?

"물어보면," 맷은 어둡게 말했다. "뿔나팔은 만져 본 적도 없다고 해야지. 아이즈 세다이가 알면…… 알면, 난…… 내가 닥쳐올 일을 처리할 거야. 태워 죽일, 아이즈 세다이가 나한테 뭔가 원할 리는 없잖아. 절대로!"

문을 두드리는 나지막한 소리에 맷은 휘청거리며 일어났다. 도망칠 태세였다. 도망칠 곳이 있다면, 세 발짝 이상 걸을 수 있다면 말이지만. 하지만 맷에게는 도망칠 곳도 세 발짝 이상 걸을 기운도 없었다.

문이 열렸다.

20장 방문

들어온 여자는 온통 흰색과 은색으로 이루어진 비단옷을 입고 있었다. 그녀는 문을 닫더니 닫힌 문에 기댄 채 맷이 여태 본 눈동자 중 가장 검은 눈동자로 그를 살펴보았다. 그녀가 너무 아름다워서 맷은 숨 쉬는 것조차 잊을 뻔했다. 밤하늘처럼 검은 머리카락이 섬세하게 짠 은색 띠로 묶여 있었다. 그녀가 쉬는 모습은 다른 여자들이 춤추는 모습처럼 우아했다. 맷은 그녀를 안다는 생각이 절반쯤 들었으나 그 생각을 떨쳐 버렸다. 어떤 남자도 이런 여자를 잊을 수는 없었다.

"살이 차면 그럭저럭 봐줄 만하겠네." 그녀가 말했다. "하지만 지금은 뭘 좀 입으면 좋겠는걸."

잠깐 맷은 그녀를 계속 멍하니 바라보았다. 그러다가 문득 자신이 벌거벗고 서 있다는 걸 깨달았다. 얼굴이 빨갛게 달아오른 그는 허둥지둥 침대로 가서 이불을 망토처럼 두르고, 매트리스 가장자리에 앉았다기보다는 쓰러졌다. "미안…… 그러니까, 저는……. 그게, 예상을 못해서……. 저는……. 난……." 맷이 깊은 숨을 들이쉬었다. "이런 꼴을 보게 해서 미안해요."

아직도 두 뺨의 열기가 느껴졌다. 잠깐이지만 맷은 랜드나 페린이라도 이곳에 와서 조언을 해 주면 좋겠다고 생각했다. 그들이 어떻게 변해 버렸든

간에. 그 둘은 늘 여자들과 잘 지내는 것처럼 보였다. 랜드가 에그웨인과 미래를 약속한 사이라는 걸 잘 아는 소녀들조차 랜드를 빤히 바라보곤 했다. 여자들은 또 페린의 느릿느릿한 태도를 온화하고 매력적이라고 생각하는 듯했다. 아무리 열심히 노력해도 맷은 언제나 여자들 앞에서 웃음거리가 되고 말았다. 방금처럼 말이다.

"나도 이런 식으로 너를 만나러 오지는 않았을 거야, 맷. 내가 여기……화이트 타워에 온 데에," 그녀는 화이트 타워라는 이름이 재미있다는 듯 미소 지었다. "다른 목적이 있지 않았다면 말이지. 너희 모두가 보고 싶기도 했고." 맷의 얼굴이 다시 붉어졌다. 그는 몸에 두른 담요를 더 세게 잡아당겼지만, 여자는 그를 놀리는 것처럼 보이지 않았다. 그녀는 백조보다도 우아하게 미끄러지듯 탁자로 다가왔다. "너 배고프구나. 그럴 만하지, 여기 사람들이 일 처리하는 걸 보면. 그 사람들이 주는 건 꼭 전부 먹도록 해. 얼마나 빨리 몸무게가 돌아오고 힘을 되찾게 되는지 알면 놀랄 거야."

"죄송한데," 맷이 수줍게 말했다. "저를 아세요? 기분 나쁘게 하려는 건 아닌데, 당신이 왠지…… 익숙해서요." 여자는 맷이 불안한 듯 움직거릴 때까지 그를 바라보았다. 이런 여자는 상대가 자신을 기억할 거라고 생각할 터였다.

"네가 날 봤을지도 몰라." 마침내 그녀가 말했다. "어디선가. 셀린이라고 부르렴." 그녀가 고개를 살짝 기울였다. 맷이 그 이름을 알아듣기를 기다리는 것 같았다.

그 말에 기억 한 귀퉁이가 잡아당겨지는 듯했다. 맷은 어디선가 그 이름을 들은 게 틀림없다고 생각했지만, 언제 어디서 들었는지 알 수가 없었다. "당신은 아이즈 세다이인가요, 셀린?"

"아니." 그 단어는 부드러웠지만 놀라울 정도로 힘이 들어가 있었다.

처음으로 맷은 여자를 자세히 살펴보았다. 이제야 그녀의 아름다움 이상이 눈에 들어왔다. 그녀는 거의 맷만큼 키가 컸고 날씬했다. 그녀가 움직이는 방식을 보면 힘도 셀 것 같았다. 나이는 확실히 알 수 없었지만—맷보다 한두 살쯤 많을 수도 있었고, 열 살 정도 많을 수도 있었다—두 뺨은 매끄러웠다. 매끈한 흰 돌과 은사로 만들어진 그녀의 목걸이는 널찍한 허리띠와 잘 어울렸다. 하지만 그녀는 거대한 뱀 반지를 끼지 않았다. 반지가 없다고 놀랄 일은 아니었지만—자기가 아이즈 세다이가 아니라고 노골적으로 밝힐 아이즈 세다이는 없었으니까—그래도 놀라웠다. 그녀에게는 맷이 그녀를 아이즈 세다이와 연관시키지 않을 수 없는 어떤 분위기가 있었다. 자신감, 여느 여왕과도 대적할 수 있다는 자기 힘에 대한 확신, 그 이상의 무언가가.

"혹시 신입은 아니죠?" 맷은 신입들이 흰옷을 입는다는 말을 들었지만, 이 여자가 신입이라고는 사실 생각할 수 없었다. **이 여자를 보니까 일레인이 하녀 같은걸.** 일레인이라. 또 다른 이름이 그의 머릿속에 흘러들었다.

"그렇다고 하기는 어렵지." 셀린이 비꼬듯 입을 비틀며 말했다. "그냥, 우연히 너와 관심사가 같은 사람이라고만 해 두자. 이…… 아이즈 세다이들은 너를 이용하려 하고 있어. 너도 딱히 싫진 않을 거야. 아마 받아들이겠지. 넌 설득하지 않아도 영광을 찾아 나설 테니까."

"아이즈 세다이가 날 이용한다고요?" 비슷한 생각을 했던 기억이 돌아왔다. 하지만 그건 랜드에 대한 생각이었다. 아이즈 세다이는 그가 아니라 랜드를 이용할 터였다. **빌어먹을, 난 아이즈 세다이한테 쓸모가 없어. 빛을 걸고, 그럴 리 없어!** "무슨 뜻이에요? 난 중요한 사람이 아닌데. 난 나한테밖에 쓸모가 없다고요. 무슨 영광이요?"

"너라면 그 말에 끌릴 줄 알았어. 다른 누구보다도 너라면."

그녀의 미소에 맷은 머리가 핑핑 돌았다. 그는 손으로 머리를 쓸었다. 담요가 미끄러졌다. 맷은 담요가 떨어지기 전에 서둘러 잡았다. "저기, 있잖아요. 아이즈 세다이는 나한테 관심이 없어요." **내가 뿔나팔을 불었다는 점에 대해서는 어떨까?** "난 그냥 농부예요." **내가 랜드와 어떤 식으로든 연결되어 있다고 생각할지도 몰라. 아니, 베린 말은…….** 맷은 베린이 뭐라고 말했는지 잘 기억나지 않았다. 모레인이 한 말도. 하지만 그는 대부분의 아이즈 세다이가 랜드에 대해 아무것도 모른다고 생각했다. 최소한 맷 자신이 이 곳에서 한참 멀어질 때까지는 계속 그러기를 바랐다. "그냥 소박한 촌놈이라고요. 난 세상 구경이나 좀 하고 아빠 농장으로 돌아가고 싶을 뿐이에요.”

저게 무슨 말이지, 영광이라니?

셸린은 맷의 생각을 듣기라도 한 듯 고개를 저었다. “넌 네가 지금 아는 것보다 더 중요한 사람이야. 흔히 아이즈 세다이라고 불리는 자들이 아는 것보다는 확실히 더 중요하고. 그자들을 믿어서는 안 된다는 것만 알면 넌 영광을 가질 수 **있어.**”

“당신은 확실히 아이즈 세다이를 믿지 않는 것 같네요.” **아이즈 세다이라고 ‘불리는’ 자들이라고?** 어떤 생각이 떠올랐지만, 감히 그 말을 할 수는 없었다. “당신 혹시…… 혹시 당신이……?” 그건 쉽게 씌울 혐의가 아니었다.

“어둠의 친구냐고?” 셸린이 놀리듯 말했다. 그녀는 화가 난 게 아니라 즐거워하는 듯했다. 경멸하는 것 같았다. “바알자몬이 불멸과 힘을 줄 거라고 생각하고 그를 따르는 그 한심한 추종자들 말이야? 난 아무도 따르지 않아. 내 곁에 설 수 있는 남자는 한 명뿐이란다. 그래도 그를 따르지는 않지만.”

맷이 신경질적으로 웃었다. “그러시겠죠.” **피와 재를 걸고, 어둠의 친구가 자기를 어둠의 친구라고 밝히진 않겠지. 만일 어둠의 친구라면 독을 바른 칼을 가지고 있을 거야.** 맷은 귀족 옷을 입었던 여자를 어렴풋이 떠올렸다. 그녀는 늘씬한 손에 치명적인 단검을 쥐고 있던 어둠의 친구였다. “제 말은 그런 뜻이 전혀 아니었어요. 당신은…… 당신은 여왕처럼 보여요. 그런 얘기였어요. 당신은 귀족인가요?”

“맷, 맷. 넌 나를 믿는 법을 배워야 해. 아, 나도 너를 이용하긴 하겠지만, 너는 너무 의심이 많은 성품이야. 단검을 가지고 다닌 이후로는 더 그렇지. 그러니 부정하진 않겠어. 내가 널 이용하면 넌 부와 권력, 명예를 얻게 될 거야. 강요하지는 않을게. 난 예전부터 남자란 억지로 시킬 때보다는 자기가 납득했을 때 더 좋은 성과를 낸다고 생각해 왔거든. 아이즈 세다이라는 자들은 네가 얼마나 중요한지도 모르고 있어. 그 남자라면 너를 단념시키거나 죽이려 들겠지. 하지만 난 네가 욕망하는 걸 줄 수 있어.”

“그 남자라뇨?” 맷이 날카롭게 물었다. **날 죽인다고? 빛을 걸고, 놈들이 쫓는 건 내가 아니라 랜드야. 이 여자가 단검에 대해서는 어떻게 아는 거지?**

화이트 타워 사람 전체가 아는 거야? "누가 날 죽이고 싶어 하는데요?"

셀린은 너무 많은 걸 말했다는 듯 입을 꽉 다물었다. "넌 네가 뭘 원하는지 알고 있어, 맷. 나도 너만큼 세세히 알고 있고. 넌 그걸 얻기 위해서 누굴 믿어야 할지 선택해야 해. 난 너를 이용할 거라는 걸 인정해. 아이즈 세다이라는 자들은 절대 인정하지 않을 거야. 나는 너를 부와 명예로 이끌어 줄 거야. 아이즈 세다이는 네가 죽을 때까지 너를 목줄에 매어 놓을 테고."

"말이 많네요." 맷이 말했다. "그런데 당신 말이 조금이라도 진짜인지 어떻게 알아요? 내가 아이즈 세다이보다 당신을 더 믿을 수 있다는 걸 어떻게 알죠?"

"아이즈 세다이가 너에게 말해 주는 것, 그리고 말해 주지 않는 것을 잘 들어 보면 돼. 네 아버지가 타 발론에 왔다는 얘기는 해 줄까?"

"아빠가 여기에 왔었다고요?"

"아벨 코손이라는 이름의 남자와, 탬 알소르라는 이름의 다른 남자가 왔었어. 누가 자기들 이야기를 들어줄 때까지 소동을 벌였다더구나. 너와 네 친구들이 어디에 있는지 알고 싶다면서 말이야. 그런데 시우안 산체는 그 사람들을 빈손으로 투 리버스에 돌려보냈지. 너희가 살아 있다는 것조차 알려 주지 않았어. 과연 저들이 네가 묻지 않아도 그 사실을 말해 줄까? 아마 물어봐도 말해 주지 않을 거야. 네가 집으로 도망치려 할지 모르니까."

"내가 죽었다고 아빠가 생각해요?" 맷이 천천히 말했다.

"너희 아버지에게 네가 살아 있다는 말을 전할 수도 있어. 내가 보장할게. 누굴 믿어야 할지 생각해 봐, 맷 코손. 랜드 알소르가 지금도 탈출하려 한다는 얘기를, 모레인이라 불리는 여자가 랜드를 쫓고 있다는 얘기를 과연 아이즈 세다이가 해 줄까? 흑색의 아자가 자신들의 소중한 화이트 타워에 끓어 넘친다는 얘기는? 널 어떻게 이용할 생각인지 말해 줄까?"

"랜드가 탈출하려 한다고요? 하지만……." 랜드가 자신을 드래건의 환생이라고 선포했다는 사실을 이 여자는 알 수도 있었고 모를 수도 있었다. 어쨌든 맷은 말해 주지 않을 생각이었다. **흑색의 아자라니! 피와 재, 피 묻은 재 같으니!** "당신은 누구죠, 셀린? 아이즈 세다이가 아니라면 뭐예요?"

그녀의 미소에는 비밀이 감춰져 있었다. "다른 선택지가 있다는 것만 기억해. 너는 화이트 타워의 꼭두각시가 되지 않아도 돼. 바알자몬이 부리는 어둠의 친구들의 사냥감이 될 필요도 없고. 세상은 네가 상상할 수 있는 것보다 복잡하거든. 당장은 저 아이즈 세다이라는 자들이 원하는 대로 하되 선택지가 있다는 건 기억하렴. 그렇게 할 거니?"

"별 방법이 없는 것 같은데요." 그가 우울하게 말했다. "아마 그렇게 해야겠죠."

셸린의 표정이 날카로워졌다. 오래된 뱀 허물처럼 친절함이 그녀의 목소리에서 떨어져 나왔다. "아마? 내가 이런 식으로 너한테 와서 이런 식으로 이야기하는 건 '아마'를 위해서가 아니야, 매트림 코손." 그녀가 늘씬한 손을 내밀었다.

셸린의 손은 비어 있었고, 그녀는 방을 반쯤 가로지른 곳에 있었다. 그런데도 맷은 그녀가 단검을 쥐고 코앞에 덤벼든 것처럼 몸을 뒤로 젖혀 피했다. 이유는 알 수 없었다. 그녀의 눈에 위협이 깃들어 있었고, 그 위협이 진짜라는 확신이 들었을 뿐이다. 피부가 얼얼해지려 했다. 두통이 돌아왔다.

갑자기 얼얼한 느낌과 고통이 함께 사라졌다. 셸린의 머리가 벽 너머의 무슨 소리를 듣는 것처럼 홱 돌아갔다. 아주 조금 찌푸린 표정이 그녀의 얼굴에 떠올랐다. 그녀는 손을 내렸다. 찌푸린 표정도 사라졌다. "우린 다시 얘기하게 될 거야, 맷. 너한테 할 말이 많아. 네 선택지를 기억하렴. 널 죽이려는 손이 많다는 걸 기억해. 오직 나만이 네 생명을 보장할 수 있어. 네가 추구하는 모든 것도. 넌 내 말대로만 하면 돼." 그녀는 들어왔을 때처럼 조용히, 우아하게 문을 나섰다.

맷은 길게 숨을 내쉬었다. 얼굴에 땀이 흘러내렸다. **빛을 걸고, 저건 대체 누구야?** 아마 어둠의 친구일 것이다. 하지만 저 여자는 아이즈 세다이만큼 바알자몬도 경멸하는 듯했다. 어둠의 친구들은 다른 사람들이 창조주에 대해 이야기하듯 바알자몬에 대해 이야기하는데. 게다가 저 여자는 자기가 방문했다는 사실을 아이즈 세다이에게 숨기라고 요구하지도 않았다.

이런. 미안하지만, 아이즈 세다이. 저 여자가 나를 만나러 왔네요. 맷은 심술궂게 생각했다. **저 여자는 아이즈 세다이가 아니지만 나한테 일원력을 쓰려는 것 같아요. 자기 말로는 어둠의 친구가 아니라네요. 오히려 당신들이 나를 이용할 생각이래요. 당신들의 화이트 타워에 흑색의 아자가 있다는 말도 했고요. 아, 그리고 나더러 중요한 사람이래요. 어떻게 중요한 건지는 모르겠지만. 나, 지금 떠나도 괜찮죠? 네?**

시간이 갈수록 이곳을 떠나는 게 점점 더 좋은 생각처럼 느껴졌다. 맷은 어색하게 침대에서 일어나 휘청거리며 옷장까지 갔다. 여전히 몸에 두른 담요를 쥔 채였다. 그의 장화가 옷장 안 바닥에 놓여 있었고 망토는 못에 걸려 있었다. 망토 위에는 주머니와 칼집 딸린 작은 칼이 매달린 허리띠가 있었다. 그냥 시골에서 쓰는, 칼날이 튼튼한 칼이었다. 하지만 좋은 단검만큼 쓸모가 있을 터였다. 나머지 옷—질긴 모직 코트 두 벌과 브리치스 세 벌, 대여섯 벌의 리넨 셔츠와 속옷—은 관리하는 방법에 따라 솔로 쓸거나 세탁해 옷장 한쪽 면을 차지하고 있는 선반 위에 깔끔하게 개어 두었다. 맷은 허리띠에 매달린 주머니를 만져 보았지만 주머니는 비어 있었다. 그 내용물은 호주머니에서 비워 낸 것들과 함께 한쪽 선반에 뒤죽박죽 놓여 있었다.

붉은 매의 깃털, 색깔이 마음에 들었던 매끄러운 줄무늬 돌, 면도칼, 손잡이가 뼈로 만들어진 주머니칼. 맷은 그것들을 치우고 둘둘 말린 여분의 활시위 사이에서 염소 가죽 지갑을 꺼낸 다음 끈을 당겨 열었다. 이 경우에는 기억이 너무도 생생했다.

"은화 두 닢과 동전 한 줌이라니." 그가 투덜거렸다. "이걸로는 멀리 갈 수 없어." 한때는 이게 상당한 재산으로 보였지만, 그건 에먼즈 필드를 떠나기 전의 일이었다.

맷은 허리를 굽히고 선반을 다시 들여다보았다. **어디 있는 거지?** 맷은 아이즈 세다이가 그걸 버렸을까 봐 두려웠다. 어머니도 그걸 발견했다면 버렸을 테니까. **어디에……?** 맷은 솟구치는 안도감을 느꼈다. 저 뒤쪽, 덫을 설치하거나 그와 비슷한 일을 할 때 쓰는 끈 꾸러미와 부싯깃 상자 뒤쪽에 가죽으로 만든 주사위 컵 두 개가 놓여 있었다.

맷이 컵을 꺼내자 달그락거리는 소리가 났다. 그러거나 말거나 맷은 꽉 끼는 둥근 뚜껑을 빼냈다. 모든 것이 있어야 하는 모습 그대로 있었다. 크라운 게임에 쓰는, 기호가 새겨진 주사위 다섯 개와 점이 표시된 주사위 다섯 개였다. 점이 그려진 주사위는 여러 게임에서 쓸 수 있었지만 사람들이 가장 즐겨 하는 게임은 크라운이었다. 이것들만 있으면, 맷이 가진 2마르크는 타 발론에서 먼 곳까지 그를 데려다줄 돈이 될 터였다. **아이즈 세다이와 셀린, 둘 모두에게서 멀어지는 거야.**

단호하게 문 두드리는 소리에 이어 즉시 문이 열렸다. 맷은 얼른 뒤를 돌아보았다. 아멀린 권좌와 연대기 기록자가 들어오고 있었다. 아멀린 권좌의 폭이 넓고 줄무늬가 들어간 스톨이나 연대기 기록자의 비교적 좁은 파란색 스톨 없이도 맷은 그들을 알아보았을 것이다. 타 발론과 멀리 떨어진 곳에서 그들을 한 번, 딱 한 번 보았을 뿐이지만 아이즈 세다이 중 가장 강력한 두 여자를 잊을 수 없었다.

어깨에 담요를 두르고 두 손에는 지갑과 주사위를 든 채 서 있는 맷을 보더니 아멀린 권좌가 눈썹을 치켜떴다. "당분간 그건 필요 없을 것 같구나, 아들아." 그녀가 무미건조하게 말했다. "그건 내려놓고, 쓰러지기 전에 침대로 돌아가거라."

맷은 망설였다. 등은 뻣뻣했고 무릎은 하필 그 순간 후들거렸다. 게다가 아이즈 세다이가 그를 보고 있었다. 검은 눈과 파란 눈이 맷의 모든 반항적인 생각을 읽는 듯했다. 맷은 두 손으로 몸에 두른 담요를 잡은 채 시키는 대로 했다. 달리 뭘 할 수 있을지 몰라 널빤지처럼 똑바로 누웠다.

"기분이 어떠냐?" 아멀린 권좌는 한 손을 맷의 이마에 대며 퉁명스럽게 물었다. 온몸에 소름이 돋았다. 아멀린 권좌가 일원력으로 뭔가 한 걸까, 아니면 아이즈 세다이의 손길이 닿아서 한기가 느껴진 걸까?

"괜찮아요." 맷이 말했다. "뭐, 지금 가도 될 것 같은데요. 그냥 에그웨인과 나이니브에게 작별 인사만 하게 해 주세요. 그럼 더 이상 귀찮게 하지 않을게요. 제 말은, 가겠다고요…… 음, 어머니." 모레인과 베린은 맷의 말투에 신경 쓰지 않았지만, 지금 그와 마주하고 있는 사람은 어쨌든 아멀린 권좌였다.

"헛소리." 아멀린 권좌가 말했다. 그녀는 등받이가 높은 의자를 침대 가까운 곳으로 가져와 돌려놓고 앉아 리아네에게 말했다. "남자는 절대 자기가 아프다는 걸 인정하지 않지. 그 바람에 더 아파져서 여자의 일이 두 배로 늘어나는 거야. 그런 다음에는 너무 이르게 다 나았다고 주장하더구나. 그래서 같은 결과를 가져오고."

연대기 기록자는 맷을 힐끗 보더니 고개를 끄덕였다. "예, 어머니. 다만 이 자는 거의 일어서지도 못하니 다 나았다고 주장할 수 없습니다. 그래도 쟁반에 있던 음식은 다 먹었군요."

"되새가 관심을 가질 만큼의 부스러기라도 남겨 놓았다면 놀라운 일일 거다. 내 추측이 틀리지 않았다면 지금도 배가 고플 테고."

"사람을 시켜 파이를 가져다주라고 하겠습니다, 어머니. 케이크라든지요."

"아니, 내 생각에는 지금 소화할 수 있는 만큼을 다 먹은 것 같구나. 먹은 걸 전부 게워낸다면 아무 소용이 없을 거다."

맷이 눈알을 굴려 댔다. 병에 걸리면, 여자들이 직접 말을 걸 때만 빼고는 여자들의 눈에 보이지 않게 되는 모양이었다. 게다가 여자들은 아픈 사람의 나이를 최소한 열 살은 깎아서 생각하는 것 같았다. 나이니브도, 맷의 어머니도, 누이들도, 아멀린 권좌도. 모든 여자가 그랬다.

"배는 하나도 안 고파요." 맷이 말했다. "멀쩡해요. 옷만 입게 해 주시면 제가 얼마나 괜찮은지 보여 드릴게요. 당신들이 눈치채지도 못하는 사이에 여기서 나갈 거예요." 이제는 둘 모두가 그를 보고 있었다. 맷이 목을 가다듬었다. "음……. 어머니."

아멀린 권좌가 코웃음 쳤다. "너는 다섯 사람이 먹을 음식을 먹었고, 앞으로 며칠 동안은 매일 이와 비슷한 식사를 서너 번 더 하게 될 거다. 그러지 않으면 굶어 죽을 테니까. 너는 방금 아리드홀의 모든 남자와 여자, 아이를 죽인 사악함과의 연결로부터 치유됐어. 그 악의 힘은 네가 집어 들기만을 기다리던 약 2천 년 동안 조금도 약해지지 않았고. 그것이 아리드홀 사람들을 죽였던 만큼 확실하게 너를 죽이고 있었다. 이건 엄지에 생선 가시가 박힌 정도의 일이 아니다, 얘야. 우리가 널 구하려다가 오히려 죽일 뻔했어."

"배 안 고파요." 맷은 굽히지 않았다. 마침 그때 거짓말이라는 걸 인정하듯 배가 시끄럽게 꼬르륵거렸다.

"처음 봤을 때 내가 널 제대로 읽은 모양이구나." 아멀린 권좌가 말했다. "누군가가 너를 잡으려 한다고 생각하는 순간 네가 놀란 날치처럼 도망치리라는 걸 그때 바로 알았으니 말이다. 조심해 두길 잘했지."

맷이 경계하며 그들을 보았다. "조심했다고요?" 그들은 그저 평온하게 맷을 마주 보았다. 맷은 그들의 시선만으로 침대에 못 박히는 기분이었다.

"네 이름과 인상착의가 교각 경비대에 전달됐다." 아멀린 권좌가 말했다. "항만장에게도. 너를 화이트 타워 안에 잡아 두지는 않으마. 하지만 다 낫기 전에 타 발론을 떠날 수는 없다. 도시에 숨으려 했다가는 결국 허기에 떠밀려 이리로 돌아오겠지. 그게 아니라면, 네가 굶어 죽기 전에 우리가 널 찾아낼 것이다."

"왜 그렇게까지 날 여기 잡아 두고 싶어 하는 거예요?" 맷이 물었다. 셀린의 목소리가 들리는 듯했다. **그들은 널 이용하고 싶어 해.** "내가 굶어 죽든 말든 무슨 상관이에요? 먹을 건 내가 알아서 구할 수 있어요."

아멀린 권좌는 즐거움이 별로 느껴지지 않는 작은 웃음을 터뜨렸다. "은화 2마르크에 동전 한 줌으로 말이냐, 아들아? 앞으로 며칠 동안 필요할 음식을 전부 사려면 네 주사위에 정말이지 운이 따라야겠구나. 우리는 일단 사람을 치유하고 나면, 그들이 아직 돌봄이 필요할 때 죽어서 우리 노력을 낭비하게 하도록 놔두지 않는다. 게다가 네게는 아직 치유가 더 필요하다."

"더요? 날 치유했다고 했잖아요. 치유가 왜 더 필요한데요?"

"아들아, 너는 그 단검을 몇 달이나 지니고 다녔다. 나는 우리가 그 단검의 흔적을 네게서 전부 빼냈다고 생각한다만, 우리가 아주 작은 오점이라도 놓쳤다면 그것만으로도 치명적일 수 있다. 게다가 그토록 오랫동안 단검을 가지고 있었다는 사실이 네게 어떤 영향을 미칠지 누가 알겠느냐? 지금으로부터 반년이나 1년 뒤에 넌 다시 너를 치유해 줄 아이즈 세다이의 손길을 원하게 될지 모른다."

"나더러 여기에 1년이나 머물라는 거예요?" 맷이 믿을 수 없다는 듯 큰 소리로 말했다. 리아네가 발을 움직거리며 날카롭게 그를 바라보았다. 그러나 아멀린 권좌의 침착한 얼굴에는 전혀 동요가 없었다.

"아마 그렇게까지 오래는 아닐 거다, 아들아. 하지만 회복이 확인될 때까지는 머물러야겠지. 그 정도는 당연히 필요하다. 누수 방지 장치가 제대로 버틸지 어떨지, 널빤지가 썩어 있는지 아닌지 알지도 못하면서 돛을 올리고 싶으냐?"

"난 배 같은 건 잘 몰라요." 맷이 투덜거렸다. 아멀린 권좌의 말이 사실일지도 몰랐다. 아이즈 세다이는 절대 거짓말을 하지 않았다. 하지만 맷이 느끼기에는 그 말 안에 너무도 많은 가능성이 들어 있었다. "집을 떠나온 지 오래됐어요, 어머니. 엄마 아빠는 아마 내가 죽었다고 생각할 거예요."

"편지를 쓰고 싶다면 내가 책임지고 에먼즈 필드에 전해 주마."

맷은 기다렸지만 그 이상의 말은 나오지 않았다. "감사합니다, 어머니." 맷은 조금 웃어 보려 했다. "아빠가 절 찾으러 오지 않았다니 좀 놀랍네요. 찾아올 만한 사람인데." 확실하지는 않았지만, 맷은 아멀린 권좌가 대답하기 전에 잠깐 망설였다고 생각했다.

"네 아버지가 온 건 사실이다. 리아네가 그와 이야기를 나누었다."

연대기 기록자가 즉시 말을 이었다. "그때 우리는 네가 어디 있는지 몰랐다, 맷. 네 아버지에게도 그렇게 말했어. 네 아버지는 눈이 많이 오기 전에 떠났고. 집으로 돌아가는 여행이 쉬워지도록 내가 금화를 좀 주었다."

"분명," 아멀린 권좌가 말했다. "네 아버지는 네 소식에 기뻐할 거다. 네 어머니도 당연히 그럴 테고. 편지를 다 쓰면 내게 다오. 내가 직접 살피마."

아이즈 세다이는 맷에게 진실을 말했다. 하지만 맷이 그에 대한 질문을 던진 다음이었다. **게다가 랜드의 아빠 얘기는 하지 않았어. 내가 상관하지 않을 거라고 생각해서 그런 건지도 모르지. 아니면…… 태워 죽일, 모르겠다. 아이즈 세다이 속을 누가 알아?** "저는 친구와 함께 여행하고 있었습니다, 어머니. 랜드 알소르라는 친구였어요. 어머니도 기억하실 텐데요. 랜드가 괜찮은지 아시나요? 분명 랜드의 아버지도 걱정할 거예요."

“내가 아는 한,” 아멀린 권좌가 자연스럽게 말했다. “그 아이는 잘 지내고 있다. 하지만 누가 알겠느냐? 나는 랜드를 딱 한 번밖에 보지 못했다. 너를 보았던 그때, 팔 다라에서 말이야.” 그녀가 연대기 기록자를 돌아보았다. “이 아이에게 작은 파이 한 조각이 도움이 될 수도 있겠구나, 리아네. 이렇게 말을 많이 하려 드니 목을 축일 것도 있으면 좋겠고. 가져다주겠느냐?”

키 큰 아이즈 세다이는 “분부대로 하겠습니다, 어머니.”라고 중얼거리고 떠났다.

맷을 다시 돌아보는 아멀린 권좌는 미소 짓고 있었다. 하지만 그녀의 눈은 푸른 얼음과 같았다. “세상에는 네가 입에 담기에 위험한 일이 존재한다. 아무리 리아네 앞이라도 말이야. 혀를 잘못 놀려 죽은 사람이 갑작스레 불어 닥친 폭풍으로 죽은 사람보다 많거든.”

“위험하다고요, 어머니?” 맷은 갑자기 입이 바싹 말랐지만 입술을 핥고 싶은 충동을 참았다. **빛을 걸고, 이 여자는 랜드에 대해 얼마나 아는 걸까? 모레인한테 그렇게 비밀이 많지만 않았어도.** “어머니, 저는 위험한 건 아무것도 모릅니다. 제가 아는 것의 절반도 기억나지 않는걸요.”

“뿔나팔은 기억나느냐?”

“무슨 뿔나팔이요, 어머니?”

아멀린 권좌가 너무 빠르게 자리에서 일어나 그를 내려다보았기에 맷은 그녀가 움직이는 걸 거의 보지 못했다. “나와 게임을 하려 드는구나, 애야. 그렇다면 네 어머니가 듣고 달려올 만큼 심하게 울려 주마. 내게는 게임을 할 시간이 없다. 너한테도 마찬가지고. 자, 이제, 기억이, 나느냐?”

맷은 몸에 두른 담요를 꼭 쥔 채 침을 삼키고 나서야 말할 수 있었다. “기억납니다, 어머니.”

아멀린 권좌는 아주 조금 긴장을 푸는 것 같았다. 맷은 어지럼증을 느끼며 어깨를 으쓱했다. 망나니의 도끼 아래에 있다가 막 빠져나와도 된다는 허락을 받은 것 같은 기분이었다.

“좋다. 그래야지, 맷.” 그녀가 천천히 다시 앉아 맷을 살펴보았다. “네가 뿔나팔과 연결되어 있다는 건 아느냐?” 맷은 놀라서 ‘연결’이라는 단어를 조용히 발음했고, 아멀린 권좌는 고개를 끄덕였다. "모를 거라 생각했다. 너는 발리어의 뿔나팔이 발견된 이후 처음으로 그 나팔을 분 사람이다. 너를 위해서라면 그 뿔나팔이 무덤에서 죽은 영웅들을 소환해 줄 것이다. 하지만 다른 사람에게 그 뿔나팔은 그저 뿔나팔일 뿐이야. 네가 살아 있는 한은 말이다."

맷이 깊이 숨을 들이쉬었다. "내가 살아 있는 동안이라고요." 그는 멍한 목소리로 말했다. 아멀린 권좌가 고개를 끄덕였다. "나를 죽게 놔둘 수도 있었군요." 아멀린 권좌가 다시 고개를 끄덕였다. "그렇게 했다면, 당신이 원하는 누구에게든 뿔나팔을 불도록 할 수 있었을 테니까요. 그랬다면 뿔나팔이 그들에게 봉사하게 됐을 테니까." 또 한 번의 끄덕임. "피와 재를 걸고! 나더러 당신을 위해 뿔나팔을 불라는 거네요. 최후의 전투가 닥치면 내가 무덤에서 죽은 영웅들을 불러와 당신 대신 어둠의 존재와 싸우게 하길 바라는 거예요. 피와 재, 피 묻은 재 같으니!"

아멀린 권좌는 의자 팔걸이에 팔꿈치를 대고 턱을 괴었다. 그녀의 시선은 한 번도 맷을 떠나지 않았다. "다른 방법이 더 좋았겠느냐?"

맷은 인상을 찌푸렸다가 다른 방법이 뭔지 떠올렸다. 다른 누군가가 뿔나팔을 불어야 한다면……. "나더러 뿔나팔을 불라고요? 그럼 불게요. 안 분다는 말은 한 적 없는데요?"

아멀린 권좌가 짜증스럽게 한숨을 쉬었다. "널 보니 후안 삼촌이 생각나는구나. 아무도 삼촌을 붙들어 놓을 수 없었지. 삼촌도 도박을 좋아했다. 일하는 것보다 노는 걸 좋아했고. 삼촌은 불타는 집에서 어린애들을 구하다가 죽었다. 한 명이라도 안에 남아 있는 한은 멈추지 않고 다시 그 집에 들어가려 했어. 너도 후안 삼촌과 비슷하냐, 맷? 불길이 높이 일면 그곳에 있겠느냐?"

맷은 아멀린 권좌와 눈을 마주칠 수 없었다. 그는 짜증스럽게 담요를 뜯어 대는 자기 손가락을 살폈다. "나는 영웅이 아니에요. 해야만 하는 일을 할 뿐이지 영웅은 아니에요."

"우리가 영웅이라 부르는 사람 대부분은 해야 할 일을 했던 사람들일 뿐이다. 그거면 충분할 것 같구나. 지금은 말이야. 뿔나팔에 대해서는 나를 제외한 누구에게도 말하면 안 된다, 아들아. 네가 뿔나팔과 연결되어 있다는 얘기도.”

당분간이라고? 맷은 생각했다. **지금이든 나중이든, 어차피 다른 방법이 없잖아.** “빌어먹을 누구에게도 말할 생각은 없…….” 아멀린 권좌가 한쪽 눈썹을 치켜올리자 맷은 다시 목소리를 가라앉혔다. “저는 아무한테도 말하고 싶지 않아요. 아무도 몰랐으면 좋겠어요. 그런데 당신은 왜 그렇게까지 이 일을 비밀로 하고 싶어 하는 거예요? 다른 아이즈 세다이를 믿지 않나요?”

맷은 자기가 선을 넘었다고 생각했다. 아멀린 권좌의 얼굴이 굳어졌다. 그녀의 눈길로 도낏자루도 깎아낼 수 있을 것 같았다.

“너와 나만 알게 할 수 있다면,” 아멀린 권좌가 차갑게 말했다. “그렇게 할 거다. 뭔가를 아는 사람이 많아질수록 그 정보는 널리 퍼지게 되지. 사람들이 아무리 선의를 가지고 있더라도 말이야. 세상사람 대부분은 발리어의 뿔나팔이 그저 전설이라고 믿는다. 그 이상을 아는 사람들은 뿔나팔 사냥대 중 한 명이 그걸 찾게 될 거라 믿지. 하지만 샤이올 굴은 뿔나팔이 발견되었다는 걸 알고 있어. 그 말은, 최소한 어둠의 친구 일부도 그를 안다는 뜻이다. 하지만 그자들은 뿔나팔의 위치를 모른다. 빛께서 우리를 비추신다면, 네가 뿔나팔을 불었다는 것도 모를 거다. 정말로 어둠의 친구들이 너를 따라다니기를 바라는 거냐? 반인이든 다른 그림자의 자식이든? 그놈들은 뿔나팔을 원한다. 그걸 알아야지. 뿔나팔은 빛만큼이나 어둠을 위해서도 작동한다. 하지만 뿔나팔이 놈들에게 쓰이려면 놈들이 너를 잡거나 죽여야 해. 그런 위험을 무릅쓰고 싶으냐?”

맷은 담요가 한 장 더 있으면 좋겠다고 생각했다. 거위 털 이불이라든지. 갑자기 방이 몹시 춥게 느껴졌다. “어둠의 친구들이 여기까지 나를 따라올 수도 있다는 얘긴가요? 화이트 타워가 어둠의 친구들을 막을 수 있다고 생각했는데요.” 그는 셀린이 흑색의 아자에 대해 했던 이야기를 떠올렸고, 아멀린이 그 점에 대해서는 뭐라고 말할지 궁금해졌다.

“여기 머물러도 될 만한 이유 아니냐?” 아멀린 권좌는 자리에서 일어나치마의 주름을 폈다. "쉬거라, 아들아. 곧 훨씬 나아질 거다. 쉬어라." 그녀는 조용히 문을 닫고 나갔다.

맷은 오랫동안 누운 채 천장을 쳐다보았다. 일하는 여자가 파이와 우유 한 주전자를 더 들고 들어왔다가 빈 그릇이 담긴 쟁반을 가지고 나갔을 때도 그것을 거의 눈치채지 못했다. 사과와 향신료의 따뜻한 냄새에 배 속이 시끄럽게 울렸지만, 맷은 그 소리에도 전혀 신경 쓰지 않았다. 아멀린 권좌는 맷을 양처럼 우리에 가둬 둔 줄 알고 있었다. 그리고 셀린은……. **빛을 걸고, 그 여자는 대체 누구야? 뭘 원하는 거지?** 어떤 점에서는 셀린의 말이 맞았다. 하지만 아멀린 권좌는 그를 이용할 생각임을 밝혔고, 이용할 방법까지 말했다. 어떤 면에서는 말이다. 그러나 아멀린 권좌의 말에는 마음에 들지 않을 만큼 구멍이 많았다. 아멀린 권좌가 치명적인 뭔가를 그 구멍으로 슬쩍 미끄러뜨려 넣을 수 있을 만큼. 아멀린 권좌는 뭔가를 원했고, 셀린도 뭔가를 원했다. 맷은 둘이 서로 잡아당기는 밧줄이었다. 그 둘 사이에 끼느니 차라리 트롤록과 맞서고 싶다는 생각이 들었다.

타 발론에서 나가는 방법이, 둘 모두의 손아귀에서 벗어날 방법이 있을 게 틀림없었다. 일단 강만 건너면 아이즈 세다이의 손길에서도, 셀린과 어둠의 친구들의 손길에서도 벗어날 수 있을 터였다. 확실했다. 어떤 방법이 있을 게 틀림없었다. 맷이 해야 할 일은 모든 각도에서 그 문제에 대해 생각해 보는 것뿐이었다.

탁자에서 파이가 차갑게 식어 갔다.

21장 꿈의 세계

에그웨인은 어둑하게 밝혀진 복도를 서둘러 나아가며 수건에 손을 문질러 닦았다. 손을 두 번이나 씻었는데도 기름기가 남았다. 세상에 냄비가 그렇게 많을 줄은 몰랐다. 게다가 오늘은 빵을 굽는 날이라, 재가 가득 담긴 양동이를 오븐에서 꺼내야 했다. 난로도 청소하고. 고운 모래로 식탁을 뼈처럼 희게 문질러 닦고. 무릎을 꿇고 앉아 바닥에 광을 내고. 재와 기름때가 에그웨인의 흰 드레스에 얼룩졌다. 등이 쑤셨다. 침대에 들어가고 싶었다. 하지만 베린이 주방에 찾아왔다. 그녀는 먹을 음식을 가지러 왔다고 했지만, 에그웨인의 곁을 지나가며 자기 방으로 오라고 속삭였다.

베린의 방은 도서관 위쪽, 오직 갈색의 자매 몇 명만이 쓰는 복도에 있었다. 복도는 퀴퀴했다. 그곳에 사는 여자들이 다른 일로 너무 바빠 하인들에게 자주 청소를 시키지 않은 듯했다. 게다가 통로가 이상하게 돌고 휘어졌다. 때로는 푹 꺼졌다가 예상치 못하게 솟아오르기도 했다. 태피스트리는 별로 없었으며, 그나마 있는 태피스트리의 알록달록한 실은 빛이 바랬다. 이곳의 다른 모든 것이 그렇듯 태피스트리를 청소하는 경우도 별로 없는 것 같았다. 등불 중 켜지지 않은 것이 많아 복도 대부분이 어둠에 빠져 있었다. 에그웨인은 이 복도에 자신밖에 없다고 생각했다. 눈앞에 잠시 보인 흰색 형체만이 예외였다. 아마 신입이거나 무슨 일을 하느라 빠르게 돌아다니는 하인일 터였다. 깔개 없이 검은색과 흰색의 타일로만 이루어진 바닥에 그녀의 신발 부딪히는 소리가 또각또각 메아리쳤다. 흑색의 아자를 생각하는 사람에게 그리 마음 놓이는 장소는 아니었다.

에그웨인은 베린이 찾아보라던 것을 발견했다. 솟아오른 복도 꼭대기에 있는 검은색 나무문이었다. 그 옆에는 말에 탄 왕이 다른 왕의 항복을 받는 장면이 수놓인, 먼지 낀 태피스트리가 있었다. 베린은 두 왕 모두의 이름을 알려 주었지만—아터 호크윙이 태어나기 수백 년 전에 죽은 남자들이었다. 베린은 언제나 그런 것들을 잘 아는 듯했다—에그웨인은 그들의 이름도, 그들이 다스렸다는 오래전 사라진 나라들도 생각나지 않았다. 어쨌든 베린이 했던 설명과 맞는 걸개는 그것뿐이었다.

에그웨인 자신의 발소리를 제외하면 복도는 전보다도 텅 빈 동시에 더 위협적인 것처럼 느껴졌다. 에그웨인은 문을 빠르게 두드렸고, “누구야? 들어와.”라는 얼빠진 말이 들리자마자 서둘러 그에 따랐다.

방으로 한 발짝 들어간 에그웨인은 멈춰 서서 빤히 앞을 보았다. 벽을 따라 책장이 늘어서 있었다. 안쪽 방으로 통하는 문 하나와 지도가 여러 겹 겹쳐진 채 걸려 있는 곳, 그리고 별자리 지도가 걸려 있는 곳만이 예외였다. 에그웨인은 별자리 이름 몇 개를 알아보았지만—농부 자리와 밀짚 수레 자리, 궁수 자리와 다섯 자매 자리였다—다른 별자리는 익숙하지 않았다. 책과 서류와 두루마리가 평평한 곳을 거의 전부 뒤덮고 있었으며 온갖 종류의 특이한 물건들이 그런 더미 사이에 놓여 있거나 때로는 그 위에 놓여 있었다. 유리나 금속으로 만든 이상한 형상들, 서로 연결된 구체와 관, 원 안에 들어 있는 원이 온갖 형태의 뼈대와 두개골 사이에 서 있었다. 박제된 갈색 부엉이처럼 보이는, 에그웨인의 손보다 크지 않은 무언가가 하얗게 표백한 도마뱀의 두개골 같은 것 위에 서 있었다. 하지만 그게 도마뱀의 두개골일 리는 없었다. 길이가 에그웨인의 팔보다 길었고, 그녀의 손가락만큼 큰 휘어진 이빨이 달려 있었으니까. 양초가 금방이라도 쓰러질 듯 꽂힌 채 어느 부분을 밝게 비추고 어느 부분에는 그림자를 드리웠다. 어떤 곳은 양초가 종이에 불을 붙일 듯 위태로워 보였다. 부엉이가 그녀를 보며 눈을 깜빡거리자 에그웨인은 놀라 펄쩍 뛸 뻔했다.

"아, 그래." 베린이 말했다. 그녀는 이 방의 모든 것이 그렇듯 어질러진 탁자 뒤에 앉아 있었다. 두 손에는 찢어낸 페이지를 조심스럽게 든 채였다. "너로구나. 그렇지." 그녀는 에그웨인이 곁눈질로 부엉이를 살피는 걸 보고 딴 데 정신이 팔린 채 말했다. "쥐를 잡는 녀석이다. 툭하면 쥐가 종이를 쏠거든." 그녀는 방 전체를 손짓하다가 손에 들린 페이지를 다시 의식했다. "이건 아주 매력적이야. 에삼의 로젤이 주장하길 세계의 파괴 때도 수백 페이지의 서류가 살아남았다는구나. 에삼의 로젤이 한 말이니 확실해. 그 여자는 세계의 파괴 이후 200년도 채 되지 않았을 때 기록을 남겼으니까. 하지만 내가 아는 바로, 지금까지 존재하는 당시의 서류는 이것뿐이란다. 아마 이 사본밖에 없을 거야. 로젤은 이 페이지에 세상이 마주할 수 없는 비밀이 담겨 있다고 적었다. 그 비밀에 대해 드러내 놓고 말할 수는 없다면서. 나는 이 페이지를 천 번쯤 읽으며 그게 무슨 뜻인지 해독해 왔어."

조그만 부엉이가 다시 에그웨인에게 눈을 깜빡였다. 에그웨인은 녀석을 보지 않으려고 애썼다. "뭐라고 적혀 있나요, 베린 세다이?"

베린은 눈을 깜빡였다. 그 모습이 부엉이와 무척 비슷했다. "뭐라고 적혀 있느냐고? 직역된 글이라서 음유시인이 고어로 시를 암송하는 것과 비슷하게 들린단다. 들어 보거라. '어둠의 심장. 바알자몬. 이름에 감싸인 이름 안에 숨겨진 이름. 비밀에 가려진 비밀 안에 묻힌 비밀. 희망의 배신자. 이샤마엘은 모든 희망을 배신한다. 진실은 불타며 그을린다. 희망은 진실 앞에 실패한다. 거짓이 우리의 방패다. 누가 어둠의 심장에 맞설 수 있는가? 누가 희망의 배신자를 마주할 수 있는가? 그림자의 영혼, 그림자의 영혼, 그는……." 베린은 한숨을 쉬며 멈추었다. "여기에서 끝난다. 어떻게 생각하니?"

"모르겠어요." 에그웨인이 말했다. "마음에 안 드네요."

"글쎄, 그럴 필요가 있겠느냐, 아이야? 좋아하거나 이해할 필요 말이다. 나는 이걸 거의 40년 동안 연구해 왔지만, 좋아하지도 않고 이해하지도 못

한다." 베린은 비단 안감을 댄 뻣뻣한 가죽 서류철 안에 그 페이지를 조심스럽게 넣은 다음, 그 서류철을 쌓여 있는 종이 더미에 아무렇지 않게 끼워 넣었다. "하지만 네가 여기 온 건 이것 때문이 아니지." 그녀는 탁자 전체를 뒤지며 혼잣말을 중얼거렸다. 몇 번은 쌓여 있는 책이나 원고 더미가 쓰러지기 직전에야 잡았다. 마침내 그녀는 가늘고 길고 구불구불한 손 글씨로 뒤덮인, 매듭지어진 실로 묶여 있는 몇 장의 페이지를 찾아냈다. "여기 있다, 아이야. 리안드린, 그리고 리안드린과 함께 떠난 여자들에 대해 알려진 모든 내용이다. 이름, 나이, 소속 아자, 출생지. 내가 기록에서 찾을 수 있었던 모든 것이다. 심지어 그들의 연구 성과도 있다. 그자들이 가져간 **티어앙그리알**에 대해 우리가 아는 내용도 적혀 있고. 하지만 그 내용은 많지 않아. 대부분은 그냥 **티어앙그리알**의 형태를 묘사한 것이다. 이중 도움이 될 만한 게 있을지는 모르겠구나. 나로서는 아무 쓸모를 모르겠으니."

"어쩌면 저희 중 누군가가 뭔가를 발견하게 될지도 몰라요." 갑작스러운 의심의 파도가 에그웨인을 기습했다. **베린이 뭔가를 빼놓았다면?** 아멀린 권좌가 베린을 믿는 이유는 그저 다른 방도가 없기 때문인 것 같았다. 베린 자신도 흑색의 아자라면? 에그웨인은 고개를 저었다. 그녀는 토면 헤드에서 타 발론까지 먼 길을 베린과 함께 여행해 왔다. 이 통통한 학자가 어둠의 친구일 수도 있다는 생각은 하고 싶지 않았다. "전 당신을 믿습니다, 베린 세다이." **정말 그래도 될까?**

아이즈 세다이는 에그웨인을 보며 다시 눈을 깜빡거리더니 문득 고개를 저으며 뭔지는 몰라도 그 순간 떠오른 생각을 떨쳐 버린 듯했다. "내가 너에게 준 그 명단은 중요한 것일 수도 있고, 엄청난 종이 낭비일 수도 있다. 하지만 내가 널 부른 이유는 그것만이 아니야." 그녀는 탁자 위의 물건들을 옮기기 시작했다. 안 그래도 흔들거리던 더미들이 더욱 높아진 대신 작은 공간이 생겼다. "아나이야가 그러던데, 네가 꿈꾸는 자가 될지도 모른다더구나. 마지막으로 나타난 꿈꾸는 자는 473년 전의 코리아닌 니디알이었어. 내가 기록을 통해 알아낸 내용에 따르면, 코리아닌은 꿈꾸는 자라고 불릴 자격이 거의 없는 사람이었고. 네게 그런 자격이 있다면 상당히 흥미로운 일이 될 거다."

"베린 세다이, 아나이야가 저를 시험하신 건 사실입니다. 하지만 아나이야는 제 꿈이 미래를 예언하는 것인지 확신 못 했습니다."

"예언은 꿈꾸는 자가 하는 일의 일부에 불과하다, 아이야. 어쩌면 가장 작은 부분이라고도 할 수 있겠지. 내 의견이지만, 아나이야는 아이들을 너무 느리게 키우는 편이야. 여길 보거라." 베린은 한 손가락으로 자기가 비워 둔 공간에 평행선을 여러 개 그렸다. 오래된 밀랍 위 먼지에 선명한 선이 그어졌다. "이 선들이 다른 선택을 했다면 존재했을지도 모르는 세계를 나타낸다고 하자. 패턴의 중요한 전환점이 다른 방식으로 돌아갔다면 생겨났을 세상 말이야."

"관문석을 통해 갈 수 있는 세상이군요." 에그웨인은 토먼 헤드에서 이곳까지 오는 동안 베린이 했던 이야기에 귀 기울였다는 걸 보여 주려고 말했다. 그런데 이게 에그웨인이 꿈꾸는 자인지 아닌지와 무슨 상관이 있는 걸까?

"그렇지. 하지만 패턴은 그보다도 복잡할 수 있단다, 아이야. 물레는 우리의 삶을 엮어 시대의 패턴을 짜지만, 시대 자체도 거대한 패턴이라고 불리는 시대의 레이스에 짜여 들어간다. 하지만 그조차 직조의 10분의 1밖에 되지 않을지 몰라. 전설의 시대에 살았던 사람 중 일부는 그 외에도 또 다른 세상이 있다고 믿었다. 관문석으로 갈 수 있는 세상보다도 가 닿기 힘든 세상 말이야. 그런 세상이 있다고 믿을 수 있을지는 모르겠다만. 사람들은 그런 세상이 이런 식으로 놓여 있다고 생각했어." 베린은 처음에 그린 여러 선과 교차하는 더 많은 선을 그렸다. 그녀는 잠시 그 선들을 바라보았다. "베틀의 씨줄과 날줄이지. 아마 시간의 물레는 여러 세상을 가지고 더 큰 패턴을 짜는 것일 게다." 베린은 허리를 펴고 두 손의 먼지를 털었다. "자, 그 패턴은 특정한 장소에 존재하는 게 아니다. 이 모든 세상이 아무리 다른 형태로 나타난대도 변치 않는 것들이 몇 가지 있어. 그런 상수 중 한 가지는, 모든 세상에서 어둠의 존재가 갇혀 있다는 거야."

에그웨인은 자기도 모르게 한 발짝 다가가 베린이 그린 선들을 바라보았다. "이 모든 세상에서요? 어떻게 그럴 수 있죠? 모든 세상에 거짓말의 아버지가 있다는 말씀이신가요?" 어둠의 존재가 그렇게 많다고 생각하니 몸이 떨렸다.

"아니다, 얘야. 창조주께서는 단 한 분이시지만, 이 모든 세상의 모든 곳에 동시에 존재하시지. 마찬가지로, 이 모든 세상에 동시에 존재하는 어둠의 존재도 하나다. 어느 한 세상에서 어둠의 존재가 창조주께서 만드신 감옥으로부터 풀려나면 다른 모든 세상에서도 그자가 풀려난다. 그자가 어느 한 세상에서 포로로 잡혀 있는 한은 다른 모든 세상에서도 갇혀 있고."

"말이 안 되는 것 같은데요." 에그웨인이 고개를 갸웃거렸다.

"이게 바로 역설이란다, 아이야. 어둠의 존재는 역설과 혼란의 화신이야. 이성과 논리의 파괴자이자 균형을 무너뜨리는 자, 질서를 해체하는 자이지."

부엉이가 갑자기 조용히 날아올랐다가 아이즈 세다이 뒤의 선반에 놓인 커다란 흰 해골 위에 내려앉았다. 녀석은 두 여자를 내려다보며 눈을 깜빡였다. 에그웨인은 방에 들어왔을 때 둘둘 말린 뿔과 주둥이가 달린 그 두개골을 보고, 대체 어떤 숫양의 머리가 저렇게까지 큰 것인지 어렴풋한 궁금증을 느꼈다. 이제 그녀는 해골이 둥근 모양이라는 것을 알아보았다. 그 높은 이마가 눈에 들어왔다. 그건 숫양의 두개골이 아니었다. 트롤록이었다.

에그웨인이 떨면서 숨을 들이쉬었다. "베린 세다이, 이게 꿈꾸는 자가 되는 것과 무슨 상관인가요? 어둠의 존재는 샤이올 굴에 매여 있고, 저는 그자가 탈출한다는 생각조차 하고 싶지 않습니다." **하지만 그자의 감옥 봉인이 약해지고 있어. 지금은 신입들조차 그 사실을 알아.**

"이게 꿈꾸는 자와 무슨 상관이냐고? 그야 아무 상관도 없다, 아이야. 다만 우리 모두는 어떤 식으로든 어둠의 존재와 맞서야 한다. 지금은 그자가 감옥에 갇혀 있지만, 패턴은 아무 목적 없이 이 세상에 랜드 알소르를 데려온 것이 아니다. 드래건의 환생이 무덤의 주인과 대적할 거다. 그건 확실해. 물론, 그때까지 랜드가 살아남아야겠지만. 어둠의 존재는 할 수만 있다면 패턴을 왜곡하려 할 것이다. 글쎄, 이야기가 좀 지나치게 주제를 벗어난 것 같구나.”

“죄송합니다, 베린 세다이. 하지만 이게…….” 에그웨인은 먼지에 그려진 선들을 가리켰다. “꿈꾸는 자가 되는 것과 아무 상관이 없다면 왜 이런 말씀을 하시는 건지요?”

베린은 에그웨인이 일부러 멍청하게 굴기라도 한다는 듯 그녀를 보았다. “아무 상관이 없다고 했느냐? 당연히 상관이 있지, 아이야. 요점은, 창조주와 어둠의 존재 외에도 세 번째 상수가 있다는 거다. 서로 다른 세상 **안에**, 그 모든 세상에 동시에 존재하는 세상이 있거든. 아니, 다른 세상들을 둘러싸고 있는 세상이 있다고 해야 할까. 전설의 시대에 기록을 남긴 자들은 그 세상을 **텔아이란리오드**, ‘보이지 않는 세상’이라고 불렀다. 아마 ‘꿈의 세상’이 더 나은 번역어일 거야. 많은 사람들이—채널링은 생각조차 못 하는 평범한 사람들도—때로 꿈속에서 **텔아이란리오드**를 엿본다. 심지어 그 세상을 통해 다른 세상들을 어렴풋이 포착하기도 하지. 네가 꿈에서 보았던 특이한 것들을 생각해 보려무나. 하지만 아이야, 꿈꾸는 자라면, 진정한 꿈꾸는 자라면 **텔아이란리오드**에 들어갈 수 있단다.”

에그웨인은 침을 삼키려 했지만 목에 덩어리가 걸린 듯 그럴 수 없었다. **들어간다고?** “저는…… 저는 꿈꾸는 자가 아닌 것 같습니다, 베린 세다이. 아나이야 세다이의 시험은…….”

베린이 그녀의 말을 잘랐다. “……어느 쪽이든 입증 못 했지. 게다가 아나이야는 지금도 네가 꿈꾸는 자일 가능성이 크다고 믿는다.”

“결국은 제가 꿈꾸는 자인지 아닌지 알게 되겠지요.” 에그웨인이 웅얼거렸다. **빛을 걸고, 넌 꿈꾸는 자가 되고 싶잖아. 아니야? 배우고 싶잖아! 그 모든 걸 원하잖아.**

“네겐 기다릴 시간이 없다, 아이야. 아멀린 권좌께서 너와 나이니브에게 엄청난 임무를 맡기셨으니. 너는 쓸 수 있는 모든 도구에 손을 뻗어야 해.” 베린이 탁자 위의 잡동사니 아래에서 붉은색 나무 상자를 끄집어냈다. 상자는 종이를 넣을 수 있을 만큼 컸지만, 아이즈 세다이가 뚜껑을 살짝 열어 꺼낸 것은 돌로 조각한 고리뿐이었다. 고리는 온통 파란색과 갈색, 붉은색의 얼룩무늬와 줄무늬로 이루어져 있었으며 손가락에 끼우기에는 너무 컸다.

"여기 있다, 아이야."

에그웨인은 그 고리를 받으려고 종이를 치웠다. 놀라움에 눈이 휘둥그레졌다. 고리는 분명 돌처럼 생겼지만, 강철보다 단단하고 납보다 무겁게 느껴졌다. 게다가 고리의 원형이 뒤틀려 있었다. 가장자리를 따라 손가락을 움직이다 보면 손가락이 고리 안쪽은 물론 바깥쪽도 돌았다. 고리에는 모서리가 하나밖에 없었는데 말이다. 에그웨인은 모서리를 따라 손가락을 두 차례 움직여 보았다. 이 사실을 믿기 위해서였다.

"코리아닌 니디알은," 베린이 말했다. "살면서 거의 대부분의 시간 동안 그 **티어앙그리알**을 지니고 있었다. 이제는 네가 보관하거라."

에그웨인은 그 고리를 떨어뜨릴 뻔했다. **티어앙그리알이라고? 내가 티어앙그리알을 보관하게 되는 거야?**

베린은 에그웨인이 충격 받았다는 걸 눈치채지 못한 듯했다. "코리아닌 니디알의 말에 따르면, 그 고리가 **텔아이란리오드**로 들어가는 길을 쉽게 만들어준다는구나. 니디알은 잠들 때 그 물건에 손을 대고 있으면 아이즈 세다이만이 아니라 아무 이능이 없는 사람에게도 효과가 있다고 했다. 물론 위험은 있지. **텔아이란리오드**는 다른 꿈과는 다르다. 그곳에서 일어나는 일은 현실이야. 너는 그 세상을 엿보는 것만이 아니라, 실제로 그곳에 들어가는 거다." 베린은 드레스 소매를 젖혀 아래팔 전체에 길게 나 있는 흐릿해진 흉터를 보여 주었다. "몇 년 전에 나도 직접 시도해 봤다. 아니야이의 치유력이 예상만큼 통하지 않더구나. 그 점을 기억하거라." 아이즈 세다이는 흉터가 다시 소매에 가려지게 놔두었다.

"조심하겠습니다, 베린 세다이." **진짜라고? 내가 꾸는 꿈은 안 그래도 지독한데. 흉터를 남기는 꿈까지 꾸고 싶지는 않아! 이 고리는 자루에 넣어서 어두운 구석에 처박아 둬야겠어. 난……** 하지만 에그웨인은 배우고 싶었다. 아이즈 세다이가 되고 싶었다. 그리고 거의 500년 동안 아이즈 세다이 중 꿈꾸는 자였던 사람은 한 명도 없었다. "특별히 조심하겠습니다." 에그웨인은 고리를 주머니에 넣고 끈을 당겨 조인 뒤 베린이 준 종이를 집어 들었다.

"그걸 숨겨 둬야 한다는 걸 기억해라, 아이야. 신입도, 심지어 합격자도 그런 물건을 가지고 있어서는 안 된다. 하지만 네게는 유용할지 모르겠구나. 숨겨 두거라."

"네, 베린 세다이." 에그웨인은 베린의 흉터를 떠올렸다. 다른 아이즈 세다이가 다가와, 지금 이 자리에서 그 고리를 가져갔으면 좋겠다는 생각이 들었다.

"좋다, 아이야. 이젠 가거라. 시간이 늦었구나. 아침 식사 준비를 도우려면 일찍 일어나야지. 잘 자거라."

에그웨인이 문을 닫고 나간 뒤, 베린은 한동안 가만히 앉아 문을 바라보았다. 등 뒤에서 부엉이가 조용히 울어댔다. 그녀는 붉은 상자를 끌어다 놓고 뚜껑을 완전히 연 뒤, 안을 거의 가득 채우고 있는 물건을 보고 인상을 찌푸렸다.

500년 가까이 지났는데도 거의 흐려지지 않은, 검은 잉크로 쓰인 정확한 손 글씨로 뒤덮인 종이가 층층이 쌓여 있었다. 코리아닌 니디알의 메모였다. 그녀가 이 특이한 **티어앙그리알**을 50년 동안 연구하면서 배운 모든 내용이 그 메모에 담겨 있었다. 코리아닌은 비밀스러운 여자였다. 그녀는 가진 지식 대부분을 모두에게 숨겼다. 오직 이 종이만을 믿고 그 내용을 남겼다. 베린은 그저 우연과 도서관에서 옛 서류를 뒤지는 습관 덕분에 이것을 손에 넣게 되었다. 베린이 아는 한, 그녀 자신을 제외한 그 어떤 아이즈 세다이도 문제의 **티어앙그리알**에 대해서는 몰랐다. 코리아닌은 기록에서 그 존재를 지우는 데 성공했다.

베린은 이 원고를 태워 버릴까 한 번 더 고민했다. 에그웨인에게 원고를 줄까 고민했던 것처럼. 하지만 어떤 지식이든 지식을 파괴한다는 건 베린에게 증오스러운 일이었다. 그리고 에그웨인에게 주는 방법은…… **아니. 지금 그대로 놔두는 게 훨씬 나아. 뭐든 일어날 일이 일어나겠지.** 그녀는 뚜껑이 탁 닫히게 놔두었다. **그런데 내가 그 페이지를 어디에 뒀더라?**

그녀는 가죽 서류철을 찾아 쌓여 있는 책과 종이를 뒤지기 시작했다. 에 그웨인은 이미 그녀의 머릿속에 없었다.

22장 반지의 대가

베린의 방에서 얼마 벗어나지도 않아, 에그웨인은 시리암과 마주쳤다. 신입 담당은 어딘가에 정신이 팔린 듯 인상을 쓰고 있었다.

"베린이 너에게 말을 걸었다는 걸 기억하는 사람이 없었다면 널 못 찾았을 거다." 아이즈 세다이는 살짝 짜증이 난 목소리였다. "따라와라, 아이야. 너 때문에 모든 게 늦어지고 있어! 그 종이는 뭐냐?"

에그웨인은 서류를 더 꽉 쥐었다. 그녀는 온순하면서도 존경심 어린 목소리를 내려고 노력했다. "베린 세다이께서 제가 이 내용을 연구해 봐야 한다고 하셨습니다, 아이즈 세다이." 시리암이 종이를 보여 달라고 하면 어떻게 해야 할까? 어떤 핑계로 그 요구를 거절할 수 있을까? 흑색의 아자에 소속된 여자 열세 명과 그들이 훔쳐 간 **티어앙그리알**에 관한 모든 내용이 담겨 있는 서류를 어떻게 설명한단 말인가?

하지만 시리암은 질문을 던지자마자 그 서류를 머릿속에서 치워버린 듯했다. "다들 너를 찾고 있다. 모두가 기다리고 있어." 그녀는 에그웨인의 팔을 잡아끌었다.

"저를 찾는다고요, 시리암 세다이? 뭘 기다린다는 건가요?"

시리암은 짜증스럽게 고개를 저었다. "네가 합격자로 승격될 예정이라는 걸 잊었느냐? 내일 내 서재로 올 때쯤 너는 반지를 끼고 있을 것이다. 그렇다고 아픔이 많이 덜어질지는 모르겠다만."

에그웨인은 우뚝 멈추려 했지만, 아이즈 세다이가 계속 그녀를 재촉했다. 그녀는 도서관 벽을 지나 구불구불 아래로 이어지는 좁은 계단에 들어섰다. "오늘 밤에요? 벌써요? 하지만 저는 반쯤 잠들어 있는 것이나 마찬가지인데요, 아이즈 세다이. 더럽기도 하고……. 전 아직 며칠이 남은 줄 알았어요. 준비할 시간, 대비할 시간이요."

"시간은 어떤 여자도 기다려 주지 않는다." 시리암이 말했다. "물레는 그 의지에 따라 실을 잣지. 물레가 원하는 **시간에** 말이야. 게다가 어떻게 대비할 셈이냐? 너는 이미 알아야 할 것들을 알고 있다. 네 친구 나이니브가 알았던 것보다도 많이 알고 있지." 그녀는 계단 맨 아래의 아주 작은 문으로 에그웨인을 밀어 넣고 그녀를 재촉하며 또 하나의 복도를 가로질러 아래로, 아래로 휘어지며 이어지는 경사로에 접어들었다.

"강의를 듣기는 했습니다." 에그웨인이 항변했다. "그 내용이야 기억납니다. 하지만…… 먼저 하루만 자면 안 될까요?" 나선형의 경사로에는 끝이 없는 것만 같았다.

"아멀린 권좌께서 기다려 봐야 아무 의미 없다고 판단하셨다." 시리암은 에그웨인을 곁눈질하며 미소 지었다. "그분의 말씀을 정확히 전하자면 이렇다. '생선 배를 가르기로 결정했다면, 그 생선이 썩을 때까지 기다려서는 안 된다.' 지금쯤 일레인은 이미 아치를 통과했을 거야. 아멀린 권좌께서는 너도 오늘 밤에 아치를 통과하기를 바라신다. 나도 이렇게까지 서두르시는 의미는 모르겠다만." 그녀는 반쯤 혼잣말로 덧붙였다. "하지만 아멀린 권좌께서 명령하시면 우리는 복종한다."

에그웨인은 시리암이 조용히 그녀를 끌고 경사로를 내려가게 놔두었다. 배 속이 점점 뒤틀렸다. 나이니브는 합격자로 승격될 때 일어난 일에 관해 적극적으로 말하려 하지 않았다. 인상을 찡그리며 '난 아이즈 세다이가 싫어!'라고 말하는 것 말고는 그 일에 대해 아무 말도 하지 않았다. 경사로가 마침내 끝나고 넓은 복도가 나왔을 때쯤 에그웨인은 떨고 있었다. 그곳은 바위 섬의 화이트 타워에서 한참 아래에 있었다.

복도는 수수하고 아무 장식이 없었다. 복도가 뚫고 지나가는 흰 바위는 매끄럽게 깎여 있었지만 그밖에는 손길이 닿지 않은 상태였다. 게다가 문은 검은 나무 문 한 쌍밖에 없었다. 그 문은 맨 끝부분이 매끄럽게 마감되고 널빤지로 정교하게 맞춰져 있었는데, 요새의 성문처럼 높고 넓은 동시에 그만큼 수수했다. 게다가 균형이 아주 잘 맞춰져 있어, 시리암이 한쪽을 밀자 쉽게 열렸다. 그녀는 에그웨인을 잡아당기며 널찍한 돔 형태의 방으로 들어갔다.

"아직 시간이 되지 않았습니다!" 엘라이다가 쏘아붙였다. 그녀는 붉은 술이 달린 숄을 두른 채 한쪽으로 비켜 서 있었다. 그녀 옆에는 세 개의 커다란 은색 성배가 놓인 탁자가 있었다.

높은 받침대에 놓인 등불이 방과 방의 한가운데, 돔 아래에 있는 형체를 비추었다. 아래로 걸어갈 수 있는 높이의 둥근 은색 아치 세 개가 두꺼운 은색 고리 위에 배치돼 있었다. 아치의 끄트머리가 서로 닿아 연결되었다. 아치가 고리와 연결되는 지점의 맨 돌바닥마다 각기 아이즈 세다이 한 명씩이 책상다리를 하고 앉아 있었다. 세 사람 모두 숄을 두르고 있었다. 알란나는 녹색의 아자에 소속된 자매였다. 황색의 자매와 백색의 자매는 모르는 사람이었다.

사이다를 포용했을 때의 빛에 둘러싸인 세 아이즈 세다이는 아치에서 눈을 떼지 않았다. 은색 구조물 안에서 응답하듯 빛이 깜빡이며 점점 커졌다. 그 구조물은 **티어앙그리알**이었다. 전설의 시대에 아치가 만들어진 이유는 알 수 없었다. 다만 지금은 신입들이 합격자가 되기 위해 그 아치를 통과했다. 아치 안으로 들어가면, 에그웨인은 자신의 공포와 대면해야 할 터였다. 세 번에 걸쳐서. 아치 안의 흰 빛은 더 이상 깜빡거리지 않았다. 갇히기라도 한 듯 아치 안에 남아 있었다. 다만 그 빛은 공간을 가득 채우며 불투명하게 만들었다.

"쉬엄쉬엄하세요, 엘라이다." 시리암이 침착하게 말했다. "곧 끝날 겁니다." 그녀가 에그웨인을 돌아보았다. "신입에게는 이 일을 할 세 번의 기회가 주어진다. 두 번은 저 안에 들어가지 않겠다고 할 수 있지만, 세 번째로 거절하면 화이트 타워에서 영영 쫓겨난다. 보통은 이런 방식으로 시험이 진행되지. 네게도 물론 시험을 거부할 권리가 있고. 하지만 네가 그렇게 하면 아멀린 권좌께서 즐거워하지 않으실 것 같구나.”

“이런 기회를 주어서는 안 되는 거였습니다.” 엘라이다의 목소리는 강철 같았고 그녀의 표정 역시 그보다 부드럽지는 않았다. “나는 저 애의 잠재력이 어느 정도든 관심 없습니다. 저 애는 화이트 타워에서 쫓겨났어야 마땅해요. 앞으로 10년 동안 바닥을 닦든지.”

시리암은 날카로운 눈으로 적색의 자매를 보았다. “당신도 일레인에게는 그렇게 단호하게 굴지 않았잖습니까? 이 일에 참여하겠다고 한 건 엘라이다 당신이에요. 아마 일레인 때문이겠지만. 그러니 이 아이를 위해서도 당신 역할을 해 주어야 합니다. 그러기로 돼 있잖아요. 싫으면 나가세요. 다른 사람을 찾겠습니다.”

두 아이즈 세다이는 서로를 오랫동안 바라보았다. 일원력의 빛이 둘을 둘러싸는 게 보이더라도 놀랍지 않을 지경이었다. 마침내 엘라이다가 고개를 획 젖히더니 큰 소리로 코웃음 쳤다.

“꼭 해야만 한다면 하지요. 저 불쌍한 꼬마에게 시험을 거부하고 그걸로 미련을 버릴 기회를 줍시다. 시간이 늦었어요.”

“전 거부하지 않을 거예요.” 에그웨인의 목소리가 떨렸다. 하지만 그녀는 목소리를 가라앉히고 고개를 높이 들었다. “계속하고 싶어요.”

“좋아.” 시리암이 말했다. “잘 됐다. 이젠 네가 서 있는 곳에 서기 전까지 그 어떤 여자도 듣지 못하는 말 두 가지를 해 주겠다. 일단 시작하면 끝까지 계속해야만 한다. 어느 시점에든 거부하면, 너는 세 번째 시험을 거부했을 때와 마찬가지로 화이트 타워에서 쫓겨날 것이다. 둘째. 무언가를 찾고 그것을 얻기 위해 분투하는 것은 위험을 아는 것이다.” 여러 번 같은 말을 해 본 말투였다. 그녀의 눈에는 연민의 빛이 어려 있었지만, 표정만큼은 엘라이다만큼 엄격했다. 에그웨인에게는 엄격함보다는 연민이 더 무섭게 느껴졌다. “어떤 여자들은 안으로 들어갔다가 영영 나오지 못했다. **티어앙그**

리알이 조용해진 다음에도 **그들은 그곳에 없었다.** 다시 목격되지도 않았고, 살아남고자 한다면 확고해야 한다. 흔들리다가 실패하면……" 시리암의 표정이 말하지 않은 단어를 더욱 실감 나게 했다. 에그웨인은 몸을 떨었다. "이게 너의 마지막 기회다. 지금 거부해도 첫 번째 시험을 거부한 것으로만 받아들여진다. 그래도 두 번 더 도전할 수 있다. 지금 받아들이면 돌아갈 길은 없다. 거부하는 건 부끄러운 일이 아니다. 나도 첫 번째에는 성공 못 했다. 선택해라."

나오지 못했다고? 에그웨인은 세게 침을 삼켰다. **나는 아이즈 세다이가 되고 싶어. 그러려면 먼저 합격자가 되어야 해.** "받아들입니다."

시리암이 고개를 끄덕였다. "그럼 준비하거라."

에그웨인은 눈을 깜빡이다가 옷을 다 벗고 들어가야 한다는 걸 떠올렸다. 그녀는 허리를 숙이고 끈으로 묶은, 베린이 준 종이 꾸러미를 내려놓으려 했지만…… 망설였다. 서류를 이 자리에 놔두면, 그녀가 **티어앙그리알**에 들어가 있는 사이 시리암이나 엘라이다가 서류를 살펴볼 수 있었다. 에그웨인의 주머니에 들어 있는, 더 작은 **티어앙그리알**을 발견할 수도 있었다. 계속하기를 거부하면, 에그웨인은 그 물건들을 숨길 수 있었다. 아마 나이니브에게 맡길 수도 있을 것이다. 에그웨인은 숨이 탁 막혔다. **지금 거부할 수는 없어. 이미 시작했는걸.**

"거부하기로 결정한 것이냐, 아이야?" 시리암이 인상을 쓰며 물었다. "이제 와서 거부한다는 게 무슨 의미인지는 알겠지?"

"아닙니다, 아이즈 세다이." 에그웨인이 재빨리 말했다. 그녀는 서둘러 옷을 벗어 갠 뒤 주머니와 종이 위에 내려놓았다. 그거면 될 터였다.

티어앙그리알 옆에 있던 알란나가 갑자기 입을 열었다. "일종의 반향이 있는데." 그녀는 아치에서 눈을 떼지 않았다. "거의 메아리처럼 들려. 어디서 나는 소리인지 모르겠는걸."

"그게 문제가 돼?" 시리암이 날카롭게 물었다. 그녀도 놀란 목소리였다. "무슨 문제가 있다면 저 안에 여자를 들여보내지는 않을 거야."

에그웨인은 갈망하는 눈으로 쌓아 놓은 옷을 바라보았다. **제발, 빛이여,**

문제가 있게 해 주세요. 들어가는 걸 거부하지 않아도 저 서류를 숨길 수 있게 해 주세요.

"아니야." 알란나가 말했다. "생각을 하려는데 머리 주변으로 무는벌레가 날아다니는 것과 비슷해. 방해가 되지는 않아. 전에는 한 번도 들어본 적 없는 일이기에 말했을 뿐이야." 그녀가 고개를 저었다. "지금은 안 들려."

"아마," 엘라이다가 무미건조하게 말했다. "다른 사람이라면 그렇게 사소한 문제는 언급할 가치가 없다고 생각했을 겁니다."

"계속하지요." 시리암의 말투는 더 이상의 방해를 참아 주지 않겠다는 듯했다. "이리 오너라."

에그웨인은 옷과 숨겨진 종이를 마지막으로 한 번 본 뒤 시리암을 따라 아치로 향했다. 맨발에 닿는 돌이 얼음처럼 느껴졌다.

"누구를 데려왔습니까, 자매여?" 엘라이다가 주문을 외듯 말했다.

시리암이 절제된 속도를 유지하며 대답했다. "합격자 후보생입니다, 자매여." **티어앙그리알** 주변의 세 아이즈 세다이는 움직이지 않았다.

"후보생은 준비되었습니까?"

"후보생은 예전의 자신을 버리고 두려움을 극복하여 합격자의 자격을 받아 낼 준비가 되었습니다."

"후보생은 자신의 두려움을 압니까?"

"후보생은 두려움을 직면한 적이 없으나 이제는 기꺼이 직면하려 합니다."

"그렇다면 후보생이 자신의 두려움을 직면하게 하시오." 형식적인 말이었는데도 엘라이다의 목소리에는 만족스러운 느낌이 배어 있었다.

"첫 번째 두려움은," 시리암이 말했다. "과거에 관한 것이다. 돌아가는 길은 단 한 번밖에 나타나지 않는다. 확고하게 버텨라."

에그웨인은 깊이 숨을 들이쉬고 앞으로 나서, 아치를 지나 빛 속으로 들어갔다. 빛이 그녀를 통째로 삼켰다.

"자임 도트리가 들렀어. 행상인이 베얼론에서 이상한 소식을 가져왔더라고."

에그웨인은 요람을 흔들어 주다가 고개를 들었다. 랜드가 문 앞에 서 있었다. 잠깐, 에그웨인의 머리가 핑 돌았다. 그녀는 랜드와—**내 남편이야**—요람의 아이를—**내 딸이고**—놀라서 번갈아 보았다.

돌아가는 길은 단 한 번밖에 나타나지 않는다. 확고하게 버텨라.

에그웨인 자신의 생각이 아니었다. 머릿속에서 들리는 소리일 수도 있고 밖에서 들리는 소리일 수도 있으며, 남자의 목소리일 수도 있고 여자의 목소리일 수도 있었다. 감정이 없고 알 수도 없는, 형체 없는 목소리. 어째서인지 에그웨인에게는 그 목소리가 낯설지 않게 느껴졌다.

놀라운 순간은 지나갔고, 궁금해할 만한 것이라고는 왜 뭔가 잘못된 것처럼 보인다는 생각을 했느냐는 것뿐이었다. 랜드는 당연히 그녀의 남편이었고—그녀의 남편, 사랑하는 남편이었다—조이야는 그녀의 딸이었다. 투 리버스에서 가장 아름답고 귀여운 꼬마. 랜드의 아버지 탬은 양을 데리고 나간 터였다. 랜드가 헛간에서 일할 수 있게 해 준다는 명목이었지만, 실제로는 랜드에게 조이야와 놀 시간을 더 주기 위해서였다. 그날 오후에는 에그웨인의 부모님이 마을에서 나올 예정이었다. 아마 나이니브도 나올 터였다. 엄마 노릇을 핑계로 언젠가 나이니브의 현자 자리를 대신하기 위한 공부를 게을리 하는 건 아닌지 확인하려고 말이다.

"무슨 소식?" 에그웨인이 물었다. 그녀는 다시 요람을 흔들기 시작했다. 랜드가 다가와 씩 웃으며 강보에 싸인 조그만 아이를 내려다보았다. 에그웨인은 혼자 조용히 웃었다. 랜드는 딸에게 푹 빠져 있어서 사람들이 하는 말을 절반은 알아듣지 못했다. "랜드? 무슨 소식이냐니까? 랜드?"

"어?" 랜드의 미소가 흐려졌다. "이상한 소식이야. 전쟁 소식. 무슨 큰 전쟁이 일어났대. 세상 대부분이 그 전쟁에 휘말렸다는 거야. 자임 말이 그래." 그건 정말 이상한 소식이었다. 전쟁 이야기는 보통 그 전쟁이 끝나고 한참이 지나서야 투 리버스에 들려왔다. "모두가 쇼킨인지 산찬인지 뭔지 하는 사람들과 싸우고 있대. 들어 본 적 없는 사람들이야."

에그웨인은 뭔지 몰라도 존재하던 것이 사라졌다는 걸 알았다. 아니, 안다고 생각했다.

"괜찮아?" 랜드가 물었다. "우리까지 걱정할 만한 일은 아니야, 여보. 전쟁이 투 리버스에까지 미치는 일은 결코 없으니까. 우린 어디에서든 너무 멀리 떨어져 있어서 아무도 신경 쓰지 않아."

"걱정 안 해. 자임이 다른 말은 안 했어?"

"믿을 만한 소리는 안 하던걸. 코플린처럼 말하더라. 행상인이 자기한테, 그 사람들이 전투에 아이즈 세다이를 이용한다는 얘기를 해 줬대. 그러더니 아이즈 세다이를 자기들한테 넘기는 사람한테는 금화 천 마르크를 주겠다고 했다는 거야. 거기다 아이즈 세다이를 숨겨 주는 사람은 누구든 죽인대. 말이 안 되잖아. 뭐, 우리가 걱정할 일은 아니지만. 아주 먼 데서 벌어진 일이니까."

아이즈 세다이라. 에그웨인은 머리를 짚었다. **돌아가는 길은 단 한 번밖에 나타나지 않는다. 확고하게 버텨라.**

에그웨인은 랜드도 머리를 짚고 있는 걸 보았다. "머리 아파?" 그녀가 물었다.

랜드는 고개를 끄덕였다. 그가 갑자기 눈을 꽉 감았다. "나이니브가 준 가루약이 며칠은 듣지 않는 것 같아."

에그웨인은 망설였다. 랜드의 두통이 걱정스러웠다. 이제는 두통이 찾아올 때마다 심해졌다. 처음에 에그웨인은 그 두통의 가장 나쁜 점을 알아차리지 못했다. 아예 알아차리지 못했으면 좋았겠다는 생각이 들 만큼 나쁜 점이었다. 랜드가 두통을 앓고 나면 얼마 지나지 않아 이상한 일들이 일어났다. 맑은 하늘에서 벼락이 떨어지며 랜드와 탬이 새로 밭을 일구려고 땅을 고르며 이틀 동안이나 뽑으려 애쓰던 거대한 참나무가 산산이 조각난다거나, 나이니브가 바람에 귀 기울였을 때도 듣지 못했던 폭풍이 닥친다거나, 숲에 불이 난다거나. 랜드의 고통이 깊어질수록 그 뒤에 일어나는 일도 심각해졌다. 아무도, 나이니브조차도 이런 사건을 랜드와 연결하지는 못했다. 에그웨인은 그 점이 다행스러웠다. 이런 연결의 의미에 대해 생각하고 싶지 않았다.

그야말로 멍청하고 바보 같은 생각이야. 에그웨인은 자신을 타일렀다. **내가 랜드한테 도움이 될지 알아봐야겠어.** 에그웨인에게도 나름의 비밀이 있었다. 그 의미를 알아내려 애쓰는 순간에도 겁이 나는 비밀이었다. 나이니브는 그녀에게 약초에 대해서, 언젠가 자신을 따라 현자가 되는 방법에 대해서 가르쳐 주었다. 나이니브의 약은 거의 기적적으로 잘 듣는 경우가 많았다. 상처는 흉터를 거의 남지 않게 아물었고, 아픈 사람들은 저승 문턱까지 갔다가 살아났다. 그런데 에그웨인은 지금까지 세 차례, 나이니브가 죽은 것이나 마찬가지라고 포기한 사람들을 고쳤다. 환자의 손을 잡고 마지막 순간까지 앉아서, 그가 임종할 자리를 털고 일어나는 모습을 세 번이나 지켜보았다. 나이니브는 무슨 일을 한 거냐고, 무슨 약초를 어떻게 섞어 썼느냐고 꼬치꼬치 물어보았다. 지금까지 에그웨인은 자신이 특별한 방법을 쓴 게 아니라는 걸 인정할 용기를 내지 못했다. **내가 뭔가 한 게 틀림없어. 한 번은 우연일 수도 있겠지만, 세 번은……. 알아봐야 해. 배워야 해.** 이렇게 생각하자 그 생각이 머릿속에서 울리기라도 하는 것처럼 윙윙대는 소리가 시작되었다. **내가 그 사람들을 위해서 뭔가 해 줄 수 있었다면 내 남편도 도울 수 있을 거야.**

"내가 한번 해 볼게, 랜드." 그녀가 말했다. 일어서는 순간, 그녀는 열린 문 너머로 집 앞에 서 있는 은색 아치를 보았다. 흰 빛으로 가득한 아치였다. **돌아가는 길은 단 한 번밖에 나타나지 않는다. 확고하게 버텨라.** 에그웨인은 문을 향해 두 발짝 걸어간 뒤에야 자제할 수 있었다.

그녀는 멈춰 서서 요람 속에서 꾸르륵대는 조이야를, 아직도 머리를 누르며 어디로 가느냐고 묻는 듯 그녀를 보고 있는 랜드를 돌아보았다. "아니야." 에그웨인이 말했다. "아니, 이게 내가 원하는 거야. 이게 내가 원하는 거라고! 왜 이것도 가질 수는 없는 거야?" 에그웨인은 자기 말을 이해할 수 없었다. 물론 이건 그녀가 원하는 것이었다. 그녀가 이미 가진 것이었다.

"뭘 원하는데, 에그웨인?" 랜드가 물었다. "내가 구해다 줄 수 있는 거라면 구해다 줄게. 구할 수 없으면 만들어라도 줄게."

돌아가는 길은 단 한 번밖에 나타나지 않는다. 확고하게 버텨라.

에그웨인은 한 발짝 더 문으로 다가갔다. 은색 아치가 신호했다. 무언가가 반대편에서 기다리고 있었다. 에그웨인이 세상 무엇보다도 원하는 무언가가. 그녀가 해야만 하는 무슨 일이.

"에그웨인, 나……."

등 뒤에서 쿵 소리가 들렸다. 어깨 너머를 보니 랜드가 무릎을 꿇은 채 몸을 숙이고 두 손으로 머리를 움켜쥐고 있었다. 고통이 그렇게까지 심하게 랜드를 공격한 적은 없었다. **이다음에는 어떻게 되는 거야?**

"아, 빛이여!" 랜드가 헐떡였다. "빛이여! 아파! 빛을 걸고, 그 어느 때보다도 아파! 에그웨인?"

확고하게 버텨라.

그것이 기다리고 있었다. 에그웨인이 해야만 하는 무슨 일이. 에그웨인은 그 일을 해야만 했다. 한발 더 나아갔다. 힘들었다. 살면서 했던 그 어떤 일보다 힘들었다. 밖으로, 아치를 향해. 등 뒤에서 조이야가 웃고 있었다.

"에그웨인? 에그웨인, 난 도저히……." 랜드의 말이 시끄러운 신음으로 끊겼다.

확고하게.

에그웨인은 등을 빳빳이 세우고 계속 걸어갔지만, 두 뺨으로 눈물이 흘러내리는 걸 막을 수 없었다. 랜드의 신음은 점점 심해져 비명이 되었다. 그 소리가 조이야의 웃음을 파묻었다. 에그웨인은 시야 가장자리로 탬이 다가오는 모습을 보았다. 탬이 최대한 열심히 달려오고 있었다.

탬은 도울 수 없어. 에그웨인은 생각했다. 눈물이 괴로운 흐느낌으로 바뀌었다. **탬이 할 수 있는 일은 아무것도 없어. 하지만 난 할 수 있어. 난 할 수 있어.**

그녀는 빛으로 들어갔고, 삼켜졌다.

에그웨인은 덜덜 떨고 흐느끼며 아치에서 나왔다. 들어갈 때와 똑같은 아치였다. 그녀를 마주 보는 시리암의 얼굴과 함께 기억이 쏟아지듯 되돌아왔다. 엘라이다가 에그웨인의 머리 위로 은색 성배를 천천히 기울이자 차갑고 깨끗한 물이 그녀의 눈물을 씻어냈다. 흐느낌은 이어졌다. 에그웨인은 울음이 언젠가 멈출 거라고는 생각할 수 없었다.

"네가 저지른 죄악과," 엘라이다가 선언했다. "너에게 행해진 죄악은 모두 정화되었다. 너는 저질렀을지도 모르는 범죄와 너에게 행해진 범죄로부터 정화되었다. 너는 마음과 영혼 모두 정결하고 깨끗하게 씻겨져 우리에게 왔다."

빛을 걸고, 에그웨인은 물이 몸을 따라 흘러내리는 가운데 생각했다. **그렇게 되길. 과연 물로 내가 한 짓을 씻을 수 있을까?** "그 애 이름은 조이야였어요." 에그웨인이 흐느끼는 사이사이 시리암에게 말했다. "조이야요. 그 어떤 것에도 제가 방금…… 방금 저지른 일을 할 만한 가치는……."

"아이즈 세다이가 되는 데는 대가가 따른다." 시리암이 대답했다. 하지만 그녀의 눈에는 연민이 전보다 강하게 돌아와 있었다. "늘 대가가 따르지."

"그게 진짜였나요? 제가 꿈을 꾼 거예요?" 흐느낌에 에그웨인이 하고 싶던 말이 삼켜졌다. **제가 랜드를 죽게 놔둔 거예요? 내 아기를 두고 온 건가요?**

시리암이 그녀의 어깨에 팔을 두르고 둥글게 늘어선 아치를 따라 이끌었다. "내가 지금까지 본 바에 따르면, 저기에서 나온 여자들은 모두 그 질문을 했단다. 답은 아무도 모른다는 거야. 돌아오지 않은 사람 중에는 더 행복한 곳을 발견했기에 그대로 머물 것을 선택하고 거기에서 살아가는 사람들도 있을지 모른다." 그녀의 목소리가 단호해졌다. "저게 현실이고, 그 사람들이 선택에 따라 머물기로 한 거라면, 난 그 사람들이 사는 인생이 행복과는 거리가 멀기를 바란다. 난 책임으로부터 도망치는 사람들에게 전혀 공감하지 않아." 시리암의 말투에 서린 날이 약간 누그러졌다. "나는 저게 현실이라고 생각하지 않는단다. 하지만 위험은 현실이지. 그 점을 기억해라." 시리암은 빛으로 가득 찬 다음 아치 앞에 멈춰 섰다. "준비됐느냐?"

에그웨인은 발을 움직거리며 고개를 끄덕였다. 시리암이 팔을 치웠다.

"두 번째는 현재다. 돌아가는 길은 한 번밖에 나타나지 않을 것이다. 확고하게 버텨라."

에그웨인은 몸을 떨었다. **무슨 일이 일어나든 지난번보다 고약할 리는 없어. 그건 불가능해.** 에그웨인은 빛 속으로 걸어 들어갔다.

그녀는 드레스를 내려다보았다. 진주가 들어간 푸른 비단옷이 먼지투성이가 되어 찢겨 있었다. 그녀는 고개를 들고 주위의 거대한 궁전 폐허를 살펴보았다. 케임린에 있는 안도어 왕궁이었다. 에그웨인은 그 사실을 알고 있었다. 비명을 지르고 싶었다.

돌아가는 길은 단 한 번밖에 나타나지 않는다. 확고하게 버텨라.

세상은 그녀가 바라던 것과 달랐다. 울고 싶은 마음 없이는 도저히 상상할 수 없는 모습이었다. 하지만 에그웨인의 눈물은 이미 오래전에 다 흘러서 말라버렸다. 세상은 지금 모습 그대로였다. 에그웨인이 보게 될 거라 예상했던 것이 바로 폐허였다.

에그웨인은 드레스가 더 찢어지는 것에는 신경 쓰지 않으면서도 소리가 나는 것에는 쥐처럼 신경을 쓰며 돌 더미 중 하나를 기어올라 시내의 휘어진 거리를 바라보았다. 시선이 미치는 모든 곳에 폐허와 황량해진 도시가, 미친 사람이 찢어발긴 듯한 모습의 건물들과 여태 타고 있는 불길에서 솟아나는 짙은 연기가 보였다. 거리에는 사람들이 있었다. 무장한 남자 무리가 배회하며 뭔가를 찾고 있었다. 트롤록들도 마찬가지였다. 남자들은 트롤록들을 피했고, 트롤록들은 그들에게 이빨을 드러내며 웃어 댔다. 배 속에서부터 나오는 거친 웃음소리였다. 하지만 그들은 서로를 알았고, 함께 작업했다.

머드랄이 성큼성큼 거리를 따라 다가왔다. 놈의 검은 망토는 돌풍이 몰아쳐 먼지와 쓰레기를 휩쓸어 가는 와중에도 놈이 발을 움직일 때만 가만히 흔들렸다. 남자들과 트롤록들이 모두 머드랄의 눈 없는 시선을 받으며 겁을 냈다. "쫓아라!" 머드랄의 목소리는 오래전에 죽은 무언가가 부스러지는 소리처럼 들렸다. "가만히 서서 떨지 마라! 놈을 찾아라!"

에그웨인은 돌 더미에서 최대한 조용하게 다시 미끄러져 내려왔다.

돌아가는 길은 단 한 번밖에 나타나지 않는다. 확고하게 버텨라.

에그웨인은 그 속삭임이 그림자의 자식들에게서 들려온 것일까 봐 멈춰 섰다. 하지만 어째서인지 그렇지 않다는 확신이 들었다. 방금 그녀가 있었던 곳에 머드랄이 서 있는 걸 보게 될까 봐 반쯤 겁에 질린 채 어깨 너머를 힐끗 본 그녀는 서둘러 앞으로 나아가 폐허가 된 궁전으로 들어갔다. 쓰러진 나무들을 기어올라 무너진 석조 건물의 묵직한 돌덩어리 사이를 비집으며 나아갔다. 그러다가 내벽이었던, 어쩌면 위층 바닥의 일부였던 석고와 벽돌 더미 아래에서 튀어나온 어떤 여자의 팔을 밟았다. 에그웨인은 그 팔을 알아보지 못한 것처럼, 팔의 한 손가락에 끼워져 있던 거대한 뱀 반지도 알아보지 못했다. 에그웨인은 트롤록과 어둠의 친구들이 케임린을 재료로 만들어 놓은 쓰레기 더미에 파묻힌 죽은 자들을 보지 않는 훈련을 해 왔다. 죽은 자들에게 해 줄 수 있는 일은 없었으니까.

천장 일부가 무너져 내린 좁은 틈 사이를 억지로 뚫고 나아간 에그웨인은 어느새 천장이었던 잔해 아래에 반쯤 파묻힌 방에 들어와 있었다. 랜드가 묵직한 서까래에 허리를 꿰뚫린 채 쓰러져 있었다. 그의 다리는 방 절반을 채운 돌덩이 아래에 감춰져 있었다. 먼지와 땀이 랜드의 얼굴을 뒤덮고 있었다. 에그웨인이 다가가자 그가 눈을 떴다.

"돌아왔구나." 랜드가 목쉰 소리로 억지로 말했다. "걱정했⋯⋯. 아무것도 아니야. 날 도와줘야 해."

에그웨인은 지쳐서 바닥에 주저앉았다. "공기 이능으로 그 서까래를 쉽게 들어 올릴 수 있지만, 서까래가 움직이는 순간 다른 모든 게 네 위로 떨어질 거야. 우리 둘 위로. 나 혼자 다 할 수는 없어, 랜드."

씁쓸하고 고통스러운 랜드의 웃음은 거의 시작되자마자 뚝 끊겼다. 그의 얼굴이 다시 한 번 땀으로 번들거렸다. 그가 힘겹게 말했다. "서까래는 내가 직접 움직일 수 있어. 너도 알잖아. 내가 서까래와 그 위의 돌까지 전부 움직일 수 있어. 하지만 그러려면 나 자신을 놓아 버려야 해. 마음 놓고 그렇게 할 수가 없어. 난 도저히 못 믿겠⋯⋯." 랜드는 쌕쌕 숨을 쉬느라 말을 멈추었다.

"이해가 안 가." 에그웨인이 천천히 말했다. "너 자신을 놓아 버린다고?

뭘 못 믿는다는 거야?" **돌아가는 길은 단 한 번밖에 나타나지 않는다. 확고하게 버텨라.** 에그웨인은 두 귀를 손으로 거칠게 문질렀다.

"광기 말이야, 에그웨인. 난, 사실 광기를 억제하고 있어." 랜드가 헐떡이며 웃자 그의 피부에 소름이 돋았다. "근데 그렇게 하는 데만도 내가 가진 모든 것이 필요해. 내가 잠시라도, 한순간이라도 정신을 놓아 버리면 광기가 나를 차지할 거야. 그때가 되면, 난 내가 무슨 짓을 하든 신경 쓰지 않을 거야. 네가 날 도와야 해."

"어떻게, 랜드? 난 내가 아는 모든 방법을 써 봤어. 방법을 말해 주면 그렇게 할게."

랜드의 손이 바깥으로 축 늘어졌다. 그의 손이 날을 드러낸 채 먼지 구덩이에 뒹구는 단검에 닿기 직전이었다. "단검." 그가 속삭였다. 랜드의 손이 고통스럽게 그의 가슴으로 돌아갔다. "여기. 가슴에. 날 죽여."

에그웨인은 랜드와 단검을 둘 다 독사라도 되는 듯 바라보았다. "안 돼! 랜드, 그렇게는 안 해. 못 해! 어떻게 그런 부탁을 할 수 있어?"

랜드의 손이 천천히 다시 단검 쪽으로 기어갔다. 이번에도 손가락이 닿지 않았다. 그는 신음하며 힘을 주었다. 손가락 끝으로 단검을 스쳤다. 에그웨인은 그에게 다시 시도할 겨를을 주지 않고 단검을 멀리 차 버렸다. 랜드는 흐느끼며 쓰러졌다.

"이유를 말해 줘." 에그웨인이 요구했다. "왜 나한테…… 나한테 너를 죽여 달라는 거야? 너를 치유해 줄게. 너를 거기서 꺼내 주기 위해서라면 뭐든지 할게. 하지만 널 죽일 수는 없어. 왜 그러는 거야?"

"놈들이 나를 바꿀 수 있어, 에그웨인." 랜드의 호흡이 너무 힘겨웠고, 에그웨인은 울 수 있으면 좋겠다고 생각했다. "놈들이, 머드랄이, 공포의 군주들이 나를 데려가서 그림자로 돌아서게 할 수 있어. 광기가 나를 사로잡으면 나는 놈들과 싸우지 못해. 너무 늦기 전까지는 놈들이 뭘 하는 건지도 모를 거야. 놈들이 나를 발견했을 때 내 안에 아주 작은 삶의 불꽃이라도 있다면 놈들은 그런 짓을 할 수 있어. 부탁이야, 에그웨인. 빛에 대한 사랑을 걸고 날 죽여."

"난……. 난 못 해, 랜드. 빛이여, 도와주세요. 난 못 해!"

돌아가는 길은 단 한 번밖에 나타나지 않는다. 확고하게 버텨라.

에그웨인은 어깨 너머를 보았다. 흰 빛으로 가득 찬 은색 아치가 폐허 가운데에 있는, 트인 공간 대부분을 차지하고 있었다.

"에그웨인, 도와줘."

확고하게 버텨라.

에그웨인은 일어서서 아치로 한발 다가갔다. 아치가 바로 앞에 있었다. 한 발만 더 가면…….

"부탁이야, 에그웨인. 도와줘. 손이 닿지 않아. 빛에 대한 사랑을 걸고, 에그웨인. 도와줘!"

"난 널 죽일 수 없어." 에그웨인이 속삭였다. "못 해. 미안해." 그녀는 앞으로 나섰다.

"도와줘, 에그웨인!"

빛이 에그웨인을 태워 재로 만들었다.

에그웨인은 비틀거리며 아치에서 나왔다. 자신이 벌거벗고 있다는 걸 의식하지도 못했고 관심도 없었다. 몸 전체가 떨렸다. 그녀는 두 손으로 입을 틀어막았다. "난 그럴 수 없었어, 랜드." 그녀가 속삭였다. "그럴 수 없었어. 용서해 줘." **빛이여, 랜드를 도와주세요. 제발, 랜드를 도와주세요.**

차가운 물이 그녀의 머리에 부어졌다.

"너는 거짓된 자만심으로부터," 엘라이다가 주문을 외듯 말했다. "거짓된 야망으로부터 깨끗이 씻겼다. 너는 마음과 영혼 모두 깨끗이 씻겨 우리에게 왔다."

적색의 자매가 돌아서자 시리암이 에그웨인의 어깨를 가만히 잡고 그녀를 마지막 아치로 데려갔다. "하나 더 있다, 아이야. 하나만 더 하면 끝이다."

"랜드는 놈들이 자기를 그림자로 돌아서게 할 수 있다고 했어요." 에그웨인이 웅얼거렸다. "머드랄과 공포의 군주들이 강요할 수 있다고 했어요."

시리암은 발을 헛디디더니 재빨리 주위를 둘러보았다. 엘라이다는 거의 탁자로 돌아가 있었다. **티어앙그리알**을 둘러싼 아이즈 세다이들은 아치를 바라보고 있었다. 다른 것은 전혀 인식 못 하는 듯했다. "기분 좋은 이야기는 아니구나, 아이야." 결국 시리암이 조용히 말했다. "가자. 하나 더 있다."

"정말 그런가요?" 에그웨인이 고집스럽게 물었다.

"관습에 따르면," 시리암이 말했다. "**티어앙그리알** 안에서 일어난 일에 관해서는 말하면 안 된다. 여자의 두려움은 그녀 혼자만의 것이다."

"정말 그럴 수 있어요?"

시리암은 한숨을 쉬더니 다른 아이즈 세다이들을 다시 한 번 힐끗 보고 속삭이는 정도로 목소리를 낮추어 빠르게 말했다. "이 이야기는 화이트 타워에서도 몇 사람만이 아는 것이다, 아이야. 언젠가 알게 된다 하더라도 지금의 너로선 알면 안 되는 이야기야. 하지만 말해 주마. 채널링을 하는 능력에는 어떤…… 약점이 따른다. 우리가 진정한 근원을 향해 우리 자신을 개방하는 방법을 배운다는 건 우리가…… 다른 것에도 개방될 수 있다는 뜻이야." 에그웨인은 몸을 떨었다. "진정해라, 아이야. 그렇게 쉽게 이루어지는 일은 아니니까. 내가 아는 한은 트롤록 전쟁 이후로 없었던 일이야. 빛께서 그런 일이 없도록 하셨어! 그 당시에는 공포의 군주—채널링을 할 수 있는 어둠의 친구 말이다—열세 명이 머드랄 열셋을 통해 흐름을 얽어내야 했다. 알겠니? 쉬운 일이 아니야. 오늘날에는 공포의 군주가 없다. 이건 화이트 타워의 비밀이란다, 아이야. 다른 자들이 알면 우리는 절대 그 사람들에게 그들이 안전하다는 믿음을 심어 줄 수 없어. 채널링을 할 수 있는 자만이 그런 식으로 변할 수 있다. 우리 힘의 약점이지. 다른 모든 사람은 요새처럼 안전하단다. 그 사람들은 오직 자신의 행위와 의지를 통해서만 그림자로 돌아설 수 있어."

"열셋이라니." 에그웨인이 작은 목소리로 말했다. "화이트 타워를 떠난 사람들과 숫자가 같네요. 리안드린과 열두 명이요."

시리암의 얼굴이 굳었다. "그건 네가 곱씹을 만한 문제가 아니다. 잊어버리거라." 그녀의 목소리가 평소 크기로 높아졌다. "세 번째는 다가올 미래에 관한 것이다. 돌아오는 길은 단 한 번밖에 나타나지 않을 것이다. 확고하게 버텨라.”

에그웨인은 빛나는 아치를, 아치 너머 어느 정도 떨어진 공간을 바라보았
다. **리안드린과 열두 사람. 채널링을 할 수 있는 어둠의 친구 열세 명. 빛이
여, 저희를 도우소서.** 에그웨인은 빛 속으로 들어갔다. 빛이 그녀를 가득 채
웠다. 그녀를 뚫고 빛났다. 빛은 그녀를 뼛속까지 태워 버렸고 영혼까지 지
져 댔다. 그녀는 빛 속에서 형광으로 번쩍였다. **빛이여, 저를 도우소서!** 존재
하는 건 빛, 그리고 고통뿐이었다.

에그웨인은 서 있는 거울을 들여다보았다. 그녀 자신의 얼굴에서 보이는,
나이를 알 수 없는 매끄러움과 목 주변에 걸쳐 있는 줄무늬 스톨 중 어떤 게
더 놀라운지 알 수 없었다. 그녀는 아멀린 권좌의 스톨을 두르고 있었다.
돌아가는 길은 단 한 번밖에 나타나지 않는다. 확고하게 버텨라.
열셋.
휘청거리던 에그웨인의 발이 거울에 걸렸다. 하마터면 거울을 쓰러뜨리
면서 파란 타일이 깔린 드레스룸 바닥에 넘어질 뻔했다. **뭔가 잘못됐어.** 그
녀가 생각했다. 뭔가 잘못됐다는 느낌은 갑작스러운 현기증과 아무 관련이
없었다. 최소한 잘못된 것처럼 느껴지는 게 그 현기증은 아니었다. 다른 무
언가였다. 하지만 그게 뭔지는 전혀 알 수 없었다.
그녀의 팔꿈치 근처에 아이즈 세다이 한 명이 있었다. 시리암처럼 광대뼈
가 높지만 머리카락이 검고 걱정 어린 갈색 눈을 가졌으며 어깨에는 한 뼘
넓이인, 연대기 기록자의 스톨을 두른 여자였다. 그녀는 시리암이 아니었다.
에그웨인은 한 번도 이 여자를 본 적이 없었다. 그러나 에그웨인은 그녀 자
신을 알 듯 이 여자에 대해서도 잘 안다고 확신했다. 에그웨인은 머뭇거리
며 여자의 이름을 떠올렸다. 벨데인.
“편찮으십니까, 어머니?”
**스톨이 녹색이야. 그것은 녹색의 아자였다가 승격되었다는 뜻이고. 연대
기 기록자는 늘 자기가 모시는 아멀린 권좌와 같은 아자 출신이지. 그 말은,
내가 만일 아멀린 권좌라면―만일이라고?―나도 녹색의 아자였다는 뜻이**

야. 에그웨인은 이 생각에 동요했다. 그녀가 녹색의 아자였다는 생각 때문이 아니었다. 이 사실을 추론해 내야 했다는 생각 때문이었다. **빛을 걸고, 나한테 뭔가 문제가 있어.**

돌아가는 길은 한 번밖에…… 머릿속 목소리가 서서히 흐려지다가 윙윙대는 소리로 끝났다.

어둠의 친구 열세 명.

"난 괜찮다, 벨데인." 에그웨인이 말했다. 혀에 닿는 그 이름이 낯설게 느껴졌다. 그 이름을 몇 년 동안이나 말해 온 것 같은데. "그들을 기다리게 해서는 안 된다." **누굴 기다리게 해?** 에그웨인은 알 수 없었다. 다만 그 기다림을 끝내는 것이 무한히 슬프게 느껴졌다. 무한히 망설여졌다.

"그들은 조바심을 낼 겁니다, 어머니." 벨데인의 목소리에도 망설이는 기색이 있었다. 에그웨인과 똑같이 주저하는 듯했다. 하지만 둘의 이유는 달랐다. 에그웨인의 추측이 틀리지 않았다면, 겉으로 드러나는 침착함과 달리 벨데인은 겁에 질려 있었다.

"그렇다면 시작하는 게 좋겠구나."

벨데인은 고개를 끄덕이더니 숨을 깊이 들이쉬고 나서 카펫을 가로질러 갔다. 그곳에는 눈처럼 흰 눈물방울 모양의 타 발론의 흰 불꽃이 끝에 달려 있는, 그녀의 관직을 나타내는 지팡이가 문 옆에 기대어 있었다. "그래야 할 것 같습니다, 어머니." 벨데인은 지팡이를 집어 들고 에그웨인에게 문을 열어 주더니 서둘러 그녀를 앞질러 나갔다. 그렇게 그들은 연대기 기록자가 아멀린 권좌를 이끄는, 두 사람으로 이루어진 행렬이 되었다.

에그웨인은 지나는 복도를 거의 의식하지 않았다. 그녀의 모든 관심은 내면으로 향해 있었다. **난 뭐가 문제지? 왜 기억이 안 나는 거야? 기억이…… 날 것만 같은 너무도 많은 것들이 왜 이렇게 잘못된 것처럼 느껴지지?** 에그웨인은 어깨에 걸친 일곱 줄무늬 스톨을 만져 보았다. **왜 반쯤은 내가 아직 신입이라는 확신이 드는 거야?**

돌아가는 길은 단 한 번밖…… 이번에는 문장이 갑자기 끊겼다.

흑색의 아자 열세 명.

이 생각에 에그웨인은 휘청거렸다. 무시무시한 생각이었다. 하지만 두려움 이상으로 뼛속에 한기가 느껴졌다. 그 생각에는…… 개인적인 의미가 있는 것 같았다. 에그웨인은 비명을 지르고 싶었다. 도망쳐 숨고 싶었다. 그들이 자신을 따라오는 것만 같았다. **말도 안 돼. 흑색의 아자는 파멸당했어.** 그것도 이상한 생각인 것만 같았다. 그녀의 일부는 위대한 숙청이라 불리는 어떤 사건을 기억하고 있었다. 하지만 다른 일부는 그런 일이 일어난 적이 없다고 확신했다.

벨데인은 시선을 앞에 고정하고 있었기에 에그웨인이 휘청거린 것을 몰랐다. 에그웨인은 그녀를 따라잡느라 보폭을 늘려야 했다. **이 여자는 발톱 끝까지 겁을 먹었어. 빛을 걸고, 대체 날 어디로 데려가는 거지?**

벨데인은 높다란 이중문 앞에 멈춰 섰다. 문의 검은 나무에는 타 발론의 불꽃이 은빛으로 커다랗게 새겨져 있었다. 벨데인은 갑자기 땀이 나는지 드레스에 손을 닦은 뒤 한쪽 문을 열었다. 그리고 타 발론의 벽처럼 은색 줄무늬가 들어간 흰 돌로 만들어진 곧은 경사로를 따라 에그웨인을 이끌었다. 이곳에서도 벽은 빛나는 것처럼 보였다.

경사로는 최소 27미터 높이의 돔 천장이 있는 크고 둥근 방으로 이어졌다. 방의 바깥쪽 가장자리를 따라 단차를 둔 단상이 세워져 있었다. 지금 이 경사로와 다른 두 경사로가 연결된 곳을 제외하면 그 단상 앞부분에는 계단이 설치돼 있었다. 경사로 셋은 원의 둘레에 같은 간격을 두고 배치된 형태였다. 타 발론의 불꽃이 바닥 한가운데에 있고, 그 주변을 점점 넓어지는 나선이 둘러싸고 있었다. 색색의 나선은 일곱 아자의 색깔로 이루어져 있었다. 경사로와 이어진 곳 맞은편에는 등받이가 높은 의자가 서 있었다. 덩굴과 잎사귀로 화려하게 조각된, 모든 아자의 색깔이 칠해진 묵직한 의자였다.

벨데인이 지팡이로 바닥을 여러 번 세게 두드렸다. 그녀의 목소리가 떨렸다. "그분께서 오십니다. 봉인의 파수꾼. 타 발론의 불꽃. 아멀린 권좌. 그분께서 오십니다."

단상 위에 있던, 숄을 두른 여자들이 치마 부스럭거리는 소리를 내며 각자의 의자에서 일어섰다. 스물한 개의 의자가 셋으로 나뉘어 있었다. 그렇게 삼등분된 의자들은 각기 의자 앞에 서 있는 여자들의 숄에 달린 술과 같은 색깔로 칠해져 있었으며, 같은 색깔의 방석도 대어져 있었다.

탑의 전당이야. 에그웨인은 바닥을 가로질러 자기 의자로 가면서 생각했다. 아멀린 권좌의 의자. **그게 다야. 탑의 전당과 각 아자의 배석자들. 나는 여기 수천 번이나 와 봤어.** 하지만 그중 한 번도 기억나지 않았다. **내가 탑의 전당에서 뭘 하는 거지? 빛을 걸고, 사실을 알면 저 사람들은 산 채로 내 가죽을 벗길…….** 에그웨인은 그들이 알게 될 사실이 무엇인지 몰랐다. 그저 그들이 모르기만을 기도할 뿐이었다.

돌아가는 길은 단 한 번밖에…….

돌아가는 길은…….

돌아가는…….

흑색의 아자가 기다리고 있어. 최소한 그 소리는 완전했다. 그 소리가 사방에서 들려왔다. 왜 다른 사람들은 그 소리를 듣지 못하는 것처럼 보일까?

아멀린 권좌의 의자에—그 의자 자체도 아멀린 권좌라 불렸다—앉으며, 에그웨인은 자신이 앞으로 뭘 해야 할지 전혀 모른다는 걸 깨달았다. 그녀가 앉자 다른 아이즈 세다이들도 자리에 앉았다. 지팡이를 들고 에그웨인 옆에 서서 긴장한 채 침을 삼킨 벨데인만이 예외였다. 그들 모두가 에그웨인을 기다리는 듯했다.

"시작해라." 마침내 에그웨인이 말했다.

그 말로 충분한 것 같았다. 적색의 배석자 중 한 명이 일어섰다. 에그웨인은 엘라이다를 알아보고 깜짝 놀랐다. 동시에, 그녀는 엘라이다가 적색의 배석자들 중 가장 선임이며 그녀의 가장 쓰라린 적수라는 걸 알았다. 방 건너편을 바라보는 엘라이다의 얼굴에 떠오른 표정을 보자 에그웨인은 몸속이 떨려왔다. 그 시선은 완고하고도 차가웠으며…… 의기양양해하고 있었다. 생각하지 않는 게 좋은 일들을 약속하는 눈빛이었다.

"그자를 데려와라." 엘라이다가 큰 소리로 말했다.

한 경사로에서—에그웨인이 들어온 경사로는 아니었다—돌에 장화 닿는 우적우적 소리가 났다. 사람들이 모습을 드러냈다. 열두 명의 아이즈 세다이가 세 남자를 둘러싸고 있었다. 남자 중 두 명은 흰색 눈물방울 모양인 타 발론의 불꽃을 가슴에 단, 건장한 경비병이었다. 그들은 사슬을 잡아당기고 있었는데, 그 바람에 세 번째 남자는 정신이 멍한 듯 휘청거렸다.

에그웨인은 의자에 앉은 채 덜컥 몸을 앞으로 움직였다. 사슬에 매인 남자는 랜드였다. 눈을 반쯤 감고 고개를 축 늘어뜨린 채 거의 잠들어 있는 것처럼 보였다. 그는 그저 사슬이 이끄는 대로 움직일 뿐이었다.

"이 남자는," 엘라이다가 선언했다. "자신을 드래건의 환생으로 명명했습니다." 그 말을 들은 사람들은 놀란 것 같지 않았다. 단지 듣기 싫은 말을 들은 듯했다. 역겹다는 듯 웅성거리는 소리가 났다. "이 남자는 일원력을 채널링했습니다." 웅성거리는 소리가 더욱 커졌다. 그 소리에 혐오감과 두려움의 얼룩이 묻어 있었다. "이에 대한 처벌은 한 가지뿐입니다. 모든 국가에서 알려지고 인정되는 처벌이지만, 오직 이곳 타 발론에서, 탑의 전당에서만 표명되는 처벌이지요. 저는 아멀린 권좌께 이 남자를 순치하라는 선고를 내려 주시기를 청합니다."

엘라이다의 눈이 에그웨인을 바라보며 반짝였다. **랜드잖아. 어떻게 하지? 빛이여, 어떻게 해야 합니까?**

"어째서 망설입니까?" 엘라이다가 물었다. "선고는 3천 년 동안 내려져 왔습니다. 왜 망설입니까, 에그웨인 알비어?"

녹색의 배석자 중 한 명이 일어섰다. 침착한 표정에서 분노가 환하게 드러났다. "부끄러운 줄 아시오, 엘라이다! 아멀린 권좌께 경의를 표하란 말입니다! 어머니께 존경심을 보이시오!"

"존경심이라." 엘라이다가 차갑게 대답했다. "존경심이란 얻을 수 있는 만큼 잃을 수도 있는 것입니다. 자, 에그웨인? 이제야 당신의 약점을, 당신이 그 자리에 어울리지 않는다는 사실을 드러낼 수 있을까요? 이 남자에게 선고를 내리지 않을 겁니까?"

랜드는 고개를 들려다가 실패했다.

에그웨인은 애써 일어섰다. 머리가 핑핑 돌았다. 그녀는 자신이 이 모든 여자에게 명령을 내릴 수 있는 힘을 가진 아멀린 권좌라는 점을 기억하려 애썼다. 그러는 한편으로는 자신이 신입이라고, 이곳에 어울리는 사람이 아니라고, 뭔가 끔찍하게 잘못됐다고 비명을 질렀다. "아니." 그녀가 떨면서 말했다. "아니, 난 그렇게 못 한다! 그렇게는 안……."

"정체를 드러내는군!" 엘라이다의 고함이 뭔가 말하려던 에그웨인의 목소리를 파묻어 버렸다. "자기 입으로 자기에게 유죄 판결을 내린 셈이야! 저 여자를 데려가라!"

에그웨인이 입을 열자 옆에서 벨데인이 움직였다. 그러더니 연대기 기록자가 지팡이로 그녀의 머리를 후려쳤다.

암흑.

처음에는 머리에 통증이 느껴졌다. 등 아래에 단단하고 차가운 무언가가 있었다. 그다음에는 목소리가 들렸다. 웅성거리는 소리.

"아직도 기절해 있는 건가?" 쉰 목소리, 줄로 뼈를 갈아 대는 듯한 소리였다.

"걱정하지 마." 멀리, 저 멀리서 어떤 여자가 말했다. 불안하고 겁에 질려 있지만 둘 다 드러내지 않으려고 애쓰는 목소리였다. "이 여자는 자기한테 무슨 일이 일어나는 건지 알아차리기도 전에 처리될 테니까. 그러면 우리 차지가 되는 거야. 우리 의지에 따르게 되겠지. 우리가 이 여자를 장난감으로 너에게 넘길 수도 있어."

"네 나름대로 이용한 다음에 말이지."

"당연하지."

멀리서 들리던 목소리가 더욱 멀어졌다.

에그웨인의 손이 다리에 스쳤다. 울퉁불퉁한 맨살이 만져졌다. 에그웨인은 실눈을 떴다. 그녀는 벌거벗은 채 멍든 몸으로 거친 나무 탁자 위에 누워 있었다. 더 이상 쓰이지 않는 창고인 듯했다. 나뭇조각이 등을 찔러 댔다. 입에서는 피에서 나는 금속 맛이 났다.

아이즈 세다이 여러 명이 방 한쪽에 모여 서서 자기들끼리 이야기하고 있었다. 목소리는 낮았지만 급박한 분위기였다. 머리의 통증 때문에 생각하기가 어려웠다. 하지만 그들의 숫자를 헤아리는 게 중요한 일처럼 느껴졌다. 열셋.

검은 망토를 두르고 두건을 쓴 남자들로 이루어진 또 한 집단이 아이즈 세다이들에게 합류했다. 아이즈 세다이들은 겁을 내야 할지, 존재감으로 상대를 위압해야 할지 몰라 갈팡질팡하는 듯했다. 남자들 중 한 명이 고개 돌려 탁자를 보았다. 두건 안의 죽은 듯한 흰 얼굴에는 눈이 없었다.

에그웨인은 머드랄의 수를 헤아릴 필요가 없었다. 이미 알고 있었으니까. 머드랄 열셋과 아이즈 세다이 열셋. 다른 생각을 할 것도 없이, 에그웨인은 순전한 공포에 비명을 질렀다. 뼈를 가르는 두려움을 느끼는 와중에도 그녀는 진정한 근원을 향해 손을 뻗어, 절박하게 **사이다**를 움켜쥐려 했다.

"깼어!"

"그럴 리가! 아직은 그럴 리 없어!"

"막아! 빨리! 빨리! 진정한 근원을 끊어 버려!"

"너무 늦었어! 저 여자는 너무 강해!"

"붙잡아! 서둘러!"

여러 사람의 손이 그녀의 팔과 다리로 뻗어 왔다. 바위 밑의 민달팽이처럼 허옇고 창백한 손. 창백하고 눈 없는 얼굴 너머의 정신이 지배하는 손. 에그웨인은 그 손이 살에 닿으면 자신이 미쳐 버리고 만다는 걸 알고 있었다. 일원력이 그녀를 가득 채웠다.

불꽃이 머드랄의 살을 찢고 터져 나왔다. 불로 이루어진 단단한 단검이라도 되는 것처럼 놈들의 검은 옷을 찢어발겼다. 반인들이 비명을 지르며 기름종이처럼 바삭바삭하게 타 버렸다. 주먹만 한 돌덩어리가 벽에서 절로 빠져나와 휙 소리를 내며 방을 가로지르더니 살갗에 쿵 부딪히며 비명과 신음을 뽑아냈다. 공기가 흔들리고 움직였다. 울부짖으며 소용돌이로 변했다.

에그웨인은 천천히, 고통스럽게 탁자를 밀치고 일어났다. 바람이 그녀의 머리카락을 후려치며 그녀를 흔들어 댔다. 에그웨인은 문 쪽으로 비틀비틀 나아가면서도 계속해서 그 바람을 몰아댔다. 아이즈 세다이 한 명이 에그웨인 앞에 어렴풋이 모습을 드러냈다. 멍이 들고 피를 흘리는 여자였다. 그녀는 일원력의 빛으로 감싸여 있었다. 검은 눈에 죽음이 깃든 여자였다.

에그웨인의 정신이 그 얼굴에 이름을 붙였다. 길단. 엘라이다와 가장 가까운 친구였다. 언제나 걱정스러운 듯 그녀와 귀엣말을 주고받고, 밤마다 그녀와 함께 밀실에 들어갔던 친구. 에그웨인의 입에 힘이 들어갔다. 에그웨인은 돌과 바람에 저항하며 주먹을 말아 쥐고 길단의 미간을 최대한 세차게 후려쳤다. 적색의 자매는—**흑색의** 자매는—뼈가 녹아내린 것처럼 주저앉았다.

에그웨인은 손마디를 문지르며 비틀비틀 복도로 나갔다. **고마워, 페린.** 에그웨인은 생각했다. **방금 걸 하는 방법을 알려 줘서. 근데 얼마나 아픈지는 말 안 해줬잖아.**

에그웨인은 문을 밀어 닫아 바람을 막으며 채널링했다. 문 근처의 돌이 떨리고 갈라지며 나무를 떠받쳤다. 오래 버티지는 못하겠지만, 1분이라도 놈들의 추격을 막을 수 있는 일이라면 해 볼 가치가 있었다. 몇 분 차이로 목숨을 구할 수도 있었다. 에그웨인은 힘을 모아 억지로 달리기 시작했다. 휘청거리는 발걸음이기는 해도, 최소한 달려가는 것이긴 했다.

에그웨인은 옷을 찾아야겠다고 생각했다. 똑같은 여자라도 벌거벗고 있을 때보다는 옷을 입었을 때 더 권위가 있었다. 그녀에게는 아무리 작은 권위라도 죄다 필요했다. 놈들은 제일 먼저 그녀의 방을 찾아볼 것이다. 하지만 에그웨인은 서재에 여벌 드레스와 신발을—그리고 또 하나의 스톨을— 두고 있었다. 서재는 그리 멀지 않았다.

텅 빈 복도를 빠르게 지나자니 불안했다. 화이트 타워에는 더 이상 예전만큼 많은 사람이 살지 않았지만, 그래도 보통은 누군가 있게 마련이었다. 주변은 조용했다. 가장 크게 들려오는 소리는 그녀의 맨발이 타일에 찰싹찰싹 닿는 소리였다.

에그웨인은 서둘러 서재 전실을 지나 안쪽 방으로 들어갔다. 거기서 누군가를 발견했다. 벨데인이 두 손으로 머리를 감싼 채 바닥에 앉아 흐느끼고 있었다.

에그웨인은 경계하며 멈춰 섰다. 벨데인이 붉어진 눈을 들어 그녀와 시선을 맞추었다. 연대기 기록자를 둘러싼 **사이다**의 빛은 없었다. 그래도 에그웨인은 신중했다. 자신감이 생기기도 했다. 물론 에그웨인은 자신에게서 나오는 빛도 볼 수 없었다. 하지만 그녀의 몸 전체에서 솟구치는 힘, 일원력만으로 충분했다. 특히 그 힘에 그녀의 비밀이 더해진다면.

벨데인은 눈물로 얼룩진 두 뺨을 손으로 문질러 닦았다. "어쩔 수 없었습니다. 이해하셔야 해요. 그럴 수밖에 없었어요. 그자들이…… 그자들이……." 그녀는 몸을 떨며 깊이 숨을 들이쉬었다. 모든 말이 한꺼번에 쏟아져 나왔다. "사흘 전 밤에, 놈들이 잠들어 있는 저를 납치해 순화했습니다." 그녀의 목소리가 거의 비명을 지르듯 높아졌다. "놈들이 저를 **순화**했어요! 저는 더 이상 채널링을 할 수 없습니다!"

"빛을 걸고," 에그웨인이 나직하게 말했다. **사이다**가 쇄도하며 그 충격을 완충해 주었다. "빛께서 너를 돕고 위로해 주시기를 바란다, 내 딸아. 왜 내게 말하지 않았느냐? 말했다면 내가……." 에그웨인은 할 수 있는 일이 아무것도 없다는 걸 알았기에 그대로 말을 흐렸다.

"당신께서 뭘 하셨겠습니까? 무엇을요? 아무것도! 당신이 할 수 있는 일은 아무것도 없습니다. 하지만 놈들은……. 어둠의 존재가 가진 힘으로 제게 일원력을 돌려줄 수 있다고 했습니다." 벨데인이 눈을 꽉 감았다. 눈물이 새어 나왔다. "놈들이 저를 해쳤습니다, 어머니. 그리고 제게 억지로……. 아, 빛이여. 놈들이 저를 해쳤습니다! 엘라이다는 놈들이 저를 다시 온전하게 만들어 줄 것이라고, 제가 다시 채널링을 할 수 있게 해 줄 것이라고 했습니다. 제가 복종하기만 하면요. 그래서 제가…… 어쩔 수 없었습니다!"

"그럼 엘라이다는 **정말로** 흑색의 아자인 거구나." 에그웨인이 어둡게 말했다. 좁다란 옷장이 벽에 기대어 서 있었다. 그 안에는 방으로 돌아갈 시간이 없을 때를 대비해 보관해 둔 녹색 비단 드레스가 걸려 있었다. 줄무늬 스톨이 드레스 옆에 걸려 있었다. 에그웨인은 빠르게 옷을 입기 시작했다. "놈들이 랜드에게 무슨 짓을 한 거냐? 랜드를 어디로 데려갔지? 대답해라, 벨데인! 랜드 알소르는 어디에 있어?"

벨데인은 입술을 떨며 몸을 웅크렸다. 그녀의 시선은 황폐해진 채 내면을 향하고 있었다. 하지만 결국 그녀는 간신히 정신을 차리고 말했다. "배신자의 법정으로 갔습니다, 어머니. 놈들이 그를 배신자의 법정으로 데려갔습니다."

순간 전율이 일었다. 두려움의 떨림. 분노의 떨림. 엘라이다는 한 시간도 채 기다리지 않았다. 배신자의 법정은 오직 세 가지 목적으로만 쓰였다. 처형, 아이즈 세다이의 순화, 혹은 채널링할 수 있는 남자의 순치. 그러나 세 가지 일에는 모두 아멀린 권좌의 명령이 필요했다. **그럼 저 바깥에서 스톨을 걸치고 있는 건 누구지?** 에그웨인은 그 사람이 엘라이다일 거라고 확신했다. **하지만 엘라이다가 무슨 방법을 썼기에 다른 아이즈 세다이들이 이토록 빨리 엘라이다를 받아들인 걸까? 내가 재판도, 선고도 받지 않은 상태에서? 내가 스톨과 지팡이를 빼앗기기 전까지 다른 아멀린 권좌는 존재할 수 없어. 그런 일이 쉽지는 않을 텐데. 빛을 걸고! 랜드!** 에그웨인은 문을 향해 갔다.

"당신이 뭘 하실 수 있습니까, 어머니?" 벨데인이 절규했다. "뭘 할 수 있으십니까?" 랜드에 대해서 묻는 건지, 그녀 자신에 대해 묻는 건지는 분명하지 않았다.

"누구도 생각 못 할 만큼 많은 것들을 할 수 있지." 에그웨인이 말했다. "나는 맹세의 막대를 쥔 적이 없다, 벨데인." 벨데인이 헛숨 들이켜는 소리가 서재에서부터 그녀를 따라왔다.

에그웨인의 기억은 지금도 그녀와 숨바꼭질하고 있었다. 그녀는 그 어떤 여자도 손에 맹세의 막대를, 태어날 때부터 뼈에 새겨진 것처럼 맹세를 지키게 하는 **티어앙그리알을** 쥐고 세 가지 맹세를 지키기로 서원하지 않는 한 숄과 반지를 얻을 수 없다는 걸 알고 있었다. 그럼에도 에그웨인은 어째서인지, 도저히 생각나지 않는 어떤 방법을 통해 자신이 그런 일을 해냈다는 걸 알고 있었다.

에그웨인이 달리자 신발에서 빠르게 또각또각 소리가 났다. 최소한 이제는 복도가 빈 이유를 알 수 있었다. 에그웨인이 창고에 남겨 두고 온 자들을 뺀 모든 아이즈 세다이와 합격자, 신입, 심지어 모든 하인이 관습에 따라 배신자의 법정에 모여 있을 터였다. 타 발론의 의지가 실현되는 모습을 지켜보려고.

게다가 수호자들이 누군가가 순치당해야 할 남자를 풀어 주려 할지 모른다는 가능성에 대비해 법정을 둘러싸고 있을 터였다. 궤어 아말라신의 패잔병이 그런 탈옥을 시도한 적이 있었다. 그 결과 두 번째 드래건의 전쟁이라 불리는 전쟁이 일어났고. 아터 호크윙이 떠올라 타 발론에 다른 걱정거리를 안겨 주기 직전이었다. 오래전, 라올린 다크스베인의 추종자들도 똑같은 일을 했다. 랜드에게 추종자가 있는지 없는지는 기억나지 않았지만, 수호자들은 그런 역사를 기억하고 추종자들을 막았다.

엘라이다나 다른 누군가가 정말로 아멀린 권좌의 스톨을 두르고 있다면 수호자들은 에그웨인을 배신자의 법정에 들여보내지 않을지도 몰랐다. 에그웨인은 자신이라면 억지로 들어갈 수 있다는 걸 알고 있었다. 빠르게 해야 할 일이었다. 그녀가 수호자들을 공기로 감싸도 그사이에 랜드가 순치당한다면 아무 의미가 없었다. 그러나 그녀가 벼락을 떨어뜨리고 화톳불을 솟아오르게 하고 발아래 땅을 무너뜨린다면 제아무리 수호자라도 무너질 수밖에 없었다. **화톳불?** 에그웨인은 고민했다. 하지만 에그웨인이 랜드를 구하겠다고 타 발론의 힘을 파괴해 버린다면 그 또한 전혀 도움이 되지 않을 터였다. 그녀는 둘 모두를 구해야 했다.

에그웨인은 배신자의 법정으로 이어지는 길에 살짝 못 미친 곳에서 옆으로 돌아, 올라갈수록 점점 좁아지고 가팔라지는 계단과 경사로를 올랐다. 마침내 바닥문을 열고 비스듬한 탑 꼭대기로 나왔다. 거의 하얀 타일로 이루어진 지붕 위였다. 거기에서는 다른 지붕과 탑 너머로 널찍하게 트여 있는 우묵한 공간, 즉 배신자의 법정이 보였다.

법정은 가운데 공간이 비어 있을 뿐 북적거렸다. 법정을 내려다보는 창문 밖에 사람들이 가득이었다. 발코니와 지붕까지 사람들이 북적거렸다. 에그웨인은 멀리서, 한 남자가 공터 한가운데에 외로이 앉아 사슬에 매인 채 흔들리는 모습을 알아볼 수 있었다. 랜드. 열두 아이즈 세다이가 그를 둘러싸고 있었고, 또 한 명은—잘 보이지는 않았지만, 일곱 줄이 들어간 스톨을 걸치고 있다는 걸 알 수 있었다―랜드 앞에 섰다. **엘라이다.** 그녀가 하고 있을 게 틀림없는 말이 에그웨인의 머릿속으로 기어들었다.

빛께서 저버리신 이 남자는 진정한 근원의 남성적 절반인 사이딘과 접촉했다. 그래서 우리가 그를 잡아 두었다. 대단히 끔찍하게도, 이 남자는 사이딘이 어둠의 존재에 의해 오염되었다는 걸, 남자의 자만과 죄악으로 얼룩졌다는 걸 알면서도 일원력을 채널링했다. 그래서 우리가 그를 사슬로 묶었다.

에그웨인은 나머지 말을 머릿속에서 억지로 밀어냈다. **아이즈 세다이 열셋. 열두 명의 자매와 아멀린 권좌. 순치에 필요한 전통적 숫자야. 그 숫자와 같은 건…….** 에그웨인은 그 생각도 지워 버렸다. 이곳에 온 목적을 이루는 것 말고는 무엇도 할 시간이 없었다. 방법만 어떻게든 알아낸다면.

멀리서, 그녀는 공기의 권능으로 랜드를 들어 올릴 수 있을 거라고 생각했다. 그를 둥글게 둘러싼 아이즈 세다이들 사이에서 집어 들어 곧장 그녀에게 날아오도록 하는 것이다. 글쎄. 에그웨인이 그럴 힘을 낼 수 있다고 해도, 랜드를 반쯤 데려오다가 떨어뜨려 죽이지 않는다고 해도, 그 과정은 느릴 터였다. 랜드는 무력하게 궁수들의 표적이 될 테고 **사이다**의 빛이 에그웨인을 찾으려는 모든 아이즈 세다이에게 그녀의 위치를 알려줄 터였다. 모든 머드랄에게도.

"빛이여." 에그웨인이 중얼거렸다. "다른 방법은 없어. 화이트 타워 안에서 전쟁을 일으키는 것이나 다름없는 방법 말고는. 어쨌든 그 방법을 써야 할지 몰라." 그녀는 일원력을 끌어모아 그 타래를 가르고 흐름을 이끌었다.

돌아가는 길은 단 한 번밖에 나타나지 않는다. 확고하게 버텨라.

이 말을 마지막으로 들은 게 너무 오래전이라 에그웨인은 깜짝 놀라 움찔하며 매끄러운 타일에서 미끄러졌다. 그녀는 간신히 모서리 직전에서 멈춰 섰다. 수백 미터 아래에 땅이 있었다. 그녀는 어깨 너머를 보았다.

그곳에, 탑 꼭대기에, 비스듬한 타일에 평평하게 닿도록 기울어져 있는 것은 반짝이는 빛으로 가득한 은빛 아치였다. 아치가 깜빡거리며 흔들렸다. 성난 빨간색과 노란색 줄무늬가 흰 빛 너머에서 쏟아져 나왔다.

돌아가는 길은 단 한 번밖에 나타나지 않는다. 확고하게 버텨라.

아치가 거의 투명해질 만큼 얇아졌다가 다시 단단해졌다.

에그웨인은 미친 사람처럼 배신자의 법정을 바라보았다. 시간이 있을 게 틀림없었다. 그래야만 했다. 그녀에게 필요한 건 겨우 몇 분의 시간, 아마 10분 정도의 시간과 행운뿐이었다.

목소리가 그녀의 머릿속을 파고들었다. 그녀에게 확고해야 한다고 경고했던, 실체 없고 정체를 알 수 없는 목소리가 아니었다. 그녀가 안다고 거의 확신하는 여자들의 목소리였다.

이 이상 오래 버틸 수는 없습니다. 그 애가 지금 나오지 않으면…….

버텨! 버티라고, 태워 죽일. 아니면 내가 철갑상어 배를 가르듯 당신 배를 가르고 말 거야!

미쳐 가고 있습니다, 어머니! 우린 도저히…….

목소리들은 점점 흐려지며 웅성거리는 소리로, 이어 침묵으로 변했다. 그러나 알 수 없는 목소리가 다시 말했다.

돌아가는 길은 단 한 번밖에 나타나지 않는다. 확고하게 버텨라.

아이즈 세다이가 되는 데는 대가가 따른다.

흑색의 아자가 기다리고 있다.

분노와 상실의 비명을 지르며, 에그웨인은 아지랑이처럼 아른거리는 아치로 몸을 던졌다. 아치에서 빗나가 떨어져 죽고 싶은 마음이 들 지경이었다.

빛이 한 가닥 한 가닥 그녀를 뜯어내고, 그 가닥들을 머리카락처럼 가늘게 조각내고, 그 머리카락을 아무것도 아닌 연기로 쪼개 놓았다. 빛에 실려 모든 것이 해체되었다. 영원히.

23장 봉인되다

빛이 한 가닥 한 가닥 그녀를 뜯어내고, 그 가닥들을 머리카락처럼 가늘게 조각내고, 그 머리카락을 아무것도 아닌 연기로 쪼개 놓았다. 빛에 실려 모든 것이 해체되었다. 영원히.

에그웨인은 추위를 느끼며 분노로 뻣뻣해진 채 은색 아치에서 걸어 나왔다. 분노의 얼음 같은 차가움이 지글거리는 기억을 상쇄해 주기를 바랐다. 몸은 타오르던 느낌을 기억하고 있었으나 다른 기억들이 그보다도 깊이 새겨지며 까맣게 타올랐다. 죽음처럼 차가운 분노.

"저한테는 이런 일밖에 없는 건가요?" 에그웨인이 물었다. "랜드를 버리고 또 버리는 것밖에? 랜드를 계속해서 배신하고 실망시키는 것밖에? 저한테 있는 건 그것뿐인가요?"

문득 그녀는 모든 것이 일반적인 상황과 다르다는 걸 깨달았다. 지금은 아멀린 권좌가 와 있었다. 에그웨인도 그러리라는 건 들어서 알고 있었다. 각 아자의 숄을 두른 자매도 한 명씩 있었다. 하지만 그들 모두가 걱정스럽게 그녀를 보고 있었다. 이제는 아이즈 세다이 두 명이 **티어앙그리알** 둘레의 두 지점에 앉아 있었다. 그들의 얼굴에서 땀이 흘렀다. **티어앙그리알**이

윙윙거리며 진동하다시피 했다. 격렬한 빛의 줄기가 아치 안의 흰 빛을 찢어발겼다.

사이다의 빛이 잠시 에그웨인의 머리에 손을 대는 시리암을 감싸며, 그녀에게 새로운 한기를 통과시켰다. "이 아이는 괜찮습니다." 신입 담당은 안도한 목소리였다. "다치지 않았습니다." 그럴 줄 몰랐다는 투였다.

에그웨인을 마주 보는 다른 아이즈 세다이들에게서 긴장감이 풀리는 듯했다. 엘라이다가 길게 숨을 내쉬더니 서둘러 마지막 성배를 가지러 갔다. **티어앙그리알** 주변의 아이즈 세다이들만이 긴장을 풀지 않았다. 윙윙대는 소리는 작아졌고 빛은 깜빡이기 시작했다. **티어앙그리알**이 진정되어 간다는 신호였다. 하지만 아이즈 세다이들은 그 과정에서 한 걸음 한 걸음 **티어앙그리알**과 맞서 싸우는 것처럼 보였다.

"무슨…… 무슨 일이죠?" 에그웨인이 물었다.

"조용히 해라." 시리암이 말했다. 부드러운 목소리였다. "당장은 조용히 하거라. 너는 무사하고—그게 가장 중요한 일이다—우리는 의식을 마무리해야 한다." 엘라이다가 거의 달리듯 다가오더니 마지막 은빛 성배를 아멀린 권좌에게 건넸다.

에그웨인은 잠시 망설인 뒤에야 무릎을 꿇었다. **무슨 일이 있었던 거지?**

아멀린 권좌는 성배를 에그웨인의 머리 위에 천천히 비웠다. "너는 에먼즈 필드의 에그웨인 알비어로부터 깨끗하게 씻겨졌다. 너는 너를 이 세상과 연결하는 모든 끈으로부터 깨끗하게 씻겨졌다. 너는 마음과 영혼 모두 깨끗하게 씻겨져 우리에게 왔다. 너는 화이트 타워의 합격자, 에그웨인 알비어다." 마지막 물 한 방울이 에그웨인의 머리카락에 튀었다. "이제 너는 우리에게 봉인되었다."

마지막 말에는 특별한 의미가 있는 것 같았다. 에그웨인과 아멀린 권좌만이 아는 특별한 의미. 아멀린 권좌는 다른 아이즈 세다이 중 한 명에게 성배를 건네고 자기 꼬리를 무는 뱀 형태의 황금 반지를 꺼냈다. 에그웨인은 왼손을 들며 자기도 모르게 떨었고, 아멀린 권좌가 거대한 뱀 반지를 세 번째 손가락에 끼워 주자 다시 떨었다. 아이즈 세다이가 된 뒤에는 원하는 손가락에 반지를 끼거나 정체를 감춰야 할 때는 아예 끼지 않을 수도 있었다. 하지만 합격자들은 왼손 세 번째 손가락에 반지를 끼웠다.

아멀린 권좌는 미소도 짓지 않은 채 에그웨인을 일으켜 세웠다. "환영한다, 딸아." 그녀가 에그웨인의 뺨에 입을 맞추며 말했다. 에그웨인은 전율을 느끼고 놀랐다. 아멀린 권좌는 그녀를 아이가 아니라 딸이라고 불렀다. 지금 이 순간까지 그녀는 언제나 아이였다. 아멀린 권좌가 반대쪽 뺨에도 입을 맞추었다. "환영한다."

아멀린 권좌는 물러서서 평가하듯 에그웨인을 살펴보았다. 그러나 시리암에게는 이렇게 말했다. "몸을 말려 주고 옷을 입힌 뒤, 건강한지 확인하거라. 확실하게 해야 한다. 명심해라."

"확실히 하겠습니다, 어머니." 시리암은 놀란 목소리였다. "어머니께서도 제가 에그웨인을 철저히 살피는 걸 보시지 않았나요."

아멀린 권좌는 끙 소리를 냈다. 그녀의 시선이 **티어앙그리알**로 향했다. "오늘 밤 무엇이 잘못됐는지 알아야겠다." 그녀는 의미심장하게 치맛자락을 펄럭이며 시선이 향하는 방향으로 성큼성큼 다가갔다. 다른 아이즈 세다이 대부분이 **티어앙그리알** 근처에서 그녀와 합류했다. 지금 **티어앙그리알**은 그저 원을 그리고 서 있는 아치형의 은색 구조물에 불과했다.

"어머니께서 너를 걱정하신다." 시리암이 에그웨인을 한쪽으로 끌고 가며 말했다. 그곳에는 머리를 말릴 두꺼운 수건과 몸의 다른 부분을 말릴 또 다른 수건이 있었다.

"그럴 만한 이유가 있었나요?" 에그웨인이 물었다. **아멀린 권좌는 사슴이 쓰러지기 전까지 사냥개에게 아무 일도 일어나지 않기를 바라는 거야.**

시리암은 대답하지 않았다. 그냥 살짝 인상을 찌푸리더니 에그웨인이 몸을 말리기를 기다렸다가 아랫부분에 일곱 색깔 띠가 둘린 흰 드레스를 건넸다.

에그웨인은 찰나의 실망감을 느끼며 드레스를 입었다. 그녀는 손가락에 반지를 끼고 드레스에는 띠가 둘린 합격자였다. **그런데 왜 달라진 기분이 전혀 들지 않는 거지?**

엘라이다가 다가왔다. 에그웨인이 신입 때 입던 드레스와 신발, 허리띠, 주머니를 한 아름 안은 채였다. 베린이 준 서류도. 그 서류가 엘라이다의 손에 들려 있었다.

에그웨인은 아이즈 세다이에게서 꾸러미를 낚아채고 싶은 마음을 간신히 참고 그녀가 짐을 돌려줄 때까지 기다렸다. "감사합니다, 아이즈 세다이." 에그웨인은 은밀히 서류를 살펴보려 했다. 누가 서류를 건드렸는지 알 수가 없었다. 끈은 여전히 묶여 있었다. **엘라이다가 내용 전부를 읽었다 해도 그걸 어떻게 알지?** 신입 드레스로 가려진 주머니를 꽉 움켜쥐자 안에 들어 있는 특이한 고리가, **티어앙그리알**이 만져졌다. **그래도 이건 아직 있네. 빛을 걸고, 엘라이다가 이걸 가져갔다 해도 내가 신경이나 썼을지 모르겠지만. 아니, 신경 썼을 거야. 아마도.**

엘라이다의 얼굴은 그녀의 목소리만큼 차가웠다. "나는 오늘 밤 네가 불려 나오는 걸 원하지 않았다. 방금 일어난 일이 두려웠기 때문이 아니야. 아무도 그런 일을 예지할 수는 없었다. 그저 네 정체 때문이었어. 너는 야생인이니까." 에그웨인이 항의하려 했지만 엘라이다는 빙하처럼 확고하게 말을 이었다. "아, 네가 아이즈 세다이 밑에서 채널링하는 방법을 배웠다는 건 알고 있다. 그래도 너는 야생인이야. 영혼도, 행실도. 네게는 어마어마한 잠재력이 있다. 그게 아니었다면 오늘 밤 저 안에서 살아남지 못했을 거야. 하지만 잠재력만으로 바뀌는 건 아무것도 없다. 어느 손가락에 반지를 끼우든, 난 네가 화이트 타워의 일원이 될 거라고 생각하지 않는다. 나머지 우리와 똑같은 방법으로는. 살아 있을 만큼만 배우는 데서 만족하고 따분한 고향으로 돌아가는 편이 네게는 더 나았을 것이다. 훨씬 더 나았을 거야." 엘라이다는 휙 돌아서서 성큼성큼 방을 나섰다.

저 여자는 흑색의 아자가 아니라도 흑색의 아자와 거의 비슷한 존재일 거야. 에그웨인은 불쾌해져서 생각했다. 그녀는 소리 내 시리암에게 투덜댔다. "한마디 해 주지 그러셨어요. 절 도와주실 수도 있었잖아요."

"네가 신입이었다면 도왔을 거다, 아이야." 시리암이 침착하게 대답했다. 에그웨인은 움찔했다. 그녀는 다시 "아이"가 되어 있었다. "나는 보호가 필요한 신입들을 도우려 노력한다. 신입들은 자신을 지키지 못하니까. 하지만 너는 이제 합격자다. 너 자신을 보호하는 방법을 배울 때야.”

에그웨인은 시리암의 눈을 살폈다. 시리암이 마지막 문장을 강조해서 말한 것 같았는데, 그게 그저 자신의 상상일 뿐인지 알 수 없었다. 시리암에게도 엘라이다만큼 명단을 읽고 에그웨인이 흑색의 아자와 얽혀 있다고 생각할 기회가 있었다. **빛을 걸고, 넌 모두를 의심하는구나. 하긴, 그게 죽는 것보다는 낫지. 아니면 흑색의 아자 열세 명에게 잡혀서……**. 에그웨인은 서둘러 이런 생각을 끊어 냈다. 머릿속에 그런 생각이 떠오르는 걸 바라지 않았다. “시리암, 오늘 밤에 무슨 일이 있었던 건가요?” 그녀가 물었다. “말 돌리지 마시고요.” 시리암의 눈썹이 머리카락 있는 데까지 솟는 것처럼 보였다. 에그웨인은 서둘러 질문을 바꿨다. “그러니까, 죄송합니다, 시리암 세다이.”

“네가 아직 아이즈 세다이가 아니라는 걸 기억하거라, 아이야.” 목소리에 깃든 강철 같은 기색에도 시리암의 입술에는 미소가 스쳤다. 그녀가 말을 이으며 곧 사라지기는 했지만. “난 무슨 일이 일어났는지 모른다. 그저 네가 거의 죽을 뻔했다는 게 무척 두려울 뿐이야.”

“**티어앙그리알**에서 나오지 않는 사람들에게 무슨 일이 일어나는지 누가 알겠니?” 알란나가 다가와 말했다. 녹색의 자매는 성질이 불같은 한편 유머 감각이 좋은 것으로 유명했고, 어떤 사람들은 그녀가 이 두 가지 특성을 눈 깜빡할 사이에 획획 오갈 수 있다고 말했다. 하지만 그녀가 에그웨인을 보는 시선은 거의 소심하게 느껴졌다. “아이야, 나는 기회가 있었을 때, 그……진동을 처음 눈치챘을 때 이번 일을 멈췄어야 했다. 그 진동이 돌아왔어. 바로 그게 벌어진 사건이란다. 진동이 천 배가 되어 돌아왔어. 만 배가 되어서. **티어앙그리알**이 **사이다**의 흐름을 차단하려 드는 것처럼 보일 지경이었다. 아니면 녹아서 바닥을 뚫고 흘러내리든지. 사과하마. 말로는 충분하지 않겠지만. 너한테 일어날 뻔했던 일을 생각하면 말로는 안 되지. 진심이야. 나는 아이즈 세다이의 첫 번째 맹세를 했으니, 너도 내 말이 사실이라는 걸 알 거야. 내 마음을 보이기 위해, 주방에서 네 일을 나눠 하게 해 달라고 어머니께 부탁드리마. 그리고 시리암에게도 함께 가겠다. 내가 해야 할 일을 제대로 했다면 너는 목숨이 위태롭지 않았을 거야. 내가 속죄하마.”

시리암이 아연실색해 웃음을 터뜨렸다. “어머니께서는 절대 그런 일을 허락하지 않으실 거야, 알란나. 자매가 주방에 들어가다니, 심지어…… 그런 말은 들어본 적도 없어. 불가능해! 넌 옳다고 생각한 일을 한 거야. 네 잘못은 없어.”

“알란나 세다이, 당신 잘못이 아닙니다.” 에그웨인이 말했다. **알란나가 왜 이러는 거지? 어쩌면 잘못된 일이 벌어진 건 자기 때문이 아니라고 나를 설득하려는 걸지도 몰라. 게다가 항상 나를 감시할 수 있을지도 모르고.** 이런 상상이 너무 지나쳤다는 걸 알게 된 것은, 자긍심 높은 아이즈 세다이가 그저 누군가를 감시하기 위해 하루에 세 번씩 기름진 냄비에 팔꿈치까지 팔을 담그고 있는 모습을 떠올렸을 때였다. 하지만 알란나가 말한 대로 하는 모습 역시 상상하기 어려웠다. 어쨌든 녹색의 자매에게는 명단을 살필 시간이 없었다. 그녀는 **티어앙그리알**을 돌보고 있었으니까. **하지만 나이니브 말이 맞는다면, 알란나는 굳이 명단을 보지 않고도 나를 죽이고 싶어 할 거야. 만약 흑색의 아자라면 말이지. 그만 좀 해, 에그웨인!** “정말 당신 잘못이 아니에요.”

“내가 해야 할 일을 했다면,” 알란나는 물러서지 않았다. “그런 일은 절대 일어나지 않았을 거야. 내가 이와 비슷한 일을 본 건 한 번뿐이다. 몇 년 전, 어떤 **티어앙그리알**을 그 **티어앙그리알**과 관련되어 있을지 모르는 다른 **티어앙그리알**과 같은 공간에서 사용하려 했을 때였어. 그런 식으로 관련된 **티어앙그리알**이 발견되는 건 극히 드문 일이란다. 그 둘은 녹아버렸고, 91미터 내의 모든 자매는 불똥 하나도 채널링할 수 없을 만큼 심한 두통을 1주일 동안 앓았다. 왜 그러느냐, 아이야?”

에그웨인의 손이 주머니를 꽉 쥐었다. 구불구불한 돌 고리가 두꺼운 천 너머로 그녀의 손바닥에 자국을 남길 정도였다. 이게 따뜻해진 걸까? **빛을 걸고, 내가 이렇게 만든 거야.** “아무것도 아닙니다, 알란나 세다이. 아이즈 세다이, 당신은 아무 잘못도 하지 않으셨습니다. 당신께서 저와 벌을 나누어 받으실 이유는 없습니다. 하나도요. 전혀요!”

“좀 격렬하긴 하다만,” 시리암이 말했다. “맞는 말이야.” 알란나는 고개를 저을 뿐이었다.

“아이즈 세다이.” 에그웨인이 천천히 말했다. “녹색의 아자가 된다는 건 무슨 뜻인가요?” 시리암은 재미있다는 듯 눈을 크게 떴고 알란나는 대놓고 씩 웃었다.

“이제 막 손가락에 반지를 끼웠는데,” 녹색의 자매가 말했다. “벌써 어떤 아자를 선택할지 결정하려는 거냐? 일단, 녹색의 아자는 남자를 사랑해야 한다. 그들과 사랑에 빠지라는 말이 아니야. 그들을 사랑하라는 거지. 자신과 같은 명분을 가지고 있고 자신을 방해하지 않는 한 남자도 괜찮다고 생각하는 청색의 아자와는 다른 방식이다. 모든 남자를 세계의 파괴에 책임이 있는 것처럼 경멸하는 적색의 아자와는 확실히 다르고.” 아멀린 권좌와 함께 왔던 백색의 자매 알비아린이 차가운 눈으로 그들을 보더니 지나갔다. “백색의 아자와도 달라.” 알란나가 웃으며 말했다. “백색의 아자의 인생에는 그 어떤 정념을 품을 여지도 없거든.”

“제 말씀은 그런 게 아니었습니다, 알란나 세다이. 저는 녹색의 아자가 된다는 게 어떤 **의미인지** 알고 싶은 것입니다.” 에그웨인은 알란나가 그 말을 이해할지 알 수 없었다. 에그웨인 자신도 뭘 알고 싶은 건지 확실히 몰랐으니까. 하지만 알란나는 이해했다는 듯 천천히 고개를 끄덕였다.

“갈색의 아자는 지식을 추구하고 청색의 아자는 대의명분에 간여한다. 백색의 아자는 확고한 논리에 따라 진실의 문제를 탐구하지. 물론, 우리 모두가 그런 일을 조금씩은 하고 있어. 하지만 녹색의 아자가 된다는 건 대비한다는 뜻이다.” 알란나의 목소리에 자랑스러워하는 기색이 어렸다. “트롤록 전쟁 당시에, 우리는 종종 전투의 아자라고 불렸단다. 모든 아이즈 세다이가 최대한 도왔지만 거의 모든 전투에서 늘 군대와 함께한 건 녹색의 아자뿐이었어. 우리는 공포의 군주들의 상대였지. 전투의 아자는 우리였다. 그리고 지금도 우리는 대비하고 있다. 트롤록들이 다시 남하할 때를, 타몬 가이 돈을, 최후의 전투를 말이야. 우리는 그곳에 있을 거란다. 녹색의 아자가 된다는 건 그런 뜻이야."

"감사합니다, 아이즈 세다이." 에그웨인이 말했다. **내가 그런 사람이었나? 아니, 그렇게 되려는 건가? 빛을 걸고, 그게 진짜였는지, 그게 지금 이 순간과 어떤 식으로든 관련이 있는 건지 알고 싶어.**

아멀린 권좌가 다가오자 그들은 깊이 무릎을 굽혔다. "괜찮으냐, 딸아?" 아멀린 권좌가 에그웨인에게 물었다. 그녀의 시선이 에그웨인의 손에 들린, 신입 드레스 밑으로 삐져나온 종이 귀퉁이를 힐끗 스쳤다가 즉시 에그웨인의 얼굴로 돌아갔다. "오늘 밤에 일어난 사건의 이유를 알아야 일을 마무리할 수 있겠다."

에그웨인의 두 뺨이 붉어졌다. "저는 괜찮습니다, 어머니."

알란나는 자기가 하겠다고 약속한 말을 해 버려 에그웨인을 놀라게 했다.

"그런 얘기는 들어본 적도 없다." 아멀린 권좌가 호통을 쳤다. "배를 진창에 주저앉혔다고 해서 배 주인이 선창의 사내아이들과 함께 청소하는 법은 없어." 그녀는 에그웨인을 힐끗 보았다. 걱정으로 눈에 힘이 들어간 듯했다. 또한 분노로도. "네 염려는 잘 알겠다, 알란나. 이 아이가 무슨 일을 했든 그런 일이 일어나서는 안 되는 거였어. 좋다. 네 감정이 누그러질 수 있다면야 시리암을 찾아가라. 하지만 이 일은 철저히 너희 둘만 알아야 한다. 아무리 화이트 타워 안에서라지만 아이즈 세다이가 조롱의 대상이 되게 놔두지는 않겠다."

에그웨인은 모든 걸 고백하고 고리를 다시 가져가라고 말하려 입을 열었지만—**사실 난 이 빌어먹을 고리를 원하지도 않아**—알란나가 그녀를 막았다.

"다른 벌은 어떻습니까, 어머니?"

"터무니없이 굴지 마라, 딸아." 아멀린 권좌는 화가 나 있었다. 한 마디 한 마디 더 할 때마다 점점 더 화가 나는 듯했다. "넌 하루가 다 가기도 전에 웃음거리가 될 거다. 널 비웃지 않는 사람들은 네가 미쳤다고 생각하겠지. 이번 일이 너를 따라다니지 않을 거라는 생각은 하지 마라. 그런 이야기는 멀리까지 퍼진다. 티어에서 마라돈까지 **부엌데기 아이즈 세다이**에 관한 이야</p>

기를 듣게 될 거다. 그 이야기는 모든 자매에게도 영향을 미칠 거다. 안 되지. 죄책감을 덜고 싶은데 성인답게 그 감정에 대처할 수 없다면, 그건 좋아. 나는 네가 시리암을 찾아가도 좋다고 말했다. 오늘 밤, 여기에서 떠날 때 시리암과 함께 가라. 그러면 그런 처벌이 조금이라도 도움이 되는지 밤새 생각해 볼 수 있을 테니. 내일부터는 오늘 밤 여기에서 무엇이 잘못됐는지 알아볼 수 있을 거다!"

"네, 어머니." 알란나의 목소리는 전혀 흔들리지 않았다.

속내를 털어놓으려던 마음은 에그웨인 안에서 사그라지고 말았다. 에그웨인과 함께 부엌일을 하겠다는 제안을 아멀린 권좌가 허락하지 않으리라는 걸 안 알란나는 아주 잠깐 실망감을 비쳤다. **알란나는 비상식적으로 처벌받고 싶어 하는 게 아니야. 나와 함께 있을 핑계가 필요했던 거지. 빛을 걸고, 알란나가 일부러 티어앙그리알이 미쳐 날뛰게 했을 리는 없는데. 그건 내가 한 짓이잖아. 혹시 알란나가 흑색의 아자일 수도 있을까?**

에그웨인은 생각에 휩싸인 채 누군가 목을 가다듬는 소리를 들었다. 그 소리가 좀 더 거칠게 한 번 더 들려왔다. 아멀린 권좌가 그녀를 똑바로 보고 있었다. 입을 연 아멀린 권좌는 한 단어, 한 단어를 짓씹어 뱉었다.

"아이야, 선 채로 잠든 것처럼 보이니 잠자리에 드는 게 좋겠구나." 아주 잠깐 그녀의 시선이 에그웨인의 두 손에 들려 있는, 거의 감춰진 서류로 향했다. "너는 내일 할 일이 아주 많다. 그 이후로도 여러 날 그렇겠지." 그녀는 잠시 에그웨인과 더 시선을 맞춘 뒤, 누구에게도 무릎을 굽혀 인사할 겨를을 주지 않고 성큼성큼 멀어져 갔다.

시리암은 아멀린 권좌가 엿들을 수 없을 만큼 먼 곳으로 벗어나자마자 알란나를 돌아보았다. 녹색의 아이즈 세다이는 눈을 사납게 뜨며 그녀의 시선을 침묵으로 맞이했다. "너 **정말** 미쳤구나, 알란나! 바보 같은 짓이야. 우리가 신입 시절을 함께 보냈다고 해서 내가 널 가볍게 봐줄 거라고 생각한다면 두 배로 바보인 거고. 드래건에 홀리기라도 한 거야? 그런……." 갑자기 시리암은 에그웨인을 의식했다. 분노의 표적이 바뀌었다. "아멀린 권좌께서 잠자리에 들라고 명령하신 것 같은데, 합격자? 이 이야기를 한마디라도 내뱉었다간, 내가 너를 땅에 묻어 거름으로 삼았으면 좋았을 거라고 생각하게 될 거다. 그리고 내일 아침에, 첫 번째 종이 울리는 순간에 내 서재로 와라. 조금도 늦으면 안 된다. 이제 가라!"

에그웨인은 머리가 핑핑 도는 채로 그곳을 떠났다. **내가 믿을 수 있는 사람이 한 명이라도 있긴 할까? 아멀린 권좌? 아멀린 권좌는 흑색의 아자 열세 명을 쫓으라고 우리를 보냈어. 그러면서도 열셋이라는 숫자가 채널링을 할 수 있는 여자를 그 의지에 거슬러 그림자에 돌아서게 만드는 데 필요한 숫자라는 얘기는 하지 않았고. 난 누굴 믿을 수 있는 거지?**

에그웨인은 혼자 있고 싶지 않았다. 이런 식의 생각을 버틸 수가 없었다. 그래서 그녀는 서둘러 합격자 숙소로 향했다. 내일이면 그녀 자신도 그리로 이사하게 될 테니까. 에그웨인은 노크를 하는 것과 거의 동시에 나이니브의 방문을 열었다. 나이니브에게라면 무엇이든 믿고 맡길 수 있었다. 나이니브와 일레인에게는.

나이니브는 의자 두 개 중 하나에 앉아 있었다. 일레인이 그녀의 무릎에 머리를 파묻고 있었다. 일레인의 어깨가 흐느끼는 소리에 맞춰 들썩였다. 더 심하게 울 힘은 남아 있지 않지만 감정은 여전히 타고 있을 때 나는, 조용한 울음소리였다. 나이니브의 두 뺨도 젖어서 번들거렸다. 일레인의 머리카락을 쓰다듬어 주는 그녀의 손에서 반짝이는 거대한 뱀 반지는 일레인이 나이니브의 치마를 잡고 있는 손에 끼워진 반지와 같은 것이었다.

일레인은 오랫동안 울어 벌겋게 부어오른 얼굴을 쳐들더니 에그웨인을 향해 흐느끼는 사이사이 훌쩍거렸다. "난 그렇게 끔찍한 짓은 할 수가 없었어, 에그웨인. 절대로!"

티어앙그리알의 사고, 누군가가 베린이 준 서류를 읽었을지 모른다는 두려움, 그 방에 있던 모두에 대한 의심 등 모든 것은 끔찍했지만, 그 덕에 에그웨인은 **티어앙그리알** 안에서 일어난 일의 충격을 거칠고 부드럽지 않은 방식으로나마 막을 수 있었다. 그런 일들은 외부에서 일어난 것이었다. **티어앙그리알**에서 일어난 일은 내면에서 일어난 것이었고. 일레인의 말이 그 완충재를 벗겨내 버렸다. 안에 있던 것들이 천장이 무너지듯 에그웨인을 공격했다. 그녀의 남편인 랜드와 그녀의 아기인 조이야. 꼼짝도 못 하고 에그웨인에게 자기를 죽여 달라고 빌던 랜드. 순치당하기 위해 사슬에 매여 있던 랜드.

에그웨인은 자기 움직임을 의식하기도 전에 일레인 옆에 무릎을 꿇고 있었다. 앞서 흘렸어야 할 모든 눈물이 홍수처럼 쏟아졌다. "난 랜드를 돕지 못했어, 나이니브." 그녀가 흐느꼈다. "그냥 두고 왔어."

나이니브는 그 말에 얻어맞기라도 한 듯 움찔했지만, 다음 순간에는 에그웨인과 일레인 모두를 두 팔로 끌어안고 흔들어 주었다. "쉿." 그녀가 조용히 달랬다. "시간이 지나면 누그러져. 조금은 편안해져. 언젠가 우리가 저들에게 대가를 치르게 할 거야. 쉿. 쉿."

24장 정찰과 발견

조각된 덧문 너머, 슬금슬금 침대로 기어드는 햇살에 맷은 눈을 떴다. 잠깐 그는 인상을 쓴 채 가만히 누워 있었다. 잠결에 휩쓸려 가기 전, 그는 타발론에서 탈출할 계획을 생각하고 있었다. 실패했지만 포기하지는 않았다. 너무 많은 기억이 여전히 안개에 덮여 있었으나 포기하지 않을 생각이었다.

일하는 여자 두 명이 뜨거운 물과 음식이 묵직하게 놓여 있는 쟁반을 가지고 부산스럽게 들어와, 맷에게 벌써 많이 좋아진 것처럼 보인다며 웃었다. 아이즈 세다이가 시키는 대로 하면 머잖아 다시 일어서게 될 거라고도 했다. 맷은 심통 난 것처럼 말하지 않으려고 애쓰며 간단하게만 대답했다. **저 사람들한테는 내가 장단을 맞출 거라고 생각하게 해야 해.** 쟁반에서 나는 냄새에 배 속이 꼬르륵거렸다.

그들이 나가자 맷은 이불을 한쪽으로 치우고 침대에서 내려왔다. 입에 햄 반 조각을 밀어 넣느라 잠깐 멈추었다가 곧장 세수와 면도를 하려고 물을 부었다. 세면대 위의 거울을 들여다보던 그는 얼굴에 거품을 바르다가 잠시 멈췄다. 정말이지 더 나아 보였다.

두 뺨은 여전히 푹 꺼져 있었으나 전처럼 심하지는 않았다. 눈 밑의 그늘은 사라졌다. 눈도 더 이상은 머리통 깊이 박혀 있는 것처럼 보이지 않았다.

전날 밤에 먹은 음식 한 입 한 입이, 마치 모두 뼈에 살을 붙이는 데 쓰인 것만 같았다. 심지어 힘도 세진 기분이었다.

"이 속도라면," 맷이 중얼거렸다. "사람들이 눈치채기도 전에 떠날 수 있겠는걸." 그는 면도하고 나서 자리에 앉아 햄과 순무, 배 등 쟁반 위의 음식을 전부 먹어 치웠다. 놀라울 뿐이었다.

저들은 맷이 음식을 다 먹은 뒤 잠자리로 돌아갈 거라고 예상할 게 분명했다. 하지만 대신 맷은 옷을 입었다. 그는 장화에 집어넣느라 발을 굴러 대며 여벌의 옷을 눈여겨본 다음 그 옷가지는 일단 두고 가기로 했다. **일단은 내가 무슨 일을 하는 건지 알아야 해. 그리고 저것들을 두고 가야 한다면**……. 맷은 주사위 컵을 주머니에 쑤셔 넣었다. 이것만 있으면 필요한 옷은 다시 구할 수 있었다.

맷은 문을 열고 밖을 보았다. 옅은 황금색 나무 널빤지로 이루어진 문이 복도를 따라 늘어서 있었고 그 사이사이에는 알록달록한 태피스트리가 있었으며 흰 타일을 깐 바닥에는 파란 카펫이 쭉 깔려 있었다. 하지만 나와 있는 사람은 없었다. 지키는 사람도. 맷은 한쪽 어깨에 망토를 걸치고 서둘러 나갔다. 이제는 밖으로 나가는 길을 찾아야 했다.

계단을 내려가고 복도를 따라가고 탁 트인 정원을 가로지르며 헤매고 난 뒤에야 맷은 원하던 것을 찾았다. 밖으로 통하는 문이었다. 그 문 앞에 몇 사람이 보였다. 일하는 여자들과 서둘러 심부름하러 다니는 흰옷의 신입들, 하인들보다도 더 열심히 뛰어다니는 신입들이었다. 커다란 상자와 묵직한 짐들을 옮기는, 거친 옷을 입은 남자 하인도 몇 명 있었고 띠가 둘린 드레스를 입은 합격자들과 아이즈 세다이까지도 몇 명 있었다.

아이즈 세다이는 뭐든 자기 목적에 몰입해 있어, 성큼성큼 곁을 지나가면서도 맷의 존재를 눈치채지 못하거나 그저 힐끗 그를 볼 뿐이었다. 맷이 입은 옷은 시골에서 만든 것이지만 잘 만들어져 있었다. 그는 방랑자들처럼 보이지 않았다. 게다가 남자 하인들이 있는 걸 보면 화이트 타워의 이 구역에는 남자들이 들어올 수 있는 듯했다. 맷은 그들이 자신도 하인이라고 여길지 모른다고 생각했다. 누가 짐을 들라고 시키지만 않으면 하인으로 보여도 상관없었다.

눈에 들어온 여자 중 에그웨인이나 나이니브, 심지어 일레인도 없다는 건 조금 유감스러웠다. **일레인이 예쁘긴 하지. 하루의 반은 코를 하늘로 쳐들고 있지만 말이야. 거기다 일레인이라면 에그웨인과 현자를 찾을 방법을 말해 줄 수 있을 텐데. 작별 인사도 하지 않고 떠날 수는 없어. 빚을 걸고, 걔들이 설마 아이즈 세다이가 될 예정이라고 나를 고자질하지는 않겠지? 태워 죽일, 무슨 바보 같은 소리야! 걔들은 절대 그런 짓 안 해. 아무튼 모험은 해 봐야지.**

하지만 일단 문에서 나와 흘러가는 흰 구름 몇 조각밖에 없는 밝은 아침 하늘 아래 나선 맷은 여자들을 머릿속에서 밀어냈다. 가운데에 돌 분수가 있고 반대편에 회색 돌로 만들어진 병영이 있으며 바닥에는 판석이 깔린 널찍한 뜰이 보였다. 병영은 거대한 바위처럼 보였으며 근처의 판석에 나 있는, 테두리가 쳐진 구멍에서 자라난 몇 그루 나무에 둘러싸여 있었다. 셔츠 바람의 경비병들이 길고 낮은 건물 앞에 앉아서 무기와 갑옷과 마구를 손보고 있었다. 지금 맷에게 필요한 것이 바로 경비병들이었다.

맷은 한가롭게 뜰을 가로질러 가며, 딱히 할 일이 없다는 듯 병사들을 바라보았다. 그들은 추수 후의 남자들이 그렇듯 작업을 하며 자기들끼리 이야기하고 웃었다. 때때로 그중 한 명이 자기들 사이를 지나가는 맷을 수상하게 바라보았지만 아무도 이곳에 올 맷의 권리를 문제 삼지는 않았다. 때때로 맷은 일상적인 질문을 던졌다. 마침내 그는 찾던 답을 얻었다.

"교각 경비대?" 맷보다 기껏해야 다섯 살쯤 많을, 검은 머리카락의 다부진 남자가 말했다. 그의 말씨에 일리안 억양이 심하게 배어 있었다. 왼쪽 뺨 전체에는 가늘고 흰 흉터가 나 있었으며, 칼에 기름칠을 하는 두 손은 그 작업에 익숙한 듯 유능하게 움직였다. 그는 눈을 가늘게 뜨고 맷을 올려다본 뒤에야 다시 일하기 시작했다. "내가 교각 경비대긴 하지. 오늘 저녁엔 다시 다리로 돌아갈 테고. 왜 물어?"

"그냥 강 건너 상황이 어떤지 궁금해서요." **그것도 알아봐야겠어.** "여행하기에 괜찮나요? 길이 진창일 리는 없는데. 제가 아는 것보다 비가 더 많이 내린 게 아니라면요."

"강의 어느 쪽?" 경비병은 평온하게 물었다. 그의 시선은 칼날을 문지르던 기름 낀 헝겊에서 떨어지지 않았다.

"어……. 동쪽이요. 동쪽."

"진창은 없어. 하얀 망토들이 있지." 남자는 한쪽으로 몸을 기울이고 침을 뱉었지만 목소리는 변하지 않았다. "하얀 망토들이 18킬로미터 안의 모든 마을에 코를 들이밀고 있어. 아직 아무도 해치지 않았지만, 그놈들이 거기 있다는 것만으로도 사람들이 불안해해. 우라질, 놈들이 우릴 도발하려는 게 분명해. 할 수만 있다면 우리를 공격할 것처럼 보이거든. 여행하고 싶어 하는 사람한테는 좋은 일이 아니지."

"그럼 서쪽은요?"

"마찬가지야." 경비병은 고개를 들어 맷을 보았다. "근데 이봐, 넌 동쪽으로든 서쪽으로든 건널 수 없어. 매트림 코손이지? 우라질. 어젯밤에 한 자매가 직접 내가 경비를 서는 다리로 오셨어. 우리 모두가 그대로 읊을 수 있을 때까지 우리 머릿속에 네 인상착의를 박아 넣으셨다고. 손님이니까 다치게 해서는 안 된다고 하셨지만 도시에서 나가게 놔둬서도 안 된다고 하셨어. 너를 막으려면 네 손발을 묶어야 한대도 말이야." 그의 눈이 가늘어졌다. "자매들한테 뭐라도 훔친 거야?" 그가 의심스럽다는 듯 물었다. "자매들이 손님으로 맞는 사람처럼 생기지 않았는데."

"아무것도 안 훔쳤어요!" 맷이 화를 내며 말했다. **태워 죽일, 몰래 빠져나갈 기회조차 없잖아. 이 사람들 모두가 나를 알아.** "난 도둑이 아니에요!"

"그래, 네 얼굴을 봐도 알겠어. 도둑질을 할 것 같진 않아. 하지만 사흘 전에 나한테 발리어의 뿔나팔을 팔려고 했던 녀석과 비슷하게 생겼는걸. 그 녀석은 잔뜩 구부러지고 낡아 빠진 나팔을 발리어의 뿔나팔이라고 했어. 너도 발리어의 뿔나팔을 팔려는 거냐? 아니면 이번엔 드래건의 칼이려나?"

맷은 뿔나팔 이야기에 움찔했지만 간신히 목소리를 평소처럼 유지했다. "난 아팠던 거예요." 이제는 다른 경비병들이 그를 보고 있었다. **빛을 걸고, 이 사람들 모두 내가 지금 떠나서는 안 된다는 걸 알고 있어.** 그는 억지로 웃었다. "자매들이 나를 치유해 줬어요." 경비병 중 몇 명이 그를 보며 인상을 찌푸렸다. 아마 다른 사람들은 아이즈 세다이를 자매라고 부르는 것 이상의 존경심을 보여야 한다고 생각하는 듯했다. "아이즈 세다이들은 내가 힘을 완전히 되찾을 때까지 떠나지 않기를 바라는 거고요." 맷은 생각의 힘으로 지금 그를 바라보는 모든 사람들이 그 말을 받아들이게 해 보려 했다. **난 그 냥 치유된 사람일 뿐이야. 그 이상은 아니라고. 이 이상 나 때문에 골머리 썩 일 이유는 없어.**

일리안 사람이 고개를 끄덕였다. "얼굴이 아파 보이긴 하네. 아마 그게 이 유겠지. 하지만 이 도시에서 아픈 사람을 한 명 잡아 두겠다고 그렇게까지 애를 쓴다는 얘기는 들어본 적이 없는데."

"다른 이유는 없어요." 맷이 단호하게 말했다. 그들 모두가 여전히 맷을 보고 있었다. "뭐, 난 가야 해요. 아이즈 세다이가 나더러 산책을 해야 한다 고 했어요. 오랫동안, 많이. 알잖아요, 그래야 힘이 생기니까."

맷은 등 뒤로 그들의 시선이 따라오는 것을 느끼고 눈을 사납게 떴다. 그 는 단지 자신의 인상착의가 얼마나 잘 전달되었는지 알아볼 생각이었다. 경 비병 중 장교들만이 인상착의를 알고 있다면 몰래 빠져나갈 수 있을지도 몰 랐다. 그는 예전부터 눈에 띄지 않고 여기저기 몰래 잘 들어가곤 했다. 잘 나 오기도 했고. 엄마한테서는 늘 무슨 장난을 꾸미고 있다고 의심받았다. 고 자질할 누이가 두 명 있는 사람에게는 으레 생기는 재능이었다. **그리고 이 젠 병영의 경비병 절반이 나를 똑똑히 알아보게 해 주고 말았어. 피와 피 묻 은 재를 걸고!**

화이트 타워 그라운드의 많은 부분은 나무로 가득한 정원이었다. 진퍼리 꽃나무, 넓은잎 단풍, 느릅나무 등이었다. 머잖아 맷은 널찍하고 구불구불한 자갈길을 걷고 있었다. 나무들 위로 보이는 탑만 아니었으면 시골을 가로지 르는 길이라고 생각할 수도 있었다. 흰 덩어리 같은 화이트 타워 본 건물이 보이기도 했지만. 화이트 타워는 맷의 등 뒤에 있으면서, 꼭 맷이 어깨에 메 고 나르기라도 하는 것처럼 그를 짓눌러 왔다. 화이트 타워 그라운드에서 나가는, 경비병들이 지키지 않는 길이 있다면 이곳이야말로 그런 길이 발견될 만한 곳으로 보였다. 그런 길이 존재한다면 말이다.

신입의 흰옷을 입은 소녀가 오솔길 저 앞에서 나타났다. 그녀는 의미심장하게 맷을 향해 성큼성큼 걸어왔다. 그녀는 자기만의 생각에 휩싸여서, 처음에는 맷을 보지 못했다. 맷은 그녀가 크고 검은 눈을, 그 눈과 닮은 머리를 알아볼 수 있을 만큼 가까이 다가오자 씩 웃었다. 여기에서 보게 될 줄은 전혀 예상 못했지만, 맷은 이 소녀를 알고 있었다. 무언가에 감싸인 심연에서부터 기억이 떠올랐다. 다시는 이 소녀를 보지 못할 거라고 생각했었다. 맷은 혼자 미소 지었다. **불운을 상쇄할 만한 행운이네.** 맷의 기억이 맞는다면, 이 소녀는 남자들에게 꽤 관심이 많았다.

"엘즈." 맷이 그녀에게 소리쳤다. "엘즈 그린웰. 나 기억나지? 맷 코손이야. 친구랑 같이 너희 아버지의 농장에 갔었는데. 기억나? 아이즈 세다이가 되기로 한 거야?"

엘즈는 우뚝 멈춰 서서 맷을 빤히 보았다. "뭐 하겠다고 일어나서 돌아다녀?" 그녀가 차갑게 말했다.

"너도 다 아는 거야?" 맷은 그녀에게 다가갔지만 엘즈는 거리를 지키며 뒤로 물러났다. 맷이 멈춰 섰다. "옳는 거 아니야. 난 치유됐어, 엘즈." 엘즈의 크고 검은 눈은 맷의 기억 속에서보다 많은 걸 아는 듯했다. 하지만 그때의 따뜻함에는 발끝에도 못 미쳤다. 하긴, 아이즈 세다이가 되려고 공부하다 보면 그럴 수 있을 것이다. "왜 그래, 엘즈? 모르는 사람처럼."

"난 널 알아." 엘즈가 말했다. 엘즈의 태도도 맷이 기억하는 것과는 달랐다. 맷이 보기에 지금의 엘즈는 일레인한테도 한 수 가르쳐 줄 수 있을 것처럼 오만했다. "나는…… 해야 할 일이 있어. 비켜 줘."

맷은 인상을 썼다. 길은 여섯 사람이 나란히 지나가도 붐비지 않을 만큼 넓었다. "옳는 거 아니라고 했잖아."

"비키라고!"

맷은 혼자 투덜거리며 자갈길 가장자리로 물러났다. 엘즈는 맷이 다가오지 않는다는 걸 확인하며 반대쪽 가장자리를 따라 그를 지나쳐 갔다. 그녀는 맷을 지나치자마자 발걸음을 빨리했다. 모퉁이를 돌아 시야에서 사라질 때까지 엘즈는 어깨 너머로 그를 힐끔거렸다.

내가 따라오지 않는다는 걸 확인하고 싶었던 거야. 맷은 불쾌하게 생각했다. **처음에는 경비병, 이제는 엘즈. 오늘은 운이 따라 주지 않네.**

맷은 다시 움직이기 시작했다. 머잖아 저 앞 한쪽에서 격렬하게 덜그럭거리는 소리가 들렸다. 수십 개의 막대가 서로 부딪히는 듯한 소리였다. 맷은 호기심을 느끼고 그쪽을 향해 숲속으로 방향을 틀었다.

조금 나아가자 널찍한 맨땅이 나왔다. 가로가 최소 46미터는 되고, 세로는 거의 그 두 배쯤 되는 땅이 단단히 다져져 있었다. 그 땅의 주변에는 곤봉, 나뭇조각을 헐겁게 묶어 만든 연습용 칼, 진짜 칼, 도끼, 창 등 무기 몇 자루가 걸려 있는 나무 받침대가 일정한 간격을 두고 나무 아래에 서 있었다.

둘씩 짝을 지은 남자들이 탁 트인 땅 전체에 포진한 채 서로에게 연습용 칼을 휘둘러 대는 중이었다. 대부분은 윗옷을 벗고 있었다. 몇몇은 너무 매끄럽게 움직여, 거의 상대와 춤을 추는 것처럼 보였다. 이 자세에서 저 자세로, 공격에서 반격으로 연속적인 동작이 이어졌다. 숙련도를 제외하면 다른 사람들과의 차이점은 없었지만, 맷은 지금 보이는 사람들이 수호자들이라고 확신했다.

그렇게까지 매끄럽게 움직이지 못하는 사람들은 모두 비교적 나이가 어린 사람들이었다. 가만히 서 있는 것만으로도 위험한 품위를 뿜어내는 것만 같은 나이 든 남자들이 그들을 지켜보고 있었다. **수호자와 그 제자들이야.** 맷은 생각했다.

구경꾼은 맷만이 아니었다. 맷에게서 9미터도 떨어지지 않은 곳에서는 아이즈 세다이 특유의 나이를 가늠할 수 없는 얼굴을 한 대여섯 명의 여자들과 합격자의 띠가 둘린 흰 드레스를 입은, 그보다 훨씬 많은 여자들이 서서 학생 한 쌍 한 쌍을 구경하고 있었다. 그들은 윗옷을 벗은 채 땀으로 반들거리는 몸으로, 돌덩이와 비슷한 체형의 수호자에게 지도받고 있었다. 수호자는 한 손에 들고 있는, 타박 연기가 피어오르는 짧은 파이프로 학생들에게 손짓했다.

진퍼리꽃나무 밑에 책상다리를 하고 앉은 맷은 땅에서 커다란 자갈 세 개를 뽑아내 별생각 없이 저글링하기 시작했다. 딱히 힘이 없는 느낌은 아니었지만 앉아 있는 게 좋았다. 화이트 타워 그라운드에서 벗어날 길이 있다면, 맷이 잠깐 쉬는 사이 그 길이 도망가 버릴 리는 없었다.

그곳에서 채 5분도 되지 않아, 학생들을 지켜보는 아이즈 세다이와 합격자들을 알아보았다. 돌덩이 같은 수호자의 제자 중 한 명은 고양이처럼 움직이는, 키가 크고 유연한 젊은이였다. **거의 여자애처럼 예쁜데.** 맷은 비꼬듯 생각했다. 아이즈 세다이를 포함한 모든 여자가 눈을 반짝반짝 빛내며 키 큰 남자를 보고 있었다.

키 큰 남자는 거의 수호자만큼이나 날쌔게 연습용 칼을 다루며 종종 스승으로부터 걸걸한 목소리의 만족스러운 평을 끌어냈다. 그와 상대하는, 맷과 나이가 비슷한 붉은 금발의 남자도 솜씨가 없는 게 아니었다. 맷이 보기에는 오히려 실력이 뛰어났다. 맷이 칼에 대해 잘 안다고 할 수 없었지만 말이다. 금발 남자는 번개 같은 공격을 모두 맞받아쳐, 묶어 놓은 나뭇가지가 몸에 맞기 전에 그 방향을 틀어 놓았다. 심지어 자기 나름대로 몇 차례 공격하기도 했다. 그러나 잘생긴 남자는 그 공격을 모두 받아 내며 순식간에 자기 자리로 물 흐르듯 돌아갔다.

맷은 자갈을 한 손으로 옮기고 계속 허공에서 빙빙 돌려 댔다. 둘 중 누구와도 굳이 맞서고 싶지 않았다. 특히 칼을 가지고는.

"휴식!" 수호자의 목소리는 양동이에서 돌을 비워 내는 소리처럼 들렸다. 두 남자가 가슴을 들썩이며 연습용 칼을 앞으로 떨어뜨렸다. 땀에 젖은 머리카락이 뭉쳐 있었다. "내가 파이프를 다 피울 때까지 쉬어도 된다. 하지만 빨리 쉬어라. 거의 타박 찌꺼기밖에 남지 않았으니까."

둘이 춤추기를 그만둔 지금, 맷은 불그레한 금발의 젊은이를 자세히 살펴볼 수 있었다. 그는 자갈을 툭 떨어뜨렸다. **태워 죽일, 저게 일레인의 오빠라는 데 내 지갑 전부를 걸겠어. 다른 녀석은 갈라드야. 아니라면 내 장화를 씹어 먹을 수도 있어.** 토먼 헤드에서 오는 길 내내 일레인이 한 이야기의 절반은 가윈의 좋은 점과 갈라드의 나쁜 점에 관한 것이었다. 아, 일레인의 말에 따르면 가윈에게도 몇 가지 단점은 있었지만 그런 단점은 사소한 것이었다. 맷이 보기에, 누이동생이 아니면 아무도 단점으로 생각하지 않을 것들. 그리고 갈라드는, 일레인의 제멋대로인 의견만 눌러 놓는다면 모든 어머니가 원하는 아들인 듯했다. 갈라드와 오랜 시간을 보내고 싶다는 생각은 들지 않았다. 에그웨인은 갈라드 이야기가 나올 때마다 얼굴을 붉혔다. 아무도 그런 기색을 눈치채지 못하는 줄 아는 것 같긴 했지만.

가윈과 갈라드가 멈추자 구경하던 여자들 사이에 어떤 물결이 일었다. 그들은 거의 한 덩어리가 되어 앞으로 한 발짝 나서기 일보 직전인 것처럼 보였다. 한 순간 가윈이 맷을 보았고, 갈라드에게 뭔가 조용히 속삭였다. 그 둘이 여자들 옆을 지나쳐 왔다. 아이즈 세다이와 합격자 들은 고개를 돌려 눈으로 그들을 좇았다. 둘이 다가오자 맷은 허둥지둥 일어섰다.

"너, 맷 코손 맞지?" 가윈이 씩 웃으며 말했다. "에그웨인의 설명을 듣고 분명 너라고 생각했어. 일레인의 설명도 그렇고. 네가 아팠다는 건 알고 있어. 지금은 나아졌어?"

"괜찮아." 맷이 말했다. 그는 가윈을 "왕자님"이나 그 비슷한 호칭으로 불러야 할지 고민했지만, 일레인을 "공주님"이라 부르는 건 거부해 왔기에—사실 일레인이 공주님이라고 부르라고 한 적도 없었다—일레인의 오빠라고 더 낮게 대접하지는 않기로 했다.

"검술을 배우러 훈련장에 온 거야?" 갈라드가 물었다.

맷은 고개를 저었다. "그냥 산책하러 나왔어. 칼에 대해서는 잘 몰라. 괜찮은 활이나 곤봉을 믿어 보려고. 그것들은 어떻게 써야 하는지 알거든."

"나이니브 곁에서 오랜 시간을 보내다 보면," 갈라드가 말했다. "네 몸을 지키기 위해서라도 활과 곤봉은 **물론** 칼까지 필요해질걸. 그걸로도 충분할지 모르겠다."

가윈은 의아하다는 듯 그를 보았다. "갈라드, 너 방금 농담 비슷한 걸 했어."

"나한테도 유머 감각은 있어, 가윈." 갈라드가 인상을 찡그리며 말했다. "내가 사람들을 굳이 조롱하지 않는다는 이유로 넌 다르게 생각하지만."

가윈은 고개를 저으며 맷을 돌아보았다. "너도 검술을 좀 배워야 해. 요즘은 그런 지식이 모두에게 도움이 되거든. 네 친구가—랜드 알소르 말이야—아주 특이한 칼을 들고 다니던데. 걔 소식은 들었어?"

"랜드는 오랫동안 못 봤어." 맷이 재빨리 말했다. 아주 잠깐이지만, 랜드 이야기를 할 때 가윈의 눈빛이 강렬해졌다. **빛을 걸고, 랜드에 대해서 아는 거야? 그럴 리가. 만일 안다면 랜드의 친구라는 이유만으로 나를 어둠의 친구라고 비난할 거야. 그래도 뭔가 알긴 아는 것 같은데.** "너도 알겠지만, 칼이 처음이자 끝은 아니야. 너희 둘은 칼을 들고 나한테는 곤봉이 있다고 해도 난 너희 둘 모두를 상대로 꽤 잘 싸울 수 있어."

가윈의 기침은 웃음을 삼키려 낸 소리가 틀림없었다. 그는 지나치게 예의 바르게 말했다. "실력이 대단한가 보구나." 갈라드의 얼굴에는 못 믿겠다는 표정이 솔직하게 떠올라 있었다.

둘 다 맷이 말도 안 되는 자랑을 한다고 생각하는 게 너무도 분명했다. 그게 이유였는지도 몰랐다. 아니면 경비병들에게 질문을 던졌던 일이 제대로 풀리지 않아서였는지도 몰랐다. 남자들에게 그렇게 관심이 많은 엘즈가 그와는 전혀 얽히지 않으려 했고, 저 모든 여자들이—아이즈 세다이든 합격자든 뭐든 그들은 여전히 여자였다—크림 통을 바라보는 고양이처럼 갈라드를 보고 있는 때문일지도 몰랐다. 이 모든 설명이 맷의 머릿속을 빠르게 스쳐 갔지만, 맷은 화를 내며 그 모든 설명을 거부했다. 특히 마지막 설명은. 맷이 이번 일을 하려는 이유는 재미있을 것 같았기 때문이었다. 게다가 돈도 좀 벌 수 있을 테고. 행운이 아직 돌아오지 않았다고 해도 상관없었다.

"내기하자." 그가 말했다. "내가 말한 방법 그대로 너희 둘을 한꺼번에 이길 수 있다는 데 너희 둘이 각자 은화 2마르크씩 걸어. 그보다 좋은 조건을 걸 수는 없지. 너희는 둘이고 나는 한 명이니까. 2대 1이면 이길 확률이 꽤 높잖아." 맷은 그들의 얼굴에 떠오른 당혹감에 거의 큰 소리로 웃음이 나올 것만 같았다.

"맷." 가윈이 말했다. "내기할 필요는 없어. 넌 아팠잖아. 네가 힘을 되찾은 뒤에는 해볼 수도 있겠다."

"공평한 내기라고 할 수는 없지." 갈라드가 말했다. "난 지금이든 나중이든 네 내기를 받아 주지 않을 거야. 너, 에그웨인과 같은 마을 출신이지? 난…… 난 에그웨인이 나한테 화를 내게 만들지 않을 거야.”

“에그웨인이 무슨 상관이야? 너희 둘 중 한 명이 칼로 나를 한 번 후려치면 너희 둘 각자에게 은화 1마르크씩을 줄게. 너희가 그만둘 때까지 내가 너희를 두들겨 패면 너희가 각자 2마르크씩 나한테 주는 거야. 왜, 자신 없어?”

“어처구니가 없다.” 갈라드가 말했다. “상대가 둘은커녕 한 명의 훈련받은 검사라도 너한텐 가망이 없어. 우린 그렇게까지 유리하게 싸울 수 없어.”

“그렇게 생각하나?” 걸걸한 목소리가 물었다. 돌덩이 같은 수호자가 다가와 있었다. 짙은 검은색 눈썹이 노려보듯 아래로 당겨져 있었다. “너희 둘이 막대를 든 소년 한 명을 잡을 수 있을 만큼 칼을 잘 쓴다고 생각해?”

“이건 공평한 싸움이 아닙니다, 하마르 가이딘.” 갈라드가 말했다.

“저 아이는 아팠어요.” 가윈이 덧붙였다. “이럴 필요는 없습니다.”

“훈련장으로.” 하마르는 고개를 홱 젖혀 어깨 너머를 가리키며 돌이 갈리는 듯한 목소리로 말했다. 갈라드와 가윈은 유감스럽다는 듯 맷을 보더니 그 말에 따랐다. 수호자는 미심쩍다는 듯 맷을 위아래로 훑어보았다. “정말로 할 생각이냐? 자세히 보니 아파서 누워 있어야 할 것 같은데.”

“이미 일어나 있잖아요.” 맷이 말했다. “준비됐어요. 준비될 수밖에 없죠. 2마르크를 잃고 싶지는 않으니까.”

하마르의 묵직한 눈썹이 놀란 듯 솟아올랐다. “내기를 계속하겠다는 거냐?”

“난 돈이 필요해요.” 맷이 웃었다.

곤봉이 걸려 있는 가장 가까운 받침대로 고개를 돌리는 순간 그의 웃음이 갑자기 멈추었다. 하마터면 무릎이 꺾일 뻔했다. 맷은 누군가가 그 모습을 봤다고 해도 단지 발을 헛디뎠을 뿐이라고 생각할 만큼 빠르게 다리에 힘을 주었다. 맷은 받침대에서 시간을 끌며 곤봉을 골랐다. 두께가 거의 6센티미터에, 길이는 그의 키보다 30센티미터 정도 긴 곤봉이었다. **이겨야 해. 바보 같이 입을 놀렸으니 이젠 이겨야 해. 나한테는 2마르크를 잃을 여유가 없어.**

종잣돈이 없으면 필요한 돈을 얻는 데 얼마나 시간이 걸릴지 몰라.

양손으로 곤봉을 들어 몸 앞에 쥐고 돌아보니 가윈과 갈라드가 이미 연습하던 곳에서 기다리고 있었다. **이겨야 해.** "행운이 따르길." 그는 중얼거렸다. "주사위를 던질 시간이다."

하마르가 이상하다는 듯 그를 보았다. "너, 고어를 할 줄 아나?"

맷은 잠시 그를 마주 보며 아무 말도 하지 않았다. 뼛속까지 한기가 느껴졌다. 그는 애써 발을 놀려 훈련장으로 나갔다. "내기 기억해." 그가 큰 소리로 말했다. "너희는 각자가 은화 2마르크, 나는 2마르크야."

무슨 일이 일어난 건지 알아차린 합격자들이 웅성거리기 시작했다. 아이즈 세다이는 조용히 지켜보았다. 못마땅하게 여기는 침묵이었다.

가윈과 갈라드가 맷의 양옆으로 거리를 두며 한 명씩 갈라섰다. 둘 다 칼을 반도 들어 올리지 않았다.

"내기는 안 해." 가윈이 말했다. "내기는 없어."

동시에 갈라드가 말했다. "이런 식으로 네 돈을 가져가지는 않을 거야."

"내가 너희 돈을 가져가려는 거야." 맷이 말했다.

"그만!" 하마르가 소리쳤다. "이 녀석들에게 네 내기를 받아들일 배짱이 없다면 내가 값을 내주마."

"알겠어." 가윈이 말했다. "굳이 고집을 부리겠다면…… 받아 주지!"

갈라드는 잠시 망설인 뒤에 툴툴댔다. "알았어, 그럼. 이 우스꽝스러운 일에 종지부를 찍자."

맷에게 필요한 건 찰나의 경고뿐이었다. 갈라드가 달려들자 맷은 곤봉을 따라 두 손을 미끄러뜨리며 휙 돌았다. 곤봉 끝이 갈라드의 갈비뼈를 쿵 쳤다. 그가 신음하며 휘청거렸다. 맷은 곤봉이 갈라드의 몸에서 튀어나오도록 놔두고 빙글 돌아, 가윈이 공격 범위 안에 들어오는 순간 휘둘렀다. 곤봉이 낮아지며 가윈의 연습용 칼 아래로 빠르게 움직였고, 가윈의 발목을 몸 바깥쪽으로 쳐냈다. 가윈이 넘어지자 맷은 늦지 않게 몸을 마저 돌렸고, 갈라드가 들어 올리던 손목을 쳐서 그의 연습용 칼을 날려 보냈다. 갈라드는 손목이 전혀 아프지 않다는 듯 매끄럽게 구르면서 몸을 날려 두 손으로 칼을 집어 들었다.

맷은 잠시 그를 무시하고 반쯤 돌아서서, 손목을 꼬아 곤봉 전체를 몸 옆으로 돌려놓았다. 이제 막 일어서려던 가윈은 시끄러운 딱 소리와 함께 머리 옆을 얻어맞았다. 소리가 줄어든 건 그저 머리카락 때문이었다. 가윈은 푹 고꾸라졌다.

맷은 쓰러진 일레인의 오빠를 돌봐 주러 달려 나오는 아이즈 세다이의 존재를 어렴풋하게 의식했다. **괜찮았으면 좋겠는데. 괜찮겠지. 나는 울타리에서 떨어질 때도 저것보다 심하게 부딪혀 봤는걸.** 맷은 여전히 갈라드를 처리해야 했다. 갈라드가 발꿈치를 딛고 칼을 정확히 들어 올린 걸 보니 맷을 진지한 상대로 생각하기 시작한 듯했다.

맷의 다리는 그 순간 휘청거리기로 결정한 모양이었다. **빛을 걸고, 이제 와서 약해질 수는 없어.** 하지만 그 후들거리는 느낌이, 며칠 동안 굶은 듯한 허기가 스멀스멀 돌아오는 게 느껴졌다. **저 녀석이 나한테 달려들기를 기다렸다간 땅에 처박히고 말 거야.** 앞으로 나서면서 무릎을 펴고 있기란 힘든 일이었다. **행운아, 계속 나와 함께 있어 줘.**

처음 공격부터 맷은 행운이든 기술이든 뭐든 그를 여기까지 데려다준 존재가 아직 남아 있다는 걸 알았다. 갈라드는 선명한 딱 소리와 함께 그 공격과 다음 공격, 그다음 공격, 그다음 공격을 쳐 냈다. 그러나 힘을 쓰느라 얼굴이 굳어졌다. 거의 수호자만큼 매끄러운 솜씨의 그는 모든 기술을 동원해 맷의 곤봉을 막으려 애썼다. 갈라드는 공격하지 않았다. 그가 할 수 있는 일은 방어가 전부였다. 그는 억지로 물러나는 일이 없도록 계속해서 옆으로 움직였고 맷은 곤봉이 흐릿하게 보일 만큼 빠르게 그를 밀어붙였다. 갈라드는 물러나고 또 물러났다. 나무칼은 곤봉을 막기에는 너무 가느다란 방패였다.

배 속에 족제비라도 들어간 것처럼 허기가 맷을 물어뜯었다. 땀방울이 눈가까지 굴러 내렸다. 그 땀과 함께 힘도 빨려 나가는 것처럼 약해지기 시작했다. **아직은 안 돼. 아직 쓰러지면 안 돼. 이겨야 해. 지금.** 맷은 함성을 지르며 아껴둔 힘 전부를 마지막 한 번의 일격에 쏟아 넣었다.

곤봉이 갈라드의 칼을 휙 지나치며, 연달아 빠르게 무릎과 손목, 갈비뼈를 후려치고 마침내 창이라도 되듯 갈라드의 배를 찔렀다. 갈라드는 신음하며 몸을 구부리고 넘어지지 않으려 애썼다. 맷의 두 손에서 곤봉이 떨렸다. 목을 겨눈 최후의 찌르기 공격이 이어지기 일보 직전이었다. 갈라드가 땅에 쓰러졌다.

자기가 뭘 할 참이었는지 깨달은 맷은 곤봉을 떨어뜨릴 뻔했다. **이기려는 거지 죽이려는 게 아니잖아. 빛을 걸고, 난 대체 무슨 생각을 한 거지?** 맷은 반사적으로 곤봉의 아랫부분을 땅에 꽂아 넣었다. 그 순간, 맷은 넘어지지 않으려고 곤봉을 꽉 쥐어야 했다. 뼈에서 골수를 발라내는 칼처럼 허기가 그의 속을 비웠다. 문득 맷은 아이즈 세다이와 합격자만이 지켜보는 건 아니라는 걸 깨달았다. 모든 연습과 훈련이 중지되었다. 수호자와 제자 들이 모두 서서 그를 보고 있었다.

하마르가 다가와 갈라드 옆에 섰다. 갈라드는 여전히 신음하며 땅을 짚고 일어서고자 애쓰고 있었다. 수호자가 목소리를 높여 소리쳤다. "모든 시대를 통틀어 가장 위대한 검의 달인이 누구였나?"

수십 명 제자들의 목에서 하나의 외침이 울려 퍼졌다. "제아롬입니다, 가이딘!"

"그렇다!" 하마르는 모두가 들을 수 있도록 주위를 돌아보며 소리쳤다. "살아 있을 당시에, 제아롬은 전쟁터와 일대일 대결에서 만 번 넘게 싸웠다. 딱 한 번 패배했지. 곤봉을 든 농부에게 말이야! 그 점을 기억해라. 너희가 방금 본 것을 기억해라." 그는 갈라드를 향해 시선을 내리며 목소리도 낮추었다. "지금 일어날 수 없다면 끝난 것이다." 그가 손을 들자 아이즈 세다이와 합격자 들이 달려와 갈라드를 둘러쌌다.

맷은 곤봉을 짚은 채 미끄러지듯 털썩 무릎을 꿇었다. 아이즈 세다이 중 그에게 눈길이라도 준 사람은 아무도 없었다. 합격자 중에는 한 명 있었다. 아이즈 세다이가 될 예정만 아니라면 함께 춤을 추자고 청할 법한 통통한 소녀였다. 그녀는 맷을 보고 인상을 찡그리며 코웃음을 치더니, 돌아서서 아이즈 세다이가 갈라드 주변에서 벌이는 일을 지켜보았다.

가윈은 일어서 있었다. 맷은 그 사실을 눈치채고 안도감을 느꼈다. 가윈이 다가오자 맷도 몸을 일으켰다. **저 녀석들이 알게 해서는 안 돼. 저 녀석들이 해 뜰 때부터 다음 날 해 뜰 때까지 나를 돌보겠다고 하면 절대 여기서 나갈 수 없어.** 가윈의 옆머리에 난 붉은 금발이 검붉은 피에 물들어 있었지만 눈에 띄는 상처나 멍은 없었다.

그가 맷의 손에 은화 2마르크를 쥐어주며 무미건조하게 말했다. "다음에는 네 말을 들어야겠다." 그는 맷의 눈길을 보고 자기 머리를 건드렸다. "저 사람들이 치유해 줬어. 심한 상처도 아니었지만. 일레인 때문에 더 심하게 다친 게 여러 번인걸. 너 그거 잘 다룬다."

"우리 아빠만큼은 아니야. 내가 기억하는 한 아빠는 벨 타인 곤봉 싸움 때 매년 우승했거든. 랜드네 아빠가 이긴 경우가 한두 번 있었지만." 흥미로워하는 표정이 가윈의 눈에 반짝였다. 맷은 탬 알소르 이야기를 꺼내지 말 걸 그랬다고 생각했다. 아이즈 세다이와 합격자 들은 모두 그때까지 갈라드 주변에 모여 있었다. "난⋯⋯. 내가 쟤를 심하게 다치게 했나 봐. 그럴 의도는 아니었는데."

가윈은 그쪽을 힐끗 보더니 웃었다. 두 겹으로 둥글게 선 여자들의 등밖에는 아무것도 보이지 않았다. 합격자들의 흰옷이 웅크린 아이즈 세다이의 어깨 너머를 들여다보느라 바깥쪽 원을 이루고 있었다. "죽여 버린 건 아니던데. 저 녀석이 신음하는 소리를 들었거든. 지금쯤은 저 녀석도 일어서 있을 거야. 하지만 저 여자들은 이번 기회를 놓칠 수 없는 거지. 지금이라면 저 녀석한테 손을 댈 수 있으니까. 빛을 걸고, 저 중 네 명이 녹색의 아자야!" 맷은 혼란스러운 눈으로 그를 보았고—**녹색의 아자라고? 그게 대체 무슨 상관이지?**—가윈은 고개를 저었다. "몰라도 돼. 갈라드가 걱정해야 하는 최악의 상황은 머리가 맑아지기 전에 녹색의 아이즈 세다이의 수호자가 되는 것뿐이라는 것만 알아둬." 그가 웃었다. "아니, 진짜 그러지는 않겠지. 하지만 네 손에 쥐어진 내 은화 2마르크를 걸고 말하는데, 저 사람들 중에는 그럴 수 있으면 좋겠다고 생각하는 사람이 분명히 있을 거야."

"네 은화가 아니지." 맷이 코트 주머니에 은화를 밀어 넣으며 말했다. "내

거야." 맷은 가윈의 설명을 거의 이해하지 못했다. 그저 갈라드가 멀쩡하다는 것뿐. 수호자와 아이즈 세다이의 관계에 대해 그가 아는 것은 란과 모레인의 관계에서 기억나는 파편뿐이었고, 그 둘 사이에는 가윈이 암시하는 것 같은 부분은 전혀 없었다. "내가 저 녀석한테서 내깃돈을 받아 가면 저 사람들이 불쾌해할까?"

"그럴 가능성이 아주 크지." 하마르가 다가오며 무미건조하게 말했다. "지금 이 순간 너는 저 특정한 아이즈 세다이들에게 딱히 인기가 많지는 않다." 그가 코웃음 쳤다. "아무리 녹색의 아이즈 세다이라지만, 이제 막 어머니의 앞치마 끈에서 풀려난 소녀들보다는 나을 법한데. 저 녀석이 **그렇게까지** 잘생긴 것도 아니고."

"그러게요." 맷이 동의했다.

기윈이 둘 모두를 보며 씩 웃다가 하마르가 그를 노려보자 미소를 지웠다. "자." 수호자는 은화 2마르크를 맷의 손에 더 쥐어주며 말했다. "이 돈은 내가 나중에 갈라드에게 받으마. 넌 어디 출신이냐?"

"마네세렌." 맷은 자기 입에서 그 이름이 나오는 걸 듣고 얼어붙었다. "그러니까, 투 리버스 출신이에요. 옛날얘기를 너무 많이 들었더니." 그들은 아무 말도 하지 않고 맷을 보기만 했다. "그게…… 돌아가서 먹을 걸 좀 찾아봐야겠어요." 아직 아침나절을 알리는 종도 울리지 않았지만, 그들은 이해한다는 듯 고개를 끄덕였다.

맷은 곤봉을 가지고—아무도 그에게 곤봉을 다시 내려놓으라고 말하지 않았다—나무가 훈련장 사람들의 시선에서 그를 가려줄 때까지 천천히 걸어갔다. 그들의 모습이 멀어지자, 맷은 자신을 지탱해 주는 건 곤봉밖에 없다는 듯 곤봉에 기댔다. 정말 그 곤봉밖에 없는 걸지도 몰랐다.

코트를 열어 보면 배가 있던 자리에 구멍이 난 걸 보게 될 거라는 생각이 들었다. 몸의 나머지 부분을 끌어당기며 점점 커지는 구멍이. 하지만 맷은 허기에 대해서는 거의 생각하지 않았다. 머릿속에서 계속 목소리가 들려왔다. **고어를 할 줄 아나? 마네세렌.** 그 목소리에 몸이 떨렸다. **빛이여, 저를 도우소서. 내가 계속 나 자신을 깊이 파고들어가잖아. 여기서 벗어나야겠어.**

그런데 어떻게? 맷은 절뚝거리며 아주, 아주 늙은 사람처럼 화이트 타워의
본 건물을 향해 돌아갔다. **어떻게?**

25장 질문

에그웨인은 나이니브의 침대에 누워 두 손으로 턱을 받친 채 나이니브가 오락가락하는 모습을 지켜보았다. 일레인은 난로 앞에 쭉 뻗어 있었다. 난로는 아직 어젯밤에 피웠던 불의 재로 가득했다. 일레인은 베린이 준 명단을 살펴보는 중이었다. 그녀는 인내심 있게 모든 단어를 한 번 더 읽는 중이었다. **티어앙그리알**의 목록이 적힌 다른 서류는 탁자 위에 놓여 있었다. 충격 속에서 그것을 한 차례 읽은 뒤, 그들은 그 목록에 대해서는 더 이상 말하지 않았다. 다른 모든 것에 대해서는 이야기했지만. 다른 모든 것에 대해서는 말다툼도 했지만.

에그웨인은 하품을 눌러 참았다. 아침이 반나절밖에 지나지 않았지만, 세 사람 다 잠을 충분히 자지 못했다. 그들은 일찍 일어나야 했다. 주방 일도 해야 하고 아침 식사도 준비해야 했다. 에그웨인으로서는 생각하기도 싫은 다른 일도 해야 했고. 간신히 잔, 얼마 안 되는 잠은 불쾌한 꿈으로 가득 차 있었다. **어쩌면 아나이야가 그 꿈들을, 이해할 필요가 있는 꿈들을 이해하도록 도와줄 수 있을지도 몰라. 하지만…… 하지만 아나이야가 흑색의 아자라면?** 어젯밤 그 방의 여자들을 한 명 한 명 보며 누가 흑색의 아자일지 고민하고 나니 지금 함께 있는 두 사람 외에는 누구도 믿기가 어려워졌다. 하지만 그 꿈을 해석할 방법이 뭐라도 있었으면 좋겠다는 생각은 들었다.

어젯밤 **티어앙그리알** 안에서 일어난 일에 관한 꿈은 에그웨인을 흐느끼며 일어나게 만들기는 했어도 이해하기 쉬웠다. 에그웨인은 가슴에 번개가 수놓인 드레스를 입은 여자들, 숀찬 사람들의 꿈도 꾸었다. 그들은 거대한 뱀 반지를 낀 여자들을 긴 목줄로 잡고서, 화이트 타워에 벼락을 떨어뜨리라고 그들에게 강요하고 있었다. 결국 식은땀을 흘리며 놀라 잠에서 깼지만, 그것도 그냥 악몽이 틀림없었다. 하얀 망토들이 아버지의 손을 묶는 꿈도. 에그웨인은 그 꿈을 고향이 그리워 꾼 악몽이라고 생각했다. 하지만 다른 꿈들은……

에그웨인은 두 친구를 다시 힐끗 보았다. 일레인은 계속 읽고 있었다. 나이니브는 일정한 발걸음으로 계속 어슬렁거렸다.

랜드 꿈이 있었다. 랜드가 수정으로 만들어진 것처럼 보이는 칼을 향해 손을 뻗었다. 그는 자기 위로 드리워지는 가느다란 그물을 전혀 보지 못했다. 또 어떤 꿈에서 랜드는 건조한 바람이 바닥 전체에 흙먼지를 뿌려 대는 방에 무릎을 꿇고 있었다. 드래건의 깃발과 비슷하지만 그보다 훨씬 작은 깃발이 그 바람에 날리다가 랜드의 살갗에 내려앉았다. 검은 산에 난 거대한 구멍 안으로 랜드가 걸어 내려가는 꿈도 있었다. 아래쪽의 거대한 불에서 나오는 듯 불그레한 빛으로 가득 찬 구멍이었다. 심지어 랜드와 숀찬 사람들이 맞서는 꿈도 있었다.

마지막 꿈은 잘 모르겠지만, 다른 꿈에는 어떤 의미가 있을 게 분명했다. 아나이야라면 확실히 믿을 수 있다고 생각했던 때에, 화이트 타워를 떠나기 전에, 흑색의 아자에 관한 진실을 알기 전에는 아이즈 세다이에게 조심스럽게 질문을 던지면―아, 정말이지 조심스러운 질문이어야 했다. 그래야 아나이야가 지나친 호기심을 보이지 않을 테니까―**타비렌**에 관한 꿈꾸는 자의 꿈이 거의 항상 의미심장한 것임을 알 수 있었다. **타비렌**이 강하면 강할수록, '거의 항상'은 '확실히'로 변해 갔다.

맷과 페린도 **타비렌**이었다. 에그웨인은 그들의 꿈도 꾸었다. 이상한 꿈, 랜드에 관한 꿈보다도 이해하기 어려운 꿈이었다. 페린이 어깨에 독수리를 얹고 있는 꿈, 페린이 매를 데리고 있는 꿈. 매가 발톱에 끈을 쥐고서—에그웨인은 어째서인지 매와 독수리가 둘 다 암컷이라고 확신했다—페린의 목을 그 끈으로 묶으려 했다. 지금도 그 꿈을 생각하면 몸이 떨렸다. 그녀는 목줄이 나오는 꿈을 좋아하지 않았다. 게다가 페린이—턱수염이 난 페린이!—시야가 미치는 범위까지 널리 퍼져 있는 거대한 늑대 무리를 이끄는 꿈은 어떤가. 맷에 관한 꿈은 그보다도 고약했다. 맷이 자기 왼쪽 눈을 천칭에 올려놓는 꿈. 맷이 나뭇가지에 목을 맨 꿈. 맷과 숀찬 사람이 나오는 꿈도 있었지만, 에그웨인은 그 꿈을 망설임 없이 악몽이라고 일축해 버렸다. 그냥 악몽이 틀림없었다. 맷이 고어로 말하는 꿈처럼. 그 꿈은 맷이 치유되면서 하는 말을 듣고 꾼 게 분명했다.

에그웨인은 한숨을 쉬었고, 그 한숨이 또 한 번의 하품으로 변했다. 에그웨인과 두 사람은 아침 식사를 한 다음 맷의 방에 찾아가 그의 상태를 살피려 했다. 그러나 맷이 없었다.

아마 춤추러 갈 만큼 상태가 좋을 거야. 빚을 걸고, 이젠 맷이 숀찬 사람들과 춤추는 꿈까지 꾸겠네! 더 이상 꿈은 안 돼. 그녀는 자신을 단호하게 타일렀다. **지금은 안 돼. 꿈 생각은 이렇게까지 피곤하지 않을 때 하자.** 그녀는 주방에 대해, 곧 다가올 점심 식사와 저녁 식사, 내일 다시 하게 될 아침 식사, 영원히 이어지는 설거지와 청소와 바닥 닦기를 생각했다. **안 피곤해질 날이 올지는 모르겠지만.** 그녀는 침대에 누운 채 자세를 바꾸며 다시 친구들을 보았다. 일레인은 여전히 명단에 시선을 두고 있었다. 나이니브는 발걸음이 느려졌다. **어느 순간에든 나이니브는 다시 그 말을 할 거야. 어느 순간에든.**

나이니브가 멈춰 서서 일레인을 내려다보았다. "그거 치워. 벌써 스무 번이나 읽어 봤잖아. 도움이 되는 단어가 하나도 없어. 베린은 우리한테 쓰레기를 준 거야. 문제는 그게 베린이 가진 전부였느냐, 아니면 베린이 일부러 쓰레기를 준 것이냐지."

예상 그대로야. 저 말을 다시 하기까지 아마 30분쯤 걸리겠지. 에그웨인은 인상을 찡그리며 두 손을 내려다보았다. 두 손이 선명히 보이지 않는 게 다행이었다. 거대한 뱀 반지가—어울리지 않게도—오랫동안 뜨거운 비눗물에 담가 잔뜩 주름진 손에 끼워져 있었다.

"그 사람들 이름을 알면 도움이 돼." 일레인이 계속 읽으며 말했다. "그 사람들 생김새를 아는 것도 도움이 되고."

"내 말이 무슨 뜻인지는 잘 알 텐데." 나이니브가 쏘아붙였다.

에그웨인은 한숨을 쉬며 팔짱을 끼고 엎드려 그 위에 고개를 얹었다. 그날 아침 시리암의 서재에서 나와 보니, 아직 태양이 지평선 위로 빛을 드리우지도 않고 있었는데 나이니브가 춥고 어두운 복도에서 촛불을 들고 기다리고 있었다. 시야가 별로 선명하지는 않았지만, 에그웨인은 나이니브가 돌이라도 씹어 먹을 듯한 표정이라는 것만은 알 수 있었다. 돌을 씹는다고 해서 앞으로 몇 분 사이에 바뀔 일은 아무것도 없다는 것을 알면서도 말이다. 바로 그 점이 나이니브가 저렇게까지 짜증을 내는 이유였다. **나이니브는 내가 만나 본 어느 남자보다도 자존심에 예민해. 그렇다고 일레인이랑 나한테 화를 풀면 안 되지. 빛을 걸고, 일레인도 견딜 수 있다면 나이니브도 견딜 수 있어야 해. 더 이상 현자도 아니면서.**

일레인은 나이니브가 짜증을 내든 말든 눈치도 못 채는 것 같았다. 그녀는 생각에 잠긴 채 먼 곳을 보며 인상을 찡그렸다. "리안드린만 적색의 아자였어. 다른 아자들은 모두 두 명씩이고."

"아, 제발 조용히 좀 해라, 아이야." 나이니브가 말했다.

일레인은 거대한 뱀 반지를 보여 주려고 왼손을 씰룩거리며 나이니브를 의미심장하게 바라보더니 바로 말을 이었다. "같은 도시에서 태어난 사람도 없고, 같은 나라에서 태어난 사람도 두 명밖에 없어. 아미코 나고인이 가장 어려서 에그웨인이랑 나보다 15살쯤 많아. 조이야 비어는 우리 증조할머니의 증조할머니뻘이고."

에그웨인은 흑색의 아자 중 한 명이 그녀의 딸과 같은 이름이라는 게 마음에 들지 않았다. **바보 같기는! 이름이 같은 사람은 종종 있고, 넌 딸이 없어. 그건 현실이 아니었다고!**

"그래서 알 수 있는 게 뭔데?" 나이니브의 목소리가 지나치게 차분했다.

폭죽이 가득한 수레처럼 터지기 일보 직전이었다. "그 명단에서 내가 놓친 어떤 비밀을 찾았기에 그래? 결국 내가 늙어서 눈까지 멀어 가고 있나 보지?"

"이걸 통해 알 수 있는 건, 명단이 지나치게 깔끔하다는 거야." 일레인이 침착하게 말했다. "어둠의 친구라는 이유만으로 선별된 열세 명의 여자가 나이, 국적, 소속 아자에 따라 이렇게까지 깔끔하게 정리될 확률이 얼마나 될까? 모든 게 우연이라면, 예를 들어 적색의 아자가 세 명이고 케예리엔 태생이 네 명이라든지, 동갑인 사람이 딱 두 명이라든지 해야 하는 것 아니야? 애초에 특정한 여자들을 골라낸 거야. 그게 아니면 이렇게까지 임의적인 패턴으로 선별할 수 없었을걸. 화이트 타워 안에는 지금도 흑색의 아자가 있어. 우리가 모르는 다른 곳에도. 이 명단의 의미는 틀림없이 그런 뜻이야."

나이니브는 땋은 머리를 한번 사납게 잡아당겼다. "빛을 걸고! 네 말이 맞을지도 모르지. 나는 못 찾아낸 비밀을 네가 발견했네. 빛을 걸고, 흑색의 아자 모두가 리안드린과 함께 가 버린 것이길 바랐는데."

"우린 리안드린이 흑색의 아자의 지도자인지조차 모르고 있어." 일레인이 말했다. "리안드린은 명령을 받고 움직인 걸지도 몰라. ……우리를 **처리하라는** 명령을." 일레인의 입이 비틀렸다. "유감이지만, 흑색의 아자가 패턴이 없다는 것 말고는 아무 패턴도 나타나지 않을 정도로 이렇게까지 모든 걸 퍼뜨려 놓은 이유는 한 가지밖에 없는 것 같아. 내가 보기에 이 명단의 의미는, 흑색의 아자한테 사실 어떤 패턴이 **존재한다**는 거야."

"패턴이 있다면," 나이니브가 단호하게 말했다. "우리가 그걸 찾아낼 테고. 일레인, 너희 어머니가 궁정을 운영하는 모습을 보고 이런 식으로 생각하는 방법을 배운 거라면 네가 자세히 지켜본 게 다행이다." 일레인이 대답 대신 미소를 짓자 그녀의 뺨에 보조개가 파였다.

에그웨인은 나이니브를 조심스럽게 살폈다. 나이니브는 이제야 치통을 앓는 곰처럼 구는 일을 그만둘 준비가 된 듯했다. 에그웨인은 고개를 들었다. "아니면, 자기들이 어떤 패턴을 감추고 있다고 생각하게 하려는 걸지도 모르지. 그래야 우리가 실제로는 존재하지 않는 패턴을 쫓느라 시간을 낭비할 테니까. 패턴이 없다는 얘기는 아니야. 그냥 아직 모른다는 거지. 패턴을 찾아보긴 하되, 다른 것들도 살펴봐야 할 것 같아. 안 그래?"

"이제야 잠을 깨기로 했나 보구나." 나이니브가 말했다. "잠든 줄 알았다." 하지만 나이니브는 여전히 미소 짓고 있었다.

"에그웨인 말이 맞아." 일레인이 역겹다는 듯 말했다. "내 얘기는 지푸라기로 만든 다리나 마찬가지야. 지푸라기만도 못하지. 내 희망으로 만든 거랄까. 네 말이 맞을지도 몰라, 나이니브. 이 쓰레기가 무슨 쓸모겠어?" 그녀는 앞에 쌓여 있던 종이 더미에서 한 장을 휙 빼냈다. "리안나는 왼쪽 귀 위에 흰 머리가 한 타래 들어가 있는 검은 머리카락을 가지고 있어. 그게 보일 정도로 가까이 가고 싶지는 않은데." 그녀는 다른 페이지를 집어 들었다. "체스멀 엠리는 몇 년 만에 처음으로 나타난 재능 있는 치유자야. 빛을 걸고, 흑색의 아자한테 치유 받는다니 상상이나 돼?" 세 번째 페이지. "마릴린 게말핀은 고양이를 좋아하고, 다친 동물을 돕기 위해서라면 선을 넘는대. 고양이라니! 하!" 일레인은 모든 페이지를 뒤섞어 구겨 쥐었다. "**진짜** 쓸모 없는 쓰레기야."

나이니브가 일레인 옆에 무릎을 꿇고 앉아 종이를 쥔 그녀의 손을 가만히 폈다. "그럴 수도 있고, 아닐 수도 있어." 나이니브는 가슴에 종이를 대고 조심스럽게 폈다. "네가 이 안에서 찾아볼 만한 걸 발견했어. 끈질기게 파헤치다 보면 그 이상이 발견될지도 몰라. 다른 목록도 있고." 그녀와 일레인의 시선이 모두 에그웨인에게로 빠르게 향했다. 갈색과 파란색 눈이 둘 다 걱정스럽게 찡그려진 채였다.

에그웨인은 다른 종이가 놓여 있는 탁자를 보지 않으려 했다. 그것들에 대해서는 생각하고 싶지 않았다. 그렇다고 피할 수도 없었다. **티어앙그리알**의 목록이 그녀의 머릿속에 알아서 새겨졌다.

품목. 투명한 수정 막대. 매끄럽고 완벽하게 투명함. 길이 30센티미터, 지름 3센티미터. 용도 불명. 최근 연구자 코리아닌 니디알. 품목. 설화석고로 만든 나체 여인 조각상. 한 손 크기. 용도 불명. 최근 연구자 코리아닌 니디알. 품목. 원반. 겉보기에는 단순한 철로 만들어져 있으나 녹이 슬지 않았음.

지름 9센티미터. 양면에 모두 촘촘한 나선이 새겨져 있음. 용도 불명. 최근 연구자 코리아닌 니디알. 품목. 품목이 너무 많았고, 그중 절반 이상은 최근 연구자가 코리아닌 니디알인 '용도 불명'의 물건들이었다. 정확히 말하면, 품목 중 열세 개가 그랬다.

에그웨인은 몸을 떨었다. **그 숫자를 생각조차 하기 싫어지네.**

목록에 적힌 것 중 용도가 알려진 물건의 숫자는 더 적었다. 에그웨인이 보기에는 그중 진짜 용도가 분명히 드러난 것은 없었다. 딱히 마음이 더 놓이지는 않았다. 성인 남자의 엄지손가락 마지막 관절 정도 크기의, 나무로 새긴 고슴도치 조각상. 너무도 소박한 물건, 무해할 게 분명한 물건이었다. 그 물건을 통해 채널링하려는 여자는 누구나 잠들게 되었다. 한나절 동안 평화롭게, 아무 꿈도 꾸지 않고 잠을 자게 해 주었다. 하지만 이 물건 역시 잠과 너무도 가깝게 연결되어 있어 소름이 끼쳤다. 그 외에도 세 개의 **티어앙그리알**은 어떤 식으로든 잠과 연결되어 있었다. 검은 돌로 만들어진, 속이 뚫린 막대에 대해 읽었을 때는 거의 안도감이 느껴졌다. 그 **티어앙그리알**은 길이가 91센티미터나 되었고 화톳불을 뿜어냈으며, 종이가 두 군데나 뚫어질 만큼 힘주어 쓴 **위험. 거의 통제가 불가능함,** 이라는 베린의 손 글씨가 적혀 있었는데도 말이다. 에그웨인은 지금도 화톳불이라는 게 뭔지 알 수 없었지만, 그게 아무리 위험하게 느껴진다고 해도 코리아닌 니디알이나 꿈과는 관련이 없는 게 확실했다.

나이니브는 주름을 편 종이를 탁자로 가져가 내려놓았다. 그녀는 망설이다가 다른 페이지들도 펼쳐 놓고 손가락으로 그중 한 장을, 또 다음 장을 쓸어 보았다. "이건 맷이 좋아하겠다." 그녀가 지나치게 가볍고 쾌활한 목소리로 말했다. "품목. 점이 찍혀 있으며 모서리가 서로 이어져 있는 주사위 여섯 개 모음. 폭 6센티미터 미만. 용도 불명. 단, 이 물건을 통해 채널링하면 어떤 식으로든 확률이 흐트러지거나 왜곡됨." 나이니브가 큰 소리로 읽기 시작했다. "'동전을 던지면 매번 같은 면이 나옴. 어느 시험에서는 100번 연속으로 동전이 모서리로 균형을 잡고 섬. 주사위 천 번을 던졌을 때 5크라운이 천 번 나옴.'" 나이니브가 억지로 웃었다. "맷이 아주 좋아하겠어."

에그웨인은 한숨을 쉬며 일어서서 뻣뻣한 걸음걸이로 난로에 다가갔다. 일레인이 서둘러 일어나 나이니브와 함께 조용히 그 모습을 바라보았다. 에그웨인은 소매를 최대한 위로 걷고 굴뚝 위쪽으로 조심스럽게 팔을 뻗었다. 손가락이 연통의 양털에 닿았다. 그녀는 발가락 부분에 단단한 덩어리가 들어 있는, 뭉쳐 놓은 재투성이 스타킹을 꺼냈다. 그녀는 팔에 묻은 재를 털어 낸 뒤 스타킹을 탁자로 가져가 흔들어 댔다. 줄무늬와 얼룩무늬가 들어간 돌로 만들어진 뒤틀린 고리가 탁자 위에서 빙글빙글 돌다가 **티어앙그리알** 목록의 한 페이지 위에 넘어졌다. 그들은 잠시 그 고리를 바라보았다.

"어쩌면," 나이니브가 마침내 말했다. "베린은 너무 많은 **티어앙그리알**의 최근 연구자가 코리아닌이라는 사실을 놓친 걸지도 몰라." 진심으로 그 말을 믿는 목소리는 아니었다.

일레인이 고개를 끄덕였지만 미심쩍다는 태도였다. "전에, 베린이 흠뻑 젖은 채 빗속을 걸어가는 걸 보고 망토를 가져다준 적이 있어. 뭔지는 몰라도 어떤 생각에 푹 빠져서, 내가 어깨에 망토를 둘러 줄 때까지 비가 내리는 줄도 모른 것 같더라. 놓쳤을 수도 있지."

"그럴지도 몰라." 에그웨인이 말했다. "놓친 게 아니라면, 내가 목록을 읽자마자 눈치채리라는 걸 분명 알았을 거야. 모르겠어. 가끔은 베린이 눈치챈 모든 걸 티 내는 건 아니라는 생각이 들어. 그냥 모르겠어."

"그럼 베린을 의심해야 하는 거네." 일레인이 한숨을 쉬었다. "베린이 흑색의 아자라면, 놈들은 우리가 뭘 하는지 정확히 아는 거야. 알란나도." 그녀는 잘 모르겠다는 듯 곁눈질로 에그웨인을 살폈다.

에그웨인은 그들에게 모든 것을 말해 주었다. 시험 때 **티어앙그리알** 안에서 벌어진 일을 제외한 모든 것을. 감히 그 이야기는 할 수 없었다. 나이니브와 일레인도 각자의 시험에 대해서는 그녀처럼 말하지 않았다. 에그웨인이 친구들에게 해준 말 중에는 시험의 방 안에서 벌어진 모든 일과 시리암이 채널링하는 능력에 따라 생겨나는 끔찍한 약점에 대해서 했던 말, 중요해 보이든 그렇지 않든 베린이 했던 모든 말이 있었다. 그들이 받아들이기 어려워했던 유일한 부분은 알란나에 관한 것이었다. 아이즈 세다이는 그런 식으로 일을 처리하지 않았다. 제정신인 사람이라면 누구도 그런 짓을 하지 않겠지만, 아이즈 세다이라면 특히 그랬다.

에그웨인은 둘을 노려보았다. 거의 그들의 목소리가 들려오는 듯했다. "아이즈 세다이는 거짓말을 해도 안 돼. 하지만 베린과 어머니는 우리한테 해 주는 말을 끔찍할 만큼 아끼는 것 같아. 원래는 흑색의 아자가 존재하면 **안 되는** 거잖아."

"난 알란나가 좋아." 나이니브가 땋은 머리를 잡아당기더니 어깨를 으쓱 했다. "아, 그래. 어쩌면……. 아니 뭐, 알란나가 이상하게 행동하긴 했잖아."

"그렇게 말해 줘서 고맙다." 에그웨인이 말했다. 나이니브는 비꼬는 기색 을 전혀 듣지 못한 것처럼 알겠다는 듯 고개를 끄덕였다.

"아무튼, 이 일에 대해서는 아멀린이 알고 있어. 우리보다는 아멀린이 알 란나를 훨씬 쉽게 감시할 수 있고."

"엘라이다랑 시리암은?" 에그웨인이 물었다.

"난 엘라이다가 도저히 좋아지지 않더라." 일레인이 말했다. "그렇지만 엘라이다가 흑색의 아자라고는 진심으로 믿지 못하겠어. 시리암은? 말도 안 되고."

나이니브가 코웃음 쳤다. "아이즈 세다이 중 누구라도 말이 안 되어야지. 흑색의 아자를 찾아냈을 때 그 사람들이 전부 우리가 싫어하는 여자일 거라 는 보장은 전혀 없어. 하지만 아무 여자나 의심할 생각은 없어. 특히 이런 의 심은! 그 사람들이 봐서는 안 될 것을 보았을지 모른다는 것 이상의 단서가 있어야 계속할 수 있다고." 에그웨인은 일레인만큼 빠르게, 같은 의견이라 는 뜻으로 고개를 끄덕였다. 나이니브가 말을 이었다. "아멀린 권좌에게는 그 정도만 말해 주자. 정당한 것 이상으로 무게를 싣지는 말고. 그것도 아멀 린이 자기 말대로 우리를 찾아와야 말이지만. 일레인, 너도 함께 있을 때 아 멀린 권좌가 온다면 아멀린 권좌가 너에 대해서 모른다는 걸 기억해 둬."

"그걸 잊을 가능성이 크지는 않을 것 같은데." 일레인이 열을 내며 말했 다. "하지만 아멀린 권좌에게 말을 전달할 다른 방법이 있어야 해. 어머니라 면 이보다 나은 계획을 세우셨을 거야."

“메시지 전달할 사람을 믿을 수 있다면 말이지.” 나이니브가 말했다. “우린 기다려야 해. 아니면, 우리 중 누군가가 베린과 이야기를 나눠 봐야 할까? 아무도 그걸 특이한 일이라고 생각하지는 않을 거야.”

일레인은 망설이다가 살짝 고개를 저었다. 에그웨인은 일레인보다 빠르게, 더 세게 고개를 저었다. 깜빡한 것이든 아니든, 베린은 너무 많은 것을 빼놓고 말하지 않았기에 믿을 수 없었다.

“좋아.” 나이니브는 여간 만족한 게 아닌 듯했다. “우리가 원할 때 아멀린과 말할 수 없다는 것도 난 마음에 들어. 이런 식이면 아멀린 권좌가 우리의 발걸음 하나하나를 이끌지 않아도, 우리가 직접 결정을 내리고 우리가 원할 때 원하는 방식에 따라서 행동할 수 있으니까.” 나이니브는 다시 한 번 읽어 보는 듯 도둑맞은 **티어앙그리알** 목록을 손으로 쓸어내리더니, 줄무늬 돌 고리를 자세히 살펴보았다. “첫 번째 결정은 이 물건에 관한 거야. 이건 우리가 본 물건 중 리안드린 패거리와 어떤 식으로든 실제로 관련된 첫 번째 물건이니까.” 그녀는 인상을 찡그리며 고리를 보더니 깊이 숨을 들이쉬었다. “오늘 밤에 내가 이걸 가지고 잘게.”

에그웨인은 망설이지도 않고 나이니브의 손에서 고리를 빼냈다. 망설이고 싶었지만—두 손을 양옆에 가만히 두고 싶었다—그러지 않았다. 그리고 만족감을 느꼈다. “꿈꾸는 자일지도 모른다고 생각되는 사람은 나야. 그렇다고 나한테 어떤 이점이 생기는지는 모르겠지만, 베린 말로는 이 물건을 쓰는 게 위험하대. 우리 중 누가 이걸 사용하더라도 받을 수 있는 도움은 다 받아야 해.”

나이니브가 땋은 머리를 꽉 쥐더니 항의하려는 듯 입을 열었다. 하지만 마침내 입을 열었을 때 그녀가 한 말은 이것이었다. “확실해, 에그웨인? 우린 네가 **정말로** 꿈꾸는 자인지조차 모르고 있어. 내가 너보다 강력하게 채널링할 수 있고. 내 생각엔 그래도 내가…….” 에그웨인이 그녀의 말을 잘랐다.

“넌 화가 나야 나보다 강하게 채널링할 수 있어. 꿈속에서 화가 날 거라고 확신해? 채널링할 필요가 생기기 전에 화가 날 시간이 있을까? 빛을 걸고,

우린 우리가 꿈속에서 채널링을 할 수 있는지조차 모르잖아. 우리 중 누군가가 그 일을 해야만 한다면—네 말이 맞아, 이것만이 우리가 가지고 있는 연결고리야—내가 해야 해. 어쩌면 난 정말로 꿈꾸는 자일지 모르니까. 게다가 베린은 나한테 이걸 줬어.”

나이니브는 반박하고 싶은 표정이었지만, 결국 마지못해 고개를 끄덕였다. “알았어. 하지만 일레인과 내가 같이 있을 거야. 우리가 뭘 할 수 있을지는 모르겠지만, 뭔가 잘못되면 우리가 널 깨우거나…… 아무튼 옆에 있을게.” 일레인도 고개를 끄덕였다.

둘이 동의하고 나니 에그웨인은 배 속 깊은 곳에서 메스꺼움을 느꼈다. **내가 애들을 설득했어. 애들이 나를 말렸으면 좋겠다는 생각이 들지 않았으면 좋겠는데.** 그녀는 문 앞에 서 있는 여자를 의식했다. 신입의 흰 드레스를 입고 머리를 길게 땋은 여자였다.

“아무도 노크하는 법을 가르쳐 주지 않은 거냐, 엘즈?” 나이니브가 말했다.

에그웨인은 돌 고리를 주먹 안에 숨겼다. 엘즈가 그것을 빤히 보고 있었다는, 대단히 이상한 기분이 들었다.

“전할 메시지가 있어요.” 엘즈가 침착하게 말했다. 그녀는 모든 서류가 흩어져 있는 탁자와 그 주변의 세 여자를 눈으로 훑었다. “아멀린 권좌의 메시지입니다.”

에그웨인은 의아하다는 듯 나이니브, 일레인과 시선을 주고받았다.

“그래, 뭐기에?” 나이니브가 물었다.

엘즈는 재미있다는 듯 눈썹을 치켜올렸다. “리안드린 패거리가 남겨 두고 간 소지품은 도서관 아래 지하 2층에 있는 중앙 계단 오른쪽 세 번째 창고에 있습니다.” 탁자 위의 서류를 다시 훑어본 그녀가 서두르는 것도 아니고 느리지도 않은 걸음으로 떠났다.

에그웨인은 숨을 쉴 수 없을 것만 같았다. **우리는 감히 아무도 믿지 못하는데, 아멀린 권좌는 하필 엘즈 그린웰을 믿기로 했단 말이야?**

“저 바보 같은 아이는 들으려는 사람만 있으면 누구한테든 떠들어 댈 거야!” 나이니브가 문을 향해 다가갔다.

에그웨인이 치맛자락을 잡고 빠르게 달려 나이니브를 앞질렀다. 신발이 회랑의 타일에 쭉 미끄러졌다. 하지만 그녀는 가장 가까운 경사로를 따라 사라져 가는 흰색 옷자락을 언뜻 보고는 빠르게 그 뒤를 쫓았다. **벌써 이렇게까지 멀어졌다니 엘즈도 달려가는 게 틀림없어. 왜 뛰는 거지?** 언뜻 보인 흰 옷자락은 이미 다른 경사로를 따라 사라져 가고 있었다. 에그웨인이 그 뒤를 따랐다.

한 여자가 경사로 맨 아래에서 돌아서서 그녀를 마주 보았다. 혼란스러워진 에그웨인은 발걸음을 멈추었다. 누군지는 몰라도, 그녀가 엘즈가 아니라는 것만은 확실했다. 은색과 흰색 비단으로만 이루어진 옷을 입은 그녀는 에그웨인이 한 번도 느껴 본 적 없는 감정에 불을 붙였다. 그녀는 에그웨인보다 키가 컸고 훨씬 더 아름다웠다. 그녀의 검은 눈에 깃든 표정을 보니 에그웨인은 작고 빼빼 마른 사람, 그리 깨끗하지도 않은 사람이 된 기분이었다. **아마 이 여자는 나보다 일원력도 더 많이 채널링할 수 있을 거야. 빛을 걸고, 거기에 더해서 우리 셋 모두를 더한 것보다 똑똑할걸. 공평하지 않아, 한 사람이 이렇게 많은……**. 에그웨인은 문득 자기 생각이 어떤 방향으로 흐르는지 깨달았다. 두 뺨이 붉어졌다. 그녀는 고개를 저었다. 에그웨인은 한 번도 자신이 다른 여자보다…… 못하다는 느낌을 받아 본 적이 없었다. 이제 와서 그런 감정을 느낄 생각은 없었다.

“대담하구나.” 여자가 말했다. “너무도 여러 번 살인이 일어난 곳에서 이렇게 혼자 뛰어다니다니, 대담해.” 그녀는 거의 즐거워하는 목소리였다.

에그웨인은 똑바로 서서 서둘러 드레스 주름을 폈다. 상대방이 그런 동작을 눈치채지 못하기를 바라면서도, 사실은 그녀가 이미 눈치챘다는 걸 알고 있었다. 이 여자가 어린애처럼 뛰어다니는 자신을 보지 못했다면 좋았을 거라는 생각이 들었다. **그만!** “죄송하지만, 신입이 이쪽으로 온 것 같아서 찾고 있었습니다. 크고 검은 눈에 검은 머리를 땋은 아이인데요. 통통하고 어떤 면에서는 예쁘장합니다. 그 애가 어느 쪽으로 갔는지 보셨나요?”

키 큰 여자는 재미있다는 듯 에그웨인을 위아래로 훑어보았다. 확신할 수는 없었지만, 에그웨인은 이 여자가 에그웨인의 꽉 쥔 주먹을 힐끗 보았다는 생각이 들었다. 그 손에는 아직 돌 고리가 쥐어져 있었다. "네가 그 애를 따라잡을 수 있을 것 같지는 않구나. 그 애를 보았는데, 꽤 빠르게 달리고 있었거든. 지금쯤은 여기서 멀리 가 버렸을 거야."

"아이즈 세다이." 에그웨인은 그렇게 입을 열었지만, 엘즈가 어디로 갔는지 물을 기회는 얻지 못했다. 상대방의 검은 눈에 분노나 짜증일지 모르는 무언가가 순간 스쳤다.

"지금은 네게 충분히 시간을 쓴 것 같구나. 내가 돌봐야 할 더 중요한 문제들이 있어서. 가거라." 그녀는 에그웨인이 달려온 방향을 가리켰다.

그녀의 목소리에 깃든 위엄은 너무도 강했고, 에그웨인은 자기가 무슨 일을 하는 건지 깨닫기도 전에 돌아서서 경사로를 세 걸음 올라갔다. 그러다가 발끈해서 뒤를 휙 돌아보았다. **아이즈 세다이든 뭐든, 내가…….**

회랑은 비어 있었다.

에그웨인은 인상을 쓰며 가장 가까운 문 여러 개를 지나—쥐라면 몰라도 그 방에는 아무도 살지 않았다—경사로를 달려 내려가 양옆을 훑어본 뒤 휘어진 회랑 전체를 살폈다. 심지어 난간 너머, 조그마한 합격자 정원까지 내려다보았다. 아래층은 물론 위층의 다른 회랑들까지 살폈다. 띠가 둘린 드레스를 입은 합격자 두 명이 보였다. 한 명은 파올레인이고, 다른 한 명은 이름은 모르지만 얼굴은 아는 다른 여자였다. 하지만 은색과 흰색의 옷을 입은 여자는 어디에도 없었다.

26장 자물쇠 뒤

에그웨인은 고개를 저으며 지나쳤던 문으로 돌아왔다. **어딘가로는 갔겠지.** 첫 번째 문 안에는 몇 안 되는 가구가 먼지투성이 천에 덮인 채 알아볼 수 없는 덩어리를 이루고 있었다. 공기가 퀴퀴했다. 문이 열리지 않은 지 꽤 된 것 같았다. 에그웨인은 인상을 썼다. 바닥의 먼지에는 **실제로** 쥐가 지나다닌 자국이 있었다. 하지만 그뿐이었다. 서둘러 다른 문 두 개를 열어 보았지만 보이는 건 똑같았다. 놀랄 일도 아니었다. 합격자의 회랑에는 주인이 있는 방보다 빈 방이 훨씬 더 많았다.

세 번째 방을 들여다보고 고개를 돌리니 나이니브와 일레인이 딱히 서두르지 않는 걸음으로 에그웨인의 등 뒤 경사로를 따라오는 중이었다.

"숨은 거야?" 나이니브가 놀라서 물었다. "그 안에?"

"놓쳤어." 에그웨인은 휘어진 회랑 양옆을 다시 살폈다. **어디로 간 거지?** 에그웨인이 말한 사람은 엘즈가 아니었다.

"엘즈가 너보다 빨리 뛸 수 있다는 걸 알았으면," 일레인이 미소를 지었다. "나도 걜 쫓아갔을 텐데. 내가 보기엔 예전부터 너무 통통해서 달리기를 못할 것 같았어." 하지만 일레인의 미소에는 걱정이 배어 있었다.

"엘즈는 나중에 찾아야 해." 나이니브가 말했다. "걔가 입 다물고 있는 법을 알고 있는지 확인해야지. 아밀린은 어떻게 걜 믿을 수 있는 거지?"

"난 엘즈를 바짝 따라잡았다고 생각했어." 에그웨인이 천천히 말했다. "그런데 따라잡고 보니 다른 사람이었어. 나이니브, 내가 잠시 등을 돌리고 있었는데 그 여자가 사라졌어. 엘즈가 아니라—심지어 엘즈는 보지도 못했어!—처음에 내가 엘즈라고 생각했던 여자 말이야. 그 여자가 그냥…… 사라졌어. 어디로 갔는지 모르겠어."

일레인이 숨을 멈추었다. "영혼 없는 자 중 하나일까?" 그녀는 서둘러 주위를 둘러보았지만, 그들 셋을 제외하면 회랑은 여전히 비어 있었다.

"아닐 거야." 에그웨인이 단호하게 말했다. "그 여자는…….." **그 여자를 마주하니 꼭 드레스는 찢어지고 얼굴은 더러워지고 코를 질질 흘리는 여섯 살짜리가 된 기분이 들었다는 말을 어떻게 해?** "그 여자는 회색 인간이 아니었어. 키가 크고 눈에 띄는 사람이었어. 검은색 눈에 머리카락도 검고. 천 명이 모여 있어도 알아봤을 거야. 전에는 본 적 없는 사람이지만, 아이즈 세다이인 것 같아. 확실해."

나이니브는 더 많은 말이 나올 거라는 듯 기다리다가 못 참고 말했다. "다시 그 여자를 보면 손가락으로 짚어 줘. 그럴 이유가 있을지는 모르겠다만. 우린 여기 서서 수다나 떨 시간이 없어. 엘즈가 엉뚱한 사람한테 말하기 전에 그 창고를 살펴봐야겠어. 놈들이 부주의하게 굴었던 걸지도 몰라. 만일 그랬다면, 실수를 바로잡을 기회는 주지 말자."

에그웨인은 나이니브와 일레인 사이로 들어가며 자신이 아직도 돌 고리를—**코리아닌 니디알의 티어앙그리알을**—쥐고 있다는 걸 깨달았다. 그녀는 마지못해 고리를 주머니에 집어넣고 끈을 세게 당겨 조였다. **이 빌어먹을 물건을 쥐고 잠을 자지만 않는다면……. 근데 내가 하려는 게 바로 그거 아닌가?**

하지만 그건 오늘 밤의 일이었다. 지금 걱정해 봐야 아무 소용이 없었다. 화이트 타워를 가로질러 가면서 에그웨인은 은색과 흰색 옷을 입은 여자를 찾아보았다. 그녀가 보이지 않는 것이 왜 이렇게 마음이 놓이는지 알 수 없었다. **난 성인 여자야. 그리고 미안하지만, 꽤 유능하다고.** 그렇지만 에그웨인은 우연히 마주친 사람 중 그녀와 눈곱만큼이라도 닮은 사람이 없다는 게 다행스러웠다. 생각할수록 그 여자에게 뭔가…… 잘못된 것이 있다는 생각이 들었다. **빛을 걸고, 이러다간 내 침대 밑에까지 흑색의 아자가 있다고 생각하겠어. 정말로 침대 밑에 있을 수도 있겠지만.**

도서관은 높고 두꺼운 기둥 형태의 화이트 타워 본관과 조금 떨어진 곳에 있었다. 흰 돌에 묵직한 파란색 줄무늬가 들어가 있어 부서지는 파도가 그 정점에서 얼어붙은 것처럼 보였다. 아침 햇빛을 받아 궁전처럼 위압적인 모습이었다. 에그웨인은 그 안에 궁전만큼 많은 방이 있을 거라고 확신했지만, 그 모든 방은—베린의 방이 있는 위층의 이상한 복도까지—책장으로 가득 차 있었다. 책장은 3천 년 동안 모든 나라에서 수집한 책과 원고, 종이, 두루마리, 지도, 도표로 가득 차 있었고. 티어와 케에리엔의 거대한 도서관에도 그렇게 많은 자료는 없었다.

사서들이—그들은 모두 갈색의 자매였다—그 책장을 지켰고, 도서관의 문도 그만큼 철저하게 지켰다. 누가 어떤 이유로 가져갔는지를 알지 못하는 한 종잇조각 하나도 나가지 못하게 하려는 것이었다. 하지만 나이니브가 에그웨인과 일레인을 데려간 곳은 그렇게 삼엄하게 지켜지는 입구가 아니었다.

도서관의 기단부 주변, 높다란 피칸나무 그늘 속 땅에 납작하게 다른 문들이 자리 잡고 있었다. 큰 문도 있고 작은 문도 있었다. 일꾼들이 때로 도서관 아래의 창고에 들어가야 했기에 만들어 놓은 출입구였다. 사서들은 땀을 흘리는 남자들이 자신들의 보물 창고에 자국을 남기는 걸 좋아하지 않았으니까. 나이니브가 그런 문 중 하나를 당겨 열었다. 커 봐야 농가의 대문만 한 문이었다. 이어 그녀는 다른 두 사람에게 어둠을 향해 가파르게 이어지는 계단으로 내려가라고 손짓했다. 모두가 들어간 뒤 나이니브가 문짝을 닫았다. 모든 빛이 사라졌다.

에그웨인은 **사이다**에 자신을 개방했고—**사이다**가 너무도 자연스럽게 다가왔기에 에그웨인은 자기가 무슨 일을 하는 건지도 거의 의식 못했다—자신의 몸을 관통하며 넘쳐흐르는 일원력 한 방울을 채널링했다. 잠시 몸속에 솟구치는 그 느낌만으로도 다른 감각이 압도당할 것 같은 위험이 느껴졌다. 청백색의 작은 빛 구체가 나타나더니 그녀의 손 위 허공에서 균형을 잡았다. 에그웨인은 깊이 숨을 들이쉬고 자신이 왜 뻣뻣하게 걷고 있는지 떠올렸다. 그게 나머지 세상과의 연결고리였다. 리넨 천이 피부에 스치는 감촉이 돌아왔다. 모직 스타킹과 드레스의 감촉도. 작게 찔러 오는 후회를 느끼며, 에그웨인은 더 많은 일원력을 끌어당기고 **사이다**가 자신을 흡수하게 하고 싶다는 욕망을 몰아냈다.

일레인도 동시에 빛나는 구체를 만들었다. 한 쌍의 빛 구체는 두 개의 등불보다도 많은 빛을 냈다. "너무…… 멋진 느낌이다. 안 그래?" 일레인이 중얼거렸다.

"조심해." 에그웨인이 말했다.

"조심하고 있어." 일레인이 한숨을 쉬었다. "그냥 느낌이…… 조심할게."

"이쪽이야." 날카롭게 외친 나이니브가 둘 사이를 스치고 먼저 아래로 내려갔다. 너무 멀리 앞서가지는 않았다. 나이니브는 화가 나 있지 않았기에 다른 둘이 내는 빛에 의지해야만 했다.

그들이 들어온 먼지투성이 복도의 회색 돌벽에는 나무문이 쭉 늘어서 있었다. 그 복도를 따라 거의 91미터를 걸어간 뒤에야 그들은 도서관 전체를 관통하는 훨씬 더 넓은 중앙 복도에 이르렀다. 그들의 빛이 먼지 속에 겹치고 또 겹친 발자국을 보여 주었다. 대부분은 남자가 신을 법한 큼직한 장화의 발자국이었고, 대체로 먼지 때문에 흐려져 있었다. 이곳은 천장이 더 높았다. 문 중에는 거의 헛간 문만큼 큰 것들도 있었다. 복도 끝에 있는 중앙 계단은 폭이 복도의 절반 정도로, 커다란 물건들을 가지고 내려오는 곳이었다. 일행 옆쪽의 또 다른 계단은 더 깊은 곳으로 이어졌다. 나이니브는 잠시도 멈추지 않고 그 계단으로 접어들었다.

에그웨인이 재빨리 따라갔다. 푸르스름한 빛이 일레인의 얼굴을 적셨지만, 그렇더라도 일레인의 얼굴이 지나치게 창백해 보인다고 에그웨인은 생각했다. **여기서는 목청껏 소리를 질러도 속삭이는 소리조차 들리지 않을 거야.**

에그웨인은 번개나 번개가 될 만한 잠재력이 있는 무언가가 형성되려는 것을 느끼고 하마터면 발을 헛디딜 뻔했다. 그녀는 동시에 두 가지 흐름을 채널링해 본 적이 없었다. 전혀 어려워 보이지 않았는데 말이다.

지하 2층의 중앙 복도는 1층 복도와 거의 비슷하게 널찍하고 먼지가 끼어 있었지만 천장이 낮았다. 나이니브는 오른쪽 세 번째 문으로 서둘러 다가가 멈춰 섰다.

문은 크지 않았지만 거친 널빤지가 왠지 두껍게 보였다. 둥근 쇠 자물쇠가 길고 튼튼한 사슬에 매달려 있었다. 사슬은 한쪽이 두 개의 두꺼운 꺾쇠에 단단히 매여 있었고, 다른 한쪽은 벽에 붙어 있었다. 자물쇠와 사슬 모두 새것처럼 보였다. 과연 그 둘에는 거의 먼지가 묻어 있지 않았다.

"자물쇠야!" 나이니브가 자물쇠를 홱 당겼다. 사슬은 꿈쩍도 하지 않았다. 자물쇠도 마찬가지였다. "너희 둘 중 다른 데서 자물쇠 본 사람 있어?" 나이니브는 다시 자물쇠를 당겼다가, 부딪혀 튕겨 나올 정도로 세게 문에 던졌다. 쾅 소리가 복도 전체에 메아리쳤다. "나는 잠겨 있는 다른 문은 하나도 못 봤어!" 그녀가 주먹으로 거친 나무를 쾅 쳤다. "하나도!"

"진정해." 일레인이 말했다. "울화통 터뜨릴 필요는 없어. 자물쇠 안쪽이 어떻게 작동하는지만 볼 수 있으면 내가 직접 열 수 있어. 우리가 어떻게든 열게 될 거야."

"난 진정하고 싶지 않아." 나이니브가 쏘아붙였다. "격분하고 싶지! 내가 하고 싶은 건……!"

에그웨인은 그 이상의 기나긴 말이 의식에서 희미해지도록 놔두고 사슬을 만져 보았다. 그녀는 타 발론을 떠난 이후로 번개를 만들어 내는 것 외에도 많은 것을 배웠다. 그중 하나는 금속과의 친연성이었다. 그 능력은 다섯 권능 중 땅의 권능에서 유래한 것으로, 여자들 중 그 능력을 강점이라고 할 만큼 잘 다루는 사람은 별로 없었다. 불의 권능과 비슷했다. 그러나 에그웨인은 그 권능을 다룰 수 있었기에 사슬을, 사슬의 **내부를** 느낄 수 있었다. 차가운 금속의 아주 작은 부분까지. 그 부분들이 이루고 있는 패턴이 느껴졌다. 에그웨인 안의 권능이 그 패턴의 진동과 박자를 맞추어 떨렸다.

"비켜, 에그웨인."

에그웨인이 돌아보니 나이니브가 **사이다**의 빛으로 감싸인 채 지렛대를 들고 있었다. 그 지렛대는 색깔이 빛의 청백색과 너무 비슷해 거의 보이지 않았다. 나이니브는 사슬을 보며 인상을 찡그리고 '받침점', '힘점' 등에 관해 뭐라고 중얼거렸다. 그러자 지레가 갑자기 두 배는 길어졌다.

"비켜, 에그웨인."

에그웨인은 비켰다.

지레의 한쪽 끝을 사슬에 집어넣은 나이니브는 그것을 버팀대로 삼아 온 힘을 실었다. 사슬이 실처럼 끊어졌다. 나이니브는 헛숨을 들이켜며 놀라서 휘청휘청 복도 저편으로 물러났다. 지레가 딸그랑거리며 바닥에 떨어졌다. 나이니브는 허리를 펴고 놀라서 지레와 사슬을 번갈아 보았다. 지레가 사라졌다.

"내가 사슬에 뭔가 한 것 같아." 에그웨인이 말했다. **뭘 한 건지 알았으면 좋겠지만.**

"말해 줄 수도 있었잖아." 나이니브가 투덜거렸다. 그녀는 꺾쇠에 남아 있던 남은 사슬을 빼내고 문을 활짝 밀어젖혔다. "그래서? 거기 하루 종일 서 있을 거야?"

안쪽의 먼지 낀 방은 가로세로가 9미터쯤 되는 것 같았는데, 안에 들어 있는 물건은 묵직한 갈색 천으로 만들어진 커다란 자루 몇 개뿐이었다. 각각의 자루는 가득 채워져 이름표가 붙어 있었으며 타 발론의 불꽃 봉인으로 봉해져 있었다. 에그웨인은 세어 보지 않고도 자루의 숫자가 열셋이라는 걸 알 수 있었다.

그녀는 빛의 공을 벽 쪽으로 움직여 고정했다. 어떻게 그런 일을 해냈는지 확실히 알 수는 없었지만, 에그웨인이 손을 치워도 빛은 남아 있었다. **계속해서 뭔지도 모르고 뭔가 하는 방법을 배워 가네.** 에그웨인은 긴장해서 생각했다.

일레인은 생각에 잠긴 듯 인상을 쓰며 그녀를 보더니 자기 빛도 벽에 걸어 두었다. 에그웨인은 그 모습을 지켜보며 일레인이 한 일이 무엇인지 알겠다는 생각이 들었다. **나한테서 배운 거야. 하지만 나도 방금 일레인한테 배운 건데.** 그녀는 몸을 떨었다.

나이니브가 곧장 다가가 자루를 이리저리 쓰러뜨리고 이름표를 읽기 시작했다. "리안나. 조이야 바이어. 우리가 찾던 게 이거야." 그녀는 어느 자루에 붙어 있는 봉인을 자세히 살피더니 밀랍을 뜯고 묶은 끈을 풀었다. "최소한 우리보다 먼저 여기 온 사람이 없는 건 확실해."

에그웨인이 자루 하나를 골라, 이름표에 적힌 이름을 읽지 않고 봉인을 뜯었다. 그녀가 살피는 소지품이 누구의 것인지 딱히 알고 싶지 않았다. 먼지 낀 바닥에 자루를 뒤집어 비워 내고 보니 대체로 낡은 옷과 신발인 것 같았다. 방의 청소 상태를 그리 부지런히 살피지 않는 여자의 옷장 밑에 숨어 있을 법한, 찢어지고 구겨진 종이도 몇 조각 나왔다. "딱히 쓸모 있는 건 없어 보이는데. 걸레로도 못 쓸 망토 한 벌. 어떤 지도를 그린 찢어진 종이 반쪽. 귀퉁이에 티어라고 적혀 있는 것 같긴 해. 꿰매야 하는 스타킹 세 벌." 그녀는 짝이 없는 벨벳 슬리퍼의 구멍에 손가락을 집어넣고 다른 사람들에게 까딱거려 보였다. "아무 단서가 없어."

"아미코 역시 아무것도 남겨 두지 않았어." 일레인이 침울하게 말하며 두 손으로 옷가지를 던져 버렸다. "걸레나 마찬가지야. 잠깐, 여기 책이 한 권 있다. 누군지 몰라도 이 짐을 싼 사람이 서둘러서 책을 던져 넣은 게 분명해. 『티어 왕궁의 관습과 의례』. 표지가 찢어져 있지만, 사서들은 아무튼 갖고 싶어 할 거야." 사서들은 확실히 그럴 터였다. 아무리 심하게 손상된 책이라도 사서들은 결코 내버리지 않았다.

"티어라." 나이니브가 무미건조한 목소리로 말했다. 그녀는 자기가 뒤지던 자루의 잡동사니 한가운데에 무릎을 꿇고 앉은 채 이미 던져 버린 종잇조각을 다시 집어 왔다. "에리닌강의 무역선 목록이야. 타 발론에서 출항한 날짜와 티어에 도착하기로 예정된 날짜가 같이 적혀 있어."

"우연일 수도 있지." 에그웨인이 천천히 말했다.

"그럴 수도 있지." 나이니브가 말했다. 그녀는 종이를 접어 소매에 집어넣은 뒤 다른 자루의 봉인을 뜯었다.

마침내 모든 자루를 두 번씩 살펴보고 버려진 쓰레기가 방 가장자리에 쌓여 있게 되었을 때, 에그웨인은 빈 자루 중 하나를 깔고 앉아 있었다. 너무 몰입해서 자기가 움찔거린 것도 거의 알아차리지 못했다. 그녀는 무릎을 끌어안고 그들이 만들어 놓은 조그만 수집품을 찬찬히 살펴보았다. 모든 물건이 한 줄로 늘어서 있었다.

"너무 많아." 일레인이 말했다. "너무 많다고."

"너무 많네." 나이니브도 동의했다.

그곳에는 두 번째 책이 있었다. 『티어에 간 건에 대하여』라는 제목의 너덜너덜해진 가죽 장정 책으로, 페이지 절반이 떨어져 나간 상태였다. 체스멀 엠리의 자루에서 나온, 심하게 찢긴 망토 안감에 얽혀 있던 다른 물건은 망토의 찢어진 주머니 중 하나로 끼어 들어갔을 만한 것으로 또 다른 무역선 목록이었다. 그 목록에는 배의 이름밖에 적혀 있지 않았지만, 거기에 적힌 배의 이름 전부는 다른 목록에도 있었으며 다른 목록에 따르면 그 배들은 전부 리안드린 패거리가 화이트 타워를 떠난 다음 날 이른 아침에 출항했다. 희미하게 '칼의 심장'이라고 표시된 방이 하나 있는, 어떤 커다란 건물을 서둘러 그린 설계도와 여관 이름 다섯 개가 적힌 종이 한 장도 있었다. 종이에 제목으로 붙어 있는 '티어'라는 단어가 심하게 문질러져 있었지만 간신히 읽을 수는 있었다. 그곳에는…….

"모두가 뭔가를 남겼어." 에그웨인이 중얼거렸다. "그 여자들 모두가 티어로의 여행을 의미하는 뭔가를 남겼어. 누군가 살펴봤다면 어떻게 이걸 놓칠 수 있었을까? 아멀린 권좌는 왜 이 점에 대해서 아무 말도 하지 않는 거야?"

"아멀린 권좌는," 나이니브가 짓씹어 뱉었다. "자기 생각을 드러내지 않아. 그 바람에 우리가 타 죽는다고 해도!" 그녀는 깊이 숨을 들이쉬었다가 그 바람에 일어난 먼지 때문에 재채기를 했다. "내가 걱정하는 건, 이게 미끼처럼 보인다는 거야."

"미끼?" 에그웨인이 말했다. 하지만 그녀는 말을 하는 순간 깨달은 듯했다.

나이니브가 고개를 끄덕였다. "미끼. 함정. 어쩌면 양동작전인지도 모르지. 하지만 함정이든 양동작전이든, 너무 뻔해서 아무도 걸려들지 않을 거야."

"아니면, 그 여자들은 누구든 이걸 발견하는 사람이 함정을 눈치채든 말든 신경 쓰지 않았는지도 몰라." 일레인의 목소리에 머뭇거리는 기색이 어려 있었다. "아니면 누구든 이걸 발견하는 사람이 티어를 즉시 제외하도록, 일부러 너무 뻔하게 만든 걸지도 몰라."

에그웨인은 흑색의 아자가 그렇게까지 자신감을 가질 수 있다는 말을 믿을 수 없으면 좋겠다고 생각했다. 그녀는 자신이 자기도 모르게 손가락으로 주머니를 꽉 쥐고 엄지로 그 안에 든 돌 고리의 뒤틀린 곡선을 쓸어 보고 있었다는 걸 깨달았다. "누구든 발견하는 사람을 비웃으려 했는지도 몰라." 에그웨인이 조용히 말했다. "누구든 이걸 발견하는 사람은 화를 내면서, 오만한 채로 곧장 자기들을 따라 달려왔을 거라고 생각했을지도 모르지." **우리가 이걸 발견하게 될 줄은 알았을까? 우릴 그런 식으로 보는 걸까?**

"태워 죽일!" 나이니브가 으르렁거리듯 말했다. 충격이었다. 나이니브는 절대 그런 말을 쓰지 않았으니까.

그들은 한동안 조용히, 늘어놓은 물건들을 바라보기만 했다.

"이제 어쩌지?" 마침내 일레인이 물었다.

에그웨인은 고리를 세게 쥐었다. 꿈은 예지와 긴밀하게 연결되어 있었다. 꿈꾸는 자의 꿈에는 미래와 다른 장소에서 일어나는 사건들이 나타날 수 있었다. "오늘 밤이 지나면 알게 될지도 모르지."

나이니브가 조용히 무표정하게 에그웨인을 보더니 찢어진 부분이 많지 않은 검은 치마를 골라 그 안에 발견한 물건들을 싸기 시작했다. "당장은," 그녀가 말했다. "이걸 가지고 내 방으로 돌아가서 숨기자. 시간이 딱 될 것 같아. 주방에 늦지 않으려면 말이야."

늦는다니. 에그웨인은 생각했다. 주머니 속 고리를 쥐고 있으면 쥐고 있을수록 더 긴급한 마음이 들었다. **우리는 이미 한 걸음 뒤떨어져 있어. 하지만 너무 늦지는 않았을지도 몰라.**

27장 텔아이란리오드

에그웨인이 배정받은 방은 나이니브, 일레인의 방과 같은 복도에 있었지만 나이니브의 방과는 약간 달랐다. 에그웨인의 침대가 조금 더 넓었으며 탁자는 조금 더 작았다. 또 에그웨인의 깔개에는 두루마리 대신 꽃무늬가 들어가 있었다. 그게 전부였다. 신입 숙소에 비하면 궁전처럼 보이긴 했다. 하지만 그날 밤늦게 세 사람이 그 방에 모였을 때, 에그웨인은 차라리 손가락의 반지와 드레스의 띠를 빼고 신입 회랑으로 돌아갔으면 좋겠다고 생각했다. 다른 둘도 에그웨인만큼 긴장한 모습이었다.

그들은 주방에서 두 번 더 식사를 차렸고 식사 시간 사이에는 창고에서 발견한 것의 의미를 알아내려 노력했다. 함정이었을까, 아니면 탐색의 방향을 돌리려는 시도였을까? 아멀린 권좌는 그 물건들에 대해 알았을까? 만일 알았다면 그들에게는 왜 말하지 않았을까? 이야기해 봐야 답은 나오지 않았다. 아멀린 권좌가 모습을 드러내지 않았기에 질문을 던질 수도 없었고.

점심 식사 이후 베린이 주방에 들어왔다. 그녀는 자기가 왜 이곳에 왔는지 모르겠다는 듯 눈을 깜빡였다. 솥과 노구솥 사이에 무릎 꿇고 있는 에그웨인과 두 사람을 본 그녀는 잠시 놀란 표정을 짓더니 모두가 들을 수 있을 만큼 큰 소리로 물었다. "뭔가 찾았느냐?"

커다란 수프 솥에 머리와 어깨를 집어넣고 있던 일레인은 거기서 빠져나오다가 테두리에 머리를 박았다. 그녀의 얼굴에서 온통 파란 눈만 보였다.

"기름과 땀뿐입니다, 아이즈 세다이." 나이니브가 말했다. 땋은 머리를 잡아당기는 바람에 검은 머리카락에 기름 묻은 비누 거품이 남았고, 그녀가 인상을 찡그렸다.

베린은 그게 자신이 찾던 답이라는 듯 고개를 끄덕였다. "뭐, 계속 찾아보거라." 그녀는 자신이 이곳에 와 있는 이유를 모르겠다는 듯 인상을 찡그리며 다시 주방을 둘러보더니 떠났다.

정오가 지나서는 알란나가 주방에 들어와 커다란 녹색 구스베리가 담긴 접시와 와인 주전자를 가져갔다. 저녁을 먹은 뒤에는 엘라이다에 이어 시리암이, 또 아나이야가 왔다.

알란나는 에그웨인에게 녹색의 아자에 대해 더 알고 싶은지, 언제 다시 연구를 시작하게 될지 물었다. 합격자들은 자신이 공부할 과목과 진도를 직접 정했지만, 그렇다고 아무것도 안 해도 되는 건 아니었다. 처음 몇 주가 아무리 고되더라도 그들은 선택해야 했다. 그러지 않으면 다른 사람들이 그들 대신 선택해 줄 테니까.

엘라이다는 완고한 얼굴로 그들을 바라보며 허리춤에 두 손을 얹고 그냥 한동안 서 있었다. 시리암도 거의 똑같은 자세로 그렇게 했다. 아나이야도 똑같이 서 있었지만 그녀는 좀 더 걱정하는 표정이었다. 세 사람이 자기를 힐끔거리는 것을 보기 전까지는 말이다. 그 뒤에는 아나이야의 얼굴도 앞서 왔던 엘라이다와 시리암과 똑같아졌다.

에그웨인은 이런 방문의 의미를 전혀 알 수 없었다. 당연하지만, 신입 담당에게는 그들이나 주방에서 일하는 다른 신입들을 확인한다는 명분이 있었다. 엘라이다에게는 안도어의 여왕 후계자를 지켜본다는 이유가 있었고. 에그웨인은 그녀가 랜드에게 보인 관심을 떠올리지 않으려 애썼다. 알란나의 경우는…… 다른 사람들과 함께 식사하느니 음식 쟁반을 들고 자기 방으로 돌아가고 싶어 하는 아이즈 세다이가 그녀만은 아니었다. 화이트 타워의 자매 중 절반은 너무 바빠 식사할 시간이 없었다. 너무 바빠 쟁반을 가져오라고 하인을 보낼 시간조차 없었다. 그럼 아나이야는? 아나이야는 꿈꾸는 자에게 관심이 있었을 것이다. 그렇다고 아멀린 권좌가 직접 내린 벌을 가볍게 해주지는 않겠지만. 그게 아나이야가 온 이유일 수 있었다. 불가능한 건 아니었다.

에그웨인은 옷장에 드레스를 걸며 베린이 잠시 들른 것도 전혀 이상하지 않은 일이라고 다시 한 번 자신을 타일렀다. 갈색의 자매는 딴 데 정신이 팔려 있는 경우가 많았다. **정말로 잠깐 들른 것뿐이라면 말이지만.** 에그웨인은 침대 가장자리에 앉아 시프트 드레스를 걸고 스타킹을 말아 내리기 시작했다. 회색만큼이나 흰색이 싫어지려 했다.

나이니브는 한 손에 에그웨인의 주머니를 들고 난로 앞에 서서 땋은 머리를 잡아당기고 있었다. 일레인은 탁자 옆에 앉아 긴장된 대화를 나누는 중이었다.

"녹색의 아자라." 금발의 일레인은 정오 이후 스무 번째로 그 말을 하는 것 같았다. "나도 녹색의 아자를 선택할지 모르겠어, 에그웨인. 그러면 수호자를 세 명이나 네 명 둘 수 있지. 그중 한 명과 결혼할 수도 있고. 안도어의 여왕 후계자와 결혼할 사람으로 수호자보다 나은 사람이 누가 있겠어? 다만……." 일레인은 얼굴을 붉히며 말을 흐렸다.

에그웨인은 오래전에 내려놓은 줄 알았던 질투가 쿡 찔러 오는 것을 느꼈다. 그 감정에는 연민도 섞여 있었다. **빛을 걸고, 난 갈라드를 볼 때마다 몸이 덜덜 떨리는 동시에 녹아내리는 것 같아. 그런 내가 어떻게 질투를 느끼겠어? 랜드는 한때 내 것이었지만 더는 아닌걸. 나도 랜드를 너한테 줄 수 있으면 좋겠어, 일레인. 하지만 내 생각에 랜드는 우리 둘 중 누구의 것도 아니야. 안도어 사람이기만 하면 여왕 후계자가 평민과 결혼하는 것에 아무 문제가 없을 수도 있겠지. 하지만 드래건의 환생과 결혼하는 건 달라.** 에그웨인은 스타킹이 바닥에 떨어지도록 놔두고 오늘 밤에는 깔끔 떨기보다 중요한 걱정거리가 있다고 자신을 타일렀다. "준비됐어, 나이니브."

나이니브가 그녀에게 주머니와 길고 가는 가죽끈을 건네주었다. "어쩌면 한 번에 두 명 이상에게 효과가 있을지도 몰라. 내가…… 어쩌면 너랑 같이 갈 수 있을지도 몰라."

에그웨인은 돌 고리를 손바닥에 올리고 가죽끈을 끼워 넣은 뒤 목에 맸다. 파란색과 갈색, 빨간색으로 이루어진 줄무늬와 얼룩들이 시프트 드레스의 흰색에 대조되어 선명하게 보였다. "일레인 혼자 우리 둘 모두를 지켜보게 하겠다고? 흑색의 아자가 우리에 대해 알 수도 있는데?"

"난 괜찮아." 일레인이 씩씩하게 말했다. "아니면 내가 너랑 같이 갈게. 나이니브가 지키면 돼. 화났을 때는 나이니브가 우리 중에 가장 강하잖아. 우리를 지켜 줄 사람이 필요할 때라면 나이니브는 확실히 화가 나 있을 테고."

에그웨인이 고개를 저었다. "이게 두 사람한테 통하지 않으면? 두 명이 시도할 경우 이게 아예 작동하지 않으면? 우리는 깨어날 때까지 알아차리지도 못할 거야. 그럼 하룻밤을 낭비하는 셈이고. 흑색의 아자를 따라잡으려면 단 하루도 낭비할 수 없어. 우린 이미 너무 많이 뒤처져 있다고." 그럴듯한 이유였다. 에그웨인은 자기가 한 말을 믿었다. 하지만 그녀의 진심에 더 가까운 다른 이유도 있었다. "거기다가 난 너희 둘 모두가 나를 지켜보는 게 더 좋아. 혹시라도……."

에그웨인은 그 말을 하고 싶지 않았다. 혹시라도 그녀가 잠들어 있는 동안 누군가 다가올 수 있었다. 회색 인간이. 흑색의 아자가. 화이트 타워를 안전한 곳에서 함정과 덫이 가득한 어두운 숲으로 바꿔 놓은 어떤 존재가. 그녀가 무력하게 누워 있는 동안 다가올 무언가가. 둘의 표정을 보니 이해하는 것 같았다.

에그웨인이 침대 위에 몸을 쭉 뻗고 누우며 머리 뒤의 깃털 베개를 돋우는 동안 일레인은 침대 양옆으로 의자를 옮겼다. 나이니브는 촛불을 하나씩 불어 끈 다음 어둠 속에서 의자에 앉았다. 일레인이 다른 의자에 앉았다.

에그웨인은 눈을 감고 잠이 오는 생각을 하려 했지만, 가슴팍에 놓인 물건이 지나치게 의식됐다. 시리암의 서재를 찾아갔을 때 남은 그 어떤 통증보다도 심하게. 이제 고리는 벽돌만큼 무겁게 느껴졌고, 집과 조용한 물웅덩이에 관한 생각은 전부 사라져 **텔아이란리오드**에 대한 생각으로 바뀌었다. 보이지 않는 세계. 꿈의 세계. 그 세계가 잠의 바로 반대편에서 기다리고 있었다.

　나이니브가 조용히 흥얼거리기 시작했다. 에그웨인은 어렸을 때 엄마가 흥얼거리던, 제목도 가사도 없는 노래를 알아들었다. 에그웨인이 침대에, 자기 방에, 보송보송한 베개를 베고 따뜻한 이불을 덮고 있을 때 들려오던 노래. 엄마에게서 풍기는 장미유와 빵 굽는 냄새를 맡으며 듣던 노래…… **랜드, 너 괜찮아? 페린? 그 여자는 누구였어?** 잠이 찾아왔다.

　에그웨인은 언덕들 사이에 서 있었다. 들꽃이 조각보처럼 흩어져 있고 움푹 파인 곳과 꼭대기에는 잎사귀가 풍성한 작은 덤불들이 점점이 박혀 있는, 굽이치는 언덕이었다. 꽃송이 위로 나비들이 떠다니며 노란색과 파란색, 초록색 날개를 반짝였다. 종달새 두 마리가 근처에서 서로에게 노래했다. 보송보송한 흰 구름이 부드러운 푸른 하늘에서 적당히 떠다녔다. 산들바람은 봄에도 단 며칠밖에 느껴지지 않는 서늘함과 따뜻함 사이에서 미묘한 균형을 맞추고 있었다. 꿈일 수밖에 없는 완벽한 날이었다.

　에그웨인은 자기 드레스를 보고 즐거워 웃었다. 에그웨인이 가장 좋아하는 색깔과 정확히 똑같은 하늘색 비단 드레스였다. 치마 부분에는 흰색이 사선으로 들어가 있었다. 에그웨인이 잠시 인상을 쓰자 흰색은 초록색으로 바뀌었다. 소매와 가슴팍에는 아주 작은 진주가 여러 줄 꿰매어져 있었다. 에그웨인이 발을 내밀어 보니 벨벳 슬리퍼의 발가락 부분이 보였다. 유일하게 아쉬운 점은 가죽끈에 매달려 목에 채워진, 다양한 색깔의 돌로 만들어진 뒤틀린 고리였다.

　에그웨인은 고리를 손에 쥐고 헛숨을 들이켰다. 고리가 깃털처럼 가볍게 느껴졌다. 던져 올리면 민들레 홀씨처럼 날아갈 게 확실했다. 어째서인지 에그웨인은 그 고리가 더 이상 두렵지 않았다. 그녀는 방해되지 않도록 고리를 드레스의 목깃 안쪽에 넣었다.

　"그러니까 여기가 베린의 **텔아이란리오드**구나. 코리아닌 니디알이 말한 꿈의 세계야. 내가 보기에는 위험하지 않은데." 하지만 베린은 이곳이 위험하다고 말했다. 흑색의 아자건 아니건, 에그웨인으로서는 아이즈 세다이가 노골적으로 거짓말을 하는 방법을 알 수 없었다. **베린이 잘못 알았을 수도 있지.** 하지만 정말 그럴 거라는 생각은 들지 않았다.

에그웨인은 그저 할 수 있는지 확인해 보려고 일원력에 자신을 개방했다. **사이다**가 그녀를 가득 채웠다. **사이다**는 이곳에도 있었다. 그녀는 가볍게, 섬세하게 일원력을 채널링해 산들바람 안으로 이끌었다. 그러자 나비들이 날개짓하며 일으킨 색채의 소용돌이로, 원으로 연결된 무늬로 날아올랐다.

그녀는 문득 일원력을 놓아 버렸다. 나비들이 제자리로 돌아왔다. 짧은 모험을 했지만 걱정하지 않는 듯했다. 머드랄과 다른 그림자의 자식들은 누군가가 채널링하는 걸 느낄 수 있었다. 주위를 둘러본 에그웨인은 이곳에 그런 존재들이 있을 거라고 상상할 수 없었지만, 그녀가 상상할 수 없다고 해서 그런 존재들이 없다고 장담하기는 힘들었다. 게다가 흑색의 아자는 코리아닌 니디알이 연구했던 그 모든 **티어앙그리알**을 가지고 있었다. 그런 생각을 하자 이곳에 온 이유가 떠오르며 토할 것 같은 기분이 들었다.

"최소한 채널링을 할 수 있다는 건 알잖아." 에그웨인이 중얼거렸다. "여기 가만히 서서 알아낼 수 있는 건 없어. 혹시 주위를 둘러보면……." 에그웨인은 한 발을 내디뎠고……

……어느 여관의 축축하고 어두운 복도에 서 있었다. 그녀는 여관 주인의 딸이었기에 그곳이 여관이라고 확신했다. 아무 소리도 들리지 않았고 복도를 따라 늘어선 문은 전부 꽉 닫혀 있었다. 눈앞의 밋밋한 나무 문 뒤에 누가 있을지 생각하는 순간 문이 조용히 열렸다.

안쪽 방은 황량했다. 열린 창문으로 차가운 바람이 신음하며 들어와 난로의 오래된 재를 흩어 놓았다. 커다란 개 한 마리가 털이 덥수룩한 꼬리를 코에 걸쳐 놓은 채 바닥에 웅크리고 있었다. 바닥 한가운데에 서 있는, 거칠게 깎은 검은 돌로 만들어진 두꺼운 기둥과 문 사이. 덩치가 크고 머리카락이 덥수룩한 젊은 남자가 속옷만 입고 그 기둥에 기대앉아 있었다. 잠든 것처럼 머리가 한쪽으로 처져 있었다. 거대한 검은 사슬이 기둥과 그의 가슴을 함께 휘감았고, 사슬의 끝부분은 남자의 꽉 쥔 손에 들려 있었다. 잠든 것인지 아닌지는 몰라도 남자의 묵직한 근육은 힘이 들어간 채 그 사슬을 꽉 쥐고서 자신을 기둥에 가둬 두고 있었다.

"페린?" 에그웨인이 의아해서 말했다. 그녀가 방으로 들어갔다. "페린, 왜 그래? 페린!" 개가 웅크렸던 몸을 펴고 일어섰다.

개가 아니라 늑대였다. 몸이 온통 검은색과 회색이었다. 늑대의 입술이 뒤로 젖혀지며 번들거리는 흰 이빨이 드러났다. 노란 눈이 잡아먹고 싶은 쥐를 보듯 에그웨인을 보았다.

에그웨인은 자기도 모르게 서둘러 복도로 물러났다. "페린! 일어나! 늑대가 있어!" 베린은 이곳에서 일어나는 일이 현실이라며 그 말을 증명하기 위해 흉터를 보여 주었다. 늑대의 이빨은 칼처럼 크게 보였다. "페린, 일어나! 늑대한테 내가 친구라고 말해 줘!" 에그웨인은 **사이다**를 끌어안았다. 늑대가 성큼성큼 다가왔다.

페린이 고개를 들었다. 그의 눈이 졸린 듯 떠졌다. 늑대와 페린, 둘의 노란 눈이 에그웨인을 보았다. 늑대가 자세를 가다듬었다. "하퍼." 페린이 소리쳤다. "안 돼! 에그웨인!"

에그웨인의 코앞에서 문이 쾅 닫히며 완전한 어둠이 그녀를 감쌌다.

에그웨인은 앞을 볼 수 없었지만 이마에 땀이 맺히는 것을 느꼈다. 더워서가 아니었다. **빛을 걸고, 여긴 어디지? 마음에 들지 않는 곳이야. 깨어나고 싶어!**

윙윙대는 소리가 나자 에그웨인은 펄쩍 뛰었다. 그런 뒤에야 그게 귀뚜라미 소리라는 걸 알았다. 어둠 속에서 개구리 한 마리가 낮게 꺽꺽댔고, 합창이 그 소리에 답했다. 어둠에 눈이 적응하자 사방을 둘러싼 나무들이 어슴푸레하게 보였다. 구름이 별을 덮고 있었고 달은 가느다란 조각달이었다.

오른쪽 숲 너머로 다른 빛이 깜빡였다. 모닥불이었다.

에그웨인은 잠시 생각한 뒤에야 움직였다. 깨어나고 싶다는 마음만으로는 **텔아이란리오드**를 벗어날 수 없었다. 게다가 그녀는 아직 유용한 정보를 전혀 알아내지 못하고 있었다. 어느 모로 보나 다치지도 않았고. **지금까지는 말이지.** 에그웨인은 몸을 떨며 생각했다. 하지만 그 모닥불 곁에 앉아 있는 사람이 누구인지, 혹은 무엇인지 전혀 알 수 없었다. **머드랄일 수도 있어.**

게다가 내 옷이 숲속을 뛰어다니기에 적절하지도 않고. 에그웨인이 결단을 내린 건 마지막에 떠오른 생각 때문이었다. 그녀는 바보같이 굴 때도 있지만 그럴 때면 자기가 바보같이 군다는 걸 알았다. 그게 에그웨인이 생각하는 자신의 장점이었다.

그녀는 심호흡하고 비단 치맛자락을 들어 올린 채 조심스레 다가갔다. 나이니브처럼 숲과 나무에 관한 지식이 많지는 않지만, 죽은 잔가지를 밟으면 안 된다는 것쯤은 에그웨인도 알았다. 마침내 그녀는 오래된 참나무 둥치 너머로 보이는 모닥불을 조심스레 살폈다.

그곳에는 키가 큰 젊은 남자 한 명뿐이었다. 그는 앉아서 불꽃을 들여다보고 있었다. 랜드였다. 불꽃이 태우는 건 나무가 아니었다. 불꽃은 에그웨인이 볼 수 있는 그 무엇도 태우지 않았다. 불이 아무것도 없는 땅 위에서 춤추었다. 에그웨인이 생각하기에는 땅을 그을리지도 않는 것 같았다.

에그웨인이 움직이기도 전에 랜드가 고개를 들었다. 에그웨인은 랜드가 파이프를 피우고 있는 걸 보고 놀랐다. 가느다란 타박 연기가 파이프의 우묵한 곳에서 솟아오르고 있었다. 랜드는 지쳐 보였다. 몹시 심하게.

"거기 누구야?" 랜드가 큰 소리로 물었다. "죽은 사람을 깨울 만큼 시끄럽게 나뭇잎을 부스럭거렸으니 모습을 드러내는 게 좋을 거다."

에그웨인은 입술을 꽉 다물었지만 앞으로 나섰다. **내가 언제 그랬다고!** "나야, 랜드. 겁먹지 마. 이건 꿈이야. 내가 네 꿈에 들어온 게 틀림없어."

랜드가 너무 갑자기 일어나는 바람에 에그웨인은 우뚝 멈춰 섰다. 어째서인지 랜드는 에그웨인의 기억보다 커 보였다. 아주 조금은 위험해 보였고. 아니, 그보다 더 위험한 건지도 몰랐다. 랜드의 청회색 눈이 얼어붙은 불꽃처럼 타오르는 듯했다.

"이게 꿈이라는 걸 내가 모를 것 같아?" 랜드가 비웃었다. "난 꿈이라도 이게 똑같은 현실이라는 걸 알아." 랜드는 화를 내며 누군가를 찾기라도 하듯 어둠 속을 바라보았다. "언제까지 시도하려는 거지?" 랜드가 어둠을 향해 소리쳤다. "얼마나 많은 얼굴을 보내려는 거야? 어머니, 아버지, 이젠 에그웨인까지! 예쁜 여자의 입맞춤으로 나를 유혹할 수는 없어. 내가 아는 여자라도! 나는 너를 부정한다, 거짓말의 아버지여! 너를 부정해!"

"랜드." 에그웨인이 머뭇거리며 말했다. "난 에그웨인이야. 에그웨인이라고."

갑자기 랜드가 두 손으로 칼을 뽑았다. 칼날이 단 하나의 불꽃으로 이루어져 있었다. 약간 휘어져서 왜가리가 조각돼 있었다. "어머니가 나한테 벌꿀 케이크를 주셨어." 랜드가 힘이 잔뜩 들어간 목소리로 말했다. "독극물의 악취가 나는 케이크를. 아버지는 내 옆구리를 칼로 찌르려 했고. 그 여자는…… 그 여자는 입맞춤과 그보다 더한 일도 제안했지." 랜드의 얼굴이 땀으로 번들거렸다. 그는 눈빛만으로 에그웨인에게 불을 붙일 수 있을 것 같았다. "네가 가져온 건 뭐야?"

"내가 꼭 너를 깔고 앉아야 내 말을 잘 듣는다면 어쩔 수 없지, 랜드 알소르." 에그웨인은 **사이다**를 모아들였고, 그 흐름을 채널링해서 공기가 그물처럼 랜드를 붙들게 했다.

랜드가 손에 쥔 칼이 빙글 돌며 활짝 열린 용광로처럼 타올랐다.

에그웨인이 꿍 소리를 내며 비틀거렸다. 너무 팽팽하게 당겨졌던 밧줄이 끊어지며 되튀는 것만 같은 기분이었다.

랜드가 웃었다. "나도 배울 줄 안다고. 그 방법이 통하면……." 랜드는 인상을 쓰며 에그웨인에게 다가오기 시작했다. "내가 참을 수 없는 얼굴은 하나뿐이야. 그 얼굴은 에그웨인의 얼굴이 아니고. 태워 죽일!" 칼이 번뜩이며 뻗어 왔다.

에그웨인은 도망쳤다.

에그웨인은 자신이 한 행동이 무엇인지, 또 어떻게 그런 행동을 한 건지 알 수 없었으나 어느새 화창한 하늘 아래 굽이치는 언덕 사이로 돌아와 있었다. 종달새가 노래 부르고 나비들이 장난치는. 그녀는 몸을 떨며 깊이 숨을 들이쉬었다.

내가 알아낸 게…… 뭐지? 어둠의 존재가 지금도 랜드를 쫓는다는 것? 그건 이미 알고 있어. 어둠의 존재가 랜드를 죽이고 싶어 할지도 모른다는 것? 그건 다른 문제지. 랜드가 이미 미쳐서, 무슨 뜻인지도 모르고 아무 말이나

지껄이는 걸지도 모르지만. 빛을 걸고, 난 왜 랜드를 도울 수 없는 거지? 아, 빛이여. 랜드!

에그웨인은 한 차례 더 깊이 숨을 들이쉬어 마음을 진정시켰다. "랜드를 돕는 유일한 방법은 랜드를 순치하는 거야." 에그웨인이 중얼거렸다. "가서 랜드를 죽여 버리든지." 배 속이 뒤틀리고 꼬였다. "그런 짓은 절대 안 해. 절대로!"

붉은새 한 마리가 근처의 호로딸기 덩굴에 걸터앉았다. 녀석이 조심스레 에그웨인을 쳐다보느라 고개를 기울이자 볏이 삐죽 섰다. 에그웨인이 새에게 말을 걸었다. "뭐, 여기에 가만히 서서 혼잣말을 해 봐야 도움이 될 건 없어. 안 그래? 너한테 말하는 것도 마찬가지고."

에그웨인이 덤불 쪽으로 한 발 걸어가자 붉은새가 날아올랐다. 에그웨인이 다음 발걸음을 디뎠을 때도 붉은새는 진홍색의 반짝이는 형체로 보였다. 에그웨인이 세 번째 걸음을 내딛자 녀석이 덤불 속으로 사라졌다.

에그웨인은 멈춰 섰다. 드레스 앞섶에서 끈에 매달린 돌 고리를 꺼냈다. 왜 변하지 않는 거지? 지금까지는 모든 것이 너무 빠르게 바뀌어 숨 고를 시간조차 없었다. 지금은 왜 변하지 않는 걸까? 바로 여기에 답이 있는 게 아니라면? 에그웨인은 머뭇거리며 주위를 둘러보았다. 들꽃이 그녀를 비웃었고 종달새의 노래가 그녀를 조롱했다. 에그웨인이 직접 만들었다기에 이곳은 너무 크게 보였다.

에그웨인은 마음을 굳게 먹고 **티어앙그리알**을 꽉 쥐었다. "내가 있어야 할 곳으로 데려다줘." 에그웨인은 눈을 감고 고리에 집중했다. 어쨌든 그 고리는 돌이었다. 땅의 권능이 그녀에게 고리와 감응하게 해 줄 터였다. "어서. 내가 있어야 하는 곳으로 데려다줘." 에그웨인은 한 번 더 **사이다**를 끌어안고 일원력 한 방울을 고리에 먹였다. 일원력을 채널링해야 고리가 작동하는 건 아님을 에그웨인은 알고 있었다. 고리를 상대로 뭔가 할 생각도 없었다. 그저 고리가 활용할 일원력을 더 제공하려는 것뿐이었다. "답을 찾을 수 있는 곳으로 데려다줘. 나는 흑색의 아자들이 뭘 원하는지 알아야 해. 나를 답으로 데려다줘."

"아, 이제야 길을 찾았군요. 모든 답이 이곳에 있답니다."

에그웨인이 번쩍 눈을 떴다. 그녀는 거대한 전당에 서 있었다. 돔으로 만들어진 엄청난 크기였고, 거대한 레드스톤 기둥들이 숲을 이루며 그 지붕을 떠받치고 있었다. 허공에 수정으로 만든 칼이 떠 있었다. 그 칼이 천천히 회전하며 반짝반짝 빛났다. 확실하지는 않았지만, 랜드가 이전 꿈에서 손을 뻗었던 칼일지 모른다고 에그웨인은 생각했다. 지난번의 다른 꿈에서. 이 모든 것이 너무도 현실적으로 느껴졌기에 에그웨인은 지금 이 순간도 꿈이라는 사실을 끊임없이 떠올려야 했다.

늙은 여자 한 명이 기둥의 그림자에서 나왔다. 허리가 굽은 그녀가 지팡이를 짚고 절뚝거렸다. 추하다는 말로는 그 여자의 인상을 설명하려는 시도조차 할 수 없었다. 턱이 비쩍 말랐고 뾰족했으며 코는 더더욱 뼈가 드러나는 날카로운 형태였다. 얼굴에는 맨살보다도 털이 난 사마귀가 더 많은 것 같았다.

"누구시죠?" 에그웨인이 말했다. 그녀가 **텔아이란리오드**에서 지금까지 본 사람들은 이미 아는 사람들뿐이었다. 이렇게 딱하고 늙은 여자를 봤다면 잊을 리 없는데.

"그저 가엾은 늙은이 실비랍니다, 아가씨." 늙은 여자가 낄낄댔다. 동시에, 그녀는 무릎을 굽혀 인사하려는 것일 수도 있고 몸을 움찔거리는 것일 수도 있는 동작으로 간신히 허리를 숙였다. "아가씨도 가엾은 늙은이 실비를 아시지요. 그 오랜 세월 아가씨의 가문을 충실히 섬겨 왔으니까요. 지금도 이 늙은 얼굴이 겁나시는지요? 그러지 마십시오, 아가씨. 필요할 때는 이 얼굴도 예쁜 얼굴만큼 쓸 만하답니다."

"당연히 그렇겠죠." 에그웨인이 말했다. "강한 얼굴인걸요. 좋은 얼굴이에요." 에그웨인은 여자가 그 말을 믿기를 바랐다. 누군지 모르지만 이 실비라는 사람은 에그웨인을 안다고 생각하는 것 같았다. 그녀가 답을 알고 있을지도 몰랐다. "실비, 여기에 답이 있다는 말을 하셨죠?"

"아, 답을 찾기 위해서라면 알맞은 곳에 오셨습니다, 아가씨. 칼의 심장은 답으로 가득하니까요. 비밀도 있고요. 대공들은 우리가 여기에 와 있는 걸 좋아하지 않을 거예요, 아가씨. 아, 그럼요. 여기에는 오직 대공들만이 들어올 수 있으니까요. 물론 하인들은 들어올 수 있지요." 그녀는 교활하게 귀에 거슬리는 웃음소리를 냈다. "대공들은 빗자루질도, 걸레질도 하지 않잖아요? 하지만 누가 하인을 보기나 하나요?"

"여기에 무슨 비밀이 있죠?"

실비가 절뚝거리며 수정 칼로 다가갔다. "음모입니다." 그녀는 혼잣말처럼 말했다. "모두가 위대한 군주를 섬기는 척하면서, 그러는 내내 잃어버린 것을 되찾을 음모와 계획을 짜고 있지요. 모두가 자신만이 음모를 짜고 있다고 생각한답니다. 이샤마엘은 바보예요!"

"뭐라고요?" 에그웨인이 날카롭게 말했다. "이샤마엘이 뭐라고요?"

늙은 여자가 돌아서서 아첨하듯 비틀린 미소를 지었다. "그저 가엾은 자들이 하는 말이랍니다, 아가씨. 버려진 자들을 바보라고 부르면 그들의 힘을 돌이킬 수 있지요. 기분이 좋아지고 안전해진 것처럼 느껴진답니다. 그림자조차 바보라 불리는 건 참지 못해요. 해 보세요, 아가씨. 바알자몬은 바보다, 라고 말해 보세요!"

에그웨인의 입술이 미소를 지을 듯 움찔거렸다. "바알자몬은 바보다! 당신 말이 맞아요, 실비." 어둠의 존재를 비웃으니 정말로 기분이 좋아졌다. 늙은 여자가 킬킬거렸다. 칼이 그녀의 어깨 바로 뒤에서 회전했다. "실비, 저건 뭔가요?"

"**칼란도어**랍니다, 아가씨. 그게 뭔지는 아시지요? 만질 수 없는 칼 말이에요." 그녀가 갑자기 등 뒤로 지팡이를 휘둘렀다. 칼과 30센티미터쯤 떨어진 곳에서 막대가 둔탁한 **탁** 소리와 함께 멈추더니 도로 튀어나왔다. 실비가 더욱 활짝 미소 지었다. "칼이 아닌 칼이랍니다. 그 정체를 아는 사람은 극소수뿐이지요. 저 칼을 만질 수 있는 사람은 한 명뿐이에요. 저 칼을 저기에 놔둔 자들이 그것만큼은 확실하게 해 두었거든요. 언젠가는 드래건의 환생이 **칼란도어**를 들고 그로써 자신이 드래건임을 세상에 증명할 것입니다. 어쨌든, 그게 첫 번째 증거가 되겠지요. 루스 세린이 돌아와 온 세상이 그를 보고 그의 앞에서 굽신거릴 겁니다. 아, 대공들은 칼을 여기에 두는 걸 좋아하지 않아요. 일원력에는 절대 얽히기 싫어하죠. 할 수 있었으면 저 칼을 없앴을 거예요. 할 수만 있었다면 말이지요. 제 생각이지만, 할 수만 있다면 저 칼을 가져갔을 사람들도 있답니다. **칼란도어**를 들 수만 있다면, 버려진 자들이 무엇은 내놓지 못할까요?"

에그웨인이 반짝이는 칼을 바라보았다. 드래건의 예언이 사실이라면, 모레인의 주장대로 랜드가 드래건이라면, 언젠가는 랜드가 저 칼을 휘두를 것이다. 다만 에그웨인이 아는 **칼란도어**에 관한 예언 나머지 부분에 따르면, 어떻게 그런 일이 가능할지는 알 수 없었다. **아무튼 저걸 손에 넣을 방법이 있다면 흑색의 아자들이 그 방법을 알지도 몰라. 흑색의 아자들이 방법을 안다면 나도 알아낼 수 있어.**

에그웨인은 조심스럽게 일원력을 펼쳐, 뭔지는 모르지만 칼을 지키고 있는 존재를 탐색했다. 그녀의 탐침이 무언가에 닿아 멈추었다. 에그웨인은 이곳에서 다섯 권능 중 무엇이 사용되었는지 느낄 수 있었다. 공기와 불과 영혼이었다. **사이다**에 의해 만들어진 정교한 짜임새를, 경이로움을 불러일으키는 힘이 담긴 그 짜임새를 더듬어 볼 수 있었다. 그 짜임새에는 틈새가, 에그웨인의 탐침이 미끄러져 들어갈 수 있는 공간이 있었다. 에그웨인은 그 방법을 시도해 보았다. 그러자 짜임새에서 가장 강한 부분을 머리부터 들이받는 기분이 들었다. 그것이, 에그웨인이 억지로 뚫고 들어가려던 것이 그녀를 후려쳤다. 에그웨인은 탐침이 사라지도록 놔두었다. 벽의 절반은 **사이다**를 사용해 만들어졌다. 나머지 절반, 에그웨인이 느낄 수도 접촉할 수도 없었던 절반은 **사이딘**으로 만들어져 있었다. 이런 표현이 정확한 것은 아니었다. 벽은 전체가 한 조각으로 만들어져 있었으니까. 하지만 비슷했다. **돌로 된 벽은 눈이 보이는 여자를 막듯 눈이 먼 여자도 막을 수 있지.**

멀리서 발소리가 울렸다. 장화 소리였다.

에그웨인은 사람이 얼마나 많은지, 그 소리가 어느 방향에서 들려오는지 알 수 없었다. 그러나 실비는 움찔하더니 즉시 기둥 사이를 바라보았다. "다시 저걸 보러 오는군." 그녀가 중얼거렸다. "깨어 있을 때도, 잠들어 있을 때도 그가 원하는 건……" 그녀는 에그웨인을 떠올린 듯 걱정스럽게 미소 지었다. "이제 가셔야 합니다, 아가씨. 저 사람이 여기에서 아가씨를 발견해서는 안 돼요. 아가씨가 오셨다는 걸 알아서조차 안 됩니다."

에그웨인은 이미 기둥 사이로 물러나고 있었다. 실비가 두 손을 파닥거리고 지팡이를 흔들어 대며 따라왔다. "갈게요, 실비. 단지 방향이 기억나지 않아서요." 에그웨인은 돌 고리를 만지작거렸다. "나를 언덕으로 다시 데려다 줘." 아무 일도 벌어지지 않았다. 에그웨인은 머리카락처럼 가는 일원력의 흐름을 고리 안으로 채널링했다. "나를 언덕으로 다시 데려다줘." 레드스톤 기둥이 여전히 그녀를 둘러싸고 있었다. 장화 소리가 가까워졌다. 더는 장화에서 나는 메아리 소리에 가려지지 않을 정도로 가까운 곳이었다.

"나가는 길을 모르시는군요." 실비가 무미건조하게 말하더니 거의 속삭이듯 말을 이었다. 제멋대로 해도 된다고 생각하는 늙은 간신처럼 아첨하는 동시에 조롱하는 태도였다. "이런, 아가씨. 나가는 길을 모른다면 이곳은 들어오기에 위험한 곳이랍니다. 이리 오세요. 가엾은 늙은 실비가 아가씨를 모시고 나가게 해 주세요. 가엾은 늙은이 실비가 아가씨를 안전하게 침대에 눕혀 드리죠." 그녀는 두 팔로 에그웨인을 끌어안고 그녀를 칼과 먼 쪽으로 재촉했다. 에그웨인에게는 딱히 재촉이 필요하지 않았는데도. 장화 소리가 멈추었다. 그가—누군지는 몰라도—**칼란도어**를 보고 있었다.

"그냥 길이나 알려 줘요." 에그웨인이 마저 속삭였다. "말만 해 줘도 돼요. 떠밀 필요 없어요." 늙은 여자의 손가락이 돌 고리 주변에 얽히다시피 했다. "그건 건드리지 말아요, 실비."

"침대에 안전하게 눕혀 드리지요."

고통이 세상을 없애 버렸다.

에그웨인은 목이 뜯겨 나갈 것 같은 날카로운 비명을 지르며 어둠 속에 일어나 앉았다. 땀이 얼굴을 따라 흘러내렸다. 잠깐이지만, 그녀는 자신이 어디에 있는지 알지 못했다. 관심도 없었다. "아, 빛이여." 그녀가 신음했다. "아팠어. 빛을 걸고, 아팠다고!" 그녀는 두 손으로 몸을 쓸어 보았다. 이렇게 타는 듯한 느낌이 드는 걸 보면 두드려 맞거나 채찍질을 당한 자국이 있을

게 분명했다. 하지만 흉터는 전혀 찾을 수 없었다.

"우리 여기 있어." 나이니브의 목소리가 어둠 속에서 들려왔다. "우리가 여기에 있어, 에그웨인."

에그웨인은 목소리 쪽으로 몸을 던지며 순수한 안도감 속에 나이니브의 목을 두 팔로 끌어안았다. "아, 빛이여. 내가 돌아왔구나. 빛을 걸고, 돌아왔어."

"일레인." 나이니브가 말했다.

얼마 뒤에는 촛불 하나가 작은 빛을 내고 있었다. 일레인이 손에 양초를 들고, 다른 손에는 부싯돌로 불을 붙인 종잇조각을 들고 잠시 멈춰 섰다. 그러더니 그녀가 미소 지었다. 방 안의 모든 양초가 훅 타올랐다. 그녀는 세면대에 멈춰 섰다가 에그웨인의 얼굴을 닦아 줄 차갑고 축축한 천을 가지고 침대로 돌아왔다.

"심했어?" 일레인이 걱정스럽게 물었다. "넌 한 번도 움직이지 않았어. 잠꼬대도 하지 않았고. 우린 널 깨워야 할지 말아야 할지 알 수 없었어."

에그웨인이 서둘러 목에 걸려 있던 가죽끈을 더듬더니 돌 고리가 매달려 있는 채로 방 건너편에 던져 버렸다. "다음번에는," 그녀가 헐떡였다. "미리 시간을 정해 두었다가 그 시간이 지나면 날 깨워. 내 머리를 대야에 처박아야 한대도 꼭 깨워!" 에그웨인은 이 말을 하고 나서야 자신이 다음번에 한 번 더 시도하기로 했다는 걸 깨달았다. **겁먹지 않았다는 걸 보여 주겠다는 이유만으로 곰의 아가리에 머리를 집어넣겠다는 거야? 한 번 해 봤는데 죽지 않았다는 이유만으로 한 번 더 해 보겠다는 거야?**

하지만 이건 겁먹지 않았다는 사실을 증명하는 것 이상의 문제였다. 에그웨인은 겁을 먹었고, 겁먹었다는 걸 알고 있었다. 그러나 흑색의 아자에게 코리아닌이 연구했던 **티어앙그리알**이 있는 한 에그웨인은 계속 돌아가야만 할 터였다. 그녀는 흑색의 아자가 **티어앙그리알**을 원하는 이유에 대한 답이 **텔아이란리오드**에 있다고 확신했다. 흑색의 아자에 관한 답을 그곳에서 찾을 수 있었다. 그녀가 꿈에 대해 들은 말이 절반만 사실이라도 다른 답 또한 알아낼 수 있을 터였다. 돌아가야 했다. "하지만 오늘 밤은 아니야." 그녀가 조용히 말했다. "아직은."

"무슨 일이 있었어?" 나이니브가 물었다. "넌 무슨…… 꿈을 꾼 거야?"

에그웨인은 침대에 다시 누워 꿈에서 본 것을 말해 주었다. 그 모든 것들 중 에그웨인이 빼놓은 것은 페린이 늑대와 말했다는 부분뿐이었다. 늑대 이야기는 아예 빼 버렸다. 일레인과 나이니브에게 뭔가를 비밀로 한다니 조금은 죄책감이 들었지만, 그건 에그웨인이 아닌 페린의 비밀이었다. 언제 말할 것인지, 말하기는 할 것인지 정할 사람은 페린이었다. 물론 그 밖의 것에 관해서는 한마디도 빼놓지 않고 전했다. 모든 것을 설명했다. 말을 마치자 속이 텅 빈 기분이 들었다.

"피곤한 건 그렇다 쳐도," 일레인이 말했다. "랜드가 다친 것처럼 보였어? 에그웨인, 랜드가 널 해치려 하다니 믿을 수 없어. 그랬을 것 같지는 않아."

나이니브가 무미건조하게 말했다. "랜드는 한동안 더 혼자서 버텨야 할 거야." 일레인이 얼굴을 붉혔다. 그 모습이 예쁘게 보였다. 에그웨인은 일레인이 무슨 일을 하든, 심지어 울거나 냄비를 문질러 닦을 때조차 예뻐 보인다는 걸 깨달았다. **칼란도어.** 나이니브가 말을 이었다. "칼의 심장. 계획서에 그게 표시되어 있었어. 우리가 흑색의 아자가 있는 곳을 알아낸 것 같다."

일레인이 자세를 바로잡았다. "그렇다고 덫이 아니라는 보장은 없지." 그녀가 말했다. "이건 우리의 시선을 분산시키려는 양동작전이거나 덫이야."

나이니브가 음침하게 미소 지었다. "누구든 덫을 설치한 사람을 잡는 최고의 방법은 덫을 밟은 뒤 덫 주인이 나오기를 기다리는 거야. 이 경우에는 덫 주인이 여자겠지."

"티어에 가려고?" 에그웨인이 말하자 나이니브가 고개를 끄덕였다.

"보아하니 아멀린 권좌는 우리를 풀어놓은 것 같아. 우리가 알아서 결정을 내리도록 말이야. 기억하지? 최소한 우리는 흑색의 아자가 티어에 있다는 걸 알고 있어. 티어에 가서 누구를 찾아야 하는지도 알고. 하지만 여기에 계속 머문다면, 우리가 할 수 있는 일은 앉아서 모두에 대한 의심을 곱씹으며 회색 인간이 또 있을지 궁금해하는 것뿐이야. 나는 토끼보다는 차라리 사냥개가 되겠어.”

“어머니한테 편지를 보내야겠다.” 일레인이 말했다. 둘의 표정을 본 그녀의 목소리가 변명하듯 변했다. “이미 한 번 어머니한테 말하지 않고 떠난 적이 있잖아. 다시 그런 짓을 했다간……. 너희는 어머니 성깔을 몰라. 어머니가 가레스 브라인과 온 군대를 보내 타 발론을 칠 수도 있어. 아니면 우리를 추적하든지.”

“넌 여기 있어도 돼.” 에그웨인이 말했다.

“아냐. 너희 둘만 가게 놔두지는 않아. 여기에 남아서 나를 가르치는 자매가 어둠의 친구인지, 다음 회색 인간이 나를 잡으려 들지 궁금해할 생각은 없어.” 그녀가 작게 웃었다. “너희 둘이 모험을 떠나는데 나만 주방에서 일하지도 않을 거야. 그냥 어머니한테 아멀린 권좌의 명령에 따라 화이트 타워를 떠난다고만 말하면 돼. 그러면 어머니가 소문을 들어도 화를 내지 않으실 거야. 우리가 어디로 가는지, 왜 가는지는 말하지 않아도 돼.”

“절대 말하면 안 되지.” 나이니브가 말했다. “너희 어머니가 흑색의 아자에 대해서 알면 너를 따라올 가능성이 매우 크니까. 따지고 보면, 네 편지가 너희 어머니한테 닿을 때까지 얼마나 많은 손을 거치게 될지, 누구의 시선이 그 편지에 닿게 될지도 알 수 없어. 다른 사람이 몰랐으면 하는 내용은 아무것도 적지 않는 게 좋겠어.”

“그게 또 문제야.” 일레인이 한숨을 쉬었다. “아멀린 권좌는 내가 너희와 한 편이라는 걸 몰라. 아멀린 권좌가 볼 가능성이 없게 편지를 보낼 방법을 찾아야 해.”

“그건 내가 생각해 봐야겠다.” 나이니브의 이마에 고랑이 파였다. “일단 길을 나선 다음에 말이야. 하류로 가는 길에 아린길에서 편지를 보낼 수도 있어. 거기서 케임린으로 가는 사람을 찾을 시간이 있다면 말이지. 아멀린 권좌가 우리한테 준 그 종이를 보여 주면 누군가를 설득할 수 있을지 몰라. 그 서류가 선장들한테도 통하길 바라야겠다. 너희가 나보다 돈이 많은 게 아니라면.” 일레인이 애석하다는 듯 고개를 저었다.

에그웨인은 신경조차 쓰이지 않았다. 그들이 가지고 있던 돈은 토면 헤드에서 돌아오는 길에 각기 동전 몇 닢만 빼고 다 써 버렸다. "언제……." 에그웨인은 말을 멈추고 목을 가다듬어야 했다. "언제 떠나? 오늘 밤에?"

나이니브는 잠시 고민하는 표정이더니 고개를 저었다. "넌 좀 자야 해. 저 것 때문에라도." 나이니브의 손짓이 벽에 부딪혀 튕겨 나온 돌 고리를 가리 켰다. "아멀린 권좌에게 우리를 찾아볼 기회를 한 번 더 주자. 아침 식사 준 비를 마치면, 너희 둘 다 가져가고 싶은 물건을 챙겨. 단, 짐은 가벼워야 해. 누구에게도 들키지 않고 화이트 타워를 떠나야 한다는 거, 명심해. 아멀린 권좌가 정오까지 연락하지 않으면, 나는 만종이 울리기 전에 무역선을 탈 생각이야. 필요하다면 그 서류를 선장의 목구멍에 밀어 넣어서라도. 너희 둘 생각은 어때?"

"훌륭해." 일레인이 단호히 말했다. 에그웨인은 "오늘 밤이든 내일이든, 내 생각에는 빠를수록 좋아."라고 말했다. 일레인처럼 자신감 있는 목소리 면 좋겠다는 생각이 들었다.

"그럼 좀 자 두는 게 좋겠다."

"나이니브." 에그웨인이 작은 목소리로 말했다. "오늘은…… 오늘 밤에는 혼자 있기 싫어." 이 점을 인정하자니 괴로웠다.

"나도." 일레인이 말했다. "계속 영혼 없는 자가 생각나. 이유는 모르겠지 만, 그자들이 흑색의 아자보다 두려워."

"내 생각에는," 나이니브가 천천히 말했다. "나도 딱히 혼자 있고 싶지 않 은 것 같아." 그녀가 에그웨인이 누워 있는 침대를 보았다. "다들 몸에 팔꿈 치를 딱 붙이고 자면 세 사람이 누울 수 있을 것 같네."

나중에, 셋이서 너무 북적거리지 않게 느껴지도록 누울 방법을 찾느라 움 직거리던 중 나이니브가 갑자기 웃음을 터뜨렸다.

"왜 그래?" 에그웨인이 물었다. "너 별로 간지럼 안 타잖아."

"방금 일레인의 편지를 기꺼이 배달해 줄 사람이 떠올랐어. 타 발론을 떠 나는 것도 좋아할 거야. 장담해."

28장 출구

맷은 바지만 입은 채 약간의 햄, 사과 세 개, 버터 바른 빵으로 아침을 먹고서 막 간식까지 먹은 참이었다. 그때 방문이 열리고 나이니브와 에그웨인, 일레인이 줄지어 들어왔다. 모두가 그를 보며 밝게 미소 지었다. 맷은 셔츠를 입으려고 일어섰다가 고집스럽게 다시 앉았다. 최소한 노크는 할 수 있었을 텐데. 어쨌든 얼굴을 보니 좋기는 했다. 그러니까, 처음에는 말이다.

"흠, 보기엔 좋아졌는데." 에그웨인이 말했다.

"꼭 한 달은 잘 먹고 쉰 것처럼 말이야." 일레인이 말했다.

나이니브가 맷의 이마를 손으로 짚어 보았다. 맷은 움찔하더니 그녀가 고향에서 최소 5년 동안 거의 같은 일을 해 왔다는 걸 떠올렸다. **그때는 그냥 현자였는데.** 맷은 생각했다. **저 반지를 끼지 않았어.**

나이니브는 맷이 움찔거리는 걸 알아차렸다. 그녀는 긴장된 미소를 지어 보였다. "내가 보기엔 일어나서 돌아다닐 준비가 된 것 같구나. 갇혀 있는 게 지치진 않니? 실내에서는 이틀도 연속으로 지내지 못했는데."

맷은 마지막 사과 심을 바라보다가 마지못해 다시 접시에 내려놓았다. 하마터면 사과즙이 묻은 손가락을 핥을 뻔했다. 모두가 그를 보고 있었다. 여전히 미소 지으면서. 맷은 셋 중 누가 가장 예쁜지 생각해 보려 했지만 그럴 수 없다는 걸 알았다. 세 사람이 그가 아는 사람이 아니었다면 맷은 그들 중 누구에게나 지그 혹은 릴 춤을 추자고 했을 것이다. 고향에서 에그웨인과는 자주 춤을 춰 보았다. 심지어 나이니브와도 한 번 춤을 춘 적이 있었다. 하지만 그건 오래전이었다.

"'예쁜 여자 한 명은 무도회가 즐거우리라는 뜻이다. 예쁜 여자 두 명은 집안에 분란이 있을 거라는 뜻이다. 예쁜 여자 세 명은 언덕을 향해 도망치라는 뜻이다.'" 그는 나이니브보다도 더 긴장된 미소를 지으며 그녀를 보았다. "아빠가 그렇게 말하곤 했어. 너 뭔가 꾸미고 있지, 나이니브? 너희 모두 덤불에 걸린 되새를 보는 고양이처럼 미소 짓고 있어. 내가 그 되새인 것 같아."

미소가 깜빡거리다 사라졌다. 맷은 그들의 손을 보고 왜 셋 모두가 설거지를 하다 온 것처럼 보이는지 궁금해졌다. 안도어의 여왕 후계자는 확실히 접시 한 장 닦아 본 적 없을 테고, 나이니브가 설거지하는 모습을 상상하기도 힘들었다. 에먼즈 필드에서는 나이니브가 자기 접시를 스스로 닦았다는 걸 아는데도 말이다. 지금은 세 사람 모두가 거대한 뱀 반지를 끼고 있었다. 새로운 일이었다. 딱히 즐겁고 놀라운 일은 아니었다. **빛을 걸고, 언젠가는 일어날 일이었어. 나랑은 상관없는 일이야. 그게 다라고. 내가 알 바 아니야. 아무 상관없어.**

에그웨인이 고개를 저었다. 맷만이 아니라 다른 두 여자에게도 보이는 동작 같았다. "대놓고 물어봐야 한다고 했잖아. 맷은 자기가 원할 때는 노새처럼 고집스럽고 고양이처럼 까다롭게 굴어. 맞잖아, 맷. 너도 알지? 그러니까 인상 좀 그만 써."

맷이 재빨리 다시 미소 지었다.

"쉿, 에그웨인." 나이니브가 말했다. "맷, 우리가 너한테 부탁을 한다는 게 네 감정에 신경 쓰지 않는다는 뜻은 아니야. 우리는 실제로 많은 것을 신경 쓴단다. 너도 그 사실을 알고 있을 거야. 평소보다 더 심하게, 머리에 양털만 찬 바보처럼 굴려는 게 아니라면 말이야. 몸은 좀 괜찮아? 지난번에 봤을 때와 비교하면 놀라울 정도로 좋아진 것 같은데. 정말이지 이틀이 아니라 한 달이 지난 것처럼 보여.”

“18킬로미터를 뛰어가서 지그를 출 수도 있어.” 그때 배 속에서 꾸르륵거리는 소리가 났고, 맷은 세 사람이 그 소리를 듣지 못했기를 바랐다. 정오까지 얼마나 남았을까 궁금했다. 맷 자신도 한 달 정도는 쉬면서 마음껏 음식을 먹은 기분이었다. 다만 마지막 날에는 밥을 한 끼만 먹은 느낌. “무슨 부탁인데?” 맷이 조심스럽게 물었다. 맷의 기억대로라면 나이니브는 부탁을 하지 않았다. 나이니브는 사람들에게 명령을 내리고 그 명령이 이루어지기를 기대했다.

“나 대신 편지를 배달해 줬으면 좋겠어.” 틈을 주지 않고 일레인이 껴들었다. “케임린에 있는 내 어머니에게.” 일레인이 미소 짓자 뺨에 보조개가 나타났다. “정말 고맙게 생각할게, 맷.” 창문으로 들어온 아침 햇살이 일레인의 머리카락을 밝게 비추는 듯했다.

쟤가 춤추는 걸 좋아할지 궁금한데. 맷은 그 생각을 즉시 머릿속에서 밀어냈다. “그렇게 어려울 것 같지는 않지만 꽤 먼 길이네. 그럼 나한테는 뭘 줄 건데?” 일레인의 표정을 보니, 얼굴에서 보조개가 사라지는 일이 많지는 않은 듯했다.

일레인은 몸을 폈다. 늘씬하고도 자긍심 넘치는 모습이었다. 맷은 일레인의 등 뒤에 있는 왕좌가 보이는 것만 같았다. “너, 안도어의 충성스러운 백성 맞아? 사자의 왕좌와 여왕 후계자를 섬기고 싶지 않은 거야?”

맷이 킬킬댔다.

“그 방법도 통하지 않을 거라고 했잖아.” 에그웨인이 말했다. “쟤한텐 안 통한다니까.”

일레인이 비꼬듯 입을 비틀었다. “한번 해 볼 가치는 있다고 생각했지. 케임린의 경비병들에게는 언제나 통하는 방법이니까. 너도 말했지만, 내가 미소 지으면……” 일레인은 티 나게 맷에게서 시선을 돌리며 말을 끊었다.

무슨 소리를 한 거냐, 에그웨인. 맷은 화가 나서 생각했다. **내가 나를 보고 미소 짓는 모든 여자에게 바보처럼 군다고?** 하지만 맷은 겉으로 침착한 모습을 유지하며 미소를 지우지 않는 데 성공했다.

"부탁만으로 충분했으면 좋겠다." 에그웨인이 말했다. "하지만 넌 부탁을 들어주지 않잖아, 맷? 상대방이 구슬리고 꾀어내고 괴롭히지 않았는데도 뭔가 한 적이 한 번이라도 있어?"

맷은 에그웨인에게 미소 지을 뿐이었다. "에그웨인, 너희 둘 모두와 춤은 추겠지만 심부름을 하지는 않을 거야." 맷은 잠시 에그웨인이 그에게 혀를 내밀 거라고 생각했다.

"처음 우리 계획으로 돌아가 볼까?" 나이니브가 지나치게 침착한 목소리로 말했다. 다른 두 사람이 고개를 끄덕이자 나이니브는 맷에게 관심을 돌렸다. 들어온 이후 처음으로 나이니브는 그 옛날의 현자처럼, 뛰던 사람을 그 자리에 못 박아 놓고 땋은 머리를 고양이 꼬리처럼 후려칠 수 있는 사람처럼 보였다.

"내 기억보다도 더 무례해졌구나, 매트림 코손. 네가 하도 오랫동안 아팠고, 에그웨인과 일레인과 내가 하도 오랫동안 강보에 싸인 아기라도 되는 듯 너를 돌보았기에 잊어버릴 뻔했다. 아무리 그래도 고마워하는 마음이 조금은 있을 줄 알았는데. 너는 세상을 구경하고 싶다고, 위대한 도시들을 보고 싶다고 했지. 아니, 케임린보다 나은 도시가 어디에 있다고? 네가 하고 싶던 일을 하고, 감사도 표하고, 다른 사람을 돕는 일을 동시에 할 수 있는 건데." 나이니브가 망토 아래에서 접힌 양피지를 꺼내 탁자에 내려놓았다. 황금빛이 도는 노란 밀랍에 백합 인장이 찍혀 있었다. "그 이상을 바랄 수는 없지."

맷은 유감스럽다는 듯 양피지를 보았다. 예전에 한 번 랜드와 같이 케임린에 들렀지만 그 일은 거의 기억나지 않았다. 그런 만큼 세 사람의 요청을 거절하는 건 아쉬운 일이었다. 그러나 맷은 그게 최선이라고 생각했다. **춤 출 때의 즐거움을 바란다면 언젠가는 하프 연주자에게 돈을 내야지.** 나이니브의 지금 태도를 볼 때 맷이 돈을 내는 순간을 미룰수록 상황은 나빠질 터였다. "나이니브, 난 못 해."

"그게 무슨 소리냐, 못 한다니? 벽에 붙은 파리라도 되는 거냐, 남자가 아니라? 안도어의 여왕 후계자의 부탁을 들어주고, 케임린을 구경하고, 십중

팔구는 무어게이즈 여왕을 직접 보게 될 텐데 못 하겠다? 정말이지 나는 이 이상 네가 바랄 수 있는 게 뭔지 모르겠는데. 이번에는 프라이팬의 기름처럼 뺀질거리며 도망치지 마라, 매트림 코손! 아니면 마음이 바뀌어서 주변의 아이즈 세다이들을 보는 게 좋아진 거냐?" 나이니브가 맷의 얼굴에 왼손을 흔들어 댔다. 사실상 손에 끼워진 반지로 그의 코를 후려칠 뻔했다.

"부탁이야, 맷." 일레인이 말했다. 에그웨인은 맷이 트롤록처럼 뿔이라도 난 듯 그를 보았다.

맷은 의자에 앉은 채 꿈지럭거렸다. "하기 싫다는 게 아니야. 못 한다니까! 아멀린 권좌가 나로 하여금 이 엿 같은…… 이 섬에서 벗어나지 못하게 해 놨어. 그것만 어떻게 해 주면 입에 물고서라도 네 편지를 배달해 줄게, 일레인."

세 사람이 시선을 주고받았다. 맷은 가끔 여자들이 서로의 생각을 읽을 수 있는 건 아닌지 궁금했다. 확실히, 그들은 맷이 가장 바라지 않을 때 그의 생각을 읽는 것 같았다. 하지만 이번에는 뭔지 몰라도 세 사람이 자기들끼리 어떤 결정을 내렸을 뿐 맷의 생각을 읽지는 못한 모양이었다.

"설명해 봐." 나이니브가 퉁명스럽게 말했다. "아멀린 권좌가 왜 너를 여기 잡아 두고 싶어 하는 거지?"

맷은 어깨를 으쓱하고 나이니브의 눈을 똑바로 들여다보며 최대한 애석하다는 듯 미소 지어 보였다. "내가 아팠으니까. 병이 너무 오래됐으니까. 내가 어딘가에 가서 죽어 버리지 않으리라는 확신이 들 때까지는 날 놓아주지 않을 거라고 했어. 물론 나도 그럴 생각은 없지만. 내 말은, 죽지 않을 거라고."

나이니브가 인상을 찡그리며 땋은 머리를 휙 넘기더니 갑자기 두 손으로 맷의 머리를 잡았다. 한기가 맷의 몸 전체에 흘렀다. **빛을 걸고, 일원력이잖아!** 생각을 마치기도 전에 나이니브가 맷을 놓아주었다.

"무슨……? 나한테 뭘 한 거야, 나이니브?"

"어느 면으로 보나 네가 받아야 할 호의의 열 배는 베풀어 준 거야." 나이니브가 말했다. "너는 황소처럼 건강해. 겉모습에 비해서는 약하지만 건강하지.”

“내가 그렇다고 했잖아.” 맷이 불안하게 말했다. 그는 다시 미소 지으려 애썼다. “나이니브, 너랑 똑같은 모습이었어. 그러니까, 아멀린 권좌 말이야. 키가 나보다 30센티미터는 작은데도 나를 내려다보면서 위협을 하고…….” 나이니브의 눈썹이 치솟는 걸 확인한 맷은 이런 방식으로 더 말해서는 안 되겠다고 생각했다. 세 사람을 뿔나팔과 떼어 놓을 수만 있다면 참 좋을 텐데. 맷은 세 사람이 뿔나팔에 대해 아는지 궁금했다. “그래. 아무튼, 내 생각에 화이트 타워에서 나를 여기에 잡아 두려 하는 건 그 단검 때문인 것 같아. 그러니까, 단검이 그런 일을 저지르는 방법을 정확히 알아내려는 거지. 아이즈 세다이가 어떤 존재인지는 너도 알잖아.” 맷이 작게 웃었다. 모두가 가만히 그를 보기만 했다. **방금 말은 하지 말았어야 하는데. 태워 죽일! 쟤들은 빌어먹을 아이즈 세다이가 되고 싶어 하잖아. 태워 죽일, 내가 너무 오래 지껄였나 보다. 나이니브가 저런 식으로 나를 보지 않았으면 좋겠는데. 말을 아껴, 맷.** “아멀린 권좌는 자기가 내린 명령이 없는 한 내가 다리를 못 건너게, 배에 못 타게 했어. 알겠지? 내가 돕기 싫은 게 아니야. 그냥 돕지 못하는 거지.”

“하지만 우리가 너를 타 발론에서 나가게 해 주면 부탁을 들어주겠다는 거지?” 나이니브가 골똘히 생각에 잠긴 표정으로 말했다.

“나를 타 발론에서 빼 주면 일레인을 업고 엄마한테 데려다주기라도 할게.”

이번에는 일레인의 눈썹이 올라갔다. 에그웨인이 고개를 저으며 날카로운 눈빛으로 맷의 이름을 조용히 불렀다. 때로 여자들에게는 유머 감각이 없었다.

나이니브는 두 사람에게 자신을 따라 창가로 오라고 손짓했다. 그곳에서 셋은 맷을 등지고 아주 조용히 이야기를 나누었다. 맷으로서는 웅얼거리는 소리밖에 들리지 않았다. 에그웨인이 ‘함께 있으면 하나밖에 필요하지 않다’라고 이야기하는 소리가 들렸다. 맷은 그 모습을 지켜보며, 세 사람이 정말로 아멀린 권좌의 명령을 피할 수 있다고 생각하는 건지 궁금했다. **쟤들**

이 그렇게 할 수 있으면 빌어먹을 편지 정도는 배달해 주지. 진짜로 입에 물고서라도 배달해 줄 거야.

맷은 별다른 생각 없이 사과 심을 집어 들어 끄트머리를 깨물었다. 한 번 씹은 뒤 씁쓸한 씨앗을 접시에 서둘러 뱉어냈다.

탁자로 돌아온 에그웨인은 그에게 접혀 있는 두꺼운 서류를 내밀었다. 맷은 의심스럽게 그 양피지를 본 뒤에야 펼쳐 보고, 그 내용을 읽으며 자기도 모르게 흥얼거리기 시작했다.

이 편지를 가진 자가 하는 일은 내 명령과 권위에 따른 것이다. 내 명에 따라 복종하고 침묵을 지켜라.

시우안 산체
봉인의 감시자
타 발론의 불꽃
아멀린 권좌

편지 아랫부분에는 돌처럼 단단한 흰색의 둥근 밀랍에 타 발론의 불꽃 인장이 찍혀 있었다.

맷은 자기가 〈금화로 가득한 호주머니〉를 흥얼거리고 있었다는 걸 깨닫고 노래를 멈추었다. "이거 진짜야? 너희 설마……? 이걸 어떻게 얻었어?"

"위조한 건 아니야, 네가 하고 싶은 말이 그거라면." 일레인이 말했다.

"어떻게 얻게 되었는지는 신경 쓰지 마라." 나이니브가 말했다. "그건 진짜야. 네가 신경 써야 할 점은 그것뿐이고. 내가 너라면 그 양피지를 이리저리 내보이지는 않을 거야. 그랬다간 아멀린 권좌가 그걸 다시 가져갈 테니까. 하지만 그게 있으면 경비병들을 지나 배에 탈 수 있겠지. 넌 우리가 그렇게만 해 주면 편지를 배달하겠다고 했고."

"이미 무어게이즈의 손에 편지가 들어갔다고 봐도 돼." 맷은 계속해서 서류를 읽고 싶었지만, 어쨌든 다시 접어 일레인의 편지 위에 두었다. "혹시 이 편지랑 같이 쓸 돈이 좀 있어? 은화라든가 금화 1~2마르크라든가? 뱃삯</p>

은 좀 있지만 강 하류에서는 물가가 오르고 있다고 들어서.”

나이니브가 고개를 저었다. “넌 돈이 없니? 너무 아파서 주사위를 못 쥐게 될 때까지 거의 매일 밤 휴린과 도박을 했잖아. 강 하류라고 해서 물가가 더 비쌀 이유가 뭐란 말이야?”

“우린 동전을 걸고 도박한 거야, 나이니브. 얼마쯤 지난 뒤에는 휴린이 그조차 하지 않으려 들었고. 상관없어. 내가 어떻게든 해 볼게. 넌 얘기 못 들었어? 케예리엔에 내전이 벌어졌대. 티어도 상황이 나쁘다고 하고. 내가 듣기로는 아린길의 여관방을 하루 빌리는 데 우리 고향에서 좋은 말 한 마리를 사는 것보다 큰돈이 든다던데.”

“우린 바빴다.” 나이니브가 날카롭게 말하더니 에그웨인, 일레인과 걱정스러운 눈길을 주고받았다. 그 모습에 맷은 다시 의아해졌다.

“상관없어. 내가 알아서 할 수 있어.” 부두 근처의 여관에서는 도박판이 벌어질 게 틀림없었다. 주사위를 들고 하룻밤만 보내면 지갑을 빵빵하게 채운 채 아침에 배에 오를 수 있을 것이다.

“그 편지만 무어게이즈 여왕에게 전달해라, 맷.” 나이니브가 말했다. “너한테 그 편지가 있다는 걸 누구에게도 알리지 말고.”

“전달할게. 그러겠다고 했잖아? 내가 약속을 지키지 않는다고 생각하나 보네.” 나이니브와 에그웨인의 눈총에 맷은 지키지 않은 약속 몇 가지를 떠올렸다. “한다니까. 피와 재를……. 할게!”

여자들은 잠시 더 머물렀다. 대부분은 고향 이야기를 했다. 에그웨인과 일레인은 침대에 앉았고 나이니브는 안락의자에 앉았으며 맷은 그대로 걸상에 앉아 있었다. 에먼즈 필드 이야기를 하니 고향이 그리워졌다. 나이니브와 에그웨인도 슬퍼지는 듯했다. 그들은 다시는 보지 못할 무언가에 대해 말하는 듯했다. 맷은 둘의 눈가가 촉촉해졌다고 확신했지만, 그가 화제를 돌리려 하면 둘이 다시 에먼즈 필드 이야기를 꺼냈다. 벨 타인 축제와 태양일과 수확 무도회를, 사람들과 함께 풀을 깎으러 소풍을 갔던 일을.

일레인은 맷에게 케임린에 대해, 왕국에서는 어떤 일을 예상해야 하고 누구에게 말을 걸어야 하는지에 대해 이야기했다. 도시 이야기도 조금 해 주었다. 때로 일레인의 태도를 보면 맷은 그녀의 머리에 씌워진 왕관이 보일 것만 같았다. 이런 여자와 얽히는 남자는 바보일 것이다. 세 사람이 방을 나서려고 일어서자 맷은 아쉬운 마음이 들었다.

그는 갑자기 어색한 기분이 들어 자리에서 일어섰다. "저기, 너희가 나한테 호의를 베풀어 줬잖아." 그는 탁자에 놓인 아멀린 권좌의 서류를 건드렸다. "엄청난 호의를 말이야. 나는 너희 모두가 아이즈 세다이가 되리라는 걸 알아." 이쯤에서 맷은 잠시 말을 더듬었다. "그리고 넌 언젠가 여왕이 되겠지, 일레인. 하지만 혹시라도 도움이 필요하다면, 내가 할 수 있는 일이 하나라도 있다면 돌아올게. 이 말은 믿어도 돼. 내 말이 웃겨?"

일레인은 손으로 입을 가리고 있었고 에그웨인은 티 나게 웃음을 참고 있었다. "아니, 맷." 나이니브는 자연스럽게 말했지만, 그녀의 입술이 움찔거렸다. "그냥 내가 본 남자들의 특성 때문이야."

"여자만 이해할 수 있어." 일레인이 말했다.

"안전하고 즐거운 여행이 됐으면 좋겠어, 맷." 에그웨인이 말했다. "그리고 기억해. 어떤 여자에게 영웅이 필요하다면, 오늘 필요한 거지 내일 필요한 게 아니야." 그녀에게서 웃음이 보글보글 솟아올랐다.

맷은 세 사람이 나간 문을 바라보았다. 그리고 최소한 백 번째로, 여자들이란 이상한 존재라고 생각했다.

그의 시선이 일레인의 편지와 그 위에 놓여 있는, 접힌 서류에 닿았다. 이해할 수는 없지만 한겨울의 모닥불처럼 반가운 아멀린 권좌의 서신. 맷은 꽃무늬 카펫 한가운데에서 깡충깡충 뛰며 잠시 춤을 추었다. 케임린을 구경하고 여왕을 만나게 되다니. **당신이 직접 한 말로 당신에게서 벗어날 수 있게 됐어, 아멀린 권좌. 셸린에게서도.**

"절대 날 잡지 못할걸." 맷은 웃었다. 둘 모두에 대한 비웃음이었다. "당신들은 절대 맷 코손을 잡지 못해."

29장 밟아야 할 덫

쳇바퀴에 들어가 달리며 꼬챙이를 돌렸어야 할 개가 구석에 편히 누워 있었다. 나이니브는 그 개를 노려보며 이마의 땀을 닦고, 허리를 숙여 그 개가 했어야 할 일을 했다. **빛을 걸고, 이 빌어먹을 손잡이를 돌리게 하느니 차라리 나를 쳇바퀴에 집어넣지! 태워 죽일 아이즈 세다이 같으니!** 이런 욕설을 썼다는 것도, 자신이 욕설을 했다는 사실조차 알아채지 못했다는 것도 나이니브가 얼마나 화났는지 알려 주는 지표였다. 나이니브는 긴 잿빛 난로의 불 속으로 기어들어간다 한들 지금보다 불길이 더 뜨겁게 느껴지지는 않을 거라고 생각했다. 얼룩무늬 개가 그녀를 보며 씩 웃는 것 같았다.

일레인은 구워지는 고기 아래의 육즙받이에 고인 국물에 손잡이가 긴 나무 수저를 집어넣고 기름을 걷어 내고 있었다. 에그웨인은 그와 똑같이 생긴 숟가락으로 고기를 두드리고 있었다. 거대한 주방이 정오의 일과를 이어 가고 있었다. 신입들조차 이곳에 있는 합격자들의 모습에 너무 익숙해진 나머지 세 여자를 거의 힐끗거리지도 않았다. 요리사들이 신입들에게 멍하니 구경하며 빈둥거릴 여유를 준 것도 아니지만. 아이즈 세다이는 노동이 성품을 함양한다고 말했고, 요리사들은 신입들이 반드시 강한 성품을 함양하도록 했다. 세 합격자에 대해서도 마찬가지였다.

주방의 여주인인 라라스가—그녀의 실제 직함은 수석 주방장이었지만, 너무 많은 사람들이 오랫동안 '주방의 여주인'이라는 직함을 사용했기에 이것이 그녀의 호칭이 되었다—다가와 구운 고기와 그 고기를 놓고 땀을 흘려 대는 여자들을 살펴보았다. 라라스는 그냥 건장한 게 아니었다. 턱이 여러 겹인 데다 신입의 드레스를 세 벌쯤 만들 수 있을, 얼룩 하나 없는 흰 앞치마를 두르고 있었다. 그녀는 손잡이가 긴 나무 국자를 왕홀(군주의 권력과 위엄을 나타내는, 손에 드는 상징물. 상아나 금속으로 만들며 꼭대기에는 화려한 장식이 붙어 있다—옮긴이)이라도 되는 양 들고 다녔다. 그 국자는 뭔가를 젓기 위한 물건이 아니었다. 아랫사람들에게 지시를 내리고, 그녀의 마음에 들 만큼 빠르게 성품을 함양 못 하는 사람들을 때리기 위한 것이었다. 그녀는 구운 고기를 살펴보고 헐뜯듯 코를 킁킁대더니 찡그린 얼굴을 세 합격자에게로 돌렸다.

나이니브는 라라스의 시선을 똑같이 냉담한 시선으로 마주 보며 계속해서 꼬치를 돌렸다. 덩치 큰 여자의 표정은 절대 바뀌지 않았다. 나이니브는 미소 짓는 방법도 써 보았지만, 라라스의 표정을 바꾸는 데는 아무 소용이 없었다. 잠시 일을 멈추고 상당히 교양 있게 말을 걸었던 결과는 재앙이었다. 아이즈 세다이에게 괴롭힘을 당하고 쫓겨 다니는 것만으로도 나쁜 일이었다. 하지만 아무리 마음에 사무치고 아프더라도 능력을 사용하는 방법을 배우기 위해서라면 그건 참아야 했다. 그런 능력이 마음에 드는 건 아니었지만—일원력을 채널링한다고 해서 아이즈 세다이가 어둠의 친구인 것은 아니라는 것, 그리고 그녀 자신이 채널링할 수 있다는 것은 완전히 다른 문제였다—모레인에게 복수하려면 그 능력을 다룰 방법을 배워야만 했다. 에그웨인을 비롯한 에먼즈 필드 사람들에게 저지른 짓을 생각하면, 그들의 삶을 찢어 놓고 아이즈 세다이의 목적에 따라 조종해 온 모레인을 증오하는 것은 나이니브를 계속 움직이게 하는 거의 유일한 동기였다. 하지만 라라스한테서 게으르고 별로 똑똑하지도 않은 어린애 취급을 받는 것, 고향에서라면 잘 고른 말 몇 마디로 분수를 알려 줄 수 있었을 이 여자에게 억지로 무릎을 굽혀 인사하고 빌빌거려야 한다는 점에는 거의 모레인을 생각할 때만큼 이가 갈렸다. **그냥 저 여자한테서 눈을 돌리기만 하면……. 아니야!**

저…… 저 암소 같은 여자 앞에서 시선을 떨어뜨리느니 차라리 화형을 당하고 말지!

라라스는 더 시끄럽게 코를 쿵쿵대더니 떠났다. 그녀는 깨끗하게 걸레질한 회색 타일 위를 가로지르며 몸을 이리저리 굴려 대는 것 같았다.

숟가락과 육즙받이를 들고서 여전히 허리를 숙이고 있던 일레인이 라라스의 등을 노려보았다. "저 여자가 한 번이라도 더 나를 후려치면, 가레스 브라인한테 저 여자를 체포해서……."

"조용히 해." 에그웨인이 속삭였다. 그녀는 구운 고기 두드리기를 멈추지 않았고, 단 한 번도 일레인을 보지 않았다. "저 여자는 귀가 엄청나게……."

라라스는 실제로 그들의 목소리를 들은 것처럼 돌아보았다. 인상이 더욱 찌푸려져 있었고 입은 쩍 벌어져 있었다. 그 입에서 무슨 소리가 나오기 전에, 아멀린 권좌가 소용돌이처럼 주방에 들어왔다. 그녀의 어깨에 걸친 줄무늬 스톨마저 곤두선 것 같았다. 이번만큼은 리아네가 어디에도 보이지 않았다.

이제야 오셨네. 나이니브가 험악하게 생각했다. **빨리도 오시는군!**

하지만 아멀린 권좌는 나이니브 쪽을 보지 않았다. 그녀는 누구에게도 말을 건네지 않고 뼈처럼 하얗게 닦아 놓은 탁자 위를 손으로 쓸더니 자기 손가락을 보고 오물을 보듯 인상을 썼다. 라라스가 즉시 아멀린 권좌 곁으로 다가와 얼굴 가득 미소를 지었지만, 아멀린 권좌의 딱딱한 시선에 조용히 그 미소를 삼켰다.

아멀린 권좌는 주방을 성큼성큼 돌아다녔다. 오트밀 비스킷 써는 여자들을 바라보았다. 채소 껍질 벗기는 여자들을 노려보았다. 수프 담긴 솥과 그 솥을 살피던 여자들을 비웃었다. 그 여자들은 수프 표면을 바라보는 데 열중하기 시작했다. 아멀린 권좌의 찡그린 표정에 소녀들은 접시와 그릇을 응접실로 허둥지둥 내가기 시작했다. 그녀의 날카로운 시선에 신입들은 고양이를 본 쥐처럼 빠르게 움직였다. 그녀가 주방을 반쯤 돌아보았을 때쯤에는 그곳의 모든 여자들이 전보다 두 배는 빠르게 일하고 있었다. 그녀가 한 바퀴를 다 돌고 나자 감히 그녀를 힐끗거리는 사람은 라라스밖에 남지 않았다.

아멀린 권좌는 꼬치구이 앞에 멈춰 서서 허리춤에 두 주먹을 얹고 라라스를 보았다. 그냥 보기만 했다. 무표정한 파란 눈이 차갑고 단단하게 보였다.

덩치 큰 여자가 침을 꿀꺽 삼켰다. 앞치마 주름을 펴는 그녀의 턱이 흔들거렸다. 아멀린 권좌는 눈을 깜빡이지 않았다. 라라스가 시선을 떨어뜨리더니 묵직하게 발을 바꿔 짚어 댔다. "어머니의 용서를 청합니다." 그녀가 약한 목소리로 말했다. 라라스는 무릎을 굽혀 인사하려는 듯한 동작을 해 보이더니 빠르게 멀어졌다. 그러고는 자기 위치를 잊은 듯 수프 솥에 있던 여자들 사이에 끼어 국자로 수프를 젓기 시작했다.

나이니브는 미소를 감추느라 고개를 숙였다. 에그웨인과 일레인 역시 일을 멈추지 않았으나 두 걸음도 떨어지지 않은 곳에서 그들을 등지고 있는 아멀린 권좌를 계속 힐끔거렸다.

아멀린 권좌는 서 있던 자리에서 주방 전체로 시야를 넓혔다. "이렇게 쉽게 겁을 먹다니." 그녀가 조용히 중얼거렸다. "정말이지 너무 오랫동안 너무 많은 일을 저지르고도 들키지 않은 모양이구나."

정말 쉽게 겁먹긴 했지. 나이니브가 생각했다. **변명하는 것조차 여자답지 못해. 아멀린 권좌는 그냥 둘러본 것뿐인데!** 아멀린 권좌가 스톨로 덮인 어깨 너머를 돌아보다가 잠시 나이니브와 눈을 마주쳤다. 문득 나이니브는 자신이 더 빠르게 꼬치를 돌리고 있었다는 걸 깨달았다. 그녀는 다른 모든 사람처럼 겁먹은 척해야 할 뿐이라고 자신에게 말했다.

아멀린 권좌의 시선이 일레인에게 닿았다. 갑자기 그녀가 입을 열어, 벽에 걸린 구리 냄비와 프라이팬이 달그락거릴 만큼 쩌렁쩌렁한 소리로 말했다. "젊은 여자가 입에 담을 경우 절대 용서할 수 없는 말이 몇 마디 있다, 트라칸드 가문의 일레인. 그런 말을 입에 담는다면, 내가 반드시 그 말을 박박 닦아 버리겠다!" 주방의 모두가 움찔했다.

일레인은 혼란스러운 표정이었다. 분노가 에그웨인의 얼굴 전체에 슬금슬금 번졌다.

나이니브가 고개를 저었다. 작은 동작이었지만, 미친 사람처럼. **안 돼! 입**

다물어! 아멀린이 뭘 하려는지 모르겠어?

하지만 에그웨인은 입을 열고 말했다. 단호하기는 했지만 예의는 차린 말투였다. "어머니, 일레인은 아무런……."

"조용!" 아멀린 권좌의 호통에 사람들 사이로 다시 움찔거리는 물결이 번져갔다. "라라스! 두 소녀에게 말을 해야 할 때와 해야 할 말을 하는 방법을 가르칠 수 있겠느냐? 너는 주방의 **여주인**이니 말이야. 그렇게 할 수 있겠느냐?"

라라스는 나이니브가 보았던 그 어느 때보다 빠르게 뒤뚱거리며 다가와 일레인과 에그웨인의 귀를 한 쪽씩 잡았다. 그러는 내내 그녀는 "예, 어머니. 즉시 그렇게 하겠습니다, 어머니. 분부대로 하겠습니다, 어머니."라고 되풀이했다. 그녀는 아멀린 권좌의 시선에서 벗어날 수 있어 신난다는 듯 서둘러 두 젊은 여자를 주방에서 데리고 나갔다.

이제 아멀린 권좌는 거의 나이니브와 몸이 닿을 정도로 가까운 곳에 있었으나 여전히 주방을 둘러보고 있었다. 손에 주발을 들고 돌아서던 젊은 요리사가 어쩌다 아멀린 권좌와 눈이 마주쳤다. 그녀는 빠르게 바닥을 가로질러 가며 크게 꺅 소리를 냈다.

"에그웨인이 저런 일에 얽히기를 바랐던 건 아니다." 아멀린 권좌는 거의 입술을 움직이지 않았다. 혼잣말이라도 하는 듯했다. 표정을 보니 주방의 누구도 그녀가 하는 말을 듣고 싶어 하지 않는 것 같았다. 나이니브는 간신히 다음 말을 알아들었다. "하지만 덕분에 에그웨인도 말하기 전에 생각하는 방법을 배울 수 있겠지."

나이니브는 꼬치를 돌리며 고개를 숙이고 있었다. 누가 보기라도 하면 자신도 조용히 중얼거리는 것처럼 보이기를 바랐다. "저희를 좀 더 눈여겨보실 줄 알았습니다, 어머니. 그래야 저희가 알아낸 내용을 보고할 수 있으니까요."

"딸아, 내가 매일 너희를 살피러 왔다면 누군가는 의심했을 것이다." 아멀린 권좌는 계속해서 주방을 살펴보았다. 여자들 대부분이 그녀의 분노를 사게 될까 두려워 차마 이쪽을 쳐다보지도 못하는 듯했다. "정오 식사 이후에 너희를 내 서재로 불러들일 계획이었다. 공부할 내용을 선택하지 않았다는 이유로 꾸짖으려 했지. 리아네에게 그러겠다는 뜻을 내비쳤다. 하지만 전달을 미룰 수 없는 소식이 생겼다. 시리암이 회색 인간을 한 명 더 발견했다. 여자야. 지난주에 낡은 고기처럼 죽어 있지만 몸에 흔적은 하나도 없다. 시리암의 침대 한복판에 쉬는 것처럼 누워 있었다. 시리암으로서는 그리 즐겁지 않은 일이지.”

나이니브의 몸이 뻣뻣해졌다. 그녀는 잠시 멈춘 뒤에야 다시 꼬치를 돌리기 시작했다. “시리암에게는 베린이 에그웨인한테 준 명단을 볼 기회가 있었습니다. 엘라이다도 마찬가지고요. 고발하려는 건 아닙니다. 둘에게 기회가 있었다는 거지요. 그리고 에그웨인 말로는 알란나도…… 이상하게 행동했다고 합니다.”

“에그웨인이 그런 말을 했단 말이지? 알란나는 아라펠 사람이다. 아라펠에는 명예와 의무감에 대한 이상한 관념이 있지.” 아멀린은 대수롭지 않게 어깨를 으쓱했다. “알란나는 내가 지켜볼 수 있을 것 같구나. 아직 쓸모 있는 정보는 얻지 못했느냐, 아이야?”

“몇 가지 있습니다.” 나이니브가 으스스하게 말했다. **차라리 시리암을 지켜보지? 시리암은 단순히 그 회색 인간을 발견한 게 아닐 수도 있어. 그렇게 따지면 아멀린이 직접 엘라이다를 감시할 수도 있을 거야. 그럼 알란나는 정말로…….** “왜 엘즈 그린웰을 신뢰하시는지 모르겠지만, 보내 주신 메시지는 도움이 됐습니다.”

나이니브는 짧고 간결한 문장으로 도서관 지하의 창고에서 발견한 물건들에 대해 말했다. 자신과 에그웨인만이 찾아갔던 것처럼 말하고, 그 물건들에 관해 둘이서 내린 결론도 덧붙였다. 에그웨인의 꿈—혹은 꿈이 아닐지도 몰랐다. 에그웨인은 그게 현실이었다고 주장했으니까—에 나타난 **텔아이란리오드**에 대해서는 말하지 않았다. 베린이 에그웨인에게 준 **티어앙그리알**에 대해서도 말하지 않았다. 나이니브는 일곱 줄무늬가 들어간 스톨을 걸친 여자를 전적으로 믿을 수 없었고—하긴, 숄을 걸칠 수 있는 여자는 아무도 믿을 수 없었다—몇 가지는 비밀로 남겨 두는 게 최선일 듯했다.

나이니브가 말을 마치자 아멀린 권좌는 오랫동안 침묵을 지켰다. 침묵이 너무 길어 아멀린 권좌가 아무 말도 듣지 못했다는 생각이 들 정도였다. 나이니브가 조금 더 큰 소리로 다시 말하려 했을 때 아멀린이 마침내 입을 열었다. 그녀는 이번에도 거의 입술을 움직이지 않았다.

"나는 어떤 메시지도 보내지 않았다, 딸아. 리안드린 일행이 남겨 놓은 물건은 철저히 수색한 뒤, 아무것도 발견되지 않아 소각했다. 그 누구도 흑색의 아자가 남긴 물건을 사용하지 않을 것이다. 엘즈 그린웰의 경우……. 그 애가 기억나기는 하는구나. 제대로 적응했다면 무언가 배울 수도 있었겠지만, 그 애가 원했던 건 수호자들의 훈련장에서 남자들을 보며 미소 짓는 것뿐이었다. 엘즈 그린웰은 열흘 전에 무역선에 태워 그 애 어머니에게 돌려보냈다."

나이니브는 목구멍에 맺힌 덩어리를 삼켜 보려 했다. 아멀린 권좌의 말에 더 작은 아이들을 괴롭히던 아이들이 생각났다. 괴롭히는 아이들은 언제나 자기보다 작은 아이들을 경멸했다. 작은 아이들이 너무 멍청해 무슨 일이 일어나는지 모를 거라고 확신했다. 그래서 덫을 감추려는 노력을 기울이지 않았다. 흑색의 아자가 그녀를 그토록 무시했다는 생각에 나이니브는 피가 끓었다. 그들이 이런 덫을 설치할 수 있었다는 사실에 배 속이 얼음으로 가득 차는 듯했다. **빛을 걸고, 엘즈가 화이트 타워를 떠났다면……. 빛을 걸고, 나와 이야기를 나눈 모든 사람이 리안드린이나 다른 누군가일 수 있었던 거야! 빛이여!**

꼬치가 멈추었다. 나이니브는 서둘러 다시 꼬치를 돌리기 시작했다. 하지만 아무도 눈치채지 못한 듯했다. 지금도 다들 아멀린 권좌를 보지 않으려고 최선을 다하고 있었다.

"이…… 뻔한 함정을 어떻게 할 셈이냐?" 아멀린 권좌는 여전히 주방을 지켜보며, 나이니브에게서 시선을 돌린 채, 조용히 말했다. "이번 함정에도 빠질 생각이냐?"

나이니브의 얼굴이 붉어졌다. "이번 함정은 함정이라는 걸 압니다, 어머니. 그리고 덫을 설치한 사람을 잡는 가장 좋은 방법은 덫을 밟은 뒤 남자든 여자든 그자가 나타나기를 기다리는 겁니다." 방금 아멀린 권좌가 한 말을 들었기에 에그웨인과 일레인에게 말했을 때보다는 목소리가 약해졌다. 그러나 나이니브는 지금도 진심으로 그렇게 믿고 있었다.

"아마 그렇겠지, 아이야. 아마 그게 놈들을 찾을 방법일 것이다. 그들이 다가와 자기들의 그물에 단단히 걸려 있는 너를 발견하게 된다면 의미가 없겠지만." 아멀린 권좌가 심란하게 한숨을 쉬었다. "여행에 필요한 금화를 네 방에 두겠다. 내가 너를 농장으로 보내 양배추를 캐오게 했다는 소문이 돌도록 하마. 일레인도 함께 갈 셈이냐?"

나이니브는 정신이 쏙 빠져 아멀린 권좌를 빤히 보았다가 서둘러 다시 자기 손으로 시선을 돌렸다. 꼬치 손잡이를 잡은 손마디가 하얗게 질려 있었다. "음모나 짜는 이 늙은…… 다 알고 있었으면 왜 그렇게 모르는 척한 겁니까? 당신의 교활한 계획이 거의 흑색의 아자만큼이나 우리를 몸부림치게 했습니다. 이유가 뭡니까?" 아멀린 권좌의 얼굴에 힘이 들어갔다. 그것만으로도 나이니브는 더 예의 바른 말투를 쓸 수밖에 없었다. "여쭤봐도 된다면 말입니다, 어머니."

아멀린 권좌가 코웃음 쳤다. "무어게이즈 여왕에게 내가 자기 딸을 물이 새는 쪽배에 태워 바다로 보냈다는 생각을 하게 만들지 않더라도, 그녀를 자기 바람과 상관없이 적당한 길로 되돌려 놓는 건 어려운 일이다. 이렇게 하면 나는 일레인이 떠난 건 나와 아무 상관없는 일이라고 당당히 말할 수 있다. 마침내 어머니와 대면해야 할 때가 되면 일레인의 상황이 조금 힘들어지긴 하겠지. 하지만 내게는 사냥개 두 마리가 아니라 세 마리가 생기는 셈이야. 말했다시피, 사냥개 백 마리를 쓸 수 있다면 난 그렇게 했을 거다." 아멀린 권좌가 어깨에 걸친 스톨을 바로잡았다. "이미 너무 오래 이야기를 나누었구나. 계속 너와 이렇게 가까운 곳에 있다면 누군가 눈치챌지 모른다. 더 말할 것이 있느냐? 물을 것이라든지? 빨리 말해라, 딸아."

"**칼란도어**가 무엇입니까, 어머니?" 나이니브가 물었다.

이번에 정신이 빠진 사람은 아멀린 권좌였다. 그녀는 반쯤 나이니브를 돌아보았다가 휙 돌아섰다. "놈들이 그걸 갖게 놔두어서는 안 된다." 아멀린 권좌의 속삭임은 자기만 들으려 한 것처럼 거의 들리지 않았다. "놈들이 그걸 가져갈 수는 없어. 하지만……." 아멀린 권좌는 심호흡했다. 조용한 단어들은 두 걸음만 떨어진 사람에게도 들리지 않겠지만 나이니브에게는 똑똑히 들릴 만큼 선명했다. "화이트 타워에 **칼란도어**의 정체를 아는 여자는 열두 명밖에 되지 않는다. 화이트 타워가 아닌 곳에도 그 정도밖에 없을 거야. 티어의 대공들은 알고 있지만, 그들은 땅의 군주가 옹립되어 그에게 말해 줄 때를 제외하고는 절대 **칼란도어**에 대해 말하지 않는다. 만질 수 없는 칼은 **사앙그리알**이다, 애야. 그보다 강한 **사앙그리알**은 단 두 개밖에 만들어지지 않았고, 빛에게 감사할 일이지만 그 둘 중 어느 것도 사용된 적이 없다. 아이야, **칼란도어**를 손에 넣으면 단 한 번의 타격으로 도시를 초토화할 수 있다. 흑색의 아자들이 **칼란도어**를 손에 넣지 못하게 하려다가 죽는다면─너와 에그웨인, 일레인 셋 모두가 죽는다 해도─온 세상을 위해 봉사하며 오히려 싼 값을 치른 셈이 될 거다."

"놈들이 어떻게 그걸 손에 넣을 수 있지요?" 나이니브가 물었다. "**칼란도어**에 손을 댈 수 있는 건 드래건의 환생뿐인 줄 알았는데요."

아멀린 권좌는 꼬치에 꿰어진 고기를 자를 수 있을 만큼 날카로운 곁눈질로 나이니브를 보았다. "놈들은 다른 걸 쫓는 중일지도 모른다." 잠시 후 그녀가 말했다. "그들은 이곳에서 **티어앙그리알**을 훔쳐 갔다. 티어의 바위에는 화이트 타워에 있는 것만큼 많은 **티어앙그리알**이 있지."

"저는 대공들이 일원력과 전혀 얽히고 싶어 하지 않는다고 생각했는데요." 나이니브가 못 믿겠다는 듯 속삭였다.

"아, 그들이 일원력을 싫어하는 건 사실이다, 아이야. 싫어하기도 하고 두려워하기도 하지. 채널링할 수 있는 티어 소녀를 발견하면, 그들은 하루가 다 가기도 전에 그 애를 배에 실어 타 발론으로 보낸다. 가족과 작별 인사를 할 시간도 거의 주지 않고 말이야." 아멀린 권좌의 속삭임은 그에 관한 기억으로 씁쓸하게 들렸다. "그러나 그들은 세상에 존재했던 것 중 가장 강력한 일원력의 초점을 보유하고 있지. 그 소중한 티어의 바위 안에 말이야. 내 생각에는 그들이 오랜 세월 그토록 많은 **티어앙그리알**을─사실상 일원력과 관계된 모든 것을—수집한 이유가 바로 그래서일 거다. 그렇게 하면 스스로 제거할 수 없는 것, 칼의 심장에 들어갈 때마다 그들의 파멸을 떠올리게 하는 것의 존재를 줄일 수 있다고 착각하는 거야. 백 개의 군대를 무너뜨린 그들의 요새는 드래건의 환생이 나타났다는 징표로서 무너지게 될 것이다. 그게 유일한 징표도 아니야. 그냥 한 가지 징표일 뿐이지. 그게 티어 사람들의 자긍심 높은 마음에 얼마나 사무치겠느냐? 티어의 몰락은 세상의 변화를 나타내는 거대한 징표 축에도 들지 못할 것이다. 그렇다고 칼의 심장 바깥에 머물며 그 존재를 무시할 수도 없지. 칼의 심장은 땅의 군주가 대공으로 승격되는 곳이자 그들이 **칼란도어**를 지킴으로써 드래건에 대항해 온 세상을 지킨다고 주장하며 4년에 한 번씩 소위 수호의 의식이라 부르는 의식을 수행해야 하는 곳이니. 그 사실이 살아 있는 수많은 강꼬치고기처럼 그들의 영혼을 물어뜯을 게 틀림없다. 그래도 싸지." 아멀린 권좌는 생각 이상으로 많은 말을 했다는 걸 깨달은 듯 고개를 저었다. "그게 전부냐, 아이야?"

"예, 어머니." 나이니브가 말했다. **빛을 걸고, 항상 랜드 이야기로 돌아오잖아? 항상 드래건의 환생 이야기로 되돌아와.** 지금도 랜드를 그런 방식으로 생각하려면 노력을 기울여야 했다. "그게 전부입니다."

아멀린 권좌는 다시 스툴을 바로잡고, 인상을 쓰며 주방에서 벌어지는 정신없는 소동을 바라보았다. "저걸 바로잡아야겠구나. 너와 지체 없이 이야기해야 했지만, 라라스는 좋은 여자다. 주방도, 식료품 저장실도 잘 관리하지."

나이니브는 코웃음을 치며 꼬치 손잡이를 잡은 자기 손을 향해 말했다. "라라스는 상한 라드 덩어리입니다. 그놈의 국자를 지나치게 잘 쓰고요." 나이니브는 이 말을 소리 죽여 했다고 생각했으나 아멀린 권좌가 비꼬듯 킬킬대는 소리를 들었다.

"사람을 잘 보는구나, 아이야. 너희 마을의 현자로서도 잘 해냈을 것이다. 시리암에게 찾아가, 너희 셋에게 그토록 더럽고 힘든 일만 시켜야 하느냐고, 좀 가벼운 일로 바꿔 주면 안 되느냐고 물은 사람이 라라스였다. 라라스는 내가 뭐라고 말하든 그 누구의 건강이나 정신에 해로운 일에도 동참하지 않겠다고 했어. 사람을 참 잘 보는구나, 아이야.”

그때 라라스가 주방 문으로 들어왔다. 자기 영역에 들어오는 데도 망설이는 것 같았다. 아멀린 권좌가 그녀를 마중하러 갔다. 찡그린 표정과 노려보는 시선이 미소로 바뀌어 있었다.

“내가 보기엔 아무 문제가 없구나, 라라스.” 아멀린 권좌의 말은 주방 모든 사람이 들을 수 있을 만큼 컸다. “잘못된 건 전혀 보이지 않아. 모든 것이 바람직하게 돌아가고 있다. 너를 칭찬해야겠구나. 주방의 여주인을 공식 직함으로 만들어야겠다.”

땅딸한 여자의 얼굴이 떨리며 불안한 표정에서 놀란 표정으로, 기쁨에 활짝 피어난 미소로 바뀌었다. 아멀린 권좌가 주방에서 휙 나갔을 때쯤 라라스는 온통 미소 짓고 있었다. 하지만 떠나가는 아멀린 권좌의 등에서 일꾼들에게로 시선을 돌렸을 때는 찡그린 표정이 돌아왔다. 주방이 펄쩍 뛰며 다시 움직이는 것처럼 보였다. 라라스의 매서운 시선이 나이니브에게 닿았다.

나이니브는 다시 꼬치를 돌리며 덩치 큰 여자에게 미소 지으려 노력했다.

라라스의 찡그린 인상이 더욱 깊어졌다. 그녀는 허벅지를 숟가락으로 두드려 댔다. 한 번쯤은 그 숟가락이 원래 용도로 쓰였다는 걸 잊은 듯했다. 그 바람에 라라스의 흰 앞치마에 수프 자국이 남았다.

그러다 죽더라도 라라스한테 미소를 지어 줄 거야. 나이니브는 생각했다. 그러느라 이를 악물어야 하긴 했지만 말이다.

에그웨인과 일레인이 나타났다. 그들은 얼굴을 뒤틀며 소매로 입을 문지르고 있었다. 라라스의 시선을 의식한 그들이 꼬치 굽는 곳으로 달려와 다시 일을 시작했다.

“비누는,” 일레인이 탁한 목소리로 말했다. “맛이 끔찍해!”

에그웨인은 구운 고기 위의 육즙받이에서 기름을 긁어내며 몸을 떨었다. “나이니브, 아멀린 권좌가 우리한테 여기 남아 있으라고 했다면 난 비명을 지를 거야. 진짜로 도망칠지도 몰라.”

“설거지가 끝난 뒤에 떠나자.” 나이니브가 그들에게 말했다. “각자의 방에서 소지품을 챙겨 오는 대로 말이야." 그녀는 둘의 눈에서 빛나는 기대감을 자기도 공유할 수 있으면 좋겠다고 생각했다. **빛이여, 저희를 빠져나올 수 없는 덫으로 걸어 들어가게 하지 마소서. 기도하나이다.**

30장 첫 번째 투척

나이니브 일행이 떠난 뒤로 맷은 하루 대부분을 자기 방에서 보냈다. 단한 번 짧은 외출을 했을 뿐이다. 그는 계획을 세웠다. 그리고 음식을 먹었다. 시중드는 여자들이 가져다준 거의 모든 것을 먹고, 더 많이 달라고 했다. 여자들은 그야말로 기쁘게 맷의 말에 따랐다. 맷이 부탁한 건 빵과 치즈와 과일이었다. 그는 겨울이라 쪼글쪼글해진 사과와 배, 치즈 조각과 빵 덩어리를 옷장 안에 쌓아 두고 여자들이 가져가도록 빈 쟁반을 내놓았다.

정오에는 아이즈 세다이의 방문을 견뎌야 했다. 맷이 기억하기로 그 여자의 이름은 아나이야인 것 같았다. 그녀는 맷의 머리에 두 손을 얹고 차가운 한기를 흘려 넣었다. 맷은 그게 단순한 아이즈 세다이의 손길이 아니라 일원력이라고 생각했다. 아나이야는 두 뺨이 매끄럽고 아이즈 세다이 특유의 평온한 분위기를 풍기긴 했지만 평범한 여자였다.

"훨씬 나아진 것 같구나." 아나이냐는 미소 지으며 말했다. 그녀의 미소에 맷은 어머니가 떠올렸다. "내가 듣기로는 예상보다 훨씬 더 배고파한다던데, 상태는 나아졌어. 네가 식료품 저장고에 있는 음식을 전부 다 먹어 치우려 든다는 얘기를 들었다. 너한테 필요한 음식은 반드시 다 주겠다고 했던 말을 믿으렴. 네가 완전히 회복하기 전에는 한 끼라도 건너뛰게 놔두지 않을 테니 걱정할 필요 없다."

맷은 어머니가 자기 말을 믿었으면 하는 생각이 유독 강하게 들 때 어머니한테 지어 보이는 미소를 지었다. "알아요. 그리고 실제로 나아졌어요. 오늘 오후에는 도시를 좀 구경할 수 있겠다는 생각이 들었어요. 물론, 당신이 반대하지 않으신다면요. 밤에 잠깐 여관에 들른다든지요. 기분을 나아지게 하는 데는 여관 휴게실에서 밤새 수다를 떠는 것만 한 일이 없거든요."

맷은 아나이야가 더 큰 미소를 지으려고 입술을 움찔거린다고 생각했다. "아무도 널 막지 않을 거다, 맷. 하지만 도시를 떠나려 하지는 말거라. 그래 봐야 경비병들이 화를 낼 뿐이야. 너는 호위를 받으며 이리로 돌아오게 될 뿐이고."

"그런 짓은 안 할게요, 아이즈 세다이. 내가 여기를 떠났다간 며칠 안에 굶어 죽을 거라고 아멀린 권좌께서 말씀하셨는걸요."

아나이야는 맷의 말을 한마디도 믿지 않는다는 듯 고개를 끄덕였다. "그렇겠지." 맷에게서 돌아선 그녀의 시선이 그가 훈련장에서 가져온 곤봉에 머물렀다. 곤봉은 방 한구석에 기대어져 있었다. "우리한테서 너 자신을 지킬 필요는 없다, 맷. 여기도 다른 모든 곳만큼 안전하단다. 더 안전할 게 거의 확실하지."

"아아, 그건 알아요, 아이즈 세다이. 당연히 알죠." 아나이야가 떠난 뒤 맷은 문을 보며 인상을 찡그렸다. 과연 아나이야가 자신의 말을 한 가지라도 믿을지 의문이었다.

오후보다는 저녁에 가까워졌을 때 맷은 마지막이기를 바라며 방을 나섰다. 하늘이 보라색으로 변해 가고 있었고 지는 태양이 서쪽의 구름을 붉은 색조로 칠했다. 몸에 망토를 둘렀다. 앞서 탐색을 하다가 찾은, 빼돌린 빵과 치즈와 과일을 넣어 불룩해진 커다란 가죽 전대를 어깨에 늘어뜨린 채 거울을 한 번 보니 그의 의도를 숨길 방법은 없을 듯했다. 맷은 나머지 옷을 침대에서 벗겨낸 이불로 둘둘 말아 그것도 어깨에 둘렀다. 곤봉이 지팡이 역할을 했다. 그는 아무것도 남겨 두지 않았다. 코트 주머니에는 크기가 작은 소지품이 전부 들어 있었고 허리띠 주머니에는 가장 중요한 물건이 들어 있었다. 아멀린 권좌의 서류. 일레인의 편지. 주사위 컵.

맷은 화이트 타워에서 나가며 아이즈 세다이를 보았고, 그중 몇 명은 맷을 알아보았다. 다만 대부분은 눈썹만 치켜올렸다. 아무도 그에게 말을 걸지 않았다. 아나이야도 마찬가지였다. 그녀는 재미있다는 듯 맷에게 미소 지어 보이더니 애석한 것처럼 고개를 저었다. 맷은 대답 대신 어깨를 으쓱하며 최대한 죄책감 어린 미소를 지어 보였고, 아나이야는 계속 고개를 저으며 조용히 갈 길을 갔다. 화이트 타워의 경비병들은 맷을 보기만 했다.

맷은 커다란 광장을 가로질러 도시의 거리에 접어든 뒤에야 솟구치는 안도감을, 동시에 승리감을 느꼈다. **하려는 일을 숨길 수 없다면, 모두가 바보라고 생각할 만한 방식으로 해. 그러면 사람들은 내가 땅에 얼굴을 처박고 넘어지는 꼴을 보려고 기다리며 멀뚱멀뚱 서 있을 테니까. 저 아이즈 세다이들은 경비병들이 나를 데리고 돌아오기를 기다리겠지. 아침이 되어도 내가 돌아오지 않으면 수색을 시작할 테고. 처음에는 그렇게까지 미친 듯이 찾지 않을 거야. 내가 도시 어딘가에 숨은 게 틀림없다고 생각할 테니까. 그게 아니라는 걸 사람들이 깨달을 때쯤 나라는 토끼는 사냥개들을 피해 하류 멀리 떠나 있을걸.**

맷은 기억하기로는 몇 년 만에 처음으로 가벼운 마음을 안고 〈다시 국경을 넘었다네〉를 흥얼거리며 항구로 향했다. 그곳의 배들은 에리닌강을 타고 티어를 향해 내려가며 그 사이의 모든 강변 마을에도 들를 터였다. 물론, 맷은 그렇게까지 멀리 가지 않을 것이다. 맷은 아린길에서 다시 뭍에 올라 케임린까지 이동할 생각이었다. 아린길은 강을 겨우 반쯤 내려간 곳에 있었다.

네 빌어먹을 편지는 배달해 줄게. 맹랑하기도 하지. 내가 배달해 주겠다고 말해 놓고 약속을 지키지 않을 거라고 생각하다니. 죽는 한이 있어도 이 빌어먹을 걸 배달해 주겠어.

땅거미가 타 발론을 뒤덮기 시작했다. 그러나 환상적인 건물과 90미터 넘는 곳에서 허공을 가로지르는 높은 다리로 연결된 특이한 형태의 탑들에 우아함을 더해 줄 빛은 아직 남아 있었다. 사람들이 지금도 거리를 가득 메우고 있었다. 무척이나 다양한 옷을 입고 있는 사람들로 인해, 맷은 모든 나라 사람이 이곳에 있는 게 틀림없다고 생각했다. 가로등지기들이 대로를 따라 짝을 지어 다니며 사다리를 사용해 높다란 막대 위의 등불에 불을 켰다. 하지만 맷이 찾는 타 발론의 구역에서 빛이라고는 창문에서 나오는 빛뿐이었다.

타 발론의 위대한 건물과 탑은 오기어가 지은 것이었지만, 비교적 새로운 다른 부분들은 인간의 손길 아래 자라났다. 비교적 새롭다는 건, 어떤 경우에는 2천년쯤 됐다는 뜻이었다. 아래쪽 남항 근처에서는 인간의 손이 오기어의 환상적인 작품을 복제하지는 못하더라도 그에 필적해 보려는 노력을 기울였다. 선원들로 흥청거리는 여관에는 궁전에 써도 족할 돌 세공이 들어 갔다. 틈새의 조각상과 지붕 위의 돔, 정교하게 새겨진 처마 돌림띠와 복잡하게 조각된 프리즈 모두가 잡화상의 가게와 상인의 집 들을 장식했다. 이곳에는 거리를 가로지르는 다리도 있었다. 다만 거리는 커다란 판석이 아니라 자갈로 포장되어 있었고 많은 다리는 돌이 아니라 나무로 만들어져 있었다. 어떤 다리는 연결하고 있는 두 건물의 2층 높이밖에 안 될 정도로 낮았고, 4층 이상의 다리는 하나도 없었다.

어두운 거리는 타 발론의 여느 거리만큼이나 생기로 웅성댔다. 배에서 내린 상인들과 그 배로 싣고 온 물건을 사들인 사람들, 에리닌강을 여행한 사람들과 그곳에서 일하는 사람들 모두가 선술집과 여관 휴게실을 가득 채웠다. 정당한 수단으로든 수상한 방법으로든 그런 사람들이 가지고 다니는 돈을 노리는 사람들이 그들과 함께했다. 떠들썩한 음악이 비테른과 플루트, 하프와 망치로 두드리는 덜시머로 연주되어 거리를 가득 메웠다. 맷이 처음 들어간 여관에서는 주사위 게임 세 가지가 진행 중이었다. 남자들이 휴게실 벽 근처에 둥글게 모여서 웅크리고 이겼다고, 졌다고 소리치고 있었다.

맷은 한 시간 정도만, 지갑에 동전 몇 개를 더할 정도로만 도박을 하다가 배를 찾을 생각이었으나 이기고 말았다. 맷이 기억하는 한 그는 언제나 지기보다는 이겼다. 휴린과 게임을 할 때도, 샤이나에서도 여섯 번이나 여덟 번쯤 주사위를 던져 내리 이긴 적이 더러 있었다. 오늘 밤에는 주사위를 던질 때마다 이겼다. 던질 때마다.

몇몇 남자들의 시선을 보니 그의 주사위를 주머니에서 꺼내지 않은 게 다행이었다. 그들의 시선에 맷은 그만 이동하기로 했다. 맷은 놀랍게도 지금 그의 지갑에 거의 30마르크의 은화가 들어 있다는 걸 깨달았다. 하지만 그 돈을 한 사람에게서 딴 게 아니었으므로, 그가 떠나는 걸 아쉬워할 사람은 없었다.

검은 피부에 머리가 잔 곱슬머리인 선원 한 명만이 예외였다. 어떤 사람은 그가 바다 민족이라고 했다. 맷으로서는 아사안 미에레가 바다와 이렇게 먼 곳에서 뭘 하는 건지 알 수 없었지만 말이다. 그 선원은 어두워진 거리로 맷을 따라오며 자신이 잃은 돈을 딸 기회를 달라고 우겼다. 맷은 부두로 가고 싶었지만—은화 30마르크면 충분하고도 남았다—선원이 계속 우겨댔다. 맷은 한 시간의 절반밖에 쓰지 않았으므로 결국 양보했다. 그렇게 그는 선원과 함께 길을 걷다가 선술집에 들어섰다.

맷은 다시 이겼다. 꼭 열병에 사로잡힌 것만 같았다. 주사위를 던질 때마다 이겼다. 그는 선술집에서 여관으로, 다시 선술집으로 갈 때마다 그가 딴 돈의 액수를 보고 화내는 사람이 없도록 오래 머물지 않고 떠났다. 그런데도 주사위를 던질 때마다 이겼다. 그는 환전상에 가서 은화를 금화로 바꾸었다. 주사위 게임으로는 '크라운'과 '파이브', '아가씨의 폐허' 등을 했다. 주사위 다섯 개, 네 개, 세 개, 심지어 두 개만 가지고도 게임을 했다. 둥글게 앉은 사람들 사이에 쪼그리고 앉거나 탁자에 앉기 전에는 알지도 못했던 게임을 했다. 그래도 이겼다. 그 밤의 어느 시점에, 검은 선원이—그는 자기 이름이 라압이라고 했다—지친 몸을 이끌고 비틀거리며 떠났지만, 지갑은 가득했다. 그가 자신의 돈을 맷에게 걸었기 때문이었다. 맷은 다른 환전상을 찾아갔다. 아마 두 명 더 찾아갔을 것이다. 열기 때문에 과거에 대한 기억이 흐려지듯 머릿속이 흐려졌다. 그런 다음 또 다른 게임을 하러 갔다. 그리고 또 이겼다.

그렇게 얼마나 시간이 지났는지도 알 수 없었을 때, 맷은 자기도 모르게 타박 연기로 가득한 선술집에서—이름이 '트레멀킹의 결합'인 듯했다—왕관이 깊이 새겨진 주사위 다섯 개를 내려다보고 있었다. 이곳의 손님 대부분은 오직 술을 마시는 데만 관심이 있는 것 같았다. 주사위 달그락거리는 소리와 먼 구석에서 벌어진 다른 게임의 다른 도박꾼들의 고함이, 덜시머로 연주하는 빠른 곡조에 맞춰 노래를 부르는 여자 목소리에 거의 파묻혔다.

갈색 눈의 소녀와 춤을 추어야지, 아니면 녹색 눈의 소녀와. 눈 색깔이 어떻든 소녀와 춤을 추어야지. 하지만 당신 눈이 가장 예쁘다네. 갈색 머리의 소녀와 입 맞추어야지. 아니면 금발 머리의 소녀와. 머리 색깔이 어떻든 소녀와 입 맞추어야지. 하지만 내가 안고 싶은 건 당신이라네.

가수는 이 노래에 〈그 남자가 내게 한 말〉이라는 제목을 붙였다. 맷은 그 노래를 〈나랑 춤출래요?〉라는 제목의 다른 가사가 붙은 노래로 기억하고 있었다. 하지만 그 순간 맷이 생각할 수 있는 건 주사위뿐이었다.

"다시 왕이라니." 맷과 함께 쪼그리고 앉아 있던 한 남자가 투덜거렸다. 맷이 주사위를 던져 왕이 나온 게 연달아 다섯 번째였다.

맷은 금화 1마르크짜리 내기에서 이겼다. 이번에는 그가 가진 안도어의 마르크가 상대방이 가진 일리안의 동전보다도 무겁다는 것에 신경조차 쓰이지 않았다. 그는 주사위를 가죽으로 만들어진 컵에 담아 넣고 세게 흔든 뒤 다시 바닥에 던졌다. 왕관 다섯 개. **빚을 걸고, 이럴 리가 없어. 여섯 번 연달아서 왕이 나온 사람은 아무도 없다고. 아무도.**

"어둠의 존재만큼 운이 좋군." 다른 남자가 투덜거렸다. 그는 덩치 큰 남자로, 검은 머리카락을 검은색 리본으로 목덜미에 묶어 놓고 있었다. 어깨가 굵었고 얼굴에는 흉터가 나 있었으며 코는 한 번 이상 부러진 흔적이 있었다.

맷은 자기가 움직인다는 것도 의식하지 못한 채 덩치 큰 남자의 멱살을 쥐고 일으켜 세워 벽에 쾅 떠밀었다. "그딴 말 하지 마!" 맷이 으르렁거렸다. "절대 그딴 말은 하지 말라고!" 남자는 놀라서 맷을 내려다보며 눈을 깜빡였다. 그는 맷보다 머리 하나가 더 컸다.

"그냥 하는 말이잖아." 등 뒤에서 누군가가 중얼거렸다. "빛을 걸고, 그냥 있는 말이라고."

맷은 흉터 남자의 코트를 놓아주고 물러섰다. "난…… 나는……. 난 사람들이 나에 대해 그런 얘기를 하는 걸 싫어해. 난 어둠의 친구가 아니니까!" **태워 죽일, 어둠의 존재의 행운이라니, 안 돼. 그것만은 안 돼! 아, 빛이여. 그 빌어먹을 단검이 정말로 제게 무슨 짓을 한 건가요?**

"너한테 어둠의 친구라고 한 사람은 아무도 없어." 코가 부러진 남자가 투덜거렸다. 그는 놀란 마음이 가시고 화를 내야 할지 생각하는 듯했다.

맷은 등 뒤에 쌓아 두었던 소지품을 챙겨 선술집에서 나왔다. 동전은 있던 자리에 그대로 놔두었다. 덩치 큰 남자가 무서워서 그런 게 아니었다. 맷은 그 남자도, 돈도 잊어버렸다. 밖에, 공기가 맑은 곳에, 생각할 수 있는 곳에 나오는 것 말고는 아무것도 바라지 않았다.

그는 선술집 벽에 기대 시원한 바람을 들이쉬었다. 남항의 어두운 거리는 지금 완전히 비어 있었다. 음악과 웃음이 여전히 여관과 선술집 들에서 흘러나왔지만, 어둠을 헤치고 걸어가는 사람은 거의 없었다. 맷은 두 손으로 곤봉을 몸 앞에 똑바로 세워 짚고 머리를 숙여 주먹에 대며 모든 면에서 이 수수께끼를 생각해 보았다.

맷은 자신이 운이 좋다는 걸 알고 있었다. 그의 기억으로는 언제나 운이 좋았다. 하지만 어째서인지 에먼즈 필드에서는 그곳을 떠난 이후만큼은 운이 좋지 않았던 것 같았다. 물론, 맷은 온갖 일을 저지르고도 빠져나갔다. 하지만 성공할 게 확실하다고 믿었던 장난을 치다가 잡힌 기억도 났다. 어머니는 언제나 맷이 뭔가 꾸미고 있다는 걸 아는 듯했고 나이니브는 맷이 무슨 변명을 대든 간파할 수 있는 것 같았다. 하지만 맷의 운이 좋아진 건 투 리버스를 떠난 이후부터가 아니었다. 행운은 그가 샤다 로고스에서 단검을 가져온 뒤에 찾아왔다. 맷은 고향에서 한 남자와 주사위 놀이를 했던 게 기억났다. 베얼론에서 타박을 사겠다고 내려온 상인의 부하로, 눈매가 날카롭고 깡마른 남자였다. 맷이 그 남자에게 은화 1마르크와 4펜스를 빚졌다는 걸 안 아버지가 매질을 했던 것도 기억났다.

"하지만 난 그 빌어먹을 단검한테서 풀려났어." 맷이 중얼거렸다. "그 빌어먹을 아이즈 세다이가 그렇다고 했다고." 맷은 오늘 밤 돈을 얼마나 딴 건지 궁금했다.

코트 주머니를 뒤져 보니 주화가 잔뜩 들어 있었다. 크라운과 마르크, 은화와 금화가 모두 근처 창문에서 나온 빛으로 반짝반짝 빛났다. 이제 보니 맷에게는 지갑 두 개가 있는 듯했다. 둘 다 뚱뚱한 지갑이었고. 끈을 풀어 보니 더 많은 금화가 들어 있었다. 그보다 더 많은 금화가 허리띠 주머니 안에, 주사위 컵 사이와 주변, 그 위에도 꽉꽉 채워져 있었다. 그 바람에 일레인의 편지와 아멀린의 서류가 구겨져 있었다. 맷은 미소가 예쁘거나 눈이 예쁘거나 발목이 예쁘다는 이유로, 또 은화 몇 펜스는 굳이 보관할 가치가 없다는 이유로 그것을 종업원 여자들에게 던져준 기억이 났다.

보관할 가치가 없다고? 아마 그렇겠지. 빚을 걸고, 난 부자야! 빌어먹을 부자라고! 아이즈 세다이가 한 짓 때문일지도 몰라. 나를 치유하다가 무슨 짓을 한 거야. 아마 실수였겠지. 그럴 수 있겠다. 다른 경우보다는 그게 낫지. 빌어먹을 아이즈 세다이가 나한테 이런 짓을 한 게 틀림없어.

덩치 큰 남자가 선술집에서 나왔다. 문이 세차게 휙 닫혀, 그의 얼굴을 비추었을지도 모르는 빛을 차단했다.

맷은 벽에 등을 바짝 대고 지갑을 다시 코트에 쑤셔 넣은 뒤 곤봉을 꽉 잡았다. 오늘 밤의 행운이 어디에서 온 건지는 몰라도 노상강도에게 그 금화 전부를 잃을 생각은 없었다.

남자가 고개 돌려 맷을 쳐다보더니 깜짝 놀랐다. "바, 밤공기가 쌀쌀하네." 그가 취해서 말했다. 그가 비틀거리며 다가오자 맷은 남자의 덩치 대부분이 지방이라는 걸 알 수 있었다. "나는…… 나는……." 뚱뚱한 남자는 비틀거리며 거리로 나서더니 말이 되지 않는 소리를 혼자 지껄여 댔다.

"멍청이!" 맷이 중얼거렸다. 하지만 뚱뚱한 남자에게 한 말인지, 자기 자신에게 한 말인지는 확실하지 않았다. "여기서 나갈 배를 찾을 시간이야." 맷은 눈을 가늘게 뜨고 검은 하늘을 바라보며 새벽이 올 때까지 시간이 얼마나 남았는지 추측해 보았다. 아마 두세 시간일 것 같았다. "예상보다 늦었네." 배에서 꼬르륵 소리가 났다. 맷은 몇몇 여관에서 식사했던 게 어렴풋이 기억났지만 뭘 먹었는지는 생각나지 않았다. 그때는 주사위 게임의 열기로 정신이 없었다. 전대에 손을 넣어 보았지만 빵 부스러기밖에 없었다. "시간이 한참 지났어. 누군가 와서 나를 집어 갔다고 해도 믿겠다." 맷은 벽을 짚고 일어서 부두로 걸어가기 시작했다. 거기에 배가 있을 터였다.

처음에 맷은 등 뒤에서 들려오는 희미한 소리가 자갈길에 닿는 자신의 장화 소리인 줄 알았다. 그런 뒤에는 누군가가 그를 따라오고 있다는 걸 깨달았다. 그것도 은밀하게. **뭐, 노상강도겠지. 확실해.**

맷은 곤봉을 들어 올리며, 짧게나마 돌아서서 놈과 대적해 볼 생각을 했다. 하지만 주위가 어두웠고 자갈길을 디딘 발걸음은 안정적이지 않았다. 게다가 놈들이 몇 명이나 될지 알 수 없었다. **가윈과 갈라드를 상대로 잘 싸웠다고 해서 내가 이야기에 나오는 빌어먹을 영웅이 된 건 아니야.**

맷은 비교적 좁고 구불구불한 길가로 방향을 튼 다음 까치발을 드는 동시에 빠르게 움직이려 애썼다. 이곳의 모든 창문은 어두웠고, 대체로 덧문이 달려 있었다. 맷이 거의 골목 끝에 이르렀을 때 저편에 어떤 움직임이 보였다. 남자 두 명이 교차로에서 옆길을 들여다보고 있었다. 등 뒤에서도 느린 발소리가, 장화의 가죽이 돌에 스치는 나직한 소리가 들려왔다.

맷은 순간적으로 몸을 숙이며 한 건물이 다른 건물보다 멀리 튀어나온 어두운 구석으로 들어갔다. 그게 이 순간 할 수 있는 최선의 행동 같았다. 그는 초조하게 곤봉을 쥐고 기다렸다.

한 남자가 맷이 걸어온 길 뒤쪽에서 나타났다. 그는 자세를 낮게 웅크리고 한 번에 천천히 한 발씩 나아갔다. 그런 뒤 또 한 남자가 나타났다. 둘 다 손에 칼을 들고서 사냥감을 쫓듯 움직였다.

맷은 긴장했다. 만일 그들이 구석의 어두운 그림자 속에 숨어 있는 맷을 알아보지 못한 채로 몇 발짝만 더 다가온다면 맷이 기습할 수 있었다. 맷은 배 속이 그만 떨려오기를 바랐다. 저 칼은 연습용 검에 비해 훨씬 짧았지만 나무가 아니라 강철로 만들어져 있었다.

남자들 중 한 명이 눈을 가늘게 뜨고 좁은 거리 저쪽 끝을 보더니 갑자기 허리를 펴며 소리쳤다. "그럼, 네 쪽으로는 오지 않은 거야?"

"난 그림자밖에 못 봤어." 대답이 들려왔다. 사투리가 심했다. "난 빠지고 싶어. 오늘 밤에는 이상한 것들이 돌아다닌다고."

맷과 네 걸음도 떨어지지 않은 곳에서 두 남자가 시선을 주고받은 뒤 칼을 집어넣고 왔던 방향으로 종종걸음 쳐서 돌아갔다.

맷은 길게, 천천히 숨을 내쉬었다. **운이 좋았어. 태워 죽일, 주사위에만 운이 따르는 게 아니네.**

거리 입구에 있던 남자들은 더 이상 보이지 않았지만, 그들이 지금도 다음 골목 어딘가에 있으리라는 걸 맷은 알았다. 반대쪽, 맷의 등 뒤에도 더 많은 남자들이 있었다.

맷이 기대 웅크리고 있던 건물 중 하나는 겨우 1층 높이였으며 지붕도 충분히 평평해 보였다. 게다가 커다란 포도 잎사귀 조각이 들어간 흰 석재 프리즈가 두 건물의 결합부를 따라 이어져 있었다.

맷은 한쪽 끝이 지붕 끄트머리에 걸쳐지도록 곤봉을 들어 올린 뒤 세게 떠밀었다. 곤봉은 쾅 소리를 내며 지붕 타일에 떨어졌다. 맷은 누가 그 소리를 들었는지 보느라 기다리는 대신 허둥지둥 프리즈를 기어올랐다. 커다란 잎사귀가 장화를 신은 사람에게도 쉽게 발 디딜 자리를 내주었다. 몇 초 만에 곤봉을 되찾고 지붕을 가로질러 걸었다. 자신의 발걸음에 운이 따르리라 믿었다.

그렇게 맷은 세 차례 기어올랐다. 그럴 때마다 한 층씩 높이가 높아졌다. 이번 층에서는 살짝 기울어진 타일 지붕이 어느 정도 이어졌다. 이 높이에서는 바람도 불었다. 한기로 목뒤털이 삐죽 섰다. 누군가가 따라오는 것 같다는 생각이 들었다. **그만해, 바보야! 지금쯤 그 사람들은 세 골목은 떨어져 있을 거야. 지갑이 두둑한 다른 사람을 찾고 있겠지. 놈들에게 불운이 따르길.**

장화가 타일에 미끄러졌다. 맷은 길거리로 다시 내려가는 게 좋을지 모르겠다고 생각했다. 그는 조심스레 지붕 가장자리로 움직여 아래를 보았다. 아래쪽으로 12미터 이상 떨어진 곳에 텅 빈 거리가 있었다. 선술집 세 곳과 여관 한 곳이 자갈길 거리로 빛과 음악을 흘렸다. 하지만 오른쪽에는 맷이 있는 건물 꼭대기 층에서 반대편으로 이어지는 돌다리가 있었다.

다리는 끔찍할 정도로 좁아 보였고 선술집의 불빛이 닿지 않은 어둠 속으로 호선을 그리며 이어졌다. 단단한 자갈길이 한참 아래에 있었다. 맷은 곤봉을 아래로 던진 다음 자신에게 너무 많은 생각을 할 겨를을 주지 않고 곤봉의 뒤를 따랐다. 장화가 다리에 쿵 내려앉았다. 맷은 나무에서 떨어진 소년처럼 몸이 굴러가게 놔두었다. 그는 허리 높이까지 올라오는 난간에 부딪혔다.

"나쁜 짓을 하다 보면 언젠가는 대가를 치른다더니." 그는 일어나 곤봉을 집어 들며 자신을 타일렀다.

다리 반대쪽 끝의 창문은 덧문이 꽉 닫혀 있었으며 빛이 전혀 새어나오지 않았다. 누군지는 모르지만 그곳에 사는 사람이 한밤중에 나타난 낯선 사람을 반길 것 같지는 않았다. 돌에 새겨진 조각이 아주 많이 보였지만, 다리가 닿는 범위에는 손가락 하나 디딜 틈조차 없었다. 있다고 해도 어둠에 숨겨져 있었다. **낯선 사람이고 뭐고 들어가야겠어.**

난간에서 몸을 돌리던 맷은 문득 자신과 함께 다리 위에 올라서 있는 한 남자를 알아보았다. 손에 단검을 든 남자였다.

칼이 그의 목을 향해 날아드는 순간 맷이 그자의 손을 꽉 쥐었다. 간신히 그자의 손목을 손가락으로 움켜쥐었다. 둘 사이에 있던 곤봉이 맷의 다리에 꼬이는 바람에 맷은 발을 헛디뎌 뒤로 넘어지며 난간에 부딪혔다. 반쯤은 난간을 넘어갈 뻔하며 상대 남자를 자기 몸 위로 끌어올렸다. 맷은 허리를 난간에 대고 균형을 잡았다. 공격자의 드러난 치아가 코앞에 있었다. 그 상태로 맷은 시소처럼 움직였다. 머리 아래쪽의 기나긴 낙하 거리와 그의 목을 향해 조금씩 다가오며 희미한 달빛에 빛나는 칼날이 모두 신경 쓰였다. 남자의 손목을 잡은 손가락에 힘이 빠지기 시작했다. 다른 손은 둘의 몸 사이에 있는 곤봉에 끼어 있었다. 남자를 처음 본 이후로 겨우 몇 초가 흘렀는데, 몇 초만 더 있다가는 목에 칼이 박혀 죽게 생겼다.

"주사위를 굴릴 시간이야." 맷이 말했다. 맷은 상대방이 잠깐 혼란스러운 표정을 지었다고 생각했다. 맷에게는 그 잠깐이 전부였다. 맷은 두 다리를 들어 올리며 상대방과 함께 허공으로 몸을 날렸다.

길게만 느껴지는 한 순간, 맷은 체중이 없는 존재가 된 것 같았다. 공기가 휙 소리를 내며 귓가를 스치고 머리카락을 헝클어뜨렸다. 맷은 상대방이 비명을 지르는 소리, 혹은 비명을 지르려는 소리를 들은 것 같았다. 충격으로 허파에서 모든 공기가 빠져나갔다. 은색과 검은색이 뒤섞인 얼룩들이 흐릿해져 가는 시야 전체에서 일렁거렸다.

다시 숨을 쉴 수 있게 되었을 때—또한 다시 시야가 밝아졌을 때—맷은 그를 공격했던 남자의 몸 위에 올라와 있다는 걸 알아차렸다. 낙하의 충격이 상대방의 몸 덕분에 감소되었다. "운이 좋았네." 천천히 일어선 맷은 곤봉 때문에 갈빗대를 가로질러 생긴 멍 자국을 보며 욕을 했다.

맷은 상대방이 죽었으리라 생각했지만—다른 사람의 무게까지 얹힌 상태로 10미터를 낙하해 자갈길에 떨어지고도 살아남을 수 있는 사람은 많지 않았다—남자의 단검이 주인의 심장에 칼자루까지 박힌 모습을 보게 될 줄은 몰랐다. 맷을 죽이려 했다기에는 너무도 평범하게 생긴 남자였다. 맷은 붐비는 방에서라면 그를 알아보지 못했을 거라고 생각했다.

"넌 운이 나빴네." 맷이 떨면서 시체에게 말했다.

갑자기 방금 일어난 일 전부가 실감 났다. 구불구불한 거리에 나타난 노상강도. 지붕 위로 재빨리 올라간 일. 이 남자. 추락. 맷의 시선이 머리 위의 다리로 향했다. 발작적인 경련이 일어났다. **내가 미쳤었나 봐. 아무리 모험이라지만, 독수리눈 로고시도 이런 일을 원하진 않았을 거야.**

맷은 자신이 가슴에 단검이 박혀 죽은 남자를 내려다보고 서 있다는 걸 깨달았다. 누군가가 다가왔다가 가슴에 타 발론의 불꽃이 새겨진 도시 경비대를 소리쳐 부르며 도망치기만을 기다리는 셈이었다. 아멀린 권좌의 서류 덕에 벗어날 수는 있겠지만, 그러면 아멀린 권좌가 상황을 알게 될지 몰랐다. 서류를 빼앗긴 채 화이트 타워로 돌아가는 신세가 될 수 있었다. 심지어 화이트 타워 그라운드를 벗어날 수 없게 될지도 몰랐다.

맷은 바로 그 순간 부두로 가서, 오래된 생선으로 가득 찬 썩은 욕조라도 타고 최대한 빨리 떠나야 한다는 걸 알았다. 하지만 방금 일어난 일에 대한 반응으로 무릎이 너무 심하게 떨려 걷기가 힘들었다. 잠깐 자리에 앉고 싶었다. 잠깐만 무릎을 진정시킨 다음 부두로 가고 싶었다.

선술집이 더 가까웠지만 맷은 여관으로 향했다. 여관의 휴게실은 친근한 곳, 잠시 쉬면서도 누군가 몰래 등 뒤에 다가오지 않을까 걱정하지 않아도 되는 곳이었다. 창문에서 나온 빛으로 간판을 충분히 알아볼 수 있었다. 간판에 그려진 여자는 머리를 땋은 채 맷이 보기에는 올리브 가지처럼 보이는 것을 들고 있었다. '탄치코의 여인'이라는 글자가 보였다.

31장 탄치코의 여인

여관의 휴게실은 환하게 밝혀져 있었다. 너무 늦은 시간이라 자리는 4분의 1도 채 차지 않았다. 흰 앞치마를 입은 여자 종업원 몇 명이 맥주나 와인 잔을 들고 사람들 사이를 지나다녔다. 하프를 뜯고 튕기는 소리 아래로 낮게 웅얼거리는 대화가 이어졌다. 손님 중 몇몇은 잇새로 파이프를 꽉 물고 있었고, 그중 한 쌍은 돌판 위에 웅크리고 있었다. 배의 상급 선원들과 작은 가문에 소속된 소규모 상인처럼 보였다. 코트가 좋은 모직 천으로 깔끔하게 마름질되어 있었으나 그보다 부유한 사람들에게 있을 법한 금실이나 은실, 자수는 보이지 않았다. 이번만큼은 주사위를 던지는 달그락 소리가 들리지 않았다. 방의 양쪽 끝에 있는 긴 난로에서 불이 타올랐지만, 그 불이 없어도 이곳에서는 따뜻한 느낌이 났을 것이다.

하프 연주자가 탁자 위에 서서 하프 연주에 맞추어 〈마라와 세 명의 바보 왕〉을 읊고 있었다. 금과 은으로 만들어진 그의 악기는 궁전에서 쓰일 법했다. 맷이 아는 사람이었다. 맷의 목숨도 한 번 구해 준 사람.

하프 연주자는 어깨가 구부정하지만 않았어도 키가 커 보였을 호리호리한 남자로, 탁자를 디딘 발을 움직일 때는 다리를 절었다. 실내인 이곳에서도 망토를 걸치고 있었는데, 망토는 전체가 백 가지 색깔의 펄럭거리는 조각보로 뒤덮여 있었다. 그는 언제나 사람들에게 자신이 방랑 시인이라는 걸 알리고 싶어 했다. 긴 콧수염과 덥수룩한 눈썹은 숱 많은 백발이 그렇듯 눈처럼 희었고, 작품을 읊는 푸른 눈에는 슬픔이 어려 있었다. 그 사람의 존재만큼 그 표정도 예상 밖이었다. 맷이 아는 톰 머릴린은 절대 슬픔에 찬 남자가 아니었다.

맷은 탁자에 앉아 의자 옆 바닥에 소지품을 내려놓고 술 두 잔을 주문했다. 예쁘장하고 젊은 여자 종업원의 커다란 갈색 눈이 맷을 보며 반짝였다.

"두 잔이요, 손님? 그렇게 술을 잘 마시는 분으로 보이지는 않는데요." 그녀의 목소리에는 장난스러운 웃음기가 어려 있었다.

맷은 주머니를 조금 뒤적거린 뒤 은화 2페니를 꺼냈다. 와인 값보다 1페니가 더 많았지만, 종업원의 눈이 예뻐서 더 준 것이다. "친구가 올 거예요."

맷은 톰이 자신을 보았다는 걸 알고 있었다. 맷이 들어왔을 때 늙은 방랑 시인은 거의 이야기를 멈출 뻔했다. 그것도 새로운 일이었다. 톰이 티 날 만큼 놀라는 일이 거의 없었다. 맷이 아는 한, 트롤록들이 쳐들어오는 정도가 아니고서야 톰이 이야기를 하다가 멈추는 일은 없었다. 종업원이 와인과 동전 거스름돈을 가져오자 맷은 백랍 잔을 가만히 놔둔 채 이야기를 끝까지 들었다.

"'우리가 바람직하다고 말한 대로 됐소.' 마델 왕이 긴 턱수염에 꼬여 있던 물고기를 풀어내려 애쓰며 말했소." 톰의 목소리는 거의 평범한 휴게실이 아니라 커다란 강당 안에서 울리는 것처럼 들렸다. 그의 하프 소리가 세 왕의 마지막 바보짓을 연주했다. "'우리가 말한 대로 됐소.' 오랜더가 선언했소. 그는 진창에 두 발이 미끄러져 크게 첨벙거리며 주저앉았소. '우리가 그래야 한다고 말한 대로 됐소.' 카다르는 강에 팔꿈치까지 잠긴 채 왕관을 찾으며 말했소. '그 여자는 자신이 어디에서 말하는지도 모르고 있소. 그 여자가 바보요!' 마델과 오랜더가 큰 소리로 그의 말에 동의했소. 그 말을 끝으로 마라는 더 이상 참아줄 수 없었소. '난 저 사람들에게 분에 넘치는 기회를 줬어.' 그녀는 혼자 중얼거렸소. 처음 두 왕관과 함께 카다르의 왕관까지 가방에 슬쩍 집어넣은 마라는 다시 수레에 올라 암말에게 혀를 차며 곧장 마을로 돌아갔소. 마라가 히페 마을 사람들에게 있었던 일을 전부 말하자 그 사람들은 왕을 아예 두지 않기로 했지요." 톰은 왕의 바보짓을 다룬 주제곡을 한 번 더 연주했다. 이번에는 음악이 점점 커졌다. 그 소리가 웃음소리처럼 들렸다. 그런 뒤 그는 휙 허리를 숙여 인사하다가 탁자에서 떨어질 뻔했다.

다들 이 이야기를 여러 번 들었을 텐데도 웃으며 발을 구르고 한 곡을 더 청했다. 마라 이야기는 언제나 반응이 좋았다. 아마 왕들에게는 예외겠지만.

톰은 탁자에서 내려오다가 다시 넘어질 뻔했다. 맷이 앉아 있는 곳으로 다가오는 그의 걸음걸이는 다리가 뻣뻣해서 그렇다는 말로는 충분히 설명되지 않을 만큼 불안정했다. 그는 아무렇지 않게 탁자에 하프를 올려놓더니 두 번째 잔 앞의 의자에 털썩 주저앉아 맷을 무감정하게 바라보았다. 언제나 송곳처럼 날카로웠던 그의 시선은 초점을 잡는 데 어려움을 겪는 것처럼 보였다.

"일상어다." 톰이 투덜거렸다. 목소리는 여전히 깊었지만 더 이상 울리지 않는 것처럼 들렸다. "평어로 하면 백배는 낫고, 고급어로 하면 천 배는 나은데 사람들은 일상어를 원하지." 그는 한마디도 더 하지 않고 와인에 고개를 파묻었다.

맷의 기억이 맞는다면 톰은 연주를 끝내자마자 늘 하프를 단단한 가죽 통에 집어넣었다. 맷은 톰이 만취한 모습도 본 적이 없었다. 방랑 시인이 청중에 대해 불평하는 걸 들으니 안도감이 들었다. 톰은 한 번도 청중의 기준이 자신만큼 높다고 생각한 적이 없었다. 최소한 톰의 일부는 변하지 않은 듯했다.

종업원 여자가 돌아왔다. 그녀의 눈은 더 이상 반짝이지 않았다. "아, 톰." 그녀가 조용히 말하더니 맷을 돌아보았다. "손님이 기다리시는 친구가 이 사람인 줄 알았다면, 손님이 은화 100펜스를 주셨대도 와인을 가져다드리지 않았을 거예요."

"취해 있을 줄은 몰랐어요." 맷이 대꾸했다.

하지만 종업원은 다시 톰에게 관심을 돌리고 있었다. 목소리가 다시 부드러워졌다. "톰, 좀 쉬어야죠. 가만 놔두었다가는 사람들이 밤새도록, 낮에도 계속해서 이야기를 하게 할 거예요."

다른 여자가 톰의 반대편에서 나타나 머리 위로 앞치마를 들어 올렸다. 그녀는 첫 번째 종업원보다 나이가 많았으나 덜 예쁜 건 아니었다. 자매인지도 몰랐다. "톰, 난 언제나 그 이야기가 아름답다고 생각했어요. 당신이 아름답게 말해 주기도 하고요. 가요, 당신 침대를 덥힐 수 있도록 물통을 넣어 뒀어요. 케임린 왕궁에 대해 얘기해 줘요."

톰은 잔이 빈 것을 보고 놀란 듯 잔을 들여다보더니 숨을 훅 불어 긴 콧수염을 휘날리고 두 여자를 번갈아 보았다. "어여쁜 마다. 어여쁜 사알. 평생 사는 동안 날 사랑했던 여자는 단 두 명이라고 말했던가? 남자로서 그 이상을 바랄 수는 없지."

"그 얘기는 다 해 줬어요, 톰." 나이 든 여자가 슬프게 말했다. 어린 여자는 그게 전부 맷의 잘못이라는 듯 맷을 노려보았다.

"두 명이었어." 톰이 중얼거렸다. "무어게이즈는 성질이 더러웠지만, 난 그걸 무시할 수 있다고 생각했지. 그래서 결국은 무어게이즈가 날 죽이고 싶어 하게 됐소. 데나는 내가 죽였고. 죽인 거나 마찬가지지. 암. 내게는 두 번의 기회가 있었어. 대부분의 남자에게 주어지는 것보다 많은 기회였지. 그런데 내가 두 번의 기회를 모두 날린 거야."

"이 사람은 내가 챙길게요." 맷이 말했다. 이제는 마다와 사알이 둘 다 맷을 노려보고 있었다. 맷은 최선을 다해 미소를 지어 보였으나 통하지 않았다. 배 속에서 시끄럽게 꼬르륵 소리가 났다. "닭고기 굽는 냄새가 나는 것 같은데요? 세 마리나 네 마리쯤 가져다줘요." 두 여자가 눈을 깜빡이더니, 맷이 "당신도 뭘 좀 먹을래요, 톰?"이라고 덧붙이자 놀란 시선을 주고받았다.

"나는 이 훌륭한 안도어산 와인만 더 있으면 된다." 방랑 시인이 기대감에 차서 잔을 들어 올렸다.

"오늘 밤 당신에게 줄 와인은 더 이상 없어요, 톰." 톰이 가만히 있었다면 나이 든 여자가 그의 잔을 빼앗아 갔을 것이다.

첫 번째 여자의 말이 끝나기 무섭게 젊은 여자가 단호함과 간청이 뒤섞인 목소리로 말했다. "닭고기를 좀 줄게요, 톰. 아주 맛있어요."

방랑 시인이 뭔가 먹겠다고 할 때까지 둘 다 떠나지 않았다. 게다가 떠날 때 두 여자는 맷을 노려보는 동시에 코웃음을 쳤다. 맷으로서는 고개를 저을 수밖에 없었다. **태워 죽일, 내가 톰한테 술을 더 마시라고 부추긴 줄 알겠네! 여자들이란! 하지만 둘 다 눈이 예쁜걸.**

"랜드가 아저씨가 살아 있다고 했어요." 마다와 사알이 들리지 않는 곳으로 멀어지자 맷이 톰에게 말했다. "모레인은 예전부터 아저씨가 살아 있다고 했고요. 하지만 아저씨가 케예리엔에 있다고 했죠. 아마 티어로 갈 거라고."

"그럼 랜드는 아직 잘 지내는 거냐?" 톰의 눈이 거의 맷의 기억 속 모습처럼 날카로워졌다. "그럴 줄은 몰랐는데. 모레인이 아직 랜드랑 같이 있는 모양이지? 멋지게 생긴 여자야. 멋진 여자지, 아이즈 세다이만 아니었어도. 그런 여자와 얽히면 손가락에 화상을 입는 데서 끝나지 않는다."

"왜 랜드가 잘 지내지 못할 거라고 생각해요?" 맷이 조심스럽게 물었다. "랜드한테 해를 끼칠 만한 뭔가를 알아요?"

"아느냐고? 나는 아무것도 모른다, 이 녀석아. 건강에 해로울 정도로 많은 걸 의심하지만, 아는 건 없어."

맷은 대화를 포기했다. **톰의 의심을 굳혀 봐야 좋을 게 없어. 나도 건강에 해로울 만큼 많은 걸 안다는 걸 알려줘 봐야 좋을 게 없지.**

나이 든 여자가—톰은 그녀를 마다라고 불렀다—껍질이 바삭바삭하게 갈색으로 구워진 닭 세 마리를 가져왔다. 그녀는 백발의 남자를 걱정스러운 눈길로, 맷을 경고하는 눈길로 보더니 떠났다. 맷이 닭다리를 찢은 뒤 이야기하며 먹기 시작했다. 톰은 인상을 쓴 채 자기 잔을 들여다볼 뿐 닭은 쳐다보지도 않았다.

"왜 타 발론에 온 거예요, 톰? 아이즈 세다이에 대한 아저씨의 감정을 생각하면 여기만큼은 절대 오지 않을 줄 알았는데. 난 아저씨가 케예리엔에서 떼돈을 벌고 있다고 들었어요."

"케예리엔이라." 늙은 방랑 시인이 중얼거렸다. 그의 눈에서 다시 날카로움이 사라져 갔다. "아무리 죽여 마땅한 사람이라도 죽이면 여러 문제가 생기지." 그가 손으로 화려한 동작을 해 보였다. 그 손에 어느새 칼이 들려 있었다. 톰은 언제나 몸에 칼을 숨기고 다녔다. 취했을지는 모르지만, 그는 칼날을 흔들리지 않게 들고 있었다. "죽여 마땅한 사람을 죽이면, 때로는 다른 사람이 그 대가를 치르게 돼. 문제는, 어쨌든 그럴 만한 가치가 있었느냐는 거다. 너도 알다시피 언제나 균형이라는 게 있거든. 선과 악. 빛과 그림자. 균형이 없었다면 우리는 인간이 아니었을 거야."

"그 얘기는 그만 해요." 맷은 입 안 가득 음식을 넣은 채 꿍얼댔다. "사람 죽이는 얘기는 하기 싫다고요." **빛을 걸고, 내가 죽인 인간이 지금 이 순간에도 거리에 뻗어 있단 말이에요. 태워 죽일, 지금쯤은 배를 탔어야 하는데.** "그냥 아저씨가 타 발론에 있는 이유를 물었을 뿐이에요. 누군가를 죽여서 케예리엔을 떠나야 했다면 그 일에 대해서는 알고 싶지 않아요. 피와 재를 걸고, 제대로 이야기할 수 있을 만큼 술이 깨지 않는다면 난 지금 갈 거예요."

톰은 시무룩한 눈으로 칼을 사라지게 했다. "내가 왜 타 발론에 있느냐고? 내가 여기 있는 건 이곳이 내가 있을 수 있는 최악의 장소이기 때문이다. 아마 케임린만이 더하겠지. 나는 이런 꼴을 당해도 싸. 적색의 아자 중에는 지금도 나를 기억하는 자들이 있어. 저번에는 거리에서 엘라이다를 보았다. 내가 여기 있는 줄 알았다면, 엘라이다는 내 가죽을 벗겨 갈가리 찢었을 거야. 그럼 더 이상 불쾌하게 굴지 않았을 텐데."

"아저씨가 자기 연민에 빠질 줄은 몰랐네요." 맷이 역겹다는 듯 말했다. "와인에 빠져 죽을 생각이에요?"

"네가 뭘 안다고 그래?" 톰이 으르렁거렸다. "세월이 좀 쌓이고, 인생을 어느 정도 구경하고, 혹시 여자도 한두 명 사랑해 보면 너도 알게 될 거다. 배울 머리가 있다면 알게 되겠지. 아아! 내가 왜 타 발론에 있는지 알고 싶다고? 너는 왜 타 발론에 있는 거냐? 모레인이 아이즈 세다이라는 걸 알고 덜덜 떨던 네가 기억나는데. 너는 누군가 일원력 이야기를 꺼낼 때마다 거의 오줌을 지렸다. 사방에 아이즈 세다이가 있는 타 발론에서 뭘 하는 거냐?”

“나는 타 발론을 떠날 거예요. 그래서 여기 있는 거고요. 떠나려고!” 맷이 인상을 썼다. 방랑 시인은 그의 목숨을 구해 주었다. 그 이상을 해 준 걸지도 몰랐다. 희미한 자가 관련된 일이었다. 톰의 오른쪽 다리가 제대로 움직이지 않는 이유가 그것이었다. **톰을 이렇게까지 취하게 할 와인이 배에 있을 리 없어.** “난 케임린으로 가요, 톰. 무슨 이유에서든 그 바보 같은 목숨을 위험에 빠뜨려야 한다면 나랑 같이 가지 그래요?”

“케임린?” 톰이 생각에 잠겨 말했다.

“케임린이요, 톰. 엘라이다도 곧 케임린으로 돌아갈 거예요. 그러니까 케임린에 가도 엘라이다라는 걱정거리가 있는 셈이죠. 거기다 케임린에는 무어게이즈도 있어요. 내 기억이 맞는다면, 무어게이즈한테 잡히느니 차라리 엘라이다한테 잡히는 게 낫다면서요.”

“케임린이라. 그래. 케임린이라면 내 기분에 장갑처럼 꼭 맞을 것 같구나.” 방랑 시인은 닭고기 접시를 힐끗 보더니 움찔했다. “무슨 짓을 한 거냐, 이 녀석아? 소매에 고기를 감추기라도 한 거냐?” 닭 세 마리는 뼈와 가느다란 살점이 조금 붙어 있는 잔해를 빼고는 전혀 남아 있지 않았다.

“배가 좀 고파서요.” 맷이 중얼거렸다. 손가락을 핥지 않기란 힘든 일이었다. “나랑 같이 갈 거예요, 말 거예요?”

“아아, 가야지.” 무릎을 짚으며 일어난 톰은 전처럼 불안정해 보이지 않았다. “여기서 기다려라. 탁자는 가급적 먹지 말고. 물건을 챙기고 작별 인사를 하고 오마.” 그는 단 한 번도 비틀거리지 않고 다리를 절며 떠났다.

맷은 와인을 조금 마시고 닭의 잔해에 남아 있던 살점을 벗겨 먹으며 한 마리 더 주문할 시간이 있을지 생각했다. 하지만 톰은 빠르게 돌아왔다. 하프와 플루트가 말아서 끈으로 묶은 담요와 함께 그의 등에 짊어진 검은 가죽 통에 들어 있었다. 톰은 자기 키만큼 기다랗고 수수한 지팡이를 가지고 있었다. 종업원 여자 두 명이 양옆에서 따라왔다. 맷은 둘이 자매일 거라고 생각했다. 똑같이 생긴, 큰 갈색 눈이 똑같은 표정으로 방랑 시인을 올려다보았다. 톰이 처음에는 사알에게, 그다음에는 마다에게 입을 맞추더니 둘의 뺨을 톡톡 두드리고는 맷에게 따라오라며 휙 고갯짓했다. 맷이 소지품을 챙기고 곤봉을 집어 들기도 전에 톰은 여관을 벗어났다.

두 여자 중 어린 쪽인 사알이 문에 다다른 맷을 막아섰다. "톰에게 무슨 말을 했는지는 모르지만, 톰이 와인 때문에 떠나는 것이라 해도 와인을 주문한 건 용서할게요. 몇 주 내내 톰이 저렇게까지 생기 있는 모습은 못 봤어요." 그녀가 맷의 손에 무언가를 밀어 넣었다. 그것을 힐끗 본 맷의 눈이 휘둥그레졌다. 사알이 그에게 타 발론의 은화 1마르크를 준 것이다. "뭐든 손님이 한 말의 대가예요. 게다가 당신을 먹이는 사람이 누군지는 몰라도, 일을 제대로 못하는 것 같네요. 그래도 당신은 눈이 예뻐요." 그녀가 맷의 얼굴을 보고 웃었다.

맷 역시 자기도 모르게 웃고 있었다. 그는 거리로 나가며 손가락 뒷면을 따라 은화를 굴려 보았다. **내 눈이 예쁘다고?** 맷의 웃음이 와인 통의 마지막 술 한 방울처럼 끊겼다. 톰은 있었지만 시체는 없었다. 거리 저쪽, 선술집 창문이 자갈길에 드리운 빛으로 얼마든지 확인할 수 있었다. 도시 경비대가 선술집에서든 '탄치코의 여인'에서든 아무 질문도 하지 않고 죽은 남자를 치웠을 리 없었다.

"뭘 보는 거냐, 이 녀석아?" 톰이 물었다. "저 그림자 속에 트롤록은 없다."

"노상강도요." 맷이 중얼거렸다. "노상강도를 생각하고 있었어요."

"타 발론에는 길거리 도둑도 깡패도 없다. 노상강도를 잡으면—이곳에서는 그런 놀이를 하는 사람이 많지 않다만 말이다. 소문이 퍼지니까—경비병들은 강도를 화이트 타워로 끌고 가지. 아이즈 세다이가 그자에게 무슨 짓을 하는지는 모르지만, 그자는 다음 날 한껏 놀란 여자애처럼 눈을 휘둥그렇게 뜨고 타 발론을 떠난다. 내가 알기로는 도둑질을 하다 잡힌 여자에게 더 가혹하다는구나. 아니, 여기에서 돈을 도둑맞는 유일한 경우는 누군가가 황동을 잘 닦아 금이라고 속여 팔거나, 속임수 주사위에 당할 때뿐이다. 노상강도는 없어."

맷이 제자리에서 휙 돌아 성큼성큼 톰을 지나서 부두로 향했다. 맷은 그렇게 하면 더 빨리 전진할 수 있다는 듯 곤봉으로 자갈길을 쾅쾅 찍어 댔다.

"뭐든 처음으로 떠나는 배를 탈 거예요. 첫 배요, 톰."

톰의 지팡이가 서둘러 달그락거리며 그를 따라왔다. "천천히 가라, 이 녀석아. 왜 서두르는 거냐? 배는 충분하다. 낮이든 밤이든 출항하지. 천천히 가라. 노상강도는 없어."

"빌어먹을, 첫 배를 탈 거라고요, 톰! 가라앉을 배라도 탈 거예요!" **노상강도가 아니라면 뭐였지? 도둑이 틀림없어. 아니면 대체 뭐라는 거야?**

32장 첫 배

오기어가 만든 커다란 대야 형태의 남항은 거대하고 둥글었으며 타 발론의 나머지 건물처럼 은색 줄무늬가 들어간, 흰 돌로 만들어진 높은 벽에 둘러싸여 있었다. 대체로 지붕이 씌워진 단 하나의 긴 부두가 항구 전체를 빙 돌았다. 강에 접근할 수 있도록 커다란 수문이 열려 있는 곳만이 예외였다. 온갖 크기의 배들이 부두를 따라 늘어서 있었다. 대부분은 고물 쪽이 묶여 있었고, 늦은 시간인데도 거칠고 소매 없는 셔츠를 입은 부두 노동자들이 서둘러 돌아다니며 밧줄과 활대를 이용해서 혹은 등에 지고서 짐짝과 상자, 궤짝, 나무통을 싣거나 내리고 있었다. 지붕의 서까래에 걸려 있는 등불이 부두를 밝히며 항구 중앙에 있는 검은 물 주변으로 빛의 띠를 이루었다. 뚜껑이 없는 작은 배들이 어둠을 가르며 허둥지둥 움직였다. 높다란 선미재에 놓인 네모난 등불 때문에 반딧불이가 항구 전체를 빠르게 가로지르는 것처럼 보였다. 하지만 그 배들이 작은 건 큰 배와 비교했을 때뿐이었다. 작은 배 중에는 여섯 쌍의 긴 노가 달린 것들도 있었다.

맷은 그때까지도 툴툴대던 톰을 윤이 나는 레드스톤 아치 아래로 데리고 왔다. 넓은 계단을 내려가서 부두로 향했을 때, 돛대 세 개짜리 범선 한 곳에 올라 있던 선원들이 18미터도 채 떨어지지 않은 곳에서 계류삭을 풀고 있었다. 그 배는 맷의 눈에 보이는 대부분의 배보다 컸다. 좁다란 이물에서 네모난 고물에 이르기까지 선체의 길이는 약 27~37미터에 이르렀다. 갑판은 평평하고 난간이 있었으며, 거의 부두와 같은 높이에 있었다. 중요한 건 그 배가 출항하려 한다는 점이었다. **출항하는 첫 배였다.**

잿빛 머리의 남자가 부두를 따라 올라왔다. 검은색 코트 소매를 따라 꿰매어진, 삼으로 만든 밧줄 세 줄로 보아 부두 관리자임을 알 수 있었다. 널찍한 어깨를 보면 밧줄을 메고 일하기보다는 잡아당기던 부두 노동자였을 가능성도 있었다. 그는 아무렇지 않게 맷 쪽을 보더니 거친 얼굴에 놀란 표정을 지으며 멈춰 섰다. "짐을 보니 무슨 계획인지 알겠다만, 잊어버리는 게 좋을 거다. 아이즈 세다이가 네 그림을 보여 주셨어. 너는 남항의 어떤 배도 탈 수 없다, 이 녀석아. 다시 저 계단으로 올라가거라. 아니면 널 감시하라는 명령을 내려야 할 테니."

"빛을 걸고, 대체 무슨……?" 톰이 중얼거렸다.

"상황이 바뀌었어요." 맷이 단호하게 말했다. 배에서는 마지막 계류삭을 던지고 있었다. 삼각돛은 여전히 길고 비스듬한 활대에 두껍고 흰 꾸러미처럼 말려 있었으나, 남자들이 스윕(방향 조정에 사용하는 긴 노—옮긴이)을 준비하고 있었다. 맷은 주머니에서 아멀린 권좌의 서류를 꺼내 부두 관리자의 얼굴에 들이밀었다. "보다시피, 난 화이트 타워 일을 하고 있다고요. 다름 아닌 아멀린 권좌의 명령에 따라서요. 저 배를 타고 가야겠는데요."

부두 관리자는 글을 읽고 또 읽었다. "살면서 이런 건 한 번도 못 봤는데. 화이트 타워에서 너를 보내 주면 안 된다는 말을 한 다음에 너한테…… **그걸** 줄 이유가 뭐지?"

"원한다면 아멀린 권좌한테 물어보세요." 맷은 그렇게 멍청한 짓을 할 사람이 있을 리 없다고 생각한다는 듯 경계심 어린 목소리로 말했다. "하지만 내가 저 배에 타지 못하면 아멀린 권좌가 내 가죽도, 당신 가죽도 벗겨 버릴 거예요."

"저 배는 절대 못 타." 부두 관리자가 말했다. 하지만 그는 이미 두 손을 오그려 입에 대고 있었다. "거기 **잿빛 갈매기**! 멈춰! 태워 죽일, 서라고!"

키를 잡고 있던, 상의를 벗은 남자가 뒤를 돌아보며 키 큰 일행에게 말을 걸었다. 그의 일행은 소매가 부풀어 오른 검은 코트를 입고, 이제 막 스윕을 물에 집어넣은 선원들에게서 눈을 떼지 않고 있었다. "우현으로 틀어라." 그가 소리치자 스윕이 물거품을 일으켰다.

"탈 수 있어요." 맷이 쏘아붙였다. **첫 배를 타겠다고 했어. 진짜로 탈 거야!** "가요, 톰!"

맷은 방랑 시인이 따라오는지 확인하지 않고 사람들, 그리고 화물과 함께 쌓여 있는 손수레들을 피하며 부두를 달려 내려갔다. 스윕이 더 깊이 잠기면서 **잿빛 갈매기**의 고물과 부두 사이의 틈새가 벌어졌다. 맷은 곤봉을 들어 올려 창이라도 되는 것처럼 앞쪽의 배를 향해 던지고 한 걸음을 더 내디디며 최대한 힘차게 뛰어올랐다.

발밑으로 흐르는 검은 물은 얼음장처럼 차갑게 보였지만, 맷은 눈 깜짝할 사이에 배의 난간을 뛰어넘어 갑판을 구르고 있었다. 허둥지둥 일어나는 맷의 등 뒤에서 신음과 욕설이 들렸다.

톰 머릴린이 또 한 번 욕설을 하며 난간을 잡고 몸을 끌어올리더니 갑판에 올라섰다. "지팡이를 잃어버렸어." 그가 투덜거렸다. "다른 게 있어야겠다." 그는 오른쪽 다리를 문지르더니, 배 뒤쪽으로 계속 넓어지는 좁다란 물길을 내려다보며 몸을 떨었다. "오늘 목욕은 이미 했는데." 셔츠를 입지 않은 조타수가 눈을 휘둥그렇게 뜬 채 톰과 맷을 번갈아 보았다. 미친 사람으로부터 몸을 지킬 때 쓸 수 있는지 궁금한 듯 키를 꽉 쥐고서.

키 큰 남자도 비슷하게 충격 받은 표정이었다. 그의 연초록색 눈이 붉거졌다. 그의 입이 잠시 아무 소리도 내지 않고 움직였다. 끝을 뾰족하게 다듬은 검은 턱수염이 분노로 떨리는 듯했고, 그의 좁다란 얼굴은 검푸르게 변했다. "티어의 바위를 걸고!" 그가 마침내 소리쳤다. "이게 무슨 짓이냐? 이 배에는 고양이 한 마리 실을 공간도 없고, 설령 그럴 공간이 있더라도 내 갑판에 펄쩍펄쩍 뛰어오르는 부랑자들은 받아 주지 않을 거다. 사노어! 바사! 이 쓰레기들을 던져 버려!" 맨발에 웃통을 벗은, 극도로 덩치가 큰 두 남자가 밧줄을 감아 들이다 말고 허리를 펴더니 고물로 다가오기 시작했다. 스윕을 살피던 남자들은 노를 들어 올리려고 허리를 숙이며 작업을 계속했다. 그들은 갑판을 따라 길게 세 걸음을 걸었다가 허리를 펴고 뒤로 걸으며 노를 사용해 배를 앞으로 끌고 나갔다.

맷은 한 손으로 아멀린 권좌의 서류를 턱수염 남자에게—그가 선장인 듯했다—흔들어 보이며 다른 손으로는 주머니에서 금화 한 닢을 꺼냈다. 서두르면서도, 주머니에 그 이상의 돈이 들어 있다는 걸 남자가 알 수 있도록 신경을 썼다. 맷은 그에게 묵직한 금화를 던지고 계속 서류를 흔들어 대며 빠르게 말했다. "우리가 배를 탈 때 불편하게 해 드린 값이에요, 선장님. 통행료는 더 내죠. 화이트 타워 일로 가는 거예요. 아멀린 권좌가 직접 명령하셨어요. 즉시 배를 타고 떠나야 해요. 안도어의 아린길로. 대단히 긴급한 일입니다. 우리를 돕는 모든 사람에게 화이트 타워의 축복이 있을 거예요. 우리를 방해하는 자에게는 화이트 타워의 분노가 내릴 테고요."

남자가 타 발론의 불꽃 봉인을 본 게 확실해지자—남자가 그 이상도 보았기를 바랐다—맷은 서류를 다시 접어 보이지 않는 곳에 집어넣었다. 맷은 선장 양옆으로 다가오는 두 명의 덩치를 불안한 눈으로 바라보면서—**태워 죽일, 둘 다 팔이 페린 같잖아!**—손에 곤봉이 들려 있으면 좋겠다고 생각했다. 곤봉이 아까 떨어뜨린 갑판 저쪽에 놓여 있는 게 보였다. 맷은 확신과 자신감에 차 있는 것처럼 보이려고 애썼다. 우습게 보면 안 되는 사람처럼, 화이트 타워의 권력을 등에 지고 있는 남자처럼. **등 뒤 멀리에는 있겠지, 내 바람이지만.**

선장은 미심쩍다는 듯 맷을 보았다. 방랑 시인의 망토를 걸친 데다 발걸음조차 안정적이지 않은 톰을 보는 시선은 더욱 의심으로 가득했다. 하지만 그는 사노어와 바사에게 제자리에 멈추라고 신호했다. "화이트 타워의 분노를 사서는 안 되지. 제기랄, 무역을 하겠다고 티어에서 이런…… 이런 자들의 소굴로 오다니. 난 아이즈…… 아무튼, 그 사람들의 분노를 너무 자주 산단 말이지." 남자의 얼굴에 팽팽한 미소가 떠올랐다. "어쨌든 내 말은 사실이야. 티어의 바위를 걸고, 진짜다! 승객을 태울 만한 선실이 여섯 곳인데, 여섯 곳 모두 찼어. 금화를 한 닢 더 내면 갑판에서 자고 선원들과 함께 식사하게 해 주지. 둘이서 각자 한 닢씩이야."

"터무니없군!" 톰이 쏘아붙였다. "전쟁으로 하류에 무슨 일이 일어났든 말도 안 되는 바가지야!" 덩치 큰 선원 두 명이 맨발을 움직거렸다.

"내기 싫으면 말든지." 선장이 단호하게 말했다. "난 누구의 분노도 사고 싶지 않지만, 당신들이 내 배에서 할 만한 일에도 얽히고 싶지 않아. **그런** 일에 얽힌다니, 돈을 받고 뜨거운 타르를 뒤집어쓰는 격이지. 돈을 내거나 배 밖으로 뛰어내려. 그러면 아멀린 권좌가 직접 당신들을 말려줄 테니. 그리고 이 돈은 당신들이 부린 말썽의 대가로 받아 두지. 고맙군." 그는 맷이 던져준 금화를 빵빵한 소매의 코트 주머니에 집어넣었다.

"선실을 쓰려면 얼마를 내야 해요?" 맷이 물었다. "우리끼리만요. 누군지 몰라도 그 선실에 있는 사람을 다른 사람과 같이 지내게 하면 되잖아요." 맷은 추운 밤에 밖에서 자고 싶지 않았다. **게다가 이런 인간은 기를 죽여 놓지 않으면 바지까지 훔쳐 가고도 자기가 호의를 베풀어 줬다고 할 거야.** 배에서 시끄러운 꼬르륵 소리가 났다. "그리고 우리한테도 당신이 먹는 것과 같은 음식을 주세요. 선원들이랑 같이 먹지는 않을 거예요. 양도 많아야 하고!"

"맷." 톰이 말했다. "우리 중 취한 사람은 나야." 그는 선장을 돌아보며 조각보로 뒤덮인 망토를 펼쳐 보였다. 둘둘 말린 담요와 악기 상자를 진 채로 최대한 화려하게. "당신도 눈치챘겠지만, 선장. 난 방랑 시인이오." 탁 트인 곳에서도 그의 목소리에 갑자기 울림이 생겼다. "통행료로 기꺼이 당신 승객과 선원들을 즐겁게 해 줄……."

"내 선원들은 일을 하러 배에 탄 거야, 방랑 시인. 즐기려는 게 아니라." 선장은 뾰족한 턱수염을 쓰다듬었다. 그의 연한 눈이 맷의 수수한 코트의 값을 마지막 한 푼까지 헤아려 보았다. "그래서, 선실을 원한다는 거지?" 그가 껄껄 웃었다. "내가 먹는 음식도? 글쎄, 그렇다면야 내 선실을 쓰고 내 음식을 먹게 해 주지. 가격은 각자 금화 다섯 닢! 안도어 금화로!" 안도어 금화가 금화 중에서도 가장 무거웠다. 선장이 너무 심하게 웃는 바람에 그의 말이 쌕쌕거리는 소리로 들렸다. 선장의 양옆에 서 있던 사노어와 바사도 씩 웃었다. "10크라운이면 내 선실에 내 음식까지 주지. 내가 승객들과 같은 방을 쓰고 선원들과 함께 식사하면 되니까. 내 영혼을 걸고, 티어의 바위를 걸고 맹세해! 금화 10크라운이면……." 웃는 소리에 다른 모든 말은 묻혔다.

선장은 맷이 두 개의 지갑 중 하나를 꺼냈을 때도 계속 웃으며 숨을 헐떡이고 눈물을 닦고 있었다. 그러나 맷이 5크라운을 세어 손에 올려놓자 웃음이 멈추었다. 선장은 못 믿겠다는 듯 눈을 깜빡였다. 덩치 큰 선원 둘은 어안이 벙벙한 표정이었다.

"안도어 금화라고 했죠?" 맷이 물었다. 저울이 없으면 판단하기 어려웠지만, 맷은 금화 일곱 개를 더 쌓아 올렸다. 그중 두 닢은 실제로 안도어 금화였다. 나머지 여덟 닢은 다른 금화로 충분히 무게를 채울 수 있을 것 같다. **이 인간한테는 이 정도면 충분할 거야.** 잠시 후 맷은 티어 금화 2크라운을 더했다. "이건 돈을 내고 이 배에 탔는데 선실에서 쫓겨나야 하는 사람한테 주세요." 정작 그 승객들에게는 동전 한 닢 돌아가지 않을 테지만, 후한 모습을 보이는 게 이로울 거라고 맷은 생각했다. "선장님이 그 승객하고 방을 같이 쓴다면 모르겠지만 당연히 그러진 않을 테니까요. 그 승객들도 다른 사람들과 끼어서 북적거리며 지내려면 보상을 받아야죠. 선원들하고 같이 식사할 필요도 없어요, 선장님. 얼마든지 선장실에서 톰과 나의 음식을 나눠 먹어도 돼요." 톰은 다른 사람들만큼 뚫어지게 맷을 보았다.

"당신 혹시……?" 턱수염 남자의 목소리가 잔뜩 쉬어 귓속말처럼 들렸다. "당신 혹시…… 설마…… 변장한 젊은 귀족이라도 되는 거요?"

"난 귀족이 아니에요." 맷이 웃었다. 웃을 이유가 있었다. 지금 **잿빛 갈매기호**는 항구를 벗어나 어둠 속으로 한참 나아와 있었다. 부두가 검은 틈새를 가리키는 빛의 띠처럼 보였고, 눈앞의 그리 멀지 않은 곳에는 강을 향해 열린 수문이 있었다. 스윕이 배를 그 틈새로 빠르게 몰아갔다. 선원들이 이미 돛을 펼칠 준비를 하느라 기울어진 긴 활대를 돌리고 있었다. 손에 금화를 쥔 선장은 더 이상 누군가를 물로 던져 버릴 생각이 없어 보였다. "선장님, 괜찮다면 선실을 보여 주시겠어요? 그러니까, 선장실 말이죠. 시간이 늦어서 몇 시간 자고 싶은데요." 맷의 배가 다시 꼬르륵거렸다. "저녁도 먹고 싶고요!"

뱃머리가 어둠 속으로 향하는 가운데 턱수염 선장은 직접 앞장서서 사다리를 내려갔다. 그러고는 문이 따닥따닥 붙어 있는 짧고 좁은 통로로 향했다. 선장이 선실에서 물건을 치우고—선장실은 뱃고물 전체를 차지하고 있었으며, 의자 두 개와 상자 몇 개를 제외한 모든 가구가 벽에 붙박이로 설치돼 있었다—맷과 톰이 자리 잡는 것을 지켜보는 동안 맷은 아주 많은 것을 알게 되었다. 가장 먼저 알게 된 건 이 남자가 어떤 승객도 숙소에서 몰아내지 않으리라는 사실이었다. 선장은 승객들에 대해서는 아닐지 몰라도 그들이 낸 돈은 매우 존중했기에 그런 일을 용납하지 않았다. 선장은 일등항해사의 선실을 쓸 테고, 일등항해사는 이등항해사의 선실을 쓸 터였다. 이등항해사는 그 아랫사람을 밀어낼 테고. 결국은 갑판장이 선원들과 함께 뱃머리에서 자게 될 터였다.

맷은 이 정보가 그리 유용하리라고는 생각하지 않았으나 선장이 하는 모든 말에 귀 기울였다. 목적지만이 아니라 상대방에 대해서도 알아두는 건늘 좋은 일이었다. 그러지 않으면 상대방에게 코트와 장화를 빼앗기고 맨발로 빗속을 헤치며 집으로 돌아가게 될 테니까.

선장은 후안 말리아라는 이름의 티어 사람으로, 맷과 톰에 대해 그럭저럭 파악하고 나자 입심 좋게 말을 늘어놓았다. 그는 귀족 태생이 아니지만, 그 누구에게도 바보 취급을 당하지는 않을 거라고 했다. 도둑들은 절대 훔친 물건을 가지고 타 발론에서 빠져나갈 수 없다는 걸 다들 알아서 그렇지, 타고난 권리도 없는 젊은이가 다른 젊은이보다 많은 금화를 가지고 있으니 도둑으로 보일 만하다고 했다. 농부의 옷을 입었지만 귀족의 분위기와 자신감을 풍기면서도 자신은 귀족이 아니라고 하는 젊은이라니……. "티어의 바위를 걸고, 당신이 아니라고 하면 나도 우기지는 않겠소." 말리아는 윙크하고 킬킬거리며 뾰족한 턱수염 끝을 잡아당겼다. 아멀린 권좌의 봉인이 찍힌 서류를 들고서 안도어로 향하는 젊은 남자라니. 무어게이즈 여왕이 타 발론에 방문한 이유는 확실히 비밀이었지만, 방문 사실 자체는 비밀이 아니었다. 말리아가 보기에는 케임린과 타 발론 사이에 뭔가 진행 중인 게 틀림없었다. 맷과 톰은 전령일 테고. 그는 맷의 억양으로 미루어 그가 무어게이즈의 전령일 거라고 생각했다. 그는 자신이 불청객으로서 여기저기 들쑤시고 다니겠다는 뜻은 아니지만, 그렇게 대단한 사업에 도움이 될 수 있다면 뭐든 즐거울 것이라고 했다.

맷은 톰과 놀란 눈짓을 주고받았다. 톰은 한쪽 벽에 붙어 있는 탁자 아래에 악기 통을 넣어 두었다. 방의 양옆에는 작은 창문 두 개가 있었고, 결합된 받침대에는 두 개의 램프가 놓여 있었다. "말도 안 돼요." 맷이 말했다.

"그렇겠지." 말리아가 대답했다. 그는 침대 발치의 상자에서 옷을 꺼내다가 허리를 펴고 미소 지었다. "당연한 말이지요." 벽의 찬장에는 말리아에게 필요할 강의 지도가 들어 있는 것 같았다. "더는 말하지 않겠소."

하지만 말리아는 아닌 척 하면서도 여기저기 들쑤실 생각이 있는 게 틀림없었다. 이것저것 캐내려 하면서 계속 장황하게 떠들어 댔다. 맷은 귀를 기울이며 끙 소리를 내거나 어깨를 으쓱하거나 한두 마디 짧은 말로 그의 질문에 답했고, 톰은 그보다도 말이 없었다. 방랑 시인은 소지품을 내려놓는 내내 고개를 저었다.

말리아는 평생 강에서 살아왔다. 다만 바다로 항해하겠다는 꿈을 꾸고 있었다. 그는 티어가 아닌 다른 모든 나라에 대해서는 거의 항상 경멸을 담아 말했다. 안도어만이 유일한 예외였는데, 말리아가 간신히 생각해 낸 찬사는 그가 눈에 띄게 노력하는데도 마지못해 하는 말로 들렸다. "안도어에서는 좋은 말이 난다고 들었소. 나쁘지 않다고 말이오. 티어의 말만큼 좋지는 않지만 그럭저럭 괜찮다더군. 당신들은 강철과 무쇠 제품, 청동과 동 제품도 잘 만들지요. 그런 물건은 꽤 자주 거래해 봤소. 당신들이 값을 너무 비싸게 매기긴 하지만. 하긴, 당신들에게는 안개의산맥 광산이 있으니까. 우리 티어 사람들은 직접 돈을 벌어들여야 하오."

메이엔이 가장 큰 경멸의 대상이었다. "머랜디보다도 못한 나라지. 도시 하나에 겨우 몇 백 평의 땅이라니. 놈들은 기름고기 모래톱을 찾는 방법을 안다는 이유만으로 우리 티어의 최상급 올리브오일의 값을 후려칩니다. 아예 나라가 될 권리조차 없는 놈들이오."

그는 일리안을 증오했다. "언젠가는 우리가 일리안을 탈탈 털어 버릴 거요. 모든 마을과 촌락을 무너뜨리고, 놈들의 더러운 땅에 소금을 뿌릴 거요." 일리안 땅이 더럽다는 이야기를 할 때는 말리아의 턱수염이 거의 분노로 곤두섰다. "놈들의 올리브조차 썩었소! 언젠가는 우리가 일리안의 마지막 남은 사람까지 사슬로 묶어 돼지처럼 끌고 갈 거요! 사몬 대공의 말씀이오."

티어 사람들이 실제로 그 작전을 실현한다면 그 모든 사람들을 대체 어떻게 할 것인지 맷은 궁금했다. 일리안 사람들에게도 먹을 것을 줘야 할 텐데. 게다가 사슬에 묶어 놓으면 일을 시킬 수도 없을 테고. 맷이 보기에는 말이 되지 않았지만, 말리아는 그 이야기를 하며 눈을 빛냈다.

왕이나 여왕, 즉 한 사람의 남자나 여자의 통치를 받아들이는 건 바보들뿐이었다. "물론 무어게이즈 여왕은 예외지만 말이오." 그가 서둘러 덧붙였다. "무어게이즈 여왕은 훌륭한 사람이라고 들었소. 아름답다고 하더군요." 그는 모든 바보들이 한 바보에게 허리를 숙이는 건 말이 되지 않는다고 생각했다. 반면 티어의 대공들은 합동으로 티어를 다스렸고, 합의에 따라 결론을 도출했다. 말리아는 모두가 그렇게 해야 한다고 말했다. 대공들은 무엇이 옳고 좋고 진실한지 알고 있었다. 특히 사몬 대공이 그랬다. 대공들의 말에 따르는 한 그 누구도 잘못된 길을 걸을 수 없었다. 특히 사몬 대공의 말에 따르면.

말리아에게는 왕과 여왕, 심지어 일리안보다도 더 큰 증오를 일으키는 대상들이 있었다. 그는 그 감정을 감추려 했지만, 맷 일행의 꿍꿍이를 알아내려고 말을 걸다가 자기 이야기에 너무 심취하는 바람에 생각보다 많은 증오심을 드러내고 말았다.

그는 맷과 톰이 무어게이즈 같은 위대한 여왕을 섬기는 걸로 보아 여행을 많이 했을 거라고 생각했다. 여러 땅을 봤을 게 틀림없다고. 말리아가 바다를 꿈꾸는 이유는 말로만 들은 땅을 직접 볼 수 있기 때문이었다. 그렇게 되면 메이엔의 기름고기 모래톱을 찾고, 바다 민족이나 더러운 일리안 놈들을 무역으로 눌러 버릴 수 있을 거라고 했다. 게다가 바다는 타 발론과도 멀었다. 그는 맷과 톰도 자기 마음을 이해할 거라고 했다. 그들도 이상한 장소와 사람들 사이를 어쩔 수 없이 여행해야 했으니까. 그 길에서 만나는 사람들은, 무어게이즈 여왕을 섬기니 망정이지 그게 아니라면 비위가 상해 도저히 참아줄 수 없는 사람들이니까.

"나는 타 발론에 정박하는 게 늘 싫었소. 누가 일원력을 쓸지 알 수 없으니." 그는 일원력이라는 단어를 거의 짓씹어 뱉었다. 더구나 사몬 대공의 말을 들은 이후로는……. "태워 죽일, 저들의 계획이 뭔지 아는 지금 화이트 타워를 보면 용골충이 뱃속에 파고드는 기분이오."

사몬 대공은 아이즈 세다이가 세상을 지배하려 한다고 말했다. 모든 국가를 무너뜨리고 모든 사람의 목을 짓밟으려 한다고. 또 티어도 더 이상 티어 땅에서 일원력을 몰아내는 것만으로는 충분하지 않다고 말했다. 티어에 정당한 영광의 날이 다가오고 있지만, 타 발론이 그 영광을 막고 있다고 했다.

"희망이 없소. 머잖아 아이즈 세다이들을 최후의 한 명까지 추적해 죽여야 할 거요. 사몬 대공께서는 다른 자들의 경우 티어의 바위로 데려가면 목숨은 살려 줄 수 있을지도 모른다고 하셨소. 어린 사람들, 신입들과 합격자들 말이오. 하지만 나머지는 박멸해야 한다고 하셨지. 그게 사몬 대공의 말씀입니다. 화이트 타워는 파괴되어야 하오."

말리아는 잠시 선장실 한가운데에 서 있었다. 그의 품에는 옷과 책, 둘둘 만 지도가 가득했다. 그의 머리카락이 머리 위의 갑판 서까래에 거의 닿았다. 화이트 타워가 무너져 내려 폐허가 되는 모습을 상상하는 듯 연초록색 눈은 아무것도 보지 못하고 있었다. 그러더니 그는 자신이 방금 한 말을 깨달은 듯 움찔했다. 그의 뾰족한 턱수염이 불안하게 흔들렸다.

"그러니까…… 사몬 대공의 말이 그렇다는 겁니다. 나는……. 나는 개인적으로 그건 너무 멀리 가는 얘기라고 생각하오. 사몬 대공님은……. 사몬 대공님의 말을 듣다 보면 원래 하던 생각을 넘어서는 생각까지 하게 된다오. 케임린이 화이트 타워와 협약을 맺을 수 있다면야, 뭐, 티어도 그럴 수 있겠지요." 그는 몸을 떨었으나 그 사실을 인식 못 하는 듯했다. "내 의견은 그렇소."

"그러시겠죠." 맷이 그에게 말했다. 마음속에서 장난기가 끓어오르는 게 느껴졌다. "맞는 제안이라고 생각합니다, 선장님. 하지만 합격자 몇 명으로 만족하지는 마세요. 아이즈 세다이 열두 명, 혹은 스물네 명을 달라고 하세요. 아이즈 세다이 스물네 명이 있으면 티어의 바위가 어떤 모습이 될지 생각해 보시라고요."

말리아가 몸을 떨었다. "금고를 들고 갈 부하를 보내겠소." 그가 뻣뻣하게 말하더니 성큼성큼 걸어 나갔다.

맷이 닫힌 문을 보며 눈을 찌푸렸다. "마지막 말은 하지 말 걸 그랬네요."

"네가 왜 그런 생각을 했는지 모르겠다." 톰이 무미건조하게 말했다. "다음에는 하얀 망토들 총사령관에게 아멀린 권좌와 결혼하라고 말해 봐라." 톰의 눈썹이 휜 애벌레처럼 아래로 쳐졌다. "사몬 대공이라니. 사몬 대공이라는 이름은 들어본 적도 없어."

이번에는 맷이 무미건조하게 말할 차례였다. "뭐, 아무리 아저씨라도 모든 왕과 여왕과 귀족 들을 알 수는 없어요, 톰. 한두 명은 아저씨가 놓쳤을 수도 있죠."

"난 왕과 여왕 들의 이름을 다 안다, 이 녀석아. 티어의 대공 모두의 이름도 알지. 땅의 군주 중 한 명이 승격된 것일 수도 있겠지만, 옛 대공이 죽었다면 내가 들었을 거다. 네가 선장의 선실을 차지하는 대신 웬 불쌍한 녀석을 쫓아내는 데 만족했다면 우리 둘 다 좁고 딱딱할지는 몰라도 각기 침대에서 잘 수 있었을 거야. 그런데 이젠 말리아의 침대를 같이 써야 하는구나. 네가 코를 골지 않았으면 좋겠다, 이 녀석아. 난 코 고는 소리를 못 참아."

맷이 이를 악물었다. 그의 기억에 톰은 참나무 옹이를 쏠아 대는 나무컹컹이처럼 코를 골았다. 잊고 있었는데.

무쇠 띠를 두른 선장의 금고를 침대 밑에서 끌어내려고 온 건 덩치 큰 두 남자 중 한 명이었다. 사노어인지 바사인지 이름은 대지 않았다. 그는 한마디도 하지 않고 대충 허리 숙여 인사하더니, 둘이서 자신을 보지 않는다고 생각될 때는 둘에게 인상을 찌푸리다가 떠났다.

맷은 밤새 그와 함께하던 행운이 이제야 그를 버린 건지 궁금해지기 시작했다. 톰의 코 고는 소리를 참아 줘야 할 테고, 솔직히 말해 아멀린 권좌가 서명하고 타 발론의 불꽃 인장이 찍힌 서류를 휘두르며 하필 이 배에 뛰어오른 게 세상에서 가장 운 좋은 일이었다고 할 수는 없었다. 맷은 충동적으로 원기둥 형태의 가죽 주사위 컵 하나를 꺼내 꽉 맞는 뚜껑을 빼낸 뒤 주사위를 탁자에 쏟아 놓았다.

점이 찍힌 주사위였다. 다섯 개의 단일점이 맷을 올려다보았다. 어떤 게임에서는 그 점을 어둠의 존재의 눈이라고 불렀다. 그런 게임에서는 이런 눈금이 나오면 졌다. 다른 게임에서는 이겼고. **하지만 난 무슨 게임을 하고 있는 거지?** 그는 주사위를 집어 들고 다시 던졌다. 눈금 한 개짜리 주사위 다섯 개. 또 한 번 주사위를 던졌는데도 어둠의 존재의 눈이 다시 그를 보며 윙크했다.

"주사위로 그 많은 돈을 다 딴 거라면," 톰이 조용히 말했다. "처음 출항하는 배를 타고 떠나야 했던 것도 이상하지 않구나." 톰은 셔츠를 벗으려고 머리 위로 잡아 올렸다. 무릎이 울퉁불퉁했고 두 다리는 전부 힘줄과 근육으로만 이루어진 듯했다. 오른다리는 살짝 쭈그러져 있었다. "이 녀석아, 열두 살짜리 여자애도 네가 그런 식으로 주사위를 써서 자기를 이기는 줄 알았으면 네 심장을 파냈을 거다."

"주사위 문제가 아니에요." 맷이 중얼거렸다. "운 문제지." **아이즈 세다이의 운? 아니면 어둠의 존재의 운?** 맷은 주사위를 다시 컵에 넣고 뚜껑을 닫았다.

"내 생각이다만," 톰이 침대에 기어들며 말했다. "그럼 그 많은 돈이 어디서 났는지는 말해 주지 않겠구나."

"내가 딴 거예요. 오늘 밤에요. 상대방의 주사위로."

"아하. 네가 흔들어 대는 그 서류에 대해서도 설명하지 않겠지. 나도 그 봉인을 봤어! 화이트 타워에 관한 그 모든 얘기도, 부두 관리자가 아이즈 세다이한테서 네 인상착의를 이미 전달받았다는 것도 알지."

"난 일레인을 대신해서 무어게이즈에게 편지를 전해 주는 거예요, 톰." 맷은 조바심을 꾹 누르며 말했다. "나이니브가 서류를 줬고요. 나이니브가 그걸 어디서 구했는지는 모르겠어요."

"뭐, 말 안 해 주겠다면 난 자야겠다. 불 좀 꺼 주겠냐?" 톰은 옆으로 몸을 굴리더니 머리 위로 베개를 끌어올렸다.

말리아는 좋은 깃털 매트리스로 자기 몸을 챙기는 모양이었다. 그러나 맷은 속옷만 남기고 옷을 다 벗고 이불 속에 기어든 뒤에도—불을 끈 뒤에도—잠을 잘 수 없었다. 톰의 코골이에 대해서는 맷의 기억이 맞았다. 베개로는 소리를 전혀 막을 수 없었다. 녹슨 톱을 가지고 엇결로 목재를 자르는 듯한 소리가 났다. 게다가 생각을 멈출 수도 없었다. **정말이지** 나이니브와 에그웨인과 일레인은 어떻게 아멀린 권좌에게서 그 서류를 얻었을까? 그들은 아멀린 권좌 본인과 관계가 있을 게 틀림없었다. 아마 화이트 타워의 계략 중 어떤 음모에 얽혀 있을 것이다. 하지만 지금 생각해 보니, 그들은 아멀린 권좌에게서도 뭔가를 숨기고 있었다.

"'내 어머니에게 편지를 배달해 줬으면 좋겠어, 맷.'" 맷은 높은 목소리로 조롱하듯 조용히 말했다. "바보 같으니! 여왕 후계자가 여왕에게 보내는 편지라면 아멀린 권좌가 수호자 편에 보냈을 거야. 눈먼 바보같이, 화이트 타워를 빠져나오고 싶은 마음에 그것도 알아채지 못하다니." 톰의 코 고는 소리가 같은 의견이라는 듯 트럼펫을 불어 댔다.

하지만 맷은 그 무엇보다도 운과 노상강도에 대해 생각하고 있었다.

처음 뱃고물에 뭔가 부딪혀서 난 소리는 거의 알아듣지도 못했다. 머리 위 갑판에서 쿵쿵 울리는 소리와 옥신각신하는 소리에도, 발소리에도 관심을 두지 않았다. 소리는 배 자체에서 얼마든지 나게 마련이었으니까. 게다가 갑판 위에는 배를 하류로 몰아가기 위해 누군가 있을 게 틀림없었다. 하지만 맷의 방문으로 이어지는 통로에 울리는 비밀스러운 발소리가 노상강도에 대한 생각과 합쳐지자 맷의 귀가 쫑긋 섰다.

그는 팔꿈치로 톰의 옆구리를 쿡 찔렀다. "일어나요." 그가 조용히 말했다. "바깥 복도에 누가 있어요." 맷은 이미 침대에서 천천히 일어나고 있었다. 선실 바닥이—**갑판인지 바닥인지, 빌어먹을 뭐든지 간에!**—밟아도 삐걱거리지 않기를 바랐다. 톰은 끙 소리를 내며 입맛을 다시더니 다시 코를 골기 시작했다.

톰을 걱정할 시간은 없었다. 발소리가 바로 바깥에서 났다. 맷은 곤봉을 집어 들고 문 앞으로 가 기다렸다.

문이 천천히 열렸다. 망토를 걸친 두 남자가 앞뒤로 서 있었다. 사다리 위쪽의 바닥문 너머로 살금살금 기어 내려온 모양이었다. 바로 그 바닥문을 통과한 어슴푸레 달빛에 그들의 윤곽선이 희미하게 보였다. 달빛만으로도 드러난 칼날이 반짝였다. 두 남자 모두 헛숨을 들이켰다. 누군가 자신들을 기다리고 있으리라고는 예상 못 했던 게 분명했다.

맷이 곤봉을 들고 돌격해 첫 번째 남자의 명치를 세게 쳤다. 공격할 때 아버지의 목소리가 들리는 듯했다. **치명적인 공격이다, 맷. 네 목숨이 걸린 상황이 아니라면 절대 이 방법은 쓰지 마라.** 하지만 상대의 손에 칼이 쥐어져 있으니 맷의 목숨이 걸린 셈이었다. 선실에는 곤봉을 휘두를 공간이 없었다.

남자가 숨 막히는 소리를 내며 바닥에 고꾸라졌다. 그가 아무 소용없이 숨을 쉬려 애쓰는 순간에 맷은 앞으로 나가 곤봉 끝을 두 번째 남자의 목에 쑤셔 박았다. 우지끈 소리가 났다. 남자가 칼을 떨어뜨리고 목을 쥐더니 동료 위로 쓰러졌다. 둘 다 바닥을 장화로 긁어 댔다. 그들의 목에서는 이미 죽어 갈 때의 가르랑거리는 소리가 나고 있었다.

맷은 그 자리에 서서 두 사람을 내려다보았다. **남자 두 명. 아니, 태워 죽일, 세 명이야! 전에는 다른 사람을 해친 적이 한 번도 없었는데, 이제는 하룻밤 사이에 남자 셋을 죽이다니. 빛을 걸고!**

침묵이 어두운 통로를 채웠다. 머리 위 갑판에서 장화 소리가 쿵쿵 들려왔다. 선원들은 모두 맨발로 다녔다.

맷은 자신이 무슨 짓을 하는 건지 생각하지 않으려 애쓰며 죽은 남자 한 명의 망토를 벗겨 어깨에 걸쳤다. 흰색 리넨 천으로 만들어진 속옷을 가리기 위해서였다. 맨발로 타박타박 통로를 걸어가 사다리를 올라갔다. 바닥문 갓돌 위로 눈을 살짝 내밀었다.

희미한 달빛이 팽팽한 돛에 반사되었으나 밤은 여전히 갑판을 그림자로 뒤덮고 있었고, 배의 양옆을 따라 물이 몰아치는 소리 외에는 아무 소리도 나지 않았다. 키를 잡은 남자 한 명밖에 없는 듯했다. 그는 추위를 막으려는 듯 망토 후드를 당겨 쓰고 있었다. 그 남자가 움직이자 장화 가죽이 갑판 널빤지에 쓸리는 소리가 났다.

맷은 곤봉을 낮게 들고 눈에 띄지 않기를 바라며 위로 올라갔다. "놈은 죽었어." 맷이 낮고 거친 목소리로 키를 잡은 남자에게 속삭였다.

"네가 놈의 목을 자를 때 놈이 비명을 질렀다면 좋았을 텐데." 맷은 억양이 심한 그 목소리를 기억했다. 타 발론의 구불구불한 거리 입구에서 소리치던 목소리였다. "그 어린애가 우리한테 너무 많은 골칫거리를 안겨 줬어. 잠깐! 넌 누구냐?"

맷은 온 힘을 실어 곤봉을 휘둘렀다. 두꺼운 나무가 남자의 머리를 박살 냈다. 망토 후드는 멜론이 바닥에 떨어지는 것 같은 소리를 거의 막아 주지 못했다.

남자가 키 위로 쓰러지는 바람에 키가 돌아갔다. 배가 출렁이는 바람에 맷이 휘청거렸다. 난간 옆 그림자에서 일어서는 어떤 형체가, 번뜩이는 칼날이 눈가에 보였다. 맷은 상대의 공격이 적중하기 전에 곤봉을 휘두를 가능성은 전혀 없음을 깨달았다. 반짝이는 다른 무언가가 어둠을 가르며 빠르게 날아와 둔탁한 **턱** 소리와 함께 어슴푸레한 형상에 합쳐졌다. 일어서던 동작은 넘어지는 동작으로 바뀌었고, 한 남자가 거의 맷의 발치에 사지를 뻗고 쓰러졌다.

첫 번째 남자의 몸무게로 키가 다시 돌아가며 배가 한 번 더 휘청거리자 갑판 아래쪽에서 떠들어 대는 목소리가 들려왔다.

톰이 망토에 속옷만 걸친 채 바닥문에서 절뚝거리며 올라왔다. 그는 볼록 렌즈가 달린 각등의 덮개를 들어 올렸다. "운이 좋았구나. 아래에 있던 놈들 중 하나가 이 등을 가지고 있었다. 거기 놔두었으면 배에 불이 붙었을지도 몰라." 죽어서 멀거니 눈을 뜨고 있는 남자의 가슴에 꽂힌 칼자루가 각등의 불빛에 드러났다. 맷이 한 번도 본 적 없는 사람이었다. 얼굴에 저렇게 흉터가 많은 사람이라면 분명 기억이 났을 텐데. 톰은 죽은 남자가 바깥으로 내뻗은 손에 쥐어져 있던 단검을 걷어찬 뒤 허리를 숙이고 자신의 칼을 되찾아 시체의 망토에 칼날을 닦았다. "아주 운이 좋았다, 이 녀석아. 정말이지 운이 좋았어."

뱃고물 난간에는 밧줄이 묶여 있었다. 톰이 그리로 다가가 고물 쪽으로 빛을 비추었다. 맷이 그에게 다가갔다. 밧줄 반대쪽 끝에는 남항에서 온 작은 보트 하나가 연결되어 있었다. 배의 네모난 등불은 꺼진 채였다. 다른 두 명의 남자가 노를 배 위로 끌어올리고 서 있었다.

"위대한 군주께서 나를 데려가시길, 그놈이잖아!" 그중 한 명이 헛숨을 들이켰다. 다른 놈은 재빨리 앞으로 나와 미친 듯 밧줄 매듭을 풀려고 했다.

"저 두 놈도 죽이고 싶으냐?" 톰이 물었다. 공연할 때처럼 목소리가 우렁우렁했다.

"아뇨, 톰." 맷이 조용히 말했다. "싫어요."

보트에 탄 남자들은 질문만 듣고 답은 듣지 못한 듯 밧줄을 풀어내리려던 시도를 포기하고 배 옆으로 첨벙 소리를 내며 뛰어내렸다. 그들이 허우적거리며 강을 건너는 소리가 시끄럽게 들렸다.

"바보들." 톰이 중얼거렸다. "타 발론을 지나면 강이 좀 좁아진다만, 여기서는 아직 강폭이 거의 1킬로미터는 될 거다. 어두울 때는 절대 건널 수 없어."

"티어의 바위를 걸고!" 바닥문에서 고함이 들렸다. "무슨 일이오? 통로에 사람이 죽어 있잖아! 바사는 왜 키 위에 엎드려 있는 거지? 저놈 때문에 진창에 처박히겠군!" 리넨 천으로 만들어진 속바지만 입고 옷을 다 벗은 말리아가 빠르게 키로 달려가 죽은 남자를 거칠게 잡아당겼다. 이어 그는 진로를 다시 바로잡으려고 긴 레버를 당겼다. "바사가 아니잖아! 영혼을 태울 일이로군. 이 죽은 자들은 누구요?" 이제는 다른 사람들도 갑판으로 기어오르고 있었다. 맨발의 선원들과 망토와 담요를 걸친, 겁먹은 승객들이었다.

톰은 자기가 하는 행동을 몸으로 가리며 칼로 밧줄을 단번에 끊었다. 작은 보트가 어둠 속으로 흘러가기 시작했다. "강의 도적들이오, 선장." 그가 말했다. "맷과 내가 강의 도적들로부터 당신 배를 지켜 준 거요. 우리가 아니었으면 놈들이 모두의 목을 땄을 겁니다. 뱃삯에 대해 다시 생각해 봐야 할지 모르겠소."

"도적이라고!" 말리아가 소리쳤다. "저 아래 케예리엔에는 도적들이 많지만, 이렇게 북쪽에 놈들이 나타난다는 말은 들은 적이 없는데!" 승객들이 서로 모여 도적 떼에게 목이 잘릴 뻔했다고 웅성거리기 시작했다.

맷은 뻣뻣한 걸음으로 바닥문에 다가갔다. 등 뒤에서 말리아의 소리가 들렸다. "냉혈한이군. 안도어에서 암살자를 고용한다는 말은 들은 적이 없지만, 태워 죽일, 냉혈한이야."

맷은 비틀거리며 사다리에서 내려가 통로의 두 시체를 넘어간 뒤 선장실 문을 쾅 닫고 들어갔다. 침대로 반쯤 다가갔을 때 온몸이 전율했다. 그가 할 수 있는 일이라고는 무릎을 꿇고 주저앉는 것밖에 없었다. **빛을 걸고, 내가 무슨 게임을 하고 있는 거지? 이기려면 무슨 게임인지 알아야 하잖아. 빛이여, 이게 무슨 게임입니까?**

랜드는 모닥불을 들여다보며 플루트로 〈아침의 장미〉를 조용히 연주했다. 모닥불 위에서는 비스듬하게 꽂아 놓은 막대에 꿰어진 토끼가 구워지고 있었다. 밤바람에 불꽃이 일렁였다. 다음 촌락이나 마을에서 소금을 더 찾아야겠다는 생각이 문득 들긴 했지만 토끼 냄새는 거의 나지 않았다. 〈아침의 장미〉는 랜드가 결혼식에서 연주했던 노래 중 한 곡이었다.

그게 며칠 전이었더라? 진짜 결혼식이 그렇게 많았던 거야, 아니면 내가 상상한 거야? 마을의 모든 여자가 동시에 결혼하기로 하다니? 그 마을 이름이 뭐였지? 내가 벌써 미친 건가?

얼굴에 땀방울이 맺혔지만, 랜드는 불을 들여다보며 거의 들리지 않는 소리로 연주를 이어 갔다. 모레인은 랜드가 **타비렌**이라고 했다. 모두가 랜드를 **타비렌**이라고 했다. 정말 그럴지도 몰랐다. 그런 사람은 주변에 변화를 일으켰다. **타비렌**이 그 모든 결혼식의 **원인**인지도 몰랐다. 하지만 그 생각은 랜드가 떠올리고 싶지 않은 생각과 너무도 밀접하게 연결되어 있었다.

사람들은 내가 드래건의 환생이라는 말도 해. 모두가 그 말을 한다고. 산 자들도, 죽은 자들도. 그렇다고 그 말이 진실이 되는 건 아니야. 나는 그 사

람들이 나를 드래건의 환생이라고 선포하게 놔두어야 해. 그건 내 의무야. 선택의 여지가 없어. 하지만 그렇다고 그게 진실이 되는 건 아니야.

랜드는 도저히 그 곡의 연주를 그만둘 수 없을 것만 같았다. 그 곡을 들으면 에그웨인이 생각났다. 한때는 에그웨인과 결혼할 줄 알았다. 그 시절이 오래전처럼 느껴졌다. 이제 그럴 일은 없었다. 하지만 에그웨인이 꿈에 나타나기는 했다. **진짜 에그웨인이었을지도 몰라. 에그웨인의 얼굴이었어. 에그웨인의 얼굴.**

하지만 너무도 많은 얼굴이, 랜드가 아는 얼굴들이 나타났다. 탬과 어머니, 맷, 페린. 모두가 그를 죽이려 했다. 당연히 진짜 그들은 아니었다. 그저 그림자의 자식들이 그들의 얼굴을 하고 있었을 뿐이다. 랜드는 그렇게 생각했다. 꿈속에서도 그림자의 자식들이 걸어 다니는 것 같았다. 그런데 그게 단지 꿈이었을까? 어떤 꿈은 현실이라는 걸 랜드는 알고 있었다. 어떤 꿈은 그냥 꿈, 악몽, 혹은 희망일 뿐이고. 하지만 둘을 어떻게 구분할 수 있을까? 어느 날 밤에는 민이 그의 꿈에 나타났다가…… 랜드의 등에 칼을 꽂으려 했다. 랜드는 지금도 그 고통이 놀랍게 느껴졌다. 그는 부주의했다. 민이 가까이 다가오게 내버려 두고 경계를 풀었다. 민 곁에 있을 때면 경계해야겠다는 생각이 별로 들지 않았다. 민과 함께 있는 것은 상처에 연고를 바르는 것과 같았다.

그런데 민이 날 죽이려 했어! 음악이 커지며 귀에 거슬리는 소리로 변했지만, 랜드는 다시 소리를 줄였다. **민은 안 돼. 민의 얼굴을 한 그림자의 자식이라니. 다른 누구보다도 민은 나를 해칠 리 없어.** 랜드는 왜 이런 생각이 드는지 알 수 없었지만, 그 생각이 진실이라고 확신했다.

꿈에 나타난 너무도 많은 얼굴들. 셀린도 왔었다. 침착하고 신비롭고 너무도 사랑스러워, 그녀를 생각하는 것만으로도 입이 말랐다. 그녀는 예전에 그랬던 것처럼─너무도 오래전처럼 느껴졌다─랜드에게 영광을 권했는데, 지금 그녀가 랜드에게 차지해야 한다고 말하는 것은 칼이었다. 셀린 자신도 그 칼과 함께 올 것이라고 했다. **칼란도어.** 그 칼이 늘 꿈에 나왔다. 언제나. 괴롭히는 얼굴들도. 에그웨인과 나이니브와 일레인을 철창 안으로 끌어들여 그물에 가두고 해치는 손들도. 랜드는 왜 다른 두 사람보다 일레인을 위해 더 많이 운 걸까?

머리가 빙빙 돌았다. 옆구리만큼 머리도 아팠다. 얼굴로 땀방울이 흘러내렸다. 잠들기가 두려워진 랜드는 어둠 속에서 〈아침의 장미〉를 조용히 연주했다. 꿈이 두려웠다.

33장 패턴 안에서

안장에 앉은 페린은 길가의 잡초에 반쯤 숨겨진 납작한 돌을 내려다보며 인상을 썼다. 단단히 다져진 이 흙길은 마네세렌드렐과 머랜디의 국경선 근처에 이른 지점에서부터 루가드 대로라 불렸다. 이틀 전 모레인이 해 준 말로는 이 길이 오래전 과거에 포장도로였으며, 그때 쓰인 판석 조각이 때때로 표면으로 솟아오른다고 했다. 그리고 이번 판석에는 이상한 표시가 있었다.

개들이 돌에 발자국을 남길 수 있다면, 페린은 이게 거대한 사냥개의 발자국이라고 믿었을 것이다. 페린이 보기에 맨땅에는 사냥개의 발자국이 전혀 없었다. 가장자리에 있는 땅의 무른 흙에는 발자국이 찍힐 법도 했는데 말이다. 개의 냄새도 나지 않았다. 무언가 타 버린 냄새, 폭죽을 쏘고 났을 때의 냄새와 거의 비슷한 유황의 냄새가 공기 중에 희미하게 남아 있을 뿐이었다. 앞에는 마을이 있었고, 그곳에서 길은 강과 이어졌다. 아이들 몇 명이 광술사의 작품을 가지고 이리로 몰래 빠져나왔던 건지도 몰랐다.

아이들이 몰래 나오기에는 먼 거리인데. 하긴, 페린은 농장 여러 곳을 보았다. 농장에 사는 아이들일 수도 있었다. **어쨌든 저 흔적과는 아무 상관이 없어. 말은 날아다니지 않고 개들은 돌에 발자국을 남기지 않으니까. 너무**

피곤해서 생각을 똑바로 못 하겠다.

페린은 하품을 하며 스테퍼의 옆구리를 찼다. 회갈색 말이 다른 사람들을 따라 달리기 시작했다. 모레인은 자라를 떠난 이후 일행을 심하게 몰아붙였고, 누가 잠깐이라도 멈추면 기다려 주지 않았다. 아이즈 세다이는 뭔가 마음먹으면 단련한 무쇠처럼 단단하고 차가워졌다. 로이알은 엿새 전 말을 달리다가 정신을 차려 보니 자신이 2킬로미터쯤 뒤처져 있고, 다른 모든 사람들은 다음 언덕을 넘어 보이지도 않는다는 걸 깨달은 뒤로 독서를 포기했다.

페린은 오기어의 커다란 말 옆, 모레인의 흰 암말 뒤에서 스테퍼의 속도를 늦춘 뒤 다시 하품했다. 란은 저 앞 어딘가에서 정찰하고 있었다. 등 뒤의 태양이 한 시간만 지나면 숲으로 떨어질 듯했으나 수호자는 날이 어두워지기 전에 마네세렌드렐에 있는 레멘이라는 마을에 도착하게 될 거라고 했다. 페린은 그 마을에서 일행을 기다리고 있는 게 무엇인지 알고 싶지 않았다. 뭔지는 모르겠지만, 자라를 지난 이후로 며칠이 흐르는 동안 경계심이 강해졌다.

"네가 왜 잠을 못 자는 건지 모르겠어." 로이알이 페린에게 말했다. "밤이 되어서 모레인이 멈춰 서게 해 줄 때면, 나는 너무 피곤해서 눕기도 전에 잠들거든."

페린은 고개만 저었다. 깊이 잠들 수 없다고, 아무리 얕은 잠도 심란한 꿈으로 가득 차 있다고 로이알에게 감히 설명할 방법이 없었다. 에그웨인과 하퍼가 나온 그 꿈처럼 심란한 꿈을 꾼다고. **뭐, 내가 에그웨인 꿈을 꾸는 것도 이상한 일은 아니지. 빛을 걸고, 에그웨인이 어떻게 지내는지 모르겠네. 지금쯤은 화이트 타워에서 안전하게 지내며 아이즈 세다이가 되는 방법을 배우고 있겠지. 베린이 에그웨인을 돌봐 줄 거야. 맷도.** 나이니브는 누구의 돌봄도 받을 필요가 없을 것 같았다. 페린이 생각하기에 나이니브 곁에 있는 사람들을 나이니브가 돌봐야 할 것 같았다.

하퍼 생각은 하기 싫었다. 서툰 망치질로 펴지는 금속이 된 것 같은 기분이 들기는 했지만, 페린은 살아 있는 늑대들을 머릿속에서 몰아내는 데 성공을 거두고 있었다. 그런 마당에, 죽은 늑대가 그의 꿈으로 슬금슬금 기어 들어 올 수 있다는 생각은 하기 싫었다. 페린은 고개를 저으며 탁 트인 곳을 향해 억지로 눈길을 돌렸다. 아무리 하퍼라도 싫었다.

제대로 잠을 자지 못하는 데는 악몽 말고도 다른 이유가 있었다. 그들은 랜드가 지나가면서 남긴 다른 흔적들을 발견했다. 자라와 보언강 사이에는 페린이 볼 수 있는 흔적이 하나도 없었지만, 15미터 높이의 절벽에서 다른 절벽으로 연결되는 돌다리로 보언강을 건넌 이후, 일행은 잿더미가 된 시돈 이라는 마을을 지났다. 모든 건물이 타 버렸다. 돌로 된 벽 몇 군데와 굴뚝만 이 폐허에 남아 있었다.

후줄근한 마을 사람들은 헛간에서 등불이 넘어지는 바람에 화재가 일어 났으며 그 불이 걷잡을 수 없이 번져 모든 게 잘못된 것 같다고 말했다. 찾을 수 있었던 양동이의 절반가량에는 구멍이 나 있었다. 타오르는 벽 모두가 안쪽이 아니라 바깥쪽으로 쓰러지며 양옆의 집에 불을 옮겼다. 여관의 불붙 은 목재가 어째서인지 광장에 있는 중앙 우물까지 굴러와, 아무도 그 우물 에서 물을 길어 불을 끌 수 없었다. 게다가 집들이 다른 세 우물 바로 위로 쓰러졌다. 심지어 바람까지 방향을 바꾸며 사방으로 불길을 퍼뜨렸다.

랜드의 존재가 그 사건을 일으켰다는 점은 모레인에게 묻지 않고도 알 수 있었다. 차가운 무쇠 같은 그녀의 표정이 충분한 답이 되었다. 패턴이 랜드 주변으로 짜였고, 확률이 미친 듯이 날뛰었다.

시돈을 지난 일행은 작은 마을 네 곳을 지나 말을 달렸는데, 그곳에서는 란의 추적을 통해서만 랜드가 여전히 앞서가고 있다는 걸 알 수 있었다. 랜 드는 이제 걷고 있었다. 걸어 다닌 지 꽤 오래된 터였다. 일행은 자라를 지난 뒤 랜드의 말이 죽어 있는 것을 발견했다. 늑대들이나 들개들에게 물어뜯긴 모습이었다. 페린은 늑대들에게 마음을 뻗지 않기가 힘들었다. 모레인이 말 을 보다가 고개를 들어 페린에게 인상을 썼을 때는 특히 그랬다. 다행히도 란이 랜드의 장화 자국을 발견했다. 발자국은 죽은 말이 있는 곳에서부터 이어져 있었다. 장화 한쪽의 뒤축에는 바위에 부딪혀 생긴 모서리 세 개짜 리 홈이 있었다. 그 덕분에 발자국을 알아보기 쉬웠다. 하지만 걸어가든 말을 타고 가던 랜드는 여전히 일행을 앞서가는 듯했다.

시돈 이후로 지나온 네 마을 사람들이 기억하는 가장 신나는 일은 로이알이 말을 타고 마을에 들어갔을 때 그가 진짜로, 정말로 오기어라는 사실을 깨달은 일이었다. 그들은 이 점에 너무도 사로잡혀 페린의 눈은 거의 알아보지도 못했고, 알아봤을 때는…… 뭐, 오기어가 진짜라면 사람 눈이야 어떤 색이든 될 수 있다고 생각했다.

하지만 그다음에는 월라라는 이름의 작은 마을이 나왔는데, 그 마을에서는 축제가 벌어지고 있었다. 우물을 파겠다는 모든 노력이 실패로 돌아가고 사람들 절반이 이사를 떠나, 1년간 2킬로미터 떨어진 개울에서 물을 길어와야 했던 마을 광장의 샘이 다시 흐르기 시작했다. 결국 월라는 죽지 않게 된 것이다. 그 이후로는 아무 영향을 받지 않은 마을 세 곳을 하루 만에 빠르게 지났고, 그 이후에는 사마하라는 마을이 나왔다. 그곳에서는 바로 전날 밤에 모든 우물이 말라 버렸고 그래서 사람들이 어둠의 존재에 대해 수군거리고 있었다. 그다음에 나온 탈란에서는 바로 전날 아침, 그때까지 마을에 있었던 모든 다툼이 넘쳐흐르는 오물통이라도 된 듯 표면으로 끓어올라 세 건의 살인이 일어난 뒤에야 모두가 충격을 받고 정신을 차렸다. 마지막은 파이알이었다. 그곳에서는 올봄의 작황이 모두가 기억하는 한 최악이었는데, 시장이 집 뒤에 변소를 새로 파다가 금화로 가득한 썩은 가죽 자루를 발견한 덕에 아무도 굶지 않게 되었다. 파이알 사람 누구도 한쪽 면에 여자의 얼굴이, 다른 쪽에는 독수리가 새겨져 있는 뚱뚱한 주화를 알아보지 못했지만, 모레인은 그것이 마네세렌에서 만들어진 것이라고 했다.

페린은 어느 날 밤, 일행이 모닥불 주위에 둘러앉아 있을 때에야 모레인에게 물었다. "자라를 지나면서, 제 생각에는…… 그 사람들은 결혼식 때문에 다들 무척 행복해했어요. 하얀 망토들조차 바보처럼 보일 뿐이었고요. 파이알도 괜찮았죠. 랜드가 그 마을의 작황에 무슨 영향을 끼쳤을 리는 없잖아요. 랜드가 오기 전부터 농사를 망치고 있었으니까요. 그 사람들이 궁핍했다는 걸 생각하면 금화가 나타난 건 확실히 좋은 일이죠. 하지만 다른 모든 일은……. 마을이 불타오르고 우물이 말라버리고……. 그건 나쁜 일이에요, 모레인. 나는 랜드가 사악한 사람이라고는 믿을 수 없어요. 패턴이 랜드를 중심으로 형성될 수는 있겠죠. 하지만 어떻게 패턴이 그렇게 사악할 수 있어요? 말이 안 돼요. 말이 돼야죠. 말이 되지 않는 도구를 만들면, 그건 쇳덩이를 낭비하는 셈이에요. 패턴은 낭비하지 않고요."

란은 비웃는 듯한 시선으로 페린을 보더니 야영지 주위를 순찰하고자 어둠 속으로 사라졌다. 이미 이불을 덮고 쭉 뻗어 있던 로이알이 답을 들으려고 고개를 들고 귀를 앞으로 쫑긋 세웠다.

모레인은 잠시 침묵하며 손을 덥혔다. 마침내 그녀는 불꽃을 들여다보며 말했다. "창조주는 선하시단다, 페린. 거짓말의 아버지는 악하고. 시대의 패턴, 시대의 레이스 자체는 어느 쪽도 아니야. 패턴은 그냥 패턴이지. 시간의 물레는 모든 삶을, 모든 행동을 패턴에 짜 넣어. 전부 한 가지 색으로만 이루어진 무늬는 무늬라고 할 수 없지. 한 시대의 패턴에서는 선과 악이 씨줄과 날줄이란다."

사흘 뒤, 늦은 오후의 햇살 속을 달리면서도 페린은 모레인이 처음 그 말을 했을 때의 한기를 다시 느꼈다. 그는 패턴이 선하다고 믿고 싶었다. 사람이 사악한 짓을 하면 패턴에 거슬러 움직이며 패턴을 왜곡하는 거라 생각하고 싶었다. 페린에게 패턴은 장인이 만든 훌륭하고도 정교한 창조물이었다. 패턴이 아무 신경도 쓰지 않고 냄비 만드는 무쇠나 그보다도 못한 금속을 좋은 강철과 뒤섞는다는 것은 생각조차 할 수 없는 일이었다.

"나한텐 중요한 문제야." 그가 조용히 중얼거렸다. "빛을 걸고, 나한텐 중요한 문제라고." 모레인이 힐끗 돌아보자 그는 입을 다물었다. 아이즈 세다이가 랜드 외의 무엇에 신경을 쓰는지 그는 알 수 없었다.

몇 분 뒤 란이 나타나 모레인의 암말 옆으로 검은 전투마를 몰고 왔다. "레멘이 다음 언덕 바로 너머에 있습니다." 그가 말했다. "레멘도 하루 이틀 다사다난한 시간을 보낸 것 같습니다."

로이알의 귀가 한 차례 움찔거렸다. "랜드인가요?"

수호자가 고개를 저었다. "모르겠다. 모레인이 보면 알 수 있을지도 모르지." 아이즈 세다이는 탐색하는 눈길로 란을 보더니 흰 암말의 옆구리를 차 속도를 높였다.

언덕 꼭대기에 올라가자 레멘이 발아래에, 강 바로 앞까지 펼쳐졌다. 마네세렌드렐은 이곳에서 거의 1킬로미터 가까이 뻗어 있었다. 긴 노를 이용해 움직이는 바지선처럼 생긴, 사람들로 바글거리는 연락선 두 척과 거의 비어 있는, 돌아오는 연락선 한 척이 있을 뿐 다리는 없었다. 그 외에도 세 척의 연락선이 약 열두 척의 무역선과 돌로 만들어진 부두를 함께 썼다. 무역선은 돛 한 개짜리도, 두 개짜리도 있었다. 회색 돌로 만들어진 큼직한 창고 몇 채가 부두와 마을을 나눠 놓고 있었는데, 마을의 건물 역시 대체로 돌로 만들어진 듯했다. 다만 지붕은 노란색에서 빨간색, 보라색에 이르는 모든 색깔의 타일로 만들어져 있었다. 거리가 중앙 광장을 중심 삼아 사방으로 이어졌다.

모레인은 망토에 달린 깊은 후드를 당겨 써 얼굴을 가린 뒤에야 언덕을 내려갔다.

늘 그러듯 거리의 사람들은 로이알을 빤히 바라보았지만, 이번에는 페린의 귀에 경탄하며 "오기어"라고 중얼거리는 소리가 들려왔다. 로이알은 꽤 오랜만에 안장에 허리를 펴고 앉았다. 귀도 똑바로 섰고, 널찍한 입 가장자리가 미소로 약간 말려 올라갔다. 그는 즐거운 마음을 티 내지 않으려는 게 분명했지만, 그 표정은 귀를 긁어준 고양이 같았다.

페린이 보기에 레멘은 별로 특별할 게 없는 마을이었다. 그곳은 인간이 만든 향과 인간의 체취로 가득했다. 물론, 강에서 풍기는 강한 냄새도 있었지만 말이다. 그래서 페린은 란이 한 말이 대체 무슨 뜻인지 궁금했다. 그때, 어떤…… 잘못된 냄새가 나며 목뒤털이 삐죽 섰다. 페린의 코에 닿자마자 그 냄새는 뜨거운 숯에 떨어진 말의 털 한 가닥처럼 사라져 버렸다. 그러나 페린은 그 냄새를 기억했다. 자라에서도 같은 냄새가 났었다. 그때도 똑같이 사라져 버렸고. 뒤틀린 자나 태어나지 않은 자의 냄새는 아니었지만—**태워 죽일, 뒤틀린 자가 아니라 트롤록일 거야! 태어나지 않은 자가 아니라고! 머드랄, 희미한 자, 반인, 뭐라고 불러도 좋지만 태어나지 않은 자는 안 돼!**—모든 면에서 찌르는 듯했고, 모든 면에서 고약했다. 하지만 뭐든 그 냄새를 남긴 존재는 오래가는 흔적을 남기지 않는 듯했다.

그들은 말을 타고 마을 광장에 접어들었다. 커다란 판석 하나가 광장 한가운데에 파헤쳐진 채 올라와 있었다. 교수대를 설치하기 위한 것이었다. 두꺼운 목재 하나가 흙에서 솟아 나와 쇠쇠가 달린 가로장을 받치고 있었다. 가로장에는 철창이 매달려 있었는데 철창 밑바닥은 4미터 높이였다. 온통 회색과 갈색으로 된 옷을 입은 키 큰 남자가 철창 안에 앉아 무릎으로 턱을 괴고 있었다. 다른 자세를 취할 공간이 없었다. 조무래기 셋이 그에게 돌을 던져 댔다. 돌이 철창 사이로 들어왔을 때도 남자는 움찔하지 않은 채 앞을 똑바로 보았다. 그의 얼굴에는 얼룩진 핏자국이 가득했다. 근처를 지나가는 마을 사람들은 남자가 그랬듯 아이들이 하는 짓에 아무 관심을 두지 않았다. 다만 모두가 철창을 보았다. 대부분은 만족스럽다는 표정이었고 몇몇은 두려워했다.

모레인은 목구멍 깊은 곳에서 혐오스럽다는 듯한 소리를 냈다.

"저게 다가 아닙니다." 란이 말했다. "가시죠. 제가 이미 여관에 방을 잡아 두었습니다. 흥미로우실 겁니다."

페린은 둘을 따라 말을 달리며 어깨 너머로 철창 속 남자를 돌아보았다. 남자가 어딘지 익숙했지만 어째서인지 알 수 없었다.

"저러면 안 되는데." 로이알의 우렁우렁한 목소리가 반쯤은 으르렁거리는 것처럼 들렸다. "아이들 말이야. 어른들이 막아야지."

"그러게." 페린도 동의했지만, 별다른 관심은 기울이지 않았다. **왜 저 사람을 어디서 본 것만 같지?**

란이 일행을 데려간, 강과 가까운 여관 문 위에 걸린 간판에는 "웨이랜드의 대장간"이라는 글자가 적혀 있었다. 페린은 그걸 좋은 징조로 받아들였다. 다만 간판에 그려진, 망치를 들고 가죽 앞치마를 입은 남자를 제외하면 여관은 대장장이와 아무 관련이 없어 보였다. 그곳은 규모가 크고 지붕이 보라색인 3층짜리 건물로, 네모나고 윤이 나는 잿빛 돌로 만들어져 있었다. 창문이 큼직하고 문에는 소용돌이 장식이 새겨져 있었다. 장사가 잘 되는 듯했다. 마구간지기들이 말을 받아 주러 달려오더니 란이 동전을 던져 준 뒤에는 더욱 깊이 허리를 숙여 댔다.

여관 안에 들어간 페린은 사람들을 바라보았다. 탁자에 앉은 남녀는 모두 잔치옷을 입은 것처럼 보였다. 페린이 오랫동안 봐 온 옷에 비해 코트에는 수가 더 많이 놓여 있었고 드레스에는 더 많은 레이스가 달려 있었다. 리본은 더욱 알록달록했고 스카프에는 술이 달려 있었다. 한 탁자에 앉아 있는 네 남자만이 수수한 코트를 입고 있었다. 페린 일행이 들어왔을 때 호기심으로 고개를 들지 않은 사람도 그들뿐이었다. 네 남자는 조용히 대화를 이어 나갔다. 페린은 그들이 하는 말을 거의 알아듣지 못했다. 화물로는 모피보다 얼음 후추가 낫다는 이야기나, 살데이아에서 일어난 문제가 가격에 어떤 영향을 미칠지 등의 이야기였다. 페린은 그들이 무역선 선장들일 거라고 생각했다. 다른 사람들은 동네 주민인 듯했다. 종업원 여자들도 가장 좋은 옷을 입고 있는 것 같았다. 목 부분에 레이스가 달린, 수놓인 드레스가 앞치마로 덮여 있었다.

주방은 바빴다. 여러 가지 채소는 물론 양고기, 새끼 양고기, 닭고기, 쇠고기 냄새가 났다. 잠깐이지만 페린조차 고기 냄새를 잊게 만드는 강한 케이크 냄새도 났다.

여관 주인이 직접 문 바로 안쪽에서 그들을 마중했다. 매끄럽고 불그레한 얼굴에 반짝이는 갈색 눈을 가진, 통통한 대머리 남자였다. 그는 허리를 숙이며 두 손을 문질러 댔다. 그가 다가오지 않았다면 페린은 절대 그를 여관 주인으로 생각하지 않았을 것이다. 예상할 법한 흰 앞치마 대신 다른 모든 사람처럼 코트를 입었기 때문이다. 튼튼한 파란색 모직 천에 흰색과 초록색의 수가 놓인 코트였다. 남자는 묵직한 코트 때문에 땀을 흘리고 있었다.

왜 다들 축제 옷을 입고 있는 거지? 페린은 궁금했다.

"아, 안드라 씨." 여관 주인이 란에게 말했다. "말씀하신 대로 오기어도 계시는군요. 물론 의심했다는 말씀은 아닙니다. 그 모든 일이 벌어진 마당인데요. 게다가 당신 말씀이기도 하고요. 오기어가 없을 이유는 뭐겠습니까? 아, 오기어 님. 당신을 저희 집에 맞아들이다니, 당신께서 짐작조차 못 하실 만큼의 큰 기쁨입니다. 훌륭한 일인 데다가, 그 모든 일에 종지부를 찍기에도 적절한 일이죠. 그리고 부인……." 그의 눈이 모레인의 짙은 파란색 비단 드레스와 긴 여행으로 먼지가 묻어 있건만 여전히 훌륭한 망토의 풍성한 모직 천을 알아보았다. "부디 용서하십시오, 아가씨." 그는 말발굽처럼 몸을 구부렸다. "안드라 씨께서 아가씨의 지위를 분명히 말해 주지 않으셨습니다. 예의 없게 굴려던 것은 아닙니다. 물론, 아가씨라면 오기어 님보다도 더욱 환영합니다. 부디 가이너 펄란의 형편없는 혀를 불쾌하게 여기지 말아 주십시오."

"전혀 불쾌하지 않아요." 모레인의 목소리는 펄란이 그녀에게 붙여 준 호칭을 침착하게 받아들였다. 아이즈 세다이가 다른 이름을 쓰거나 실제와는 다른 사람인 척했던 것은 이번이 처음은 아니었다. 페린이 듣기에 란이 자기 이름을 안드라라고 소개한 것도 이번이 처음은 아니었다. 지금도 깊은 후드에 아이즈 세다이 특유의 매끄러운 이목구비를 갖춘 모레인의 얼굴이 감춰져 있었다. 그녀는 추위를 느끼는 듯 한 손으로 망토를 잡고 있었고, 그 손은 거대한 뱀 반지가 끼워진 손이 아니었다. "마을에 이상한 일들이 일어 났더군요, 주인장. 그러나 이해합니다. 여행자들이 걱정할 만한 일은 아니겠 지요?"

"아아, 아가씨. 정말이지 이상한 일이라고 할 수도 있겠습니다. 아가씨의 빛나는 존재만으로도 이 초라한 집에는 영예 이상입니다. 게다가 오기어 님 까지 함께 오시다뇨. 아무튼, 여기 레멘에는 사냥대도 와 있답니다. 바로 여 기, 웨이랜드의 용광로에 말이지요. 발리어의 뿔나팔을 찾는 사냥대입니다. 일리안에서 모험을 찾아 떠나온 분들이지요. 게다가 아가씨, 그분들은 이 곳 레멘에서 모험을 찾았답니다. 강을 따라 겨우 2~4킬로미터 올라간 곳에 서요. 사냥대는 그곳에서 다른 무엇도 아닌 거친 아이일 사람들과 싸웠습 니다. 알타라에 검은 베일을 쓴 아이일이 나타났다니 상상이 되십니까, 아 가씨?"

아이일 사람. 이제 페린은 철창 속 남자의 어떤 점이 익숙하게 느껴졌는 지 알았다. 페린은 딱 한 번 아이일 사람을 본 적이 있었다. 그들은 황무지라 불리는 가혹한 땅에 사는, 거의 전설적이고 사나운 민족이었다. 그 남자는 랜드와 무척 닮은 모습으로 대부분의 사람보다 키가 컸고 회색 눈에 불그레한 머리카락을 갖고 있었다. 또한 그는 철창 속 남자와 비슷한 옷을 입고 있었다. 바위나 덤불에 쉽게 섞여 들어갈, 갈색과 잿빛으로만 이루어진 옷에 무릎 부근에서 묶은 부드러운 장화. 페린은 민의 목소리가 다시 들리는 듯했다. **철창 속의 아이일 사람. 그 사람이 네 인생의 전환점이야. 앞으로 일어날 중요한 사건이든지.**

"왜 그 사람을……?" 페린은 너무 쉰 목소리가 나지 않도록 목을 가다듬었다. "어쩌다 아이일 사람이 당신들 마을 광장의 철창에 갇히게 된 건가요?"

"아아, 선생님. 그 이야기는……." 펄란은 말을 흐리며 페린을 위아래로 훑어보았다. 그는 페린의 수수한 시골 옷차림과 그의 두 손에 들린 긴 활을 알아보고, 허리띠의 화살통 맞은편에 채워진 도끼에서 잠시 시선을 멈추었다. 통통한 남자는 페린의 얼굴에 시선이 이르자 움찔했다. 귀족 여자와 오기어에 집중한 나머지 페린의 노란 눈을 이제야 알아본 듯했다. "당신의 하인입니까, 안드라 씨?" 그가 조심스럽게 물었다.

"묻는 말에 대답하시오." 란이 한 말은 그게 다였다.

"아아. 네, 물론입니다, 안드라 씨. 하지만 저보다 이야기를 잘 전해 줄 사람이 있습니다. 다름 아닌 오번 공 본인이시죠. 저희도 그분 이야기를 들으러 모인 겁니다."

검은 머리카락에 붉은 코트를 걸친, 비교적 젊은 남자가 머리에 붕대를 감고서 휴게실 옆쪽 계단에서 내려오고 있었다. 그는 패드를 댄 목발을 짚고 있었으며, 발목에서 무릎까지 종아리의 더 많은 부분에 붕대를 감을 수 있도록 왼쪽 다리 부분을 자른 브리치스를 입고 있었다. 마을 사람들은 기적적인 장면을 본 듯 웅성거렸다. 선장들은 조용히 이야기를 계속했다. 그들은 다시 모피 이야기를 하고 있었다.

펄란은 붉은 코트를 입은 남자가 이야기를 더 잘할 거라고 생각했는지 먼저 말을 꺼냈다. "오번 공과 간 공은 수행원 겨우 열 명만을 거느리고 스무 명의 사나운 아이일 사람들과 맞서셨습니다. 아, 싸움은 격렬하고도 고됐지요. 양쪽 모두 많은 상처를 입었습니다. 훌륭한 수행원 여섯 명이 죽었고, 모두가 부상을 입었지요. 오번 공과 간 공이 가장 크게 다치셨고요. 하지만 두 분은 도망친 자들을 제외한 모든 아이일 사람을 죽이고 한 명을 포로로 잡으셨습니다. 여러분이 저 바깥 광장에서 보신 자가 그자입니다. 거기에서라면 그자도 더 이상 야만적인 방식으로 이 고장에 문제를 일으키지는 않겠지요. 죽은 자들과 똑같이 말입니다."

"이 지역에서 아이일 사람들이 문제를 일으켰나요?" 모레인이 물었다.

페린도 같은, 불안한 궁금증을 품고 있었다. 지금도 폭력적인 사람을 지칭할 때 이따금 '검은 베일을 쓴 아이일 사람'이라는 용어를 쓰는 자들이 있긴 했지만, 그건 아이일 전쟁이 남긴 인상에서 나온 말이었다. 그 전쟁은 지금으로부터 20년 전의 일이었고, 아이일 사람들은 그 이전에도 그 이후에도 황무지를 벗어난 적이 없었다. **하지만 나도 세계의등뼈 이쪽에서 아이일 사람을 한 명 봤어. 방금 본 사람까지 하면 두 명이고.**

여관 주인이 벗어진 머리를 문질렀다. "아아. 그건 아닙니다, 아가씨. 딱히 그런 건 아니지요. 하지만 야만인 스무 명이 멋대로 돌아다니고 있었으니 문제가 생길 건 확실했습니다. 글쎄, 놈들이 케예리엔 전역에서 살육과 약탈과 방화를 저질렀다는 건 다들 기억하니까요. 아이일 사람들을 다시 몰아내기 위해 여러 나라가 힘을 모았을 때 바로 이 마을 출신의 남자들도 빛나는 장벽의 전투에 참전했습니다. 저는 당시에 허리를 삐는 바람에 참전하지는 못했지만, 다들 그렇듯 잘 기억하고 있습니다. 놈들이 자기들 영토에서 이렇게 멀리 떨어진 곳에 어떻게, 왜 왔는지는 모르겠지만 오번 공과 간 공께서 놈들로부터 저희를 지켜 주셨습니다." 축제 복장을 한 사람들이 동의하는 의미로 웅성거렸다.

오번이 쿵쿵거리며 휴게실을 가로질러 왔다. 그의 눈에는 오직 여관 주인만이 보이는 듯했다. 페린은 그가 가까이 오기 전부터 상한 와인 냄새를 맡을 수 있었다. "그 늙은 여자는 약초를 가지고 어디로 간 건가, 펄란?" 오번이 거칠게 물었다. "간이 상처로 앓고 있다. 나는 머리가 쪼개질 것 같고."

펄란은 머리가 바닥에 닿을 정도로 허리를 숙였다. "아아, 어머니 라이히는 아침에 돌아올 겁니다, 오번 나리. 지금은 받을 아이가 있어서 떠났습니다. 하지만 나리와 간 나리의 상처는 꿰매고 찜질해 두었다고 했으니 걱정하실 필요는 없습니다. 아아, 오번 나리. 어머니 라이히는 분명 날이 밝자마자 두 분을 돌봐 드릴 겁니다.”

붕대를 감은 남자가 나지막한 소리로 뭐라 중얼거렸다. 오직 페린만이 들을 수 있을 만큼 조용한 소리였다. 시골 여자가 ‘새끼 까기’를 기다려야 한다느니, ‘곡물 자루처럼 꿰매어졌다’느니 하는 이야기였다. 그는 시무룩하고 화가 난 눈을 움직이다가 처음으로 새로 온 사람들을 본 듯했다. 그는 즉시 페린을 무시했다. 페린으로서는 전혀 놀랍지 않은 일이었다. 오번의 눈은 로이알을 보고 잠시 커졌다가—**오기어를 본 적이 있는 거야.** 페린은 생각했다. **하지만 여기서 오기어를 보게 될 줄은 몰랐겠지**—란을 보고는 잠시 가늘어졌으며—**전사를 보면 알아보되 달가워하지는 않는 거야**—허리를 숙여 모레인의 후드 안을 들여다볼 때는 환해졌다. 모레인의 얼굴이 보일 만큼 가까운 거리가 아니었는데도 말이다.

페린은 아이즈 세다이에 관해서는 아무 생각도 하지 않기로 했다. 모레인과 란도 별다른 생각을 하지 않기를 바랐다. 수호자의 눈에 어린 빛을 보니 최소한 그 바람은 이루어지지 않은 듯했다.

“당신들 열두 명이 아이일 사람 스무 명과 싸웠다고 했소?” 란이 무미건조한 목소리로 물었다.

오번은 움찔하며 허리를 폈다. 그는 일부러 태평한 어조로 말했다. “그렇소. 발리어의 뿔나팔을 찾을 때면 그런 일이 일어나리라 예상해야 하지. 간과 나에게 이런 사건은 처음이 아니었소. 뿔나팔을 찾기까지 아마 마지막도 아니겠지. 빛께서 우리를 비추신다면 말이오.” 그는 빛이 자기들을 비추지 않으면 어쩌겠느냐는 투로 말했다. “물론 우리가 싸운 대상이 전부 아이일 사람이었던 건 아니오. 하지만 할 수만 있으면 사냥대를 막으려는 자들은 언제나 있지. 간과 나는 쉽게 멈추지 않소.” 마을 사람들이 또 한 번 동의의 의미로 웅성거렸다. 오번의 허리가 조금 더 펴졌다.

“여섯 명을 잃고 포로 한 명을 잡았군.” 란의 목소리만으로는 그게 괜찮은 거래였는지 형편없는 거래였는지 분명하지 않았다.

"그렇소." 오번이 말했다. "도망친 자들을 제외하고 나머지는 모두 죽였소. 지금쯤 놈들은 분명 죽은 자들을 숨기고 있을 것이오. 듣자니 아이일 사람들은 그렇게 한다더군. 하얀 망토들이 놈들을 찾고 있지만, 절대 발견하지 못할 거요."

"여기에 하얀 망토들이 있어요?" 페린이 날카롭게 물었다.

오번은 그를 힐끗 보더니 한 번 더 무시했다. 남자가 다시 란에게 말했다. "하얀 망토들은 언제나 사람들이 그들을 필요로 하지도, 원하지도 않는 곳에 코를 들이밀지. 놈들 전부가 무능하고 막돼먹은 놈들이오. 그렇소, 놈들은 며칠 동안 이 지방 전체를 뛰어다닐 테지만 자기들 그림자 말고는 아무것도 찾지 못할 거요."

"아마 그렇겠지." 란이 말했다.

붕대를 감은 남자는 란의 말이 정확히 무슨 뜻인지 모르겠다는 듯 인상을 찌푸리더니 다시 여관 주인을 돌아보았다. "그 늙은 여자를 찾아오게. 알았나? 머리가 쪼개질 것 같군." 그는 마지막으로 란을 한 번 힐끗 보더니 절뚝거리며 한 번에 한 칸씩 다시 계단을 올라갔다. 아이일 사람을 죽인 뿔나팔 사냥대에게 감탄하며 웅성대는 소리가 이어졌다.

"일이 많은 마을이네." 로이알의 낮은 목소리가 모두의 눈길을 끌었다. 선장들만이 예외였다. 페린이 들은 바대로라면 그들은 밧줄 이야기를 하는 것 같았다. "내가 어디에 가든 너희 인간들은 일을 벌여. 서두르고 허둥대면서 이런저런 일이 일어나게 만들지. 어떻게 그 많은 흥분을 감당하는 거야?"

"아아, 오기어님." 펄란이 말했다. "흥분을 원하는 게 우리 인간의 방식입니다. 빛나는 장벽으로 행군 못 한 것이 얼마나 후회되는지요. 글쎄, 그게 말이지요……."

"방을 보여 주세요." 모레인은 목소리를 높이지 않았지만 그녀의 말은 날카로운 칼이라도 되는 것처럼 여관 주인의 말을 뚝 잘랐다. "안드라가 방을 잡아 뒀다던데, 아닌가요?"

"아아, 아가씨. 용서해 주십시오. 예, 안드라 씨는 실제로 방을 잡아 두셨습니다. 부디 용서해 주세요. 하도 신나는 일이 많아서 저도 머리가 비었답니다. 부디 용서해 주세요, 아가씨. 괜찮으시다면 이쪽입니다. 따라와 주세요.” 펄란은 허리를 숙이고 굽신거리고 사과하고 끊임없이 떠들어 대며 일행을 위층으로 안내했다.

계단 맨 위에서 페린은 잠시 멈추어 뒤를 돌아보았다. 아래쪽에서 ‘귀족 여자’와 ‘오기어’라고 중얼거리는 소리가 들렸다. 모든 시선이 느껴졌다. 하지만 특정한 한 사람의 시선이, 모레인이나 로이알이 아닌 자신을 바라보는 누군가의 눈길이 느껴지는 것 같았다.

페린은 즉시 그 여자를 짚어 냈다. 일단 그 여자는 다른 사람들과 거리를 두고 서 있었다. 또 그녀는 휴게실 안에서 레이스가 달리지 않은 옷을 입은 유일한 여자였다. 검은색에 가까운 그녀의 짙은 회색 드레스는 선장들이 입은 옷만큼 수수했다. 옷소매는 넓고 스커트는 폭이 좁았으며, 장식용 프릴이나 바늘땀은 전혀 들어가 있지 않았다. 여자가 움직일 때 보니 드레스는 말을 탈 수 있도록 트여 있었다. 또한 여자는 드레스 자락 아래로 삐져나온 부드러운 장화를 신고 있었다. 젊은 여자였다. 기껏해야 페린의 나이일 것이다. 여자치고 키가 컸으며 검은 머리카락을 늘어뜨리고 있었다. 자칫하면 너무 크고 대담하게 보였을 코와 큰 입, 높은 광대에 검고 살짝 치켜 올라간 눈. 페린은 그녀가 아름다운지 아닌지 판단할 수 없었다.

페린이 시선을 아래로 내리자마자 그녀는 돌아서서 종업원 중 한 명에게 말을 걸더니 다시는 계단을 쳐다보지 않았다. 하지만 페린은 자신의 느낌이 맞았다고 확신했다. 그 여자는 페린을 보고 있었다.

34장 다른 춤

펄란은 일행을 방으로 안내해 주며 끝없이 떠들어 댔다. 페린은 사실 그의 말에 귀 기울이지 않았다. 검은 머리 여자가 노란 눈의 의미를 아는지 생각하느라 정신이 팔려 있었다. **태워 죽일, 그 여자는 진짜로 나를 보고 있었어.** 그때 페린은 여관 주인이 "기알단에서 드래건의 출현이 선포되었다"고 말하는 것을 들었다. 귀가 로이알처럼 뾰족 설 것만 같았다.

모레인이 방으로 들어가다 말고 문 앞에서 우뚝 멈춰 섰다. "다른 가짜 드래건이 나타났다는 건가요, 주인장? 기알단에?" 모레인의 얼굴은 여전히 망토 후드에 가려져 있었다. 하지만 그녀는 발가락까지 몸을 떠는 것 같은 목소리였다. 페린은 남자의 대답을 들으면서도 모레인을 보지 않을 수 없었다. 거의 두려움에 가까운 냄새가 났다.

"아아, 아가씨. 두려워 마십시오. 기알단까지는 732킬로미터나 떨어져 있고, 여기서는 아무도 아가씨를 괴롭히지 않을 겁니다. 곁에 안드라 씨도 계시고, 오번 공과 간 공도 있으니까요. 글쎄……."

"묻는 말에 대답하시오!" 란이 거칠게 말했다. "기알단에 가짜 드래건이 나타났소?"

"아아. 아아, 아닙니다, 안드라 씨. 정확히 그런 건 아닙니다. 제 말은 드래건이 나타났다고 선포하는 남자가 기알단에 있다는 겁니다. 며칠 전에 그런 말을 들었습죠. 어떤 남자가 드래건이 올 거라는 설교를 한다고 할 수 있겠습니다. 타라본에 나타났다는 드래건에 대해 이야기하는 거지요. 다만 드래건이 나타난 곳은 타라본이 아니라 아라드 도만이라고 말하는 사람도 있긴 합니다. 어쨌든 여기서는 먼 곳이지요. 글쎄, 다른 때였다면 그 이야기가 가장 큰 관심을 끌었겠지요. 아마 호크윙의 군대가 돌아왔다는 정신 나간 이야기를 더 하겠지만요……." 펄란이 침을 삼키며 더 빠르게 손을 비벼 대는 걸 보면 란의 차가운 시선이 칼날처럼 느껴진 모양이었다. "저는 들은 내용을 알 뿐입니다, 안드라 씨. 전해지는 말로는, 기알단의 그 남자는 시선으로 사람을 제자리에 못 박을 수 있다더군요. 드래건이 우리를 구하러 오니 우리 모두 그를 따라야 한다는 온갖 말도 안 되는 소리를 한다고 합니다. 짐승들까지도 드래건을 위해서 싸울 거라나요. 그자가 체포됐는지 아닌지는 모르겠습니다. 체포됐을 가능성이 크겠지요. 기알다닌은 그런 이야기를 오래 참아 주지 않으니까요."

마시마로구나. 페린은 놀라서 생각했다. **빌어먹을 마시마야.**

"당신 말이 맞소, 주인장." 란이 말했다. "그자가 이곳의 우리를 곤란하게 할 가능성은 별로 없소. 나도 예전에 말도 안 되는 이야기를 늘어놓는 걸 좋아하는 사람을 알았소. 기억하시지요, 알리스 아가씨? 마시마 말입니다."

모레인이 움찔했다. "마시마라. 그래요. 당연하죠. 그 사람은 잊고 있었는데." 모레인의 목소리가 단호해졌다. "내가 다음번에 마시마를 만나면, 마시마는 차라리 누군가가 자기 가죽을 벗겨서 장화를 만들었으면 좋겠다고 생각하게 될 거예요." 그녀가 너무 세게 문을 닫고 들어가는 바람에 복도 전체에 쾅 소리가 메아리쳤다.

"조용히 좀 하라니까!" 저쪽 끝에서 뭔가에 가로막힌 고함이 들려왔다. "머리가 쪼개질 것 같다고!"

"아아." 펄란은 손을 이리 비틀었다가 저리 비틀었다가 했다. "아아. 실례지만, 안드라 씨. 알리스 아가씨는 사나운 분 같군요."

"그분의 기분을 상하게 하는 사람들에게만 그렇소." 란이 재미없게 말했다. "짖을 때보다는 물 때가 훨씬 아프지."

"아아. 아아. 아아. 안드라 씨 방은 이쪽입니다. 아, 오기어 님. 안드라 씨에게서 당신이 오신다는 말을 들었을 때, 저는 300년 이상 다락에서 먼지만 쌓여 가던 오래된 오기어 침대를 가져오게 했습니다. 글쎄, 이건……."

페린은 그의 말이 몸을 적시게 놔두었다. 강가의 바위가 물소리를 듣는 것 이상으로는 그 말에 귀 기울이지 않았다. 검은 머리의 젊은 여자가 걱정됐다. 철창 속의 아이일 사람도.

일단 방에 들어간 페린은—뒤쪽에 있는 작은 방이었다. 란은 페린이 하인이라는 여관 주인의 생각을 바로잡아 줄 만한 행동을 전혀 하지 않았다—생각에 잠긴 채 기계적으로 움직였다. 일단 활을 풀어 구석에 세워 두었다. 활을 너무 오래 메고 다니면 활과 활시위가 둘 다 망가졌다. 둘둘 말린 담요와 안장주머니는 세면대 옆에 내려놓고 그 위에 망토를 펼쳐 놓았다. 화살통과 도끼가 달린 허리띠는 벽의 못에 걸어 두었다. 하마터면 침대에 누울 뻔했는데, 턱에서 뚝 소리가 나도록 하품을 하다가 그게 얼마나 위험한 일인지를 떠올렸다. 침대는 좁았고 매트리스는 여기저기 뭉쳐 있는 것처럼 보였다. 그런데도 페린이 기억하는 그 어떤 침대보다 아늑하게 보였다. 그는 대신 다리 세 개짜리 의자에 앉아 생각했다. 그는 언제나 상황을 철저히 생각해 보는 걸 좋아했다.

어느 정도 시간이 흐른 뒤, 로이알이 문을 두드리더니 고개를 들이밀었다. 오기어의 귀는 신이 나서 사실상 떨리고 있었다. 하도 활짝 웃어서 널찍한 얼굴이 거의 반으로 갈라진 것처럼 보였다. "페린, 못 믿을 소식이야! 내 침대가 노래나무로 만들어져 있어! 와, 천 년은 훨씬 더 된 물건일 거야. 어떤 나무노래꾼도 최소한 그 기간만큼은 그렇게 큰 가구를 노래로 만들어 낸 적이 없어. 나조차도 감히 엄두를 내지 못했을 텐데. 지금은 내가 대부분의 오기어보다 강력한 재능을 가지고 있는데도 말이야. 뭐, 솔직히 말해 더 이상은 우리 중에 그 재능을 갖춘 사람이 많지 않긴 하지. 하지만 나무노래를 부를 수 있는 오기어 중에는 **내가** 최고야."

"그거 아주 흥미롭네." 페린이 말했다. **철창 속의 아이일 사람. 민이 그렇**

게 말했었어. 그 여자는 왜 날 보고 있었던 거지?

"그럴 줄 알았어." 로이알은 페린이 같이 흥분하지 않자 약간 풀 죽은 목소리였지만, 페린이 하고 싶었던 일은 생각하는 것뿐이었다. "아래층에 저녁이 준비돼 있어, 페린. 사냥대가 뭘 원할지 몰라 가장 좋은 음식을 준비해 뒀대. 하지만 우리도 먹어도 돼."

"넌 가서 먹어, 로이알. 난 배 안 고파." 주방에서 올라오는 고기 굽는 냄새에도 페린은 흥미가 느껴지지 않았다. 그는 로이알이 떠나는 것도 거의 의식 못 했다.

페린은 두 손으로 무릎을 짚은 채 때로 하품하며 문제를 해결하려 노력했다. 이 모든 상황은 루한 스승님이 만든 퍼즐처럼, 풀 수 없게 연결된 금속 조각들처럼 보였다. 하지만 쇠고리와 나선을 떨어지게 만들 비법은 언제나 있었다. 이번에도 그런 방법이 있을 게 틀림없었다.

여자는 그를 보고 있었다. 페린의 눈 때문이었는지도 몰랐다. 다만 여관 주인은 페린의 눈을 무시했고, 다른 사람들은 이상한 걸 전혀 눈치채지 못했다. 그들에게는 구경할 오기어가 있었고, 여관에 와 있는 뿔나팔 사냥대가 있었으며, 이 마을에 들른 귀족 여자와 광장의 철창에 갇힌 아이일 사람이 있었다. 사람의 눈 색깔 같은 사소한 게 그들의 관심을 끌 수는 없었다. 하인으로만 보이는 페린의 그 어떤 면도 나머지와는 경쟁이 되지 않았다. **그럼 그 여자는 왜 하필 나를 골라서 쳐다본 거지?**

철창 속 아이일 사람도 그랬다. 민이 본 것은 언제나 중요했다. 하지만 어떻게 중요한 걸까? 페린이 뭘 해야 하는 걸까? **어린애들이 돌을 던지지 못하도록 내가 막을 수도 있었어. 그랬어야 했어.** 페린은 만일 그렇게 했다면 어른들이 당신 일에나 신경 쓰라고, 그는 레멘에서 이방인이며 아이일 사람은 그가 신경 쓸 일이 아니라고 말했을 게 거의 확실하다고 자신을 타일러 봤지만 소용없었다. **노력이라도 해 봤어야 해.**

아무 답이 떠오르지 않았으므로 페린은 처음으로 돌아가 인내심 있게 다시 생각하고 또 생각하고 또 생각했다. 그런데도 자신이 하지 않은 일에 대한 후회 말고는 아무것도 찾지 못했다.

마침내 어둠이 내리고 나서야 답이 떠올랐다. 그의 방은 하나밖에 없는 창문을 통해 들어오는 작은 달빛이 있을 뿐 어두웠다. 페린은 좁은 난로 위 선반에 놓인 수지 양초와 부싯깃 통을 봤던 게 기억났다. 페린의 눈에는 그 정도 빛만으로도 충분했다. **뭔가 해야 하지 않을까?**

페린은 도끼를 차고 잠시 멈추었다. 생각 없이 한 행동이었다. 도끼를 차는 것은 숨 쉬는 것만큼 자연스러운 일이 되었다. 마음에 들지 않았다. 하지만 페린은 허리띠를 찬 채 밖으로 나갔다.

계단에서 나오는 빛 때문에 복도는 거의 환하게 보였다. 휴게실에서는 이야기하고 웃는 소리가, 주방에서는 요리하는 냄새가 올라왔다. 페린은 성큼성큼 여관 앞쪽, 모레인의 방으로 가서 한 차례 노크하고 들어섰다. 그런 다음 얼굴이 화끈해져서 멈춰 섰다.

모레인이 어깨에 늘어져 있던 연파란색 로브를 당겨 몸을 감쌌다. "원하는 게 있니?" 그녀가 싸늘하게 물었다. 그녀의 한 손은 등이 은으로 만들어진 빗을 쥐고 있었고, 검게 굽이치며 목으로 흘러내린 머리카락은 방금까지 빗질을 하고 있었던 것처럼 윤이 났다. 모레인의 방은 페린의 방보다 훨씬 좋았다. 윤이 나는 나무 널빤지가 벽에 붙어 있고, 은세공이 들어간 램프와 불이 피워진 널찍한 벽돌 난로도 있었다. 공기에서 장미 향 비누 냄새가 났다.

"그게…… 란이 여기 있을 줄 알고요." 페린은 간신히 말했다. "당신이랑 둘이 항상 머리를 맞대고 있잖아요. 그래서 란이…… 그러니까……."

"뭘 원하는 거야, 페린?"

페린은 깊이 숨을 들이쉬었다. "이게 랜드가 한 짓인가요? 란이 여기까지 랜드를 쫓아왔다는 건 알아요. 모든 게 다 이상하게 보이는 것도 사실이에요. 사냥대도, 아이일 사람도. 하지만 이게 랜드가 한 짓인가요?"

"아닌 것 같구나. 란이 오늘 밤에 알아낸 내용을 말해 주면 더 확실해지겠지. 운이 따라 준다면, 란이 알아낸 내용은 내가 선택을 내릴 때 도움이 될 거야."

"선택이요?"

"랜드는 강을 건너서 들판을 지나 티어로 가고 있을 수 있어. 아니면 하류로 가는 배를 타고 일리안으로 갔을지도 모르지. 거기에서 티어로 가는 다른 배를 타려고 말이야. 그 길로 가면 여행길이 몇십 킬로미터 길어지지만, 시간은 며칠 짧아지거든."

"우리가 랜드를 따라잡을 수 있을 것 같지는 않아요, 모레인. 대체 어떻게 하는 건지는 모르겠지만, 랜드는 걸어가면서도 우리를 앞서고 있어요. 란의 생각이 맞는다면 랜드는 지금도 반나절 앞서 있다고요."

"거의 랜드가 '여행'하는 방법을 배웠다는 생각이 들 정도야." 모레인이 살짝 얼굴을 찌푸리며 말했다. "하지만 만일 그랬다면, 랜드는 곧장 티어로 갔겠지. 아니, 랜드에게는 오래 걷는 자와 힘이 센 달리는 자들의 피가 흘러. 어쨌든, 우리는 강으로 가야 할지 모르겠구나. 랜드를 따라잡을 수 없다면 랜드를 바짝 쫓아 티어에 가야지. 아니면 티어에 가서 랜드를 기다리든지."

페린은 불안하게 발을 바꿔 짚었다. 모레인의 목소리에는 차가운 결기가 담겨 있었다. "전에 어둠의 친구의 존재를 느낄 수 있다고 하셨죠? 최소한 그림자 속으로 멀리 가 버린 사람은 말이에요. 란도 느낄 수 있고요. 여기서 그런 걸 느낀 적이 있어요?"

모레인은 큰 소리로 코웃음 치더니, 다리 부분에 정교한 은세공이 들어간 높다란 거울로 시선을 돌렸다. 그녀는 한 손으로 로브를 잡은 채 다른 손으로 머리를 빗었다. "그렇게까지 멀리 가 버린 인간은 극소수란다, 페린. 최악의 어둠의 친구라도 마찬가지야." 빗질이 중간에 멈추었다. "왜 묻는 거지?"

"휴게실에서 나를 쳐다보던 여자가 있어요. 다른 모든 사람과는 달리 당신이나 로이알을 보는 게 아니었어요. 나를 봤어요."

빗이 다시 움직이기 시작했다. 모레인의 입술에 잠시 미소가 어렸다. "페린, 너는 가끔 네가 잘생긴 젊은이라는 걸 잊는구나. 어떤 여자들은 어깨가 넓은 남자를 좋아하지." 페린은 끙 소리를 내며 발을 끌었다. "다른 할 얘기가 있니, 페린?"

"어…… 아뇨." 민의 환시에 대해서는 모레인도 도움을 줄 수 없었다. 그저 페린이 이미 아는 것, 즉 환시가 중요하다는 말을 해 줄 수 있을 뿐이었다. 그리고 페린은 민이 본 것을 모레인에게 말하고 싶지 않았다. 하긴, 민이 뭔가 보았다는 이야기조차 하고 싶지 않았다.

문을 닫고 다시 복도로 나온 페린은 잠시 벽에 기대어 섰다. **빛을 걸고, 그 냥 모레인이 있는 방에 들어갔을 뿐인데……**. 모레인은 예쁜 여자였다. **그 래도 우리 엄마 나이는 됐을걸. 그보다 더 늙었을지도 모르고.** 맷이라면 모 레인에게 휴게실로 내려가 춤을 추자고 했을 거라고 페린은 생각했다. **아 니, 그건 아닐걸. 아무리 맷이라도 아이즈 세다이를 유혹하려 들 만큼 멍청 하지는 않아.** 모레인이 춤을 추는 건 사실이었다. 페린 자신도 한 번은 모레 인과 춤을 춘 적이 있었다. 한 걸음 디딜 때마다 자기 발을 밟고 넘어질 뻔했 지만. **모레인이 머리 빗는 모습을 봤다는 이유만으로 모레인을 시골 여자애 처럼 생각하지 마. 모레인은 빌어먹을 아이즈 세다이라고! 넌 아이일 사람 을 걱정해야지.** 페린은 고개를 젓고 아래층으로 내려갔다.

휴게실은 발 디딜 틈 없이 꽉 차 있었다. 모든 의자에 주인이 있어 등받이 없는 의자와 벤치를 더 가져다 두었으며, 앉을 곳이 없는 사람들은 벽을 따 라 서 있었다. 페린은 검은 머리 여자를 보지 못했고, 서둘러 방을 가로지르 는 그를 눈여겨보는 다른 사람은 아무도 없었다.

오번이 탁자 하나를 혼자서 차지하고 있었다. 그는 붕대 감은 다리를 쿠 션이 놓인 의자에 올려놓고 있었다. 그 발에는 부드러운 슬리퍼가 신겨져 있었다. 그는 은잔을 들고 있었는데, 종업원 여자가 계속해서 그 잔에 와인 을 채워 주었다. "그렇소." 그는 휴게실의 모든 사람에게 말하고 있었다. "우 리는, 간과 나는 아이일 사람들이 사나운 전사라는 걸 알고 있었소. 하지만 망설일 시간이 없었지. 나는 칼을 뽑아 들고 사자의 옆구리를 차며……."

페린은 사자라는 말에 움찔했다가, 진짜 사자를 말하는 게 아니라 오번의 말 이름이라는 걸 알았다. **사자를 탄다고 허세를 떨고 싶은가 보지.** 페린은 이렇게 생각하고는 약간 부끄러워졌다. 오번이 마음에 들지 않는다고 해서 사냥대가 그렇게까지 잘난 척하는 거라고 생각할 이유는 되지 않았다. 페린 은 뒤돌아보지 않고 서둘러 밖으로 나갔다.

여관 앞의 거리도 여관만큼 북적거렸다. 휴게실에서 자리를 찾지 못한 사람들이 창문 너머를 들여다보고 있었고, 그 두 배는 되는 사람들이 문 주변에 모여서 오번의 이야기를 듣고 있었다. 페린이 지나가자 문에서 조금 더 떠밀린 사람들이 불평하긴 했지만 아무도 페린을 눈여겨보지 않았다.

밤 외출을 나온 모든 사람이 여관에 모여 있는 건지 광장으로 걸어가는 동안에는 아무도 보이지 않았다. 때로는 사람 그림자가 불이 켜진 창문을 지나갔지만 그게 전부였다. 그런데도 페린은 누군가에게 감시당하는 느낌에 불안하게 주위를 둘러보았다. 보이는 것은 반짝이는 창문이 점점이 찍힌, 어둠을 뒤집어쓴 거리뿐이었다. 광장을 돌자 위층의 창문 몇 개가 밝혀져 있을 뿐 대부분의 창문이 어두웠다.

교수대는 페린이 기억하는 그대로 서 있었다. 아이일 사람은 여전히 철창에 들어 있었다. 페린의 손이 닿지 않을 만큼 높은 곳이었다. 아이일 사람은 깨어 있는 듯했지만—최소한 고개는 들고 있었다—페린을 내려다보지는 않았다. 아이들이 던진 돌이 철창 아래에 흩어져 있었다.

철창은 위쪽에 매인 고리 형태의 두꺼운 밧줄로 걸려 있었고, 그 밧줄은 가로장에 달린 무거운 도르래를 지나 바닥의 버팀목 두 개로 연결되었다. 철창 양옆에 있는 버팀목은 높이가 허리춤까지 왔다. 남는 밧줄은 교수대 아래쪽에 아무렇게나 엉켜 있었다.

페린은 주위를 다시 둘러보며 어두운 광장을 탐색했다. 여전히 감시당하는 기분이 들었지만 아무것도 보이지 않았다. 귀 기울였으나 아무 소리도 들리지 않았다. 페린은 집에서 나오는 굴뚝 연기와 요리하는 냄새, 인간의 땀과 철창 속 남자에게서 나는 오래된 피 냄새를 맡았다. 그에게서는 두려움의 냄새가 나지 않았다.

저 사람의 몸무게에, 철창 무게까지 있어. 페린은 교수대로 다가가며 생각했다. 언제 이런 일을 하기로 결정한 건지, 정말 결정하긴 한 건지 알 수 없었지만 결국 이 일을 하게 되리라는 건 알았다.

페린은 묵직한 버팀목에 다리를 감고 약간 느슨해지도록 밧줄을 당겨 철창을 들어 올렸다. 밧줄이 출렁거리는 걸로 보아 페린은 철창 속 남자가 마침내 움직였다는 걸 알았다. 하지만 너무 급한 나머지, 자신이 무슨 일을 하는 건지 아이일 사람에게 말해 줄 겨를이 없었다. 밧줄이 느슨해진 덕분에 페린은 버팀목에 감겨 있던 밧줄을 풀 수 있었다. 그는 계속해서 버팀목에 몸을 지지한 채 재빨리 손을 바꾸고 또 바꿔 가며 철창을 판석까지 내렸다.

아이일 사람은 이제 그를 보고 있었다. 조용히 그를 살펴보았다. 페린은 아무 말도 하지 않았다. 철창을 자세히 보자 저절로 인상이 찌푸려졌다. 뭔가를 만들 때면 아무리 이런 물건이라도 제대로 만들어야 했다. 철창의 앞부분 전체는 문으로 이루어져 있었는데, 그 문은 서둘러 만든 거친 경첩에 달려 있었다. 무쇠 자물쇠는 그럭저럭 괜찮았지만 자물쇠가 연결된 사슬은 철창만큼 형편없게 만들어져 있었다. 사슬을 더듬어 보던 페린은 가장 상태가 나쁜 고리를 찾아 도끼의 굵은 창을 그 안에 쑤셔 넣었다. 손목을 홱 돌려 억지로 사슬을 벌렸다. 몇 초 만에 사슬을 끊고 철창 앞문을 덜컥덜컥 흔들어 풀고는 홱 열었다.

아이일 사람이 여전히 무릎을 턱 밑에 대고 앉아서 그를 보고 있었다.

"뭐." 페린이 쉰 목소리로 속삭였다. "내가 열어 주긴 했지만, 빌어먹을 당신을 업고 가지는 않을 거야." 어둠이 내린 광장을 서둘러 돌아보았다. 그때까지도 움직이는 건 없었다. 하지만 여전히 감시의 눈길이 느껴졌다.

"힘이 세군, 습지인." 아이일 사람은 어깨를 풀어 볼 뿐 움직이지 않았다. "나를 저 위로 끌어올리는 데는 남자 세 명이 필요했는데. 그런데 이제 네가 나를 내려 줬어. 이유가 뭐지?"

"난 사람이 철창에 갇혀 있는 걸 보고 싶지 않아." 페린이 속삭였다. 떠나고 싶었다. 철창이 열려 있었고 감시의 눈길이 지켜보고 있었다. 하지만 아이일 사람은 움직이지 않았다. **뭔가 하려거든 제대로 해.** "누가 오기 전에 거기서 좀 나오지 그래?"

아이일 사람은 철창에서 머리 위 가장 앞쪽에 있는 철창을 쥐더니, 단 한 번의 동작으로 몸을 당겨 나와 일어섰다. 반쯤은 철창을 쥔 손에 의지하며 매달려 있었다. 똑바로 섰다면 페린보다 거의 머리 하나가 컸을 것이다. 그는 페린의 눈을 힐끗 보았지만—페린은 달빛을 받은 자신의 눈이 금색으로 반짝이리라는 걸 알았다—아이일 사람은 별말을 하지 않았다. "난 어제부터 저기에 있었다, 습지인." 그의 말이 란과 비슷하게 들렸다. 목소리나 억양이 비슷한 건 아니었지만, 아이일 사람에게도 란처럼 동요하지 않는 침착함이, 란처럼 차분한 확신이 있었다. "내 다리가 움직이려면 시간이 좀 걸릴 거다. 나는 샤아라드 아이일의 임란 분파에 속한 가울이다, 습지인. 돌의 개, **샤엔 음타알**이지. 내 물은 너의 것이다."

"뭐, 난 페린 아이바라야. 투 리버스에서 왔어. 대장장이고." 남자는 철창에서 나왔다. 이제는 떠나도 괜찮았다. 그러나 가울이 걸을 수 있기 전에 누군가가 다가온다면 가울은 살해당하거나 곧장 철창에 들어가게 될 터였다. 어느 쪽이든 페린의 노력은 허사가 되는 셈일 것이고. "이럴 줄 알았으면 물병이나 물주머니를 가져왔을 텐데. 왜 나를 '습지인'이라고 부르는 거야?"

가울은 강 쪽을 가리켰다. 달빛밖에 없었기에 페린의 눈으로도 확실히 볼 수는 없었지만, 아이일 사람은 처음으로 불안해 보였다. "사흘 전에 어떤 여자가 거대한 물웅덩이에서 노는 걸 지켜보았다. 웅덩이의 폭이 18미터는 되겠더군. 그 여자가…… 물에서 나왔다가 들어갔다가 했다." 그는 한 손으로 어색하게 헤엄치는 동작을 해 보였다. "용감한 여자였다. 이런…… 강을 건너다니……. 거의 내가 나약하게 느껴지더군. 나는 물이 너무 많을 수도 있다는 생각은 해 본 적이 없다. 너희 습지인들의 세계처럼 물이 많은 곳이 있을 줄은 몰랐다."

페린이 고개를 저었다. 아이일황무지에 물이 거의 없다는 걸 알았지만—황무지에 대해서든 아이일에 대해서든 페린이 아는 얼마 안 되는 사실 중 한 가지였다—이런 반응이 나올 정도로 물이 적은 줄은 몰랐다. "가울, 여긴 너희 고향과 먼 곳이잖아. 왜 여기 온 거야?"

"우린 탐색한다." 가울이 천천히 말했다. "새벽과 함께 오는 자를 찾는다."

페린은 전에도 그 말을 들은 적이 있었다. 그때의 페린은 아이일 사람이 누구를 말하는 것인지 확신할 수 있었다. **빛을 걸고, 언제나 랜드 얘기로 돌아오네. 나는 편자를 박기 위해 묶어 놓은 못된 말처럼 랜드한테 매여 있어.** "엉뚱한 곳을 찾고 있어, 가울. 나도 그 녀석을 찾는 중인데, 녀석은 티어로 가고 있거든."

"티어?" 아이일 사람은 놀란 목소리였다. "어째서……? 하긴, 그럴 수밖에 없겠군. 예언에 따르면 티어의 바위가 함락될 때에야 우리가 비로소 삼중의 땅을 떠난다고 했으니." 삼중의 땅이란 황무지를 가리키는 아이일 사람들의 이름이었다. "예언에서는 우리가 바뀔 거라고, 우리의 것이었지만 잃어버린 것들을 다시 찾게 될 거라고 한다."

"그럴 수도 있겠지. 난 너희 예언을 몰라, 가울. 떠날 준비는 됐어? 당장이라도 누가 올 수 있어."

"도망치기에는 너무 늦었다." 가울이 말했다. 이어 낮은 목소리가 소리쳤다. "야만인이 풀려났다!" 하얀 망토 차림의 남자 열 명 혹은 열두 명이 광장을 가로질러 달려오며 칼을 뽑았다. 원뿔 모양의 투구가 달빛에 반짝였다. 빛의 아이들이었다.

가울은 세상 누구보다 여유롭게 어깨의 짙은색 천을 들어 올려 머리를 감쌌다. 눈만 빼고 얼굴 전부를 가리는 두꺼운 검은색 베일이 그 동작을 마무리했다. "춤 좋아하나, 페린 아이바라?" 그가 물었다. 그 말과 함께, 가울은 철창에서 먼 쪽으로 쏜살같이 달려갔다. 다가오는 하얀 망토들을 향해 곧장.

한순간 하얀 망토들은 놀라 멈추었다. 아이일 사람에게 필요했던 건 그 한순간뿐이었다. 그는 자신에게 다가온 첫 번째 사람의 손에서 칼을 차 냈다. 이어 그의 뻣뻣해진 손이 단검이라도 된 듯 하얀 망토의 목을 쳤다. 가울은 쓰러지는 병사로부터 매끄럽게 돌아갔다. 가울이 다음 남자의 팔을 부러뜨리면서 크게 뚝 소리가 났다. 가울은 그 남자를 세 번째 남자의 발밑으로 떠밀며 네 번째 남자의 얼굴을 걷어찼다. **정말** 춤 같았다. 멈추지도 느려지지도 않고 한 동작이 다음 동작으로 이어졌다. 팔이 부러진 남자가 칼을 바꿔 쥐었다. 가울은 그들 사이로 계속 춤을 이어 나갔다.

페린에게도 감탄할 시간은 잠깐뿐이었다. 하얀 망토들 모두가 아이일 사람에게만 관심을 둔 건 아니었기 때문이다. 그는 간신히 늦지 않게 두 손으로 도낏자루를 쥐고 찔러 오는 칼을 막았다. 도끼를 휘둘렀다가…… 반달 모양의 도끼날이 남자의 목을 가르자 울고 싶어졌다. 하지만 울부짖을 시간은, 후회할 시간은 없었다. 더 많은 하얀 망토들이 첫 번째 사람이 쓰러지기도 전부터 뒤를 이었다. 페린은 도끼가 만들어 내는, 쩍 벌어진 상처가 싫었다. 도끼가 사슬 갑옷을 찍어 내고 그 아래의 살을 찢고 투구와 두개골을 거의 똑같이 쉽게 쪼개 놓는 것도 싫었다. 그 모든 게 싫었다. 하지만 죽고 싶지는 않았다.

시간이 압축되는 동시에 확장되는 것만 같았다. 몸은 몇 시간이나 싸운 것처럼 느껴졌고 쌕쌕거리는 숨에 목구멍이 까지는 것 같았다. 사람들이 젤리 속을 떠다니는 것 같았다. 어느 한 곳에서 움직이기 시작해, 일순간 다른 곳에서 쓰러지는 것처럼 보였다. 페린의 얼굴에 땀방울이 흘러내렸다. 하지만 불을 끄는 물처럼 추위가 느껴졌다. 페린은 목숨을 걸고 싸웠다. 그 싸움이 몇 초 동안 이어진 건지 밤새 이어진 건지 알 수 없었다.

마침내 그는 숨을 헐떡이며 거의 기절한 상태로 멈춰 서서 광장의 판석에 널브러진 열두 명의 하얀 망토들을 내려다보았다. 달은 조금도 움직이지 않은 것처럼 보였다. 남자 몇 명이 신음했다. 다른 자들은 조용히, 꼼짝도 하지 않고 누워 있었다. 가울이 그들 사이에 서 있었다. 여전히 베일을 쓴 채였고 여전히 맨손이었다. 쓰러진 사람 대부분이 그의 작품이었다. 페린은 그들 모두가 가울의 작품이기를 바랐다가 부끄러움을 느꼈다. 피와 죽음의 냄새는 날카롭고 씁쓸했다.

"도끼 춤을 추는 솜씨가 나쁘지 않군, 페린 아이바라."

페린은 머리가 핑핑 도는 채로 중얼거렸다. "아무리 두 명이 사냥대에 소속돼 있었다지만, 어떻게 열두 명이 너희 스무 명을 상대로 싸워 이겼는지 모르겠다."

"그렇게 말하던가?" 가울이 조용히 웃었다. "사리엔과 내가 부주의했다. 이 무른 땅에 너무 오래 나와 있었으니까. 엉뚱한 방향에서 바람이 불어와 냄새를 전혀 못 맡기도 했고. 우리는 알아채지도 못한 사이에 놈들 한복판으로 걸어 들어갔다. 뭐, 사리엔은 죽었고 나는 바보처럼 철창에 갇혔지. 그러니 아마 대가는 충분히 치른 셈일 거다. 이젠 도망칠 시간이다, 습지인. 티

34장 | 다른 춤　　481

어라고 했지? 기억해 두겠다." 마침내 그가 검은 베일을 내렸다. "언제나 물과 그늘을 찾기를 바란다, 페린 아이바라." 그는 돌아서서 어둠 속으로 달려갔다.

페린도 달리기 시작했다. 그러다가 그는 두 손에 피 묻은 도끼를 들고 있다는 걸 깨달았다. 그는 서둘러 죽은 남자의 망토에 휘어진 도끼날을 닦았다. **태워 죽일, 이 사람은 죽었어. 망토에는 이미 피가 묻어 있고.** 페린은 마지못해 도낏자루를 허리띠의 고리에 다시 집어넣고 종종걸음 치기 시작했다.

두 발짝을 떼었을 때 그는 그녀를, 어둠 속 광장 가장자리에 폭이 좁은 치마를 입고 서 있는 날씬한 형체를 보았다. 그녀는 돌아서서 달려가려 했다. 페린은 그녀의 치마가 말을 탈 수 있도록 트여 있는 걸 보았다. 그녀는 거리를 향해 쏜살같이 달려가 사라졌다.

페린이 그 여자가 서 있던 곳에 이르기도 전에 란이 그를 맞이했다. 수호자는 교수대 아래에 빈 채로 놓여 있는 철창을, 달빛을 받으며 그림자가 드리워진 흰 무더기를 보더니 폭발하기라도 할 것처럼 고개를 젖혔다. 그가 새로 간 바퀴 테두리처럼 팽팽하고 단단한 목소리로 말했다. "네 짓이냐, 대장장이? 태워 죽일! 이 일을 너와 연관시킬 수 있는 사람이 있어?"

"여자가 한 명 있어요." 페린이 말했다. "아마 본 것 같아요. 그 여자를 해치지는 마세요, 란! 다른 사람들도 여럿 볼 수 있었어요. 사방에 불 켜진 창문이 있었으니까요."

수호자가 페린의 코트 소매를 쥐고 여관 쪽으로 밀쳤다. "어떤 여자가 달려가는 건 봤지만, 내가 생각했던 건……. 상관없다. 오기어를 데리고 나와 마구간까지 끌고 와라. 이런 짓을 했으니 최대한 빠르게 부두로 말을 데려가야 한다. 오늘 밤 출항하는 배가 있는지, 없을 경우 배를 구하려면 대체 얼마를 내야 할지는 빛만이 아실 일이지. 질문하지 마라, 대장장이! 시키는 대로 해! 달려라!"

35장 독수리

수호자의 긴 다리가 페린과의 거리를 빠르게 벌렸다. 페린이 여관 문 앞의 사람들을 밀치고 지나갈 때쯤 란은 이미 계단을 성큼성큼 올라가고 있었다. 딱히 서두르는 것처럼 보이지도 않았다. 페린도 억지로 걸음을 늦추었다. 등 뒤의 문간에서 사람을 이렇게 밀면 어떻게 하느냐고 툴툴거리는 소리가 들렸다.

"또?" 오번이 다시 채워 달라고 은잔을 들어 올리며 말하고 있었다. "그래, 좋소. 놈들은 우리가 지나는 길 가까운 곳에 매복하고 있었소. 우리야 레멘과 이렇게 가까운 곳에 매복이 있을 거라고는 예상할 수 없었지. 놈들은 고함을 지르며 빽빽한 덤불 사이에서 나타나서 우리에게 달려들었소. 눈 깜짝할 사이에 우리 사이로 뛰어들었지. 창으로 찔러 내 부관 두 명과 간의 부관 한 명을 즉시 죽였소. 물론, 나는 아이일 사람을 바로 알아볼 수 있기에……."

페린은 서둘러 계단을 올라갔다. **아이일 사람을 안다고? 뭐, 이젠 알겠지.**

모레인의 문 뒤에서 목소리가 들렸다. 페린은 이번 일에 관한 모레인의 생각을 듣고 싶지 않았다. 그는 서둘러 그곳을 지나 로이알의 방에 고개를 들이밀었다.

오기어의 침대는 낮고 거대했다. 페린이 여태 본 어느 인간의 침대와 비교해도 길이는 두 배, 폭은 1.5배 컸다. 그 침대가 방을 상당 부분 차지하고 있었는데, 방은 모레인의 방만큼 크고 훌륭했다. 이 침대가 노래나무로 만들어져 있다고 했던 로이알의 말을 어렴풋이 떠올렸다. 다른 때였다면 멈춰서서 침대를 좀 더 살펴봤을 것이다. 침대는 어쩐지 이 자리에서 자라난 것처럼 흐르는 곡선을 갖추고 있었다. 여관 주인이 로이알에게 어울리는 안락의자까지 찾아내 쿠션으로 채워 놓은 걸 보면 과거 어느 순간에 실제로 오기어가 레멘에 들렀던 게 틀림없었다. 로이알은 셔츠와 브리치스 차림으로 그 의자에 편안하게 앉아 천으로 장정된 커다란 책을 의자 팔걸이에 걸쳐 놓고 뭔가 적으며 맨발의 발목을 발가락으로 한가롭게 긁고 있었다.

"가야 해!" 페린이 말했다.

로이알이 펄쩍 뛰었다. 하마터면 잉크병을 엎지르고 책을 떨어뜨릴 뻔했다. "간다고? 방금 도착했잖아." 그가 우렁우렁한 목소리로 말했다.

"그래, 가야 해. 최대한 빨리 마구간에서 만나자. 네가 떠나는 모습을 누구에게도 들키지 마. 주방 옆으로 내려가는 뒤쪽 계단이 있는 것 같아." 계단이 없다기에는 페린 쪽 복도에서 나는 음식 냄새가 너무 강했다.

오기어는 유감스럽다는 듯 침대를 한 번 보더니 목이 긴 장화를 당겨 신기 시작했다. "근데 왜?"

"하얀 망토들이야." 페린이 말했다. "나중에 더 말해 줄게." 그는 로이알이 더 묻기 전에 허리를 숙이고 빠져나갔다.

페린은 짐을 풀어 두지 않았었다. 화살통을 차고 망토를 걸치고 둘둘 만 담요와 안장주머니를 어깨에 멘 뒤 활을 집어 들자 애초에 페린이 여기 들렀다는 흔적조차 없어졌다. 침대 발치에 개어진 이불에는 주름 하나 잡히지 않았고, 세면대의 깨진 대야에는 물이 튄 자국 하나 없었다. 이제 보니 수지 양초의 심지조차 아직 새것이었다. **내가 여기 머물지 않게 되리라는 걸 알았나 봐. 최근엔 내가 어디를 지나가도 흔적을 전혀 남기지 않는 것 같아.**

페린이 예상했던 대로 뒤쪽의 좁은 계단이 부엌을 지나 밖으로 이어지는 복도에 닿아 있었다. 그는 조심스레 주방을 들여다보았다. 꼬치 돌리는 개가 커다란 버들고리 쳇바퀴 안에서 종종걸음 치며 새끼 양 뒷다리와 커다란 소고기 조각, 닭 다섯 마리, 거위 한 마리가 끼워진 기다란 꼬치를 돌리고 있었다. 두 번째 난로 위에 걸쳐진, 튼튼한 막대에 매달린 수프 솥에서 향기로운 김이 솟아올랐다. 하지만 요리사는 보이지 않았다. 개를 제외하고는 살아 있는 어떤 존재도 없었다. 오번의 거짓말 덕분에 페린은 서둘러 어둠 속으로 나갈 수 있었다.

마구간은 여관과 같은 석재로 만들어진 커다란 건물이었다. 윤이 나는 곳은 커다란 문 주변의 석재 표면뿐이었다. 말을 넣어 둔 칸의 기둥에 걸린 단 하나의 등불이 어슴푸레한 빛을 드리웠다. 스테퍼를 비롯한 말들은 문 근처의 칸에 들어 있었다. 로이알의 큰 말은 거의 칸을 꽉 채우고 있었다. 짚과 말의 냄새가 익숙하면서도 편안하게 느껴졌다. 페린이 가장 먼저 도착한 사람이었다.

근무 중인 마구간지기는 한 명뿐이었다. 더러운 셔츠 차림에 얼굴이 좁다랗고 잿빛 머리카락이 흐느적거리는 남자였다. 그는 페린에게 대체 누구이기에 말 네 필에 안장을 얹으라고 명령하는지, 그의 주인이 누구인지, 한밤중에 여행 떠날 짐을 다 챙겨 오다니 무슨 일인지, 펄란 씨는 그가 이런 식으로 몰래 빠져나간다는 걸 알고 있는지, 안장주머니에는 무엇을 숨겨 놨으며 눈은 왜 그런지, 아픈 건 아닌지 물었다.

페린의 등 뒤에서 주화 한 닢이 탁 튕겨져 허공을 가로질렀다. 등불 빛에 그 주화가 금색으로 반짝였다. 마구간지기는 한 손으로 그걸 잡아채 깨물어 보았다.

"안장을 채워라." 란이 말했다. 그의 목소리는 부드러웠다. 차가운 무쇠가 부드럽게 느껴지듯이. 마구간지기는 허리를 숙이며 서둘러 말들을 준비하러 갔다.

모레인과 로이알은 말이 준비된 순간 마구간에 들어왔다. 일행은 모두 란을 따라 말을 끌고, 마구간 뒤쪽으로 강까지 이어지는 거리를 달려갔다. 판석에 닿는 말들의 조용한 발굽 소리에 관심을 보인 것은 갈비뼈가 다 드러난 개 한 마리뿐이었다. 그 개는 한 차례 짖더니 일행이 지나가자 도망쳐 버렸다.

"이러고 있으니 뭔가 생각나네. 안 그래, 페린?" 로이알이 페린에게만 들리도록 조용히 말했다.

"목소리 죽여." 페린이 속삭였다. "무슨 기억?"

"뭐, 예전 같잖아." 오기어는 간신히 목소리를 죽였다. 목소리가 여전히 호박벌 울리는 소리 같았으나 호박벌 크기가 말이 아니라 개 정도로 줄어든 듯했다. "적들이 따라오는 가운데, 앞에도 적이 있을 수 있는 상황에서, 공기 중에 위험이 감도는데, 밤에 몰래 빠져나가는 거. 모험의 차갑고 싸한 맛도 느껴지고."

페린은 스테퍼의 안장 너머로 로이알에게 인상을 찌푸렸다. 어렵지 않은 일이었다. 페린의 눈은 안장 위로 올라왔고, 반대편의 로이알은 머리와 어깨와 가슴이 모두 안장 위로 올라왔으니 말이다. "대체 무슨 소리야? 위험을 좋아하게 됐나 보구나! 로이알, 미쳤어?"

"그냥 머릿속으로 분위기를 잡아 보려는 것뿐이야." 로이알이 격식을 차린 말투로 말했다. 그러나 변명하는 것처럼 들리기도 했다. "내 책에 맞게. 전부 기억해 둬야 한다고. 내 생각에도 난 위험을, 모험을 좋아하게 된 것 같아. 그래, 당연하지." 그의 귀가 두 차례 격렬하게 움찔거렸다. "이야기를 쓰려면 좋아해야만 해."

페린이 고개를 저었다.

돌로 만들어진 부두에서는 바지선처럼 생긴 연락선들이 밤을 맞아 아늑하게 틀어박혀 있었다. 연락선도 대부분의 다른 배처럼 고요하고 어두웠다. 하지만 돛대 두 개짜리 배 한 척의 옆에서는 등불 빛과 사람들이 움직이고 있었다. 갑판 위에서도 마찬가지였다. 타르와 밧줄의 냄새가 풍기고 있었다. 물고기 냄새도 강하게 느껴졌다. 무엇보다 가장 가까운 창고 뒤쪽에서는 다른 모든 냄새를 거의 묻어 버리는 향신료 냄새가 자극적이었다.

란이 선장을 찾았다. 선장은 귀를 기울일 때 머리 또한 한쪽으로 기울이는 이상한 태도를 가진, 키가 작고 깡마른 남자였다. 흥정은 곧 끝났다. 활대와 슬링(짐을 매다는 밧줄—옮긴이)이 움직여 말들을 배에 실었다. 페린은 말들을 가까이서 지켜보며 이야기를 건넸다. 말들은 허공으로 들어 올려지는 등 평소와 다른 일을 거의 참지 못했지만, 수호자의 수말조차도 페린의 속삭임에 진정하는 듯했다.

란이 선장에게 금화를 주었다. 그는 귀리 자루를 가지러 맨발로 창고까지 달려가는 선원 두 명에게도 은화를 주었다. 더 많은 선원들이 돛대 사이에 밧줄로 만들어진 작은 울타리 같은 것을 쳐 말들을 매 두었다. 그러는 내내 선원들은 청소할 것이 많겠다고 투덜거렸다. 다른 사람의 귀에 들리라고 하는 말은 아니었지만 페린의 귀에는 그 말이 들렸다. 선원들은 그냥 말에 익숙하지 않은 것이었다.

머잖아 **스노우구스호**가 출항 준비를 마쳤다. 선장이—그의 이름은 자임 아다라였다—예상했던 것보다 겨우 조금 앞당겨진 시간이었다. 계류삭이 던져지자 란은 모레인을 아래층으로 데려갔고 로이알은 하품하며 그 뒤를 따랐다. 오기어가 한 번 하품할 때마다 덩달아 하품이 나오긴 했지만, 페린은 뱃머리 근처의 난간에 남아 있었다. **스노우구스호**가 강 뒤쪽의 늑대들을 따돌릴 수 있을지, 꿈을 따돌릴 수 있을지 궁금했다. 사람들이 부두에서 배를 밀어내려고 노를 꺼내어 준비하기 시작했다.

마지막 계류삭이 강변으로 던져져 부두 일꾼에게 잡힌 순간, 폭이 좁고 앞이 트인 치마를 입은 여자가 창고 두 곳 사이의 그림자에서 불쑥 뛰쳐나왔다. 그녀는 품에 꾸러미를 하나 안은 채 등 뒤로 검은 망토를 휘날렸다. 노를 살피던 남자들이 배를 밀어내기 시작한 순간 그녀는 갑판으로 뛰어올랐다.

아다라 선장이 키 옆의 자기 자리에서 서둘러 일어났지만, 여자는 차분하게 꾸러미를 내려놓고 힘차게 말했다. "강을 따라서……. 어……. 저 사람이 가는 데까지 갑니다." 그녀가 페린을 보지도 않고 그를 고갯짓하며 말했다. "갑판에서 자도 괜찮아요. 추위도 습기도 거슬리지 않으니까."

몇 분간 흥정이 이어졌다. 여자는 은화 3마르크를 건네주고 돌려받은 동전에 인상을 찌푸리더니, 그것들을 지갑에 쑤셔 넣고 앞으로 나와 페린 옆에 섰다.

그녀에게서는 약초 냄새가 났다. 가볍고 상쾌하고 깨끗한 냄새였다. 검은색의 치켜 올라간 눈이 높은 광대 위로 페린을 바라보더니 다시 강변 쪽으로 향했다. 페린은 여자가 자신과 비슷한 나이라고 생각했다. 여자의 코가 얼굴에 잘 어울리는 건지 지나치게 큰 건지 판단이 서지 않았다. **넌 바보야, 페린 아이바라. 이 여자가 어떻게 생겼든 무슨 상관이라고?**

이제 부두와의 거리는 족히 18미터가 되었다. 스윕이 검은 물속을 파고들며 흰 고랑을 만들었다. 잠시 페린은 여자를 배 옆으로 던져 버릴까 생각했다.

"뭐," 잠시 후 여자가 말했다. "이렇게 금방 일리안으로 돌아가게 될 줄은 몰랐어." 그녀는 목소리가 높았고 말투가 단조로웠으나 기분 나쁘게 들리지는 않았다. "너 일리안으로 가는 것 **맞지?**" 페린은 입을 꽉 다물었다. "심술 내지 마." 여자가 말했다. "저 뒤에 꽤 말썽을 부려 놨던데. 너랑 그 아이일 사람 둘이서 말이야. 내가 떠났을 때 소동이 막 시작됐어."

"사람들한테 말 안 했어?" 페린이 놀라서 말했다.

"마을 사람들은 아이일 사람이 사슬을 어금니나 맨손으로 끊었다고 생각해. 내가 떠났을 때는 둘 중 어떤 부위를 썼는지 옥신각신하는 중이었어." 그녀는 수상하게도 키득거리는 소리를 냈다. "오번은 부상 때문에 직접 아이일 사람을 쫓지 못한다면서 큰 소리로 불쾌감을 표현하던걸."

페린이 코웃음 쳤다. "다시 아이일 사람을 보게 될 일이 있으면, 그놈은 빌어먹을 오줌을 지릴 거야." 그는 목을 가다듬고 중얼거렸다. "미안."

"뭐가 미안해?" 여자는 페린의 말이 전혀 부적절하지 않았다는 듯 말했다. "난 겨울에 제한나에서 그 사람을 봤어. 그 사람이 네 명을 상대로 싸워 두 명을 죽이고 다른 둘은 항복시키더라고. 물론, 먼저 공격한 게 그 사람이었으니 몇 점 감점해야겠지만, 상대방도 아무것도 모르고 당한 건 아니야. 오번도 자기 몸을 지키지 못하는 사람들에게 시비를 건 건 아니고. 그래도 바보지. 거대한검은숲에 대해 특이한 생각을 하고 있거든. 어떤 사람들은 그림자의숲이라고 부르기도 하던데. 넌 들어본 적 있어?"

페린은 곁눈질로 여자를 살폈다. 여자는 다른 여자가 제빵에 대해서 말하듯 차분하게 싸움과 살인에 대해 말했다. 페린은 거대한검은숲에 대해서는 들어본 적이 없었지만, 그림자의숲은 투 리버스 바로 남쪽에 있었다. "너, 날 따라다니는 거야? 아까 여관에서도 날 보고 있었지? 이유가 뭐야? 왜 네가 본 걸 마을 사람들한테 말해 주지 않았어?"

"오기어야 누가 봐도 오기어고," 여자가 강을 바라보며 말했다. "다른 사람들의 정체를 알아내는 것도 별로 어렵지 않았어. 나는 오번보다 **알리스 아가씨**의 후드 안을 훨씬 잘 들여다볼 수 있었거든. 그 여자 얼굴을 보니, 얼굴이 돌처럼 생긴 그 사람은 수호자겠던걸. 빛을 걸고, 그 사람이 나한테 화를 내지는 말아야 할 텐데. 그 사람은 항상 그런 표정이야, 아니면 지난번 식사로 돌을 먹은 거야? 아무튼, 그렇게 생각하다 보니 너만 남았어. 난 설명할 수 없는 것들을 좋아하지 않아."

페린은 한 번 더 이 여자를 배 옆으로 집어던질까 생각했다. 이번에는 진심이었다. 하지만 레멘은 이제 어둠 속 저 멀리에 있는 점 같은 빛에 불과했고, 강변까지 거리가 얼마나 되는지는 도저히 알 수 없었다.

여자는 페린의 침묵을 계속 말해 보라는 권유로 알아들은 모양이었다. "그러니까, 내가 알기로는……." 그녀는 주위를 둘러보더니, 가장 가까운 선원이 3미터 거리에서 노를 젓고 있었는데도 목소리를 낮추었다. "아이즈 세다이 한 명, 수호자 한 명, 오기어 한 명과…… 네가 있는 거지. 처음 봤을 때는 시골 사람 같았는데." 그녀의 치켜 올라간 눈초리가 더욱 솟아오르며 그의 노란 눈을 골똘히 살폈다. 페린은 눈을 돌리지 않았다. 그녀가 미소 지었다. "근데 네가 철창에 갇혀 있던 아이일 사람을 풀어 주고 그 사람과 오랫동안 대화를 나누더니 그 사람이 열두 명의 하얀 망토들을 썰어 소시지로 만들도록 도와줬어. 내 생각에 넌 그런 일을 자주 하는 것 같던데? 확실히 너한테는 평소와 별로 다르지 않은 일 같았어. 너희 일행한테서는 이상한 냄새가 나. 이상한 흔적이야말로 사냥대가 찾는 것이고."

페린이 눈을 깜빡였다. 이렇게까지 노골적으로 말하는데 오해할 수는 없었다. "사냥대라고? 네가? 네가 사냥대일 리는 없어. 넌 여자잖아."

여자의 미소가 너무도 천진하게 변해, 페린은 그녀에게서 물러날 뻔했다.

여자가 뒤로 한 걸음 물러서며 양손으로 화려한 동작을 해 보였다. 어느새 그녀는 톰 머릴린이 했을 법한 솜씨로 깔끔하게 칼 두 자루를 쥐고 있었다. 노를 젓던 남자 중 한 명이 목 막히는 소리를 냈고, 다른 둘은 휘청거렸다. 노들이 부딪히고 엉키며 **스노우구스호**가 약간 출렁거린 뒤에야 선장의 고함에 상황이 바로잡혔다. 그때쯤 검은 머리 여자의 손에서는 칼이 사라지고 없었다.

"민첩한 손가락과 재치가 있으면 칼과 근육으로 갈 수 있는 곳보다 훨씬 먼 데까지 갈 수 있어. 예리한 눈도 도움이 되고. 다행히 내겐 그런 것들이 있어."

"겸손함까지 갖췄구나." 페린이 투덜거렸다. 여자는 알아듣지 못한 듯했다.

"나는 일리안에 있는 위대한 타마즈 광장에서 맹세하고 축복을 받았어. 아마 내가 최연소 사냥대원**이었을 거야.** 하긴 트럼펫에, 북에, 심벌즈에, 고함까지 들려오는 그 소란통에서는……. 여섯 살짜리가 맹세했어도 아무도 몰랐을걸. 우리는 천 명도 넘었어. 아마 2천 명은 됐을 거야. 다들 발리어의 뿔나팔을 어디에서 찾아야 하나 생각하고 있었지. 나도 나름대로 생각하는 곳은 있지만—맞는 생각인지는 몰라—그 어떤 사냥꾼도 이상한 흔적을 그냥 흘려보낼 수는 없어. 뿔나팔은 확실히 이상한 흔적을 남겼을 테고, 난 너희 넷이 남긴 것보다 이상한 흔적은 본 적이 없거든. 어디로 가? 일리안? 다른 곳?"

"네가 생각한 곳은 어딘데?" 페린이 물었다. "뿔나팔이 있는 곳 말이야." **내 바람이지만, 뿔나팔이 타 발론에 안전하게 있었으면 좋겠다. 빛께서 도우셔서, 나는 다시 그걸 볼 일이 없었으면 좋겠고.** "기알단에 있을 것 같아?"

여자가 인상을 찡그리며 페린을 보더니—페린은 여자가 일단 냄새를 맡으면 절대 포기하지 않는다는 느낌을 받았으나 그녀가 쫓을 만한 엉뚱한 단서를 얼마든지 내줄 생각이었다—말했다. "너, 마네세렌에 대해 들어본 적 있어?"

페린은 목이 막힐 뻔했다. "들은 적은 있지." 그가 조심스레 말했다.

"마네세렌의 여왕은 모두 아이즈 세다이였어. 왕은 여왕에게 매인 수호자였고. 그런 곳이 있었다니 상상할 수 없지만, 책에 그렇게 적혀 있어. 마네세렌은 커다란 지역이었지만—안도어와 기알단과 그 너머의 지역 대부분을 차지했대—수도 자체는 안개의산맥에 있었어. 난 거기에 뿔나팔이 있을 거라고 생각해. 너희 넷이 나를 뿔나팔 있는 곳으로 데려다준다면 또 몰라도."

페린은 모골이 송연했다. 여자는 페린이 무식하고 막돼먹은 시골뜨기라도 되는 것처럼 그를 가르치고 있었다. "넌 뿔나팔도, 마네세렌도 못 찾을 거야. 그 도시는 트롤록 전쟁 당시에, 마지막 여왕이 자기 남편을 죽인 공포의 군주들을 파멸시키겠다고 너무 많은 일원력을 끌어다 썼을 때 파괴됐어." 모레인은 그 왕과 여왕의 이름까지 말해 주었지만 기억은 나지 않았다.

"마네세렌에서 찾겠다는 게 아니야, 촌놈아." 여자가 차분하게 말했다. "거기라면 뿔나팔을 숨기기 좋긴 하겠지만. 안개의산맥에는 아이즈 세다이조차 기억 못 할 만큼 오래된 여러 나라들이 있었어. 그 산맥에 들어가는 건 불길하다는 수많은 이야기를 생각해 봐. 그렇게 잊힌 도시보다 뿔나팔을 숨겨 두기 좋은 곳이 어디 있겠어?"

"나도 산맥에 뭐가 숨겨져 있다는 이야기는 들었어." 이 여자가 페린의 말을 믿을까? 페린은 결코 거짓말을 잘하는 사람이 아니었다. "이야기에는 숨겨진 물건이 뭔지 나오지 않지만, 어쨌든 세상에서 가장 위대한 보물이래. 그러니까 뿔나팔일 수도 있지. 하지만 안개의산맥은 수백 킬로미터나 뻗어 있어. 그걸 찾을 거라면 우리를 따라다니느라 시간을 낭비하지 마. 오번이나 간보다 먼저 뿔나팔을 찾으려면 최대한 서둘러야 할 테니까."

"말했지만, 그 둘은 뿔나팔이 거대한검은숲 어딘가에 숨겨져 있다는 이상한 생각을 하고 있어." 여자가 페린을 올려다보며 미소 지었다. 미소를 지으니 입이 전혀 지나치게 커 보이지 않았다. "그리고 내가 말했듯, 사냥꾼이라면 이상한 흔적을 쫓아야 해. 오번과 간이 그 모든 아이일 사람들과 싸우다가 부상을 입은 걸 다행으로 알아. 그게 아니라면 그 사람들도 이 배에 탔을지 모르니까. 최소한 난 너희를 막거나 너희 물건을 빼앗으려 들거나 수호자에게 시비를 걸진 않을 거야."

페린이 역겹다는 듯 끙 소리를 냈다. "우린 그냥 일리안으로 가는 여행자들일 뿐이야. 넌 이름이 뭐야? 앞으로 며칠이나 너랑 같이 이 배를 타야 한다면, 널 계속 너라고만 부를 순 없잖아."

"나는 나를 만다브라고 불러." 페린은 웃음이 터져 나오는 걸 막을 수 없었다. 치켜올라간 두 눈이 열기를 띠며 페린을 보았다. "뭐 하나 가르쳐줄게, 촌놈아." 그녀의 목소리는 흔들리지 않았다. 거의. "고어로 만다브는 '칼날'이라는 뜻이야. 뿔나팔 사냥대에게 어울리는 이름이라고!"

페린은 간신히 웃음을 다스리고, 돛대 사이의 밧줄 울타리를 가리키며 겨우 쌕쌕대는 소리로 말했다. "저 검은 수말 보여? 쟤 이름이 만다브야."

여자의 눈에서 열기가 빠져나갔다. 붉은 점이 그녀의 두 뺨에 피어났다. "아. 내가 태어났을 때 받은 이름은 자린 바시어야. 하지만 자린은 사냥대에 어울리는 이름이 아니잖아. 이야기 속 사냥대원들은 독수리눈 로고시 같은 이름을 가지고 있으니까."

자린이 하도 풀 죽어 보이기에 페린이 서둘러 말했다. "난 자린이라는 이름 좋은데. 너랑 어울려." 자린의 눈에 다시 훅 하며 열기가 돌아왔다. 한순간 페린은 그녀가 다시 칼을 꺼내기 직전이라고 생각했다. "시간이 늦었어, 자린. 난 좀 자야겠다."

그는 갑판 아래로 이어지는 바닥문으로 가려고 돌아섰다. 어깨를 따라 따끔따끔한 느낌이 번졌다. 선원들이 지금도 갑판을 맨발로 이리저리 오가며 노를 젓고 있었다. **바보. 여자애가 나한테 칼을 꽂지는 않겠지. 저 많은 사람이 보고 있는데. 아닐까?** 페린이 바닥문에 이르자마자 자린이 그에게 소리쳤다.

"촌놈! 난 이름을 파일이라고 해야겠어. 어렸을 때 아버지가 날 그렇게 부르셨거든. '독수리'라는 뜻이야."

페린은 몸이 뻣뻣해져 하마터면 사다리의 첫 가로대를 놓칠 뻔했다. **우연이야.** 페린은 억지로 그녀를 돌아보지 않고 내려갔다. **틀림없어.** 통로는 어두웠지만, 페린은 등 뒤로 들어온 달빛만으로 나아갈 수 있었다. 누군가가 어느 선실에서 시끄럽게 코를 골고 있었다. **민, 넌 왜 꼭 이런 것을 보는 거야?**

36장 밤의 딸

페린은 어느 선실이 자기 것인지 알 방법이 없다는 걸 깨닫고 몇 군데에 고개를 들이밀어 보았다. 선실은 어두웠다. 모든 선실에서, 양옆에 붙박인 좁은 침대에 남자 두 명이 잠들어 있었다. 딱 한 군데만 예외였다. 그곳에서는 로이알이 침대 사이 바닥에 앉아—거의 끼어 있었다—수평 장치가 갖춰진 등불 빛을 비추며 천으로 장정된 노트에 뭔가를 휘갈겨 쓰고 있었다. 오기어는 그날 있었던 일에 관해 이야기하고 싶어 했지만, 하품을 참느라 턱을 악문 페린은 이제 배가 하류로 충분히 내려왔으니 자도 안전하겠다고 생각했다. 꿈을 꾸어도 안전하겠다고. 아무리 애를 써도 늑대들은 노와 물살과 같은 속도로 오랫동안 달릴 수 없었다.

결국 페린은 아무도 없는 창문 없는 선실을 하나 찾았다. 딱 좋았다. 그는 혼자 있고 싶었다. **그냥 이름이 우연히 그런 것뿐이야.** 페린은 벽에 걸린 등불을 켜며 생각했다. **어쨌든 걔 진짜 이름은 자린이고.** 하지만 높은 광대뼈에 치켜 올라간 검은색 눈을 가진 여자에 대한 생각이 페린의 가장 중요한 생각은 아니었다. 그는 활을 비롯한 소지품을 비좁은 침대 하나에 올려놓고 그 위에 망토를 덮었다. 그리고 다른 침대에 앉아 장화를 당겨 벗었다.

일라이아스 마치라는, 어째서인지 늑대와 연결되어 있던 그 남자는 자신의 본모습대로 살아갈 방법을 찾아냈다. 그는 미치지 않았다. 돌이켜 생각해 보면, 일라이아스는 페린을 만나기 몇 년 전부터 그렇게 살아온 게 분명했다. **일라이아스는 그렇게 살고 싶어 하는 거야. 어쨌든, 그런 삶을 받아들인 거지.** 그건 해결책이 아니었다. 페린은 그런 식으로 살고 싶지 않았고, 그런 삶을 받아들이고 싶지도 않았다. **하지만 칼을 만들 철괴가 있다면 그걸 받아들이고 칼을 만들어야 해. 내가 만들고 싶은 게 나무 자르는 도끼라 해도. 아니! 내 인생은 망치로 두들겨 모양을 잡아야 할 쇳덩이가 아니야.**

그는 조심스레 생각을 뻗어 늑대들을 느껴 보았으나…… 아무것도 찾지 못했다. 아, 멀리 어딘가에서 늑대들의 느낌이 어렴풋하게 전해지기는 했다. 하지만 그 느낌은 페린이 손을 대자 희미해졌다. 페린은 아주 오랜만에 처음으로 혼자였다. 다행스럽게도.

그는 등불을 끄고 며칠 만에 처음으로 누웠다. **빛을 걸고, 로이알은 어떻게 이 침대에서 자려는 거지?** 한 잠도 자지 못했던 그 모든 밤이 페린에게 밀려들었다. 피로에 근육이 늘어졌다. 페린은 아이일 생각을 머릿속에서 밀어내고 있었다는 사실을 떠올랐다. 하얀 망토들 생각도. **빛이 저버린 도끼 같으니! 태워 죽일, 아예 그 꼴을 못 봤으면 좋았을걸.** 페린이 잠들기 전에 마지막으로 한 생각이 그것이었다.

짙은 회색 안개가 페린을 둘러쌌다. 아래쪽까지 빽빽해 페린 본인의 장화가 보이지 않을 정도였다. 사방으로 안개가 너무 짙어 9미터만 떨어져 있어도 아무것도 보이지 않았다. 확실히 그보다 가까운 곳에는 아무것도 없었다. 그 안에 있을 만한 것은 없었다. 안개가 어딘가 잘못된 것처럼 느껴졌다. 축축함이 전혀 없었다. 페린은 허리띠에 한 손을 댔다. 자기 몸을 지킬 수 있음을 아는 데서 오는 안도감을 느끼기 위해서였다. 그러고는 움찔했다. 도끼가 없었다.

안개 속에서 무언가가 움직였다. 그 잿빛 안에서 소용돌이쳤다. 무언가가 페린을 향해 다가오고 있었다.

페린은 긴장했다. 도망치는 게 나을지, 맨손으로 맞서 싸우는 게 나을지 알 수 없었다. 애초에 싸울 대상이 있기는 한 건지도.

안개로 만들어진 일렁이는 고랑이 굳어지며 늑대가 되었다. 그 덥수룩한 형체가 거의 짙은 안개와 한 몸을 이루고 있었다.

하퍼?

늑대는 망설이다가 다가와 페린 곁에 섰다. 하퍼가 맞았다. 페린은 확신했다. 하퍼의 자세에, 잠시 고개를 들어 페린과 시선을 맞춘 그 노란 눈에 담긴 무언가가 침묵하라고 요구했다. 몸도, 마음도. 그 눈은 페린에게 자신을 따라하라고 요구했다.

페린은 늑대의 등에 한 손을 얹었다. 그 순간 하퍼가 앞으로 걷기 시작했다. 페린은 하퍼가 자신을 이끌도록 놔두었다. 손바닥에 느껴지는 털이 두텁고도 덥수룩했다. 진짜 같았다.

안개가 서서히 짙어진 끝에 페린은 오직 손의 감촉을 통해서만 하퍼가 아직 그 자리에 있음을 알 수 있었다. 아래를 힐끗 보아도 페린 자신의 가슴조차 보이지 않았다. 그저 잿빛 안개뿐이었다. 페린의 눈에 보이는 모습대로라면 그는 새로 깎은 양털에 감싸여 있는 것이나 마찬가지였다. 문득 페린은, 지금껏 어떤 소리도 들리지 않았다는 것을 깨달았다. 페린 자신의 발소리조차. 그는 발가락을 꼼지락거리고는 발에 신긴 장화의 느낌에 안도했다.

잿빛이 점점 어두워졌다. 페린과 늑대는 암흑을 가르며 걸었다. 페린은 하퍼의 코에 닿았을 때도 자기 손을 볼 수 없었다. 하긴, 페린 자신의 코도 보이지 않았다. 잠시 눈을 감아 보았으나 아무 차이가 없었다. 여전히 소리는 들리지 않았다. 그의 손이 하퍼의 등에 난 거친 털을 만져 보았다. 하지만 장화 밑에서는 아무것도 느껴지지 않는 것 같았다.

갑자기 하퍼가 멈추며 페린을 억지로 멈추게 했다. 페린은 주위를 둘러보다가…… 눈을 꽉 감았다. 이제는 차이를 알 수 있었다. 뭔가가 느껴지기도 했다. 역겹게 배 속이 뒤틀리는 느낌이었다. 페린은 억지로 눈을 뜨고 아래를 보았다.

페린이 본 것은 거기에 있을 리 없는 것이었다. 페린과 하퍼가 허공에 서 있는 게 아니라면 말이다. 페린은 늑대도, 자신의 몸도 볼 수 없었다. 둘 모두에게 몸이 없는 것 같았다. 배 속이 확실히 뒤틀릴 것 같았다. 하지만 아래쪽에서는 천 개의 등불로 밝혀진 듯 선명하게, 엄청나게 많은 거울들이 어둠 속에 쭉 걸려 있었다. 마치 거대한 바닥에 세워 놓은 듯 높이가 일정했다. 거울들은 사방으로 페린의 시야가 닿는 곳까지 뻗어 있었지만, 페린의 발 바로 아래에는 투명한 공간이 있었다. 그 안에 사람들이 있었고. 갑자기 그 사람들 사이에 서 있는 듯 그들의 목소리가 잘 들렸다.

"위대한 군주시여." 그중 한 사람이 중얼거렸다. "여기가 어디입니까?" 페린은 주위를 한 차례 둘러보다가 수천 겹으로 그를 마주 보는 자신의 모습에 움찔했다. 그 이후로는 시선을 앞에만 두고 있었다. 페린 곁에 모인 다른 사람들은 그보다도 더 겁을 먹은 듯했다. "저는 타 발론에 잠들어 있었습니다, 어둠의 군주시여. **지금도** 타 발론에 잠들어 있습니다! 여기는 어디입니까? 제가 미친 겁니까?"

주위의 몇몇 남자들은 잔뜩 수놓인 장식의 코트를 입고 있었고, 다른 사람들은 그보다 수수한 옷을 입고 있었으며, 일부는 벌거벗거나 속옷만을 입고 있었다.

"저는 자고 있었습니다." 벌거벗은 남자가 비명을 질렀다. "티어에서. 아내와 함께 누운 게 기억납니다!"

"저도 일리안에서 자고 있었습니다." 빨간색과 금색으로 이루어진 옷을 입은 남자가 놀란 목소리로 말했다. "제가 잠들어 있다는 건 알지만, 이럴 수가. 제가 꿈꾸고 있다는 건 알지만, 이건 불가능한 일입니다. 여기가 어디입니까, 위대한 군주시여? 당신께서 정말 저를 찾아오신 겁니까?"

그들을 마주 보는 검은 머리 남자는 목과 손목 부분에 은색 레이스가 달린 검은 옷을 입고 있었다. 그는 때로 아픈 것처럼 가슴에 손을 댔다. 사방에는 출처를 알 수 없는 빛이 가득했지만, 페린 바로 아래에 있던 그 남자는 그림자를 망토처럼 두르고 있는 것 같았다. 그의 주위로 어둠이 밀려들어 그를 애무했다.

"조용!" 검은 옷의 남자는 큰 소리로 말하지 않았다. 그럴 필요가 없었다. 그 말을 하는 사이에 그는 고개를 들었다. 그의 눈과 입은 활활 타오르는 용광로를 향해 뚫려 있었다. 온통 불, 그리고 불처럼 뜨거운 빛뿐이었다.

그때 페린은 그를 알아보았다. 바알자몬이었다. 페린이 다름 아닌 바알자몬을 내려다보고 있었다. 두려움이 단련된 창처럼 페린을 꿰뚫었다. 도망치고 싶었지만 발이 느껴지지 않았다.

하퍼가 움직였다. 페린은 손 아래에 만져지는 두꺼운 털을 느끼고 꽉 잡았다. 현실적인 것. 페린은 눈에 보이는 것보다 더 현실적인 것을 원했다. 하지만 그는 둘 다 현실이라는 걸 알고 있었다.

모여 있던 남자들이 두려워 떨었다.

"너희는 임무를 받았다." 바알자몬이 말했다. "그 임무 중 일부는 수행되었지. 다른 임무는 실패했고." 때로 그의 눈과 입이 다시 불길 속에 사라졌고, 거울은 반사된 불로 번쩍였다. "죽음의 표시를 받은 자들은 죽어야 한다. 포로의 표시를 받은 자들은 내게 절해야 한다. 위대한 어둠의 군주를 실망시키는 건 용서받을 수 없는 일이다." 그의 눈 너머에서 불이 번쩍였고, 그의 주변에서 어둠이 요동치며 빙빙 돌았다. "너." 그의 손가락이 타 발론에 대해 말한 남자를 가리켰다. 아주 좋은 천을 수수하게 마름질한 상인의 복장을 입은 남자였다. 다른 사람들은 그가 검은쓸개즙 열병에라도 걸린 것처럼 그에게서 물러났다. 그렇게 그는 혼자 남아 떨었다. "너는 그 소년이 타발론에서 도망치도록 놔두었다."

남자가 비명을 지르더니 모루에 대고 후려친 줄처럼 떨기 시작했다. 그의 형체가 점점 사라지는 것 같았다. 그의 비명도 함께 희미해졌다.

"너희는 모두 꿈을 꾼다." 바알자몬이 말했다. "하지만 이 꿈에서 일어나는 일은 현실이다." 비명을 지르던 남자는 인간처럼 생긴 안개 꾸러미에 불과했다. 그의 비명이 멀게만 들리더니 안개마저 사라졌다. "유감이지만, 저자는 영영 깨어나지 못할 것이다." 바알자몬이 웃었다. 그의 입에서 불길이 솟구쳤다. "나머지 너희는 다시 나를 실망시키지 마라. 사라져라! 눈을 뜨고 복종해라!" 다른 남자들이 사라졌다.

잠시 바알자몬은 혼자 서 있었다. 별안간 한 여자가 그와 함께 있었다. 흰색과 은색으로 된 옷을 입은 여자였다.

페린은 충격을 받았다. 그렇게 아름다운 여자는 절대 잊을 수 없었다. 그녀는 페린의 꿈에 나왔던 여자, 영광을 차지하라고 페린을 부추기던 여자였다.

정교하게 장식된 왕좌가 여자 뒤에 나타나자 여자는 그 왕좌에 앉아서 비단 치마를 조심스레 정리했다. "내 영역을 마음대로 쓰는군요." 그녀가 말했다.

"네 영역이라고?" 바알자몬이 말했다. "그럼 이곳을 네 것이라고 주장하는 거냐? 더 이상은 위대한 어둠의 군주를 섬기지 않는 거냐?" 바알자몬 주위의 어둠이 잠시 짙어졌다. 금방이라도 끓어오를 것 같았다.

"섬깁니다." 여자가 재빨리 말했다. "저는 황혼의 군주를 오래도록 섬겨왔습니다. 그 섬김의 대가로 끝도 없고 꿈도 없는 잠 속에 오래도록 갇힌 채 누워 있었습니다. 꿈을 금지당하는 건 오직 회색 인간과 머드랄뿐이죠. 트롤록조차 꿈은 꿀 수 있습니다. 꿈은 언제나 제 것이었습니다. 저의 도구이자 제가 걸어 다니는 곳이었죠. 이제 저는 다시 자유로워졌습니다. 그러니 제 것을 이용하겠습니다."

"네 것이라." 바알자몬이 말했다. 그의 주변에 휘도는 어둠이 즐거워하는 듯했다. "너는 언제나 자신을 과대평가하는구나, 랜피어."

그 이름이 새로 연마한 칼처럼 페린을 베었다. 버려진 자들 중 하나가 그의 꿈에 들어왔다. 모레인의 말이 맞았다. 그중 일부가 풀려나 있었다.

흰옷을 입은 여자는 일어서 있었다. 왕좌는 사라졌다. "저는 있는 그대로 위대합니다. 당신의 계획은 어떻게 되었는지요? 3천 년 이상 아이즈 세다이처럼 귓속말이나 하고 왕좌에 앉은 꼭두각시들이나 조종하시다니!" 랜피어의 목소리는 아이즈 세다이라는 이름에 모든 비아냥을 담았다. "3천 년이 흘렀는데도 루스 세린이 다시 세상을 돌아다닙니다. 아이즈 세다이는 거의 그에게 목줄을 채웠지요. 하지만 당신은 그자를 통제하실 수 있나요? 그자를 돌려세우실 수 있습니까? 지푸라기 같은 머리카락의 일리에나, 그 계집이 루스 세린을 보기 한참 전부터 그자는 제 것이었습니다! 다시 제 것이 될 테고요!"

"이제는 너 자신을 섬기는 것이냐, 랜피어?" 바알자몬의 목소리는 부드러 웠지만, 그의 눈과 입에서는 불길이 계속해서 타올랐다. "위대한 어둠의 군주에게 한 맹세를 저버린 것이냐?" 순간적으로 어둠이 거의 그를 지워 버렸다. 오직 빛나는 불만이 보였다. "내게 한 맹세는 네가 빛에게 했다가 저버린 맹세만큼 쉽게 깨지지 않는다. 너는 다름 아닌 봉사자의 전당에서 새 주인을 섬기겠다고 선포했다. 네 주인은 영원히 너에 대한 소유권을 주장한다, 랜피어. 나를 섬기겠느냐 아니면 고통으로 이루어진, 헤어날 수 없는 무한한 죽음으로 이루어진 영원의 시간을 선택하겠느냐?"

"저는 섬깁니다." 랜피어는 그렇게 말하면서도 반항하듯 똑바로 섰다. "저는 오직 위대한 어둠의 군주만을 섬깁니다. 영원히!"

검은 파도가 중앙을 향해 점점 밀려들기라도 하듯 광활하게 펼쳐진 거울들이 사라지기 시작했다. 그 조류가 바알자몬과 랜피어 위로 흘러넘쳤다. 오직 암흑뿐이었다.

페린은 하퍼가 움직이는 것을 느끼고 기꺼이 그를 따랐다. 오직 손에 닿는 털의 감촉만을 안내자로 삼았다. 페린은 움직이기 시작하고 나서야 자신이 움직일 수 있다는 걸 알았다. 그는 방금 본 것이 무엇인지 알아내려 애썼으나 아무 소득이 없었다. 바알자몬과 랜피어라니. 혀가 입천장에 달라붙었다. 어째서인지 랜피어가 바알자몬보다 더 두려웠다. 아마 랜피어가 그의 꿈에 나타났기 때문일 것이다. **빛을 걸고! 버려진 자들 중 하나가 내 꿈에 나타났어! 빛이여!** 또한 페린이 뭔가를 놓친 게 아니라면, 그녀는 어둠의 존재에게 거역했다. 그림자를 부정하면 그림자는 절대로 그 사람에게 힘을 행사할 수 없다고 페린은 듣고 배웠다. 하지만 어떻게 어둠의 친구가—그냥 어둠의 친구도 아니고 버려진 자들 중 하나가!—그림자에게 거역할 수 있는 걸까? **내가 미친 게 틀림없어. 시미온의 동생처럼 말이야. 이 꿈들이 나를 미치게 만든 거야!**

어둠은 서서히 다시 안개가 되었고 안개는 점차 옅어졌다. 결국 페린은 하퍼와 함께 그 안개로부터 햇살이 찬란한 언덕의 풀밭으로 나왔다. 새들이 언덕 아래 덤불에서 노래하기 시작했다. 페린은 뒤를 돌아보았다. 언덕이 펼쳐져 있고 작은 숲이 점점이 박혀 있는 평원이 지평선까지 뻗어 있었다. 어디에도 안개의 흔적은 없었다. 크고 털이 희끗희끗한 늑대가 서서 그를 지켜보고 있었다.

"방금 뭐였어?" 페린이 물었다. 머릿속으로 그 질문을 늑대가 이해할 수 있는 생각으로 바꿔 놓으려 애썼다. "나한테 왜 그런 걸 보여 준 거야? 그게 뭔데?"

여러 감정과 장면이 머릿속에 흘러넘쳤다. 페린의 정신이 그것들에 이름을 붙였다. **네가 보아야 하는 것이다. 조심해라, 젊은 황소. 이곳은 위험하다. 고슴도치를 사냥하는 새끼 늑대처럼 경계해라.** 고슴도치보다는 '작은 가시투성이 잔등'이라는 표현이 떠올랐지만, 페린의 정신은 그 동물에게 인간이 쓰는 이름을 붙였다. **너는 너무 젊다. 너무 새롭다.**

"저게 진짜였어?"

모든 것이 진짜다. 보이는 것도, 보이지 않는 것도. 하퍼가 주려는 답은 그게 전부인 듯했다.

"하퍼, 넌 어떻게 여기 있는 거야? 난 네가 죽는 걸 봤어. 네가 죽는 걸 느꼈어!"

모두가 여기에 있다. 존재하는, 존재했던, 앞으로 존재할 모든 형제와 자매들이. 페린은 늑대들이 인간 같은 방식으로 미소 짓지 않는다는 걸 알고 있었지만, 잠깐은 하퍼가 씩 웃는다고 느꼈다. **여기에서 나는 독수리처럼 높이 난다.** 늑대는 몸을 움츠렸다가 공중으로 뛰어올랐다. 바람이 그를 계속해서 위로 데려갔고 결국 그는 하늘의 한 점이 되었다. 마지막 생각이 떠올랐다. **날아간다.**

페린은 입을 쩍 벌린 채 하퍼의 뒷모습을 바라보았다. **하퍼가 해냈어.** 갑자기 눈이 후끈거렸다. 페린은 목을 가다듬으며 코를 문질렀다. **다음엔 여자애처럼 울지 않을 거야.** 그는 아무 생각도 하지 않고 누가 자신을 보지 않았는지 주위를 둘러보았다. 그러자 모든 것이 빠르게 바뀌었다.

페린은 그늘이 지고 불분명하게 땅이 푹푹 파이거나 솟아오른 부분이 사방에 있는 언덕에 서 있었다. 그것들은 먼 곳으로 금세 희미해져 갔다. 랜드가 페린 아래에 서 있었다. 랜드와, 그의 눈이 보지 못하고 그대로 지나치는 것 같은 머드랄과 남자와 여자들로 이루어진 들쭉날쭉한 원이. 멀리서 개들이 울부짖었고, 페린은 그들이 무언가를 쫓고 있다는 걸 알았다. 머드랄의 냄새와 타는 유황의 악취가 공기를 가득 채웠다. 페린은 목뒤털이 삐죽 섰다.

머드랄과 사람들로 이루어진 원이 랜드에게 좁혀 왔다. 그들 모두가 몽유병에라도 걸린 것처럼 걷고 있었다. 랜드가 그들을 죽이기 시작했다. 불의 공이 랜드의 두 손에서 날아가 둘을 태워 버렸다. 벼락이 머리 위에서 떨어져 다른 놈들을 쭈그러뜨렸다. 희게 달궈진 강철 같은 광선이 랜드의 손에서 더 많은 놈들에게로 쏘아져 나갔다. 살아남은 자들은 계속해서 천천히 다가왔다. 그중 누구도 무슨 일이 일어났는지 못 본 것 같았다. 그들은 하나씩 하나씩 죽었다. 결국 아무도 남지 않았다. 랜드는 무릎을 털썩 꿇고 헐떡거렸다. 페린은 그가 웃는 건지 우는 건지 알 수 없었다. 그 두 감정이 모두 어느 정도 존재하는 것 같았다.

언덕 위로 형상들이 나타났다. 더 많은 사람들이, 더 많은 머드랄이 다가오고 있었다. 모두가 랜드에게 집중하고 있었다.

페린은 손을 오므려 입에 대고 외쳤다. "랜드! 랜드, 더 많은 놈들이 오고 있어!"

랜드는 웅크리고 있다가 으르렁거리는 듯한 소리를 내며 고개를 들었다. 그의 얼굴이 땀으로 번들거렸다.

"랜드, 놈들이……!"

"타 죽어라!" 랜드가 울부짖었다.

벼락이 페린의 눈을 태웠고 통증이 모든 것을 지졌다.

페린은 신음하며 좁은 침대 위에서 몸을 둥글게 말았다. 벼락이 여전히 눈꺼풀 뒤를 태우는 듯했다. 가슴이 아팠다. 한 손을 들어 가슴을 만져 본 페린은 셔츠 아래에서 화상이 느껴지자 움찔했다. 겨우 은화 한 개 크기의 화상이었다.

조금씩 조금씩 뭉친 근육을 억지로 풀어 다리를 뻗고 어두운 선실 안에 몸을 펴고 누웠다. **모레인. 이번에는 모레인한테 말해야 해. 그냥 통증이 사라질 때까지만 기다리자.**

하지만 통증이 사라지기 시작하자 피로가 그를 사로잡았다. 일어나야 한다는 생각을 하기가 무섭게 다시 잠에 끌려갔다.

다시 눈을 떴을 때, 그는 머리 위 서까래를 보며 누워 있었다. 문 위와 아래로 들어오는 빛에 아침이 왔음을 알 수 있었다. 페린은 가슴에 손을 대며 간밤의 일이 상상이었다고, 너무 생생하게 상상하는 바람에 화상이 느껴진 거라고 자신을 타이르려 했다…….

손가락에 화상이 닿았다. **그럼 내 상상이 아니었던 거야.** 페린은 다른 꿈도 몇 가지 어렴풋하게 기억났다. 기억을 떠올리는 순간에도 그 꿈들은 흐려져 갔다. 평범한 꿈. 심지어 하룻밤 잘 잔 것 같은 기분까지 들었다. **지금 당장 그렇게 하루 더 자면 좋을 것 같은데.** 하긴, 페린은 하루 더 잘 수 있었다. **어쨌든 주변에 늑대가 없으니까.**

하퍼가 나오는 꿈을 꾸고 난 이후, 잠시 깨어 있을 때 내렸던 결정을 페린은 떠올렸다. 잠시 후에는 그게 좋은 결정이었다고 생각했다.

그는 선실 다섯 곳의 문을 두드리고 두 차례 욕을 얻어먹은 뒤에야—선실 두 곳의 주인은 갑판에 올라가고 없었다—모레인을 찾았다. 그녀는 완전히 옷을 갖추어 입었으나 책상다리를 하고 좁은 침대에 앉은 채 자신의 메모가 담긴 공책을 등불 빛에 살펴보고 있었다. 이제 보니, 공책의 처음과 가까운 곳으로 돌아가 읽는 듯했다. 모레인이 에먼즈 필드에 오기도 전에 남긴 메모였다. 란의 물건이 다른 침대 위에 깔끔하게 놓여 있었다.

"꿈을 꿨어요." 모레인에게 그렇게 말한 페린이 모든 이야기를 해 주었다. 심지어 셔츠를 걷고 가슴에 남은 작은 원을 보여 주었다. 구불구불한 붉은 선이 뻗어 나오는 붉은 원이었다. 전에는 모레인에게 숨기는 것이 있었고 앞으로도 아마 뭔가를 숨기게 되겠지만, 이번 이야기는 너무 중요해 말하지 않을 수 없었다. 핀은 가위의 가장 작은 부품이고 만들기도 가장 쉬웠지만, 핀이 없으면 가위는 어떤 천도 자를 수 없었다. 말을 마친 페린이 가만히 서서 기다렸다.

모레인은 아무 표정 없이 페린을 바라보았다. 하지만 그녀의 검은 눈은 페린의 입에서 나오는 모든 말을 살피고 무게를 달고 헤아리고 빛에 비추어 보는 듯했다. 그녀는 여전히 똑같은 자세로 앉아 있었다. 그런데 그녀가 살펴보고 무게를 달고 빛에 비추어 보는 대상은 페린의 말이 아닌 페린 자체였다.

"그래서, 중요한 일인가요?" 마침내 페린이 물었다. "당신이 말했던 늑대 꿈인 것 같아서요. 확실해요. 틀림없어요! 하지만 그렇다고 제가 본 게 진짜가 되는 건 아니잖아요. 단지, 당신이 버려진 자들 중 일부가 풀려났을 수 있다고 말했는데 그자가 그 여자를 랜피어라고 불렀으니까……. 중요한 일인가요, 아니면 제가 바보짓을 하고 있는 건가요?"

"세상에는," 그녀가 천천히 말했다. "방금 내가 들은 말을 들었다면 너를 순치시키기 위해 최선을 다할 여자들이 있어." 폐가 얼어붙는 것 같았다. 숨을 쉴 수 없었다. "네가 채널링을 할 수 있다고 비난하는 게 아니야." 모레인이 말을 잇자 페린의 마음속 얼음이 녹았다. "심지어 네가 채널링하는 방법을 배울 수 있다는 얘기도 아니란다. 너를 순치하려 든다 해도 네가 해를 입지는 않을 거야. 적색의 아자가 자신들의 실수를 깨닫기 전에 너를 거칠게 다루는 정도겠지. 그런 남자는 너무 드물어서, 온갖 사냥을 해 온 적색의 아자들도 지난 10년간 세 명밖에는 찾지 못했다. 최소한 가짜 드래건들의 출몰 이전에는 말이야. 내가 네게 분명히 말해 주려는 것은, 네가 갑자기 일원력을 휘두르기 시작하는 일은 없을 거라는 점이야. 그걸 걱정할 필요는 없단다."

"뭐, 그건 대단히 감사하네요." 페린이 씁쓸하게 말했다. "겁먹을 필요가 없다는 말을 하겠다고 죽도록 겁을 줄 필요는 없었잖아요!"

"아, 두려워해야 할 이유는 있지. 최소한 늑대가 제안한 대로 조심할 필요는 있단다. 적색의 자매들이든 다른 자매들이든 네 안에 순치할 게 아무것도 없다는 걸 알아내기 전에 널 죽일지 모르니까."

"빛을 걸고! 빛께서 나를 태우시길!" 페린은 인상을 찡그리며 모레인을 보았다. "모레인, 당신은 코를 잡고 나를 여기저기 끌고 다니려 하죠. 하지만 난 송아지가 아니고 코뚜레도 하지 않았어요. 적색의 아자든 다른 누구든, 내가 꿈꾼 것에 현실적인 뭔가가 있지 않은 한 나를 순치하겠다는 생각은 하지 않을 거예요. 당신 말은 버려진 자들이 풀려났다는 뜻인가요?"

"전에도 네게 그럴 가능성이 있다고 말한 적이 있지. 그중 일부는 풀려났을지 모른다고 말이야. 네…… 꿈은 내가 예상했던 게 아니란다, 페린. 꿈꾸는 자들이 늑대에 관한 이야기를 쓰긴 했지만, 이런 일은 나도 예상 못 했어."

"뭐, 나는 이게 진짜라고 생각해요. 실제로 일어난 무슨 일, 내가 봐서는 안 되는 어떤 일을 봤다고 생각한다고요." **당신이 봐야 할 일이죠.** "나는 최소한 랜피어는 풀려났다고 생각해요. 어쩔 거예요?"

"난 일리안으로 갈 거야. 그런 다음 티어로 가야겠지. 랜드보다 먼저 티어에 도착하면 좋고. 우리에게는 레멘을 빨리 떠나야 할 이유가 있었어. 그래서 랜드가 강을 건넜는지 아래쪽으로 이동했는지 란이 알아볼 수 없었단다. 하지만 일리안에 도착하기 전에는 알게 될 거야. 랜드가 이쪽으로 갔는지 아닌지 알 수 있는 흔적을 찾아야지." 모레인은 다시 글을 읽고 싶다는 듯 공책을 힐끗 보았다.

"그게 다예요? 랜피어가 풀려났는데? 또 얼마나 많은 버려진 자들이 풀려났을지 오직 빛만이 아시는데?"

"나한테 묻지 마라." 모레인이 차갑게 말했다. "너는 어떤 질문을 던져야 하는지 모르고, 내가 답한들 그 절반도 이해 못 할 거야. 내가 답을 주지도 않겠지만."

페린은 모레인의 시선을 받으며 발을 바꿔 짚었다. 결국 이 문제에 대해 모레인이 아무 말도 하지 않으리라는 게 분명해졌다. 페린의 가슴에 난 화상이 셔츠에 아프게 쓸렸다. 심한 상처 같지는 않았지만—**벼락을 맞은 것에 비하면 심한 상처는 아니지!**—그 상처를 얻게 된 방식은 다른 문제였다. "어……. 이거 치유해 주실래요?"

"그럼 이젠 네게 일원력이 사용되는 게 더 이상 불안하지 않은 모양이지,

페린? 아니, 난 그 상처를 치유해 주지 않을 거야. 심한 상처도 아니고, 그 상처가 네게 주의해야 한다는 걸 떠올리게 해 줄 테니까.” 페린은 모레인의 말을 알아들었다. 모레인은 꿈에 대해서든, 다른 사람들에게 꿈에 대해 알리는 행위에 대해서든, 이 문제에 관해 모레인을 압박할 때든 조심하라고 말하는 중이었다. “다른 할 말이 있니, 페린?”

페린은 문으로 가다가 멈춰 섰다. “하나 있어요. 자린이라는 이름의 여자가 있다면, 그 이름에 어떤 의미가 있을까요?”

“빛을 걸고, 대체 왜 그런 질문을 하는 거지?”

“어떤 여자애가 있거든요.” 페린이 어색하게 말했다. “젊은 여자예요. 어젯밤에 만났고요. 다른 승객 중 한 명이에요.” 페린은 모레인이 아이즈 세다이라는 걸 자린이 알고 있음을 모레인이 직접 알아내도록 놔둘 생각이었다. 자린이 일행을 따라가다 보면 발리어의 뿔나팔을 손에 얻게 되리라고 생각하는 것 같다는 점도. 페린은 중요하다고 생각되는 일을 전혀 감추지 않을 생각이었지만, 모레인이 비밀을 지키겠다면 그 역시 똑같이 할 생각이었다.

“자린이라. 살데이아식 이름이야. 자기 딸이 엄청난 미인이 될 거라고 기대한 게 아니라면 어떤 여자도 딸에게 그런 이름을 붙이지는 않을 거다. 그것도 무정한 미녀 말이야. 궁전의 쿠션에 누워 하인과 구혼자들에게 둘러싸일 사람의 이름이지.” 모레인이 미소 지었다. 잠깐이지만 무척 재미있어 하는 표정이었다. “조심해야 할 다른 이유가 있겠구나, 페린. 우리와 함께 이 배에 탄 자린이 있다면 말이야.”

“조심할 생각이에요.” 페린이 모레인에게 말했다. 적어도 자린이 자신의 이름을 싫어하는 이유는 알아냈다. 뿔나팔 사냥대에게 잘 어울리는 이름이라고 하기는 어려웠다. **자기를 “독수리”라고 부르지만 않는다면 좋을 텐데.**

페린이 갑판에 올라가 보니 란은 그곳에서 만다브의 말 잔등 너머를 보고 있었다. 자린은 난간 근처에 말아 놓은 담요 위에 앉아 칼을 갈며 란을 지켜보고 있었다. 커다란 삼각돛이 팽팽하게 펼쳐져 있었고, **스노우구스호**는 하류로 빠르게 달려갔다.

자린의 눈이 뱃머리로 향하는 페린에게로 향했다. 물이 뱃머리 양옆으로 말려 들어갔다. 좋은 쟁기 주변의 땅이 뒤집히는 것과 같은 모습이었다. 페린은 꿈과 아이일 사람에 대해, 민의 환시와 독수리에 관해 생각했다. 가슴이 아팠다. 삶은 **단 한 번도** 지금처럼 복잡했던 적이 없었다.

랜드는 피로에 찌든 잠에서 깨어나 앉으며 씨근덕거렸다. 담요 대신 썼던 망토가 떨어졌다. 옆구리가 아팠다. 팔메에서 생긴 오래된 상처가 욱신거렸다. 랜드의 불은 흔들리는 불꽃 몇 개만을 남기고 타서 숯이 되어 버렸지만, 그 정도면 아직 그림자를 움직이게 만들 수 있었다. **페린이었어. 진짜로! 꿈이 아니라 페린이었다고. 왠지는 모르겠지만. 내가 페린을 죽일 뻔했어! 빛을 걸고, 조심해야 해!**

랜드는 몸을 떨며 기다란 참나무 가지를 집어 들고 숯에 밀어 넣기 시작했다. 이곳 머랜디의 언덕은 아직 마네세렌드렐과 가까웠다. 숲이 듬성듬성했지만 랜드는 불을 피우기에 충분한, 떨어진 가지들을 찾아냈다. 적당히 보존되어 있지만 썩지는 않은, 딱 맞게 오래된 나무였다. 랜드는 나무가 숯에 닿기 전에 멈추었다. 말들이 천천히 다가오고 있었다. 열 마리 혹은 열두 마리였다. **조심해야 해. 또 실수할 수는 없어.**

말들이 꺼져 가는 랜드의 불 쪽으로 휙 방향을 틀더니 어슴푸레한 빛에 들어와 멈추었다. 그림자에 가려져 기수의 모습은 잘 보이지 않았다. 대부분 둥근 투구를 쓰고 물고기 비늘처럼 생긴 금속판이 온통 꿰매져 있는 긴 가죽조끼를 입은 거친 얼굴의 남자들로 보였다. 한 명은 희끗희끗한 머리카락에 허튼짓 따위는 용납하지 않겠다는 표정을 짓는 여자였다. 그녀의 검은 드레스는 무늬 없는 모직 천으로 만들어져 있었으나 짠 솜씨가 훌륭했고, 사자 모양의 은색 핀으로 장식되어 있었다. 랜드가 보기에는 상인 같았다. 투 리버스로 타박과 양털을 사러 왔던 사람들 중에 그녀와 비슷한 사람들을 본 적이 있었다. 상인과 상인의 호위병들 같았다.

조심해야 해. 랜드는 일어서며 생각했다. **실수하면 안 돼.**

“좋은 야영지를 골랐군, 젊은이.” 여자가 말했다. “레멘으로 가는 길에 나도 종종 이곳을 이용했지. 근처에 작은 샘이 있어서. 내가 같이 머물러도 반대하지는 않겠지?” 호위병들은 이미 말에서 내리며 칼이 채워진 허리띠를 잡아당기고 안장의 뱃대끈을 풀고 있었다.

“그럼요.” 랜드가 그녀에게 말했다. **조심해.** 두 걸음 다가가자 거리가 충분히 가까워졌다. 랜드는 허공으로 뛰어오르며 휙 돌았다. ‘회오리바람에 떠 있는 민들레 씨앗’. 불로 조각된 왜가리 표시의 칼날이 그의 손으로 들어와, 여자의 얼굴에 놀란 표정이 맺히기도 전에 그녀의 머리를 베어 버렸다. **이 여자가 가장 위험했어.**

여자의 머리가 말의 엉덩이에서 굴러떨어질 때 랜드는 흥분해 있었다. 호위병들이 고함을 지르며 칼을 뽑으려 했다. 그들은 랜드의 칼이 타오르는 걸 보고 비명을 질렀다. 랜드는 란이 가르쳐 준 자세에 따라 그들 사이에서 춤추었다. 랜드는 일반적인 강철만 사용해도 열 명 모두를 죽일 수 있다는 걸 알았다. 하지만 지금 그가 휘두르는 칼은 그의 일부였다. 마지막 남자가 쓰러졌다. 자세 연습과 너무 비슷해, 랜드는 자신이 칼집을 차고 있지 않으며 만일 칼집을 차고 있었더라도 칼이 닿자마자 칼집을 태워 버렸으리라는 걸 깨닫기도 전에 ‘부채 접기’ 자세로 칼을 칼집에 넣는 동작을 하려 했다.

랜드는 칼이 사라지게 놔두고 돌아서서 말들을 살폈다. 대부분은 도망쳤지만 그리 멀리 가지 못한 말도 몇 필 있었다. 여자가 탔던, 키가 큰 거세한 말은 눈알을 굴려 대며 불안한 듯 히힝거리고 서 있었다. 여자의 머리 없는 시체는 땅에 쓰러져 있으면서도 말이 고개를 숙이도록 고삐를 붙들고 있었다.

랜드가 고삐를 풀었다. 그는 얼마 안 되는 소지품을 챙기고 안장에 훌쩍 뛰어올랐다. **조심해야 해.** 랜드는 죽은 자들을 돌아보며 생각했다. **실수하면 안 돼.**

일원력이 여전히 그를 채우고 있었다. **사이딘**의 흐름이 꿀보다 달게, 썩은 고기보다 악취 나게 느껴졌다. 랜드는 갑자기 채널링을 했다. 자신이 한 일이 무엇인지, 어떻게 그 일을 했는지 정말로 이해한 건 아니었다. 그저 그렇게 하는 게 옳은 것 같았다. 그 방법이 통했다. 시체들이 들어 올려졌다. 랜드는 시체를 한 줄로 나란히, 자신을 바라보도록 세워 놓았다. 얼굴을 흙에 묻은 채 무릎을 꿇도록 했다. 아직 얼굴이 남아 있는 자들은 말이다. 랜드는 그 시체들이 자신에게 무릎 꿇도록 했다.

"내가 **정말로** 드래건의 환생이라면," 그가 시체를 향해 말했다. "이렇게 되어야 하는 거잖아?" **사이딘**을 놓기란 힘들었지만, 랜드는 그렇게 했다. **사이딘을 오래 잡고 있으면서 어떻게 광기를 막을 수 있겠어?** 랜드는 씁쓸하게 웃었다. **아니, 이미 너무 늦었나?**

랜드는 인상을 쓰며 늘어선 시체들을 바라보았다. 사람이 열 명밖에 없다고 확신했었는데, 줄에는 열한 명의 남자가 무릎을 꿇고 있었다. 그중 한 명은 어떤 갑옷도 입지 않고 있었으나 손에는 여전히 단검을 쥐고 있었다.

"일행을 잘못 골랐네." 랜드가 그 남자에게 말했다.

그는 거세한 말의 말머리를 돌리고 녀석의 옆구리를 차 어둠 속을 향해 전속력으로 달렸다. 아직 티어까지는 먼 길을 가야 했지만, 랜드는 최대한 직선으로 갈 생각이었다. 그러다가 말이 죽거나 말을 훔쳐야 하더라도. **끝장내고 말 거야. 비웃음도. 조롱도. 끝내 버릴 거야!** 칼란도어. 그것이 랜드를 향해 소리쳤다.

37장 케예리엔의 불

선원 한 명이 맨발로 곁을 지나가다가 존경심을 담아 허리를 숙이며 인사했다. 그러자 에그웨인이 우아하게 고개를 끄덕여 답했다. 선원은 이미 팽팽해진 밧줄을 당기러 가는 중이었다. 커다란 사각 돛 중 하나를 조금 조정하려는 건지도 몰랐다. 그는 조타수 옆에 서 있는 둥근 얼굴의 선장에게로 종종걸음 쳐 가며 다시 허리를 숙였고, 에그웨인은 한 번 더 고개를 까닥인 뒤에야 숲이 자리한 케예리엔의 강변으로 관심을 돌렸다. 강변과 **푸른두루미호** 사이의 물길은 채 37미터도 되지 않았다.

마을이, 아니, 한때 마을이었던 것이 미끄러지듯 지나갔다. 집들의 절반은 그저 폐허에서 삭막하게 솟아오른 굴뚝만 남은, 연기가 피어나는 돌더미였다. 다른 집에서는 문이 바람을 받아 젖혀졌다. 가구와 옷, 집기가 길거리에 널브러져 있었다. 내던진 것처럼 나뒹굴었다. 마을에서 살아 움직이는 것은 아무것도 없었다. 반쯤 굶어 죽은 듯한 몰골의 개 한 마리만이 예외였다. 녀석은 지나가는 배를 무시하고 한때 여관이었을 것으로 보이는, 넘어진 벽 뒤쪽 보이지 않는 곳으로 종종걸음 쳐 갔다. 에그웨인은 메스꺼움을 느끼지 않고는 그런 광경을 볼 수 없었다. 하지만 아이즈 세다이에게 있을 법한, 감정에 흔들리지 않는 평온한 표정을 유지하려 애썼다. 별 도움은 되지 않았다. 마을 너머에서 짙은 연기가 하늘을 향해 솟아올랐다. 에그웨인의 짐작으로는 5~7킬로미터쯤 떨어진 곳이었다.

에리닌강이 케예리엔 국경선을 따라 흐르기 시작한 이후로 에그웨인은 그런 연기 기둥을 여러 번 보았다. 그런 마을도. 최소한 이번에는 눈에 보이는 시체가 없었다. 엘리서 선장은 때로 개펄 때문에 케예리엔 강가와 가까운 곳으로 배를 몰아야 했지만—그의 말로는 강의 이 지역에서 개펄이 흐른다고 했다—아무리 가까운 곳에 가도 살아 있는 사람은 한 명도 보이지 않았다.

마을과 연기 기둥이 배 뒤쪽으로 미끄러지듯 사라졌지만 이미 다른 연기 기둥이 눈앞에서, 강과 더 멀리 떨어진 곳에서 보이기 시작했다. 숲이 듬성 듬성해졌다. 물푸레나무와 진퍼리꽃나무, 검은 딱총나무, 버드나무, 흰나무, 물참나무, 에그웨인이 모르는 다른 몇 가지 나무가 길을 만들어 주었다.

바람이 망토에 걸렸지만 에그웨인은 차갑고 깨끗한 공기를 느끼며 망토가 펄럭이게 놔두었다. 어떤 종류의 흰색도 아닌 갈색 옷을 입을 수 있다는 자유가 느껴졌다. 에그웨인이 가장 좋아하는 색이 갈색은 아니었지만 말이다. 그래도 드레스와 망토는 가장 좋은 모직 천으로 만들어져 있었다. 마름질도 잘 됐고, 바느질도 잘되어 있었다.

다른 선원이 종종걸음 쳐 가며 허리를 숙여 인사했다. 에그웨인은 선원들이 하는 일을 적어도 몇 가지는 알아내겠다고 맹세했다. 무식해진 기분이 싫었다. 오른손에 거대한 뱀 반지를 끼고 있으니 대부분 타 발론에서 태어난 선장과 선원들에게서 엄청난 인사를 받게 되었다.

에그웨인은 나이니브와의 말다툼에서 이겼다. 나이니브는 세 사람 중 자신만이 남들이 아이즈 세다이라고 믿을 수 있을 만큼 나이가 들었다고 확신했다. 하지만 나이니브의 생각이 틀렸다. 에그웨인은 그날 남항에서 **푸른두루미호**에 올랐을 때 자신과 일레인 둘 다 놀란 시선을 받았으며, 엘리서 선장의 눈썹은 만일 그가 대머리가 아니었다면 머리카락이 나 있었을 부분까지 올라갔으리라는 걸 알았다. 비록 그는 미소를 지으며 절했을 뿐이지만.

"영광입니다, 아이즈 세다이. 아이즈 세다이 세 분이 제 배를 타고 여행하신다고요? 정말이지 영광입니다. 여러분이 원하시는 빠른 여행을 약속드립니다. 케예리엔의 도적 떼도 문제가 아닙니다. 더는 강의 그쪽에 가지 않으니까요. 물론 여러분이 원하신다면 가겠습니다, 아이즈 세다이. 안도어의 병사들이 케예리엔 쪽 마을 몇 곳을 점령하고 있긴 하니까요. 영광입니다, 아이즈 세다이.”

그들이 선실 하나만을 요구하자 선장의 눈썹이 다시 치켜올라갔다. 나이니브조차도 꼭 필요할 때가 아니면 혼자 밤을 보내고 싶어 하지 않았다. 선장은 세 사람 모두 추가 요금 없이 선실을 하나씩 쓸 수 있다고 말했다. 다른 승객도 없고, 화물도 다 실은 데다, 아이즈 세다이에게 강 하류에서 봐야 할 긴급한 일이 있다면 배에 타고 싶어 하는 다른 사람이 있대도 절대 기다리지 않겠다면서 말이다. 그러나 일행은 선실 하나면 충분하다고 다시 말했다.

선장은 놀랐다. 그의 표정을 보면 상황을 이해 못 하는 게 분명했다. 하지만 타 발론에서 태어나고 자란 선장, 친 엘리서는 아이즈 세다이가 의도를 분명히 밝혔음에도 그들에게 의문을 제기할 사람이 아니었다. 일행 중 두 사람이 무척 어려 보이긴 했지만, 뭐, 아이즈 세다이 중에도 젊은 사람은 있었다.

버려진 폐허가 에그웨인 뒤쪽으로 사라졌다. 연기 기둥이 가까워졌다. 강둑에서 더 먼 곳에 또 다른 연기 기둥이 어렴풋이 보였다. 숲은 나지막하고 풀로 뒤덮인, 덤불이 점점이 자리 잡은 언덕들로 바뀌어 갔다. 봄에 꽃이 피는 나무에는 꽃이 피어 있었다. 인동덩굴에 핀 아주 작은 흰 꽃들과 선명한 빨간색의 팽나무 꽃. 에그웨인이 모르는 어느 나무는 두 손을 합친 것보다도 큰 하얀색 둥근 꽃으로 뒤덮여 있었다. 잎사귀의 초록색과 새로 난 가지의 붉은 색이 진하게 자리 잡은 나뭇가지를 때때로 야생 장미 덩굴이 가로지르며 노란색이나 흰색의 넓은 자국을 남겼다. 잿더미가 된 폐허와 너무 선명한 대조를 이루고 있어서 보기 좋지만은 않았다.

에그웨인은 바로 이곳에 질문을 받아 줄 아이즈 세다이가 있으면 좋겠다고 생각했다. 믿을 수 있는 아이즈 세다이가. 에그웨인은 손가락으로 주머니를 쓸어 보았다. 안에 들어 있는 **티어앙그리알**의 비틀린 돌 고리가 만져질 듯 말 듯했다.

에그웨인은 타 발론을 떠난 이후로 거의 매일 밤 그것을 써 보았다. **티어앙그리알**은 단 한 번도 같은 방식으로 작동하지 않았다. 물론, 에그웨인은 늘 어느새 **텔아이란리오드**에 들어가 있었다. 하지만 그녀가 본 것 중 쓸모가 있을 법한 것은 다시 나온 칼의 심장뿐이었다. 그때마다 실비가 에그웨인에게 무언가를 말해 주었다. 흑색의 아자에 관한 정보는 확실히 없었다.

티어앙그리알 없이 꾼 그녀 자신의 꿈은 거의 보이지 않는 세계에서 엿본 것 같은 장면들로 가득 차 있었다. 랜드가 태양처럼 불타는 칼을 들고 있었다. 에그웨인은 그게 칼이라는 걸 간신히 알아볼 수 있었다. 그 사람이 랜드라는 것도 간신히 알아볼 수 있었다. 랜드는 십여 가지 방법으로 위협해 왔다. 그중 어느 것도 최소한의 현실성조차 갖추지 못했다. 어느 꿈에서는 랜드가 커다란 돌멩이 게임판 위에 올라 있었다. 바위 크기의 흰 돌과 검은 돌이 보였다. 랜드는 그 돌을 움직이며, 그를 뭉개 버리려는 무시무시한 손을 피해 다녔다. 그런 꿈에 무슨 의미가 있을지 몰랐다. 아마 분명 무슨 의미가 있을 터였다. 하지만 랜드가 어떤 사람 때문에, 혹은 어느 두 사람 때문에 위험에 처해 있다는 것 말고는—이 점만은 분명하다고 에그웨인은 생각했다—그야말로 알 수가 없었다. **지금은 랜드를 도울 수 없어. 나한테도 임무가 있어. 심지어 난 랜드가 어디에 있는지도 몰라. 아마 여기서 3660킬로미터는 떨어진 곳에 있으리라는 점밖에는.**

에그웨인은 또 늑대와 독수리와 매와 함께 있는 페린의 꿈을 꾸었다. 독수리와 매는 싸우고 있었다. 페린이 대단히 위험한 누군가에게서 도망치는 꿈도, 높디높은 절벽 가장자리에서 기꺼이 발을 내디디며 "이렇게 해야만 해. 바닥에 닿기 전에 나는 법을 배워야 해."라고 말하는 꿈도 꾸었다. 한 번은 아이일 사람에 대한 꿈도 꾸었다. 에그웨인은 그 꿈도 페린과 관계되어 있을 거라고 생각했지만 확실하지는 않았다. 민이 강철 덫을 밟고서도 어째서인지 그 덫을 보지 못한 채 그냥 뚫고 지나가는 꿈도 있었다. 맷에 관한 꿈도 있었다. 맷의 주변에서 주사위 여러 개가 돌아가는 꿈은 왜 꾼 건지 알 것 같았다. 하지만 맷이 존재하지 않는 사람에게 쫓기는 꿈은 아직도 이해가 되지 않았다. 웬 남자가 맷을 쫓고 있었다. 어쩌면 쫓는 사람이 한 명 이상인 지도 몰랐고, 어떤 면에서는 아무도 존재하지 않는 듯했다. 맷이 다다라야 하지만 멀리 있는, 어느 보이지 않는 존재를 향해 간절하게 말을 달리는 꿈. 맷이 폭죽을 쏘아 대는 여자와 함께 있는 꿈. 에그웨인은 그 여자가 광술사 라고 생각했지만, 그것 역시 다른 꿈만큼 말이 되지 않았다.

에그웨인은 너무도 많은 꿈을 꿔서 그 모든 꿈을 의심하기 시작했다. 어 쩌면 **티어앙그리알**을 너무 자주 써서 그런 걸지도 몰랐다. 아니면 그냥 **티 어앙그리알**을 가지고 다녀서 그런 걸지도. 어쩌면 에그웨인은 이제야 꿈꾸 는 자가 하는 일을 배워 가는 건지도 몰랐다. 광기 어린 꿈, 정신없는 꿈. 남 녀가 철창을 부수고 나와 왕관을 썼다. 어느 꿈에서는 한 여자가 꼭두각시 놀음을 했고, 다른 꿈에서는 꼭두각시에 달린 실이 더 큰 인형의 손으로 이 어졌으며 그 실은 더더욱 큰 꼭두각시의 손으로 이어졌다. 마지막 실이 상 상조차 할 수 없는 높은 곳으로 사라질 때까지, 계속해서. 왕들이 죽고 여왕 들이 울고 전투가 일어나는 꿈. 하얀 망토들이 투 리버스를 유린하는 꿈. 심 지어 숀찬 사람이 나오는 꿈도 다시 꾸었다. 그것도 여러 번. 에그웨인은 그 꿈들을 어두운 구석에 넣고 차단해 버렸다. 그들에 대해서는 감히 다시 생 각하지 않을 것이다. 어머니와 아버지 꿈은 매일 밤 꾸었다.

최소한 그 꿈의 의미는 확실히 알고 있었다. 어쨌든 그렇다고 생각했다. **그 꿈의 의미는 내가 흑색의 아자를 쫓고 있는데, 내 꿈의 의미가 무엇인지 도 모르고, 그 바보 같은 티어앙그리알을 제대로 작동시킬 방법이 무엇인지 도 모르고, 겁이 나고…… 그리고 집을 그리워한다는 뜻이야.** 아침이 되면 모든 게 나아지리라는 걸 아는 엄마가 그녀를 잠자리로 올려 보내면 얼마나 좋을지 에그웨인은 잠시 생각했다. **하지만 엄마는 더 이상 나 대신 문제를 해결해 줄 수 없어. 아빠가 괴물을 쫓았다고 장담해도 내가 믿을 수 없고. 이 젠 내가 직접 해내야 해.**

지금 와서 보니 그 모든 게 너무도 먼 과거의 일이었다. 에그웨인은 딱히 그때로 돌아가고 싶은 건 아니었지만, 그 시절은 따뜻했고 너무도 오래전처럼 보였다. 두 분을 다시 보기만 해도, 두 분의 목소리를 듣기만 해도 참 좋을 텐데. **내가 선택한 손가락에 정당하게 이 반지를 끼울 때가 되면 두 분을 만나러 갈 거야.**

그녀는 결국 나이니브와 일레인에게 하룻밤씩 돌 고리를 간직하고 자게 해 주었고—돌 고리를 놓아 버리기가 너무 꺼림칙해서 놀라울 정도였다—그들은 깨어나 **텔아이란리오드**에 간 게 확실하다고 말했다. 하지만 둘 다 칼의 심장을 언뜻 보았을 뿐이고, 쓸모 있는 정보는 전혀 없었다.

이제는 짙은 연기 기둥이 **푸른두루미호**와 나란히 있었다. 에그웨인이 생각하기에 강에서 9~11킬로미터 떨어진 곳 같았다. 다른 기둥은 지평선에 닿아 있는 얼룩처럼 보일 뿐이었다. 거의 구름처럼 보였지만, 에그웨인은 그렇지 않다고 확신했다. 작은 덤불들이 몇 군데에서 강둑을 따라 빽빽하게 자랐고 그 사이에서는 풀밭이 물가까지 바로 이어졌다. 약해진 강둑이 무너져 내린 곳만 예외였다.

일레인이 갑판으로 올라와 난간에 있던 에그웨인에게 다가왔다. 바람에 그녀의 검은 망토가 휘날렸다. 그녀 역시 튼튼한 모직 옷을 입고 있었다. 옷에 관해서는 나이니브가 말싸움에서 이겼다. 에그웨인은 아이즈 세다이가 여행을 할 때조차 늘 가장 좋은 옷을 입고 다닌다고 주장했으며—그녀는 자신이 **텔아이란리오드**에서 입었던 비단옷을 생각하고 있었다—나이니브는 아멀린 권좌가 옷장 뒤쪽에 남겨 두고 간 지갑이 꽤 묵직하긴 했지만, 그 금화를 다 사용하더라도 하류의 물가가 어떨지는 전혀 모른다고 지적했다. 하인들은 케예리엔에서 터진 내전과 그 여파가 물가에 끼친 영향에 관해서는 맷의 말이 옳다고 했다. 일레인은, 에그웨인으로서는 놀랍게도, 갈색의 자매들은 비단보다 모직 옷을 더 자주 입는다고 지적했다. 에그웨인은 일레인이 주방에서 너무 벗어나고 싶은 나머지 걸레라도 입으려나 보다고 생각했다.

맷은 어떻게 하고 있을지 모르겠네. 어떤 배를 타고 가든, 분명 선장과 주사위 놀이를 하려 들겠지.

"끔찍해." 일레인이 중얼거렸다. "너무 끔찍해."

"뭐가?" 에그웨인이 멍하니 말했다. **우리가 준 서류를 너무 여기저기 내**

보이지 않았으면 좋겠는데.

일레인은 놀란 표정으로 에그웨인을 보더니 인상을 찌푸렸다. "저거!" 그녀가 멀리 떨어진 연기를 가리켰다. "어떻게 저걸 무시할 수가 있어?"

"내가 저걸 무시할 수 있는 이유는 사람들이 무슨 일을 겪고 있는지 생각하기 싫어서야. 내가 어떻게 해 줄 수 있는 것도 아니고, 우리는 티어에 가야 하니까. 우리가 쫓는 게 티어에 있으니까." 그녀는 자신의 격한 말투에 놀랐다. **난 아무것도 할 수 없어. 흑색의 아자는 실제로 티어에 있고.**

생각할수록 칼의 심장에 들어갈 방법을 찾아야 한다는 확신이 생겼다. 티어의 대공들을 제외하고는 아마 아무도 그곳에 들어갈 수 없겠지만, 에그웨인은 흑색의 아자가 놓은 덫을 밟는 방법으로 그들을 막는 비결이 칼의 심장에 있으리라고 점점 더 확신했다.

"그건 나도 다 알아, 에그웨인. 하지만 그렇다고 케예리엔을 가엾게 여기지 않을 수는 없어."

"안도어와 케예리엔 사이에 벌어진 전쟁에 대해서는 나도 강의를 들었어." 에그웨인이 무미건조하게 말했다. "벤나이 세다이 말로는 너희와 케예리엔이 티어와 일리안을 제외한 그 어느 나라보다도 자주 싸웠다던데."

일레인이 그녀를 흘겨보았다. 에그웨인은 자신도 안도어 사람이라는 걸 절대 인정하지 않으려 들었고, 일레인은 그런 에그웨인에게 결코 익숙해지지 못했다. 최소한 지도에 그려진 선은 투 리버스도 안도어의 일부라고 말했고, 일레인은 지도를 믿었다.

"우리도 케예리엔을 상대로 싸웠지, 에그웨인. 하지만 케예리엔이 아이일 전쟁 때 피해를 입은 이후로 안도어에서는 티어만큼이나 많은 곡물을 케예리엔에 팔았어. 지금은 무역이 끊겼지만. 케예리엔의 모든 가문이 태양의 왕좌를 놓고 서로 싸우고 있으니 누가 곡식을 사겠어? 백성들에게 곡식이 유통되는지는 누가 살피고? 싸움이 강둑에서 본 것만큼 심각하다면……. 글쎄. 어느 민족에게 20년 동안 식량을 공급해 왔는데, 그 사람들이 굶어 죽어 갈 게 뻔한데도 아무것도 느끼지 않기란 불가능해."

"회색 인간이야." 에그웨인의 말에 일레인이 펄쩍 뛰며 사방을 동시에 살피려 했다. **사이다**의 빛이 그녀를 둘러쌌다.

"어디?"

에그웨인이 비교적 느리게 갑판을 둘러보았다. 엿들을 만큼 가까운 곳에 사람이 없다는 걸 확인하기 위해서였다. 엘리서 선장은 여전히 고물에, 그의 옆에는 웃통을 벗은 남자가 길쭉한 키 손잡이를 잡고 서 있었다. 다른 선원이 다름 아닌 뱃머리에 서서, 잠긴 개펄의 흔적을 살피느라 앞의 물을 훑어보고 있었다. 또 다른 두 명의 선원이 맨발로 갑판을 돌아다니며 때때로 돛의 밧줄을 조정했다. 나머지 선원은 모두 아래층에 있었다. 한 쌍의 선원이 멈춰 서서 뒤집힌 채 갑판에 묶여 있는 나룻배의 끈을 확인하고 있었다. 에그웨인은 그들이 떠나기를 기다렸다가 말했다.

"바보 같기는!" 그녀가 조용히 중얼거렸다. "내가 바보 같다는 말이야, 일레인. 너 말고. 그러니까 그렇게 노려보지 마." 에그웨인이 속삭이듯 말을 이었다. "회색 인간이 맷을 쫓고 있어, 일레인. 그게 꿈의 의미였던 게 틀림없어. 그런데 내가 몰랐던 거야. 나 **진짜** 바보인가 봐!"

일레인 주변의 빛이 사라졌다. "너무 그러지 마." 일레인이 마주 속삭였다. "정말 그런 뜻일지도 모르지만, 나도 몰랐는걸. 나이니브도 몰랐고." 그녀는 잠시 말을 멈추었다. 그녀가 고개를 젓자 붉은 기가 도는 금발 곱슬머리가 흔들렸다. "하지만 말이 안 돼, 에그웨인. 회색 인간이 왜 맷을 쫓아? 내가 어머니한테 보내는 편지에는 우리한테 해가 될 만한 내용이 눈곱만큼도 없어."

"나도 이유는 몰라." 에그웨인이 인상을 찌푸렸다. "틀림없이 이유가 있을 거야. 그 꿈의 의미는 확실해."

"에그웨인, 네 생각이 맞더라도 네가 할 수 있는 일은 없어."

"알아." 에그웨인이 씁쓸하게 말했다. 그녀는 심지어 맷이 일행보다 앞서 있는지 뒤처져 있는지조차 몰랐다. 아마 앞서 있을 것 같았다. 맷은 전혀 지체하지 않고 떠났을 테니까. "어느 쪽이든," 에그웨인이 중얼거렸다. "좋을 건 없어. 이제야 내 꿈 중 하나의 의미를 알았는데 자수바늘 한 땀만큼도 도움이 안 되잖아!"

"하지만 한 가지 의미를 알았다면," 일레인이 그녀에게 말했다. "이제 다른 의미도 알게 될 거야. 우리랑 같이 자리에 앉아서 이야기해 보면……."

덜덜 떨리던 **푸른두루미호**가 출렁하더니 일레인을 갑판으로 팽개치고 에그웨인을 그녀의 위로 던져 버렸다. 에그웨인이 버둥거리며 일어섰을 때는 강변이 더 이상 미끄러지듯 움직이지 않았다. 배가 멈춰 버렸다. 이물이 들려 있고, 갑판은 한쪽으로 기울어져 있었다. 돛이 바람을 받아 시끄럽게 펄럭였다.

친 엘리서는 조타수가 알아서 일어나도록 놔두고 갑판을 짚고 일어나 이물로 달려갔다. "이 눈먼 농부의 벌레 같으니!" 그는 이물에 있던 남자에게 호통쳤다. 남자는 떨어지다 말고 버티느라 난간에 매달려 있었다. "흙이나 뒤지는 염소 같으니! 그만큼 강을 타 봤건만 개펄 위에 어떤 물결이 생기는지도 몰라?" 엘리서는 난간의 남자 어깨를 잡고 잡아당겨 다시 갑판에 세웠지만, 그래 봐야 직접 뱃머리를 내려다볼 수 있도록 그를 밀치기 위해서였다. "네놈이 내 배 용골에 구멍을 냈다면 네놈 창자로 메우겠다!"

이제는 다른 선원들도 주섬주섬 일어서고 있었다. 더 많은 선원들이 서둘러 아래층에서 기어 올라왔다. 그들 모두가 달려와 선장 주변에 모였다.

나이니브가 계속 치마 주름을 펴며 승객용 선실로 내려가는 사다리 꼭대기에 나타났다. 그녀는 땋은 머리를 세게 홱 잡아당기더니 뱃머리에 모여 있는 남자들을 보고 인상을 찡그린 다음 성큼성큼 에그웨인과 일레인에게 다가왔다. "선장 때문에 어딘가에 부딪힌 거지? 자기 아내만큼 강을 잘 안다고 떠들어 대더니, 아내도 선장한테서 미소 한 번 제대로 못 받아 봤겠네." 나이니브는 두껍게 땋은 머리를 다시 한 번 잡아당기더니 선원들을 밀치고 선장에게 다가갔다. 그들은 모두 아래쪽 물에 집중하고 있었다.

나이니브가 나서 봐야 의미가 없었다. **선장을 가만히 놔둬야 더 빨리 출발할 수 있을 텐데.** 나이니브는 아마 선장에게 그 일을 처리하는 방법을 알려 주고 있을 터였다. 뭐든 이물 아래에 있던 것에서 나이니브에게로 존경심 어린 시선을 돌리는 선장과 선원을 보며 애석하다는 듯 고개를 젓는 걸 보면 일레인도 같은 감정인 듯했다.

동요의 물결이 선원들 사이로 번지며 점점 강해졌다. 잠시 항의하듯 다른 남자들의 머리 위로 내젓는 선장의 두 손이 보였다. 그다음에는 나이니브가 그들에게서 성큼성큼 멀어졌다. 선원들은 이제 허리를 숙이며 길을 틔워 주었다. 엘리서가 서둘러 그녀를 따라오며 커다란 빨간색 손수건으로 둥근 얼굴을 훔쳤다. 둘이 가까워지자 선장의 목소리가 들렸다.

"……안도어 쪽의 다음 마을까지는 족히 27킬로미터가 됩니다, 아이즈 세다이. 케예리엔 쪽으로는 최소한 강을 따라 9~11킬로미터를 내려가야 하고요! 안도어 병사들이 그곳을 점령하고 있는 건 사실이지만, 여기서 거기까지 몇 킬로미터나 되는 거리를 모두 점령하고 있는 건 아닙니다!" 선장은 땀이 뚝뚝 떨어지는 듯 얼굴을 훔쳤다.

"가라앉은 배가 있어." 나이니브가 다른 두 여자에게 말했다. "선장이 생각하기에는 도적떼 짓이래. 선장은 노를 써서 그 배로부터 물러날 생각이라는데, 그 방법이 통할 거라고 보지는 않는 것 같아."

"그 배에 부딪혔을 때 우리 배는 빠르게 움직이고 있었습니다, 아이즈 세다이. 여러분을 위해 속도를 내고 싶었습니다." 엘리서는 얼굴을 더욱 세게 문질렀다. 에그웨인은 그가 아이즈 세다이의 비난을 두려워하고 있다는 걸 알았다. "세게 부딪혔습니다. 하지만 물이 새는 것 같지는 않습니다, 아이즈 세다이. 걱정하실 필요는 없습니다. 다른 배가 올 겁니다. 두 배의 노를 모두 사용하면 분명 풀려날 수 있습니다. 여러분을 강변에 내려 드릴 필요는 없습니다, 아이즈 세다이. 빛을 걸고 맹세합니다."

"배에서 내릴 생각이었어?" 에그웨인이 물었다. "그게 현명한 일일까?"

"당연히……!" 나이니브는 말을 멈추고 에그웨인에게 인상을 썼다. 에그웨인이 침착하게 노려보며 그 찡그린 표정을 되돌려 주었다. 나이니브는 여전히 힘이 들어가 있지만 좀 더 차분한 말투로 말을 이었다. "선장 말로는 다른 배가 올 때까지 한 시간쯤 걸릴지 모른대. 무슨 변화를 만들어 낼 만큼 노가 많이 있는 배라면 말이야. 하루가 걸릴 수도 있고 어쩌면 이틀이 걸릴지도 몰라. 난 우리에게 기다리면서 하루 이틀을 낭비할 여유가 없다고 생각해. 우리는 그 마을에―선장, 마을 이름이 뭐라고 했소? 쥐렌?―갈 수 있어. 두 시간도 못 돼서 쥐렌으로 걸어갈 수 있다고. 엘리서 선장이 원하는 만큼 빠르게 배를 빼낼 수 있다면, 그때 다시 배에 타면 돼. 우리가 그 마을에 있을지 선장이 들러 보겠대. 하지만 선장이 배를 빼내지 못해도 우린 쥐렌에서 배를 탈 수 있어. 심지어 대기 중인 배가 있을지도 몰라. 선장 말로는 무역선이 거기에 정박한대. 안도어 군인들 때문에.” 나이니브가 깊이 숨을 들이쉬었지만, 그녀의 목소리에는 더욱 힘이 들어갔다. “이 정도면 내 생각을 충분히 설명한 건가? 설명이 더 필요해?”

“난 확실히 알아들었어.” 에그웨인이 말하기 전에 일레인이 재빨리 끼어들었다. “좋은 생각 같아. 너도 그렇게 생각하지, 에그웨인?”

에그웨인은 마지못해 고개를 끄덕였다. “그런 것 같아.”

“하지만 아이즈 세다이.” 엘리서가 껴들었다. “최소한 안도어 쪽 강둑으로 가십시오. 전쟁이 났잖습니까, 아이즈 세다이. 도적 떼는 물론이요 온갖 종류의 깡패들이 있습니다. 군인들도 별로 나을 게 없고요. 우리 뱃머리 아래의 난파선 자체가 놈들이 어떤 존재인지 보여 줍니다.”

“케예리엔 쪽에서는 산 사람을 한 명도 보지 못했소.” 나이니브가 말했다. “어쨌든, 우린 무방비 상태라고 하기 어렵소이다, 선장. 11킬로미터만 걸어도 되는데 27킬로미터를 걸을 생각은 없고.”

“물론이지요, 아이즈 세다이.” 이제 엘리서는 실제로 땀을 흘리고 있었다. “그런 말씀을 드리려던 게 아니라……. 당연히 여러분은 무방비 상태가 아니시지요, 아이즈 세다이. 그런 말을 하려던 건 아니었습니다.” 선장이 격렬하게 얼굴을 닦았지만 얼굴은 계속 번들거렸다.

나이니브가 입을 열고 에그웨인을 힐끗 보더니 하려는 말을 바꾸었다. “난 소지품 가지러 내려갈 거야.” 그녀는 에그웨인과 일레인 사이의 허공에 대고 말하더니 엘리서를 돌아보았다. “선장, 나룻배를 준비하시오.” 선장은 허리를 숙이더니, 나이니브가 바닥문 쪽으로 돌아서기도 전에 허둥지둥 나룻배를 배 옆에 내리라고 부하들에게 소리쳤다.

“너희 둘 중 하나가 ‘위’라고 말하면,” 일레인이 투덜거렸다. “다른 하나가 ‘아래’라고 하는구나. 그만두지 않으면 티어에 도착 못 할지도 몰라.”

"티어에는 도착할 거야." 에그웨인이 말했다. "나이니브가 더 이상 현자가 아니라는 걸 깨달으면 더 빨리 도착하겠지. 우리는 이제 모두," 그녀는 합격자라는 말은 하지 않았다. 근처에 바삐 돌아다니는 사람이 너무 많았다. "같은 수준이니까." 일레인이 한숨을 쉬었다.

잠시 후에 나룻배가 그들을 강변으로 데려다주었다. 그들은 손에 지팡이를 쥐고 소지품 꾸러미를 등에 멘 채 여러 주머니와 전대를 늘어뜨리고 강둑에 서 있었다. 펼쳐진 초원과 흩어진 잡목림이 그들을 둘러쌌다. 다만 언덕은 강에서 몇 킬로미터 떨어진 곳까지 숲으로 덮여 있었다. **푸른두루미호**의 노가 거품을 일으켰지만 배는 꿈쩍도 하지 않았다. 에그웨인이 돌아서더니 거침없이 남쪽으로 향했다. 나이니브가 앞장서기 전에.

나이니브와 함께 에그웨인을 따라잡은 일레인이 나무라는 눈으로 그녀를 보았다. 나이니브는 똑바로 앞만 보며 걸었다. 일레인이 맷과 회색 인간에 대해 에그웨인이 한 말을 나이니브에게 전해 주었지만, 조용히 듣던 나이니브는 걸음을 멈추지도 않고 말했다. "맷 일은 맷이 챙겨야지." 잠시 후 여왕 후계자는 두 사람이 이야기하도록 만드는 걸 포기했고, 그들은 모두 조용히 걸었다.

강둑을 따라 가깝게 나 있는, 물참나무와 버드나무로 이루어진 빽빽한 잡목림에 **푸른두루미호**가 감추어졌다. 숲이 작기는 했지만 일행은 그곳을 지나지 않았다. 나뭇가지 아래에 무엇이든 숨어 있을 수 있기 때문이었다. 나지막한 덤불 몇 개가 잡목림 사이, 강과 가까운 곳에 흩어져 있었다. 하지만 그런 덤불은 너무 성글어서 도적 떼는커녕 아이 한 명도 숨을 수 없었다. 서로 간격도 넓었다.

"정말로 도적 떼가 보이면," 에그웨인이 말했다. "내 몸은 내가 지킬 거야. 여기에는 우리 어깨 너머를 지켜보는 아멀린 권좌가 없으니까."

나이니브의 입술이 가늘어졌다. "꼭 필요하다면," 그녀가 눈앞의 허공에 대고 말했다. "하얀 망토들을 겁주었듯 도적 떼도 겁줘서 쫓아버릴 수 있어. 다른 방법을 찾지 못한다면."

"난 너희가 도적 떼 얘기를 안 했으면 좋겠어." 일레인이 말했다. "나는 그 마을에 아무 일 없이 도착했으면…….”

갈색과 회색으로 이루어진 형체가, 일행의 코앞에 외따로 있던 덤불 뒤에서 일어섰다.

38장 창의 아가씨

에그웨인은 입에서 비명이 완전히 터져 나오기 전에 **사이다**를 끌어안았다. 일레인을 둘러싼 빛도 보였다. 그녀는 엘리서가 그들의 비명을 듣고 지원군을 보낼지 궁금했다. **푸른두루미호**는 기껏해야 상류 쪽으로 2킬로미터 떨어진 곳에 있을 터였다. 그런 다음 에그웨인은 지원이 필요하다는 생각을 떨쳐버렸다. 그녀는 이미 공기와 불의 흐름을 엮어 번개를 만들고 있었다. 아직도 하얀 망토들의 비명이 들리는 듯했다.

나이니브는 팔짱을 낀 채 무표정한 얼굴로 가만히 서 있었는데, 진정한 근원에 닿을 수 있을 만큼 화가 났기 때문인지 아니면 에그웨인이 지금 본 것을 이미 보았기 때문인지 알 수 없었다. 그들을 마주 보는 사람은 키가 좀 크긴 했지만 그래 봐야 에그웨인과 같은 나이의 여자였다.

에그웨인은 **사이다**를 놓아 버리지 않았다. 남자들은 때로 너무 명청해서, 여자를 여자라는 이유만으로 해롭지 않은 존재라 생각했다. 에그웨인에게는 그런 환상이 없었다. 머릿속 한 구석에서 그녀는 일레인이 더 이상 빛에 둘러싸여 있지 않다는 걸 눈치챘다. 여왕 후계자는 아직 바보 같은 개념을 품고 있는 게 틀림없었다. **일레인은 숀찬의 포로였던 적이 없으니까.**

그들 앞에 있는 여자가 위험하지 않다고 생각할 만큼 명청한 남자는 많지 않을 것 같았다. 비록 여자의 손이 비어 있고, 눈에 보이는 무기는 없었지만 말이다. 청록색 눈. 어깨까지 늘어진, 긴 꼬리만 빼고 짧게 자른 불그레한 머리. 신발 끈이 달린, 무릎까지 오는 부드러운 장화와 꼭 맞는 코트와 브리치스가 모두 흙과 바위의 색깔이었다. 에그웨인은 이런 색깔의 옷에 대해 들은 적이 있었다. 이 여자는 아이일 사람이었다.

그녀를 보니 갑자기 이상한 친근감이 느껴졌다. 이해할 수 없었다. **이 여자는 랜드의 사촌처럼 생겼어. 그게 이유야.** 그러나 그 감정이—거의 동족처럼 느껴지는 마음이—그녀의 호기심을 억누를 수는 없었다. **빛을 걸고, 대체 아이일 사람이 여기서 뭘 하는 거지? 아이일 사람은 절대 황무지를 떠나지 않아. 아이일 전쟁 이후로는.** 그녀는 평생 아이일 사람들이 얼마나 치명적인 존재인지에 대해 들어왔지만—창의 아가씨는 남성 전사회의 구성원이나 마찬가지였다—특별히 두려움이 느껴지지는 않았고, 사실은 겁을 먹은 것에 조금 짜증이 났다. **사이다**가 그녀에게 일원력을 흘려 넣고 있었으니 그녀는 누구도 두려워할 필요가 없었다. **완전히 훈련받은 자매라면 모르지만. 아무리 아이일 사람이라도 여자 한 명을 두려워할 건 절대로 아니야.**

"내 이름은 아비엔다." 아이엘 여자가 말했다. "타아르다드 아이일의 아홉 계곡 분파 소속이다." 여자의 표정은 목소리만큼이나 단조롭고 무감정했다. "난 **파 다라이즈 마이**, 창의 아가씨다." 그녀는 잠시 멈추고 그들을 살펴보았다. "너희 얼굴에는 특유의 모습이 없지만, 우리는 반지를 보았다. 너희 땅에는 우리의 현명한 이와 같은 여자들이 있지. 아이즈 세다이라 불리는 여자들 말이야. 너희는 화이트 타워에 소속된 여자들인가 아닌가?"

잠깐이지만 에그웨인은 불안함을 느꼈다. **우리라고?** 에그웨인은 주위를 신중하게 살펴보았지만, 반경 18미터 안에는 덤불 뒤에 숨은 사람이 보이지 않았다.

다른 사람이 있다면 앞으로 183미터는 더 가야 나오는 다음 잡목림이거나 그 두 배 거리는 떨어져 있는, 이미 지나온 잡목림에 있을 터였다. 위협이 되기에는 거리가 멀었다. **활이 있다면 모를까.** 하지만 활 실력이 좋아야만 할 것이다. 고향에서, 벨 타인과 태양일에 열린 경기 때는 가장 뛰어난 궁수만이 183미터를 넘는 거리까지 활을 쏠 수 있었다.

에그웨인은 그런 식으로 활을 쏘려는 사람에게도 번개를 집어던질 수 있다는 걸 알았기에 기분이 좀 나아졌다.

"우린 화이트 타워에 소속된 여자들이다." 나이니브가 침착하게 말했다. 그녀는 다른 아이일 사람을 찾아 티 나게 주위를 둘러보지 않았다. 일레인조차 주위를 살피고 있었는데. "너희가 우리를 현자들 중 한 명이라고 생각할지는 다른 문제지." 나이니브가 말을 이었다. "뭘 원하느냐?"

아비엔다가 미소 지었다. 에그웨인은 그녀가 정말이지 꽤 사랑스럽다는 걸 알았다. 험악한 표정에 그 모습이 가려졌을 뿐이다. "현명한 이들처럼 말하는군. 간단명료하기에 바보들이 이해하기에도 그리 어렵지 않다." 아비엔다의 미소가 흐려졌다. 하지만 그녀의 목소리는 여전히 침착했다. "우리 중 한 명이 심각한 상처를 입고 누워 있다. 죽어 가는 것 같다. 현명한 자들은 그들의 도움이 없으면 죽을 게 확실한 자들을 종종 고쳐 준다. 아이즈 세다이는 그 이상을 할 수 있다고 들었고. 도와줄 것인가?"

에그웨인은 혼란스러워 고개를 저을 뻔했다. **저 여자의 친구가 죽어 간다고? 우리한테 보릿가루 한 컵을 빌려 달라고 부탁하는 것 같잖아!**

"할 수 있다면 돕지." 나이니브가 천천히 말했다. "약속할 수는 없다, 아비엔다. 네 친구는 내가 할 수 있는 일을 해도 죽을 수 있으니."

"죽음은 우리 모두에게 찾아온다." 아이일 사람이 말했다. "우리는 죽음이 다가왔을 때 어떻게 그 죽음을 마주할 것인지 선택할 수 있을 뿐이다. 당신들을 친구에게 안내하겠다."

아이일 의복을 입은 두 여자가 9미터도 떨어지지 않은 곳에 서 있었다. 한 명은 에그웨인이 보기에 개 한 마리도 숨을 수 없을 듯했던 땅의 고랑에서 나왔고, 다른 한 명은 그녀의 무릎 반절 높이까지밖에 오지 않던 풀숲에 숨어 있었다. 그들은 일어서며 검은 베일을 벗었다. 그 모습에 에그웨인은 한 번 더 움찔했다. 예전에 일레인이 한 말에 따르면, 아이일 사람들은 살인을 해야 할지도 모를 때에만 얼굴을 가렸으니까. 이내 그들은 머리를 감싸고 있던 천을 어깨로 내렸다. 한 명은 아비엔다처럼 불그레한 머리카락에 회색 눈을 가지고 있었고, 다른 한 명은 짙은 푸른색 눈에 불처럼 보이는 머리카락의 소유자였다. 둘 다 에그웨인이나 일레인보다 나이가 많지 않았고, 두 손에 쥔 창을 언제든지 쓸 것 같은 모습이었다.

불같은 머리카락의 여자가 아비엔다에게 무기를 건네주었다. 그녀는 길고 묵직한 날이 달린 칼을 아비엔다의 허리띠에 채워 준 다음 다른 쪽에는 화살이 잔뜩 꽂힌 화살통을 채웠다. 짐승의 뿔처럼 탁한 광택이 나는 검은색의 휘어진 활이 통에 담겨 아비엔다의 등에 묶였다. 작고 둥근 가죽 방패와 함께 왼손에 쥘 수 있는, 창날이 긴 짧은 창 네 자루도 있었다. 아비엔다는 에먼즈 필드의 여자들이 스카프를 두르듯 자연스럽게 그 무기들을 걸쳤다. 그녀의 일행도 마찬가지였다. "이리 와라." 그녀가 말하며 일행이 이미 지나온 덤불숲으로 가기 시작했다.

에그웨인은 그제야 **사이다**를 놓아 버렸다. 그녀는 원하기만 한다면 아이일 사람 세 명 모두가 손쓸 겨를도 없이 그녀를 창으로 찌를 수 있으리라고 생각했다. 그러나 세 사람은 경계하는 모습이긴 했어도 그런 행동을 할 것 같지는 않았다. **나이니브가 저 사람들의 친구를 치유할 수 없다면? 우리 모두와 관련된 이런 결정을 내리기 전에 좀 물어봤으면 좋겠는데!**

아이일 사람들은 숲으로 가며 주변의 땅을 살폈다. 텅 빈 풍경 어디에든 자신들만큼 숨는 실력이 뛰어난 적이 있을 거라고 생각하는 듯했다. 아비엔다가 성큼성큼 앞서 나갔고 나이니브가 그녀와 보조를 맞추었다.

"난 트라칸드 가문의 일레인이야." 에그웨인의 친구가 잡담이라도 하듯 말했다. "안도어 여왕 무어게이즈의 딸로 여왕 후계자고."

에그웨인이 발을 헛디뎠다. **빛을 걸고, 쟤 미친 거야? 아이일 전쟁 당시에 안도어가 아이일 사람들과 싸웠다는 건 나도 알고 있어. 20년 전 일이긴 하지만, 아이일 사람들은 오랫동안 기억한다잖아.**

하지만 그녀와 가장 가까운 곳에 있던 불꽃 같은 머리카락의 아이일 사람은 이렇게만 말했다. "나는 샤아라드 아이일의 검은 바위 분파에 속한 베인이다."

"난 치아드." 그녀의 반대편에 있던, 키가 비교적 작고 머리카락이 조금 더 금발에 가까운 여자가 말했다. "고시엔 아이일의 돌멩이 강 분파 소속이다."

베인과 치아드가 에그웨인을 힐끗 보았다. 그들의 표정은 변하지 않았지만, 에그웨인은 그들이 자신을 예의 없는 사람으로 생각한다고 느꼈다.

"나는 에그웨인 알비어야." 그녀가 말했다. 그들이 더 많은 걸 기대하는 것 같기에 덧붙였다. "투 리버스 에먼즈 필드에 사는 마린 알비어의 딸이야." 이 말에 아이일 사람들은 어느 정도 만족하는 것 같았다. 에그웨인은 자신이 그 모든 부족과 분파에 대해 이해 못 하듯 그들도 이해 못 하는 거라고 확신했다. **어떤 면에서는 가족을 소개하는 것이겠지.**

"너희는 첫째 자매인가?" 베인은 셋 모두를 보며 물었다.

에그웨인은 아이즈 세다이를 지칭할 때의 자매를 말하는 거라고 생각하고 "맞아"라고 말했는데, 동시에 일레인이 "아니"라고 말했다.

치아드와 베인은 그들을 정신이 온전치 않은 여자들이라고 생각하는 듯 아주 빠르게 시선을 주고받았다.

"첫째 자매라는 건," 일레인은 강의라도 하듯 에그웨인에게 말했다. "어머니가 같다는 뜻이야. 둘째 자매는 어머니끼리 자매라는 뜻이고." 일레인은 아이일 사람들에게로 말을 돌렸다. "우리 둘 다 너희 민족에 대해 많은 걸 알지 못해. 우리가 잘 몰라도 이해해 줬으면 좋겠어. 가끔 에그웨인을 첫째 자매처럼 생각하긴 하지만, 우린 혈연관계가 아니야."

"그럼 어째서 현명한 이 앞에서 맹세하지 않는 건가?" 치아드가 물었다. "베인과 나는 첫째 자매가 되었다."

에그웨인이 눈을 깜빡였다. "어떻게 첫째 자매가 **될** 수 있어? 어머니는 같거나 다르거나 둘 중 하나잖아. 너희를 불쾌하게 하려는 건 아니야. 내가 창의 아가씨에 대해 아는 것 대부분은 일레인이 내게 해 준, 얼마 안 되는 이야기라서. 난 너희가 전투에 나가 싸우고 남자에게는 관심이 없다는 건 알지만, 그 이상은 몰라." 일레인이 고개를 끄덕였다. 그녀가 에그웨인에게 설명해 준 창의 아가씨는 여성 수호자와 적색의 아자를 뒤섞은 존재와 비슷했다.

아이일 사람들의 얼굴에 아까의 표정이 잠시 스쳤다. 에그웨인과 일레인이 과연 제정신인지 모르겠다는 표정.

"우리가 남자에게 관심이 없다고?" 치아드는 아리송하다는 듯 중얼거렸다.

베인이 생각에 잠겨 이마를 구겼다. "너희가 하는 말은 진실에 가깝지만, 진실을 완전히 놓쳤다. 창과 결혼할 때 우리는 그 어떤 남자나 아이에게도 매이지 않겠다고 맹세한다. 어떤 사람들은 남자나 아이 때문에 창을 포기하기도 하지." 그녀의 표정을 보니 이해할 수 없다는 듯했다. "그러나 한 번 포기하면 다시 창을 들 수 없어."

"루이딘으로 가기로 할 때도 마찬가지야." 치아드가 끼어들었다. "현명한 이는 창과 결혼할 수 없다."

베인은 치아드가 하늘은 푸르다고, 혹은 비는 구름에서 내리는 것이라고 선언하기라도 한 것처럼 치아드를 보았다. 베인이 에그웨인과 일레인을 보는 표정을 보니, 두 사람이 하늘이나 비에 관한 사실조차 모를지 모른다고 생각하는 듯했다. "그래, 베인 말이 옳다. 이런 법칙을 거스르려고 애쓰는 사람도 있지만."

"그래, 그렇지." 치아드의 목소리를 들으니 그녀와 베인 둘만 아는 무언가가 있는 듯했다.

"하지만 설명이 너무 벗어났군." 베인이 말을 이었다. "창의 아가씨는 자기가 속한 부족이 전투에 나가더라도 서로를 상대로 창의 춤을 추지는 않는다. 하지만 샤아라드 아이일과 고시엔 아이일은 400년 넘게 피의 반목을 해 왔으니, 치아드와 나는 결혼 서약만으로는 부족하다고 생각했지. 우리는 우리 부족의 현명한 이에게 찾아가, 우리를 첫째 자매로 맺어 주는 맹세를 했다. 치아드는 내게, 나는 치아드에게 목숨을 건 거다. 창의 아가씨인 첫째 자매들에게 적합한 대로, 우리는 서로의 등을 지켜 준다. 서로가 없으면 어떤 남자도 우리 중 한 명에게 다가오지 못하게 하고. 그렇다고 우리가 남자에게 관심이 없는 건 아니야." 치아드는 아주 살짝 미소 지으며 고개를 끄덕였다. "내가 진실을 명확히 전달했나, 에그웨인?"

"응." 에그웨인이 나직이 말했다. 그녀는 일레인을 힐끗 보았고, 자기 눈에도 깃들어 있을 게 뻔한 당혹감을 그녀의 눈에서 보았다. **적색의 아자가 아니네. 녹색의 아자면 몰라도. 수호자와 녹색의 아자가 섞인 거야. 그 외의 다른 말은 이해를 못 하겠어.** "이젠 진실이 꽤 명확해졌어, 베인. 고마워."

"너희 둘이 첫째 자매라고 느낀다면," 치아드가 말했다. "너희의 현명한 이에게 가서 맹세해야 한다. 하긴, 나이는 어려도 너희 자신이 현명한 이로군. 그 경우에는 어떻게 해야 할지 모르겠는데."

에그웨인은 웃어야 할지 얼굴을 붉혀야 할지 알 수 없었다. 그녀는 자신과 일레인이 같은 남자를 공유하는 모습을 계속 떠올렸다. **아니, 그건 창의 아가씨인 첫째 자매들에게나 해당하는 일이야. 안 그래?** 일레인도 뺨에 홍조가 떠올라 있었다. 에그웨인은 그녀가 랜드를 생각하고 있다고 확신했다. **하지만 우린 랜드를 공유하지 않아, 일레인. 우린 둘 다 랜드를 가질 수 없어.**

일레인이 목을 가다듬었다. "그럴 필요는 없을 것 같아, 치아드. 에그웨인과 나는 이미 서로의 등을 지켜 주는걸."

"어떻게 그럴 수 있지?" 치아드가 천천히 물었다. "너희는 창과 결혼하지 않았다. 현명한 이지. 대체 누가 현명한 이에게 대항해 손을 든단 말인가? 혼란스럽군. 대체 왜 너희 등을 지킬 필요가 있다는 건가?"

그즈음 일행은 잡목림에 도착했고 그 덕분에 에그웨인은 대답을 떠올릴 필요가 없었다. 나무 아래, 덤불 깊숙한 곳이지만 강물과 인접한 곳에 아이일 사람이 두 명 더 있었다. 나카이 아이일의 소금 평원 분파에 속한 졸리엔은 일레인과 거의 비슷한 붉은 금발에 푸른 눈을 가진 여자였다. 그녀가 아비엔다와 같은 부족 및 분파에 속해 있는 다일린을 지켜보고 있었다. 다일린의 머리는 땀으로 엉켜 더 검붉은 빨간색으로 보였다. 그녀는 일행이 처음 다가왔을 때 딱 한 번 잿빛 눈을 떴다가 다시 감았다. 그녀의 코트와 셔츠가 옆에 놓여 있었고, 붉은 얼룩이 묻은 붕대가 몸통에 감겨 있었다.

"칼을 맞았어." 아비엔다가 말했다. "맹세를 어기는 나무살해자들이, 군인이라 부르는 그 명청이들이 우리를 이 땅에 들끓는 한 줌의 도적 떼 중 하나라고 생각했다. 놈들의 생각을 고쳐 주기 위해 놈들을 죽여야만 했다. 하지만 다일린은……. 다일린을 고쳐 줄 수 있나, 아이즈 세다이?"

나이니브가 다친 여자 옆에 무릎을 꿇고 상처를 살펴보려고 붕대를 들추었다. 그녀는 눈에 들어온 모습에 움찔했다. "다친 이후로 다일린을 옮겼어? 딱지가 앉았다가 떨어졌는데."

"다일린이 물가에서 죽고 싶어 했다." 아비엔다가 말했다. 그녀는 강 쪽을 힐끗 보더니 재빨리 시선을 돌렸다. 에그웨인은 그녀가 몸을 떤 것이나 마찬가지라고 생각했다.

"바보들!" 나이니브가 약초를 찾아 주머니를 뒤지기 시작했다. "이런 부상을 입은 사람을 옮기다니, 너희가 다일린을 죽일 수도 있었어. 물가에서 죽고 싶어 했다고?" 나이니브는 역겹다는 듯 말했다. "남자들이 들고 다니는 것 같은 무기를 들고 다닌다는 게 남자들처럼 생각해야 한다는 뜻은 아니야." 그녀는 가방에서 깊은 나무 컵을 꺼내 치아드에게 내밀었다. "채워. 다일린이 마실 수 있도록 약을 섞으려면 물이 필요해."

치아드와 베인은 강가로 갔다가 함께 돌아왔다. 그들의 표정은 한 번도 바뀌지 않았지만, 에그웨인이 보기에 그들은 강물이 솟아올라 자신들을 잡아챌 거라고 생각하는 것 같았다.

"아이즈 세다이, 우리가 다일린을…… 강가에 데려오지 않았다면," 아비엔다가 말했다. "절대 당신들을 발견 못 했을 거다. 다일린은 어쨌든 죽었을 테고."

나이니브는 코웃음을 치더니 빻은 약초를 체로 쳐 물잔에 넣으면서 혼자 중얼거렸다. "코렌뿌리는 피를 생성하는 데 도움을 주고, 개초목은 살을 붙이는 데 도움을 주지. 당연히 만능초에……." 그녀의 중얼거리는 소리가 점점 작아져 귀에 들리지 않는 속삭임이 되었다. 아비엔다가 그녀를 보며 인상을 찌푸렸다.

"현명한 이들은 약초를 사용하지만, 아이즈 세다이가 약초를 쓴다는 말은 들어본 적이 없는데."

"나는 써!" 나이니브가 쏘아붙이고 다시 가루를 분류하며 혼자 속삭였다.

"정말로 현명한 이처럼 말하는데." 치아드가 베인에게 조용히 말했다. 베인도 짧게 고개를 끄덕였다.

아이일 사람 중 무기를 들지 않은 건 다일린뿐이었다. 게다가 그들은 언제라도 무기를 쓸 것 같은 표정이었다. **나이니브가 누구도 진정시키지 못하는 건 확실해.** 에그웨인이 생각했다. **저 사람들이 무슨 이야기를 하도록 해야 해. 뭐라도. 평화로운 이야기를 하면서 싸우고 싶어 하는 사람은 없으니까.**

"기분 나쁘게 하려는 말은 아닌데," 에그웨인이 조심스럽게 말했다. "이제 보니 너희 모두 강을 불안하게 여기는 것 같아. 폭풍이 불지 않는 한 강이 흉폭해지지는 않아. 원한다면 강에서 헤엄을 칠 수도 있어. 강둑에서 멀어지면 물살이 세지기는 하지만." 일레인이 고개를 저었다.

아이일 사람들은 멍한 표정이었다. 아비엔다가 말했다. "언젠가…… 어떤 남자가, 샤이나 사람이 그 헤엄이라는 걸 치는 모습을 봤다."

"이해가 안 돼." 에그웨인이 말했다. "황무지에 물이 많지 않다는 건 알지만, 넌 '돌 강 분파'라고 말했잖아, 졸리엔. 당연히 돌 강에서 헤엄쳐 본 적이 있을 텐데?" 일레인은 미친 사람 보듯 에그웨인을 보았다.

"헤엄이라는 게," 졸리엔이 어색하게 말했다. "그게…… 물에 들어간다는 뜻인가? 저 많은 물에? 붙잡을 것도 없는데?" 그녀가 몸을 떨었다. "아이즈 세다이, 드래건 장벽을 건너기 전에 나는 걸어서 건널 수 없는 흐르는 물을 본 적이 한 번도 없다. 돌 강은……. 한때 거기에 물이 흘렀다고 말하는 사람도 있지만, 그건 허풍일 뿐이야. 돌 강에는 돌밖에 없다. 현명한 이들이 남긴 가장 오래된 기록도, 그리고 부족장님도, 우리 분파가 높은 평원 분파에서 갈라져 나와 그 땅을 차지한 첫날부터 그곳에는 돌밖에 없었다고 전한다. 헤엄을 친다니!" 그녀는 그 단어 자체와 싸우려는 것처럼 창을 꽉 쥐었다. 치아드와 베인이 강둑에서 한 발 더 멀어졌다.

에그웨인은 한숨을 쉬었다. 그러다가 일레인과 눈을 마주치고는 얼굴을 붉혔다. **뭐, 난 여왕 후계자가 아니니까 이 모든 걸 알 수 없지. 그래도 배워**

나갈 거야. 에그웨인은 아이일 여자들을 둘러보다가 자신이 그들을 진정시키기는커녕 더욱 긴장하게 만들었다는 걸 알았다. **저 사람들이 뭔가 시도하면 공기로 막아야겠어.** 에그웨인은 네 사람을 동시에 막을 수 있을지 전혀 알 수 없었지만, 자신을 **사이다**에 개방하며 공기의 권능을 엮어 대비했다. 일원력이 에그웨인의 열렬한 마음속에서 사용되기를 기다리며 맥동했다. 일레인의 주변에는 빛이 없었다. 에그웨인은 그 이유가 궁금했다. 일레인이 에그웨인을 똑바로 보며 고개를 저었다.

"난 절대 아이즈 세다이를 해치지 않는다." 아비엔다가 갑자기 말했다. "분명히 말한다. 다일린이 살든 죽든 그 점은 달라지지 않는다. 나는 절대로," 그녀가 짧은 창을 아주 조금 들어 올렸다. "여자를 상대로 이걸 쓰지 않는다. 게다가 당신들은 아이즈 세다이지." 에그웨인은 문득, 아비엔다가 **그들을** 진정시키려 한다는 느낌을 받았다.

"그건 알고 있었어." 일레인은 아비엔다에게 이야기했지만, 에그웨인은 그 말이 자신에게 하는 것임을 알았다. "너희 민족에 대해 아는 사람은 많지 않지만, 아이일 사람들은 절대로 여자를 해치지 않는다고 배웠어. 상대가— 뭐라고 했더라?—창과 결혼한 사람이 아니라면 말이야."

베인은 이번에도 일레인이 진실을 똑바로 보지 못한다고 생각하는 것 같았다. "정확히 그런 건 아니다, 일레인. 창과 결혼하지 않은 여자가 무기를 들고 내게 덤벼든다면, 나는 그 여자가 생각을 고쳐먹을 때까지 때려 줄 거다. 아이일 남자라면…… 당신들 나라의 여자가 무기를 들고 있을 경우 그 여자가 창과 결혼했다고 생각할지도 모르지. 모르겠다. 남자들은 이상하게 굴 수 있으니까."

"그럼, 그럼." 일레인이 말했다. "하지만 우리가 무기로 너희를 공격하지 않는 한 너희도 우리를 해치려 하지 않을 거잖아." 아이일 사람 네 명은 모두 충격받은 표정이었다. 일레인이 빠르게 의미심장한 눈으로 에그웨인을 보았다.

에그웨인은 어쨌든 **사이다**를 유지했다. 일레인이 뭔가 배웠다고 해서 그게 진실인 건 아니었다. 아무리 아이일 사람이 같은 말을 했다고 해도. 게다가 몸 안에서 느껴지는 **사이다**는…… 좋았다.

나이니브가 다일린의 고개를 들고 만들어 놓은 혼합물을 그녀의 입에 붓기 시작했다. "마셔." 그녀가 단호하게 말했다. "맛이 고약하다는 건 알지만, 다 마셔." 다일린은 약을 삼키고 목이 막히는 듯하더니 다시 삼켰다.

"당신들이 공격한 뒤에도 마찬가지다, 아이즈 세다이." 아비엔다가 일레인에게 말했다. 다만 그녀는 다일린과 나이니브에게서 눈을 떼지 않았다. "세계의 파괴 이전에 우리는 아이즈 세다이를 섬겼다고 한다. 어떤 이야기에도 그 방법은 나오지 않지만 말이야. 우리는 그때 아이즈 세다이를 섬기다 실패했다. 아마 그 죄로 삼중의 땅에 추방됐을 거다. 잘 모르겠지만. 그 죄악이 뭐였는지는 아무도 모른다. 현명한 이들이나 부족장들은 알지도 모르지만, 그분들은 말하지 않지. 우리가 아이즈 세다이를 다시 실망시키면 아이즈 세다이가 우리를 파멸시킬 거라고들 한다."

"전부 마셔." 나이니브가 투덜댔다. "칼밖에 없군! 칼과 근육만 있고 머리가 없어!"

"**우린** 너희를 파멸시키지 않을 거야." 일레인이 단호하게 말하자 아비엔다가 고개를 끄덕였다.

"당신의 말이라면 그런 거겠지, 아이즈 세다이. 하지만 옛이야기는 모두 한 가지를 분명히 밝히고 있다. 우리는 절대 아이즈 세다이와 싸우면 안 된다. 당신들이 번개와 화톳불을 내게 쓴다면, 나는 그것들과 함께 춤을 추겠지만 당신들을 해치진 않을 것이다."

"사람을 찌르다니." 나이니브가 으르렁거리듯 말했다. 그녀는 다일린의 머리를 내려놓고 그녀의 이마를 한 손으로 짚었다. 다일린의 눈이 다시 감겨 있었다. "여자를 찌르다니!" 아비엔다가 발을 바꿔 짚으며 다시 인상을 썼다. 아이일 사람 중에 그렇게 한 사람은 아비엔다만이 아니었다.

"화톳불이라." 에그웨인이 말했다. "아비엔다, 화톳불이 뭐야?"

아이일 여자는 인상 쓴 얼굴을 에그웨인에게로 돌렸다. "화톳불을 모르나, 아이즈 세다이? 옛이야기에서는 아이즈 세다이가 화톳불을 휘둘렀다. 이야기를 보면 무시무시한 존재 같은데, 나도 더 이상은 모른다. 우리는 한

때 알았던 것을 많이 잊었다고 한다."

"화이트 타워도 많은 걸 잊었나 봐." 에그웨인이 말했다. **나는 그…… 꿈인지 뭔지 그 안에서 화톳불에 대해 알고 있었어. 화톳불은 텔아이란리오드만큼 현실적이었어. 여기에 대해서만큼은 맷하고 내기를 해도 좋아.**

"그 누구에게도!" 나이니브가 소리쳤다. "그 누구에게도 이렇게 사람 몸을 찢어 놓을 권리는 없어! 이건 옳지 않아!"

"화가 난 건가?" 아비엔다가 불안한 듯 물었다. 치아드와 베인과 졸리엔이 걱정스러운 시선을 주고받았다.

"괜찮아." 일레인이 말했다.

"괜찮은 것 이상이야." 에그웨인이 덧붙였다. "나이니브는 **실제로** 화를 내고 있어. 그게 괜찮은 것보다 나아."

사이다의 빛이 갑자기 나이니브를 감쌌다. 에그웨인은 그 모습을 보려고 몸을 앞으로 숙였다. 일레인도 마찬가지였다. 다일린이 비명을 지르며 눈을 휘둥그렇게 뜨고 벌떡 일어나 앉았다. 나이니브가 순식간에 그녀를 다시 진정시켜 눕혔다. 빛이 희미해졌다. 다일린의 눈이 스르륵 감겼다. 그녀는 숨을 헐떡이며 누워 있었다.

봤어. 에그웨인이 생각했다. **내 생각엔…… 본 것 같아.** 그 많은 흐름 모두를 알아볼 수 있었다고 확신할 수는 없었다. 나이니브가 그 흐름들을 엮어 낸 방법은 더더욱 보이지 않았다. 나이니브가 그 몇 초 동안 해낸 일은 안대로 눈을 가린 채 네 개의 카펫을 한꺼번에 짠 것이나 마찬가지였다.

나이니브는 피 묻은 붕대로 다일린의 배를 문질러 닦았다. 선명한 빨간색의 새로운 피와 오래되어 말라붙은 검은 피딱지를 모두 닦아 냈다. 상처도, 흉터도 없었다. 그저 다일린의 얼굴보다 훨씬 흰, 건강한 피부가 있을 뿐이었다.

나이니브는 인상을 찡그린 채 피 묻은 천을 쥐고 일어서 강에 던져 버렸다. "남은 건 씻어 줘라." 그녀가 말했다. "옷도 다시 입히고. 추울 거야. 먹을 것도 준비해 놔. 배고파할 테니까." 그녀는 물가에 무릎을 꿇고 손을 씻었다.

39장 패턴의 실오라기

졸리엔은 떨리는 손을 상처가 있던 다일린의 몸통에 댔다. 매끄러운 피부를 만져 보더니 자기 눈을 믿지 못하겠다는 듯 헛숨을 들이켰다.

나이니브가 허리를 펴고 망토에 두 손을 닦았다. 에그웨인은 수건으로 쓰기에는 비단이나 벨벳보다 좋은 모직 천이 낫다는 걸 인정할 수밖에 없었다. "씻기고 옷을 입히라니까." 나이니브가 쏘아붙였다.

"알겠습니다, 현명한 이여." 졸리엔이 빠르게 말했다. 그녀와 치아드, 베인 모두 벌떡 일어나 그 말에 복종했다.

아비엔다가 짧은 웃음을 터뜨렸다. 거의 눈물이 날 듯한 웃음이었다. "뾰족한 첨탑 분파의 현명한 이가 이런 일을 할 수 있다는 말은 들었다. 네 개의 구멍 분파의 현명한 이도. 하지만 언제나 허풍이라고 생각했지." 그녀는 깊이 숨을 들이쉬며 자세를 가다듬었다. "아이즈 세다이, 내가 빚을 졌다. 내 물은 당신들 것이고, 내 분파의 그늘은 당신들을 환영할 거다. 다일린은 내 둘째 자매다." 그녀는 무슨 말인지 모르겠다는 나이니브의 표정을 보고 덧붙였다. "내 어머니의 자매의 딸이란 말이다. 가까운 피붙이라는 거지, 아이즈 세다이. 내가 피의 빚을 졌다."

"피를 흘려야 한다면," 나이니브가 무미건조하게 말했다. "내 피는 내가 직접 흘리지. 빚을 갚고 싶으면 쥐렌에 배가 있는지 말해. 여기서 남쪽으로 가서 처음 나오는 마을 말이야."

"병사들이 흰 사자 깃발을 걸어 둔 마을?" 아비엔다가 말했다. "어제 정찰했을 때는 배가 한 척 있었다. 옛이야기에 배가 나오긴 하지만, 직접 보니 이상하더군."

"빛을 걸고, 그 배가 아직 있었으면 좋겠는데." 나이니브가 약초 가루를 넣어 접은 종이를 챙기기 시작했다. "아비엔다, 저 여자에게 해 줄 수 있는 일은 다 해 줬어. 우린 가야 해. 지금 다일린에게 필요한 건 음식과 휴식뿐이야. 사람들이 다일린의 몸에 칼을 쑤셔 박지 않도록 노력하고."

"벌어질 일은 벌어지게 마련이다, 아이즈 세다이." 아이일 여자가 대답했다.

"아비엔다." 에그웨인이 말했다. "강을 그런 식으로 생각하면서 어떻게 건넌 거야? 여기와 황무지 사이에 에리닌강과 비슷하게 큰 강이 최소한 하나는 있을 텐데."

"알구에냐강이 있지." 일레인이 말했다. "너희가 그 강을 돌아서 왔다면 모를까."

"당신들에게는 많은 강이 있지만, 그중에는 다리라 불리는 것들이 있는 곳도 있다. 우리는 그 다리를 건너야 했다. 다른 강들은 걸어서 헤쳐 왔고. 나머지 강을 건널 때는 졸리엔이 나무가 물에 뜬다는 걸 떠올렸다." 그녀는 키가 큰 흰나무 둥치를 철썩 때렸다. "이 나무들은 크지만 나뭇가지처럼 잘 뜬다. 우린 죽은 나무 네 그루를 발견해 직접…… 배를…… 작은 배를 만들었다. 나무 두세 그루를 한데 묶어 큰 강을 건넜지." 그녀는 아무렇지 않게 말했다.

에그웨인이 놀라서 그녀를 빤히 보았다. 아이일 사람들은 강을 두려워하는 게 분명했다. 에그웨인이 그렇게 겁을 먹었더라도 아이일 사람들처럼 그 두려움을 마주할 수 있었을까? 아닐 것 같았다. **흑색의 아자는?** 작은 목소리가 물었다. **흑색의 아자는 더 이상 두렵지 않은 거야?** 에그웨인이 그 목소리를 향해 말했다. **그건 다른 문제지. 거기엔 용기가 필요하지 않아. 나는 흑**

색의 아자를 쫓거나 매를 기다리는 토끼처럼 가만히 앉아 있을 수밖에 없어. 에그웨인은 오래된 속담으로 자신을 타일렀다. **못보다는 망치가 되는 게 나아.**

"가야겠다." 나이니브가 말했다.

"잠깐만." 일레인이 그녀에게 말했다. "아비엔다, 너희는 왜 이 먼 곳까지 와서 그런 고생을 견디는 거야?"

아비엔다가 역겹다는 듯 고개를 저었다. "우리는 전혀 멀리 온 게 아니다. 우리는 마지막으로 출발한 축에 든다. 현명한 이들이 송아지 주변을 빙빙 도는 들개처럼 나를 몰아댔다. 내게 다른 의무가 있다면서." 그녀가 갑자기 씩 웃으며 다른 아이일 사람들을 가리켰다. "이 애들은, 자기들 말로는 고통받는 나를 괴롭히겠다고 남았다. 하지만 나와 함께 가 줄 이 녀석들이 없었다면 현명한 이가 나를 보내 주지 않았을 거다."

"우리는 예언 속의 사람을 찾고 있다." 베인이 말했다. 그녀는 치아드가 잠든 다일린에게 갈색 셔츠를 입힐 수 있도록 다일린을 들어 올리고 있었다. "새벽과 함께 오는 자를."

"그가 우리를 삼중의 땅에서 나오도록 이끌어 줄 거다." 치아드가 덧붙였다. "예언에 따르면, 그는 **파 다라이즈 마이**에게서 태어났다고 한다."

일레인은 놀란 표정이었다. "창의 아가씨는 아이를 낳아선 안 된다며. 난 분명 그렇게 배웠어." 베인과 치아드는 다시 그 시선을, 일레인이 진실에 근접하긴 했지만 결국 진실을 놓치고 말았다는 눈빛을 주고받았다.

"창의 아가씨는 아이를 낳으면," 아비엔다가 조심스레 설명했다. "그 아이를 자기가 소속된 분파의 현명한 이에게 준다. 그러면 현명한 이가 그 아이를 낳은 사람이 누구인지 아무도 알 수 없게 다른 사람에게 넘겨주지." 돌은 단단하다고 설명하는 것 같은 말투였다. "모든 여자가 새벽과 함께 오는 자를 키울 수 있을지 모른다는 희망에 그런 아이를 기르고 싶어 한다."

"아니면 아이를 낳은 여자가 창을 포기하고 남자와 결혼할 수도 있다." 치아드가 말했다. 베인이 덧붙였다. "때로는 창을 포기할 수밖에 없는 이유가 있으니까."

아비엔다가 그들을 똑바로 보더니, 그들이 아무 말도 한 적 없다는 듯 말을 이었다. "다만 지금은 현명한 이들이 그 사람은 이곳, 드래건 장벽 너머에서 발견될 거라고 말한다. '우리 피의 피가 옛 피와 섞여, 우리 것이 아닌 고대의 피의 손에 자라나리라.' 나는 잘 모르겠지만, 현명한 이들의 말에는 아무 의심의 여지가 없다." 그녀가 잠시 말을 멈추었다. 단어를 고르는 게 분명했다. "당신들은 많은 질문을 했다, 아이즈 세다이. 나도 한 가지 묻고 싶군. 당신들은 우리가 징조와 조짐을 찾고 있다는 걸 알아야 한다. 어째서 아이즈 세다이 세 명이 이런 땅을 돌아다니는 것인가? 이곳에서 칼을 쥐지 않은 손이란 배고픔에 너무 약해져 칼을 쥐지 못하는 손뿐인데. 당신들은 어디로 가는가?"

"티어." 나이니브가 퉁명스럽게 말했다. "칼의 심장이 부스러져 먼지가 될 때까지 여기 서서 수다를 떨면 또 모르겠지만." 일레인은 짐을 묶은 끈과 전대 끈을 걷기 좋게 조정하기 시작했다. 잠시 후에는 에그웨인도 똑같이 했다.

아이일 여자들이 서로를 보았다. 졸리엔은 다일린의 회갈색 코트를 여며주다 말고 멈췄다. "티어라고?" 아비엔다가 경계하는 말투로 물었다. "아이즈 세다이 세 명이 곤경에 빠진 땅을 가로질러 티어로 간다니 이상한 일이로군. 티어에는 왜 가는 건가, 아이즈 세다이?"

에그웨인이 나이니브를 힐끗 보았다. **빛을 걸고, 방금까지 웃고 있던 저 사람들이 지금은 전처럼 긴장해 있잖아.**

"우린 사악한 여자 몇 명을 쫓고 있어." 나이니브가 신중하게 말했다. "어둠의 친구들이야."

"그림자의 하수인들." 졸리엔은 썩은 사과라도 씹은 듯 그 말을 하며 입을 비틀었다.

"티어에 그림자의 하수인이 있다니." 베인이 말했다. 마치 그 문장의 일부라도 되는 듯 치아드가 덧붙였다. "아이즈 세다이 세 명이 칼의 심장을 찾고 있고."

"칼의 심장으로 간다는 말은 안 했어." 나이니브가 날카롭게 말했다. "그저 칼의 심장이 무너져 먼지가 될 때까지 여기에 서 있고 싶지는 않다는 말을 했을 뿐이야. 에그웨인, 일레인, 준비됐어?" 그녀는 대답을 기다리지 않고 덤불에서 나갔다. 지팡이로 땅을 쿵쿵 찍어 대며 큼직한 발걸음으로 성큼성큼 남쪽을 향해 갔다.

에그웨인과 일레인은 서둘러 작별 인사를 한 뒤 그녀를 따라갔다. 아이일 사람 네 명은 선 채로 그들이 떠나는 모습을 지켜보았다.

일레인과 함께 숲을 조금 지나쳐 온 뒤 에그웨인이 말했다. "네가 이름을 밝혔을 때 하마터면 심장이 멎을 뻔했어. 저 사람들이 너를 죽이려 하거나 포로로 잡을까 봐 두렵지 않았어? 아이일 전쟁이 **그렇게** 오래전 일도 아니잖아. 아무리 저 사람들이 창을 들지 않은 여자는 해치지 않는다지만, 내가 보기에는 뭘 상대로 하든 그 창을 쓸 것 같던데."

일레인이 안타깝다는 듯 고개를 저었다. "방금 내가 아이일에 대해서 얼마나 모르는지 알게 된 건 사실이야. 하지만 내가 배우기로, 아이일 사람들은 아이일 전쟁을 아예 전쟁이라고 생각하지도 않는대. 저 사람들이 날 대한 방식을 보면 내가 배운 것 중 그 부분만큼은 사실인 것 같아. 아니면 저 사람들이 날 아이즈 세다이라고 생각해서 그런 걸지도 모르지."

"저 사람들이 이상하다는 건 나도 알아, 일레인. 하지만 3년 동안 전투를 해 놓고 그걸 전쟁이 아니라고 생각할 사람은 **없어**. 저 사람들이 자기들끼리 아무리 싸우더라도 전쟁은 전쟁이야."

"저 사람들한테는 아니야. 수천 명의 아이일 사람이 세계의등뼈를 넘어왔지만, 저 사람들 생각에 자기들은 **아벤도랄데라**를 자르는 죄를 저지른 케예리엔의 라만 왕을 쫓아온 도둑 잡이나 참수인이었던 거야. 아이일 사람들에게는 그게 전쟁이 아니었어. 처형이었지."

아벤도랄데라. 베린의 강의에 따르면, 그건 생명의 나무 자체에서 갈라져 나온 나뭇가지로 약 500년 전에 아이일 사람들이 전례 없는 평화의 선물로 케예리엔에 가져온 것이었다. 그 나뭇가지와 함께 황무지를 가로지를 권리도 주어졌다. 오직 행상인, 방랑 시인, 투아사안에게만 주어지던 권리였다. 케예리엔의 부는 많은 부분 황무지 너머의 땅에서 가져온 상아와 향수, 향신료, 무엇보다도 비단을 거래하며 쌓은 것이었다. 베린조차도 아이일 사람들이 어쩌다 **아벤데소라**의 묘목을 얻게 되었는지—일단, 옛 책에는 **아벤데소라**에 씨가 없다고 분명히 적혀 있었다. 또한 틀린 게 확실한 몇몇 이야기에 전해지는 것 외에는 생명의 나무 위치를 아는 사람이 아무도 없었다. 다만 확실한 건 생명의 나무가 아이일 사람들과 아무 상관도 없다는 점이었다—그리고 아이일 사람들이 어째서 케예리엔 사람들을 물을 나누는 자들이라고 부르는지, 왜 케예리엔의 상단이 **아벤데소라**의 세 갈래 잎사귀가 그려진 깃발을 걸어야 한다고 주장했는지 몰랐다.

내키지는 않았지만, 에그웨인은 라만 왕이 세상의 그 어떤 왕좌와도 다른 왕좌를 만들겠다며 아이일 사람들의 선물을 베어 버렸을 때 아이일 사람들이 왜 전쟁을—아이일 사람들이야 전쟁이라고 생각하지 않는다지만—일으켰는지 이해할 수 있을 것 같았다. 에그웨인은 그 행동이 라만의 죄라고 불린다는 말을 들은 적이 있었다. 베린의 말에 따르면, 전쟁으로 황무지를 가로지르는 케예리엔의 무역만 끊긴 게 아니었다. 이제는 감히 황무지에 들어가는 케예리엔 사람들도 실종되었다. 베린의 말에 따르면, 그들은 황무지 너머의 땅에서 "동물로 팔린다"고 전해졌다. 하지만 그녀조차도 어떻게 인간이 팔릴 수 있는지는 몰랐다.

"에그웨인." 일레인이 말했다. "새벽과 함께 오는 자가 누구일지 알지?"

에그웨인은 여전히 한참 앞서가는 나이니브의 등을 보며 고개를 젓다가—**우리를 쉬렌까지 달려가게 할 생각인가?**—걸음을 멈출 뻔했다. "너 설마……?"

일레인이 고개를 끄덕였다. "그런 것 같아. 드래건의 예언에 대해 잘은 모르지만, 그중 몇 구절은 들은 적이 있어. 내가 기억하는 한 구절은 이거야. '그는 드래건마운트산의 비탈에서, 누구와도 결혼하지 않은 아가씨에게서 태어나리라.' 에그웨인, 랜드가 아이일 사람처럼 생긴 건 사실이야. 뭐, 내가 본 티그레인 그림이랑도 비슷하게 생겼지만. 하지만 티그레인은 랜드가 태어나기도 전에 실종됐어. 어쨌든 티그레인이 랜드의 어머니일 가능성은 낮을 것 같고. 내 생각에는 랜드의 어머니가 창의 아가씨였을 거야."

에그웨인은 서둘러 걸어가며 생각에 잠겨 인상을 찌푸렸다. 그녀는 랜드의 탄생에 대해 아는 모든 것을 머릿속으로 훑어보았다. 랜드는 카리 알소르가 죽은 이후 탬 알소르의 손에 컸지만, 모레인의 말이 사실이라면, 그들은 랜드의 진짜 부모가 아닐 수 있었다. 나이니브는 때로 랜드의 출생에 대해 몇 가지 비밀을 아는 것처럼 보였다. **하지만 포크로 찔러도 나이니브한테서 그 비밀을 뽑아낼 수는 없을 게 분명해!**

그들은 나이니브를 따라잡았다. 에그웨인은 생각에 잠긴 채 얼굴을 찡그리고 있었고 나이니브는 배가 있다는 쥐렌 쪽을 똑바로 보고 있었으며 일레인은 누가 더 큰 케이크를 먹어야 할지를 놓고 심통을 내는 어린아이 둘을 보듯 그들에게 인상을 쓰고 있었다.

얼마간 조용히 걸어간 뒤에 일레인이 말했다. "방금 일은 아주 잘 처리했어, 나이니브. 치유도 그렇고, 나머지 일도 그렇고. 내 생각에 아이일 사람들은 네가 아이즈 세다이라는 걸 한 번도 의심하지 않았을 거야. 네 태도 덕분에 우리 모두에 대해서도 의심하지 않은 것 같아."

"잘했어." 잠시 후에 에그웨인이 말했다. "치유 때 무슨 일이 일어나는지 실제로 본 건 방금이 처음이야. 그걸 보고 나니까 번개를 만드는 건 귀리 케이크 반죽을 만드는 것처럼 느껴지던걸."

놀란 미소가 나이니브의 얼굴에 떠올랐다. "고마워." 그녀가 중얼거리더니 손을 뻗어 에그웨인의 머리카락을 살짝 당겼다. 에그웨인이 어렸을 때 하던 그대로였다.

난 더 이상 어린애가 아니야. 그 순간은 찾아왔을 때만큼 빠르게 흘러갔고, 그들은 다시 한 번 조용히 걸어갔다. 일레인이 크게 한숨을 쉬었다.

그들은 강둑을 따라 나 있는 덤불을 우회하느라 강에서 조금 멀어지긴 했지만, 다시 2킬로미터나 그보다 조금 더 되는 거리를 빠르게 걸어갔다. 나이니브는 숲과 한참 거리를 두어야 한다고 고집을 부렸다. 에그웨인은 더 많은 아이일 사람들이 잡목림에 숨어 있을 거라고 생각하는 건 바보 같은 일이라고 여겼지만, 내륙 쪽으로 돌아간다고 해서 가야 할 길이 크게 멀어지는 건 아니었다. 잡목림 중 아주 큰 것은 없었으니까.

하지만 일레인은 숲을 지켜보았다. 갑자기 "조심해!"라고 외친 것도 그녀였다.

에그웨인이 고개를 휙 돌렸다. 남자들이 나무들 사이에서 걸어 나왔다. 그들은 머리 주변으로 새총을 휘둘러 대고 있었다. 에그웨인이 **사이다**를 향해 정신을 뻗었다. 무언가가 그녀의 머리를 맞혔고, 어둠이 모든 것을 삼켰다.

에그웨인은 몸이 흔들거리는 것을, 무언가가 발아래에서 움직이는 것을 느낄 수 있었다. 머리가 오직 통증으로만 이루어져 있는 것 같았다. 그녀는 손을 들어 관자놀이를 만져 보려 했지만 무언가가 손목에 파고들었다. 손이 움직이지 않았다.

"……어두워질 때까지 기다리면서 하루 종일 거기 누워 있는 것보다는 낫지." 한 남자의 거친 목소리가 들려왔다. "다른 배가 접근할지 누가 알겠냐? 거기다 그 보트는 믿음직스럽지 않아. 물이 샌다고."

"판단하기 전에 저 반지를 봤다는 말을 애든이 믿어 주길 바라야 할 거다." 다른 남자가 말했다. "내 생각에 애든이 원하는 건 빵빵한 화물이지 여자가 아니야." 첫 번째 남자는 애든이 새는 보트로, 또 화물로 뭘 할 수 있는지에 대해 상스러운 말을 중얼거렸다.

에그웨인은 눈을 떴다. 눈앞에 은색 점들이 떠다녔다. 머리 아래에서 땅이 흔들리고 있었다. 토할지 모르겠다는 생각이 들었다. 그녀는 말의 등에 묶여 있었다. 손목과 발목이 말의 배 아래를 가로지르는 밧줄로 연결되어 있었고 머리는 아래로 늘어져 있었다.

아직 낮이었다. 에그웨인은 목을 길게 빼고 주위를 둘러보았다. 거친 옷을 입고 말을 탄 여러 명의 남자들이 주위를 둘러싸고 있어 나이니브와 에그웨인도 잡혔는지 확인할 수 없었다. 남자 중에는 갑옷을 일부 걸친 자들도 있었지만—망가진 투구나 찌그러진 흉갑, 전체에 미늘을 꿰매어 붙인 둥근 방패 차림이었다—대부분은 아예 빨지 않았거나 적어도 몇 달 동안 빤 적이 없는 것처럼 보이는 코트만을 입고 있었다. 냄새로 미루어 보아 몇 달째 씻지도 않은 듯했다. 그들은 모두 허리나 등에 칼을 차고 있었다.

울분이, 그리고 두려움이 에그웨인을 후려쳤다. 하지만 감정의 대부분은 하얗게 달궈진 분노였다. **난 포로가 되지 않을 거야. 묶이지 않을 거야! 절대로!** 그녀는 **사이다로** 손을 뻗었다. 고통에 거의 정수리가 열리는 것 같았다. 그녀는 간신히 신음을 삼켰다.

고함과 녹슨 이음새가 삐걱거리는 소리에 말이 잠시 멈추었다가 조금 더 앞으로 나아갔다. 남자들이 말에서 내리기 시작했다. 그들이 서로 떨어지자 그들이 있던 곳의 무언가가 보였다. 통나무 울타리가 그들을 둘러싸고 있었다. 커다랗고 둥근 흙무더기 위였다. 거칠게 자른 통나무 너머가 간신히 보일 정도로 높게 만들어 놓은 나무 받침대가 있고, 활을 찬 남자들이 그 위에서 경계를 서고 있었다. 낮고 창문 없는 통나무집 한 채가 벽 아래 흙무더기에 지어져 있는 듯했다. 거기에 기대어 지은 오두막 몇 채를 제외하고 다른 건물은 없었다. 방금 들어온 남자와 말들 외에도 탁 트인 공간의 남은 부분은 요리를 하려고 피워 놓은 불과 묶여 있는 말, 씻지 않은 더 많은 남자들로 가득했다. 최소 백 명은 될 게 틀림없었다. 우리에 든 염소와 돼지와 닭 들이 울고 꿀꿀대고 꼬꼬댁거리는 소리로 공기를 가득 채웠다. 그 소리들이 상스러운 고함과 웃음에 섞여 에그웨인의 머리를 뚫을 듯한 소음이 되었다.

머리를 아래로 해 안장도 없는 말에 얹힌 에그웨인이 눈으로 나이니브와 일레인을 훑었다. 둘 다 꼼짝도 하지 않는 것 같았다. 나이니브의 말이 움찔거리자 땋은 머리 맨 끝이 흙에 끌렸다. 작은 희망이 사라졌다. 셋 중 한 명이 풀려났을 거라는 생각, 그렇게 풀려난 사람이 잡힌 사람들의 탈출을 도우리라는 생각이. **빛을 걸고, 다시 포로가 되는 건 견딜 수 없어. 다시는.** 그녀는 조심스레 다시 **사이다로** 손을 뻗었다. 이번에는 고통이 그리 심하지 않았지만—그냥 누군가가 머리에 돌을 떨어뜨린 것 같았다—장미를 떠올리기도 전에 그 통증으로 공백이 박살 났다.

"한 명이 깨어났다!" 한 남자가 겁에 질린 목소리로 소리쳤다.

에그웨인은 축 늘어진 채 위협적이지 않은 모습을 보이려 했다. **빛을 걸고, 대체 곡식 자루처럼 묶인 채 어떻게 위협적으로 보인다는 거야? 태워 죽**

일, 시간을 벌어야겠어. 반드시! "난 너희를 해치지 않겠다." 그녀는 땀을 비질비질 흘리며 달려온 사람에게 말했다. 아니, 그렇게 말하려 했다. 무언가가 다시 머리를 내리쳐 어둠이 구역질과 함께 밀려들기 전, 실제로 어디까지 말했는지는 알 수 없었다.

다음에는 눈을 뜨기가 더 쉬웠다. 머리는 계속 아팠지만 그전만큼은 아니었다. 다만 생각이 어지럽게 빙빙 도는 것 같았다. **그래도 배는…… 빛을 걸고, 그 생각은 안 하는 게 좋겠어.** 입 속에 시큼한 와인과 쌉쌀한 무언가의 맛이 남아 있었다. 조잡하게 만든 벽에 가로로 난 틈으로 등불 빛이 가느다란 조각처럼 들어왔다. 에그웨인은 어둠 속에 누워 있었다. 아마 흙바닥인 것 같았다. 문짝도 아귀가 잘 맞는 것 같지는 않았으나 무척 튼튼해 보였다.

에그웨인은 두 손과 무릎을 땅에 대며 몸을 일으켰다. 자신이 어떤 식으로든 묶여 있지 않다는 걸 알고 놀랐다. 도배가 되어 있지 않은 통나무 벽 한 곳을 제외하면 다른 벽은 모두 거친 돌로 만들어진 것처럼 보였다. 틈새로 들어온 희미한 빛 덕분에 흙바닥에 뻗어 있는 나이니브와 일레인이 보였다. 여왕 후계자의 얼굴에 피가 묻어 있었다. 둘 다 숨을 쉴 때 가슴이 오르내릴 뿐 움직이지 않았다. 에그웨인은 그들을 즉시 깨울지, 문 너머에 뭐가 있나 살펴볼지 망설였다. **한 번 보기만 하는 거야.** 그녀는 자신을 타일렀다. **쟤들을 깨우기 전에 우리를 지키는 자들이 누군지 보는 게 좋겠어.**

둘을 깨울 수 없을지 모른다는 두려움 때문은 아니라고, 에그웨인은 자신을 타일렀다. 그녀는 문 근처의 틈새에 눈을 대면서 일레인의 얼굴에 묻은 피를 떠올렸다. 그리고 나이니브가 다일린에게 해 준 일을 정확히 기억해 내려 애썼다.

옆방은 크고—에그웨인이 봤던 통나무 건물의 나머지 공간 전부가 그 방인 게 틀림없었다—창문이 없었지만, 벽이며 높은 천장을 이루고 있는 통나무에 박힌 창에 금색과 은색 등불이 걸려 있어서 충분히 밝았다. 난로는 없었다. 단단히 다져진 흙바닥에는 농가의 탁자와 의자가 있었다. 도금되고 상아가 상감된 상자들이 그런 가구와 뒤섞여 있었다. 공작새 무늬로 짠 카펫이 캐노피가 달린 커다란 침대 옆에 놓여 있었고, 침대에는 더러운 이불과 담요가 높이 쌓여 있었다. 침대 기둥은 정교하게 조각되고 도금되어 있었다.

십여 명의 남자들이 방 여기저기에 서 있거나 앉아 있었다. 얼굴이 좀 더 깨끗했다면 잘생겨 보였을 법한, 어느 덩치 큰 금발 남자에게 그들의 시선 모두가 머물러 있었다. 남자는 다리에 세로줄 장식이 조각되어 있고 금으로 소용돌이무늬가 새겨진 탁자 위에 올라서서 아래를 보고 있었다. 한 손을 칼자루에 얹은 채였다. 다른 손의 손가락으로는 에그웨인이 알아볼 수 없는 무언가를 밀어 탁자 위에서 뱅뱅 돌리고 있었다.

바깥쪽 문이 열리며 어두워진 실외가 보였다. 왼쪽 귀가 없는 빼빼 마른 남자가 들어왔다. "아직 안 왔어." 그가 거칠게 말했다. 귀가 없는 남자는 왼손 손가락도 두 개가 없었다. "그런 녀석들과는 얽히고 싶지 않은데."

덩치 큰 금발 남자는 그에게 아무 관심을 두지 않았다. 뭔지는 모르지만 탁자 위에 있는 무언가를 계속 움직이기만 했다. "아이즈 세다이 셋이라." 그가 중얼거리다가 웃었다. "적당한 구매자와 거래할 배짱만 있다면 좋은 값을 받을 수 있지. 입 밖으로 창자를 뽑힐 위험도 기꺼이 감수하겠다면야, 아이즈 세다이 대신 돼지를 자루에 넣어서 팔아 볼 수도 있어. 그보다는 무역선에 올라 선원들의 목을 긋는 게 안전하겠지만. 안 그래, 코크? 그렇게 쉬운 일이 아니잖아?"

다른 남자들이 긴장감에 동요했다. 코크라 불린, 눈이 불안정하고 땅딸막한 남자가 불안한 듯 몸을 앞으로 숙였다. "저 사람들은 **진짜** 아이즈 세다이야, 애든." 에그웨인은 그 목소리를 알아들었다. 상스러운 제안을 했던 남자였다. "틀림없어, 애든. 반지가 증거라니까!" 애든이 탁자에서 무언가를 들어 올렸다. 등불 빛에 금빛으로 반짝이는 작은 원이었다.

에그웨인은 헛숨을 들이키며 손가락을 만져 보았다. **저놈들이 내 반지를 가져갔어!**

"마음에 안 들어." 귀가 없는 빼빼 마른 남자가 투덜거렸다. "아이즈 세다이라니. 저 사람 중 한 명만 있어도 우리 모두를 죽일 수 있어. 우라질! 넌 돌로 깎은 멍청이가 틀림없어, 코크. 내가 네 목을 꺾어 줘야겠다. 그 사람이 오기 전에 저 중 한 명이 눈을 뜨면 어쩌려고?"

"몇 시간은 깨지 않을 거야." 목소리가 쉬었고 비웃는 입술 사이로 이가 빠져 있는 뚱뚱한 남자가 말했다. "내가 저 여자들한테 먹인 건 우리 할머니한테 배운 비법 약이니까. 저 여자들은 해가 뜰 때까지 잘 거야. 그 사람은 해 뜨기 한참 전에 올 테고."

에그웨인은 시큼한 와인 맛과 쓴맛을 느끼며 입을 움직여 보았다. **뭔지는 모르지만, 너희 할머니가 거짓말을 했네. 차라리 네가 요람 속에 있을 때 네 목을 졸라 죽였으면 좋았을걸!** '그 사람'이라는 자가, 아이즈 세다이를 살 수 있다고—**빌어먹을 숀찬 놈들처럼!**—하는 남자가 오기 전에 나이니브와 일레인을 일으켜야 했다. 에그웨인은 나이니브에게로 기어갔다.

에그웨인이 보기에 나이니브는 잠들어 있는 것 같았다. 그래서 그녀는 나이니브를 흔드는 편리한 방법부터 써 보았다. 놀랍게도 나이니브의 눈이 확 뜨였다.

"무슨……?"

에그웨인이 아슬아슬 나이니브의 입을 막아 그 말을 멈추게 했다. "우린 포로로 잡혔어." 에그웨인이 속삭였다. "저 벽 너머에 남자들이 열두 명쯤 있어. 밖에는 더 있고. 훨씬 더 많이. 저놈들이 우리를 재우려고 뭘 먹였는데, 별로 성공적이지는 않았어. 아직 기억 안 나?"

나이니브가 에그웨인의 손을 옆으로 치웠다. "기억 나." 그녀의 목소리는 조용하면서도 험악했다. 나이니브는 인상을 찡그리며 입을 삐죽거리다가, 갑자기 거의 조용하게 웃었다. "숙면뿌리네. 저 바보들이 우리한테 와인에 섞은 숙면뿌리를 줬어. 맛을 보니까 거의 식초가 된 와인 같은데. 빨리 말해 봐. 내가 가르쳐 준 것 기억 나? 숙면뿌리의 효능이 뭐지?"

"잠을 잘 수 있도록 두통을 고쳐 줘." 에그웨인도 똑같이 조용하게 말했다. 거의 나이니브만큼 험악한 목소리였다. 그런 뒤에 그녀는 자신이 무슨 말을 했는지 깨달았다. "약간 졸려지지만, 그게 전부야." 뚱뚱한 남자는 할머니가 해 준 말에 귀 기울이지 않았다. "저놈들이 한 일은 머리를 맞은 통증을 덜어 준 것뿐이었어."

"바로 그거야." 나이니브가 말했다. "일단 일레인을 깨우면, 놈들이 잊지 못하게 감사 인사를 전하자." 나이니브가 자리에서 일어섰다. 하지만 그건 단지 금발 여자 옆에 웅크리기 위해서였다.

"놈들이 우리를 데려왔을 때 보니까, 밖에 놈들이 백 명도 더 있는 것 같아." 에그웨인이 나이니브의 등에 대고 속삭였다. "이번에는 내가 일원력을 무기로 써도 불만 없었으면 좋겠다. 게다가 누가 우리를 **사러** 온대. 난 그놈이 죽는 날까지 빛 속을 걷게 만들어 줄 생각이야!" 나이니브는 여전히 웅크린 채 일레인을 내려다보고 있었지만, 둘 다 움직이지 않았다. "왜 그래?"

"일레인이 심하게 다쳤어, 에그웨인. 두개골이 깨진 것 같아. 거의 숨도 쉬지 않아. 에그웨인, 일레인이 다일린만큼 확실하게 죽어 가고 있어."

"네가 뭔가 할 수 없어?" 에그웨인은 나이니브가 아이일 여자를 치유하기 위해 엮어 냈던 그 모든 흐름을 떠올렸지만, 그 실오라기 중 3분의 1밖에 기억나지 않았다. "뭔가 해야지!"

"놈들이 내 약초를 가져갔어." 나이니브가 사납게 속삭였다. 그녀의 목소리가 떨렸다. "난 못 해! 약초가 없으면 못 한다고!" 에그웨인은 나이니브가 눈물을 터뜨리기 일보 직전이란 것에 크게 놀랐다. "저 자식들, 내가 다 태워 죽일 거야. 약초가 없으면 난 아무것도……!" 갑자기 나이니브가 의식을 잃은 여자를 일으켜 흔들기라도 할 것처럼 일레인의 어깨를 꽉 잡았다. "태워 죽일, 일레인." 그녀가 쉰 목소리로 말했다. "널 죽으라고 여기까지 데려온 줄 알아? 냄비나 닦게 내버려 뒀어야 했어! 널 자루에 넣어서, 네 어머니한테 데려다주라고 맷에게 넘겼어야 했어! 내가 보고 있는데 죽게 놔두진 않을 거야! 내 말 들려? 절대 용납 못 해!" **사이다**가 갑자기 그녀의 주변에서 번쩍였다. 일레인의 눈과 입이 함께 활짝 열렸다.

에그웨인은 아슬아슬하게 일레인의 입을 막아 모든 소리를 가렸다. 거의 그럴 뻔했다. 하지만 일레인의 몸에 손을 대는 순간 나이니브의 치유력이 만들어 낸 회오리가 소용돌이 가장자리에 뜬 지푸라기라도 되는 듯 그녀를 사로잡았다. 한기가 에그웨인을 뼛속까지 얼리며, 그녀의 살갗을 바삭바삭

태워 버리려는 듯 바깥쪽으로 지지고 나오던 열기와 만났다. 솟구치고 떨어지고 날아가고 빙빙 도는 듯한 감각 속에 세상이 사라졌다.

마침내 그 감각이 끝났을 때, 에그웨인은 거칠게 숨을 쉬며 일레인을 내려다보고 있었다. 일레인이 그때까지도 그녀의 입을 막고 있던 에그웨인의 손 너머로 그녀를 바라보았다. 에그웨인의 두통이 완전히 사라졌다. 두통 정도는 나이니브가 선보인 치유의 여파만으로도 충분히 해결된 듯했다. 다른 방에서 웅성거리던 목소리도 더 커지지는 않았다. 일레인이 무슨 소리를 냈다고 해도—아니면 에그웨인이 냈다고 해도—애든 일행은 눈치채지 못한 것 같았다.

나이니브가 무릎을 땅에 대고 엎드려 있었다. 그녀가 고개를 늘어뜨린 채 몸을 떨었다. "빛을 걸고!" 나이니브가 중얼거렸다. "이런 방법은……꼭…… 내 살가죽을 벗겨 내는 것처럼 느껴져. 아, 빛이여!" 그녀가 일레인을 보았다. "좀 어때?" 에그웨인이 두 손을 뗐다.

"피곤해." 일레인이 중얼거렸다. "배도 고프고. 여긴 어디야? 새총을 든 남자들이 있었는데……."

에그웨인은 서둘러 무슨 일이 일어났는지 말해 주었다. 에그웨인이 말을 마치기 한참 전부터 일레인의 얼굴이 어두워지기 시작했다.

"그리고 이제," 나이니브가 무쇠 같은 목소리로 덧붙였다. "저 촌뜨기들에게 우리를 방해한다는 게 무슨 뜻인지 알려 줘야지." **사이다**가 다시 한 번 그녀의 주변에서 빛났다.

일레인은 일어나면서 비틀거렸지만, 그녀 역시 빛으로 둘러싸였다. 에그웨인은 거의 즐거운 마음으로 일원력을 향해 손을 뻗었다.

그들이 처리해야 하는 상대를 정확히 파악하려고 다시 틈새를 내다보니 방 안에 머드랄 셋이 있었다.

놈들은 죽음처럼 검은 옷을 부자연스러울 만큼 고요히 늘어뜨린 채로 탁자 옆에 서 있었고, 애든을 제외한 모든 사람은 최대한 놈들과 거리를 벌리느라 모두가 벽에 등을 댄 채 흙바닥에 시선을 고정하고 있었다. 머드랄과 탁자를 사이에 두고 마주 선 애든은 눈 없는 머드랄의 시선을 마주 보았지만, 땀이 그의 흙 묻은 얼굴에 도랑을 만들고 있었다.

희미한 자가 탁자에서 반지를 집어 들었다. 에그웨인은 그게 거대한 뱀 반지보다 훨씬 무거운 금 고리라는 걸 알아보았다.

통나무 두 개 사이의 틈새에 얼굴을 바짝 댄 나이니브가 조용히 헛숨을 들이키고는 드레스 목덜미를 더듬었다.

"아이즈 세다이 셋이라." 반인이 식식댔다. 놈의 즐거워하는 목소리는 꼭 죽은 것들이 갈려 나가 먼지가 되는 소리처럼 들렸다. "게다가 그중 하나가 이걸 가지고 있었단 말이지." 머드랄이 다시 반지를 탁자에 던지자 묵직한 쿵 소리가 났다.

"내가 찾는 자들이군." 다른 반인이 식식댔다. "너는 큰 보상을 받을 것이다, 인간."

"기습해야 해." 나이니브가 조용히 말했다. "이 문에는 어떤 자물쇠가 달려 있는 거지?"

에그웨인은 문 바깥쪽에 달린 자물쇠를 간신히 확인할 수 있었다. 화가 난 황소조차 묶어 둘 수 있을 만큼 묵직한 사슬에 달린 무쇠 자물쇠였다. "준비해." 그녀가 말했다.

에그웨인은 땅의 권능의 흐름 하나를 머리카락보다도 가늘게 만들었다. 반인들이 그렇게 작은 채널링은 감지하지 못하기를 바랐다. 그런 다음, 그녀는 그 흐름을 쇠사슬 안에, 그중 가장 가는 부분에 얽어 넣었다.

머드랄 중 하나가 고개를 들었다. 다른 놈은 탁자 너머 애든에게로 허리를 숙였다. "가려움이 느껴진다, 인간. 그자들이 잠들어 있는 게 확실한가?" 애든은 세게 침을 삼키며 고개를 끄덕였다.

세 번째 머드랄이 고개를 돌려 에그웨인 일행이 웅크리고 있는 방문을 바라보았다.

사슬이 바닥으로 떨어졌다. 문을 바라보던 머드랄이 으르렁거렸다. 그런데 거의 같은 순간, 바깥쪽 문이 확 열렸다. 그리고 검은 베일을 쓴 죽음이 어둠 속에서 흘러나왔다.

방에서 비명과 고함이 터져 나갔다. 남자들은 찔러 오는 아이일 사람들의 창에 맞서려고 칼을 뽑았다. 머드랄 또한 입고 있는 옷보다도 검은 칼을 뽑아 목숨을 지키려 했다. 에그웨인은 고양이 여섯 마리가 서로 싸우는 모습을 본 적이 있었다. 지금 상황은 그보다 백배는 심했다. 하지만 몇 초 안에 침묵이 내려앉았다. 거의 침묵에 가까운 것이.

검은 베일을 쓰지 않은 인간은 모두 창이 꽂힌 채 죽어 쓰러져 있었다. 어느 창은 애든을 벽에 못 박아 놓았다. 아이일 두 사람도 뒤집힌 가구와 죽은 자들이 뒤엉켜 있는 가운데에 가만히 쓰러져 있었다. 머드랄 셋은 방 한가운데에 서로 등을 맞대고, 손에는 검은 칼을 쥔 채 서 있었다. 하나는 상처 입은 듯 옆구리를 움켜쥐고 있었다. 그러나 다친 흔적은 그것뿐이었다. 다른 머드랄은 흰 얼굴에 길게 칼자국이 나 있었다. 상처에서는 피가 나지 않았다. 놈들을 둘러싸고 베일을 쓴 아이일 다섯 명이 여전히 살아서 웅크리고 있었다. 밖에서 비명과 금속 부딪히는 소리가 났다. 어둠 속에서 더 많은 아이일 사람들이 싸우고 있다는 뜻이었다. 하지만 방 안은 비교적 조용했다.

아이일 사람들은 원을 그리며 작은 가죽 방패를 창으로 두드려 댔다. **둥-둥-둥-둥‥‥‥ 둥-둥-둥-둥‥‥‥ 둥-둥-둥-둥.** 머드랄이 그들과 함께 돌았다. 놈들의 눈 없는 얼굴이 머뭇거리는 듯했다. 모든 인간의 심장에 두려움을 꽂아 넣는 자신들의 시선이 이들에게는 아무 영향을 발휘하지 못하는 것처럼 보이자 불편한 듯했다.

"나랑 춤추자, 그림자 인간." 아이일 중 한 명이 갑자기 놀리듯 소리쳤다. 젊은 남자 같았다.

"나랑 춤추자, 눈 없는 자여." 이번에는 여자였다.

"나랑 춤추자."

"나랑 춤추자."

"내 생각에는," 나이니브가 허리를 폈다. "시간이 된 것 같다." 그녀가 문을 활짝 열었다. **사이다**의 빛에 감싸인 세 여자가 밖으로 나섰다.

머드랄에게는 아이일 사람들이, 아이일 사람들에게는 머드랄이 더 이상 존재하지 않게 된 것만 같았다. 아이일 사람들은 믿기지 않는 듯 베일 너머로 에그웨인 일행을 바라보았다. 에그웨인은 그중 여자 한 명이 큰 소리로 헛숨 들이쉬는 소리를 들었다. 머드랄의 눈 없는 시선은 달랐다. 에그웨인은 그 눈을 통해 반인들이 자신의 죽음을 직감하고 있다는 걸 감지할 수 있었다. 반인들은 한 번 보면 일원력을 포용하는 여자를 알아보았다. 에그웨인은 그녀를 죽이고 싶어 하는 놈의 욕망도 확실히 느꼈다. 놈들은 마치 자신의 죽음으로 에그웨인의 죽음을 살 수 있다고 느끼는 것 같았다. 그보다 큰 욕망은 에그웨인의 육신에서 영혼을 뜯어내어 둘 모두를 그림자의 노리개로 만들고 싶다는 욕망과…….

에그웨인은 이제 막 방에 들어섰지만, 꼭 몇 시간 동안 그 시선을 마주 보고 있었던 것 같았다. "더 이상 참아 주지 않겠어." 그녀가 으르렁거리며 불의 권능을 방출했다.

불길이 사방으로 뻗치며 세 머드랄 모두를 향해 터져 나갔다. 놈들이 고기 분쇄기에 낀, 쪼개진 뼛조각처럼 비명을 질렀다. 하지만 에그웨인은 자신이 혼자가 아니라는 걸, 일레인과 나이니브가 함께 있다는 걸 잊고 있었다. 불길이 반인들을 삼키는 그 순간에도 공기 자체가 갑자기 그들을 허공에 대고 눌러, 점점 더 작아지는 불과 암흑의 덩어리로 만들어 버리는 듯했다. 놈들의 비명이 에그웨인의 등뼈에 파고들었다. 나이니브의 두 손에서 **뭔가가** 쏟아져 나갔다. 정오의 태양조차 어두워 보이게 만드는 흰빛의 광선, 녹은 금속을 차가워 보이게 만드는 불의 막대가 그녀의 두 손을 머드랄과 연결했다. 머드랄은 애초에 존재하지 않았던 것처럼 더 이상 존재하지 않게 되었다. 나이니브가 놀라 움찔하자 그녀 주변의 빛이 사라졌다.

"무슨…… 방금 뭐였어?" 일레인이 물었다.

나이니브가 고개를 저었다. 그녀도 일레인만큼 충격 받은 표정이었다. "모르겠어. 놈들이 하고 싶어 하는 짓에 너무…… 너무 화가 나고 두려워서……. 뭐였는지 모르겠어."

화톳불이야. 에그웨인은 생각했다. 어떻게 아는지는 모르지만 확실했다. 그녀는 마지못해 **사이다**를 놓았다. 아니면 **사이다**가 그녀를 놓게 만들었다. 둘 중 어느 쪽이 더 어려운지 알 수 없었다. **난 나이니브가 한 일을 보지도**

못했어!

아이일 사람들이 베일을 벗었다. 에그웨인이 보기에 약간은 서두르는 듯했다. 에그웨인과 그녀의 두 일행에게 자신들은 더 이상 싸울 마음이 없다는 걸 보여 주려는 것 같았다. 아이일 사람 중 셋은 남자였다. 그중 한 명은 검붉은 머리카락에 새치가 꽤 많았다. 그들은 키가 컸고, 나이와 상관없이 눈매에 특유의 침착한 확신이 어려 있었다. 그들이 움직이는 모습은 에그웨인이 수호자들과 연결시키는 위험하면서도 우아한 느낌을 주었다. 그들의 어깨에는 죽음이 타고 있었고, 그들은 그 사실을 알면서도 두려워하지 않았다. 여자들 중 한 명은 아비엔다였다. 바깥의 비명과 고함이 잦아들고 있었다.

나이니브가 쓰러진 아이일 사람에게 다가가려 했다.

"그럴 필요 없습니다, 아이즈 세다이." 나이 든 남자가 말했다. "그들은 그림자 인간의 칼을 맞았습니다."

그럼에도 나이니브는 허리를 숙이고 한 사람 한 사람을 확인해 보았다. 베일을 젖혀 눈꺼풀을 뒤집어 보고 맥박을 찾느라 목을 만져 보았다. 두 번째 사람을 살펴보고 허리를 펴는 그녀의 얼굴이 하얗게 질려 있었다. 다일린이었다. "태워 죽일! 태워 죽일!" 그녀가 다일린에게 말한 것인지, 머리가 흰 남자에게 말한 것인지, 아니면 아비엔다나 모든 아이일 사람에게 말한 것인지는 확실하지 않았다. "이런 식으로 죽으라고 치유해 준 게 아니야!"

"죽음은 모두에게 찾아온다." 아비엔다가 말하려 했지만, 나이니브가 돌아보자 입을 다물었다. 아이일 사람들은 나이니브가 머드랄에게 한 짓을 자신들에게도 할지 모른다는 듯 시선을 주고받았다. 그들의 눈에 깃들어 있는 건 두려움이 아니었다. 그저 인식일 뿐이었다.

"그림자 인간의 칼은 목숨을 빼앗는다." 아비엔다가 말했다. "상처를 남기지 않는다." 나이 든 남자가 그녀를 보았다. 눈에 살짝 놀란 기색이 어려 있었다. 란이 그렇듯, 이 남자가 눈꺼풀을 살짝 움직이는 것은 다른 사람의 노골적인 놀라움과 같을 터였다. 아비엔다가 말했다. "이 사람들은 뭘 잘 모릅니다, 루어크."

"미안해." 일레인이 맑은 목소리로 말했다. "너희…… 춤을 방해해서. 끼어들지 말았어야 하나 봐."

에그웨인은 놀란 눈으로 그녀를 보았다. 그제야 그녀는 일레인이 뭘 하려는 것인지 깨달았다. **아이일 사람들을 진정시키고 나이니브에게도 마음을 가라앉힐 시간을 주려는 거야.** "너희가 상황을 꽤 잘 처리하고 있었는데." 그녀가 말했다. "괜히 오지랖을 부려서 너희를 불쾌하게 한 건 아닌지 모르겠네."

머리가 희끗희끗한 남자, 루어크가 깊은 목소리로 껄껄 웃었다. "아이즈 세다이, 일단 저는…… 뭔지 모르지만 해 주신 일에 감사합니다." 잠시 그는 그 말을 전적으로 확신하지 못하는 표정을 지었다. 그러나 다음 순간에는 기분이 다시 좋아진 듯했다. 그는 보기 좋은 미소와 강인하고 각진 얼굴을 가지고 있었다. 나이가 좀 많긴 했지만 잘생긴 사람이었다. "우리가 놈들을 죽일 수도 있었겠지만, 그림자 인간 셋이라니……. 놈들은 우리 중 둘을 확실히 죽일 수 있었을 겁니다. 우리 모두를 죽였을 수도 있지요. 우리가 놈들을 끝장냈을 거라고는 말 못 하겠습니다. 젊은이에게 죽음은 힘을 겨루어 보고 싶은 적이지요. 우리처럼 나이가 더 든 사람들에게 죽음이란 오랜 친구자 오랜 연인이지만, 금방 다시 만나고 싶어지지는 않는 존재입니다."

나이니브는 그의 말에 긴장을 푸는 듯했다. 죽고 싶어 안달인 것처럼 보이지 않는 아이일 사람을 만나 긴장감이 빨려 나간 것인지도 몰랐다. "감사를 표해야겠소." 그녀가 말했다. "고맙소. 하지만 당신들을 보고 놀랐다는 건 인정해야겠군. 아비엔다, 우릴 여기서 찾게 될 줄 알았던 거야? 어떻게?"

"당신들을 따라왔다." 아이일 여자는 당황하지 않은 듯했다. "너희가 뭘 하는지 보려고. 남자들이 너희를 잡아가는 걸 봤지만, 너무 멀리 떨어져 있어서 돕지 못했다. 내가 너무 가까이 다가갔다가는 당신들이 나를 알아볼 게 틀림없다고 생각해서 뒤로 91미터 떨어져 있었다. 당신들 스스로 문제를 해결 못 했다는 걸 알았을 때는, 혼자서 당신들을 구하기에 너무 늦어 버렸고."

"네가 최선을 다했을 거라고 믿어." 에그웨인이 중얼거렸다. **겨우 91미터**

뒤에 있었다고? 빛을 걸고, 도적 떼는 아무것도 못 봤는데.

아비엔다는 에그웨인의 중얼거림을 더 이야기해 보라는 뜻으로 받아들였다. "나는 코람이 어디 있을지 알고 있었고, 코람은 다엘과 루아인이 어디에 있을지 알고 있었고, 그 둘은……." 아비엔다가 인상을 찡그리고 나이 든 남자를 보며 말을 멈추었다. "여기 온 사람 중에 부족장을, 그것도 내 부족장을 만나게 될 줄은 몰랐다. 당신이 여기에 계시면 타아르다드 아이일은 누가 이끕니까, 루어크?"

루어크는 그건 중요한 문제가 아니라는 듯 어깨를 으쓱했다. "각 분파의 수장이 돌아가면서 자리를 맡겠지. 그러다가 내가 죽으면, 그들이 정말로 루이딘에 가고 싶은지 결정하게 될 테고. 아미스와 베어와 멜라인과 시아나가 야생 염소를 쫓는 산마루범처럼 나를 쫓아다니지 않았다면 나도 오지 않았을 거다. 꿈도 내가 가야 한다고 말했어. 꿈이 내게, 정말로 침대에 누운 뚱뚱한 늙은이로 죽고 싶은 거냐고 묻더구나."

아비엔다는 그게 대단한 농담이라도 되는 듯 웃었다. "아내와 현명한 이 사이에 낀 남자는 차라리 맞서 싸울 숙적 열두 명을 바라게 된다고 들었습니다. 아내와 현명한 이 세 사람 사이에 끼어 있고, 아내까지 현명한 남자는 눈을 멀게 하는 자라도 죽이고 싶어 해야 하는군요."

"나도 그 생각을 해 봤지." 루어크는 바닥에 있는 무언가를 내려다보며 인상을 썼다. 에그웨인은 그게 거대한 뱀 반지 세 개와 남자의 큼직한 손가락에 끼우도록 만들어진, 훨씬 더 무거운 황금 반지라는 걸 알아보았다. "지금도 생각 중이야. 모든 게 변해야 하지만, 피할 수만 있다면 나는 변화의 일부가 되고 싶지 않다. 티어로 향하는 아이즈 세다이 세 명이라니." 다른 아이일 사람들은 에그웨인 일행이 그 말을 못 알아들었기를 바라는 듯 서로를 힐끔거렸다.

"꿈 얘기를 했는데." 에그웨인이 말했다. "당신들의 현명한 이는 꿈의 의미를 아나요?"

"아는 사람도 있습니다. 그 이상을 알고 싶다면 직접 이야기해 보셔야 합니다. 아마 아이즈 세다이에게는 말하겠지요. 꿈에 우리가 해야 할 일이 나오지 않는 한, 현명한 이들은 남자에게 꿈의 의미를 말해 주지 않거든요."
갑자기 그는 지친 목소리로 말했다. "보통은 우리도 피할 수만 있으면 피하고요."

그는 허리를 숙여 남자 반지를 집어 들었다. 반지에는 창과 왕관 아래로 날아가는 두루미가 새겨져 있었다. 에그웨인은 이제 그 반지를 알아보았다. 전에는 그 반지가 가죽끈에 매달려 나이니브의 목에서 대롱거리는 모습을 자주 보았다. 나이니브가 다른 반지들을 밟고 가 루어크의 손에서 그 반지를 확 빼냈다. 그녀는 얼굴을 붉히고 있었다. 분노와, 에그웨인으로서는 읽기 어려운 너무 많은 감정이 담긴 얼굴이었다. 루어크는 반지를 다시 가져가려 하지 않고 여전히 지친 말투로 이야기를 이었다.

"게다가 아이즈 세다이 중 한 명은 제가 어린 시절에 들은 이야기 속 소년의 반지를 가지고 있군요. 말키어리 왕의 반지 말입니다. 말키어의 왕들은 제 아버지의 시대에 샤이나 사람들과 함께 아이일 민족에 맞서 싸우려고 말을 달렸지요. 창의 춤을 추는 솜씨가 뛰어났습니다. 하지만 말키어는 거대한오염에 몰락해 버렸고 어린아이인 왕만이 살아남았다고 하더군요. 그는 다른 남자들이 아름다운 여자에게 구애하듯 자기 땅을 빼앗아 간 죽음에 구애한다지요. 이건 정말이지 이상한 일입니다, 아이즈 세다이. 멜레인이 저를 들들 볶아서 요새를 나가 드래건 장벽을 건너게 했을 때, 제가 만나리라고 생각했던 온갖 이상한 것들 중에도 이처럼 이상한 것은 없었습니다. 당신이 놓은 길은, 저로서는 걷게 될 줄 몰랐던 길입니다."

"난 당신에게 아무 길도 정해 주지 않았소." 나이니브가 날카롭게 말했다. "내가 원하는 건 계속 여행하는 것뿐이오. 이 자들에게는 말이 있소. 우리는 그중 세 필을 가지고 떠날 거요."

"밤중에 말입니까, 아이즈 세다이?" 루어크가 말했다. "어둠 속에서 이 위험한 땅을 여행할 만큼 급한 여행입니까?"

나이니브는 눈에 띄게 고민한 뒤에야 말했다. "그런 건 아니오." 그녀는 더 단호한 목소리로 덧붙였다. "하지만 해가 뜰 때 떠날 생각이오."

아이일 사람들은 죽은 자를 울타리 밖으로 옮겼다. 하지만 에그웨인도 그녀의 두 일행도 애든이 잤던 더러운 침대를 쓰고 싶지는 않았다. 반지를 챙긴 그들은 망토를 두르고 아이일 사람들이 준 담요를 덮고서 하늘 아래에서 잤다.

새벽에 동쪽 하늘이 부옇게 밝아 오자 아이일 사람들은 질긴 말린 고기와—에그웨인은 아비엔다가 염소 고기라고 말해 줄 때까지 망설이며 그 고기를 먹지 않았다—힘줄이 잔뜩 있는 고기만큼 씹기 어려운 납작한 빵, 타르트 맛이 나며 일레인이 "아이일 사람들은 바위를 씹는 걸로 연습을 하나 보다"고 말했을 정도로 단단하고 푸른 줄무늬가 있는 흰 치즈 등을 아침 식사로 내왔다. 그러면서도 여왕 후계자는 에그웨인과 나이니브가 먹은 것을 다 합친 만큼 많은 음식을 먹었다. 아이일 사람들은 에그웨인 일행에게 가장 좋은 말 세 필을 골라준 다음 말머리를 자유롭게 풀어놓았다. 아비엔다의 설명에 따르면, 그들은 꼭 필요할 때가 아니면 말을 타지 않았다. 차라리 물집 잡힌 발로 뛰는 게 낫다는 말투였다. 말 세 필은 모두 전투마처럼 키가 크고 덩치도 좋았으며 당당한 목과 사나운 눈을 가지고 있었다. 나이니브는 검은 수말을, 일레인은 밤색에 흰 털이 섞인 암말을, 에그웨인은 잿빛 암말을 골랐다.

그녀는 잿빛 암말을 안개라는 뜻의 미스트라고 부르기로 했다. 얌전한 이름을 붙이면 말이 좀 진정될지 모른다는 바람에서였다. 그 방법이 통했는지 태양이 지평선 위로 붉은 테를 띄우고 일행이 남쪽으로 가는 동안, 미스트는 가볍게 발걸음을 옮기는 것 같았다.

아이일 사람들은 걸어서 그들과 함께 이동했다. 싸움에서 살아남은 사람 전부가. 머드랄이 죽인 사람들 외에도 세 명이 더 죽었다. 지금은 아이일 사람 모두를 합쳐 열아홉 명이었다. 그들은 말 옆에서 쉽게 성큼성큼 걸었다. 처음에 에그웨인은 미스트를 천천히 걷게 하려 했지만, 아이일 사람들은 그걸 매우 우습다고 생각했다.

"나랑 18킬로미터를 경주하자." 아비엔다가 말했다. "그런 다음에 네 말과 나, 둘 중 누가 이기는지 보는 거야."

"저는 37킬로미터 경주를 하겠습니다!" 루어크가 웃으며 소리쳤다.

에그웨인은 그들이 진담으로 하는 말일지 모르겠다고 생각했다. 말이 좀 더 빠른 속도로 걷게 놔두었을 때도 아이일 사람들은 뒤처지는 기색을 전혀 보이지 않았기 때문이다.

쥐렌의 초가지붕이 눈에 들어오자 루어크가 말했다. "잘 가십시오, 아이 즈 세다이. 언제나 물과 그늘을 찾으시길. 아마 변화가 오기 전에 다시 만나 게 될 겁니다." 우울한 목소리였다. 아이일 사람들이 방향을 돌려 남쪽으로 갈 때 아비엔다와 치아드와 베인은 각기 손을 들어 작별 인사를 했다. 더 이 상 말들과 함께 달리지 않는 지금도 그들은 속도를 늦추지 않는 것처럼 보 였다. 오히려 좀 더 빨리 달리는 것 같았다. 에그웨인은 그들이 어디든 목적 지에 도착할 때까지 그 속도를 유지할 생각일지 궁금했다.

"무슨 뜻이지?" 그녀가 물었다. "'변화가 오기 전에 다시 만나게 될 겁니 다'?" 일레인이 고개를 저었다.

"무슨 뜻이든 상관없어." 나이니브가 말했다. "어젯밤에 저 사람들이 온 건 다행이었지만, 지금은 떠나서 다행이야. 여기에 배가 있었으면 좋겠 는데."

쥐렌은 작은 곳이었다. 집들은 나무로 만들어져 있었고 1층 이상의 건물 은 없었다. 그러나 안도어의 흰 사자 깃발이 높은 막대 위에서 나부꼈으며 여왕 호위대 50명이 번쩍이는 흉갑 아래에, 길고 흰 목깃이 달린 붉은 코트 를 걸치고서 그 막대를 지키고 있었다. 호위대의 사령관은 안도어로 도망치 고 싶어 하는 난민들에게 안전한 은신처를 만들어 주고자 부대가 배치되었 으나 피난민의 수가 매일 점점 적어지고 있다고 말했다. 이제 대부분의 사 람들은 더 하류의 마을로, 아린길과 가까운 곳으로 갔다. 호위대장은 어느 순간에든 안도어로 부대를 복귀시키라는 명령을 기다리고 있었다며 세 여 자가 이 순간 온 건 잘 된 일이라고 했다. 쥐렌의 몇 안 되는 주민들도 그들 과 함께 떠날 가능성이 컸다. 지금까지 남아 있는 것들은 도적 떼와 전쟁 중 인 가문에 속한 케예리엔 병사들에게 남겨 주고 말이다.

일레인은 튼튼한 모직 망토의 후드 안에 얼굴을 감추고 있었지만, 병사들 중 불그레한 금발의 소녀를 여왕 후계자와 연관 짓는 사람은 아무도 없었다. 병사 몇 명은 그녀에게 마을에 남아 달라고 했다. 에그웨인은 일레인이 그 말에 기뻐하는 건지 놀란 건지 알 수 없었다. 에그웨인 자신은 그녀에게 남아 달라고 청한 남자들에게 시간이 없다고 말했다. 그런 부탁을 받다니, 이상하게 기분이 좋았다. 이 사람들 중 누구에게도 입 맞출 생각은 절대 없었지만, 최소한 몇몇 남자들은 자신이 일레인만큼 예쁘다고 생각한다는 걸 다시 떠올리니 기뻤다. 나이니브는 한 남자의 뺨을 때렸다. 에그웨인은 그 일로 웃음을 터뜨릴 뻔했고 일레인은 대놓고 미소 지었다. 에그웨인은 나이니브가 불쾌감을 느꼈을 거라고 생각했지만, 노려보는 표정에도 불구하고 나이니브 역시 전적으로 기분이 나쁜 것만은 아닌 듯했다.

그들은 반지를 끼지 않았다. 나이니브는 아이즈 세다이로 여겨져서는 안 되는 곳이 세상에 있다면 그곳이 바로 티어라고, 흑색의 아자가 여기에 와 있다면 특히 그렇다고 일행을 쉽게 설득했다. 에그웨인은 반지를 돌로 된 **티어앙그리알**과 함께 주머니에 넣고, 아직 거기 있다는 걸 확인하려고 자주 만지작거렸다. 나이니브는 란의 묵직한 반지가 끼워진 끈에 거대한 뱀 반지까지 걸어 가슴 사이에 두었다.

쥐렌에는 돌로 만들어진 부두가 하나 있었다. 에리닌강을 향해 튀어나온 그 부두에 배가 정박해 있었다. 아비엔다가 보았다는 배는 아닌 것 같았지만, 그래도 배였다. 배의 모습에 에그웨인은 실망했다. **푸른두루미호**에 비해 폭은 두 배 넓었지만, **화살호**는 이름과 어울리지 않게 선장만큼이나 둥그스름한 뱃머리를 갖추고 있었다.

나이니브한테서 배가 빠르냐는 질문을 받자, 선장이라는 인물은 눈을 깜빡거리며 귀를 긁었다. "빠르냐고? 난 샤이나산 고급 목재와 칸도르산 깔개를 잔뜩 싣고 있어. 그런 화물이 있는데 왜 빨라야 하지? 가격이 오르기만 하는데. 그래, 내 뒤에 오는 더 빠른 배들이 있긴 하겠지. 하지만 그 배들은 여기 정박하지 않을 거야. 나도 고기에 벌레가 낀 걸 발견하지 않았다면 멈추지 않았을 테고. 케예리엔에 갖다 팔 고기가 있다고 생각하다니 바보 같지. **푸른두루미호**? 그래, 오늘 아침에 엘리서가 상류에 뭔가 걸린 걸 봤어. 금방 빠져나오지는 못할 거야, 아마. 빠른 배는 그렇게 되는 거지."

나이니브는 뱃삯을 냈다. 말을 싣는 대가로는 그 두 배의 돈을 냈고. 그녀의 표정 때문에 에그웨인도 일레인도 **화살호**가 허우적거리듯 쥐렌에서 멀어져 한참 지날 때까지 입을 열지 않았다.

40장 밤의 영웅

맷은 난간에 기댄 채 **잿빛갈매기호**가 노를 젓는 방향으로, 타르로 칠한 목재 부두를 향해 나아가는 모습을 지켜보았다. 성벽이 있는 아린길 시내가 가까워졌다. 강 쪽으로 삐죽 튀어나온 부두는 돌로 만들어진 높은 날개벽으로 보호받고 있었고 사람이 엄청나게 많았다. 그리고 더 많은 사람들이 부두 전체에 매여 있는 다양한 크기의 배에서 내리는 중이었다. 어떤 사람들은 외바퀴 손수레를 밀거나 썰매 혹은 바퀴가 높은 수레를 끌고 있었다. 그 모든 것에 끈으로 묶인 가구와 상자들이 높이 쌓여 있었다. 대부분의 사람들은 등에 짐을 지고 있거나 아예 빈손이었다. 모두가 서두르는 건 아니었다. 많은 남녀가 머뭇거리며 모여 있었고, 아이들은 그들의 다리에 매달려 있었다. 붉은 코트와 번쩍이는 흉갑을 걸친 병사들이 사람들을 부두에서 마을로 향하도록 계속 유도했는데, 대부분의 사람들은 너무 겁에 질려 움직이지 못하는 것 같았다.

돌아선 맷은 손 그늘을 드리우고 이제 곧 떠날 강을 바라보았다. 에리닌 강은 타 발론 남쪽보다 이곳에서 더 분주했다. 길고 뾰족한 뱃머리를 갖추고 두 개의 삼각돛에 밀려 물살을 거스르며 빠르게 상류로 향하는 좁은 배부터 사각 돛을 갖춘 채 북쪽을 향해 느릿느릿 움직이는, 폭이 넓고 뱃머리가 둥근 배까지 거의 열두 척의 배가 눈앞에서 떠나고 있었다.

그러나 눈에 들어오는 배의 거의 절반은 강을 통한 무역과 아무 상관이 없었다. 갑판이 비어 있는, 뱃고물이 널찍한 배는 강을 느릿느릿 가로질러 저쪽 강둑에 있는 작은 마을로 향하는 중이었다. 한편 다른 배 세 척은 아린 길을 향해 힘겹게 되돌아갔다. 배들의 갑판들에는 사람들이 나무통에 넣어 둔 생선처럼 빽빽하게 모여 있었다. 저물어 가는 해는 여전히 지평선보다 높은 위치에서 다른 마을 위에 나부끼는 깃발에 그림자를 드리웠다. 그쪽 강변은 케예리엔이었다. 하지만 맷은 보지 않고도 그 깃발이 안도어의 흰 사자 깃발이라는 걸 알 수 있었다. **잿빛갈매기호**가 잠깐씩 들렀던 안도어의 몇 안 되는 마을에 충분히 소문이 돌았던 것이다.

맷은 고개를 저었다. 그는 정치에 관심이 없었다. **누가 지도를 보라며 나를 안도어 사람으로 만들려 들지만 않는다면 말이지. 태워 죽일, 케예리엔 일이 더 커지면 나를 빌어먹을 안도어 군대에서 싸우게 하려 들지도 몰라. 나더러 명령에 따르라니. 빛을 걸고!** 맷은 몸을 떨며 다시 아린길로 고개를 돌렸다. **잿빛갈매기호**에 탄 맨발의 남자들이 부두의 다른 사람들에게 밧줄 던질 준비를 하고 있었다.

말리아 선장은 뒤쪽의 키 옆에서 그를 눈여겨보고 있었다. 그 사람은 맷 일행의 환심을 사려는 노력을, 그들의 중요한 임무가 무엇인지 알아내려는 시도를 한시도 포기하지 않았다. 결국 맷은 그에게 봉인된 편지를 보여 주며 여왕 후계자에게서 여왕에게로 그 편지를 배달하는 중이라고 말했다. 딸이 어머니에게 보내는 개인적인 메시지일 뿐 그 이상은 아니라고 말이다. 말리아는 '무어게이즈 여왕'이라는 단어 외에는 알아듣지 못하는 듯했다.

맷은 혼자 씩 웃었다. 코트의 깊은 주머니에는 이 배에 처음 탔을 때보다 더 빵빵해진 지갑 두 개가 들어 있었다. 지갑 두 개를 더 채울 만한 잔돈도 있었다. 주사위와 다른 모든 것이 미쳐 돌아가는 것처럼 보이던 그 이상한 첫날 밤만큼은 아니어도 운은 여전히 좋았다. 셋째 날 밤 이후로 말리아는 도박을 통해 친분을 쌓아 보려는 노력을 그만두었다. 하지만 그때쯤 그의 돈 상자는 이미 가벼워진 뒤였다. 아린길을 지나면 더 가벼워질 것이다.

할 수만 있다면 어떤 값을 치르더라도 여기서 부식 재고를 다시 채워야 했으니까.

맷은 부두에 밀려드는 사람들을 힐끗 보았다. 생각이 다시 편지에 미치자 맷의 미소가 희미해졌다. 뜨거운 칼날로 조금 공을 들이자 황금 백합 봉인이 뜯어졌다. 맷은 아무것도 알아내지 못했다. 편지는 일레인이 열심히 공부하여 진전을 보이고 있으며 배움의 열의를 느끼고 있다는 내용이었다. 일레인은 충실한 딸이었다. 다만, 아멀린 권좌가 도망친 그녀에게 벌을 주고 다시는 그 이야기를 하지 말라고 한 만큼 어머니도 일레인이 더 이상 말할 수 없는 이유를 이해할 거라고 했다. 일레인은 자신이 합격자로 승격되었다고 적었다. 이렇게 빨리 합격자가 되다니 멋지지 않느냐고. 또 지금은 더 큰 임무를 맡을 만큼 신뢰받고 있으며, 다름 아닌 아멀린 권좌에게 봉사하기 위해 아주 잠깐 타 발론을 떠나야 할 거라는 얘기도 있었다. 일레인은 어머니에게 걱정하지 않아도 된다고 했다.

무어게이즈에게 걱정하지 말라니, 참 속 편한 말이었다. 일레인이 수프 솥에 빠뜨린 건 다름 아닌 맷이었다. 그 남자들이 맷을 따라온 건 바로 이 멍청한 편지 때문일 터였다. 하지만 톰조차도 '암호'니 '코드'니 '가문의 게임' 같은 단어를 중얼거렸을 뿐 편지를 전혀 이해 못 했다.

지금 맷은 편지를 코트의 안감에 안전하게 보관하고 있었다. 봉인은 다시 붙였다. 아무도 알지 못하리라는 데 기꺼이 내기를 걸 수 있었다. 누군가가 맷을 죽일 만큼 이 편지를 심하게 갖고 싶어 한다면 다시 시도할지도 몰랐다. **내가 배달하겠다고 했지, 나이니브. 그러니까 빌어먹을, 배달할 거야. 누가 날 막으려고 들더라도.** 그래도 다음번에 짜증 나는 그 세 여자를 만나면 할 말이 있을 것이다. **만난다면 말이지만. 빛을 걸고, 그 생각은 안 해 봤네.** 세 사람이 그 말을 듣고 좋아할 것 같지는 않았다.

선원들이 부두로 계류삭을 던졌을 때 톰이 갑판으로 올라왔다. 그는 악기 통을 등에 지고 짐을 한 손에 들고 있었다. 다리를 절면서도 당당한 걸음걸이로 난간까지 다가와 망토 끝자락을 화려하게 펼쳤다. 알록달록한 조각보가 팔락거리게 한 톰이 잘난 체하듯 길고 흰 콧수염을 불었다.

"아무도 안 봐요, 톰." 맷이 말했다. "방랑 시인이 눈에 들어오지도 않을걸요. 아저씨 손에 먹을 게 들려 있는 게 아니라면."

톰은 부두를 빤히 보았다. "빛을 걸고! 상황이 심각하다는 말은 들었지만 이럴 줄은 몰랐다! 가엾은 바보들. 절반은 굶어 죽어 가는 모습이구나. 오늘 밤에 방을 구하려면 네 지갑 하나가 필요할지도 모르겠다. 지금까지처럼 계속 먹을 생각이라면 한 끼 식사에 지갑 하나가 더 필요할 테고. 네가 음식을 먹는 모습을 보는 것만으로도 구역질이 날 지경이었어. 저 아래에 있는 사람들이 보는 곳에서 그런 식으로 먹으려 들다간 머리가 으깨질 거다."

맷은 미소만 지어 보였다.

말리아가 쿵쿵대며 갑판을 걸어와 뾰족한 턱수염을 잡아당겼다. **잿빛갈매기호**가 선석으로 방향을 틀었다. 선원들이 건널판자를 놓으러 달려갔고, 사노어는 부두에 늘어선 사람들이 배에 타려 할 때를 대비해 그 건널판자를 지키고 섰다. 그러나 아무도 그러려 하지 않았다.

"그럼 여기서 작별이군요." 말리아가 맷에게 말했다. 선장의 미소는 예상만큼 기껍지 않았다. "내가 더 도와줄 게 없는 게 확실하오? 태워 죽일, 저런 어중이떠중이는 본 적도 없소! 저 병사들이 부두를 비워—필요하다면 칼이라도 써야겠지!—선량한 무역상들이 사업을 할 수 있게 해야 하는데. 사노어가 여관까지 저 쓰레기들을 뚫고 길을 내줄 수도 있소."

그렇게 우리가 묵는 곳을 알아내려고? 빌어먹을, 안 되지. "내리기 전에 밥을 먹고, 주사위 게임이나 하면서 시간을 보낼까 했는데요." 말리아의 얼굴이 하얗게 질렸다. "하지만 다음 식사는 발밑의 바닥이 흔들리지 않는 곳에서 하는 게 좋겠네요. 우린 지금 떠나겠습니다, 선장님. 즐거운 항해였어요."

선장의 얼굴에서 안도감과 놀란 마음이 싸우고 있었다. 맷은 갑판에서 소지품을 챙겨 들고 곤봉을 지팡이처럼 짚으며 톰과 함께 건널판자까지 갔다. 판자 머리 부분까지 따라온 말리아는 이렇게 헤어지다니 유감스럽다고 말했다. 진심으로부터 진심이라고는 할 수 없는 마음으로, 다시 진심으로 건너뛰는 목소리였다. 맷은 안도어와 타 발론의 맹약을 자세히 알아낸 그가 사몬 대공의 환심을 살 기회를 잃어서 아쉬워하는 거라고 확신했다.

맷과 함께 군중을 밀치고 지나가며 톰이 중얼거렸다. "저 인간이 호감형과는 거리가 멀다는 건 나도 안다. 그렇지만 왜 계속 놀리는 거냐? 저 녀석이 티어까지 가는 내내 먹을 수 있겠다고 생각한 음식을 마지막 한 조각까지 먹어 치우는 걸로는 모자랐던 거냐?"

"거의 이틀 동안은 아무것도 먹지 않았어요." 어느 날 아침, 마음이 싹 놓이게도 허기가 깨끗이 사라졌다. 타 발론이 마침내 그를 놓아준 것만 같았다. "음식 대부분은 배 옆으로 던져 버렸다고요. 아무도 못 보게 하는 게 어려웠죠." 여윈 얼굴이 이토록 많고 그중 어린이도 많이 섞여 있는 걸 본 지금은 더 이상 그 행동이 우습게 느껴지지 않았다. "말리아는 놀림을 당해도 싸요. 어제 그 배는 어떻고요? 진흙인지 뭔지에 처박혀 있던 배 말이에요. 말리아는 멈춰 서서 도와줄 수도 있었지만, 그 사람들이 아무리 소리쳐도 다가가지 않으려 했어요." 뼛속까지 지친 것처럼 보이지 않았다면 예뻤을 수도 있는, 길고 검은 머리카락의 여자 한 명이 사람을 찾는 양 근처에 지나가는 모든 남자의 얼굴을 들여다보고 있었다. 키가 그녀의 허리를 조금 넘는 남자아이 한 명과 그보다 작은 여자아이 두 명이 그녀에게 매달린 채 울어 댔다. "강에 도적 떼가 나타난다는 얘기며 함정 얘기며 말이 많던데요. 내가 보기에는 함정 같지 않았지만."

톰은 바퀴가 높은 수레를 돌아가다가—소리를 질러 대는 돼지 두 마리가 들어 있는 철창이 천으로 덮은 짐 더미 위에 묶여 있었다—남자와 여자 한 명이 끌고 있던 썰매에 걸려 넘어질 뻔했다. "그래서 넌 가던 발걸음을 돌려 사람들을 돕겠다는 거냐? 내 눈으로는 못 본 장면인데, 이상한 일이구나."

"난 돈을 낼 수 있는 사람이라면 누구든 도울 거예요." 맷이 단호하게 말했다. "이야기에 나오는 바보들만이 아무 대가도 받지 않고 움직이죠."

남자아이가 눈물을 삼키려는 동안 여자아이 둘은 엄마의 치마에 파묻힌 채 흐느꼈다. 여자의 퀭한 눈이 잠시 맷에게 머물러 그의 얼굴을 살피다가 계속 표류했다. 꼭 그녀도 울고 싶어 하는 것 같았다. 맷은 충동적으로 주머니에서 동전 한 움큼을 꺼내, 뭔지 확인하지도 않고 여자의 손에 밀어 넣었다. 여자는 놀라 움찔하더니 혼란스러운 표정으로 자기 손의 금화와 은화를 보았다. 그 표정은 빠르게 미소로 바뀌었다. 여자가 입을 열었다. 고마움의 눈물이 그녀의 눈을 채우고 있었다.

"애들한테 먹을 걸 사 줘요." 맷은 빠르게 말하고 여자에게 말할 겨를을 주지 않은 채 서둘러 돌아섰다. 톰이 그를 보고 있는 게 느껴졌다. "뭘 그렇게 멍하니 봐요? 주사위 좋아하는 사람만 찾을 수 있으면 돈이야 쉽게 버는 걸요." 톰이 천천히 고개를 끄덕였지만 맷은 자신의 뜻을 제대로 전달했는지 알 수 없었다. **빌어먹을 애들 우는 소리에 신경이 거슬렸어. 그게 다야. 이제 방랑 시인은 내가 마주치는 모든 부랑자에게 금화를 줄 거라고 생각하겠네. 멍청하긴!** 한순간 맷은 불편함을 느끼며 마지막 말이 톰에게 향한 것인지 자신에게 향한 것인지 확신 못 했다.

맷은 감정을 다스리느라 제대로 보았다고 할 수 있을 만큼 오랫동안은 그 누구의 얼굴도 보지 않으려고 애썼다. 그러다가 부두 아래쪽에서 보고 싶던 얼굴을 보았다. 붉은 코트와 흉갑을 입고 투구를 쓰지 않은 군인이 사람들을 마을로 몰아가고 있었다. 그는 희끗희끗한 머리카락에, 부대장처럼 생긴 외모의 소유자였다. 열 명 정도의 부하를 거느리는 노련한 지도자 같았다. 눈을 가늘게 뜨고 져 가는 태양을 바라보는 그를 보자 맷은 우노가 떠올랐다. 비록 저 군인은 눈이 둘 다 있었지만 말이다. 그는 자신이 몰아가는 사람들만큼이나 지쳐 보였다. "계속 가시오." 그가 쉰 목소리로 외쳐 댔다. "빌어먹을, 여기 남을 수는 없소. 계속 가시오. 마을로 들어가시오."

맷은 군인 앞에 떡 버티고 서서 미소 지었다. "실례지만 대장, 어디 가면 괜찮은 여관을 찾을 수 있는지 말해 주실 수 있을까요? 좋은 말을 파는 마구간도요. 아침이 오는 대로 먼 길을 가야 하거든요."

군인은 맷을 위아래로 훑어보고 방랑 시인의 망토를 입은 톰을 살펴보더니 다시 맷에게 시선을 돌렸다. "대장이라고? 글쎄, 꼬마야. 들어가서 눈을 붙일 마구간을 찾으려 해도 어둠의 존재만큼 운이 좋아야 할 거다. 이 사람들 대부분이 덤불 밑에서 자. 말들은 전부 도살됐어. 구워 먹으려고. 설령 그렇지 않은 말을 찾는다 해도 그 말을 팔게 하려면 주인과 싸워야 할 거다."

"말을 먹는다고!" 톰이 역겹다는 듯 툴툴거렸다. "강 이쪽의 상황이 정말 그렇게까지 나빠졌다는 거요? 여왕이 식량을 보내 주지 않나?"

"상황이 나쁘오, 방랑 시인." 군인은 침이라도 뱉고 싶은 표정이었다. "물레방아가 밀가루를 갈아 내는 속도보다도, 수레가 농장에서 먹을 것을 실어 오는 속도보다도 빠르게 사람들이 넘어오고 있소. 뭐, 이런 상황도 오래가지는 않겠지만. 명령이 떨어졌소. 내일이면 우린 아무도 강을 건너지 못하게 막을 거요. 사람들이 강을 건너려 하면 우리가 돌려보낼 거고." 그는 이 모든 일이 그들의 잘못이라는 듯 부두로 밀려드는 사람들을 노려보더니 똑같이 사나운 표정으로 맷을 보았다. "너 때문에 자리가 비좁다, 여행자. 움직여." 그의 목소리가 다시 외치는 소리로 높아졌다. 들리는 범위에 있는 모든 사람에게 하는 말이었다. "움직이시오! 빌어먹을, 여기 계속 남아 있을 수는 없소! 움직이시오!"

맷과 톰은 가늘게 흘러드는 사람과 수레, 썰매 들의 행렬에 합류했다. 행렬은 마을 성벽을 향해, 이어서 아린길 안으로 흘러갔다.

큰 거리는 납작한 회색 돌로 포장되어 있었지만, 너무 많은 사람이 붐비는 통에 장화 아래의 돌을 보기가 어려웠다. 대부분의 사람들이 아무 목적지 없이, 어떤 갈 곳도 없이 움직이는 것 같았다. 걷는 것조차 포기한 사람들은 거리 양옆에 낙담한 채 쪼그려 있었다. 자기 앞에 소지품 꾸러미를 내려놓거나 품 안에 끌어안은 이들은 그나마 운 좋은 사람들이었다. 맷은 시계를 들고 있는 남자 세 명과 은으로 만든 잔과 접시를 든 사람 십여 명을 보았다. 여자들은 대체로 아이들을 가슴팍에 끌어안고 있었다. 중얼거리는 소리가 공기를 채웠다. 걱정으로 가득한, 나지막하고 알아들을 수 없는 웅성거림이었다. 맷은 얼굴을 찌푸리며 인파를 헤치고 나갔다. 여관을 나타내는 표지판을 찾아보았다. 건물의 종류는 매우 다양했다. 나무와 벽돌과 돌로 만들어진, 지붕은 타일과 널빤지와 이엉으로 이루어진 건물들이 따닥따닥 붙어 있었다.

"무어게이즈답지 않은데." 잠시 후 톰이 절반은 혼잣말로 말했다. 그의 덥수룩한 눈썹이 코를 가리키는 흰 화살처럼 내려와 있었다.

"뭐가 무어게이즈답지 않아요?" 맷은 딴 데 정신이 팔린 채로 물었다.

"강을 건너지 못하게 하는 것. 사람들을 돌려보내는 것. 무어게이즈는 예전부터 번개 같은 성격이었지만, 가난하거나 굶주린 사람에게는 언제나 여린 마음을 보여 줬거든." 톰이 고개를 저었다.

그때 맷이 간판을 보았다. 간판에는 '강의 사나이'라고 적혀 있었고, 맨발에 웃통을 벗은 사람이 지그 춤을 추는 모습이 그려져 있었다. 맷은 곤봉으로 인파를 헤치며 억지로 길을 내고 그쪽으로 방향을 틀었다. "뭐, 무어게이즈가 한 일이 틀림없죠. 아니면 누구겠어요? 무어게이즈는 잊어요, 톰. 아직 케임린까지 한참 남았다고요. 일단 오늘 밤 잘 자리를 구하는 데 돈이 얼마나 들지부터 알아봐요."

'강의 사나이' 휴게실은 바깥의 거리만큼 붐볐다. 여관 주인은 맷이 원하는 것을 듣더니 턱이 흔들리도록 웃어 댔다. "지금은 네 명을 한 침대에 재우고 있습니다. 내 어머니가 와도 불가에 이불 한 장 내드릴 수 없어요."

"눈치챘겠지만." 톰이 말했다. 그의 목소리에 우렁우렁한 느낌이 어렸다. "나는 방랑 시인이오. 이야기과 저글링, 불 삼키기, 손재주를 활용한 마술로 당신 손님들을 즐겁게 해 주지. 그 대가로, 최소한 구석의 지푸라기 침대라도 찾아줄 수 있겠지요." 여관 주인이 그의 면전에 대고 웃었다.

맷이 거리로 끌고 나가자 톰이 평소 목소리로 투덜거렸다. "마구간에서 자게 해 달라고 물어볼 기회를 줬어야지. 최소한 건초 다락 자리는 구할 수 있었을 텐데."

"에먼즈 필드를 떠난 이후로 마구간과 헛간에서는 충분히 자 봤어요." 맷이 그에게 말했다. "덤불 밑에서도요. 난 침대가 필요해요."

하지만 맷이 다음으로 찾아간 여관 네 곳에서도 여관 주인들은 첫 번째 여관에서와 같은 대답을 내놓았다. 마지막 두 여관에서는 침대를 얻는 대가로 주사위 놀이를 제안한 맷을 힘으로 쫓아내려 했다. 다섯 번째 여관의 주인이 여왕 본인에게도 지푸라기 침대 하나 내줄 수 없다고 말하자—그 여관의 이름은 '선하신 여왕님'이었다—맷은 한숨을 쉬며 물었다. "그럼 마구간은요? 돈을 내면 건초 다락에서 잘 수 있겠죠?"

"내 마구간은 말들이 쓰는 곳입니다." 둥근 얼굴의 남자가 말했다. "도시에 말이 많이 남아 있지는 않지만요." 은잔을 닦던 그는 그것을 서랍이 달린 깊숙한 상자 위쪽의 야트막한 찬장에 다른 잔들과 함께 넣었다. 개중에 어울리는 잔은 하나도 없었다. 장식을 단 가죽 주사위 컵이 상자 위 찬장 문 바로 너머에 놓여 있었다. "난 사람들을 마구간에 집어넣어 말들을 놀라게 하지 않습니다. 사람이 말을 훔쳐서 달아날 수도 있고요. 자기 말을 돌봐 달라고 돈을 주는 사람들은 그 말을 잘 돌봐 주기를 바라는 겁니다. 게다가 거기에는 내 말도 두 필 있어요. 당신들에게 줄 마구간 자리는 없습니다."

맷은 생각에 잠겨 주사위 컵을 바라보았다. 그러더니 안도어 금화 1크라운을 주머니에서 꺼내 상자 위에 올려놓았다. 다음 주화는 타 발론 은화 1마르크, 금화 1마르크, 그리고 티어의 금화 1크라운이었다. 여관 주인이 주화를 바라보더니 통통한 입술을 핥았다. 맷은 일리안 은화 2마르크와 안도어 금화 1크라운을 더 꺼내 놓고 둥근 얼굴의 남자를 쳐다보았다. 여관 주인은 망설였다. 맷이 주화로 손을 뻗었다. 여관 주인의 손이 먼저 그 돈에 닿았다.

"두 분만 있으면 말들에게 그렇게 방해가 되지 않겠지요."

맷이 그에게 미소 지었다. "말 얘기가 나와서 말인데, 당신네 말은 얼마예요? 물론 안장과 고삐를 포함해서요."

"말은 팔지 않을 겁니다." 남자가 주화를 가슴에 꼭 끌어안으며 말했다.

맷이 주사위 컵을 들고 흔들었다. "말과 안장, 고삐에 그 두 배 되는 돈을 걸죠." 맷은 코트 주머니를 흔들어 주화를 달그락거리게 했다. 내기를 할 만큼 돈이 더 있다는 걸 보여 주기 위해서였다. "나는 주사위 한 개를 던질게요. 아저씨는 두 개를 던져서, 눈금이 더 잘 나온 걸 써요." 여관 주인의 얼굴 전체가 탐욕으로 환해지자 맷은 웃음을 터뜨릴 뻔했다.

맷이 마구간에 들어가서 가장 먼저 한 일은 거세한 갈색 말 한 쌍이 들어 있는 여섯 개의 칸을 살펴보는 것이었다. 별 특징 없는 말이었지만 맷의 것이었다. 많은 빗질이 필요해 보였으나 다른 면으로는 상태가 좋은 듯했다. 마구간지기가 한 명만 빼고 모두 도망쳤다는 걸 생각하면 특히 그랬다. 여관 주인은 그가 주는 돈만으로는 더 이상 살 수 없다는 마구간지기들의 불평을 완전히 무시해 왔다. 게다가 남은 마구간지기 한 사람이, 세 사람 몫의 일을 하는 게 너무 피곤한 나머지 집에 가서 자야겠다는 용기를 냈다는 이유만으로 그를 범죄자로 여기는 듯했다.

"6이 다섯 개라니." 톰이 등 뒤에서 투덜거렸다. 애초에 마구간을 제안한 사람이 톰이라는 걸 생각해 보면, 그곳을 둘러보는 톰의 표정은 그만큼 밝아 보이지 않았다. 커다란 문으로 들어오는, 지는 해의 마지막 빛에 마구간 안의 먼지가 떠돌았다. 건초 짐짝을 들어 올리는 데 쓰는 밧줄이 지붕 대들보의 도르래에 덩굴처럼 걸려 있었다. 건초 다락은 위쪽의 어둠 속에 어슴푸레하게 자리 잡고 있었다. "두 번째 게임에서 6 네 개에 5 하나가 나왔을 때, 여관 주인은 네가 당연히 질 거라고 생각했을 거다. 나도 그랬어. 최근에는 네가 주사위를 던질 때마다 이기지는 않았으니까."

"이길 만큼은 이겼죠." 맷은 주사위를 던질 때마다 이기지 않는다는 것에 톰만큼 안도감을 느꼈다. 아무리 운이 좋다지만, 그날 밤을 떠올리면 지금도 등줄기를 따라 소름이 끼쳤다. 하지만 주사위 컵을 흔들던 한 순간, 맷은 어떤 숫자가 나올지 말 그대로 알았다. 그가 건초 다락으로 곤봉을 던져 올리는 순간 천둥이 하늘에 쩌렁쩌렁 울렸다. 그는 허둥지둥 사다리를 올라가며 뒤에 선 톰에게 소리쳤다. "좋은 생각이었어요. 오늘 밤에는 비를 피해 실내에서 자게 됐으니 좋아할 일이네요."

건초는 대부분 둘둘 말아 바깥쪽 벽에 기대 쌓아 놓았지만 남은 건초도 충분히 있었고, 그래서 맷은 그 위에 망토를 덮어 침대를 만들 수 있었다. 톰이 가죽 주머니에서 빵 두 덩이와 초록색 줄무늬가 들어간 치즈 한 조각을 꺼내며 사다리 꼭대기에 나타났다. 여관 주인은—그의 이름은 제랄 플로리였다—보다 평화로운 시절이었다면 말 한 필을 살 수 있었을 돈에 그 음식을 내주었다. 그들은 비가 지붕을 두드려 대는 동안 저녁을 먹었다. 물병의 물로 음식을 삼켰다. 플로리는 아무리 비싼 값에도 와인은 줄 수 없다고 했다. 식사를 마치자 톰이 부싯깃 상자를 꺼냈다. 그는 파이프에 담박을 가득 채워 엄지로 꾹꾹 누르고 뒤로 기대앉아 그것을 피웠다.

맷은 누워서 그림자가 드리워진 지붕을 바라보며 아침이 오기 전에 비가 그칠지 생각했다. 최대한 빨리 손에서 편지를 털어 버리고 싶었다. 그때 바퀴가 삐걱거리며 마구간으로 들어오는 소리가 들렸다. 맷은 건초 다락 가장자리까지 굴러가 아래를 보았다. 아직 남은 노을빛이 시야를 비추어 주었다.

날씬한 여자가 지금 막 비 내리는 바깥에서 끌고 들어온, 높은 바퀴가 달린 수레에서 몸을 펴고 있었다. 망토를 당겨 벗고 물기를 털며 그녀가 혼자 중얼거렸다. 여자의 머리카락은 작게 땋은 수많은 머리를 한데 모아 다시 땋은 형태였고, 맷이 보기에 연녹색인 것 같은 비단 드레스는 가슴팍에 정교한 수가 놓여 있었다. 한때는 좋은 옷이었겠지만 지금은 낡고 얼룩져 있었다. 그녀는 손마디로 허리를 누르며 낮은 목소리로 계속 혼잣말을 하더니 마구간 문으로 서둘러 다가가서 비 오는 바깥을 내다보았다. 그러더니 똑같이 서두르며 허리를 숙여 커다란 문을 당겨 닫았다. 마구간이 어둠에 감싸였다. 아래쪽에서 부스럭거리는 소리, 딸그랑거리는 소리와 쉭 소리가 났다. 갑자기 작은 불꽃이 피어오르며 그녀가 두 손에 들고 있던 등불이 켜졌다. 주위를 둘러본 그녀가 말을 넣는 칸의 기둥에서 고리를 발견하고는 거기에 등불을 걸었다. 이어 그녀는 자기 수레를 덮고 있던, 밧줄로 묶어 놓은 캔버스 천 아래를 파헤쳤다.

"빠른데." 톰이 파이프를 문 채 조용히 말했다. "어둠 속에서 저런 식으로 부싯돌을 썼다면 마구간에 불이 붙었겠다."

여자가 빵 꼬투리를 가지고 나오더니 아무리 그 빵이 단단하더라도 배가 고파서 신경 쓰지 않는다는 듯 갉아 먹었다.

"남은 치즈 있어요?" 맷이 속삭였다. 톰이 고개를 저었다.

여자가 킁킁대며 공기 냄새를 맡기 시작했다. 맷은 그녀가 톰의 타박 연기를 냄새 맡았을 거라고 생각했다. 맷이 일어나서 사람이 있다는 걸 알리려는데, 마구간 문 한쪽이 다시 열렸다.

여자는 도망칠 태세로 몸을 웅크렸다. 동시에 네 남자가 비를 피해 들어오더니 젖은 망토를 벗었다. 소매가 넓고 가슴팍에 수가 놓여 있는 희미한 색깔의 코트, 다리를 따라 수놓인 펑퍼짐한 바지가 드러났다. 옷이야 화려

할지 몰라도 남자들은 모두 덩치가 컸으며 표정이 험악했다.

"이런, 알루드라." 노란색 코트를 입은 남자가 말했다. "네 생각만큼 빠르게 뛰지는 못하던데?" 맷의 귀에는 낯설게 들리는 억양이었다.

"타무즈." 여자는 욕설이라도 내뱉듯 말했다. "그 따위 실수로 나를 조합에서 쫓아내는 것만으로는 부족한가 보지, 이 소대가리야. 이젠 날 뒤따라오기까지 하다니." 그녀도 남자처럼 말투가 특이했다. "내가 널 보고 반가워할 줄 알아?"

타무즈라 불린 남자가 웃었다. "너 되게 바보구나, 알루드라. 처음부터 알고 있긴 했지만. 그냥 떠나기만 했다면 넌 조용한 곳에서 오랫동안 살 수 있었을 거야. 하지만 넌 머릿속 비밀을 잊지 못했지. 안 그래? 네가 오직 조합에서만 만들 권한이 있는 물건을 만들어서 돈을 벌고 팔자를 고쳐 보려 했다는 얘길 우리가 못 들었을 줄 알아?" 갑자기 그의 손에 칼이 나타났다. "네 목을 벨 수 있으면 아주 기쁠 거야, 알루드라."

맷은 자기가 일어났다는 것조차 의식 못 했다. 그는 어느새 천장에서 늘어져 있던 두 줄의 밧줄을 손으로 쥐고 건초 다락에서 몸을 날리고 있었다. **이 빌어먹을 바보 같으니라고, 태워 죽일!**

맷에게는 그렇게 정신없는 생각을 할 시간밖에 없었다. 다음 순간, 그는 망토를 걸친 남자들 사이를 가르고 지나갔다. 그들은 보울스 게임의 핀처럼 쓰러져 버렸다. 밧줄이 맷의 두 손 사이로 미끄러졌고, 맷도 떨어지며 지푸라기 깔린 바닥 위를 굴렀다. 그의 주머니에서 주화가 흘러나왔다. 맷은 말을 넣는 칸까지 굴러가 멈추었다. 허둥지둥 일어나 보니 네 남자도 이미 일어서고 있었다. 이제는 그들 모두가 손에 칼을 들고 있었다. **빛에 눈이 먼 바보 같으니! 태워 죽일! 태워 죽일 놈!**

"맷!"

맷이 고개를 들었다. 톰이 그의 곤봉을 던져 주었다. 맷은 아슬아슬하게 허공에서 곤봉을 낚아채 타무즈의 주먹에 쥐어져 있던 칼을 쳐냈다. 거의 동시에 날카로운 우지끈 소리를 내며 타무즈의 머리 옆을 후려쳤다. 남자는 주저앉았지만 다른 세 사람이 바로 뒤에 있었다. 정신없는 한 순간, 맷은 할 수 있는 모든 수단을 다 써서 곤봉을 휘둘렀다. 그리하여 칼날을 쳐내고 무릎과 발목과 갈비뼈를 두드려 댔으며 누군가의 머리를 제대로 후려칠 수 있었다. 마지막 사람이 쓰러지자 맷은 잠시 그들을 바라본 뒤 여자에게 시선을 돌렸다. "살해당할 곳으로 꼭 이 마구간을 골라야 했어요?"

여자가 늘씬한 칼날의 단검을 허리춤의 칼집에 다시 집어넣었다. "돕고 싶었는데, 손에 무기를 쥐고 가까이 가면 네가 나를 저 엄청난 멍청이들 중 하나로 오해할까 무서웠어. 그리고 이 마구간을 고른 건 비가 오고 몸이 젖어서야. 아무도 여길 지키지 않았고."

그녀는 맷이 생각한 것보다 나이가 많았다. 맷보다 적어도 열 살이나 열다섯 살은 많은 듯했다. 하지만 크고 검은 눈에, 금방이라도 삐죽일 것 같은 작고 도톰한 입술이 예뻤다. **입 맞출 준비라도 하는 것 같네.** 맷은 작게 웃으며 곤봉에 기댔다. "뭐, 이미 벌어진 일은 어쩔 수 없으니까요. 우리를 곤란하게 할 생각은 아니었겠죠."

톰이 다락에서 내려오고 있었다. 다리 때문에 동작이 어색했다. 알루드라가 톰에게서 맷에게로 눈길을 돌렸다. 방랑 시인은 다시 망토를 두르고 있었다. 그는 망토를 걸치지 않은 모습을 다른 사람에게 보여 주는 경우가 거의 없었다. 첫 만남에서는 특히 그랬다. "꼭 이야기 속 한 장면 같네." 그녀가 말했다. "방랑 시인과 젊은 영웅이 나를 구해 주다니." 그녀는 마구간 바닥에 뻗어 있는 남자들을 보며 인상을 썼다. "이 돼지 새끼들한테서!"

"저 사람들이 왜 당신을 죽이려 한 거예요?" 맷이 물었다. "무슨 비밀 얘기를 하던데."

"그 비밀이란," 톰이 공연할 때 쓰는 목소리와 매우 비슷한 목소리로 말했다. "내 추측이 틀리지 않다면, 폭죽을 만드는 방법이겠지. 당신은 광술사 아니오?" 톰은 거창하게 망토를 펄럭이며 예의 바르게 허리를 숙여 인사했다. "보시다시피 나는 방랑 시인 톰 메릴린이오." 그러고는 생각났다는 듯 덧붙였다. "이쪽은 말썽거리를 찾는 재주가 있는 젊은이 맷이고."

"예전에는 광술사였죠." 알루드라가 뻣뻣하게 말했다. "하지만 이 돼지 같은 타무즈가 케예리엔 왕의 공연을 망쳐 버렸어요. 하마터면 회관도 무너뜨릴 뻔했고. 하지만 내가 회관의 여주인이었다는 이유로 조합에서는 내게 책임을 물었죠." 그녀가 변명하듯 말했다. "저 타무즈 놈이 뭐라 말하든 난 조합의 비밀을 발설하지 않았어요. 그렇다고 폭죽을 만들 수 있는데 굶어 죽을 생각도 없지만. 난 더 이상 조합 소속이 아니니 조합의 법칙은 이제 나한테 적용되지 않아요."

"갈드리안." 톰이 거의 알루드라만큼 딱딱한 목소리로 말했다. "뭐, 이제 그자는 죽은 왕이 됐소. 더는 불꽃놀이를 볼 수 없겠지."

"조합은," 알루드라가 지친 목소리로 말했다. "케예리엔에서 벌어진 전쟁을 모조리 내 탓으로 돌려요. 그날 하룻밤의 재앙으로 갈드리안이 죽은 것처럼." 톰이 인상을 찡그렸다. "난 더 이상 여기 남을 수 없을 것 같네요." 그녀가 말을 이었다. "타무즈와 여기 이 다른 소대가리들이 곧 깨어날 거예요. 아마도 이번에는 병사들에게 내가 만든 것을 훔친 물건이라고 말하겠죠." 그녀는 톰을, 그다음에는 맷을 눈여겨보며 생각에 잠겨 인상을 찡그렸다. 그러더니 어떤 결정을 내린 것 같았다. "보답해야 하는데 돈이 없어요. 하지만 황금만큼 좋은 물건이 있답니다. 어쩌면 황금보다 나을지도 몰라요. 당신들이 어떻게 생각하는지 보죠."

맷은 톰과 눈짓을 주고받았다. 그러는 동안 알루드라는 수레를 덮은 캔버스 천 아래를 뒤졌다. **난 돈을 내는 사람이라면 누구든 도울 거야.** 맷은 톰의 파란 눈에 의심스러운 빛이 떠올랐다고 생각했다.

알루드라가 수많은 꾸러미 중 하나를 꺼냈다. 그녀가 두 팔로 안아야 할 만큼 두툼하게 말아 놓은, 기름을 먹인 묵직한 천이었다. 알루드라는 그걸 지푸라기 위에 내려놓더니 묶은 끈을 풀고 바닥 전체에 천을 펼쳤다. 천의 폭을 따라 네 줄의 주머니가 달려 있었다. 각 줄의 주머니는 그 앞줄의 주머니보다 더 컸다. 각각의 주머니에는 검은 끈이 달린 끝부분이 밖으로 조금 삐져나온, 밀랍으로 겉을 씌운 원통형 종이가 들어 있었다.

"폭죽이군." 톰이 말했다. "그럴 줄 알았어. 알루드라, 이런 짓은 하면 안 되오. 그걸 팔면 좋은 여관에서 열흘 이상을 지낼 수 있을 거요. 매일 좋은 음식을 먹고. 뭐, 여기 아린길이 아닌 곳에서라면 말이오."

알루드라는 기름칠한 천 조각 옆에 무릎을 꿇고 톰에게 코웃음 쳤다. "조용히 해요, 노인장." 그녀는 불친절하지 않게 말했다. "감사도 전하면 안 된다는 말인가요? 아무리 팔 물건이 없대도 이걸 당신들에게 줬을 것 같아요? 내 말 잘 들어요."

맷이 매료되어 그녀 곁에 쪼그리고 앉았다. 그는 살면서 폭죽을 두 번 보았다. 행상인들이 에먼즈 필드로 폭죽을 가져왔었다. 그때마다 마을 위원회에서는 엄청난 대가를 치렀고. 열 살 때 맷은 안에 뭐가 들었는지 보려고 폭죽을 잘라 보려다가 호통을 들었다. 시장인 브랜 알비어가 맷의 손을 묶었다. 당시의 현자였던 도랄 바란은 회초리로 맷을 때렸다. 집에 돌아가니 아버지가 채찍질을 했고. 마을의 그 누구도 한 달 동안 맷에게 말을 걸지 않았다. 랜드와 페린만은 예외였지만, 그들도 대체로 맷이 엄청난 바보였다는 말만 했다. 맷이 손을 뻗어 원통 중 하나를 만져 보았다. 알루드라가 그의 손을 탁 쳐냈다.

"내 말부터 들으라고 했지! 이 가장 작은 폭죽은 시끄러운 소리를 내지만 그 이상은 아무 효과가 없어." 폭죽은 맷의 새끼손가락 크기였다. "여기, 다음 폭죽은 큰 소리와 밝은 빛을 내. 다음 폭죽은 큰 소리와 빛을 내고 불꽃도 많이 내지. 마지막은," 마지막 폭죽은 맷의 엄지보다 굵었다. "그 모든 효과를 내는데, 불꽃이 여러 가지 색깔이야. 거의 야화夜花 같지만, 하늘에 떠 있진 않아."

야화? 맷이 생각했다.

"이것들은 특히 조심해야 해. 보면 알겠지만 도화선이 아주 길어." 알루드라는 맷의 멍한 표정을 보더니 길고 검은 끈 중 하나를 맷에게 흔들어 댔다. "이거 말이야, 이거!"

"불붙이는 곳이잖아요." 맷이 중얼거렸다. "그건 나도 알아요." 톰이 목구멍 깊은 곳에서 소리를 내며 웃음을 참는 듯 콧수염을 쓰다듬었다.

알루드라가 끙 소리를 냈다. "불붙이는 곳. 맞아. 이중 어느 폭죽을 터뜨릴 때도 가까이 있으면 안 되지만, 여기 가장 큰 것의 도화선에 불을 붙일 때는 특히 멀리 도망쳐. 알겠어?" 알루드라는 긴 천을 힘차게 둘둘 말았다. "원한다면 팔아도 되고, 직접 써도 돼. 기억해, 이걸 절대로 불 가까이에 두면 안 돼. 불이 있으면 전부 폭발할 거야. 이렇게 많은 게 한꺼번에 터지면 집도 무너뜨릴 수 있어.” 그녀는 다시 끈을 묶을까 고민하더니 덧붙였다. “그리고 마지막으로 한 가지. 너도 아마 들어봤겠지만, 절대 이걸 잘라서 열어 보지 마. 아주 멍청한 녀석들이 안에 뭐가 들어 있는지 보겠다고 그러기도 한다던데. 가끔은 안에 들어 있는 게 공기에 닿으면 불 없이도 폭발해. 손가락, 심지어 손이 날아갈 수 있어.”

“그 얘긴 들었어요.” 맷이 건조하게 말했다.

알루드라는 자기가 뭐라고 말하든 맷이 폭죽을 잘라볼 셈인 것 같다는 듯 인상을 찌푸리더니 둘둘 만 꾸러미를 그에게로 밀어 놓았다. “여기. 난 이제 가야 해. 이 염소 새끼들이 깨기 전에.” 알루드라는 아직 열려 있는 문과 그 너머의 어둠 속에 내리는 비를 힐끗 보고 한숨을 쉬었다. “아마 젖지 않은 곳을 찾게 될 거야. 내일은 루가드 쪽으로 갈 것 같아. 이 돼지들은 내가 케임린으로 가는 줄 알겠지?”

루가드는 케임린보다도 멀었다. 맷은 문득 그 딱딱한 빵 꼬투리를 떠올렸다. 게다가 알루드라는 돈이 없다고 했다. 폭죽을 살 여유가 있는 사람을 찾을 때까지 알루드라는 폭죽을 팔 수 없을 터였다. 그녀는 맷이 바닥에 떨어졌을 때 그의 주머니에서 쏟아져 나온 은화와 금화에 눈길조차 주지 않았다. 주화는 등불 빛을 받아 지푸라기 사이에서 반짝반짝 빛나고 있었다. **아, 빛을 걸고. 알루드라가 굶도록 놔둘 순 없을 것 같은데.** 그는 빠르게 손에 넣을 수 있는 주화를 집어 들었다.

“어……, 알루드라? 보다시피 난 돈이 많아요. 혹시, 어쩌면…….” 그는 알루드라에게 주화를 내밀었다. “난 언제든 더 딸 수 있거든요.”

알루드라는 어깨에 망토를 반쯤 걸친 채로 있다가, 망토를 마저 휙 걸치며 톰에게 미소 지었다. “이 친구는 아직 어리네요?”

“어리지.” 톰이 동의했다. “본인 생각의 절반만큼도 나쁘지 않고. 가끔은 아예 나쁘지 않아.”

맷이 둘 모두를 노려보다가 손을 내렸다.

알루드라는 수레 손잡이를 들고 수레의 방향을 돌린 뒤 문으로 향했다. 그녀는 지나가면서 타무즈의 갈비뼈를 걷어찼다. 타무즈는 꼼짝도 못 한 채 신음했다.

"알고 싶은 게 있소, 알루드라." 톰이 말했다. "어두운데 어떻게 그렇게 빨리 등불을 켤 수 있었소?"

문 바로 앞에서 멈추어 선 알루드라는 어깨 너머로 톰을 보며 미소 지었다. "내 비밀을 전부 말해 주기를 바라는 건가요? 난 고마워하는 거지 사랑에 빠진 게 아니에요. 그건 조합에서도 모르는 비밀이고, 앞으로도 나만 알고 있을 거예요. 이 정도만 말해 두죠. 제대로 만드는 방법만 알아내면, 내가 원할 때만 불을 피우는 방법을 알아내면 그 막대기로 아주 큰돈을 벌게 될 거예요." 그녀는 수레 손잡이에 몸무게를 실으며 빗속으로 나갔다. 어둠이 그녀를 삼켰다.

"막대기?" 맷이 말했다. 알루드라의 머리가 좀 이상한 건 아닌지 궁금했다.

타무즈가 다시 신음했다.

"우리도 알루드라처럼 도망치는 게 좋겠다, 꼬마야." 톰이 말했다. "아니면 네 사람의 목을 베어야 할 거야. 그게 아니라면, 앞으로 며칠을 여왕 호위대에 사정을 설명하며 보내야 할 테고. 이 자들은 악의로 우리를 해칠 만한 놈들 같구나. 악의를 품을 만한 건덕지는 충분히 있는 것 같고." 타무즈의 일행 중 한 명이 정신을 차리려는 듯 움찔하더니 알아들을 수 없는 말을 웅얼거렸다.

맷과 톰이 모든 물건을 챙기고 말에 안장을 얹었을 때쯤 타무즈는 두 손과 무릎을 짚고 엎드린 채 고개를 늘어뜨리고 있었고, 다른 자들도 움찔거리며 신음하고 있었다.

맷은 안장으로 휙 올라가며 열린 문밖의 비를 바라보았다. 비는 어느 때보다 세차게 내리고 있었다. "영웅은, 빌어먹을." 맷이 말했다. "톰, 내가 또 영웅 노릇을 하려는 것처럼 보이면 날 걷어차요."

"그러면 뭐가 달라지냐?"

맷은 그를 노려보더니 후드를 젖히고, 안장의 높은 안미 뒤쪽에 묶어 놓은 퉁퉁한 꾸러미 위로 망토 자락을 펼쳤다. 기름 먹인 천으로 싸 놓았다고는 하지만 비가림막이 더 있다고 해로울 건 없었다. "그냥 걷어차요!" 맷은 말의 옆구리를 걷어차며 비 내리는 어둠 속으로 질주했다.

41장 사냥꾼의 맹세

스노우구스호가 일리안의 돌로 만들어진 긴 부두를 향해 움직였다. 돛은 이미 접혀 있었다. 추진력은 노로 얻었다. 페린은 고물 근처에 서서 수많은 긴 다리 새들을 지켜보았다. 새들은 거대한 항구를 둘러싸다시피 한, 웃자란 늪지의 풀을 헤치고 나아가는 중이었다. 페린은 작고 흰 두루미들을 알아보았고 그와 비슷한 계열의 훨씬 큰 파란색 새들의 정체도 추측할 수 있었다. 하지만 볏이 달린 수많은 새들은―깃털이 붉거나 장밋빛이었고, 일부는 오리보다도 넓은 납작한 부리가 달려 있었다―전혀 모르는 것들이었다. 십여 종류의 갈매기들이 휙 날아내렸다가 항구 위쪽으로 날아올랐다. 길고 날카로운 부리가 달린 검은 새가 물 바로 위를 스치고 지나갔다. 녀석의 아랫부리로 물에 고랑이 파였다. **스노우구스호**보다 길이가 서너 배는 긴 배들이 드넓은 항구 여기저기에 정박한 채 부두에서 자기 차례를 기다리거나 긴 방파제 너머로 항해할 수 있도록 물살이 바뀌기를 기다리고 있었다. 작은 낚싯배들은 늪지를 구불구불 헤치고 가는 물줄기 위에서 조업했다. 낚싯배마다 남자 두세 사람이 배 양쪽에 드리운 긴 막대로 그물을 끌고 있었다.

바람이 자극적인 소금 냄새를 실어 왔지만 열기를 식히는 데는 별 도움이 되지 않았다. 태양이 지평선 위로 반쯤 내려온 곳에 떠 있었으나 기온은 여전히 정오 같았다. 공기가 축축하게 느껴졌다. 페린은 그런 식으로밖에 생각할 수 없었다. 축축하다고. 낚싯배에서 풍기는 신선한 물고기 냄새, 늪지에서 나는 오래된 물고기 냄새, 진흙 냄새, 가죽을 말리는 시큼한 악취가 코에 걸렸다.

아다라 선장이 등 뒤에서 뭐라고 조용히 중얼거렸다. 키가 삐걱거렸다. **스노우구스호**는 아주 조금 진로를 바꾸었다. 노를 잡은 맨발의 남자들은 소리를 내고 싶지 않은 듯 움직였다. 페린은 힐끗 시선을 주었을 뿐 그 이상은 그들을 보지 않았다.

대신 그는 가죽 말리는 마당을 바라보았다. 줄지어 늘어선 나무틀에 걸어 놓은 가죽을 긁어 대는 남자들, 크고 움푹한 통에서 긴 막대기로 가죽을 건져 올리는 다른 남자들. 때로 그들은 손수레 위에 가죽을 쌓고 그 손수레를 굴려 마당 가장자리에 있는 길고 낮은 건물로 들어갔다. 때로는 가죽을 다시 통에 집어넣고 커다란 돌 냄비 안의 액체를 거기 더 부었다. 저 사람들은 에먼즈 필드에서 몇 달에 거쳐 생산하는 것보다 많은 가죽을 하루에 만들어 낼 터였다. 페린의 눈에 첫 번째 섬 뒤쪽, 또 다른 무두질 마당이 들어왔다.

페린은 배나 낚싯배, 가죽 공장에 관심이 있는 게 아니었다. 연한 붉은색 새들이 납작한 부리로 잡고 있는 물고기가 무엇인지 궁금했고 그런 물고기 중 일부는 정신을 똑바로 차리지 않으면 먹어도 좋을 것처럼 느껴졌지만, 사실 페린은 새들에게도 딱히 관심이 없었다. 그래도 **스노우구스호**의 갑판 위, 그의 등 뒤에서 벌어지는 장면을 지켜보는 것보다는 뭐든 나았다. 페린의 허리띠에 걸려 있는 도끼도 그 존재를 막아줄 수는 없었다. **돌로 된 벽으로도 못 막아.** 페린은 생각했다.

모레인은 자린이—**그 애가 자기를 뭐라고 부르고 싶어 하든 난 개를 파일이라고 부르지 않겠어! 걘 독수리가 아니야!**—아이즈 세다이라는 그녀의 정체를 안다는 걸 알았지만 기뻐하지도 불쾌해하지도 않았다. 다만 페린이 말해 주지 않은 것에는 약간 불쾌감을 느낀 듯했다. **약간 불쾌해했지. 나더러 바보라고 하긴 했지만 그게 다였어. 그럼 됐지, 뭐.** 모레인은 자린이 뽑나팔 사냥대든 아니든 전혀 신경 쓰지 않는 듯했다. 하지만 자린이 일행을 따라가면 발리어의 뿔나팔을 얻을 수 있을 거라 생각한다는 것을 알았고, 페린도 그 점을 알고 있었지만 그녀에게 말하지 않았다는 것을 깨닫고는—페린이 생각하기에 자린은 이 두 가지 주제에 관해서 모레인에게 지나치게 솔직했다—그녀의 차갑고 까만 눈에 어떤 눈빛이 어렸다. 페린으로 하여금 한겨울에 눈이 가득 담긴 술통 속에 쑤셔 박힌 기분이 들게 하는 눈빛이었다. 아이즈 세다이는 아무 말도 하지 않았지만 안도감이 느껴질 수 없을 만큼 너무도 자주, 너무도 사납게 그를 바라보았다.

페린은 어깨 너머를 보고 재빨리 고개를 돌려 다시 강변을 살폈다. 자린이 돛대 사이에 묶여 있는 말들 근처 갑판에 책상다리를 하고 앉아 있었다. 그녀의 짐 꾸러미와 검은 망토가 옆에 놓여 있었으며 폭이 좁고 앞이 트인 치마는 깔끔하게 정리되어 있었다. 그녀는 다가오는 도시의 지붕과 탑들을 살펴보는 척했다. 모레인도 일리안을 살펴보고 있었다. 그녀는 노 젓는 남자들 바로 앞에 있었다. 때때로 모레인은 회색의 고급 모직 망토에 달린 깊은 후드 아래로 자린을 사납게 바라보았다. **어떻게 저걸 참고 쓰지?** 페린은 코트 단추와 셔츠의 목 부분 끈까지 다 풀어 놓고 있었다.

자린은 아이즈 세다이와 눈이 마주칠 때마다 미소 지었지만, 그때마다 모레인은 고개를 돌렸다. 그러면 자린은 침을 삼키며 이마를 훔쳤다.

페린은 모레인이 지켜보는데도 그런 미소를 지을 수 있는 자린이 존경스러웠다. 페린으로서는 절대 할 수 없는 일이었다. 아이즈 세다이가 정말로 자제력을 잃고 화내는 걸 본 적은 없었지만, 차라리 모레인이 소리를 지르든 분통을 터뜨리든 자신을 노려보지만 않았으면 좋겠다고 생각했다. **빛을 걸고, 뭘 하든 상관없는 건 아니겠지만!** 어쩌면 노려보는 건 견딜 만한 일인지도 몰랐다.

란은 모레인보다 뱃머리에 가까이 앉아 있었다. 색깔이 바뀌는 망토는 여전히 란의 발치에 놓인 안장주머니에 들어 있었다. 겉으로 보기에 그는 칼날을 살피는 데 골몰해 있는 것 같았지만, 즐거워하는 기색을 굳이 감추려 하지 않았다. 때로는 그의 입술이 움찔거리며 미소와 아주 가까운 표정을 지었다. 확실하지는 않았다. 때로는 그냥 그림자의 장난이라는 생각이 들었다. 그림자가 드리워지면 망치도 미소 짓는 것처럼 보일 수 있으니까. 두 여자 모두 그 즐거움의 대상이 자신이라고 생각하는 게 분명했지만, 수호자는 두 사람 모두 입술을 꽉 다물고 인상을 찡그려도 신경 쓰지 않는 듯했다.

며칠 전, 페린은 모레인이 란에게 뭔가 우스운 게 보이느냐고 얼음장 같은 목소리로 묻는 것을 들었다. "절대 당신을 보고 웃지는 않을 겁니다, 모레인 세다이." 란이 침착하게 대답했다. "하지만 저를 정말로 미렐에게 보내실 생각이라면 저도 미소 짓는 데 익숙해져야겠지요. 듣자니 미렐은 수호자들에게 농담을 건넨다던데요. 가이딘은 연대의 주인이 던지는 농담에 미소 지어야만 합니다. 당신께서도 제게 자주 웃을 만한 말장난을 걸지 않으셨습니까? 결국은 제가 당신 곁에 남는 걸 원하시는 건지도 모르겠습니다." 모레인은 다른 남자를 돛대에 못 박아 버릴 만한 시선으로 란을 보았지만 수호자는 눈 하나 깜빡하지 않았다. 그는 칼날조차 양철처럼 보이게 했다.

선원들은 모레인과 자린이 둘 다 갑판 위에 있을 때면 완전히 고요하게, 발만 타박거리며 일하는 데 익숙해졌다. 아다라 선장은 고개를 기울인 채 듣기 싫은 무언가에 귀 기울이는 것 같은 표정을 지었다. 그는 처음처럼 고함치는 대신 속삭이듯 명령을 전했다. 이제는 모레인이 아이즈 세다이라는 것을 모두가 알았고, 다들 그녀가 불쾌해한다는 것을 알았다. 페린은 한 번 긴장을 놓고서 자린과 소리 지르기 대회를 했는데, 둘 중 누가 "아이즈 세다이"라는 단어를 말했는지는 확실치 않았지만 그 바람에 선원 전부가 알게 되었다. **빌어먹을 여자 같으니!** 페린은 그 여자가 모레인인지 자린인지 확신할 수 없었다. **자린이 독수리라면, 매는 누구지? 내가 자린이랑 비슷한 두 여자 사이에 끼는 거야? 빛을 걸고! 안 돼! 자린은 독수리가 아니야. 절대로!** 이 모든 일에서 페린에게 유일하게 좋았던 것은 화난 아이즈 세다이를 걱정하느라 선원들 중 누구도 그의 눈을 눈여겨보지 않았다는 점뿐이었다.

지금 이 순간 로이알은 어디에도 보이지 않았다. 오기어는 모레인과 자린이 함께 갑판에 올라와 있을 때면 언제나 답답한 선실에 머물렀다. 메모 작업을 한다고 했다. 그는 밤에만 갑판으로 올라와 파이프를 피웠다. 페린은 그가 어떻게 열기를 견디는 건지 알 수 없었다. 아무리 모레인과 자린이 있어도 갑판 아래의 열기를 견디는 것보다는 나을 텐데.

페린은 한숨을 쉬며 일리안에 시선을 고정했다. 배가 접근하고 있는 도시는 거대했다. 지금까지 페린이 본 단 두 곳의 대도시, 케예리엔이나 케임린만큼 컸다. 게다가 일리안은 거대한 늪지대를 딛고 서 있는 것처럼 보였다. 예의 늪지대가 흔들리는 풀밭의 평원처럼 몇 킬로미터 뻗어 있었건만 말이다. 일리안에는 성벽이 아예 없었다. 그러나 도시 자체가 탑과 궁전으로 이루어진 것처럼 보였다. 건물은 모두 흐릿한 색의 돌로 되어 있었는데, 흰 석고로 덮인 것처럼 보이는 건물만이 예외였다. 돌은 흰색과 회색, 불그레하거나 심지어 희미한 색조의 녹색이었다. 기와로 만들어진 지붕이 햇빛 아래에서 백 가지의 서로 다른 색으로 반짝였다. 기다란 부두에는 배가 여러 척 있었다. 대부분이 **스노우구스호**를 난쟁이처럼 보이게 할 정도로 컸으며 화물을 싣고 내리느라 북적거렸다. 도시 저쪽 끝에는 조선소가 있었는데, 그곳에는 두꺼운 나무 골조부터 항구로 미끄러져 들어갈 준비가 거의 다 된 것까지 온갖 단계의 거대한 배들이 있었다.

일리안 정도면 늑대들이 다가오지 못할 만큼 큰 도시일 것이다. 저 늪지에서 늑대들이 사냥하지 않을 건 확실했다. **스노우구스호**는 산에서부터 페린을 따라온 늑대들을 따돌렸다. 페린은 이제야 조심스레 감각을 뻗어 보았지만 아무것도 느껴지지 않았다. 그게 바로 페린이 원한 상황이라는 점을 생각해 보면 이상할 정도로 공허한 느낌이 들었다. 첫날 밤 이후로 페린의 꿈은 대체로 그 자신의 것이었다. 모레인은 차가운 목소리로 꿈에 관해 물었고 페린은 진실을 말했다. 두 번은 자기도 모르게 그 이상한 늑대 꿈을 꾸었는데, 두 번 다 하퍼가 나타나 그를 쫓아 버리며 페린에게 아직 너무 어리다고, 너무 새롭다고 말했다. 모레인이 그 꿈을 어떻게 이해했는지는 알 수 없었다. 그녀는 페린에게 조심하는 게 좋을 거라는 말 외에 아무 소리도 하지 않았다.

“나야 좋죠.” 페린이 툴툴댔다. 그는 하퍼가 죽었으면서도 죽지 않은 상태에 거의 익숙해졌다. 최소한 늑대 꿈에서는 그랬다. 등 뒤에서 아다라 선장이 갑판에 장화를 스치며 뭐라 중얼거렸다. 누군가가 소리를 내서 말을 한다는 사실에 페린은 새삼 놀랐다.

배에서 강변으로 밧줄이 던져졌다. 배가 부두를 따라 설치된 돌기둥에 매이는 와중에도 날씬한 체격의 선장은 훌쩍 움직이기 시작했다. 그는 선원들에게 사납게 속삭여 댔다. 그는 건널판자가 설치되자마자 활대로 말들을 들어 올려 부두로 옮기게 했다. 란의 검은색 전투마가 발길질을 하다가 자기를 들어 올리는 활대를 거의 부러뜨릴 뻔했다. 발굽 위 돌기에 털이 덥수룩하고 덩치가 큰, 로이알의 말을 옮기는 데는 활대 두 대가 필요했다.

"영광입니다." 모레인이 부두로 이어지는 널찍한 널빤지에 올라서자 아다라가 허리를 숙이며 속삭였다. "당신을 모셔서 영광이었습니다, 아이즈 세다이." 모레인은 아다라를 보지 않고 강변으로 성큼성큼 걸어갔다. 얼굴은 깊은 후드에 숨겨져 있었다.

다른 모든 사람과 말이 부두에 내려설 때까지도 로이알은 나타나지 않았다. 마지막으로 드디어 오기어가 커다란 안장주머니와 말아 놓은 줄무늬 담요를 들고 나타났다. 한 팔에는 망토를 걸친 채 긴 코트를 입으려고 애쓰며 건널판자를 따라 쿵쿵거리며 걸어왔다. "도착했는지 몰랐어." 그가 숨을 헐떡이며 우렁우렁한 목소리로 말했다. "다시 읽고 있었거든, 내……." 그는 모레인을 힐끗 보더니 말을 흐렸다. 그녀는 란이 알딥에게 안장을 채우는 모습에 푹 빠져 있는 것처럼 보였지만, 오기어의 귀는 긴장한 고양이의 귀처럼 움찔거렸다.

메모를 말하는 거겠지. 페린이 생각했다. **저 녀석이 이 모든 일에 대해 뭐라고 썼는지 조만간 봐야겠어.** 뭔가가 목덜미를 간질였다. 페린은 30센티미터쯤 펄쩍 뛴 뒤에야 부두의 향신료와 타르 냄새와 악취를 뚫고 온, 깨끗한 약초 냄새를 느꼈다.

자린이 손가락을 꼼지락거리며 미소 지었다. "촌놈아, 손가락으로 스치는 것만으로도 그렇게 놀라니? 그럼 상상해 봐. 혹시 내가……."

페린은 눈초리가 올라간 검은 눈과 생각에 잠긴 표정에 약간 질려 가고 있었다. **예쁘다고 할 수도 있겠지만, 자린은 내가 한 번도 본 적 없는 도구를 볼 때랑 같은 표정을 지어. 어떻게 그 도구가 만들어졌는지, 어디에 써야 하**

는지 생각해 내려는 것처럼.

"자린." 모레인의 목소리는 냉정하면서도 침착했다.

"저는 파일이에요." 자린이 단호하게 말했다. 잠깐이지만, 코가 두드러진 그녀는 정말 독수리처럼 보였다.

"자린." 모레인이 단호하게 말했다. "이제 갈라질 시간이다. 다른 곳에서 더 나은, 더 안전한 사냥 기회를 찾게 될 거다."

"아닐 것 같은데요." 자린도 똑같이 단호하게 말했다. "사냥대원은 자기 눈에 보이는 흔적을 쫓아야 해요. 그 어떤 사냥대원도 당신들 넷이 남긴 흔적을 무시하지는 않을걸요. 그리고 난 파일이에요." 침을 삼키는 바람에 마지막 말이 약간 망가지긴 했지만, 그녀는 모레인과 눈을 마주치면서도 눈을 깜빡이지 않았다.

"확신하니?" 모레인이 조용히 말했다. "네 생각을 바꾸지 않을 게 확실하냐는 말이야, 독수리."

"안 바꿔요. 당신이든 돌같이 생긴 당신 수호자든 무슨 짓을 해도 나를 막을 수는 없어요." 자린은 잠시 망설이더니 완전히 진실만을 말하기로 한 듯 천천히 덧붙였다. "최소한 당신이 할 만한 일 중에 나를 막을 수 있는 일은 없어요. 나도 아이즈 세다이에 관해 알아요. 아주 많은 이야기를 알기 때문에, 당신들이 절대 하지 않는 짓이 있다는 걸 알죠. 돌 아저씨도 나를 물리치기 위해 해야만 하는 일을 하지는 않을걸요."

"자신 있나? 위험을 무릅쓸 만큼?" 란이 조용히 말했다. 그의 표정은 바뀌지 않았지만 자린은 다시 침을 삼켰다.

"저 애를 위협할 필요는 없어요, 란." 페린이 말했다. 그는 자신이 수호자를 노려보고 있다는 걸 알고 놀랐다.

모레인의 시선이 페린과 수호자를 둘 다 침묵시켰다. "아이즈 세다이가 뭘 할지, 또 하지 않을지 안다고?" 모레인은 그 어느 때보다 조용하게 말했다. 그녀의 미소는 유쾌하지 않았다. "우리와 함께 가고 싶다면 조건이 있어." 란의 놀란 눈이 깜빡였다. 두 여자는 독수리와 쥐처럼 서로를 빤히 보았지만, 지금의 자린은 독수리가 아니었다. "너는 사냥대로서의 서원을 걸고 내가 말하는 대로 할 것을, 내게 복종하고 우리를 떠나지 않을 것을 맹세해야 해. 우리가 하는 일에 대해서 네가 알아야 할 것 이상을 알게 되는 순간, 나는 네가 엉뚱한 자의 손에 들어가도록 놔둘 수 없어. 내가 진실만을 말하고 있다는 걸 명심해라, 얘야. 너는 우리 중 하나로서 행동하고, 우리의 목적을 위험에 빠뜨릴 일은 아무것도 하지 않겠다고 맹세해야 해. 우리가 어디로 가는지, 왜 가는지 묻지 말아야 한다. 내가 말해 주기로 한 것에 만족해야 하고. 이 모든 조건에 따르겠다고 맹세해라. 그러지 않으면 넌 여기 일리안에 남게 될 거야. 평생이 다 가도, 내가 돌아와 너를 풀어 주기까지는 이 늪을 떠나지 못할 것이다. 그건 **내가** 맹세한다."

자린이 불안하게 고개를 돌려 한쪽 눈가로 모레인을 지켜보았다. "맹세하면 같이 가도 되나요?" 아이즈 세다이가 고개를 끄덕였다. "저도 당신들 중 한 명이 되겠습니다. 로이알이나 돌 아저씨처럼요. 하지만 질문은 할 수 없군요. 저 사람들은 질문을 할 수 있나요?" 모레인의 얼굴이 약간 인내심을 잃었다. 자린은 허리를 더 곧게 펴고 고개를 높이 들었다. "그럼 좋아요. 사냥대로서 맹세할게요. 한 가지 맹세를 깨면 둘 다 깨는 셈이 될 거예요. 맹세해요!"

"좋아." 모레인이 젊은 여자의 이마에 손을 대며 말했다. 자린이 몸을 떨었다. "페린, 네가 이 아이를 우리에게 데려왔으니 이 아이는 네 책임이다."

"내 책임이라고요?" 페린이 소리 질렀다.

"난 오직 내 책임이에요!" 자린이 고함을 치다시피 했다.

아이즈 세다이는 둘이 입을 연 적도 없다는 듯 평온하게 말을 이었다. "네가 민이 말한 독수리를 찾은 듯하구나, **타비렌.** 내가 저 애를 말리려 해 봤지만, 내가 무슨 짓을 하든 저 애는 네 어깨에 앉을 모양이야. 패턴이 네게 미래를 만들어 주는 것 같다. 그래도 이것만은 기억해라. 꼭 필요하다면, 나는 패턴에서 네 실오리를 끊어 버릴 거야. 저 아이가 앞으로 있을 일에 위험을 끼친다면 너도 저 애와 운명을 같이 하게 될 거다."

"내가 저 애한테 따라오라고 한 것도 아니잖아요!" 페린이 항의했다. 침착하게 알딥에 올라탄 모레인이 흰 암말의 안장 위로 망토를 늘어뜨렸다. "내가 같이 가자고 한 게 아니라고요!" 로이알이 어깨를 으쓱하며 페린을 보더니 조용히 입 모양으로 뭐라고 말했다. 아이즈 세다이의 화를 돋우는 것이 위험하다는 말일 게 틀림없었다.

"네가 **타비렌**이야?" 자린이 못 믿겠다는 듯 말했다. 그녀의 시선이 페린의 튼튼한 시골 옷을 훑더니 그의 노란 눈에 머물렀다. "뭐, 그럴 수도 있겠네. 네 정체가 뭔지는 모르지만, 저 여자한테는 나만큼 쉽게 겁을 먹네. 민이 누구야? 내가 네 어깨에 앉을 거라는 건 무슨 말이고?" 자린의 얼굴에 힘이 들어갔다. "나를 네 책임으로 만들려 들면 내가 네 귀를 잘라 버릴 거야. 알아들어?"

페린은 인상을 쓰며 스테퍼의 옆구리 아래 뱃대끈 밑으로 시위가 걸려 있지 않은 활을 집어넣고 안장에 올라탔다. 며칠 동안 배를 타느라 반항적으로 변한 회갈색 말은 페린이 고삐를 단단히 잡고 목을 토닥거리며 진정시킬 때까지 스테퍼라는 이름에 어울리게 발을 굴러 댔다.

"질문 같은 질문을 좀 해 봐." 페린이 으르렁거리듯 말했다. **빌어먹을, 민이 모레인한테 말해 줬어! 태워 죽일 민 같으니라고! 당신도 타 죽어, 모레인! 자린 너도!** 랜드나 맷이 사방에서 여자들에게 괴롭힘을 당했던 기억은 나지 않았다. 에먼즈 필드를 떠나기 전에는 페린 자신도 그랬다. 그렇게 사람을 괴롭히는 여자는 나이니브뿐이었다. 물론 루한 사모님도 있었지만. 루한 사모님은 대장간을 제외한 모든 곳에서 페린과 루한 스승님을 몰아댔다. 대체로 랜드에게 더 그랬지만, 에그웨인에게도 나름대로 비슷한 면이 있었다. 에그웨인의 어머니인 알비어 부인은 언제나 미소 짓고 있었다. 하긴, 모든 일이 결국 그녀가 원하는 대로 끝나는 것 같긴 했지만. 게다가 여성 서클은 모두의 어깨 너머로 은근슬쩍 간섭을 해 왔다.

페린은 혼자 툴툴대며 아래로 손을 뻗어 자린의 팔을 잡았다. 안장 뒤로 끌어올리자 그녀는 꺅 소리를 지르다가 짐을 떨어뜨릴 뻔했다. 앞이 트인 치마 때문에 자린은 쉽게 스테퍼에 탈 수 있었다. "모레인이 너한테 말을 사 줘야 할 거야." 페린이 중얼거렸다. "그 먼 길을 걸어갈 수는 없어."

"너 힘세다, 대장장이." 자린이 팔을 문지르며 말했다. "근데 난 쇳덩어리가 아니야." 그녀는 페린과 자신 사이에 짐 꾸러미와 망토를 쑤셔 넣으며 이리저리 움직였다. "필요하면 내 말은 내가 살 수 있어. 그 먼 길이라니, 어디로 가는데?"

란이 이미 부두에서 내려 도시로 말을 몰아가고 있었다. 모레인과 로이알이 그 뒤를 따랐다. 오기어가 페린을 돌아보았다.

"질문은 안 돼, 기억나지? 내 이름은 페린이야, 자린. '덩치'나 '대장장이'나 그런 게 아니라고. 페린이야. 페린 아이바라."

"내 이름은 파일이야, 더벅머리."

페린은 거의 으르렁거리는 소리를 내며 스테퍼의 옆구리를 차고 일행을 따라갔다. 자린은 회색 말의 안장 너머로 내팽개쳐지지 않기 위해 페린의 허리를 두 팔로 꽉 끌어안아야 했다. 페린은 그녀가 웃고 있다고 생각했다.

42장 오소리 달래기

도시의 소란이 자린의 웃음을 빠르게 묻어 버렸다. 그게 웃음소리라면 말이지만. 그 모든 소리는 페린이 케임린과 케예리엔에서 들어 기억하는 소리였다. 이곳의 소리는 더 느렸고 음의 높낮이도 달랐지만 같은 소리였다. 장화와 바퀴와 말발굽이 거칠고 고르지 않은 포장석에 닿았고, 손수레와 수레의 바퀴 축이 삐걱거렸으며, 음악과 노래와 웃음이 여관과 선술집에서 흘러나왔다. 목소리. 거대한 벌집에 머리를 집어넣은 것처럼 윙윙대는 목소리. 거대한 도시, 살아 있는 도시.

옆 골목을 따라 조금 나아가니 망치가 모루에 닿는 소리가 들렸다. 페린은 자기도 모르게 어깨를 움직거렸다. 손에 쥔 망치와 집게가, 내리쳐서 모양을 잡을 때마다 불꽃을 튕겨 내는 하얗게 달궈진 금속이 그리웠다. 대장간 소리가 등 뒤로 희미해지며 덜그럭거리는 손수레와 달구지 소리, 가게 주인들과 거리에 나온 사람들의 재잘거리는 소리에 파묻혔다. 그 모든 사람과 말의 냄새, 요리하고 빵 굽는 냄새, 페린이 도시에서만 난다고 생각하는 백여 가지의 특이한 향 아래에 늪과 소금물의 냄새가 깔려 있었다.

페린은 처음 도시 안의 다리에 이르렀을 때는 놀랐지만—물 위로 놓인 나지막한 돌 아치는 폭이 채 27미터를 넘지 않았다—그런 다리를 세 번째 지날 때쯤에는 도로만큼 많은 운하가 일리안을 격자로 가로지르고 있다는 걸 알았다. 사람들은 묵직한 마차를 움직이고자 채찍을 휘두르듯, 짐이 가득 실린 배를 움직이려고 막대로 강바닥을 밀어 댔다. 1인용 가마들이 거리의 인파 사이를 헤집고 다녔고, 때로는 부유한 상인이나 귀족의 옻칠한 마차가 지나다녔다. 그런 마차의 문에는 상단의 문양이나 가문의 문장이 그려져 있었다. 남자들 중 다수는 윗입술을 맨송맨송하게 남겨 놓는 특이한 턱수염을 기르고 있었으며 여자들은 챙이 넓고 스카프가 달려 있어 목에 묶도록 되어 있는 모자를 좋아하는 듯했다.

그들은 수천 평 넓이의 거대한 광장을 가로질렀다. 광장은 최소 27미터 높이에 4미터 두께의 희고 거대한 대리석 기둥에 둘러싸여 있었다. 그 기둥은 각 기둥 꼭대기에 새겨진 올리브 가지 화환 말고는 아무것도 떠받치지 않았다. 거대하고 흰 궁전이 광장 양옆에 서 있었는데, 두 궁전 모두 기둥이 늘어선 보행로와 공중 발코니, 늘씬한 탑과 보라색 지붕을 갖추고 있었다. 두 궁전 모두가 다른 궁전을 정확하게 반영했다. 적어도 처음 보기에는 그랬다. 하지만 그때 페린은 한쪽 궁전이 모든 면에서 아주 조금 작다는 걸 알아차렸다. 그 궁전의 탑들은 아마 1미터쯤 낮은 듯했다.

"저건 왕의 궁전이야." 자린이 페린의 등에 대고 말했다. "저건 위원회의 대전당이고. 일리안의 첫 번째 왕은 9인 위원회가 어디든 원하는 궁전을 가질 수 있다고 말했대. 자기 것보다 더 큰 궁전을 지으려 들지만 않으면 말이지. 그래서 위원회는 왕의 궁전을 정확하게 베끼되, 모든 치수를 61센티미터씩 작게 지었어. 그 이후로 일리안에서는 늘 그런 식이었지. 왕과 9인 위원회가 서로 싸우고, 회합은 둘 모두와 싸워. 그렇게 자기들끼리 싸우는 동안 사람들은 아무도 간섭하지 않는 채 원하는 대로 살게 됐어. 한 도시에 매여야 한다면 그렇게 사는 것도 나쁘지 않지. 내 생각은 그래, 대장장이. 여기가 타마즈의 광장이라는 것도 알면 좋을 거야. 내가 여기서 사냥대의 맹세를 했어. 내 생각엔 내가 너한테 너무 많은 것을 가르쳐 주게 되어서, 아무도 네 머리카락에 섞인 지푸라기를 알아채지 못할 것 같네."

페린은 애써 입을 다물고 있었다. 다시는 주변을 그렇게 노골적으로 쳐다보지 않기로 다짐했다.

아무도 로이알을 그리 특이한 존재로 생각하지 않는 듯했다. 몇몇 사람들은 그를 돌아보았고, 조무래기 몇 명은 잠시 일행의 뒤를 따라 뛰어왔지만, 일리안 사람들은 오기어의 존재를 잘 알고 있는 것 같았다. 열기나 습기를 신경 쓰는 것 같은 사람은 없었다.

이번만큼은 로이알도 사람들이 자신을 받아들이는 방식에 기뻐하지 않는 듯했다. 그의 긴 눈썹이 두 뺨으로 처졌고, 두 귀에는 힘이 빠졌다. 페린은 그렇게 된 데에 날씨 말고 다른 이유가 있는지 확신할 수 없었다. 페린 자신의 셔츠 역시 땀과 축축한 공기가 뒤섞인 습기로 몸에 달라붙었다.

"여기서 다른 오기어를 만나게 될까, 로이알?" 페린이 물었다. 그는 자린이 등 뒤에서 움찔하는 것을 느끼고 자기 혀를 저주했다. 페린은 모레인이 말해 주려는 것보다도 더 적은 내용만을 이 여자에게 알려 줄 생각이었다. 그렇게 하면 자린이 지루해져서 떠날지도 몰랐다. **이제 와서 모레인이 자린이 떠나도록 놔둔다면 말이지만. 태워 죽일, 아무리 예뻐도 난 빌어먹을 독수리가 내 어깨에 앉는 걸 바라지 않아.**

로이알이 고개를 끄덕였다. "우리 석공들이 가끔 여기에 와." 그는 오기어만이 아니라 다른 모든 사람에게도 잘 들리지 않는 귓속말로 말했다. 페린조차도 거의 그 말을 알아듣지 못했다. "내 말은, **스테딩 샹타이**에서 말이야. 일리안의 일부를 지은 게 우리 **스테딩** 출신 석공들이었거든. 회합의 궁전, 위원회의 대전당, 그 외에도 몇 곳이 있어. 건물을 수리해야 할 때면 일리안에서 늘 우리에게 사람을 보내. 페린, 여기에 오기어가 있다면 나를 **스테딩**으로 돌아가게 할 거야. 미리 생각했어야 하는데. 여기 있으니까 불안해, 페린." 그의 귀가 긴장해서 움직거렸다.

스테퍼를 타고 로이알에게 다가간 페린은 팔을 뻗어서 로이알의 어깨를 토닥였다. 그러느라 머리 위 멀리까지 손을 뻗어야 했다. 그는 등 뒤에 타고 있는 자린을 의식하고 신중하게 단어를 골랐다. "로이알, 내 생각이지만 모레인은 다른 오기어들이 널 데려가게 놔두지 않을 거야. 넌 우리랑 오래 함께했어. 모레인은 네가 우리와 같이 있기를 바라는 것 같고. 모레인은 그 사람들이 너를 데려가게 놔두지 않을 거야, 로이알.” **왜?** 문득 페린은 궁금해졌다. **모레인이 나를 붙잡아 두는 건 내가 랜드에게 중요한 존재일지 모른다고 생각하기 때문이야. 내가 아는 걸 다른 사람에게 말하지 않기를 바라서일 수도 있고. 아마 그래서 로이알도 남기를 바라는 거겠지.**

“당연히 그렇겠지.” 로이알이 약간 힘이 들어간 목소리로 말했다. 그의 귀가 쫑긋 섰다. “어쨌든 난 아주 쓸모가 있으니까. 모레인은 다시 웨이를 여행해야 할지도 몰라. 나 없이는 그렇게 할 수 없고.” 자린이 페린의 등 뒤에서 움직였다. 페린은 로이알과 눈을 마주치려 애쓰며 고개를 저었다. 하지만 로이알은 그를 보지 않고 있었다. 로이알은 그때에야 자기가 한 말을 깨달은 듯했다. 귀의 털이 약간 처졌다. “그런 건 아니었으면 좋겠어, 페린.” 주변의 도시를 둘러본 그의 귀가 더욱 처졌다. “난 여기가 마음에 안 들어, 페린.”

모레인이 란과 가까운 곳으로 말을 몰아가더니 조용히 말을 건넸다. 페린은 그녀가 말한 몇 단어를 간신히 알아들었다. “이 도시는 어딘가 잘못됐어요.” 수호자가 고개를 끄덕였다.

페린은 어깨 사이에 가려움이 느껴졌다. 아이즈 세다이의 목소리가 무시무시하게 들렸다. **처음엔 로이알이, 이제는 모레인이 이곳을 불길하다고 하네. 나한테만 보이지 않는 게 뭐지?** 기와에 내리쪼이는 햇빛이 흰 돌벽에 반사됐다. 건물 안에 들어가면 시원할 것 같았다. 그 건물들은 깨끗하고 밝았으며 그것은 사람들도 마찬가지였다.

처음에 페린은 평상시와 다른 것을 하나도 보지 못했다. 사람들은 각자 일을 보고 있었다. 목적의식은 있었지만 저 멀리 북쪽의, 페린이 익숙하게 느끼는 정도보다는 행동이 느렸다. 열기와 밝은 태양 때문일지 모른다고 페린은 생각했다. 한순간 그는 머리 위에 갓 구운 빵이 담긴 커다란 쟁반을 얹고서 거리를 따라 종종걸음 쳐 가는 빵집 총각을 보았다. 그 젊은이는 거의 노려보다시피 인상을 쓰고 있었다. 직공의 가게 앞에서는 한 남자가 손님 앞에 밝은 색깔의 천을 쳐들어 보이고 있었는데, 손님은 남자를 물어뜯기라도 할 것 같은 표정이었다. 구석의 저글링 광대는 자기 앞에 놓인 모자에 동전을 던져 주는 사람들을 증오하기라도 하듯 째려보았다. 모두가 그런 표정인 건 아니었지만, 페린이 보기에 최소한 다섯 명 중 한 명은 분노와 증오를 품고 있는 것 같았다. 그들 자신은 의식조차 못 하는 듯했지만.

"뭐가 문제야?" 자린이 물었다. "너 긴장했네. 꼭 바위를 붙잡고 있는 것 같아."

"뭔가 잘못됐어." 페린이 그녀에게 말했다. "뭔지는 모르겠지만 뭔가 잘못됐어." 로이알이 슬프게 고개를 끄덕이더니 사람들이 자기를 **스테딩**으로 돌려보낼지 모른다고 중얼거렸다.

계속 말을 몰아가며 더 많은 다리를 건너 일리안의 반대쪽으로 넘어갔다. 주변의 건물들이 변하기 시작했다. 이곳의 허연 돌은 윤을 낸 것도 있었지만 아무 가공을 하지 않은 것도 많았다. 탑과 궁전은 사라지고 여관과 창고로 바뀌었다. 거리의 남자 다수와 몇몇 여자들은 특이하게도 굴러가는 듯 걸었다. 그들 모두가 선원들처럼 맨발이었다. 역청과 대마의 냄새가 공기 중에 강하게 맴돌았다. 이제 막 베어낸 나무와 손질한 나무의 냄새도 났다. 시큼한 진흙 냄새가 그 모두를 뒤덮고 있었다. 운하의 악취도 바뀌었다. 페린은 코에 주름을 잡았다. **요강이네.** 페린이 생각했다. **요강과 오래된 변소의 냄새야.** 역겨움이 느껴졌다.

"꽃의 다리다." 또 하나의 낮은 다리를 건너며 란이 말했다. 그는 깊이 숨을 들이쉬었다. "이제 우리는 향수 지구에 들어왔다. 일리안 사람들은 시적인 사람들이야."

자린이 페린의 등에 기대 웃음을 눌러 참았다.

일리안의 느릿한 속도에 갑자기 조바심을 느꼈는지, 수호자는 빠르게 일행을 이끌고 거리를 가로질러 어느 여관으로 향했다. 연녹색 기와가 얹혀 있는, 초록색 줄무늬가 들어간 거친 석재로 만들어진 2층짜리 건물이었다. 저녁이 다가오며 태양이 가라앉아 빛이 부드러워지고 있었다. 덕분에 열기가 약간 누그러지기는 했지만 큰 차이는 없었다. 여관 앞의 디딤대에 앉아 있던 소년들이 벌떡 일어나 말을 받으러 왔다. 열 살쯤 되는 검은 머리의 소년은 로이알에게 오기어냐고 물었고, 로이알이 그렇다고 대답하자 뿌듯하다는 듯 고개를 끄덕이며 "그럴 줄 알았어요."라고 말했다. 그는 로이알이 준 동전을 공전으로 튕겨 올렸다가 받았다가 하며 그의 커다란 말을 데려갔다.

페린은 인상을 쓰며 잠시 여관의 간판을 올려다보다가 다른 사람들을 따라 들어갔다. 흰 줄무늬가 들어간 오소리가 뒷다리를 짚고 일어서서, 은색 삽처럼 보이는 것을 든 남자와 춤을 추었다. '오소리 달래기'라고 적혀 있었다. **내가 들어본 적 없는 이야기에 나오는 장면이겠지.**

휴게실 바닥에는 톱밥이 깔려 있었다. 타박 연기가 공기를 가득 채웠다. 와인 냄새와 주방에서 굽는 생선 냄새도 났다. 묵직한 꽃 향수 냄새도 풍겼다. 높은 천장에 드러난 들보는 거칠게 잘라낸 것으로, 오랜 세월을 거치며 검게 변해 있었다. 이른 저녁이었기에 의자와 벤치는 4분의 1밖에 차 있지 않았고, 자리를 채운 사람들은 노동자의 수수한 코트와 조끼를 입은 남자들이었다. 그중 일부는 선원들처럼 맨발이었다. 그들 모두가 어느 탁자에 최대한 가깝게 모여 앉아 있었다. 향수를 뿌린, 예쁘장하고 검은 눈의 소녀가 탁자 위에서 치마를 휘날리면서 춤을 추고 있었다. 열두 줄짜리 비테른 뜯는 소리에 맞춰 노래도 불렀다. 헐렁한 흰 블라우스의 목 부분이 심하게 파여 있었다. 페린은 〈춤추는 아가씨〉의 곡조를 알아들었지만, 소녀가 부르는 노래의 가사는 그가 아는 것과 달랐다.

> 루가드의 소녀가 마을에 왔다네, 볼 수 있는 것을 보려고.
> 눈으로는 윙크를, 입술로는 미소를 지으며
> 소년을 한 명이나 세 명, 세 명이나 안았다네.
> 날씬한 발목, 흰 피부로
> 그녀는 어느 배의 주인을, 주인을 사로잡았네.
> 작고 부드러운 한숨으로, 작고 즐거운 웃음으로
> 그녀는 너무도 자유롭게 돌아갔다네. 너무도 자유롭게.

그녀는 다른 노래를 시작했다. 페린은 그녀의 노래를 알아듣고 얼굴이 붉어졌다. 팅커스 소녀들이 춤을 추는 걸 본 이후로는 그 무엇으로도 놀라지 않을 거라 생각했다. 그러나 팅커스 소녀들의 춤이 넌지시 힌트를 주었을 뿐이라면 이 소녀는 그 내용을 노골적으로 노래하고 있었다.

자린은 음악에 맞춰 고개를 끄덕이며 미소 지었다. 페린을 본 그녀의 미소가 더욱 환해졌다. "왜, 촌놈아. 네 나이에 아직도 얼굴을 붉힐 수 있는 남자는 없는 줄 알았는데."

페린은 자린을 노려보았다. 하지만 멍청한 말이라는 걸 알았기에 떠오른 생각을 내뱉지는 않았다. **이 빌어먹을 여자는 내가 생각하기도 전에 섣불리 움직이게 만들어. 빛을 걸고, 장담하는데 자린은 내가 여자한테 입맞춤해 본 적도 없다고 생각할걸!** 페린은 소녀의 노래에 더 이상 귀 기울이지 않으려 애썼다. 얼굴에서 홍조를 빼낼 수 없다면 자린이 더 놀려댈 게 분명했다.

그들이 들어가자 여관 여주인의 얼굴 전체에 놀란 빛이 잠시 스쳤다. 목 뒤쪽으로 머리카락을 두껍게 말아 올린, 덩치가 크고 둥글둥글하며 강한 비누 냄새를 풍기는 여자였다. 그녀는 놀란 기색을 빠르게 억누르고 서둘러 모레인에게로 갔다.

"마리 아가씨." 그녀가 말했다. "오늘 여기서 뵙게 될 줄은 몰랐어요." 그녀는 페린과 자린을 눈여겨보더니 로이알도 한 번 힐끗 보았다. 다른 사람들을 볼 때처럼 탐색하는 시선은 아니었다. 그녀의 눈은 사실 오기어를 보고 환히 밝아졌다. 그러나 그녀의 진짜 관심은 온통 '마리 아가씨'에게 쏠려 있었다. 그녀가 목소리를 낮추었다. "제 비둘기가 안전하게 도착하지 않은 건가요?" 그녀는 란을 모레인의 일부로 받아들이는 것 같았다.

"분명 도착했을 거야, 니다." 모레인이 말했다. "난 떠나 있었지만, 분명 아딘이 네가 보고한 모든 내용을 적어 두었을 거야." 그녀는 못마땅한 기색도, 다른 어떤 기색도 전혀 드러내지 않고서 탁자 위에서 춤추는 소녀를 눈여겨보았다. "지난번 왔을 때보다 오소리가 훨씬 조용해졌네."

"네, 마리 아가씨. 정말 그래요. 하지만 촌놈들은 아직 겨울을 이겨내지 못한 것 같아요. 10년 동안 오소리에서는 싸움 한 번이 없었어요. 올해 겨울의 꼬리가 사라질 때까지는요." 그녀는 가수 근처에 앉지 않은 어느 남자를 고갯짓으로 가리켰다. 그는 페린보다도 덩치가 큰 사람으로, 두꺼운 팔로 팔짱을 낀 채 벽에 기대어 서서 음악에 맞춰 발을 탁탁 구르고 있었다. "빌리조차도 사람들을 가라앉히는 데 애를 먹었어요. 그래서 사람들이 분노로부터 시선을 돌리도록 저 여자애를 고용했죠. 알타라 어딘가에서 온 애랍니다." 그녀는 고개를 갸웃하며 잠시 귀 기울였다. "목소리는 좋지만, 노래는 젊은 시절의 제가 더 잘 불렀지요. 그리고 춤도 제가 더 잘 췄답니다. 제가 저 애 나이일 때는요."

페린은 이 덩치 큰 여자가 탁자 위에서 깡충깡충 뛰며 저 노래를 불렀다는 생각에 입을 쩍 벌렸다. 노래의 일부가 들려왔다. "난 속치마를 아예 입지 않을 거예요, 아예." 자린이 페린의 옆구리를 주먹으로 세게 때렸다. 페린은 끙 소리를 냈다.

니다가 페린 쪽을 보았다. "목이 쉬었나 본데 꿀과 유황을 좀 섞어 줄게요, 젊은이. 날씨가 따뜻해지기 전에는 감기에 걸리면 안 되거든. 아무리 예쁜 여자애가 팔에 매달려 있더라도 말이지."

모레인은 페린이 방해된다는 듯 그를 보았다. "싸움으로 고생한다니 이상한걸." 그녀가 말했다. "네 조카가 그런 싸움을 얼마나 잘 막았는지 기억하는데. 혹시 사람들의 짜증을 돋울 만한 일이 더 일어난 건가?"

니다는 잠시 생각에 잠겼다. "아마도요. 말하기 어렵네요. 젊은 귀족 나리들은 언제나 연애를 하고 잔치를 즐기느라 부두로 내려오지요. 공기가 더 신선한 곳에서는 그런 일을 못 하니까요. 겨울이 가혹해진 지금은 더 자주 오는 것 같습니다. 아마도요. 다른 사람들도 서로에게 더 땍땍거린답니다. 정말 힘든 겨울이었어요. 그래서 남자들은 더 화가 나 있죠. 여자들도 그렇고요. 비가 그렇게 많이 온 데다 춥기도 했으니까요. 아니, 이틀은 잠에서 깨보니 대야의 물에 얼음이 들어 있더라고요. 물론 작년 겨울만큼 힘겹지는 않지만, 그때는 천 년에 한 번 올 만한 겨울이었죠. 하늘에서 얼어붙은 물이 떨어졌다는 여행자들의 이야기를 믿을 뻔했다니까요." 그녀는 그 말을 얼마나 믿지 않는지 증명하려는 듯 킬킬댔다. 그렇게 덩치 큰 여자가 내는 소리라기에는 이상하게 들렸다.

페린이 고개를 저었다. **눈이 내린다는 말을 믿지 않는 거야?** 하지만 이 날씨를 시원하다고 생각한다니 그럴 수도 있을 것 같았다.

모레인은 생각에 잠겨 고개를 숙였다. 후드 때문에 그녀의 얼굴에 그림자가 드리워졌다.

탁자 위의 소녀는 새로운 노래를 시작하고 있었다. 페린은 자기도 모르게—그러고 싶지 않았건만—귀를 기울였다. 그는 소녀의 노랫말과 조금이라도 비슷한 행동을 하는 여자에 대해서는 들어본 적도 없었다. 흥미롭게 들리긴 했다. 그는 자신이 노래에 귀 기울이는 걸 자린이 보고 있다는 걸 깨닫고 아닌 척했다.

"최근 일리안에서 평소와 다른 무슨 일이 벌어진 건가?" 한참 만에 모레인이 말했다.

"브렌드 경이 9인 위원회에 오른 것을 들 수 있을 것 같습니다." 니다가 말했다. "세상에나, 겨울이 오기 전에는 그분 이름조차 들은 적이 없는데 그분이 도시에 오더니—머랜디 국경 근처 어딘가에서 왔다는 소문이 있더군요—1주일 만에 9인 위원회로 승격됐어요. 좋은 분이라는 말이 있긴 하더군요. 9인 위원 중에서도 가장 강력하다고요. 다들 그분을 따른다고들 해요. 그분이 가장 새내기고, 잘 알려지지 않은 사람인데도 말이지요. 하지만 저는 가끔 그분에 대해 이상한 꿈을 꿉니다."

모레인이 입을 열었다. 니다에게 지난 며칠 동안 꿈을 꾼 거냐고 물으려는 것 같았다. 하지만 망설이던 모레인은 대신 이렇게 말했다. "어떤 이상한 꿈 말인가, 니다?"

"아, 바보 같은 꿈입니다, 마리 아가씨. 그냥 바보 같은 꿈이에요. 정말 듣고 싶으세요? 브렌드 공이 이상한 곳에 가서, 허공에 떠 있는 다리를 걸어다니는 꿈이었어요. 그 꿈은 온통 안개뿐이었지만 거의 매일 밤 저를 찾아왔지요. 그런 얘기를 들어본 적 있으신가요? 세상에나, 바보 같은 꿈이에요! 그래도 이상한 일이긴 하죠. 빌리도 같은 꿈을 꾸었다고 하더군요. 제 꿈 얘기를 듣고 따라 하는 것 같습니다. 제 생각이지만, 때로 빌리는 그다지 안 똑똑하거든요."

"그건 빌리에게 부당한 말일 수 있네." 모레인이 목소리를 낮추어 말했다.

페린은 모레인의 어두운 후드를 바라보았다. 그녀의 목소리에서 놀란 감정이 느껴졌다. 기알단에서 새로운 가짜 드래건이 일어났다고 생각했을 때보다도. 두려움의 냄새는 나지 않았지만…… 모레인은 겁에 질려 있었다. 그녀가 겁에 질려 있다는 건, 그녀가 화를 내는 것보다도 훨씬 무시무시한 일이었다. 모레인이 화를 내는 모습은 상상할 수 있었다. 하지만 그녀가 두려워하는 모습은 차마 상상되지 않았다.

"제가 두서없이 지껄였네요." 니다가 목덜미에 말아 올린 머리카락을 톡톡 치며 말했다. "제 바보 같은 꿈이 중요하기라도 한 것처럼요." 그녀가 다시 낄낄거렸다. 빠른 웃음이었다. 자기가 한 말이 눈이 내린다는 말을 믿는 것만큼이나 바보 같은 소리라는 듯. "피곤하신 것 같네요, 마리 아가씨. 방을 보여 드리겠습니다. 그런 다음에 갓 잡은 붉은줄고기로 맛있는 식사를 마련해 드리지요."

붉은줄고기라고? 페린은 그게 물고기가 틀림없다고 생각했다. 생선 굽는 냄새가 났다.

"방이라." 모레인이 말했다. "그래. 방을 잡겠네. 식사는 천천히 해도 되네. 우린 배를 타야 해. 니다, 티어로 가는 배가 있나? 내일 아침 일찍 출항하는 배로. 오늘 밤엔 그 일에 집중했으면 하는데." 란이 인상을 쓰며 그녀를 힐끗 보았다.

"티어로요, 마리 아가씨?" 니다가 웃었다. "글쎄요, 티어로 가는 배는 없어요. 지금으로부터 한 달 전에 9인 위원회에서 티어로의 항해를 완전히 금지했거든요. 티어에서 여기에 찾아오는 것도 막았고요. 바다 민족이야 전혀 신경 쓰지 않는 것 같지만요. 하지만 항구에 바다 민족의 배는 없습니다. 그건 이상한 일이지요. 그러니까 9인 위원회의 명령 말이에요. 왕도 그 일에 관해서는 침묵하고 있습니다. 원래는 9인 위원회가 왕보다 한 발짝이라도 앞서 움직이면 목소리를 높이거든요. 아니면 딱히 그게 문제가 아닐지도 모르지요. 티어와 전쟁이 벌어진다는 얘기가 아주 많은데, 군대로 물자를 실어 나르는 뱃사공과 마부들은 병사들이 모두 북쪽을, 머랜디를 보고 있다고 하거든요."

"그림자의 길은 뒤엉켜 있지." 모레인은 힘이 들어간 목소리로 말했다. "우리는 해야만 하는 일을 할 것이네. 방을 주게, 니다. 그런 다음 식사를 하지."

오소리의 나머지 공간을 생각해 보면, 페린의 방은 예상보다 편안했다. 침대는 널찍했고 매트리스는 부드러웠다. 문은 기울어진 널빤지로 만들어져 있었고 창문을 열어 보니 산들바람이 항구의 냄새를 방 전체에 실어 날랐다. 운하의 냄새도 일부 풍겨왔지만, 그래도 시원하기는 했다. 페린은 못에 화살통과 도끼와 망토를 걸어 놓고 구석에 활을 기대 놓았다. 다른 모든 것은 안장주머니와 담요 안에 남겨 두었다. 밤이 안락하지 않을지도 모르니까.

모레인이 두려워하는 기색을 비친 게 이번이 처음은 아니었을 것이다. 그러나 오늘 밤 그녀가 무언가를 해야만 한다고 말했을 때와 비교하면 그런 두려움은 아무것도 아니었다. 모레인이 그 말을 하는 순간, 두려움의 냄새가 확 뿜어져 나왔다. 말벌 둥지에 손을 집어넣어 맨 손가락으로 벌들을 짓이기겠다고 말하는 여자에게서 나오는 두려움의 냄새처럼. **빛을 걸고, 대체 모레인은 무슨 생각일까? 모레인이 두려움을 느낀다면 난 아예 겁에 질려 벌벌 떨어야 마땅한데.**

페린은 자기 자신이 겁이 나지 않는다는 걸 깨달았다. 겁에 질리기는커녕 두렵지도 않았다. 그는…… 흥분됐다. 무슨 일이 일어날 것인지 대비하는 게 거의 신이 났다. 그는 마음을 단단히 먹고 있었다. 페린은 이 느낌을 알아차렸다. 이 느낌은 싸우기 직전에 늑대들이 느끼는 감정이었다. **태워 죽일, 차라리 겁을 먹고 싶다!**

로이알을 제외하면, 페린이 가장 먼저 휴게실로 다시 내려왔다. 니다가 일행을 위해 커다란 탁자를 마련해 두었다. 벤치 대신 사다리 모양의 등받이가 달린 의자 여러 개가 놓여 있었다. 심지어 니다는 로이알이 앉을 만큼 커다란 의자도 찾아 두었다. 방 건너편의 소녀는 불가능한 방법으로 말들을 잃고 어떤 이유에서인지 직접 마차를 끌기로 한 부유한 상인에 관한 노래를 부르고 있었다. 그녀의 주변에서 노래를 듣던 여자들이 폭소했다. 창문을 보니 페린의 예상보다 빠르게 어둠이 다가오고 있었다. 공기에서 비를 만들어 내는 냄새가 났다.

"이 여관에는 오기어 방이 있어." 페린이 앉자 로이알이 말했다. "일리안의 모든 여관에 오기어의 방이 하나쯤은 있는 것 같아. 석공들이 올 때 오기어 손님을 확보하려고 말이야. 니다는 자기 집에 오기어를 맞아들인 게 행운이래. 오기어 손님이 많다는 생각은 안 들어. 석공들은 일하러 바깥세상에 나갈 때 언제나 서로 붙어 지내거든. 인간은 너무 성격이 급하고, 원로님들은 언제나 누군가가 성질을 터뜨려 도끼에 긴 자루를 끼우게 될까 걱정하시지." 로이알은 가수 주변의 남자들이 그런 짓을 저지를지 모른다고 생각하는 듯 그들을 둘러보았다. 로이알의 귀가 다시 처졌다.

이야기 속 부유한 상인은 마차를 잃어 가고 있었다. 그 바람에 더 많은 웃음이 터졌다. "일리안에 스테딩 샹타이 출신 오기어가 있는지 알아냈어?"

"있긴 있었는데, 니다 말로는 겨울에 떠났대. 일을 다 마치지 않았다더라. 이해가 안 가. 석공들은 돈을 못 받는 게 아니면 일을 마치지 않고 떠나지 않아. 니다 말로 돈을 안 준 건 아니래. 어느 날 아침에 그냥 석공들이 사라졌다는 거야. 누군가 그 석공들이 한밤중에 마레도 둑길을 따라 걸어가는 걸 봤다고는 하지만. 페린, 난 이 도시가 마음에 들지 않아. 이유는 모르겠지만 왠지…… 불안해."

"오기어는," 모레인이 말했다. "몇몇 존재에 민감하지." 그녀는 여전히 얼굴을 가리고 있었다. 니다를 시켜 짙은 파란색 리넨으로 만들어진 가벼운 망토를 사 온 듯했다. 두려움의 냄새는 가셨지만 그녀의 목소리는 단단히 통제되고 있는 듯했다. 란이 그녀의 의자를 빼 주었다. 걱정스러운 눈빛이었다.

마지막으로 자린이 내려왔다. 그녀는 방금 감은 머리카락을 손가락으로 쓸어내렸다. 그녀 주변에서 약초 향이 전보다 강하게 풍겼다. 그녀는 니다가 탁자에 놓아둔 접시를 바라보며 숨죽여 중얼거렸다. "생선 싫은데."

건장한 여자는 선반이 달린 작은 손수레에 모든 음식을 실어 왔다. 손수레는 모레인을 위해 창고에서 서둘러 꺼내 온 듯 군데군데 먼지가 묻어 있었다. 접시도 이가 빠지긴 했지만 바다 민족의 도자기였다.

"먹어라." 모레인이 자린을 똑바로 보며 말했다. "어떤 음식이든 네 마지막 식사가 될 수 있다는 걸 기억해. 우리와 함께 여행하기로 했으니 오늘 밤에는 생선을 먹어. 내일은 죽을 수도 있어."

페린은 붉은 줄무늬가 들어간 거의 둥근 형태의 흰 생선을 알지 못했지만, 냄새가 좋았다. 그는 서빙용 포크로 두 마리를 접시에 던 다음 한 입을 문 채 자린에게 씩 웃었다. 향신료를 살짝 친 생선은 맛도 좋았다. **고약해도 생선을 먹으라고, 독수리.** 페린은 생각했다. 자린이 자기를 물어뜯을 것 같은 표정이라고도 생각했다.

"저 아이에게 노래를 그만 부르라고 할까요, 마리 아가씨?" 니다가 물었다. 그녀는 완두콩과 걸쭉한 노란색 죽이 담긴 그릇을 내려놓고 있었다. "그래야 조용히 식사하실 테니까요."

모레인은 접시를 들여다보느라 그 말을 듣지 못한 듯했다.

란이 잠시 귀 기울였다. 이야기 속 상인은 이미 마차와 망토, 장화, 금화, 나머지 옷가지를 차례로 잃고 지금은 돼지와 저녁거리를 놓고 씨름하는 수준으로 전락해 있었다. 란이 고개를 저었다. "저 애가 방해가 되지는 않을 거요." 그는 잠시 미소를 짓는 듯하더니 모레인을 힐끗 보았다. 그러자 란의 눈에 걱정이 돌아왔다.

"왜 그래요?" 자린이 말했다. 그녀는 생선을 못 본 체하고 있었다. "뭔가 잘못됐다는 건 알아요. 처음 만난 이후로 당신한테서 그렇게 많은 표정을 본 적이 없거든요, 돌 아저씨."

"질문하지 마!" 모레인이 날카롭게 말했다. "너는 내가 말해 주는 것만을 알면 돼. 그 이상은 몰라도 된다!"

"뭔가를 말해 주긴 **할** 거예요?" 자린이 물었다.

아이즈 세다이가 미소 지었다. "생선을 먹으라고 말했을 텐데."

식사는 거의 고요하게 진행되었다. 방 건너편에서는 노랫소리가 계속 흘러왔다. 아내와 딸이 계속해서 놀려 먹어도 자만심을 버리지 못하는 부유한 남자에 대한 노래, 옷을 입지 않고 산책하기로 한 젊은 여자에 관한 노래, 말 대신 자기 자신에게 편자를 씌우는 데 성공한 대장장이에 관한 노래가 있었다. 자린은 그 노래를 듣고 웃다가 사레들릴 뻔했다. 거기에 하도 정신이 팔려서 생선을 한 입 먹기까지 했다. 그러고는 입 속에 진흙이 들어가기라도 한 듯 갑자기 인상을 썼다.

비웃지 않을 거야. 페린은 자신을 타일렀다. **재가 아무리 바보같이 보여도 난 예의가 뭔지 보여 줄 거야.** "맛있지 않아?" 페린이 말했다. 자린은 매서운 눈으로 그를 보았고, 모레인은 그가 자기 생각을 방해했다는 듯 인상을 썼다. 오고 간 이야기는 그게 전부였다.

니다가 접시를 치우고 탁자 위에 다양한 치즈를 차려놓고 있을 때, 페린은 어떤 고약한 악취에 목뒤털이 삐죽 섰다. 존재하지 말아야 할 무언가의 냄새가 났다. 페린은 전에도 두 차례 그 냄새를 맡아 보았다. 그는 불안하게 휴게실을 둘러보았다.

소녀는 여전히 한 무리의 청중을 향해 노래하고 있었다. 남자 몇 명은 방에서 나와 휴게실을 어슬렁어슬렁 가로지르고 있었다. 빌리는 지금도 벽에 기대어 선 채 비테른 소리에 맞춰 발을 탁탁 굴렀다. 니다는 말아 올린 머리를 톡톡 치며 휴게실을 힐끗 돌아보더니 돌아서서 손수레를 밀고 갔다.

페린은 일행을 바라보았다. 놀랍지도 않지만, 로이알은 코트 주머니에서 책을 꺼낸 상태였다. 그는 자기가 어디에 있는지 잊은 듯했다. 자린은 멍하니 흰 치즈 한 조각을 굴려 둥글게 뭉치면서 안 그런 척 처음에는 페린을, 그다음에는 모레인을, 그다음에는 다시 페린을 눈여겨보았다. 하지만 페린이 정말로 관심을 둔 건 란과 모레인이었다. 그들은 머드랄이나 트롤록 등 그림자의 자식이 수백 미터 안으로 들어오기 전에 그들의 존재를 느낄 수 있었다. 지금 아이즈 세다이는 자기 앞의 탁자를 멀거니 바라보고 있었고, 수호자는 노란 치즈 덩이를 자르며 그녀를 지켜보고 있었다. 그러나 자라에서와, 레멘 가장자리에서와 똑같은 잘못된 존재의 냄새는 분명히 있었다. 이번에는 그 냄새가 사라지지 않았다. 휴게실 안의 누군가에게서 나는 냄새 같았다.

페린은 방을 다시 살폈다. 빌리가 벽에 기대 있었고, 몇몇 남자들은 휴게실을 가로지르고 있었으며, 소녀는 탁자 위에서 노래하고 있었다. 웃어 대는 남자들 모두가 그녀 주변에 앉아 있었다. **휴게실을 가로지르는 남자라고?** 페린은 인상을 쓰며 그들을 바라보았다. 평범한 얼굴의 여섯 남자가 페린이 앉아 있는 곳을 향해 걸어오고 있었다. 아주 평범한 얼굴이었다. 소녀의 노래를 듣는 남자들을 다시 살펴보려는 순간, 문득 페린은 잘못된 존재의 악취가 그 여섯 명에게서 흘러나온다는 걸 알았다. 그들의 두 손이 순식간에 단검을 뽑아 들었다. 페린이 자신들을 보았다는 걸 알아챈 듯했다.

"칼이다!" 페린이 소리치며 그들에게 치즈 접시를 던졌다.

휴게실은 순식간에 혼란스러워졌다. 남자들이 고함치고 가수는 비명을 질렀다. 니다는 큰 소리로 빌리를 불렀다. 모든 일이 동시에 벌어졌다. 란이 벌떡 일어났다. 모레인의 손에서 불덩이가 쏘아져 나갔다. 로이알은 자기 의자를 곤봉처럼 집어 들었고 자린은 비틀비틀 한쪽으로 물러나며 욕설했다. 그녀도 칼을 들고 있었지만 페린은 너무 정신이 없어서 다른 사람들이 뭘 하는지 알아차리지 못했다. 그 남자들은 페린을 똑바로 보고 있는 듯했다. 그런데 페린의 도끼는 위에 있는 그의 방에 걸려 있었다.

페린은 의자를 집어 들고 사다리 모양의 등받이 한쪽 모서리 위로 뻗어 있는 두꺼운 다리를 뜯어냈다. 의자의 남은 부분을 남자들에게 집어던지고는 그것을 곤봉처럼 휘두르기 시작했다. 놈들은 란을 비롯한 사람들이 그저 방해물이라는 듯, 칼을 빼 들고 페린에게 다가오려 했다. 사람들이 바짝 뒤엉켜 있었고 페린이 할 수 있는 일이라고는 칼날을 쳐내는 것뿐이었다. 그가 곤봉을 더 거칠게 휘두르면 여섯 명의 공격자만큼 란과 로이알과 자린에게도 위협이 될 터였다. 페린은 모레인이 한쪽으로 물러선 채 답답한 표정을 짓고 있는 것을 눈가로 보았다. 사람들이 너무 뒤섞여 있어서, 모레인은 적은 물론 친구까지 위험에 빠뜨리지 않고는 아무것도 할 수 없었다. 칼을 휘두르는 사람들은 거의 그녀를 힐끔거리지도 않았다. 모레인이 남자들과 페린 사이를 가로막고 있는 건 아니었으니까.

페린은 헐떡이며 간신히 평범한 얼굴의 남자들 중 한 명의 머리를 후려칠 수 있었다. 너무 세게 내려쳐 뼈가 쪼개지는 소리가 났다. 페린은 문득 그들 모두가 쓰러졌다는 걸 깨달았다. 페린이 느끼기에 이 소동은 15분 이상 이어진 것 같았다. 그러나 이제 보니 빌리는 막 멈추어 선 채 바닥에 뻗어 있는 여섯 명의 남자들을 바라보며 큼지막한 손을 풀고 있었다. 빌리에게는 싸움이 끝나기 전에 이곳에 도착할 시간도 없었다.

란은 평소보다도 심각한 표정이었다. 그는 놈들의 몸뚱이를 수색하기 시작했다. 철저했지만 혐오감이 엿보이는 빠른 동작이었다. 로이알은 여전히 의자를 휘두르려고 치켜들고 있었다. 그는 움찔하더니 머쓱한 듯 미소 지으며 의자를 내려놓았다. 모레인은 페린을 빤히 보고 있었다. 죽은 남자 한 명의 가슴에서 칼을 되찾은 자린도 똑같은 표정이었다. 그 잘못된 악취는 사라지고 없었다. 놈들과 함께 죽어 버린 듯했다.

"회색 인간이야." 아이즈 세다이가 조용히 말했다. "널 따라왔어."

"회색 인간이요?" 니다가 웃었다. 시끄러운 동시에 긴장된 목소리였다. "아니, 마리 아가씨. 다음에는 보글과 벌레곰, 생령까지 믿는다고 하시겠네요. 유령 사냥이 벌어지고 오래된어둠이 검은 개들과 함께 말을 달린다고도 하시고요." 노래를 듣던 남자 중 몇 명도 웃었다. 죽은 남자들만큼 모레인을 불안한 눈으로 보기는 했지만 말이다. 노래 부르던 소녀도 눈을 휘둥그렇게 뜬 채 모레인을 빤히 보았다. 페린은 모든 것이 너무 뒤엉키기 전에 쏘아져 나온 불덩어리를 떠올렸다. 회색 인간 중 하나가 불탄 것처럼 보였다. 그에게서 역겹고 들척지근한 탄내가 났다.

모레인은 페린에게서 건장한 여관 주인에게로 고개를 돌렸다. "사람은 그림자의 자식이 되지 않고도 그림자 속을 걸을 수 있어." 아이즈 세다이가 침착하게 말했다.

"아아, 네. 어둠의 친구 말씀이시군요." 니다는 펑퍼짐한 엉덩이에 두 손을 얹고 시체를 보며 눈을 찌푸렸다. 란이 수색을 마쳤다. 그는 모레인을 힐끗 보더니, 뭔가를 발견하게 되리라고 생각하지는 않았다는 듯 고개를 저었다. "그보다는 도둑일 가능성이 클 거예요. 여관을 곧장 치고 들어올 만큼 대담한 도둑 얘기는 들어본 적도 없지만요. 전에는 오소리에서 살해당한 사람이 한 명도 없었는데. 빌리! 이것들을 치워라. 운하에 던져 넣어. 새 톱밥을 깔고. 뒷길을 써야 한다, 꼭. 경비대가 오소리에 그 긴 코를 들이미는 건 바라지 않으니까.” 빌리는 앞서 손을 쓰지 못했기에 쓸모 있는 일을 하고 싶어 안달이 난다는 듯 고개를 끄덕였다. 그는 한 손에 죽은 남자 한 명씩, 허리띠를 움켜쥐고 주방으로 들고 나갔다.

“아이즈 세다이?” 검은 눈의 소녀가 말했다. “상스러운 노래로 기분을 상하게 하려는 건 아니었습니다.” 그녀는 드러난 가슴을, 그러니까 가슴 대부분을 두 손으로 가리고 있었다. “원하신다면 다른 노래도 부를 수 있습니다.”

“뭐든 부르고 싶은 노래를 부르거라, 애야.” 모레인이 그녀에게 말했다. “너는 다르게 생각하는 모양이지만 화이트 타워는 세상과 그리 동떨어져 있지 않단다. 네가 부르는 노래보다 더 거친 노래도 들어 봤어.” 그렇긴 하지만, 모레인은 사람들이 이제야 아이즈 세다이를 알아본 것이 그리 달갑지 않은 듯했다. 그녀는 란을 힐끗 보고 리넨 망토를 몸에 두르더니 문으로 향했다.

수호자가 빠르게 움직여 그녀를 막아섰다. 그들은 문 앞에서 조용히 이야기를 나누었는데, 페린은 그들이 바로 옆에서 속삭이는 것처럼 그 말이 잘 들렸다.

“저 없이 가시렵니까?” 란이 말했다. “저는 당신을 온전히 지키겠다고 맹세했습니다, 모레인. 당신의 연대를 받아들이면서요.”

“나의 가이딘, 당신으로서는 손 쓸 도리가 없는 위험이 있다는 건 처음부터 알았을 텐데요. 나 혼자 가야 합니다.”

“모레인…….”

모레인이 그의 말을 잘랐다. “잘 들어요, 란. 내가 실패하면 그대가 알게 될 겁니다. 그러면 화이트 타워로 돌아가야 합니다. 시간이 있다 해도 그건 바꾸지 않을 거예요. 난 당신이 내 복수를 하겠다는 헛된 시도를 하다가 죽기를 바라지 않습니다. 페린을 데려가세요. 그림자가 내가 아는 패턴에 자신의 중요성을 짜 넣은 것 같군요. 비록 내가 선명히 아는 건 아니지만 말입니다. 내가 바보였어요. 랜드가 너무도 강력한 **타비렌**이라, 랜드 근처에 다른 두 **타비렌**이 있다는 사실의 의미를 무시했습니다. 페린과 맷이 있으니 아멀린 권좌는 지금도 사건의 진행에 영향을 끼칠 수 있을 겁니다. 랜드가 풀려났으니 아멀린 권좌는 그렇게 해야만 할 거예요. 나한테 무슨 일이 일어났는지 아멀린에게 전하세요, 나의 가이딘.”

“이미 죽은 사람처럼 말씀하시는군요.” 란이 거칠게 말했다.

“물레는 그 뜻대로 실을 잣고, 그림자는 세상을 어둡게 합니다. 내 말 들어요, 란. 복종하세요. 그러기로 맹세했으니.” 그 말과 함께 모레인은 떠났다.

43장 그림자 형제들

검은 눈의 소녀가 다시 탁자에 올라가 불안한 목소리로 노래하기 시작했다. 곡은 페린이 〈아이노라 부인의 수탉〉이라고 알고 있는 노래였다. 이번에도 가사는 달랐지만, 페린으로서는 실망스럽게도—페린은 자신이 실망감을 느낀 것이 당황스러웠다—실제로 수탉에 관한 노래였다. 루한 사모님이라도 못마땅하게 여기지 않을 터였다. **빛을 걸고, 나도 맷만큼 나쁜 녀석이 되어가고 있어.**

들는 사람들은 아무도 불평하지 않았다. 남자 중 몇 명은 약간 언짢은 듯했지만, 그들도 노래하는 소녀만큼 모레인이 무엇을 좋게 여길지 불안해하는 듯했다. 아무도 아이즈 세다이의 비위를 거스르고 싶어 하지 않았다. 아무리 아이즈 세다이가 이 자리를 떠났다고 해도 말이다. 빌리가 돌아와 두 명의 회색 인간을 더 들어 올렸다. 노래를 듣던 남자 몇 명이 시체를 힐끗 보더니 고개를 저었다. 그중 한 명은 톱밥에 침을 뱉었다.

란이 다가와 페린 앞에 섰다. "놈들을 어떻게 알아챈 거냐, 대장장이?" 그가 나직이 물었다. "놈들에게 묻은 악의 얼룩은 모레인이나 내가 감지할 만큼 강하지 않았다. 회색 인간들은 눈에 띄지 않고 백 명의 경비병들을 지나쳐 왔어. 그들 중에 수호자가 있었는데도."

페린은 자신에게 와 닿는 자린의 시선을 심하게 의식하며 란보다도 나직한 목소리를 내려고 애썼다. "저는……. 저는 놈들의 냄새를 맡았어요. 전에도 놈들의 냄새를 맡은 적이 있었어요. 자라랑 레멘에서요. 하지만 늘 냄새가 사라졌어요. 우리가 도착하기 전에 놈들이 떠났거든요. 두 번 다." 자린이 엿들었는지 아닌지 페린은 알 수 없었다. 자린은 엿들으려고 허리를 숙이는 동시에 그러지 않은 척하려 애쓰는 중이었다.

"랜드를 쫓았던 거로군. 이젠 너를 쫓는 거다, 대장장이." 수호자는 눈에 띄게 놀란 기색을 드러내지는 않았다. 그는 목소리를 조금 높였다. "난 밖을 돌아볼 생각이다, 대장장이. 내가 놓친 걸 네 눈이 볼 수 있을지도 모른다." 페린이 고개를 끄덕였다. 페린의 도움을 청했다는 것은 그 자체로 수호자의 걱정이 어느 정도인지를 헤아릴 수 있는 척도였다. "오기어, 너희 부족도 대부분 사람보다 시력이 좋지."

"아아, 그렇죠." 로이알이 말했다. "뭐, 저도 한번 돌아보죠 뭐." 그의 커다랗고 둥근 눈이 아직 바닥에 뻗어 있는 두 명의 회색 인간에게 향했다. "회색 인간이 밖에 더 있을 것 같지는 않은데. 안 그래요?"

"뭘 찾는 거예요, 돌 아저씨?" 자린이 껴들었다.

잠시 그녀를 눈여겨보던 란은 뭔가 말하려다 말고 고개를 저었다. "뭐든 찾는 것을 찾겠지. 봐야 안다."

페린은 위층으로 올라가 도끼를 가져올까 생각했지만 수호자는 지체 없이 문으로 향했다. 그 역시 칼을 차지 않고 있었다. **칼이 별로 필요하지 않은 거야.** 페린은 괜히 심통이 나서 생각했다. **란이야 칼이 없을 때도 칼이 있을 때만큼 위험한 존재니까.** 페린은 그 뒤를 따라가며 의자 다리를 쥐었다. 자린의 손에는 여전히 칼이 쥐어져 있었는데, 그 모습을 보니 마음이 놓였다.

짙은 먹구름이 머리 위로 몰려들었다. 거리는 해 질 녘처럼 어두웠고 인적이 뜸했다. 시간을 끌다가 빗속에 갇히기를 바라는 사람들은 거의 없었을 테니까. 누군가 한 명이 다리를 건너 거리를 달려가고 있었다. 페린이 보기에 그는 주변에서 유일한 사람이었다. 바람이 거세지며 고르지 않은 판석을 따라 천 조각을 불어 갔다. 디딤돌 가장자리에 걸린 또 다른 천 조각이 작게 타닥타닥 소리를 내며 펄럭였다. 천둥이 울렸다.

페린이 코에 주름을 잡았다. 바람에 폭죽 냄새가 실려 있었다. **아니, 정확히 말하면 폭죽은 아니야.** 유황이 탄 것 같은 냄새였다. 거의 비슷했다.

자린은 페린이 들고 있던 의자 다리를 칼날로 톡톡 건드렸다. "너 진짜 힘세다, 덩치야. 잔가지로 만들어지기라도 한 것처럼 그 의자를 부수던데."

페린은 끙 소리를 냈다. 그는 자기가 허리를 더 곧게 펴고 서 있었다는 걸 알고 일부러 어깨를 웅크렸다. **바보 같은 계집애!** 자린이 조용히 웃었다. 문득 페린은 허리를 펴야 할지, 지금 자세를 유지해야 할지 알 수 없었다. **이 바보야!** 이번에는 자기 자신에게 한 말이었다. **주위를 찾아봐야지. 뭘 찾아보라는 거야?** 거리 말고는 아무것도 보이지 않았다. 거의 타 버린 유황의 냄새 말고는 아무 냄새도 나지 않았다. 더불어 자린의 냄새 말고는.

로이알 역시 페린이 뭘 찾고 있는지 궁금해하는 듯했다. 그는 털이 난 귀를 긁으며 한쪽 거리를, 그다음에는 다른 거리를 바라보며 다른 귀를 긁었다. 그런 다음 고개를 들어 여관 지붕을 보았다.

란이 여관 옆 골목에서 나타나 거리로 나섰다. 그는 건물을 따라 드리워진, 더 어두운 그림자를 유심히 살폈다.

"란이 뭔가를 보고 놓쳤는지도 몰라." 페린이 중얼거렸다. 하지만 그 말을 믿기는 어려웠다. 그는 골목 쪽을 돌아보았다. **찾아봐야 한다니까 찾아봐야지. 정말로 란이 뭔가 놓쳤을지도 모르잖아.**

거리를 따라 조금 걸어가던 란이 멈춰 서더니 자기 발 앞의 판석을 바라보았다. 그리고 수호자는 다시 여관으로 돌아가기 시작했다. 빨리 걸으면서도 뭔가를 쫓는 것처럼 눈앞의 거리를 살펴보았다. 뭔지는 몰라도 란이 따라가는 흔적은 여관 문 옆의 디딤대 중 하나로 곧장 이어지는 듯했다. 란은 그곳에 멈춰 서서 회색 돌덩이 윗부분을 바라보았다.

페린은 골목을 따라가는 일을 포기하기로 하고—일단 일리안의 이 지역에서는 골목에서도 운하만큼 악취가 풍겼다—대신 란에게 다가갔다. 그는 수호자가 보고 있던 것을 즉시 알아보았다. 디딤돌 맨 위에 거대한 사냥개가 앞발을 댔던 것 같은 두 개의 발자국이 찍혀 있었다. 거의 타 버린 유황

같은 냄새는 이곳에서 가장 강하게 풍겼다. **개는 돌에 발자국을 남기지 않아. 빛을 걸고, 절대로!** 페린은 란이 따라온 흔적도 알아볼 수 있었다. 발자국으로 보아, 예의 사냥개는 디딤돌이 있는 곳까지 거리를 종종걸음 쳐서 온 다음 방향을 틀어서 왔던 길을 돌아간 모양이었다. 갈아 놓은 밭이랑이라도 되는 듯 돌에 흔적을 남겨 놓고서. **세상의 어떤 개도 그렇게는 못 해!**

"어둠의 사냥개다." 란이 말하자 자린이 헛숨을 들이켰다. 로이알이 조용히 신음했다. 오기어치고는 조용했다는 말이다. "어둠의 사냥개는 흙에 흔적을 남기지 않는다, 대장장이. 진흙에라도 말이야. 하지만 돌은 다른 문제지. 트롤록 전쟁 이후로 파멸의산맥 남쪽에서 어둠의 사냥개가 발견된 적은 없다. 이 녀석은 뭔가를 쫓고 있었던 것 같구나. 지금은 쫓던 대상을 찾았기에 주인에게 알리러 돌아간 거다."

나일까? 페린이 생각했다. **회색 인간과 어둠의 사냥개가 나를 쫓는 거야? 이건 말도 안 돼!**

"니다 말이 맞았다는 뜻인가요?" 자린이 떨리는 목소리로 물었다. "오래된어둠이 정말 유령 사냥대와 함께 말을 달리고 있다는 거예요? 빛을 걸고! 예전부터 그건 그냥 이야기라고 생각했는데."

"머저리같이 굴지 마라, 꼬마야." 란이 심하게 말했다. "어둠의 존재가 풀려났다면 우리 모두는 지금쯤 죽은 것보다 못한 상태였을 거다." 그는 거리 저쪽을, 흔적이 이어진 방향을 바라보았다. "하지만 어둠의 사냥개는 진짜야. 머드랄만큼 위험하고, 머드랄보다 죽이기 어려운 존재지."

"이젠 생령 이야기까지 하네요." 자린이 투덜거렸다. "회색 인간에, 생령에, 어둠의 사냥개까지. 너, 나를 꼭 발리어의 뿔나팔로 안내해 줘야 할 거야, 촌놈아. 또 뭐로 날 놀라게 하려고?"

"질문하지 마라." 란이 그녀에게 말했다. "너는 아직 아는 게 별로 없다. 우리를 따라오지 않겠다고 약속하면 모레인이 너를 맹세에서 풀어 줄 수 있다. 내가 직접 그 약속을 받아 줄 수도 있고. 지금 가도 좋다. 그렇게 하는 게 현명할 거다."

"날 겁줘서 쫓아 보낼 수는 없을 거예요, 돌 아저씨." 자린이 말했다. "쉽게 겁먹는 성격이 아니라서." 하지만 자린은 두려워하는 목소리였다. 두려워하는 냄새도 났다.

"나도 물어볼 게 있는데요." 페린이 말했다. "난 답을 원해요. 란, 당신은 어둠의 사냥개를 감지 못했어요. 모레인도요. 왜죠?"

수호자가 잠시 침묵했다. "그 질문의 답은, 대장장이." 그가 한참 만에 심각하게 말했다. "너나 내가 알고 싶은 것 이상일지 모른다. 그 답이 우리 모두를 죽이지 않았으면 좋겠구나. 너희 셋은 최대한 자 둬라. 일리안에서 밤을 날 것 같지는 않다. 유감이지만 고되게 말을 달려야 할 거야."

"뭘 하게요?" 페린이 물었다.

"난 모레인을 쫓아갈 거다. 가서 어둠의 사냥개에 대해 말해야지. 그런 이유로 쫓아왔다면 모레인도 내게 화를 낼 수 없을 거다. 어둠의 사냥개가 모레인의 목을 물어뜯기 전까지는 모레인이 그 존재조차 알 수 없는 마당이니."

일행이 다시 안으로 들어갈 때, 굵은 빗방울이 처음으로 판석에 튀었다. 빌리가 남아 있던, 죽은 회색 인간들을 치운 뒤 그들이 피를 흘린 자리의 톱밥을 쓸어 내고 있었다. 검은 눈의 소녀는 사랑하는 사람을 떠나는 소년에 관한 슬픈 노래를 부르고 있었다. 루한 사모님이 아주 좋아했을 법한 노래였다.

란이 앞장서 휴게실을 가로지르고 계단을 올랐다. 페린이 2층에 이르렀을 때쯤 수호자는 칼이 매달린 허리띠의 죔쇠를 채우며 다시 내려가고 있었다. 누가 보든 상관하지 않는다는 듯 색깔이 바뀌는 망토가 그의 팔에 걸려 있었다.

"저걸 도시에서 입고 다니면……." 로이알이 고개를 젓자 그의 덥수룩한 머리카락이 거의 천장에 스쳤다. "잘 수 있을지는 모르겠지만 노력은 해 봐야지. 깨어 있는 것보다는 꿈을 꾸는 게 나을 테니까."

늘 그런 건 아니야, 로이알. 오기어가 복도 저편으로 멀어가자 페린이 생각했다.

자린은 페린과 함께 있고 싶은 듯했지만, 페린이 그녀에게 가서 자라고 한 다음 박판을 덧댄 문을 그녀의 면전에서 쾅 닫아 버렸다. 그는 마지못해 자기 침대를 바라보며 속옷만 남기고 옷을 모두 벗었다.

"알아내야 해." 그는 한숨을 쉬고 침대에 기어 올라갔다. 비가 후드득후드득 쏟아지고 있었다. 천둥이 연신 메아리쳤다. 침대에 불어오는 산들바람에 비의 한기가 조금 실려 있긴 했지만 매트리스 아래쪽에 놓인 이불은 그다지 필요치 않을 것 같았다. 잠들기 전 페린이 마지막으로 한 생각은, 방이 어두운데도 촛불 켜는 걸 또 잊어버렸다는 것이었다. **조심성 없이. 조심성이 없으면 안 되는데. 조심성이 없으면 일을 망치잖아.**

꿈이 그의 머릿속을 덜컹덜컹 가로질렀다. 어둠의 사냥개들이 그를 쫓았다. 페린은 그들을 보지 못했지만 그들의 울부짖는 소리는 들을 수 있었다. 희미한 자와 회색 인간들. 키가 크고 늘씬한 남자 한 명이 꿈속으로 다시, 또 다시 휙휙 들어왔다. 그는 풍성하게 수가 놓인 코트와 금색 술이 달린 장화를 신고 있었다. 그는 장검처럼 보이는 것을 들고 있었다. 그 칼이 태양처럼 빛났다. 그가 의기양양하게 웃었다. 그가 때로는 왕좌에 앉았고 왕과 여왕들이 그의 앞에서 굽실거렸다. 이상한 느낌이었다. 사실은 페린의 꿈이 아닌 것만 같았다.

그러다가 꿈이 바뀌었다. 페린은 자신이 찾던 늑대 꿈 안에 들어와 있다는 걸 알았다. 이번에는 그 꿈을 꾸고 싶었다.

페린은 높다랗고 꼭대기가 납작한 돌 첨탑 위에 서 있었다. 바람이 그의 머리카락을 헝클어뜨리며 천 가지의 메마른 냄새와 먼 곳에 숨겨진 물의 희미한 흔적을 실어 날랐다. 잠시 페린은 자신이 늑대의 모습을 하고 있다고 생각했고 자기 눈에 보이는 몸뚱이가 정말 자신이라는 걸 확인하기 위해 몸을 더듬어 보았다. 페린은 자신의 코트와 브리치스를 입었으며 자신의 장화를 신고 있었다. 손에는 자신의 활을 들고 있었고 옆구리에는 자신의 화살통을 차고 있었다. 도끼는 없었다.

"하퍼! 하퍼, 어디 있어?" 늑대는 다가오지 않았다.

삐죽삐죽한 산맥이 페린을 둘러싸고 있었다. 건조한 평원과 뒤엉킨 산등성이, 때로는 옆면이 깎아지른 듯 가파른 커다란 고원으로 나뉜 다른 높은 첨탑들도 있었다. 이것저것 자라고 있었으나 풍성한 건 없었다. 거칠고 짧은 풀. 철사처럼 억세고 가시로 뒤덮인 덤불. 통통한 잎사귀에 가시까지 달린 다른 것들. 여기저기 흩어진, 다 자라지 못한 채 바람에 뒤틀린 나무들. 그러나 늑대들은 이런 땅에서조차 사냥감을 찾을 수 있었다.

페린이 거친 땅을 바라보는데, 둥근 어둠이 갑자기 산맥의 일부를 지워 버렸다. 페린은 어둠이 자기 코앞에 있는 건지 산맥으로 가는 방향 어딘가에 있는 건지 알 수 없었다. 어쨌든 그 어둠 너머가 보이는 것만 같았다. 맷이 주사위 컵을 흔들어 댔다. 맷의 상대는 불로 이루어진 눈으로 맷을 보고 있었다. 맷은 그 남자를 보지 못하는 듯했지만 페린은 그 남자를 알았다.

"맷!" 페린이 소리쳤다. "바알자몬이야! 빛을 걸고, 맷, 너 바알자몬과 주사위 놀이를 하고 있어!"

맷이 주사위를 던졌다. 주사위가 빙빙 돌면서 그 모습이 희미해졌다. 어두운 곳은 다시 건조한 산맥이 되었다.

"하퍼!" 페린이 천천히 돌아서며 사방을 둘러보았다. 하늘을 쳐다보기도 했다. **이젠 하퍼가 날 수 있으니까.** 하늘에서는 구름이 첨탑 저 아래의 땅까지 목을 축여 줄 비를 내리려는 듯했다. "하퍼!"

구름 사이에 어둠이 생겨났다. 다른 어딘가로 들어가는 구멍이었다. 에그웨인과 나이니브와 일레인이 서서 커다란 금속 철창을 바라보았다. 철창의 문이 들어 올려진 채 묵직한 스프링으로 고정되어 있었다. 안으로 들어간 그들이 함께 손을 위로 뻗어 그 빗장을 풀었다. 철창문이 탁 내려오며 그들을 가두었다. 머리를 정성껏 땋은 어떤 여자가 그들을 조롱했고, 완전히 하얀 옷을 입은 다른 여자가 그 여자를 비웃었다. 하늘의 구멍이 닫혔다. 이제는 구름뿐이었다.

"하퍼, 어디 있어?" 페린이 소리쳤다. "네가 필요해! 하퍼!"

그러자 반백의 늑대가 나타났다. 더 높은 곳에서 뛰어내린 것처럼 첨탑 꼭대기에 내려앉았다.

위험하다. 너는 경고를 받았다, 젊은 황소여. 너는 너무 어리다. 아직 너무

새롭다.

"난 알아야 해, 하퍼. 내가 봐야 하는 것들이 있다고 했지? 난 더 많은 걸 보아야 하고 더 많은 걸 알아야 해." 그는 맷을, 에그웨인과 나이니브와 일레인을 생각하며 머뭇거렸다. "내가 여기서 본 이상한 것들 말이야. 그거 진짜야?" 하퍼의 신호가 느리게 느껴졌다. 너무 단순한 사실이라 늑대는 굳이 설명할 필요를 못 느끼고, 어떻게 설명해야 할지도 이해 못 하는 것 같았다. 하지만 결국 그 음성이 들려왔다.

현실인 것은 현실이 아니다. 현실이 아닌 것은 현실이다. 육신은 꿈이고 꿈에는 육신이 있다.

"그런 말로는 아무것도 모르겠어, 하퍼. 이해가 안 가." 늑대는 페린이 물이 축축하다는 걸 모른다고 말하기라도 한 것처럼 그를 보았다. "넌 내가 뭔가 봐야 한다고 말하더니 바알자몬과 랜피어를 보여 줬어."

심장의 송곳니. 달의 사냥꾼.

"왜 보여 준 거야, 하퍼? 내가 왜 그들을 봐야 하는데?"

최후의 사냥이 다가온다. 슬픔이 그 신호를 가득 채웠다. 불가피하다는 느낌도. **존재할 것은 존재해야 한다.**

"이해가 안 가! 최후의 사냥이라고? 무슨 최후의 사냥? 하퍼, 오늘 밤에 회색 인간들이 나를 죽이러 왔어."

죽지 않은 자가 너를 사냥했다고?

"그래! 회색 인간이! 나를 쫓아왔다고! 게다가 어둠의 사냥개가 여관 바로 앞에 있었어! 왜 그것들이 나를 쫓는지 알고 싶어."

그림자의 형제들이라고? 하퍼는 공격을 예상하기라도 하는 듯 양옆을 보며 몸을 웅크렸다. **우리가 그림자의 형제들을 본 건 오래전이다. 넌 가야 한다, 젊은 황소. 엄청난 위험이다! 그림자의 형제들에게서 도망쳐라!**

"놈들이 왜 나를 쫓는 거야, 하퍼? 넌 알잖아. 네가 안다는 거 알아!"

도망쳐라, 젊은 황소. 하퍼가 펄쩍 뛰어올랐다. 그의 앞발이 페린의 가슴을 후려쳐 그를 뒤로, 가장자리 너머로 밀쳤다. **그림자의 형제들에게서 달아나라.**

떨어지는 페린의 귓가에 바람이 몰아쳤다. 하퍼와 첨탑 꼭대기의 가장자리가 머리 위에서 점점 작아졌다. "왜, 하퍼?" 그가 소리쳤다. "난 이유를 알아야겠어!"

최후의 사냥이 다가온다.

부딪힐 것이다. 페린은 알았다. 아래쪽 땅이 그에게 달려들었다. 페린은 각오하고 몸에 힘을 주었다. 부딪히는 충격이…….

깜짝 놀라 잠에서 깬 페린이 침대 옆 작은 탁자 위에서 깜빡이는 촛불을 바라보았다. 번개가 창문을 비추고 천둥이 창문을 흔들었다. "무슨 뜻이지, 최후의 사냥이라니?" 페린이 중얼거렸다. **난 촛불을 켜지 않았는데.**

"혼잣말을 하네. 자면서 버둥거리고."

페린은 펄쩍 뛰었다. 공기 중에 감도는 약초의 향기를 알아채지 못한 자신에게 욕이 나왔다. 자린이 촛불 빛 가장자리에 의자를 놓고 앉아, 무릎에 팔꿈치를 괴고 주먹으로 턱을 받친 채 그를 지켜보고 있었다.

"넌 **타비렌**이야." 그녀가 사실을 확인하듯 말했다. "돌 아저씨는 네 이상한 눈이 자기 눈에는 안 보이는 걸 볼 수 있다고 생각해. 회색 인간들이 너를 죽이고 싶어 하고. 넌 아이즈 세다이, 수호자, 오기어와 함께 여행하고 있어. 넌 철창에 갇힌 아이일 사람을 풀어 주고 하얀 망토들을 죽였지. 촌놈, 넌 누구야? 드래건의 환생?" 목소리를 들으니 자린에게는 그 말이야말로 생각해 낼 수 있는 가장 터무니없는 말인 것 같았다. 하지만 페린은 불안감에 몸을 움직거렸다. "네가 누구든, 덩치야." 그녀가 덧붙였다. "가슴에 털이 좀 더 있어도 괜찮겠다."

페린은 욕설을 하며 몸을 틀어 담요 한 장을 목까지 서둘러 끌어올렸다. **빛을 걸고, 쟨 계속해서 나를 뜨거운 바위에 올라선 개구리처럼 뛰어오르게 해.** 자린의 얼굴이 그림자 가장자리에 있었다. 창문 너머로 번갯불이 들어올 때가 아니면 그녀의 모습이 선명하게 보이지 않았다. 게다가 번개의 거친 불빛도 그녀의 강한 코와 높은 광대뼈 전체에 그림자를 드리웠다. 문득 페린은 아름다운 여자에게서 달아나야 한다던 민의 말을 떠올렸다. 늑대 꿈에서 랜피어를 알아보자마자 그는 민이 말한 여자가 랜피어임에 틀림없다고 생각했지만―여자가 랜피어보다 아름다운 건 불가능한 일일 것 같았다―랜피어는 꿈속에 나타났을 뿐이었다. 자린은 이곳에 앉아, 눈꼬리가 치켜 올라간 검은 눈으로 페린을 바라보며 이것저것 생각하고 있었다.

"여기서 뭐해?" 페린이 물었다. "뭘 원하는 거야? 넌 누구야?"

자린은 고개를 뒤로 젖히고 웃었다. "난 파일이야, 촌놈아. 뿔나팔 사냥대. 내가 누구일 것 같은데? 네 꿈에 나오는 여자? 왜 그렇게 펄쩍 뛰는 거야? 누가 보면 내가 널 겁준 줄 알겠다."

페린이 할 말을 찾기도 전에 문이 벌컥 열리며 벽에 쾅 부딪혔다. 모레인이 문 앞에 서 있었다. 그녀의 얼굴은 죽음만큼 창백하고 어두웠다. "네 늑대 꿈은 꿈꾸는 자의 꿈만큼 진실하구나, 페린. 버려진 자들이 **실제로** 풀려났어. 그중 하나가 일리안을 통치하고 있다."

44장 사냥당하다

페린은 침대에서 기어 내려와 옷을 입기 시작했다. 자린이 보든 말든 신경 쓸 겨를이 없었다. 이제 뭘 해야 할지 알았지만, 어쨌든 모레인에게 물었다. "떠나나요?"

"네가 사마엘과 친분을 쌓고 싶은 게 아니라면." 모레인이 건조하게 말했다. 머리 위에서 천둥이 그녀의 말에 종지부를 찍으려는 듯 울렸다. 번개가 번쩍였다. 아이즈 세다이는 자린을 거의 보지도 않았다.

페린은 셔츠 자락을 브리치스 안으로 넣다가, 코트와 망토를 입었으면 좋겠다고 생각했다. 버려진 자 중 하나의 이름을 듣자 방이 춥게 느껴졌다. **바알자몬 하나만으로는 모자라서 버려진 자들까지 풀려나다니. 빛을 걸고, 이제 와서 우리가 랜드를 찾는 게 중요하긴 할까? 너무 늦은 거 아니야?** 하지만 페린은 계속 옷을 입으며 장화에 두 발을 쑤셔 넣었다. 그렇게 하든지 아니면 포기해야 했다. 그리고 투 리버스 사람들은 포기하지 않는 걸로 유명했다.

"사마엘이요?" 자린이 나직이 말했다. "버려진 자들 중 하나가 일리안을 다스린다니……. 빛을 걸고!"

"지금도 따라오고 싶으냐?" 모레인이 조용히 말했다. "지금은 널 여기에 머물게 놔두지 않을 거다. 하지만 나와 다른 방향으로 가겠다고 약속할 마지막 기회를 주마."

자린은 머뭇거렸다. 페린은 코트를 반쯤 입은 채 잠시 멈추었다. 당연히, 버려진 자들 중 하나의 분노를 산 사람들과 함께하고 싶어 할 사람은 없었다. 자린도 마찬가지일 것이다. 지금은 일행이 무엇을 상대하는지 조금이나마 알게 되었으니까. **자린에게 아주 그럴싸한 이유가 있는 게 아니라면야.** 버려진 자가 풀려났다는 말을 들은 사람은 누구라도 앉아서 고민하는 대신 바다 민족의 배로 달려가 아이일황무지 반대편까지 태워 달라고 할 터였다.

"싫어요." 마침내 자린이 말했다. 페린은 긴장이 풀렸다. "싫어요. 당신과 다른 길을 가겠다고 약속하지는 않을 거예요. 당신이 나를 발리어의 뿔나팔로 안내해 주든 말든, 뿔나팔을 발견하는 사람조차 이런 이야기에 등장하지는 못할 거예요. 난 이 이야기가 여러 세대에 걸쳐 전해질 거라고 생각해요, 아이즈 세다이. 내가 그 이야기에 나올 테고요."

"안 돼!" 페린이 쏘아붙였다. "그건 충분한 이유가 아니야. 대체 뭘 바라는 거야?"

"말다툼할 시간은 없어." 모레인이 끼어들었다. "**브랜드 공**이 자기 어둠의 사냥개 중 한 마리가 죽었다는 걸 조만간 알게 될 거야. 그럼 곧 수호자가 존재한다는 걸 눈치챌 거고, 그 가이딘과 연결된 아이즈 세다이를 찾아 나설 거야. 놈이 네 위치를 알게 될 때까지 여기 앉아 있고 싶은 거니? 움직여, 이 바보 같은 꼬마들아! 움직여!" 모레인은 페린에게 말할 겨를도 주지 않고 복도 저쪽으로 사라졌다.

자린도 기다리지 않았다. 그녀는 촛불도 없이 방에서 달려 나갔다. 페린은 서둘러 물건을 챙긴 뒤 도끼가 매달려 있는 허리띠를 차며 뒤쪽 계단으로 달려갔다. 그는 역시 계단을 바삐 밟아 내려가던 로이알을 따라잡았다. 오기어는 나무로 장정된 책을 안장주머니에 집어넣는 동시에 망토를 걸치려 하고 있었다. 로이알과 함께 계단을 달려 내려가면서, 페린은 로이알이 망토를 손쉽게 걸치도록 도와주었다. 자린은 둘이 쏟아지는 빗속으로 달려 나가기 전에 그들을 따라잡았다.

페린은 빗줄기를 막으려고 어깨를 웅크리고 폭풍으로 어두워진 뜰을 가로질러 달렸다. 망토의 후드를 당겨 쓸 새도 없었다. **다른 이유가 있을 게 틀림없어. 빌어먹을 이야기에 나온다는 건 미친 여자한테나 통할 이유야!** 그의 덥수룩한 곱슬머리가 비에 젖어 이마에 납작하게 붙였다. 그렇게 마구간에 들어섰다.

모레인이 일행보다 먼저 도착해 있었다. 그녀는 빗방울이 송골송골 맺힌, 기름 먹인 망토를 입고 있었다. 니다는 란이 말들에 마저 안장을 채울 수 있도록 등불을 들어 주었다. 말이 한 마리 더 있었다. 자린보다도 코가 두드러지는 갈색의 거세한 말이었다.

"매일 비둘기를 보낼게요." 건장한 여자가 말했다. "아무도 저를 의심하지 않을 거예요. 운수를 걸고! 하얀 망토들조차 저에 대해서는 좋게 말한답니다."

"내 말 잘 들어!" 모레인이 쏘아붙였다. "내가 말하는 건 하얀 망토들이나 어둠의 친구가 아니야. 넌 이 도시에서 도망쳐야 해. 네가 신경 쓰는 모든 사람도 함께 도망치도록 하고. 너는 12년간 내게 복종해 왔어. 지금도 복종해야 해!" 니다는 고개를 끄덕였지만 꺼림칙한 듯했다. 모레인은 짜증스럽다는 듯 꿍 소리를 냈다.

"갈색 말은 네 것이다, 꼬마야." 란이 자린에게 말했다. "말 등에 올라타라. 말 타는 방법을 모르면 타면서 배워야 할 거다. 아니면 내 제안을 받아들이든지."

자린은 한 손을 높은 안장머리에 얹으며 쉽게 안장으로 뛰어올랐다. "생각해 보니까, 전에도 말을 타 본 적이 있는 것 같네요, 돌 아저씨." 그녀는 몸을 틀어 등 뒤에 짐을 묶었다.

"아까 한 말은 무슨 뜻이에요, 모레인?" 페린이 스테퍼의 등에 안장주머니를 걸치며 물었다. "그자가 나 있는 곳을 알아낼 거라고 했잖아요. 그자는 이미 알고 있어요. 회색 인간을 보냈잖아요!" 니다가 킬킬댔다. 자신이 믿지 않는다고 말한 것 중 얼마만큼을 니다는 실제로 아는 건지, 페린은 짜증스러워졌다.

"사마엘이 회색 인간을 보낸 건 아니야." 모레인은 등을 곧게 펴고 침착하게 알뒵에 올라탔다. 서두를 게 없다는 듯이. "하지만 어둠의 사냥개는 사마엘이 보냈어. 놈이 내 뒤를 따라온 것 같아. 둘 다 보내지는 않았을 거야. 누군가가 널 원하고 있지만, 내 생각에 사마엘은 네가 존재한다는 것조차 모르는 것 같다. 아직은 말이야." 페린이 등자에 한 발을 얹은 채 멈춰 서서 그녀를 빤히 보았지만, 그녀는 페린의 얼굴에 떠오른 의문보다는 암말의 구부러진 목을 쓰다듬는 데 더 관심이 있는 듯했다.

"제가 당신을 따라가길 잘했지요." 란이 말했다. 아이즈 세다이는 큰 소리로 코웃음 쳤다.

"그대가 여자면 좋겠군요, 가이딘. 당신을 신입으로서 탑에 보내 복종하는 방법을 배우게 했을 텐데!" 란은 눈썹을 치켜올리며 칼자루를 건드리더니 안장에 휙 올라탔다. 모레인이 한숨을 쉬었다. "어쩌면 그대가 순종적이지 않은 게 다행인지도 모르지요. 가끔은 그게 좋을 수 있습니다. 게다가 시리암과 시우안 산체가 힘을 모아도 그대에게 복종을 가르칠 수는 없을 것 같군요."

"무슨 말인지 모르겠어요." 페린이 말했다. **이 말을 엄청나게 많이 하는 것 같은데, 싫증이 나. 난 이해할 수 있는 답을 원한다고.** 그는 모레인이 자신을 내려다보지 않도록 안장으로 마저 몸을 끌어올렸다. 굳이 페린을 내려다보지 않더라도 모레인은 이미 여러 가지로 유리한 입장이었다. "사마엘이 회색 인간을 보낸 게 아니라면 누가 보냈다는 거예요? 머드랄이나 다른 버려진 자라면……." 페린은 말을 멈추고 침을 삼켰다. **또 다른 버려진 자라니! 빛이여!** "다른 누군가가 회색 인간을 보낸 거라면, 왜 사마엘에게 말하지 않았겠어요? 놈들은 전부 어둠의 친구잖아요? 그리고 왜 난데요, 모레인? 왜 나예요? 빌어먹을 드래건의 환생은 랜드인데!"

그는 자린과 니다가 헛숨 들이켜는 소리를 듣고서야 자기가 무슨 말을 했는지 깨달았다. 모레인의 시선이 아주 날카로운 강철처럼 그의 가죽을 벗기는 듯했다. **빌어먹을 성급한 혓바닥 같으니. 대체 언제쯤이면 말하기 전에 생각할 수 있을까?** 페린은 자린이 자신을 지켜보는 걸 처음으로 느낀 순간부터 일이 이렇게 된 것만 같았다. 지금 자린은 입을 쩍 벌린 채 그를 지켜보고 있었다.

"이제 너는 우리에게 매였다." 모레인이 대담한 얼굴의 여자에게 말했다. "이제 넌 돌아갈 수 없어. 영원히." 자린은 뭔가 말하고 싶지만 겁이 나서 못하는 표정이었다. 하지만 아이즈 세다이는 이미 다른 곳으로 관심을 돌린 뒤였다. "니다, 오늘 밤 일리안에서 도망쳐. 한 시간 안에! 그리고 지금껏 내내 그랬던 것보다도 더 입조심을 해야 해. 네가 할 말을 이유로 네 혀를 잘라 버릴 자들이 있으니. 내가 널 찾기 전에 말이야." 모레인의 말투는 단호했다. 누군가 니다의 혀를 잘라 버린다는 것인지, 니다가 발설할 경우에 대비해 모레인 자신이 그녀의 혀를 잘라 버리겠다는 것인지 명확하지 않았다. 그러나 니다는 두 가지 경우를 모두 알아들은 듯 힘차게 고개를 끄덕였다.

"페린." 흰 암말이 다가왔고, 페린은 도저히 참지 못하고 아이즈 세다이로부터 먼 쪽으로 몸을 젖혔다. "패턴에 짜인 실오리는 아주 많아. 그중 일부는 그림자 자체만큼 검고. 그중 한 가닥이 네 목을 조르지 않도록 조심하렴." 모레인의 발꿈치가 알딥의 옆구리에 닿자 암말이 빗속으로 달려 나갔다. 만다브가 가까이에서 뒤쫓았다.

태워 죽일, 모레인. 페린은 그들을 따라 말을 달리며 생각했다. **때로는 당신이 누구 편인지 모르겠어.** 그는 자린을 힐끗 보았다. 그녀는 태어날 때부터 안장에 앉았던 것처럼 페린 옆에서 자연스럽게 말을 달리고 있었다. **넌 또 누구 편이야?**

비 때문인지 사람들은 거리와 운하로 나서지 않았다. 그래서 그들이 떠나는 모습을 지켜보는 사람은 없었다. 하지만 비 때문에 고르지 않은 판석을 밟는 말들의 발걸음이 머무적거렸다. 늪을 가로질러 북쪽으로 이어지는, 다진 흙으로 만들어진 넓은 도로인 마레도 둑길에 이르렀을 때, 쏟아붓던 비가 잦아들기 시작했다. 천둥이 여전히 울렸지만 번개는 등 뒤 먼 곳에서, 아마 바다에서 번쩍이는 듯했다.

페린은 약간의 운이 따라 주는 것을 느꼈다. 비는 그들이 떠난 사실을 감출 정도로 오래 머물렀지만, 밤은 말을 달릴 만큼 맑았다. 페린이 그렇게 말하자 란이 고개를 저었다.

"어둠의 사냥개는 맑고 달이 뜬 밤을 가장 좋아한다, 대장장이. 비 내리는 밤을 가장 싫어하고. 괜찮은 폭풍이 불어오면 놈들을 완전히 쫓을 수 있지." 란의 말을 부탁으로 알아듣기라도 한 듯 비가 잦아들며 약한 부슬비로 바뀌었다. 페린은 로이알이 등 뒤에서 신음하는 소리를 들었다.

둑길과 늪은 도시에서 4킬로미터 정도 떨어진 곳에서 함께 끝났다. 하지만 도로는 계속 이어지며 동쪽으로 천천히 뻗어 나갔다. 구름으로 어두워진 저녁은 점점 어두워져 밤이 되었다. 물안개 같은 비는 계속되었다. 모레인과 란은 꾸준한 속도로 나아갔다. 말발굽이 단단히 다져진 땅의 진창을 튀게 했다. 달빛이 구름 틈으로 비쳤다. 낮은 언덕이 주위에서 솟아오르기 시작했다. 나무들이 점점 더 자주 나타났다. 페린은 앞에 숲이 있을 게 틀림없다고 생각했지만, 그 생각이 마음에 드는지 그렇지 않은지 알 수 없었다. 나무는 추격자로부터 일행을 숨겨 줄 수 있었다. 그러나 나무로 인해 추격자들이 일행의 눈에 띄지 않고 가까이 다가올 수도 있었다.

등 뒤 멀리에서 가느다랗게 울부짖는 소리가 들렸다. 페린은 그 소리를 낸 것이 늑대라고 잠시 생각했다. 그는 멈출 사이도 없이 늑대를 향해 정신을 뻗치려는 자기 자신에게 놀랐다. 울부짖는 소리가 다시 들려왔고, 페린은 그 소리를 낸 게 늑대가 아니라는 걸 알았다. 다른 놈들이 그 소리에 응답했다. 등 뒤 몇 킬로미터 떨어진 곳에서 나는 소리, 피와 죽음을 담고 있는 스산한 울음소리, 악몽을 전하는 울부짖음이었다. 놀랍게도 란과 모레인이 속도를 늦추었다. 아이즈 세다이가 어둠에 잠긴 주변 언덕을 살폈다.

"멀리 떨어져 있어요." 페린이 말했다. "계속 이동하면 우리를 따라잡지 못할 거예요."

"저게 어둠의 사냥개들이에요?" 자린이 중얼거렸다. "어둠의 사냥개들 맞아요? 유령 사냥대가 아닌 건 확실해요, 아이즈 세다이?"

"맞아." 모레인이 대답했다. "확실해."

"어둠의 사냥개들을 따돌릴 수는 없다, 대장장이." 란이 말했다. "세상에서 가장 빠른 말을 타더라도. 어둠의 사냥개는 언제나 정면으로 맞서 무찔러야 해. 그러지 않으면 놈들이 너를 끌어내린다.”

“**스테딩**에 남을 수도 있었는데.” 로이알이 말했다. “지금쯤이면 어머니가 나를 결혼시켰겠지만 나쁜 인생은 아니었을 거야. 책도 많고. 바깥 세상에 나올 필요는 없었는데.”

“저기.” 모레인이 오른쪽으로 한참 떨어진 곳의 높고 나무가 없는 흙무더기를 가리켰다. 그 주변 183미터 안으로는 눈에 들어오는 나무가 없었다. 그 너머로도 나무는 듬성듬성 나 있을 뿐이었다. “놈들이 기회를 노리고 다가오는 걸 봐야만 해.”

어둠의 사냥개가 우짖는 끔찍한 울음소리가 다시 솟아올랐다. 아직 멀었지만 가까워져 있었다.

모레인이 싸울 자리를 선택한 만큼 란은 만다브의 발걸음을 재촉했다. 그들이 언덕으로 올라가는 동안 말발굽은 흙 속에 푹푹 빠졌고 부슬비에 미끄러워진 돌들을 만나 달그락거렸다. 페린이 보기에 대부분의 돌 모서리가 각져 있었다. 자연석이라고 보기는 어려웠다. 언덕 꼭대기에 다다른 일행은 나지막하고 둥근 바위처럼 보이는 것 주위에 내려섰다. 구름 틈새로 달이 보였다. 페린은 자기도 모르게 2미터 길이의 닳아 빠진 석상의 얼굴을 바라보았다. 머리카락의 길이를 보아 여자의 얼굴일 거라는 생각이 들었다. 비 때문에 여자가 흐느끼는 것처럼 보였다.

말에서 내린 모레인은 울부짖는 소리가 나는 쪽을 바라보았다. 그녀는 그림자에 가려진, 후드를 쓴 형체로만 보였다. 빗물이 그녀의 기름 먹인 망토에서 굴러 내리며 달빛에 반짝였다.

로이알이 말을 이끌고 다가와 조각을 살펴보더니 더 가까이 허리를 숙이고 조각의 이목구비를 만져 보았다. “오기어였던 것 같아.” 마침내 로이알이 말했다. “하지만 여긴 오래된 **스테딩**이 아닌데. 그랬다면 느껴졌을 거야. 우리 모두가 느꼈겠지. 그림자의 자식들로부터 안전했을 테고.”

“너희 둘, 뭘 보는 거야?” 자린이 눈을 가늘게 뜨고 바위를 보았다. “그게 뭐야? 여자? 누군데?”

“세계의 파괴 이후로 수많은 나라들이 일어나고 쓰러졌다.” 모레인은 돌아보지 않고 말했다. "몇몇 나라들은 누렇게 바랜 종이에 이름을 남기거나 낡아 빠진 지도에 선을 남기는 일밖에는 못 했지. 과연 우리는 그만큼이라도 남길 수 있을까?" 피에 젖은 울부짖음이 다시 높아졌다. 더 가까워졌다. 페린은 그들의 속도를 계산해 보며 란의 말이 맞다고 생각했다. 결국 말들로는 놈들을 따돌릴 수 없을 것이다. 오래 기다릴 시간도 없을 테고.

"오기어." 란이 말했다. "소녀와 함께 말을 지켜라." 자린이 항의했지만 란은 곧장 그녀에게로 말을 몰아갔다. "네 칼은 여기서 별 소용이 없을 거다, 꼬마야." 란이 칼을 뽑자 칼날이 달빛에 반짝였다. "내 칼도 최후의 보루일 뿐이야. 어둠의 사냥개는 한 마리가 아니라 열 마리쯤 있는 것 같다. 네 일은 말들이 어둠의 사냥개의 냄새를 맡고 도망치지 않도록 지키는 거다. 만다브조차 저 냄새를 좋아하지 않아."

수호자의 칼조차 소용없다면 도끼도 마찬가지일 터였다. 페린은 그 사실에 안도감 비슷한 감정을 느꼈다. 그는 시위가 걸리지 않은 기다란 활을 스테퍼의 뱃대끈에서 꺼냈다. "이건 소용이 있을지도 모르죠."

"해보고 싶다면 해봐라, 대장장이." 란이 말했다. "놈들은 쉽게 죽지 않는다. 그걸로 한 마리는 죽일 수 있겠지."

페린은 부슬비를 가리려고 애쓰며 주머니에서 새 활시위를 꺼냈다. 발라 놓은 밀랍은 얇았다. 오랫동안 습기에 노출되면 활줄을 효과적으로 보호해 줄 수 없었다. 페린은 다리 사이에 활을 비스듬하게 놓고 쉽게 구부려서 활시위의 고리를 활 양쪽 끝의 뿔 오늬에 걸었다. 허리를 펴니 어둠의 사냥개들이 보였다.

놈들은 질주하는 말처럼 달렸다. 페린의 시야에 들어온 순간부터는 속도를 더욱 높였다. 어둠 속에 흩어진 나무 사이를 열 개의 커다란 형체가 휩쓸며 달려왔다. 페린은 화살통에서 촉이 넓은 화살을 꺼내 시위에 쟀지만 활줄을 당기지는 않았다. 그는 에먼즈 필드에서 가장 뛰어난 궁수라고는 할 수 없었지만 젊은이들 사이에서 그보다 활을 잘 쏘는 사람은 랜드뿐이었다.

페린은 270미터 거리에서 활을 쏘기로 했다. **멍청이! 그 거리에서는 가만히 서 있는 표적을 맞히기도 힘들 거야. 하지만 내가 기다리면, 저놈들이 움**

직이는 걸 봐서는……. 그는 모레인 옆으로 다가서며 활을 들어 올리고—**그 냥 움직이는 그림자가 커다란 개라고 상상하면 돼**—거위 깃털 화살 깃을 귀까지 끌어당긴 뒤 손을 놓았다. 그는 화살촉이 가장 가까운 그림자와 하나가 되었다고 확신했지만 그 결과는 으르렁거리는 소리뿐이었다. **이 방법은 안 통해. 놈들이 너무 빨리 다가오고 있어!** 페린은 이미 다른 화살을 당기고 있었다. **왜 아무것도 안 하는 거예요, 모레인?** 페린은 은처럼 빛나는 놈들의 눈과 윤을 낸 강철처럼 번쩍이는 놈들의 이빨을 볼 수 있었다. 칠흑처럼 까맣고 작은 조랑말처럼 커다란 놈들이 페린을 향해 속도를 냈다. 이제 놈들은 조용해진 채로 죽일 기회를 노리고 있었다. 바람이 타 버린 유황에 가까운 악취를 실어 왔다. 말들이 두려워하며 울어 댔다. 란의 전투마도 예외가 아니었다. **빌어먹을, 아이즈 세다이. 뭐라도 해 보라고요!** 페린이 다시 화살을 쏘았다. 가장 가까운 어둠의 사냥개가 비틀거리더니 계속 다가왔다. **저 놈들도 죽는구나!** 페린은 화살을 한 발 더 당겼다. 맨 앞에 있던 어둠의 사냥개가 휘청하며 비틀거리다가 쓰러졌다. 하지만 그 순간에도 페린은 짧은 절망을 느꼈다. 한 마리가 쓰러졌지만 다른 아홉 마리가 이미 거리를 3분의 2나 따라잡았기 때문이었다. 심지어 속도가 더 빨라진 것 같았다. 마치 땅을 가로지르는 그림자 같았다. **한 발 더. 한 발 더 쏠 시간은 있을지 모르겠지만, 그다음은 도끼야. 빌어먹을 아이즈 세다이!** 페린이 다시 화살을 당겼다.

"지금이야." 페린의 화살이 활을 떠나는 순간 모레인이 말했다. 그녀의 두 손 사이 공기에 불이 붙더니 어둠의 사냥개들을 향해 밤을 사르며 빠르게 날아갔다. 말들이 비명을 지르며 요동쳤다.

페린은 타오르는 흰 빛과 용광로 같은 열기로부터 눈을 보호하기 위해 한 팔을 들어 올렸다. 갑자기 대낮이 된 듯 어둠을 밝히며 불이 번쩍이다가 사라졌다. 페린이 눈을 가렸던 손을 치웠다. 시야 전체에 얼룩 잔상이 깜빡였다. 불로 이루어진 선의 형상도 희미하게 흐려져 갔다. 어둠의 사냥개들이 있던 곳에는 밤의 어둠에 뒤덮인 땅과 조용히 내리는 비뿐이었다. 그 외에는 아무것도 없었다. 움직이는 그림자라고는 달을 지나는 구름이 드리운 것뿐이었다.

**모레인이 놈들에게 불을 던지거나 벼락을 불러낼 거라고는 생각했지만,
이건……. "방금 뭐였어요?"** 페린이 쉰 목소리로 물었다.

모레인은 다시 일리안 쪽을 보고 있었다. 어둠 속에서도 그 먼 곳을 꿰뚫어 볼 수 있는 것만 같았다. "아마 그자는 보지 못했을 거야." 모레인이 거의 혼잣말처럼 말했다. "거리가 머니까. 지키고 있던 게 아니라면 눈치 못 챘겠지."

"누가요?" 자린이 물었다. "사마엘이요?" 그녀의 목소리가 살짝 떨렸다. "사마엘은 일리안에 있다고 했잖아요. 그런데 여기서 벌어지는 일을 어떻게 볼 수 있어요? 뭘 하신 거예요?"

"금지된 일." 모레인이 차갑게 말했다. "거의 세 가지 맹세만큼 강력한 맹세로 금지된 일이다." 모레인은 자린에게서 알딥의 고삐를 받아들더니 암말의 목을 쓰다듬어 녀석을 진정시켰다. "거의 2천 년 동안 사용된 적 없는 힘이야. 이런 힘에 대해 알고 있다는 것만으로 난 순화당할 수 있어."

"혹시……" 로이알의 목소리는 힘이 없었지만 우렁우렁했다. "혹시 떠나야 하는 것 아닐까요? 놈들이 더 올 수도 있는데요."

"그러진 않을 거야." 아이즈 세다이가 말에 오르며 말했다. "어둠의 사냥개 두 무리를 동시에 풀어놓지는 않을 테니까. 그것도 두 무리가 있기나 해야 말이지만. 어둠의 사냥개들은 사냥감 대신 서로에게 달려들 수 있거든. 또 내 생각에, 우리는 놈의 주된 사냥감이 아닌 것 같구나. 그게 아니라면 놈이 직접 우리를 잡으러 왔겠지. 우리는…… 내 생각에는, 성가신 존재였던 것 같아." 모레인의 목소리는 침착했다. 그러나 그녀가 이토록 무시당하는 것을 좋아하지 않는다는 점은 분명했다. "우리는, 크게 고생스럽지만 않으면 사냥감 자루에 좀 더 집어넣을 만한 사냥감이었을 거야. 그렇다고 필요 이상으로 놈과 가까운 곳에 있을 필요는 없겠다만."

"랜드 때문인가요?" 페린이 물었다. 자린이 이야기를 들으려고 허리를 숙이는 게 느껴졌다. "놈이 쫓는 게 우리가 아니라 랜드인가요?"

"아마 그렇겠지." 모레인이 말했다. "아니면 맷이거나. 맷도 **타비렌**이라는 걸 기억하렴. 게다가 맷은 발리어의 뿔나팔도 불었어."

자린은 목 졸린 소리를 냈다. "맷이 뿔나팔을 **불었다**고요? 누군가가 이미 뿔나팔을 **찾았다는** 말이에요?"

아이즈 세다이는 자린의 말을 무시하고 안장에서 허리를 숙여 페린의 눈을, 윤을 낸 황금처럼 빛나는 검은 두 눈을 가까이 들여다보았다. "이번에도 사건이 나보다 앞서 벌어지는구나. 마음에 들지 않아. 너도 만족해서는 안 돼. 사건이 나보다 빨리 일어나면 너를 짓밟고도 남는다. 너와 함께 세상 전부를 짓밟겠지."

"티어까지는 아직 갈 길이 멉니다." 란이 말했다. "오기어의 제안이 적절합니다." 그는 이미 안장에 타고 있었다.

모레인은 허리를 펴고 발꿈치로 암말의 옆구리를 툭 건드렸다. 그녀가 흙무더기 옆면으로 반쯤 내려간 다음에야 페린은 활시위를 풀고 로이알에게서 스테퍼의 고삐를 받아 들 수 있었다. **태워 죽일, 모레인! 언젠가 답을 찾아내고 말 거야!**

맷은 쓰러진 통나무에 기댄 채 모닥불의 온기를 즐겼지만—비구름이 사흘 전 남쪽으로 이동했지만 맷은 지금도 축축한 느낌이었다—그 순간에는 춤추는 불꽃을 거의 의식 못 하고 있었다. 그는 손에 쥔, 밀랍으로 감싸인 작은 원통을 물끄러미 바라보았다. 톰은 하프를 조율하는 데 정신이 팔린 채 비와 습기에 대해서 툴툴대느라 맷 쪽을 한 번도 돌아보지 않았다. 주변의 검은 덤불 속에서 귀뚜라미들이 울어 댔다. 해 질 녘, 마을 사이에서 가도 오도 못하게 된 그들은 길가에서 떨어진 이 덤불을 선택했다. 하룻밤 묵을 방을 구하려고 이틀 동안을 노력했었다. 그때마다 농부가 그들을 향해 개를 풀어놓았다.

맷이 허리띠에 차고 있던 칼을 풀고 망설였다. **운이라. 그 여자는 이게 가끔만 폭발한다고 말했어. 운이 중요한 거야.** 맷은 최대한 신중한 손놀림으로 길게 원통을 갈랐다. 원통은 생각했던 것처럼 종이로 만들어져 있었다. 맷은 고향에 있을 때 폭죽이 발사되고 난 땅에서 종잇조각을 본 적이 있었다. 종이가 여러 겹이었다. 하지만 안쪽을 채우고 있는 것은 전부 흙이나 아주 작은 짙은 회색 자갈과 먼지로 보였다. 맷은 그 가루를 손바닥에 올려놓고 한 손가락으로 휘저었다. **빛을 걸고, 대체 어떻게 자갈이 폭발하는 거지?**

"빛을 걸고!" 톰이 소리쳤다. 그는 맷의 손에 들린 것으로부터 보호하려는 듯 하프를 통에 집어넣었다. "나까지 죽이려는 거냐, 이 녀석아? 그게 불보다도 공기에 닿았을 때 열 배는 심하게 터진다는 말을 못 들어 본 거야? 폭죽은 아이즈 세다이가 하는 일에 버금가는 효과를 낸다, 꼬마야."

"그럴지도 모르죠." 맷이 말했다. "하지만 내가 보기에 알루드라는 아이즈 세다이와 전혀 달라 보이던데요. 알비어 씨의 시계에 대해서도 그랬지요. 아이즈 세다이의 작품이 틀림없다고 생각했지만 시계 뒤쪽을 열어 보니 아주 작은 금속 조각들이 가득하더군요." 맷은 그때를 떠올리고 불편하게 자세를 바꾸었다. 그때 맷에게 처음으로 다가온 사람은 알비어 부인이었다. 그녀의 뒤에 현자와 맷의 아버지, 시장이 바짝 따라와 있었다. 아무도 맷이 그냥 살펴보려 했다는 말을 믿지 않았다. **내가 다시 조립할 수도 있었는데.** "그 작은 바퀴랑 용수철이랑 뭔지 모를 물건들을 전부 보기만 하면 페린도 하나 만들 수 있을 거예요."

"뭘 모르는구나, 이 녀석아." 톰이 무미건조하게 말했다. "솜씨 없는 시계 제작자도 상당한 부자이기 마련이야. 그럴 자격이 있으니까. 하지만 시계는 코앞에서 터지진 않지!"

"이것도 안 터졌잖아요. 뭐, 이젠 쓸모없게 됐지만." 맷은 한 줌의 종이와 작은 자갈을 불에 던졌다. 톰이 비명을 질렀다. 자갈은 불똥을 튀기며 조금씩 번쩍거렸다. 매캐한 연기 냄새가 났다.

"너 **정말로** 나까지 죽일 셈이구나." 톰의 불안한 목소리가 점점 커지고 높아졌다. "난 죽기로 하면 케임린에 도착해서 왕궁으로 갈 계획이라고. 가서 무어게이즈를 꼬집을 거야!" 그의 긴 콧수염이 펄럭였다. "다시는 그런 짓 하지 마라!"

"안 터졌잖아요." 맷이 인상을 쓰며 불을 바라보았다. 통나무 반대편에 있는, 기름 먹인 천 두루마리를 뒤적인 맷이 다음으로 큰 폭죽을 꺼냈다. "왜 안 터졌는지 모르겠네."

"왜 안 터졌는지는 관심 없어! 다시는 그러지 마라!"

맷이 그를 힐끗 보며 웃었다. "그만 떨어요, 톰. 겁먹을 필요 없어요. 이젠 이 안에 뭐가 들어 있는지 알아요. 최소한 안에 들어 있는 게 어떻게 생겼는지는 알죠. 하지만…… 말하지 말아요. 더 이상 잘라 보지는 않을 거예요, 톰. 어쨌든 폭죽은 쏘는 게 더 재미있으니까."

"난 겁먹은 게 아니다, 이 발에 진흙이나 묻히고 다니는 돼지치기 같은 놈아." 톰이 애써 위엄 있는 모습으로 말했다. "난 화가 나서 떠는 거야. 생각이라고는 없어서 우리 둘을 죽일지 모르는 염소 대가리와 함께 여행하고 있으니까!"

"엇, 누가 불을 피워 두었습니다!"

맷과 톰이 눈짓을 주고받았다. 말발굽 소리가 가까워졌다. 정직한 사람이 여행하기에는 늦은 시간이었다. 하지만 케임린과 이렇게 가까운 길은 여왕 호위대가 지키고 있었다. 불빛이 비치는 곳으로 말을 몰아온 사람들은 확실히 강도처럼 보이지는 않았다. 한 명은 여자였다. 남자들은 모두 긴 망토를 입고 있었으며 여자의 수행원인 듯했다. 여자는 예쁘고 눈이 파란색이었으며 황금 목걸이와 회색 비단 드레스, 널찍한 후드가 달린 벨벳 망토를 걸치고 있었다. 남자들이 말에서 내렸다. 한 명은 여자의 고삐를, 다른 한 명은 그녀의 등자를 잡았다. 그녀는 맷에게 미소 지으며 불가로 다가와 장갑을 벗었다.

"유감이지만 늦은 시간에 발이 묶이고 말았어요." 여자가 말했다. "혹시 아신다면, 귀찮으시겠지만 여관으로 가는 길을 알려 주시면 좋겠네요."

맷이 씩 웃으며 일어서려 했다. 엉거주춤 일어서는데 남자 중 한 명이 뭐라 중얼거렸으며 다른 남자가 망토 아래에서 석궁을 꺼냈다. 이미 시위가 당겨져 있었고 화살이 끼워져 있었다.

"죽여, 멍청아!" 여자가 소리쳤다. 맷은 폭죽을 불길에 던지고 곤봉 쪽으로 몸을 날렸다. 시끄러운 쾅 소리가 나고 불빛이 번쩍였다. "아이즈 세다이다!" 남자가 소리쳤다. "폭죽이야, 이 머저리 같은 놈!" 여자가 소리쳤다. 맷은 몸을 굴리며 손에 곤봉을 들고 일어섰다. 그가 앉아 있던 자리와 매우 가까운 곳, 쓰러진 통나무에 석궁 화살이 박혀 있었다. 석궁수는 톰의 칼자루 하나가 가슴에 장식된 채로 쓰러졌다.

맷에게는 그 이상을 볼 시간이 없었다. 다른 두 남자가 칼을 뽑으며 빠르게 불가를 지나쳐 다가왔다. 둘 중 한 명이 갑자기 털썩 무릎을 꿇으며 칼을 떨어뜨렸다. 앞으로 쓰러진 그가 등에 박힌 칼을 뽑아내려 했다. 마지막 남자는 동료가 쓰러지는 모습을 보지 못했다. 그는 쌍을 이루어 적의 관심을 분산시키며 공격할 예정임에 분명했다. 그가 맷의 몸통으로 칼날을 뻗었다. 맷은 거의 경멸감을 느끼며 곤봉의 한쪽 끝으로 그자의 손목을 부러뜨리며 칼을 날려 보냈다. 곤봉의 다른 쪽 끝으로는 남자의 이마를 깨 버렸다. 털썩 쓰러진 남자의 눈알이 위로 돌아갔다.

여자가 다가오는 것을 알아챈 맷은 칼을 뻗듯 여자에게 손가락을 내밀었다. "도둑치고는 좋은 옷을 입었구나! 가만히 앉아 있어, 널 어떻게 해야 할지 결정할 테니까. 그러지 않으면……."

갑자기 목에 꽂힌 칼날에, 여자는 맷만큼이나 놀란 것 같았다. 번져 가는 피가 붉은 꽃 같았다. 맷은 아무 소용이 없다는 걸 알면서도 쓰러지는 여자를 잡으려 반 발짝 나섰다. 여자의 몸 위로 긴 망토가 내려앉으며 그녀의 얼굴과 톰의 칼자루를 제외한 모든 것을 가렸다.

"태워 죽일." 맷이 웅얼거렸다. "태워 죽일, 톰 머릴린! 여자였잖아요! 빚을 걸고, 저 여자를 묶어서 내일 케임린의 여왕 호위대에게 넘길 수도 있었어요. 빚을 걸고, 심지어 저 여자를 놔줄 수도 있었다고요. 여기 이 세 놈이 없으면 저 여자는 아무도 털지 못할 거예요. 아직 살아 있는 놈은 한 놈밖에 없고, 그나마 며칠이 지나야 똑바로 걷고 몇 달이 지나야 칼을 쥘 수 있을 거라고요. 태워 죽일, 톰. 저 여자를 죽일 필요는 없었어요!"

방랑 시인은 여자가 누워 있는 곳으로 절뚝거리며 걸어와 그녀의 망토를 발로 차서 걷었다. 단검이 여자의 손에서 반쯤 떨어져 있었다. 칼날 폭은 맷의 엄지 두 배쯤 되었고 길이는 맷의 손으로 두 뼘 길이였다. "이 여자가 네 갈비뼈 사이에 단검을 꽂을 때까지 기다리는 게 나았을까?" 톰은 여자의 망토에 자기 칼의 날을 닦고 가져갔다.

맷은 톰이 〈그녀는 얼굴을 가리는 가면을 썼다네〉라는 노래를 흥얼거리고 있다는 걸 알고 그것을 막았다. 맷은 허리를 숙여 여자의 얼굴을 망토 두건으로 가려 주었다. "가는 게 좋겠어요." 그가 조용히 말했다. "호위대가 순찰하다가 우연히 이 근처를 들렀을 때 모든 상황을 설명하고 싶지는 않네요."

"저 여자가 저런 옷을 입고 있는데?" 톰이 말했다. "당연하지! 저놈들은 상인의 아내나 귀족 여자의 마차를 턴 게 틀림없다." 그의 목소리가 부드러워졌다. "떠날 거라면 말에 안장을 제대로 채워야 할 거다."

맷이 움찔하더니 죽은 여자로부터 시선을 돌렸다. "네, 그래야겠죠?" 그는 다시는 여자를 보지 않았다.

맷은 남자에게는 그런 양심의 가책을 느끼지 않았다. 그가 생각하기에 강도질을 하고 사람을 죽이기로 한 남자는 게임에서 질 경우 제 몫을 받아 마땅했다. 맷은 그들에 대해 오래 생각하지 않았다. 강도들 중 한 명에게 시선이 닿아도 움찔하며 피하지 않았다. 발로 흙을 차 모닥불에 끼얹고 거세한 말에 안장을 채운 뒤 짐을 싣던 맷은 석궁을 쏜 남자를 돌아보았다. 그 얼굴에는, 꺼져 가는 불빛이 드리운 그림자에는 어딘지 익숙한 면이 있었다. **행운이야.** 맷은 자신을 타일렀다. **언제나 운이 중요한 거야.**

"석궁수는 수영을 잘 했어요, 톰." 그가 안장에 오르며 말했다.

"그건 또 무슨 바보 같은 소리냐?" 방랑 시인도 말에 올라 있었다. 그는 죽은 사람들보다 안장 뒤에 악기 통이 얼마나 잘 놓여 있는지에 훨씬 더 관심이 많아 보였다. "저놈이 수영을 할 줄 아는지 네가 어떻게 알아?"

"저 사람은 한밤중에 작은 나룻배를 타고 에리닌강 한가운데를 건너왔어요. 그걸로 운을 다 써 버린 것 같아요." 맷은 폭죽 두루마리의 끈을 다시 살펴보았다. **이것 하나만 가지고 아이즈 세다이가 나타났다고 생각하다니, 폭죽이 전부 다 터졌으면 뭐라고 생각했을지 궁금하네.**

"확실하냐, 꼬마야? 둘이 같은 남자일 확률은⋯⋯. 글쎄, 아무리 너라도 그런 확률에 돈을 걸지는 않을 거다."

"확실해요, 톰." **일레인, 너한테 손을 댈 때가 오면 네 목을 비틀어 버릴**

거야. 에그웨인과 나이니브도. "케임린에 도착하면 한 시간 안에 이 빌어먹을 편지를 털어 버리고 싶다는 것도 확실하고요."

"분명히 말하지만 그 편지에는 아무것도 없다, 꼬마야. 난 너보다 어릴 때 **다에스 데이마르**를 했어. 무슨 내용인지는 몰라도 암호를 보면 암호인 줄 알아본다."

"뭐, 난 아저씨처럼 위대한 게임을 해본 적 없어요, 톰. 아저씨가 말하는 그 빌어먹을 가문의 게임 말이에요. 하지만 누가 날 쫓는다는 건 알아요. 내 주머니에 들어 있는 금화를 가지려고 이렇게 멀리까지, 이렇게 열심히 따라온 건 아닐걸요. 금화로 가득한 상자를 가지고 있는 것도 아니고요. 편지 때문인 게 틀림없어요." **태워 죽일, 예쁜 여자들은 언제나 날 곤란하게 해.** "이런 일을 겪고도 오늘 자고 싶어요?"

"천진한 아기처럼 자고 싶다, 이 녀석아. 하지만 네가 말을 달리고 싶다면야 나도 가야지."

목에 단검이 꽂힌 예쁜 여자의 얼굴이 맷의 머릿속에 둥실둥실 들어왔다. **당신은 운이 없었어, 예쁜 여자.** "그럼 가요!" 맷이 무자비하게 말했다.

45장 케임린

맷은 케임린을 어렴풋이 기억하고 있었다. 하지만 해가 뜬 지 얼마 안 된 시간의 케임린은 지금 처음 와 보는 것만 같은 모습이었다. 첫 햇살이 비친 이후, 도로에는 맷과 톰 외에도 다른 사람들이 있었다. 지금은 말을 탄 다른 사람들이 그들을 둘러싸고 있었으며 상인의 수레와 걸어 다니는 사람들의 행렬이 줄줄이 위대한 도시를 향해 흘러가고 있었다.

솟아오른 언덕 위에 세워진 그 도시는 확실히 타 발론만큼 컸다. 거대한 성벽 바깥에는—15미터 높이 성벽은 흰색과 회색으로 이루어져 있었으며 햇빛을 받아 흰색과 은색으로 반짝이는 줄무늬가 들어가 있었다. 그 성벽을 따라 높고 둥근 탑들이 일정한 간격을 두고 서 있었으며, 탑 위에는 붉은색 바탕에 안도어의 사자가 그려진 흰색 깃발이 나부꼈다—다른 거대한 도시 하나가 자리 잡고서 성벽 안의 도시를 둘러싸고 있는 것처럼 보였다. 바깥쪽 도시 전부는 붉은 벽돌과 회색 석재와 희게 회칠한 벽으로 이루어져 있었다. 너무 멋지게 지어져 부유한 상인들의 것임에 틀림없을 3~4층짜리 집들과 널찍하고 창문 없는 창고에 빽빽하게 붙어 있는 차양 아래, 탁자에 물건을 진열해 놓은 가게들 사이로 여관이 끼어 있었다. 길 양옆으로는 빨간색과 보라색 기와 밑 가게들이 늘어서 있었고, 남자 여자 할 것 없이 자기 물건을 파는 사람들이 한껏 목청을 높여 흥정하는 중이었다. 울타리 안의 송아지와 양, 염소, 돼지, 새장 속 거위, 닭, 오리가 소음을 더했다. 지난번 이곳에 왔을 때 맷은 케임린이 너무 시끄럽다고 생각했었다. 지금은 이 소음이 부富를 펌프질하는 심장 소리처럼 들렸다.

길은 6미터 높이의 아치형 성문으로 이어졌다. 열린 성문은 붉은 외투를 입고 번쩍이는 판금 갑옷을 걸친 여왕 호위대가 경계심을 번뜩이며 지키고 있었다. 그들은 톰과 맷을 다른 사람들 이상으로 눈여겨보지는 않았다. 맷이 안장 앞에 비스듬하게 가로질러 놓은 곤봉조차도 말이다. 그들이 신경 쓰는 것은 사람들을 계속 움직이게 하는 문제뿐인 듯했다. 그렇게 맷과 톰은 성안으로 들어왔다. 성안에는 늘씬한 탑들이 성벽을 따라 늘어선 탑보다도 높이 솟아 있었다. 반짝이는 돔이 사람들로 넘쳐나는 거리 위쪽에서 흰색과 황금색으로 빛났다. 성문 바로 안에서 길은 두 줄기의 평행한 거리로 나뉘었다. 두 개의 거리를 나누는 경계는 풀과 나무로 이루어진, 넓고 길쭉한 땅이었다. 도시의 언덕들이 정상을 향해 계단처럼 점점 높아졌다. 언덕 정상은 타 발론의 성벽처럼 희게 빛나는 또 하나의 성벽으로 둘러싸여 있었으며 성벽 안에는 더 많은 돔과 탑이 있었다. 맷은 그곳이 내성이라고 불린다는 것을 떠올렸다. 내성의 가장 높은 언덕 위에는 왕궁이 서 있었다.

"기다려 봤자 의미 없어요." 맷이 톰에게 말했다. "난 곧장 편지를 가져갈 거예요." 맷은 인파를 헤치고 나아가는 가마와 마차들, 온갖 상품을 진열해 놓은 가게들을 바라보았다. "주사위나 카드 게임만 할 수 있다면 이 도시에서는 떼돈을 벌 수 있겠어요, 톰." 카드 게임을 할 때 맷의 운은 주사위 게임을 할 때만큼은 따라 주지 않았다. 어쨌거나 귀족이나 부자들을 제외하면 카드 게임을 하는 사람은 별로 없었다. **이젠 귀족이나 부자를 찾아서 게임을 해야겠지만.**

톰은 하품을 하며 맷을 보더니 방랑 시인의 망토를 담요라도 된 듯 끌어올렸다. "우린 밤새 말을 달렸다, 이 녀석아. 일단은 뭐라도 먹을 걸 찾자. '여왕의 축복'이 음식이 좋다." 그가 다시 하품했다. "침대도 좋고."

"기억나요." 맷이 천천히 말했다. 어떤 면에서는 실제로 기억이 났다. 여관 주인은 머리가 희끗희끗해 가는 뚱뚱한 남자로, 길 씨라고 불렸다. 그때 맷은 이제야 모레인으로부터 자유로워졌다고 생각했는데, 바로 그 여관에서 모레인은 랜드와 함께 있던 맷을 따라잡았었다. **지금 모레인은 랜드랑 게임을 하러 갔어. 나랑은 아무 상관없다고. 더 이상은.** "거기서 만나요, 톰. 케임린에 도착하고서 한 시간 안에 이 편지를 털어 버리겠다고 내가 말했죠? 진심이에요. 아저씨는 가세요."

고개를 끄덕이며 말머리를 돌려세운 톰은 하품을 누르며 어깨 너머로 소리쳤다. "길이나 잃어버리지 마라, 이 녀석아. 케임린은 큰 도시야."

부유한 도시이기도 하죠. 맷은 말의 옆구리를 차며 붐비는 거리를 따라 올라갔다. **길을 잃는다니! 빌어먹을, 길은 나도 찾을 수 있다고요.** 질병이 그의 기억 일부를 지워 버린 듯했다. 위층이 1층의 위쪽 전체를 빙 둘러 튀어나와 있는, 산들바람에 간판이 흔들리는 여관을 보면 전에도 그곳을 봤던 게 기억났지만 그 자리에서 보이는 다른 것들은 전혀 기억에 없었다. 91미터의 거리가 갑자기 머릿속에 확 떠오르는 반면, 그 앞뒤의 지역은 컵 안에 든 주사위처럼 신비롭게 남아 있었다.

맷은 구멍 난 기억으로도 자신이 내성이나 왕궁에 들어가 본 적이 없다는 걸 확실히 알았지만—**그런 기억을 잊었을 리 없지!**—그곳까지 가는 길을 기억해 낼 필요는 없었다. 신도시—맷은 이 이름이 갑자기 기억났다. 신도시란 케임린에서 2천 년이 되지 않은 지역을 말했다—의 거리들은 사방으로 이어져 있었지만 주요한 대로들은 전부 내성으로 이어졌다. 성문의 경비병들은 들어오는 사람을 굳이 막으려 하지 않았다.

흰 성벽 안에는 타 발론이 거의 통째로 들어갈 법한 건물들이 있었다. 휘어진 거리가 언덕 꼭대기에서 가느다란 탑들을 드러냈고, 타일로 덮인 탑의 벽은 햇빛을 받아 백 가지 색깔로 반짝였다. 또한 그 거리에서 아래를 보면 위에서 내려다볼 때 무늬가 드러나도록 깔린 공원이 눈에 들어왔다. 도시 전체와 그 너머로 펼쳐진 평원과 숲까지 탁 트인 전망도 보였다. 여기서부터는 어느 거리로 가느냐가 그다지 중요하지 않았다. 모든 거리가 나선을 그리며 그가 찾는 곳, 안도어 왕궁으로 이어졌다.

맷은 궁전 앞의 거대한 타원형 광장을 금세 가로질러 궁전의 높은, 도금된 성문으로 말을 몰아갔다. 순백색의 안도어 왕궁은 그 늘씬한 탑과 햇빛을 받아 빛나는 황금색 돔, 높다란 발코니와 정교한 돌 세공으로 볼 때 타 발론의 기적들과 함께 있어도 크게 빠지지 않을 것 같았다. 그런 돔을 장식한 황금 잎사귀 하나만 있어도 맷은 1년 동안 사치스럽게 지낼 수 있을 터였다.

광장은 다른 곳보다 사람이 적었다. 꼭 대단한 행사만을 위해 광장을 아껴둔 것 같았다. 열두 명의 여왕 호위대가 번쩍이는 판금 갑옷을 입고 똑같은 각도로 비스듬히 활을 멘 채 닫힌 성문 앞에 서서 윤이 나는 투구의 면갑에 달린 강철 철창으로 얼굴을 숨기고 있었다. 붉은 망토를 젖혀 어깨의 황금색 매듭을 드러내고 있던, 육중한 체구의 장교가 대열 앞을 오가며 녹이나 먼지를 발견하게 될 거라고 생각하듯 병사들을 한 사람 한 사람 눈여겨보았다.

맷이 고삐를 당기며 미소 지었다. "좋은 아침입니다, 대장님."

장교는 돌아서서 면갑 너머의 구슬처럼 짙은 눈동자로 맷을 바라보았다. 그 눈은 꼭 철창 안에 갇힌 땅딸막한 쥐 같았다. 그 남자는 맷이 예상했던 것보다 나이가 많았고—계급을 나타내는 매듭이 하나는 더 있을 만큼 나이가 많은 게 분명했다—건장하기보다는 뚱뚱했다. "뭘 원하는 거냐, 촌놈?" 그가 거칠게 물었다.

맷이 숨을 들이쉬었다. **잘해. 이놈이 날 하루 종일 기다리게 하지 않도록 좋은 인상을 남기란 말이야. 오래 기다리기 싫다는 이유로 아멀린 권좌의 서류를 이리저리 내보이고 싶지는 않지만.** "타 발론의 화이트 타워에서 왔습니다. 편지를 가지고……."

"**네가** 타 발론에서 왔다는 거냐, 촌놈?" 뚱뚱한 장교가 웃어 대자 그의 배가 떨렸다. 이윽고 그의 웃음은 칼로 끊어 낸 것처럼 뚝 끊겼다. 그가 맷을 노려보았다. "네가 **정말** 편지를 가져왔다 해도 우리는 타 발론의 편지 따위 원하지 않는다, 이 불한당아! 우리의 선하신 여왕께서는—빛께서 그분을 비추시길!—여왕 후계자를 돌려받기 전까지 화이트 타워의 말을 전해 듣지 않으실 거다. 난 시골뜨기의 코트와 브리치스를 입은 화이트 타워의 전령을 한 번도 본 적 없어. 넌 무슨 장난질을 꾸미고 있는 게 분명해. 아마 편지를 가져왔다고 하며 동전이나 몇 푼 벌어 볼 생각이겠지. 하지만 그러다 감옥에나 갇히지 않으면 다행이다! 네가 정말 타 발론에서 왔다면 돌아가서 여왕 후계자를 돌려 달라고 화이트 타워에 전해라. 우리가 그분을 되찾으러 가기 전에! 만일 네가 은화를 얻어 내려는 광대라면, 내가 네 목숨을 탈탈 털어 버리기 전에 내 눈에서 썩 꺼지고! 어느 쪽이든 꺼져, 이 덜떨어진 반푼아!"

맷은 남자가 일장연설을 시작했을 때부터 한마디를 끼워 넣으려 애쓰고 있었다. 그가 재빨리 말했다. "일레인이 보낸 편지예요. 이 편지는……."

"꺼지라고 하지 않았느냐, 악당아?" 뚱뚱한 남자가 소리쳤다. 그의 얼굴이 거의 코트만큼이나 붉어졌다. "내 눈앞에서 썩 꺼져, 이 똥통에 뒹구는 쓰레기 같으니! 열을 셀 때까지 떠나지 않으면 네 존재가 광장을 더럽힌 죄로 체포하겠다! 하나! 둘!"

"그렇게 큰 수까지 셀 수는 있어요? 이 뚱뚱한 바보 같으니." 맷이 쏘아붙였다. "분명히 말하지만, 일레인이……."

"호위대!" 장교의 얼굴은 이제 검붉어져 있었다. "이 자를 어둠의 친구로 체포해라!"

맷은 잠시 망설였다. 아무도 그런 명령을 진지하게 받아들일 리 없다고 확신했다. 하지만 붉은 코트의 호위병들이 그에게 달려들었다. 판금 갑옷에 투구를 쓴 남자 열두 명 모두가. 맷은 얼른 말 머리를 돌려서 호위대를 앞질러 달려갔다. 그의 뒤로 뚱뚱한 남자의 고함이 쫓아왔다. 거세한 말은 그리 발이 빠르지 않았지만 두 발로 달려오는 남자들은 쉽게 따돌릴 수 있었다. 사람들이 휘어진 거리를 따라 달리는 맷을 피하며 주먹을 휘둘러 대고 장교만큼이나 많은 욕설을 외쳐 댔다.

멍청이. 맷은 생각했다. 뚱뚱한 장교에게 한 말이었다. 그런 뒤에 그는 자신에게도 똑같은 말을 덧붙였다. **처음부터 빌어먹을 일레인의 이름만 말했으면 됐는데.** "안도어의 여왕 후계자 일레인이 이 편지를 어머니이신 무어게이즈 여왕님께 보냈습니다." 빛을 걸고, 저 사람들이 타 발론에 대해 저런

식으로 생각할 줄 누가 알았겠어? 맷이 지난번 왔을 때의 기억에 따르면, 아이즈 세다이와 화이트 타워는 호위병들에게 무어게이즈 여왕만큼 사랑받는 존재였다. **태워 죽일, 일레인은 나한테 말해 줄 수 있었잖아.** 맷은 마지못해 덧붙였다. **나도 질문을 할 수 있었지만.**

신도시로 이어지는 아치형 성문에 이르기 전에 맷은 말의 속도를 걷는 정도로 늦추었다. 궁전의 호위병들이 아직 그를 따라오고 있을 것 같지는 않았다. 게다가 말을 달려 지나다가 성문 경비병들의 시선을 끄는 것도 의미 없는 짓이었다. 이곳 경비병들은 맷이 처음 들어갔을 때보다 큰 관심을 보이지 않았지만 말이다.

널찍한 아치 아래를 지나며 맷은 미소를 짓다가 거의 돌아설 뻔했다. 갑자기 한 가지 생각이 떠올랐다. 궁전의 성문을 걸어서 지나는 것보다 훨씬 더 그럴듯한 아이디어였다. 그 뚱뚱한 장교가 성문을 지키고 있지 않았더라도 맷은 이 아이디어가 더 마음에 들었을 것이다.

맷은 '여왕의 축복'을 찾다가 두 번 길을 잃었지만, 결국은 그 여관의 간판을 찾았다. 한 남자가 무릎을 꿇었으며 붉은 금발 머리카락에 황금 장미 왕관을 쓴 여자가 그 남자 앞에 서서 남자의 머리에 손을 얹고 있는, 그런 그림이 그려진 간판이었다. 여관은 널찍한 석재 3층 건물로, 창문이 붉은 기와 바로 아래까지 높이 솟아 있었다. 맷은 건물을 돌아서 뒤쪽의 마구간 앞뜰로 갔다. 그곳에서는 기껏해야 그의 피부만큼 질기게 보이는 가죽조끼를 걸친, 말처럼 생긴 남자가 고삐를 받아들었다. 맷은 그 사람이 기억나는 것 같았다. **맞아. 레이미였지.**

"오랜만이네요, 레이미." 맷이 그에게 은화 한 닢을 던졌다. "나 기억나죠?"

"글쎄, 난……." 레이미는 입을 열었다가, 예상했던 동전보다 반짝이는 은화를 알아보았다. 그는 기침을 했다. 짧게 끄덕이던 고갯짓이 불쑥 허리를 숙이며 이마에 손마디를 대는 인사로 바뀌었다. "그야 당연하죠, 도련님. 용서해 주십시오. 잠시 잊었습니다. 사람은 잘 기억 못 해서요. 하지만 말을 잘 기억하죠. 말은 확실히 잘 압니다. 좋은 녀석이에요, 도련님. 제가 잘 돌봐 주겠습니다. 믿으셔도 됩니다." 이 모든 대사를 빠르게, 맷이 뭐라 덧붙일 틈도 남기지 않고 뱉어낸 레이미는 맷의 이름을 떠올릴 필요가 생기기 전에 서둘러 거세한 말을 데리고 마구간으로 들어갔다.

맷은 씁쓸하게 인상을 쓰며 굵은 폭죽 두루마리를 팔 밑에 끼고 나머지 소지품을 어깨에 멨다. **저 사람은 날 호크윙의 발톱하고도 구분 못 할걸.** 덩치가 좋은 근육질 남자 한 명이 주방 문 옆에 뒤집어 놓은 나무통 위에 앉아서, 자기 무릎에 웅크린 흰색과 검은색 고양이의 귀를 가만히 긁어 주고 있었다. 그 남자는 눈두덩이 퉁퉁한 눈으로 맷을, 특히 맷이 어깨에 메고 있는 곤봉을 눈여겨 보았지만 고양이를 긁어 주는 손길은 멈추지 않았다. 맷은 그 남자가 생각날 것 같았지만 이름이 떠오르지 않았다. 그래서 문을 지나면서 아무 말도 하지 않았다. 남자도 마찬가지였다. **사람들이 나를 기억할 이유는 없지. 엿 같은 아이즈 세다이가 매일 사람을 찾으러 오는 모양인데.**

주방에서는 올림머리를 하고서 나무 숟가락으로 자기가 원하는 일을 지시하는 동글동글한 여자의 명에 따라 주방 보조 두 명과 부엌데기 세 명이 스토브와 꼬치구이 사이를 바쁘게 오가고 있었다. 맷은 동글동글한 여자가 분명히 기억났다. **콜린이었어. 저렇게 펑퍼짐한 여자한테 그런 이름이라니. 다들 요리사라고 불렀지만.**

"음, 요리사님." 맷이 말했다. "돌아왔어요. 떠난 지 1년도 안 됐죠."

콜린은 잠시 그를 보더니 고개를 끄덕였다. "기억나." 맷이 미소를 지으려 했다. "그 젊은 왕자와 함께 왔었지?" 콜린이 말을 이었다. "티그레인 님과 무척 닮았던 그분 말이야. 빛께서 티그레인 님의 기억을 비추시길. 넌 그분의 하인 아니었던가? 그럼 그 젊은 왕자님이 돌아오시는 거야?"

"아뇨." 맷이 딱 잘라 말했다. **왕자라니! 빛을 걸고!** "절대 금방 돌아오지는 않을걸요. 돌아온다 해도 당신이 좋아하지 않을 거고요." 콜린은 왕자가 얼마나 멋지고 잘생긴 젊은이였는지 말하며 맷의 말에 반대했지만—**태워 죽일, 랜드에 대한 공상에 빠져서 그 녀석의 빌어먹을 이름만 꺼내도 눈이 초롱초롱해지지 않는 여자는 없는 거야? 지금 랜드가 뭘 하는지 알면 콜린도 비명이나 지를 텐데, 염병할**—맷은 콜린이 그 말을 꺼내지 못하게 했다.

"길 씨는 있어요? 톰 머릴린은요?"

"도서관에." 콜린이 힘주어 코웃음 치며 말했다. "바젤 길을 만나거든, 내가 하수구를 뚫어야 한다고 말했다고 해. 오늘, 꼭." 그녀는 주방 보조 한 명이 쇠고기 구이를 만지작거리는 걸 보더니 그녀에게로 뒤뚱뒤뚱 걸어갔다. "그렇게 많이 넣으면 안 되지, 얘야. 아라스를 그렇게 많이 넣으면 고기가 너무 달아져." 그녀는 이미 맷의 존재를 잊은 듯했다.

맷은 기억나지 않는 그 도서관이라는 곳을 찾아가며 고개를 저었다. 콜린이 길 씨와 결혼했는지는 기억나지 않았지만, 그녀의 말투는 주부가 남편에게 지시 사항을 전달하는 그것 자체였다. 눈이 크고 예쁘장한 종업원 소녀가 키득거리며 맷을 휴게실 옆 복도로 안내했다.

도서관에 들어간 맷은 멈춰 서서 멍하니 앞을 보았다. 벽에 붙박인 책장에는 300권이 넘을 게 틀림없는 책들이 있었다. 탁자에도 더 많은 책들이 놓여 있었다. 맷은 살면서 한 곳에 이렇게 많은 책이 있는 장면은 한 번도 보지 못했다. 가죽으로 장정된 『제인 파스트라이더의 여행』이 문 근처 탁자에 놓여 있었다. 맷은 언제고 그 책을 읽어 볼 생각이었지만—랜드와 페린이 언제나 그 책에 나오는 내용을 이야기해 주었다—읽고 싶은 책은 절대 맷 근처에 나타나지 않는 것만 같았다.

분홍빛 얼굴의 바젤 길과 톰 머릴린이 한 탁자에 마주 앉아, 돌멩이 게임판을 가운데 놓고 서로를 마주 보고 있었다. 그들이 잇새에 문 파이프에서 타박의 가느다랗고 푸른 연기가 피어올랐다. 얼룩무늬 고양이 한 마리가 탁자 위의 나무 주사위 컵 옆에 앉아 발을 꼬리로 감고서 게임하는 둘을 지켜보고 있었다. 방랑 시인의 망토가 보이지 않았으므로 맷은 그가 이미 방을 잡았으리라고 추측했다.

"내 예상보다 일찍 일을 마쳤구나." 톰이 파이프를 문 채로 말했다. 그는 격자무늬가 들어간 게임판 어디에 다음번 돌을 놓을지 생각하면서 흰 콧수염을 잡아당겼다. "바젤, 맷 코손을 기억할 거요."

"기억하죠." 뚱뚱한 여관 주인이 게임판을 바라보며 말했다. "내 기억으로, 지난번에 여기 왔을 때는 아팠었는데. 지금은 나은 거였으면 좋겠다,

친구."

"나았어요." 맷이 말했다. "기억나는 게 고작 그것뿐이에요? 내가 아팠다는 것?"

길 씨는 톰이 둔 한 수에 움찔하더니 입에서 파이프를 뺐냈다. "네가 누구와 떠났는지, 지금 상황이 어떻게 됐는지 생각하면 내가 그 이상은 기억 못 하는 게 아마 최선일 거다."

"요즘은 아이즈 세다이의 평판이 그리 좋지 않은가 봐요?" 자기 물건들을 커다란 안락의자 위에 내려놓고 곤봉을 등받이에 기댄 맷은 다른 안락의자에 앉아 팔걸이에 한쪽 다리를 걸쳤다. "궁전의 호위병들은 화이트 타워가 일레인을 훔쳐 갔다고 생각하는 것 같던데요." 톰은 폭죽 두루마리를 불안한 듯 눈여겨보고 연기가 피어오르는 자기 파이프를 보더니, 혼잣말로 툴툴거린 뒤 다시 게임판을 들여다보았다.

"그렇다고는 못 하지." 길이 말했다. "하지만 일레인이 화이트 타워에서 사라졌다는 건 온 도시가 알아. 톰은 일레인이 돌아왔다고 말하지만, 여기 사람들은 그런 얘기를 한마디도 듣지 못했어. 아마 무어게이즈 여왕님은 아실지도 모르겠구나. 아무튼 마구간지기에 이르는 모든 사람이 여왕님의 비위를 거슬렀다가 목이 잘리지 않으려고 사뿐사뿐 걷고 있어. 게이브릴 공이 막은 덕분에 여왕님이 실제로 누군가를 사형 집행인에게 보내지는 않았지만, 앞으로도 그런 일이 없을 거라고는 말 못 하겠구나. 게다가 게이브릴 공도 타 발론에 대한 여왕님의 분노를 충분히 누그러뜨리지 못한 건 확실해. 오히려 악화시킨 것 같아."

"무어게이즈가 새로운 자문 위원을 두었더구나." 톰이 무미건조한 목소리로 말했다. "가레스 브라인이 그자를 싫어해서 직위를 내려놓고 자기 저택으로 물러나 양털이 자라는 것이나 지켜보고 있다는 거야. 바젤, 둘 건가 말 건가?"

"잠깐만요, 톰. 잠깐만. 제대로 하고 싶어서." 길은 파이프를 꽉 물고 인상을 쓴 채 게임판을 바라보며 연기를 뻐끔거렸다.

"그러니까, 여왕 곁에 타 발론을 싫어하는 자문 위원이 있다는 거네요."

맷이 말했다. "뭐, 그럼 내가 왕궁에 갔을 때 경비병들이 한 행동도 설명돼요."

"경비병들에게 그런 말을 했다간," 길이 말했다. "뼈가 부러지지 않은 채 도망칠 수 있다면 다행일 거다. 적어도 새 경비병들한테 말했다면 말이야. 게이브릴이 케임린의 경비병 절반을 자기가 고른 사람들로 교체했어. 게이브릴이 이곳에 온 지 얼마 안 됐다는 걸 생각하면 보통 일은 아니지. 어떤 사람들은 무어게이즈 여왕님이 게이브릴 공과 결혼할지도 모른다고 한다." 게임판에 돌을 놓으려던 그는 고개를 저으며 다시 가져왔다. "시대는 변하기 마련이야. 사람들도 변하고. 나한테는 지나친 변화지. 나도 늙어 가는 것 같구나."

"자네가 그 돌을 내려놓기 전에 우리 둘 다 늙을 것 같은데." 톰이 툴툴댔다. 고양이가 기지개를 켜더니 탁자를 가로질러 톰에게 가서 등을 쓰다듬어 달라고 했다. "하루 종일 이야기해 봐야 좋은 수가 떠오르지는 않을 거야. 그냥 패배를 인정하지 그러나, 바젤?"

"저는 절대 패배를 인정하지 않습니다." 길이 힘주어 말했다. "아직 이길 수 있어요, 톰." 그는 흰 돌을 두 줄이 교차하는 지점에 놓았다. "두고 보면 알겠죠." 톰이 코웃음 쳤다.

게임판을 본 맷은 길에게 별 승산이 없다고 생각했다. "난 그냥 경비병들을 피해 일레인의 편지를 바로 무어게이즈에게 전달하기만 하면 돼요." **경비병들이 모두 그 뚱뚱한 바보와 비슷하다면 더 그렇고. 빛을 걸고, 그놈이 모든 경비병들에게 내가 어둠의 친구라고 말했으려나?**

"편지를 안 전한 거냐?" 톰이 쩌렁쩌렁하게 말했다. "그걸 털어 버리고 싶어서 안절부절못하는 것 같더니."

"여왕 후계자가 보낸 편지를 가지고 있다고?" 길이 소리쳤다. "톰, 왜 얘기 안 한 거예요?"

"미안하네, 바젤." 방랑 시인이 중얼거렸다. 그는 덥수룩한 눈썹 아래로 맷을 노려보더니 콧수염을 훅 불었다. "저 녀석은 누가 그 편지를 노리고 자기를 죽일 거라고 생각해. 그래서 난 저 녀석이 하고 싶은 말만 하게 둬야겠다고 생각했지. 더는 저 녀석이 신경 쓰지 않는 것 같지만.”

“무슨 편지인데?” 길이 물었다. “일레인이 집으로 돌아오는 거냐? 가윈 공도? 그랬으면 좋겠는데. 실은 타 발론과 전쟁이 벌어질 거라는 얘기를 들었거든. 아이즈 세다이와 전쟁을 할 만큼 멍청한 인간이 있을 수 있는지 모르겠다만. 내 생각에는 이것도 아이즈 세다이가 서쪽 어딘가에 나타난 가짜 드래건을 도우면서 일원력을 무기로 쓰고 있다는, 말도 안 되는 소문이나 마찬가지야. 그렇다고 해도 왜 아이즈 세다이와 전쟁을 벌이고 싶어 하는 건지 모르겠다만. 오히려 그 반대여야 할 텐데.”

“아저씨는 콜린하고 결혼한 사이예요?” 맷이 묻자 길 씨가 움찔했다.

“빛께서 그런 일을 막아 주셔야지! 결혼 안 한 지금도 이 여관이 그 여자 것처럼 보이는데 말이야. 콜린이 내 아내였다면……! 근데 그게 여왕 후계자의 편지와 무슨 상관이냐?”

“상관없어요.” 맷이 말했다. “근데 아저씨가 너무 오랫동안 얘기하기에, 처음에 아저씨 본인이 던진 질문조차 잊어버린 줄 알았죠.” 길은 목이 메는 소리를 냈다. 톰이 껄껄 웃었다. 맷은 여관 주인이 입을 열기 전에 서둘러 말했다. “편지는 봉인돼 있어요. 일레인은 편지 내용을 나한테 말해 주지 않았고요.” 톰은 곁눈질로 맷을 보더니 콧수염을 쓰다듬었다. **톰은 내가 편지를 뜯어 봤다는 걸 인정할 거라고 생각하는 걸까?** “하지만 일레인이 집으로 돌아올 것 같지는 않아요. 제 생각에, 일레인은 아이즈 세다이가 되려고 하는 것 같거든요.” 맷은 두 사람이 굳이 알 필요가 없는 정보를 뭉뚱그리며 편지 배달에 관해 말했다.

“경비병들은 거의 새로 온 사람들이야.” 길이 말했다. “네 말을 듣고 보니, 그 장교는 확실히 새로 온 사람 같구나. 내기라도 걸 수 있어. 그자들 대부분은 기껏해야 강도떼일 뿐이다. 간사한 눈을 가졌다는 점만 다르지. 오늘 오후까지만, 성문을 지키는 경비병들이 바뀔 때까지만 기다려라. 여왕 후계자의 이름을 즉시 말하고, 새로운 녀석도 게이브릴의 부하일지 모르니 고개를 좀 숙여. 이마에 손마디를 대면 별 문제는 없을 거다.”

“그러느니 타 죽죠. 난 누구 앞에서도 옷자락을 비틀어 짜 대거나 자갈밭을 긁어 대지 않아요. 무어게이즈 본인에게도 마찬가지에요. 이번에는 아예 경비병들 근처에도 가지 않을 거예요." **그 뚱보가 무슨 헛소문을 퍼뜨렸을지 알고 싶지 않아.** 그들은 미친 사람 보듯 맷을 보았다.

"빛을 걸고," 길이 말했다. "대체 어떻게 경비병들을 지나지 않고 왕궁에 들어가겠다는 거냐?" 뭔가 떠올랐다는 듯 그의 눈이 커졌다. "빛이여, 너 설마……. 이 녀석아, 그런 짓을 했다간 목숨을 부지한 채 달아나려고만 해도 어둠의 존재만큼 운이 좋아야 할 거다!"

"무슨 소리인가, 바젤? 맷, 대체 무슨 바보짓을 하려는 거야?"

"난 운이 좋아요, 길 씨." 맷이 말했다. "내가 돌아와서 먹을 음식이나 잘 준비해 두세요." 맷은 자리에서 일어서며 주사위 컵을 집어 들었고, 운을 가늠하느라 돌멩이 게임판 옆에 주사위를 굴렸다. 얼룩무늬 고양이가 펄쩍 뛰어내리더니 등을 둥그렇게 구부린 채 맷에게 야옹거렸다. 점이 찍힌 주사위 다섯 개가 멈췄다. 모든 주사위가 눈금 1을 보여 주고 있었다. **어둠의 존재의 눈이야.**

"이건 가장 좋은 눈금 혹은 가장 나쁜 눈금이야." 길이 말했다. "네가 어떤 게임을 하는지에 따라 달라지지. 안 그러냐? 이 녀석아, 위험한 게임을 하려는 모양이구나. 차라리 저 컵을 가지고 휴게실에 가서 동전이나 몇 푼 잃지 그러냐? 내가 보기에 넌 도박을 좋아하는 녀석 같은데. 내가 그 편지를 왕궁에 안전하게 전달해 주마."

"콜린이 아저씨한테 하수구 뚫으래요." 그렇게 말한 맷은 여관 주인이 눈을 깜빡이며 뭐라 웅얼거리는 사이 톰을 돌아보았다. "저 편지를 배달하려다가 화살에 맞든 기다리다가 등에 칼이 꽂히든 별로 달라질 건 없을 것 같아요. 0점에서 6점을 얻든, 12점에서 6점이 깎이든 똑같죠. 그냥 밥이나 준비해 둬요, 톰." 맷은 길 앞의 탁자에 금화 한 닢을 던졌다. "짐은 방으로 옮겨 주세요, 아저씨. 돈이 남으면 아저씨가 가지세요. 큰 두루마리는 조심해야 해요. 톰이 무지막지하게 겁내거든요."

맷은 성큼성큼 걸어 나가며 길이 톰에게 하는 말을 들었다. "예전부터 불한당 같더라니. 저 금화는 어떻게 얻은 거예요?"

그야 내가 항상 이기니까. 맷은 험악하게 생각했다. 한 번만 더 이기면 일레인하고는 끝이야. 나로서는 화이트 타워와도 끝이고. 딱 한 번만 더 이기면 돼.

46장 그림자에서 나온 메시지

걸어서 신시가지로 돌아가는 동안에도 맷은 자신이 쓰려는 방법이 실제로 통할 거라는 확신을 할 수 없었다. 맷이 들은 말이 사실이라면 통하겠지만, 그 말이 사실이 아닐지도 몰랐다. 맷은 궁전 앞의 타원형 광장을 피해서 언덕의 윤곽선을 따라 휘어지는 거리를 걸었다. 그렇게 거대한 건물과 그 부지의 측면을 돌아갔다. 궁전의 황금빛 돔이 그를 놀리기라도 하듯 손이 닿지 않는 곳에서 반짝였다. 거의 다 가서 광장의 뒤쪽에 도착했을 때쯤, 맷은 문제의 그곳을 보았다. 키 작은 꽃들이 무성한 가파른 비탈이 거리로부터 거친 돌로 이루어진 흰 성벽까지 솟아 있었다. 나뭇잎으로 무성한 나뭇가지가 성벽 위쪽으로 뻗어 나왔다. 그 너머로 왕궁 정원의 다른 가지들도 보였다.

절벽처럼 보이는 벽이야. 맷은 생각했다. **반대편에는 정원이 있고. 어쩌면 랜드 말이 사실이었는지도 몰라.**

슬그머니 주변을 살피니 지금 이 순간 휘어진 거리에는 맷 한 사람밖에 없었다. 서둘러야 할 터였다. 길이 휘어져 있어 아주 멀리까지는 보이지 않았고, 언제라도 누가 나타날 수 있었다. 맷은 두 손을 짚고 엎드려 비탈을 허둥지둥 올라갔다. 장화가 빨간색과 흰색 꽃송이로 가득한 둔덕에 구멍을 내는 것은 신경 쓸 새가 없었다. 성벽의 거친 돌에는 손가락을 둘 만한 자리가 많았다. 굴곡과 튀어나온 부분은 장화를 신은 남자도 발을 디딜 만했다.

이렇게 쉽게 만들어 놓다니 조심성이 없네. 맷은 성벽을 기어오르며 생각했다. 성벽을 기어오르고 있자니 랜드와 페린과 함께 고향에서 안개의산맥 가장자리에 있는 모래의언덕 너머로 여행을 떠났던 기억이 문득 떠올랐다. 에먼즈 필드로 돌아갔을 때, 그들은 그들에게 손을 댈 수 있는 모든 사람의 분노를—누구보다도 맷이 심하게 맞았다. 다들 그 모험이 맷의 아이디어였을 거라고 생각했다—샀다. 그들은 사흘 동안 절벽을 기어오르고 하늘 아래에서 잠을 자며 붉은볏의 둥지에서 훔쳐 온 알, 화살이나 새총으로 잡은 통통한 회색 날개 뇌조, 덫으로 잡은 토끼를 먹었다. 그러는 내내 산맥이 가져다준다는 불운이 두렵지 않다는 얘기, 보물을 발견할지도 모른다는 얘기를 하며 웃었고. 맷은 그 여행에서 이상하게 생긴 돌멩이를 가져왔는데, 꽤 큰 물고기의 머리뼈가 어째서인지 그 돌에 찍혀 있었다. 눈독수리가 떨어뜨리고 간 흰색 꼬리깃과 남자의 귀를 조각해 놓은 것처럼 보이는, 그의 손바닥만 한 흰 돌멩이도 가져왔다. 랜드와 페린은 아니라고 했지만 맷은 그 돌멩이가 귀처럼 생겼다고 생각했다. 탬 알소르도 그럴지 모른다고 했다.

맷의 손가락이 얕은 홈에서 미끄러졌다. 순간 균형을 잃으며 왼발의 디딤대도 놓쳐 버렸다. 맷은 헛숨을 들이키며 간신히 성벽 맨 위를 붙잡고 몸을 끌어올려 마저 올라갔다. 잠시 그곳에 누워 세차게 숨을 쉬었다. 높이가 그렇게까지 심하지는 않았지만 머리가 깨질 정도는 됐다. **바보야, 그런 식으로 딴 생각을 하다니. 그런 식이라면 그때의 절벽에서 떨어져 죽을 뻔했을 거야. 오래전 일인데.** 어쨌든, 지금쯤은 어머니가 그 모든 것을 내버렸을 가능성이 컸다. 그는 아무도 자신을 보지 못했다는 것을 확인하기 위해 양옆을 마지막으로 살펴본 뒤—아래쪽, 길의 휘어진 부분은 여전히 비어 있었다—궁전 부지로 뛰어내렸다.

커다란 정원이었다. 나무들 사이로 넓게 펼쳐진 풀밭에 판석을 깐 인도가 나 있었고, 인도 위쪽으로 드리워진 나무 그늘에는 포도 덩굴이 빽빽하게 얽혀 있었다. 사방에 꽃이 있었다. 흰 꽃송이가 배나무를 뒤덮었고 흰색과 분홍색이 사과나무에 점점이 찍혀 있었다. 온갖 색깔의 장미와 밝은 황금색 해넘침, 보랏빛 에먼드의 영광, 맷이 모르는 수많은 꽃들까지. 어떤 꽃들은 진짜라고 믿을 수 없을 정도였다. 거의 새처럼 생긴, 진홍색과 황금색의 특이한 꽃도 있었다. 또 다른 꽃은 노란색 꽃송이의 지름이 61센티미터 이상이며 오기어만큼 키가 큰 줄기를 가졌다는 점만 빼면 해바라기와 똑같았다.

인도를 밟아 오는 장화 소리가 들리자 맷은 성벽에 바싹 붙어 있는 덤불 뒤에 낮게 웅크렸다. 경비병 두 명이 성큼성큼 지나갔다. 길고 흰 목깃이 그들의 판금 갑옷 위로 드리워져 있었다. 그들은 맷 쪽을 한 번도 돌아보지 않았으며 그래서 맷은 혼자 씩 웃었다. **운이야. 운만 조금 따라 주면 저 녀석들은 내가 이 빌어먹을 걸 무어게이즈에게 전할 때까지 절대 날 보지 못해.**

그는 그림자처럼, 토끼라도 쫓듯이 정원을 슬그머니 가로질렀다. 장화 소리가 들리면 덤불 옆에서 얼어붙은 듯 움직이지 않거나 나무 둥치에 바싹 붙었다. 한 쌍의 병사들이 오솔길을 따라 성큼성큼 지나갔다. 두 번째 병사는 두 발짝만 더 뗐다면 맷과 부딪힐 만큼 가까웠다. 그들이 꽃과 나무 사이로 사라지자 맷은 빨간색 별꽃 한 송이를 꺾어, 씩 웃으며 물결치는 꽃잎의 꽃을 머리카락에 꽂았다. 태양일에 사과 케이크를 훔치는 것만큼이나 재미있었다. 오히려 더 쉬웠다. 여자들은 언제나 예리한 눈으로 빵을 지켰다. 멍청한 병사들은 인도에서 절대 눈을 떼지 않았고.

어느덧 맷은 궁전 자체의 흰 성벽에 몸을 기대고 있었다. 그는 한 줄로 늘어선, 널빤지로 만든 틀의 흰 장미들 뒤로 성벽을 따라 몸을 미끄러뜨리며 문을 찾았다. 머리 바로 위에 널찍한 아치형 창문이 많았지만, 복도를 걸어갈 때보다는 창문을 넘어 들어가다가 발각됐을 때 변명하기가 더 힘들 거라고 맷은 판단했다. 병사 두 명이 더 나타났고 맷이 우뚝 멈춰 섰다. 그들은 맷과 세 걸음도 떨어지지 않은 곳에 있었다. 머리 위 창문에서 목소리가 들렸다. 남자 두 명이 간신히 단어를 알아들을 수 있을 정도의 크기로 말하고 있었다.

"……티어로 가고 있습니다, 위대한 주인이시여." 남자는 겁먹은 데다 뭔가 아첨하는 듯한 목소리였다.

"그자들이 계획을 망가뜨리게 놔둬라, 그럴 수 있다면 말이지만." 그 목소리는 더 낮고 강했다. 명령하는 데 익숙한 남자였다. "훈련도 받지 않은 여자애 세 명에게 당한다면야 그래도 싼 셈이지. 그자는 처음부터 바보였다. 지금도 바보고. 그 소년에 관한 소식은 없느냐? 우리 모두를 파멸시킬 수 있는 건 그 소년이다."

"없습니다, 위대한 주인이시여. 그 소년은 사라졌습니다. 하지만, 위대한 주인이시여. 여자애들 중에는 무어게이즈의 자식이 있습니다."

맷은 반쯤 고개를 돌릴 뻔했으나 참았다. 병사들이 다가오고 있었다. 빽빽하게 얽힌 장미 줄기 너머로 맷이 움찔거리는 모습은 보지 못한 듯했다. **가, 이 바보들아! 너희들이 가야 저 빌어먹을 놈이 누군지 확인할 수 있잖아!** 맷은 대화를 몇 마디 놓쳤다.

"……다시 자유를 얻은 뒤로 지나치게 인내심을 잃었다." 낮은 목소리가 말했다. "최고의 계획에는 무르익을 시간이 필요하다는 걸 그자는 절대 이해 못 했다. 하루 만에 세상을 손에 넣고 싶어 하지. **칼란도어**까지도 말이야. 위대한 군주께서 그자를 데려가시길! 그자가 여자애를 잡아 이용하려 들지 모른다. 그러면 내 계획에 차질이 생길 수 있어."

"말씀하신 그대로입니다, 위대한 주인이시여. 그 아이를 티어에서 데리고 나오라고 명령해야 할까요?"

"아니다. 그자가 알았다간 자기를 막으려는 움직임이라고 생각할 거다. 그자가 칼 말고 또 무엇을 지켜볼지 누가 알겠느냐? 반드시 그 아이를 조용히 처치해라, 코마. 그 아이의 죽음이 누구의 눈에도 띄지 않도록 해." 그의 웃음소리가 깊게 울렸다. "화이트 타워의 그 무지하고 칠칠치 못한 여자들도 이번에는 실종된 그 소녀를 다시 내놓지 못할 거다. 더 잘 된 일일지도 몰라. 빨리 처리해라. 빨리, 그자가 와서 소녀를 직접 잡아가기 전에."

병사 두 명이 맷과 거의 나란히 서 있었다. 맷은 그들의 발이 더 빨리 움직이기를 빌었다.

"위대한 주인이시여." 다른 남자가 머뭇거리며 말했다. "그건 어려울지도 모릅니다. 물론, 그 소녀가 티어로 가는 중인 건 분명합니다. 하지만 그 소녀가 타고 간 배가 아린길에서 발견됐습니다. 아이들 셋 모두가 타고 출발한 배입니다. 그 소녀가 다른 배를 탔는지, 아니면 말을 달려 남쪽으로 가고 있는지 알 수 없습니다. 게다가 그 소녀가 티어에 도착하면 그 소녀를 찾기 어려울 수도 있습니다, 위대한 주인이시여. 아마 당신께서……."

"이제 이 세상에는 오직 바보들뿐인 거냐?" 낮은 목소리가 사납게 말했다. "내가 그자 모르게 티어에서 움직일 수 있다고 생각하느냐? 나는 그자와 싸울 생각이 없다. 지금은, 아직은 말이다. 그 소녀의 머리를 내게 가져와라, 코마. 셋 모두의 머리를 가져와. 그러지 않으면 차라리 네 머리를 대신 가져가 달라고 기도하게 될 거다!"

"예, 위대한 주인이시여. 말씀하신 대로 될 것입니다. 그럼요. 그럼요."

병사들이 돌을 밟는 우적우적 소리를 내며 지나갔다. 그들은 절대 양옆을 돌아보지 않았다. 맷은 그들의 뒷모습이 멀리 사라지기만을 기다렸다가 펄쩍 뛰었다. 이어 돌로 된 널찍한 창틀을 잡고는 창문 너머를 볼 수 있을 만큼 몸을 끌어올렸다.

은화가 가득 담긴 주머니를 건네야 살 수 있는, 술 달린 타라본 카펫이 바닥에 깔려 있었지만 맷은 거의 눈치채지 못했다. 조각이 새겨진 널찍한 문한쪽이 천천히 닫히고 있었다. 키 큰 남자가 짙은 파란색 눈으로 문을 바라보고 있었다. 그는 어깨가 넓고 몸통이 굵직해, 은색 수가 놓인 초록색 코트의 비단이 팽팽하게 당겨진 것처럼 보였다. 검은 턱수염을 짧게 깎은 남자였다. 턱 바로 위의 수염 한 줄기는 흰색이었다. 전체적으로 체격이 단단한 남자로, 명령하는 데 익숙한 사람으로 보였다.

"예, 위대한 주인이시여." 그가 갑자기 말했다. 맷은 하마터면 창틀 잡은 손을 놓칠 뻔했다. 이 사람이 저음으로 말하는 남자일 거라고 생각했지만, 그의 목소리는 맷이 들었던 굽실거리는 목소리였다. 지금은 굽실거리지 않았지만, 그래도 똑같았다. "말씀하신 대로 될 것입니다, 위대한 주인이시여." 남자가 신랄하게 말했다. "제가 그 부엌데기 셋의 머리를 직접 자르겠습니다. 그것들을 찾을 수만 있다면요!" 그는 성큼성큼 문밖으로 나섰고 맷은 다시 아래로 내려왔다.

맷은 잠시 장미 틀 뒤에 웅크리고 있었다. 궁전의 누군가가 일레인을 죽이고 싶어 했다. 게다가 별 고민도 없이 에그웨인과 나이니브까지 그 계획에 집어넣었다. **빛을 걸고, 걔들은 뭘 하는 거야? 티어에 가다니?** 남자들이 말한 세 사람은 그들임에 틀림없었다.

맷은 여왕 후계자의 편지를 코트 안섶에서 꺼내 들고 인상을 쓰며 바라보았다. 이 편지를 손에 들고 있으면, 어쩌면 무어게이즈가 그의 말을 믿을지도 몰랐다. 맷은 남자들 중 한 명의 인상착의를 말할 수 있었다. 어쨌든 이제는 더 이상 숨어 있기 힘들었다. 덩치 큰 놈은 맷이 무어게이즈를 발견하기도 전에 티어로 떠날지 몰랐다. 그때가 되면 무어게이즈가 무슨 짓을 한들 남자를 막을 수 없을지 몰랐다.

맷은 한 차례 심호흡을 한 뒤, 가시에 몇 번 찔리고 긁혀 가며 장미 틀 두 개 사이로 몸을 움찔거리며 나왔다. 그런 뒤 병사들을 따라 인도를 걷기 시작했다. 황금 백합 봉인이 잘 보이도록 편지를 앞세워 들고 하려는 말을 머릿속으로 정확히 반복해 보았다. 살금살금 돌아다닐 때는 호위병들이 비 온 뒤의 버섯처럼 불쑥불쑥 튀어나왔는데, 거의 정원 전체를 걸어가는 지금은 그들을 한 명도 볼 수 없었다. 문을 몇 군데 지났다. 허락 없이 궁전에 들어가는 건 그리 좋지 않은 일이겠지만―호위병들은 먼저 고약한 짓을 저지른 뒤 나중에 그의 사연을 들으려 할지도 몰랐다―맷이 어느 문을 지나갈지 고민하고 있을 때 그 문이 열리며 누군가 성큼성큼 나왔다. 투구를 쓰지 않았고 어깨에는 황금 매듭이 하나 달린 젊은 장교였다.

남자의 손이 즉시 칼자루로 향했다. 그가 칼을 30센티미터쯤 빼낸 뒤에야 맷은 그에게 편지를 내밀 수 있었다. "여왕 후계자 일레인이 이 편지를 어머니인 무어게이즈 여왕님께 보냈습니다, 대장님." 그는 백합 봉인이 잘 보이도록 편지를 들어 보였다.

장교의 검은 눈이 양옆으로 휙휙 굴렀다. 다른 사람들을 찾는 듯했다. 그러면서도 그 시선은 맷을 떠나지 않았다. "이 정원에는 어떻게 들어왔지?" 그는 칼을 더 뽑지는 않았으나 다시 칼집에 넣지도 않았다. "주요 성문을 엘버가 지키고 있다. 멍청한 자이지만, 절대 아무나 궁전을 돌아다니게 두지는 않는다."

"눈이 쥐처럼 생긴 뚱뚱한 남자요?" 맷은 이런 말을 내뱉은 자기 혀를 저주했지만, 장교는 짧게 고개를 끄덕였다. 거의 미소까지 지었다. 하지만 그렇다고 그의 경계심이나 의심이 풀어지는 것 같지는 않았다. "제가 타 발론에서 왔다는 말을 듣더니 화를 내더군요. 제게 편지를 보여 주거나 여왕 후계자의 이름을 꺼낼 기회조차 주지 않았습니다. 제가 떠나지 않으면 체포하겠다고 하기에 성벽을 넘어왔습니다. 그게…… 저는 이 편지를 무어게이즈 여왕님께 직접 전달하겠다고 약속했거든요. 그리고 저는 언제나 약속을 지킵니다. 봉인이 보이시죠?"

"이번에도 빌어먹을 정원 성벽이군." 장교가 툴툴댔다. "세 배는 높게 지었어야 했는데." 그가 맷을 눈여겨보았다. "나는 대장이 아니라 호위대의 대위 탈란보다. 여왕 후계자의 봉인을 잘 안다." 그의 칼이 마침내 칼집 안으로 완전히 들어갔다. 그는 한 손을 내밀었다. 칼을 쥐는 손이 아니었다. "편지를 넘겨라. 내가 여왕님께 전달하겠다. 그전에 너를 내보내야겠지만. 네가 멋대로 돌아다니는 걸 보면 나만큼 부드럽게 대해 주지 않을 자들도 있다."

"저는 편지를 직접 여왕님의 손에 전달하겠다고 약속했습니다." 맷이 말했다. **빛을 걸고, 내가 이걸 여왕에게 전달 못 하게 될지도 모른다는 생각은 안 해 봤는데.** "정말로 약속했습니다. 여왕 후계자에게 한 약속이에요."

맷의 눈에 탈란보의 손 움직임이 들어오기도 전에 장교의 칼이 그의 목에 닿았다. "내가 너를 여왕님께 데려가겠다, 촌놈아." 탈란보가 조용히 말했다. "하지만 여왕님을 해칠 생각을 한다면, 네가 눈을 깜빡이기도 전에 내가 네 머리를 벨 수 있다는 걸 알아 둬라."

맷은 최선을 다해 씩 웃었다. 살짝 구부러진 칼날이 목 옆에 날카롭게 닿아 있었다. "저는 충성스러운 안도어인입니다." 그가 말했다. "여왕님의 충실한 백성이기도 하지요. 빛께서 여왕님을 비추시길. 제가 겨울에 여기 있었다면 분명 게이브릴 경을 따랐을걸요."

탈란보는 입을 꽉 다물고 맷을 보더니 마침내 칼을 치웠다. 맷은 침을 꿀꺽 삼키고, 상처가 났는지 목을 만져 보고 싶은 마음을 참았다.

"머리에 꽂은 꽃을 빼라." 탈란보는 칼을 칼집에 집어넣으며 말했다. "구애라도 하러 온 줄 아느냐?"

맷은 머리카락에서 별꽃을 휙 잡아 빼고 장교를 따라갔다. **빌어먹을 바보 같으니, 머리에 꽃이나 꽂고. 이제 바보 노릇은 그만해야겠어.**

사실 맷이 탈란보를 따라간다고 하기는 어려웠다. 탈란보가 앞장서 가면서도 계속 맷을 감시했기 때문이다. 그 결과 둘은 이상한 행렬을 이루게 되었다. 장교는 맷의 한쪽 옆과 앞의 조금 떨어진 곳에서 걸으면서도 맷이 무슨 짓을 하지 않을까 반쯤은 돌아서 있었다. 맷도 나름대로 목욕탕에서 물장구를 치는 아기처럼 천진한 표정을 지으려고 노력했다.

벽에 걸린 알록달록한 태피스트리는 그것을 짠 사람에게 큰돈을 벌어 주었을 법했다. 흰 타일 바닥에 깔린 깔개도 마찬가지였다. 이런 복도에까지 깔개가 깔려 있다니. 작은 접시와 큰 접시, 그릇과 컵 등 사방에 금과 은으로 만든 집기가 상자나 윤을 낸 나무로 나지막하게 만들어진 서랍장 안에 들어 있었다. 맷이 화이트 타워에서 보았던 여느 물건만큼 훌륭했다. 흰 옷깃에 소맷부리가 달려 있고 가슴에는 안도어의 흰 사자가 수놓인 붉은 예복을 입은 하인들이 사방에서 뛰어다녔다. 맷은 무어게이즈도 주사위 놀이를 할지 순간 궁금했다. **머리에 양털만 든 바보나 할 생각이야. 여왕들은 주사위를 던지지 않아. 하지만 내가 여왕에게 이 편지를 건네주고 궁전의 누군가가 일레인을 죽이려 한다고 말하면, 분명 나한테 묵직한 돈주머니를 주겠지.** 맷은 귀족이 되는 작은 공상을 마음껏 즐겼다. 여왕 후계자가 살해될 음모를 밝힌 사람은 당연히 그런 보상을 기대할 수 있었다.

탈란보는 그를 데리고 너무도 많은 복도를 지나고 너무도 많은 뜰을 가로질렀다. 맷은 도움을 받지 않고 다시 나가는 길을 찾을 수 있을지 궁금해졌다. 한순간, 다른 곳보다 하인들이 많은 정원이 갑자기 나타났다. 기둥이 늘어선 길이 뜰을 둘러싸고 있었으며 정원 가운데에는 수련 잎 아래에서 흰색과 노란색 물고기가 헤엄치는 둥근 연못이 있었다. 금색과 은색 수가 놓인 알록달록한 코트 차림의 남자들, 품이 넓은 드레스 차림의 여자들이 더욱 성심껏 일하고 있었다. 그들은 연못 주변에 돋우어 놓은 테두리에 앉아 있던, 붉은 금발 여자의 시중을 드는 중이었다. 여자는 손가락으로 물을 끌며, 먹이를 먹고 싶어 그녀의 손가락 끝으로 떠오르는 물고기들을 슬프게 바라보고 있었다. 거대한 뱀 반지가 그녀의 왼손 세 번째 손가락에 끼워져 있었다. 키가 크고 머리카락이 검은 남자가 여자의 옆에 서 있었다. 그가 걸친 밝은 비단 코트는 수놓인 황금 잎사귀와 두루마리에 가려 거의 보이지 않았다. 그러나 무엇보다 맷의 시선을 사로잡은 건 여자였다.

여자의 머리에는 정교하게 만든 황금 장미 화관이 얹혀 있었고, 붉은 줄무늬가 들어간 흰 드레스에는 스톨이 걸쳐져 있었다. 스톨 전체에는 안도어의 사자가 수놓여 있었고. 하지만 맷은 그런 것들이 아니어도 자신이 보고 있는 사람이 바로 빛의 은총을 입은 안도어의 여왕이자 왕국의 수호자이며 백성의 보호자인 트라칸드 가문의 권좌 무어게이즈라는 걸 알 수 있었다. 그녀에게는 일레인의 얼굴과 아름다움이 있었다. 일레인이 성숙해지면 그런 모습이 될 것 같았다. 정원의 다른 모든 여자들은 무어게이즈의 존재만으로도 희미해져 배경이 되었다.

저 여자가 상대라면, 난 저 여자가 아무리 나이가 많아도 함께 춤을 추고 달빛 아래에서 몰래 입을 맞출 거야. 맷은 고개를 저었다. **저 사람이 누군지 몰라서 이래?**

탈란보가 한쪽 무릎을 꿇고 주먹 쥔 한쪽 손으로 정원의 흰 돌을 짚었다. "여왕님, 일레인 공주님이 보낸 편지를 가져온 전령을 데려왔습니다."

맷은 탈란보의 자세를 눈여겨본 뒤 깊이 허리를 숙이는 것으로 만족했다. "여왕 후계자가 보내서 왔습니다. 어…… 여왕님." 그는 허리를 숙이며 봉인의 황금색 밀랍이 잘 보이도록 편지를 내밀었다. **무어게이즈가 이 편지를 읽고 일레인이 무사하다는 걸 아는 순간 창가에서 우연히 음모를 엿들은 그 사람들을 고발할 거야.** 무어게이즈는 짙은 파란색 눈을 맷에게로 돌렸다. **빛을 걸고! 무어게이즈의 기분이 좋아지면 말해야겠다.**

"내 망나니 같은 딸이 보낸 편지를 가져왔단 말이냐?" 여왕의 목소리는 차가웠다. 하지만 그 목소리의 모서리에는 언제든지 치솟을 열기가 어려 있었다. "그렇다면 적어도 그 애가 살아 있다는 뜻이겠구나! 일레인은 어디 있느냐?"

"타 발론에 있습니다, 여왕님." 맷은 간신히 말을 꺼냈다. **빛을 걸고, 이 여자랑 아멀린 권좌가 눈싸움 하는 걸 보고 싶어지는데.** 다시 생각해 보니 아니, 보고 싶지 않았다. "적어도 제가 타 발론을 떠날 때는 그랬습니다."

무어게이즈가 조바심이 난다는 듯 손을 저었고, 그러자 탈란보가 자리에서 일어나 맷의 편지를 가져다 여왕에게 건넸다. 그녀는 잠시 백합 봉인을 보고 인상을 쓰더니 손목을 확 비틀어 봉인을 뜯었다. 중얼중얼 편지를 읽으며 한 줄을 읽을 때마다 그녀가 고개를 저었다. "이 이상은 말할 수 없는 모양이지?" 그녀가 투덜댔다. "얼마나 버틸지 한번 봐야겠구나……." 갑자기 그녀의 얼굴이 밝아졌다. "게이브릴, 일레인은 합격자가 되었네. 화이트 타워에서 지낸 지 1년도 되지 않았는데 벌써 합격자로 승격됐어." 미소는 떠올랐을 때만큼 갑작스럽게 사라졌다. 무어게이즈의 입에 힘이 들어갔다. "그 빌어먹을 아이가 내 손에 들어오면, 차라리 아직 신입이기를 바라게 되겠지만."

빛을 걸고, 맷이 생각했다. **저 여자는 무슨 일이 있어도 기분이 좋아지지 않는 건가?** 맷은 어쨌든 고발을 해야 한다고 생각했지만, 무어게이즈가 누군가의 목을 치려는 표정은 아니었으면 좋을 것 같았다. "여왕님, 제가 우연히 들었는데……."

"조용히 해라, 아이야." 황금 자수가 놓인 코트를 입은 검은 남자가 침착하게 말했다. 잘생긴 남자였다. 거의 갈라드만큼이나 수려했고, 관자놀이가 희끗희끗했는데도 거의 갈라드만큼 젊어 보였다. 다만 덩치가 더 컸다. 랜드보다 키가 컸고 거의 페린만큼 어깨가 넓었다. "네가 해야 할 말은 잠시 후에 듣자." 그는 무어게이즈의 어깨 너머로 손을 뻗어 그녀의 손에서 편지를 가져갔다. 무어게이즈의 노려보는 시선이 그에게로 향했지만—맷은 그녀의 분노가 달구어지는 것을 알 수 있었다—검은 남자는 그녀의 어깨를 강한 손으로 짚으며 읽고 있던 편지에서 한 번도 눈을 떼지 않았다. 그러자 무어게이즈의 분노가 녹아내렸다. "다시 화이트 타워를 떠난 모양이군요." 그가 말했다. "아멀린 권좌의 명에 따라서 말입니다. 그 여자가 다시 선을 넘었습니다, 무어게이즈.”

맷은 입을 다물고 있는 게 전혀 어렵지 않았다. **운이 좋았어.** 말이 입천장에 달라붙었다. **가끔은 운이 좋은 건지 나쁜 건지 모르겠지만.** 검은 남자는 바로 낮은 목소리의 주인, 일레인의 머리를 원하는 “위대한 주인님”이었다. **무어게이즈가 저 사람을 게이브릴이라고 불렀는데. 무어게이즈의 자문위원이 일레인을 죽이고 싶어 한다는 거야? 빛을 걸고!** 게다가 무어게이즈는 주인의 손이 어깨에 닿아 있는, 사랑에 빠진 개처럼 그를 올려다보고 있었다.

게이브릴이 거의 새까만 눈동자를 맷에게로 돌렸다. 남자의 시선은 강렬했고 뭔가를 아는 듯했다. “이 편지에 대해 네가 할 수 있는 말은 무엇이냐?”

“아무것도 없습니다. 어…… 나리.” 맷은 목을 가다듬었다. 남자의 시선은 아멀린 권좌의 시선보다 고약했다. “저는 여동생을 만나러 타 발론에 갔던 겁니다. 그 애가 신입이거든요. 엘즈 그린웰이라고 하죠. 저는 톰 그린웰입니다, 나리. 일레인 공주님은 제가 집으로 돌아가는 길에 케임린에 들를 생각이라는 걸 아셨습니다. 저는 콤프리 출신이거든요, 나리. 베얼론 북쪽에 있는 작은 마을입니다. 저는 타 발론에 가기 전만 해도 베얼론보다 큰 곳은 본 적이 없었고, 그분은, 그러니까 일레인 공주님은 저한테 편지를 가져가라며 주셨습니다.” 베얼론 북쪽에서 왔다는 말을 했을 때 맷은 무어게이즈가 자신을 힐끗 보았다고 생각했다. 하지만 맷은 그곳에 콤프리라는 마을이 있다는 걸 알고 있었다. 어디선가 그 마을 이름을 들어 본 기억이 났다.

게이브릴은 고개를 끄덕였지만 이렇게 말했다. “일레인이 어디로 가고 있었는지 아느냐? 아니면 어떤 일로 가고 있었는지? 사실대로 말하면 두려워할 게 없다. 거짓말을 한다면 취조를 당하게 될 것이다.”

맷은 굳이 꾸며 내지 않고도 걱정스러운 표정을 지을 수 있었다. “나리, 저는 여왕 후계자를 한 번밖에 보지 못했습니다. 공주님이 제게 편지를 주셨습니다. 금화 한 닢도요! 그리고 제게 편지를 여왕님께 가져가라고 하셨죠. 저는 여기서 들은 것 이상으로는 편지에 적힌 내용에 대해 모릅니다.”
게이브릴은 생각해 보는 듯했다. 어두운 얼굴에는 맷의 말을 믿는지 안 믿는지의 단서가 전혀 드러나지 않았다.

"아니, 게이브릴." 무어게이즈가 갑자기 말했다. "이미 너무 많은 사람들이 취조를 당했네. 자네가 보여 준 만큼 나도 취조의 필요성은 알아. 하지만 이번 일에는 아닐세. 저 애는 그저 내용도 모르는 편지를 들고 온 소년일 뿐이니까."

"여왕님께서 명령하시는 것이니 그대로 따르겠습니다." 검은 머리카락의 남자가 말했다. 예의 바른 말투였지만, 그가 무어게이즈의 뺨을 건드리자 여왕의 얼굴에는 혈색이 돌았다. 그녀는 입맞춤을 기대하듯 입술을 벌렸다.

무어게이즈가 불안하게 숨을 들이쉬었다. "말해 봐라, 톰 그린웰. 네가 봤을 때 내 딸은 잘 지내는 것 같더냐?"

"네, 여왕님. 공주님은 미소 짓고 웃었습니다. 말버릇도 뻔뻔스럽……, 제 말은……."

무어게이즈는 맷의 표정을 보고 작게 웃었다. "두려워하지 말거라. 일레인은 확실히 뻔뻔스러운 말투로 말한다. 자신에게 해가 될 정도로 자주 그러지. 잘 지낸다니 기쁘구나." 파란 눈이 맷을 깊이 살펴보았다. "작은 마을을 떠나온 젊은이는 종종 그 마을로 돌아가기 어려워진단다. 너도 다시 콤프리를 보기 전에 오래 여행해야 할 것 같구나. 아마 타 발론으로 돌아갈지도 모르겠어. 만일 돌아간다면, 그래서 다시 내 딸을 보게 된다면 화가 나서 한 말은 보통 후회의 대상이 된다고 전해 주거라. 나도 종종 그곳에서 보낸 시간을 생각한다고, 시리암의 서재에서 나눈 조용한 대화가 그립다고 전해. 내가 그렇게 말했다고 전해 다오, 톰 그린웰."

맷은 불편한 마음에 어깨를 으쓱했다. "네, 여왕님. 하지만……. 어……, 저는 타 발론으로 돌아갈 생각이 없습니다. 어떤 남자든 타 발론은 살면서 한 차례 가 본 걸로 충분하죠. 제 아버지는 제가 농장 일을 돕기를 바랍니다. 제가 집을 비우면 누이들이 하루 종일 우유를 짜야 할 겁니다."

게이브릴이 웃었다. 즐거운 듯 깊게 울리는 목소리였다. "넌 우유를 짜고 싶어 안달이 났다는 말이냐? 세상이 바뀌기 전에 세상 구경을 좀 해야겠구나. 자!" 그가 돈주머니를 꺼내 던졌다. 주머니를 잡은 맷은 염소 가죽 너머로 주화들을 만질 수 있었다. "일레인이 편지를 전해 주는 대가로 금화 한 닢을 줬다니 나는 편지를 안전하게 전해 준 대가로 금화 열 닢을 주겠다. 젖소에게 돌아가기 전에 세상 구경을 좀 하거라."

맷은 돈주머니를 집어 들고 간신히 미소 지었다. "감사합니다, 나리."

하지만 검은 남자는 이미 손을 내저어 그를 보냈고, 주먹 쥔 손으로 뒷짐을 진 채 무어게이즈를 돌아보고 있었다. "시간이 온 것 같습니다, 무어게이즈. 안도어 국경선에서 곪아 가는 그 상처를 도려낼 시간 말입니다. 당신은 타린게일 다모드레드와의 결혼으로 태양 왕좌의 계승권을 얻었습니다. 여왕 호위대가 있으니 그 계승권은 여느 계승권만큼 강해질 수 있습니다. 몇 가지 사소한 방식으로 저 또한 호위대를 도울 수 있을 겁니다. 제 말을 들어 보십시오."

탈란보가 맷의 팔을 건드렸다. 그들은 허리를 숙이고 물러났다. 맷은 자신의 퇴장을 아무도 눈치 못 챘으리라고 생각했다. 게이브릴은 여전히 말하고 있었고, 모든 남녀 귀족은 그의 말에 매달리는 것처럼 보였다. 무어게이즈는 그의 말을 듣고 인상을 쓰면서도 다른 사람들처럼 고개를 끄덕이는 중이었다.

47장 그림자와 경주하다

　물고기 연못이 있는 작은 정원에서 맷을 데리고 나선 탈란보는 궁전 앞쪽에 있는 큰 정원으로 빠르게 이동했다. 그 정원은 햇빛을 받아 빛나는, 드높게 도금된 성문 뒤쪽에 있었다. 곧 정오가 될 터였다. 맷은 떠나고 싶다는 충동, 서두르고 싶다는 욕구를 느꼈다. 젊은 장교와 발걸음을 맞추기가 힘들었다. 맷이 달리기 시작하면 누군가 궁금해할지도 몰랐다. 그리고 어쩌면, 어쩌면 말이지만, 방금 본 장면을 보이는 그대로 받아들여야 하는 걸지도 몰랐다. 어쩌면 게이브릴은 정말로 맷이 뭔가를 안다고는 의심하지 않는 걸지도 몰랐다. **어쩌면 말이지만.** 맷은 거의 새까만 그 눈동자를 떠올렸다. 그 눈은 맷의 머릿속을 뒤적이는 쇠스랑처럼 그를 꼼짝 못 하게 붙들었다. **빛을 걸고, 어쩌면 말이야.** 맷은 억지로 천천히, 세상에 시간이라는 시간은 다 가진 것처럼 걸었다. **그냥 깔개와 황금을 멍하니 쳐다보는, 머릿속에 건초밖에 없는 촌뜨기처럼 굴어. 누군가 자기 등에 칼을 쑤셔 넣을지 모른다는 생각은 절대로 하지 않는 진흙발처럼 굴라고.**

　맷을 성문 한 곳의 비상구로 내보내 준 탈란보는 맷을 따라 나왔다. 쥐처럼 생긴 눈의 뚱뚱한 장교가 그때까지도 경비병들과 함께 그곳에 있었다. 그는 맷을 보더니 다시 얼굴이 붉어졌다. 하지만 그가 입을 열 겨를도 없이 탈란보가 말했다. "이자는 여왕 후계자님께서 보내신 편지를 여왕님께 전했다. 다행인 줄 알아라, 엘버. 무어게이즈 여왕님도, 게이브릴도 네가 편지를 막으려 했다는 걸 모르시니 말이야. 게이브릴 공은 일레인 공주님의 편지에 대단히 큰 관심을 보이셨다."

엘버의 얼굴은 붉은색에서 그의 옷깃만큼 흰색으로 변했다. 그는 한 차례 맷을 쏘아보더니 허둥거리며 일렬로 늘어선 경비병들 앞을 이리저리 오갔다. 그의 구슬 같은 눈동자는 병사들 중 누군가가 자신의 두려움을 보았는지 알아보려는 듯 그들의 면갑 철창을 들여다보았다.

"감사합니다." 맷이 탈란보에게 말했다. 진심이었다. 그는 뚱뚱한 남자와 직접 마주하기 전까지 그에 관해 완전히 잊고 있었다. "안녕히 계세요, 탈란보."

맷은 너무 빨리 걷지 않으려고 애쓰며 타원형 광장을 가로지르다가 탈란보가 따라오자 깜짝 놀랐다. **빛을 걸고, 이 녀석은 게이브릴의 부하일까? 아니면 무어게이즈?** 칼날이 들어오기 직전인 것처럼 '날개뼈' 사이가 간질거리기 시작하려던 그때—**게이브릴은 아무것도 몰라, 태워 죽일! 내가 안다는 걸 모른다고!**—젊은 장교가 마침내 입을 열었다.

"타 발론에서는 오래 지냈나? 화이트 타워에 있었던 거야? 화이트 타워에 대해 뭔가 알아낼 만큼 오래 있었어?"

"겨우 사흘 있었습니다." 맷이 경계하며 말했다. 사흘보다 더 짧게 있었다고 말하고 싶었지만—타 발론에 간 적이 있다는 걸 인정하지 않고도 편지를 전할 수 있었다면 그렇게 했을 것이다—여동생을 보겠다고 그 먼 곳까지 갔다가 같은 날 떠났다고 하면 탈란보가 믿지 않을 듯했다. **빛을 걸고, 이 녀석은 또 무슨 생각이야?** "그 시간에 본 건 알게 됐죠. 그렇게 알게 된 것들 중 중요한 건 없었어요. 사람들이 저를 데리고 다니며 이것저것 설명해 준 건 아니니까요. 저는 그냥 엘즈를 보러 간 것입니다."

"뭐라도 들었을 것 아니냐? 시리암이 누구지? 시리암의 서재에서 이야기한다는 것에 뭔가 의미가 있느냐?"

맷은 세차게 고개를 저어 얼굴에 떠오르는 안도감을 감추려 했다. "저는 시리암이 누구인지 모릅니다." 그가 솔직하게 말했다. 에그웨인이나 나이니 브가 그 이름을 말하는 건 들어 본 것 같지만 아마 아이즈 세다이겠지? "그 말에 왜 의미가 있어야 하죠?"

"나도 모르겠다." 탈란보가 조용히 말했다. "난 모르는 게 너무 많아. 때로 는 여왕님께서 뭔가 말씀하려 하시는 것 같은데……." 그가 예리한 눈으로 맷을 보았다. "너는 **정말로** 충성스러운 안도어인이냐, 톰 그린웰?"

"**당연하죠.**" **빚을 걸고, 이 말을 이렇게 자주 하다가는 나까지 정말로 믿 게 될지도 모르겠네.** "당신은요? 당신은 무어게이즈와 게이브릴을 충성스 럽게 모십니까?"

탈란보는 자비라고는 없는 주사위의 신처럼 엄한 눈으로 그를 보았다. "나는 무어게이즈 여왕님을 섬긴다, 톰 그린웰. 여왕님이라면 죽어서라도 섬겨. 잘 가거라!" 그는 돌아서서 성큼성큼 궁전으로 돌아갔다. 그의 손이 칼자루를 쥐고 있었다.

맷은 떠나는 그를 바라보며 혼자 중얼거렸다. "게이브릴도 똑같은 말을 하리라는 데에," 그는 게이브릴의 염소 가죽 돈주머니를 한 번 던졌다가 받 았다. "이걸 걸겠어." 궁전 사람들이 무슨 게임을 하는지는 몰라도 맷은 전 혀 끼고 싶지 않았다. 에그웨인 일행도 그 게임에서 확실히 빠져나오게 할 생각이었다. **바보 같은 애들이야! 이젠 내 베이컨을 지켜보는 대신 걔들 베 이컨이 타지 않게 지켜야 하잖아!** 맷은 여러 거리를 지나 자기 모습이 궁전 에서 보이지 않게 된 뒤에야 달리기 시작했다.

'여왕의 축복'으로 달려 들어갔을 때, 도서관의 모습은 별로 바뀐 게 없었 다. 톰과 여관 주인은 여전히 돌멩이 게임판을 내려다보며 앉아 있었고—맷 은 돌멩이의 자리를 보고 다른 게임이 진행되고 있음을 알았는데, 길의 상 황은 나아지지 않았다—얼룩무늬 고양이는 다시 탁자에 올라와 몸을 닦고 있었다. 불을 붙이지 않은 두 사람의 파이프와 두 사람 분량의 음식이 담긴 쟁반이 고양이 근처에 놓여 있었다. 안락의자에 놓아둔 맷의 짐은 없었다. 두 남자 모두의 팔꿈치 근처에 와인잔이 놓여 있었다.

"난 가야겠어요, 길 아저씨." 맷이 말했다. "돈은 가지세요. 음식값도 거기서 빼시고요. 음식을 먹을 때까지는 여기 있겠지만, 그다음에는 티어로 갈 거예요."

"왜 서두르는 거냐, 이 녀석아?" 톰은 게임판보다 고양이에 더 빠져 있는 듯했다. "방금 여기 도착했는데."

"그럼 일레인 공주님의 편지는 전한 거니?" 여관 주인이 신나서 말했다. "그런데도 멀쩡해 보이는구나. 진짜로 전의 그 젊은이처럼 성벽을 기어 올라갔어? 아니, 그게 중요한 게 아니지. 무어게이즈 여왕님이 편지를 보고 마음을 놓으시더냐? 우린 계속 계란 위를 걷듯이 살아야 하는 거야?"

"편지를 보고 마음이 놓인 것 같았어요." 맷이 말했다. "그런 것 같아요." 그는 잠시 망설이며 손에 든 게이브릴의 돈주머니를 흔들어 보았다. 짤그랑 거리는 소리가 났다. 정말 금화 열 닢이 들어 있는지 확인해 보지는 않았다. 무게는 대강 맞았다. "길 아저씨, 게이브릴에 대해 알려 주실 수 있어요? 아이즈 세다이를 싫어한다는 것 말고요. 그 사람이 케임린에 온 지 얼마 안 됐다고요?"

"게이브릴에 대해서는 왜 알고 싶어 하는 거냐?" 톰이 물었다. "바젤, 둘 건가, 말 건가?" 여관 주인이 한숨을 쉬더니 검은 돌을 게임판에 올려놓았다. 방랑 시인이 고개를 저었다.

"글쎄." 길이 말했다. "할 말이 많지는 않아. 게이브릴은 겨울에 서쪽에서 왔어. 내 생각엔 네가 온 곳 어딘가에서 온 것 같다. 투 리버스에서 왔는지도 모르지. 사람들이 무슨 산맥 얘기를 하던데."

"투 리버스에는 귀족이 없어요." 맷이 말했다. "베얼론 근처에는 몇 명 있을지도 모르지만요. 잘 모르겠네요."

"그럼 베얼론일 수도 있어. 전에는 게이브릴에 대해 들어 본 적도 없다. 하긴, 내가 시골 귀족들 소식을 자주 듣는 것도 아니니까. 게이브릴은 무어게이즈 여왕님이 아직 타 발론에 계실 때 왔어. 당시는 화이트 타워에서 무어게이즈 여왕님마저 사라지게 할까 봐 도시 사람 절반이 걱정하던 때였지. 나머지 절반은 무어게이즈 여왕님이 돌아오시는 걸 바라지 않았고. 다시 폭동이 시작됐거든. 지난번, 겨울 끝자락에 벌어졌던 것처럼 말이야."

맷이 고개를 저었다. "정치는 관심 없어요, 길 아저씨. 내가 알고 싶은 건 게이브릴이에요." 톰이 인상을 쓰더니 대롱이 기다란 파이프의 타고 남은 재를 지푸라기로 닦기 시작했다.

"나도 게이브릴 얘기를 하는 거야." 길이 말했다. "폭동이 일어났을 때 게이브릴이 무어게이즈를 지지하는 분파의 지도자를 자처했거든. 듣기로는 싸우다가 다쳤다던데. 그리고 무어게이즈 여왕님이 돌아오셨을 때쯤에는 모든 폭동을 진압했지. 가레스 브라인은 게이브릴의 방식을 마음에 들어 하지 않았어. 게이브릴은 아주 잔인하게 굴었거든. 하지만 무어게이즈 여왕님께서는 질서가 회복된 걸 보고 너무 기뻐하시며 게이브릴에게 예전 엘라이다의 자리를 주셨지."

여관 주인이 말을 멈추었다. 맷은 그가 말을 잇기를 기다렸으나 여관 주인은 그러지 않았다. 톰이 타박을 가득 채운 파이프를 엄지로 꾹꾹 누르더니 난로 위 선반에 놓아둔 작은 등불로 다가가 불을 붙였다. 원래 그런 용도로 쓰는 등불이었다.

"다른 건요?" 맷이 물었다. "게이브릴이 그런 행동을 하는 데는 어떤 이유가 있을 게 틀림없잖아요. 게이브릴이 무어게이즈와 결혼하면, 무어게이즈가 죽었을 때 왕이 되는 건가요? 그러니까, 일레인까지 죽으면 말이에요."

톰은 파이프에 불을 붙이다가 사레가 들렸다. 길은 웃었다. "안도어는 여왕의 나라야. 늘 여왕이지. 무어게이즈 여왕님과 일레인 공주님이 둘 다 사망한다면, 빛께서 그럴 일이 없도록 하셔야겠지만, 무어게이즈 여왕님의 가장 가까운 여성 친척이 왕좌를 물려받게 된다. 최소한 이번에는 그 사람이 누가 될지에 관해서 의문의 여지가 없어. 다일린 아가씨라는 사촌이야. 티그레인이 사라지고 왕위 계승 전쟁이 벌어졌을 때와는 다르지. 그 당시에는 무어게이즈 여왕님께서 사자의 왕좌에 오르기까지 2년이 걸렸거든. 다일린이 게이브릴을 자문 위원으로 삼거나 그와 결혼해 왕통을 단단히 하려고 할 수는 있겠지만—무어게이즈 여왕님께서 게이브릴의 아이를 낳지 않는 한 그럴 가능성이 크지는 않아—그래 봐야 게이브릴은 여왕의 남편이 될 뿐이야. 그 이상은 아니지. 빛께 감사할 일이지만, 무어게이즈 여왕님은 아직 젊으셔. 일레인 공주님도 건강하시고. 빛을 걸고! 편지에 일레인 공주님이 아프다고 적혀 있었던 건 아니지?”

“일레인은 건강해요.” **적어도 지금은요.** “게이브릴에 대해서 더 해 줄 말은 없어요? 아저씨는 게이브릴을 좋아하지 않는 것 같은데요. 왜죠?”

여관 주인은 생각에 잠겨 인상을 찡그리더니 아래턱을 긁다가 고개를 저었다. “게이브릴이 무어게이즈 여왕님과 결혼하는 건 싫은데 이유는 잘 모르겠다. 사람들 말로는 게이브릴이 괜찮은 남자라던데. 귀족들은 모두 게이브릴을 우러러보고. 난 게이브릴이 여왕 호위대에 집어넣은 놈들 대부분이 마음에 들지 않아. 게이브릴이 온 뒤로 너무 많은 게 바뀌었어. 하지만 그 모든 걸 게이브릴 탓으로 돌릴 수는 없지. 그냥 게이브릴이 온 이후로 구석에서 수군대는 사람들이 너무 많아진 것 같아. 꼭 우리 모두가 케예리엔 사람이 된 것 같다니까. 내전이 벌어지기 전의 케예리엔 사람들 말이야. 다들 음모를 꾸미면서 남을 이용할 방법을 찾고 있지. 난 게이브릴이 온 뒤로 계속 악몽을 꿨어. 나만 그런 게 아니야. 바보 같은 걱정이지, 꿈이라니. 아마 그냥 일레인과 무어게이즈 여왕님이 화이트 타워에 관해 어떤 일을 할지가 걱정돼서, 또 사람들이 케예리엔 사람처럼 구는 게 걱정돼서 그러는 것뿐일 거야. 모르겠다. 넌 게이브릴 공에 관해서 왜 그렇게 많이 물어보는 거냐?”

“그놈이 일레인을 죽이고 싶어 하니까요.” 맷이 말했다. “에그웨인이랑 나이니브도 같이요.” 길이 말해 준 내용 중 맷이 보기에 쓸모 있는 내용은 없었다. **태워 죽일, 놈이 걔들을 죽이고 싶어 하는 이유는 알 필요 없어. 그냥 막기만 하면 돼.** 여관 주인과 톰이 다시 그를 빤히 보고 있었다. 미친 사람 보듯이. 이번에도.

“다시 아픈 거냐?” 길이 의심스럽다는 듯 말했다. “지난번에 네가 모든 사람을 희번덕거리며 보던 게 기억나는구나. 지금도 그렇게 아파진 것이거나 아니면 이게 무슨 장난이라고 생각하는 모양인데, 내가 보기에 넌 난봉꾼처럼 생겼거든. 정말 장난이라면 아주 고약한 장난이야!”

맷이 인상을 썼다. “빌어먹을 장난 아니에요. 게이브릴이 코마라는 사람한테 일레인의 머리를 자르라고 말하는 걸 엿들었단 말이에요. 덩달아 에그웨인과 나이니브의 머리도 자르라고 했고요. 턱수염에 흰 줄이 들어간, 덩치 큰 남자였어요.”

“얘기만 들으면 정말 코마 공 같은데.” 길이 천천히 말했다. “괜찮은 군인이었는데, 주사위로 사기를 치다가 여왕 호위대를 떠나게 됐다고 하더구나. 아무도 코마 공 면전에서는 그 말을 못 하지만. 코마는 여왕 호위대에서 가장 칼 솜씨가 좋은 축이었거든. 너, 진심이구나?”

“내가 보기엔 그런 것 같네, 바젤.” 톰이 말했다. “정말로 진심 같아.”

“빛께서 우리를 비추시길! 무어게이즈 여왕님께서는 뭐라시던? 말씀드린 것 맞지? 태워 죽일, 말씀드렸지?”

“아아, 그럼요.” 맷이 비꼬듯 말했다. “게이브릴이 바로 그 자리에 서 있었고 무어게이즈는 상사병 걸린 애완견처럼 게이브릴을 보고 있었는걸요! ‘저는 겨우 30분 전에 여왕님의 성벽을 넘어온 소박한 촌동네 사람이지만, 우연히도 여기 서 있는 여왕님의 신뢰 받는 자문 위원이, 여왕님이 사랑하는 것처럼 보이는 이자가 여왕님의 딸을 살해하려 한다는 걸 알고 있습니다!’ 빛을 걸고, 세상에. 여왕은 **내** 목을 자르라고 했을걸요!”

“그랬을지도 모르지.” 톰이 파이프의 둥근 부분에 새겨진 정교한 조각을 들여다보더니 콧수염을 잡아당겼다. “무어게이즈는 예전부터 벼락처럼 느닷없이 성질을 터뜨렸어. 벼락보다 두 배는 위험했고.”

“그거야 당신이 대부분의 사람들보다 잘 아는 이야기죠, 톰.” 길이 멍하니 말했다. 그는 아무것도 보지 않으면서 두 손으로 희끗해져 가는 머리를 문질러 댔다. “제가 할 수 있는 일이 틀림없이 있을 거예요. 아이일 전쟁 이후로는 칼을 잡아 본 적이 없지만……. 뭐, 그래 봐야 소용없겠죠. 괜히 목숨이나 잃겠지. 그래도 뭔가 해야 해요!”

“소문을 내.” 톰이 돌멩이 게임판을 바라보며 혼잣말하듯 중얼중얼 코를 만졌다. “무어게이즈의 귀에 소문이 들어가는 걸 아무도 막을 수 없어. 소문이 충분히 강력하게 움직이면 무어게이즈도 의심을 시작할 거야. 소문은 백성의 목소리고 백성의 목소리는 진실을 전하는 경우가 많으니까. 무어게이즈도 그걸 알아. 위대한 게임에서 무어게이즈를 이길 사람은 아무도 없어.

사랑에 빠졌든 아니든 무어게이즈가 게이브릴을 유심히 살펴보기 시작하면 게이브릴은 어린 시절에 생긴 흉터조차 무어게이즈로부터 숨길 수 없을 걸세. 그리고 놈이 일레인을 해치려 한다는 걸 무어게이즈가 알면," 톰은 게임 판에 돌멩이를 놓았다. 처음 보기에는 이상한 포석인 것 같았지만, 맷은 세 번의 움직임 만에 길의 세 번째 돌멩이가 잡히리라는 걸 알았다. "게이브릴 공은 대단히 화려한 장례식을 치르게 될 거다."

"또 가문의 게임 얘기네요." 길이 투덜거렸다. "그래도 통할지 모르죠." 길의 얼굴에 갑자기 미소가 떠올랐다. "소문을 시작하려면 누구한테 말해야 할지도 알아요. 내가 해야 할 일이라고는 꿈에서 뭔가를 봤다고 길다에게 말하는 것뿐이에요. 그러면 길다는 사흘 안에 신도시 종업원 여자애들 절반 에게 그걸 사실이라고 말할 겁니다. 길다는 창조주께서 만드신 가장 대단한 떠버리거든요."

"다시 자네에게까지 소문이 추적되지 않도록 하게, 바젤."

"그건 걱정하지 마세요, 톰. 1주일 전만 해도 어떤 남자가 제가 꾼 악몽 얘 기를 해 주더라니까요. 그 꿈을 꾼 다른 사람한테 들었다면서요. 내가 콜린 에게 꿈 얘기를 하는 것을 길다가 엿들은 게 틀림없어요. 하지만 내가 그 사 람한테 물어보니까, 그 사람은 자기한테 그 이야기를 전해 준 사람들의 이 름을 줄줄 읊더라고요. 그 이름을 쭉 따라가니 케임린 바깥까지 이어지더라 니까요. 아니, 내가 실제로 그 이름들을 따라가서 마지막 사람을 찾아냈어 요. 소문이 얼마나 많은 사람의 입을 거쳤는지 그냥 궁금해서요. 그런데 그 사람은 그게 그저 자기 꿈이라고 하더군요. 걱정할 것 없습니다, 톰."

맷은 그들이 소문을 어떻게 내든 딱히 관심 없었지만—어떤 소문도 에그 웨인 일행에게 도움이 되지는 않을 터였다—한 가지만은 아리송했다. "톰, 이 모든 일을 아주 침착하게 받아들이는 것 같네요. 난 무어게이즈가 아저 씨 인생의 사랑인 줄 알았는데."

방랑 시인은 파이프의 우묵한 부분을 다시 들여다보았다. "맷, 예전에 아 주 현명한 여자가 내게 시간이 상처를 치료해 줄 거라고, 시간이 모든 것을 위로해 준다고 말한 적이 있다. 난 그 여자 말을 믿지 않았어. 그런데 그 여자 말이 맞았지.”

“더는 무어게이즈를 사랑하지 않는다는 말이군요.”

“이 녀석아, 내가 사형 집행인의 도끼를 반 발짝 차이로 아슬아슬하게 피해 케임린을 떠난 게 15년 전이다. 무어게이즈가 영장에 서명했을 때 쓴 잉크가 아직 마르지도 않았어. 여기 앉아서 바젤의 수다를 듣고 있자니,” 길이 반발하자 톰이 목소리를 높였다. “수다를 떤다고밖에 할 수 없네, 바젤. 무어게이즈와 게이브릴이 결혼할지 모른다니. 그 소리를 듣고 있자니 열정이 오래전에 희미해져 버렸다는 걸 알겠다. 아, 지금도 무어게이즈를 좋아하긴 해. 아마 조금은 사랑하기도 할 거다. 하지만 더 이상 대단한 정열은 아니야.”

“난 아저씨가 궁전으로 달려가서 무어게이즈에게 경고해 주지 않을까 싶었는데요.” 맷은 웃었고, 톰이 함께 웃자 놀랐다.

“나도 그렇게까지 심한 바보는 아니다. 어느 바보라도 남자와 여자가 때로 다른 생각을 한다는 건 알지만, 가장 큰 차이는 이거야. 남자는 잊어버리긴 해도 절대 용서하지 않는다. 여자는 용서하긴 해도 절대 잊어버리지 않지. 무어게이즈는 내 뺨에 입을 맞추고 내게 와인을 한 잔 준 다음 내가 그리웠다고 말할지도 몰라. 그런 다음에는 호위대가 나를 감옥으로, 사형 집행인에게로 끌고 가도록 놔둘지도 모르지. 안 돼. 무어게이즈는 내가 여태 알았던 가장 유능한 여자 중 하나다. 이건 보통 일이 아니야. 게이브릴이 무슨 꿍꿍이를 가지고 있는지 무어게이즈가 알아낸다고 생각하면 게이브릴이 불쌍하게 느껴질 정도다. 티어라고 했느냐? 혹시 내일까지 기다렸다가 떠날 수 있겠니? 하룻밤 자면 좋을 것 같은데.”

“난 밤이 오기 전에 최대한 티어 쪽으로 갈 생각이에요.” 맷이 눈을 깜빡거렸다. “나랑 같이 가려고요? 난 아저씨가 여기 머물려는 줄 알았는데.”

“내가 방금 머리를 잘릴 생각은 **없다고** 말한 걸 못 들은 게냐? 내가 듣기에는 티어가 케임린보다 안전한 곳 같다. 별로 나쁘지 않을 것 같다는 생각이 갑자기 들어. 게다가 난 그 여자애들을 좋아하지.” 톰의 손에 칼 한 자루가 나타났다가 갑작스레 다시 사라졌다. “그 애들에게 무슨 일이 일어나는 건 바라지 않아. 하지만 네가 티어에 빨리 도착할 생각이라면 아린길로 가야 한다. 빠른 배를 타면 말을 타고 갈 때보다 사흘은 일찍 도착할 거야. 말을 죽도록 달린다 해도 말이지. 이 말을 하는 건 내 엉덩이가 벌써 안장 모양이 되었기 때문만이 아니다.”

“그럼 아린길로 가요. 빠르기만 하다면야.”

“글쎄,” 길이 말했다. “떠날 거라면 너한테 먹을 것을 꼭 가져다줘야겠구나.” 그는 의자를 뒤로 밀고 문 쪽으로 갔다.

“이것 좀 보관해 주세요, 길 아저씨.” 맷이 염소 가죽 돈주머니를 그에게 던졌다.

“이게 뭐냐? 동전?”

“밑천이요. 게이브릴은 모르지만, 내가 게이브릴이랑 내기를 하나 했거든요.” 나무 주사위 컵을 집어 든 맷이 탁자 위로 주사위를 굴리자 고양이가 펄쩍 뛰었다. 눈금 6이 다섯 개 나왔다. “내가 항상 이겨요.”

48장 동업자를 따라서

돌진호가 에리닌강의 서쪽 강둑에 있는 티어의 부두를 향해 흔들거리며 나아가는 동안 에그웨인은 다가오는 도시를 전혀 보지 못했다. 그녀는 난간에서 고개를 푹 숙인 채 에리닌강의 물이 배의 굵은 용골을 지나쳐 가는 모습과 그녀가 서 있는 방향에서 가장 앞쪽의 노가 눈에 보이는 곳으로 훅 들어왔다가 다시 나가며 강에 흰 고랑을 파내는 모습을 바라보았다. 그걸 보고 있으니 현기증이 났지만 고개를 들어 봐야 멀미가 심해질 뿐이라는 걸 잘 알고 있었다. 강변을 본다고 해도 **돌진호**의 느릿느릿한 나선형 움직임은 더욱 티 나게 드러날 뿐이었다.

배는 쥐렌을 지나면서부터 계속 그렇게 비틀비틀 돌았다. 에그웨인은 배가 그전에 어떻게 항해했는지 관심 없었다. 그녀는 자기도 모르게 **돌진호**가 쥐렌에 도착하기 전에 가라앉았으면 좋았을 걸 그랬다고 생각했다. 선장이 다시 아린길에 들어가도록 만들면 좋을 것 같았다. 그러면 다른 배를 찾을 수 있을 테니까. 에그웨인은 배 근처에도 오지 말았으면 좋았을 걸 그랬다고까지 생각했다. 그녀는 아주 많은 것을 바랐는데, 그중 대부분은 지금 있는 곳을 생각하지 않기 위해 떠올리는 것들이었다.

노를 젓는 지금은 돛으로 움직일 때에 비해 배가 덜 비틀거렸지만, 이런 변화에서 무슨 차이를 느끼기에는 너무 여러 날이 지난 뒤였다. 에그웨인의 배 속은 돌 주전자에 담긴 우유처럼 출렁거렸다. 그녀는 침을 삼키며 우유 생각을 지우려 애썼다.

돌진호에 탄 이후로 에그웨인과 일레인, 나이니브는 계획을 세우는 데 별다른 진전을 이루지 못했다. 나이니브는 토하지 않고는 10분도 견디지 못하는 경우가 많았다. 나이니브가 토하는 모습을 본 에그웨인은 간신히 삼킨 음식을 덩달아 모두 게워 냈다. 강 하류로 내려갈수록 더워지는 날씨도 도움이 되지 않았다. 나이니브는 지금 갑판 아래에 있었다. 일레인이 다시 양동이를 받쳐 주고 있을 게 틀림없었다.

아, 빛을 걸고, 안 돼! 그 생각은 하지 마! 푸른 들판. 초원. 빛을 걸고, 초원은 이렇게 들썩거리지 않는데. 벌새. 아니, 벌새는 안 돼! 종달새. 노래하는 종달새.

"조슬린 아가씨? 조슬린 아가씨!"

에그웨인은 한참 만에 캐닌 선장에게 알려 준 이름과 선장의 목소리를 알아들었다. 그녀는 천천히 고개를 들고 선장의 길쭉한 얼굴에 눈길을 맞추었다.

"배를 댈 예정입니다, 조슬린 아가씨. 얼마나 뭍에 오르고 싶은지 모른다고 계속 말씀하셨죠? 뭐, 다 왔습니다." 그는 승객 세 명을 내려 주게 되어 신난다는 기색을 거의 감추지 않았다. 승객 중 두 명은, 그의 말을 빌자면, 멀미에 구토를 해 대며 밤새 신음하는 것 말고는 별로 하는 일이 없었으니까.

맨발에 셔츠도 입지 않은 선원들이 강 쪽으로 뻗어 나온 돌 부두의 남자들에게 밧줄을 던졌다. 부두 일꾼들은 셔츠 대신 긴 가죽조끼를 입고 있는 듯했다. 이미 노는 배가 부두에 너무 세게 부딪히지 않도록 막는 한 쌍을 제외하고는 전부 끌어들였다. 부두의 납작한 돌이 젖어 있었다. 비 내린 지 얼마 되지 않은 냄새가 공기 중에 가득했다. 그게 약간 위안이 되었다. 에그웨인은 빙빙 도는 움직임이 어느 정도 멈추었다는 걸 알았지만, 그녀의 배 속은 그 느낌을 기억하고 있었다. 태양이 서쪽으로 지고 있었다. 에그웨인은 저녁밥을 생각하지 않으려 애썼다.

"잘됐네요, 캐닌 선장님." 에그웨인은 최대한 위엄 있게 말했다. **내가 반지를 끼고 있었다면 저런 식으로 말하지는 않았을 텐데. 내가 저 사람 장화에 토해도 말이야.** 에그웨인은 그 모습을 상상하며 몸을 떨었다.

지금 에그웨인은 거대한 뱀 반지와 **티어앙그리알**의 비틀린 고리를 가죽줄에 꿰어 목에 걸고 있었다. 돌 고리가 피부에 닿아 차갑게 느껴졌지만—거의 공기의 축축한 온기를 상쇄할 정도였다—그것만 빼면 나쁠 게 없었다. **티어앙그리알**은 사용하면 할수록 그걸 더 만지고 싶어진다는 걸 에그웨인은 알았다. **티어앙그리알**과 그녀 사이를 막는 주머니나 천 없이 말이다.

텔아이란리오드는 아직 그녀에게 즉각적인 쓸모를 증명해 보이지 못했다. 때로는 랜드나 맷, 페린이 언뜻 보였다. **티어앙그리알**을 사용하지 않은 에그웨인의 꿈에서는 그들이 더 많이 나왔다. 하지만 그중 어떤 꿈도 이해할 수 없었다. 손찬이 꿈에 나올 때도 있었지만, 에그웨인은 그들에 대해 생각하기를 거부했다. 하얀 망토들이 루한 씨를 거대하고 날이 삐죽빼죽한 덫에 미끼처럼 넣어 두는 악몽을 꾸기도 했다. 대체 페린은 왜 어깨 위에 독수리를 두고 있을까? 그가 지금 차고 다니는 도끼와 대장장이의 망치 중 하나를 선택하는 게 대체 왜 중요할까? 맷이 어둠의 존재와 주사위 놀이를 하는 장면은 무슨 뜻이고, 맷이 계속 "내가 갈게!"라고 외치는 이유는 무엇이며, 에그웨인은 꿈에서 왜 그가 자신에게 소리를 치고 있다고 생각했던 걸까? 랜드도 그랬다. 랜드는 완전한 어둠을 헤치며 몰래 **칼란도어**로 다가가고 있었다. 그러는 동안, 랜드의 사방에서는 여섯 남자와 다섯 여자가 걸어갔다. 일부는 랜드를 쫓았고 일부는 그를 무시했으며 일부는 그를 빛나는 수정 칼로 안내하려 했다. 또 일부는 그가 그 칼에 닿지 못하도록 막았다. 그들은 랜드가 어디에 있는지 모르거나 랜드의 모습을 언뜻언뜻 볼 뿐인 것 같았다. 남자들 중 한 명은 눈이 불꽃이었고, 랜드가 절망적인 죽음을 맞기를 바랐다. 에그웨인까지 그 절망의 맛을 느낄 수 있을 정도였다. 에그웨인은 그자를 안다는 생각이 들었다. 바알자몬이었다. 하지만 다른 자들은 누구였을까? 랜드가 다시 그 건조한 먼지투성이 방에 들어가 있었다. 작은 생물들이 그의 피부 안쪽으로 파고들었다. 랜드는 숀찬 사람 한 무리와 대적하기도 했다. 랜드는 에그웨인과, 또 에그웨인과 함께 있는 여자들과 대적하기도 했다. **그 여자들** 중 한 명이 숀찬 사람이었다. 모든 게 너무 혼란스러웠다. 에그웨인은 랜드나 다른 사람들에 대한 생각을 멈추고 눈앞의 일에 집중해야 했다. **흑색의 아자는 대체 무슨 꿍꿍이인 거지? 왜 그들에 대한 꿈은 꾸지 않는 거야? 빛을 걸고, 왜 내가 원하는 꿈을 꿀 수 없는 거지?**

"말을 물가에 내려 주시오, 선장." 그녀가 캐닌에게 말했다. "내가 메리임 아가씨와 카릴라 아가씨에게 말할 테니." 나이니브가 메리임, 일레인이 카릴라였다.

"제가 이미 사람을 보내 두 분에게 소식을 전하도록 했습니다, 조슬린 아가씨. 여러분의 말들은 제 부하들이 활대를 조정하는 대로 부두에 내려질 것입니다."

그는 에그웨인 일행에게서 손을 떼게 되어 매우 기쁜 듯했다. 에그웨인은 그에게 서두르지 말라고 하려다가, 즉시 그 생각을 떨쳐 버렸다. **돌진호**의 빙빙 도는 움직임은 멈추었을지 모르지만, 에그웨인은 다시 마른 땅을 밟고 싶었다. 지금 당장. 그래도 그녀는 잠시 멈추어 미스트의 코를 쓰다듬어 준 다음, 그 회색 암말이 그녀 자신의 손바닥을 코로 비비도록 해 주었다. 자신이 별로 서두르지 않는다는 걸 캐닌에게 보여 주기 위해서였다.

나이니브와 일레인이 선실 사다리에서 나타났다. 그들은 짐과 안장주머니를 잔뜩 지고 있었다. 일레인의 짐도 거의 나이니브만큼 많았다. 나이니브는 에그웨인이 자기들을 바라보는 것을 알아채고는 여왕 후계자를 밀치고서 누구의 도움도 받지 않고 남자들이 앉아 있는, 부두로 이어지는 좁다란 건널 판자까지 남은 길을 걸어갔다. 선원 두 명이 미스트의 배 아래에 널찍한 캔버스 천을 묶어 주려 다가왔고, 에그웨인은 자기 물건을 챙기려고 서둘러 갑판 아래로 향했다. 다시 올라와 보니 그녀의 암말은 이미 부두에 있었고, 밤색과 흰색이 섞인 일레인의 말은 캔버스 슬링에 얹힌 채 절반쯤 부두로 내려가 있었다.

부두에 발이 닿고 나서 잠시 동안 에그웨인이 느낀 것은 안도감뿐이었다.

땅은 출렁거리며 흔들리지 않을 테니까. 그런 다음, 에그웨인은 그토록 고생해서 도착한 도시를 둘러보았다.

돌로 만들어진 창고가 기다란 부두의 뒤쪽을 이루고 있었다. 부두에 대놓거나 강에 정박한 크고 작은 배들이 엄청나게 많은 듯했다. 에그웨인은 서둘러 배로부터 시선을 돌렸다. 티어는 작은 언덕 하나도 없이 평평한 땅에 세워져 있었다. 창고들 사이로 이어지는 진흙투성이 흙길 저 멀리, 목재와 석재로 만들어진 집과 여관과 선술집 들이 보였다. 널빤지나 기와로 만들어진 지붕은 귀퉁이가 이상하게 뾰족했고, 일부는 솟아올라 꼭짓점을 이루고 있었다. 그 지붕들 너머, 진회색 돌로 만들어진 높은 성벽이 보였다. 성벽 너머로는 주변에 높은 발코니가 둘러쳐 있는 탑들의 꼭대기와 궁전의 흰 돔이 있었다. 돔은 네모나게 만들려 했던 것처럼 보였으며 탑 꼭대기는 성벽 밖의 지붕들처럼 뾰족했다. 전체적으로 티어는 척 봐도 케임린이나 타발론만큼 컸다. 그 두 도시만큼 아름답지는 않더라도 거대한 도시이기는 했다. 그러나 에그웨인은 티어의 바위를 제외한 그 무엇도 보기 어려웠다.

그녀는 이야기에서 티어의 바위에 관해 들어 보았다. 티어의 바위가 세계에서 가장 거대하고 오래된 요새라는 이야기, 세계의 파괴 이후 처음으로 지어진 요새라는 이야기였다. 그러나 그 어떤 이야기로도 에그웨인은 그 모습을 예상 못 했다. 처음에 그녀는 티어의 바위가 거대한 회색 돌로 된 언덕이거나, 수백 미터에 걸쳐 있는 작고 황량한 산이라고 생각했다. 그 길이는 서쪽의 에리닌강에서부터 성벽을 지나 도시 안으로까지 이어졌다. 거대한 깃발이 그 엄청나게 높은 요새 위에서 펄럭이는 것을 본 이후—절반은 붉은색, 절반은 황금색인 바탕 전체에 걸쳐 세 개의 흰 초승달이 비스듬하게 그려진 깃발들이 강 위로 최소 273미터는 떨어진 곳에서 펄럭거렸다. 그렇게 높은 데에 있음에도 선명하게 보일 만큼 큰 깃발이었다—에도, 심지어 흉벽과 탑을 알아본 이후에도, 티어의 바위가 이미 있던 산을 깎아 낸 게 아니라 건설한 건물이라는 점을 믿기는 어려웠다.

"일원력으로 만든 거야." 일레인이 중얼거렸다. 그녀도 티어의 바위를 보고 있었다. "흙의 흐름을 엮어 땅의 돌을 끌어내고, 공기의 흐름으로 그 돌을 세계의 모든 곳에서 가져왔어. 그리고 흙과 불의 힘으로 그 모든 걸 하나로 만들어 낸 거야. 봉합선이나 결합부나 시멘트도 쓰지 않고. 아투안 세다이가 하는 말로, 오늘날에는 화이트 타워도 저런 일을 할 수 없대. 지금 일원력에 대해 티어의 대공들이 어떻게 생각하는지 생각해 보면 이상한 일이지."

"내 생각에," 나이니브가 주변을 돌아다니는 부두 노동자들을 눈여겨보며 조용히 말했다. "바로 그 점을 생각할 때 다른 얘기를 큰 소리로 하면 안 될 것 같은데." 일레인은 나이니브에게 화가 나는 한편으로—일레인은 아주 작은 소리로 말했으니까—나이니브의 말에 동의했기에 갈팡질팡하는 모습이었다. 여왕 후계자는 너무 자주, 너무 빠르게 나이니브의 의견에 동의했다. 에그웨인은 그러고 싶지 않았다.

나이니브가 맞는 말을 할 때만 동의할 거야. 에그웨인은 마지못해 인정했다. 반지를 끼는 여자, 심지어 타 발론과 조금이라도 관련이 있는 자라면 이곳에서 감시의 대상이 될 터였다. 맨발에 가죽조끼를 입은 부두 노동자들은 짐과 상자를 손수레에 싣거나 등에 지고 나르느라 서둘러 돌아다니고 있었고 그래서 세 사람에게는 관심을 두지 않았다. 어디선가 생선 비린내가 강하게 났다. 이어지는 다음 부두 세 곳의 주위에 수십 대의 작은 낚싯배가 모여 있었다. 아멀린 권좌의 집무실에 있는 그림 같았다. 셔츠를 벗은 남자들과 맨발의 여자들이 작은 배에서 물고기가 담긴 바구니를 끌어냈다. 은색과 청동색과 초록색, 그리고 에그웨인으로서는 물고기의 색이라고 생각조차 해 보지 않았던 밝은 빨간색과 짙은 파란색, 환한 노란색 등의 온갖 색깔로 이루어진 생선 더미였다. 일부는 흰색이나 다른 색깔의 흰 줄무늬, 얼룩무늬가 있었다.

에그웨인은 일레인에게만 들리도록 목소리를 낮추었다. "그 말이 맞아, 카릴라. 네가 카릴라가 된 이유를 기억해." 에그웨인은 이렇게 인정하는 말을 나이니브가 듣기를 바라지 않았다. 나이니브는 그 말을 듣고도 표정이 바뀌지 않았는데, 그럼에도 에그웨인은 요리용 스토브에서 열기가 뿜어져 나오듯 그녀에게서 만족감이 뿜어져 나오는 것을 느낄 수 있었다.

나이니브의 검은 수말이 이제 막 부두로 내려지고 있었다. 선원들은 배에서 자신들의 자질구레한 짐을 내려 부두의 축축한 돌에 그냥 던져 놓았다. 나이니브는 말들을 힐끗 보고 입을 벌렸다가—에그웨인은 나이니브가 말에 안장을 얹으라고 지시하려 했다고 확신했다—다시 꽉 다물었다. 입을 다물기가 힘든 듯했다. 그녀는 땋은 머리를 한 차례 세게 당겼다. 말을 실어 온 캔버스 천이 치워지기 한참 전에 나이니브는 검은 말의 등에 파란색 줄무늬 안장 담요를 덮고 안미가 높은 안장을 그 위에 얹었다. 심지어 다른 두 여자에게는 눈길도 주지 않았다.

에그웨인은 그 순간 말을 타고 싶어 초조한 마음이 전혀 들지 않았지만—말의 움직임이 **돌진호**의 움직임과 너무 비슷해 재차 속이 안 좋을 것 같았다—진흙투성이 거리를 한 번 더 보자 확신이 들었다. 신발이 튼튼하기는 했지만, 그 신발에서 진흙을 털어 내야만 한다는 점이나 걸어가면서 치마를 들어야 한다는 점은 마음에 들지 않았다. 그녀는 재빨리 미스트에게 안장을 채운 뒤 말 잔등에 올라타 치마를 바로잡고 진창을 걸어가는 것도 그리 나쁘지 않을지 모른다는 생각을 했다. **돌진호**에서 했던 잠깐의 바느질로—이번에는 일레인이 모든 일을 도맡아 했다. 여왕 후계자는 바느질 솜씨가 매우 좋았다—일행의 드레스는 모두 다리를 벌리고 말에 탈 수 있도록 멋지게 트여 있었다.

나이니브가 안장에 오르자 수말이 깡충깡충 뛰었다. 그녀의 얼굴이 잠시 창백해졌다. 나이니브는 입을 꽉 다물고 자제력을 유지하며 고삐를 단단히 쥐고서 곧 말을 다스렸다. 창고들이 있는 곳을 천천히 지나쳤을 때쯤에야 나이니브는 입을 열 수 있었다. "리안드린 일행을 수소문하고 있다는 게 절대 알려지지 않은 상태에서 그들을 찾아야 해. 그자들은 우리가 오고 있다는 걸 분명히 알아. 최소한 누군가 자기들을 쫓고 있다는 건 알겠지. 하지만 그자들의 입장에서 너무 늦기 전에 우리가 여기 와 있다는 게 알려지지 않았으면 좋겠어." 나이니브가 심호흡했다. "고백하는데, 그렇게 할 방법은 전혀 생각해 두지 않았어. 아직은 말이야. 혹시 너희 둘은 제안할 게 있어?"

"도둑잡이가 있지." 일레인이 망설이지 않고 말했다. 나이니브가 인상을 찡그리며 그녀를 보았다.

"휴린 말하는 거야?" 에그웨인이 말했다. "하지만 휴린은 왕을 섬기는 사람이었어. 여기서 활동하는 도둑잡이들은 대공을 섬기지 않을까?"

일레인이 고개를 끄덕였다. 에그웨인은 멀미를 하지 않는 여왕 후계자가 문득 부러웠다. "응, 그러겠지. 하지만 도둑잡이들은 여왕 호위대도 아니고 티어의 바위의 수호자도 아니야. 통치자를 섬기지만 때로는 도둑맞은 사람들이 그들에게 돈을 주고 도둑맞은 물건을 되찾아. 가끔 도둑잡이들은 돈을 받고 사람을 찾아 주기도 해. 최소한 케임린에서는. 티어라고 다르지는 않을 것 같은데."

"그럼 일단 여관에 방을 잡자." 에그웨인이 말했다. "그리고 여관 주인에게 도둑잡이를 찾아 달라고 하는 거야."

"여관은 안 돼." 나이니브가 수말을 몰아가며 단호하게 말했다. 그녀는 단한 번도 그 수말이 통제를 벗어나게 놔두지 않는 듯했다. 잠시 후, 나이니브가 말투가 약간 부드러워졌다. "최소한 리안드린은 우리를 알아. 다른 자들도 우리를 안다고 봐야 해. 그자들은 자기들이 흩뿌린 흔적을 따라온 자들을 찾느라 여관이란 여관들은 다 감시할 게 확실해. 그자들이 깔아 놓은 덫이 그자들 눈앞에서 열리는 꼴이라면 얼마든지 보고 싶지만, 그 덫에 우리가 들어 있지는 않았으면 좋겠어. 여관에서 묵지는 말자."

에그웨인은 나이니브에게 질문을 받는 만족감을 주지 않기로 마음먹었다.

"그럼 어디로 가?" 일레인의 이마가 찌푸려졌다. "내가 정체를 밝혔으면—이런 옷을 입고 호위대도 없는데 누가 그 말을 믿겠냐만—대부분의 귀족 가문에서 환영받았을 텐데. 티어의 바위 자체에서도 환영받았을 가능성이 크지. 케임린과 티어는 관계가 좋으니까. 하지만 그런 일을 비밀로 할 방법은 없어. 밤이 오기도 전에 온 도시가 알게 될걸. 여관 말고 다른 곳은 생각나지 않아, 나이니브. 시골 농장으로 나가자는 말이면 모르겠는데, 시골에서 리안드린 일행을 찾을 방법은 없어."

나이니브가 에그웨인을 힐끗 보았다. "어디에 머물지는 보면 알게 될 거야. 찾아보자.”

일레인의 찡그린 표정이 나이니브를 지나쳐 에그웨인에게 향했다가 다시 나이니브에게로 돌아갔다. “귀고리가 마음에 안 든다고 귀를 잘라 버리지는 마.” 일레인이 투덜거렸다.

에그웨인은 말을 타고 가는 내내, 작정하고 거리에서 시선을 떼지 않았다. **내가 고민하고 있다는 것을 나이니브가 알게 하느니 차라리 타 죽을 거야!**

타 발론의 거리와 비교해 티어의 거리에 나와 있는 사람들은 많지 않았다. 아마 거리의 걸쭉한 진흙이 사람들의 발길을 멀어지게 하는 것 같았다. 크고 작은 수레가 덜컹거리며 지나갔다. 대부분은 널찍한 뿔이 달린 황소가 수레를 끌고 있었다. 수레꾼이나 마부는 색이 희고 홈이 파인 긴 나무 막대를 들고 그 옆에서 걸어갔다. 고급 마차나 가마는 이 거리를 이용하지 않았다. 공기 속에서 역시 생선 비린내가 감돌았다. 등에 생선이 가득 담긴 거대한 바구니를 지고 다니는 남자들도 적지 않았다. 가게들은 장사가 잘되지 않는 것 같았다. 상품을 늘어놓은 가게는 한 곳도 없었고, 에그웨인이 보기에 가게에 들어가는 사람도 별로 없었다. 간판은 걸려 있었지만—재단사의 바늘과 천 조각, 칼 장수의 칼과 가위, 직공의 베틀 등이었다—대부분 간판에서는 페인트가 벗겨지고 있었다. 몇 안 되는 여관 간판도 상태가 비슷했으며 다른 가게들에 비해 딱히 사람이 많은 것 같지도 않았다. 여관들 사이에는 작은 집들이 복작거렸고, 가게의 기와나 널빤지는 군데군데 빠져 있는 경우가 많았다. 티어는, 적어도 이 지역만큼은 가난했다. 그리고 에그웨인이 볼 때 뭔가를 하고자 노력해 보려는 사람도 드물었다. 사람들이 계속해서 움직이며 일하고 있었으나 대부분 의욕이 없는 얼굴들이었다. 모두가 걸어 다니는 속에서 세 여자가 말을 타고 지나가건만 그들에게 눈길을 주는 사람은 거의 없었다.

남자들은 펑퍼짐한 브리치스를 입었다. 보통은 발목 부분이 묶여 있는 바지였다. 겨우 대여섯 명만이 코트를 입고 있었는데, 팔과 가슴 부위는 꽉 조이고 허리 부분은 느슨한, 길고 색이 짙은 코트였다. 장화보다는 목 짧은 신발을 신은 남자들이 더 많았지만 대부분은 맨발로 진창을 걸어 다녔다. 상당수의 사람들이 코트나 셔츠 같은 건 걸치지 않았으며 널찍한 천으로 브리치스를 감아 고정하고 다녔다. 알록달록한 천도 있었지만 더러운 경우가 많았다. 몇몇 사람들은 널찍한, 원뿔 모양으로 생긴 밀짚모자를 쓰고 있었으며 몇몇은 얼굴 한쪽으로 축 늘어진 천 모자를 쓰고 있었다. 여자들의 드레스는 목깃이 높아 턱 바로 아래까지 왔고, 치맛자락은 발목 근처로 내려왔다. 많은 여자들이 옅은 색깔의 짧은 앞치마를 걸치고 있었는데, 때로는 그렇게 겹친 앞치마가 두세 벌이었다. 모든 앞치마가 아래쪽의 앞치마보다 작았다. 여자들 대부분 남자와 똑같은 밀짚모자를 쓰고 있었는데 모자들은 앞치마와 어우러지도록 염색되어 있었다.

에그웨인은 그중 한 여자를 통해 신발을 신은 사람들이 진흙을 어떻게 처리하는지 처음으로 알았다. 그 여자는 신발 바닥에 작은 나무틀을 고정해 두었다. 그 틀 덕분에 신발이 진흙에서 두 뼘은 떨어져 있었다. 그럼에도 여자는 두 발을 땅에 굳게 디딘 것처럼 걸어 다녔다. 에그웨인은 그 이후로 같은 틀을 착용한 다른 사람들을 보았다. 개중에는 여자들뿐 아니라 남자들도 있었다. 여자들 중에도 맨발로 다니는 사람이 있었지만 남자만큼 많지는 않았다.

에그웨인은 어느 가게에서 그 틀을 팔지 궁금했다. 그때 나이니브가 갑자기 검은 말의 말머리를 틀었다. 길고 좁은 2층짜리 집과 돌벽으로 된 도자기 가게 사이의 골목 방향이었다. 에그웨인은 일레인과 시선을 주고받은 뒤―여왕 후계자는 어깨를 으쓱했다―그 뒤를 따랐다. 에그웨인은 나이니브가 어디로 가는지, 왜 가는지 알지 못했지만―나이니브에게 그에 관해 한마디 해야겠다고 생각했다―일행이 떨어지는 것도 바라지 않았다.

골목은 집 뒤의 작은 뜰로 이어졌다. 뜰 주변에 건물들이 울타리처럼 늘어서 있었다. 먼저 말에서 내린 나이니브는 고삐를 무화과나무에 묶었다. 거기에 묶어 두면 뜰의 절반을 차지하고 있는, 텃밭에 돋아난 푸른 싹에 수말이 입을 댈 수 없었다. 돌이 한 줄로 놓여 뒷문으로 이어지는 오솔길을 이루었다. 나이니브가 그 문으로 성큼성큼 다가가 노크했다.

"뭐야?" 에그웨인이 참지 못하고 물었다. "왜 여기에 들른 거야?"

"앞쪽 창문에 놓인 약초 못 봤어?" 나이니브가 다시 문을 두드렸다.

"약초?" 일레인이 말했다.

"현자야." 에그웨인은 안장에서 내려 미스트를 검은 말 옆에 매어 두며 일레인에게 말했다. **말한테 가이딘이라는 이름을 붙이는 건 적절하지 않아. 그게 누구를 뜻하는 건지 내가 모를 줄 아니, 나이니브?** "나이니브가 현자인지 탐색자인지를 찾아낸 거야. 여기서는 또 뭐라고 부르는지 모르겠지만."

한 여자가 의심스러운 눈으로 밖을 볼 수 있을 만큼만 문을 열었다. 처음에 에그웨인은 그녀가 듬직한 체형이라고 생각했는데, 그때 여자가 문을 마저 다 열었다. 여자는 분명 살집이 두둑했지만, 움직이는 모습을 보니 옷 너머 근육이 있는 게 분명했다. 그녀는 루한 씨의 아내만큼이나 강해 보였다. 에먼즈 필드에서는 앨스벳 루한이 거의 남편만큼 힘이 세다고 말하는 사람들이 있었다. 그 말은 사실이 아니었지만, 그렇게까지 틀린 말도 아니었다.

"무슨 일이지?" 여자가 아멀린 권좌와 비슷한 억양으로 물었다. 잿빛 머리카락이 머리 양옆으로 늘어진, 굵은 고수머리의 여자였다. 그녀가 걸친 세 벌의 앞치마는 초록색 계열이었는데, 위쪽의 앞치마가 아래쪽 앞치마보다 색이 진했다. 그런데 가장 위의 앞치마도 희끄무레한 색깔이었다. "너희 중 누구에게 내가 필요한 거냐?"

"접니다." 나이니브가 말했다. "멀미가 나서 속이 불편해요. 나 말고 우리 일행들도 마찬가지로 당신이 필요해요. 우리가 잘 찾아온 거라면 말이지만."

"티어 사람이 아니구나." 여자가 말했다. "네가 말을 하기 전에 옷을 보고 알았어야 하는데. 난 어머니 구엔나라고 한단다. 현명한 여인이라고 불리기도 하지만, 그런 말로 뜯어진 솔기를 이어 붙일 수 있을 거라고 믿을 만큼 나이가 많지는 않아. 들어오너라. 멀미에 쓸 약을 주마."

주방은 크지 않으나 깔끔했다. 벽에 구리 냄비가 걸려 있었고, 천장에는 말린 약초와 소시지가 매달려 있었다. 엷은 색 나무로 만들어진 높은 찬장 몇 개에는 웃자란 풀 모양이 조각된 문이 달려 있었다. 탁자는 거의 하얗게 박박 문질러 닦아 놓았고 의자 등받이에는 꽃이 새겨져 있었다. 수상한 냄새가 나는 수프 냄비가 돌로 만든 스토브 위에서 부글거리고 있었으며 주둥이 달린 주전자에서는 이제 막 김이 끓어오르기 시작했다. 돌난로에는 불이 없었는데 에그웨인은 그 점이 더없이 다행스러웠다. 스토브만으로도 충분히 열이 났다. 어머니 구엔나는 그 점을 전혀 의식하지 않는 듯했지만 말이다. 접시들이 난로 장식 위에 쭉 늘어서 있었고, 더 많은 접시들은 양옆의 선반에 깔끔하게 쌓여 있었다. 바닥은 방금 쓴 것처럼 깔끔했다.

그들이 모두 들어서자 어머니 구엔나가 문을 닫았다. 주방을 가로질러 찬장으로 가면서 나이니브가 말했다. "어떤 차를 주실 건가요? 사슬잎? 푸른 사마귀?"

"그중 하나라도 있었으면 줬겠지." 어머니 구엔나가 잠시 선반을 뒤지더니 돌로 만들어진 통을 꺼냈다. "최근에는 약초를 뜯으러 갈 시간이 없었으니 말이야. 흰늪잎사귀 끓인 물을 주마."

"그건 잘 모르는 약초인데요." 나이니브가 천천히 말했다.

"사슬잎만큼 잘 들어. 하지만 톡 쏘는 맛이 있어서 싫어하는 사람도 있지." 덩치 큰 여자는 건조해서 빳은 잎사귀를 파란색 찻주전자에 뿌린 뒤 주전자를 스토브로 가져가 뜨거운 물을 더 부었다. "그럼 너도 이 일을 하는 모양이구나? 앉아라." 그녀는 난로 위 장식에서 꺼낸, 파란색 광택제를 바른 찻잔 두 개를 한 손에 들고 그 손으로 탁자를 가리켰다. "앉아서 얘기하자. 멀미가 나는 아이가 또 누구냐?"

"전 괜찮아요." 에그웨인이 의자에 앉으며 아무렇지 않은 척 말했다. "너 멀미해, 카릴라?" 여왕 후계자는 고개를 저었다. 약간 짜증 난 듯했다.

"괜찮아." 회색 머리카락의 여자가 나이니브에게 짙은 색 액체를 한 잔 따라 주더니 나이니브 맞은편에 앉았다. "두 사람이 마실 분량을 만들었지만, 흰늪차는 소금에 절인 생선보다도 오래가거든. 오래 묵힐수록 약효도 좋아지지. 맛은 더 써지지만 말이야. 배를 가라앉혀야겠다는 욕구와 혀가 버틸 수 있는 한계 사이에 경쟁이 벌어지는 셈이야. 마시거라, 애야." 잠시 후 그녀는 두 번째 잔을 들고 한 모금 삼켰다. "봤지? 해롭진 않아."

나이니브가 자기 잔을 들어 한 모금 맛보고는 불쾌하다는 듯 작은 소리를 냈다. 하지만 다시 잔을 내려놓았을 때는 표정이 부드러워져 있었다. "그냥 좀 쓸 뿐이네요. 어머니 구엔나, 앞으로 비와 진창을 오래 견뎌야 할까요?"

나이 든 여자는 인상을 찌푸리며 세 사람에게 불쾌함을 고루 나누어 준 뒤에야 나이니브에게 시선을 고정했다. "나는 바다 민족의 바람수색꾼이 아니다, 애야." 그녀가 조용히 말했다. "내가 날씨를 알 수 있었대도 그 사실을 인정하느니 차라리 내 옷에 은강꼬치를 쑤셔 넣을 거야. 방어군은 그런 행동을 아이즈 세다이가 하는 일에 버금가는 것으로 보거든. 그래서, 넌 나와 같은 일을 하는 거냐 아니냐? 여행을 한 것 같은데. 피로에 좋은 게 뭐지?" 그녀가 갑자기 호통치듯 말했다.

"납작풀차죠." 나이니브가 침착하게 말했다. "아니면 앤딜레이뿌리라든지요. 질문을 하시니 말인데, 산통을 달랠 때는 어떻게 하죠?"

어머니 구엔나가 코웃음 쳤다. "따뜻한 수건을 쓰고, 유독 힘든 출산이라면 백회향을 조금 줄 수도 있겠지. 그것과 위로의 손길 말고 산모에게는 아무것도 필요하지 않다. 시골 아낙들도 대답할 수 있는 것 말고는 질문을 생각해 낼 수 없는 거냐? 심장에 통증이 있을 때는 뭘 주지? 죽을 것 같은 통증이 있을 때 말이야."

"가루를 낸 기안딘 꽃잎을 혀에 얹어 주죠." 나이니브가 활기차게 말했다. "여자가 배를 갉아 먹는 듯한 고통을 느끼며 피를 토하면 어떻게 하실래요?"

그들은 서로를 시험하기라도 하듯 계속해서 질문과 답을 점점 더 빠르게 주고받았다. 때로는 둘이 같은 약초를 다른 이름으로 알고 있어서 질문이 지연되었지만, 그런 뒤에는 다시 속도가 붙었다. 그렇게 그들은 차에 비해 팅크제가 좋은 점, 찜질보다 연고가 좋은 점, 또 그것들이 언제 좋은지에 대해서 말다툼했다. 그 모든 빠른 질문은 점차 상대방이 모르는 약초와 뿌리 이야기로 옮겨 가기 시작했다. 그렇게 그들은 지식을 파냈다. 에그웨인은 그 소리들에 점점 짜증이 났다.

"뼈얽개를 준 다음에는," 어머니 구엔나가 말했다. "푸른 염소꽃을 우려 낸 물에 담갔던 수건으로 부러진 팔다리를 감싼다. 주의해야 할 점은, 반드시 푸른색이어야 한다는 거야!" 나이니브가 조바심 난다는 듯 고개를 끄덕였다. "그리고 환자가 견딜 수 있는 한 최대한 뜨겁게 해야 해. 물과 푸른 염소꽃을 10대 1의 비율로 섞어야지. 그보다 약해서는 안 되고. 김이 더 이상 나지 않으면 바로 수건을 교체하고, 그렇게 하루 종일 반복한다. 그렇게 하면 뼈얽개만 썼을 때보다 뼈가 두 배는 빨리 붙어. 두 배는 강하게 붙고."

"기억해 두죠." 나이니브가 말했다. "눈이 아플 때 양의혀 풀을 쓴다고 하셨는데요. 그런 얘기는 한 번도 들어 본 적이……."

에그웨인은 더 이상 참을 수 없었다. "메리임." 그녀가 끼어들었다. "정말 이런 것들을 다시 알아야 한다고 생각하는 거야? 넌 더 이상 현자가 아니잖아. 잊어버렸어?"

"난 아무것도 잊지 않았어." 나이니브가 날카롭게 말했다. "너도 나만큼 새로운 것을 배우는 데 열정적이던 때가 기억나는데."

"어머니 구엔나." 일레인이 부드럽게 말했다. "말다툼을 그치지 않는 여자 두 명에게는 뭘 써야 할까요?"

잿빛 머리카락의 여자는 입술을 꽉 다물고 인상을 쓰며 탁자를 보았다. "보통은 남자든 여자든 서로 떨어져 있으라고 하지. 그게 제일 좋은 방법이야. 가장 쉬운 방법이기도 하고."

"보통이라고요?" 일레인이 말했다. "둘이 떨어질 수 없는 이유가 있다면요? 예를 들어서 그 둘이 자매라던가."

"말다툼을 그치게 할 방법이 있긴 하지." 덩치 큰 여자가 천천히 말했다. "누구에게든 쓰라고 권할 만한 방법은 아니다만, 그 문제로 날 찾아오는 사람들이 있긴 있어." 에그웨인은 그녀의 입가에 미소처럼 보이는 뭔가가 어렸다고 생각했다. "여자에게는 각기 은화 1마르크씩을 내라고 한다. 남자들은 2마르크. 남자들은 더 소란을 피우니까. 가격만 붙어 있으면 뭐라도 사려 드는 사람들이 있지."

"그래서 치료 방법이 뭔데요?" 일레인이 물었다.

"나는 그 사람들에게 말다툼한 상대를 이리로 데려와야 한다고 말한단다. 둘 다 내가 상대방의 입을 다물게 해 줄 거라고 생각하지." 에그웨인은 자기도 모르게 귀 기울였다. 나이니브도 쫑긋 귀를 기울이는 것처럼 보였다. "그 사람들이 나한테 돈을 내고 나면," 어머니 구엔나는 굵은 팔을 쭉 펴며 말을 이었다. "나는 둘을 다시 데리고 나가서, 둘이 말다툼을 멈추겠다고 할 때까지 내 빗물 통에 둘의 머리를 처박아 두지."

일레인이 웃음을 터뜨렸다.

"저라도 아주 비슷한 일을 할지 모르겠네요." 나이니브가 지나치게 가벼운 목소리로 말했다. 에그웨인은 자신의 표정이 그녀와 달라 보였으면 좋겠다고 생각했다.

"놀랍지 않지." 어머니 구엔나는 이제 대놓고 씩 웃고 있었다. "둘이서 또 말다툼을 한다는 얘기가 들리면 공짜로 해 주겠다고 한단다. 다만 그때는 강에 처박겠다고 말이야. 이 치료법이 얼마나 잘 통하는지 놀라울 지경이야. 남자들한테 특히 그렇지. 그 결과 내 평판이 어떻게 됐는지 생각하면 더욱 놀랍고. 어째서인지 내가 이런 식으로 고쳐 준 사람 중에는 다른 사람에게 자세한 내용을 밝히는 이가 없단다. 그래서 몇 달에 한 번씩 누가 치료해 달라고 찾아와. 하긴, 멍청하게 진흙고기를 먹었다면 돌아다니면서 그 말을 퍼뜨리지는 않는 법이야. 너희 중 은화 1마르크를 쓰고 싶은 사람은 없겠지."

"그렇죠." 에그웨인은 그렇게 말하고 일레인이 다시 웃음을 터뜨리자 그녀를 노려보았다.

"잘 됐구나." 잿빛 머리카락의 여자가 말했다. "내가 말다툼을 고쳐 준 사람들은 내가 그물에 딸려 나온 뾰족풀이라도 된 것처럼 나를 피한다. 정말로 아파질 때를 빼놓고는 말이야. 그리고 난 너희와 함께 있는 게 즐거워. 요즘 찾아오는 사람들 대부분은 악몽을 꾸지 않게 해 달라고 하고, 내가 줄 게 없다고 하면 시무룩해하거든." 그녀는 잠시 얼굴을 찌푸리며 관자놀이를 문질렀다. "강물에 뛰어내려 빠져 죽는 일 말고는 할 수 있는 일이 없다는 식의 표정을 짓지 않는 사람을 세 명이나 보다니 좋구나. 티어에 오래 머물 거라면 날 다시 보러 오너라. 저 여자애가 너를 메리임이라고 불렀던가? 내 이름은 에일후인이란다. 다음번에는 혀에 뭔가 끼게 하는 차 말고, 바다 민족의 좋은 차를 마시며 이야기하자꾸나. 빛을 걸고, 난 흰늪의 맛이 정말 싫어. 차라리 진흙고기 맛이 더 좋을 거야. 지금 여기 있을 시간이 있다면야 트레멀킹 홍차를 끓여 주마. 저녁 먹을 시간도 멀지 않았고. 먹을 건 빵과 수프와 치즈뿐이지만, 환영하마."

"그거 아주 좋겠는데요, 에일후인." 나이니브가 말했다. "사실…… 에일후인, 남는 방이 있다면 저희 셋이서 값을 내고 그곳에서 지내고 싶어요."

덩치 큰 여자는 아무 말도 하지 않고 세 사람을 번갈아 보았다. 자리에서 일어선 그녀는 흰늪차가 담긴 찻주전자를 약초 찬장에 집어넣더니 다른 찬장에서 빨간색 찻주전자와 주머니 하나를 꺼냈다. 그녀는 트레멀킹 홍차를 우려내고 백랍 수저와 함께 네 개의 깨끗한 찻잔과 벌집 한 그릇을 탁자에 내려놓은 뒤에야 다시 자리에 앉아 입을 열었다.

"딸들이 다 결혼해서 위층에 빈방이 세 개 있어. 빛이 가호하시길, 내 남편은 거의 20년 전에 드래건의손가락에서 폭풍을 맞아 실종됐단다. 너희에게 방을 쓰게 해 준다면야 돈은 낼 필요 없어. 방을 쓰게 해 준다면 말이다, 메리임." 그녀는 차에 꿀을 타며 그들을 다시 살펴보았다.

"어떻게 해야 마음을 정하실 건가요?" 나이니브가 조용히 물었다.

에일후인은 마시는 방법을 잊은 것처럼 차를 계속 저었다. "좋은 말을 타고 온 젊은 여자 셋이라. 내가 말은 잘 모르지만, 저 말들은 내가 보기에 귀족들이나 타는 좋은 말 같구나. 너, 메리임은 이미 창문에 약초를 걸어 놓은 것처럼, 아니면 일할 곳을 정해야 할 것처럼 우리 일을 잘 알고. 고향과 아주 먼 곳에서 이 일을 하는 여자에 대해서는 한 번도 들어 본 적이 없지만, 네 말씨를 들으니 넌 멀리서 왔구나." 그녀는 일레인을 힐끗 보았다. "저런 색깔의 머리카락은 아무데서나 볼 수 없어. 말투를 들으니 안도어 같은데. 멍청한 남자들은 늘 노란 머리카락의 안도어 여자를 찾겠다고 하지. 내가 알고 싶은 건 이유다. 너흰 뭔가를 피해 도망치는 거냐? 아니면 뭔가를 쫓는 거냐? 내가 보기에 너희는 도둑 같지는 않구나. 세 여자가 남자 한 명을 함께 쫓는다는 얘기도 들어 본 적이 없고. 그러니 이유를 말해 보렴. 내 마음에 든다면 방을 내 주마. 값을 치르고 싶다면 고기나 좀 사 오면 돼. 케예리엔으로 올라가는 무역로가 끊긴 뒤로 고기가 귀해졌거든. 하지만 일단은 이유를 말하려무나, 메리임.”

“저희는 뭔가를 쫓고 있습니다, 에일후인.” 나이니브가 말했다. “어떤 사람들을 쫓는다고 해야겠군요.” 에그웨인은 가만히 있으려고 자제심을 발휘하며 자신이 일레인만큼 잘 해내고 있기를 바랐다. 일레인은 드레스 이야기를 듣는 것처럼 차를 홀짝이고 있었다. 에그웨인은 에일후인 구엔나의 검은 눈이 많은 걸 놓치지는 않을 거라고 생각했다. “그 사람들이 뭔가를 훔쳐 갔습니다, 에일후인.” 나이니브가 말을 이었다. “제 어머니에게서요. 살인도 저질렀고요. 저희는 정의를 실현하려고 여기 온 겁니다.”

“영혼을 태울 일이로구나.” 덩치 큰 여자가 말했다. “너희 집안에는 남자가 없는 거냐? 무거운 걸 들고 길을 막는 것 말고 남자들은 별로 잘하는 게 없지. 대부분의 경우에는 말이야. 입을 맞추거나 하는 때도 있지만. 하지만 싸움을 해야 하거나 도둑을 잡아야 할 때면, 내 생각엔 남자들에게 시키는 게 좋을 것 같은데. 안도어도 티어만큼 문명이 발달하지 않았니. 너희가 아이일 사람도 아니고.”

“저희밖에 없었습니다.” 나이니브가 말했다. “저희를 대신할 만한 사람들은 살해당했어요.”

살해당한 아이즈 세다이 세 명을 말하는 거야. 에그웨인이 생각했다. **그 사람들이 흑색의 아자였을 리는 없어. 하지만 그 사람들이 살해당하지 않았다면 아멀린 권좌는 절대 그들을 믿지 못했겠지. 나이니브는 그 빌어먹을 세 가지 맹세를 지키려 노력하는 거야. 아슬아슬하네.**

“아아.” 에일후인이 슬프게 말했다. “놈들이 너희 집안 남자들을 죽인 거냐? 남자 형제나 남편, 아버지였을까?” 나이니브의 두 뺨에 홍조가 돌았다. 나이 든 여자는 그녀의 감정을 오해했다. “아니, 말하지 않아도 된다, 애야. 오래된 슬픔을 끄집어내지는 않으마. 녹아 사라질 때까지 그 감정은 바닥에 묵혀 두렴. 자, 자. 진정하려무나.” 에그웨인은 역겨운 마음에 끙 소리를 내지 않으려 노력해야 했다.

"이 말씀은 드려야겠습니다." 나이니브가 딱딱한 목소리로 말했다. 얼굴이 여전히 붉어진 채였다. "살인자이자 도둑인 그 자들은 어둠의 친구입니다. 여자지만, 여느 검사만큼이나 위험해요, 에일후인. 저희가 여관을 찾지 않은 이유가 궁금하셨다면 그게 이유입니다. 그자들은 저희가 자신들을 쫓고 있다는 걸 알고 있을지 몰라요. 저희를 지켜보고 있을 수도 있습니다."

에일후인은 코웃음 치며 손을 내저었다. "내가 아는 가장 위험한 사람 넷 중 둘은 칼조차 들고 다니지 않는 여자야. 남자들 중에도 한 명만이 검사고. 어둠의 친구라면…… 메리임, 나만큼 나이를 먹으면 너 역시 가짜 드래건도 위험하고 쏠배감펭도 위험하고 상어도 위험하고 남쪽 먼바다에 갑자기 불어닥치는 폭풍도 위험하다는 걸 알게 될 거다. 하지만 어둠의 친구는 바보들이야. 고약한 바보지만 바보지. 어둠의 존재는 창조주께서 가둬 두신 곳에 그대로 갇혀 있고, 아이들이 두려워하는 생령이나 송곳니고기는 절대 어둠의 존재를 꺼내지 못한다. 바보들이 내가 탄 배에서 일하는 게 아니라면 난 바보들을 두려워하지 않아. 아마 너희는 티어의 바위의 방어군에게 가져갈 만한 증거가 없는 모양이구나. 그저 너희 말과 그자들의 말이 부딪히는 상황인가 보지?"

'생령'이 뭐지? 에그웨인은 궁금했다. **'송곳니고기'는 또 뭐고?**

"그자들을 찾으면 증거는 생길 겁니다." 나이니브가 말했다. "자신들이 훔쳐 간 물건을 그자들은 갖고 있을 테고, 그 물건이 어떻게 생겼는지 저희가 설명할 수 있으니까요. 오래된 물건인 데다, 저희와 저희 친구들이 아닌 그 누구에게도 별다른 가치가 없는 물건들입니다."

"오래된 물건에 어떤 가치가 있을 수 있는지 안다면 놀랄 거다." 에일후인이 무미건조하게 말했다. "작년에 루스 뮬런이 그물로 하트스톤 그릇 세 개와 컵 하나를 끌어 올렸어. 저 아래, 드래건의손가락에서 말이야. 지금 그 녀석은 고기잡이배가 아니라 강 상류에서 무역을 하는 큰 배를 가지고 있지. 그 멍청이는 내가 말해 줄 때까지 자기가 가지고 있는 물건이 뭔지도 몰랐단다. 그 물건을 건진 곳에 비슷한 것이 더 있을 가능성이 아주 크지만, 루스는 그 자리를 정확히 기억하지도 못했어. 대체 그동안 그물로 고기는 어떻게 잡은 건지 궁금할 지경이다. 그 이후로 티어의 낚싯배 절반은 그리로 내려가서 하스돔이나 납작고기가 아닌 **퀘인데야르**를 잡으려고 그물을 끌어 댔지. 몇몇 배는 귀족에게 어디에서 그물을 당겨야 할지 알려 달라고 했어. 오래된 물건의 가치는 그런 거란다. 충분히 오래되기만 했다면 말이지. 자, 내가 보기에 이번 일에는 남자가 한 명 필요할 것 같구나. 내가 딱 맞는 사람을 하나 알지.”

“누군데요?” 나이니브가 재빨리 물었다. “귀족을, 대공 중 한 명을 말씀하시는 거라면 그자들을 찾기 전까지 저희가 증거를 내놓을 수 없다는 걸 기억해 주세요.”

에일후인은 숨이 쌕쌕거릴 때까지 웃었다. “애야, 마울리 출신 중 대공이든 누구든 귀족을 아는 사람은 한 명도 없단다. 진흙고기는 색줄멸과 무리를 짓지 않는 법이지. 나는 검사는 아니지만 내가 아는 위험한 남자를 소개해 주려 한다. 내가 아는 남자 두 명 중 더 위험한 사람이지. 주일린 산다르는 도둑잡이야. 최고의 도둑잡이. 안도어에서는 어떨지 모르겠다만 여기서는 도둑잡이가 귀족이나 상인을 위해 일하듯 너나 나를 위해 일해 주기도 한다. 돈도 덜 받아. 너희가 찾는 여자들이 찾을 수 **있는** 존재라면 주일린이 찾을 수 있을 거야. 그리고 너희가 어둠의 친구들에게 가까이 갈 필요도 없이 너희 물건을 되찾아 줄 거다.”

나이니브는 전적으로 확신이 생기지는 않는다는 얼굴로 동의했고, 에일후인은 신발에 그 틀을 묶은 뒤—에일후인은 그 틀을 나막신이라고 불렀다—서둘러 나갔다. 에그웨인은 주방 창문 중 한 곳으로 그녀가 떠나는 모습을 지켜보았다. 에일후인은 말들을 지나고 모퉁이를 돌아서 골목을 올라갔다.

“아이즈 세다이처럼 구는 방법을 배워가는구나, **메리임**.” 에그웨인은 창문에서 시선을 돌리며 말했다. “모레인만큼 사람들을 잘 조종하네.” 나이니브의 얼굴이 하얗게 질렸다.

일레인이 바닥을 성큼성큼 가로질러 오더니 에그웨인의 따귀를 때렸다.

에그웨인은 너무 놀라 일레인을 빤히 바라볼 수밖에 없었다. "선을 넘네."
금발의 여자가 날카롭게 말했다. "넘어도 너무 심하게 넘어. 우린 함께 살아
야 해. 아니면 당연히 함께 죽게 될 거야! 넌 에일후인한테 진짜 이름을 알
려 줬어? 나이니브는 우리가 할 수 있는 말을 해 준 거야. 우리가 어둠의 친
구들을 찾고 있다고 했다고. 우리와 어둠의 친구들을 연관 짓는 것만으로도
위험한 일이었어. 나이니브는 에일후인에게 그자들이 위험한 존재라고, 살
인자라고 말했어. 넌 나이니브가 그자들을 흑색의 아자라고 했어야 한다는
거야? 티어에서? 에일후인이 **그런** 얘기를 자기 혼자 간직하리라는 믿음에
모든 걸 걸어야겠어?"

에그웨인은 머뭇거리며 자기 뺨을 문질렀다. 일레인은 팔 힘이 셌다. "어
쩔 수 없다고 꼭 그런 일을 좋아해야 하는 건 아니잖아."

"나도 알아." 일레인이 한숨을 쉬었다. "나도 마찬가지야. 하지만 그렇게
해야만 해."

에그웨인은 다시 고개를 돌려 창문 너머로 말들을 바라보았다. **나도 알
아. 그렇다고 그 일을 좋아할 필요는 없어.**

49장 티어의 폭풍

에그웨인은 마침내 탁자에 놓인 자기 찻잔 앞으로 돌아왔다. 아마 일레인의 말이, 그녀가 선을 넘었다는 말이 맞을 터였다. 하지만 차마 사과할 마음이 나지 않았다. 그래서 그들은 조용히 앉아 있었다.

에일후인은 한 남자를 데리고 돌아왔다. 오래된 나무를 깎아 만든 것처럼 생긴, 중년의 호리호리한 사람이었다. 주일린 산다는 문 옆에서 나막신을 벗고 납작한 원뿔 모양의 밀짚모자를 못에 걸었다. 길게 파인 홈 양옆으로 짧은 홈이 여러 개 나 있는 점을 빼면 휴린의 것과 비슷하게 생긴 소드브레이커가 그의 갈색 코트 위 허리띠에 매달려 있었다. 또 그는 엄지손가락 굵기에 자기 키만 한 길이의 흰 나무로 만들어진, 황소 몰이꾼들이 지팡이로 쓰는 것과 비슷하게 홈이 파인 나무 막대를 들고 다녔다. 짧게 자른 검은 머리카락이 그의 머리에 납작하게 눌려 있었고, 재빠르게 움직이는 검은색 눈은 방 안의 모든 정보를 단숨에 눈치채고 기록하는 듯했다. 방 안의 모든 사람에 대해서도. 에그웨인은 그가 나이니브를 두 차례 면밀히 살펴본 게 분명하다고 생각했다. 그런데 적어도 에그웨인이 보기에, 나이니브가 보이는 무반응은 너무 티가 났다. 나이니브도 주일린의 시선을 눈치챈 게 분명했다.

에일후인이 주일린에게 탁자의 한 자리를 가리켰다. 그곳에서 주일린은 코트 소맷부리를 뒤로 젖히고 모두에게 허리 숙여 인사하더니 막대를 어깨에 기대 놓고 앉았다. 잿빛 머리카락의 여자가 차를 새로 끓여 오고 모두가 한 모금씩 홀짝일 때까지, 그는 아무 말도 하지 않았다.

"어머니 구엔나로부터 여러분의 문제에 대해서 들었습니다." 그는 잔을 내려놓으며 조용히 말했다. "도울 수 있다면 돕겠지만, 대공들께서 제게 곧 일을 시키실지도 모릅니다."

덩치 큰 여자가 코웃음 쳤다. "주일린, 언제부터 리넨 천에 비단 값을 매기려는 가게 주인처럼 흥정하기 시작한 거냐? 대공들이 너를 부르기 전부터 언제 불려 갈지 안다고는 하지 마라."

"그런 말은 안 하죠." 산다가 미소 지으며 말했다. "하지만 밤중에 지붕 위에 남자들이 있는 걸 보면 알게 됩니다. 곁눈으로 언뜻 본 것이지만—그자들은 갈대밭의 실고기처럼 숨을 수 있거든요—뭔가 움직이는 걸 봤어요. 아무도 도둑맞았다는 신고를 하지는 않았지만, 성벽 안에서 활동하는 도둑들이 있습니다. 도둑맞은 물건으로 저녁밥을 살 수 있을 만큼 확실하다니까요. 제 말 믿으세요. 1주일이 가기 전에 제가 티어의 바위로 불려 갈 겁니다. 도둑 떼가 상인들의 집으로, 심지어 귀족들의 저택으로 침입하고 있으니까요. 방어군이 거리를 지키고 있을지는 모르지만, 도둑들을 추적해야 할 때는 도둑잡이를 보내게 마련이죠. 다른 누구보다 저를 먼저 보내고요. 가격을 올리려는 게 아니라, 뭐든 여기 어여쁜 아가씨들을 위해 해야 할 일을 금방 처리해야 한다는 말이에요."

"저 말은 사실인 것 같구나." 에일후인이 마지못해 말했다. "저 녀석은 입맞춤을 받을 수 있다면야 달이 초록색이고 물은 흰색이라고 말할 놈이지만, 그 밖의 문제에 대해서는 대부분의 남자들보다 거짓말을 적게 하거든. 마을리에서 태어난 남자 중 가장 정직한 남자일지도 몰라." 일레인이 입을 틀어막았고 에그웨인은 웃지 않으려 애썼다. 나이니브는 별로 감명 받지 않은 듯 앉아 있었다. 조바심을 느끼는 게 분명했다.

산다는 잿빛 머리카락의 여자를 보고 인상을 쓰더니, 그녀가 한 말을 무시하기로 한 듯했다. 그는 나이니브를 보고 미소 지었다. "그 도둑들이 궁금하다는 점은 인정하겠습니다. 여자 도둑이나 도둑 떼에 대해서는 알아도 여자 도둑 떼는 들어 본 적이 없네요. 어머니 구엔나에게 진 빚도 좀 있고요." 그의 눈은 나이니브를 처음부터 다시 기억해 두는 듯했다.

"비용이 어떻게 됩니까?" 나이니브가 날카롭게 물었다.

"도둑맞은 물건을 찾아올 때는," 그가 힘차게 말했다. "제가 되찾아 오는 물건값의 10분의 1을 받습니다. 사람을 찾을 때는 한 명을 찾을 때마다 은화 1마르크를 받고요. 어머니 구엔나의 말로는 도둑맞은 물건이 여러분이 아닌 사람에겐 별 가치가 없다더군요, 아가씨. 그러니 그 편을 선택하시길 권합니다." 그가 다시 미소 지었다. 그는 치아가 매우 희었다. "형제들이 못마땅해하지만 않는다면 여러분에게는 돈을 전혀 받지 않을 겁니다. 어쨌든 최대한 적게 받지요. 동전 한두 닢이면 됩니다."

"나도 도둑잡이를 한 명 알아요." 일레인이 그에게 말했다. "샤이나 사람이죠. 아주 **존경할 만한** 사람이에요. 소드브레이커 말고 칼도 한 자루 들고 다니던데, 당신은 왜 안 가지고 다니나요?"

산다는 잠시 놀란 듯하더니, 놀란 자신이 못마땅한 기색이었다. 그는 일레인이 던진 힌트를 알아듣지 못했거나 알아들었어도 무시하기로 한 모양이었다. "티어 사람이 아니시군요. 저도 샤이나에 대해서는 들어봤습니다, 아가씨. 트롤록 이야기에, 모든 사람이 전사라는 이야기도 있더군요." 그의 미소를 보니 아이들한테나 하는 이야기라고 생각하는 모양이었다.

"그 이야기는 사실이에요." 에그웨인이 말했다. "충분히 사실이죠. 내가 샤이나에 가봤어요."

산다가 에그웨인을 향해 눈을 깜빡이며 말을 이었다. "저는 귀족도 아니고 부유한 상인도 아닙니다. 군인조차 아니죠. 방어군은 칼을 들고 다닌다는 이유로 외국인들을 귀찮게 굴지 않지만—물론 그 사람들이 티어에 오래 머물 예정이라면 다르겠지요—칼을 든 사람이 저라면 티어의 바위 밑에 있는 감방에 처넣어 버릴 겁니다. 법이란 게 있으니까요, 아가씨." 그는 무의식중에 그러듯 막대를 손으로 쓸었다. "칼이 없어도 똑같이 잘 해낼 수 있고요.” 그는 미소 짓는 표정으로 다시 나이니브에게 초점을 맞추었다. “자, 도둑맞은 물건에 대해 설명해 주신다면…….”

나이니브가 탁자 가장자리에 돈주머니를 내려놓고 은화 열세 닢을 세어 꺼내 주자 그는 말을 멈추었다. 에그웨인은 나이니브가 가장 가벼운 주화들을 골랐을 거라고 생각했다. 대부분은 티어의 은화였고 하나만 안도어 것이었다. 아멀린 권좌는 그들에게 엄청나게 많은 돈을 주었지만 그것도 영원하지는 않을 터였다.

생각에 잠겨 돈주머니를 들여다보던 나이니브는 끈을 조여 다시 가방에 넣었다. “당신이 찾아야 하는 여자는 열세 명입니다, 산다 씨. 그자들을 찾으면 같은 양의 은화를 더 드리죠. 그자들을 찾으면, 물건은 우리가 직접 되찾겠습니다.”

“이렇게 많이 주지 않으셔도 직접 물건을 찾아드리겠습니다.” 산다가 반발했다. “보상을 더 주실 필요도 없습니다. 저는 정해 둔 돈만 받습니다. 제가 뇌물을 받을까 봐 걱정하시는 거라면 그러지 마세요.”

“그런 걱정은 안 해도 돼.” 에일후인이 맞장구쳤다. “말했지만, 이 녀석은 정직해. 그냥 이 녀석이 너희를 사랑한다고 하는 말만 믿지 말거라.” 산다가 그녀를 노려보았다.

“산다 씨, 내가 돈을 냈으니,” 나이니브가 단호히 말했다. “뭘 살지는 내가 정하죠. 그 여자들만 찾고 손을 떼세요.” 그녀는 산다가 마지못해 고개를 끄덕이기를 기다렸다가 말을 이었다. “그 여자들은 함께 있을 수도, 따로 있을 수도 있습니다. 첫 번째 여자는 타라본 사람입니다. 나보다 약간 키가 크고, 검은 눈에 머리카락은 밝은 꿀 색깔입니다. 타라본 방식으로 그 머리를 작게 여러 가닥으로 땋고 있죠. 어떤 남자들은 그 여자를 예쁘다고 생각할지 모르지만, 그 여자는 그런 말을 칭찬으로 듣지 않을 겁니다. 말버릇이 못됐고 뚱해요. 두 번째 여자는 칸도르 사람입니다. 머리카락은 검지만 왼쪽 귀 위로 흰 머리카락이 한 줄 있습니다. 그리고…….”

나이니브는 이름을 대지 않았고 산다도 묻지 않았다. 이름은 너무 쉽게 바뀌었다. 일이 맡겨진 지금, 산다의 미소는 지워졌다. 나이니브는 산다가 골똘히 귀 기울이는 동안 여자 열세 명의 인상착의를 말했고, 나이니브가 말을 마치자 에그웨인은 산다가 그녀의 말을 한 마디 한 마디 똑같이 되뇔 수 있을 거라고 확신했다.

"어머니 구엔나가 이 말을 해 주셨을지 모르겠는데," 나이니브가 말을 이었다. "다시 말하지요. 이 여자들은 당신이 생각할 수 있는 이상으로 위험합니다. 내가 아는 것만으로도 열 명 이상이 그자들의 손에 죽었어요. 그러는 동안 그자들의 손에는 겨우 핏방울 하나만 묻었다고 해도 난 놀라지 않을 겁니다." 그러자 산다와 에일후인이 눈을 깜빡였다. "당신이 그자들에 대해 수소문하고 다닌다는 걸 그들이 알게 되면 당신을 죽일 겁니다. 그자들이 당신을 잡으면, 그자들은 당신에게 우리가 있는 곳을 말하게 할 거예요. 어머니 구엔나도 아마 우리와 함께 죽겠죠." 잿빛 머리카락의 여자는 못 믿는 눈치였다. "믿으세요!" 나이니브의 눈길은 둘에게서 동의를 끌어냈다. "믿지 않으면, 은화를 도로 받아 가겠습니다. 머리가 더 좋은 다른 사람을 찾아야지요!"

"제가 젊었을 때," 산다가 심각한 목소리로 말했다. "소매치기가 제 옆구리에 칼을 꽂은 적이 있습니다. 젊고 예쁜 여자라면 그렇게 빨리 남자를 찌를 줄 몰랐거든요. 더는 그런 실수를 하지 않습니다. 그 여자들이 모두 아이즈 세다이, 그것도 흑색의 아자인 것처럼 생각하고 행동하겠습니다." 에그웨인은 목이 막힐 뻔했다. 산다는 은화를 집어 주머니에 넣고 허리끈 뒤춤에 쑤셔 넣으며 안타깝다는 듯 에그웨인에게 미소 지어 보였다. "겁을 주려던 건 아닌데요, 아가씨. 티어에는 아이즈 세다이가 없습니다. 도둑들이 모두 같이 있는 게 아니라면 며칠 걸릴지도 모르겠습니다. 여자 열세 명이 함께 있으면 찾기 쉽겠죠. 따로 있으면 어렵고요. 어쨌든 제가 찾아낼 겁니다. 여러분에게 도둑들의 위치를 알리기 전에는 그 도둑들을 겁줘서 쫓아 보내지 않겠습니다."

그가 밀짚모자와 나막신을 신고 뒷문으로 떠나자 일레인이 말했다. "자신감이 지나친 게 아니었으면 좋겠는데. 에일후인, 저 사람…… 그 여자들이 위험하다는 걸 알긴 아는 거죠?"

"눈이나 예쁘장한 발목을 볼 때가 아니면 바보처럼 군 적이 없는 녀석이란다." 잿빛 머리카락의 여자가 말했다. "그리고 그건 모든 남자의 단점이고. 저 녀석은 티어에서 제일가는 도둑잡이야. 걱정 말려무나. 너희가 말하는 어둠의 친구들을 찾아낼 거야."

"아침이 오기 전에 다시 비가 내리겠군요." 나이니브가 방의 온기에도 몸을 떨었다. "폭풍이 밀려오는 게 느껴집니다." 에일후인은 고개를 젓고는 저녁으로 먹을 물고기 수프로 그릇을 채우기 시작했다.

밥을 다 먹고 뒷정리까지 마친 뒤 나이니브와 에일후인은 탁자에 앉아 약초와 치료법에 대해 이야기했다. 일레인은 앞서 수놓기 시작한 망토 어깨 부분의 작은 자수를 다시 만졌고, 에일후인이 작은 책장에 놓아둔 『마네체스의 윌리엄 수기』 일부를 읽었다. 에그웨인도 책을 읽어 보려 했지만 수기도, 『제인 파스트라이더의 여행』도, 알레리아 엘핀의 우스꽝스러운 이야기도 몇 페이지 이상 그녀의 관심을 끌지 못했다. 그녀는 드레스의 가슴 부분 너머로 손을 넣어 돌로 된 **티어앙그리알**을 만져 보았다. **흑색의 아자는 어디에 있을까? 칼의 심장에서는 뭘 원하는 거지? 오직 드래건만이, 오직 랜드만이 칼란도어에 손을 댈 수 있는데. 그자들은 뭘 원하는 거야? 대체 뭘?**

밤이 깊어지자 에일후인은 일행 각각에게 2층 방을 보여 주었다. 그러나 에일후인이 자기 방으로 간 이후 일행은 에그웨인의 방에 등불 하나만을 켜놓고 모였다. 에그웨인은 속옷만 남기고 옷을 벗은 뒤였다. 반지와 고리가 걸린 끈이 그녀의 목에 걸려 있었다. 줄무늬가 들어간 돌이 황금 반지보다 훨씬 더 무겁게 느껴졌다. 이건 타 발론을 떠나온 이후로 그들이 매일 밤마다 해 온 일이었다. 아이일 사람들을 만났던 날 밤만이 유일한 예외였다.

"한 시간 뒤에 깨워 줘." 에그웨인이 그들에게 말했다.

일레인이 인상을 찡그렸다. "그렇게 짧게 있으려고?"

"불안해?" 나이니브가 말했다. "그걸 너무 자주 쓰는 건지도 몰라."

"내가 이걸 쓰지 않았으면, 우리는 지금도 타 발론에서 냄비나 닦으며 회색 인간이 우리를 찾아내기 전에 흑색의 아자를 찾을 수 있기만 바라고 있었을 거야." 에그웨인이 날카롭게 말했다. **빛을 걸고, 일레인 말이 맞아. 난**

토라진 어린애처럼 쏘아붙이고 있어. 에그웨인이 심호흡했다. "나, **정말로** 불안한 건지도 모르겠어. 아마 우리가 칼의 심장에 너무 가까이 있어서 그런지도 몰라. **칼란도어**와 너무 가까운 곳이어서. 정체 모를 덫에 너무 가까워져 있어서."

"조심해." 일레인이 말했다. 나이니브가 더 작은 목소리로 말했다. "조심해, 에그웨인. 부탁이야." 그녀는 땋은 머리를 짧게 잡아당겼다.

에그웨인이 낮은 기둥이 달린 침대에 눕고 다른 둘은 양옆의 의자에 앉았을 때 천둥이 하늘 전체에 메아리쳤다. 잠은 천천히 찾아왔다.

처음에는 늘 그랬듯 이번에도 언덕들이 펼쳐져 있었다. 봄날의 햇빛 아래 꽃과 나비 들이 보였다. 부드러운 산들바람이 불어왔다. 새들이 지저귀었다. 에그웨인은 초록색 비단옷을 입고 있었다. 가슴에 황금색 새들이 수놓여 있었고, 발에는 초록색 벨벳 슬리퍼가 신겨 있었다. **티어앙그리알**은 거대한 뱀 반지의 무게로 끌어 내려지지만 않았다면 그녀의 드레스에서 둥실둥실 떠올라 빠져나갈 만큼 가볍게 느껴졌다.

시행착오라는 단순한 방법을 통해 에그웨인은 **텔아이란리오드**의 규칙에 대해—이상한 규칙이기는 하지만 꿈의 세계, 보이지 않는 세계인 이곳에도 규칙이 있었다. 에그웨인은 자신이 아는 규칙이 전체의 10분의 1도 되지 않는다고 확신했다—그리고 자신이 원하는 곳으로 갈 한 가지 방법에 대해 알게 되었다. 에그웨인은 눈을 감고, **사이다**를 끌어안을 때처럼 머리를 비웠다. **사이다**를 끌어안을 때처럼 쉽지는 않았다. 장미 꽃봉오리가 계속해서 생겨났고, 그녀는 계속해서 진정한 근원을 느꼈으며, 그것을 끌어안으려고 계속해서 아프도록 노력했지만 공백을 다른 무언가로 채워야 했다. 에그웨인은 칼의 심장을 떠올렸다. 꿈에서 본 모습 그대로, 세부 사항 하나하나까지 똑같이 만들어진 모습을 공백 안에서 완벽하게 떠올렸다. 거대하고 윤이 나는 레드스톤 기둥. 세월로 닳아 버린 바닥의 석재. 머리 위 높은 곳의 돔. 건드릴 수 없는, 칼자루를 아래로 한 채 허공에서 천천히 돌아가는 수정 칼. 손을 뻗으면 만질 수 있을 거라는 확신이 들 만큼 그 칼이 현실적으로 느껴지자 에그웨인은 눈을 떴다. 그러자 그녀는 그곳에, 칼의 심장에 들어와 있었다. 아니, **텔아이란리오드**에 존재하는 칼의 심장이라고 해야 할까.

기둥들이 있었다. **칼란도어**도. 그리고 빛나는 칼 주변에는 거의 그림자만큼 어슴푸레하고 실체 없는 여자 열세 명이 책상다리로 앉아 회전하는 **칼란도어**를 바라보고 있었다. 꿀 색깔 머리카락의 리안드린이 고개를 돌려 그 커다랗고 검은 눈으로 에그웨인을 똑바로 보았다. 장미꽃 꽃봉오리 같은 그녀의 입이 미소를 지었다.

에그웨인은 헛숨을 들이키며 침대에 일어나 앉았다. 하마터면 옆으로 굴러떨어질 뻔했다.

"왜 그래?" 일레인이 물었다. "무슨 일이야? 겁에 질린 표정인데."

"방금 눈 감았잖아." 나이니브가 조용히 말했다. "우리가 널 깨우지 않았는데 네가 돌아온 건 이 일을 시작한 이후로 처음이야. 무슨 일이 일어난 거 맞지?" 나이니브가 땋은 머리를 홱 잡아당겼다. "너 괜찮아?"

어떻게 돌아온 거지? 에그웨인은 궁금했다. **빛을 걸고, 내가 무슨 짓을 한 건지조차 모르겠어.** 그녀는 자신이 해야 할 말을 미루고 있을 뿐이라는 걸 알았다. 그녀는 목에서 끈을 풀어 거대한 뱀 반지와 그보다 크고 비틀린 형태의 **티어앙그리알**을 손바닥에 올려놓았다. "그자들이 우리를 기다리고 있어." 마침내 에그웨인이 말했다. 그자들이 누군지 말할 필요는 없었다. "우리가 티어에 있다는 걸 아는 것 같아."

창밖, 도시의 하늘에 폭풍이 불어닥쳤다.

빗방울이 머리 위 갑판을 두드려 대는 가운데, 맷은 자신과 톰 사이 탁자에 놓인 돌멩이 게임판을 바라보았다. 하지만 정말로 게임에 집중할 수는 없었다. 아무리 그 결과에 안도어 은화 1마르크가 달려 있다고 해도 말이다. 천둥이 치고 번개가 작은 창문에 번쩍였다. 등불 네 개가 **칼새호**의 선장실을 밝혔다. **빌어먹을 배 같으니. 칼새만큼 매끈한지는 몰라도 염병하게 오래 걸리네.** 배가 살짝 덜컹하더니 또 한 번 출렁거렸다. 움직임이 바뀌는 것 같았다. **선장이 배를 빌어먹을 진창에 들이박은 게 아니어야 할 텐데! 이 망할 배로 낼 수 있는 최대한 속도를 내는 게 아니라면, 선장한테 준다고 한 금화를 선장 목구멍에 쑤셔 넣을 거야!** 맷은 하품하면서—케임린을 떠나온 이후로 잠을 편히 자 본 적이 없었다. 걱정이 멈추지 않아 깊이 잠들 수가 없었다—흰 돌을 두 선이 교차하는 지점에 놓았다. 그는 세 번의 움직임만으로 톰의 검은 돌을 거의 5분의 1이나 잡을 예정이었다.

방랑 시인은 파이프를 문 채 다음 돌을 내려놓으며 말했다. "집중하면 잘 둘 수도 있겠구나, 꼬마야." 그의 타박에서 나뭇잎과 견과의 냄새가 났다.

맷은 팔꿈치 근처의 더미에 있는 다른 돌로 손을 뻗었다가 눈을 깜빡이며 그 돌을 그냥 놔두었다. 똑같은 세 번의 움직임 만에 톰의 돌들이 맷의 돌 3분의 1을 둘러쌀 터였다. 맷은 이런 일을 예상 못 했다. 빠져나갈 방법이 보이지 않았다. "아저씨, 이 게임에서 지긴 져요? 진 적이 있기는 해요?"

톰은 입에서 파이프를 빼고 손마디로 콧수염을 문질렀다. "오래전에는 졌지. 무어게이즈가 두 번에 한 번은 나를 이기곤 했다. 뛰어난 군대의 지휘관과 위대한 게임을 잘하는 자들이 돌멩이 게임도 잘한다는 말이 있어. 무어게이즈가 그런 사람이지. 난 무어게이즈가 전투 지휘도 잘 할 거라고 믿어 의심치 않는다."

"차라리 주사위 놀이나 더 할래요? 돌멩이 게임은 시간이 너무 오래 걸려요."

"나도 아홉 번이나 열 번 주사위를 던져서 한 번 이상은 이기고 싶은데." 흰 머리 남자가 무미건조하게 말했다.

문이 쾅 열리고 던 선장이 들어오자 맷은 벌떡 일어났다. 각진 얼굴의 남자는 어깨에서 망토를 휙 젖혀 빗물을 털어 내더니 혼자 중얼중얼 욕설을 뱉었다. "빛이 내 뼈를 그을리시길. 대체 왜 당신들을 **칼새호**에 타게 해 줬는지조차 모르겠군. 당신은 세상에서 제일 캄캄한 밤에, 가장 심한 비를 맞으면서 더 부리나케 속도를 내라고 했지. 더 속도를 내라고 말이야. 언제나 빌어먹을 속도를 더 내라고 했어! 지금쯤은 엿 같은 개펄에 백 번쯤 부딪혔을지 모른다고!"

"당신이 금화를 원했잖아요." 맷이 거칠게 말했다. "이 낡은 널빤지 더미가 빠르다고 당신이 장담했어요, 던. 티어에는 언제 도착하는 거예요?"

선장은 입을 꽉 다물고 미소 지었다. "이제 부두에 밧줄을 매고 있어. 태워 버릴, 말할 줄 아는 걸 다시 태우면 내가 빌어먹을 농부지! 자, 나한테 준다던 나머지 돈은?"

맷은 작은 창문으로 서둘러 다가가 밖을 보았다. 번개의 거친 번쩍임 속에, 돌로 만들어진 젖은 부두를 볼 수 있었다. 비록 그 외에 다른 것은 별로 보이지 않았지만 말이다. 그는 주머니에서 두 번째 금화 주머니를 꺼내 던에게 던졌다. **주사위 놀이를 하지 않는 선원이 있다는 얘기는 들어 본 적이 없지!** "아슬아슬했네요." 맷이 투덜거렸다. **빛을 걸고, 너무 늦은 게 아니었으면 좋겠는데.**

남는 옷과 담요 전부를 이미 가죽 자루에 쑤셔 넣어 두었다. 맷은 자루를 한쪽 어깨에 걸치고 다른 쪽 어깨에는 폭죽 두루마리를 묶은 끈을 걸쳤다. 망토가 그 모든 것을 가렸지만, 앞부분에 살짝 틈이 벌어졌다. 폭죽보다 몸이 젖는 게 나았다. 몸이야 마르면 새것처럼 상태가 좋아질 터였지만, 물 한 양동이로 시험해 보니 폭죽은 그럴 수 없다는 게 밝혀졌다. **랜드의 아빠가 한 말이 맞나 봐.** 마을 위원회가 비가 내릴 때면 폭죽을 쏘지 않으려 했던 것은 밤하늘이 맑을 때 폭죽이 더 잘 보이기 때문일 거라고 맷은 늘 생각했는데 말이다.

"그걸 팔 준비는 안 된 거냐?" 톰이 어깨에 방랑 시인의 망토를 걸치고 있었다. 망토가 가죽 통에 넣은 하프와 플루트를 가렸지만, 옷과 담요가 든 꾸러미는 조각보로 뒤덮인 망토 바깥쪽에 걸쳐 있었다.

"어떻게 작동하는 건지 알아낼 때까지는요, 톰. 게다가 생각해 봐요. 내가 이걸 전부 쫘 버리면 얼마나 재미있을지."

방랑 시인이 몸을 떨었다. "전부 한 번에 터뜨리지 않아야 말이지, 이 녀석아. 저녁 식사 시간의 난로에 폭죽을 던져 버리지 말아야 한다는 거야. 그간 폭죽을 다뤄 온 방식을 보면 넌 충분히 그럴 놈이다. 여기 선장님이 이틀 전에 우리를 배에서 던져 버리지 않은 게 다행이야."

"선장님이 그럴 리가요." 맷이 웃었다. "저 돈주머니가 걸려 있는 동안에는 그럴 리 없죠. 안 그래요, 던?"

던은 손에 든 금화 주머니를 던졌다 받았다 하는 중이었다. "이젠 이미 금화를 받았고, 네가 이걸 다시 가져가지는 못할 거야. 그러니 묻는다만, 이게 다 무슨 일이냐? 태워 버릴, 이렇게까지 속도를 내라고 하다니."

"내기예요, 던." 맷이 곤봉을 집어 들었다. "내기요."

"내기라고!" 던은 묵직한 돈주머니를 바라보았다. 자물쇠가 채워진 그의 돈 상자에 이것과 똑같은 다른 주머니가 들어 있었다. "태워 버릴 왕국이라도 걸려 있는 모양이지!"

"그 이상이 걸려 있죠." 맷이 말했다.

갑판에서는 비가 너무 심하게 쏟아져, 맷은 번개가 번쩍일 때를 제외하고는 건널판자를 볼 수 없었다. 퍼붓는 비의 우르릉대는 소리 때문에 맷 자신의 생각이 거의 들리지 않을 지경이었다. 다만 거리 하나를 지난 곳의 창문에 불이 밝혀져 있는 게 보였다. 여관이 있을 터였다. 선장은 그들을 배웅하겠다고 갑판으로 올라오지 않았다. 선원들 중에도 비를 맞으며 밖에서 서성이는 사람은 없었다. 맷과 톰 두 사람만이 돌로 만든 부두로 나아갔다.

거리의 진창에 장화가 빠지자 맷이 욕설을 내뱉었다. 다른 방법이 없었다. 장화를 신은 채, 한 걸음 옮길 때마다 곤봉 끝으로 땅을 짚으며, 최대한 빠르게 성큼성큼 계속 걸었다. 공기에서 비린내가 났다. 비가 내리는데도 퀴퀴했다. "여관을 찾아야겠어요." 맷은 자기 목소리가 들리도록 크게 말했다. "그런 다음에 나가서 찾아보죠."

"이런 날씨에?" 톰이 마주 소리쳤다. 빗물이 그의 얼굴에서 흘러내리고 있었지만, 그는 얼굴보다는 악기를 덮는 데 더 관심이 많았다.

"코마가 우리보다 먼저 케임린을 떠났을지 몰라요. 게다가 우리 말은 까마귀 먹이로 써도 좋을 상태였고요. 코마가 우리보다 좋은 말을 탔다면, 아마 우리보다 하루 먼저 아린길에서 하류로 출발했을 거예요. 저 멍청한 던 덕분에 그 거리를 얼마나 따라잡았는지는 모르겠지만."

"빨리 온 거야." 톰이 말했다. "**칼새호**는 그런 이름을 붙일 만해."

"그야 어쨌든, 톰. 난 비가 오든 말든 코마가 에그웨인과 나이니브와 일레인을 찾기 전에 놈을 찾아야 해요."

"몇 시간 더 지난다고 달라질 건 별로 없다, 이 녀석아. 티어 크기의 도시에는 여관이 수백 군데 있어. 성벽 밖에는 수백 개가 더 있을 거다. 그중에는 빌려 줄 방이 열두 개밖에 없는 작은 여관도 있겠지. 바로 옆을 걸어 지나가면서도 거기 있는지조차 모를 만큼 작은 여관들 말이야." 방랑 시인이 망토 두건을 더 끌어올리며 혼잣말로 툴툴댔다. "그 여관을 전부 뒤지는 데만 몇 주가 걸릴 거야. 물론 코마에게도 똑같이 여러 주가 걸리겠지. 오늘 밤은 비를 피해 실내에서 보내도 돼. 코마가 비를 맞으며 거리를 돌아다니지는 않으리라는 데에 너한테 남은 돈을 전부 걸어도 좋아."

맷이 고개를 저었다. **방이 열두 개 딸린 아주 작은 여관이라.** 에먼즈 필드를 떠나기 전에 그가 본 가장 큰 건물은 와인스프링 여관이었다. 그는 브랜 알비어에게 빌려줄 방이 열두 개 이상일 리 없다고 생각했다. 에그웨인이 부모님과 자매들과 함께 2층 앞쪽에 있는 방에 같이 살았으니까. **태워 죽일, 때로는 우리 중 누구도 에먼즈 필드를 떠나서는 안 됐다는 생각이 든다니까.** 하지만 랜드는 확실히 떠나야 했다. 에그웨인도 타 발론으로 가지 않았더라면 아마 죽었을 것이다. **지금은 타 발론에 갔다는 이유로 죽을지 모르지만.** 맷은 더 이상 농장 생활에 안주할 수 없을 것 같다는 생각이 들었다. 암소와 양 들은 확실히 주사위 놀이를 하지 않을 테니까. 하지만 페린에게는 여전히 집에 갈 확률이 있었다. **집으로 가, 페린.** 그는 자기도 모르게 중얼거렸다. **갈 수 있을 때 가.** 맷은 고개를 저었다. **바보 같으니! 페린이 왜 돌아가고 싶어 하겠어?** 맷은 침대 생각이 났지만 그 생각을 밀어 놓았다. **아직은 안 돼.**

번개가 하늘 전체에 줄무늬를 그렸다. 세 개의 삐죽빼죽한 선이 함께 그어지며 창문에 약초 뭉텅이가 걸려 있는 것처럼 보이는 좁은 집 한 채에 삭막한 빛을 드리웠다. 그 옆에는 문을 꽉 닫고 있는, 그릇과 접시가 그려진 간판으로 미루어 보아 도자기 가게인 듯한 가게가 있었다. 쏟아지는 빗속에서 맷은 어깨를 웅크리고 하품을 하며 마구 달라붙는 진흙에서 장화를 더 빨리 꺼내려고 애썼다.

"이 구역은 잊어버려도 아쉽지 않을 것 같아요, 톰." 그가 소리쳤다. "이 모든 진흙에, 생선 비린내에. 나이니브나 에그웨인이나 심지어 일레인이 여기에 머물다니 상상이 돼요? 여자들은 깔끔하고 정돈된 걸 좋아해요, 톰. 좋은 냄새가 나는 걸 좋아하죠."

"그럴지도 모르지." 톰은 그렇게 중얼거리더니 기침했다. "여자들이 무엇까지 기꺼이 견디는지 알면 놀랄 거다, 이 녀석아. 네 말이 맞을 수도 있겠지만."

맷은 폭죽 두루마리를 덮기 위해 망토를 붙든 채 보폭을 늘였다. "어서 가요, 톰. 코마든 여자애들이든 오늘 밤이 가기 전에 찾고 싶으니까."

톰이 절뚝거리며 맷을 따라왔다. 그는 때때로 기침을 했다.

그들은 도시의 넓은 성문을 성큼성큼 지났고—비가 와서인지 성문을 지키는 사람은 없었다—맷은 발밑에 닿는 포장용 돌을 다시 느낄 수 있어 안도했다. 게다가 거리를 따라 46미터도 가지 않았는데 여관이 나왔다. 휴게실 창문에서 거리로 빛이 흘러나오고, 음악이 어둠 속으로 둥실둥실 떠오고 있었다. 톰조차 그 마지막 46미터는 다리를 절어 가며 비를 헤치며 빠르게 지나왔다.

'흰 초승달' 여관에는 두둑한 살집 때문에 긴 파란색 코트를 허리 위든 아래든 꽉 끼게 걸친 여관 주인이 있었다. 등받이가 낮은, 탁자 주변 의자에 앉은 대부분 남자들과는 다른 체구였다. 발목이 짧은 신발 위쪽, 발목 부근에서 꽉 묶인 여관 주인의 펑퍼짐한 브리치스가 양다리에 한 사람씩 평범한 남자 두 명은 들어갈 만큼 크다고 맷은 생각했다. 종업원 여자들은 짙은 색에 목깃이 높은 원피스와 짧은 흰색 앞치마를 걸쳤다. 두 개의 돌난로 사이에는 망치로 두드리는 덜시머를 연주하는 사람이 있었다. 톰은 삐딱한 시선으로 그 사람을 눈여겨보더니 고개를 저었다.

둥글둥글한 생김새의 여관 주인 케이번 로파는 그들에게 방을 내줄 수 있어 몹시 기뻐했다. 그는 맷과 톰의 진흙투성이 장화를 보고 인상을 찌푸렸지만, 맷의 주머니에서 나온 은화와—금화는 떨어져 가고 있었다—조각보로 뒤덮인 톰의 망토가 그의 뚱뚱한 이마에서 주름을 폈다. 톰이 적은 돈을 받고 며칠 동안 밤마다 공연을 하겠다고 하자 로파의 아래턱이 기뻐서 흔들렸다. 그는 턱수염에 흰 줄이 가 있는 덩치 큰 남자에 대해서든, 맷이 전해준 인상착의와 일치하는 세 여자에 대해서든 아무것도 몰랐다. 맷은 망토와 곤봉을 제외한 모든 물건을 방에 놔두었다. 방을 거의 쳐다보지도 않았기에 그 안에 침대가 있는 것도 몰랐다. 무척이나 잠을 자고 싶었지만 그런 생각 자체를 하지 않기로 마음먹었다. 향신료를 많이 뿌린 생선 스튜를 게걸스럽게 먹어 치운 맷은 다시 서둘러 빗속으로 나섰다. 톰이 따라나서는 기척에 맷은 놀랐다.

"보송보송한 곳에 있고 싶어 하는 줄 알았는데요, 톰."

방랑 시인이 여전히 망토로 가리고 있는 플루트 통을 톡톡 두드렸다. 톰의 나머지 소지품은 위층 그의 방에 있었다. "사람들은 방랑 시인에게 말을 건다, 꼬마야. 난 네가 모르는 것들을 알아낼 수 있어. 나도 너만큼 그 애들이 다치는 건 보고 싶지 않구나."

양옆에 빗물이 가득한 거리를 따라 91미터쯤 내려오자 다른 여관이 보였다. 그 뒤로 183미터를 더 가니 그다음 여관이 나타났다. 맷은 톰을 데리고 그 여관에 들어갔고, 톰이 망토를 휘날리며 이야기를 할 수 있도록 고개를 숙이고 있었다. 그런 다음에는 누군가가 톰에게 와인을 한 잔 사게 놔두었다. 그동안 맷은 짧게 자른 검은 턱수염에 흰 줄무늬가 들어간 키 큰 남자와 세 여자에 대해 물어보았다. 주사위 놀이로 돈을 좀 벌긴 했지만 알아낸 건 전혀 없었다. 톰도 마찬가지였다. 방랑 시인이 어느 여관에서든 와인을 겨우 몇 잔만 마시는 것 같아 다행이었다. 배 안에서는 금욕 생활을 했지만 티어에 도착하는 순간 톰이 다시 와인에 뛰어들지 모른다고 맷은 생각했었다. 여관 휴게실 스물네 곳을 들러 보았을 때쯤 맷은 눈꺼풀에 추가 달려 있는 것만 같은 기분이었다. 조금 잦아들긴 했지만, 그래도 비는 커다란 물방울을 꾸준히 떨어뜨렸다. 비가 내리면서 바람이 상쾌해졌다. 하늘은 새벽이 다가올 때의 진회색을 띠고 있었다.

"이 녀석아." 톰이 중얼거렸다. "'흰 초승달' 여관으로 돌아가지 않으면 여기서 비를 맞으며 자게 될 거다." 그는 기침하느라고 말을 멈추었다. "네가 여관 세 곳을 곧장 지나쳤다는 건 아느냐? 빛을 걸고, 너무 피곤해서 아무 생각도 안 난다. 나한테 말해 주지 않은 계획이라도 있는 거냐? 어디로 갈지 계획해 뒀어?"

맷은 흐릿한 눈으로 거리 저쪽, 망토를 두르고 서둘러 모퉁이를 도는 키 큰 남자를 빤히 쳐다보았다. **빛을 걸고, 피곤하긴 한가 보네. 랜드는 여기서 3660킬로미터는 떨어진 곳에서 빌어먹을 드래건 놀이를 하고 있는데.** "뭐라고요? 여관 세 곳이요?" 맷과 톰은 다른 여관의 거의 코앞에 서 있었다. 바람에 삐걱거리는 간판을 보니 '황금의 잔' 여관이었다. 주사위 컵처럼 보이지는 않았지만, 맷은 어쨌든 한 번 시도해 보기로 했다. "한 번만 더요, 톰. 여기서도 못 찾으면 돌아가서 자요." 한 번 던지는 데 금화 100마르크가 걸린 주사위 게임보다도 침대가 더 나을 것 같았지만, 맷은 억지로 여관에 들어갔다.

휴게실로 두 걸음 들어갔을 때 맷은 그를 보았다. 덩치 큰 남자는 부풀어 오른 소매를 따라 파란 줄무늬가 들어간 초록색 코트를 입고 있었지만 코마가 틀림없었다. 희게 한 줄이 들어간, 바짝 깎은 검은 턱수염부터 모든 게 똑같았다. 그는 등받이가 낮은 의자 중 하나에 앉아 있었다. 방의 반대편 탁자였다. 코마는 가죽 주사위 컵을 잘그락거리며 맞은편에 앉은 남자에게 미소지었다. 맞은편 남자는 긴 코트에 펑퍼짐한 브리치스를 입고 있었으며 미소는 짓지 않았다. 그가 자기 주머니에 들어 있으면 좋겠다는 눈으로 탁자 위의 주화를 바라보았다. 코마의 팔꿈치 근처에 주사위 컵이 하나 더 놓여 있었다.

손에 든 가죽 컵을 뒤집은 코마는 주사위가 회전을 멈추기 전부터 웃기 시작했다. "다음은 누구지?" 그가 큰 소리로 외치며 내기 돈을 자기 쪽으로 끌어당겼다. 그의 앞에는 이미 상당한 양의 은화가 쌓여 있었다. 그는 주사위를 집어 컵에 넣고 잘그락거렸다. "운을 시험해 보고 싶은 사람이 분명 더 있을 텐데?" 그런 사람은 없는 듯했지만, 그는 계속해서 컵을 잘그락거리며 웃었다.

티어에서는 여관 주인이 앞치마를 걸치지 않는 것 같았지만, 그래도 맷은 여관 주인을 쉽게 알아볼 수 있었다. 여관 주인의 코트는 맷이 여태 이야기를 나눠 보았던 다른 모든 여관 주인의 코트처럼 짙은 파란색이었다. 덩치는 로파의 절반쯤에 불과하고 턱살도 로파의 절반밖에 겹쳐져 있지 않았지만 그럼에도 꽤 통통한 그는 테이블에 혼자 앉아 격렬하게 백랍 잔을 닦으며 방 건너편의 코마를 노려보고 있었다. 코마가 그를 볼 때는 예외였지만 말이다. 다른 남자들 중에서도 턱수염이 난 남자에게 눈을 흘기는 사람들이 있었다. 하지만 그들도 코마가 볼 때는 시선을 돌렸다.

맷은 불같이 치미는 첫 충동, 그러니까 코마에게 달려가 곤봉으로 그의 머리를 후려치고 에그웨인 일행이 어디에 있는지 말하라고 윽박지르고 싶은 충동을 눌러 참았다. 이곳은 뭔가 잘못되어 있었다. 코마는 맷이 이곳에 와서 본 사람 중 유일하게 칼을 찬 사람이었지만, 사람들이 그를 바라보는 시선에는 칼을 찬 사람에 대한 두려움 이상이 담겨 있었다. 코마에게 새로 와인 한 잔을 가져다준 종업원 여자조차―코마는 수고한 대가로 여자를 꼬집었다―그에게 긴장한 웃음을 보였다.

모든 각도에서 살펴봐. 맷이 경계하며 생각했다. **내가 겪는 문제의 절반은 그렇게 살펴보지 않기 때문에 벌어지는 거야. 생각해야 해.** 피로 때문인지 머릿속에 양털이 가득 찬 기분이었다. 그는 톰에게 손짓했고, 그들은 어슬렁거리며 여관 주인에게 다가갔다. 그들이 자리에 앉자 여관 주인은 의심스럽다는 듯 그들을 눈여겨보았다. "턱수염에 줄무늬가 있는 남자는 누구예요?" 맷이 물었다.

"이 도시 출신이 아니구나?" 여관 주인이 말했다. "저 사람도 외국인이야. 오늘 밤에 처음 봤는데, 정체가 무엇인지는 알겠구나. 여기에 와서 무역으로 돈을 좀 벌었다는 외지인이야. 칼을 차고 다닐 만큼 돈이 많은 상인이지. 그게 우릴 이런 식으로 대할 이유는 못 되지만."

"전에는 본 적이 없는 사람이라면," 맷이 말했다. "저 사람이 상인이라는 건 어떻게 알아요?"

여관 주인은 바보를 보듯 맷을 보았다. "코트 때문이잖아, 이 녀석아. 칼도 그렇고. 외국에서 왔다면 귀족이나 병사일 리는 없으니 부유한 상인이 틀림없어." 여관 주인은 외국인들의 멍청함에 고개를 절레절레 저었다. "그놈들은 우리 땅에 와서 우리를 깔보고, 우리가 보는 바로 앞에서 여자들을 희롱하지. 하지만 그럴 필요는 없잖아. 내가 마울리로 간다면 어부의 돈을 놓고 도박을 벌이지는 않을 거야. 타바로 간다면 곡식을 팔러 온 농부들과 주사위 놀이를 하지는 않을 거라고." 그릇을 닦는 그의 손길이 더 거칠어졌다. "저 남자는 운이 너무 좋아. 아마 그런 식으로 재산을 쌓았을 거야."

"늘 이긴다, 이거네요?" 맷은 하품을 하며, 운이 따라 주는 다른 사람과 주사위 놀이를 하면 어떨지 생각했다.

"가끔 질 때도 있지." 여관 주인이 투덜거렸다. "걸린 돈이 동전 몇 푼일 때는 말이야. 가끔은 져. 하지만 판돈이 은화 1마르크까지 올라가면……. 저 자가 왕관 셋과 장미 둘로 크라운 게임에서 이기는 걸 오늘 밤에만 무려 열두 번이나 봤어. 탑 게임에서는 여섯 번은 이겼고. 6이 셋, 5가 둘 나왔다니까. 셋 게임을 할 때는 6만 나오고, 컴퍼스 게임을 할 때는 주사위를 던질 때마다 6이 셋에 5 하나만 나와. 운이 저렇게 좋다니 빛이 저자를 비추시는 셈이지. 저자에게는 잘된 일이야. 내 말은, 그 운을 다른 상인들에게 써야 한다는 거야, 그게 적절한 일이니까. 어떻게 사람이 저렇게 운이 좋지?"

"주사위에 손을 댄 거요." 톰이 그렇게 말하고 기침했다. "확실히 이기고 싶으면 언제나 같은 면이 나오는 주사위를 쓰는 거지. 가장 높은 눈금이 나오도록 만들 만큼 멍청하지는 않겠지만. 언제나 왕이 나오면 사람들이 의심하니까 말이오." 톰이 맷을 보며 한쪽 눈썹을 치켜올렸다. "절대 질 수 없는 눈금만 딱 나오게 한 겁니다. 그래 봐야 언제나 같은 면이 나오는 걸 바꿀 수는 없겠지만."

"그런 얘기를 들어 보긴 했는데." 여관 주인이 천천히 말했다. "일리안 사람들이 그런 주사위를 쓴다고 들었소." 그러더니 그가 고개를 저었다. "하지만 저 남자와 내기하는 상대방도 같은 컵과 주사위를 쓰는걸. 그럴 리가요."

"주사위 컵 두 개만 가져다주시오." 톰이 말했다. "주사위 두 세트랑. 크라운 주사위든 점이 찍힌 주사위든 상관없소. 똑같은 주사위이기만 하면 됩니다.”

　여관 주인은 그에게 인상을 썼지만 자리에서 일어나—그는 신중하게도 백랍 잔을 챙겨 갔다—가죽 컵 두 개를 가지고 돌아왔다. 톰은 그중 한 컵에서 꺼낸, 뼈로 만들어진 정육면체 다섯 개를 맷 앞의 탁자에 굴렸다. 점이 찍힌 것이든 그림이 그려진 것이든, 맷이 여태 본 주사위는 전부 뼈나 나무로 만들어져 있었다. 이 주사위에는 점이 찍혀 있었다. 맷은 주사위를 집어 들고 인상을 쓰며 톰을 보았다. “뭔가 보여야 하는 거예요?”

　톰은 다른 컵에 담겨 있던 주사위를 자기 손에 쏟아 낸 뒤, 거의 보이지 않을 정도로 빠르게 그것들을 다시 집어넣고 컵을 뒤집어 탁자 위에 엎어 놓았다. 컵 위에 손을 올려놓은 채 그가 말했다. “주사위 전부에 흔적을 남겨라. 작은 흔적이지만, 네 주사위라는 걸 알 수 있게.”

　맷은 자기도 모르게 여관 주인과 아리송한 눈길을 주고받았다. 그런 다음, 둘은 톰의 손바닥 아래 뒤집힌 채 놓인 컵을 보았다. 맷은 톰이 어떤 속임수를 쓰려 한다는 걸 알았지만—방랑 시인들은 언제나 불을 먹거나 허공에서 비단을 꺼내는 등 불가능한 일을 했다—이렇게 가까이에서 지켜보는데 대체 무슨 일을 하려는 것인지 알 수 없었다. 맷은 허리띠에 찬 칼집에서 칼을 꺼내, 여섯 개의 둥근 점을 곧장 가로지르도록 주사위 하나하나에 작은 흠집을 냈다.

　“됐어요.” 맷이 그렇게 말하고 주사위를 다시 탁자에 올려놓았다. “속임수를 보여 주세요.”

　톰이 손을 뻗어 주사위를 집어 들었다가, 30센티미터쯤 떨어진 곳에 다시 내려놓았다. “네 흔적을 찾아봐라.”

　맷은 인상을 썼다. 톰의 한 손은 여전히 뒤집힌 가죽 컵 위에 놓여 있었다. 방랑 시인은 그 손을 움직이지도 않았고 맷의 주사위를 그 근처로 가져가지도 않았다. 맷은 주사위를 집어 들고…… 눈을 깜빡였다. 주사위에는 긁힌 자국이 전혀 없었다. 여관 주인이 헛숨을 들이켰다.

　톰은 자유로운 손을 뒤집어 주사위 다섯 개를 보여 주었다. “네가 남긴 흔적은 이 주사위에 있다. 코마가 하는 짓이 이거야. 간단한 어린애 장난이다.

놈에게 이런 손재주가 있으리라고는 생각 못 했지만.”

“결국 아저씨랑은 주사위 놀이를 하면 안 되겠네요.” 맷이 천천히 말했다. 여관 주인은 주사위를 빤히 보고 있었지만, 해답은 모르는 표정이었다. “여기서는 뭐라 부르는지 모르겠지만 경비대를 불러요.” 맷이 여관 주인에게 말했다. “저놈을 체포하라고 해요.” **감옥에서는 아무도 못 죽이겠지. 그런데 개들이 이미 죽었으면?** 맷은 귀 기울이지 않으려 했지만 생각이 이어졌다. **그렇다면 무슨 대가를 치르더라도 저놈과 게이브릴이 죽는 꼴을 보고 말 거야! 하지만 태워 죽일, 개들은 안 죽었어! 죽었을 리가 없다고!**

여관 주인이 고개를 젓고 있었다. “내가? 나더러 방어군에게 상인 신고를 하라고? 방어군은 저 사람 주사위를 보지도 않을걸. 저 사람이 한마디만 하면 난 사슬에 매여 드래건의손가락에 있는 준설장에서 일하게 될 거야. 저 사람은 여기 서 있는 나를 그대로 베어 버릴 수도 있어. 그러면 방어군이 당해도 싼 일을 당했다고 할 거다. 저놈은 시간만 좀 지나면 떠나 버릴 테고.”

맷이 찡그린 얼굴로 그를 보았다. “내가 저 사람 정체를 폭로하면 되겠어요? 그럼 경비대인지 방어군인지 뭔지를 불러 줄 거예요?”

“이해를 못 하는구나. 넌 외국인이야. 저 사람은 먼 데서 왔더라도 부자에 중요한 사람이고.”

“여기서 기다려요.” 맷이 톰에게 말했다. “무슨 대가를 치르더라도, 난 저놈이 에그웨인 일행에게 손을 대지 못하게 할 거예요.” 맷은 의자를 끼익 밀고 일어나며 하품했다.

“기다려라, 이 녀석아.” 톰이 조용하지만 긴급한 목소리로 맷을 불렀다. 그러고는 의자를 짚으며 일어났다. “태워 죽일, 넌 어디에 발을 들이는지도 모르고 있어!”

맷이 그대로 앉아 있으라고 손을 내저으며 코마에게 갔다. 다른 누구도 턱수염 난 남자의 도전을 받아들이지 않은 상태였다. 맷이 탁자에 곤봉을 기대 놓고 자리에 앉자 그는 관심 어린 눈으로 맷을 눈여겨보았다.

코마는 맷의 코트를 자세히 살피더니 심술궂게 씩 웃었다. “동전 몇 푼 걸어 보려나, 농부? 난 시간 낭비는 하지 않…….” 안도어 금화 1크라운을 탁자에 올려놓은 맷이 굳이 입을 가리려고 하지도 않은 채 하품하자 그는 말을 뚝 멈추었다. "말이 별로 없구나, 농부. 예의가 좀 더 있으면 좋겠지만, 금화에는 나름의 목소리가 있고 예의는 필요치 않지." 그는 손에 든 가죽 컵을 흔들어 주사위를 쏟아 놓았다. 그는 주사위가 멈춰 왕관 세 개와 장미 두 개가 나타나기 전부터 킬킬거렸다. "이걸 이길 수는 없을 텐데, 농부. 그 넝마 안에 잃고 싶은 금화를 더 숨겨 놓은 거냐? 무슨 짓을 한 거야? 주인한테 도둑질을 하기라도 했나?"

그가 주사위로 손을 뻗었지만 맷이 먼저 주사위를 집어 들었다. 코마는 눈을 부라렸지만 맷이 컵을 가져가게 놔두었다. 두 번 던졌을 때의 눈금이 같다면, 둘은 한쪽이 이길 때까지 다시 주사위를 던지게 될 터였다. 맷은 주사위를 잘그락거리며 미소 지었다. 그는 코마에게 주사위를 바꿀 기회를 주지 않을 생각이었다. 같은 눈금이 서너 번 연속으로 나오면—매번 정확히 똑같은 눈금이 나오면—방어군이라도 귀를 기울일 터였다. 휴게실의 모든 사람이 보게 될 것이다. 그들은 맷의 말을 뒷받침해 줄 수밖에 없을 것이다.

맷은 주사위를 탁자 위에 쏟아 놓았다. 주사위가 이상하게 튀었다. 뭔가가 움직이는 것이 느껴졌다. 꼭 그의 운이 미쳐 날뛰는 것만 같았다. 맷 주변에서 방 전체가 몸부림치며 실로 주사위를 잡아당기는 듯했다. 어떤 이유에서인지 맷은 문을 보고 싶었지만 주사위에서 눈을 떼지 않았다. 주사위가 멈췄다. 왕관 다섯 개. 코마의 눈이 머리에서 튀어나올 것만 같았다.

"당신이 졌네." 맷이 조용히 말했다. 맷의 행운이 이 정도까지 뻗친다면, 아마 운을 좀 더 밀어붙여야 할 시간인 듯했다. 머리 한구석에서 어떤 목소리가 맷에게 생각해 보라고 말했지만 너무 지쳐서 들리지 않았다. "당신 운이 닳아 가나 본데, 코마. 당신이 그 여자애들을 해쳤다면 운은 이미 다한 거야."

"난 아직 걔들을 찾지도……." 코마는 그때까지도 주사위를 보면서 입을 열었다가 획 고개를 들었다. 얼굴이 하얗게 질려 있었다. "내 이름을 어떻게 알지?"

코마는 아직 에그웨인 일행을 찾지 못했다. **행운이여, 달콤한 행운이여.**

나와 함께 머물러 다오. "케임린으로 돌아가, 코마. 게이브릴에게 그 애들을 찾을 수 없었다고 말해. 걔들이 죽었다고 해. 무슨 말이든 해도 좋은데, 티어에서는 오늘 밤에 떠나. 널 다시 보면 죽여 버릴 테니까."

"넌 누구지?" 덩치 큰 남자가 불안하게 말했다. "누구……?" 다음 순간, 그는 칼을 뽑으며 자리에서 일어섰다.

맷이 그에게로 탁자를 밀쳐 뒤집으며 곤봉을 잡았다. 코마의 덩치가 얼마나 큰지 잊고 있었다. 턱수염 난 남자는 맷에게 바로 다시 탁자를 밀어냈다. 맷은 의자와 함께 넘어지며 간신히 곤봉을 쥐고 있었다. 코마가 탁자를 집어던지며 맷을 찌르려 했다. 맷은 남자의 복부로 두 발을 날려 그의 돌진을 막으면서 어색하게 곤봉을 휘둘러 간신히 칼을 빗나가게 했다. 하지만 타격으로 손가락에서 곤봉이 떨어져 나갔고, 맷은 어느새 코마의 손목을 대신 잡고 있었다. 코마의 칼날이 맷의 얼굴에서 한 뼘 떨어진 곳에 있었다. 맷은 끙 소리를 내며 뒤로 몸을 굴리고 최대한 세게 두 다리를 들었다. 맷에게로 끌려가며 얼굴을 탁자에 부딪친 코마의 눈이 휘둥그레졌다. 맷은 허둥지둥 곤봉을 찾았지만, 곤봉을 쥐었을 때 코마는 움직이지 않고 있었다.

덩치 큰 남자는 탁자 상판에 두 다리를 쭉 뻗은 채 누워 있었다. 그의 나머지 몸뚱이는 바닥에 머리가 닿은 채 아래로 늘어졌다. 탁자에 앉아 있던 남자들이 안전하게 거리를 두고 서서, 손을 비틀어 대며 긴장된 눈으로 서로를 보았다. 걱정하는 낮은 웅성거림이 휴게실을 채웠다. 맷이 예상한 소리는 아니었다.

코마의 칼은 그의 손이 쉽게 닿을 수 있는 곳에 있었다. 하지만 그는 움직이지 않았다. 맷이 칼을 차 버리고 그의 옆으로 다가가 한쪽 무릎을 꿇고 앉아 그를 바라보았다. **빛을 걸고! 이놈 척추가 부러졌나 봐!** "떠나야 한다고 했잖아, 코마. 네 운이 다했다고."

"멍청이." 덩치 큰 남자가 헐떡였다. "넌…… 그들을 쫓는 게…… 나뿐인 줄 알지? 걔들은…… 살 수 없어. ……까지는." 그의 눈이 맷을 빤히 보았다. 입이 열려 있었지만 더 이상 말은 나오지 않았다. 앞으로도 그럴 테고.

맷은 번들거리는 그 눈을 마주 보며 죽은 남자에게서 더 많은 말을 끌어

내려 했다. **태워 죽일, 또 누가 쫓는데? 누가? 놈들은 어디 있어? 내 행운은? 태워 죽일, 내 행운은 어떻게 된 거야?** 맷은 자신의 팔을 미친 듯이 잡아당기는 여관 주인을 의식했다.

"떠나야 해. 반드시. 방어군이 오기 전에. 내가 방어군에게 주사위를 보여 줄게. 다른 이방인이 범인이라고 하겠지만, 키가 크다고 말할 거야. 붉은 머리카락에 잿빛 눈을 가진 사람이었다고. 아무도 고생하지 않아도 돼. 진짜 사람이 아니라 내가 어젯밤 꿈에서 본 사람이니까. 아무도 내 말에 반박하지 않을 거야. 저놈이 주사위로 모두의 돈을 털어 갔으니. 하지만 넌 떠나야 해. 반드시!" 휴게실의 다른 모든 사람도 일부러 딴 곳을 보고 있었다.

맷은 여관 주인이 그를 죽은 남자에게서 떼어 내서 밖으로 밀치도록 놔두었다. 톰은 이미 비를 맞으며 기다리고 있었다. 그가 맷의 팔을 잡았다. 그는 서둘러 절뚝절뚝 거리를 걸어가며 휘청거리는 맷을 끌어당겼다. 맷의 후드가 등 뒤로 늘어져 있었다. 빗물이 그의 머리카락을 적시고 얼굴로, 목으로 쏟아져 내렸지만 그는 눈치채지 못했다. 방랑 시인이 계속 어깨 너머를 돌아보며 맷의 등 뒤 거리를 탐색했다.

"잠든 거냐, 이 녀석아? 아까 거기서는 잠든 것 같지 않던데. 가자. 방어군이 두 거리 안에 있는 이방인은 전부 체포할 거다. 여관 주인이 어떤 인상착의를 대든 상관없어."

"운이에요." 맷이 중얼거렸다. "알아냈어요. 주사위요. 내 운은 상황이…… 무작위일 때 가장 잘 통해요. 주사위를 던질 때처럼요. 카드를 칠 때는 그렇게 좋지 않죠. 돌멩이 게임을 할 때는 소용이 없고. 그런 게임에는 패턴이 너무 많으니까요. 무작위여야 하는 거예요. 코마를 찾은 것도 그래요. 난 모든 여관에 들어가는 일을 멈추고, 우연히 아까 그 여관에 들어갔어요. 톰, 시간 안에 에그웨인 일행을 찾으려면 아무 패턴 없이 살펴봐야 해요."

"대체 무슨 소리냐? 그놈은 죽었어. 그놈이 이미 에그웨인 일행을 죽였다면……. 뭐, 네가 복수를 한 셈이지. 그게 아니라면 네가 그 아이들을 구해 준 것이고. 빌어먹을, 이제 좀 빨리 걷겠느냐? 방어군이 얼마 안 돼 도착할 거다. 그들은 여왕 호위대만큼 신사적이지 않아."

맺은 톰의 손을 뿌리치고 불안하게 걷는 속도를 높여 곤봉을 끌고 갔다.
"놈이 아직 에그웨인 일행을 찾지 못했다는 말을 흘렸어요. 하지만 자기가
혼자가 아니래요. 톰, 난 그놈 말을 믿어요. 내가 그놈의 눈을 들여다보았는
데, 놈은 진실을 말한 거였어요. 그 애들을 찾아야 해요, 톰. 게다가 이제는
누가 걔들을 쫓는지조차 모르겠다고요. 걔들을 찾아야 해요."

톰은 크게 터져 나오는 하품을 주먹으로 틀어막으며 맺의 두건을 올려
비를 막도록 해 주었다. "오늘 밤은 안 된다, 이 녀석아. 난 자야 해. 너도 그
렇고."

젖었어. 머리카락에서 얼굴로 물이 뚝뚝 흘러. 머릿속이 흐릿하게 느껴졌
다. 그는 잠시 후에야 잠이 필요해서 그렇다는 걸 깨달았다. 그걸 생각해야
만 알 정도라니 자신이 얼마나 피곤한지도 깨달았다. "알았어요, 톰. 하지만
날이 밝는 대로 다시 찾아볼 거예요." 톰은 고개를 끄덕이며 기침했다. 그들
은 비를 헤치고 '흰 초승달' 여관으로 돌아갔다.

머잖아 새벽이 다가왔지만, 맺은 억지로 침대에서 몸을 끌어냈다. 그와
톰은 티어의 성벽 안에 있는 모든 여관을 찾아보러 출발했다. 맺은 기분이
내키는 대로, 발길 닿는 대로 돌아다녔다. 아예 여관을 찾지 않았고, 들어갈
지 말지는 동전을 던져서 정했다. 사흘 밤낮으로 그렇게 했다. 사흘 밤낮을
비가 끊임없이 내렸다. 때로는 천둥이 쳤고 때로는 조용했지만, 언제나 비
가 쏟아졌다.

톰은 기침이 심해져서 플루트 연주나 이야기 구연을 멈춰야 했다. 이런
날씨에 하프를 들고 돌아다니려 하지도 않았다. 그래도 그는 함께 다니겠다
고 고집을 부렸다. 어쨌거나 사람들은 방랑 시인에게 말을 걸었고. 아무렇
게나 떠돌아다니기 시작한 이후로 맺의 주사위 운은 더 좋아진 것처럼 보였
다. 다만 그는 한 여관이나 선술집에 머물면서 동전 몇 푼 이상은 따지 않았
다. 맺과 톰, 둘 다 쓸모 있는 이야기는 전혀 듣지 못했다. 일리안에서 전쟁
이 터졌다는 소문. 메이엔 사람들이 침공해 온다는 소문. 안도어가 침공한
다는, 바다 민족들이 무역을 중지한다는, 아터 호크윙의 군대가 죽은 자들
가운데서 살아 돌아온다는 소문. 드래건이 온다는 소문. 맺과 함께 도박을

하는 사람들은 이 소문에 대해서든 저 소문에 대해서든 똑같이 우울해했다. 맷이 보기에 그들은 가장 암울한 소문을 찾아다니며 그 모든 소문을 절반쯤 믿는 것 같았다. 하지만 에그웨인 일행에게로 이어지는 이야기는 귓속말 한 마디 듣지 못했다. 그들의 인상착의와 비슷한 여자들을 본 여관 주인은 한 명도 없었다.

맷은 악몽을 꾸기 시작했다. 걱정이 너무 많아서 그런 게 틀림없었다. 에그웨인과 나이니브와 일레인과, 짧게 깎은 백발에 코마처럼 줄무늬가 들어가 있는 부푼 소매가 달린 코트를 입고서 그들 주변으로 그물을 짜는 한 남자가 나오는 꿈. 그가 모레인을 잡을 그물을 짜는 건 가끔뿐이었다. 때로는 그가 그물 대신 수정 칼을 들고 있었다. 그가 손을 대자마자 태양처럼 타오르는 칼이었다. 때로는 칼을 쥐고 있는 사람이 랜드였다. 어떤 이유에서인지 랜드 꿈을 많이 꾸었다.

맷은 그 모든 게 잠을 충분히 자지 않고, 우연히 생각날 때가 아니면 음식도 먹지 않는 때문이라고 확신했다. 하지만 멈출 생각은 없었다. 맷은 이겨야 할 내기가 있다고 자신을 타일렀다. 이번 내기로 죽는 한이 있더라도 이기고야 말 작정이었다.

50장 망치

연락선이 티어에 정박했을 때는 오후의 태양이 뜨거웠다. 부두의 지글거리는 돌에 웅덩이들이 생겼고, 페린이 느끼기에 공기는 일리안의 공기만큼 축축했다. 공기에서는 역청과 나무와 밧줄과—페린은 강을 따라 남쪽 더 먼 곳에 있는 조선소를 볼 수 있었다—향신료와 쇠와 보리, 향수와 와인, 그리고 섞여 있어 구분할 수 없는 백여 가지의 다양한 냄새가 났다. 대부분은 부두 뒤쪽의 창고들에서 나는 냄새였다. 바람이 잠시 북쪽에서 불어닥칠 때면 생선 비린내도 났지만, 그 냄새는 바람이 다시 방향을 바꾸자 희미해졌다. 사냥감의 냄새는 전혀 나지 않았다. 그는 정신을 뻗어 늑대들을 느껴 보려다가 자기가 무슨 짓을 하는 건지 깨닫고 다시 방어벽을 획 닫았다. 최근에는 이런 경우가 너무 많았다. 물론 늑대는 없었다. 이런 도시에는. 페린은 그 사실이 이렇게까지…… 외롭게 느껴지지 않았으면 좋겠다고 생각했다.

배의 끝부분에서 경사로가 내려지자마자 그는 스테퍼를 끌며 모레인과 란을 따라 부두로 향했다. 티어의 바위의 거대한 형상이 왼쪽 먼 곳에 있었다. 그림자가 드리워져, 가장 높은 지점에 거대한 깃발이 걸려 있었건만 산처럼 보였다. 티어의 바위를 보고 싶지는 않았지만, 그 요새를 보지 않고는 도시를 볼 수 없었다. **랜드는 아직 안 왔으려나? 빛을 걸고, 랜드가 저기에**

들어가려 했다면 벌써 죽었을지도 모르겠어. 그렇다면 모든 게 아무 소용도 없어질 것이다.

"여기서 뭘 찾아야 하는데?" 자린이 페린의 등 뒤에서 물었다. 그녀는 질문을 멈추지 않았다. 그냥 아이즈 세다이나 수호자에게 묻지 않았을 뿐이다. "일리안에서는 회색 인간과 유령 사냥대를 만났잖아. 티어에 뭐가 있기에 누군가 너희를 이렇게 심하게 막고 싶어 하는 거야?"

페린이 주위를 둘러보았다. 주변에서 짐을 나르는 부두 노동자 중 그 말을 들은 사람은 아무도 없는 것 같았다. 그들이 자린의 말을 들었다면 두려움의 냄새가 풍겼을 거라고 페린은 확신했다. 페린은 혀끝에 걸린 날카로운 말을 삼켰다. 자린의 말이 더 빠르고 독했으니까.

"그렇게 신난 듯 말하지 않았으면 좋겠는데." 로이알이 우렁우렁한 목소리로 말했다. "넌 모든 게 일리안에서처럼 쉬울 거라고 생각하는 것 같아, 파일."

"쉽다고?" 자린이 투덜거렸다. "쉽다니! 로이알, 우리는 하룻밤 새 두 번이나 살해당할 뻔했어. 일리안 자체만으로도 〈위대한 뿔나팔 사냥대〉 노래에 나올 만하다고. 대체 뭐가 쉽다는 거야?"

페린이 인상을 찌푸렸다. 그는 로이알이 자린을 그녀가 직접 고른 이름으로 부르지 않았으면 좋겠다고 생각했다. 그 이름을 들으면, 모레인이 자린을 민이 말한 독수리라고 생각한다는 게 계속 떠올랐다. 민이 페린에게 경고했던 아름다운 여자가 자린일지 모른다는 번민을 멈추는 데도 도움이 되지 않았다. **최소한 매를 만나지는 않았네. 칼을 든 투아사안도! 그거야말로 무엇보다 이상한 일이겠어. 그런 일이 벌어지면 내가 양털 상인이다!**

"질문은 그만해, 자린." 페린이 스테퍼의 안장에 휙 올라타며 말했다. "모레인이 말하기로 하면 너도 우리가 여기 온 이유를 알게 될 거야." 그는 티어의 바위를 보지 않으려 했다.

자린은 그 검고 눈꼬리가 솟은 눈으로 페린을 쳐다보았다. "내가 보기엔 너도 이유를 모르는 것 같은데, 대장장이. 그래서 나한테 말해 주지 않는 거야, 너도 모르니까. 인정해, 촌놈아."

페린은 작게 한숨을 쉬며 모레인과 란을 따라 부두를 떠났다. 오기어가 질문에 대답하지 않을 때 자린은 이런 식으로 날카롭게 로이알의 신경을 긁지 않았다. 페린은 자린이 자신을 위협해 파일이라는 이름을 쓰게 하려는 게 틀림없다고 생각했다. 하지만 거기에 넘어가지는 않을 생각이었다.

모레인은 기름 먹인 망토를 안장 뒤에, 드래건 깃발이 들어 있지만 해로울 것 없어 보이는 꾸러미 위에 묶어 두고 있었다. 그녀는 열기에도 불구하고 일리안에서 가져온 파란색 리넨 망토를 걸치고 있었다. 망토의 깊고 넓은 후드가 그녀의 얼굴을 가렸다. 모레인의 거대한 뱀 반지는 목에 건 끈에 매달려 있었다. 그녀는 티어가 아이즈 세다이의 존재를 금지하는 게 아니라 채널링을 금지할 뿐이지만, 티어의 바위의 방어군은 반지를 낀 모든 여자를 철저히 감시한다고 말했다. 이번에 티어를 방문했을 때는 감시당하고 싶지 않다고 했다.

란은 이틀 전, 누군지는 몰라도 어둠의 사냥개를 보낸 자가—**사마엘이야.** 페린은 몸을 떨며 그렇게 생각하고 그 이름을 아예 떠올리지 않으려 노력했다—더 이상 추격자를 보내지 않는다는 게 확실해지자 색깔이 변하는 망토를 안장주머니에 집어넣었다. 수호자는 일리안의 더위와 전혀 타협하지 않았다. 티어의 더위를 상대할 때도 마찬가지였다. 그의 회녹색 코트는 끝까지 단추가 채워져 있었다.

페린은 코트 단추를 반쯤 풀어 입었다. 셔츠의 목깃도 풀어 놓았다. 티어는 일리안보다 약간 시원할지 몰라도 투 리버스의 여름만큼 더웠고, 비가 내린 뒤에는 늘 그러듯 축축한 공기 탓에 더위가 더 심하게 느껴졌다. 도끼를 매단 벨트는 안장의 높은 안장머리에 걸어 놓았다. 필요할 때는 도끼가 거기에 있는 게 편했다. 벨트를 걸치지 않는 게 기분도 더 좋았다.

페린은 일행이 접어든 첫 번째 거리의 진창을 보고 놀랐다. 그가 본 마을 중에서는 규모가 작은 마을에만 흙길이 있었고, 티어는 가장 큰 도시 중 하나였다. 하지만 사람들은 신경 쓰지 않는 듯했다. 맨발로 다니는 사람이 많았다. 작은 나무틀을 신고 걸어 다니는 여자가 한동안 그의 관심을 사로잡았고, 페린은 왜 그들 모두가 그 틀을 신고 다니지 않는 건지 궁금해졌다. 남자들이 입은 펑퍼짐한 브리치스는 페린이 걸친 딱 맞는 옷보다 시원할 것처럼 보였지만, 자신이 그런 옷을 입었다간 바보가 된 기분이 들 거라고 확신했다. 그는 저런 브리치스를 입고 둥근 밀짚모자를 쓴 자기 모습을 상상하고 킥킥 웃었다.

"뭐가 웃겨, 페린?" 로이알이 물었다. 로이알의 귀는 술이 머리카락 사이에 숨겨질 정도로 처져 있었다. 그는 걱정스러운 눈으로 거리의 사람들을 보았다. "저 사람들은…… 절망에 빠진 것처럼 보여, 페린. 지난번에 왔을 때는 그렇지 않았는데. 살던 덤불이 모두 잘려 나간 사람들조차 저런 모습이어서는 안 돼."

페린은 모든 것을 동시에 보는 대신 사람들의 얼굴을 찬찬히 살펴보기 시작했다. 그러자마자 로이알의 말이 옳다는 걸 알았다. 사람들의 얼굴에서는 너무 많은 것이 빠져나가고 없었다. 희망이. 호기심이. 그들은 말들에게 길을 비켜 줄 때 말고는 말을 타고 지나가는 일행을 거의 쳐다보지도 않았다. 짐수레용 말처럼 커다란 말을 타고 가는 오기어도 란이나 페린만큼 시선을 끌지 못했다.

병사들은 윗부분이 뾰족하고 챙이 달린 둥근 투구를 쓰고 있었다. 끝단이 좁다란 흰색 소맷부리로 되어 있는, 널찍한 소매가 달린 붉은 코트 위에 흉갑을 걸친 차림새였다. 일행은 그 새까만 눈동자의 병사들로부터 사나운 눈길을 받으며 성문을 지나 잿빛의 높은 도시 성벽 안으로 들어갔다. 거리가 바뀌어 돌로 포장된 널찍한 길이 나타났다. 성 밖의 남자들이 입는 펑퍼짐한 브리치스와 달리 성벽 안 사람들의 옷은 꼭 맞았고, 무릎 높이의 장화 안에 쑤셔 넣어져 있었다. 병사들은 란의 칼을 보고 인상을 찡그리며 자기 칼을 만지작거렸다. 페린의 도끼와 활도 날카로운 눈으로 노려보았다. 인상을 찡그리고 눈을 날카롭게 뜨기는 했으나 그들의 얼굴에도 어쩐지 절망적인 빛이 어려 있기는 마찬가지였다. 더는 그 무엇에도 이런 노력을 기울일 가치가 없다는 듯한.

성벽 안의 건물은 크기도 더 크고 높이도 더 높았다. 다만 대부분은 바깥의 건물들과 형태가 비슷했다. 페린이 보기에는 지붕이 좀 특이했다. 특히 끝부분이 뾰족한 지붕이 그랬다. 하지만 집을 떠나온 이후로 너무 다양한 지붕을 봐 왔고, 기와를 고정할 때 어떤 못을 썼을지 궁금했을 뿐이다. 어떤 지역에서는 사람들이 기와에 아예 못을 쓰지 않았다.

궁전과 거대한 건물들이 더 작고 평범한 건물들 사이에 서 있었다. 되는 대로 배치해 놓은 것만 같았다. 탑과 각진 흰색 돔을 갖추고 사방이 드넓은 거리로 감싸인 건물의 맞은편에는 가게와 여관과 주택 등이 있었다. 한쪽 면이 4미터 넓이는 될 네모난 대리석 기둥이 앞에 서 있고, 9미터 높이의 청동 문에 이르려면 계단을 50칸쯤 올라가야 하는 거대한 전당의 한쪽 면에는 빵 가게가, 다른 쪽에는 옷 가게가 있었다.

이곳에는 병사들과 비슷한 코트와 브리치스를 입은 남자들이 더 많았다. 다만 색깔이 더 밝았고 갑옷은 입지 않았다. 몇몇 사람들은 칼도 차고 있었다. 그들 중 맨발로 다니는 사람들은 없었다. 펑퍼짐한 브리치스를 입은 사람들도 마찬가지였다. 여자들의 치마는 대체로 더 길었고, 목이 깊게 파여 있어 어깨와 가슴까지도 드러났다. 모직 천만큼이나 비단 천도 많았다. 바다 민족은 티어를 통해 상당량의 비단을 거래했다. 황소가 끄는 달구지만큼 많은 가마와 말들이 끄는 고급 마차들이 거리를 오갔다. 그러나 너무 많은 얼굴들에 뭔가를 포기해 버린 듯한 그 표정이 떠올라 있었다.

란이 선택한 여관 '별'은 좁은 골목을 사이에 두고 한쪽으로는 직공의 가게와, 다른 쪽으로는 대장간과 마주하고 있었다. 대장간은 가공하지 않은 회색 돌로 만들어져 있었으며 직공의 가게와 여관은 목조 건물이었다. 여관은 4층 높이였으며 지붕에도 작은 창문이 여러 개 달려 있었다. 베틀이 달그락거리는 소리가 대장장이의 딸그랑거리는 망치 소리와 기를 쓰고 경쟁했다. 일행은 마구간지기에게 말들을 넘겨주고 뒤쪽으로 안내되어 여관에 들어갔다. 주방에서 생선 냄새가 났다. 굽기도 하고 스튜로 끓이기도 하는 듯했다. 구운 양고기 냄새도 풍겼다. 휴게실 남자들은 모두 꽉 끼는 코트에 헐렁한 브리치스를 입고 있었다. 부유한 사람들은 아닐 거라고 페린은 생각했다—어째서인지 부자나 귀족은 소매가 부풀어 오른 알록달록한 코트 차림의 남자들과, 어깨가 드러나는 밝은색 비단옷을 입은 여자들일 거라는 확신이 들었다. 부자들이라면 이런 소음을 참지 않을 터였다. 란이 이곳을 선택한 이유가 그래서일 것이었다.

"이렇게 시끄러운데 어떻게 자요?" 자린이 투덜거렸다.

"질문하지 말랬는데?" 페린이 미소 지으며 말했다. 잠시 페린은 자린이 그에게 혀를 내밀 거라고 생각했다.

여관 주인은 둥근 얼굴에 머리가 벗어져 가는 남자로, 짙은 푸른색의 긴 코트와 이곳 특유의 헐렁한 브리치스를 입고 있었다. 그는 튼실한 배 위로 두 손을 깍지 낀 채 허리를 숙여 인사했다. 그의 얼굴에도 그 표정이, 지친 체념이 어려 있었다. "빛께서 여러분을 비추시기 바랍니다, 아가씨들. 어서 오십시오." 그가 한숨을 쉬었다. "빛께서 여러분을 비추시기 바랍니다, 선생님들. 어서 오십시오." 그는 페린의 노란 눈을 보고 조금 움찔했는데 그것도 잠시뿐, 지친 듯 로이알에게로 넘어갔다. "빛께서 당신을 비추시길 바랍니다, 오기어 님. 어서 오십시오. 여러분의 종족을 마지막으로 티어에서 본 게 1년도 더 됐네요. 그분들은 티어의 바위에서 이런저런 일을 하셨죠. 물론 티어의 바위에서 묵으셨습니다만, 어느 날 거리에서 그분들을 본 적이 있습니다." 그는 한 차례 더 한숨을 쉬며 말을 마쳤다. 왜 다른 오기어가 티어에 찾아왔는지, 아니, 그들 중 누가 티어에 온 이유가 무엇인지에 관한 호기심을 전혀 끌어내지 못한 채로.

이름이 주라 해럿인 대머리 남자는 그들을 직접 객실로 안내했다. 그는 비단 드레스를 입고 얼굴을 가리고 있는 모레인, 단호한 얼굴로 칼을 소지한 란을 귀족 여자와 그녀의 호위병으로 본 듯했다. 그래서 직접 관심을 기울일 가치가 있다고 생각한 것 같았다. 페린은 일종의 수행원으로 받아들여진 게 분명했고, 자린에 대해서는 전혀 모르는 것 같았으며—이에 대해 자린은 눈에 띄게 거부감을 보였다—로이알은 어쨌든 오기어였다. 그는 직원들에게 로이알을 위해 침대를 붙여 놓으라고 소리쳤고, 모레인에게는 원한다면 식사할 방을 따로 내주겠다고 했다. 모레인은 그 제안을 우아하게 받아들였다.

그들은 이 모든 일이 벌어지는 동안 함께 있었다. 그 바람에 위쪽 복도를 지나는 작은 행렬이 만들어졌다. 결국 해럿은 허리를 숙여 인사하고 한숨을 쉬더니 물러났다. 그들 모두가 처음 출발했던 곳, 그러니까 모레인의 방 앞에 남겨졌다. 벽에는 흰 회반죽이 칠해져 있었고 로이알의 머리가 천장에 닿았다.

"밉살스러운 인간이네." 자린이 투덜거리며 좁다란 치마에 묻은 먼지를 격하게 털어 댔다. "저를 당신 시녀로 생각한 것 같아요, 아이즈 세다이. 그건 못 참죠!"

"말조심해라." 란이 조용히 말했다. "사람들이 들을 수 있는 곳에서 그 이름을 입에 담았다가는 크게 후회할 거다, 꼬마야." 자린은 말대꾸를 하려는 표정이었는데, 란의 얼음처럼 푸른 시선이 그녀를 침묵시켰다. 그렇다고 그 노려보는 눈길까지 순해진 것은 아니었지만 말이다.

모레인은 그들을 무시했다. 그녀는 먼 곳을 멍하니 바라보며, 손이라도 닦듯 망토를 두 손으로 만지작거렸다. 페린이 보기에는 자기가 무슨 행동을 하는지 모르는 것 같았다.

"랜드는 어떻게 찾죠?" 페린이 물었지만, 모레인은 듣지 못하는 것 같았다. "모레인?"

"가까운 여관에 머물러." 잠시 후에 모레인이 말했다. "티어는 그 방식을 모르는 사람들에게는 위험한 도시가 될 수 있어. 여기서는 패턴이 찢길 수 있다." 마지막 말은 혼잣말처럼 조용했다. 그녀는 더 힘이 들어간 목소리로 말했다. "란, 주의를 끌지 않고 뭘 알아낼 수 있는지 살펴보죠. 너희들은 여관 가까운 곳에 있어!"

"'여관 가까운 곳에 있어!'" 아이즈 세다이와 수호자가 계단 아래로 사라지자 자린이 그 대사를 흉내 냈다. 모레인과 란은 듣지 못할 만큼 작은 목소리였다. "랜드라는 애 말이야. 네 말로는 걔가……." 이 순간 자린이 독수리를 닮았다면, 그 독수리는 매우 불안한 독수리였을 것이다. "거기다 우리는 티어에 있잖아. 칼의 심장이 보관되어 있는 곳에. 예언에 따르면……. 빛께서 태워 버리시길, **타비렌.** 이게 내가 끼어들 만한 이야기일까?"

"이건 이야기가 아니야, 자린." 페린은 여관 주인의 목소리에서 느껴지던 절망을 잠시 느꼈다. "물레가 우리를 패턴에 짜 넣는 거야. 네가 너의 실을 우리 실과 엮기로 선택했어. 이제 와서 그걸 풀어내기에는 너무 늦었어."

"빛을 걸고!" 자린이 꿍 소리를 냈다. "이젠 너도 **그 여자처럼** 말하네!"

페린은 자린을 로이알과 함께 그 자리에 남겨 두고 짐을 놔두러 방으로 갔다. 도시 사람들이 하인에게 어울린다고 생각하는 듯한, 편안하지만 작은 침대와 세면대와 의자 하나와 회반죽이 칠해진 갈라진 벽에 박힌 못 몇 개가 있는 방이었다. 그가 다시 나왔을 때, 자린과 로이알 둘 다 떠나고 없었다. 모루를 두드리는 망치 소리가 페린을 부르는 듯했다.

티어는 너무 많은 부분들이 이상해 보였는데, 대장간에 들어가니 안도감이 들었다. 1층은 하나의 커다란 공간으로 이루어져 있었다. 말과 황소에게 편자를 박을 때 쓰는 안뜰 쪽으로 두 개의 기다란 문이 열려 있을 뿐 뒷문은 없었다. 안뜰에는 소를 매다는 밧줄도 갖춰져 있었다. 망치가 받침대에 세워져 있었고, 다양한 종류와 크기의 집게들이 벽의 드러난 들보에 매달려 있었다. 부벽과 말의 발굽 관리에 쓰는 칼을 비롯한 편자공의 공구가 정, 작은 모루, 형철 등 대장장이를 위한 온갖 도구들과 함께 나무 벤치에 깔끔하게 정돈되어 있었다. 통 몇 개에는 다양한 두께의 기다란 철과 강철이 들어 있었다. 서로 다른 거칠기의 숫돌 다섯 개가 단단한 흙바닥 여기저기에 서 있었다. 모루 여섯 개, 풀무가 달린 석재 용광로 세 개와 함께였다. 용광로 한 곳에만 석탄이 들어 있었으며 불을 끄기 위한 물통이 편리한 곳에 놓여 있었다.

대장장이는 묵직한 집게로 잡아 놓은, 노랗게 달궈진 쇳덩이에 망치질을 하고 있었다. 그는 펑퍼짐한 브리치스를 입고 있었으며 눈이 연한 파란색이었다. 그의 맨 가슴을 덮고 있는 긴 가죽조끼와 앞치마는 과거 에먼즈 필드에서 페린과 루한 스승님이 입었던 것과 크게 다르지 않았다. 대장장이의 굵은 팔과 어깨를 보면 오랜 세월 금속을 다뤄 온 티가 났다. 대장장이의 검은 머리카락에는 페린의 기억 속 루한 스승님과 거의 비슷한 정도의 흰머리가 섞여 있었다. 벽에는 조끼와 앞치마가 더 걸려 있었다. 그에게 도제들이 있는 모양이었다. 도제들은 지금 보이지 않았다. 용광로의 불에서 나는 냄새가 집처럼 느껴졌다. 뜨거운 쇳덩이 냄새도.

대장장이는 돌아서서 작업하고 있던 쇳조각을 다시 석탄에 집어넣었고, 페린은 그리로 다가가 대신 풀무질을 해 주었다. 남자는 페린을 힐끗 보았으나 아무 말도 하지 않았다. 페린은 천천히, 안정적으로, 풀무의 손잡이를 위아래로 일정하게 움직이며 석탄의 열기를 적절하게 유지했다. 대장장이는 다시 뜨거운 쇳덩이를 가지고 작업하기 시작했다. 이번에는 그것을 끝을 둥글린 모루의 뿔 부분에 올려놓았다. 페린은 대장장이가 나무통 긁개를 만들고 있는지도 모르겠다고 생각했다. 망치가 날카롭고 빠른 타격에 울리는 소리를 냈다.

남자는 쇳덩어리에서 고개를 들지 않은 채 말했다. "도제냐?" 그가 한 말은 그게 전부였다.

"네." 페린도 간단하게 대답했다.

대장장이는 한동안 계속 작업했다. 그가 만든 것은 **실제로** 나무통 긁개였다. 나무통의 속을 닦는 데 쓰는 도구였다. 대장장이는 이따금 생각에 잠긴 채 페린을 눈여겨보았다. 그는 아주 잠깐 망치를 내려놓더니 두껍고 네모나고 짧은 쇳조각을 가져다가 페린의 손에 밀어 넣고, 망치를 집어 든 다음 다시 작업을 시작했다. "그걸로 뭘 할 수 있는지 한번 보자." 그가 말했다.

페린은 생각조차 하지 않고 용광로의 반대쪽에 있던 모루로 다가가, 모루 가장자리에 대고 쇳덩이를 두드렸다. 듣기 좋게 울리는 소리가 났다. 강철을 저온 용광로에 오래 두지 않았기에 석탄의 탄소가 많이 흡수되지 않았다. 페린은 쇳덩이를 뜨거운 석탄에 거의 전부 다 집어넣고, 소금이 들어 있는 게 어떤 것인지 보려고 물통 두 개에 들어 있는 물을 맛본 다음—세 번째 나무통에 들어 있는 것은 올리브기름이었다—코트와 셔츠를 벗고 자기 가슴에 맞는 가죽조끼를 골랐다. 티어 사람들은 대부분 페린만큼 덩치가 크지 않았지만, 페린은 그럭저럭 맞을 만한 조끼를 하나 찾아냈다. 앞치마를 찾는 건 더 쉬웠다.

돌아보니 여전히 쇳덩어리에 집중하던 대장장이가 혼자 고개를 끄덕이며 미소 짓고 있었다. 하지만 대장간 돌아가는 사정을 안다고 해서 대장장이

일에 솜씨가 있다는 뜻은 아니었다. 솜씨를 더 증명해야 했다.

페린이 망치 두 개와 손잡이가 긴 납작한 집게 하나, 윗부분이 뾰족한 넓적한 정을 가지고 모루로 돌아가 보니 강철 막대가 검붉은 색으로 달아올라 있었다. 페린이 석탄에서 빼놓은 작은 부분만이 예외였다. 페린은 금속의 색깔이 밝아지는 것을 지켜보며 풀무질을 했다. 결국 금속은 흰색이 되기 직전의 노란색이 되었다. 그때 페린은 집게로 쇠막대를 꺼내 모루에 올려놓고, 망치 두 개 중 더 무거운 것을 집어 들었다. 그는 망치의 무게가 약 3킬로그램이라고 가늠했다. 대장장이 일에 대해 잘 모르는 대부분의 사람들은 필요 이상으로 손잡이가 길다고 생각할 망치였다. 페린은 망치의 거의 끝부분을 잡았다. 달궈진 금속에서는 종종 불똥이 튀었고, 페린은 저 윗동네 라운드힐의 부주의한 대장장이의 손에 흉터가 생긴 것을 본 적이 있었다.

페린은 정교하거나 화려한 물건을 만들고 싶지 않았다. 이 순간에는 단순한 물건이 최선으로 보였다. 그는 강철의 모서리를 둥글게 만드는 것으로 시작해, 가운데 부분을 두들겨 널찍한 날을 만들었다. 아랫부분은 원래의 금속만큼 굵직했지만 전체 길이는 한 뼘 반 정도 늘어났다. 그는 때때로 금속을 다시 석탄에 집어넣어 색깔을 연노란색으로 유지했다. 잠시 후에는 가벼운 망치로 바꿔 쥐었다. 무게가 처음 망치의 절반 정도였다. 페린은 날 뒤쪽의 금속을 얇게 편 다음, 모루의 뿔 부분에 대고 구부려 날 옆으로 휘어져 내려가게 만들었다. 마지막 공정 때 이 부분에 나무 손잡이를 고정할 수 있을 터였다. 모루의 정 꽂는 부분에 날카로운 정을 꽂아 놓은 뒤, 빛나는 금속을 그 위에 두었다. 망치로 한 번 날카롭게 후려치니 페린이 만든 공구가 잘렸다. 거의 완성됐다고도 할 수 있었다. 모서리를 다듬는 칼이었다. 주로 나무통을 만드는 널빤지들을 한데 모은 뒤, 그 윗부분을 다듬고 평평하게 깎는 데 쓰는 용도였다. 일단은 작업을 마쳐야겠지만, 대장장이의 나무통 긁개를 보니 이 도구가 생각났다.

페린은 뜨겁게 달궈진 금속을 끊어 내자마자 빛나는 금속을 소금물 통에 집어넣었다. 소금이 들어가지 않은 물을 쓰면 열이 더 급격하게 식어 아주 단단한 금속이 되고, 기름을 쓰면 고품질 칼에 쓰는 아주 부드러운 금속이 되었다. 페린이 듣기로는 검을 만들 때도 기름을 쓴다고 했지만, 그런 물건을 만드는 데 참여한 적은 한 번도 없었다.

금속이 충분히 식어 둔탁한 회색이 되자 페린은 그것을 물에서 꺼내 숫돌로 가져갔다. 발판을 천천히 밟는 작업을 조금 하자 날이 갈리며 광택이 생겼다. 페린은 칼날 부분을 다시 조심스럽게 가열했다. 이번에는 색깔이 점점 진해져 밀짚 색깔이 되었다가 청동 색깔로 변했다. 청동 빛깔이 물결치듯 날을 따라 올라가기 시작하자 페린은 그것을 꺼내 식혔다. 그런 다음에야 마지막으로 날을 벼릴 수 있었다. 또 한 번 물에 담갔다가는 방금 한 조절 작업을 망치게 될 것이다.

"일솜씨가 아주 깔끔하구나." 대장장이가 말했다. "쓸데없는 동작이 하나도 없어. 일자리를 찾는 거냐? 내 도제들이 방금 떠나 버렸다. 세 놈 다 말이야. 아무 가치 없는 멍청이들이지. 그래서 네가 할 만한 일이 많아."

페린이 고개를 저었다. "티어에 얼마나 머물지 모르겠어요. 괜찮으시다면 좀 더 일하고 싶긴 해요. 일한 지 오래돼서 그립거든요. 도제들이 했을 법한 일을 제가 일부 할 수 있겠지요."

대장장이가 큰소리로 코웃음 쳤다. "네가 그 시골뜨기들보다 훨씬 나아. 우울해져서는 멍하니 악몽 타령이나 해 대는 녀석들이지. 누구는 가끔 악몽을 꾸지 않느냔 말이다. 그래, 원하는 만큼 여기서 일해도 된다. 빚을 걸고, 양쪽에 손잡이가 달린 조각용 칼 열두 개와 통 제조업자가 쓸 자귀 세 개가 주문 들어왔어. 거리 저쪽에 사는 목수는 장붓구멍 망치가 필요하다고 하고……. 일일이 말하기에는 너무 많구나. 조각용 칼부터 시작해라. 밤이 되기 전에 얼마나 만들 수 있는지 보자."

페린은 일에 몰두해 한동안 금속의 열기와 망치 울리는 소리, 용광로의 냄새 말고는 모든 것을 잊었다. 결국 시간이 지나 고개를 들어 보니 대장장이가—그는 자기 이름이 더미드 아잘라라고 했다—조끼를 벗고 있었으며 편자를 박는 뜰은 어두워져 있었다. 빛은 전부 용광로와 등불 한 쌍에서 나오는 것이었다. 자린이 차가운 용광로 옆에 앉아서 그를 지켜보고 있었다.

"너, 진짜 대장장이였구나, 대장장이." 그녀가 말했다.

"대장장이지, 암." 아잘라가 말했다. "자기 말로는 도제라는데, 오늘 저 친구가 만든 작품은 저 친구의 스승이 만든 물건에 버금갈 거야. 망치질도 괜찮아. 안정적인 것 이상이야." 페린은 칭찬을 듣고 발을 꿈지럭거렸다. 대장장이가 그를 향해 씩 웃었다. 자린은 잘 이해가 되지 않는다는 듯 둘을 빤히 바라보았다.

조끼와 앞치마 벗어 못에 걸어 놓은 페린은, 갑자기 벗은 등에 닿는 자린의 시선이 의식됐다. 꼭 자린이 그를 만지는 것만 같았다. 잠깐은 그녀에게서 풍기는 약초 냄새가 압도적으로 느껴졌다. 그는 재빨리 셔츠에 머리를 집어넣고 옷자락을 브리치스 안으로 들쑥날쑥 집어넣은 뒤 코트를 휙 당겨 입었다. 돌아보니 자린이 특유의 작고 은밀한 미소를 짓고 있었다. 그 표정을 보면 페린은 늘 긴장됐다.

"이게 네가 하려던 일이었어?" 그녀가 물었다. "다시 대장장이가 되려고 이 먼 데까지 온 거야?" 아잘라가 안뜰 문을 당겨 닫으려다 말고 잠시 멈춰서서 귀를 기울였다.

페린은 아까 사용했던 무거운 망치를 집어 들었다. 그의 아래팔만큼 손잡이가 길고 머리 부분은 3킬로그램에 달하는 망치였다. 두 손에 그 망치를 쥐고 있으니 기분이 좋았다. 대장장이는 페린의 눈을 한 번 힐끗 보았을 뿐 눈 하나 깜짝하지 않았다. 중요한 건 작업의 결과물, 금속을 다루는 솜씨였지 사람의 눈 색깔이 아니었다. "아니." 페린이 슬프게 말했다. "언젠가는 그러고 싶지만 아직은 아니야." 페린은 망치를 다시 벽에 걸려 했다.

"가져가라." 아잘라가 목을 가다듬었다. "보통 좋은 망치를 줘 버리지는 않지만……. 네가 오늘 한 일은 그 망치 값을 훨씬 넘어선다. 게다가 네가 말한 '언젠가' 그게 도움이 될 수도 있지. 세상에, 날 때부터 망치를 쥐어야 할 사람이 있다면 바로 너다. 그러니까 가져가. 네가 간직해라."

페린은 망치 자루에 손을 감았다. 정말이지 딱 맞게 느껴졌다. "감사합니다." 그가 말했다. "저한테 얼마나 큰 의미인지 모르겠습니다."

"'언젠가'라는 말만 기억해라. 그것만 기억해."

대장간을 나서며 자린이 고개를 들어 페린을 보며 말했다. "남자들이 얼마나 이상한지 알아, 대장장이? 그래, 모를 줄 알았어." 그녀는 빠르게 앞서 달려갔다. 홀로 남겨진 페린은 한 손에 망치를 쥐고 다른 손으로는 머리를 긁적였다.

휴게실에서는 아무도 대장장이의 망치를 들고 있는 금색 눈동자의 페린을 눈여겨보지 않았다. 그는 자기 방으로 올라갔다. 이번만큼은 수지 양초를 켜야 한다는 것을 떠올렸다. 그의 화살통과 도끼가 회반죽벽의 못 하나에 걸려 있었다. 그는 한 손으로 도끼를, 다른 손으로 망치를 들었다. 금속의 무게만 따지면 반달 모양의 날과 두꺼운 창날이 달린 도끼가 망치에 비해 족히 1~2킬로그램은 가벼웠지만, 느낌으로는 열 배쯤 무거운 것 같았다. 페린은 도끼를 허리띠의 고리에 다시 매달고, 자루가 벽에 기대지도록 망치를 못 아래 바닥에 내려놓았다. 도낏자루와 망치 자루가 거의 닿았다. 두 개의 나무 조각이 거의 똑같은 굵기였다. 두 개의 금속 조각도 거의 무게가 같았다. 페린은 오랫동안 의자에 앉아 그것들을 바라보았다. 란이 그의 방에 머리를 들이밀었을 때도 페린은 그것들을 보고 있었다.

"나와라, 대장장이. 할 얘기가 있다."

"난 **진짜** 대장장이에요." 페린이 말하자 수호자가 인상을 썼다.

"하필 지금 겨울 날씨처럼 미쳐 버리지 마라, 대장장이. 네가 더 이상 네 몸무게를 지탱하지 못한다면 너 때문에 우리 모두가 산 아래로 끌려 내려갈 수 있어."

"내 몫은 할 거예요." 페린이 투덜거렸다. "해야만 하는 일을 할 거라고요. 바라는 게 뭔데요?"

"너다, 대장장이. 내 말을 듣지 않는 거냐? 나와라, 촌놈."

자린이 그를 부를 때 너무도 자주 썼던 그 이름에 화가 난 페린이 일어섰다. 하지만 란은 이미 돌아서고 있었다. 페린은 서둘러 복도로 나가 란을 따라서 여관 앞쪽으로 향했다. '대장장이'니 '촌뜨기'니 하는 이름은 이제 됐다고, 내 이름은 페린 아이바라라고 수호자에게 말할 생각이었다. 수호자는 여관에 있는, 유일하게 독립된 식사 공간으로 들어갔다. 그곳에서는 거리가 내려다보였다.

페린이 그를 따라갔다. "잘 들어요, **수호자**. 난……."

"네가 잘 들어야지, 페린." 모레인이 말했다. "조용히 하고 들어." 그녀의 얼굴은 매끄러웠지만 두 눈은 목소리만큼 험악했다.

페린은 불이 꺼진 난로의 난로 장식 위에 한 팔을 얹고 서 있는 수호자와 자신 말고는 식당에 아무도 없는 줄 알았다. 그러나 모레인이 바닥 한가운데의 식탁에 앉아 있었다. 식탁은 검은 참나무로 만든 단순한 가구였다. 조각이 들어간 높은 등받이 의자 중 사람이 앉아 있는 의자는 없었다. 자린은 식당의 반대편 끝, 란을 마주 보는 벽에 기대어 서서 눈을 사납게 뜨고 있었고, 로이알은 어느 의자도 딱히 맞지 않았기에 바닥에 앉기로 한 터였다.

"우리와 함께하기로 했다니 다행이네, 촌놈아." 자린이 비꼬듯 말했다. "네가 올 때까지 모레인이 아무 말도 하지 않으려 했거든. 꼭 우리 중 누가 죽을지 생각하는 것처럼 우리를 보기만 했어. 난……."

"조용히 해라." 모레인이 그녀에게 날카롭게 말했다. "버려진 자 중 하나가 티어에 있어. 사몬 대공이 벨랄이야." 페린이 몸을 떨었다.

로이알이 눈을 꽉 감고 신음했다. "**스테딩**에 남았어도 됐을 텐데. 난 아마 누구든 어머니가 선택한 사람과 결혼해 아주 행복하게 지냈을 거야. 우리 어머니는 좋은 분이고, 날 나쁜 아내에게 넘기지는 않으셨을 테니까." 그의 귀가 덥수룩한 머리카락 사이로 완전히 숨겨지는 것 같았다.

"넌 스테딩 샹타이로 돌아가도 돼." 모레인이 말했다. "원한다면 지금 가거라. 막지 않으마."

로이알이 한쪽 눈을 떴다. "가도 된다고요?"

"원한다면." 모레인이 말했다.

"아." 로이알이 반대쪽 눈을 뜨고, 소시지 크기의 뭉툭한 손가락으로 뺨을 긁었다. "그게…… 저는…… 선택지가 있다면야……. 여러분 모두와 함께 있을 거예요. 메모를 엄청나게 많이 작성하기는 했지만, 책을 완성할 만큼 많이 쓴 건 아니거든요. 페린을 떠나고 싶지도 않고, 랜드도……."

모레인이 차가운 목소리로 그의 말을 잘랐다. "잘 됐구나, 로이알. 네가 남는다니 기쁘다. 네가 가진 지식을 이용할 수 있어서 기뻐. 하지만 이번 일이 끝나기 전까지는 네 불평을 들을 시간이 없어!"

"내 생각이지만," 자린이 불안한 목소리로 말했다. "난 떠날 가능성이 없 겠죠?" 그녀가 모레인을 보더니 몸을 떨었다. "그럴 줄 알았어요. 대장장이, 이번 일을 겪고도 내가 살아남는다면 너한테 대가를 치르게 하겠어."

페린이 그녀를 빤히 보았다. **나한테? 이 멍청한 여자는 이걸 내 탓이라고 생각하는 거야? 내가 따라오라고 했나?** 페린은 입을 벌렸다가 모레인의 시 선을 보고는 재빨리 다시 다물었다. 잠시 후 그가 말했다. "그자가 랜드를 쫓고 있나요? 랜드를 막거나 죽이려고요?"

"그런 것 같지는 않아." 모레인이 조용히 말했다. 그녀의 목소리가 차가 운 강철 같았다. "유감이지만, 그자는 랜드를 칼의 심장에 보내 **칼란도어**를 가져가게 할 생각이야. 그런 다음 랜드에게서 그 칼을 빼앗으려는 거지. 그 자가 다름 아닌 드래건의 환생을 알리는 무기로 랜드를 죽이려 하는 것일지 두렵구나."

"또 도망쳐야 해요?" 자린이 말했다. "예를 들면 일리안으로? 도망칠 생 각은 안 해 봤는데. 하긴, 위대한 뿔나팔 사냥대원으로서 맹세를 할 때는 버 려진 자를 만나게 되리라는 예상은 못 했지만."

"이번에는," 모레인이 말했다. "도망치지 않아. 감히 도망칠 수 없어. 이 세상과 시간이 랜드에게, 드래건의 환생에게 달려 있어. 이번에는 싸울 거야."

페린이 불안하게 의자에 앉았다. "모레인, 우리한테는 생각도 하지 말아 야 한다던 엄청나게 많은 얘기를 당신은 바로 말하네요. 사람들이 엿듣지 못하도록 이 방에 보호 마법을 **걸어 놓기는** 한 거죠?" 모레인이 고개를 저 었고 페린은 짙은 색 참나무에서 삐걱거리는 소리가 날 정도로 식탁 가장자 리를 세게 쥐었다.

"난 지금 머드랄 얘기를 하는 게 아니야, 페린. 버려진 자들이 어떤 힘을 가졌는지는 아무도 모른단다. 이샤마엘과 랜피어가 가장 강했다는 걸 알 뿐 이지. 하지만 그자들 중 가장 약한 자도 내가 걸 만한 보호 마법을 2킬로미 터 넘게 떨어진 곳에서 느낄 수 있어. 그리고 몇 초 만에 우리 모두를 갈가리 찢어 버릴 수 있지. 아마 서 있는 자리에서 거의 움직이지도 않고 그렇게 할 수 있을 거다.”

“그자가 당신을 옭아맬 수 있다는 말이군요.” 페린이 중얼거렸다. “빛을 걸고! 우린 어쩌죠? 뭔가 할 수 있긴 해요?”

“버려진 자조차도 화톳불에는 맞설 수 없어.” 그녀가 말했다. 페린은 모레인이 어둠의 사냥개들을 상대로 쓴 것이 바로 그 화톳불인지 궁금했다. 그때 본 장면, 그때 모레인이 한 말을 생각하면 지금도 불안했다. “난 작년에 많은 것들을 알게 됐단다, 페린. 난…… 에먼즈에 갔을 때보다 위험한 존재가 됐어. 벨랄에게 가까이 갈 수만 있으면 그자를 파멸시킬 수도 있겠지. 하지만 그자가 먼저 나를 본다면, 내게 기회가 생기기 한참 전에 그자가 우리 모두를 파멸시킬 거야.” 그녀가 로이알에게 관심을 돌렸다. “벨랄에 대해 아는 건?”

페린이 혼란스러워서 눈을 깜빡였다. **로이알한테 물어본 거야?**

“왜 로이알한테 물어봐요?” 자린이 화를 내며 불쑥 외쳤다. “처음에는 대장장이한테 우리가 버려진 자들 중 한 명과 맞서 싸우기를 바란다고 하더니―그자는 우리가 생각하기도 전에 우리 모두를 죽여 버릴 수 있다면서요!―이제는 로이알한테 그자에 대해서 물어보는 거예요?” 로이알이 자린의 그 이름을 급하게 웅얼거렸지만―“파일! 파일!”―자린은 말의 속도를 늦추지도 않았다. “난 아이즈 세다이가 모든 걸 안다고 생각했어요. 빛을 걸고, 난 최소한 상대에 대해 알 수 있는 걸 전부 다 알지도 못한 채로 싸우려 드는 바보는 아니에요! 당신은…….” 그녀는 모레인의 시선을 보고 중얼거리다가 말을 흐렸다.

“오기어는,” 아이즈 세다이가 냉정하게 말했다. “오래전 일까지도 기억한단다, 꼬마야. 인간의 세대는 세계의 파괴 이후 백 번도 훨씬 넘게 교체되었지만, 오기어의 세대는 서른 번도 교체되지 않았어. 우리는 지금도 우리가 몰랐던 오기어의 이야기에서 많은 것을 배운다. 이제 말해 보거라, 로이알. 벨랄에 대해서 뭘 아는지. 이번만큼은 짧게 말하도록 해. 네 오래전 기억이 필요할 뿐 오랫동안 이어지는 네 공허한 말이 필요한 게 아니야.”

로이알이 목을 가다듬었다. 굴뚝으로 장작이 굴러떨어질 때와 비슷한 소리가 났다. "벨랄이라." 그의 귀가 벌새의 날개처럼 머리카락 사이로 펄럭거리며 올라왔다가 다시 훅 내려앉았다. "당신이 이미 아는 것 말고 벨랄에 대해 제가 또 뭘 알고 있지 모르겠는데요. 벨랄은 동족살해자 루스 세린과 100인의 동행에 의해 어둠의 존재와 함께 봉인됐어요. 그러기 직전에 봉사자의 전당을 파괴했고요. 벨랄에 관해서는 그것 말고 전해지는 이야기가 거의 없어요. 코이암의 아들 아리드의 아들 잘란다는 벨랄이 시기하는 자라고 불렸다고, 그자가 빛을 저버린 건 루스 세린을 부러워했기 때문이라고 적었죠. 그자는 이샤마엘과 랜피어도 시기했대요. 『그림자 전쟁에 관한 연구』에서 주엔단의 딸 하마다의 딸 모일린은 벨랄을 그물을 짜는 자라고 불렀지만 그 이유는 모르겠어요. 모일린은 그자가 루스 세린과 돌맹이 게임을 해서 이겼고, 늘 그 일에 대해 자랑했다고 적었어요." 로이알은 모레인을 힐끗 보더니 우렁우렁한 목소리로 말했다. "짧게 말하려고 노력하는 거예요. 그자에 대해서 중요한 건 아무것도 몰라요. 어떤 작가들은 벨랄과 사마엘이 둘 다 빛을 저버리기 전에 어둠의 존재에 대항하는 싸움을 이끌었고, 둘 다 칼의 달인이었다고 하죠. 제가 아는 건 정말이지 이게 다예요. 다른 책이나 이야기에 언급됐을지도 모르지만 제가 그런 걸 읽어 보지는 않았어요. 벨랄은 그냥, 자주 이야기에 나오지 않아요. 쓸모 있는 얘기를 해 드릴 수 없어서 죄송해요."

"쓸모 있는 얘기를 이미 했는지도 모르지." 모레인이 그에게 말했다. "그물을 짜는 자라는 이름은 몰랐어. 그자가 그림자 속에 사는 동료들 말고 드래건까지 시기했다는 내용도. 그 얘기를 들으니 놈이 **칼란도어**를 원한다는 생각이 강해지는구나. 분명 그래서 티어의 대공이 되기로 자처한 거야. 그리고 그물을 짜는 자라는 이름은……. 그건 음모를 짜는 자, 인내심 있고 교활한 계획가에게 붙이는 이름이지. 잘했다, 로이알." 잠시 오기어의 커다란 입이 만족스러운 듯 말려 올라가며 미소를 지었지만, 다시 아래로 처졌다.

"무섭지 않다고는 못 하겠어요." 자린이 불쑥 말했다. "버려진 자를 두려워하지 않는 건 바보뿐이죠. 하지만 당신들과 함께하기로 맹세했으니 그렇게 할 거예요. 내가 하고 싶은 말은 그게 다예요."

페린이 고개를 저었다. **미친 게 틀림없어. 나도 이번 일행에 끼고 싶지 않은데. 난 집으로 돌아가서 루한 스승님의 용광로에서 일하고 싶다고.** 그가 큰 소리로 말했다. "놈이 티어의 바위 안에 있다면, 거기서 랜드를 기다리고 있다면 우린 티어의 바위로 들어가야 놈에게 갈 수 있어요. 어떻게 그럴 수 있어요? 대공들의 허락이 없으면 그 누구도 티어의 바위에 들어갈 수 없다고 다들 말하는데. 티어의 바위를 보니 성문을 지나는 것밖에는 들어갈 방법이 없는 것 같은데."

"너는 안 들어간다." 란이 말했다. "모레인과 나만 들어갈 거야. 들어가는 사람이 늘어날수록 일이 어려워질 테니까. 내가 어떤 진입로를 발견하게 될지는 모르지만, 우리 두 사람만 들어가는 것도 쉽지 않을 거다."

"가이딘." 모레인이 단호한 목소리로 입을 열었으나 수호자 역시 똑같이 단호한 목소리로 그녀의 말을 잘랐다.

"우린 함께 갑니다, 모레인. 이번에는 물러서 있지 않을 겁니다." 잠시 후 모레인이 고개를 끄덕였다. 페린은 란이 긴장을 푸는 것 같다고 생각했다. "나머지 너희는 잠을 좀 자 둬야 할 거다." 수호자가 말을 이었다. "나는 나가서 티어의 바위를 살펴봐야 한다." 그가 잠시 말을 멈추었다. "잠시 잊고 있었습니다, 모레인. 사소한 이야기이지만 무슨 의미인지 모르겠습니다. 티어에 아이일 사람들이 와 있습니다."

"아이일이라고요!" 로이알이 소리쳤다. "불가능해요! 아이일 사람이 한 명이라도 성문을 지나왔다면 도시 전체가 공황에 빠졌을걸요!"

"그자들이 거리를 걸어 다닌다는 말은 안 했다, 오기어. 도시의 지붕과 굴뚝은 황무지만큼 좋은 은신처가 되어 주지. 내가 본 것만 해도 세 명이야. 티어에서 그자들을 본 다른 사람은 없는 것 같다만. 내가 본 아이일이 셋이라면, 내가 보지 못한 자들이 그 몇 배는 될 게 분명하다."

"나한테는 아무 의미도 없는 말입니다." 모레인이 천천히 말했다. "페린, 왜 그렇게 인상을 쓰는 거냐?"

페린은 자기가 인상을 쓰고 있는 줄도 몰랐다. "레멘에서 만난 그 아이일 사람을 생각하고 있었어요. 티어의 바위가 무너지면 아이일 사람들이 삼중의 땅을 떠날 거라고 그 사람이 말했어요. 삼중의 땅이 황무지 아닌가요? 그 사람은 그게 예언의 내용이라던데요."

"드래건의 예언은 내가 한마디도 놓치지 않고 다 읽었어." 모레인이 조용히 말했다. "모든 번역본으로. 예언에 아이일 사람에 대한 언급은 없어. 우린 벨랄이 그물을 짜고 물레가 우리 주변으로 패턴을 자아내는 동안 눈이 먼 채로 비틀거리지. 하지만 아이일 사람들도 물레가 짠 천이나 벨랄의 그물에 들어 있을까? 란, 티어의 바위로 들어가는 길을 빨리 찾아 알려 주세요. 같이 들어가죠. 함께 들어갈 길을 빨리 찾으세요."

"분부대로 하겠습니다, 아이즈 세다이." 란이 말했다. 하지만 그의 말투는 딱딱하다기보다 따뜻했다. 그가 문 너머로 사라졌다. 모레인은 인상을 쓰며 탁자를 보았다. 생각에 잠겨 눈이 흐릿했다.

자린이 다가와 고개를 한쪽으로 기울이고 페린을 내려다보았다. "넌 어쩔 거야, 대장장이? 자기들은 모험을 떠나면서 우리한테는 기다리며 구경이나 하라는 것 같은데. 나야 불만 없지만."

마지막 말은 의심스러웠다. "일단," 페린이 그녀에게 말했다. "뭘 좀 먹을 거야. 그런 다음에는 망치 생각을 할 거고." **그리고 너에 대한 내 감정이 뭔지 알아볼 거야, 독수리.**

51장 그물의 미끼

나이니브는 시야 가장자리에 빨간 머리카락의 키 큰 남자가 언뜻 보였다고 생각했다. 남자는 갈색 망토를 휘날리며 햇빛이 드는 거리 저 먼 곳을 걸어가고 있었다. 하지만 돌아서서 에일후인이 준 파란 밀짚모자의 넓은 챙 아래를 내다보니 황소가 끄는 수레가 이미 그들 사이를 힘겹게 움직이고 있었다. 수레가 덜컹거리며 지나가고 나니 남자는 어디에도 보이지 않았다. 나이니브는 남자가 등에 지고 있던 것이 나무 플루트 통이며, 그의 옷은 티어 사람의 것이 아니라고 거의 확신했다. **랜드일 리는 없어. 내가 랜드 꿈을 계속 꾼다는 게 랜드가 앨머스평원에서 여기까지 그 먼 길을 올 거라는 뜻은 아니야.**

서둘러 지나가던 맨발의 남자들 중 한 명이 갑자기 발을 헛디뎠다. 그는 등에 바구니를 지고 있었고, 그 바구니에서는 커다란 물고기 열두 마리 중 한 마리의 낫처럼 생긴 꼬리가 튀어나와 있었다. 남자가 넘어지는 바람에 그의 머리 위로 은색 비늘이 달린 물고기들이 쏟아져 나왔다. 그는 진창에 두 손과 무릎을 짚은 채 자기 바구니에서 나온 물고기들을 바라보았다. 길고 매끄러운 형체가 하나하나 진창에 코를 박고 똑바로 서서 깔끔한 원을 그리고 있었다. 지나가던 사람 몇 명조차 입을 쩍 벌리고 그 모습을 보았다.

남자가 천천히 일어섰다. 자기 몸에 흙이 잔뜩 묻은 건 대수롭지 않은 듯했다. 그는 바구니를 풀어 놓고 물고기를 다시 담기 시작했다. 투덜투덜 고개를 저으며.

나이니브는 눈을 깜빡였지만 그녀가 상대해야 할 사람은 넘어진 남자가 아니었다. 등 뒤의 고리에 피투성이 고깃덩이를 걸어 놓고 자기 가게 문 앞에 서서 나이니브를 바라보는, 암소처럼 생긴 얼굴의 날강도였다. 나이니브는 땋은 머리를 한 번 잡아당기고는 시선을 그에게 붙박았다.

"좋소." 나이니브가 날카롭게 말했다. "가져가겠습니다. 하지만 고기를 그렇게 조금 잘라 주고 이런 돈을 받는다니, 나와는 더 이상 거래할 수 없을 거요."

남자는 나이니브의 돈을 받아들며 어깨를 으쓱하더니, 나이니브가 내미는 천에 지방이 가득한 양고기 구이를 포장했다. 나이니브는 포장한 고기를 바구니에 집어넣으며 그를 노려보았지만, 그는 별 관심이 없는 듯했다.

휙 돌아서서 성큼성큼 멀어져 가던 나이니브는 하마터면 넘어질 뻔했다. 그녀는 아직 이 나막신에 익숙하지 않았다. 나막신은 계속 진흙에 박혔고, 나이니브는 나막신을 신고 다니는 사람들이 대체 어떻게 걷는 건지 알 수 없었다. 햇빛이 땅을 어서 말려 주기를 바랐으나 마울리에서는 진창이 거의 언제나 존재할 것 같았다.

그녀는 조심조심 에일후인의 집으로 돌아가며 혼자 투덜거렸다. 모든 것의 가격이 말도 안 되게 비쌌고, 품질은 영락없이 엉망이었다. 파는 사람이든 사는 사람이든 거의 아무도 그 사실에 신경 쓰지 않는 것 같았다. 멍이든, 불그레한 노란 과일—나이니브는 그게 무슨 과일인지 알 수 없었다. 이곳에는 나이니브가 한 번도 들어 본 적이 없는 과일과 채소가 많았다—을 양손에 하나씩 잡고 흔들어 대며 가게 주인에게 소리를 지르고 모두에게 그 남자가 판 쓰레기를 보라고 외쳐 대는 여자 곁을 지나갈 때는 안도감이 들 지경이었다. 그러나 가게 주인은 굳이 말대꾸할 생각도 하지 않고 지친 듯 여자를 빤히 볼 뿐이었다.

가격이 이렇게 비싸진 데는 어느 정도 핑계 거리가 있었지만—케예리엔에서 아무도 곡물을 사 올 수 없기에 그곳 곡창의 곡식을 쥐들이 먹어 치웠다는 얘기, 아이일 전쟁 이후로 케예리엔의 곡물 무역 규모가 얼마나 커졌는지에 관해 일레인이 전부 설명해 주었다―모두가 자빠져 죽을 준비가 된 것처럼 보이는 데는 핑계가 없었다. 그녀는 투 리버스에서 싸락눈 때문에 작물이 망가지는 것도 보았고, 메뚜기가 곡식을 전부 먹어 치우고 검은혀 병으로 양들이 죽고 붉은얼룩 병으로 타박이 시들어 베얼론에서 상인들이 왔는데도 팔 것이 없었던 때를 기억하고 있었다. 2년 내내 순무 수프와 오래된 보리 말고는 먹을 것이 거의 없었으며 사냥꾼들은 집에 비쩍 마른 토끼 한 마리라도 가져올 수 있으면 운이 좋았던 때도 기억났다. 그러나 투 리버스 사람들은 누군가 그들을 쓰러뜨려도 다시 일어나 일하러 갔다. 그에 비해 티어 사람들은 겨우 한 해 고생을 했을 뿐이었다. 게다가 어업이나 다른 무역은 번창하는 것처럼 보였다. 나이니브는 이들을 참아 줄 수 없었다. 문제는, 나이니브도 약간의 인내심을 가져야 한다는 걸 알고 있었다는 점이다. 이들은 이상한 방식으로 살아가는 이상한 사람들이었다. 나이니브가 소름 끼친다고 생각하는 것들을 당연하게 받아들였다. 에일후인과 산다조차 그랬다. 이들에 대한 인내심을 약간이라도 끌어낼 수 있어야 했다.

이 사람들을 참아 줄 수 있다면 에그웨인을 못 참아 줄 건 뭐야? 나이니브는 그 생각을 미뤄 두었다. 에그웨인은 어린애답게 엉망진창으로 행동했다. 대단히 뻔한 제안에도 쏘아붙이듯 대꾸하고, 엄청나게 합리적인 일에도 반대 의견을 냈다. 무슨 일을 해야 하는지 빤한 경우에도 누군가 자신을 설득해 주기를 바랐다. 나이니브는 사람들을 설득해야 하는 상황에 익숙하지 않았다. 특히 그녀가 기저귀를 갈아 준 사람들은. 그녀가 에그웨인보다 겨우 일곱 살 많다는 사실은 중요하지 않았다.

전부 악몽 탓이야. 나이니브는 자신을 타일렀다. **난 악몽의 의미를 이해할 수 없어. 이제는 나와 일레인도 악몽을 꾸고 있고. 그 악몽이 무슨 뜻인지도 모르겠어. 산다는 아직 찾고 있다는 말밖에 하지 않고, 난 너무 답답해서……. 그냥 침이라도 뱉고 싶어!** 나이니브는 땋은 머리를 아플 정도로 세게 당겼다. 최소한 그녀는 에그웨인에게 **티어앙그리알**을 다시 쓰지 말라고,

그걸 언제나 피부에 닿도록 차고 다니는 대신 주머니에 다시 집어넣으라고 설득할 수 있었다. 흑색의 아자가 **텔아이란리오드**에 있다면……. 나이니브는 그 가능성에 대해 생각하고 싶지 않았다. **우린 그자들을 찾아낼 거야!**

"내가 그자들을 끌어내릴 거야." 그녀가 중얼거렸다. "나를 양처럼 팔아 버리려 하다니! 날 동물처럼 사냥하다니! 이번엔 내가 토끼가 아닌 사냥꾼이야! 그놈의 모레인! 그 여자가 에먼즈 필드에 오지 않았더라면 내가 에그웨인을 충분히 가르칠 수 있었을 텐데. 그리고 랜드는…… 내가 뭔가…… 뭐라도 할 수 있었을 거야." 나이니브는 그 말이 둘 다 사실이 아니라는 걸 알았고, 그래서 이런 생각은 도움이 되지 않았다. 오히려 상황이 나빠졌을 뿐이다. 그녀는 거의 리안드린과 흑색의 아자를 싫어하는 만큼 모레인을 싫어했다. 아마 숀찬 사람들을 싫어하는 것만큼 싫어하는 건지도 몰랐다.

나이니브가 빠르게 모퉁이를 돌았다. 주일린 산다는 짓밟히지 않기 위해 그녀의 앞에서 펄쩍 몸을 날려야 했다. 나막신에 익숙한 그도 하마터면 발을 헛디딜 뻔했으며 겨우 막대 덕분에 진창에 얼굴을 처박는 꼴을 면했다. 나이니브는 그 창백하고 홈이 파인 나무가 대나무라고 불린다는 것을 알게 되었다. 보기보다 강한 나무였다.

"아가씨, 어…… 메리임 아가씨." 산다가 균형을 되찾으며 말했다. "제가…… 찾고 있었습니다." 그는 나이니브에게 긴장된 미소를 잠깐 지어 보였다. "지금 화가 나셨나요? 왜 그런 식으로 저한테 인상을 찡그리십니까?"

나이니브가 이마를 폈다. "당신에게 인상을 찡그린 게 아닙니다, 산다 씨. 푸줏간 주인이……. 됐습니다. 날 왜 찾고 있었습니까?" 나이니브가 숨을 멎었다. "그자들을 찾은 거요?"

산다는 지나가는 사람이 엿들을까 의심된다는 듯 주위를 둘러보았다. "그렇습니다. 저와 함께 돌아가셔야 합니다. 다른 사람들이 기다리고 있습니다. 다른 일행이요. 어머니 구엔나도."

"왜 그렇게 긴장한 건가요? 그자들에게 당신의 관심사를 들킨 건 아니겠지요?" 나이니브가 날카롭게 말했다. "왜 겁을 먹은 겁니까?"

"아닙니다! 아니에요, 아가씨. 저는…… 저는 제 정체를 드러내지 않았습니다.” 그의 눈이 다시 빠르게 움직였다. 그가 한 발 다가와, 헐떡거리는 긴급한 귓속말로 목소리를 낮추었다. “당신이 찾는 그 여자들이, 그자들이 티어의 바위에 있습니다! 대공의 손님이에요! 사몬 대공 말입니다! 왜 그 사람들을 도둑이라고 한 겁니까? 사몬 대공이라니!” 그는 거의 비명을 질렀다. 얼굴에 땀이 맺혀 있었다.

티어의 바위 안이라고! 그것도 대공과 함께! 빛을 걸고, 이젠 어떻게 그자들에게 접근하지? 나이니브는 어렵사리 조바심을 눌렀다. “침착하세요.” 그녀가 위로하듯 말했다. “진정하시오, 산다 씨. 당신이 만족할 만큼 모든 걸 설명할 수 있습니다.” **그럴 수 있으면 좋겠는데. 빛을 걸고, 산다가 티어의 바위로 달려가 그 대공이라는 자에게 우리가 그 여자들을 찾고 있다고 말한다면…….** “나랑 같이 어머니 구엔나의 집으로 갑시다. 조슬린, 카릴라, 그리고 내가 전부 설명하겠소. 사실대로. 갑시다.”

산다는 불안한 듯 짧게 고개를 끄덕이더니 나이니브의 옆에서 걸었다. 나이니브가 나막신을 신고 걸을 수 있는 최대한의 속도로 발걸음을 맞추었다. 산다는 달려가고 싶은 표정이었다.

현명한 여인의 집에 도착한 나이니브는 서둘러 집 뒤쪽으로 돌아갔다. 나이니브가 본 사람 중 앞문을 쓰는 사람은 아무도 없었다. 심지어 어머니 구엔나도 그랬다. 말들은 지금 대나무 말뚝에 매여 있었다. 에일후인의 채소는 물론 그녀의 새 무화과로부터도 멀리 떨어진 곳이었다. 말의 안장과 굴레는 안에 있었다. 이번만큼은 나이니브도 잠시 멈춰 가이딘의 코를 쓰다듬어 주며 착하다고, 그 녀석과 이름이 같은 사람에 비해 훨씬 더 현명하다고 말해 주지 않았다. 산다는 잠시 멈추어 막대기 끝부분으로 나막신에 묻은 진흙을 긁어냈지만, 나이니브는 서둘러 안으로 들어갔다.

에일후인 구엔나가 방 안쪽, 등받이가 높은 의자에 앉아 있었다. 두 팔은 양옆으로 늘어뜨린 채였다. 잿빛 머리카락 여자의 눈이 분노와 두려움으로 불거져 있었다. 그녀는 근육 하나 움직이지 않고 격렬히 몸부림쳤다. 나이니브는 공기의 힘이 미묘하게 얽힌 것을 감지했지만, 그게 아니어도 무슨 일이 일어난 것인지 알 수 있었다. **빛을 걸고, 그자들이 우리를 찾았어! 태워**

죽일, 산다!

분노가 흘러넘치며 보통은 그녀와 일원력의 사이를 갈라놓는 내면의 벽을 쓸어 버렸다. 그녀의 두 손에서 바구니가 떨어지는 순간, 나이니브는 검은가시 덤불에 핀 흰 꽃이 되어 마음을 열고 **사이다**를 받아들였다. 마음을 열었지만…… 마치 또 하나의 벽에, 투명한 유리로 된 벽에 부딪힌 것만 같았다. 그녀는 진정한 근원을 느낄 수 있었지만, 그 벽이 일원력으로 채워지고 싶다는 고통 말고는 모든 것을 막아 버렸다.

바닥에 떨어진 바구니가 통 튀어 오르는 순간, 나이니브 등 뒤의 문이 열리며 리안드린이 들어왔다. 그 뒤를, 왼쪽 귀 위에 한 줄의 흰 머리카락이 난 검은 머리의 여자가 따랐다. 그들은 어깨가 드러나도록 마름질한, 길고 알록달록한 비단 드레스를 입고 있었으며 **사이다**의 빛으로 감싸여 있었다.

리안드린이 붉은 드레스의 주름을 펴더니 특유의 새침한 장미꽃 같은 입으로 미소 지었다. 그녀의 인형 같은 얼굴이 재미있어하는 기색으로 가득했다. "봤지, 야생인?" 그녀가 입을 열었다. "네게는 아무……."

나이니브는 최대한 세게 리안드린의 입을 후려쳤다. **빛을 걸고, 빠져나가야 해.** 나이니브는 리안나를 손등으로 때렸다. 너무 세게 때리는 바람에 검은 머리의 여자는 끙 소리를 내며 비단으로 감싼 엉덩이를 찧고 말았다. **다른 자들도 함께 왔을 거야. 하지만 내가 문까지 갈 수 있다면, 이자들이 나를 막을 수 없을 만큼 멀어질 수만 있다면, 뭔가 해 볼 수 있어.** 그녀는 리안드린을 세게 밀치며 문에서 밀어냈다. **저자들의 방어 마법에서 빠져나갈 수만 있으면 내가…….**

여러 차례의 타격이 사방에서 나이니브에게 가해졌다. 꼭 주먹과 막대기가 온몸을 두들겨 대는 것 같았다. 그러나 이제는 사나운 모습으로 변한, 입가에서 피를 뚝뚝 흘리는 리안드린도 초록색 드레스만큼 헝클어진 머리카락의 리안나도 손을 들지 않고 있었다. 나이니브는 타격만이 아니라 주위에서 짜이는 공기의 권능을 느낄 수 있었다. 문으로 향하려고 여전히 몸부림을 치던 나이니브는 이제 자신이 무릎을 꿇고 있다는 것을 깨달았다. 보이지 않는 타격은 멈추지 않았다. 보이지 않는 막대와 주먹이 그녀의 등과 배를, 머리와 엉덩이를, 어깨를, 가슴을, 다리를, 머리를 후려쳤다. 그녀는 신음하며 옆으로 쓰러져 몸을 둥글게 말고 자기 몸을 지키려 애썼다. **아, 빛이여. 저는 노력했습니다. 에그웨이! 일레인! 난 노력했어! 울지 않을 거야!**

타격은 멈추었지만 나이니브는 몸의 떨림을 막을 수 없었다. 그녀는 정수리부터 발가락까지 멍들고 두들겨 맞은 기분이었다.

리안드린이 무릎을 두 팔로 감싸 안고서 나이니브 옆에 웅크렸다. 비단이 비단에 닿아 부스럭거렸다. 그녀는 입에 묻은 피를 닦아 내고 있었다. 검은 눈은 단단해 보였고 얼굴은 이제 전혀 즐거워하는 기색이 아니었다. "패배한 때를 알기에는 너무 멍청한 모양이구나, 야생인. 너는 다른 바보 같은 소녀, 저 에그웨인과 비슷할 만큼 거칠게 싸웠다. 그 애는 거의 미쳐 버렸어. 너희 모두 항복하는 방법을 배워야 해. 배우게 **될** 거다."

나이니브는 몸을 떨며 다시 **사이다**로 마음을 뻗었다. 진짜 희망이 있어서가 아니라 뭐라도 해야 했기 때문이다. 고통을 참으며, 그녀는 억지로 마음을 뻗었고……. 그 보이지 않는 방어막에 부딪혔다. 이제는 리안드린의 얼굴에 특유의 즐거워하는 빛이 다시 돌아와 있었다. 날벌레의 날개를 뜯는 심술궂은 아이의 음험한 즐거움이었다.

"적어도 이 자는 필요 없어." 리안나가 에일후인 옆에 서서 말했다. "내가 심장을 멈추지." 에일후인의 눈이 거의 머리에서 빠져나올 것 같았다.

"안 돼!" 리안드린이 고개를 젓자 그녀의 짧은 꿀빛 땋은 머리가 흔들렸다. "넌 언제나 너무 빨리 죽여. 죽은 자들을 이용할 수 있는 건 위대한 군주뿐이신데." 그녀는 보이지 않는 끈으로 의자에 매여 있는 여자에게 미소 지었다. "우리와 함께 온 군인들을 봤을 거야, 노파. 티어의 바위 안에서 누가 우리를 기다리는지도 알겠지. 오늘 너희 집 안에서 일어난 일에 대해 이야기하면 사몬 대공께서 좋아하지 않으실 거다. 입을 다물고 있으면 살게 될 거야. 아마 언젠가는 대공을 섬기게 될지도 모르지. 입을 연다면, 무덤 너머에서 위대한 어둠의 군주만을 섬기게 될 거다. 어느 쪽을 선택하겠나?"

에일후인이 갑자기 머리를 움직일 수 있게 되었다. 그녀는 잿빛 고수머리를 흔들며 애써 입을 움직였다. "난…… 입을 다물고 있겠습니다." 체념한

51장 | 그물의 미끼　　737

듯 말한 그녀는 당황하고 창피한 눈으로 나이니브를 보았다. "내가 말한다 해서 무슨 소용이 있겠니? 대공은 눈썹을 치켜올리는 것만으로 내 머리를 가져갈 수 있는데. 내가 너한테 어떤 좋은 일을 해 줄 수 있겠니, 애야? 무슨 소용이 있겠어?"

"괜찮아요." 나이니브가 지친 듯 말했다. **에일후인이 누구한테 말할 수 있다는 거야? 에일후인이 할 수 있는 일은 죽는 것뿐인데.** "할 수 있었다면 우릴 도와줬으리라는 걸 알아요." 리안나가 고개를 젖히며 웃음을 터뜨렸다. 완전히 풀려난 에일후인이 몸을 축 늘어뜨리며 무릎에 놓인 자기 손을 힘없이 바라보았다.

리안드린과 리안나가 양쪽에서 나이니브를 잡아 일으켜 세우더니 집 앞쪽으로 밀고 갔다. "우리를 조금이라도 곤란하게 하면," 검은 머리 여자가 무정한 목소리로 말했다. "네가 직접 네 가죽을 벗기고 네 뼈 위에서 춤추도록 만들겠다."

나이니브는 웃음을 터뜨릴 뻔했다. **내가 어떻게 자기들을 곤란하게 할 수 있다는 거야?** 그녀는 진정한 근원으로부터 막혀 있었다. 멍든 곳이 너무 아파서 서 있기도 힘들었다. 나이니브가 할 만한 모든 일을, 그들은 떼 부리는 어린애 다루듯 다룰 수 있었다. **하지만 멍은 나을 거다, 태워 죽일. 너희는 실수를 할 테고! 그때는…….**

집 앞쪽 방에 다른 사람들이 있었다. 테두리가 있는 둥근 투구를 쓰고 소매가 부풀어 오른 붉은 코트 위로 반짝이는 흉갑을 걸친 덩치 큰 군인 두 명. 얼굴에 땀이 흐르는 채로, 나이니브만큼 겁이 난다는 듯 검은 눈을 굴려 대는 남자 두 명. 아미코 나고인도 있었다. 목이 길고 피부가 흰, 날씬하고 예쁘장한 모습의 그녀는 꽃을 모으는 소녀처럼 천진한 모습이었다. 조이아 바이어는 일원력을 오랫동안 다뤄 온 여자 특유의 매끄러운 뺨과 침착함을 가지고 있었는데도 얼굴이 친근해 보였다. 따뜻하게 맞아들이는 모습이 거의 할머니의 얼굴과 같았다. 나이에도 불구하고 그 검은 머리에는 새치가 전혀 없었고 피부에는 주름이 전혀 없었지만 말이다. 그녀의 회색 눈은 이야기에 나오는 계모, 남편의 첫 아내가 낳은 아이들을 살해하는 계모의 눈 같았다.

두 여자 모두 일원력으로 빛났다.

일레인이 흑색의 자매 둘 사이에 서 있었다. 눈에 멍이 들었고 뺨은 부어올랐으며 입술은 찢어진 채, 드레스의 한쪽 소매도 반은 뜯겨 있었다. "미안해, 나이니브." 그녀가 쉰 목소리로 아픈 턱을 놀려 말했다. "저자들을 보았을 때는 이미 너무 늦은 뒤였어."

에그웨인은 바닥에 구겨진 것처럼 쓰러져 있었다. 그녀의 얼굴은 멍이 들어서 퉁퉁 부어 있었다. 거의 알아볼 수 없었다. 나이니브와 그녀를 데려온 자들이 들어오자 덩치 큰 군인 중 한 명이 에그웨인을 어깨 위로 들쳐 멨다. 에그웨인은 반쯤 빈 보릿자루처럼 축 늘어졌다.

"무슨 짓을 한 거냐?" 나이니브가 물었다. "태워 죽일, 대체 무슨……!" 보이지 않는 무언가가 그녀의 입을 세게 쳤다. 잠시 눈이 보이지 않을 정도였다.

"자, 자." 조이야 바이어가 눈가에는 이르지 않는 미소를 지으며 말했다. "난 명령도, 못된 말버릇도 참아 주지 않을 거란다." 그녀는 목소리마저 할머니 같았다. "너는 누가 말을 걸 때만 대답하거라."

"내가 뭐랬습니까? 저 애는 싸움을 멈추지 않을 거예요." 리안드린이 말했다. "방금 일을 교훈으로 삼아라. 뭐라도 말썽을 부리려 하면, 방금 이상으로 부드럽게 대해 주지는 않을 테니까."

나이니브는 에그웨인을 위해 아프도록 뭔가 하고 싶었지만 사람들이 자신을 거리로 떠밀고 가게 놔두었다. 그들이 밀쳐도 가만히 있었다. 협조하지 않는 건 맞서 싸우는 것에 비해 턱없이 사소한 방법이었지만, 지금 이 순간 나이니브가 할 수 있는 행동은 그게 전부였다.

모두가 다른 어딘가로 가는 것이 훨씬 나은 방법이라고 생각하기라도 한 듯, 진흙투성이 거리에는 사람이 별로 없었다. 그나마 있는 사람들도 굴레에 높다란 깃을 단 백마 여섯 마리 뒤의, 검은색으로 반짝반짝 옻칠한 마차로부터 시선을 돌린 채 반대편으로 서둘러 움직였다. 병사들과 비슷한 옷을 입었으나 갑옷이나 칼은 가지지 않은 마부가 좌석에 앉아 있었고, 또 다른 마부는 일행이 다가오자 문을 열어 주었다. 순간 나이니브는 문에 그려진 문장을 보았다. 삐죽삐죽한 번개를 쥐고 있는, 은색 장갑을 낀 주먹이었다.

나이니브는 그것이 사몬 대공의 문장일 거라고 생각했지만—**흑색의 아자를 상대한다면 사몬 대공도 어둠의 친구일 게 틀림없어. 빛께서 그자를 태워 버리시길!**—그들이 나타나자 진흙탕에 무릎을 털썩 꿇은 남자에게 더 관심이 갔다. "태워 죽일, 산다. 대체 왜……?" 나무막대 같은 것이 그녀의 어깨 전체를 후려치자 나이니브는 펄쩍 뛰었다.

조이야 바이어가 나무라듯 미소 지으며 손가락을 까딱거렸다. "예의를 갖춰야지, 애야. 자꾸 그러다간 혀를 잃을 수도 있어요."

리안드린이 웃었다. 그녀는 산다의 검은 머리카락을 한 손으로 말아 쥐고 그의 머리를 뒤로 비틀어 젖혔다. 산다는 충직한 사냥개, 아니면 발길질을 당할 거라고 생각하는 똥개 같은 눈으로 그녀를 쳐다보았다. "이 사람에게는 너무 심하게 대하지 마세요." 리안드린은 '사람'이라는 말을 '개'라는 단어처럼 말했다. "이 자를 설득해서…… 섬기게 해야 합니다. 난 설득을 아주 잘하잖아요?" 그녀가 다시 웃었다.

산다는 혼란스러운 시선을 나이니브에게 돌렸다. "어쩔 수 없었습니다, 메리임 아가씨. 어쩔 수가…… 없었어요." 리안드린이 그의 머리카락을 비틀자 그의 눈이 다시 리안드린에게 돌아갔다. 다시 한 번 불안한 사냥개 같은 표정을 지은 채였다.

빛을 걸고! 나이니브는 생각했다. **산다에게 무슨 짓을 한 거야? 우리에게는 무슨 짓을 하려는 거지?**

그녀와 일레인은 마차 안으로 거칠게 쑤셔 넣어졌다. 에그웨인이 둘 사이에 축 늘어진 채 고개를 늘어뜨리고 있었다. 리안드린과 리안나가 마차에 오르더니 앞을 보는 자리에 앉았다. **사이다**의 빛이 여전히 그들을 둘러싸고 있었다. 다른 자들이 어디로 갔는지, 그 순간만큼은 별로 신경이 쓰이지 않았다. 나이니브는 에그웨인에게 손을 뻗고 싶었다. 그녀를 만져 보고 그녀의 상처를 달래 주고 싶었다. 하지만 목 아래 근육은 꿈틀거리는 것 이상으로는 움직일 수 없었다. 공기의 권능이 세 사람을 꽉 싸맨 여러 겹의 담요처럼 묶어 둔 것이다. 마차가 출렁하며 움직이기 시작했다. 가죽 제동장치가 있음에도 마차는 진창에서 심하게 흔들렸다.

"에그웨인을 해친 거라면……" **빛을 걸고, 에그웨인을 해쳤다는 건 딱 봐도 알 수 있잖아. 왜 내가 하고 싶은 말을 못 하는 거지?** 하지만 억지로 말을 내뱉는 것은 거의 손을 들어 올리는 것만큼 힘든 일이었다. "에그웨인을 죽인 거라면, 너희 모두가 들개처럼 사냥당할 때까지 절대 멈추지 않을 거다."

리안나가 노려보았지만 리안드린은 코웃음을 칠 뿐이었다. "그렇게까지 멍청하게 굴지는 마라, 야생인. 우린 너희를 산 채로 잡아가는 거야. 죽은 미끼로는 무엇도 잡을 수 없으니까."

미끼라니? 무슨 미끼? 누구를 잡으려고? "바보로구나, 리안드린! 우리가 여기에 혼자 왔을 줄 알고? 온전한 아이즈 세다이도 아닌 우리 셋이서만? 우리가 미끼다, 리안드린. 너희가 살찐 꿩처럼 덫에 들어온 거야."

"그걸 말하면 어떻게 해!" 일레인이 날카롭게 말했다. 나이니브는 눈을 깜빡인 뒤에야 일레인이 자신의 거짓말을 도와주고 있음을 깨달았다. "그렇게 분노를 못 이기다간 저자들이 들어서는 안 되는 걸 말하게 될 거야. 저자들은 우리를 티어의 바위로 데려가야 해. 저자들은……."

"조용히 해!" 나이니브가 쏘아붙였다. "**너야말로** 입을 함부로 놀리는구나!" 일레인은 멍든 얼굴로 어찌어찌 당황한 표정을 지어 보였다. **저자들이 이 말을 곱씹게 놔둬.** 나이니브는 생각했다.

하지만 리안드린은 미소를 지을 뿐이었다. "미끼로 지내는 시간이 지나면 너희는 우리에게 모든 걸 말하게 될 거야. 말하고 싶어질 거다. 사람들은 너희가 언젠가 매우 강해질 거라고 하지만, 난 너희가 언제나 내게 복종하도록 만들고 말겠어. 위대한 주인이신 벨랄 님께서 너희에 대한 계획을 실행하시기도 전에 말이지. 그분이 머드랄을 불러오도록 전갈을 보내셨다. 머드랄 열셋을 말이야." 장미꽃 같은 그 입술이 마지막 말과 함께 웃음을 터뜨렸다.

나이니브는 배 속이 뒤틀리는 것을 느꼈다. 버려진 자들 중 하나라니! 충격에 머리가 멍해졌다. **어둠의 존재와 버려진 자들은 샤이올 굴에 매여 있어. 창조의 순간, 창조주에 의해 매였어.** 하지만 이런 교의 문답은 도움이 되지 않았다. 나이니브는 그 말이 얼마나 거짓인지 너무 잘 알고 있었다. 그런 다음에야 나머지 말이 이해됐다. 머드랄 열셋. 흑색의 아자 열셋. 문득 나이니브는 자신이 비명을 지르며 공기의 권능으로 만들어진 보이지 않는 구속구에 매인 채 볼품없이 몸을 들썩이고 있음을 깨달았다. 그리고 일레인의 비명을 들었다. 둘의 절망적인 비명, 그리고 리안드린과 리안나의 웃음 중 어떤 소리가 더 큰지 알아내기는 불가능했다.

52장 치료법을 찾아서

맷은 방랑 시인의 방에 있는 의자에 축 늘어진 채, 다시 기침하는 톰을 보며 인상을 썼다. **염병할, 톰이 걸을 수도 없을 만큼 아프면 어떻게 계속 애들을 찾아다니지?** 그렇게 생각하던 맷은 슬그머니 부끄러워졌다. 톰은 맷만큼이나 열심히 수색을 했다. 밤낮으로 자신을 밀어붙였다. 자신이 병들어 가고 있다는 걸 틀림없이 알았을 텐데도. 맷은 추격에 몰입한 나머지 톰의 기침에 별 관심을 기울이지 않았다. 날씨가 끝없이 내리던 비에서 후텁지근한 더위로 바뀐 것도 도움이 되지 않았다.

"어서요, 톰." 맷이 말했다. "로파 말로는 그리 멀지 않은 곳에 현명한 여인이 있대요. 여기서는 현자를 그렇게 부른다던데요, 현명한 여인이라고. 나이니브라면 그 이름을 좋아했을 텐데!"

"나는…… 고약한 맛이 나는…… 칵테일을 내 목구멍에 쏟아붓지 않을 생각이다, 꼬마야." 톰은 밭은기침을 멈춰 보려 콧수염 사이로 주먹을 쑤셔 넣었다. "넌 가서 찾아봐라. 나한텐 그냥…… 누워 있을 시간만 주면…… 널 따라가마." 괴롭게 쌕쌕거리는 기침이 터지며 톰은 머리가 무릎에 닿을 정도로 몸을 심하게 굽혔다.

"그래서, 아저씨가 쉬는 동안 일은 내가 다 하라는 말이에요?" 맷이 가볍게 말했다. "아저씨 없이 내가 뭘 어떻게 찾아요? 우리가 들은 얘기는 대부분 아저씨가 알아낸 건데." 정확히 말하면 사실은 아니었다. 사람들은 방랑 시인에게 와인 한 잔을 사줄 때만큼이나 주사위 놀이를 할 때도 자유롭게 말했다. 기침을 너무 심하게 해서 병이 옮지 않을까 걱정스러운 방랑 시인과 이야기할 때보다는 훨씬 더 자유롭게 말했고. 하지만 맷은 톰의 기침이 그냥 사라지지는 않을 거라는 생각이 들기 시작했다. **이 늙은 염소가 날 두고 죽으면 돌멩이 게임은 누구랑 하라고?** 맷은 거칠게 생각했다. "아무튼, 그 빌어먹을 기침 때문에 옆방에 있어도 잠을 못 자겠어요."

맷은 흰 머리 남자의 항의를 무시하고 그를 일으켜 세웠다. 그 몸이 너무 무거워 놀라웠다. 후텁지근한 열기에도 톰은 조각보로 뒤덮인 망토를 입겠다고 고집을 부렸다. 맷은 코트 단추를 완전히 풀고 셔츠 끈도 세 개를 다 풀었지만, 늙은 염소는 마음대로 하도록 놔두었다. 톰을 반쯤 들쳐 메고 눅눅한 오후의 거리로 나가는 동안 휴게실 사람들은 거의 고개도 들지 않았다.

여관 주인이 간단히 길을 가르쳐 주었지만, 성문에 도착해 마울리의 진창을 지켜보니 되돌아가 다른 현명한 여인이 어디 있는지 물어보고 싶어질 지경이었다. 이 정도 크기의 도시에는 현명한 여인이 한 명 이상 있을 게 틀림없었다. 그러나 톰의 가쁜 숨소리에 맷은 마음을 고쳐먹었다. 그는 인상을 찡그리며 방랑 시인을 반쯤 들쳐 멘 채 진창으로 나섰다.

여관 주인이 알려 준 길을 토대로 걷다 보니, 자신들이 첫날 밤 부두에서 올라올 때 현명한 여인의 집을 지나쳤던 게 틀림없는 것 같았다. 도자기 가게 바로 옆, 창문에 약초 뭉치가 걸려 있는 길고 좁다란 집을 보자 분명하게 기억이 났다. 로파는 뒷문으로 가라고 말했지만, 맷은 진흙을 겪을 만큼 겪은 터였다.

생선 비린내도 지겹고. 맷은 등에 바구니를 진 채 맨발로 꿀쩍거리며 지나가는 남자들을 향해 인상을 찡그리면서 생각했다. 거리에는 말이 지나간 자국도 있었지만, 그 흔적은 사람들 발자국과 소달구지의 자취로 지워지는 중이었다. 말들은 수레나 고급 마차를 끌고 갔다. 티어에서 맷은 수레든 달구지든 소가 끄는 것밖에 보지 못했지만—귀족과 상인 들은 좋은 말을 자랑스러워했고, 그런 가축에게 절대 농사일 같은 것을 시키지 않았다—성벽에 둘러싸인 도시를 떠난 이후로는 고급 마차 자체를 보지 못했다.

머릿속에서 말과 바큇자국을 지운 그는 톰을 앞문으로 데려가서 문을 두드렸다. 응답이 없었고, 어느 정도 시간이 지나서 다시 노크했다. 또다시.

톰이 그의 어깨에 대고 기침을 하고 있었다. 막 포기하고 '흰 초승달' 여관으로 돌아가려는데 안쪽에서 발을 끄는 소리가 났다.

문이 살짝만 열리며 튼실한 체격에 잿빛 머리카락을 가진 여자가 밖을 내다보았다. "무슨 일이냐?" 그녀가 지친 목소리로 물었다.

맷은 최선을 다해 미소 지었다. **빛을 걸고, 빌어먹을 희망이라고는 없다는 듯한 이 사람들 목소리를 계속 듣다가는 나까지 병에 걸리겠어.** "어머니 구엔나? 제 이름은 맷 코손이에요. 당신이 제 친구의 기침을 고쳐 줄지 모른다고 케이번 로파가 말했어요. 값은 잘 치를 수 있고요."

어머니 구엔나는 잠시 그들을 살펴보았다. 톰의 쌕쌕거리는 숨소리를 듣는 듯했다. 그러더니 그녀가 한숨을 쉬었다. "적어도 그런 건 아직 할 수 있지. 들어와도 된다." 그녀는 문을 홱 열었다. 맷이 움직이기도 전에 그녀는 이미 집 뒤쪽으로 터벅터벅 걸어가고 있었다.

그녀의 억양이 아멀린 권좌의 억양과 너무 비슷해서 맷은 몸을 떨었다. 그는 그야말로 톰을 짊어지다시피 하며 그녀를 따라갔다.

"이럴…… 필요 없어." 방랑 시인이 쌕쌕거렸다. "빌어먹을 약……. 언제나…… 똥 맛이 나!"

"닥쳐요, 톰."

주방까지 먼 길을 안내한 튼실한 여자는 찬장 하나를 뒤져 작은 돌 주전자와 약초 꾸러미를 꺼내며 혼자 중얼거렸다.

맷은 톰을 등받이가 높은 의자 중 한 곳에 앉히고 가장 가까운 창문을 내다보았다. 뒤쪽에 좋은 말 세 필이 묶여 있었다. 현명한 여인에게 말이 한 필 이상 있다는 점이 맷은 놀라웠다. 하긴, 그보다는 말이 한 마리라도 있다는 게 놀라웠다. 그는 티어에서 귀족과 부자를 제외한 사람이 말을 타는 걸 한 번도 보지 못했다. 게다가 저 동물들은 은화가 적잖이 들어갔을 법한 모습이었다. **또 말이라니. 이젠 빌어먹을 말 따위 관심 없어!**

어머니 구엔나가 고약한 냄새가 나는 차를 끓여와 톰의 목구멍에 억지로 들이부었다. 톰이 불평하려 하자 그녀는 그의 코를 쥐었다. 어머니 구엔나가 한쪽 팔에 방랑 시인의 머리를 끼고 거칠게 저항하는 그의 입에 억지로 검은 액체를 들이붓는 모습에 맷은 그녀가 보기보다 지방질은 아닌 모양이라고 생각했다.

어머니 구엔나가 컵을 치우자 톰이 기침을 하며 격렬하게 입가를 문질러 댔다. "으웩! 이보시오. 도대체…… 나를 익사시키려는 건지…… 그 맛으로 나를 죽이려는 건지……. 당신은 차라리…… 빌어먹을 대장장이가 됐어야 해!"

"밭은기침이 멈출 때까지 하루에 두 번 같은 약을 마셔야 하네." 어머니 구엔나가 단호하게 말했다. "매일 밤 가슴에 바를 연고도 있고." 널찍한 엉덩이에 두 주먹을 댄 채 방랑 시인과 맞서느라 그녀의 목소리에서 피로가 조금 사라졌다. "그 연고는 이 차의 맛만큼 냄새가 고약하지만, 그걸 바르지 않으면—제대로 말이야!—내가 그물에 걸린 비쩍 마른 잉어처럼 자네를 위층으로 끌고 가 그놈의 망토로 침대에 묶어 놓을 걸세! 여기 방랑 시인이 찾아온 건 지금이 처음이야. 처음 찾아온 방랑 시인이 기침을 하다가 죽게 둘 수는 없지."

톰은 눈을 부라리고 기침을 하며 콧수염을 훅 불었지만 어머니 구엔나의 위협을 진지하게 받아들이는 듯했다. 그래서 아무 말도 하지 않았다. 어머니 구엔나의 차와 연고를 그녀에게 다시 던져 버리고 싶은 표정으로.

어머니 구엔나의 말투는 들으면 들을수록 아멀린 권좌와 비슷했다. 톰의 시무룩한 표정과 어머니 구엔나의 의연한 시선을 바라보던 맷은 방랑 시인이 그녀의 약을 먹지 않겠다고 하기 전에, 또 어머니 구엔나가 톰에게 억지로 약을 먹이기 전에 분위기를 좀 바꿔 보는 게 좋겠다고 생각했다. "당신처럼 말하는 여자를 알아요." 맷이 말했다. "온통 물고기니 그물이니 하는 얘기뿐이죠. 목소리도 비슷했어요. 그러니까, 억양 말이에요. 그 여자도 티어 사람이겠죠."

"그렇겠지." 잿빛 머리카락의 여자가 다시 지친 목소리가 되어 바닥을 바라보았다. "나도 너와 비슷하게 말하는 여자애들을 알았단다. 어쨌든 그 애들 중 두 명은 너와 말씨가 비슷했지." 그녀가 무겁게 한숨을 쉬었다.

맷은 머리털이 삐죽 서는 기분이었다. **운이 이렇게 좋을 수가.** 그는 투 리버스 억양의 여자 두 명이 우연히 티어에 있었을 가능성에는 동전 한 푼 걸지 않을 생각이었다. "여자애가 셋이었나요? 젊은 여자였어요? 이름이 에그웨인, 나이니브, 일레인이었어요? 머리카락이 햇빛 색깔이고 눈은 파란 애 말이에요."

어머니 구엔나가 그에게 인상을 썼다. "그 애들이 말해 준 이름은 그게 아닌데." 그녀가 천천히 말했다. "하지만 그 애들이 내게 진짜 이름을 알려 주지는 않았을 것 같구나. 나름의 이유가 있었겠지. 그중 한 명은 밝은 파란색 눈에 어깨까지 내려오는 불그레한 금발을 가진 예쁘장한 소녀였다." 그녀는 나이니브를 허리까지 내려오는 땋은 머리의 소유자로, 에그웨인은 눈이 크고 검은색이며 미소를 잘 짓는 아이로 묘사했다. 서로 그 이상 다를 수 없는, 세 명의 예쁜 여자들이라고. "네가 아는 아이들인 것 같구나." 그녀가 말을 마쳤다. "미안하다, 애야."

"왜 미안해요? 저는 며칠이나 그 애들을 찾아다녔는걸요!" **빛을 걸고, 첫날 밤에 바로 여기를 지나쳐 갔잖아! 바로 여기를! 나한테는 무작위적인 게 필요했던 거야. 배가 비 오는 밤에 정박할 만한 곳, 빌어먹을 번개가 치는데 들여다볼 만한 곳보다 무작위적인 게 어디 있겠어? 태워 죽일! 난 태워 죽일 놈이야!** "걔들이 어디 있는지 말해 주세요, 어머니 구엔나."

잿빛 머리카락의 여자는 주전자가 아직 김을 내고 있는 스토브를 지친 듯 바라보았다. 입은 움직였지만, 그녀는 아무 말도 하지 않았다.

"걔들 어디 있어요?" 맷이 물었다. "중요한 일이에요! 제가 걔들을 찾지 않으면 걔들이 위험해져요."

"넌 모른다." 그녀가 조용히 말했다. "넌 이방인이야. 대공들은······."

"대공 같은 건 관심 없······." 맷은 눈을 깜빡이고 톰을 보았다. 방랑 시인이 인상을 쓰는 것 같았지만 기침이 너무 심해서 확실히 알 수는 없었다.

"대공들이 내 친구들이랑 무슨 상관인데요?"

"넌 그냥 이해를……."

"그런 말은 하지 마세요! 정보를 주면 돈을 드릴게요!"

어머니 구엔나가 그를 노려보았다. "난 그런 걸로 돈을 받지 않……!" 그녀가 사납게 인상을 찡그렸다. "난 네가 말해 달라는 내용을 말해서는 안 된다는 명령을 받았어. 내가 너에게 정보를 알려 줬는데 네가 내 이름을 불어 버리면 나한테 무슨 일이 일어날지 아니? 난 혀가 잘릴 거야. 그게 시작일 거다. 그런 다음에는 몸의 부위들을 하나씩 잃다가, 대공들이 내 몸의 남은 부분이 마지막 순간까지 비명을 지르도록 걸어 두겠지. 다른 사람들에게 복종해야 한다는 걸 일깨워 주기 위해서 말이야. 그 여자애들에게도 도움이 되지 않을 거다. 내가 말해 주는 것도, 죽는 것도!"

"약속할게요. 절대 누구에게도 당신 이름을 말하지 않을게요. 맹세해요."

빌어먹을, 걔들이 어디 있는지 알려 주기만 하면 그 맹세를 지킬게, 이 할망구야! "부탁이에요. 걔들이 위험하다고요."

어머니 구엔나는 오랫동안 맷을 바라보았다. 맷은 그녀가 자신에 대해 속속들이 알고 있다고 느꼈다. "그 맹세를 믿고 말해 주마. 난…… 그 애들이 좋았어. 하지만 넌 아무것도 못 해. 너무 늦었다, 매트림 코손. 거의 세 시간은 늦었어. 그 애들은 티어의 바위로 잡혀갔단다. 사몬 대공이 그 애들을 잡아 오라고 사람을 보냈어." 그녀는 걱정스럽고 혼란스러운 듯 고개를 저었다. "사몬 대공이…… 채널링을 할 수 있는 여자들을 보냈어. 나 자신은 아이즈 세다이에게 아무 불만이 없지만, 채널링은 불법이야. 대공들이 만든 법이란다. 대공들은 다른 모든 법을 어기더라도 그 법만은 어기지 않으려고 해. 그런 대공이 왜 아이즈 세다이에게 심부름을 시켰을까? 애초에 왜 그 애들을 원했을까?"

맷은 거의 웃음을 터뜨릴 뻔했다. "아이즈 세다이요? 어머니 구엔나, 당신 때문에 심장은 물론 간까지 입 밖으로 튀어나올 뻔했어요. 아이즈 세다이가 걔들을 잡으러 왔다면 걱정할 건 전혀 없어요. 걔들 셋 다 아이즈 세다이가 될 예정이니까요. 저도 별로 마음에 드는 건 아니지만, 걔들이……." 어머니 구엔나가 세차게 고개를 흔드는 걸 보고 맷의 미소가 흐려졌다.

"얘야, 그 애들은 그물에 걸린 쏠배감펭처럼 싸웠다. 그 아이들이 아이즈 세다이가 될 생각이든 아니든, 그 애들을 잡아간 자들은 그 애들을 배에 고인 물을 빼내는 펌프처럼 심하게 대했어. 친구를 그런 식으로 멍들게 하지는 않지."

맷은 얼굴이 비틀리는 걸 느꼈다. **아이즈 세다이가 개들을 해쳤다고? 빛을 걸고, 대체 왜? 빌어먹을 티어의 바위 같으니. 티어의 바위와 비교하면 케임린 궁전을 걸어 다니는 건 농부의 집 앞마당을 걸어 다니는 것 같다니까! 태워 죽일! 난 비가 올 때 바로 저 밖에서 이 집을 보고 있었어! 빌어먹을, 빛에 눈이 먼 바보 같으니라고!**

"손이 부러진다면," 어머니 구엔나가 말했다. "내가 부목을 대고 찜질을 해 주겠다만 내 집 벽을 망가뜨리면 네 가죽을 연어처럼 벗겨 버릴 거다!"

맷은 눈을 깜빡인 뒤 자기 주먹을, 긁힌 손마디를 보았다. 벽을 친 건 기억도 나지 않았다.

펑퍼짐한 여자가 맷의 손을 세게 잡았지만, 손을 살피는 그녀의 손가락은 놀라울 정도로 부드러웠다. "부러진 부분은 없구나." 잠시 후 그녀가 끙 소리를 냈다. 맷의 얼굴을 살피는 그녀의 눈도 그녀의 손가락처럼 부드러웠다. "그 애들을 아끼는 모양이구나. 최소한 그중 한 명은 아끼는 것이겠지. 미안하다, 맷 코손."

"그러지 마세요." 맷이 그녀에게 말했다. "최소한 이젠 개들이 어디 있는지 아니까요. 제가 해야 하는 일은 개들을 꺼내 오는 것뿐이에요." 그는 남아 있던 마지막 안도어 금화 두 닢을 꺼내 어머니 구엔나의 손에 쥐여 주었다. "톰의 약값이에요. 애들 소식을 알려 주신 값이기도 하고요." 맷은 충동적으로 여자의 뺨에 빠르게 입을 맞추고 씩 웃었다. "이건 저 좋으라고 하는 거고."

어머니 구엔나는 놀라서 자신의 뺨을 만져 보았다. 금화를 보아야 할지 맷을 보아야 할지 모르는 듯했다. "개들을 꺼내겠다고? 그냥 그런 식으로 말이냐? 티어의 바위에서?" 그녀는 나뭇조각처럼 단단한 손가락으로 맷의 옆구리를 찔렀다. "널 보니 내 남편이 생각나는구나, 맷 코손. 그 인간도 돌풍의 이빨을 향해 배를 몰고 가며 웃던, 고집 센 바보였어. 너라면 해낼 수 있을 거라는 생각이 들 정도구나." 갑자기 그녀는 맷의 진흙투성이 장화를 보았다. 지금 그 장화를 처음 보는 표정이었다. "집 안에 진흙을 끌고 들어오지 말라고 남편에게 가르치는 데 여섯 달이 걸렸어. 네가 그 애들을 빼내면, 네가 마음을 주고 있는 아이가 그중 누구인지는 모르겠지만 너를 집안에 들여도 좋을 상태로 만드는 훈련을 하느라 고생 좀 하겠구나."

"그렇게 할 수 있는 건 당신뿐이에요." 맷이 씩 웃으며 말했다. 어머니 구엔나의 노려보는 눈초리에 미소는 더욱 커질 뿐이었다. **개들을 빼 오는 거야. 내가 해야 할 일은 그것뿐이야. 개들을 빌어먹을 티어의 바위에서 바로 빼내는 거.** 톰이 다시 기침했다. **저 상태로는 티어의 바위에 들어갈 수 없어. 그런데 톰을 어떻게 막지?** "어머니 구엔나, 친구를 여기 두고 가도 될까요? 너무 아파서 여관으로 돌아가지 못할 것 같은데요."

"뭐라고?" 톰이 호통치며 의자를 밀고 일어나려 애썼다. 기침이 너무 심해 거의 말을 하지도 못했다. "나는…… 그렇게 못 한다, 이 녀석아! 넌…… 티어의 바위에 걸어 들어가는 게…… 네 어머니의 주방에 들어가는 일인 줄 아느냐? 나 없이…… 성문까지라도 갈 수 있을 것 같아?" 그가 의자 등받이에 매달렸다. 쌕쌕거리는 호흡과 밭은기침 때문에 몸을 반 이상 펴지 못했다.

어머니 구엔나가 그의 어깨에 한 손을 얹고, 어린아이를 앉히듯 쉽게 눌러 앉혔다. 방랑 시인이 놀란 눈으로 그녀를 보았다. "이 사람은 내가 돌보마, 맷 코손." 그녀가 말했다.

"안 돼!" 톰이 소리쳤다. "나한테…… 이럴 수는 없어! 나를…… 놓고 갈 수는 없어……. 이 할망구랑 같이……." 어머니 구엔나가 어깨를 잡아 주지만 않았어도 톰은 기침하느라 몸을 반으로 접었을 것이다.

맷은 백발의 남자를 향해 씩 웃었다. "아저씨랑 알고 지내서 즐거웠어요, 톰."

맷은 거리로 서둘러 나가며 왜 갑자기 그런 말이 나왔는지 궁금해졌다.

빌어먹을, 톰이 죽는 것도 아닌데. 저 여자는 발길질을 하고 비명을 지르는 톰의 콧수염을 잡아 무덤에서 끌어내는 한이 있더라도 톰을 살려 둘 거야. 그래. 근데 나는 누가 살려 주지?

맷의 눈앞에서 티어의 바위가 도시 위로 위압적인 모습을 드러냈다. 백 번이나 포위당했지만 난공불락이었던 요새. 백 개의 군대가 성벽에 막혀 다쳤던 곳. 맷은 어떻게든 그 안으로 들어가야 했다. 여자 셋을 어떻게든 데리고 나와야 했고.

거리의 시무룩한 사람마저 돌아보게 만드는 웃음을 터뜨리며, 맷은 다시 '흰 초승달'로 돌아갔다. 진흙도, 후텁지근한 열기도 신경 쓰이지 않았다. 머릿속에서 굴러가는 주사위가 느껴졌다.

53장 영혼의 흐름

　페린은 저녁의 그림자를 가로질러 '별' 여관으로 돌아가며 어깨를 움츠려 코트를 걸쳤다. 팔과 어깨가 몹시 뻐근했다. 아잘라 씨는 그에게 비교적 흔한 일감과 더불어 커다란 장식품 만드는 일을 맡겼다. 정교한 곡선과 두루마리 모양으로 이루어진 장식품들로, 시골 귀족의 새로운 성문에 쓰일 물건이었다. 페린은 그토록 예쁜 것을 만드는 일이 즐거웠다.

　"대장장이, 대공에게 줄 물건이라면 만들지 않겠다고 네가 말했을 때 난 그 아저씨 얼굴에서 눈이 튀어나오는 줄 알았어."

　페린은 곁눈으로 자린을 보았다. 자린이 그의 옆에서 걷고 있었다. 그림자가 그녀의 얼굴을 가렸다. 페린이 보기에 그녀의 얼굴에는 그림자가 드리워져 있었다. 그림자 때문에 자린의 높은 광대가 강조되고 코의 강한 곡선은 부드러워졌다. 페린은 그야말로 자린에 대한 마음을 정할 수 없었다. 모레인과 란은 지금도 그들에게 여관 근처에 머물러야 한다고 고집을 부렸지만, 페린은 그녀가 자신의 대장간 작업을 지켜보는 것 말고 뭔가 할 일을 찾았으면 좋겠다고 생각했다. 페린은 자신에게 닿는, 눈꼬리가 올라간 자린의 눈을 생각할 때마다 점점 어색해졌다. 어떤 이유인지 알 수 없었다. 그는 한 번 이상 망치를 만지작거렸고, 결국 아잘라 씨가 그에게 애매한 인상을 찡그리게 만들었다. 소녀들은 언제나 그에게 어색한 기분을 느끼게 했다. 특히 그들이 미소 지을 때면 그랬다. 하지만 자린은 미소 지을 필요도 없었다. 그저 페린을 바라보기만 하면 됐다. 페린은 민이 경고했던 아름다운 여자가 자린인지 궁금했다. **민이 독수리인 편이 나을 텐데.** 페린은 그 생각에 너무 놀라 발을 헛디뎠다.

"난 내가 만든 것이 버려진 자들 중 하나의 손에 들어가는 걸 바라지 않아." 자린을 바라보는 페린의 눈이 황금빛으로 반짝였다. "대공에게 줄 물건이라면, 끝내 누구 손에 들어갈지 어떻게 알겠어?" 자린이 몸을 떨었다. "겁을 주려던 건 아니야, 파일…… 아니 자린."

자린이 활짝 웃었다. "그러다 넘어져, 촌놈아. 턱수염을 기르는 방법은 생각해 봤어?"

저 애가 매일 날 놀리는 것만으로도 고약한데, 그중 절반은 무슨 소리를 하는 건지조차 모르겠다니!

여관 앞문에 도착했을 때 모레인과 란이 다른 방향에서 와 그들을 맞이했다. 모레인은 얼굴이 가려지는, 넓고 깊은 후드가 달린 리넨 망토를 입고 있었다. 휴게실 창문에서 나온 빛이 포장된 길에 노란색으로 고였다. 고급 마차 두세 대가 우르릉거리며 지나갔다. 눈에 보이는 사람은 열두 명쯤 됐다. 저녁을 먹으러 서둘러 집에 가는 사람들이었다. 하지만 대체로는 그림자가 거리를 채우고 있었다. 직공의 가게는 문이 꽉 닫혀 있었다. 침묵에 귀가 먹을 것 같았다.

"랜드가 티어에 있어." 아이즈 세다이의 차가운 목소리가 동굴 안에서 들려오듯 그녀의 후드 깊은 곳에서 흘러나왔다.

"확실해요?" 페린이 물었다. "이상한 일이 벌어졌다는 얘기는 못 들었는데요. 결혼식도 없었고 우물이 마르지도 않았어요." 페린은 자린이 혼란스러워 눈을 찌푸리는 것을 보았다. 모레인은 그녀에게 솔직하게 말해 주지 않았고 페린도 마찬가지였다. 로이알이 입을 다물고 있게 하는 것은 더 어려웠지만.

"소문 못 들었냐, 대장장이?" 수호자가 말했다. "지난 나흘간 작년 한 해의 절반 동안 있었던 것만큼 많은 결혼식이 벌어졌다. 살인은 작년 한 해 내내 벌어진 것만큼 벌어졌고. 오늘은 탑의 발코니에서 어린아이가 떨어졌어. 91미터 높이에서 돌이 깔린 길로 말이다. 그런데 그 아이는 멍 하나 들지 않고 벌떡 일어나 어머니에게 달려갔다. 메이엔의 일인자가 겨울 이후로 티어의 바위에 '손님'으로 와 있어. 그 여자가 어제는 티어의 시골 귀족 한 명이 도시에 발을 들이는 것을 보느니 메이엔과 메이엔의 모든 배가 불타는 것을 보겠다고 했는데, 오늘은 대공들의 의지에 따르겠다고 발표했다. 대공들은 감히 그 여자를 고문할 수 없었고 그 젊은 여자는 강철 같은 의지를 가지고 있는 인물인데 말이다. 이게 랜드가 한 짓일지 어디 네가 말해 보거라. 대장장이, 티어는 머리끝부터 발끝까지 솥처럼 끓고 있어."

"굳이 들을 필요도 없는 얘기야." 모레인이 말했다. "페린, 어젯밤에 랜드 꿈을 꿨니?"

"네." 페린이 인정했다. "랜드가 칼의 심장에서 그 칼을 들고 있었어요." 옆에서 자린이 움직거리는 게 느껴졌다. "하지만 그 걱정을 너무 많이 했으니, 꿈에 그 장면이 나오는 것도 이상한 일은 아니에요. 어젯밤에는 악몽밖에 꾸지 않았어요."

"키 큰 남자 말하는 거야?" 자린이 말했다. "머리카락이 붉은색이고 눈이 회색인 남자? 눈이 아플 정도로 밝게 빛나는 뭔가를 들고 있던? 전부 거대한 레드스톤 기둥으로 이루어진 곳에서? 대장장이, 네가 꾼 꿈이 이건지 말해."

"알겠지만," 모레인이 말했다. "난 오늘 이 꿈 이야기를 백 번은 들었다. 사람들이 모두 악몽 이야기를 하고 있어. 벨랄이 자기 꿈을 굳이 보호하지도 않는 모양이야. 다들 다른 꿈보다도 이 꿈 이야기를 많이 하더구나." 갑자기 모레인이 웃었다. 나지막하고 차분한 풍경 소리 같았다. "사람들은 랜드가 드래건의 환생이라고 말한다. 그가 오고 있다고 해. 구석에서 두려움에 잠겨 속삭이는 것이긴 해도 그런 말들을 하고 있어."

"벨랄에 대해서는요?" 페린이 물었다.

모레인의 답은 차가운 강철 같았다. "벨랄은 내가 오늘 밤 처리할 거다."

그녀에게서는 두려움의 냄새가 나지 않았다.

"오늘 밤, **저와 함께** 처리하시는 겁니다." 란이 그녀에게 말했다.

"그래요, 가이딘. 우리가 놈을 처리할 겁니다."

"그럼 우리는 뭘 하죠? 여기 앉아서 기다려요? 산속에서 남은 평생을 보내도 될 만큼 기다리는 건 충분히 기다렸어요, 모레인."

"너와 로이알, 자린은 타 발론으로 가." 모레인이 그에게 말했다. "이번 일이 끝날 때까지 거기 있어. 너희한테는 그곳이 가장 안전할 거다."

"오기어는 어디 있지?" 란이 말했다. "너희 셋 모두 최대한 빨리 북쪽으로 떠났으면 한다."

"아마 위층에 있을 거예요." 페린이 말했다. "자기 방이나, 아마 식당에 있겠죠. 저 위 창문에 불이 들어와 있으니까요. 로이알은 언제나 그 노트 작업을 하고 있어요. 우리가 도망간 일에 관해서 책에 쓸 말이 많겠네요." 페린은 자기 목소리에서 느껴지는 신랄함에 놀랐다. **빛을 걸고, 이 바보야. 버려진 자들 중 하나와 맞서고 싶은 거야? 아니잖아. 하지만 도망치는 것도 지쳐. 도망치지 않았던 그때가 기억나. 맞서 싸웠던 게 기억나. 그게 더 나았어. 죽을 줄 알았지만, 그게 더 나았어.**

"내가 로이알을 찾아올게요." 자린이 말했다. "솔직히 이번 싸움에서 도망치게 되어 기뻐요. 전혀 부끄럽지 않아요. 남자들이야 도망쳐야 할 때 싸우고, 바보들도 도망쳐야 할 때 싸우죠. 하지만 이 두 가지는 같은 말이니까." 자린은 앞장서서 성큼성큼 걸어갔다. 폭이 좁고 둘로 나뉜 그녀가 치마가 작게 스치는 소리를 냈다.

두 사람이 여관에 들어갔다. 페린은 자린을 따라 뒤쪽의 계단으로 가면서 휴게실을 둘러보았다. 생각보다 탁자에 둘러앉은 사람들이 적었다. 어떤 사람들은 따분한 눈으로 혼자 앉아 있었지만, 두세 명이 함께 앉아 있는 곳에서는 페린의 귀에도 거의 들리지 않게 겁에 질린 귓속말이 오갔다. 그럼에도 페린은 '드래건'이라는 말을 세 번 들었다.

계단 꼭대기에 이른 페린은 거의 들리지도 않게 작은 소리를 다시 들었다. 외따로이 떨어진 식당에서 뭔가가 떨어지는 것 같은 쿵 소리였다. 페린은 복도를 따라 그쪽을 바라보았다. "자린?" 대답이 없었다. 페린은 목뒤 털이 삐죽 서는 것을 느끼고 그리로 걸어갔다. "자린?" 그가 문을 열었다. "파일!"

그녀가 식탁 근처 바닥에 누워 있었다. 페린이 방 안으로 달려 들어가려 할 때 모레인의 위압적인 고함이 그를 멈춰 세웠다.

"거기 서, 이 멍청아! 멈춰라, 죽기 싫으면!" 그녀가 천천히 복도를 뒤따라왔다. 무슨 소리에 귀 기울이는 것처럼, 아니면 무언가를 찾는 것처럼 고개를 돌려 댔다. 란이 칼에 손을 얹은 채 따라왔다. 그의 눈빛을 보니 무기가 아무 소용이 없으리라는 걸 이미 아는 듯했다. 모레인이 문 있는 데까지 와서 섰다. "물러나라, 페린. 물러나!"

페린은 괴로워하며 자린을, 파일을 바라보았다. 그녀는 생명이 없는 것처럼 누워 있었다. 마침내 페린은 문에서 힘겹게 한 발 물러났다. 문은 열어 두고, 자린이 보이는 곳에 섰다. 자린은 죽은 것처럼 보였다. 그녀의 가슴이 움직이는 않는 것 같았다. 페린은 울부짖고 싶었다. 그는 인상을 찡그리며 손을 움직였다. 방으로 들어가는 문을 밀칠 때 쓴 손이었다. 그 손의 손가락을 폈다가 오므렸다. 팔꿈치를 찧었을 때처럼 팔이 저렸다. "아무것도 안 할 거예요, 모레인? 아무것도 안 할 거라면 내가 자린한테 갈 거예요."

"가만히 서 있어. 아니면 아무 데도 못 가게 될 거다." 모레인이 침착하게 말했다. "자린의 오른손 옆에 있는 게 뭐지? 쓰러질 때 손에서 떨어진 것 같구나."

페린이 방을 들여다보았다. "고슴도치네요. 나무로 깎은 고슴도치처럼 보여요. 모레인, 무슨 일인지 말해 줘요! 뭐가 어떻게 된 거예요? 말해 달라고요!"

"고슴도치라." 모레인이 중얼거렸다. "고슴도치. 조용히 해라, 페린. 생각해 봐야 해. 난 저게 어떤 현상을 일으키는 걸 느꼈어. 저걸 작동시키기 위해 얽힌 흐름의 잔여물이 느껴져. 영혼이야. 순수한 영혼, 그 자체. 영혼의 권능의 순수한 흐름을 이용할 줄 아는 존재는 거의 없는데! 왜 저 고슴도치를 보니 영혼의 권능이 떠오르는 거지?"

"뭘 일으키는 걸 느꼈다는 거예요, 모레인? 뭐가 작동됐는데요? 함정?"

"그래, 함정이야." 모레인이 말했다. 그녀의 차분한 평온함에 짜증으로 작은 금이 생겼다. "나를 잡으려는 함정. 자린이 앞서 달려가지 않았으면 내가 제일 먼저 저 방에 들어갔겠지. 란과 나는 작전을 세우고 저녁 식사를 기다리러 저 방에 들어갔을 게 확실하니까. 이제는 저녁 식사를 기다리지 말아야겠구나. 내가 저 아이를 조금이라도 돕기를 바란다면 조용히 해라. 란! 여관 주인을 데려오세요!" 수호자가 계단 아래로 스르륵 내려갔다.

모레인이 복도를 이리저리 오갔다. 그녀는 가끔 멈추어 후드 깊은 곳에서 문 너머를 바라보았다. 자린이 살아 있다는 징조는 전혀 보이지 않았다. 그녀의 가슴은 꼼짝도 하지 않았다. 페린은 자린의 심장 박동을 들으려 했지만, 그의 맨 귀로도 불가능한 일이었다.

란이 겁에 질린 주라 해럿의 뚱뚱한 멱살을 잡고 돌아오자 아이즈 세다이가 그 대머리 남자를 돌아보았다. "나를 위해서 이 방을 비워 두겠다고 했을 텐데, 해럿." 그녀의 목소리는 가죽을 벗기는 칼처럼 단단하고 정확했다. "내 허락이 없으면 청소할 종업원도 들여보내지 않겠다고 했어. 누구를 들였나, 해럿? 말하게!"

해럿은 그릇에 담긴 푸딩처럼 덜덜 떨었다. "그, 그냥 귀족 여자 두, 두 명이었습니다, 아가씨. 그, 그 사람들이 아가씨에게 깜짝 선물을 남겨 두고 싶다고 해, 했습니다. 맹세합니다, 아가씨. 그, 그 사람들이 제게 선물을 보여 주었습니다. 작은 고, 고슴도치였어요. 그, 그분들은 아가씨께서 노, 놀라실 거라고 했습니다."

"놀랐네, 주인장." 모레인이 조용히 말했다. "가 버리게! 이번 일에 대해 한마디라도 속삭였다간, 아무리 자다가 한 말이라도 이 여관을 무너뜨리고 땅에는 구멍 하나만 남겨 둘 테니."

"네, 네, 아가씨." 그가 속삭였다. "맹세합니다! 정말로요!"

"가!"

여관 주인은 서둘러 계단으로 가려다가 무릎을 털썩 꿇더니, 달려가면서 한 번 이상 넘어진 듯 쿵쿵대며 허둥지둥 계단을 내려갔다.

"놈은 내가 여기에 있다는 걸 압니다." 모레인이 수호자에게 말했다. "자기 대신 함정을 놔 줄 흑색의 아자도 찾아냈어요. 아마 내가 그 함정에 걸렸을 거라고 생각하겠지만. 일원력이 잠깐, 아주 조금 번뜩였을 뿐이지만 아마 그자는 그런 일원력도 감지할 수 있을 만큼 강한 모양입니다."

"그럼 우리가 티어의 바위에 들어가리라고는 예상 못 하겠군요." 란이 조용히 말했다. 그는 거의 미소 지었다.

페린이 치아를 드러내며 그들을 노려보았다. "자린은요?" 그가 물었다. "자린은 무슨 일을 당한 거예요, 모레인? 살아 있는 거예요? 숨 쉬는 게 안 보여요!"

"자린은 살아 있어." 모레인이 천천히 말했다. "그 이상 많은 걸 알아낼 수 있을 만큼 저 아이에게 가까이 갈 수는 없어. 감히 그럴 수는 없지. 하지만 저 애는 살아 있어. 저 애는…… 어떤 면에서 잠들어 있는 거야. 곰이 겨울잠을 자듯이. 심장이 너무 느리게 뛰어서, 심박 사이에 몇 분이 흐를 수도 있다. 호흡도 마찬가지야. 저 애는 잠들어 있어." 후드를 쓰고 있음에도 페린은 모레인의 시선이 자신에게 머무는 것을 느낄 수 있었다. "유감이지만 저 애는 저기에 없어, 페린. 더 이상 자기 몸 안에 없다."

"자기 몸 안에 없다는 게 무슨 말이에요? 빛을 걸고! 설마 그자들이…… 자린의 영혼을 가져갔다는 말은 아니죠? 회색 인간처럼!" 모레인이 고개를 저었다. 페린은 안도감에 숨을 들이쉬었다. 페린은 모레인이 마지막 말을 한 이후로 한 번도 숨을 쉬지 않은 것처럼 가슴이 아파 왔다. "그럼 자린은 어디 있어요, 모레인?"

"나도 몰라." 모레인이 말했다. "의심이 가는 건 있지만, 모르겠구나."

"의심이든, 단서든, 뭐든 좋아요! 태워 죽일, 어디 있느냐고요?" 페린의 거친 목소리에 란이 움찔했지만, 페린은 자신을 막으려 든다면 수호자를 정에 맞은 쇳덩이처럼 부러뜨려 버릴 작정이었다. "어디냐니까?"

"내가 아는 건 아주 적단다, 페린." 모레인의 목소리는 냉담하고 아무 감흥 없는 음악 같았다. "난 고슴도치 조각을 영혼의 권능과 연결 짓는 요소가 무엇일지 생각해 본 것뿐이야. 그에 관한 내 지식은 일천하고. 저 조각은 화이트 타워에 존재했던 마지막 꿈꾸는 자, 코리아닌 니디알이 마지막으로 연구한 **티어앙그리알**이야. 꿈이라고 불리는 재능은 영혼의 권능에 속한 거란다, 페린. 난 공부해 보지 못했어. 내 이능은 다른 거야. 내 생각에 자린은 꿈속에 갇힌 것 같구나. 아마 꿈의 세계, **텔아이란리오드**에 갇혔을 수도 있어. 자린의 존재 전체가 그 꿈 안에 있겠지. 전부가. 자신의 일부만을 **텔아이란리오드**로 보내는 꿈꾸는 자와는 달라. 자린이 금방 돌아오지 않는다면 저 애의 몸이 죽어 버릴 거다. 아마 꿈속에서는 계속 살아가겠지만. 모르겠구나.”

“아는 게 뭐예요?” 페린이 중얼거렸다. 그는 방을 들여다보았다. 울고 싶었다. 그곳에 누워 있는 자린은 너무도 작고 무력하게 보였다. **파일. 이제 앞으로는 파일이라고만 부르겠다고 맹세할게.** “왜 아무것도 안 하는 거예요!”

“덫이 작동했다, 페린. 하지만 저 덫은, 지금도 저 방에 발을 들여놓는 모든 사람을 잡는 덫이야. 난 덫에 걸리지 않고 자린 곁에 다가갈 수 없어. 게다가 내게는 오늘 밤 해야만 하는 일이 있고.”

“태워 죽일 아이즈 세다이! 그깟 일 따위 태워 버리라지! 꿈의 세계라고? 무슨, 늑대 꿈 같은 거예요? 꿈꾸는 자들이 가끔 늑대를 본다고 했잖아요.”

“난 네게 해 줄 수 있는 말을 한 거야.” 모레인이 날카롭게 말했다. “이제 넌 갈 시간이다. 란과 나는 티어의 바위로 가야 해. 이젠 기다릴 수 없어.”

“아뇨.” 페린이 조용히 말했다. 하지만 모레인이 입을 열자 그는 목소리를 높였다. “싫어요! 파일을 떠나지 않을 거예요!”

아이즈 세다이가 깊은 숨을 들이쉬었다. “좋다, 페린.” 그녀의 목소리는 얼음 같았다. 침착하고 매끄럽고 차가웠다. “원한다면 남거라. 오늘 밤이 지나도 네가 살아남을지 모르지. 란!”

그녀와 수호자는 복도를 성큼성큼 걸어 자기들 방으로 향했다. 얼마 지나지 않아, 란이 색깔 변하는 망토를 걸친 채 모레인과 함께 돌아왔다. 그들은 페린에게 한마디도 더 하지 않고 계단 아래로 사라졌다.

페린은 열린 문 너머로 파일을 보았다. **뭐라도 해야 해. 저게 정말로 늑대 꿈이랑 비슷한 거라면……**

"페린." 로이알의 낮고 우렁우렁한 목소리가 들렸다. "파일은 왜 저래?" 오기어가 속옷 바람으로 복도를 성큼성큼 걸어왔다. 그의 손가락에는 잉크가 묻어 있었으며 손에는 펜이 들려 있었다. "란이 나더러 떠나야 한다더니, 파일이 덫에 걸렸다는 말을 했어. 그게 무슨 뜻이야?"

페린은 집중하지 못한 채 모레인이 했던 말을 전했다. **통할지도 몰라. 혹시 모르잖아. 통해야지!** 로이알이 끙 소리를 내자 페린은 깜짝 놀랐다.

"안 돼! 페린, 그건 옳지 않은 일이야! 파일은 정말 자유로웠어. 파일을 덫에 가두는 건 옳지 않아!"

페린이 로이알의 얼굴을 올려다보았다. 갑자기 오기어는 꺾을 수 없는 적이라던 옛이야기들을 떠올렸다. 로이알의 귀가 옆머리를 따라 뒤로 젖혀져 있었다. 그의 널찍한 얼굴은 모루처럼 단단했다.

"로이알, 난 파일을 도울 거야. 그런데 그렇게 하는 동안 내가 무력해질 수 있어. 내 뒤를 지켜 줄래?"

로이알은 그토록 조심스럽게 책을 다루던 커다란 두 손을 들어 올렸다. 돌을 부숴 버리기라도 할 듯 그의 두꺼운 손가락이 주먹 쥐어졌다. "내가 살아 있는 한 아무도 나를 지나가지 못해, 페린. 머드랄이나 어둠의 존재조차도." 그는 단순한 사실을 말하듯 그렇게 말했다.

페린은 고개를 끄덕이고 다시 문을 들여다보았다. **이 방법이 통해야만 해. 민이 파일을 조심하라고 경고했든 말든 상관없어!** 페린은 으르렁거리며 파일을 향해 펄쩍 뛰면서 한 손을 뻗었다. 페린은 파일의 발목에 손이 닿았다고 생각했고, 곧 사라졌다.

이 꿈의 덫이 **텔아이란리오드**인지 아닌지는 알 수 없었지만, 페린은 이 꿈을 늑대 꿈으로 알고 있었다. 풀로 뒤덮인 구불구불한 언덕들과 듬성듬성한 덤불이 그를 에워쌌다. 숲 가장자리에서 풀을 뜯는 사슴과 풀밭을 가로질러 뛰어가는, 달리는 짐승 떼가 보였다. 갈색 줄무늬 사슴 같았지만, 뿔이 길고 곧았다. 바람에 실려 오는 냄새로 미루어 먹기 좋은 짐승들이었다. 또 다른 냄새는 사방에 좋은 사냥감이 더 있다고 전해 주었다. 이건 늑대 꿈이었다.

이제 보니 페린은 맨팔을 드러낸 채 대장장이의 긴 가죽조끼를 입고 있었다. 옆구리가 묵직했다. 그는 도끼를 걸어 두는 허리띠를 만져 보았는데, 고리에 걸려 있는 것은 도끼가 아니었다. 그는 묵직한 대장장이용 망치 대가리를 손가락으로 쓸어 보았다. 딱 맞게 느껴졌다.

하퍼가 페린의 눈앞에 내려섰다.

또 왔구나, 바보같이. 벌에게 주둥이와 눈을 쏘이면서도 꿀을 핥으려고 빈 나무 둥치에 코를 집어넣는 새끼 늑대에게 보내는 신호 같았다. **위험이 어느 때보다 크다, 젊은 황소여. 사악한 것들이 꿈속을 거닌다. 형제자매들은 두 다리 달린 자들이 쌓아 놓은 돌의 산을 피하고, 서로에게 꿈을 보내는 것조차 두려워할 지경이다. 넌 떠나야 한다!**

"아니." 페린이 말했다. "파일이 여기 어딘가에 갇혀 있어. 난 파일을 찾아야 해, 하퍼. 반드시!" 페린은 마음속 뭔가가 움직이는 것을, 뭔가가 바뀌는 것을 느꼈다. 그는 곱슬곱슬한 털이 난 다리와 널찍한 앞발을 내려다보았다. 그는 하퍼보다도 큰 늑대가 되어 있었다.

너는 이곳에 너무 강하게 와 있다! 모든 신호에 충격이 어려 있었다. **너는 죽을 것이다, 젊은 황소!**

독수리를 풀어 주지 못한다면 난 어떻게 되든 상관없어, 하퍼.

그럼 사냥을 떠나자, 형제여.

바람을 향해 콧잔등을 쳐들고, 두 늑대는 독수리를 찾으며 평원을 가로질러 달려갔다.

54장 바위 안으로

티어의 지붕은 제정신인 사람이 밤에 올라갈 만한 곳이 아니었다. 맷은 달그림자를 들여다보며 그렇게 생각했다. 46미터를 조금 넘는 널찍한 거리 혹은 좁은 광장이 기와로 이루어진, 맷이 올라와 있는 지붕과 티어의 바위를 나누고 있었다. 맷이 올라간 지붕 자체도 포장된 길 위로 3층 높이까지 솟아 있었다. **하긴, 내가 언제 제정신이었다고? 늘 제정신으로 사는 사람들은 너무 지루해. 그 사람들을 지켜보는 것만으로도 잠이 올 지경이지.** 거리인지 광장인지는 모르지만, 맷은 밤이 내린 이후 그곳을 따라 티어의 바위 전체를 돌았다. 그 길이 이어지지 않는 곳은 강변뿐으로, 에리닌강이 요새의 아랫부분을 바짝 따라 흘렀다. 도시의 성벽 말고는 아무것도 강의 흐름을 방해하지 않았다. 성벽은 맷의 오른쪽으로 두 집밖에 떨어져 있지 않았다. 지금까지는 성벽 꼭대기가 티어의 바위로 들어가는 가장 좋은 길인 것 같았지만, 그 길을 가는 게 그다지 즐거울 것 같지는 않았다.

맷은 곤봉, 작고 손잡이가 철사로 만들어진 양철 상자를 집어 들며 성벽과 조금 더 가까운 곳의 벽돌 굴뚝을 향해 조심스레 움직였다. 폭죽 꾸러미가—맷이 자기 방에서 작업을 하기 전까지는 폭죽 두루마리였던 것이—그의 등에서 흔들렸다. 지금의 폭죽은 덩어리에 더 가까웠다. 맷은 그것을 할 수 있는 한 꽉 눌러놓았다. 그럼에도 어둠 속 지붕 위에서 가지고 돌아다니기에는 너무 컸다. 조금 전에 맷은 바로 이 꾸러미 때문에 발을 헛디뎠고, 그 바람에 기와가 지붕 가장자리로 죽 미끄러져 떨어졌다. 아래쪽 방에서 잠을 자던 남자가 깨어서 "도둑이야!"라고 소리치는 바람에 맷은 도망쳤다. 맷은 별생각 없이 꾸러미를 끌어올려 자리를 바로잡고, 굴뚝 그림자 안에 웅크렸다. 잠시 후 그는 양철 상자를 내려놓았다. 철사로 된 손잡이가 불편할 만큼 뜨끈해지고 있었다.

그림자에서 티어의 바위를 살펴보니 좀 더 안전하게 느껴졌지만, 그렇다고 충분한 용기가 나는 건 아니었다. 도시의 성벽은 맷이 다른 곳, 이를테면 케임린이나 타 발론에서 본 성벽과는 비교할 수 없이 얇았다. 기껏해야 폭이 1미터밖에 되지 않았고, 지금은 어둠에 둘러싸인 거대한 돌 부벽으로 지탱되고 있었다. 물론 1미터는 걸어 다니기에 충분한 폭이었다. 다만 어둠을 뚫고 단단한 포장도로로 떨어질 경우 높이가 거의 18미터는 됐다. **하지만 이 빌어먹을 집들 중에는 성벽과 바로 맞닿아 있는 집도 있다고. 난 얼마든지 쉽게 꼭대기까지 올라갈 수 있어. 그리고 도시 성벽은, 빌어먹을 티어의 바위로 곧장 이어지고!**

그건 사실이었지만 딱히 위안이 되지는 않았다. 티어의 바위의 옆면은 마치 절벽처럼 보였다. 그 높이를 다시 눈여겨본 맷은 성벽을 기어오를 수 있을 게 틀림없다고 자신을 타일렀다. **당연하지, 할 수 있어. 안개의산맥에 있는 그 절벽이랑 똑같아.** 총안이 있는 흉벽이 나오기까지 91미터 넘는 높이가 곧장 위로 솟아 있었다. 그보다 아래쪽에 화살을 쏘는 구멍이 있겠지만, 밤에는 보이지 않았다. 게다가 화살 쏘는 구멍으로 몸을 욱여넣을 수도 없었다. **빌어먹을, 91미터라니. 110미터일지도 몰라. 태워 죽일, 랜드라도 그 높이를 올라가려 하지는 않을 거야.** 하지만 그곳만이 맷이 찾아낸, 들어가는 길이었다. 그가 본 모든 성문은 꽉 닫혀 있었으며 황소 떼가 몰려와도 막을 수 있을 만큼 튼튼해 보였다. 투구와 흉갑을 착용하고 허리띠에는 칼을 매단 채 성문마다 지키고 있는 열두 명가량의 병사들은 말할 것도 없었다.

맷은 눈을 깜빡이다가 가늘게 뜨고 티어의 바위 옆면을 보았다. 그곳을 기어오르는 웬 바보가 **실제로** 있었다. 달빛 속에서 간신히 움직이는 그림자로 보일 뿐이었지만. 그 형체는 이미 성벽을 절반 넘게 올라간 터였다. 발아래로 포장된 도로까지 64미터는 추락할 수 있었다. **바보인가? 뭐, 나도 저만큼 대단한 바보겠지. 나도 곧 올라갈 테니까. 태워 죽일, 저 녀석 때문에 성안에 경보가 울려서 나까지 잡히겠어.** 맷은 성벽을 기어오르는 사람을 더 이상 볼 수 없었다. **빛을 걸고, 대체 누구지? 하긴, 누구든 무슨 상관이야? 태워 죽일, 하지만 이건 빌어먹을 내기에서 이길 방법이라고. 난 걔들 모두에게서, 심지어 나이니브에게서도 입맞춤을 받고 싶어!**

그는 몸을 움직여 벽 쪽을 바라보며 기어오를 자리를 고르려 했다. 그때 웬 차가운 칼날이 그의 목에 겨누어졌다. 맷은 생각조차 하지 않은 채 그 무기를 쳐내고 곤봉으로 상대의 다리를 쳐 쓰러뜨렸다. 그러자 다른 누군가가 맷의 두 발을 걸어챘고, 그 바람에 맷은 자신이 쓰러뜨린 남자 위쪽에 넘어졌다. 맷은 몸을 굴려 기와 위로 올라간 다음 폭죽 꾸러미를 풀며—**폭죽 꾸러미가 거리에 떨어지면 난 저놈들 목을 부러뜨릴 거야!**—곤봉을 휘둘렀다. 곤봉이 누군가를 타격하는 느낌이 났다. 두 번째에는 신음 소리도 들렸다. 그런 뒤 두 개의 칼날이 그의 목을 겨누었다.

맷은 팔을 뻗은 채 얼어붙었다. 짧은 창날의 끝이, 희미한 달빛이 거의 비치지 않을 정도로 무딘 그 날이 피가 나기 직전까지 맷의 살을 파고들었다. 맷의 시선이 그 창날을 따라 올라가, 누군지는 모르지만 창을 들고 있는 자들의 얼굴로 향했다. 하지만 그들은 머리를 두건으로 가리고 있었다. 얼굴에서 눈만 빼고 검은색 베일이 드리워져 있었다. 그 눈이 맷을 바라보았다. **태워 죽일, 내가 진짜 도둑들과 마주쳤잖아! 내 행운은 어떻게 된 거야?**

맷은 달빛 속에서도 상대에게 보일 수 있도록 치아를 충분히 드러내며 씩 웃어 보였다. "당신들 일을 방해할 생각은 없으니까, 내가 내 길을 가게 해 주면 나도 당신들이 당신들 길을 가게 해 줄게. 아무 말도 하지 않고." 베일을 쓴 남자들은 움직이지 않았다. 그들의 창도 마찬가지였다. "나도 당신들만큼 소란을 바라지 않아. 당신들을 배신하지는 않을 거야." 그들은 조각상처럼 서서 맷을 바라보았다. **태워 죽일, 이럴 시간이 없는데. 주사위를 던질**

시간이야. 한기가 도는 한 순간, 맷은 머릿속에 떠오른 단어들을 문득 이상하다고 느꼈다. 그는 옆에 늘어져 있던 곤봉을 쥔 손에 힘을 주었다. 그때 누군가가 그의 손목을 세게 밟자 비명을 지를 뻔했다.

맷은 눈알을 굴려 그 사람을 보았다. **나 같은 바보는 태워 죽여야 해. 내가 쓰러지면서 깔아뭉갠 사람을 잊고 있었잖아.** 하지만 맷은 다른 형체가 자신의 손목을 밟고 있는 자 뒤에서 움직이는 것을 보았고, 결국 곤봉을 쓰지 못하게 된 게 다행일지 모른다고 생각했다.

맷의 팔을 밟고 있는 것은 무릎까지 신발끈이 매여 있는 부드러운 장화였다. 그걸 보니 한 가지 기억이 떠올랐다. 산에서 만난 어떤 남자에 대한 기억. 맷은 밤의 어둠을 망토처럼 걸치고 있는 형상을 따라 시선을 들었다. 그가 입은 옷의 모양새와 색깔을 알아보려 했다. 그 옷은 전부 그림자인 것처럼 보였다. 색깔이 어둠과 너무 잘 섞여 들어가 선명히 보이지 않았다. 그렇게 맷의 시선은 상대의 옷을 지나, 그가 허리에 차고 있던 날이 긴 칼을 지나, 그의 얼굴을 덮은 검은 베일로 올라갔다. 검은 베일을 쓴 얼굴. 검은 베일을 쓴.

아이일이다! 태워 죽일, 빌어먹을 아이일 사람들이 여기서 뭘 하는 거야? 아이일 사람들이 살인을 저지를 때 베일을 쓴다는 말을 떠올리자 배 속이 철렁했다.

"그래." 남자의 목소리가 들려왔다. "우린 아이일이다." 맷이 움찔했다. 그 단어를 소리 내어 입 밖으로 내뱉었던가.

"기습당한 입장치고는 춤을 잘 추는걸." 젊은 여자의 목소리가 들렸다. 맷은 그녀가 자신의 손목을 밟고 선 사람일 거라고 생각했다. "아마 다른 날에는 너와 제대로 된 춤을 출 시간이 있을지도 모르지."

맷이 미소 지으려다가—**춤을 추고 싶다면, 적어도 날 죽일 리는 없네!**—대신 인상을 찡그렸다. 아이일 사람들이 내뱉은 말과 그 말의 뜻이 완전히 다른 경우가 가끔 있다는 얘기가 어렴풋이 기억났다.

창이 뒤로 빠졌다. 여러 사람의 손이 맷을 일으켜 세웠다. 맷은 그 손을 떨쳐 내고, 지금 있는 곳이 어둠을 뒤집어쓴 지붕 위의 아이일 사람 네 명 사이가 아니라 휴게실이라도 된다는 듯 몸을 툭툭 털었다. 상대방에게 배짱이 두둑하다는 걸 알려 주는 건 언제나 그럴 만한 가치가 있는 일이었다. 아이일 사람들은 허리춤에 칼 말고도 화살통을 차고 있었으며, 등에는 특유의 통에 든 화살과 함께 짧은 창을 메고 있었다. 긴 창끝이 그들의 어깨 위로 삐죽 튀어나왔다. 맷은 자기도 모르게 〈나는 우물 밑바닥에 내려왔다네〉를 흥얼거리고 있었다는 걸 깨닫고 노래를 멈추었다.

"넌 여기서 뭘 하는 거냐?" 남자의 목소리가 물었다. 베일 때문에 정확히 누가 말했는지는 알 수 없었다. 나이가 많고 자신감 넘치는 목소리였다. 명령을 내리는 데 익숙한 목소리. 맷은 최소한 여자 한 명을 알아보았다고 생각했다. 그녀는 맷보다 키가 작은 유일한 사람이었는데, 키 차이가 많이 나지는 않았다. 다른 사람들은 모두 맷보다 머리 하나는 더 컸다. **빌어먹을 아이일 놈들.** 맷은 생각했다. "우린 너를 꽤 오래 지켜봤다." 나이 든 남자가 말을 이었다. "네가 티어의 바위를 지켜보는 모습을 지켜봤지. 너는 사방에서 티어의 바위를 살펴보더군. 이유는?"

"너희 모두에게도 같은 질문을 할 수 있겠는데." 또 다른 목소리가 들려왔다. 펑퍼짐한 브리치스를 입은 남자가 그림자 속에서 나왔을 때 깜짝 놀란 사람은 맷뿐이었다. 그 사람은 기와를 디디기에 편하도록 신발을 신지 않은 것 같았다. "아이일 민족이 아니라 도둑들을 보게 될 줄 알았지만." 남자가 말을 이었다. "너희 숫자가 많다고 해서 내가 겁먹을 거라고 생각하지는 마라." 그가 자기 키보다 조금 더 큰, 가느다란 막대를 휘둘러 댔다. 막대가 흐릿하게 보이며 휙휙 소리를 냈다. "내 이름은 주일린 산다, 도둑잡이다. 너희가 왜 지붕 위에 올라와 티어의 바위를 빤히 보고 있는지 알아야겠다."

맷이 고개를 저었다. **빌어먹을, 오늘 밤 지붕에 올라와 있는 사람이 대체 몇 명이야?** 톰이 나타나 하프를 연주하거나, 누군가가 여관을 찾아오기만 하면 될 것 같았다. **빌어먹을 도둑잡이!** 맷은 아이일 사람들이 왜 그냥 여기에 서 있는 건지 궁금해졌다.

"도시 사람치고는 잘 숨어 다니더군." 나이 든 남자의 목소리가 들려왔다. "그런데 왜 우리를 따라온 거지? 우리는 아무것도 훔치지 않았다. 너야말로 오늘 밤 왜 티어의 바위를 그토록 자주 살펴본 거냐?"

달빛 속에서도 산다의 놀란 표정이 뚜렷이 드러났다. 그는 움찔하며 입을 열었다가, 등 뒤의 어둑한 곳에서 아이일 사람 네 명이 더 몸을 일으키자 다시 입을 다물었다. 그는 한숨을 쉬며 가는 막대에 몸을 기댔다. "내가 잡힌 것 같군." 그가 투덜거렸다. "**너희** 질문에 **내가** 대답해야 할 것 같아." 그는 티어의 바위 쪽을 보더니 고개를 저었다. "난…… 오늘…… 신경 쓰이는 짓을 했다." 그는 수수께끼를 풀어 보려는 듯, 거의 혼잣말처럼 중얼거렸다. "내 마음의 일부는 내가 한 일이 옳은 일이었다고, 나는 복종해야만 한다고 말하지. 물론 그 일을 했을 때는 옳은 일처럼 보였어. 하지만 어떤 작은 목소리는 내가…… 뭔가를 배신했다고 말해. 이 목소리가 틀린 건 확실하지만. 아주 작은 목소리고. 하지만 그 목소리가 멈추질 않아." 그러더니 그는 다시 고개를 저으며 말을 멈추었다.

아이일 사람 중 한 명이 고개를 끄덕이더니 말했다. 역시나 나이 든 남자의 목소리였다. "나는 타아다드 아이일의 아홉 계곡 분파에 소속된 루어크다. 한때는 **아이산 도어**, 붉은 방패였지. 때로 붉은 방패는 너희 도둑잡이들이 하는 일을 한다. 내가 이 말을 하는 건, 네가 하는 일과 네가 어떤 사람이 되어야 하는지에 대해 나도 알고 있음을 알려 주기 위해서다. 난 너에게 해를 끼칠 생각이 없다, 도둑잡이 주일린 산다. 네 도시 사람들에게도. 하지만 네가 무장 경보를 울리는 것까지 참아 주지는 않을 거다. 침묵을 지키겠다면 살려 주마. 싫다면 어쩔 수 없지만."

"도시에 해를 끼치지 않겠다고?" 산다가 천천히 말했다. "그럼 여기는 왜 온 거지?"

"티어의 바위 때문에." 루어크의 말투로 미루어 그가 하려는 말은 그게 전부인 듯했다.

잠시 후 산다가 고개를 끄덕이며 투덜거렸다. "거의 너희에게 티어의 바위를 해칠 힘이 있었으면 좋겠다는 생각이 들 정도다, 루어크. 난 입을 다물겠다."

루어크가 베일을 쓴 얼굴을 맷에게 돌렸다. "그럼 이름 없는 젊은이, 너는? 이젠 왜 그렇게 주의 깊게 티어의 바위를 지켜보고 있었는지 말해 주겠나?”

“그냥 달밤에 산책을 하고 싶어서요.” 맷이 가볍게 말했다. 젊은 여자가 창끝을 다시 맷의 목에 겨누었다. 맷은 침을 삼키지 않으려고 노력했다. **뭐, 조금은 말해 줘도 될지 몰라.** 놀랐다는 걸 이들에게 들켜서는 안 된다. 상대방에게 그 사실을 들키면, 뭐든 가지고 있는 이점을 놓치게 마련이다. 맷은 두 손가락으로 아주 조심스럽게 그녀의 무기를 치웠다. 맷이 보기에는 그녀가 조용히 웃는 것 같았다. “내 친구 몇 명이 티어의 바위에 들어가 있거든요.” 그가 태연한 목소리를 내려고 애쓰며 말했다. “포로로 잡혀서요. 난 걔들을 꺼내 줄 생각이에요.”

“너 혼자서 말이냐, 이름 없는 젊은이?” 루어크가 말했다.

“뭐, 다른 사람이 없는 것 같기에.” 맷이 무미건조하게 말했다. “혹시 당신들이 도와준다면 모르죠. 당신들도 티어의 바위에 관심이 있는 것 같은데. 저 안에 들어갈 생각이라면 같이 갈 수도 있어요. 어느 모로 보나 승률이 낮은 게임인데, 내가 운이 좋거든요.” **어쨌든, 지금까지는 좋았지. 검은 베일을 쓴 아이일 사람들을 마주쳤는데 아직 목이 베이지 않았잖아. 그 이상 운이 좋을 수는 없어. 태워 죽일, 저 안에 들어갈 때 아이일 사람 몇 명과 함께 갈 수 있다면 나쁘지 않을 거야.** “내 운을 믿지 않는 건 바보짓이에요.”

“우리는 포로를 구하러 온 게 아니다, 도박꾼.” 루어크가 말했다.

“시간이 됐습니다, 루어크.” 아이일 사람 중 누가 그 말을 했는지 알 수 없었지만 루어크가 고개를 끄덕였다.

“그래. 가울.” 그는 맷에게서 산다에게로, 다시 맷에게로 눈을 돌렸다. “무장 경보를 울리지 마라.” 그가 돌아섰고, 두 걸음 만에 어둠 속에 섞였다.

맷은 움찔했다. 다른 아이일 사람들도 사라지고 없었다. 맷과 도둑잡이만이 남겨졌다. **우리를 감시하도록 사람을 남겨 뒀다면 모르지만. 태워 죽일, 만일 그랬다면 내가 어떻게 알지?** “당신도 날 막으려 들지 않았으면 좋겠는데요.” 맷은 다시 등에 폭죽 꾸러미를 메고 곤봉을 집어 들며 산다에게 말했다. “난 들어갈 거예요. 당신 덕에 들어가든, 당신을 뚫고 가든.” 그는 양철 상자를 집어 들려고 굴뚝으로 갔다. 철사로 된 손잡이는 이제 따뜻한 것 이상으로 뜨거워져 있었다.

"네 친구들 말인데." 산다가 말했다. "여자 셋이냐?"

맷은 인상을 찡그리며 그를 보았다. 남자의 얼굴을 선명히 볼 수 있을 만큼 주위가 밝으면 좋겠다는 생각이 들었다. 그의 목소리가 이상하게 들렸다. "걔들에 대해 뭘 아는데요?"

"그 애들이 티어의 바위 안에 있다는 걸 알지. 난 도둑잡이가 들어갈 수 있는, 강 근처의 작은 성문도 알고 있어. 포로를 감방으로 데려갈 때 쓰는 문이다. 그 애들은 감방에 있을 게 틀림없어. 도박꾼, 네가 나를 믿겠다면 내가 거기까지 안내할 수 있다. 그 이후에 일어나는 일은 운에 맡겨야지. 아마 네 행운 덕에 우리 둘 다 살아서 나올지 모른다."

"난 원래 운이 좋아요." 맷이 천천히 말했다. **이 사람을 믿어도 될 만큼 운이 좋을까?** 맷은 포로인 척한다는 생각이 그다지 마음에 들지 않았다. 흉내를 내다가 그게 현실이 될 가능성이 너무 컸으니까. 하지만 어둠 속에서 91미터 가까운 높이를 곧장 기어 올라가는 것보다는 그 위험이 크지는 않을 것 같았다.

맷은 도시 성벽을 바라보았다. 성벽을 따라 그림자가 흐르고, 어슴푸레한 형체들이 종종걸음 치고 있었다. 아이일 사람일 터였다. 백 명이 넘게 있는 게 분명했다. 그들은 사라졌지만, 이제는 티어의 바위의 가파른 면을 이루고 있는 절벽 위에서 움직이는 그림자들이 보였다. 그쪽으로 올라간다는 건 너무 엄청난 일이었다. 아까 본 그 사람은 경보를—루어크의 말대로라면 무장 경보를—울리지 않고 안에 들어갈 수 있을지 모르지만, 백 명 이상의 아이일 사람이 들어간다면 경종이 울릴 게 분명했다. 그들이 양동 작전을 벌일지도 몰랐다. 그들이 저 위 어딘가에서, 티어의 바위 안에서 소동을 일으킨다면 누군지 몰라도 감방을 지키는 사람은 도둑을 잡아 오는 도둑잡이에게 별다른 관심을 기울이지 않을지도 몰랐다.

나도 혼란을 가중시킬 수 있을지 몰라. 그야 평생 해 온 일이니까. "좋아요, 도둑잡이 아저씨. 마지막 순간에 나를 진짜 포로로 만들 생각만 하지 말아요. 내가 개미집을 조금 흔들어 놓을 테니, 그다음에 아저씨가 말한 성문으로 출발하면 되겠네요." 그는 산다가 인상을 찡그렸다고 생각했지만, 꼭 필요한 말 이상을 해 줄 생각은 없었다.

산다는 맷을 따라 지붕 위를 가로질렀고 맷만큼이나 쉽게 더 높은 곳으로 기어올랐다. 마지막 지붕은 성벽 꼭대기보다 조금밖에 낮지 않았고, 성벽 바로 옆까지 이어졌다. 기어오른다기보다는 몸을 끌어올리기만 하면 되었다.

"뭘 하는 거냐?" 산다가 속삭였다.

"여기서 기다려요."

양철 상자의 철사로 된 손잡이를 달랑달랑 잡고, 곤봉은 몸 앞에 수평으로 든 채로, 한 차례 심호흡을 한 뒤, 맷은 티어의 바위 쪽으로 향했다. 아래쪽의 포장도로까지 떨어지는 높이는 생각하지 않으려 했다. **빛을 걸고, 저 빌어먹을 성벽 폭이 1미터는 되잖아! 망할, 눈을 가리고 자면서도 걸어갈 수 있겠다!** 어둠 속에서 1미터 폭의 성벽 위를 걸었다. 포장도로까지의 높이가 15미터를 넘었다. 돌아와 보니 산다가 없는 경우는 생각하지 않으려 애썼다. 산다에게 잡힌 도둑인 척하겠다는 바보 같은 생각에 맷은 그야말로 모든 것을 걸었다. 하지만 지붕으로 돌아와 보니 산다가 사라지고 없는 경우, 어쩌면 맷 자신을 진짜 포로로 만들고자 산다가 더 많은 사람을 데리고 오는 경우는 그야말로 가능성이 높아 보였다. **그 생각은 하지 마. 그냥 당장 할 일을 해. 적어도, 드디어, 티어의 바위를 보게 됐잖아.**

맷의 예상대로 티어의 바위의 벽에는 화살 구멍이, 도시 성벽이 끝나는 바로 그 지점에 뚫려 있었다. 궁수가 활을 쏠 수 있도록 쐐기 모양으로 파인, 높고 좁은 구멍이었다. 티어의 바위가 공격을 당한다면, 성안의 병사들이 이쪽 길을 지나려는 모든 시도를 어떻게든 막고 싶어 할 터였다. 지금은 화살 구멍이 어두웠다. 지켜보는 사람은 없는 듯했다. 이것 역시 맷이 생각하지 않으려 노력한 한 가지였다.

맷은 양철 상자를 발치에 내려놓았다. 이어 곤봉을, 티어의 바위 옆면에 맞닿은 성벽 위를 가로지르도록 균형을 잡아 내려놓았다. 그리고 등에서 꾸러미를 내렸다. 꾸러미를 화살 구멍에 서둘러 끼워 넣었다. 최대한 깊이 욱여넣었다. 맷은 최대한 시끄러운 소리가 나기를 원했다. 기름 먹인 천의 한쪽 귀퉁이를 당기자 꼬인 도화선이 드러났다. 방에 있을 때, 맷은 긴 도화선을 잘라 가장 짧은 선과 길이를 맞춘 뒤 잘라낸 조각을 모든 도화선을 묶는데 썼다. 폭죽은 전부 동시에 터질 터였다. 그리고 그 엄청난 폭발음과 섬광은, 눈과 귀가 먹지 않은 모든 사람의 이목을 끌 게 틀림없었다.

양철 상자의 뚜껑이 너무 뜨거워서 손가락을 두 번 훅훅 분 뒤에야 뚜껑을 비틀어 열 수 있었고—뭔지는 몰라도 알루드라가 쓴 수법을 쓸 수 있으면 좋겠다는 생각이 들었다. 그녀는 너무도 쉽게 등불을 켰으니까—그러자 안쪽에 깔아 놓은 모래 위에 놓인 검은 석탄 조각이 드러났다. 철사로 된 손잡이는 상자에서 떼어 내자 집게가 되었다. 입김을 조금 불자 석탄이 다시 빨갛게 달아올랐다. 맷은 뜨거운 석탄을 묶어 놓은 도화선에 댔고, 이내 식식거리며 도화선이 타오르기 시작하자 집게와 석탄이 성벽 옆으로 떨어지게 놔둔 뒤 곤봉을 낚아채고 재빨리 성벽을 따라 다시 달려갔다.

이건 미친 짓이야. 맷은 달려가며 생각했다. **얼마나 큰 소음이 나든 상관없어. 이 짓을 하다가 멍청하게 목이 부러질 수도⋯⋯!**

등 뒤의 굉음은 맷이 살면서 들어온 그 어떤 소리보다 컸다. 무시무시한 주먹이 그의 등을 후려갈겨, 맷은 땅에 닿기 전부터 숨을 쉴 수가 없었다. 성벽 위에 배를 깔고 쭉 뻗었다. 성벽 가장자리 너머로 늘어진 곤봉을 간신히 쥔 채였다. 잠시 그 자리에 엎드린 채로 폐가 다시 움직이는지 알아보았다. 벽에서 떨어지지 않은 것만으로 이번에 운을 다 써 버렸을 게 **틀림없다는** 생각은 하지 않으려 했다. 타 발론의 모든 종이 울리듯 귀가 울렸다.

맷은 천천히 성벽을 짚고 일어나 티어의 바위 쪽을 돌아보았다. 연기 구름이 화살 구멍 근처에 맴돌았다. 연기 뒤쪽으로는 그림자가 드리워진 화살 구멍의 모습이 다르게 보였다. 더 커 보였다. 어떻게 그렇게 된 건지, 이유가 뭔지 알 수 없었지만 구멍이 커진 듯 보이는 것만은 분명했다.

맷은 잠깐밖에 생각하지 않았다. 성벽 끝에서 산다가 기다리고 있을지도 몰랐다. 그를 포로인 척 티어의 바위 안으로 데려갈 생각인지도 몰랐다. 아니면 병사들과 함께 서둘러 돌아오고 있을지도 몰랐다. 성벽의 반대쪽 끝에는 산다가 그를 배신할 가능성 없이 안으로 들어갈 방법이 있었다. 맷은 방금 지나온 방향으로 빠르게 돌아갔다. 더 이상 어둠도, 양옆으로 떨어질지 모른다는 것도 걱정되지 않았다.

화살 구멍은 **실제로** 더 커져 있었다. 가운데 부분의 비교적 얇은 돌 대부분이 그야말로 사라지고, 누군가가 큰 망치로 몇 시간 동안 두드린 것처럼 거친 구멍이 나 있었다. 사람 한 명이 겨우 들어갈 수 있을 구멍이었다. **빛을 걸고, 대체 어떻게?** 궁금해할 시간은 없었다.

매캐한 연기에 기침을 뱉으며 삐죽삐죽한 구멍 속으로 밀고 들어간 맷은 안쪽 바닥으로 뛰어내린 뒤 십여 걸음을 달려갔다. 그때 티어의 바위의 방어군이 나타났다. 최소 열 명은 되었다. 그들은 모두 혼란스럽게 소리 지르고 있었다. 대부분은 셔츠만 입고 있었다. 투구나 흉갑을 착용한 사람은 아무도 없었다. 몇몇은 등불을 들고 있었다. 몇몇은 칼을 뽑아 든 채였다.

멍청이! 맷이 머릿속으로 소리쳤다. **애초에 그 빌어먹을 걸 터뜨린 게 이래서잖아! 빛에 눈이 멀 바보 같으니!**

성벽으로 다시 나갈 시간이 없었다. 맷이 곤봉을 빙빙 돌렸다. 병사들에게 자신이 그 자리에 있다는 걸 보는 것 이상의 어떤 행동을 할 기회를 주지 않아야 했다. 그렇게 맷은 병사들을 향해 몸을 던졌다. 그들의 머리와 칼, 무릎, 뭐든 곤봉이 닿는 부위를 후려쳤다. 맷은 자기 혼자서 상대하기에는 병사들의 수가 너무 많다는 것을, 자신이 멍청하게 주사위를 굴리는 바람에 에그웨인 일행에게 있었을지도 모르는 기회를 날려 버렸다는 것을 깨달았다.

갑자기 산다가 나타났다. 칼을 움켜쥐려던 남자들이 떨어뜨린 등불 빛을 받으며 다가온 그가 가는 막대를 맷의 곤봉보다도 빠르게 휘둘러 댔다. 막대를 쓰는 두 사람 사이에 갇힌 데다 기습까지 당한 병사들은 보울스 게임의 핀처럼 쓰러졌다.

산다가 쓰러진 남자들을 보며 고개를 저었다. "티어의 바위의 방어군이라니. 내가 방어군을 공격했어! 이 자들이 내 머리를 치고 말 거야……! 대체 뭘 한 거냐, 도박꾼? 빛이 번쩍이고 천둥이 울리고 돌이 깨지고. 벼락을 불러낸 거야?" 그의 목소리가 속삭이듯 낮아졌다. "내가 채널링할 줄 아는 남자의 편이 된 건가?"

"폭죽이에요." 맷이 짧게 말했다. 여전히 귀가 울렸지만, 이쪽으로 다가오는 더 많은 장화 소리가 들려왔다. 발소리가 바닥을 쿵쿵 굴러 대며 달려들고 있었다. "감방으로 가요! 병사들이 더 오기 전에 감옥으로 가는 길을 알려 줘요!"

산다가 부르르 몸을 떨었다. "이쪽이야!" 그가 옆 복도로, 다가오는 장화발 반대쪽으로 빠르게 달려갔다. "서둘러야 한다! 우릴 발견하면 죽일 테니까!" 위쪽 어디에선가 징 소리가 경보를 울렸고, 더 많은 징 소리가 천둥 치듯 티어의 바위 전체에 메아리쳤다.

갈게. 맷은 도둑잡이를 따라 달리며 생각했다. **너희를 못 꺼내 주느니 차라리 죽을 거야! 약속해!**

경보를 울리는 징 소리가 티어의 바위 전체를 무너뜨릴 듯 메아리치고 있었다. 하지만 랜드는 그 징 소리에 아무런 신경도 쓰지 않았다. 앞서 아래쪽 어딘가의 천둥소리 같던 굉음에 전혀 관심을 기울이지 않았듯. 옆구리가 아팠다. 오래된 상처가 불타는 듯했다. 요새의 옆면을 기어오르느라 거의 찢어질 만큼 근육이 뭉쳤다. 그는 통증에도 신경 쓰지 않았다. 그의 얼굴에 비뚜름한 미소가 고정되어 있었다. 원했다 한들 지워 버릴 수 없던 기대감과 두려움이 깃든 미소였다. 가까이에 있었다. 그가 꿈꾸던 존재가. **칼란도어가.**

드디어 끝내는 거야. 어느 쪽으로든 끝장날 거야. 꿈은 끝났어. 미끼 던지기도, 비웃음도, 사냥도. 내가 전부 끝내 버릴 거야!

랜드는 혼자 웃으며 서둘러 티어의 바위의 어두운 복도를 달려갔다.

에그웨인은 움찔하며 얼굴에 손을 댔다. 입에서 쓸쓸한 맛이 났고 목이 말랐다. **랜드? 뭐지? 왜 다시 맷 꿈을 꾼 거야? 랜드까지 온통 섞여서 등장**

하고. 거기다가 이리로 온다는 고함은 뭐지?

잿빛 돌벽을 바라보았다. 연기가 많이 나는 성난 횃불 하나가 일렁이는 그림자를 드리우고 있었다. 에그웨인은 지난 기억을 떠올리며 비명을 질렀다. "안 돼! 다시 사슬에 매이지는 않을 거야! 목걸이를 차지는 않을 거야! 안 돼!"

나이니브와 일레인이 즉시 그녀의 곁으로 다가왔다. 그들은 위로의 말을 건넸으나 그 말을 믿기에는 그들의 멍든 얼굴이 지나친 걱정과 두려움에 질려 있었다. 하지만 그들이 있다는 사실만으로도 에그웨인은 비명을 가라앉힐 수 있었다. 그녀는 혼자가 아니었다. 포로가 되었지만 혼자는 아니었다. 목걸이도 차지 않았고.

에그웨인이 일어나 앉으려 했다. 둘이 그녀를 도와주었다. 도와주어야만 했다. 온몸의 근육이 쑤시는 중이었다. 에그웨인은 그녀를 광기로 몰아넣었던 그 순간이, 보이지 않게 날아왔던 모든 타격이 기억났다. ……**그 생각은 안 할 거야. 어떻게 탈출할지 생각해야 해.** 그녀는 벽에 등이 닿을 때까지 뒤로 몸을 밀었다. 통증이 피로와 싸웠다. 포기하지 않으려 할 때의 그 노력이 그녀의 힘을 마지막 한 조각까지 가져가 버렸다. 멍 때문에 그보다 많은 힘이 빠져나가는 듯했다.

감방에는 일행 세 사람과 횃불 말고 아무것도 없었다. 아무것도 깔려 있지 않은 바닥은 차갑고 딱딱했다. 벽이 아닌 부분은 거친 널빤지로 된, 수없이 많은 힘없는 손가락들이 긁어 대기라도 한 것처럼 나무 가시가 튀어나온 문뿐이었다. 돌에는 뭔가로 긁어 새겨 놓은 메시지들이 있었다. 대부분은 흔들리는 손으로 쓴 것이었다. 그중 하나는 "빛이여, 자비를 베푸시어 저를 죽게 하소서"라는 글이었다. 에그웨인은 머릿속에서 그 내용을 지워 버렸다.

"우리, 지금도 가로막혀 있는 거야?" 에그웨인이 웅얼거렸다. 말하는 것만으로도 몸이 아팠다. 일레인이 고개를 끄덕이는 순간에도 에그웨인은 물을 필요가 없었다는 걸 알았다. 에그웨인 자신의 통증은 답이 아닐지라도 금발 여자의 부은 뺨과 갈라진 입술, 멍든 눈만으로 충분한 대답이 되었다.

나이니브가 진정한 근원에 손을 뻗을 수 있었다면 그 상처는 당연히 치유되었을 테니까.

"노력해 봤어." 나이니브가 절망적으로 말했다. "시도하고 시도하고 또 시도했어." 그녀는 땋은 머리를 획 잡아당겼다. 그녀의 목소리에 깃든 가망 없는 두려움에도 불구하고 분노의 감정이 느껴졌다. "그자들 중 한 명이 밖에 앉아 있어. 멀건 얼굴의 계집애, 아미코야. 우리가 여기 내팽개쳐진 이후로 당번이 바뀌지 않았다면 말이지만. 일단 방어막을 짜면, 그걸 유지하는 데는 한 명으로 충분한 것 같아." 나이니브가 씁쓸하게 웃었다. "우리를 잡으려고 저것들이 들인 노력이나 그것 때문에 우리가 당한 고생에 비하면, 우리를 너무 가볍게 취급하는 것 같아. 저것들이 문을 닫고 나간 지 몇 시간이 지났는데, 질문하거나 들여다보거나 심지어 물 한 방울 가져온 자가 없어. 아마 우리를 목말라 죽을 때까지 여기 남겨 두려나 봐."

"미끼야." 에그웨인의 목소리가 흔들렸다. 겁먹지 않은 목소리를 내려고 노력했지만 비참하게도 실패하고 말았다. "리안드린이 그랬잖아. 우린 미끼라고."

"무슨 미끼?" 나이니브가 떨면서 물었다. "누구를 잡으려고 놓은 미끼라는 거야? 내가 미끼라면, 난 그놈이 날 먹다가 숨이 막히도록 그놈 목구멍에 내 몸을 처넣을 거야."

"랜드." 에그웨인은 말을 멈추고 침을 삼켰다. 물 한 방울이 그리웠다. "내가 랜드랑 **칼란도어** 꿈을 꿨어. 랜드가 이리로 오고 있는 것 같아." **그런데 맷 꿈은 왜 꿨지? 페린 꿈은? 늑대긴 했지만, 분명 페린이었어.** "너무 두려워하지 마." 에그웨인은 자신감 있는 목소리를 내려고 노력했다. "우린 어떻게든 탈출할 거야. 손찬 사람들도 이길 수 있었으니 리안드린은 더 잘 무찌를 수 있어."

나이니브와 일레인이 그녀를 사이에 두고 눈짓을 주고받았다. 나이니브가 말했다. "리안드린은 머드랄 열셋이 오고 있다고 했어, 에그웨인."

에그웨인은 자기도 모르게 돌벽에 새겨진 메시지를 다시 보고 있었다. 빛이여, 자비를 베푸시어 저를 죽게 하소서. 에그웨인의 두 손이 주먹을 꽉 쥐었다. 그 말을 외치지 않으려고 애쓰느라 턱에 쥐가 났다. **죽는 게 나아. 그 림자로 변하느니, 어둠의 존재를 억지로 섬기게 되느니 죽는 게 나아!**

에그웨인은 자기도 모르게 한 손으로 허리띠에 달린 주머니를 꽉 감싸 쥐었다. 안에 들어 있는 고리 두 개가 만져졌다. 거대한 뱀 반지의 작은 원과 그보다 큰, 비틀린 돌 고리.

"**티어앙그리알**을 가져가지 않았어." 에그웨인이 놀라서 말했다. 그녀는 주머니에서 **티어앙그리알**을 더듬어 빼냈다. **티어앙그리알**이 그녀의 손바닥 위에 묵직하게 놓였다. 온갖 색깔의 줄무늬와 얼룩이 들어가 있는, 가장자리가 하나밖에 없는 고리.

"우리는 심지어 몸수색을 해 볼 만큼 중요하지도 않았던 거야." 일레인이 한숨을 쉬었다. "에그웨인, 랜드가 오는 게 확실해? 랜드가 올지도 모른다고 생각하면서 마냥 기다리느니 직접 도망치고 싶은 마음이 훨씬 크지만, 리안드린 패거리를 무찌를 수 있는 사람이 있다면 랜드가 틀림없어. 드래건의 환생이 **칼란도어**를 휘두를 운명이잖아. 랜드가 그자들을 무찌를 수 있을 게 **확실해.**"

"우리에 이어 랜드까지 철창에 끌려 들어오지 않는다면 말이지." 나이니브가 툴툴댔다. "랜드가 보지 못하는 함정을 저자들이 설치한 게 아니라면 말이야. 그 고리는 왜 보고 있어, 에그웨인? **텔아이란리오드**는 이제 우리에게 도움이 되지 않을 거야. 네가 꿈을 꿔서 여기에서 나갈 수 있는 게 아니라면."

"어쩌면 그럴 수 있을지도 몰라." 에그웨인이 천천히 말했다. "난 **텔아이란리오드**에서 채널링을 할 수 있었어. 흑색의 아자의 방어막도 내가 일원력에 손을 뻗는 걸 막지는 못할 거야. 내가 해야 하는 일은 채널링이 아니라 잠드는 것뿐이야. 잠들 만큼 피곤한 건 정말이지 확실하고."

일레인이 인상을 썼다가 그 바람에 멍든 살이 당겨지자 움찔했다. "나야 어떤 기회든 잡을 생각이지만, 진정한 근원으로부터 끊겨 있는데 아무리 꿈에서라도 어떻게 채널링을 할 수 있어? 만일 할 수 있다고 해도, 그게 여기에 있는 우리한테 어떻게 도움이 될 수 있어?"

"나도 몰라, 일레인. 하지만 내가 여기에서 방어막에 막혀 있다는 게 꿈의 세계에서도 막혀 있다는 뜻은 아니야. 적어도 해 볼 가치는 있어."

"그럴지도 모르지." 나이니브가 걱정스럽게 말했다. "나 역시 어떤 기회든 잡아 볼 생각이지만, 지난번에 네가 그 고리를 사용했을 때 넌 리안드린 패거리를 봤잖아. 그 여자들도 널 봤다고 했고. 그자들이 다시 나타나면?"

"그랬으면 좋겠어." 에그웨인이 험악하게 말했다. "꼭 그랬으면 좋겠어."

에그웨인은 **티어앙그리알**을 꽉 쥐고 눈을 감았다. 일레인이 그녀의 머리카락을 매만져 주는 것이 느껴졌다. 그녀가 조용히 중얼거리는 소리도 들렸다. 나이니브는 어린 시절에 듣곤 했던, 그 가사 없는 자장가를 흥얼거리기 시작했다. 이번만큼은 그 자장가에 전혀 화가 나지 않았다. 그 부드러운 소리와 손길이 그녀를 진정시키고 그녀를 피로에 항복시켰다. 잠이 다가오고 있었다.

이번에 에그웨인은 푸른 비단옷을 입고 있었다. 하지만 그 이상 눈에 띄는 것은 별로 없었다. 부드러운 산들바람이 멍들지 않은 그녀의 얼굴을 쓰다듬으며 나비들을 들꽃 위로 소용돌이치듯 날아오르게 했다. 갈증도 통증도 사라졌다. 그녀는 **사이다**를 끌어안으려고 마음을 뻗었고 일원력으로 가득 채워졌다. 그녀의 온몸에 일원력이 솟구치고 있었다.

그녀는 마지못해 일원력을 놓아 버리고 눈을 감은 뒤, 티어의 칼의 심장에 대한 완벽한 상상으로 공백을 가득 채웠다. 티어의 바위에서 에그웨인이 감방 외에 상상할 수 있는 곳은 그곳뿐이었다. 게다가 아무 특징 없는 네모난 감방을 어떻게 구분하겠는가? 눈을 떴을 때 에그웨인은 심장에 와 있었다. 하지만 그녀는 혼자가 아니었다.

조이야 바이어의 형상이 **칼란도어** 앞에 서 있었다. 그녀의 모습에는 실체가 없었고, 칼에서 솟구치는 빛이 그녀를 관통해 빛났다. 수정으로 만들어진 칼은 더 이상 반사된 빛으로만 반짝이는 게 아니었다. 칼은 그 내부에 존재하는 어떤 빛이 드러났다가 가려지고 다시 드러나듯 맥박 치며 빛났다. 흑색의 자매는 놀라 움찔하더니 휙 돌아서서 에그웨인을 마주 보았다. "어떻게? 넌 방어막에 갇혀 있는데! 네 꿈은 끝났어!"

여자의 입에서 첫 마디가 나오기도 전에 에그웨인은 다시 **사이다**로 마음을 뻗었고, 자신을 상대로 사용되었던 영혼의 권능의 복잡한 흐름을 기억나는 대로 짜낸 뒤 조이야 바이어를 진정한 근원으로부터 끊어 냈다. 어둠의 친구가 눈을 휘둥그렇게 떴다. 그 아름답고 친절한 얼굴과는 너무도 어울리지 않는, 그 잔인한 눈을. 하지만 에그웨인은 이미 공기의 권능을 얽어내고 있었다. 상대 여자의 몸은 안개처럼 보일지 몰라도 구속되어 있었다. 에그웨인이 보기에, 두 가지 권능의 흐름을 함께 직조하는 데는 아무런 노력이 들지 않는 듯했다. 에그웨인이 가까이 다가가자 조이야 바이어의 이마에 땀이 맺혔다.

"**티어앙그리알**을 가지고 있구나!" 여자의 얼굴에 두려움이 선명히 드러났다. 하지만 그녀의 목소리는 그 감정을 숨기려고 애썼다. "분명 그렇겠지. 우리가 놓친 **티어앙그리알**, 채널링을 하지 않아도 되는 그 **티어앙그리알** 말이야. 그게 너한테 도움이 될 거라고 생각하느냐? 네가 여기서 뭘 하든 그 행동은 현실 세계에서 벌어지는 일들에 영향을 줄 수 없어. **텔아이란리오드**는 꿈이야! 내가 깨어나면 직접 너한테서 **티어앙그리알**을 가져오겠다. 행동을 조심해. 그러지 않으면 내가 네 감방에 갔을 때 화낼 이유가 생길 테니."

에그웨인이 그녀에게 미소 지었다. "어둠의 친구, 네가 깨어날 거라고 확신해? 네 **티어앙그리알**에 채널링이 필요하다면 내가 널 방어막에 가둔 순간 깨어나지 않은 이유가 뭐지? 넌 여기에서 방어막에 갇혀 있는 한 깰 수 없는 거야." 그녀의 미소가 흐려졌다. 이 여자를 향해 미소 지으려 노력하는 것은 에그웨인으로서는 견딜 수 없는 일이었다. "예전에 어떤 여자가 **텔아이란리오드**에서 생긴 흉터를 보여 준 적이 있어, 어둠의 친구. 여기에서 벌어지는 일은 네가 잠을 깨더라도 **현실이야.**"

이제는 흑색의 자매의 매끄럽고도 세월을 알 수 없는 얼굴에서 땀이 흘러내렸다. 자신이 죽기 일보 직전이라고 생각하는 건지 에그웨인은 궁금했다. 실제로 그녀를 죽일 만큼 잔인해지고 싶은 마음이 들었다. 에그웨인이 받은 보이지 않는 타격, 주먹질을 하는 듯한 타격의 대부분은 이 여자가 가한 것이었다. 에그웨인이 계속 기어서 도망치려 했다는 것, 그녀가 포기하지 않으려 했다는 것 말고는 아무 이유도 없었는데.

"그렇게 사람을 두들겨 팰 수 있는 여자라면," 에그웨인이 말했다. "그보다 약한 공격에 반대하지 않겠지." 그녀는 공기의 권능의 흐름을 재빨리 하나 더 엮어냈다. 조이야 바이어의 엉덩이 전체에 첫 번째 타격이 가해지자 그녀의 검은 눈이 못 믿겠다는 듯 툭 불거졌다. 에그웨인은 자신이 직접 유지하지 않아도 되도록 권능을 짜내는 방법을 알아냈다. "깨어나면, 이번 일을 기억하고 느끼게 될 거야. 내가 깨어나도록 허락해 줘야겠지만. 이것도 기억해. 다시 나를 때리려 하면, 내가 널 이리로 다시 데려와 평생 여기에 가둬 둘 거라는 사실!" 흑색의 자매가 증오를 가득 담은 눈으로 그녀를 노려보았지만, 그 눈에는 어렴풋한 눈물이 어려 있었다.

에그웨인은 잠시 부끄러움을 느꼈다. 조이야에게 한 일 때문이 아니었다. 이 여자는 그 모든 매를 맞아도 쌌다. 그녀가 일행을 매질한 건 차치하더라도 화이트 타워에서 사람을 죽였으니 말이다. 정말이지 그래서 부끄러운 건 아니었다. 에그웨인이 부끄러움을 느낀 것은, 나이니브와 일레인이 감방에 앉아 에그웨인이 자기들을 구해 줄지 모른다는 가망 없는 희망을 걸고 있는 그 중요한 시간을 개인적인 복수에 허비했다는 자책감 때문이었다.

그녀는 부리나케 권능의 흐름을 매듭지어 놓은 뒤 잠시 멈춰 자기가 한 일을 살펴보았다. 세 가지 다른 권능이 직조되었다. 그 모두를 동시에 유지하는 것은 전혀 어렵지 않았다. 게다가 에그웨인은 이렇게 직조한 권능이 알아서 유지되도록 뭔가를 했다. 그 방법도 기억날 것 같았다. 쓸모가 있을지도 몰랐다.

잠시 후 에그웨인은 직조된 권능 중 하나를 풀었고, 어둠의 친구는 고통만큼이나 안도감에 흐느꼈다. "난 너와 달라." 에그웨인이 말했다. "내가 이런 일을 한 건 지금이 두 번째야. 난 이런 걸 좋아하지 않아. 난 대신 목을 자르는 방법을 배울 거야." 흑색의 자매의 표정을 보니, 에그웨인이 자기를 상대로 목 자르기를 배울지 모른다고 생각하는 듯했.

에그웨인은 역겨운 표정이 되어 그녀를 그대로, 덫에 걸린 채 방어막에 둘러싸여 있도록 세워 두고는 윤이 나는 레드스톤 기둥의 숲으로 서둘러 들어갔다. 어딘가에 감방으로 내려가는 길이 있을 게 틀림없었다.

젊은 황소의 턱이 두 다리 동물들의 목을 짓이기자 단말마의 비명이 뚝 끊기고 돌로 된 통로는 조용해졌다. 혀에 느껴지는 피 맛이 썼다.

어떻게 알았는지는 모르겠지만, 페린은 이곳이 티어의 바위라는 걸 알았다. 그의 주위에 널브러진 두 다리 짐승들, 그리고 하퍼의 이빨이 목에 박힌 채 마지막으로 발버둥 치는 한 마리 짐승은 몸부림치며 고약한 두려움의 냄새를 풍겼다. 그들에게서는 혼란의 냄새가 났다. 페린이 보기에 그들은 이곳이 어디인지 몰랐지만—그들은 확실히 늑대 꿈에 속해 있지 않았다—페린을 눈앞의 저 높은 문, 무쇠 자물쇠가 달린 저 문으로부터 떼어 놓도록 배치된 듯했다. 꼭 페린 때문이 아니더라도, 적어도 그 문을 지키기 위해서 말이다. 그들은 늑대를 보고 놀란 눈치였다. 페린이 보기에, 그들은 자신들이 이곳에 와 있다는 사실만으로도 놀란 것 같았다.

페린은 입을 닦고, 잠시 이해하지 못한 채 자기 손을 바라보았다. 그는 다시 인간이 되어 있었다. 그는 페린이었다. 페린 자신의 몸으로 돌아왔다. 대장장이의 조끼를 걸치고 옆구리에는 묵직한 망치를 걸고 있는 몸으로.

서둘러야 한다, 젊은 황소여. 가까운 곳에 사악한 존재가 있다.

페린은 문으로 성큼성큼 다가가며 허리띠에 차고 있던 망치를 꺼냈다. "파일이 여기 있을 게 틀림없어." 한 차례 날카롭게 내려치자 자물쇠가 박살 났다. 페린은 문을 걷어차 열었다.

바닥 한가운데에 돌로 만든 긴 블록이 있을 뿐 방은 비어 있었다. 파일이 잠든 것처럼 그 블록 위에 누워 있었다. 그녀의 검은 머리카락이 부채처럼 펼쳐져 있었고, 그녀의 몸은 사슬에 친친 감겨 있었다. 너무 심하게 감겨 있어서 페린은 잠시 후에야 그녀가 옷을 벗고 있다는 걸 알았다. 모든 사슬이 두꺼운 볼트로 돌에 고정되어 있었다.

페린은 파일의 얼굴에 손이 닿기 전까지 자신이 그 공간을 가로질렀다는 걸 거의 의식 못 했다. 그는 손가락으로 그녀의 광대를 따라 그렸다.

파일이 눈을 뜨고 페린을 올려다보며 미소 지었다. "계속 네가 올 거라는 꿈을 꿨어, 대장장이."

"곧 풀어 줄게, 파일." 페린은 망치를 들어 볼트를 나무 내려치듯 내리쳤다.

"그럴 줄 알았어. 페린."

그의 이름이 혀끝에서 희미해짐과 동시에 파일도 희미해졌다. 짤그랑 소리와 함께 사슬이 그녀가 있던 돌 위로 떨어졌다.

"안 돼!" 페린이 소리쳤다. "내가 찾았잖아!"

꿈은 육신의 세계와 다르다, 젊은 황소여. 여기서는 같은 사냥이 여러 가지로 끝날 수 있다.

페린은 고개를 돌려 하퍼를 보지 않았다. 어차피 하퍼는 으르렁거리며 이빨을 드러내고 있을 테니까. 이번에도 페린은 망치를 들었다가 온 힘을 실어 파일을 붙들었던 사슬을 내리쳤다. 페린의 타격에 돌 블록이 둘로 갈라졌다. 티어의 바위 자체가 누군가 때린 종처럼 울렸다.

"그럼 다시 사냥하겠어." 페린이 으르렁거렸다.

그는 망치를 손에 쥔 채 성큼성큼 방에서 나갔다. 하퍼가 그의 곁에 있었다. 티어의 바위는 인간의 공간이었다. 그리고 페린이 알기로, 인간은 그 어떤 늑대보다도 잔인한 사냥꾼이었다.

위쪽 어딘가에서 경보를 울리는 징이 복도를 따라 쩌렁쩌렁하게 울렸다. 그러나 상당히 가까운 곳에서 싸우는 남자들의 금속 부딪히는 소리와 고함은 딱히 가려지지 않았다. 아이일 사람들과 방어군들이 싸우는 것이리라고 맷은 생각했다. 각기 네 개의 황금색 램프가 달린 높다란 황금 램프 받침대가 맷이 있는 복도에 쭉 늘어서 있었다. 전투 장면을 담은 비단 태피스트리 여러 장이 윤이 나는 돌벽 위에 걸려 있었다. 구석에는 짙은 빨간색과 짙은 파란색으로 이루어진 비단 카펫이 바닥에 깔려 있었다. 티어의 미로 형태로 짜인 카펫이었다. 이번만큼은 맷도 너무 바빠 그 무엇의 값도 매기지 못했다.

빌어먹을 녀석, 솜씨가 좋잖아. 맷은 자신에게서 먼 쪽으로 칼을 쭉 뻗으며 생각했다. 다른 쪽 지팡이 끝으로 남자의 머리를 노렸지만, 칼날이 날아드는 바람에 그것을 막아야 했다. **저 녀석이 그 빌어먹을 대공 중 한 명인지 궁금한데?** 맷은 상대의 무릎을 세게 치는 데 성공할 뻔했지만, 상대가 펄쩍 뛰어올랐다. 상대는 방어 자세로 곧은 칼날을 들고 있었다.

소매가 부푼 코트를 입은, 푸른 눈의 남자였다. 금실로 줄무늬가 수놓인 노란 코트였다. 앞섶이 완전히 풀려 있고 셔츠는 브리치스에 절반밖에 넣어져 있지 않았으며 맨발이었다. 짧게 깎은 검은 머리카락은 자다가 서둘러 눈을 뜬 사람처럼 헝클어져 있었다. 그러나 싸우는 솜씨는 보기와 달랐다. 남자는 5분 전에, 복도를 따라 늘어서 있는 높다랗고 조각이 들어간 문 중 한 곳에서, 칼집 없는 칼을 두 손으로 잡고 나왔다. 맷은 그가 등 뒤가 아닌 눈앞에 나타난 것이 그저 고마울 뿐이었다. 맷이 지금껏 마주친 사람들 가운데 이런 옷차림을 한 남자는 그가 처음이 아니었지만, 솜씨는 확실히 그가 가장 좋았다.

"날 지나갈 수 있어요, 도둑잡이 아저씨?" 맷은 자신을 칼로 공격할 기회만 노리는 남자로부터 시선을 떼지 않으려고 조심하며 외쳤다. 산다는 '도둑 사냥꾼'이 아니라 '도둑잡이'라는 말을 쓰라고 짜증스럽게 고집을 부렸었다. 맷으로서는 그 차이를 전혀 알 수 없었지만.

"못 가." 산다가 등 뒤에서 소리쳤다. "내가 지나갈 수 있도록 네가 움직이면, 네가 곤봉이라고 부르는 그 노를 휘두를 공간이 없어질 거다. 저놈이 널 하스돔처럼 후려칠 테고."

뭐처럼 후려친다고? "그럼 뭔가 생각해 봐요, 티어 아저씨. 저 부랑아 자식이 신경에 거슬리니까."

황금 줄무늬가 들어간 코트를 입은 남자가 코웃음 쳤다. "달린 대공의 칼날에 맞아 죽는 게 네게는 영광스러운 일이다, 촌놈. 내가 그렇게 해 준다면 말이야." 그가 입을 연 건 그때가 처음이었다. "하지만 난 너희 둘의 발꿈치를 천장에 달아 놓고, 너희 몸에서 가죽이 벗겨지는 모습을 구경……."

"그건 마음에 안 드는데." 맷이 말했다.

말이 끊기자 화가 난 대공의 얼굴이 벌겋게 달아올랐다. 그러나 맷은 그가 화를 내며 말할 시간을 주지 않았다. 곤봉 끝부분이 흐리게 보일 만큼 빠르게 가파른 이중 고리를 그리며, 맷은 앞으로 펄쩍 뛰었다. 곤봉이 자기 몸에 닿지 않게 하려고 달린이 할 수 있었던 일은 소리를 지르는 것뿐이었다. 그것도 잠깐 동안. 맷은 이런 상황이 오래 이어질 수는 없다는 걸 알았다. 운이 따라 준다면, 그 운은 모두 공격과 반격에 사용될 터였다. 행운이 따라 준다면. 대공이 일정한 패턴의 방어를 취하기 시작한 순간, 맷은 곤봉을 휘두르다 말고 공격을 바꾸었다. 달린은 곤봉 끝이 자기 머리를 노리고 날아온다고 생각했다. 그러나 그 곤봉 끝은 갑자기 아래로 향해, 그의 다리를 후려쳐 쓰러뜨렸다. 이어 반대쪽 끝이 쓰러지는 그의 머리를 후려쳤다. 날카로운 우지끈 소리가 나더니 그의 눈이 뒤통수 쪽으로 돌아갔다.

헐떡거리며 곤봉을 짚은 채, 맷은 의식을 잃은 대공을 내려다보았다. **태워 죽일, 이런 식으로 한두 번 더 싸워야 한다면 엿같이 지쳐서 쓰러지고 말 거야! 이야기에서는 영웅이 되는 게 이렇게 힘든 노동이 아니었는데! 나이니브는 언제나 나한테 일을 시킬 방법을 찾아낸다니까.**

곁에 다가온 산다가 고꾸라진 대공을 내려다보며 인상을 찡그렸다. "저기 쓰러져 있으니 그리 강해 보이지 않는데." 산다가 놀라운 듯 말했다. "나보다 그리 대단해 보이지도 않아."

맷은 움찔하며 복도 저쪽을 바라보았다. 방금 한 남자가 그곳을 가로질러, 이곳과 이어지는 복도를 따라 종종걸음 쳐 갔다. **태워 죽일, 이런 생각이 미친 소리라는 걸 모른다면 저게 랜드라고 맹세라도 했을 텐데!**

"산다, 당신은 가서⋯⋯." 맷이 곤봉을 집어 들어 어깨에 휙 걸치며 입을 열었다가, 그 곤봉이 무언가에 부딪혀 쿵 소리를 내자 입을 다물었다.

휙 뒤를 돌아본 그는 옷을 반만 걸친 다른 대공을 마주 보았다. 이번 대공은 바닥에 칼을 떨어뜨린 채 무릎이 꺾여가고 있었다. 맷의 곤봉에 맞아 찢어진 머리를 두 손으로 감싼 채였다. 맷은 서둘러 곤봉 아랫부분으로 그의 배를 쿡 찔러 그가 두 손을 내리게 한 뒤, 그의 머리를 한 번 더 내리쳐 그를 자기 칼 위에 쓰러뜨렸다.

"행운이에요, 산다." 그가 중얼거렸다. "빌어먹을 행운은 절대 이길 수 없죠. 자, 가서 대공들이 감방으로 갈 때 쓰는 빌어먹을 비밀 통로를 찾아보지 그래요?" 산다는 그런 계단이 있다고, 그 길을 이용하면 티어의 바위 대부분을 가로질러 달려가지 않아도 된다고 고집을 부렸었다. 맷은 사람이 취조당하는 모습을 보는 걸 너무 좋아하는 나머지, 자기가 있는 곳에서 포로들이 있는 곳으로 가는 지름길을 원하는 남자들이 마음에 들지 않았다.

"네가 **그렇게까지** 운이 좋다니 다행스러울 뿐이야." 산다가 불안하게 말했다. "아니면 이 자는 우리가 알아채기도 전에 우리 둘을 모두 죽였을 거다. 내가 알기로는 여기 어딘가에 문이 있어. 너도 갈 거냐? 아니면 다른 대공이 나타나기를 기다릴 생각이야?"

"앞장서세요." 맷은 의식을 잃은 대공을 넘어갔다. "난 빌어먹을 영웅이 아니라고요."

그는 종종걸음 치며 도둑잡이를 따라갔다. 산다는 길이 어딘가에 있는 게 분명하다고 중얼거리며 주변의 문들을 살폈다.

55장 예언에 적힌 것

랜드는 꿈에서 봐서 기억하고 있는, 윤이 나는 거대한 레드스톤 기둥 사이를 천천히 걸어 그 방에 들어섰다. 침묵이 그림자를 가득 채웠지만 무언가가 그를 불렀다. 또 무언가가 눈앞에서 번쩍였다. 잠깐의 빛이 그림자를 몰아냈다. 어떤 신호였다. 랜드는 거대한 돔 아래로 나와 자신이 찾던 것을 보았다. **칼란도어**가 자루를 아래로 한 채 허공에 떠서 다른 누구도 아닌 드래건의 환생의 손만을 기다리고 있었다. 칼은 회전하면서 얼마 되지 않는 빛을 작은 조각들로 깨뜨렸고, 이따금 자체적인 빛을 발하며 확 타올랐다. 그렇게 랜드를 불렀다. 랜드를 기다리고 있었다.

내가 드래건의 환생이라면. 내가 그저 저주를 받아 채널링을 할 수 있게 된 반쯤 정신 나간 놈이 아니라면. 모레인과 화이트 타워를 위해 춤을 추는 꼭두각시가 아니라면.

"가져가라, 루스 세린. 가져가라, 동족살해자."

랜드는 휙 돌아서서 목소리의 주인을 마주 보았다. 짧게 깎은 백발의 키 큰 남자가 그림자 사이의 그림자 밖으로 나와 있었다. 익숙한 얼굴이었다. 그러나 그자가 누군지 알 수 없었다. 남자는 부푼 소매를 따라 검은 줄무늬가 들어간 붉은 비단 코트를 입고, 검은색 브리치스 자락을 은세공이 정교하게 들어간 장화에 넣고 있었다. 랜드는 그자를 몰랐지만, 꿈에서 그자를 본 적이 있었다. "네가 그 애들을 철창에 가뒀어." 랜드가 말했다. "에그웨인과 나이니브와 일레인을. 내 꿈에서. 네가 계속해서 그 애들을 철창에 가두고 해쳤어."

남자는 대수롭지 않다는 듯 손을 내저었다. "그것들은 아무것도 아닌 것보다 못한 존재다. 언젠가 훈련을 받으면 몰라도 지금은 그러하다. 그것들이 쓸모 있는 존재가 될 만큼 네가 그것들에게 관심을 기울이다니, 솔직히 놀랍군. 하지만 넌 언제나 바보였지. 언제나 힘보다 네 마음을 따를 준비가 되어 있었어. 너무 일찍 왔다, 루스 세린. 이제는 네가 아직 준비되지 않은 일을 하거나 죽어야 해. 죽어라, 네가 아끼는 여자들을 내 손에 넘겼다는 걸 알고서." 그는 무언가를 기다리는 것처럼, 기대하는 것처럼 보였다. "나는 그 여자들을 더 이용할 생각이다, 동족살해자. 그들은 나를, 내 힘을 섬길 것이다. 그렇게, 그들은 앞서 겪었던 그 어떤 일보다도 큰 상처를 겪게 되겠지."

랜드의 뒤에서 **칼란도어**가 번쩍이며 그의 등에 한 차례 맥동하듯 온기를 드리웠다. "넌 누구지?"

"내가 기억나지 않는 거냐?" 백발의 남자가 갑자기 웃었다. "나도 네가 기억나지 않는다, 그런 모습으로는. 등에 플루트 통을 진 촌놈이라니. 이샤마엘의 말이 사실이었나? 이샤마엘이야 조금이라도, 한순간이라도 이득이 되면 늘 거짓말을 하는 자니까. 아무것도 기억 못 하는 거냐, 루스 세린?"

"이름을 대!" 랜드가 요구했다. "이름이 뭐지?"

"벨랄이라고 불러라." 랜드가 그 이름에 아무 반응을 보이지 않자 버려진 자가 눈을 매섭게 떴다. "가져가라!" 벨랄은 랜드 뒤쪽의 칼을 향해 손을 내뻗으며 소리쳤다. "한때 우리는 나란히 전쟁터로 달려갔지. 그래서 네게 기회를 주는 거다. 희박한 기회지만 너 자신을 구할 기회다. 내가 애완동물로 만들려는 그 셋을 구할 기회. 칼을 가져가라, **촌놈.** 어쩌면 저 칼이 네가 나한테서 살아남는 데 충분한 도움이 될지도 모르지."

랜드가 웃었다. "버려진 자여! 나를 그렇게 쉽게 겁줄 수 있을 줄 알았나?

다름 아닌 바알자몬이 직접 나를 쫓아다녔다. 이제 와서 내가 너한테 겁을 먹을까? 어둠의 존재의 면전에서 그를 부인했는데, 버려진 자 앞에서 굽신거릴까?"

"그렇게 생각하나?" 벨랄이 조용히 말했다. "정말이지 아무것도 모르는군." 갑자기 그의 두 손에 칼이 들려 있었다. 검은 불로 조각해낸 날이 달린 칼이었다. "가져가라! **칼란도어**를 들어! 3천 년 전, 내가 감옥에 갇혀 있을 때도 **칼란도어**는 저곳에서 기다렸다. 너를 말이야. 저 칼은 우리가 만들었던 가장 강력한 **사앙그리알** 중 하나지. 저 칼을 가져가서 네 몸을 지켜라. 할 수 있다면!"

그는 랜드를 **칼란도어** 쪽으로 몰아가려는 듯 랜드를 향해 움직였지만, 랜드는 두 손을 들었다. **사이딘**이 그를 가득 채웠다. 일원력이 달콤하게 쏟아져 흘렀다. 얼룩의 고약함에 배 속이 뒤틀렸다. 어느새 그는 붉은 불꽃으로 이루어진 칼을 쥐고 있었다. 불타는 칼날에 왜가리 표시가 들어간 칼이었다. 그는 발걸음을 옮겨 란이 가르쳐 준 자세를 취한 끝에, 춤이라도 추듯, 한 자세에서 다른 자세로 물 흐르듯 움직였다. '비단 가르기'. '언덕을 흘러내리는 물'. '바람과 비'. 검은 불의 칼날이 불꽃을 소나기처럼 쏟아 내며 붉은 칼날과 맞부딪쳤다. 하얗게 달구어진 금속이 박살 나듯 굉음이 울렸다.

랜드는 매끄럽게 방어 자세로 돌아왔다. 문득 든 의구심을 드러내지 않으려 노력했다. 검은 칼날에도 왜가리가 있었다. 거의 보이지 않을 정도로 검은 새였다. 랜드는 전에 강철로 이루어진, 왜가리 표시가 있는 칼을 가진 남자를 상대해 간신히 살아남은 적이 있었다. 그는 사실 자신에게 칼의 달인의 표시를 지닐 권리가 없다는 걸 알고 있었다. 이 표시는 아버지가 준 칼에 새겨져 있던 것이고 랜드는 손에 칼을 쥔 자신의 모습을 떠올릴 때마다 아버지의 칼을 떠올렸을 뿐이다. 전에도 그는 한 차례, 수호자가 가르쳐 준 대로 죽음을 끌어안았다. 하지만 이번에 죽으면 결정적인 죽음이 되리라는 걸 알았다. 벨랄의 칼 솜씨가 그보다 뛰어났다. 더 강했다. 더 빨랐다. 벨랄은 진정한 칼의 달인이었다.

버려진 자가 즐거워하며 웃었다. 그는 빠르고 화려한 동작으로 랜드의 양옆에 칼날을 휘둘렀다. 검은 불길은 공기를 신속하게 가르며 더욱 빠르게 타올랐다. "너는 한때 위대한 검사였다, 루스 세린." 그가 이죽거렸다. "우리가 검술이라는 온순한 스포츠로부터, 오래된 책 속 옛 시절 사람들이 한때 그랬다고 전해지듯, 사람을 죽이는 방법을 알아낸 순간을 기억하나? 그 절박했던 전투를, 우리의 끔찍한 패배를 하나라도 기억해? 당연히 못 하겠지. 넌 아무것도 기억 못 하잖나. 이번에 너는 충분히 배우지 못했다. 이번에는, 루스 세린, 내가 너를 죽일 거다." 벨랄의 조롱이 더욱 심해졌다. "**칼란도어**를 집는다면 목숨이 조금 더 연장될지 모르지. 아주 조금은."

그가 천천히 다가왔다. 랜드가 돌아서서 **칼란도어**를 향해 뛰어갈 시간을, 만질 수 없는 칼로 다가가 그것을 집어 들 시간을 주는 듯했다. 하지만 랜드의 마음속에는 여전히 의구심이 강하게 자리 잡고 있었다. **칼란도어**에 손을 댈 수 있는 건 오직 드래건의 환생뿐이었다. 랜드는, 당시에는 다른 방법이 없을 것처럼 느껴지는 백 가지 이유 때문에, 사람들이 그를 드래건의 환생으로 선포하게 놔두었다. 하지만 그가 정말로 드래건의 환생일까? 그가 꿈이 아닌 현실에서 달려가 **칼란도어**에 손을 댄다면, 그의 손이 투명한 벽에 부딪히고 벨랄은 등 뒤에서 그를 베어 버리지 않을까?

랜드는 그가 잘 아는 칼로, **사이딘**으로 이루어진 불의 칼날로 버려진 자와 맞섰다. 그리고 밀렸다. '떨어지는 나뭇잎'은 '물 먹은 비단'에 부딪혔다. '성벽 위에서 춤추는 고양이'는 '언덕을 달려 내려가는 멧돼지'에 부딪혔다. '강둑을 가르는 강' 자세를 취했다가 하마터면 머리를 잃을 뻔했다. 검은 불꽃이 그의 머리카락을 스치고 지나가는 바람에 그는 품위를 잃고 옆으로 몸을 던질 수밖에 없었다. 그렇게 몸을 굴려 일어서서 '산에서 떨어지는 돌'과 맞섰다. 체계적으로, 공들여서, 벨랄은 천천히 **칼란도어**를 감아 도는 나선 안으로 랜드를 몰아갔다.

기둥 사이에서 고함이, 비명이, 쇠가 부딪히는 소리가 메아리쳤지만 랜드는 거의 듣지 못했다. 이제 칼의 심장에 있는 건 그와 벨랄만이 아니었다. 흉갑을 걸치고 테두리가 있는 투구를 쓴 남자들과 기둥 사이를 빠르게 오가며 짧은 창으로 찔러 대는, 그림자 같은 형체들이 서로 칼로 맞서고 있었다. 일부 병사들은 대열을 이루었다. 어둠 속에서 휙 날아온 화살들이 그들의 목에, 얼굴에 꽂히자 그들은 줄을 맞춰 선 채로 죽었다. 랜드는 그 전투를 거의 의식하지도 못했다. 사람들이 주변 몇 미터 안에서 죽어 쓰러질 때도 마찬가지였다. 그 자신의 싸움이 너무도 절박했다. 그 싸움이 집중력을 온전히 앗아갔다. 축축한 온기가 옆구리에서 뚝뚝 떨어져 내렸다. 오래된 상처가 벌어지고 있었다.

랜드는 발을 헛디뎠다. 발치에 있던 사람을 보지 못하다가, 돌바닥에 플루트 통을 깔며 드러누운 뒤에야 알아챈 것이다.

벨랄이 검은 불로 이루어진 칼을 들어 올리고 소리쳤다. "들어라! **칼란도어**를 가져가서 네 몸을 지켜! **칼란도어**를 가져가지 않으면 지금 당장 널 죽이겠다! **칼란도어**를 가져가지 않겠다면 내가 널 베겠어!"

"안 돼!"

순간 벨랄조차 여자의 목소리에 깃든 힘에 위압당하고 말았다. 버려진 자는 랜드의 칼이 그리는 호선으로부터 물러나 고개를 돌리더니, 전장을 성큼성큼 헤치며 다가오는 모레인에게 인상을 찌푸렸다. 모레인은 주위에서 비명을 지르며 죽어 가는 자들을 무시하고 그에게만 시선을 고정했다. "너는 내 앞길에서 깔끔하게 치워 버린 줄 알았는데, 여자여. 상관없지. 넌 그저 짜증스러운 존재일 뿐이다. 날 쏘아 대는 날파리요 무는벌레다. 나는 너도 다른 여자들과 함께 철창에 가두고, 그 미약한 힘으로 그림자를 섬기는 방법을 가르치겠다." 경멸 어린 웃음으로 말을 마친 그가 빈손을 들었다.

모레인은 그가 말하는 동안에도 멈추거나 걸음을 늦추지 않았다. 벨랄이 손을 움직였을 때 모레인은 그와 겨우 27미터 떨어져 있었다. 모레인 역시 양손을 들었다.

버려진 자의 얼굴에 순간 놀란 기색이 스쳤다. 그에게는 "안 돼!"라고 소리 지를 시간이 없었다. 아이즈 세다이의 두 손에서 태양보다 뜨거운 흰 불의 광선이 쏘아져 나왔다. 모든 그림자를 없애 버리는 빛나는 막대. 그 앞에서 벨랄은 아른거리는 티끌이, 심장이 한 번 뛰는 시간조차 버티지 못하고 빛 속에 춤추는 점이, 비명이 희미해지기도 전에 불타 버린 얼룩이 되었다.

빛의 광선이 사라지자 방에는 침묵이 자리 잡았다. 다친 자들의 신음이 들려올 뿐이었다. 싸움은 죽은 듯 끝났고, 베일을 쓴 남자들과 흉갑을 입은 남자들 모두 충격을 받은 것처럼 서 있었다.

"한 가지는 저자의 말이 맞아." 모레인이 말했다. 꼭 초원에 서 있는 것처럼 차분하고 평온한 목소리였다. "넌 **칼란도어**를 가져가야 해. 저자는 **칼란도어**를 손에 넣고자 너를 해치려 했지만, 저 칼을 가질 권리는 태어날 때부터 네게 있었어. 네가 칼자루를 쥐기 전에 많은 것을 알게 됐으니 훨씬 더 좋은 일이지. 하지만 이제 너는 분기점에 이르렀어. 더 이상 배울 시간은 없다. 칼을 가져가라, 랜드."

모레인 주변에 검은 번개가 휘몰아쳤다. 그 번개가 모레인을 들어 올려 내동댕이치자 그녀가 비명을 질렀다. 모레인은 자루라도 된 듯 바닥을 따라 미끄러지다가 어느 기둥에 닿았다.

랜드는 번개가 떨어진 곳을 향해 시선을 들었다. 그 위에, 기둥 꼭대기와 가까운 곳에 더 짙은 그림자가 있었다. 다른 모든 그림자를 대낮처럼 보이게 하는 암흑이었다. 그 칠흑 어둠으로부터, 불로 이루어진 두 개의 눈이, 랜드를 마주 쏘아보았다.

그림자가 천천히 내려와 회전하며 바알자몬의 형상을 갖추었다. 그는 머드랄처럼 검은, 죽음처럼 검은 옷을 입고 있었다. 그러나 그 옷조차 바알자몬에게 달라붙은 그림자만큼 어둡지는 않았다. 그는 바닥으로부터 4미터 떨어진 허공에 떠서, 자기 눈만큼이나 사나운 분노를 담아 랜드를 노려보았다. "이번 삶에 나는 네게 살아서 나를 섬길 기회를 두 차례 주었다." 그의 입에서 불길이 솟구쳤다. 모든 단어가 용광로처럼 타올랐다. "너는 두 차례 거부했고 내게 상처를 입혔다. 이제 너는 죽어서 무덤의 군주를 섬길 것이다. 죽어라, 동족살해자 루스 세린. 죽어라, 랜드 알소르. 이젠 네가 죽을 시간이다! 내가 너의 영혼을 가져가겠다!"

바알자몬이 손을 내민 순간 랜드는 땅을 짚고 일어서, 간절하게 **칼란도어** 쪽으로 몸을 던졌다. **칼란도어**는 그때까지도 허공에서 빛을 내며 번쩍이고 있었다. 랜드는 그 칼로 손을 뻗을 수 있을지, 만일 뻗을 수 있다면 그 칼을 만질 수 있을지 몰랐다. 그러나 그것만이 유일한 기회라는 건 알았다.

랜드가 펄쩍 뛰어오르는 순간 바알자몬의 공격이 랜드에게 적중했다. 그 공격이 무언가를 찢고 구기고 뜯어내 헐겁게 만들었다. 랜드의 일부를 떼어 내려 했다. 랜드는 비명을 질렀다. 텅 빈 자루처럼 주저앉는 기분이었다. 몸의 안팎이 뒤집히는 것 같았다. 옆구리의 고통이, 팔메에서 입은 상처의 기억이 거의 반갑게 느껴질 정도였다. 그 상처가 매달릴 대상, 삶을 떠올리게 하는 존재가 되었다. 랜드의 손이 경련하듯 쥐어졌다. **칼란도어**의 칼자루를 쥐고.

일원력이 그의 몸에 솟구쳤다. 랜드조차 믿을 수 없도록 강력한 소용돌이가 **사이딘**에서 칼 속으로 밀려들었다. 수정 칼날은 모레인의 불보다도 밝게 빛났다. 쳐다볼 수가 없었다. 더는 그게 칼이라는 걸 알아보기가 불가능했다. 그저 랜드의 주먹 안에서 빛이 타올랐을 뿐이다. 랜드는 그 흐름과 맞서 싸웠다. 그를, 진짜 랜드를 칼 속으로 데려가고자 위협하는 무자비한 흐름과 씨름했다. 수백 년처럼 느껴지는 짧은 순간, 그는 돌발 홍수 앞의 모래처럼 휩쓸려 가기 직전에 균형을 잡은 채 흔들렸다. 무한히 느린 속도로 균형이 잡혔다. 끝을 모르는 낭떠러지 위에, 면도칼 위에 맨발로 서 있는 것처럼 고요했다. 그러나 무엇인가 랜드에게, 이것이 예상할 수 있는 가장 좋은 상황이라고 말해 주었다. 이렇게 많은 일원력을 채널링하려면, 그는 검술의 자세에 따라 춤을 추며 그 날카로움 위에서 움직여야 했다.

그는 돌아서서 바알자몬을 마주 보았다. 그의 손이 **칼란도어**에 닿는 순간 내면의 찢김이 멈추었다. 짧은 순간만이 지났지만, 그 순간이 영원히 이어지는 것처럼 느껴졌다. "넌 내 영혼을 가져가지 못해." 랜드가 외쳤다. "이번엔 내가 완전히 끝내 버릴 생각이다! 지금 당장 끝낼 거야!"

바알자몬이 도망쳤다. 그의 몸도, 그림자도 사라졌다.

랜드는 인상을 쓰며 눈앞을 보았다. 바알자몬이 떠나면서 뭔가가…… 접히는 느낌이 들었다. 바알자몬이 어떤 식으로든 존재하던 것을 **구부린** 것만 같은 비틀림이었다. 랜드는 자신을 바라보는 남자들도, 기둥 아래에 쓰러져 있는 모레인도 무시하고 **칼란도어** 너머로 손을 뻗었다. 하여 현실을 비틀고 다른 어딘가로 통하는 문을 만들었다. 어디로 통하는 문인지는 알 수 없었다. 다만 거기가 바알자몬이 떠난 곳이라는 점만이 분명했다.

"이젠 내가 사냥꾼이야." 랜드는 그렇게 말하며 문을 넘었다.

돌이 에그웨인의 발밑에서 흔들렸다. 티어의 바위가 흔들흔들 울렸다. 에그웨인은 균형을 잡으며 멈춰 서서 귀를 기울였다. 더 이상 소리는, 다른 떨림은 없었다. 무슨 일이 일어났는지는 몰라도 다 끝났다. 에그웨인은 서둘러 계속 나아갔다. 철창으로 이루어진 문이 앞을 막아섰다. 그녀의 머리만큼 큰 자물쇠가 달려 있었다. 그리로 손을 뻗기 전에 에그웨인은 땅의 권능을 채널링했다. 그녀가 철창을 밀 때쯤 자물쇠는 반으로 쪼개져 있었다.

철창 너머의 방을 재빨리 가로질렀다. 벽에 걸려 있는 것들은 보지 않으려 애썼다. 채찍과 쇠 집게가 가장 무해한 물건이었다. 그녀는 작게 몸을 떨며 더 작은 쇠문을 밀어 열었고, 양옆에 거친 나무 문이 늘어서 있는 복도에 접어들었다. 거친 횃불이 쇠 받침대에 끼워진 채 일정한 간격을 두고 타올랐다. 그곳을 떠나오며, 에그웨인은 찾던 것을 찾았을 때와 거의 비슷한 안도감을 느꼈다. **그런데 어느 감방이지?**

나무 문은 쉽게 열렸다. 일부는 자물쇠가 채워져 있지 않았고, 일부 문에 채워진 자물쇠는 앞서 있었던 큰 자물쇠보다 오래 버티지 못했다. 하지만 모든 감방이 비어 있었다. **당연하지. 아무도 이런 데 갇혀 있는 자기 모습을 꿈꾸지 않을 테니까. 텔아이란리오드에 이르는 데 성공한 포로는 누구라도 여기보다 기분 좋은 곳을 꿈꿀 거야.**

에그웨인은 잠시 절망에 가까운 무언가를 느꼈다. 맞는 감방을 찾으면 차이가 생길 거라고 그녀는 믿고 싶었다. 하지만 그 감방을 찾는 것조차 불가능할 수 있었다. 첫 번째 복도가 이어지고 또 이어졌다. 다른 통로들이 그 복도로부터 이어졌다.

뭔가 바로 앞에서 깜빡이는 게 보였다. 조이야 바이어보다도 실체가 없는 모습이었다. 여자였다. 그건 확실했다. 어떤 여자가 어느 감방 문 옆 벤치에 앉아 있었다. 그 형상이 깜빡거리며 다시 나타났다가 사라졌다. 늘씬한 목과 창백하고도 천진해 보이는 얼굴, 잠들기 직전에 깜빡거리는 눈꺼풀을 잘 못 알아볼 수는 없었다. 아미코 나고인이 잠결로 빠져들고 있었다. 자신의 경비 임무를 꿈으로 꾸고 있는 모양이었다. 졸음에 겨운 채 훔쳐 간 **티어앙 그리알 가운데** 하나로 장난을 치고 있는 모양이었다. 에그웨인은 이해할 수 있었다. 베린이 그녀에게 준 **티어앙그리알**을 더 이상 사용하지 않는 데는 엄청난 노력이 들었다. 단 며칠이라도 말이다.

에그웨인은 아미코가 이미 **사이다**를 포용했다 한들 그녀를 진정한 근원으로부터 끊어 내는 것이 가능하다는 걸 알았다. 하지만 이미 확립된 권능의 조직을 끊어 내는 것은 그런 조직이 생겨나기 전에 흐름을 차단하는 것보다 훨씬 더 힘들 게 틀림없었다. 에그웨인은 직조된 것의 패턴을 설정하고, 그것들을 준비했다. 영혼의 권능의 실오리를 더욱 강하게 만들었다. 이번에는 더욱 두껍고 무겁게 했다. 칼처럼 뭔가를 잘라낼 수 있는 날을 가진, 좀 더 촘촘한 것을 엮어 냈다.

어둠의 친구의 흔들리는 형상이 다시 나타나자 에그웨인은 공기와 영혼의 권능으로 공격했다. 그런데 잠깐, 뭔가가 영혼의 권능의 직조에 저항하는 것 같았다. 에그웨인은 온 힘을 실어 억지로 그것을 짜냈다. 그러자 그것이 제자리로 미끄러져 들어갔다.

아미코 나고인이 비명을 질렀다. 거의 들리지도 않는 가느다란 소리, 그녀 자신만큼 희미한 소리였다. 그녀는 거의 조이야 바이어의 형상의 그림자처럼 보였다. 그러나 공기의 권능으로 짠 끈이 그녀를 묶었다. 그녀는 다시 사라지지 않았다. 두려움이 어둠의 친구의 사랑스러운 얼굴을 뒤틀었다. 그녀는 뭐라고 중얼거리는 것 같았지만, 그녀가 외치는 소리는 에그웨인이 이해하기에는 너무 조용한 귓속말이었다.

흑색의 자매 주변으로 직물을 묶고 설치하면서, 에그웨인은 감방 문으로 관심을 돌렸다. 조바심 속에서 땅의 권능이 무쇠 자물쇠로 쏟아져 들어가게 했다. 자물쇠는 떨어지면서 검은 먼지가, 안개가 되더니 바닥에 닿기 전에 완전히 흩어졌다. 그녀는 문을 활짝 열었다. 타오르는 거친 횃불 하나만 있을 뿐 감방은 비어 있었다. 그러나 놀랍지 않았다.

하지만 아미코는 묶여 있고 문은 열려 있어.

잠시 그녀는 다음으로 뭘 해야 할지 생각했다. 그러고는 꿈에서 나서서……

……그 모든 멍과 통증과 갈증이 있는 상태로, 등에 감방의 벽이 닿아 있는 상태로 깨어나 꽉 닫힌 감방 문을 바라보았다. **그럼 그렇지. 텔아이란리오드에서 살아 있는 존재에게 일어나는 일은 그 존재가 깨어나도 현실이야. 하지만 내가 돌이나 쇳덩이나 나무에 한 일은 깨어 있는 세계에는 아무 영향을 끼치지 못해.**

나이니브와 일레인이 여전히 그녀의 옆에 무릎을 꿇고 있었다.

"누군지 몰라도," 나이니브가 말했다. "밖에 있던 사람이 방금 비명을 질렀어. 그것 말고는 아무 일도 일어나지 않았지만. 나가는 길을 찾았어?"

"걸어서 나갈 수 있을 거야." 에그웨인이 말했다. "일어서게 도와줘. 그러면 내가 자물쇠를 없앨게. 아미코는 우리를 방해하지 못할 거야. 비명을 지른 게 아미코였어."

일레인이 고개를 저었다. "난 네가 떠난 이후로 계속 **사이다**를 받아들이려고 노력했어. 지금은 좀 달라졌지만, 난 지금도 차단돼 있어."

에그웨인은 내면에 공백을 형성하고 **사이다**를 받아들이는 장미 꽃봉오리가 되었다. 보이지 않는 벽이 여전히 존재했다. 다만 지금은 그 벽이 아른거렸다. 몇몇 순간에는 거의 진정한 근원이 그녀를 일원력으로 채우기 시작하는 것처럼 느껴졌다. 거의. 방어막이 에그웨인으로서는 감지할 수 없을 만큼 빠르게 흔들리며 존재했다가 사라지곤 했다. 그러나 여전히 방어막이 단단하게 존재하는 것이나 마찬가지였다.

그녀는 친구들을 바라보았다. "내가 아미코를 묶어 놨어. 아미코를 방어막에 잡아 뒀어. 아미코는 생명이 없는 쇳덩이가 아니라 살아 있는 존재야. 지금도 방어막에 갇혀 있을 게 **틀림없어.**"

"우리을 가둔 방어막에 **무슨 일이** 일어났어." 일레인이 말했다. "하지만 지금도 아미코가 그걸 간신히 유지하고 있는 거야."

에그웨인은 다시 벽에 고개를 축 늘어뜨렸다. "다시 해 볼게."

"그럴 기운이 있어?" 일레인이 인상을 찡그렸다. "솔직히 말해서 넌 전보다도 약해진 것 같아. 이번 시도로 네 안에서 뭔가가 빠져나갔어, 에그웨인."

"이렇게 빨리 다시 잠들 수 있어?" 마침내 나이니브가 물었다.

"노래해 줘." 에그웨인이 힘겹게 미소 지었다. "내가 어렸을 때처럼. 부탁할게." 에그웨인은 한 손으로 나이니브의 손을 잡고, 다른 손으로는 돌 고리를 쥔 채 눈을 감고 가사 없는 흥얼거림 속에서 잠을 찾으려 노력했다.

철창으로 이루어진 넓은 문은 열려 있었고, 그 너머의 공간에 살아 있는 존재는 없는 듯했다. 하지만 맷은 조심스럽게 들어갔다. 산다가 여전히 저 바깥 복도에서 양쪽을 동시에 살피려 애쓰고 있었다. 그는 대공이나, 어쩌면 백 명의 방어군이 어느 순간에든 나타날지 모른다고 생각하는 중이었다.

들어선 방에는 사람이 한 명도 없었고―긴 탁자에 놓인, 반쯤 먹은 음식들을 보니 있던 사람들은 서둘러 떠난 듯했다. 위층에서 일어난 싸움 때문인 게 틀림없었다―벽에 걸린 물건들의 생김새를 보니 그중 누구도 만날 필요가 없었다는 게 그저 다행스러웠다. 다양한 크기와 길이와 두께의 채찍이 다양한 수의 갈래로 갈라져 있었다. 작은 집게, 큰 집게, 쥠쇠, 쇳덩이. 금속 장화와 장갑, 투구처럼 보이는 물건들에는 그것들을 조이기 위한 것인 듯 거대한 나사가 사방에 달려 있었다. 맷으로서는 쓰임새를 짐작조차 할 수 없는 물건들. 이런 물건을 사용하는 사람들을 만난다면, 맷은 떠나기 전 **그들이** 죽었는지 확실히 확인해야겠다고 생각했다.

"산다!" 그가 식식댔다. "빌어먹을, 밤새 거기 있을 생각이에요?" 그는 대답을 기다리지 않은 채 서둘러 안쪽으로 가서 문을―문은 바깥쪽 문처럼 철창이 달려 있었으나 크기가 더 작았다―넘어섰다.

문 너머의 복도 양옆에는 거친 나무 문이 늘어서 있었다. 그가 방금 떠나온 방에 있던 것과 똑같은 횃불이 그 복도를 밝혔다. 18미터도 채 떨어지지 않은 저편에 웬 여자가 있었다. 어느 문 옆 벤치에 앉은 그녀가 이상하도록 뻣뻣한 모습으로 벽에 기대 있었다. 여자는 맷의 장화가 돌에 스치는 소리를 듣더니 천천히 맷 쪽으로 고개를 돌렸다. 예쁘장하고 젊은 여자였다. 맷은 왜 그녀가 머리만 움직이는 건지, 여자가 반쯤 잠들어 있다면 어떻게 고개를 움직일 수 있는 건지 궁금했다.

포로일까? **포로가 복도에 나와 있다고? 하지만 저런 얼굴을 가진 사람이 벽에 걸린 저런 물건들을 사용하는 사람일 리는 없어.** 여자는 정말이지 거의 잠든 것처럼 눈을 일부만 뜨고 있었다. 게다가 그 사랑스러운 얼굴에 떠오른 괴로운 표정을 보니, 그녀는 고문을 하는 사람이 아니라 고문을 당하는 사람인 게 확실했다.

"멈춰!" 산다가 등 뒤에서 소리쳤다. "그 여자는 아이즈 세다이야! 네가 찾는 여자들을 데려간 아이즈 세다이 중 한 명이라고!"

맷은 얼어붙은 채 다시금 여자를 바라보았다. 모레인이 불덩어리를 던지던 모습이 떠올랐다. 곤봉으로 불덩어리를 쳐낼 수 있을까. 아이즈 세다이를 능가할 정도로까지 행운이 이어질까.

"도와줘." 여자가 희미하게 말했다. 그녀의 눈은 여전히 거의 잠든 것처럼 보였지만, 목소리에 깃든 간청은 완전히 깨어 있었다. "도와줘. 제발!"

맷은 눈을 깜빡였다. 그녀는 여전히 목 아래의 근육을 전혀 움직이지 않고 있었다. 맷은 조심스레 한 발짝 다가가며 손을 내저었다. 신음을 그만두라는 뜻이었다. 여자가 맷을 좇아 머리를 움직였다. 그 이상은 아니었다.

쇠로 된 커다란 열쇠가 여자의 허리띠에 매달려 있었다. 맷은 잠시 망설였다. 산다는 그녀가 아이즈 세다이라고 했다. **왜 안 움직이는 거지?** 맷은 침을 삼키며, 늑대가 물고 있는 고기 조각을 빼내기라도 하듯 조심스럽게 그 열쇠를 풀어냈다. 여자가 문 쪽으로 눈알을 굴리며, 방금 커다란 개가 으르렁거리며 방에 들어왔는데 나갈 방법을 모르는 고양이 같은 소리를 냈다.

맷은 이해가 되지 않았지만 여자가 그 문을 열려는 맷의 행동을 막지만 않는다면, 그녀가 속을 채운 허수아비처럼 그냥 앉아 있기만 하는 이유에는 아무 관심이 없었다. 한편으로는 문 반대편에 겁낼 만한 뭔가가 있는지 궁금했다. **저 여자가 에그웨인 일행을 데려간 사람 중 한 명이라면 그 애들을 가두고 지키고 있다는 것도 말이 되지.** 여자의 눈에서 눈물이 새어 나왔다.

다만 저 여자의 표정이 걸려. 안에 빌어먹을 반인이라도 숨어 있다는 듯한 표정이라니. 사실을 알아볼 방법은 한 가지뿐이었다. 벽에 곤봉을 기대 놓고 자물쇠에 열쇠를 꽂아 돌린 맷이 문을 활짝 열었다. 필요하면 도망칠 준비를 한 채로.

나이니브와 일레인이 바닥에 무릎을 꿇고 있었다. 에그웨인은 둘 사이에 잠들어 있는 것처럼 보였다. 맷은 에그웨인의 부은 얼굴을 보고 헛숨을 들이켰다. 그녀가 잠들어 있는 것이라는 생각을 바꾸었다. 맷의 등장에 다른 두 여자가 그를 돌아보더니—그들도 에그웨인만큼 심하게 구타당한 상태였다. **태워 죽일! 태워 죽일!**—입을 쩍 벌렸다.

"매트림 코손." 나이니브가 충격 받은 목소리로 말했다. "빛을 걸고, **넌** 대체 여기서 뭘 하는 거야?"

"빌어먹을, 너희를 구하러 왔지." 맷이 말했다. "태워 죽일, 파이라도 훔치러 온 사람처럼 날 맞이할 줄은 몰랐네. 왜 곰하고 싸운 것만 같은 꼴이 됐는지는 나중에 말해 줘도 돼. 에그웨인이 못 걷는 상태면 내가 업고 갈게. 티어의 바위 전체에, 또 이 근처에 아이일 사람들이 잔뜩 있어. 아이일 사람들이 빌어먹을 방어군을 죽이고 있거나 빌어먹을 방어군이 아이일 사람들을 죽이고 있고. 어느 쪽이든, 할 수 있을 때 이 빌어먹을 곳에서 빠져나가야 해. 그럴 수 **있다면** 말이지만!"

"말조심해라." 나이니브가 그에게 말했다. 일레인은 여자들이 너무도 자주 짓는, 그 못마땅한 표정으로 그를 바라보고 있었다. 하지만 둘 다 그런 행동에 온 관심을 쏟고 있는 것 같지는 않았다. 에그웨인은 맷이 살면서 본 누구보다 심하고 많은 멍에 뒤덮여 있었지만, 여자들은 전혀 상관없다는 듯 에그웨인을 흔들어 깨우기 시작했다.

에그웨인의 눈꺼풀이 깜빡이다가 뜨였다. 그녀가 신음했다. "왜 깨운 거야? 난 알아야만 해. 내가 아미코의 속박을 느슨하게 하면 아미코가 깨어날 테고 난 아미코를 다시 잡을 수 없을 거야. 하지만 그렇게 하지 않으면 아미코가 완전히 잠들 수 없……." 에그웨인의 눈이 맷에게 이르러 크게 뜨였다. "매트림 코손, 빛을 걸고 **넌** 대체 여기서 뭘 하는 거야?"

"말해 줘." 맷이 나이니브에게 말했다. "난 말조심을 하기엔 너희를 구하느라 너무 바빠서……." 그들 모두가 맷의 뒤를 바라보았다. 마치 손에 칼이 쥐어져 있으면 좋겠다는 표정으로 누군가를 노려보는 중이었다.

맷이 휙 뒤를 돌아보았다. 하지만 그의 눈에 보이는 사람은 주일린 산다 뿐이었다. 그는 썩은 자두를 통째로 삼킨 듯한 표정이었다.

"그만한 이유가 있어." 산다가 맷에게 말했다. "내가…… 내가 저들을 배신했다. 그럴 수밖에 없었습니다." 두 번째 말은 맷 너머, 여자들을 향한 것이었다. "꿀빛 머리카락을 여러 갈래로 땋은 여자가 제게 말을 걸었고, 저는…… 어쩔 수 없었어요." 세 사람은 오랫동안 계속 그를 노려보았다.

"리안드린은 고약한 술수를 쓰지요, 산다 씨." 나이니브가 마침내 말했다. "아마 온전히 당신 탓은 아닐 겁니다. 죄는 나중에 나눠도 되겠죠."

"그 문제가 다 해결됐으면," 맷이 말했다. "이제 가도 될까?" 맷이 느끼기에는 해결됐다고 해 봐야 진흙탕이었지만, 그는 지금 당장 떠나는 데 더 관심이 있었다.

세 여자가 절뚝거리며 그를 따라 복도로 나서다가 벤치 위 여자 근처에 멈춰 섰다. 여자는 그들을 보고 눈알을 굴려 대며 신음했다. "제발. 빛으로 돌아갈게. 맹세하고 너희에게 복종할게. 맹세의 막대를 쥐고 맹세할 거야. 제발 그러지 마……."

나이니브가 뒤로 팔을 젖혔다가 주먹을 휘둘러 여자를 벤치에서 완전히 떨어뜨리자 맷이 놀라 펄쩍 뛰었다. 여자는 그제야 눈을 완전히 감고 드러누웠다. 그러나 옆으로 누운 상태에서도 벤치에 앉아 있던 것과 정확히 똑같은 자세였다.

"처리됐군." 일레인이 신나서 말했다.

에그웨인은 허리를 숙여 의식을 잃은 여자의 주머니를 뒤지더니, 맷으로서는 알아볼 수 없는 물건을 자기 주머니에 옮겨 넣었다. "그래. 기분 좋네. 네가 저 여자를 쳤을 때 뭔가가 바뀌었어, 나이니브. 뭔지는 모르겠지만 느껴졌어."

일레인이 고개를 끄덕였다. "나도 느꼈어."

"난 저 여자의 마지막 한 부분까지 바꿔 놓고 싶어." 나이니브가 험악하게 말했다. 그녀는 두 손으로 에그웨인의 머리를 잡았다. 에그웨인이 헐떡이며 까치발을 들었다. 나이니브가 에그웨인으로부터 뗀 손을 일레인에게 옮겼을 때 에그웨인의 멍은 사라지고 없었다. 일레인의 상처도 빠르게 사라졌다.

"피와 재를 걸고!" 맷이 끙 소리를 냈다. "그냥 저기 얌전하게 앉아 있던 여자를 후려치다니, 무슨 짓이야? 움직이지도 못하는 것 같던데!" 세 사람은 모두 고개를 돌려 맷을 보았고, 맷은 주변의 공기가 걸쭉한 젤리로 변하는 것 같은 느낌에 목이 졸리는 소리를 냈다. 맷은 장화가 바닥에서 91센티미터는 족히 떨어진 높이에 대롱대롱 떠 있을 때까지 공중으로 들어 올려졌다. **아, 태워 죽일. 일원력이야! 아이즈 세다이가 빌어먹을 일원력을 나한테 쓸까 봐 걱정했는데, 이제는 내가 구한 여자들이 나한테 그 빌어먹을 짓을 하고 있네! 태워 죽일!**

"넌 아무것도 몰라, 매트림 코손." 에그웨인이 힘이 들어간 목소리로 말했다.

"알게 될 때까지는," 나이니브가 더욱 힘이 들어간 목소리로 말했다. "네 의견은 혼자만 간직하길 권하지."

일레인은 맷을 노려보는 것으로 만족했다. 그녀의 눈초리를 보자 맷은 회초리를 꺾으러 가는 어머니가 떠올랐다.

어떤 이유에서인지 그는 자기도 모르게 씩 웃고 있었다. 너무도 자주 어머니가 회초리를 찾으러 가게 만들던 그 미소였다. **태워 죽일, 쟤들이 이런 일을 할 수 있다면, 대체 누가 어떻게 쟤들을 감방에 가둘 수 있었는지 모르겠는데!** "내가 아는 건, 내가 너희를 너희들이 스스로 탈출할 수 없는 곳에서 꺼내 줬다는 거야. 은혜를 잘 아는 게 아주 치통을 앓는 빌어먹을 타렌 페리 사람 같네!"

"네 말이 맞아." 나이니브가 말했다. 맷의 장화가 갑자기 바닥에 부딪혔다. 너무 세게 부딪혀서 이가 흔들릴 지경이었다. 하지만 맷은 다시 움직일 수 있었다. "이런 말을 하자니 괴롭지만, 맷. 네 말이 맞아."

맷은 뭔가 빈정거리는 말로 대답하려 했지만, 나이니브의 목소리에는 지금 그대로도 미안한 기색이 거의 없었다. "이제 가도 돼? 싸움이 벌어지고 있으니. 산다는 우리가 강 옆의 작은 문을 통해 너희를 데리고 나갈 수 있을 거라고 생각해."

"난 떠나지 않아, 맷." 나이니브가 말했다.

"난 리안드린을 찾아서 가죽을 벗길 생각이야." 에그웨인이 말했다. 거의 문자 그대로 진심인 것 같았다.

"내가 하고 싶은 건," 일레인이 말했다. "조이야 바이어가 깩깩대는 소리를 낼 때까지 그 여자를 두들겨 패는 거야. 하지만 그 여자들 중 누가 됐든 만족할게."

"너희 전부 귀가 먹었어?" 맷이 끙 소리를 냈다. "지금 전투가 벌어지고 있다고! 난 너희를 구하러 왔고, 너희를 구하고 말 거야." 에그웨인이 곁을 지나가며 맷의 뺨을 톡톡 건드렸다. 일레인도 마찬가지였다. 나이니브는 코웃음만 쳤다. 맷은 입을 쩍 벌린 채 그들의 뒷모습을 바라보았다. "왜 아무 말도 안 한 거예요?" 그가 도둑잡이에게 투덜거렸다.

"말을 해서 네가 어떻게 됐는지 봤으니까." 산다가 간단히 말했다. "난 바보가 아니거든."

"뭐, 난 싸움 한복판에 머물지 않을 거야!" 맷이 여자들에게 소리쳤다. 그들은 철창이 달린 작은 문을 지나 막 멀어지고 있었다. "난 간다고. 내 말 들려?" 그들은 돌아보지도 않았다. **아마 저러다 죽겠지! 쟤들이 딴 곳을 보고 있을 때 누군가 쟤들한테 칼을 꽂아 넣을 거야!** 맷은 억 소리를 내며 곤봉을 어깨에 걸쳐 메고 그들을 따라가기 시작했다. "아저씨는 거기 서 있을 거예요?" 그가 도둑잡이에게 소리쳤다. "이제 와서 쟤들이 죽게 놔두려고 이렇게 먼 데까지 온 게 아니라고요!"

산다가 채찍이 있는 방에서 그를 따라잡았다. 세 여자는 이미 떠나고 없었지만, 맷은 그들을 찾기가 그리 어렵지는 않을 거라고 느꼈다. **그냥 빌어먹을 허공에 떠 있는 남자들만 찾으면 돼! 빌어먹을 여자들 같으니!** 맷은 서둘러 종종걸음 쳤다.

페린은 티어의 바위를 따라 우울하게 성큼성큼 걸어가며 파일의 흔적을 찾았다. 그는 지금까지 파일을 두 번 구했다. 한 번은 레멘에서 아이일 사람이 갇혀 있던 것과 무척 비슷한 철창에서 그녀를 꺼내 주었고, 한 번은 옆에 독수리가 새겨진 강철 상자를 부숴서 열어 주었다. 두 번 모두, 파일은 페린의 이름을 말한 뒤 공기 속으로 녹아들었다. 하퍼가 페린의 옆에서 종종걸음 치며 킁킁거렸다. 페린의 후각도 예리했지만 늑대의 후각은 더욱 예리했다. 그들을 상자로 이끌어 준 것이 하퍼였다.

페린은 언젠가는 정말로 파일을 풀어 주게 될 수 있을지 궁금했다. 오랫동안 아무 흔적도 보이지 않았다. 티어의 바위의 복도는 텅 비어 있었다. 등불이 타오르고 태피스트리와 무기가 벽에 걸려 있었지만, 페린과 하퍼 말고는 아무것도 움직이지 않았다. **랜드 같았어.** 언뜻 보았을 뿐이지만 한 남자가 누군가를 쫓는 듯 달려가고 있었다. **랜드일 리 없어. 그럴 리가. 하지만 맞는 것 같기도 해.**

하퍼가 갑자기 발걸음을 빨리 해서 또 다른 높다란 문들이 있는 곳으로 향했다. 이번 문들은 청동으로 도금되어 있었다. 하퍼와 속도를 맞추려던 페린은 발을 헛디뎌 무릎을 털썩 꿇었고, 바닥에 얼굴을 처박지 않으려고 손을 뻗었다. 온몸의 근육이 물이 된 것 같았다. 그런 느낌이 온몸을 휩쓸었다. 애써 일어서자니 힘이 들었다. 하퍼가 돌아와 그를 보았다.

넌 여기에 너무 힘겹게 남아 있다, 젊은 황소여. 몸이 약해진다. 너는 몸을 붙들고 있으려고 신경 쓰지 않는다. 곧 몸과 꿈이 함께 죽을 거다.

"파일을 찾아." 페린이 말했다. "내 부탁은 그것뿐이야. 파일을 찾아 줘."

노란 눈이 노란 눈과 마주쳤다. 늑대는 돌아서서 문들이 있는 쪽으로 종종걸음 쳤다. **이 뒤다, 젊은 황소여.**

페린이 그곳으로 다가가 문을 밀었다. 문은 꿈쩍도 하지 않았다. 손잡이도 없고 잡을 곳도 없는 그 문을 열 방법은 없는 것 같았다. 금속에 새겨진 아주 작은 무늬가 있었는데, 너무 가늘어서 페린의 눈으로도 거의 보이지 않았다. 독수리였다. 수천 마리의 아주 작은 독수리.

여기가 틀림없어. 난 오래 버틸 수 없겠지만. 페린은 고함을 지르며 망치를 휘둘러 청동을 내리쳤다. 청동이 거대한 징처럼 울렸다. 페린은 다시 한 번 망치를 내리쳤고, 울리는 소리가 깊어졌다. 세 번째 타격에 청동 문은 유리처럼 박살 났다.

망가진 문과 91미터쯤 떨어진 곳, 횃대에 사슬로 매여 있는 독수리를 둥근 빛이 둘러싸고 있었다. 어둠이 그 거대한 방의 나머지 공간을 가득 채웠다. 수백 개의 날개가 부스럭거리는 듯한 희미한 소리와 함께.

페린은 그 방으로 한 걸음 들어갔다. 독수리가 어둠 속에서 구부정하게 나와, 페린 곁을 스쳐 가면서 발톱으로 페린의 얼굴에 자국을 남겼다. 페린이 한 팔을 들어 눈을 가리자 독수리의 발톱이 그의 아래팔을 찢어 놓았다. 하지만 페린은 비틀거리면서도 횃대로 향했다. 새들은 오고 또 왔다. 독수리들이 곤두박질쳐 그를 공격하고 찢어발겼다. 두 팔과 어깨에서 피가 흐르는 속에서도 페린은 계속 묵직한 걸음을 옮겼다. 한쪽 팔을 들어 횃대 위 독수리에게 시선을 고정한 눈을 보호했다. 그는 망치를 잃어버렸다. 어디에서 잃어버렸는지는 모르겠지만, 돌아가서 망치를 찾으려다간 망치를 발견하기도 전에 죽을 터였다.

횃대에 이르자 그를 베어 대던 발톱들이 그를 무릎 꿇게 했다. 페린은 팔로 눈을 가린 채 고개를 들어 횃대 위의 독수리를 보았다. 독수리가 까만, 한번도 깜빡이지 않는 눈으로 그를 마주 보았다. 독수리의 다리를 맨 사슬은 고슴도치 모양의 아주 작은 자물쇠로 횃대에 묶여 있었다. 페린은 두 손으로 사슬을 꽉 잡았다. 이제 주변을 할퀴어 대는 독수리 발톱들의 소용돌이에는 신경을 쓰지 않았다. 마지막 남은 힘으로 그 사슬을 끊었다. 고통과 독수리들이 어둠을 가져왔다.

눈을 떴다. 온몸이 따갑고 고통스러웠다. 꼭 얼굴과 두 팔, 양쪽 어깨가 천 개의 칼로 저며진 것 같았다. 그러나 상관없었다. 파일이 무릎을 꿇고 그를 내려다보고 있었다. 그 까맣고 눈꼬리가 올라간 눈에 걱정이 가득했다. 그녀는 피에 젖은 천으로 그의 얼굴을 닦고 있었다.

"가엾은 나의 페린." 그녀가 조용히 말했다. "나의 가엾은 대장장이. 너무 심하게 다쳤어."

그는 느껴지는 고통 이상으로 노력해서 고개를 돌렸다. 여관 '별'의 독립된 식당이었다. 탁자 구석에 고슴도치 나무 조각이 반으로 부러진 채 놓여 있었다. "파일." 페린이 그녀에게 속삭였다. "나의 독수리."

랜드는 아직 칼의 심장에 있었지만 뭔가 달라져 있었다. 이곳에서는 싸우는 사람도, 죽은 사람도 없었다. 오직 랜드 자신뿐이었다. 갑자기 거대한 징 소리가 티어의 바위 전체에 울려 퍼졌다. 연이어 한 번 더 울려 퍼졌다. 랜드의 발 바로 아래에 있는 돌들이 울렸다. 세 번째로 굉음이 들려왔지만 너무 갑작스럽게 끊겼다. 꼭 징이 박살 난 것만 같았다. 모든 것이 고요했다.

여기가 어디지? 랜드는 궁금했다. 무엇보다, **바알자몬은 어디 있는 거야?**

랜드에게 대답이라도 하듯 모레인이 만든 것 같은, 타오르는 막대가 기둥 사이의 그림자에서 랜드의 가슴을 향해 곧장 쏘아져 나왔다. 랜드의 손목이 본능적으로 칼을 비틀었다. 랜드가 **사이딘**으로부터 **칼란도어**로 흐름을, 일 원력의 홍수를 방출한 것은 다른 무엇보다도 본능 때문이었다. 그 홍수로 인해 칼은 그에게 쏜살같이 날아오는 막대보다도 밝게 타올랐다. 존재와 파멸 사이에서 랜드가 겨우 지탱하고 있던 균형이 흔들렸다. 당연히 그 소용돌이가 랜드를 삼킬 터였다.

빛의 기둥이 **칼란도어**의 날을 후려쳤다. 그리고는 가장자리가 갈라지며 두 갈래로 나뉘어 랜드의 양옆을 빠르게 지나갔다. 그 빛이 가까이 스쳐가자 코트가 그을리는 것이 느껴졌다. 양털 타는 냄새가 났다. 등 뒤에서는 두 갈래의 얼어붙은 불길이, 액체와 같은 빛줄기가, 거대한 레드스톤 기둥에 적중했다. 그 빛에 맞은 돌은 더 이상 존재하지 않았고, 타오르는 막대는 다른 기둥을 뚫고 들어가 그것마저 즉시 잘라냈다. 기둥이 무너져 내려 먼지 구름을 일으키며 부서졌다. 칼의 심장이 우르릉댔다. 돌 파편이 흩날렸다. 그러나 빛 속으로 떨어진 것은…… 그야말로 더 이상 존재하지 않았다.

분노의 고함이 그림자 속에서 들려왔다. 타오르는 순백색 열기의 기둥은 사라졌다.

랜드는 앞에 있는 무언가를 공격하듯 **칼란도어**를 휘둘렀다. 칼날을 막던 흰 빛이 더욱 커지며 타오르더니, 고함을 감추고 있던 레드스톤 기둥을 잘라 냈다. 윤이 나는 석재가 비단처럼 베어졌다. 잘린 기둥이 진동했다. 그 일부가 느슨하게 무너져 내렸다. 천장에서 떨어지고 바닥에 부딪혀 박살 나며 거대하고 삐죽빼죽한 덩어리가 되었다. 우르릉거리는 소리가 희미해지고, 랜드는 그 너머로부터 돌에 닿는 장화 소리를 들었다. 달려가는 소리였다.

랜드는 **칼란도어**를 준비해 들고 서둘러 바알자몬을 따라갔다.

칼의 심장 밖으로 이어지는 높은 아치에 이르자 그 아치가 무너져 내렸다. 벽 전체가 랜드를 파묻으려는 것처럼 먼지와 바위의 구름을 일으키며 쓰러졌다. 랜드가 그 기둥을 향해 일원력을 집어 던졌다. 모든 것이 허공에 떠도는 먼지가 되었다. 랜드는 계속 달려갔다. 자기가 무슨 짓을 하는 건지, 어떻게 한 건지 알 수 없었지만 생각할 시간이 없었다. 그는 물러나는 바알자몬의 발걸음을 따라 달렸다. 바알자몬의 발소리가 티어의 바위의 복도 저쪽에서 메아리치고 있었다.

머드랄과 트롤록 들이 허공에서 펄쩍 뛰어나왔다. 거대한 짐승의 형상이, 살육의 분노로 일그러진 눈 없는 얼굴들이 수백씩 뛰쳐나왔다. 그것들이 랜드가 서 있는 복도의 앞과 뒤를 꽉 메웠다. 낫처럼 생긴 검이, 치명적인 검은 강철로 만들어진 칼날들이 랜드의 피를 원했다. 랜드는 방법도 모른 채 그것들을 증기로 바꿔 놓았고 그 증기는 랜드 앞에서 힘없이 사라졌다. 랜드 주변의 공기가 갑자기 짙은 재가 되어 그의 콧구멍과 목구멍을 답답하게 틀어막았다. 하지만 랜드는 그 공기를 다시 신선하고 서늘한 수증기로 만들었다. 랜드의 발밑 바닥에서, 벽에서, 천장에서 불꽃이 뿜어져 나왔다. 격렬한 불꽃이 태피스트리와 깔개, 탁자, 상자 들을 빠르게 삼킨 뒤 재의 아지랑이로 만들어 놓았다. 장식품과 등잔은 금을 녹인, 타오르는 방울로 변해 내던져졌다. 랜드는 불꽃을 납작하게 뭉갰다. 그리고 그것들을 바위에 묻은 붉은 광택처럼 굳혔다.

랜드 주변의 돌이 흐려지다 못해 거의 증기가 되었다. 티어의 바위가 흐려졌다. 현실이 흔들렸다. 랜드는 현실이 풀려나가는 것을, 자기 자신이 풀려나가는 것을 느낄 수 있었다. 랜드는 이곳에서 밀려나 그 무엇도 아예 존재하지 않는 다른 어떤 곳으로 들어가고 있었다. **칼란도어**가 그의 두 손 안에서 태양처럼 타올랐다. 랜드는 그 칼이 녹아 버릴 거라고 생각했다. 몸을 관통하며 솟구치는 일원력에 자신마저 녹을 거라고 생각했다. 랜드는 어찌어찌 그 격렬한 흐름의 방향을 돌려서 주변에 생겨난 구멍을 메우도록 했다. 랜드 자신을 존재하는 쪽에 붙들어 놓도록 했다. 티어의 바위가 다시 단단해졌다.

랜드는 자신이 한 일이 무엇인지 상상조차 할 수 없었다. 일원력은 랜드가 자신을 거의 의식 못 할 때까지, 랜드가 거의 자신이 아니게 될 때까지, 랜드였던 것이 거의 존재하지 않게 될 때까지 기승을 부렸다. 위태롭던 그의 안정성이 흔들렸다. 양쪽에 끝없는 낭떠러지가 있었다. 자칫하다가는 그의 몸을 통과해 칼로 들어가는 일원력으로 인해 존재가 삭제될지 몰랐다. 불안정한 안전이라도 존재한다면 그저 날카로운 칼날을 따라 추는 춤 속에 존재할 뿐이었다. **칼란도어**는 랜드가 태양을 들고 다니는 것처럼 보일 때까지 그의 손아귀에서 빛났다. 랜드 안에서 어렴풋하게, 폭풍 속의 촛불 빛처럼 깜빡이는 확신이 고개를 쳐들었다. **칼란도어**만 들고 있으면 무엇이든 할 수 있으리라는 확신이었다. 그 어떤 일이라도 할 수 있으리라는 확신.

랜드는 끝없는 복도를 따라 달렸다. 칼날을 따라 춤을 추며 그를 베려는 자를, 그가 베어 버려야만 하는 자를 추격했다. 이번에는 다른 끝이 존재할 수 없었다. 이번에는 둘 중 하나가 **죽어야만** 했다! 바알자몬도 그 사실을 알고 있다는 건 확실했다. 그는 언제나 도망쳤다. 도망치는 소리가 늘 랜드를 끌어들일 정도로만 시야에서 벗어난 곳에 있었다. 하지만 그는 도망치면서도 티어의 바위가 아닌 이 티어의 바위를 랜드에게 대적하도록 만들었고, 랜드는 본능과 추측과 확률만으로 맞서 싸웠다. 비틀거리기라도 했다가는 그를 완전히 삼켜 버릴 도구이자 무기인 일원력과 완벽한 균형을 이루어, 칼날을 따라 달리면서 싸웠다.

물이 복도를 맨 꼭대기에서 밑바닥까지 가득 채웠다. 바다 밑바닥처럼 흐리고 검은 물이었다. 숨이 막혔다. 랜드는 자기도 모르게 그 물을 다시 공기로 바꿔 놓고 계속 달렸다. 갑자기 공기에 무게가 실렸다. 그의 살갗 모든 부분이 산을 하나씩 떠받치고 있는 것처럼, 사방에서 엄청난 무게가 그를 조여 오는 것처럼 느껴졌다. 뭉개져 더 이상 존재하지 않게 되기 직전에, 랜드는 자신의 몸을 관통하며 솟구치는 일원력의 홍수에서 빠져나오는 흐름을 선택했다. 어떻게 그랬는지, 어느 것을 골랐는지, 그 이유는 무엇인지 알 수 없었다. 뭔가 생각하거나 알기에는 너무 빨리 일어난 일이었다. 결국 압력이 사라졌다. 그는 바알자몬을 뒤쫓았고, 공기 자체가 갑자기 그를 둘러싼 단단한 바위가 되었다. 그런 뒤에는 녹은 돌이 되었고, 그다음에는 허무가 되어 그의 폐를 가득 채웠다. 그의 장화 아래 땅이, 갑자기 모든 무게가 천 배가 된 것처럼 그를 끌어당겼다. 그런 뒤에는 모든 무게가 사라졌다. 그 바람에 랜드가 디딘 한 발이 허공을 빙글 돌았다. 그때까지 보지 못한 나락이 쩍 벌어지며 그의 정신을 몸에서 뜯어내려 했다. 그의 영혼을 찢어발기려 했다. 랜드는 모든 덫을 밟아 튀게 하며 계속 달려갔다. 바알자몬이 그를 파멸시키고자 뒤틀어 놓은 것들을, 랜드는 방법도 의식 못 한 채 바로잡았다. 어렴풋이, 랜드는 자신이 어떤 방식으로든 사물을 자연스러운 균형 상태로 돌려놓는다는 사실을 깨달았다. 존재와 허무 사이의 불가능할 정도로 가느다란 균열을 따라 춤추는 그 자신의 발걸음에 사물도 억지로 줄을 맞추도록 했다. 하지만 그런 인식은 까마득히 멀게만 느껴졌다. 랜드의 모든 의식은 추격에, 사냥에, 이 모든 것을 끝내야만 하는 죽음 앞에 놓여 있었다.

그는 칼의 심장으로 돌아와 한때 벽이었던, 무너져 내린 틈새를 뚫고 성큼성큼 달렸다. 기둥 일부가 부러진 이빨처럼 걸려 있었다. 바알자몬은 타오르는 눈으로 그에게서 물러났다. 어둠이 그를 에워싸고 있었다. 철사처럼 보이는 검은 선이 바알자몬으로부터 그의 주변에 쌓여 가는 어둠 속으로 연결되는 듯했다. 그 어둠 속의 상상조차 할 수 없는 높이와 거리 안으로 사라지는 것만 같았다.

"나는 몰락하지 않을 것이다!" 바알자몬이 외쳤다. 그의 입 안에 활활 불타올랐다. 그의 비명이 기둥 전체에 메아리쳤다. "나는 패배할 수 없다! 나를 도와라!" 그를 감싸고 있던 어둠 일부가 그의 두 손으로 흘러 들어가, **칼**

란도어의 빛조차 빨아들일 듯 새까만 덩어리를 이루었다. 그의 눈 속 불길에서 갑작스러운 승리감이 타올랐다.

"넌 끝났어!" 랜드가 소리쳤다. **칼란도어**가 그의 두 손 안에서 빙빙 돌았다. **칼란도어**의 빛이 어둠을 휘젓고 바알자몬 주변의 강철처럼 검은 선들을 끊어 놓았다. 바알자몬이 경련했다. 바알자몬이 둘 존재하는 것처럼, 줄어드는 동시에 커지는 것 같았다. "넌 끝났어!" 랜드가 바알자몬의 가슴에 빛나는 칼날을 박아 넣었다.

바알자몬이 비명을 질렀다. 그의 얼굴에서 불길이 맹렬하게 타올랐다. "멍청한 놈!" 그가 울부짖었다. "위대한 어둠의 군주는 절대 패망할 수 없다!"

바알자몬의 몸이 축 늘어져 쓰러지기 시작하자 랜드는 **칼란도어**를 뽑아냈다. 바알자몬 주위의 그림자가 사라져 갔다.

한순간, 랜드는 다른 칼의 심장에 들어와 있었다. 여전히 그곳은 아직 온전한 기둥으로, 싸우고 비명을 지르고 죽어 가는 남자들로, 흉갑과 투구를 쓴 사람들과 베일을 쓴 사람들로 둘러싸여 있었다. 모레인은 여전히 레드스톤 기둥 아랫부분에 구겨져 있었다. 랜드의 발치에는 가슴에 타 버린 구멍이 난 남자의 시체가 놓여 있었다. 그의 눈과 입이 있어야 할 곳에는 검은 연기가 솟아오르는 구덩이가 있었다.

내가 해냈어. 랜드가 생각했다. **내가 바알자몬을, 샤이탄을 죽였어! 내가 최후의 전투에서 승리했어! 빛이여, 제가 정말로 드래건의 환생이었습니다! 나라를 무너뜨리는 자, 세계를 무너뜨리는 자라니. 안 돼! 난 파괴를, 살육을 끝내 버릴 거야! 반드시 끝나게 만들 거야!**

랜드가 머리 위로 **칼란도어**를 들어 올렸다. 은색 번개가 칼날 위에서 지글거렸다. 삐죽빼죽한 광선이 머리 위의 거대한 돔을 향해 쏘아져 나갔다. "그만!" 랜드가 소리쳤다. 싸움은 끝났다. 사람들이 놀라서 그를 바라보았다. 검은 베일 너머로, 둥근 투구의 테두리 아래로. "나는 랜드 알소르다!" 그가 소리쳤다. 그의 목소리가 방 안에 쩌렁쩌렁 울렸다. "나는 드래건의 환생이다!" 그의 손아귀에서 **칼란도어**가 빛났다.

하나둘씩, 베일을 쓴 자들과 투구를 쓴 자들이 그에게 무릎을 꿇고 외쳤다. "드래건이 환생했다! 드래건이 환생했다!"

56장 드래건의 백성

티어의 도시 전체에서 사람들은 새벽과 함께 눈을 뜨고 자신들이 꾸었던 꿈에 대해, 드래건이 칼의 심장에서 바알자몬과 싸우는 꿈에 관해 이야기했다. 사람들의 시선이 티어의 바위라는 거대한 요새로 향했을 때, 그들은 요새 꼭대기에서 휘날리는 깃발을 보았다. 흰 바탕에, 진홍색과 황금색 비늘이 달린 거대한 뱀의 구불구불한 형상이 물결쳤다. 황금 사자의 갈기와 네 다리가 달린, 다리 끝에는 각기 다섯 개의 황금 발톱이 달린 뱀이었다. 몇몇 사람들이 놀라고 겁먹은 채 티어의 바위에서 나와 간밤에 벌어진 일에 관해 숨죽여 말했다. 거리를 줄지어 행진하는 남녀가 예언의 실현을 소리쳐 알리며 흐느꼈다.

"드래건이여!" 그들이 소리쳤다. "알소르여! 드래건이여! 알소르여!"

티어의 바위 높은 곳의 화살 구멍으로 밖을 내다보던 맷은 도시에서 물결치듯 솟아오르는 화음에 귀 기울이며 고개를 저었다. **뭐, 랜드가 진짜 드래건일 수도 있지.** 그는 지금도 랜드가 정말 이곳에 와 있다는 걸 이해하기 힘들었다.

티어의 바위 안의 사람들도 환호하는 마을 사람들과 같은 심정이었으며,

그렇지 않더라도 그런 티를 내지는 않았다. 맷은 전날 밤에 랜드를 딱 한 번 보았다. **칼란도어**를 쳐든 랜드가 베일을 쓴 아이일 사람 열두 명에게 둘러싸인 채, 티어 사람들을 구름처럼 거느린 채 걸어가고 있었다. 티어 사람들 대부분은 티어의 바위 방어군과 살아남은, 몇 안 되는 대공들이었다. 최소한 대공들은 랜드가 세상을 다스리려면 그들의 도움을 필요로 할 거라고 생각하는 듯했다. 그러나 아이일 사람들은 계속해서 날카로운 눈초리로, 또 필요할 때면 창날로 모든 사람을 물러나게 했다. 그들은 랜드가 드래건이라고 믿는 게 확실했다. 다만 그들은 랜드를 새벽과 함께 오는 자라고 불렀다. 티어의 바위에는 아이일 사람들이 거의 200명 정도 들어와 있었다. 그들은 싸움 끝에 구성원 약 3분의 1을 잃었지만, 그 수의 열 배에 달하는 방어군을 죽이거나 사로잡았다.

맷은 화살 구멍에서 고개를 돌렸다. 그의 시선이 루어크를 스치고 지나갔다. 방의 한쪽 끝에는 높은 단상이 있었다. 단상은 조각되고 윤을 낸 바퀴 형태로, 바퀴가 돌아갈 때 모든 선반이 평평하게 유지되도록 짙은 색 무늬가 들어간 연한 나무 사이에 선반이 끼워져 있었다. 각 선반에는 금으로 장정된 커다란 책이 한 권씩 놓여 있었다. 책의 표지에는 반짝이는 보석도 박혀 있었다. 아이일 사람 루어크가 그중 한 권을 펼쳐 읽고 있었다. 맷은 그게 일종의 수기일 거라고 생각했다. **아이일 사람이 책을 읽을 거라고 누가 생각했겠어? 아이일 사람이, 빌어먹을 글을 읽을 줄 안다고 누가 생각했겠느냐고!**

루어크가 맷 쪽을 힐끗 돌아보았다. 차가운 파란색 눈에는 평정심만이 가득했다. 맷은 아이일 사람이 그의 얼굴에서 생각을 읽어 내기 전에 서둘러 시선을 돌렸다. **최소한 베일을 쓰고 있진 않잖아, 빛께 감사드릴 일이지! 태워 죽일, 그 아비엔다라는 여자는 내가 창을 들지 않고도 춤을 출 수 있느냐고 물었을 때 내 머리를 잘라 버릴 뻔했다고.** 베인과 치아드는 다른 문제를 제기했다. 그들은 확실히 예뻤고 친절한 것 이상이었지만, 맷은 둘 중 한 명이 없이는 다른 한 명과도 이야기할 수 없었다. 루어크는 둘 중 한 명에게만 말을 걸려는 맷의 시도가 우습다고 생각하는 것 같았다. 그 점에 관해서는 베인과 치아드도 마찬가지였다. **여자들은 원래 이상하지만, 아이일 여자들을 보니 이상한 게 정상처럼 보여!**

방 한가운데 커다란 식탁이 있었다. 정교하게 조각된, 모서리와 두꺼운 다리가 도금된 가구로 대공들의 모임을 위해 만들어진 것이었다. 모레인이 왕좌처럼 생긴 식탁의 의자 중 한 곳에 앉아 있었다. 높다란 등받이에 티어의 초승달 문장이 금과 홍옥, 자개로 새겨진 의자였다. 에그웨인과 나이니브, 일레인이 그녀의 곁에 앉아 있었다.

"지금도 페린이 여기, 티어에 와 있다는 게 믿기지 않습니다." 나이니브가 말했다. "페린이 무사한 게 확실합니까?"

맷은 고개를 저었다. 맷이라면, 어젯밤 티어의 바위에 페린이 들어왔을 거라고 예상했을 것이다. 대장장이는 언제나 이성이 있는 사람치고 지나치게 용감했으니까.

"내가 페린을 떠나왔을 때는 멀쩡했다." 모레인의 목소리는 평온했다. "지금도 멀쩡한지는 모르겠구나. 페린의…… 일행이 상당히 큰 위험에 빠져 있는데, 페린 자신도 그 위험 속에 뛰어들었을지 모르니."

"페린의 일행이요?" 에그웨인이 날카롭게 말했다. "무슨……. 페린의 일행이 누구예요?"

"무슨 위험 말입니까?" 나이니브가 물었다.

"네가 신경 쓸 일은 아니다." 아이즈 세다이가 차분하게 말했다. "가능해지는 대로 내가 가서 그 애를 살펴볼 거다. 그 일을 늦춘 건 단지 너희에게 이걸 보여 주기 위해서야. 대공들이 오랜 세월에 걸쳐 모은 **티어앙그리알** 등 일원력에 관련된 물건 중에서 찾은 것이다." 모레인이 주머니에서 뭔가를 꺼내 식탁에 내려놓았다. 그것은 남자 손 크기의 원반으로, 두 개의 눈물방울을 맞춰서 만든 것처럼 보였다. 눈물방울 하나는 칠흑처럼 검었고 다른 하나는 눈처럼 희었다.

맷은 이와 비슷한 물건을 본 적이 있었다. 그 물건은 이것처럼 오래된 물건이었으나 부러져 있었고, 반면 이 물건은 온전했다. 지금까지 맷은 이런 물건을 세 개 보았다. 세 개를 한꺼번에 보지는 못했으나 모두 조각나 있었다. 하지만 그럴 수는 없었다. 맷은 그 물건들이 그 어떤 힘으로도, 심지어 일원력으로도 깨뜨릴 수 없는 **퀘인데야르**로 만들어졌다는 걸 기억했다.

"동족살해자 루스 세린과 100인의 동행이 어둠의 존재를 다시 봉인했을 때 그자의 감옥에 달아 둔 일곱 개의 봉인 중 하나로군요." 일레인이 자신의 기억을 확인하는 듯 고개를 끄덕이며 말했다.

"더 정확하게 말하면," 모레인이 그녀에게 말했다. "그런 봉인 중 하나의 중심이지. 하지만 중요한 부분에 있어서는 네 말이 옳다. 세계의 파괴 당시, 그 봉인들은 안전을 위해 여기저기에 흩어서 숨겨졌어. 트롤록 전쟁 이후로 는 사실상 사라졌지." 모레인이 코웃음 쳤다. "나도 베린처럼 말하는구나."

에그웨인이 고개를 저었다. "여기서 그 봉인을 찾게 되리라는 걸 알았어 야 했는데요. 랜드는 전에도 두 번 바알자몬과 맞섰고, 두 번 모두 최소 한 개의 봉인이 현장에서 나왔어요."

"그런데 이번 봉인은 깨지지 않았습니다." 나이니브가 말했다. "처음으로 봉인이 깨지지 않았어요. 지금 그게 중요한 일인지는 모르겠습니다만."

"중요하지 않은 일 같으냐?" 모레인의 목소리는 조용하면서도 위협적이 었다. 다른 여자들이 인상을 쓰며 그녀를 보았다.

맷은 눈알을 굴려 댔다. 그들은 계속해서 중요하지 않은 일에 관해 이야 기했다. **퀘인데야르**의 가치가 어떻건, 원반의 정체를 알게 된 지금 그는 그 원반으로부터 6미터 떨어진 곳에 서 있다는 걸 견딜 수 없었다. "뭐라고 요?" 맷이 말했다.

모두가 고개를 돌려 맷을 보았다. 꼭 맷이 중요한 이야기를 방해하기라도 한 것처럼. **태워 죽일! 쟤들을 감옥에서 꺼내 주고, 하룻밤 새 쟤들 목숨을 대여섯 번은 구해 줬건만 쟤들은 빌어먹을 아이즈 세다이처럼 사납게 날 노 려보잖아! 뭐, 생각해 보면 고맙다는 인사도 하지 않았지. 안 그래? 빌어먹 을 방어군이 쟤들 중 한 명에게 칼을 휘둘렀을 때 막아 준 것도 쓸데없이 오 지랖을 떤 거라고 생각하려나.** 맷은 큰 소리로 부드럽게 말했다. "질문 하나 해도 되죠? 다들 그, 아이즈 세다이의…… 음…… 일에 대해 이야기하고 있 는데, 나한테는 아무 얘기도 해 주지 않았으니까요."

“맷.” 나이니브가 땋은 머리를 잡아당기며 경고하듯 맷을 불렀다. 하지만 모레인은 조바심이 살짝만 들어간, 침착한 목소리로 말했다. “알고 싶은 게 뭐냐?”

“이 모든 일이 어떻게 가능한지 알고 싶어요.” 맷은 말투를 부드럽게 하고 싶었지만, 말을 이어 나가며 자기도 모르게 흥분하고 있었다. “티어의 바위가 무너졌어요! 예언에는 드래건의 백성이 올 때까지 그런 일은 절대 벌어지지 않을 거라고 적혀 있고요. 그 말은, **우리가** 빌어먹을 드래건의 백성이라는 뜻인가요? 당신과 쟤들, 나, 란, 그리고 빌어먹을 아이일 수백 명이?” 맷은 간밤에 수호자를 보았다. 란과 아이일 사람들은 누가 더 위험하냐 하는 문제에 있어서 별 차이가 없는 것 같았다. 루어크가 허리를 펴며 노려보자 맷이 서둘러 덧붙였다. “어, 미안해요, 루어크. 말실수였어요.”

“아마 그렇겠지.” 모레인이 천천히 말했다. “내가 랜드를 죽이려는 벨랄을 우연히 막았다. 티어의 바위가 함락되는 걸 보게 될 줄은 몰랐어. 아마 우리가 정말로 드래건의 백성일 거야. 예언은 예정된 대로 실현된다. 우리가 생각하는 대로가 아니라.”

벨랄. 맷은 몸을 떨었다. 그는 어젯밤에 그 이름을 들었다. 낮에 듣는다고 기분이 조금 더 나아지는 이름은 아니었다. 버려진 자들 중 하나가 풀려났다는 걸 알았다면—게다가 그들이 티어의 바위에 있다는 걸 알았다면—절대 이곳 근처에도 오지 않았을 것이다. 맷이 에그웨인과 나이니브와 일레인을 힐끗 보았다. **뭐, 어쨌든 난 빌어먹을 쥐새끼처럼 들어왔어. 쿵쿵거리며 사람들을 이리저리 떠밀고 들어온 게 아니라고!** 산다는 동이 트자마자 서둘러 티어의 바위를 떠났다. 어머니 구엔나에게 소식을 전하기 위해서라고는 했지만, 맷은 그가 세 여자의 시선으로부터 부지런히 도망치는 중이라고 생각했다. 세 여자는 산다를 어떻게 처리해야 할지 아직 모르겠다는 표정이었으니까.

루어크가 목을 가다듬었다. “누군가 부족의 수장이 되고자 한다면 존재하지 않는 부족인 젠 아이일의 땅, 루이딘으로 가야 합니다.” 그가 장화 아래 깔린, 붉은 술이 달린 비단 카펫을 내려다보며, 시종 인상을 찡그리며, 천천히 말했다. 설명하고 싶지 않은 것을 설명하려 노력하는 모습이었다. "현명한 이가 되려는 여자들도 그런 여행을 해야 합니다. 하지만 그들의 징표는, 그런 징표가 **있다면** 말이지만, 그들만의 비밀입니다. 루이딘에서 선택받은 남자들, 살아남은 남자들은 왼쪽 팔에 징표를 받아 돌아옵니다. 이런 식이죠."

그는 코트와 셔츠 소매를 한꺼번에 젖혀 왼팔을 드러냈다. 손이나 얼굴보다 훨씬 흰 팔이었다. 피부의 일부라도 된 듯 두 차례 팔을 감싸며 새겨져 있는 징표는 티어의 바위 위에 휘날리는 깃발에 새겨진 것과 같은, 황금색과 진홍색으로 이루어진 형상이었다.

아이일 사람은 한숨을 쉬며 소매가 다시 덮이게 놔두었다. "그건 부족장과 현명한 이들이 아니면 입에 담지 않는 이름입니다. 우리는……." 그는 이곳에서는 말할 수 없다는 듯 다시 목을 가다듬었다.

"아이일 사람이 드래건의 백성이었군." 모레인이 조용히 말했다. 그러나 맷이 기억하는 한 그것은 어느 때보다도 놀란 목소리였다. "그건 몰랐어."

"그럼 진짜로 다 이루어진 거네요." 맷이 말했다. "예언 그대로요. 우리 모두 더 이상 걱정하지 않고 갈 길을 가면 되겠어요." **이젠 아멀린 권좌한테 그 빌어먹을 뿔나팔을 불어 줄 필요도 없겠지!**

"어떻게 그런 말을 해?" 에그웨인이 물었다. "버려진 자들이 풀려났다는 거, 몰라?"

"흑색의 아자는 말할 것도 없고." 나이니브가 험악하게 덧붙였다. "여기서는 아미코와 조이야밖에 잡지 못했어. 열한 명이 탈출했다. 어떻게 탈출했는지 모를 일이야! 게다가 우리가 모르는 흑색의 아자들이 얼마나 많은지는 빛만이 아시지."

"맞아." 일레인 역시 단호한 목소리로 말했다. "버려진 자들과 맞서고 싶은 마음은 나도 별로 없지만, 리안드린의 가죽은 좀 잘라 내고 싶은데!"

"그래." 맷이 능구렁이처럼 말했다. "그래야지." **애들이 미친 건가? 흑색의 아자에 더해서 버려진 자들까지 쫓고 싶다고?** "난 그냥, 가장 어려운 부분은 끝났다는 말이었어. 티어의 바위가 드래건의 백성에게 함락됐고, 랜드가 **칼란도어**를 가졌고, 샤이탄은 죽었으니까." 모레인의 시선이 너무 엄해, 맷은 티어의 바위가 잠시 흔들린다고 생각했다.

"조용히 해라, 바보 같으니!" 아이즈 세다이가 칼날 같은 목소리로 말했다. "어둠의 존재를 이름으로 부르다니, 그자의 관심을 끌고 싶은 게냐?"

"하지만 놈은 죽었잖아요!" 맷이 항의했다. "랜드가 놈을 죽였어요. 제가 시체를 봤다고요!" **게다가 냄새도 고약했어. 뭔가가 그렇게 빠르게 썩을 수 있을 줄은 몰랐지.**

"넌 '시신'을 본 거야." 모레인이 입을 비틀며 말했다. "사람의 시신을. 어둠의 존재를 본 게 아니다, 맷."

맷은 에그웨인과 다른 두 여자를 보았다. 그들도 맷만큼 혼란스러운 표정이었다. 루어크는 이겼다고 생각했지만 알고 보니 싸워 본 적도 없는 전투에 대해 생각하는 듯한 표정이었다. "그럼 그건 누구였는데요?" 맷이 물었다. "모레인, 내 기억에 달구지와 그 달구지를 끄는 소가 통과할 만한 구멍이 있었던 건 사실이에요. 하지만 바알자몬이 내 꿈에 나왔던 건 기억나요. 기억난다고요! 태워 죽일, 대체 어떻게 잊을 수 있는지 모르겠네! 그리고 그 얼굴의 남아 있던 부분도 알아봤어요."

"넌 바알자몬을 알아봤지." 모레인이 말했다. "아니면, 자신을 바알자몬이라 부르던 남자를 알아본 것이거나. 어둠의 존재는 아직 살아 있다. 샤이올 굴에 갇힌 채. 그리고 그림자는 지금도 패턴 전체에 드리워져 있지."

"빛께서 저희를 비추고 지켜 주시길." 일레인이 나직이 중얼거렸다. "저는…… 지금 걱정해야 하는 최악의 상대가 버려진 자들인 줄 알았어요."

"확실합니까, 모레인?" 나이니브가 말했다. "랜드는 자기가 어둠의 존재를 죽였다고 확신하던데요. **지금도** 확신하고 있습니다. 당신은 바알자몬이 어둠의 존재와는 아예 다르다고 말하는 것 같군요. 이해가 안 갑니다! 어떻게 그렇게 확신할 수 있습니까? 어둠의 존재가 아니었다면, 대체 그자는 누구였습니까?"

"나는 아주 단순한 이유로 확신할 수 있다, 나이니브. 아무리 부패로 빠르게 변형됐다 한들 그건 사람의 시신이었어. 어둠의 존재가 죽어서 인간의 시신을 남길 거라고 믿을 수 있겠니? 랜드가 죽인 사람은 **사람이었어.** 아마도 가장 먼저 풀려난 버려진 자거나 애초에 완전히 매이지 않은 자였을 거다. 어느 쪽인지는 영영 알 수 없겠지.”

“제가…… 그자의 정체를 알지도 몰라요.” 에그웨인은 머뭇거리며 인상을 찡그렸다. “최소한 단서는 있을지 모르겠어요. 바알자몬과 이샤마엘이 함께 나오는 오래된 책 한 페이지를 베린이 보여 준 적이 있거든요. 거의 고어로 되어 있었고 읽기가 불가능할 지경이었지만, ‘이름 뒤에 숨겨진 이름’에 관한 내용이 기억나요. 아마 바알자몬이 이샤마엘이었을 거예요.”

“그럴지도 모르지.” 모레인이 말했다. “아마 이샤마엘이었을 거야. 하지만 그렇다면, 열세 명의 버려진 자 가운데 최소한 아홉이 아직 살아 있는 셈이다. 랜피어, 사마엘, 라빈, 그리고…… 하! 그 아홉 중 최소한 일부는 풀려났다는 것도 가장 중요한 사실은 아니야.” 모레인이 식탁 위의 흑백 원반에 한 손을 얹었다. “이 봉인 중 셋이 깨졌다. 아직 버티고 있는 건 넷뿐이야. 오직 그 네 개의 봉인이 어둠의 존재와 세상 사이를 막고 있다. 그 봉인들이 온전하더라도 어둠의 존재가 어떤 방식으로건 세상에 손을 댈 수 있을지 몰라. 우리가 이곳에서 이긴 싸움은—싸움인지 기습인지 모르겠다만—최후의 싸움과 거리가 멀어.”

맷은 그들의 얼굴이 굳어지는 것을 보고—에그웨인과 나이니브와 일레인은 천천히, 마지못해서, 하지만 결심한 듯 표정을 굳혔다—고개를 저었다. **빌어먹을 여자들 같으니! 다들 이 일을 계속할 작정이야. 계속해서 흑색의 아자를 쫓고, 버려진 자들과 빌어먹을 어둠의 존재에 맞서 싸우려 한다고. 뭐, 내가 다시 쫓아가서 자기들을 수프 냄비에서 꺼내 줄 거라고 생각하지는 말기를. 그냥 그런 생각만 안 하면 돼!**

맷이 할 말을 생각하는 동안, 높다란 이중문 하나가 밀려 젖혀지더니 당당한 자세에 키가 크고 젊은 여자가 들어왔다. 이마에 날아가는 황금 매 장식이 달린, 작은 보석 관을 쓴 여자였다. 그녀의 검은 머리카락이 흰 어깨에 스쳤다. 고급스러운 붉은 비단으로 만들어진 드레스 밖으로 어깨가 드러났다. 맷이 감탄하고 만 가슴도 상당히 많이 드러나 있었다. 크고 검은 눈으로 재미있다는 듯 루어크를 살펴본 그녀가 식탁에 앉아 있는 여자들에게로 시선을 돌렸다. 냉정하고도 고압적인 태도였다. 맷은 완전히 무시하는 것 같았다.

"메시지를 전달하라는 명령을 받는 데는 익숙하지가 않아서." 그녀가 날씬한 손으로 접힌 양피지를 보란 듯이 꺼내며 말했다.

"넌 누구냐, 아이야?" 모레인이 물었다.

젊은 여자는 더욱 허리를 세웠다. 맷으로서는 불가능하다고 생각했던 일이었다. "난 메이엔의 일인자, 베렐레인이다." 그녀가 오만한 동작으로 모레인 앞 식탁에 양피지를 탁 던지더니 문 쪽으로 돌아섰다.

"잠시 기다리거라, 아이야." 모레인이 양피지를 펼치며 말했다. "이건 누가 준 것이냐? 메시지를 전달하라는 명령이 그토록 낯설다면, 왜 이걸 가져온 게냐?"

"난…… 모르겠소." 베렐레인은 문을 마주 보고 서 있었다. 아리송한 말투였다. "그 여자가…… 인상적이어서." 그녀는 고개를 젓더니, 자신에 대한 개념을 회복하는 듯했다. 그녀는 잠시 작은 미소를 지으며 루어크를 살폈다. "당신이 저 아이일 사람들의 지도자요? 당신들의 싸움으로 잠을 제대로 자지 못했소. 당신에게 함께 식사하자고 청해야 할지 모르겠군. 그리 멀지 않은 어느 날에 말이오." 그녀는 어깨 너머로 모레인을 돌아보았다. "듣자니 드래건의 환생이 티어의 바위를 점령했다던데. 메이엔의 일인자가 오늘 밤 함께 식사를 하잔다고 드래건 공에게 전하시오." 그러고는 위풍당당하게 방을 나섰다. 맷은 여자 한 명만으로 이루어진 그 위엄 있는 행진을 묘사할 다른 표현이 떠오르지 않았다.

"**저 여자**를 화이트 타워에 신입으로 맞아들이고 싶은데." 에그웨인과 일레인이 거의 동시에 말하고는, 입에 힘을 꽉 주고 미소 지었다.

"들어 보거라." 모레인이 말했다. "'루스 세린은 내 소유였고 내 소유이며 영원히 내 소유일 것이다. 그를 네게 맡기는 것은 내가 올 때까지 그를 지키기 위해서다.' '랜피어'라는 서명이 들어가 있구나." 아이즈 세다이는 냉정한 시선을 맷에게 돌렸다. "이런 상황에, 다 끝났다고 생각하는 거냐? 넌 **타**

비렌이야, 맷. 패턴에 있어서 대부분의 실오라기보다 더 중요한 실오라기지. 또한 너는 발리어의 뿔나팔을 부는 자다. 네 일은 아직 하나도 끝나지 않았어."

모두가 맷을 보고 있었다. 나이니브는 슬프게, 에그웨인은 처음 보는 사람을 보듯, 일레인은 그가 다른 누군가로 바뀌기를 기대하듯이. 루어크의 눈에는 어느 정도 존경심이 어려 있었다. 그리고 맷은 모든 상황을 고려했을 때, 그런 존경심 따위는 없어도 괜찮겠다는 생각이 들었다.

"뭐, 당연하죠." 맷이 그들에게 말했다. **태워 죽일 나란 놈!** "알아요." **톰은 얼마나 지나야 여행할 수 있을 만큼 건강을 되찾을까? 도망칠 시간인데. 페린도 우리랑 같이 갈지 몰라.** "나만 믿으세요."

밖에서는 계속해서 외치는 소리가 솟아올랐다. "드래건이여! 알소르여! 드래건이여! 알소르여! 드래건이여! 알소르여! 드래건이여!"

　오직 그의 손만이 돌에 보관된 칼을 휘두르리라고 적혀 있었다. 그는 손에 불을 쥔 것처럼 실제로 칼을 꺼냈고, 그의 영광은 실제로 세상을 태웠다. 그렇게 시작됐다. 그렇게 우리는 그의 환생을 노래한다. 그렇게 우리는 시작을 노래한다.

— 〈도-인 톨다라 테, 최후의 시대의 노래〉 9연, 『드래건의 전설』에서 발췌
제4시대 타랄란의 노래의 여주인 보앤 지음

〈4권에서 계속〉

용어 해설

이 용어집의 날짜에 관한 주석 세계의 파괴 이후, 날짜를 기록하는 세 가지 체계가 일반적으로 쓰여 왔다. 첫 번째 체계는 파괴 이후After the Breaking, AB의 연대를 기록했다. 세계의 파괴와 그 직후의 몇 년 이후로 연대는 완전히 혼란에 빠졌으며 이러한 달력이 세계의 파괴가 종료된 후 백 년이 족히 지난 뒤에야 채택되었기에 그 시작점은 자의적으로 설정된다. 트롤록 전쟁 이후로 너무도 많은 기록이 유실되어 구체제하의 정확한 연도에 대한 논쟁이 벌어졌다. 그래서 새로운 달력이 만들어졌는데, 이 달력은 트롤록 전쟁 종료 시점부터 트롤록의 위협으로부터 세상이 해방되었다고 여기며 축하하던 시점까지를 기록한다. 이 두 번째 달력은 각 연도를 자유 연도Free Year, FY라고 기록한다. 100년 전쟁으로 야기된 혼란과 죽음, 파괴 이후로는 세 번째 달력을 쓰게 되었다. 새로운 시대New Era, NE의 이 달력이 현재 사용되고 있다.

9인 위원회 Council of Nine 일리안의 아홉 영주로 이루어진 위원회로, 왕에게 조언하도록 되어 있으나 역사적으로는 왕과 권력을 두고 경쟁해 왔다. 왕과 9인 위원회 모두 회합과도 종종 경쟁을 벌여야 한다.

100년 전쟁 War of the Hundred Years 아터 호크윙의 사망 이후 그의 제국을 두고 벌어진 싸움으로 인해 계속 바뀌어 가는 동맹 관계 속에서 중첩적으로 벌어진 일련의 전쟁. 이 전쟁은 FY 994부터 FY 1117까지 벌어졌다. 이 전쟁으로 인해 아리스대양과 아이일황무지 사이, 폭풍의바다에서 거대한오염까지의 지역에서 상당 부분의 인구가 사라졌다. 파괴가 너무 심각해서 이 시절에 관한 기록은 파편적으로밖에 남아 있지 않다. 아터 호크윙의 제국은 전쟁으로 해체

되었고 현재의 국가들이 생겨났다. → **아터 호크윙**

100인의 동행the Hundred Companions 전설의 시대에 활동했던, 가장 강력한 남성 아이즈 세다이 100명으로, 루스 세린 텔라몬의 지도에 따라 어둠의 존재를 다시 감옥에 봉인하며 그림자 전쟁을 종식시킨 마지막 공격을 시작했다. 어둠의 존재의 반격으로 사이딘이 오염되었다. 100인의 동행은 미쳐 버렸고 세계의 파괴가 시작되었다. → **광기의 시대, 세계의 파괴, 진정한 근원, 일원력**

가문의 게임the Game of Houses → **다에스 데이마르**

가울Gaul 샤아라드 부족의 임란 분파에 속한 아이일 사람. 샤엔 음타알, 즉 돌의 개 전사회 소속이다.

가이딘Gaidin 문자 그대로 '전투의 형제'. 아이즈 세다이가 수호자들을 부르기 위해 쓰는 호칭. → **수호자**

가짜 드래건 Dragon, false 이따금 남자들이 드래건의 환생이라고 자칭하는데, 때로는 그중 일부가 진압하려면 군대가 필요할 정도의 추종자들을 모으기도 한다. 일부는 수많은 국가가 참여하는 전쟁을 일으키기도 했다. 수백 년 동안 이들 대부분은 일원력을 채널링할 수 없었지만 몇몇은 가능했다. 그러나 이들 모두가 드래건의 환생에 관한 예언을 전혀 실현하지 못한 채 사라지거나 사로잡히거나 살해당했다. 이런 자들을 가짜 드래건이라 부른다. 채널링을 할 수 있었던 자들 중 가장 강력한 자는 라올린 다크스베인(335~36 AB), 유리안 스톤보(1300~1308 AB경), 데비안(FY 351), 궤어 아말라신(FY 939~43), 로게인(997 NE) 등이다. → **드래건의 환생**

갈라데드리드 다모드레드 공 Lord Galadedrid Damodred 일레인과 가윈의 이복형제. 문장은 칼끝이 아래로 향한, 날개 달린 은색 칼이다.

갈라드Galad → **갈라데드리드 다모드레드 공**

거대한 뱀 Great Serpent 시간과 영원성에 대한 상징으로 전설의 시대가 시작되기 이전부터 아주 오랫동안 존재해 왔다. 자기 꼬리를 먹는 뱀으로 이루어져 있다. 거대한 뱀 형상의 반지는 아이즈 세다이 중 합격자의 반열에 든 여성에게 상으로 주어진다.

거대한오염the Great Blight 머나먼 북쪽의 한 지역으로 어둠의 존재에 의해 완전히 오염되었다. 트롤록과 머드랄을 비롯한 그림자의 피조물이 들끓는 곳.

고어Old Tongue 전설의 시대에 쓰인 언어. 보통 귀족과 지식인층은 고어를 말하는 방법을 배웠을 거라고 생각되지만, 대부분은 겨우 몇 단어를 알 뿐이다.

공포의 군주 Dreadlords 일원력을 채널링할 수 있는 남녀로, 트롤록 전쟁 당시에 그림자의 편으로 넘어가 트롤록 군대의 지휘관 노릇을 한 자들이다. 교육을 제대로 받지 못한 사람들은 가끔 이들을 버려진 자와 혼동한다.

광기의 시대 Time of Madness 어둠의 존재의 반격으로 진정한 근원의 남성적 절반이 오염된 후의 세월. 이때 남자 아이즈 세다이들이 미쳐서 세계를 파괴했다. 이 시기의 정확한 기간은 알려지지 않았으나 약 100년간 계속된 것으로 알려져 있다. 마지막 남자 아이즈 세다이의 사망으로 비로소 완전히 끝났다. → **100인의 동행, 진정한 근원, 일원력, 세계의 파괴**

광술사 조합 Guild of Illuminators 폭죽을 만드는 비밀을 알고 있는 단체. 광술사 조합은 살인까지 해 가며 이 비밀을 매우 철저하게 지킨다. 조합의 이름은 통치자들을 위해, 때로는 위대한 영주들을 위해 제공하는 조명회라는 웅장한 공연 때문에 붙은 것이다. 다른 사람들에게도 그보다 못한 폭죽을 판매하지만, 그 안에 무엇이 들어 있는지 알아보려 들 경우 재앙이 뒤따를 수 있다는 끔찍한 경고가 붙는다. 조합의 회관은 타라본의 수도인 탄치코에 있다. 케예리엔에도 다른 회관을 하나 지었으나 그곳은 더 이상 쓰이지 않는다.

궤어 아말라신 Guaire Amalasan → **두 번째 드래건의 전쟁**

그림자 전쟁 War of the Shadow 힘의 전쟁이라고도 알려진 이 전쟁으로 전설의 시대가 끝을 맞았다. 어둠의 존재를 풀어 주려는 시도가 있고 거의 바로 시작된 이 전쟁은 곧 전 세계로 번졌다. 전쟁의 기억조차 잊힌 세상에서 전쟁의 모든 측면이 재발견되었고, 세상에 닿은 어둠의 존재의 손길로 왜곡되는 경우도 많았다. 또한 일원력이 무기로 사용되었다. 이 전쟁은 어둠의 존재를 다시 감옥에 봉인하면서 끝났다. → **100인의 동행, 드래건**

꿈꾸는 자 Dreamer → **이능**Talents

나무노래꾼Treesinger ('나무노래'라 불리는) 노래를 불러 나무를 치유하거나, 나무가 자라나고 꽃을 피우게 돕거나, 나무에 손상을 입히지 않고 목재로 무언가를 만들어 내는 능력을 가진 오기어. 이런 방식으로 만들어진 물건을 '노래나무'라고 하는데, 매우 귀하게 여겨진다. 나무노래꾼인 오기어는 별로 남지 않았다. 이 재능은 사라져 가는 것으로 보인다.

나무살해자Treekillers 케예리엔 사람들을 부르는 아이일 민족의 말. 늘 두려움과 역겨움을 담아서 말한다.

나이니브 알미라 Nynaeve al'Meara 한때 안도어의 투 리버스 지방에 있는 에먼즈 필드의 현자였던 여성. 현재는 합격자 중 한 명이다.

노래나무sung wood → **나무노래꾼**

다섯 권능the Five Powers 일원력에는 여러 갈래가 있으며 채널링을 할 수 있는 사람은 보통 저마다 그중 일부를 더 잘 이해한다. 이러한 갈래에는 그 힘을 활용하여 할 수 있는 일의 종류에 따라 땅, 공기, 불, 물, 영혼 등의 이름이 붙으며 다섯 권능이라 일컬어진다. 일원력을 휘두르는 자는 누구든 이중 한 가지, 어쩌면 두 가지에 대해 더 큰 정도의 힘을 행사할 수 있으며 다른 갈래에 대해서는 그만큼 힘을 쓰지 못한다. 소수의 사람은 세 가지 갈래의 권능에 큰 힘을 발휘하지만, 전설의 시대 이후로는 다섯 권능 모두에 큰 힘을 쓸 수 있는 사람이 아무도 없었다. 전설의 시대에도 그런 일은 극히 드물었다. 힘의 정도는 사람에 따라 매우 다양하므로 채널링을 할 수 있는 사람 중에도 훨씬 더 강한 사람이 있다. 일원력으로 특정한 행동을 하는 데에는 다섯 권능 중 하나 이상을 활용하는 능력이 필요하다. 예컨대 불을 피우거나 통제하는 데에는 불의 권능이 필요하고, 날씨에 영향을 주려면 공기와 물의 권능이 필요하며, 치유에는 물과 영혼의 권능이 필요하다. 영혼의 권능은 남성과 여성 모두에게서 동등하게 발견되었으나 땅이나 불, 혹은 그 두 권능을 모두 뛰어나게 쓸 수 있는 능력은 남자들 사이에서 발견되는 경우가 훨씬 많았으며 물이나 공기, 혹은 그 두 권능을 모두 뛰어나게 쓸 수 있는 능력은 여자들 사이에서 많이 발견되었다. 예외가 없는 것은 아니나 이러한 경우가 너무 많아 땅과 불은 남성의 권능, 공기와 물은 여성의 권능으로 여겨지게 되었다. 일반적으로는 어떤 능력도 다른 능력보다 강하다고 여겨지지 않는다. 다만 아이즈 세다이 사이에는 '물과 바람으로 닳게 할 수 없을 만큼 강한 바위도 없고, 물로 끄거나 바람으로 날려 버릴 수 없을 만큼 맹렬한 불도 없다'라는 말이 있다. 마지막 남자 아이즈 세다이가 죽은 지 한참이 지나서야 이 말이 사용되었다는 점은 주목할 만하다. 남자 아이즈 세다이들 사이에서 쓰이던 이와 비슷한 말은 오래전에 사라졌다.

다에스 데이마르Daes Dae'mar 위대한 게임. 가문의 게임으로도 알려져 있다. 귀족 가문이 이득을 노리고 벌이는 음모와 책략, 조작을 부르는 이름이다. 미묘함, 한 가지 목표를 두고 있으나 다른 목표를 두고 있는 것처럼 구는 행위, 최소한의 가시적 노력만 기울이고 목적을 달성하는 것에 엄청난 가치를 둔다.

데인 본할드Dain Bornhald 빛의 아이들의 지휘관으로, 토먼 헤드의 팔메에서 사망한 총지휘관 제프람 본할드의 아들이다.

독수리눈 로고시Rogosh Eagle-eye 수많은 옛이야기에 등장하는 전설적 영웅.

돌의 개Stone Dogs → 아이일 전사회

동족살해자 루스 세린Lews Therin Kinslayer → 드래건

두 번째 드래건의 전쟁War of the Second Dragon 가짜 드래건 궤어 아말라신을 상대로 벌어진 전쟁(FY 939~43). 이 전쟁 당시에 아터 탄리알 페인드래그, 후일에 아터 호크윙이라 알려진 젊은 왕이 압도적으로 중요한 지위에 올랐다.

드래건the Dragon 그림자 전쟁 당시에 알려졌던 루스 세린 텔라몬의 이름. 모든 남성 아이즈 세다이가 휘말렸던 광기 속에서, 루스 세린 텔라몬은 자신이 사랑하는 모든 사람은 물론 자신과 피를 나눈 살아 있는 모든 사람을 죽여 동족살해자라는 이름을 얻었다. → **드래건의 환생, 드래건, 드래건의 예언**

드래건의 예언Prophecies of the Dragon 『카리아손 사이클』에 나오는 예언으로 거의 알려지지 않았으며 언급되는 경우도 거의 없다. 어둠의 존재가 다시 해방되어 세상에 손을 댈 것이며, 드래건이자 세계의 파괴자인 루스 세린 텔라몬이 환생해 그림자에 맞서는 최후의 전쟁인 타몬 가이돈에서 싸우리라고 예언한다.
→ **드래건**

드래건의 환생Dragon Reborn 예언과 전설에 따르면, 드래건은 인류에게 가장 필요

한 시기에 나타나 세상을 구할 것이다. 사람들은 이 사건을 별로 고대하지 않는다. 예언에 따르면 드래건의 환생이 새로운 세계의 파괴를 일으킬 것이기 때문이기도 하고 동족살해자인 루스 세린, 즉 드래건이 죽은 지 3천 년이 지난 지금까지도 사람들을 떨게 만드는 존재이기 때문이기도 하다. → **드래건, 가짜 드래건, 드래건의 예언**

라만Laman 다모드레드 가문 출신의 케예리엔 왕으로, 아이일 전쟁 때문에 왕좌를 잃었다. → **아이일 전쟁, 아벤도랄데라**

란Lan 모레인에게 매여 있는 수호자. 말키어의 왕관 없는 왕, 다이 샨, 말키어 최후의 살아남은 군주. → **수호자, 모레인, 말키어, 다이 샨**

랜드 알소르 Rand al'Thor 에먼즈 필드 출신의 청년으로 타비렌이다. 한때 양치기였다. 현재는 드래건의 환생으로 선포되었다.

랜피어Lanfear 고어로 '밤의 딸'. 버려진 자 중 하나로 이샤마엘 다음으로 가장 강력할 것으로 생각된다. 다른 버려진 자들과는 달리 직접 이름을 선택했다. 루스 세린 텔라몬을 사랑했다고 전해진다. → **버려진 자, 드래건**

루스 세린 텔라몬 Lews Therin Telamon → **드래건**

루어크Rhuarc 아이일 사람. 타아다드 아이일의 족장.

리아네Leane 청색의 아자에 속한 아이즈 세다이이자 연대기 기록자. → **아자, 연대기 기록자**

리안드린Liandrin 타라본 출신으로 적색의 아자에 속한 아이즈 세다이.

마네세렌Manetheren 두 번째 서약을 맺은 10개국 중 하나로, 해당 국가의 수도 이름이기도 하다. 도시와 국가 모두 트롤록 전쟁 때 완전히 파괴되었다.

마시마Masema 아이일 사람을 싫어하는 샤이나 군인.

말키어Malkier 한때는 변방 중 하나였으나 지금은 거대한 오염에 잠식된 나라. 말키어의 상징은 날아가는 황금 두루미다.

맷 코손 Mat Cauthon 투 리버스의 에먼즈 필드 출신 청년. 매트림 코손.

머드랄Myrddraal 어둠의 존재의 피조물이자 트롤록의 지휘관. 트롤록을 만드는 데 사용된 인간의 혈통이 다시 표면화되었으나 트롤록을 만든 악으로 오염된, 트롤록의 뒤틀린 자손이다. 신체적으로는 눈이 없다는 점을 빼면 사람과 같다. 눈이 없어도 밝을 때나 어두울 때나 독수리처럼 시력이 뛰어나다. 시선만으로 온몸을 마비시키는 두려움을 불러일으키는 능력, 그림자가 있는 곳이면 어디로든 사라질 수 있는 능력 등 어둠의 존재에게서 유래한 몇 가지 힘을 가지고 있다. 머드랄의 약점은 몇 가지 알려져 있지 않으나 그중 하나는 흐르는 물을 건너기를 꺼린다는 점이다. 다양한 지역에서 반인, 눈 없는 자, 그림자 인간, 도사린 자, 희미한 자 등의 여러 이름으로 알려져 있다.

메이엔Mayene 폭풍의바다에 있는 도시 국가로, 기름고기 모래톱이 어디에 있는지 찾아내는 방법을 알아 부와 독립을 얻어 냈다. 기름고기 모래톱은 티어, 일리안, 타라본에 있는 올리브 덤불과 비슷한 경제적 중요성을 갖고 있다. 기름고기와 올리브가 거의 모든 등불의 기름을 제공한다. 현재 메이엔의 통치자는 메이엔의 일인자 베렐레인이다. 메이엔의 통치자들은 아터 호크윙의 후손을 자처한다. 메이엔의 문장은 날아가는 황금색 매다.

모레인Moraine 청색의 아자에 소속된 아이즈 세다이. 왕좌를 이어받을 수 있는 혈통은 아니었으나 다모드레드 가문에서 태어나 케예리엔 왕궁에서 어린 시절을 보냈다.

무는벌레biteme 작아서 거의 보이지 않는, 무는 벌레.

무어게이즈Morgase 빛의 은총에 의한 안도어의 여왕이자 왕국의 수호자이며 백성들의 보호자인 트라칸드 가문의 가주. 문장은 세 개의 황금 열쇠. 트라칸드 가문의 문장은 은색 쐐기돌.

민Min 사람들을 감싸고 있는 기운을 종종 읽어 내는 능력을 가진 젊은 여자.

바다 민족 Sea Folk 보다 적절한 이름은 아사안 미에레다. 아리스대양과 폭풍의바다에 있는 섬에 사는 사람들로, 그 섬에서 보내는 시간은 거의 없고 인생 대부분을 배에서 보낸다. 대부분의 해양 무역이 바다 민족의 배를 통해 이루어진다.

바알자몬Ba'alzamon 트롤록어로 '어둠의 심장'. 어둠의 존재를 가리키는 트롤록 이름으로 알려져 있다. → **어둠의 존재, 트롤록**

반인Halfman → 머드랄

발리어의 뿔나팔 Horn of Valere 『위대한 뿔나팔 사냥대』에 나오는 전설적인 물건. 이
　　뿔나팔은 죽은 영웅들을 무덤에서 일으켜 그림자에 맞서 싸우게 한다고 알려
　　져 있다.

밤의 딸 Daughter of the Night → 램피어

방랑 시인gleeman 떠돌아다니는 이야기꾼 겸 음악가 겸 저글링 광대 겸 곡예사 겸
　　만능 엔터테이너. 알록달록한 조각보를 기워 넣은 특징적인 망토로 알아볼 수
　　있다. 보통 작은 마을이나 소규모 읍내에서 공연한다.

방랑자Traveling Peopel → 투아사안

버려진 자the Foresaken 지금까지 알려진 아이즈 세다이 중 가장 강력한 열세 명을
　　이르는 말로, 이들은 불멸을 약속받은 대가로 그림자 전쟁 당시 어둠의 존재
　　에게 넘어갔다. 전설과 파편적인 기록에 따르면, 이들은 어둠의 존재의 감옥
　　이 다시 봉인될 때 그와 함께 갇혔다. 이들의 이름은 지금도 아이들을 겁주는
　　데 쓰인다.

베린 마스윈 Verin Mathwin 갈색의 아자에 소속된 아이즈 세다이.

벨랄Be'lal 버려진 자 중 하나.

벨 타인 Bel Tine 겨울의 끝과 처음으로 싹을 틔우는 작물, 첫 새끼 양의 탄생을 기
　　념하는 봄 축제.

변방the Borderlands 거대한 오염과 국경을 맞대고 있는 나라들. 살데이아, 아라펠,
　　칸도르, 샤이나.

봉사자의 전당 Hall of the Servants 전설의 시대에 존재했던, 아이즈 세다이들이 모이
　　는 거대한 회합 장소.

붉은 방패 Red Shields → 아이일 전사회

비테른bittern 현이 여섯 줄, 아홉 줄, 열두 줄 있을 수 있으며 무릎에 평평하게 내
　　려놓고 뜯거나 퉁겨 연주하는 악기.

빛의 아이들 Children of the Light 어둠의 존재를 무찌르고 모든 어둠의 친구들을 파
　　멸시키는 데 전념하는, 엄격한 금욕주의적 신념을 지키는 단체. 100년 전쟁
　　당시 로세어 만틸라가 점점 늘어나는 어둠의 친구들을 개종시키기 위해 설립

했다. 전쟁 시기에 완전한 군사 조직으로 진화했다. 매우 경직된 신념을 가지고 있으며 오직 자신들만이 진실과 옳음을 안다고 확신한다. 아이즈 세다이와 그들을 지지하거나 친구로 둔 모든 사람을 어둠의 친구로 여겨 증오한다. 경멸적인 의미를 담아 하얀 망토들이라고 불린다. 문장은 흰 배경에서 타오르는 태양이다. → **질문자**

빛의 요새 Fortress of the Light 아마디시아의 수도 아마도어에 위치한, 빛의 아이들의 거대한 요새. 아마디시아의 왕이 존재하나 명목일 뿐 빛의 아이들이 통치한다. → **빛의 아이들**

사앙그리알sa'angreal 다른 방식으로는 불가능하거나 위험했을 만큼 많은 일원력을 채널링하게 해 주는 수많은 물건 중 하나. 사앙그리알은 앙그리알과 비슷하지만 훨씬 강력하다. 사앙그리알을 사용해 휘두를 수 있는 일원력의 양과 앙그리알을 써서 다룰 수 있는 일원력의 양을 비교하면, 앙그리알의 도움을 받아 휘두를 수 있는 일원력의 양과 아무런 도움을 받지 않고 다룰 수 있는 일원력의 양의 차이와 같다. 전설의 시대의 유물인 사앙그리알을 만드는 방법은 더 이상 알려져 있지 않다. 다섯 손가락 안에 꼽을 정도로밖에 남지 않아 앙그리알보다 수가 훨씬 적다.

사이다saidar → **진정한 근원**

생령Fetch → **머드랄**

샤다 로고스 Shadar Logoth 트롤록 전쟁 이후 버려져 기피되는 도시. 더러워진 땅이라 자갈 하나도 안전하지 않다. → **무어데스**

샤이올 굴 Shayol Ghul 말라버린땅의 산. 어둠의 존재의 감옥이 있는 곳.

샤이탄Shai'tan → **어둠의 존재**

세 가지 맹세 Three Oaths 아이즈 세다이로 승격되는 합격자가 하는 맹세. 맹세에 구속력을 주는 티어앙그리알인 맹세의 막대를 쥐고 말한다. 내용은 다음과 같다. (1) 사실이 아닌 말을 하지 않는다. (2) 한 사람이 다른 사람을 죽일 수 있는 무기를 만들지 않는다. (3) 그림자의 자식들을 상대로 쓰거나 자기 자신의 생명 혹은 자신의 수호자나 다른 아이즈 세다이의 생명을 지키기 위해 써야 하는 극한 상황을 제외하면 절대 일원력을 사용하지 않는다. 예전부터 이런 맹세가 필요했던 것은 아니지만 세계의 파괴 이전과 그 이후에 일어난 다양한 사건으로 필수가 되었다. 두 번째 맹세가 힘의 전쟁에 대한 반응으로 가장 먼저 채택되었다. 첫 번째 맹세는 문자 그대로 지켜지기는 하나 주의 깊게 말하는 방식으로 회피되기도 한다. 뒤의 두 맹세는 깰 수 없는 것으로 알려져 있다.

세계의등뼈the Spine of the World 통로가 몇 군데밖에 없는 아주 높은 산맥. 아이일 황무지와 서쪽 땅을 가른다.

세계의 파괴 Breaking of the World 광기의 시대 당시에 미쳐 버렸으며 현재는 알려지지 않은 수준으로 일원력을 휘두를 수 있었던 남성 아이즈 세다이들이 지표면을 바꿔 놓았다. 이들은 엄청난 지진을 일으키고 옛 산맥을 평평하게 만들었으며 새로운 산맥을 세웠다. 바다가 있었던 곳에 마른 땅이 솟아나게 하고 마른 땅이 있었던 곳에는 바다가 밀려들게 했다. 세계의 여러 지역에서 인구가 완전히 사라졌고, 생존자들은 바람에 날리는 먼지처럼 흩어졌다. 이 파괴가 이야기, 전설, 역사에서 세계의 파괴로 기억된다. → **광기의 시대, 100인의 동행**

셀린Selene 랜피어라 불리는 버려진 자가 쓰는 이름.

숀찬Seanchan (1) 아터 호크윙이 아리스대양 너머로 보낸 군대의 후손으로, 돌아와 조상들의 땅을 되찾겠다고 주장한다. (2) 숀찬의 출신지. → **헤예리네, 코린네, 레예아겔**

수호자Warder 아이즈 세다이에게 매인 전사. 이런 구속력은 일원력에 의한 것으로, 수호자는 구속력의 정도에 따라 빠른 치유력, 먹지도 마시지도 쉬지도 않고 오랜 기간을 버틸 수 있는 능력, 멀리서도 어둠의 존재의 오염을 감지할 수 있는 능력 등의 재능을 얻는다. 수호자가 살아 있는 한 그와 매인 아이즈 세다이는 아무리 멀리 있어도 수호자가 살아 있음을 알 수 있다. 또한 수호자가 죽으면 언제 어떻게 죽었는지 그 순간 알 수 있다. 대부분의 아자는 아이즈 세다이가 한 번에 한 명씩 그녀와 연결된 수호자를 둘 수 있다고 보지만, 적색의 아자는 어떤 수호자와도 매이기를 거부한다. 반면 녹색의 아자는 아이즈 세다이가 원하는 만큼 많은 수호자와 연결될 수 있다고 믿는다. 윤리적으로 볼 때 수호자는 이러한 구속에 동의해야 한다. 그러나 구속은 비자발적으로 이루어진다고 알려져 있다. 아이즈 세다이가 이런 연결로 무엇을 얻는지는 기밀이다. → **아이즈 세다이**

순치gentling 아이즈 세다이가 채널링을 할 줄 아는 남성을 일원력으로부터 차단하는 행위다. 이런 일이 필요한 이유는 채널링하는 법을 배운 모든 남자가 사이딘의 오염으로 인해 미쳐서, 정신이 나간 채 일원력으로 끔찍한 일을 저지를 것이 거의 확실하기 때문이다. 순치된 남자는 진정한 근원을 계속 느낄 수 있으나 그 근원에 닿을 수는 없다. 순치 이전의 모든 광기가 순치로 정지되지만 치유되는 것은 아니다. 초기에 순치하면 죽음은 피할 수 있다. → **일원력, 순화**

순화stilling 아이즈 세다이가 하는, 여자가 일원력을 채널링하지 못하도록 차단하는 행동. 순화된 여성은 진정한 근원을 느낄 수 있으나 그와 접촉할 수는 없다. 행해지는 경우가 너무 적어 신입들은 순화를 겪은 모든 여성의 이름과 그들의 죄를 배워야 한다.

스테딩stedding 오기어의 고향. 세계의 파괴 이후로 많은 스테딩이 버려졌다. 지금은 방법을 모르지만, 그 어떤 아이즈 세다이도 일원력을 채널링할 수 없도록 막혀 있다. 심지어 진정한 근원의 존재조차 느낄 수 없다. 스테딩 바깥에서 일원력을 행사하려는 시도는 스테딩의 경계 안에서 아무런 효과를 내지 못한다. 억지로 몰아가지 않으면 그 어떤 트롤록도 스테딩에 들어가지 않는다. 머드랄조차 대단히 필요한 경우가 아니면 스테딩에 들어가지 않으며, 들어갈 필요가 있을 때도 매우 꺼림칙하고 불쾌하게 여긴다. 스테딩 안에서는 어둠의 친구들조차, 진정으로 어둠의 존재에게 헌신하는 자라면, 불편함을 느낀다.

시간의 물레the Wheel of Time 시간은 일곱 개의 바큇살이 달린 물레다. 각 바큇살이 한 시대다. 물레가 돌면 시대가 왔다 가며 기억을 남기고, 그 기억은 희미해져 전설이 되었다가 신화가 되어 그 시대가 다시 올 때쯤에는 시간에 의해 잊힌다. 시대의 패턴은 시대가 올 때마다 약간씩 달라지며 매번 더 큰 변화에 따르게 된다. 그러나 매번 같은 시대는 같은 시대다.

시대의 패턴 Pattern of an Age 시간의 물레는 인간의 삶을 실오리 삼아 시대의 패턴을 짠다. 시대의 패턴은 단순히 패턴이라고도 종종 불리는데, 이 패턴이 그 시

대 현실의 중요한 부분을 형성한다. → **타비렌**

시리암Sheriam 청색의 아자에 속한 아이즈 세다이. 화이트 타워의 신입 담당.

시우안 산체 Siuan Sanche 티어 출신 어부의 딸로, 티어의 법에 따라 채널링을 할 수 있는 잠재력이 있음이 밝혀진 뒤 두 번째 날 노을이 지기 전 타 발론으로 가는 배에 실렸다. 전에는 청색의 아자 소속이었다. 988 NE에 아멀린 권좌에 올랐다.

아나이야Anaiya 청색의 아자에 소속된 아이즈 세다이.

아멀린 권좌 Amyrlin Seat (1) 아이즈 세다이의 지도자. 아이즈 세다이의 최고위 위원회로서 탑의 전당에서 종신직으로 선출된다. 탑의 전당은 일곱 아자 각각에 소속된 세 명의 대표자들로 구성된다(이들은 '녹색의 배석자' 등 배석자로 불린다). 아멀린 권좌는 최소한 이론적으로 아이즈 세다이 사이에서 거의 최고 권위를 가지고 있으며, 사회적으로는 왕이나 여왕과 동급이다. 약간 비격식적인 용법으로는 아멀린이라고 불린다. (2) 아이즈 세다이의 지도자가 앉는 왕좌.

아벤데소라Avendesora 고어로 '생명의 나무'. 많은 이야기와 전설 속에서 언급되었다.

아벤도랄데라Avendoraldera 아벤데소라의 묘목에서부터 자라난, 케예리엔 시에 있는 나무. 이 묘목은 566 NE에 아이일 민족이 준 선물이었다. 단, 아이일 민족과 아벤데소라의 관계를 보여 주는 기록은 전혀 남아 있지 않다. → **아이일 전쟁**

아비엔다Aviendha 타아르다드 아이일의 아홉 계곡 분파에 소속된 여성. 창의 아가씨, 즉 파 다라이즈 마이이다.

아사안 미에레 Atha'an Miere → **바다 민족**

아이일Aiel 아이일황무지에 사는 민족. 사납고 거칠다. 아이일 사람이라고도 불린다. 살인을 하기 전에 얼굴에 베일을 쓰기 때문에 폭력적으로 구는 사람을 뜻하는 '검은 베일을 쓴 아이일'이라는 말이 생겨났다. 어떤 무기를 들건, 또는 맨손밖에 쓰지 않건 치명적으로 위험한 이 전사들은 칼에 손을 대지 않는다. 이들의 나팔수는 춤곡으로 아이일 민족을 전장으로 이끌며, 아이일 사람들은 전투를 '춤' 혹은 '창의 춤'이라 부른다. → **아이일 전사회, 아이일황무지**

아이일 전사회 Aiel warrior societies 아이일 전사들은 모두 돌의 개(샤엔 음타알), 붉은 방패(아에산 도르), 혹은 창의 아가씨(파 다라이즈 마이) 등 전사회에 소속되어 있다. 각 전사회에는 특유의 관습이 있으며 때로는 구체적인 의무가 존재하기도 한다. 예컨대 붉은 방패는 경찰 역할을 한다. 돌의 개는 일단 전투에 참여하면 물러나지 않겠다고 맹세하며 이 맹세를 실현하기 위해 필요하다면 마지막 한 명까지 목숨을 내놓는다. 아이일 민족의 부족들은—이중에는 고시엔, 라인, 샤아라드, 타아르다드 아이일 등이 있다—자기들끼리 싸우는 경우가 잦지만 같은 전사회에 소속된 자들은 부족이 싸우는 중이라도 서로 싸우지 않는다. 이런 식으로, 부족들은 노골적인 전쟁을 벌이는 와중에도 언제나 연락선을 유지한다. → **아이일, 아이일황무지, 파 다라이즈 마이**

아이일 전쟁the Aiel War, 976~78 NE 케예리엔의 왕 라만이 아벤도랄데라를 잘라 내자 아이일 부족 몇이 세계의등뼈를 건넜다. 그들은 수많은 도시와 마을은 물론 케예리엔의 수도까지 약탈하고 불태웠으며, 이 갈등은 안도어와 티어까지 번졌다. 전통적인 관점은 아이일 사람들이 타 발론 앞의 빛나는 장벽의 전투에서 마침내 격퇴되었다는 것이지만, 실제로는 라만이 그 전투에서 살해당했으며 아이일 민족은 자신들이 온 목적을 이루었기에 세계의등뼈를 다시 건넜다. → **아벤도랄데라, 케예리엔**

아이일황무지Aiel Waste 세계의등뼈 동쪽에 있는 거칠고 험하며 물이 전혀 없는 땅. 아이일 민족은 삼중의 땅이라 부른다. 외부인 중 이곳에 가는 사람은 거의 없다. 이곳에서 태어나지 않은 사람이 물을 찾는다는 건 거의 불가능한 일이기 때문일 뿐 아니라 아이일 사람들은 다른 모든 민족과 전쟁을 벌이고 있다고 생각해 낯선 사람들을 반기지 않기 때문이다. 행상인과 방랑 시인, 투아사안만이 안전하게 들어갈 수 있으며 이들과의 접촉조차 제한되어 있다. 현존하는 것으로 알려진 아이일황무지 지도는 없다.

아이즈 세다이 Aes Sedai 일원력을 휘두르는 자. 광기의 시대 이후, 살아남은 아이즈 세다이는 모두 여성이었다. 광범위한 불신과 두려움, 심지어 증오의 대상인 이들은 많은 사람들에게 세계의 파괴를 일으켰다는 비난을 받고 있으며 국정에 개입하고 있다고 여겨진다. 동시에, 아이즈 세다이 자문위원을 두지 않은 통치자들은 거의 없다. 이러한 관계가 비밀에 부쳐져야 하는 곳에서도 마찬가지다. 일원력을 몇 년간 채널링하고 나면 아이즈 세다이는 세월을 초월한 모습을 띠게 되므로 할머니가 될 만한 나이의 아이즈 세다이도 흰머리가 몇 가닥 난 것을 빼면 세월의 흔적이 전혀 없을 수 있다. → **아자, 아멀린 권좌, 광기의 시대**

아자Ajah 아멀린 권좌를 제외한 모든 아이즈 세다이가 소속된 단체. 아자는 청색, 적색, 백색, 녹색, 갈색, 황색, 회색 등 색깔로 구분된다. 각각의 아자는 일원력의 사용과 아이즈 세다이의 목적에 대한 구체적 철학을 따른다. 예컨대 적색의 아자는 일원력을 휘두르려고 시도하는 남자들을 찾아 순치시키는 데 모든 힘을 쏟는다. 반면 갈색의 아자는 속세와의 관계를 끊고 지식을 추구하는 데 전념하며, 백색의 아자는 세상과 세속적 지식의 가치 모두를 멀리하고 철학과 진실의 문제에 몰두한다. 녹색의 아자(트롤록 전쟁 당시 전투 아자라 불렸다)는 타몬 가이돈이 닥쳐오면 새로운 공포의 군주들과 맞서 싸울 준비가 되어 있다. 어둠의 존재를 섬기는 데 전념하는 흑색의 아자가 존재한다는 소문이 있다.

아터 패인드래그 탄리알Artur Paendrag Tanreall → **아터 호크윙**

아터 호크윙Artur Hawkwing 세계의등뼈 서쪽에 있는 모든 땅을 규합한 전설적인 왕(재위 FY 943~994). 심지어 아리스대양 너머로도 군대를 보냈으나(FY 992) 아터 호크윙이 사망하고 이에 따라 100년 전쟁이 벌어지면서 그들과의 모든 연락이 끊겼다. 문장은 날아가는 황금 매였다. → **100년 전쟁**

알란나 모스반니Alanna Mosvani 녹색의 아자에 소속된 아이즈 세다이.

앙그리알angreal 전설의 시대의 유물로, 일원력을 채널링할 수 있는 사람에게 아무런 도움을 받지 않고 안전하게 채널링할 수 있는 것보다 많은 양의 일원력을 다루게 해 준다. 제조법은 더 이상 전해지지 않는다. 존재하는 앙그리알도 거의 없다. → **사앙그리알, 티어앙그리알**

야생인wilder 혼자서 일원력을 채널링하는 방법을 배운 여성으로, 위기시에 네 명 중 한 명꼴로 살아남는다. 이런 여성들은 보통 사방에 벽을 치고 자신들이 하는 일이 무엇인지 알리려 들지 않으나, 이런 벽이 무너져 내리면 채널링을 할 수 있는 사람들 중에서도 가장 강력한 인물이 된다. 보통 모욕적으로 쓰이는 말이다.

어둠의 사냥개Darkhounds → 유령 사냥

어둠의 존재Dark One 샤이탄을 부르는 가장 흔한 이름으로 모든 곳에서 사용된다. 악의 근원이자 창조주의 적대자. 창조의 순간, 창조주에 의해 샤이올 굴에 갇혔다. 그를 감옥에서 해방하려는 시도로 인해 그림자 전쟁과 사이딘의 오염, 세계의 파괴, 전설의 시대의 종말이 일어났다.

어둠의 존재의 다양한 명칭들 어둠의 존재의 진짜 이름(샤이탄)을 부르면 그의 관심을 끌게 되어, 최선의 경우에도 불가피하게 불운이 닥치며 최악의 경우 재앙이 일어난다. 이런 이유로 우회적 이름이 여러 가지 사용되는데 그중에는 어둠의 존재, 거짓말의 아버지, 눈을 멀게 하는 자, 무덤의 군주, 밤의 양치기, 심장의 죽음, 영혼의 죽음, 심장의 송곳니, 오래된어둠, 풀을 태우는 자, 잎을 더럽히는 자 등이 있다. 어둠의 친구들은 그를 위대한 어둠의 군주라 부른다. 불운을 자초하는 것처럼 보이는 사람을 보고 보통 '어둠의 존재를 이름으로 부른다'고 한다.

어둠의 친구Darkfreinds 어둠의 존재를 따르며, 그가 감옥에서 해방되면 권능과 보상은 물론 불멸까지 얻게 되리라 믿는 자들.

여왕 후계자Daughter-Heir 안도어 왕좌의 계승자에게 주어지는 호칭. 여왕의 맏딸이 어머니의 왕좌를 승계한다. 살아 있는 딸이 없으면 왕좌는 여왕과 혈연관계에 있는 가장 가까운 여성에게 돌아간다.

연대기 기록자Keeper of the Chronicles 아이즈 세다이 중 아멀린 권좌 다음의 권위를 가진 사람으로 아멀린 권좌의 비서 역할을 한다. 탑의 전당에서 종신직으로 선출되며 보통 아멀린 권좌와 같은 아자 소속이다. → **아멀린 권좌, 아자**

에그웨인 알비어Egwene al'Vere 에먼즈 필드 출신의 젊은 여성. 현재 아이즈 세다이가 되기 위해 수련 중이다.

엘라이다Elaida 적색의 아자에 속한 아이즈 세다이. 안도어의 여왕 무어게이즈의 자문위원이었다. 때로 예언을 한다.

영혼 없는 자Soulless → 회색 인간

오기어Ogier (1) 엄청나게 큰 키(성인 남성의 평균 키는 3미터다), 넓고 거의 주둥이처럼 생긴 코, 길고 술이 달린 귀 등이 특징인 비인간 종족. 스테딩이라 불리는 지역에 산다. 세계의 파괴 이후(오기어들은 이 시기를 추방이라 부른다) 스테딩으로부터 떨어져 나와 갈망이라 불리는 현상이 일어났다. 즉, 스테딩에서 너무 멀리 벗어나 있는 오기어는 병에 걸려 죽는다. 세계의 파괴 이후로 위대한 인간의 도시들을 지은 놀라운 석공으로 널리 알려진 이들은 돌을 다루는 기술을 단지 추방 중에 익힌 것일 뿐 스테딩의 나무들, 특히 엄청나게 높은 '위대한 나무'를 돌보는 일만큼 중요하지는 않은 것으로 여긴다. 석공 일을 할 때를 제외하면 스테딩에서 거의 떠나지 않으며, 보통 인류와 거의 접촉하지 않는다. 인간들 사이에 오기어에 관한 정보는 거의 알려지지 않았으며 수많은 사람들은 오기어를 그저 전설의 존재로만 알고 있다. 평화주의자이며 화를 내기까지 극도로 오랜 시간이 걸리는 것으로 알려져 있으나, 일부 옛 이야기에 따르면 오기어들이 트롤록 전쟁 당시 인간의 편에서 싸웠다고 한다. 이런 이야기에서는 오기어를 무자비한 적이라고 부른다. 전반적으로, 이들은 지식을 극도로 좋아한다. 이들의 책과 이야기에는 인간이 잊은 정보가 담겨 있는 경우가 많다. 일반적인 오기어의 수명은 인간의 최소 3~4배다. (2) 비인간 종족 오기어에 속한 개인. → **세계의 파괴, 스테딩, 나무노래꾼**

오래된어둠Old Grim → **어둠의 존재, 유령 사냥**

오르디스Ordeith 고어로 '벌레나무'. 빛의 아이들의 총 지휘관에게 자문하는 사람이 쓰는 이름.

오염the Blight → **거대한오염**

위대한 게임the Great Game → **다에스 데이마르**

위대한 뿔나팔 사냥대the Great Hunt of the Horn 트롤록 전쟁의 종식과 100년 전쟁의 시작 사이 기간에 있었던, 발리어의 뿔나팔에 대한 전설적 탐색을 다룬 연작 이야기. 전체를 다 말하려면 며칠이 걸린다.

위대한 어둠의 군주 Great Lord of the Dark 어둠의 친구들이 어둠의 존재를 부르는 이름. 이들은 어둠의 존재의 진짜 이름을 부르는 것이 신성모독이라고 주장한다.

유령 사냥 Wild Hunt 많은 사람들은 어둠의 존재(티어, 일리안, 머랜디, 알타라, 기알딘에서는 종종 어둠 혹은 오래된어둠으로 불린다)가 밤에 '검은 개' 혹은 어둠의 사냥개를 이끌고 나와 영혼을 사냥한다고 믿는다. 이것이 유령 사냥이다. 비가 내리면 어둠의 사냥개들을 어둠에서 몰아낼 수 있지만, 일단 추적을 시작한 어둠의 사냥개들은 맞서 물리쳐야 한다. 그러지 않으면 피해자의 죽음을 피할 수 없다. 유령 사냥대가 지나가는 걸 보는 것만으로도 그 모습을 본 사람, 혹은 본 사람에게 소중한 사람의 죽음이 임박했다는 뜻이라고 생각된다.

이능Talents 특정한 분야에서 일원력을 활용하는 능력. 이중 가장 잘 알려진 이능은 치유력이다. 사이의 공간을 가로지를 필요 없이 한 공간에서 다른 공간으로 이동할 수 있는 능력인 '여행' 등의 이능은 실전되었다. 예언(미래 사건을 예언하되 일반적인 방식으로만 예언할 수 있는 능력) 등의 다른 이능은 현재 아예 발견되지 않았거나, 발견되었더라도 드문 편이다. 오랫동안 실전된 것으로 간주된 또 다른 이능은 꿈인데, 이 이능은 꿈꾸는 자의 꿈을 해석해 예언보다 더 구체적인 방식으로 예언하는 것 등을 포함한다. 꿈꾸는 자 중 일부는 텔아이란리오드, 즉 꿈의 세계에 들어가는 능력을 가지고 있으며 (전해지는 말이지만) 다른 사람의 꿈에도 들어갈 수 있다고 한다. 마지막으로 알려진 꿈꾸는 자는 코리아닌 니디알로, 526 NE에 사망했다.

이샤마엘Ishamael 고어로 '희망의 배신자'. 버려진 자 중 하나. 그림자 전쟁 당시 어둠의 존재에게 넘어간 아이즈 세다이 지도자에게 붙은 이름. 그 자신도 진짜 이름을 잊었다고 전해진다. → **버려진 자**

일리안Illian 폭풍의바다에 있는 큰 항구로, 같은 이름으로 불리는 국가의 수도다.

일원력the One Power 진정한 근원에서 끌어낸 힘. 대다수의 사람들은 일원력을 채널링하는 방법을 전혀 배우지 못한다. 극소수의 사람들만이 배워서 채널링을 할 수 있고, 그보다도 적은 수의 사람만이 능력을 타고난다. 이 소수의 사람들은 배울 필요가 없다. 이들은 원하건 원하지 않건 어느 순간에 진정한 근원에 접촉하고 일원력을 채널링한다. 아마 자신들이 무엇을 하는지도 모를 것이다. 이 타고난 능력은 보통 청소년기 후기 혹은 성인기 초기에 발현된다. 통제하는 방법을 교육받지 못하거나 독학으로 깨우치면(이 경우는 극히 드물다. 성공률이 넷 중 하나밖에 되지 않는다) 죽을 것이 분명하다. 광기의 시대 이후로 남자들은 결과적으로 완전히, 끔찍하게 미쳐 버리지 않고서는 일원력을 채널링할 수 없었다. 이들은 통제하는 방법을 일부 배웠다 하더라도 몸이 산 채로 썩어 가는 파괴적인 질병으로 죽었는데, 이 질병은 광기와 마찬가지로 사이딘을 어둠의 존재가 오염시켰기에 발생하는 것이다. 여자의 경우 일원력을 통제 못 해서 발생하는 사망은 비교적 덜 끔찍하다. 그러나 죽음인 것은 매한가지다. 아이즈 세다이는 아이즈 세다이의 숫자를 늘리는 것만큼이나 당사자의 목숨을 구하기 위해서 능력을 타고난 소녀들을 찾아다닌다. 또한 미쳐서 불가피하게 일원력으로 끔찍한 일을 저지르는 걸 막고자 일원력을 지닌 남자들도 찾아다닌다. → **채널링, 광기의 시대, 진정한 근원**

자렛 바이알 Jaret Byar 빛의 아이들의 지휘관.

자린 바시어 Zarine Bashere 뿔나팔 사냥꾼인 살데이아 출신의 젊은 여성. 고어로 '매'를 의미하는 파일Faile이라 불리기를 원한다.

전설의 시대 Age of Legend 그림자 전쟁과 세계의 파괴로 끝난 시대. 아이즈 세다이가 현재는 꿈밖에 꿀 수 없는 기적을 행하던 시대다. → **세월의 물레, 세계의 파괴, 그림자 전쟁**

『제인 파스트라이더의 여행』The Travels of Jain Farstrider 유명한 말키어 출신 작가 겸 여행가가 쓴, 대단히 유명한 여행담 겸 관찰기. 968 NE에 처음 출간되어 그 이후로 계속 다시 발간되었다. 제인 파스트라이더는 아이일 전쟁 직후 실종되었으며 일반적으로 죽었다고 알려져 있다.

진정한 근원 True Source 우주를 움직이는 힘. 이 힘이 시간의 물레를 돌린다. 남성적 절반(사이딘)과 여성적 절반(사이다)으로 나뉘는데, 두 힘은 동시에 서로 반대로 작용한다. 남자만이 사이딘을, 여자만이 사이다를 끌어낼 수 있다. 광기의 시대가 시작된 이래 사이딘은 어둠의 존재의 손길로 더럽혀졌다. → **일원력**

질문자the Questioners 빛의 아이들 내부의 조직. 이들은 분쟁에서 진실을 발견하고 어둠의 친구들의 정체를 드러내기로 서원했다. 이들이 진실과 빛을 찾을 때 사용하는 일반적인 취조의 방법은 고문이다. 또한 이들이 보통 취하는 태도는 진실을 이미 알고 있으며 그저 희생자가 진실을 고백하게 만들기만 하면 된다는 것이다. 질문자들은 자신들을 빛의 손, 진실을 파내는 손 등으로 부르며 때로는 빛의 아이들이나 빛의 아이들을 지휘하는 성별자 위원회와 아무런 관련이 없는 것처럼 행동한다. 질문자들의 수장은 고등심문관인데, 그는 성별자 위원회에 소속되어 있다. 이들의 상징은 피처럼 붉은 양치기의 지팡이다.

채널링channel 일원력의 흐름을 통제함. → **일원력**

카리아손 사이클 The Karaethon Cycle → **드래건의 예언**

칼란도어Callandor 칼이 아닌 칼, 만질 수 없는 칼. 티어의 바위에, 칼의 심장이라 부르는 방 안에 보관되어 있는 수정 검이다. 드래건의 환생을 제외한 누구도 손댈 수 없다. 드래건의 예언에 따르면, 드래건의 환생의 특징이자 타몬 가이 돈이 다가온다는 징조 중 가장 두드러지는 것이 드래건의 환생이 칼란도어를 차지하는 것이다.

칼의 심장 Heart of the Stone → **칼란도어**

케예리엔Cairhien 세계의등뼈를 따라 자리한 국가이자 그 국가의 수도. 수도는 수많은 마을과 촌락이 그랬듯 아이일 전쟁 당시 불타 버리고 약탈당했다. 그 결과 세계의등뼈 근처 농지가 버려지면서 어마어마한 양의 곡물을 수입할 수밖에 없게 되었다. 갈드리안 왕의 암살(998 NE)로 태양의 왕좌 계승을 놓고 귀족 가문 사이에 내전이 벌어졌으며, 곡물 운송이 교란되고 기근이 일어났다. 케예리엔의 문장은 하늘색 바탕의 맨 아랫부분에서 솟아오르는, 여러 개의 광선이 뻗어 나오는 황금 태양이다.

케임린Caemlyn 안도어의 수도.

코리아닌 니디알 Corinanin Nedeal → **이능**

퀘인데야르cuendillar → **하트스톤**

타마랄아일렌ta'maral'ailen 고어로 '운명의 그물'. 타비렌인 사람 한 명 이상을 중심으로 시대의 패턴에 나타나는 엄청난 변화. → **시대의 패턴, 타비렌**

타몬 가이돈 Tarmon Gai'don 최후의 전투. → **드래건의 예언, 발리어의 뿔나팔**

타 발론의 불꽃 Flame of Tar Valon 타 발론, 아멀린 권좌, 아이즈 세다이의 상징. 양식화된 불꽃 형태로, 뾰족한 부분이 위로 향한 흰 눈물방울 모양이다.

타비렌ta'veren 시간의 물레가 근처에 있는 모든 생명의 실오리, 혹은 모든 생명의 실오리를 직조하여 운명의 그물을 형성할 때 중심으로 삼는 사람. → **시대의 패턴**

태양일Sunday 한여름의 잔치 겸 축제. 세계 여러 지역에서 즐긴다.

텔아이란리오드Tel'aran'rhiod 고어로 '보이지 않는 세계' 혹은 '꿈의 세계'. 꿈을 꿀 때 언뜻 보이는 세계로, 고대인들은 이 세계가 가능한 다른 모든 세계를 둘러싸고 그런 세계에 스며든다고 믿었다. 다른 꿈과는 달리 꿈의 세계에서 살아 있는 존재에게 일어나는 일은 현실이다. 이곳에서 생긴 상처는 잠에서 깨도 남아 있으며, 그곳에서 죽은 자는 아예 깨어나지 못한다.

톰 머릴린 Thom Merrilin 음유시인이자 한때 무어게이즈 여왕의 연인.

투아사안Tuatha'an 팅커스 혹은 방랑자들로도 알려진 유랑 민족으로, 밝은 색깔로 칠한 수레에 살며 나뭇잎의 길이라 불리는 완전한 평화주의적 철학을 따른다. 팅커스가 수리한 물건은 새것보다 나은 경우가 많다. 아이일 민족이 이들과의 모든 접촉을 엄격히 피하기에 아무 해를 입지 않고 아이일황무지를 건널 수 있는 몇 안 되는 존재 중 하나다.

트라칸드 가문의 가윈 Gawyn of House Trakand 무어게이즈 여왕의 아들이자 일레인의 오빠로, 일레인이 왕좌에 오르면 검의 제1왕자가 될 예정이다. 문장은 흰 멧돼지.

트라칸드 가문의 일레인 Elayne of House Trakand 무어게이즈 여왕의 딸이자 안도어 왕좌의 여왕 후계자. 현재 아이즈 세다이가 되기 위해 수련 중이다. 문장은 황금 백합.

트롤록Trollocs 어둠의 존재의 피조물로 그림자 전쟁 당시에 창조되었다. 덩치가 큰 이들은 동물과 인간 혈통의 비틀린 혼합물이다. 본성상 악한 이들은 오직 살육의 기쁨을 누리기 위해 살생을 저지른다. 부족과 비슷한 무리로 나뉘는데, 그 예로는 다볼, 코발, 다이몬이 있다. 극도로 기만적인 성격이므로 두려움으로 강압하지 않는 한 믿어서는 안 된다.

트롤록 전쟁 Trolloc Wars 약 1000 AB경에 시작되어 300년 이상 지속된 일련의 전쟁으로, 이 전쟁 당시에 트롤록 군대가 세계를 약탈했다. 결과적으로 트롤록들이 죽거나 거대한오염으로 쫓겨 갔으나 일부 국가들은 더 이상 존재하지 않게 되었고, 다른 국가들은 거의 모든 인구를 잃었다. 이 시절에 관한 모든 기록은 파편적이다.

티그레인Tigrain 안도어의 여왕 후계자로서 타린게일 다모드레드와 결혼해 그의 아들 갈라데드리드를 낳았다. 형제인 루크가 거대한오염에서 실종된 지 얼마 되지 않은 972 NE에 실종됨으로써 계승 전쟁이라 불리는 안도어에서의 갈등과 결국 아이일 전쟁으로까지 이어진 케예리엔에서의 일련의 사건을 초래했다. 문장은 흰 꽃이 핀, 가시 돋친 장미 줄기를 쥐고 있는 여자의 손.

티어Tear 폭풍의바다에 있는 국가. 그 국가의 수도인 거대한 항구를 의미하기도 한다. 티어의 깃발은 반은 빨간색, 반은 황금색으로 된 바탕을 비스듬하게 가로지르는 흰 초승달 세 개다. → **티어의 바위**

티어앙그리알ter-angreal 일원력을 활용하는 전설의 시대의 유물 모두를 일컫는 말. 앙그리알이나 사앙그리알과는 달리 티어앙그리알은 모두 특정한 일을 하도록 만들어졌다. 예컨대 어느 티어앙그리알은 들고서 맹세하면 그 맹세에 구속력을 부여한다. 일부는 아이즈 세다이가 활용하고 있으나 원래의 목적은 대체로 알려지지 않았다. 일부는 사용하는 여성의 채널링 능력을 없애거나 파괴한다. → **앙그리알, 사앙그리알**

티어의 대공 High Lords of Tear 위원회로 활동하는 티어의 대공들은 티어라는 국가의 통치자로서 왕도, 여왕도 아니다. 이들의 숫자는 고정되어 있지 않으며 최대 20명에서 최소 6명까지 세월에 따라 달라질 수 있다. 이보다 지위가 낮은 티어의 영주인 땅의 영주들과 혼동해서는 안 된다.

티어의 바위 Stone of Tear 티어 시의 거대한 요새로, 세계의 파괴 이후에 일원력을 활용해 만들어졌다고 한다. 수없이 여러 번 포위당하고 공격당했으나 그런 공격이 성공한 적은 한 번도 없다. 티어의 바위는 드래건의 예언에 두 차례 언급된다. 그중 하나는 드래건의 사람들이 올 때까지는 티어의 바위가 절대 함락되지 않으리라는 내용이다. 또 하나는 드래건의 손이 만질 수 없는 칼, 칼란도어를 휘두르기 전까지는 절대 함락되지 않을 거라는 내용이다. 어떤 사람들은 이런 예언이, 대공들이 일원력에 대해 가진 반감과 채널링을 금지하는 티어의 법을 설명해 준다고 생각한다. 이런 반감에도 불구하고 티어의 바위에는 화이트 타워가 가진 것에 필적하는 앙그리알과 티어앙그리알 수집품이 있다. 어떤 사람들은 이 수집품이 칼란도어를 가지고 있다는 데서 나오는 빛을 줄이고자 모은 것이라고 한다.

파 다라이즈 마이 Far Dareis Mai 문자 그대로 옮기면 '창의 아가씨들'. 아이일의 전사회 중 하나로 다른 모든 전사회와는 달리 여성을, 오직 여성만을 받아들인다. 창의 아가씨는 결혼하면 전사회에 남을 수 없고, 임신하고 있는 동안에 싸울 수도 없다. 창의 아가씨에게서 태어난 모든 아이는 다른 여자가 주워 기르도록 하는데, 이때 아무도 아이의 어머니가 누구인지 알 수 없도록 한다. ("그대는 어느 남자에게도 속할 수 없으며 어떤 남자도, 어떤 아이도 그대에게 속할 수 없다. 창이 그대의 연인이자 자녀이며 삶이다.") 창의 아가씨에게서 태어난 아이는 부족들을 규합하고 아이일 민족에게 전설의 시대 때 알았던 위대함을 돌려줄 것이라는 예언이 있어 소중하게 여겨진다. → **아이일, 아이일 전사회**

페린 아이바라 Perrin Aybara 에먼즈 필드 출신 청년으로 과거 대장장이의 도제였다.

페이드론 네예올 Pedron Niall 빛의 아이들의 총사령관. → **빛의 아이들**

하얀 망토들 Whitecloaks → **빛의 아이들**

하트스톤heartstone 전설의 시대에 만들어진, 파괴할 수 없는 물질. 하트스톤을 망가뜨리려는 모든 힘은 흡수되어 하트스톤을 더욱 강하게 만든다. → **퀘인데야르**

하퍼Hopper 늑대 이름.

할란의 아들 아렌트의 아들 로이알 Loial son of Arent son of Halan 스테딩 샹타이 출신의 오기어.

합격자the Accepted 아이즈 세다이가 되기 위해 훈련을 받으면서 어느 수준의 힘에 도달해 특정한 시험을 통과한 젊은 여자들. 신입에서 합격자로 승격되는 데에는 보통 5년에서 10년이 걸린다. 합격자들은 신입에 비해 규칙의 제약을 덜 받으며 한계는 있지만 자신이 연구할 영역을 직접 고를 수 있다. 합격자에게는 거대한 뱀 반지를 착용할 권리가 있으나 왼손 세 번째 손가락에만 낄 수 있다. 합격자는 아이즈 세다이로 승격될 때 소속 아자를 선택하고 숄을 두를 권리를 얻으며 모든 손가락에 반지를 낄 수 있고 상황에 따라 아예 착용하지 않을 수도 있다.

현자Wisdom 작은 마을에서는 여성 서클에 의해 일반적인 상식은 물론 치유, 날씨 예측 등에 관한 지식에 근거하여 한 여성이 현자로 선발된다. 이 자리에는 실제적으로나 함축적으로나 엄청난 책임과 권위가 따른다. 여성 서클이 마을 위원회와 같은 위치이듯 현자도 일반적으로 시장과 같은 존재로 간주된다. 시장과 달리 현자는 종신직이며 현자가 죽기 전에 자리에서 물러나는 일은 극히 드물다. 지역에 따라 안내자, 치유자, 현명한 여인, 읽는 자 등의 다른 칭호로 불린다.

회색 인간Gray Man 그림자를 섬기는 암살자가 되기 위해 자발적으로 영혼을 포기한 사람. 회색 인간은 겉모습이 너무 평범해 알아보기 힘들다. 회색 인간의 절대다수는 남자지만 소수는 여자다.

회합the Assemblage 일리안의 단체로 상인과 선주 들이 선출한다. 왕과 9인 위원회 모두에 자문하도록 되어 있으나 역사적으로는 권력을 놓고 그들과 다퉈 왔다.

희망의 배신자Betrayer of Hope → 이샤마엘

힘의 전쟁War of Power → 그림자 전쟁

옮긴이의 말

'휠 오브 타임' 시리즈 1권과 2권을 읽으며 랜드 알소르에게 애정을 품게 된 독자라면, 3권『드래건의 환생』에서 적잖이 당황할 수도 있다. 작가 로버트 조던이 에픽 판타지에서 보기 드문 대담한 실험을 감행하기 때문이다. 대체로 이 장르에서는 모든 사건이 주인공을 중심으로 벌어진다. 서술자는 주인공의 행위를 바짝 따라가며 이야기를 전개한다. 그러나 이 책에서는 랜드 알소르가 침묵하며 베일 속으로 사라진다. 이 책의 서술자는 단 한 번도 랜드 알소르의 시점에서 이야기를 전개하지 않는다. 물론, 다른 등장인물 모두가 랜드에 대해 이야기하기에 랜드는 여전히 이야기의 중심에 남아있다. 그러나 그는 이해할 수 없는, 불가사의한 존재다. 놀라운 점은, 이런 구성이 우리에게 그가 속한 세상을 더욱 다층적으로 경험할 기회를 제공한다는 점이다. 랜드가 뒤로 물러난 세상은 진공 상태가 아니라, 사람들로 채워진 밀도 높은 공간이기 때문이다.

물론, 그 사람들은 랜드와의 관계 속에서 존재하지만, 이들은 평면적인 주변 인물에 머물지 않는다. 작가가 이들에게도 똑같은 애정을 기울여 매력적인 성장 서사를 주었기 때문이다. 덕분에 독자들은 이 매력적인 세계에서 랜드 알소르가 아닌, 다른 인물로도 생생히 살아볼 기회를 얻는다. 나이니브, 에그웨인, 일레인, 맷, 페린의 이야기가 하나하나 제시될 때마다, 우리는 랜드가 전면에서 물러나지 않았더라면 경험하지 못했을 재미와 의미를 체험하게 된다. 심지어 그 과정에서 어떤 인물에게 애착을 갖게 된 나머지, 랜드 알소르보다 그의 등장을 바라게 될 수도 있다. 많은 경우, 캐릭터에 대한 이런 애착은 인간이 소설을 읽고 이야기를 듣게 하는 큰 동력이다.

예컨대 나이니브가 합격자가 되기 위해 치르는 시험은 그 자체로 강렬한 심리극이다. 이 장면에서 우리는 단순한 통과 의례가 아니라 그녀의 내면 깊은 곳에 자리 잡은 두려움, 후회, 애정, 분노 같은 감정을 보고, 듣고, 경험한다.

맷 코손 역시 중요한 전환점을 맞는다. 저주에 걸려 자신도 모르게 일행을 방해하는 인물처럼 그려지던 맷은, 아마 지금까지 이 시리즈에서 가장 비호감에 가까운 인물이었을 것이다. 그러나 3권에서 나타난 그의 재치, 그리고 행운이라는 독특한 자질은 그의 새로운 측면을 조명하고, 이후 시리즈에서 그가 갖게 될 전설적인 지위를 암시하며 독자들이 이들의 모험을 더 깊이 따라갈 발판을 마련한다.

페린에게서 보이는 내면의 균열 역시 매력적이다. 그는 점점 늑대의 감각에 가까워지고 있으나, 동시에 인간 사회에 대한 책임과 소속감을 놓지 않으려 한다. 이 글을 읽는 독자 중에 자신이 늑대로 변할까 봐 두려워하는 사람은 많지 않겠지만, 그렇더라도 우리는 페린에게 공감할 수 있다. 내 안의 또 다른 자아와, 그 자아를 인정함으로써 사회로부터 소외될 수 있다는 공포는 우리 모두에게 익숙한 감정이기 때문이다.

이들에게 집중함으로써, 『드래건의 환생』은 한 사람의 영웅이 세상을 구한다는 식으로 '휠 오브 타임' 시리즈의 이야기를 단순화하는 대신, '모두가 자신만의 방식으로 세계를 구한다'는 좀 더 복합적인 세계관을 드러낸다. 그렇기에 랜드가 모두를 대신해 칼란도어를 손에 쥐는 장면이 지금처럼 무게감 있게 다가올 수 있다. 이 장면은 순식간에 서사의 초점을 랜드로 돌려놓으며 그가 얼마나 신화적인 존재인지를 극적으로 강조한다. 하지만 독자들은 이 세계가 랜드라는 종이 인형이 돌아다니는, 허깨비와 그림자로만 이루어진 세상이 아니라는 것을 여러 차례에 걸쳐 체험했기에 이 순간을 랜드의 작위적인 원맨쇼처럼 느끼지 않는다. 조던이 상상한 세계 전체가 공모해 이루어진 전설적 순간으로 느낀다. 무엇보다 상상력을 동원해 그 세계를 여러 차례, 여러 사람의 관점에서 여행해 온 독자 자신도 이 순간에 무게를 얹게 된다.

　그런 면에서, 『드래건의 환생』은 '휠 오브 타임' 시리즈가 방대한 세계관으로 에픽 판타지 장르에 한 획을 그었다고 할 때, 그 방대함이 단지 작가가 새로 만들어낸 괴수나 지형에 대한 묘사, 그가 상상해낸 마법 체계만을 의미하지 않는다는 점을 일깨운다. 사실, 흔히 순문학으로 분류되는 수많은 작품이 그렇듯 에픽 판타지의 세계에 깊이를 더해주는 것도 결국은 그 세상을 채우는 인간의 깊이다.

2025년 여름

강 동 혁

옮긴이 **강동혁**

서울대학교에서 영문학과 사회학을 전공하고, 동 대학원에서 영문학 석사학위를 받았다. 대중적으로 널리 읽히면서도 새로운 생각거리를 제공해주는 책을 쓰거나 소개하겠다는 목표로 활동 중이다. 옮긴 책으로는 『내 이름은 데몬 코퍼헤드』 『트러스트』 『고요의 바다에서』 『헤일 메리 프로젝트』와 '언와인드' 시리즈, '해리포터' 시리즈 등이 있다.

휠 오브 타임 | 드래건의 환생

1판 1쇄 인쇄 2025년 7월 23일
1판 1쇄 발행 2025년 8월 20일

지은이 | 로버트 조던
옮긴이 | 강동혁
펴낸이 | 김영곤
펴낸곳 | (주)북이십일 아르테

책임편집 | 원보람 문학팀장 | 김지연
교정교열 | 한차현 권구훈
표지디자인 | 박지영 본문디자인 | 임민지
해외기획팀 | 최연순 소은선 홍희정
영업팀 | 정지은 한충희 장철용 강경남 황성진 김도연 이민재
제작팀 | 이영민 권경민

출판등록 | 2000년 5월 6일 제406-2003-061호
주소 | (우10881) 경기도 파주시 회동길 201(문발동)
대표전화 | 031-955-2100 팩스 | 031-955-2151
이메일 | book21@book21.co.kr

아르테는 (주)북이십일의 문학 브랜드입니다.

ISBN 979-11-7357-368-2 04840
     979-11-7357-364-4 (세트)